Christian Müller

W0349624

Stauffenberg

Eine Biographie

Droste

Unveränderter, mit einem Vorwort des Autors versehener Nachdruck der erstmals 1970 in der von Karl Dietrich Bracher und Hans-Adolf Jacobsen in Verbindung mit Manfred Funke herausgegebenen Reihe »Bonner Schriften zur Politik und Zeitgeschichte« im Droste Verlag erschienenen Originalausgabe.

Bibliografische Information Der Deutschen Bibliothek.
Die Deutsche Bibliothek verzeichnet diese Publikation in der Deutschen Nationalbibliografie; detaillierte bibliografische Daten sind im Internet über http://dnb.ddb.de abrufbar.

© 2003 Droste Verlag GmbH, Düsseldorf
Umschlag unter Verwendung eines Fotos von AKG, Berlin
Satz: Fanslau Communication/EDV, Düsseldorf
Druck: Clausen + Bosse, Leck
ISBN-3-7700-4064-3

www.drosteverlag.de

Inhaltsverzeichnis

This day is call'd the feast of Crispian:
He that outlives this day, and comes safe home,
Will stand a tip-toe when this day is nam'd,
And rouse him at the name of Crispian.
He that shall live this day, and see old age,
Will yearly on the vigil feast his neighbours,
And say, "To-morrow is Saint Crispian":
Then will he strip his sleeve and show his scars,
And say, "These wounds I had on Crispin's day."
Old men forget: yet all shall be forgot,
But he'll remember with advantages
What feats he did that day. Then shall our names,
Familiar in his mouth as household words,
Harry the king, Bedford and Exeter,
Warwick and Talbot, Salisbury and Gloucester,
Be in their flowing cups freshly remember'd.
This story shall the good man teach his son;
And Crispin Crispian shall ne'er go by,
From this day to the ending of the world,
But we in it shall be remember'd;
We few, we happy few, we band of brothers;
For he to-day that sheds his blood with me
Shall be my brother; be he ne'er so vile
This day shall gentle his condition:
And gentlemen in England now a-bed
Shall think themselves accurs'd they were not here,
And hold their manhoods cheap whiles any speaks
That fought with us upon Saint Crispin's day.

Shakespeare, Henry V, IV,3

Vorwort zur Neuausgabe

»Militärischer Sicherheitsbereich« und »Achtung Schusswaffengebrauch!« steht auf Warntafeln am Maschendrahtzaun, der den Berliner Amtssitz des Bundesverteidigungsministers abschirmt. Nach einem halben Jahrhundert der Vakanz während der deutschen Teilung haben Tirpitz' einstiges Reichsmarineamt am Landwehrkanal und der später angebaute Bendlerblock, in dem das Reichswehrministerium und dann das Oberkommando des Heeres untergebracht waren, zu ihrer ursprünglichen militärischen Zweckbestimmung zurückgefunden. Für diese Renaissance an traditionsreichem und schicksalsschwerem Ort war der Wille der politischen Führung des wiedervereinigten Deutschland ausschlaggebend: Die Rückkehr des Inhabers der Befehls- und Kommandogewalt über die deutschen Streitkräfte in dieses Gebäude sollte für immer die Erinnerung daran wach halten, dass hier am 20. Juli 1944 Claus Schenk Graf von Stauffenberg zusammen mit wenigen Gleichgesinnten das Letzte gewagt und sein Leben hingegeben hatte in dem Versuch, Adolf Hitler, den »Erzfeind der Menschheit«, zu beseitigen und dem nationalsozialistischen Terrorregime ein Ende zu bereiten, um das Deutsche Reich vor dem vollständigen Untergang zu bewahren.

In dem mittlerweile in eine Touristenattraktion verwandelten Bunkerkomplex von Hitlers einstigem Hauptquartier im nun polnischen Südteil von Ostpreußen gemahnt an der Stelle des Bombenattentats, das den verbrecherischen Diktator hätte umbringen sollen, seit einem Jahrzehnt eine Gedenktafel an die gescheiterte Befreiungstat. Erst der Untergang des Kommunismus hatte auf polnischem Boden dieses Zeichen der Erinnerung an die Tatsache möglich gemacht, dass sich einstmals eben auch Deutsche gegen Hitlers Schreckensherrschaft erhoben. Trotz ihrem Scheitern hätten am Ende ihre moralische Kraft und ihre politischen Werte den Sieg davongetragen, attestierte seither ein polnischer Staatschef in einer Rede zum Jahrestag des 20. Juli anlässlich der Ablegung des feierlichen Gelöbnisses durch Bundeswehrsoldaten im Innenhof des Bendlerblocks. Schon Jahre zuvor hatte bei der fünfzigsten Wiederkehr des historischen Datums der damalige Bundeskanzler Helmut Kohl die Gräfin Nina Stauffenberg dorthin geleitet, den Männern und Frauen der Erhebung den Dank der Nation bezeugt und versichert: »Es waren nicht viele, aber es waren die Besten.«

Stauffenberg als dem Attentäter und militärischen Organisator des Staatsstreiches blieb in der Nachkriegsära lange Zeit eine adäquate Würdigung versagt. Andere Köpfe der Opposition gegen Hitler, an ihrer Spitze Carl Goerdeler, erfuhren im freien Teil Deutschlands zunächst unvergleichlich größere Aufmerksamkeit. Zwei Generationen danach präsentiert sich die Lage indes umgekehrt: Nun dominiert eindeutig die Zahl der auf Stauffenberg konzentrierten Lebensbeschreibungen. An erster Stelle ist dabei Peter Hoffmanns nach jahrzehntelangen Forschungen vorgelegtes Werk »Claus Schenk Graf von Stauffenberg und seine Brüder«[1] zu nennen, das eine Vielzahl zusätzlicher Informationen und das Bild abrundender Erkenntnisse brachte. Umstürzend Neues war in dem komplizierten Mosaik jedoch nicht zu erkennen. Stattdessen fand sich eine Wiederbelebung der Legende von der spontanen Beteiligung des »Bamberger Reiters« an einem Fackelzug der NSDAP am Tag von Hitlers Machtergreifung, womit stets die anfängliche Nähe Stauffenbergs zum Nationalsozialismus bewiesen werden sollte.

Was in Hoffmanns Darstellung vor lauter Detailakribie fast in ein unfassbares Nebelreich zu entschwinden schien, formte wenig später Eberhard Zeller als eigentlich erster Stauffenberg-Biograph wieder zusammen in ein eigenes, ganz seinem Helden gewidmetes »Lebensbild«[2], das den jungen Offizier von geradezu Goetheschem Idealmaß erneut in packender Lebendigkeit erstehen ließ. Eine unmittelbare politische Nutzbarmachung ihres Gegenstandes lag dieser Biographie fern. Eine solche hatte noch kurz vor der Wiedervereinigung Wolfgang Venohr mit einer deutschnationalen Interpretation angestrebt: Stauffenberg wurde darin gewissermaßen als Wanderer zwischen Ost und West zum »Symbol der deutschen Einheit« proklamiert; als diese erreicht war, wurde er in dritter Auflage plötzlich nur noch als »Symbol des Widerstands« tituliert[3]. Ebenso wie Venohrs Darstellung basierte auch eine weitere Biographie aus der Hand von Hans Bentzien vor allem auf bisherigen Forschungsergebnissen[4]. Da ihr Autor dem einstmals kommunistischen Teil Deutschlands entstammte, markierte sie immerhin deutlich die Abkehr vom früheren, oft durch ideologische Faktenverdrehung gekennzeichneten historiographischen Opportunismus. Diese Wende zollte Stauffenbergs geschichtlicher Leistung und Bedeutung ebenso Tribut wie seine Aufnahme in die Reihe der Rowohlt-Monographien[5].

Breitere Beschäftigung mit Stauffenbergs Rolle und Wesen schützte keineswegs vor neuen Verzerrungen. Dass Michael Baigent und Richard Leigh, nach ihren sensationsgierigen Machwerken über die Suche nach dem Gral und die angebliche »Verschlusssache Jesus«, auch den Hintergründen des Hitler-Attentats[6] nachspürten, zählte noch zu den geringeren Übeln. Absurd indes mutete ein Unterfangen von anderer Seite an, den Nachweis dafür erbringen zu wollen, zwecks Verhinderung einer neuen

Dolchstoßlüge sei das Scheitern des Attentats von den Verschwörern beabsichtigt gewesen[7]. Anders als diese, eine weitere Auseinandersetzung kaum erfordernde, weil irrwitzige These verdienten die von den geistigen Paten der umstrittenen Wehrmachtausstellung in Umlauf gebrachten Anschuldigungen über eine direkte und tiefe Verstrickung führender Offiziere des 20. Juli in Kriegsverbrechen und Massenmord an der Ostfront eine eingehende Beschäftigung zwecks nachhaltiger Zurückweisung. Verdrehtes Aktenstudium fütterte eine böswillige Tendenz, die mit borniertem Antimilitarismus und postkommunistischem »Antifaschismus« viel, mit Kenntnis von Widerstandsformen in einem totalitären System jedoch kaum etwas zu tun hatte[8].

Wie ein Krieg verloren geht und wie die Einsicht reicht, ihn abzubrechen, weil er sinnlos geworden ist – dies hatte vor einer Generation diese Biographie zum Verständnis von Stauffenbergs Handeln und Gedanken zu erläutern versucht. Die Bedeutung dieser Abkehr von einer fragwürdigen und kaum verständlichen Heroisierung fand unter anderem ihre Anerkennung durch Andreas Hillgruber, der durch dieses Buch eine »neue Phase der Forschung ... in vollem Maße« eingeleitet sah. In der Ära der deutschen Teilung und eines westdeutschen »Verfassungspatriotismus« war die Erinnerung daran kaum stets willkommen und noch weniger selbstverständlich, dass keineswegs allein die Bezwingung des Bösen, sondern durchaus auch nationale Interessen die Empörer gegen Hitler zu ihrem Umsturzversuch motivierten. Das politische Verantwortungsbewusstsein Stauffenbergs manifestierte sich nicht in einem hehren Reich abstrakter Moralkategorien. Seine Konzeption von der Pflicht auch des Soldaten zur Übernahme politischer Verantwortung für das Gemeinwesen, wie sie diese Studie vor mehr als einem Vierteljahrhundert zu illustrieren trachtete, erfuhr seither eine faszinierende weitere Erhellung in einem inzwischen aufgetauchten Brief Stauffenbergs.

Wenige Monate vor der Entfesselung des Zweiten Weltkrieges durch Hitler hielt darin der junge Generalstabsoffizier seine Überzeugung fest: »Wir können es uns nicht leisten, uns in den rein soldatischen, soll heißen rein fachlich beruflichen Bereich zurückzuziehen, wiewohl es ... gerade unsre Besten zu tun geneigt sind. Soldat sein, und insbesondere soldatischer Führer, Offizier sein heißt Diener des Staates, Teil des Staates sein mit all der darin inbegriffenen Gesamtverantwortung... Wir müssen nicht nur um die Armee im engeren Sinn zu kämpfen wissen, nein, wir müssen um unser Volk, um den Staat selbst kämpfen, im Bewusstsein, daß das Soldatentum und damit sein Träger, das Offizierkorps, den wesentlichsten Teil des Staates und die eigentliche Verkörperung der Nation darstellt.«[9] Seiner Überzeugung lebte Stauffenberg in Deutschlands schlimmster Zeit wie kein Zweiter nach.

Als Bester seines Kavallerieoffiziers-Lehrgangs in Hannover hatte 1929 der Oberfähnrich des Reiterregiments 17 einen Ehrensäbel der Reichswehr für hervorragende Leistungen erhalten. Siebzig Jahre später tauchte die nach dem Opfertod ihres Trägers verschollene ritterliche Auszeichnung wieder auf und gelangte wie ein posthumes Geschenk an die Gräfin Stauffenberg[10]. Mutete dies nicht wie ein merkwürdig ergreifender Fingerzeig des Schicksals an, den die Auguren der Antike gewiss ohne Scheu als ein vom Olymp gesandtes Omen gedeutet hätten? Mit der Wiedervereinigung und dem Zusammenbruch des Kommunismus hat sich der unsinnige Disput zwischen West und Ost um das »Erbe« Stauffenbergs erledigt. Selten schuldete eine Nation einem tapferen Mann so vielen Dank.

November 2002 Christian Müller

Anmerkungen

1 Peter Hoffmann, Claus Schenk Graf von Stauffenberg und seine Brüder, Stuttgart 1992

2 Eberhard Zeller, Oberst Claus Graf Stauffenberg. Ein Lebensbild, Paderborn/München/Wien/Zürich 1994

3 Wolfgang Venohr, Stauffenberg – Symbol der deutschen Einheit. Eine politische Biographie, Frankfurt a. M./Berlin 1986 ders. Stauffenberg – Symbol des Widerstands. Eine politische Biographie, München 2000

4 Hans Bentzien, Claus Schenk Graf von Stauffenberg. Zwischen Soldateneid und Tyrannenmord, Hannover 1997

5 Harald Steffahn, Claus Schenk Graf von Stauffenberg, Reinbek bei Hamburg 1994

6 Michael Baigent/Richard Leigh, Geheimes Deutschland. Stauffenberg und die Hintergründe des Hitler-Attentats, (dtsch. Ausgabe o.O.) 1994

7 Dietrich Schmidt-Hackenberg, 20. Juli 1944 – Das »gescheiterte« Attentat. Untersuchung eines geplanten Fehlschlags, Berlin 1996

8 Gerd R. Ueberschär (Hrsg.), NS-Verbrechen und der militärische Widerstand gegen Hitler, Darmstadt 2000

9 Hoffmann, a. A.O., S. 459

10 Ulrich Raulff, Die Geheimwaffe des geheimen Deutschland, in: Frankfurter Allgemeine Zeitung, 13. 8. 1999

Im Zerrspiegel der Nachwelt

Eine Generation danach. In Ostpreußen zeugen gewaltige Betonfelsen, überwuchert von dichtem Gestrüpp und überschattet von winddurchrauschten Birken, erratischen Blöcken gleich vom verlassenen Bunkerreich, das einst als »Wolfschanze« Hauptquartier des nationalsozialistischen Diktators war. In Berlin erhebt sich, wie von Geisterhand beschützt, der graue Bendlerblock, Sitz des Reichswehrministeriums und seiner militärischen Nachfahren unter Hitler, über freies, zerbombtes Grasfeld. Zwei Schauplätze – am 20. Juli 1944. Damals, nach Mitternacht, schrie von seinem ostpreußischen Refugium der nationalsozialistische Diktator in sein Reich, das er dem Untergang immer näher führte: »Die Bombe, die von dem Oberst Graf von Stauffenberg gelegt wurde...« Die Worte kündeten davon, dass das ausersehene Opfer eines Attentates überlebt hatte. Zugleich stellten sie der Welt den Attentäter vor. Sein Name trat in die Geschichte durch den überlebenden Tyrannen. Der ihn hatte stürzen wollen, war bereits im dunklen Hof des Bendlerblockes unter der Salve eines Exekutionskommandos zusammengebrochen...

Spuren? Mehr als nur Steine und Tafeln des Gedenkens. Wer ihn gekannt, gut gekannt hat, zeugt – eine Generation danach – mit Worten, oft aber unbewusst sogar in Ton und Gebärde von seiner Art, seiner Haltung, seinem Wesen. Von neuem ersteht so manch ein Lachen, Spaß oder Spott voller Esprit. Der eine erzählt von der musischen Seite, der Jugend in Stuttgart am Königshof, dem Treiben auf dem idyllischen schwäbischen Landsitz in Lautlingen. Der andere berichtet vom brillanten Kavallerie- und Generalstabsoffizier, seinem souveränen Geist, von Feuer und Leidenschaft in unermüdlicher militärischer Arbeit und politischem Streitgespräch. Hier werden nochmals Feldzugerlebnisse beschworen: Herbststurm in Polen, Sommerblitz in Frankreich, Rückzug im nordafrikanischen Sand. Dort ist es die aufreibende, schließlich erfolglose Tätigkeit im Generalstab, die Bewunderung findet. Und dann, nach schwerer Verwundung und Verstümmelung, das faszinierende Ende der an Erlebtem reichen, aber an Jahren kurzen stürmischen Bahn: die Verschwörung gegen Hitler, der Mut zum letzten Schritt, zur Beseitigung des Diktators.

Facette reiht sich an Facette. Nur wenige kennen all seine Seiten. Dem einen ist er der blendende Berufsoffizier, der zu »organisieren« versteht wie kein zweiter und zu den besten des Generalstabes gehört, elegant und amüsant mit Autorität in der militärischen Welt sich bewegend, klug, tapfer und entschlossen im Felde. Mit dem andern hat er politisiert, Gedichte gelesen und Verse gesprochen. Ein Jugendfreund hat ihn später nie mehr gesehen. Wieder einer lernt ihn erst kurz vor dem entscheidenden Tag kennen. Und mancher ist genarrt worden: meint dem Grafen Stauffenberg begegnet zu sein, der ihm aber – aus seinen Gründen – nur den »advocatus diaboli« geschickt hat...

*

Die Nationalsozialisten hatten noch über ein Jahr Zeit, Stauffenberg als Attentäter und einen jener »ganz kleinen Clique ehrgeiziger, gewissenloser und zugleich verbrecherischer dummer Offiziere«, jenes »ganz kleinen Klüngels ehrgeiziger, erbärmlicher Kreaturen« in das Bewusstsein der deutschen Untertanen zu hämmern.[1] Allerdings konnte Hitler schon einem vom 26. August 1944 datierten, ihm durch Bormann zugeleiteten Untersuchungsbericht entnehmen, dass seine Schergen zu der Überzeugung gelangt waren, dass »das Bild Stauffenbergs ... etwas schillernd« sei. Dieses Bild entsprach etwa jenem eines über magische Kräfte gebietenden Dämons, der »über eine außergewöhnliche Redegabe verfügte und in einer faszinierenden Weise für sich einzunehmen verstand«.[2]

Am weitesten verbreitet und unabhängig von der jeweils eingenommenen Haltung zum 20. Juli ist das Bild Stauffenbergs als eines bloßen Werkzeuges – als Attentäter oder »Bombenwerfer«. Fast so verbreitet, aber die jeweilige Position schon genauer bestimmend ist das nach Belieben auf düsteren urgermanischen Mythen oder historischen Parallelen zu den Methoden serbokroatischer Königsmörder oder spanischer und russischer Anarchisten basierende Argument, dass der Attentäter als Sühne für seinen Mord sich selbst opfern müsse. Unbekümmert um die tatsächlichen und ganz einfach nachweisbaren konkreten Gegebenheiten, denen sich Stauffenberg konfrontiert sah und die ihm ein solches »Selbstopfer« verboten, auch wenn er es gewollt hätte, wird unaustilgbar ein Scheinvorwurf erhoben, der zuerst vom nationalsozialistischen Regime gebraucht wurde. Alle Argumente der nationalsozialistischen Propaganda vor dem Zusammenbruch des »Dritten Reiches« fanden sich nach dem Jahre 1945 vereint in einer Unzahl von Schriften ehemaliger Offiziere und überzeugter Nationalsozialisten, denen nicht einmal das Ende von Hitlers Regime die Augen zu öffnen vermocht hatte.[3]

Gegen die Version des nationalsozialistischen Regimes und seiner ideellen Nachfahren trat nach dem Zusammenbruch des »Dritten Reiches« die deutsche Geschichtsschreibung an. Einer der ersten Berichte eines Zeugen, der allerdings wie alle Überlebenden nicht eine entscheidende Rolle gespielt hatte, trug zu Recht den Titel »Offiziere gegen Hitler«. Der Schwerpunkt dieser Arbeit lag in der Schilderung der militärischen Opposition, insbesondere des Kreises um Tresckow bei der Heeresgruppe Mitte an der Ostfront. Stauffenberg wurde in diesem Bericht als hochqualifizierter, aber nicht einseitiger Generalstabsoffizier, Leiter des Staatsstreiches und Attentäter geschildert, der von der »Gedanken- und Geisteswelt Stefan Georges« beherrscht war und »seinem Meister treu« blieb. Aus »sittlicher Überzeugung« sei er »zum Kämpfer gegen Hitler geworden«, »nicht der Gedanke einer drohenden militärischen Niederlage oder sonst irgendeine materielle Erwägung bestimmten ihn in seiner Haltung«.[4]

Das Bild des »sittlichen Kämpfers« wurde zugleich mit einer scheinbaren Präzisierung von Stauffenbergs Lebensweg erweitert – durch einen romanhaften Bericht über seine Tätigkeit als Generalstabsoffizier in der Organisationsabteilung bei der Aufstellung von Freiwilligenverbänden aus sowjetischen Gefangenen.[5] In diesem »Bericht« eines Offiziers, der Stauffenberg nur dienstlich vor dem Jahre 1943 begegnete, ist der Kämpfer gegen Hitler bereits drei Jahre nach seinem Tod zu einem übermenschlichen Heros geworden, der in weltfremdem Idealismus alle unterdrückten Völker, vor allem jene Deutschlands und der Sowjetunion, von ihren Fesseln befreien will und zum Sturz aller totalitären Systeme aufruft. Hans Rothfels führte die ethische Heroisierung weiter in seiner Darstellung über »die deutsche Opposition gegen Hitler«. Über das Leben Stauffenbergs wurde kaum etwas mitgeteilt, dagegen um so mehr über sein Ethos. Die Konturen des Menschen drohten unter der »Würdigung« zu versinken.[6]

Ein Jahr vor Rothfels' Studie war Pechels »Deutscher Widerstand« erschienen.[7] Beide versuchten den Beweis zu erbringen, dass es sich beim Staatsstreichunternehmen nicht nur um die Aktion einer kleinen Gruppe von Offizieren, sondern um die Tat einer »deutschen Widerstandsbewegung« gehandelt habe. Während die deutsche Geschichtsschreibung nach innen sich darzulegen bemühte, dass die Männer des 20. Juli nicht »Verräter«, sondern »Patrioten« gewesen seien,[8] trat sie nach außen hin der feindlichen Umwelt der Sieger und Richter mit dem Anspruch entgegen, dass es auch in Deutschland – wie in den von ihm während des Krieges besetzten und unterdrückten Ländern – einen »Widerstand« gegeben habe. Rothfels gebrauchte im Titel seiner zuerst in den Vereinigten Staaten erschienenen Arbeit diesen Begriff noch nicht, sondern verwandte die auch während des Krieges übliche Bezeichnung »Opposition«.

Was in unheimlich rascher Folge und in unübersehbarer Menge an Publikationen sich anschloss, folgte wie einem Signal dem mathematischen Gesetz der Addition. Der 20. Juli wurde rasch identifiziert mit dem »deutschen Widerstand«. In Totenlisten tauchten unter dem 20. Juli Namen auf, deren Träger zwar im »Widerstand«, aber nicht im Zusammenhang mit dem 20. Juli umgekommen waren. Dass mit dem Begriff »Widerstand« im Falle Deutschlands vielleicht dem Phänomen des Kampfes, der Obstruktion, der Konspiration und des Aufstandes von Individuen oder Gruppen gegen die Herrschaft der nationalsozialistischen Diktatur gerade wegen der von der Résistance eines besetzten europäischen Landes so verschiedenen Ausgangslage ein schlechter Dienst erwiesen worden sein könnte, wurde nicht in Erwägung gezogen.

Den Beweis, dass es sich bei den Initianten des Umsturzversuches nicht um eine moralisch minderwertige Offiziersclique gehandelt habe, führte die überwiegende Mehrheit der deutschen Geschichtsschreibung so vor allem auf zwei Wegen: Moral und ethische Haltung wurden schlechthin zum primum movens des Staatsstreiches erklärt und der Staatsstreich des 20. Juli als symbolischer Akt im Namen der ganzen »deutschen Widerstandsbewegung« mit dieser identifiziert. Freilich war bei dieser falschen Gleichsetzung der Standort der meisten Historiker bestimmend, die nicht alles, was im »lautlosen Aufstand«[9] sich manifestiert hatte, als »Widerstand« anzuerkennen bereit waren. Die vorwiegend konservativen Historiker, die sich mit den Lebensläufen und den politischen Sünden ihrer »Helden« verbunden fühlten, schlossen sehr bald alles aus dem Begriff »Widerstand« aus, was sozialdemokratischer oder kommunistischer Provenienz war. Nur jene Sozialdemokraten oder Sozialisten, die etwa durch den »Kreisauer Kreis« in einer Verbindung zur Konspiration standen, die zum 20. Juli geführt hatte, wurden akzeptiert.[10]

Die Verengung des unkritisch aus politischen Motiven übernommenen »Widerstand«-Begriffes auf die im 20. Juli endende Konspiration fand ihren sichtbarsten Ausdruck in der nach ihrem Erscheinen zum »Standardwerk« erhobenen Arbeit Ritters über »Carl Goerdeler und die deutsche Widerstandsbewegung«. Ritter erhob den Anspruch, »eine Geschichte der Widerstandsbewegung als Ganzes, gruppiert um eine führende Gestalt und auf dem Hintergrund der Geschichte des Hitler-Reiches« geschrieben zu haben. Dabei war gleichwohl eine »perspektivische ›Verkürzung‹« nötig, so dass in seiner »geschlossenen Darstellung, die sich um eine Zentralfigur gruppiert, nicht alle an dem Geschehen beteiligten Persönlichkeiten mit gleicher Ausführlichkeit gewürdigt werden« konnten.[11]

Ritter ging davon aus, dass von Goerdelers »Biographie her ... sich das Ganze der Bewegung besonders gut überblicken« lasse.[12] Das ist bei genauer Untersuchung der Problematik der Konspiration nicht ein Forschungsergebnis, sondern reine Hypothese. Von Goerdelers Warte wurde so die Geschichte der Konspiration geschrieben. Dabei zeigt sich sehr genau, dass Goerdeler eben auch nur eine Figur innerhalb der Konspiration war und sich gerade seit dem Hinzutreten Stauffenbergs die Konstellation beträchtlich verändert hatte. Aber Stauffenberg fällt in Ritters Darstellung offensichtlich der »perspektivischen Verkürzung« zum Opfer. Für die Tatsache, dass die Konspiration, die zum 20. Juli führte, noch weniger als eine allgemeine »deutsche Widerstandsbewegung« mit Hilfe einer Biographie einer noch so zentralen Figur gültig und ohne Verzerrung dargestellt werden kann, ist Ritters Werk ein eindrückliches Beispiel. Ritter hat in der Tat Hand angelegt »am Formen des Geschichtsbildes unserer Zeit«, bevor »die Legende sich verfestigt hat«[13]. Nur ist durch ihn in hohem Maße zumindest der Ausgangspunkt zu einer neuen Legende geschaffen worden – jenes aus einem harmonisierenden Synthesedenken entsprungene Bild von der homogenen »deutschen Widerstandsbewegung« unter Leitung des Schattenkanzlers Carl Friedrich Goerdeler.

Ritter schloss sein Werk mit der Bemerkung, dass die Männer der »deutschen Widerstandsbewegung« – d. h. jene, die sich an der im 20. Juli mündenden Konspiration beteiligt hatten – zwar auch Menschen waren und keine Heiligen. Dennoch bleibe es »ermutigend, daß es in unserem Volk einen solchen Aufstand des Gewissens gegeben hat – einen Aufstand aus echter sittlicher Empörung gegen den Triumph der Macht – der Macht des Bösen, aber ohne Rücksicht auf die sogenannten ›nationalen Interessen‹«[14]. Nicht nur im Falle Stauffenbergs zeigt sich aber sehr deutlich, dass durchaus handfeste nationale Interessen ein »Widerstands«-Denken bestimmen konnten. Freilich ist von der Biographie dieser Figur nun nicht auch automatisch auf andere Figuren der Konspiration zu schließen. Doch wo früher einfach in jeder Frage bedenkenlos von einer statischen Momentaufnahme aus – zumeist der Situation kurz vor dem 20. Juli 1944 – ethisch-moralische Beweggründe vermutet wurden, die nicht zu jedem Zeitpunkt der langen Geschichte der Konspiration die gleiche Rolle gespielt hatten, sollte nun nicht aus dem Gefühl eines neuen »nationalen Selbstbewusstseins«, sondern der historischen Treue durchaus den »nationalen Beweggründen« in der Konspiration nachgegangen werden. Wird die Bedeutung des »deutschen Widerstandes« gemindert, wenn man in ihm nicht ein in Wahrheit übermenschliches Optimum an ethischer Motivation zu erkennen in der Lage ist?

Ein Blick auf »20.-Juli-Feiern«, »Würdigungen« in Presse und Rundfunk und die unzähligen Reden auf die Nationalhelden zeigt abgesehen von der Tatsache, dass die Männer des 20. Juli allzu häufig bloß gegen eine mögliche Kollektivschuldthese gestorben sind, die mit der sittlichen Perfektionierung heraufgezogene bedrohliche Gefahr der Erstarrung der »Vorbilder« zu Götzen, die ein solches Übermaß an Moral besessen hatten, dass nur sie überhaupt »Widerstand« leisten konnten[15]. Folge der großen Verzerrung sind unzählige kleine. Das Bild Stauffenbergs ist nur ein Beispiel, an dem dies recht drastisch erläutert werden kann.

Ritter folgte in seiner äußerst knappen Skizzierung Stauffenbergs vor allem dem Bild, das sich in Goerdelers Nachlass gezeichnet findet. Dieses Bild stellt Stauffenberg als »Querkopf« und nicht ungefährlichen »politischen Offizier« mit einer geradezu verhängnisvoll-revolutionären Linkstendenz dar. Dieses Stauffenberg-Bild Goerdelers ist eine höchst bedeutsame historische Realität. Ob es aber auch Stauffenberg historisch gerecht wird, untersuchte Ritter nicht weiter. Gleichzeitig erhob er aber den Anspruch, eine Geschichte der gesamten »Widerstandsbewegung« geschrieben zu haben – und setzte damit das Stauffenberg-Bild Goerdelers mit dem wirklichen Stauffenberg gleich.

Dazu mochte er durch mehrere, vor seiner Arbeit erschienene Publikationen ermuntert oder angeregt worden sein. Als erster zu nennen ist an dieser Stelle der im Jahre 1946 erschienene Bericht von Hans Bernd Gisevius[16]. In ihm wurde zum ersten Mal ein etwas ausführlicheres Bild Stauffenbergs entworfen. Der bisher bloß als Attentäter der Welt bekannte Stauffenberg avancierte zu einem von der »nationalsozialistischen Revolution« hochgetragenen, ihr nicht innerlich entfremdeten Nationalbolschewisten und »braun-grauen« Revolutionär, der sich mit der Sowjetunion verbünden wollte und nach dieser »Ostlösung« einen gemeinsamen Siegeszug gegen die westlichen Plutokratien anzutreten gewillt war. Gisevius sprach Stauffenberg allerdings nur einmal – nach seinem eigenen Zeugnis in der Nacht vom 12. zum 13. Juli 1944. Dagegen konnte er bei Goerdeler einiges über Stauffenberg hören – und so ist denn auch das Stauffenberg-Bild Gisevius' in seinem Kern durchaus leicht als das Goerdelers zu erkennen.

Gisevius gab dieses Bild weiter an Allen Dulles, dessen Hauptinformant über die Konspiration er geworden war. Stauffenberg war nun der Mann, der von der Revolution der Arbeiter, Bauern und Soldaten träumte[17]. Kaum ein Schritt war von da mehr nötig zu der phantastischen, die Darstellung Gisevius' bloß weiterinterpretierenden Behauptung Haffners, der »genial dämonische« Stauffenberg habe eine Regierung gewünscht, die »den militärischen Aufstand in eine echte Revolution überleiten, Deutsche und Fremdarbeiter unter dem alten Schlachtruf ›Proletarier aller Länder, vereinigt euch!‹ zusammenführen, die Regierungsgewalt in den besetzten Ländern an die Widerstandsbewegung übergeben und die anrückenden Heere der Großen Drei mit einem

Europa konfrontieren« sollte, »das sich in einem revolutionären Flammenmeer zur Einheit schmiedete«[18].

Ein nennenswerter Beitrag zur Biographie Stauffenbergs war noch nicht geleistet worden, als im Jahre 1951 ein Bericht herauskam, der zu bezeugen schien, dass Stauffenberg im Jahre 1933 ein begeisterter Anhänger Hitlers gewesen sei[19]. Musste damit nicht das Bild vom Revolutionär Stauffenberg bestätigt werden? Im Jahre 1952 erschien dann zum ersten Mal so etwas wie ein Entwurf einer Stauffenberg-Biographie in Eberhard Zellers »Geist der Freiheit«[20]. In diesem Werk unternahm der in der geistigen Welt des Dichters Stefan George stehende Arzt den Versuch, in großer Breite die freilich auch in diesem Fall mit dem 20. Juli gleichgesetzte »deutsche Widerstandsbewegung« zu schildern. Auch Zeller stellte sich in die konservative »Geschichtsschau« – mit einigen bedeutsamen Nuancen freilich, die durchaus »konservativ-revolutionären« Ursprungs sind. Er zeichnete packende Bilder von »kraftvollen« Menschen – unkritisch, »um Darstellung bemüht« und, wiewohl das Gegenteil beteuernd, oft über das Erträgliche hinaus heroisierend.

In Zellers Werk trat – wenn auch ungenannt und erst in der veränderten und erweiterten vierten Auflage[21] zum Teil, aber nicht immer als Quelle zitiert – ein Zeuge auf, der mit Stauffenberg befreundet, zwar nicht ein eigentlich Eingeweihter, aber doch in der Lage war, einiges zu Stauffenbergs politischen Vorstellungen beizutragen. Dieser Mann war Rudolf Fahrner, ein in der Nachfolge Georges stehender Germanist[22]. Durch ihn und Zeller erschien ein neues Stauffenberg-Bild, das, stark vom Georgeschen Menschenbild geprägt, Stauffenberg in keiner Weise als »Jünger« des »Meisters« reklamierte, ihn aber als »eigenständige politische Kraft« und Zentrum der Konspiration überhöhte und in dem sechsunddreißigjährigen Offizier einen »Täter«-Typus in der Art Caesars vermutete oder darzustellen sich bemühte. Etwas bescheidener hatte schon zuvor ein ebenfalls aus der Umgebung Georges stammender Bekannter Stauffenbergs das Bild des kryptokommunistischen oder nationalbolschewistischen Revolutionärs, wie es sich bei Gisevius und Dulles fand, mit dem Hinweis auf die Eigenständigkeit zu zerpflücken begonnen[23].

Waren frühere Versuche einer näheren Bestimmung von Stauffenbergs politischen Ansichten höchst dürftig und unsicher geblieben[24], so lieferte nun Zeller eine fast dichterische Deutung mit einem ganz eigenen politischen Standort. In der »Widerstandsbewegung« sah er – ähnlich wie Rothfels – ein »Volksganzes«, das sich über alle »Parteischranken« verbunden hatte – eine Verwirklichung eines »konservativ-revolutionären« Traumes. Wie der Schluss der ersten Ausgabe, der allerdings nicht identisch ist mit jenem der vierten, deutlich machte, sollte der 20. Juli auch eine zwar verschwommene, aber politisch reale Zukunft haben. So wurde bis zum Übermaß betont, dass Stauffenberg nicht den Sturz Hitlers, sondern einen »staatlichen Erneuerungsversuch..., der in ganz andere Lebensschichten reichen sollte als die ›Revolutionen‹ von 1918 und 1933«, als sein »oberstes Ziel« betrachtete. Die in einer »antibürgerlichen« Pose sich gefallende »konservativ-revolutionäre« Vorliebe Zellers für »Revolutionen« war zu erkennen, als er erklärte, dass das bereits erwähnte Bild Stauffenbergs, das ihn in Zusammenhang mit dem »Proletarier aller Länder, vereinigt euch!« gestellt hatte, »etwas Bestrickendes« gehabt habe, weil es wie keines zuvor »etwas von dem großen Wurf, der geistigen Spannweite, der bezwingenden Eigenart Stauffenbergs ... zur Erscheinung brachte«. Allerdings erwecke es dann doch den falschen Eindruck einer »Revolution von unten«, die Stauffenberg nicht gewollt habe. Unmittelbar nach dem Hinweis auf die »Revolutionen« von 1918 und 1933 und auf Stauffenbergs Absicht einer »tiefergehenden« Revolution brachte Zeller ein Zeugnis, das Stauffenberg von einer »großen Fahrt« mit »rasendem Tempo« nach dem Umsturz sprechen ließ[25].

An diesem Punkt setzte Ritter, vor allem aber Gisevius in seiner im Jahre 1954 erschienenen zweiten Auflage ein. Denn dies bedeutete ja scheinbar eine klare Bestätigung von Goerdelers Bild des gefährlichen Revolutionärs. Gisevius übersah, dass Zellers Darstellung trotz der »geheimen Quelle« Fahrner nicht identisch mit der Optik eines früheren »Stauffenberg-Kreises« war. Die aus recht apolitischen Gründen und auf schwächster Basis vollzogene Zellersche Überhöhung von Stauffenbergs Rolle in der Konspiration war für Gisevius der Beweis, dass Stauffenberg sich nach dem Umsturz von den anderen Trägern des Staatsstreiches losgesagt und seinen eigenen »Erneuerungsversuch« ausgeführt haben würde. Diese Erneuerung wäre eine »Revolution« gewesen – wie Gisevius bei Zeller lesen konnte. Ein weiterer Beweis dafür war die »große Fahrt« und das »rasende Tempo«. Zellers Hinweis auf die Ablehnung einer »Revolution von unten« wurde von Gisevius nicht beachtet. Damit war scheinbar der Beweis für die »Revolutionär«-These mit Hilfe des ersten Stauffenberg-Biographen erbracht[26].

Das dichterische, »georgianische« Bild hatte mit seiner »um Darstellung bemühten« Überhöhung des »Täters« Stauffenberg wesentlich zu der Verhärtung des »Revolutionär«-Bildes beigetragen. Wie unbeabsichtigt und naiv dies geschehen war, erwies sich, als später die von Gisevius angeführte Stelle bei Zeller einfach weggelassen und andere mögliche Ansatzpunkte gemildert wurden, so dass sozusagen Stauffenberg nun auch dem Sturz Hitlers und nicht allein dem »staatlichen Erneuerungsversuch« die nötige Aufmerksamkeit zuteil werden ließ[27]...

Nachdem bereits Zellers Werk erschienen war, setzte sich die Reihe des »revolutionären« Stauffenberg-Bildes fort in Wheeler-Bennetts

»Nemesis der Macht«. Wieder wurde – basierend auf Gisevius und Dulles, damit letztlich auf Goerdelers Stauffenberg-Bild – Stauffenbergs Drang nach einer antibourgeoisen »Ostlösung« und Zusammenarbeit mit Kommunisten »bezeugt«[28]. Ohne Rücksicht auf die völlig ungenügende biographische und politische Klärung wurde das Problem der »Ostlösung« auch im Falle Stauffenbergs bereits in prinzipiellen Diskussionen erörtert, während Gisevius seine früher so krass dargestellte Kontroverse mit Stauffenberg plötzlich als »leichte Spannung« qualifizierte und ihr eine »Kameradschaft auf Tod und Leben« folgen ließ[29].

Schwache Anfänge einer historisch-kritischen Version fanden sich in der kleinen, im Jahre 1964 erschienenen biographischen Stauffenberg-Skizze Bodo Scheurigs[30]. Zeller war inzwischen der Geschichte von der explosiven Begeisterung Stauffenbergs für den Nationalsozialismus nachgegangen und hatte keine Bestätigung dieses Zeugnisses eruieren können[31]. Und zudem hatte sich ein anderer Autor mit der Frage beschäftigt und war zum selben Resultat gekommen[32]. Bis dahin war aber das Bild von der Wandlung Stauffenbergs vom Saulus zum Paulus Allgemeingut geworden. Scheurig hielt an der Version von Stauffenbergs Teilnahme an einem Umzug zur Feier von Hitlers Machtergreifung fest. Seine Darstellung paraphrasierte im übrigen hauptsächlich Zellers Arbeit und brachte nichts Neues – auch die Kaltenbrunner-Berichte ließ er in seinem etwas simplifizierenden und von der herkömmlichen Mythenbeschreibung noch nicht völlig gelösten »Porträt« weitgehend unberücksichtigt, und sein Bild trug, zwar wohlwollend gemildert, noch vieles von Goerdelers, Gisevius' und Wheeler-Bennetts Version.

Der wichtigste Hinweis seiner Skizze war eine Schlussbemerkung zu den Quellen seiner nicht mit Anmerkungen versehenen Arbeit, in der er behauptete, dass die Familie Stauffenberg einige Unterlagen im Münchner Institut für Zeitgeschichte habe sperren lassen, die – so musste man aus Scheurigs Angabe schließen – Aufschluss über das Rätsel der Teilnahme Stauffenbergs am Umzug zu geben vermöchten. Dieser Hinweis entsprach allerdings in keiner Weise der Wahrheit. Weshalb Scheurig zu dieser Methode gegriffen hatte, bleibt unbegreiflich. Jedenfalls disqualifizierte er sich selbst und ergriff auch keine der sich ihm später häufig bietenden Gelegenheiten, um sich zu korrigieren, sondern hielt unbeirrt an seiner Version der Teilnahme Stauffenbergs an der Demonstration fest, als schon stichhaltige Argumente ohne Hinweis auf »gesperrte Akten« gegen sie ins Feld geführt werden konnten[33].

Scheurig stellte in seiner Skizze fest, dass um Stauffenberg im Westen Deutschlands »ein verlegener Bogen gemacht« werde[34]. Es wurde ihm entgegengehalten, dass dies nicht recht einzusehen sei, da doch Zeller sich sehr um Stauffenbergs Bild bemüht und Scheurig selbst fast ausschließlich mit dem Material Zellers gearbeitet habe[35]. Diese Begründung der Entgegnung war allerdings zu schwach. Wenn man zu Recht der Überzeugung ist, dass in Deutschland der 20. Juli »im Bewußtsein unserer Gegenwart bislang nicht den Platz einnimmt, der ihm zukommt«[36], so gilt dies vor allem für Stauffenberg. Goerdeler hatte sich im Geschichtsbild im Westen Deutschlands als »Zentralfigur« des deutschen »Widerstandes« schlechthin durchgesetzt. Stauffenberg blieb – trotz Zellers Darstellung – weitgehend der Attentäter. Das »revolutionäre« Bild – ein Danaergeschenk Goerdelers an die deutsche Zukunft – machte ihn in der Tat suspekt. Indem man ihn als Werkzeug darstellte und aus der politischen Problematik der Konspiration heraushielt, wurde deren harmonisches Bild der Homogenität nicht in Frage gestellt. In dieser Hinsicht ist der Hinweis auf die »Verlegenheit um Stauffenberg« durchaus angebracht[37].

Damit ist aber noch nicht gesagt, dass diese Verlegenheit berechtigt sei und auf wirklichen, durch historische Forschung möglichen Urteilen beruhe. Diese Forschung wurde aber im Falle Stauffenbergs von der deutschen Geschichtsschreibung völlig vernachlässigt. Ein provokatorischer Anstoß war notwendig, um neu zu beginnen. Ihn lieferte kaum die Forschung anderer westeuropäischer Länder, die sich vor allem darauf beschränkte, die Ergebnisse der deutschen Forschung zu übernehmen und etwas zu modifizieren[38]. Die Herausforderung brachte vielmehr das immer deutlichere Bestreben sowjetischer und ostdeutscher Geschichtsschreibung, einen Teil der Konspiration als »fortschrittlich« in ihrem Sinne zu klassifizieren und insbesondere Stauffenberg als geistigen Vorfahren des »ersten deutschen Arbeiter- und Bauernstaates« zu reklamieren.

In der östlichen Version wurden alle unter dem Stichwort »Goerdeler-Gruppe« zusammengefassten Träger der im 20. Juli endenden Konspiration, die weder ein nationalsozialistisches noch ein kommunistisches Deutschland wollten, als unverbesserliche Imperialisten und Kapitalisten ebenso scharf verurteilt wie das nationalsozialistische Regime. Ihnen wurde die »Stauffenberg-Gruppe« gegenübergestellt. Da nach kommunistischer Vorstellung Antifaschismus nur in Gruppen möglich ist, wurde das von Goerdeler stammende Bild einer solchen Gruppe übernommen ... Zu ihr zählte die östliche Version auch einige der fortschrittlicheren »Kreisauer«, ohne allerdings – wie ja auch die westdeutsche Geschichtsschreibung – solche »Zuordnungen« näher zu überprüfen[39].

In der »Stauffenberg-Gruppe« waren so »Menschen vereinigt, die sich in ihrem Handeln von wirklich patriotischen Motiven leiten ließen. Sie müssen deshalb von der dargelegten politischen Gesamtbeurteilung der Verschwörung vom 20. Juli 1944 ausgenommen werden[40].« Grundlage dieser These vom »fortschrittlichen«, wenn auch noch durchaus »bürgerlich-antifaschistischen« Stauffenberg waren die nun ins Positive gewendeten Charakterisierungen Gisevius', die ja auf dem Bericht Goerdelers beruhen, der nun in der östlichen Version sozusagen zum verachtetsten Mann der Konspiration und zugleich zum Kronzeugen für Stauffenbergs Größe wurde. Mit ganz eigenen Methoden wurde ferner eine Verbindungsaufnahme zwischen »Stauffenberg-Gruppe« und »Nationalkomitee Freies Deutschland« bewiesen oder als beabsichtigt dargestellt, so dass auch hier die tradierte nationalsozialistische Version von den »Landesverrätern« – wenn auch unter anderem Vorzeichen – aufgenommen wurde.

Konkreten Niederschlag fand die östliche Version vor allem in den Werken von Melnikow und Finker[41], wobei der zweite sich bereits auf die im Westen Deutschlands im Jahre 1965 erschienene Stauffenberg-Biographie von Kramarz stützen konnte[42]. Beide Arbeiten östlicher Provenienz trennten – getreu ihrem marxistischen Schema und ihren eigenen Methoden – die Konspiration in eine Mehrzahl von Imperialisten aus dem Monopolkapital und dem Junkertum und in eine Minderheit von bürgerlich-fortschrittlichen oder sogar sozialistischen Patrioten. Der »Kreisauer Kreis« wurde weitgehend identifiziert mit der »Gruppe Stauffenberg«, weil man über diese kaum etwas zu berichten wusste[43]. Den Gegensatz zwischen Goerdeler und Stauffenberg mit einer Fälschung und dem »Völkischen Beobachter« als Quelle zu belegen, scheute sich diese Version nicht[44].

Die östliche Version machte sich allgemein die Aufgabe, die Heterogenität der Konspiration zu beweisen, viel zu leicht und löste sie nicht, wenn sie einfach mit zwei verschiedenen Maßstäben dort maß, wo sie eingestehen müsste, dass nur graduelle Unterschiede zwischen »imperialistisch-monopolkapitalistischen« und »bürgerlich-fortschrittlich-antifaschistischen« Ideen bestanden. Allerdings ging die östliche Version nicht so weit, dass sie nun Stauffenberg zum Kommunisten machte. Vielmehr wies sie darauf hin, dass es »schon ziemlich viel antikommunistische Unverfrorenheit« erfordere, »die marxistische Geschichtswissenschaft für die Übertreibungen einiger bürgerlicher Autoren verantwortlich zu machen«. Aus diesen »Übertreibungen« übernahm sie dann allerdings in höchst eklektischer Weise alles, was in das antifaschistische Schema hineingedeutet werden konnte – mit der falschen Behauptung, dass Gisevius, Dulles, Haffner und Wheeler-Bennett »unabhängig voneinander und in den unterschiedlichsten Positionen stehend, in vielen Fragen zu den zitierten gleichen oder doch annähernd gleichen Urteilen kommen«[45].

Die ostdeutsche Stauffenberg-Biographie sollte den schon einige Zeit zuvor erhobenen »Anspruch« der DDR auf den Nationalhelden Stauffenberg auch dem kommunistischen Leser begründen, der diesem »Ahnen« des »roten Preußen« wohl mit noch größerer Skepsis – und zu Recht – als etwa Scharnhorst oder Gneisenau begegnete. Dieser Anspruch hat durchaus Monopolcharakter. Einzig die DDR vermag ihn auf Stauffenberg geltend zu machen, weil sie behauptet, dessen »Forderungen« bereits realisiert zu haben.

So war die westdeutsche Geschichtsschreibung herausgefordert. Wenn nach marxistischer Theorie Böcke von Schafen – Imperialisten von Progressiven – abgesondert werden konnten, musste die These von der politischen Homogenität der Konspiration überprüft werden. In der Publizistik nahm allerdings sogleich als Antwort auf die östliche Version die Tendenz überhand, dem Anspruch der DDR ein Glauben heischendes, aber nicht begründetes »Quod non« entgegenzuschleudern, das in aller Simplizität die These variierte, dass nicht sein kann, was nicht sein darf. Angeregt von einer recht kritischen, aber gleichwohl fragwürdigen amerikanischen Arbeit, die etwas zu simplifizierend eine Identität der politischen Programme der Konspiration mit jenen der »konservativen Revolution« zu zeigen suchte, erschienen dann aber vier historisch-kritische Studien im Westen Deutschlands[46].

In ihnen unternahm es vor allem Hans Mommsen mit seiner Untersuchung über »Gesellschaftsbild und Verfassungspläne des deutschen Widerstandes«[47], das traditionelle Bild zu zerpflücken und die teilweise recht prononcierte Heterogenität der Konspiration darzulegen. Doch übersah er etwas zu sehr die Tatsache, dass die Pläne der Konservativen und überhaupt der historisch erfassten Konspiration nicht einfach dem »deutschen Widerstand« gleichgesetzt werden konnten und nicht repräsentativ für das Gedankengut der gesamten Opposition zu sein brauchten. Beinahe symptomatisch war, dass in der zum Teil etwas flüchtigen Darstellung Mommsens Stauffenberg äußerst widersprüchlich gezeichnet war. Zwar wurde er dem »progressiven« Flügel unter Leber zugerechnet und seine Position mit der Lebers weitgehend identifiziert. Anderseits kam Stauffenberg aber in derselben Darstellung in den Verdacht, adliger Reaktionär gewesen zu sein, der der alten, politisch und sozial depossedierten Führungsschicht wieder ihre frühere Rolle zu verschaffen trachtete[48].

Ein solcher Widerspruch machte deutlich, wie wenig noch immer zur Klärung des »schillernden« Stauffenberg-Bildes unternommen worden war. Daran hatte auch die Arbeit von Kramarz kaum etwas geändert. Wie die östliche Version und vor allem auch Finker häufig der Gefahr erliegt zu vergessen, dass Stauffenberg in einer Konspiration handelte, dort Verhaltensweisen sehr entscheidend sein konnten und zum Beispiel die Frage des Attentates ein echtes Problem war, so lässt umgekehrt Kramarz die politische Problematik allzu sehr außer acht und begegnet ihr zum Teil verständnislos. Die Kontroverse zwischen Goerdeler und Stauffenberg betrachtet er noch fast ausschließlich vom harmonisierenden Geschichtsbild aus, das auch in dem neueren Versuch Peter Hoffmanns, eine Gesamtdarstellung vom Kampf der Opposition gegen Hitler zu geben, noch allzu stark nachwirkt. Während Hoffmanns Untersuchung über den Ablauf des Staatsstreichversuches wertvolle Aufschlüsse erbracht und allgemein das Wissen über die technische Seite der Umsturzproblematik in verdienstvoller Weise erheblich erweitert hat, bleibt die politische Dimension und vor allem die kompendienhafte Vorgeschichte des 20. Juli in seinem Werk von unterschiedlicher Qualität. In einem knappen curriculum vitae – basierend auf Zeller und Kramarz – betont Hoffmann, dass Stauffenberg »niemals Nationalsozialist« gewesen sei, was nicht ausschließe, dass er »Ideen bejahte, die er für gut hielt, auch wenn sie zugleich von den Nationalsozialisten vertreten und in Anspruch genommen wurden«. In seiner weiteren Darstellung, die Stauffenbergs politischem Lebenslauf keine neuen Aspekte hinzufügt, wird er allerdings dem »politischen Offizier« in der Frage des Konfliktes mit Goerdeler nicht gerecht. Im Grunde zeigt er den technischen Leiter des Staatsstreiches und Attentäter; er interessiert ihn offensichtlich am meisten[49].

Kramarz brachte eine große Zahl von Zeugnissen, die den Lebensweg Stauffenbergs bis zum Eintritt in die Konspiration etwas plastischer werden ließen. An erster Stelle gehörte dazu die Erforschung von Stauffenbergs Haltung am 30. Januar 1933. Wie in mancher Frage urteilte er aber eher apolitisch, ignorierte oder vermied die Problemstellung, so dass nun Stauffenberg in zu einfacher Weise von jedem »Verdacht« einer Sympathie mit dem Nationalsozialismus freigesprochen wird, was wieder den wahren Sachverhalt zu verzerren droht[50]. Dementsprechend zeigte Kramarz auch bei der äußerst spärlich versuchten Interpretation eine Scheu, politische Zusammenhänge offen darzulegen, obwohl er sich der Affinitäten Stauffenbergs zu bestimmten Aspekten der nationalsozialistischen Politik durchaus bewusst ist.

Immerhin war mit der skizzenartigen Schilderung etwa von Stauffenbergs Aktivität bei der Aufstellung von Freiwilligenverbänden gegen die Sowjetunion einiges erreicht. Sie konnte Finker nicht übernehmen, da diese Tätigkeit von seinem Standpunkt aus schlicht »völkerrechtswidrig« war oder gewesen sein muss. Zwar erwähnte er sie in wenigen Sätzen, doch nur um Stauffenbergs »Humanität« zu beweisen. Da aber diese Aktivität eine entscheidende Phase in Stauffenbergs Lebensweg darstellte und so eine eingehende Erörterung der militärischen Problematik notwendig macht, wird in Finkers Darstellung ein wesentliches Element der »Vorgeschichte« des »Widerstandskämpfers« Stauffenberg unterschlagen.

Kramarz wiederum betont zu einseitig den humanen Aspekt, ohne genügend darauf hinzuweisen, wie sehr realpolitische Interessen im Kampf um eine »realistische« Ostpolitik dominierten. »Das Leben eines Offiziers« hat er zu beschreiben versucht, aber eine politische Biographie, die dem Gegenstand besonders im Hinblick auf die Jahre 1943/44 durchaus angemessen ist, hat er – man ist geneigt zu sagen: fast bewusst – vermieden.

Wie ein Krieg verloren geht und wie die Einsicht reift, ihn abzubrechen, weil er sinnlos geworden ist – dies aufzuzeigen hatte die gesamte »Widerstands«-Literatur im Falle Stauffenbergs für unnötig erachtet, weil sie einmal alles Militärische für bekannt voraussetzte und zudem offenbar solch profane Fragestellungen als der Sache nicht würdig, ja entehrend empfand, da sie ja scheinbar das Ethos und »sittliche Kämpfertum« dieser Männer entweihten. Die Folge war eine nahezu totale Verzerrung in der Diskussion vor allem ehemaliger Offiziere um Gehorsam und Eid. Die »ethisierende« Version ist einfacher, aber in hohem Maße auch unverständlicher als der Versuch, die realen Gegebenheiten und nationalen Interessen der »Widerstandskämpfer« zu rekonstruieren. Es ist einfacher zu behaupten, Stauffenberg habe »aus dem Georgeschen Geist heraus ... dem neuen Regime gerade in der ersten Zeit und bis zum Beginn des Krieges mit Ablehnung, ja mit Verachtung« gegenübergestanden[51], als diesen Geist in seiner »konservativ-revolutionären« Affinität zum Nationalsozialismus zu zeigen und auch wirklich zu erklären, weshalb Stauffenberg den Krieg, als er entfesselt worden war, nicht von Anfang an aus ethisch-moralischen Gründen ablehnte, sondern durchaus als mögliche Basis einer »Erneuerung« Deutschlands auffasste.

Wie kaum ein anderer der im »Widerstand« Gefallenen ist Stauffenberg – sei es als nationalbolschewistischer Revolutionär, georgianischer »Caesar«, sittlicher Kämpfer und Heros, Attentäter, adliger Reaktionär, bürgerlich-nationaler Antifaschist und Patriot oder einfach tapferer Offizier – in beiden Teilen Deutschlands und in der Welt umstritten oder in den Genuss einer Bewunderung gekommen, die sich – aus den richtigen oder falschen Gründen – allzu oft ins Maßlose gesteigert hat. Die verschiedenen Interpretationen und der müßige und unhistorische Streit, wem er »gehört«, dem östlichen oder westlichen Teil Deutschlands, zeigen deutlich, wie sehr man ihn gerne noch politisch »wirksam« machen möchte. Wenn aber solch verschiedene Interpretationen möglich sind und solch konträre Ansprüche angemeldet werden, wäre es da nicht an der Zeit, statt mit bestimmter Tendenz »Voilà un homme!« zu rufen, einmal wirklich der Frage nachzugehen: Wer war dieser Mann?

Kindheit und Jugend

Claus Philipp Maria Schenk Graf von Stauffenberg wurde am 15. November 1907 in Jettingen im bayerischen Schwaben geboren. Er entstammte einem katholischen Geschlecht. Die Schenken von Stauffenberg gehören zum schwäbischen Uradel. Über ihren Ursprung sind unsichere und legendenhafte Zeugnisse überliefert.

So ist die Behauptung, die Schenken von Stauffenberg seien Erbschenken der Hohenstaufen gewesen, eine Legende. Ebenso ist die angebliche Herkunft ihres von einem »herzoglichen« Hut geschmückten Wappens mit zwei blauen Löwen von dem Staufer-Wappen eine schöne, aber nicht belegbare historische Anekdote[1]. Nach neuester Forschung sind die Schenken von Stauffenberg weiter als bis zu den heute bekannten urkundlichen Nachweisen[2] zurückzuführen. Als Ministeriale sollen sie im Dienste der Grafen von Kyburg gestanden haben, bevor sie nördlich des Bodensees bei Hechingen in unmittelbarer Nähe der aufsteigenden Grafen von Zollern ihre heute versunkene Stammburg Stauffenberg errichteten[3]. Dass sie in Konflikte mit den expansiven Zollern geraten sind, ist sehr wahrscheinlich, doch die darüber bekannten Anekdoten sind wiederum fast zu reizvoll, um wahr zu sein; sie lassen die Proportionen vermissen bei den – in feudalen Kategorien gemessen – relativ bedeutungslosen Schenken von Stauffenberg und den starken Grafen von Zollern, in deren Dienst als Ministeriale die Schenken von Stauffenberg traten[4].

Zu Ende des 17. Jahrhunderts, am 20. Januar 1698, wurden die Schenken von Stauffenberg in den Reichsfreiherrnstand erhoben. Ihr Geschlecht hatte sich – zur schwäbischen und fränkischen Reichsritterschaft gehörend – mit der Zeit über den ganzen süddeutschen Raum verstreut und nach 1564 in vier Linien aufgeteilt, von denen alle bis auf die zweite, die Amerdinger Linie – benannt nach dem durch Heirat erworbenen Stammsitz –, ausgestorben sind. Diese heute noch bestehende Amerdinger Linie brachte einen Fürstbischof von Bamberg hervor[5]. Sie teilte sich zu Beginn des 19. Jahrhunderts in zwei Linien. Der Urgroßvater Claus Stauffenbergs und Stammvater des älteren Zweiges, Freiherr Franz Ludwig Schenk von Stauffenberg, wurde am 14. Januar 1874 von König

Ludwig II. von Bayern in den erblichen bayerischen Grafenstand erhoben[6]. Die königliche Gunstbezeigung scheint allerdings nicht von einem freundlichen Gefühl getragen gewesen zu sein. Der König wollte sich bei dem eigenwilligen Stauffenberg mit der Verleihung des Grafentitels für eine von diesem im Jahre 1871 gegenüber den bayerischen Kammern verwandte List beim Beitritt Bayerns zum Reich revanchieren. Stauffenberg soll damals beiden Kammern erklärt haben, die andere werde für den Beitritt votieren und damit beider Zustimmung gewonnen haben. Stauffenberg gab der an ihn herantretenden Kanzlei sein Einverständnis mit jeder vom König beabsichtigten Ehrung – außer der einer Standeserhöhung –, worauf dann die Antwort in subtiler, aber dem Bedachten unerwünschter Weise erfolgte[7].

Die gräfliche Linie setzte sich weiter fort in den Söhnen des Grafen Franz Ludwig Schenk von Stauffenberg – den Grafen Clemens und Philipp Schenk von Stauffenberg. Graf Clemens Schenk von Stauffenberg, der ältere der beiden Brüder und Claus Stauffenbergs Großvater, war Vater dreier Söhne: des Grafen Berthold Schenk von Stauffenberg – des späteren Majoratsherrn auf Greifenstein –, des Grafen Alfred Schenk von Stauffenberg und des Grafen Philipp Schenk von Stauffenberg. Graf Alfred Schenk von Stauffenberg (1860-1936), der sich im Jahre 1904 auf dem Familiensitz Schloss Greifenstein mit Gräfin Caroline Uxkull-Gyllenband – einer Urenkelin Gneisenaus – verheiratete, war Claus Stauffenbergs Vater.

Das kleine süddeutsche Königreich Württemberg war für Claus Stauffenberg und seine um zwei Jahre älteren Zwillingsbrüder Berthold und Alexander die Heimat der frühen Jugend. Man sollte diesem Lebensanfang die ihm gebührende Bedeutung zumessen und sich immer bewusst bleiben, welch verschiedene Staatsformen Stauffenbergs Leben umfasste – sowohl die idyllisch anmutende kleine Monarchie süddeutscher Prägung als auch das von Hitler und dem Nationalsozialismus in die Katastrophe geführte »Dritte Reich«.

Stauffenbergs Vater, Graf Alfred Schenk von Stauffenberg, stand im Dienste des Königs von Württemberg. Bevor er Oberhofmarschall wurde und damit eine dominierende Stellung am Stuttgarter Hof einnahm, diente er lange Zeit als Stallmeister im königlichen Marstall, dem Baron Geyr von Schweppenburg als sehr erfolgreicher Oberstallmeister vorstand[8]. Im Marstall in Stuttgart wurden die beiden Zwillingssöhne des Stallmeisters Graf Stauffenberg, Berthold und Alexander, am 15. März 1905 geboren. Die Stellung seines Vaters am königlichen Hof ist die Ursache dafür, dass sich Stauffenbergs Jugend sozusagen in »königlichem Rahmen« abspielte.

Der Stuttgarter Hof Wilhelms II. – des letzten der württembergischen

Monarchen, die ihre Königswürde dem großen Korsen und Parvenu auf dem französischen Thron verdankten – war nicht zu vergleichen mit dem Hof seines hohenzollerischen Namensvetters auf dem deutschen Kaiserthron. Dazu war dieser kleine süddeutsche Hof zu einfach. Wilhelm II. war der letzte König aus dem protestantischen Zweig der Württemberger Dynastie. Da er kinderlos blieb, ging der Thronanspruch auf Herzog Albrecht über, der der katholischen Nebenlinie des Herrscherhauses angehörte, die Krone aber nie erhielt, da König Wilhelm, der »mit einem seine Umgebung erschreckenden, untrüglichen Instinkt« sich bewusst war, »daß er der letzte Monarch seines Landes sein würde«[9], gestürzt wurde, bevor er im Jahre 1921 starb und die Krone auf Herzog Albrecht hätte übergehen können. Die Tatsache des bevorstehenden Wechsels im konfessionellen Bekenntnis der regierenden Dynastie war wohl für den Hof Anlass zu mannigfaltigen Spekulationen, die ihren Niederschlag in Gerüchten, Intrigen und allerlei undurchsichtigen Manövern in Klatschecken und Hofzirkeln gefunden haben mögen, doch für die Untertanen im »Ländle« war sie wohl kaum ein Ereignis größerer Tragweite, das Befürchtungen hätte aufkommen lassen müssen um den Bestand der »wohlgestalteten«, überlieferten Ordnung in der Monarchie.

Ein Jugendfreund der Brüder Stauffenberg schildert anschaulich seine Eindrücke aus jener Zeit. Das Bild, das er von der süddeutschen Monarchie zeichnet, ist dabei bewusst geprägt von einem subjektiven Eindruck, der sehr idyllisch anmutet. Manches mochte – besonders im Vergleich mit der späteren Zeit der nationalsozialistischen Diktatur – so unproblematisch erscheinen. Der historischen Wahrheit entspricht dabei nicht alles. Doch ist vielleicht sinnvoller als eine möglichst objektive Untersuchung der politischen und sozialen Hintergründe von Stauffenbergs Kindheit der Versuch, sein höchst subjektives Bild aus dieser Zeit nachzuzeichnen. Er stand in einer Umgebung, die auf Grund ihrer sozialen Stellung die Dinge aus einem konservativen Blickwinkel betrachtete, der auch die Haltung des »staatstragenden« Bürgertums bestimmte. Dabei mochten gerade manche politischen und sozialen Aspekte keine Beachtung finden – bei Stauffenberg im Hinblick auf sein Alter freilich eine Selbstverständlichkeit. Die Revolution von 1918 fand auch in Württemberg statt und wurde nicht nur von hergereisten Kieler Matrosen und Marinesoldaten inszeniert. Idyllisch war also bestimmt nicht alles. Doch Stauffenberg konnte sich in seinem kindlichen Alter begreiflicherweise dem Einfluss der in seiner Umgebung herrschenden politischen Einstellung nicht entziehen. Er wurde beeinflusst von einem bestimmten Bild seiner Zeit. Sein subjektiver Eindruck ist deshalb wichtiger, da er ebenso Realität ist wie die im historischen Urteil sicher kritischer zu bewertende tatsächliche politische Situation in der Spätzeit der württembergischen Monarchie.

Den Blick auf das benachbarte Bayern oder auf das im Westen angrenzende Großherzogtum Baden gerichtet, »empfanden wir Schwaben nicht selten die, wie uns schien, oft allzu sparsame Verwaltung weniger als Vorbild, sondern als Einschnürung«, berichtet Theodor Pfizer, der Freund der jungen Grafen Stauffenberg. Doch das angeführte Beispiel, die bescheidene »Ausstattung der Staatseisenbahnen, die unter dem begrenzten Umfang des Gebiets und seiner verkehrshemmenden Topographie litten«, erregt eher ein bewunderndes Lächeln über solch genügsame Kritik, der es an geeigneten Objekten zu mangeln schien. »Dieses Land und die, die es regierten«, schienen »in Ordnung« zu sein. Zu dieser Ordnung gehörte, »dass der König die Tüchtigsten zu seinen Mitarbeitern berief. Sicher waren nicht alle Minister geniale Naturen, aber sie waren hervorragende Fachbeamte, die nicht der Zugehörigkeit zum Adel oder Beziehungen ihre Ämter verdankten: Bewährung, Können und Fleiß waren entscheidend, ob sie nun Mittnacht, Weizsäcker oder Pistorius hießen.« In einer Zeit, in der hervorragende Fachbeamte mit ihrem Können und Fleiß in ihrer Bewährung noch nicht missbraucht wurden und sich auch nicht missbrauchen ließen, der König – »im Denken der erste Bürger seines Landes« – ein verantwortungsvoller und beliebter Monarch war, glaubte man die gute Ordnung bestätigt durch die Tatsache, dass nicht lange vor dem Umsturz »eine sozialdemokratische Stuttgarter Zeitung gesagt hatte: Wenn je Württemberg Republik würde, müsste der jetzige Träger der Krone deren erster Staatspräsident werden«[10]. Zu dieser Ehre mochte dem württembergischen Monarchen sein Regierungsstil verholfen haben, der sich deutlich von jenem seines kaiserlichen Namensvetters unterschied. Der König war der Überzeugung, »ein Monarch in Württemberg habe nur noch als Förderer eines kleinen Kulturzentrums eine Existenzberechtigung, und wenn Stuttgart dadurch vor dem Schicksal einer französischen Provinzstadt bewahrt worden sei, die kulturell gegen Paris nicht mehr aufkomme, so habe damit das Herrscherhaus seine Aufgabe erfüllt«[11].

In dieses wohl auch die Brüder Stauffenberg recht unproblematisch anmutende und einfache Bild eines kleinen süddeutschen Hofes fügte sich Stauffenbergs Vater als ein idealer Oberhofmarschall ein. »Durch viele Jahre der nächste Diener seines Königs, überzeugter, aber nicht politischer Katholik, ein konservativer Edelmann in Gebärde und Denken, in gleicher Weise begabt für echte Form der Repräsentation, das Zeremoniell des Hofes, die Ordnung von Festen wie für alle damit im Zusammenhang stehenden praktischen Dinge des Lebens«, war er nicht Inkarnation des Hofzeremoniells und gezierter Hofschranzenmeister, sondern bewahrte eine urwüchsige Natürlichkeit, mit der er manchen in Schrecken versetzen konnte. Der Oberhofmarschall, der »fern von gefühlvollen Betrachtungen, die er doch mit fast wohlwollendem Spott geißelte«, auf Grund der von ihm gepflegten Art und Umgangsweise von manchen eher gefürchtet wurde, konnte bei einem Empfang mit seiner dröhnenden Stimme eine Zeitlang die anwesenden Gäste erschrecken, ohne sich dessen überhaupt bewusst zu werden. Wenn dann ein Verwandter zu dem am Eingang stehenden Grafen Stauffenberg durch vier große, von herumstehenden Leuten angefüllte Säle eilte und – aufgeschreckt vom Lärm – sich besorgt erkundigte, was eigentlich passiert sei, so war der Oberhofmarschall selbst erstaunt über solches Interesse, dem er mit der Bemerkung begegnete, er habe der Wache eine Zurechtweisung erteilen müssen und könne sich die sorgenvolle Miene seines Verwandten durchaus nicht erklären[12].

Der Hofton war eben »schwäbisch-herzhaft« und von beinahe familiärem Charakter. Ein junger Leutnant konnte zu einem Kammerherrn sagen, »der ihn beim Hofball etwas streng an den ihm zustehenden Platz verwies: ›Nur net so dick tun! Adlig bin i au – und dumm g'nug zum Kammerherrn wär i au noch!‹[13]« – ein Ton, der im Berliner Schloss mehr als deplaziert gewesen wäre. Die Hofdamen wurden zuweilen, wenn sie dem Oberhofmarschall irgendwelchen Anlass zu Ärger gegeben hatten, von ihm mit dem Prädikat »dumme Gänse« bedacht, was sie ihm natürlich so leicht nicht verzeihen konnten[14]. Zu seiner ganzen Art passte die Tatsache sehr gut, dass der Oberhofmarschall der einzige war, »der in den traurigen Novembertagen 1918 den Kopf nicht verlor wie alle anderen, für die Übersiedlung des Königs und der Königin nach Bebenhausen sorgte, an alles dachte und vor allem auch weiterdachte, an die Zukunft«[15].

Graf Alfred Schenk von Stauffenberg wohnte mit seiner Frau und seinen drei Söhnen im zweiten Stock des Alten Schlosses, der Burg der Grafen und Herzöge von Württemberg – »Mittelpunkt und Sinnbild für die Hauptstadt des Landes«. Die Mutter Stauffenbergs, eine Gräfin Uxkull-Gyllenband, »war im Gegensatz zum Grafen nun gerade den praktischen Dingen des Lebens abgewandt«. Sie flüchtete »aus dem Zwang des Hoflebens immer wieder in ihre eigene Welt zu Goethe und Shakespeare, zu den Dichtern der Zeit« und »hat nach ihrem eigenen Geständnis nie eine letzte Platzscheu überwunden, war ... nicht ganz frei von Hemmungen«, wiewohl sie als »Hofdame der Königin mit den täglichen Pflichten der Konvention« vertraut war. Die Uxkulls waren ursprünglich eine baltische Familie. Ein Zweig der Familie hatte sich jedoch schon seit Generationen in Schwaben nieder gelassen[16], wo er am Hofe eine große Rolle spielte. Stauffenbergs Mutter – allgemein »Does« genannt – wurde in frühen Jahren zusammen mit ihrem Bruder Nikolaus Graf Uxkull – der später als österreichischer Reiteroffizier im Range eines Oberstleutnants lange Zeit im Stabe des Feldmarschalls Conrad diente – und ihren beiden Schwestern als Waise von ihrer Tante Gräfin Olga Uxkull – genannt »Osch« – aufgenommen und aufgezogen[17].

Vor einem solchen, für ihn sicher sehr erfreulichen Hintergrund spielte sich Claus Stauffenbergs früheste Jugend ab. Photographien und Bilder aus dieser Zeit zeigen ihn – mit langen, blondgelockten Haaren und blauen Augen – als Siebenjährigen, kritisch-wohlwollend seine am Boden sitzenden älteren Brüder und den geliebten Spaniel betrachtend. Diese drei Knaben meinte Rilke, als er in einem Brief an ihre Mutter von den »so vielfach künftigen Knaben« schrieb[18].

Späße und Streiche trieb der junge Claus genauso wie jeder andere seines Alters. In den weitläufigen, an alte Zeiten mahnenden Räumen des Alten Schlosses, auf den langen Galerien, in manchen dunkeln Winkeln und Ecken ließen sich herrliche Spiele veranstalten. Man konnte mit dem Holländer die Korridore durchfahren. Die gegebenen Möglichkeiten wurden in ihrer ganzen sich darbietenden Fülle ausgeschöpft: Der sechsjährige Claus nutzte eine günstige Gelegenheit vor dem Salon seiner Mutter und schnitt dem unbeweglich dastehenden Lakaien mit einer großen Schere kurzerhand die Frackschöße ab[19].

Wenn die Gefahr bestanden hätte, dass Stauffenberg von der »Hofluft« – was immer man darunter verstehen will – verdorben oder allzu stark und ungünstig beeinflusst worden wäre, so hätte der Landsitz seines Vaters in Lautlingen dem wohl bald Abhilfe geschaffen. Doch diese Gefahr drohte nicht. Lautlingen war vielmehr eine ideale Ergänzung zur Umgebung von Stauffenbergs Kindheit und Jugend, die in ihm eine starke Verbundenheit zur Landschaft und seiner engeren schwäbischen Heimat erwachsen ließ. Lautlingen liegt in einer idyllisch-schwäbischen Gegend an der Straße, die – von dem teilweise noch recht mittelalterlich anmutenden Balingen ausgehend – einen Höhenzug überwindet und zu dem hohenzollerischen Sigmaringen führt. Wer eilig durch das kleine Dorf im südwestlichen Teil der Schwäbischen Alb fährt, gewahrt das Stauffenbergsche Schloss nicht, das inmitten des Dorfes beinahe versteckt liegt. Das Schloss ist ein an der Stelle einer alten, bewehrten Burg in der Mitte des 19. Jahrhunderts errichtetes stattliches Landhaus. Sein Garten ist von einer an die alte Burg mahnenden Mauer mit vier Ecktürmen umgeben.

Die Familie Stauffenberg spielte in dem Dorfe eine von allen Bewohnern anerkannte Patriarchenrolle. In der neben den Schlosse gelegenen Kirche – deren Patronat sie innehatte – besaß sie ihre eigene Empore. Aus dem guten Verhältnis zwischen gräflicher Familie und den Dorfbewohnern ließ man keine großen Phrasen entstehen, sondern betrachtete es als selbstverständlich, dass man sich über kleine und große Sorgen – Hagel, Trockenheit, Preise – unterhielt und alte und kranke Leute besuchte. So konnte Stauffenbergs Mutter erklären, als die nationalsozialistische »Volksgemeinschaft« erstanden war, dass sie diese »Neuheit« nicht brauche, da sie in Lautlingen längst bestehe[20].

Stauffenberg und seine Brüder fanden in den fast ausnahmslos hier verbrachten Schulferien Spielkameraden, die sie mit dem Landleben vertraut machten. So halfen die Söhne bei der Ernte, und Stauffenberg war stolz darauf, die Technik des Mähens am Hang zu beherrschen. Die jeweils in Lautlingen verbrachte Zeit schuf für die Brüder Stauffenberg eine enge Beziehung zu den Bewohnern. Wanderungen und Skifahrten in der Umgebung gaben sicher Gelegenheit für manche Späße und jugendliches Austoben, das in der Stadt im Schloss nicht so leicht möglich gewesen wäre.

In Lautlingen schuf sich Stauffenberg sein eigenes Reich – zuerst auf dem alten Nussbaum als Beobachtungs- und Leseecke, später, in der Gymnasiumszeit, im östlichen Eckturm in Form einer Klause mit Feldbett, Tisch, Stuhl, wenigen Büchern und Bildern. Hier konnte er sich zurückziehen und jugendlichen Träumen nachgehen.

In diese unbeschwerte Kindheit kam die Zäsur: der Sturz der Monarchie im November des Jahres 1918. Stauffenberg wurde gerade elf Jahre alt; er hatte während des Krieges von den unheilvollen Ereignissen gehört, dienten doch manche seiner Familie und seiner Verwandten in der bayerischen, württembergischen oder österreichischen Armee. Sein Onkel Graf Berthold Schenk von Stauffenberg führte zeitweise ein Regiment. Doch Stauffenberg konnte sicher wie seine älteren Zwillingsbrüder in den letzten Wochen des Krieges nicht glauben, »daß das Deutsche Reich zerbrechen, die Fürsten abdanken würden. Noch wehte ja auf dem Wilhelmspalais die Königsstandarte, noch hielten im Westen trotz überstürzender Nachrichten die deutschen Truppen dem Ansturm stand, noch schien die alte Ordnung gesichert«[21]. Der Krieg war für ihn wie ein ferner Donner. Der Sturm aber kam, und Stauffenberg erfuhr ihn ganz konkret. Es gab keinen König mehr, so konnte sein Vater auch nicht mehr Oberhofmarschall sein. War sein Vater nicht mehr Oberhofmarschall, so musste die weitläufige Wohnung im romantischen Alten Schloss – ein fester Rahmen für Stauffenbergs Kindheit – geräumt und die kleinere Dienstwohnung der Herzoglichen Rentkammer bezogen werden. Sein Vater wurde Präsident dieser Kammer und Verwalter des königlichen Privatgutes und hatte schwierige Auseinandersetzungen mit der Republik um Vermögen und Besitz des Hauses Württemberg, dessen Oberhaupt nun den Titel eines Herzogs führte[22].

Ein Zeichen dafür, dass Stauffenberg diese äußerlichen Vorgänge nicht nur oberflächlich registrierte, sondern sich mit ihnen tiefer und eingehender beschäftigte, mag die Tatsache sein, dass er sich noch nach Jahren in seiner Stellungnahme zur Frage der Monarchie als Staatsform auf einen Ausspruch des Königs von Württemberg zu berufen pflegte, den dieser in jenen Novembertagen getan haben soll. Stauffenberg mochte damals dieser Ausspruch zu Ohren gekommen sein, wenn auch die Möglichkeit einer späteren Überlieferung nicht auszuschließen ist[23]. Jedenfalls machte er sich seine eigenen Gedanken über den König, der sich ohne Widerstand stürzen ließ, am Nachmittag des ersten Revolutionstages mit der Königin ein Auto bestieg und vom Wilhelmspalais nach seinem Jagdschloss Bebenhausen fuhr[24].

Stauffenbergs Brüder traten im Herbst des Jahres 1918 in das Eberhard-Ludwigs-Gymnasium ein, er seinem Alter entsprechend drei Jahre später. Dieses über 250 Jahre alte humanistische Gymnasium war »von einer lebendigen Tradition« bestimmt, in der sich Antike, Humanismus und Moderne vereinigten. Ein Schüler, der vor dem Krieg glaubte, vom Glanz seines Vaters – »Namen im Hofbericht der Zeitungen, seine roten Generalsstreifen« etc. – müsse auf ihn etwas fallen, musste feststellen, dass die Schule davon keine Notiz nahm. »Man sprach wohl davon, ob einer armer oder reicher Leute Kind war, aber sonst machte man sich nichts aus der Stellung der Eltern. Nur was einer selbst bot, galt. Man mußte zu den besten Schülern gehören, man durfte kein Kleidungsstück haben, das aus dem Rahmen fiel, und man mußte stark genug sein, die anderen verhauen zu können[25].«

Diese »demokratisch-süddeutsche« Atmosphäre bestand sicher auch nach dem Krieg im selben Maße. Ebenso die Pflege der Antike – der lateinischen und griechischen Sprache –, die manchen vielleicht nicht immer ganz erfreute. Man war »im Gegensatz zu Berlin ganz versessen darauf, diese Sprachen so zu pflegen, dass ein Theologieprofessor für seinen Beruf eine ausreichende Grundlage hatte«. Diese Einstellung erschien vor dem Kriege einem aus Berlin kommenden Schüler »grotesk«, da für ihn die Lehrer nicht »mitten im derzeitigen Leben« standen, sondern nur in dem des Altertums. Mag dieser Vorwurf eines etwas enttäuschten Schülers vielleicht für die Vorkriegszeit zugetroffen haben, für Stauffenbergs Schulzeit hatte er keine Berechtigung mehr.

In dem Gebäude, das sich während des Krieges in ein Offiziersgefangenenlager verwandelt hatte, nahm nach dem Krieg das Erlebnis der Gegenwart einen bedeutenden Raum ein. Nicht nur in den Schulpausen beschäftigte dieses Erlebnis die jungen Stauffenberg, wenn sie durch den benachbarten Hoppenlau-Friedhof an den Gräbern der im Siebziger und im Großen Krieg gefallenen ehemaligen Schüler vorbeigingen – »vergangenen Zeiten nachdenkend, Fragen der Gegenwart beredend« – oder wenn sie in das dem Gymnasium nahegelegene Arbeitszimmer ihrer Tante »Laßli« eilten – eine Schwester ihrer Mutter, die Oberin des Roten Kreuzes war und von ihren Fahrten mit Elsa Brandström zu russischen Kriegsgefangenenlagern im Weltkrieg ihren Neffen und deren Freunden packend zu erzählen vermochte.

Welchem Geist der Schüler Stauffenberg in dem Gymnasium begegnete, ist unschwer zu erraten. Auch er blieb nicht verschont von einem durch den Krieg noch übersteigerten Nationalismus, der mit großer Selbstverständlichkeit Schulen und Universitäten des Nachkriegsdeutschlands beherrschte. Die »demokratisch-süddeutsche« Atmosphäre mochte vielleicht einige mildernde Nuancen beisteuern, die Herrschaft des politischen Glaubensbekenntnisses bürgerlich-konservativer und deutschnationaler Kreise über die Pflanzstätten deutschen Geistes wurde dadurch in keiner Weise tangiert. Stauffenbergs Brüder wurden von zwei Altphilologen unterrichtet, von denen der eine von seiner Teilnahme an der Expedition des deutschen Asienkorps unter Waldersee, der andere von seinen Erlebnissen in den Flandernschlachten zu berichten vermochte. »Durchgerührt vom Erleben des Krieges« waren sicher beide. Mit Parallelen zur jüngsten deutschen Geschichte wurden die Knaben zu Homer, Xenophon und Tacitus geführt. Die humanistische Verbrämung des Nationalismus konnte sich ja in den Schulen auf Tradition berufen…

Es ist unwahrscheinlich, dass sich Stauffenberg diesem Geist entzog. Er las zusammen mit den jungen Gymnasiasten Oswald Spengler, Binding, Gundolfs Goethe-Buch, Goethe und Hölderlins Werke. Begeisterung für Rilkes Cornet und Hofmannsthal wurde abgelöst von der Beschäftigung mit dem »Faust«. Über allem schwebte Walter Flex' »Wanderer zwischen zwei Welten«. Stauffenberg sah sich an der Schule mit dem deutschen Nationalismus unfreiwillig konfrontiert. Was er von ihm aufgenommen hat, was ihn berührt, was er verworfen hat, ist nicht zu erkennen. Ob er jene Szene bei Flex schätzte, in der eine Mutter auf die Nachricht vom Tode ihres Sohnes beruhigt in den Sessel zurücksinkt, als sie erfährt, dass der höchste Wunsch ihres Sohnes – die Teilnahme an einem Sturmangriff – in Erfüllung gegangen ist? Unkritisch scheint Stauffenberg nicht gewesen zu sein. Doch ist schwer denkbar, dass er dem gewaltigen Druck des nach dem Kriege so ungemein starken Nationalismus nicht in mancher Beziehung – freilich unbewusst – erlegen ist. Zu vieles davon war zu selbstverständlich und verbreitet, wenn auch einiges vielleicht – mit großer Nachsicht betrachtet – begreiflich erscheint.

Die Lehrer Stauffenbergs waren nicht immer dieselben wie die seiner älteren Brüder. Zudem war er – anfällig für Krankheiten – nicht ununterbrochen an der Schule. Doch nahm er intensiv Anteil an dem, was seine

Brüder erlebten. Anders als man erwarten würde, war die Beziehung zwischen dem älteren Zwilling Berthold und seinem um mehr als zwei Jahre jüngeren Bruder Claus enger als zum gleichaltrigen Alexander. Mancher Schüler mochte wohl damals die immer zusammensteckenden Brüder als zu »schöngeistig« empfunden haben. Jedenfalls fiel auf, dass Alexander von anderem Holz war als Berthold und Claus. So ist es nicht verwunderlich, dass Claus Stauffenberg immer bei den älteren Freunden seines Bruders Berthold war und sozusagen auf eine höhere Altersstufe »hinaufgezogen« wurde, sich mit den den Bruder beschäftigenden Problemen auseinander setzte und den Altersunterschied vergessen ließ, was so weit ging, dass er ganz selbstverständlich an Zusammenkünften der oberen Klasse teilnahm und auch als völlig Gleichaltriger akzeptiert wurde.

Das rege Interesse Stauffenbergs und seiner Brüder beschränkte sich keineswegs auf die Aufnahme des in der Schule vermittelten Wissens. Die in der Schule gewonnenen Erkenntnisse und Erfahrungen bildeten vielmehr Ansporn und Anregung zu eigenem Tun. Das sehr musenfreundliche Klima der schwäbischen Kapitale erleichterte solche Unternehmen. In der »Halle« oder im Salon der gastfreundlichen Gräfin Stauffenberg in der nach dem Auszug aus dem Alten Schloß bezogenen Wohnung in der Jägerstraße konnten Stauffenberg und seine Freunde zur Teestunde neue Bücher besprechen, politische Erörterungen anstellen oder auch ihrem Alter noch durchaus angemessene Schulsorgen beichten. Ein Onkel eines Schulfreundes – Rechtsanwalt und Mäzen zugleich – nahm die Gymnasiasten zu Vorträgen und Diskussionen im literarischen Klub oder in den Geschichts- und Altertumsverein mit und konnte sie mit ebensolcher Begeisterung in die Geheimnisse der Küche einweihen wie zuvor in jene der Antike. Die Begegnung mit der Musik erschöpfte sich nicht im Besuch der Tanzstunde, die wegen der Teilnahme der Zwillinge »Grafentanzstunde« genannt wurde. Die drei Brüder musizierten selbst – Berthold am Klavier, Alexander mit der Violine und Claus mit großer Begabung und Freude auf dem von ihm geliebten Instrument, dem Cello. Der Besuch von Konzerten ergänzte dieses Musizieren der Brüder ebenso wie der Besuch des Theaters die Schüleraufführungen von Theaterwerken – wie der Braut von Messina oder des in der Stauffenbergschen Wohnung gespielten vierten Aktes des Julius Cäsar – mit Berthold als Geist Cäsars und Claus als jungem Lucius.

Den häufigen Besuch des ehemaligen Königlichen Hoftheaters, das unter seinem Intendanten Baron Putlitz um die Jahrhundertwende eine große Zeit erlebt hatte und nun Landestheater hieß, gestattete Graf Stauffenberg seinen Söhnen, als sie die zum Verstehen der Werke nötige Reife erlangt hatten. Er selbst betrat es seit dem Sturz der Monarchie nie wieder, zwang aber die Söhne nicht, ihm in seiner Haltung zu folgen. Das Schwärmen für Hölderlins Dichtung quittierte er mit der recht nüchtern vorgetragenen Ansicht, ihm sei unverständlich, was man an diesem Dichter jetzt finde, den kein Mensch zu seiner Jugendzeit gekannt, geschweige denn gelesen habe. In solchen, bewusst etwas skurril vorgetragenen Äußerungen wurde aber keineswegs irgendein Tadel ausgesprochen. Die Söhne des Grafen Alfred Stauffenberg schätzten die Art ihres Vaters ebenso wie die Objekte ihrer Begeisterung, tranken mit ihm eine Flasche und unterhielten sich in recht urtümlich-bodenständiger Weise; das eine schloss eben das andere nicht aus. Man sollte sich davor hüten, sich die jungen Grafen Stauffenberg als in musischen Gefilden schwebende ätherische Wesen vorzustellen. Bodenständige Urtümlichkeit und musische Begeisterung und Begabung zeichneten das Wesen der jungen Stauffenberg – man mag sich die Verschiedenheit und eigenartige Ergänzung der Eltern, die wohl viel zum Wesen und Charakter der Söhne beitrug, in Erinnerung rufen.

All die unzähligen Anregungen, die Stauffenberg und seine Brüder zu immer neuen Erfahrungen, Kenntnissen und Taten in ihrer geistigen und musischen Welt stoßen ließen, vermochten nicht, sie von einer aufmerksamen und intensiven Beobachtung der politischen Geschehnisse abzuhalten. Einmal entsprach es durchaus ihrer Natur – besonders dem Tatendrang Claus Stauffenbergs –, bei der Beschäftigung mit höchst geistigen Dingen mit beiden Füßen am Boden zu bleiben. Zum andern wäre ein Abseitsstehen von der allgemeinen Stimmung und Bewegung an der Schule im Deutschland der frühen zwanziger Jahre den Brüdern wohl kaum denkbar und möglich gewesen. Stauffenberg schloss sich mit seinem Bruder Berthold der durch das Erlebnis des Ersten Weltkrieges erneuerten Jugendbewegung an, die dank ihrer extremen Tendenz zum Partikularismus eine Unzahl von Gruppen und Grüppchen umfasste. Mit ihren Kameraden zogen die Brüder Stauffenberg hinaus in die Wälder, schlugen Zelte auf, stimmten am Feuer Landsknechtslieder an und lasen in Stefan Georges »Stern des Bundes«. Bei einer Weihnachtsfeier standen sie mit ihren Lehrern Hand in Hand im Ring um den Lichterbaum in dem von ihnen geschmückten Schulraum, lasen aus dem Korintherbrief und sprachen Verse Hölderlins. Dieses romantische Natur- und Heimaterlebnis mag heute manches Lächeln erregen, das wohl aus heutiger Sicht dann seine Berechtigung hat, wenn damit kein oberflächliches Urteil ausgesprochen werden soll.

Für die Deutung des Problems »Jugendbewegung« bei Stauffenberg ist wichtig, welcher ihrer unzähligen Formen er begegnete. Die unmittelbare Begegnung Stauffenbergs mit der »Bewegung« in der Schule in Stuttgart, die einen bedeutsamen Hinweis zur Klärung des Tatbestandes darstellt, gehört ebenso dazu, da sie sein Erlebnis in der Jugendbewegung zu präzisieren vermag.[26]

Doch ist nicht nur die Frage der Stuttgarter Erscheinungsform der Jugendbewegung von Bedeutung, sondern auch das, was man als Persönlichkeit, Eigentümlichkeit oder Charakter Stauffenbergs selbst bezeichnen kann. Man sollte diese Eigentümlichkeit nicht überbetonen oder mythisieren. Doch scheint er schon in dieser relativ frühen Zeit – man wird dies vielleicht mit einem gewissen Erstaunen zur Kenntnis nehmen müssen – bereits typische, später noch weit mehr ausgebildete Charakterzüge besessen zu haben. So soll er einer Abordnung von älteren Schülern des Eberhard-Ludwigs-Gymnasiums, die zu ihm – dem jüngeren – gekommen war und ihn bat, er möge sich der Idee des Jugendrings an der Schule annehmen, die Antwort erteilt haben, er kenne keine Idee, er kenne nur Menschen[27].

Dies war wohl mehr als ein leicht hingeworfenes Wort, ein auf gefällige und geistreiche Überspitzung zugeschnittenes Bonmot. Der überlieferte Ausspruch könnte ein Schlüssel zum Verständnis von Stauffenbergs frühen politischen Vorstellungen sein. An ihm wird deutlich, was Stauffenbergs Denken schon in dieser Zeit erfüllt zu haben scheint: seine Neigung, von Menschen auszugehen, deren Absichten, Haltung und Wünsche zu betrachten und diese Betrachtung zur Grundlage des eigenen weiteren Handelns zu erheben.

Die Jugendbewegung nach dem Krieg war etwas anderes als in ihrer Frühzeit vor dem Kriege, in der sie im »Wandervogel« wohl ihren typischsten Vertreter gefunden hatte. Das Jahr 1913 lag zwar nicht weit zurück, doch der Geist des Hohen Meißner war fern. Der Krieg war die Ursache dieser Entwicklung. Der großstadtfeindliche, weitgehend apolitische Wandervogel mit seinen unzähligen Ablegern hatte den fahrenden Scholaren zum Leitbild. Die nach dem Krieg aus den Überresten des Wandervogels und den Pfadfindern entstandenen ordensähnlichen, zumeist konfessionell oder politisch orientierten »Bünde« wählten den Soldaten zum Vorbild[28]. Gleichzeitig mit der Politisierung der nun als »bündische Jugend« bezeichneten Bewegung setzte ein im Vergleich zur Vorkriegszeit noch viel weitergehender Partikularisierungsprozess ein. Diese Tatsache entbehrt nicht einer gewissen Ironie, lehnten doch die meisten Bünde die von Parteien zersplitterte Weimarer Republik ab. Die Meinungen über Rolle und Bedeutung dieser Jugendbewegung der zweiten Phase in der Weimarer Republik gehen auch heute noch weit auseinander. Ein Urteil kommt zu dem Schluss – vielleicht etwas allzu summarisch –, dass die bündische Jugend »sich ganz allgemein der sozialen und politischen Realitäten stärker bewusst« gewesen sei als die Jugendbewegung der Vorkriegszeit[29]. Nach einem anderen Urteil waren die Bünde durch ein »unüberwindliches Spannungsverhältnis zur sozialen Wirklichkeit und von einer Distanz zum Raum politischer Entscheidung bestimmt«[30]. Die beiden Urteile widersprechen sich. Das rigorose Verdikt über die bündische Jugend in der Zeit der ganzen Weimarer Republik sieht vor allem das Ende der Entwicklung, während das erste Urteil, das eher zum Freispruch neigt, die spätere Entwicklung nicht genügend berücksichtigt.

Eine unbestreitbare Tatsache aber, die von den meisten Bünden, soweit sie nicht parteipolitisch organisiert und das Jugendreservoir einer bestimmten Partei waren, auch nicht abgeleugnet wurde, war die geistige Abstinenz von dem nach der »Revolution« des Jahres 1918 entstandenen Staat – der ersten Deutschen Republik. »Aus ihrem aristokratischen Ästhetizismus, der die Masse im Grunde verachtete, mussten die Bünde beinahe zwangsläufig zu einer Ablehnung des massenfreundlichen parlamentarischen Systems kommen[31].« Selbst eine Synthese von aristokratisch-elitären Tendenzen – wie Führertum und Gefolgschaft – und von demokratischen Methoden – wie freie Meinungs- und Willensbildung – verwarfen die meisten Bünde das eben erst begonnene Experiment der Demokratie in Deutschland, und im Laufe der Zeit wandelte sich ihre anfängliche Abstinenz sogar zu einer ausgesprochenen Gegenposition zum Staat.

Stauffenberg trat den »Neupfadfindern« bei. Standen die Pfadfinder vor dem Kriege noch eher an der Peripherie der Jugendbewegung und konnten ihr nicht eigentlich zugeordnet werden, so setzte nach dem Kriege eine völlig neue Entwicklung ein, die zumindest einen Teil der Pfadfinder zu den eigentlichen Schöpfern der »bündischen Jugend« werden ließ. Unter den Reformern der Jugendbewegung spielte vor allem der protestantische Berliner Pfarrer Martin Voelkel eine Rolle. Seine Absicht war es, in der Art Stefan Georges ein mystisch-geistiges Reich zu errichten, das die Elite heranbilden sollte für ein »neues Reich«[32]. Im Dezember des Jahres 1920 erfolgte die offizielle Ausrufung des »Bundes der Neupfadfinder«[33]. Das Programm dieses Bundes lautete: »Wir Neupfadfinder streben nach Erneuerung unseres inneren und äußeren Lebens im Glauben an eine kommende deutsche Kultur. Sie bedarf eines neuen Menschen und sie führt in ein neues Reich ... Unsere Lebensweise sei herb und kraftvoll. Der neue Mensch und das neue Reich stehen als Ziel vor ihr[34].« Der Name Voelkels und seine Zeitschrift »Der Weiße Ritter« sind wahrscheinlich die einzig bekannten Überreste der Neupfadfinder. Für den Rest ist die Vergangenheit zur Vergessenheit geworden.

Die Ideen des Pfarrers Martin Voelkel zeugten bei näherer Betrachtung nicht von großer Originalität. Richteten die anderen Reformer ihr Augenmerk vor allem auf pädagogische Fragen und versuchten, eine »Stammeserziehung« zu errichten, indem sie die Grundeinheit der Pfadfinder, die Gruppe, in den »Stamm« als Grundeinheit der Neupfadfinder verwandelten, so steuerte Voelkel die ideologische Grundlage zum Unternehmen bei. Die Begriffe des »Reiches«, des »Ritters« und des »heiligen Grals« bekamen für die Neupfadfinder eine ganz bestimmte romantisch-mythische Bedeutung[35].

»Den eigentlichen Kern aber bildete die Idee – und die Wirklichkeit – des Bundes[36].« Der »Bund« war anspruchsvoller als die Vorkriegsjugendbewegung. Nicht nur, was die Lektüre von Voelkels Elaboraten betraf: »Der Bund wird zum Volk, setzt Ring um Ring an, umfaßt Ebene, senkt sich immer tiefer hinein in die spendende Erde. Immer höher drängt das Volk zu neuer Geschichte. Und in die Vergangenheit versinkt, nur noch ein Schemen gegenüber neuen Möglichkeiten, das engherzige und engbrüstige Gebilde des Deutschen Reiches ... Wenn nur der Bund tapfer bleibt, das Ziel weiß und durchhält, dann wendet sich die Not in Gnade, und die Sonne führt auf seinen Ruf und durch die Kraft seines Winkes einen neuen Tag herauf[37].« Dieser Bund war als elitäre Vorform eines neuen, seinen Ideen entsprechenden Staatsgebildes konzipiert. Die Ideen von diesem Reich wurden auf den Bund bezogen, auf das »Jugendreich« – »eine Theokratie ohne Gott, heiliges Reich, dessen Heiligkeit in sich, im Volk, im Reichsein an sich liegt«, wie die pastorale Definition dafür lautete[38].

»Bund«, »Reich«, »Gral« und viele weitere Begriffe erinnern sehr stark an Stefan George. Freilich war, was Voelkel und nach ihm manche »bündische« Ideologen zur Fundierung ihres Unternehmens vorbrachten, eine schlichte Verflachung und Entstellung Georgeschen Denkens. Voelkel huldigte auch völkischen Vorstellungen. Diese waren nicht antisemitisch ausgerichtet. Die Unklarheit und Vagheit aller Begriffe waren aber verhängnisvoll und sind es heute noch. Sie konnten von Hitler und seinem Ideologie-Fragment »angereichert«, umgedeutet und noch weiter entstellt werden. Sie gehören zum Ideengut der »konservativen Revolution«, deren Schicksal sie miterlitten[39].

Von Stefan Georges noch vor dem Krieg erschienenen »Stern des Bundes«, überhaupt von seinen Werken und seinem »Kreis«, gingen wohl stärkste Impulse auf die bündische Jugend aus. Das aristokratische Element in seinem Idealismus und seine Verachtung des Rationalismus wurden mit Begeisterung übernommen, allerdings ohne große Überlegung. Denn Georges Absicht war weit entfernt davon, seine Ideen popularisieren und für die Durchschnitts-Intelligenz einer Massenbewegung simplifizieren zu wollen. Auf George konnte sich Voelkel nicht berufen, wenn er proklamierte: »Wo deutsches Blut rauscht, da ist der Helden Heimat[40].« Von nordgermanischer Mystik, die wohl später eher Gefahr lief, in »Blut und Boden« aufzugehen, hielt George, der sich in die Tradition von Hellas und Rom stellte, nichts, sie schien ihm dem Denken der Slawen – der späteren nationalsozialistischen »Untermenschen« – angemessen. Ein späterer kleiner Bund, die »Südlegion«, nahm dann von dieser »Südorientierung« Georges Kenntnis[41].

Eine weitere Auseinandersetzung mit der Ideologie der »Neupfadfinder« würde kaum etwas zur Erforschung von Stauffenbergs Gedankenwelt beizutragen vermögen, da kaum eigene Äußerungen von ihm aus dieser Zeit überliefert sind. Der Begriff des »Reiches« spielte wohl später in seinem Denken eine Rolle. Was er zu dieser Zeit darunter verstand, ist nicht zu erkennen. Wahrscheinlich ist, dass er viel mehr von Stefan George als von »bündischen Ideen« beeinflusst worden ist[42].

»Das Leben der Jugendbewegung war fast immer reicher, voller und lohnender als es die Gedanken, Reden und Schriften ihrer Führer waren[43]...« Hinzu kam für Stauffenberg eine Tatsache von besonderer Bedeutung. Er und sein Bruder Berthold schlossen sich nicht einer Stuttgarter »Ortsgruppe« der Neupfadfinder an, die es gar nicht gab. Die Besonderheit von Stauffenbergs »jugendbewegter« Zeit lag darin, dass sich am Gymnasium über die Klassen, über die einzelnen Jugendbünde und Gruppen hinweg die einzelnen zusammenfanden. Der eine mochte sich den Wandervögeln, der andere den christlichen Pfadfindern oder der katholischen Quickborn-Jugend angeschlossen haben; ihre Wanderungen unternahmen sie gemeinsam und ihre Gespräche führten sie nicht in einer an ihrer »bündischen« Zugehörigkeit orientierten Exklusivität. Die Schule war das Gemeinsame. Der Idealismus, der sie alle erfüllte, ließ nicht erkennen, welchem »Bund« der einzelne beigetreten war[44].

Die besondere Situation, der sich Stauffenberg in seiner Schule gegenübersah, gab in seinen Augen seinem Beitritt zu einer bestimmten Jugendgruppe eine über das Formale nur wenig hinausreichende Bedeutung. Daher ist wichtiger als die Frage, welcher Gruppe er sich anschloss, der Versuch zu verstehen, weshalb er überhaupt einer solchen Gruppe beitrat. Denn so selbstverständlich, wie ihm selbst sein Beitritt zu der Jugendbewegung und zu den »Neupfadfindern« erscheinen mochte, war er doch wieder nicht.

Weshalb trat Stauffenberg dem konfessionell ungebundenen, areligiösen Bund – »Theokratie ohne Gott« – bei und nicht etwa der katholischen Quickborn-Jugend? Mochten hier Einflüsse des Elternhauses, wo der Vater katholisch, die Mutter evangelisch war, eine Rolle gespielt haben? Stauffenberg scheint, entsprechend seinem Charakter, sehr früh bestrebt gewesen zu sein, nicht unbesehen »katholische Tradition« zu übernehmen, sondern sich ein eigenes Urteil zu der Frage der Religion zu bilden. Als der katholische Religionslehrer des Gymnasiums in der Klasse seines Bruders Berthold derbe Verunglimpfungen über Luther aussprach, ging Berthold Stauffenberg zu dem Lehrer und erklärte, er würde sich für die Klasse, die davon allerdings nicht unterrichtet war, verpflichtet fühlen, »sich energisch gegen diese niedrige und unritterliche Art des Kampfes zu wehren. Sie würden seine Stunde nicht mehr besuchen, wenn ähnliches noch einmal vorkommen sollte.« Dieselbe Haltung hätte wohl Claus Stauffenberg eingenommen[45].

Der Beitritt zur Jugendbewegung überhaupt, auch wenn die Stuttgarter Form dieser Bewegung etwas Besonderes darstellte, bedarf einer Klärung. Die »Aristokratie« war in der Jugendbewegung nicht stark vertreten. »Gesellschaftlicher Umgang mit Angehörigen anderer Klassen war immer noch verpönt. Die jungen Aristokraten hatten andere Interessen, so wie das Milieu, in dem sie aufwuchsen, ein anderes war, und häufig besuchten sie auch gesonderte Schulen[46].« Stauffenberg besuchte keine gesonderte Schule. Das »Milieu« war wohl in seiner süddeutschen Heimat auch eher »demokratischer«, und der »Umgang mit Angehörigen anderer Klassen« deshalb nicht so verpönt. Dies waren äußere Einflüsse, die zum Teil Stauffenbergs Haltung bedingten. Auch wenn sein Schritt im Hinblick auf seine soziale Herkunft nicht ganz dem landläufigen Durchschnitt entsprach, folgte er dennoch dem Zuge der Zeit, in der vor allem die Jugend konservativ-bürgerlicher Kreise das mystisch-romantisch geprägte Erlebnis der Jugendbewegung suchte.

Doch das enthob ihn nicht der Aufgabe, seine aristokratische Stellung nach dem Zusammenbruch der alten Ordnung neu zu definieren. Sein Vater betrat das ehemalige Königliche Hoftheater nicht mehr und dokumentierte damit seine Distanz zu dem neuen Staat. Für einen der Monarchie und dem König persönlich und eng verbundenen Aristokraten war diese Verhaltensweise durchaus verständlich, um so mehr, als die Distanz zum Neuen eine von ihm persönlich bezogene, niemandem aufgezwungene Position darstellte. Denn er verlangte nie von seinen Söhnen, dass sie ihm in seiner Haltung folgen sollten. Zwar kam es gelegentlich zu Differenzen wegen der Zugehörigkeit der Söhne zu den Neupfadfindern. Doch war sein Verhalten in dieser Frage nicht von Tadel bestimmt, sondern eher von Spott. Stauffenbergs Vater hatte für romantisch-schwärmerische Aktivitäten eben schlicht nichts übrig. Dies hinderte Stauffenberg nicht, weiter diesem väterlich belachten »Romantismus« zu huldigen[47].

In seinem Streben, seiner scheinbar obsolet gewordenen sozialen Rolle einen neuen Sinn zu geben, scheint Stauffenberg eine besondere »aristokratische Verpflichtung« empfunden und sich auferlegt zu haben, die nichts Mystisches an sich hatte, sondern in idealer Weise seinen Tatendrang ergänzte und ihm allmählich Richtung und Sinn gab. Verpflichtung an sich hätte Stauffenberg recht wenig genützt. Er musste sie zeigen, er musste sich bewähren, und das konnte er nicht mit Abseitsstehen, nicht im leeren Raum, sondern unter Menschen, denen gegenüber er Verpflichtung empfand und denen er verbunden war. So ist seine Teilnahme an der Begeisterung seiner Freunde verständlich – als erster Versuch, Aristokrat zu sein.

Wie seine jugendliche Umwelt stand auch Stauffenberg in einer Distanz zu den neuen, noch höchst unvollkommen ausgebildeten, kaum über das Experimentierstadium hinausgekommenen staatlichen Formen der Republik und der parlamentarischen Demokratie. Im Gymnasium wurde in der letzten Klasse die Verfassung der Weimarer Republik besprochen. Ein Mitschüler Berthold Stauffenbergs[48] erinnert sich, dass damals diese Verfassung nicht ganz ernst genommen wurde. Nicht, weil der Wunsch nach einer Restauration der Monarchie bestanden habe. Beim Tode des württembergischen Königs im Jahre 1921 hofften Stauffenberg und seine Freunde vor allem, »daß aus Deutschland wieder etwas werde«. Sie sahen – bei aller Verbundenheit mit dem Württemberger Herrscherhaus – die Möglichkeit zur Überwindung der inneren Schwäche und Instabilität nicht in den Händen der alten monarchischen Formen und ihrer Vertreter. Billige Angriffe auf das Neue, nach Stauffenbergs Vorstellungen allerdings mehr als Unvollkommene, wurden nicht vorgetragen. Die Distanz zum »Staat«, der nicht als solcher empfunden wurde, suchte Stauffenberg wahrscheinlich nicht bewusst. Als Kind seiner Zeit war sie ihm aber – in stärkerer oder schwächerer Form – eingegeben. Ebert war für ihn und seine Freunde nicht »Friedrich der Vorläufige«, wurde aber als keine »besonders starke Figur« abgelehnt.

Als nach der Ermordung Rathenaus der Rektor des Gymnasiums zu den Schülern eine Ansprache hielt, wurde diese mit gemischten Gefühlen aufgenommen. Nicht dass der Mord begrüßt worden wäre, aber die aus heutiger Perspektive anders sich darstellende Persönlichkeit Rathenaus wurde von den Schülern in der den Attentätern, aber auch dem größten Teil des deutschen Bürgertums eigenen leichtfertigen und verhängnisvollen politischen Denkweise nicht anerkannt, was die jungen Zuhörer denn auch bei der Gedenkfeier recht unbeteiligt ließ.

In einem solchen Raum politischen Denkens national-konservativer und deutschnationaler Kreise bewegten sich auch Stauffenbergs Gedanken. »Republikaner« waren Stauffenberg und sein Bruder Berthold nicht. Immerhin ist bezeichnend, dass Berthold – Claus dürfte derselben Meinung gewesen sein – im Jahre 1923 den Hitler-Putsch in München als ein nicht zur Lösung der Probleme beitragendes Unternehmen betrachtete und noch im selben Jahr zusammen mit seinem Bruder Alexander einem Aufruf der Tübinger Studentenschaft Folge leistete, sich zur Verteidigung der staatlichen Ordnung gegen drohende, den kommunistischen Unruhen in Sachsen ähnliche Aufstände bei der Reichswehr als Zeitfreiwillige zu melden. Berthold und Alexander gingen so zu dem in Ludwigsburg stationierten Reiterregiment 18. War das ein Zeichen dafür, dass sich die Distanz unter Umständen verringern konnte?

Die Tatsache mochte für diese »Distanzverminderung« bestimmend gewesen sein, dass der rechtsstehende Reichskanzler Cuno von den jungen Stauffenberg als der erste aus Verantwortung für das Ganze handelnde Mann empfunden wurde, von dem sie sich – vielleicht weil er nominell keiner Partei angehörte – einen Aufschwung erhofften, so grotesk und problematisch dies heute angesichts seiner kläglich gescheiterten Politik auch klingen mag. Freilich ist gerade dieser Vertrauensbeweis symptomatisch für die politischen Vorstellungen Stauffenbergs. Denn er beleuchtet wohl deutlich die Prämisse dieser »Distanzverminderung«. Bei jenen konservativ-bürgerlichen Kreisen, die ohnehin durch die Gefahr von »links« zu einer zeitweiligen Annäherung an die Republik sich gezwungen sahen, konnte eine begrenzte Sympathie oder Tolerierung Weimars nur durch eine »rechtsorientierte« Politik wie jene Cunos mobilisiert werden. Stauffenbergs Haltung fügte sich so in die politische Landschaft seiner Umgebung.

Theodor Pfizer, der Schulfreund, erinnert sich an einen Gang in Lautlingen im Jahre 1925, als er mit Claus Stauffenberg »in der kühlen Morgenfrühe aus dem schlafenden Schloß aufbrach zum Felsentor, seinem Lieblingsplatz, einem der hervortretenden, vom Grün der Buchenwälder umsäumten Albfelsen, von dem der Blick hinuntergeht auf die Täler der stillen Landschaft. Wir sprachen von der Zukunft, von dem schmerzensreichen Werden eines neuen Deutschland, von Aufgaben des Staates, den Möglichkeiten, in ihm zu wirken, von Berufswünschen und –hoffnungen[49].« Von dem wenigen, was noch von Stauffenbergs Urteil über die Verhältnisse zu Anfang der Weimarer Republik zu erfahren ist, erinnert viel an damals Übliches, nicht nur an Schulen und Universitäten Vertretenes. Im Gesamten deutet manches darauf hin, dass auch Stauffenberg die Schule mit Gedanken verließ, die von großer Skepsis gegenüber dem damaligen Staat geprägt waren und die ihn wohl viele Aspekte der Weimarer Republik sehr negativ beurteilen ließen. Der Nationalismus, die »Geißel der Völker«, stand eben auch diesem jungen Schüler als steinerner Gast zur Seite und warf seine Schatten auf die Bewertung der ersten politischen Eindrücke und Erlebnisse durch den jungen Grafen Stauffenberg.

Stefan George

Im Jahre 1923 verließen die älteren Brüder Stauffenberg das Gymnasium. Sie begannen das Studium der Rechte in Heidelberg. Im selben Jahr begegneten sie und Claus Stauffenberg dem Dichter Stefan George[1]. Die Mutter der jungen Grafen, die voller Verständnis die Bücher las, »die in ihrer stürmischen geistigen Entwicklung die Söhne beschäftigten«, war anfangs ob dieser Begegnung von Sorge erfüllt. All das, was sich um George und seinen Kreis im Laufe der Zeit an wahren oder unwahren Erzählungen und Gerüchten zu einer furchterregenden Fama verdichtet hatte, schien ihre Beunruhigung zu rechtfertigen. So fuhr sie denn nach Heidelberg zu George, »um sich selbst beruhigend Gewißheit zu geben über die Bindungen des Kreises«. Gewissheit suchte sie sicher vor allem über den Verdacht der Homoerotik, der über dem Kreis schwebte, zu erlangen. Nachdem sie George gesprochen hatte, kehrte die Gräfin Stauffenberg jedoch beruhigt über die Motive des Kreises zurück und erhob in keiner Weise Einspruch gegen die Beziehung ihrer Söhne zu Stefan George[2].

Verehrung des Dichters George war damals keine singuläre oder exklusive Erscheinung; Stauffenberg folgte durchaus einem Zug der Zeit. Dass er und seine Brüder zu George Zutritt fanden, bedeutete noch kein selbsterworbenes Verdienst, sondern war eher der Gunst der Umstände zu verdanken. Ganz selbstverständlich aber war diese Begegnung doch nicht. Denn die Tatsache, dass Stauffenberg und seine Brüder von George »aufgenommen« wurden – was dies bedeutete, wird noch zu erörtern sein –, legte schon Zeugnis ab von ihren Fähigkeiten. Denn die Begegnung erschöpfte sich nicht in einem flüchtigen Bewundern; die Brüder Stauffenberg wurden vom Dichter für wert empfunden, mit ihm in Kontakt zu bleiben. Mochte Stefan George es »als Bestätigung seiner selbst und seines Auftrages empfunden haben, wie einen Lohn des Schicksals, daß Berthold Stauffenberg« und seine Brüder zu ihm gefunden hatten, so konnte er darin »die Huldigung eines noch lebenden Standes« erblicken; einzig und allein wegen einer snobistischen Vorliebe für schöne Namen ließ selbst der aristokratisierende Dichter sie aber bestimmt nicht weiterhin zu sich kommen[3]. Die Gunst der Umstände ermöglichte es den jungen Grafen, einem Exponenten damaliger geistiger Strömungen näherzutreten, als es der breiten Masse von Verehrern Georges vergönnt war. Ihnen eröffnete sich dadurch die Chance, an die Quelle des weitverbreiteten Gedankengutes Georges zu gelangen, das stark der Gefahr der Verfälschung und Umdeutung ausgesetzt war. Stauffenberg war sich dieser Tatsache vielleicht nicht ganz bewusst. Er nutzte einfach die Gelegenheit. Der Nachwelt bleibt es überlassen, den Unterschied zwischen dem Dichter George und der anonymen Schar von verehrenden, verflachenden oder oft verfälschenden Imitatoren, Interpreten und Kommentatoren im Stile eines Martin Voelkel zu erkennen...

Die Begegnung mit einem der bekanntesten, vielleicht sogar dem berühmtesten Dichter im Deutschland seiner Zeit bedeutete für Stauffenberg einen Markstein in seiner Entwicklung. Sein ganzes Leben lang empfand er Stolz über seinen großen Lehrmeister. So eindrücklich diese Begegnung für ihn war, so schwierig ist ihre Bedeutung zu definieren. Denn die bloße Erwähnung des Namens Stefan George genügt nicht. Allzu leicht werden auf diese Weise Assoziationen geweckt, die den Einfluss und die Bedeutung dieses Mannes im Leben Stauffenbergs nur verzeichnen, nicht aber erläutern können. Fehlschlüsse sind die Folge: »Und zu spät kam die Tat aus dem George-Kreis: Stauffenberg trägt in der tragischen Isoliertheit seines Unternehmens konradinische Züge[4].« Der »Jünger« Stauffenberg handelte nicht Jahre nach dem Tode des »Meisters« in dessen Namen. Denn seine Beziehung zu George trug nicht den Charakter eines »Jünger-Daseins«. Doch wie stand er denn zu ihm? Was bedeutete diese Begegnung? Welche Konsequenzen mussten sich aus ihr für Stauffenbergs weiteren Lebensgang ergeben?

Georges Mythos ist schwer zu durchdringen. Sein Werben um den jungen Hofmannsthal, die Divinisierung des Knaben Maximilian Kronberger, das Jüngertum Friedrich Gundolfs, aber auch die literarischen Zelebrationen zur weihevollen Demonstration der eigenen Auserwähltheit vor den Augen der tumben Masse förderten begreiflicherweise die Entstehung unzähliger Deutungen, deren Kern zumeist der Verdacht der Homoerotik bildete. Antike Pädophilie und hellenische Vergötterung des Leibes, bewusste Ablehnung der landläufigen »Moral« und unzählige kultische Besonderheiten des Kreises – ob sie tatsächlich bestanden, blieb häufig von sekundärer Bedeutung – ließen die Gestalt Stefan Georges zum erratischen Block werden und unheimlich in des Wortes wahrster Bedeutung erscheinen. Das Ungewöhnliche ist auch noch bei seinem Auftauchen im Leben Stauffenbergs zu verspüren.

Stauffenberg begegnete dem späten George, der seine Leistungen bereits vollbracht hatte. Selbst Stefan George war kein ewig junger Gott. Er hatte eine Entwicklung hinter sich, die ihn zu dem Dichter werden ließ, zu dem Stauffenberg nun kam. Geboren im Jahre 1868 in Bingen, besaß er als Rheinländer, dessen Familie ursprünglich aus Lothringen kam, schon früh eine starke Neigung zum westlichen Nachbarland. In Paris begegnete er 1889 dem Vorbild Mallarmé, dem prince des poètes. Georges starke Neigung zur Form – in der Kleinschreibung ist sowohl das prätentiöse Element als auch die Nachahmung romanischer Gepflogenheit zu sehen – verband sich mit dem Symbolismus eines Mallarmé. Der maître wurde der entscheidende Anstoß für George, selbst »Meister« zu werden. Noch Jahrzehnte später pries er diese Begegnung, auch wenn er sich dann allmählich von der französischen Welt löste. Doch der Übersetzer Baudelaires und Dantes bewahrte aus seiner Pariser Zeit ein großes Verständnis für die Kultur anderer europäischer Völker. Die Berührung mit einer anderen Geisteswelt ermöglichte es ihm, die ganze Problematik der geistlosen Wilhelminischen Epigonen-Ära zu erkennen[5].

Nach seiner Rückkehr nach Deutschland versuchte George das ihm Bedeutsame seiner Frankreich-Erfahrung in Wort und Tat umzusetzen. Der Baudelaire-Übersetzer wurde nicht Bohémien, sondern schuf für sich eine Form des Dichterdaseins, die manche Aspekte einer geistigen Transponierung des von Baudelaire beschriebenen Dandytums aufwies. In seiner Neigung zur dichterischen Form traf er sich mit Gleichgesinnten – es entstand der *erste Kreis*, nicht ein Kreis um einen Meister, sondern ein Kreis der Meister.

Doch dieser Kreis wandelte sich bald – vor allem nach der Begegnung Georges mit Karl Wolfskehl im Jahre 1893 und dem Hinzutreten Gundolfs im Jahre 1899 – zum *zweiten Kreis*, dem Kreis der Trabanten um die Sonne George. Mit dieser Entwicklung einher ging in Georges Dichtung die allmähliche Ablösung seines l'art pour l'art durch das Wort des »Sehers« und Propheten[6].

Unter den unzähligen Begegnungen des ohne festen Wohnsitz bleibenden, unablässig herumreisenden George mit Leuten, die teils von der Stilisiertheit seines Auftretens angezogen, teils aus purer Neugierde oder aber auch Interesse für seine Dichtung kamen, erwies sich die Bekanntschaft mit Alfred Schuler und Ludwig Klages als ebenso bedeutungsvoll für George, wie sie einer heutigen Betrachtung eines gewissen verhängnisvollen Zuges nicht zu entbehren scheint. Im Jahre 1893 – also im Jahre der Begegnung mit Wolfskehl – wurde George von diesem mit den beiden bekannt gemacht. Im Schwabinger Künstler-Termitenbau der Jahrhundertwende waren Schuler und Klages die Spiritus rectores einer Gruppe, die sich den Namen »Kosmiker« zugelegt und eine in ihrer Absurdität beinahe unübertreffliche Lehre konstruiert hatte. Es war da die Rede von der zum Untergang prädestinierten abendländischen Welt, von schöpferischen Urkräften des Lebens, von den Danaergeschenken des »molochitischen« Juden-Christentums – Rationalismus und Fortschritt. Das

Rezept zur Heilung wurde in der Rückkehr zum heidnisch-chthonischen Ursprung erblickt.

Schuler predigte bereits zu dieser Zeit die Wiederkehr des Heils im Zeichen der »Blutleuchte« und des heidnischen Kreuzes und Fruchtbarkeitssymbols, der Swastika, die er bei Bachofen entdeckt hatte. Einige der Gedanken Schulers vermochten George zu überzeugen. Noch im »Neuen Reich«, dem letzten, im Jahre 1928 erschienenen Band seiner Werke, scheint auch er im Gedicht »Der Gehenkte«[7] eine Wiederkehr im Zeichen des Hakenkreuzes, des sich drehenden Rades, zu prophezeien:

Als sieger dring ich einst in euer hirn
Ich der verscharrte .. und in eurem samen
Wirk ich als held auf den man lieder singt
Als gott .. und eh ihrs euch versahet biege
Ich diesen starren balken um zum rad.

Doch George trennte sich nach einigen Jahren von den »Kosmikern«, die sich immer stärker zu »Geist-Gegnern« entwickelten und nur noch von Substanzen sprechen wollten. Lange nach dem im Jahre 1904 von George vollzogenen Bruch hielt Schuler im Jahre 1922 im Hause Bruckmann in München einen Vortrag, in dem der Satz fiel: »Im Zentrum des alten Lebens steht als Symbol die Swastika, das sich drehende Rad.« Doch die Behauptung, dass Hitler sich unter den Zuhörern befunden habe, trifft nicht zu. Eine direkte »Ahnenreihe« George – Schuler – Hitler wäre ohnehin mit einem Hinweis auf ein Zusammentreffen im Hause Bruckmann allein nicht sinnvoll[8]. George trennte sich von Schuler ebenso wie von Klages. Er hatte die beiden nicht geformt, Schuler war nicht sein Jünger.

Nicht in einer Ahnherrschaft, aber dennoch in einer mehr unfreiwilligen denn freiwilligen Relation steht Stefan George zu dem, der 1923 in München scheiterte und zehn Jahre später das Zepter zu schwingen begann. Auch Klages Denken mahnt an diese Relation. Er sah den heilvollen Ursprung, zu dem es zurückzukehren galt, nicht wie Schuler im Altrömischen, sondern im Germanischen. Zu dieser Ansicht gesellte sich ein sich permanent steigernder Antisemitismus, mit dem sich George nicht identifizieren wollte. Denn in seiner Umgebung und selbst in seinem engsten Kreis befand sich eine große Anzahl jüdischer Freunde. George erklärte einmal: »Juden sind die besten Leiter. Sie sind geschickt im Verbreiten und Umsetzen von Werten. Freilich so elementar wie wir erleben sie nicht. Sie sind überhaupt andere Menschen. Ich erlaube nie, daß sie in meiner Gesellschaft im ›Jahrbuch‹ in der Überzahl sind[9].« Mit dem Antisemitismus Klages war eine solche Einstellung nicht zu vereinbaren, denn Georges Haltung fehlte der ideologische Fanatismus, sie war eher von einem leicht modifizierten gesellschaftlichen Antisemitismus geprägt. Nicht Gegnerschaft, sondern Distanz suchte George. Eine Distanz, die ihn dann eben nicht hinderte, Juden zu seinen berühmtesten Gefolgsleuten und Freunden zu zählen! Der Name Friedrich Gundolfs steht für viele. Denn in den »Blättern für die Kunst«, der Zeitschrift des Kreises, waren 29 Ausländer und 35 Deutsche vertreten, von denen 17 Juden waren[10].

Was Gundolf – zusammen mit Friedrich Wolters – in den Jahren vor dem Ersten Weltkrieg zur Gestaltung und Fundierung des Kreises beitrug, ist für die heutige Zeit schwer verständlich. Überspanntheiten gab es genug in diesem Jüngertum, das sich innerhalb der von Wolters in seinem programmatischen Werk »Herrschaft und Dienst« verfassten Gesetze bewegte. Doch bei allem »rauschhaften gemeinsamen Erleben« und der Erhöhung Georges in zeremoniell-literarischen Huldigungen von Seiten jener, die – seinem Bilde von junger männlicher Schönheit entsprechend – der Berufung und feierlichen Initiation in den Kreis für würdig befunden worden waren, herrschte der »Meister« nicht als geistiger Despot. Das Verhältnis von »Meister« zu »Jüngern« konnte in dem Kreis, dessen manifester pädagogischer Bezug nun zum Kultus stilisiert wurde, ja nur auf Gegenseitigkeit beruhen – unter Achtung der Autorität Georges wie der »Eigentümlichkeit« jedes einzelnen. Die Absicht Georges war es, diese Eigentümlichkeit – wenn auch bewusst lenkend – zu fördern, nicht zu unterdrücken[11].

Mit der Schöpfung des zweiten Kreises wurden nochmals die starken französischen Einflüsse bei George sichtbar. Der Kreis war der Versuch, aus der Isoliertheit der Dichterexistenz, die in Deutschland durch das Fehlen einer literarischen Öffentlichkeitstradition in der Art jener Frankreichs bedingt war, auszubrechen und die üblichen Grenzen der einem Dichter gesetzten Wirkungsmöglichkeiten zu überschreiten. Die von George geschaffene »geistige Bewegung« sollte als Elite eine kulturelle Erneuerung Deutschlands herbeiführen[12]. Nicht allein künstlerische oder gar bloß ästhetische, sondern vor allem kulturpolitische Intentionen erfüllten von nun an Georges Arbeit. Direkte öffentliche Aktion verwarf der Dichter. Er konnte sich in dem bereits angebrochenen demokratischen Massenzeitalter auf die anziehende Kraft einer Elite, eines Aristokratismus, verlassen und brauchte sich deshalb überhaupt nicht der verachteten Masse zu erklären. Die Wirkung auf die von Nietzsche in unbehagliche Bindungslosigkeit und Deroutiertheit getriebene Jugend des liberal-konservativen Bürgertums blieb nicht aus.

Georges neuer Ton erklang in öffentlicher Proklamation im Jahre 1907, dem Geburtsjahr Stauffenbergs, im »Siebenten Ring« in aller Klarheit. Dieses sein umfangreichstes Werk, welches mit Absicht als sibyllinisches Buch konzipiert ist, machte der Umwelt den Anspruch Georges publik, Ankläger der Gegenwart, Künder der Zukunft, Zeitkritiker und Prophet zugleich zu sein. Sein sakraler Anspruch ließ ihn zum Künder eines allumfassenden Mythos werden, den Friedrich Wolters in seinem 1909 erschienenen »Herrschaft und Dienst« in eine Art Ideologie oder Ersatzreligion von »dem einen Gott und seinem Künder« umsetzte. Das geistige Reich Georges erhielt politisch-konkrete Bezüge.

Georges »Wiederentdeckung« Jean Pauls und sein Einfluss auf die Hölderlin-Arbeit Hellingraths ließen seine Wendung zur »ewigen Deutschheit«, zum Staatlichen und Politischen ebenfalls erkennen. Es war vorerst noch keine Wendung zum Nationalen, sondern eher zum »Nationellen« im Sinne Schillers. Der Dante-Übersetzer, der seinem »Johannes« Gundolf bei der Shakespeare-Übertragung zur Seite stand, blieb von dem Nationalismus der Wilhelminischen Ara weitgehend verschont. Seine Haltung zum Kriege sollte erweisen, dass er mit »deutsch« noch etwas recht Inkommensurables, nicht dem Interesse des Zweiten Reiches Identisches verstand.

Zu Beginn des Ersten Weltkrieges erschien die erste öffentliche Ausgabe des »Stern des Bundes«. Zusammen mit dem »Siebenten Ring« übte dieses Werk Georges wohl den größten Einfluss auf seine Zeit und Umwelt aus. Es ist – ähnlich wie »Der Siebente Ring« – das geheimnisvolle Buch eines kleinen Kreises Initiierter, das Lehre und Prophetie eines Dichterfürsten verkündet. Mit großer Gebärde verwarf George die durch die moderne Zivilisation verflachte Gesellschaft des Wilhelminischen Reiches und ihren Nationalismus, der in den Krieg führte. Während manche seiner Getreuen – so auch Friedrich Gundolf – den Krieg als wunderbares Ereignis feierten und heute schauererregende chauvinistische Lobpreisungen von sich gaben, hielt sich der Dichterfürst zurück, denn der Krieg war nicht sein Krieg. Zu Zeiten Napoleons, eines der großen »Täter« der Weltgeschichte, wurde Altes im Kampf abgelöst von Neuem, ersetzt »durch den frischeren und freieren Geist universalen Menschentums«. Jetzt aber hatten sich »Kartelle, Kollektive, Konfektion universalistischer Parteien, Standeszwänge . . ., zu gefährlicher Großfunktionalität entwickelt, der Massen, der Regierungen, der Parteidoktrinen bemächtigt und führten nun einen Materialabnutzungs- und Verbrauchskrieg«. Ein allgemeiner Zwang zur Nivellierung »erdrückte mit der Mechanik der Zahlen und des Materials die Kraft und Intelligenz des Individuums und sein Heldentum«[13].

George sah im Krieg nicht seinen »heiligen Krieg«, doch auch nicht das eigentliche Unheil. Der Krieg war nur ein Symptom, über dessen Verdammung der Dichter seine Kräfte nicht verbrauchen wollte. Schuld trug die alte verkommene Zeit des »satten bürgers«. Nicht dem Gegner in offener Feldschlacht, einem »schlimmren feind« musste das Neue abgetrotzt werden. In einer Wendung zum Mythischen, die Höhe- und Schlusspunkt der Entwicklung zum Staatsdichter und Propheten darstellte, verkündete George nun in den folgenden Jahren seine Vision vom »Neuen Reich«. Der Begriff des Deutschen erhielt konkrete Bedeutung. Deutschland konnte nicht untergehen, weil ihm noch viel Verheißung innewohnte. Um »Herr der zukunft« zu bleiben, musste es sich nach Georges Überzeugung wandeln. Diese Erneuerung war durch die Niederlage möglich geworden. So suchte der Dichter – nicht so sehr Prophet, als vielmehr Kind seiner Zeit – auf seine Weise »Heil aus der Niederlage«[14]

Die Wandlung, die zur Erneuerung nötig war, manifestierte sich auch in seinem Kreis. Um »Herr der Zukunft« zu werden, wandte sich der Dichter den Jüngsten zu. Nicht mehr der Kampf um eine neue Dichtkunst, sondern die »Erziehung« der Jüngsten, die wie die Brüder Stauffenberg nun den Weg zu ihm fanden, sollte den neuen Geist schaffen, der für das »Neue Reich« notwendig war. »Ausgeformte Menschen konnte er nicht in seiner Bewegung umformen – er musste ihre bisherige Form gelten lassen[15].« Diese Erkenntnis hatte Pate bei der Begründung des »Jünger-Kreises« gestanden, der durch das Hinzutreten Gundolfs seine Form erhielt. Für den »Dichterstaat« und Georges geistiges Reich war ebenso wie dessen Hinzukommen nun auch dessen Abtreten von entscheidender Bedeutung. Das Wort »Jünger« mochte selbst George im Umgang zu sakral klingen. So gab er ihnen den Namen »Staatsstützen«, d. h. Stützen seines geistigen Staates »Die Staatsstützen wechseln, aber der Staat besteht[16].« Dieser Leitsatz bewahrte nun auch nach dem Abgang Gundolfs seine Richtigkeit. Doch es war dennoch ein anderer »Staat«, der bestehen blieb, nachdem Gundolf auf Grund seiner Entwicklung und einer von George nicht gebilligten Ehe sich vom »Meister« gelöst hatte[17].

Der *dritte Kreis*, wie man den nun folgenden, bis zu Georges Tod währenden Zeitabschnitt nennen könnte, war nicht mehr ein einziger Kreis. Der »Staat« bestand jetzt aus mehreren »Kreisen«, die sich alle um George gruppierten, ihm zeitweise näher, dann wieder ferner standen. Jeder der reifen Freunde Georges, allen voran Wolters, sollte nun seinen eigenen »Kreis« oder »Stamm« haben. George selbst bildete einen »reichseigenen« Kreis um sich »und wünschte nicht, dass die anderen Kreise sich mit dessen neuen Gliedern bekannt machten. Nächste Freunde um ihn waren nur wenige. Alle jüngeren Freunde aber, die im persönlichen Verkehr mit ihm standen, sollten nach seinem Wunsche zugleich ›Staatsstützen‹ werden.« So kam der um dreißig Jahre jüngere Max Kommerell durch Wolters zu George. Er trat in gewisser Weise die Nachfolge Gundolfs an, stand dem »Meister« bis zum Jahre 1930 am nächsten – und, als ob diese Stellung zu einem Bruch führen musste, fiel auch er von George ab. Von George in

Zeiten der Gunst »Maxim« oder »Puck« genannt, wurde er als »Kröte« gebannt[18].

Der »Generation der Enkel« gegenüber sah George – der Leiter einer platonischen Akademie – nun vor allem seine Pflicht als Erzieher einer neuen Jugend. Ein »neues Reich« in nuce wollte er formen, das die Basis für das »Neue Reich« ergeben sollte. Er wollte im »formungsfähigen Alter« dem Zufall nachhelfen und die in seinen »Enkeln« vorhandenen, offensichtlichen oder erst schlummernden Begabungen wecken, anleiten und auf ein Ziel führen. Das Ziel waren Menschen, die dem Ideal seines Werkes – der Tat – lebten und in die Tat umsetzen würden, was George verhieß: ein gewandeltes, erneuertes Reich. Nicht nur dichtende Jünglinge, sondern auch dem Dichterischen offene Künstler, Kunsthistoriker, Ärzte oder Offiziere fanden deshalb jetzt Zugang zum alten Dichter und Propheten, der seinen Dichter-»Staat« erhalten und in die Zukunft wirken lassen wollte[19].

Berthold Stauffenberg erhielt von George den Namen eines Prinzen aus »Tausend und eine Nacht«: Adjib, d. h. der Wunderbare – eine Bezeichnung, die sich ebenso auf sein äußeres wie inneres Wesen beziehen konnte. Berthold konnte »kaum als Schüler oder Jünger Georges bezeichnet werden« – berichtet Ludwig Thormaelen. »An ihm war schon vom Augenblick seines Auftretens an nichts mehr zu bilden, nichts zu erziehen. Sollte von dem etwas nötig gewesen sein, so war es vorher durch die Wirkung von Dichtung durch die Werke Georges geschehen. Seinsart und Wesenheit von der Bestimmtheit und naturhaften Echtheit, wie sie sich in Berthold von Stauffenberg kundtat, empfand der Dichter als sui generis, als gleichen Ranges.« Er leistete bei Berthold keine geistigen »Hebammendienste«, und dieser blieb, was er bereits war, als er zu George kam: sui generis. Der Zwillingsbruder Alexander, »Offa« genannt, »war im Gegensatz zu seinen Brüdern eine Spur schwerfällig, aber nicht weniger gescheit« – »Groll und Zorn im Ideologischen konnte er zeigen«[20].

Dem zweieinhalb Jahre jüngeren Claus gab der Dichter keinen besonderen Namen. Der blieb nicht nur wie Berthold so, wie er kam; er behielt auch seinen Namen und hieß unter Freunden schlicht der »Claus«. Thormaelen meint: »An Außergewöhnlichem hatten seine Brüder vielleicht mehr miterhalten, aber eine herrliche Einheitlichkeit des Wesens war ihm zuteil geworden, die Vollkommenheit einer mutvollen, geweckten, lebendigen Männlichkeit, eines Reichtums ohne lastende oder unbewältigte Gaben. Man hatte ihn nicht nur gern – er erregte Enthusiasmus und Entzücken sofort und überall, wo er auftrat.« Von »tatfroher Heiterkeit«, von »heiterem Tadel«, »energischem Beipflichten und Verteidigen begründeter Ansprüche anderer« und von »Bereitschaft zu kräftigem Zupacken« ist die Rede, wenn Thormaelen Stauffenberg weiter zu charakterisieren versucht. Dieses Temperament hinderte Stauffenberg nicht daran, eine »wache Schlichtheit, mit abwartender Zurückhaltung« zu bewahren. Doch war er – die Charakterisierung bezeugt es – von den dreien der Unternehmungslustigste, Lebendigste und am meisten auf praktisches Tun und Handeln Ausgerichtete, dessen »freudige Diesseitigkeit« auch von George geschätzt wurde. Er war bei weitem der Jüngste in des Dichters Umgebung. Als Schüler besuchte er in den Herbstferien des Jahres 1924 seine damals zusammen in Berlin studierenden Brüder. George wohnte im Pförtnerhäuschen einer Villa in der Königsallee im Grunewald. Es entstand eine Photographie von den drei Brüdern mit dem »Meister«[21].

Die etwas schwärmerische Haltung der Jünglinge könnte dazu verleiten, in ihnen »Jünger« zu sehen. Wenn aber schon von Berthold bezeugt ist, dass er nicht einmal »Schüler«, geschweige denn »Jünger« war, so traf diese Bezeichnung noch viel weniger auf Claus Stauffenberg zu. »Seine seltenen Anwesenheiten brachten dem Dichter stets Aufheiterung und Freude. In seiner umweglosen frischen Art nahm er – gemäß seiner Altersstufe – an jedem Gespräch, auch höherer Lage, gleicher Weise mit Zurückhaltung wie mit klugem Einsatz teil. Er hat nie auch nur um Haaresbreite die Haltung und Gegebenheit seiner jeweiligen Altersstufe verfehlt.« Auch an dem jüngsten der Brüder hatte George nichts auszusetzen oder zu »erziehen«. Stauffenberg »diskutierte nicht viel, er hielt sich in der ihm zugemessenen Grenze der Begabtheit und der Interessen ...« Für ihn »blieb in der Umgebung Georges seine Bindung an den Dichter das allein Bestimmende. Seine Stellung zu den Freunden des Dichters war und blieb frei.« Er war nicht irgendwie indirekt über einen der reifen »Georgianer« mit George verbunden. Freilich, die Rolle eines »Reichsunmittelbaren« konnte er nicht übernehmen, denn er war nur selten in der Lage, beim »Meister« zu sein, war zu jung und bei aller Aufgeschlossenheit kein junger Dichter. In den häufigen Eifersüchteleien, Reibereien und Streitigkeiten, die sich in des Dichters Umgebung abspielten, nahm er »zu diesem oder jenem herzliche oder gegnerische Stellung, je wie die Läufte und seine Einsicht es gaben, in anderen Fällen wahrte er loyale Duldung und freundliche Zurückhaltung«. Er schloss keine Pakte und vermied jedwelche prononcierte tiefe Gegenstellung, mit einem Wort: er beteiligte sich eher von der Peripherie her.

Er wusste auch seine Unabhängigkeit zu bewahren. Seine Freundschaft zu Kommerell beweist dies. Ihm konnte er mitten aus seinem militärischen Leben eine begeisterte Schilderung der fränkischen Landschaft schicken. In seinen Briefen an den älteren »Geliebten und Bewunderten« ist eine beinahe schwärmerische Ergebenheit spürbar. Als Kommerell von George »abfiel«, verhinderten Freunde, dass eine von Kommerell bereits angenommene, indirekt ergangene Einladung Stauffenbergs nach Bamberg für den Herbst 1930 zustande kam. Stauffenberg trennte sich also nicht von Kommerell, sondern er wurde von ihm getrennt – durch das George-»Gesetz«, welches dem vom Dichter Abgefallenen verbot, weiter mit den Freunden des Kreises in Kontakt zu bleiben, auch wenn diese, wie Stauffenberg es tat, versuchten, in unabhängiger Weise die persönlichen Freundschaften von den Streitereien des Kreises zu trennen[22].

So wie es offensichtlich ist, dass der »dritte Kreis« Georges kein Kreis mehr war, so ist aus der Schilderung von Stauffenbergs Stellung zu George klar, dass er und seine Brüder gar nicht mehr »Jünger« im Stile Gundolfs sein konnten. Sie waren die Angehörigen einer locker gebauten platonischen Akademie. Sie sprachen mit dem »Meister« nicht nur über Dichtkunst, sondern über alles ihm wertvoll Erscheinende, wobei sie sich keiner geistigen Tyrannei, aber auch keinem bloßen Kursus zur Erlangung von »Form« unterwarfen. Der »Prophet« wollte aus ihnen keine Werkzeuge mit Gewalt schmieden. Er gab seinen »Enkeln« manches von der Weisheit eines Alten weiter in der Hoffnung, sie werde auf die Jungen einwirken.

In der Umgebung Georges konnte Stauffenberg auch Freundschaften schließen oder vertiefen. Zu ihnen gehörte der junge Frank Mehnert, bei dessen Mutter in Stuttgart die jungen Grafen Stauffenberg waren, wenn ihre Eltern in Lautlingen weilten. Er war ein Jahr jünger als Claus. Dieser Freund unternahm es im Sommer des Jahres 1929, während Claus zu seinem Bruder Berthold nach Berlin zu Besuch gekommen war, ein Bildnis von dem jungen Freund zu modellieren, das den Charakter des zu früher Männlichkeit entwickelten Stauffenberg meisterhaft erstehen lässt. So bildhaft »richtig« war es, dass ein Freund Georges, der den kurz vor der Ernennung zum Offizier stehenden Stauffenberg nicht kannte, auf die Frage Georges, was der Dargestellte sei, antwortete: »Mörder«. Ob dieser Antwort war George nicht gerade entzückt. »Mörder« war natürlich als Bezeichnung für die ausgeprägteste Erscheinungsform eines »Täter«-Typus gewählt...

Die engste Freundschaft seines Lebens schloss Stauffenberg nicht in diesem »Kreis«, denn er hatte sie bereits geschlossen: mit seinem Bruder Berthold. Genauso wie er später seinem Stolz Ausdruck verlieh, George zum Lehrmeister gehabt zu haben, genauso äußerte er sich in dankbarer Anerkennung zur Tatsache, dass er seinen Bruder zu seinem engsten Freund hatte[23]. Er konnte, nachdem er 1926 zur Reichswehr gegangen war, nur selten bei Zusammenkünften der Freunde Georges erscheinen. Im Winter 1927/28 – er war auf der Infanterieschule in Dresden – kam der angehende Reichswehroffizier zum Dichter nach Berlin, »so oft er konnte«[24]. Als Leutnant 1930 nach Döberitz abkommandiert, erschien er wiederum häufig mit seinem Bruder Berthold bei George, der sich in der »Achilleion« genannten Berliner Wohnung Thormaelens in der Albrecht-Achilles-Straße aufhielt[25].

Im Oktober 1928 erschien das letzte Werk Georges: »Das Neue Reich«. Es enthält die großen Verkündungsgedichte. Doch was bedeutete die Lehre Georges, die er in seinen Prophezeiungen entwickelte, für Stauffenberg? Wie ist dieser Einfluss Georges geistesgeschichtlich einzuordnen?

Einige Gedichte aus dem »Neuen Reich« lassen klar hervortreten, welcher politischen Geistesrichtung Stauffenberg durch seine Begegnung mit Stefan George nähergekommen ist: der »konservativen Revolution«. Dieser Sammelbegriff für eine politisch-geistige Bewegung in Deutschland genügt an und für sich nicht für eine genaue Bestimmung des Standortes von Georges Denken. Dazu ist die Bezeichnung einmal viel zu verschwommen, umfasst sie doch bei allen wechselseitigen Affinitäten sehr unterschiedliche Strömungen. Zum andern hätte es dem Selbstverständnis Georges widersprochen, sich in eine Bewegung einreihen zu lassen. Er wollte Anführer einer Bewegung, nicht Teil, nicht ein Exponent unter vielen sein ... Ob es ihm gelang, diesen Wunsch zu realisieren, kann heute ebenso bezweifelt werden wie die Berechtigung seines Anspruchs, Künder einer neuen Zeit zu sein. War nicht gerade dieser Anspruch typisch für das Denken eines noch der Mentalität des zu Ende gehenden Zeitalters verhafteten Menschen? Verhielt es sich damit nicht ähnlich wie mit der »konservativen Revolution«, deren Exponenten aus der deutschen Sonderentwicklung, die zu einem erstarrten, verknöcherten und reaktionären Konservatismus geführt hatte, mit einer revolutionären tour de force herausgelangen wollten und dabei bei allem revolutionären Pathos nicht über Epigonales hinauskamen, das sie dann freiwillig oder unfreiwillig dem Nihilismus eines Hitler opferten[26]?

Der wahre Platz der »Georgianer« sei unter den Verteidigern der überkommenen Werte, in den Reihen einer »opposition conservatrice« gewesen, behauptet Claude David in seinem Werk über George[27]. War auch sicher manches in Georges Werk revolutionär – Ablehnung der bürgerlichen Welt mit ihren Konventionen, Ablehnung auch der hergebrachten Formen der Religionsausübung –, so überwog doch die Betonung aller als »echt« empfundenen Werte. Da sie verlorengegangen waren, mussten sie wieder zur Entfaltung gebracht werden. »Opposition conservatrice« ist vielleicht deshalb der bessere Begriff zur Charakterisierung des Denkens Georges, weil es damit klar von dem teilweise stark nihilistischen Gedankengut in der »konservativen Revolution« unterschieden wird. Bei aller grausigen Prophetie kommenden Unheils und der darauffolgenden Wandlung blieb Georges konservatives Denken von dem Schicksal verschont, bloße Dynamik oder eine »nihilistische Utopie«, wie Thomas

Mann das Ende der konservativ-revolutionären Entwicklung bezeichnete, zu werden[28]. Und bei aller Wortgewalt und mythischen Gebärde blieb George dem alten Stechlin Fontanes, der in manchem Alten verheißungsvolle Zukunft sieht, näher als viele der konservativen Revolutionäre, als Moeller van den Bruck, Jünger oder Spengler, der in Georges Augen bloßer Nihilist war[29]. Doch diese Distanz vermag ihn dennoch nicht sehr weit aus dem Umkreis der »konservativen Revolution« zu lösen.

Ob Stefan George als »Bahnbrecher der konservativen Revolution« bezeichnet werden kann, ist eine Ermessensfrage. Eine Tatsache ist jedoch zu berücksichtigen: »je näher ein Werk noch der Dichtung im alten Sinne ist, desto weniger ergiebig ist es für die Erkenntnis der ›Konservativen Revolution‹[30].« Die Eigenständigkeit wurde von George nicht nur proklamiert, sondern in vielem vom Dichter auch praktiziert. Er lieferte zwar das Stichwort für den Begriff des »Bundes« der bündischen Jugend, d. h. für ein wesentliches Element konservativ-revolutionärer Nachkriegsbestrebungen und Erscheinungsformen, der auch Stauffenberg begegnete. Doch »die Frage, ... wieweit eine Theorie für eine ihr nicht entsprechende Verwirklichung verantwortlich gemacht werden kann[31]«, stellt sich auch bei George, wobei zunächst nicht der eventuelle Kausalzusammenhang zwischen ihm und dem Nationalsozialismus, sondern seine Beziehung zu der konservativ-revolutionären Bewegung gemeint ist. Die Frage kann bei George nicht pauschal beantwortet werden. Aus den Gedichten aus dem »Neuen Reich«, die Stauffenberg im »Achilleion« hörte, lassen sich aber doch in einigen Punkten Ideen herauslesen, die jenen aus dem Raum der »konservativen Revolution« sehr verwandt sind.

George wollte, wie Wolters predigte[32], die »anschauung einer welteinheit« vermitteln, um die Tat zu ermöglichen, auf deren Mythos er sein »Reich« aufbaute. Diese »Weltschau« musste sich völlig loslösen »vom rationalen dünkel«, sich »in die lehren der großen verkünder« vertiefen und den Geist nähren »mit der kräftigsten kost sinnlichen blutes«. Die Vertiefung in die Lehren der großen »Verkünder« führte Friedrich Gundolf in seinem »Vorbilder« betitelten Aufsatz weiter aus: »Darum ist es die pflicht jeder lebendigen bewegung, in ihre gegenwart hinein die heroen wachzuhalten, sie umzusetzen in eigenes dasein und die strahlung die sie von ihnen empfangen in neues gebild zu verwandeln.« Große Menschen »sind das einzige maaß das uns gewährt ist«. Das mythisch-prometheische Geschichtsbild äußerte sich in dem Glauben: »Menschen sind nicht das substrat von ideen, sondern ihre schöpfer und ihre inhalte[33].«

»Rasse«, »Blut«, »Volk«, »völkisch« und weitere unzählige düstere, dumpfe und eher verschwommene Begriffe in der Dichtung Georges bewiesen, dass sich der Geist des Propheten nicht vom »Mutterboden« entfernt, sein chthonisches Element, das Voraussetzung zur Welt-Schau war, also bewahrt hatte[34]. Diese Wörter hatten ihren Sinn, der freilich oft so hermeneutisch war, dass dann später leicht Verwechslungen auftreten konnten. Das Schicksal des Gedankengutes der »konservativen Revolution« vollzog sich im kleinen Maßstab auch am dichterischen Vokabular Stefan Georges ...

Hatte der Dichter schon im Gedicht »Der Krieg« neues Heil aus den Ruinen prophezeit, so wurde dieses Thema in den weiteren Verkündungsgedichten des »Neuen Reiches« fortgesetzt und variiert. In dem ersten der »Sprüche an die Toten« nannte George die Voraussetzungen für ein Neuerstehen:

Wenn einst dies geschlecht sich gereinigt von schande
Vom nacken geschleudert die fessel des fröners
Nur spürt im geweide den hunger nach ehre:
Dann wird auf der walstatt voll endloser gräber
Aufzucken der blutschein ... dann jagen auf wolken
Lautdröhnende heere dann braust durchs gefilde
Der schrecklichste schrecken der dritte der stürme:
Der toten zurückkunft!

Wenn je dieses volk sich aus feigem erschlaffen
Sein selber erinnert der kür und der sende:
Wird sich ihm eröffnen die göttliche deutung
Unsagbaren grauens ... dann heben sich hände
Und münder ertönen zum preise der würde
Dann flattert im frühwind mit wahrhaftem zeichen
Die königsstandarte und grüßt sich verneigend
Die Hehren · die Helden!

Seine eigene Rolle sah George in der Aufgabe, Wegbereiter des Neuen und Anführer einer neuen Elite zu sein, die ihm die Zuversicht einer besseren Zukunft verlieh[35]. Zum Schluss des undurchdringbaren Gedichtes »Geheimes Deutschland« stellte George seine Prophetie nochmals zusammen:

Wer denn wer von euch brüdern
Zweifelt · schrickt nicht beim mahnwort
Dass was meist ihr emporhebt
Dass was meist heut euch wert dünkt
Faules laub ist im herbstwind
Endes- und todesbereich:

Nur was im schützenden schlaf
Wo noch kein taster es spürt
Lang in tiefinnerstem schacht
Weihlicher erde noch ruht –
Wunder undeutbar für heut
Geschick wird des kommenden tages.[36]

Bei aller Eigenständigkeit des Mythos war hier der Zeitgeist an Georges Dichtung nicht spurlos vorbeigegangen. Im Gegenteil: Die Hoffnung auf ein neues Reich – manche, nicht nur Moeller van den Bruck, nannten es auch das »Dritte Reich« – teilte der Dichterfürst mit vielen und unzähligen Imitatoren und Originalen. Auch die erhoffte Gestalt dieses Traumreiches, das George auf eine Elite mit einer nicht gerade demokratischen Verfassung bauen wollte, entsprach in vielem den antidemokratischen, antiwestlichen Programmen der »konservativen Revolution« und des Nationalsozialismus.

Stauffenberg wurde auf Grund seiner Begegnung mit Stefan George nun aber keineswegs ein konservativer Revolutionär. Dazu ist der Begriff, so vieles er umfasst, doch zu eng gefasst. Bezeichnete man den Einfluss Georges als »konservativ-revolutionär«, wäre er zu sehr politisch charakterisiert. George aber war vor allem geistiges Vorbild, er war den Jüngsten ein Sokrates, der sie zu einer Elite heranbildete, deren ethisches Bewusstsein nicht von landläufiger Moral, sondern von der *Tat* geprägt sein sollte. Was genau zu tun war, sagte der Dichter nicht. Dem, der nicht verstand, was zu tun war, es zu erklären, war seiner Ansicht nach zwecklos. Der Berufene erkannte seine Pflicht und seinen Ort im Leben. Gewiss wurde in den Weissagungen des Dichters das Ziel genannt, der Weg aber blieb im Dunkeln. Dies war offensichtlich nicht immer leicht – auch nicht für Stauffenberg, der einmal George den nachträglich beinahe »prophetischen« Satz schrieb, nachdem er »viel im Jahr der Seele gelesen« hatte: »Und je klarer das Lebendige vor mir steht • je höher das Menschliche sich offenbart und je eindringlicher die tat sich zeigt • umso dunkler wird das eigene blut • umso ferner wird der klang eigener worte und umso seltener der sinn des eigenen lebens • wol bis eine stunde in der härte ihres schlages und in der größe ihrer erscheinung das zeichen gebe[37]:«

Bei George traf Stauffenberg auf stark elitär geprägte, wenig demokratischer Tradition entsprechende Vorstellungen. Bei all seiner Verachtung für das »System« von Weimar vermied es George aber, seine Gegnerschaft an dem Symptom der kranken Zeit, Weimar, abzureagieren. Das Übel war ihm nicht die Republik, sondern der Zeitgeist, an dessen Stelle ein neuer Geist mit einem neuen Reich zu setzen war. »Er hatte Achtung vor Ebert, der in schlimmster Zeit schlicht seine vaterländische Pflicht erfüllte[38].« Die Massendemokratie war für George ein Negativum, das aus dem verachteten technisierten Zeitalter resultierte und das es mit einer hierarchisch elitären Ordnung zu überwinden galt. Die Frage freilich blieb unbeantwortet, ja sie wurde überhaupt nicht gestellt, ob ausgerechnet eine solche staatliche und gesellschaftliche Ordnung besser als die moderne, beständig und in immer größerem Ausmaß bürokratisierte und administrierte Demokratie zur Lösung der immensen, im Zeitalter der Technik sich stellenden Probleme geeignet wäre. Waren die an mittelalterliche und ständestaatliche Verfassungsstrukturen erinnernden elitären Vorstellungen nicht eher eine Flucht aus der technisierten und industrialisierten Moderne in die »einfach« und »rein« anmutende Zeit der Agrarwirtschaft, die auch erst der Nachwelt im Vergleich zu den ihr gestellten Aufgaben einfach erschien?

George hütete sich zumeist vor konkreten politischen Äußerungen. Es war nicht so, dass er die Politik ignorieren wollte oder sich nicht mit ihr beschäftigt hätte. Distanz wollte er aber wahren, denn »von Maßnahmen der Politiker versprach er sich nicht viel, die hätten doch nur die unaufschiebbaren Regelungen auf unterster Lage im Auge«. So erlaubte er nie, dass in seine Nähe eine Tageszeitung kam. Er erzielte damit einen recht oberflächlichen Effekt. Zwar war damit seiner affektvollen »Mißachtung des gesamten politischen Betriebes immer wieder deutlich« und auf eher unreife Weise Genüge getan. »Ganz am Rande« und »mehr ironisch« äußerte er dann aber wieder seine Sarkasmen und höhnenden Kommentare zu Tagesereignissen, »die dieser oder jener an ihn heranbrachte« und die er für weit unter seinem Niveau hielt[39].

George wollte »weltanschauliche Diskussionen« oder »Geschwafel« in seiner Umgebung vermeiden. Er überließ es völlig dem einzelnen, in politischen Tagesfragen Stellung zu beziehen. Ob dieser nun »links« oder »rechts« wählte, ließ ihn so lange gleichgültig, als sein geistiges Reich davon nicht tangiert wurde. Meinungsverschiedenheiten seiner Freunde in politischen Tagesfragen waren an der Tagesordnung. So empfand er selbst mit Wolters hohe Achtung für Hindenburg, während sein Freund Vallentin mit dem Feldmarschall-Präsidenten das Ende durch den Militarismus nahe wähnte. Einig war man sich im großen und ganzen in Georges Umgebung seit der »marxistischen Revolution« von 1918 in dem Ziel: »Nationale Selbstbehauptung und Wiedergeburt«. Je deutlicher der Zusammenbruch Deutschlands geworden war, desto stärker wurde die »nationale Gesinnung«. Gegnerschaft zu Pazifismus, Internationalismus, Marxismus und Ablehnung einer »unterwürfigen Verständigungspolitik« waren Komponenten und Konsequenzen des Glaubens, eine europäische Erneuerung müsse aus Deutschland kommen. War dieses Ziel gemeinsam, so war es nicht immer der Weg. Am meisten stieß Wolters aus dem geistigen Reich in die Politik vor, zur nicht geringen Sorge Georges zuweilen, der manches nicht billigen konnte. Denn was Wolters zum Ausgleich gegen Pazifismus und unterwürfige Verständigungspolitik in seinen »Stimmen des Rheins«, die 1923 im Jahr der Ruhrbesetzung erschienen, gegen Frankreich schrieb, überschritt bei weitem die Grenzen des Nationalismus und verdiente durchaus die Bezeichnung Chauvinismus. Dies aber konnte kaum die volle Billigung des »Meisters« finden[40].

Nicht für Ratschläge im Alltäglichen war George da. Seine Aufgabe war, »eine neue Gesinnung erwachen zu lassen« in einer Zeit, in der ihm der gesamte »Bereich, nicht nur in Deutschland als hoffnungslos verfahren« erschien. Seine Elite sollte von dieser Gesinnung erfüllt sein, um das Neue, die Wiedergeburt zu ermöglichen. Mittelbar sollte das geistige Reich politische Kräfte aufwecken[41] ... Stauffenberg hatte schon vor seiner Begegnung mit dem »geliebten Meister« in Gedichten gezeigt, dass ihn der richtige Geist beseelte, der kaum noch geweckt werden musste:

»Nur kleine schar ist zu der sicht berufen
Nur kleine schar hat von dem hehren held geträumt
Sie schweigen stille · haben nichts mit euch gemein
Sie knieen gläubig an des Meisters stufen ...

So ist in mir zu herrschen dunkles wissen
Und jugend künftig kraft und größe ahnend.
Unglaublich ist was mich bewegt
Unfaßlich ist was mich gezeugt.«

Den Glauben an die Macht einer Elite, an jene des Individuums und das an historischen »Täter«-Vorbildern genährte Vertrauen in eine dichterisch überhöht vorgetragene eigene Aufgabe oder Sendung – das dunkle Wissen zu herrschen – führte Stauffenberg weiter aus in den beiden Gedichten »Abendland«, die er im November 1923 seinem Bruder Berthold widmete. In dem zweiten steht:

»Ich wühle gern in alter helden sagen
Und fühle mich verwandt so hehrem tun
Und ruhmgekröntem blute.

Ich könnte nicht die alten zeiten missen
Wo wäre dann dass ich mein leben schaute
Wenn nicht in höchster sein?

Ich liebe drum die großen ferner tage
In ihrem bann kaum faßbar willen wachsend
Nicht minder gottgeboren ...«[42]

Die dichterischen Versuche des sechzehnjährigen Stauffenberg lassen das große Selbstvertrauen erkennen, das durch den »Meister« wohl noch bestärkt wurde. Stauffenberg fühlte sich einer Elite zugehörig und hegte für seine eigene Zukunft Träume, in denen er mit großen Vorbildern gleichsam zum Wettkampf antrat. Aber wieder musste er sich fragen, an welcher Stelle und wie er dies tun sollte, auch wenn er wusste, dass er in seinem Land für ein »neues Reich« wirken wollte.

George hatte vor Jahren »wohl einmal dem Mut jenes Mannes, der da in Süddeutschland der vertrockneten bürgerlichen Gesellschaft, den Anhängern der Tagesblätter und den wohlgenährten Volksvertretern die Wahrheit sagte, beigepflichtet« und damit seinen Beitrag zur Fehleinschätzung Hitlers geliefert. »Auch er empfand eine Gesellschaft, die auf nichts Weiteres aus zu sein pflegt als auf Prosperität und Sicherheit..., als eine Gefahr. Aber nach seinem Wissen konnte aus einer Demagogie, einer Verführung des Volkes, bloßem Chauvinismus und der Lobhudelei vor dem Proletariat nichts Gutes kommen. Von den pseudovölkischen Ideologien oder sogenannten Idealen hielt er nichts.« Der »neue Sozialismus« war für ihn gleichbedeutend mit Kommunismus. Die »Plattheiten und Roheiten« und die ganze Demagogie von Hitlers Bewegung ließen George »das Schlimmste« befürchten. Dabei hatte er noch immer Verständnis für deren Kampfziele. Seinen älteren Freunden verheimlichte George seine tiefe Sorge nicht, jüngere hingegen wie Hildebrandt oder Elze hielt er noch ein Jahr vor der nationalsozialistischen Machtergreifung dazu an, »im Nationalsozialismus das Positive nicht zu übersehen«. Sosehr Hitlers »demagogische Persönlichkeit« als verhängnisvoll diagnostiziert wurde, sosehr sahen gerade die Jüngeren, doch nicht sie allein, in ihm die einzige für den ersten Anstoß zu einem »neuen Reich« vorhandene potentielle Kraft. Sie wollten ihn sich zwar nicht in der Art des von ihnen verachteten Papen »engagieren«, doch worauf gründete sich die leichtsinnige Hoffnung auf »Läuterung des Dämonischen«? Hätte George diese Hoffnung nicht selbst auch – trotz aller Sorge – geteilt, so hätte er wohl seine Freunde stärker gewarnt[43].

Seit 1931 verbrachte George lange Zeit in der südlichen Schweiz, in Minusio, um vor allem dem nördlichen Winter zu entweichen, da seine Gesundheit angegriffen war. Die Zeitläufe schienen ihn zu deprimieren. Den Winter des Jahres 1933 hatte er auch in seinem Tessiner Molino in der Locarneser Landschaft verbracht. Am 10. März 1933 kehrte der alte Dichter in sein »Achilleion« nach Berlin zurück. Doch da waren die Würfel bereits gefallen...

Stauffenberg konnte durch seine Begegnung mit Stefan George nur gewinnen. Der Dichter, dem er begegnete, war nicht mehr derselbe wie vor dem Kriege. Er war ein sokratisches Vorbild. Auf Stauffenberg hat er starken Eindruck gemacht. Aristokratisches Bewusstsein musste dem jungen Aristokraten freilich nicht eingeübt werden, doch konnte es bestärkt werden durch die Aufgabe, die der Dichter seinen »Enkeln« setzte: Stützen seines geistigen Staates zu sein und Schöpfer eines neuen Reiches zu werden. Die Vorstellungen von diesem neuen Reich waren in der Sprache des Dichters recht diffus und blieben es wahrscheinlich auch für Stauffenberg. Die Nationalsozialisten hatten einiges in ihrem Programm, wofür der Dichter Verständnis zeigte. Einiges schien sogar identisch zu sein. »Nationale Wiedergeburt« stand auf der roten Fahne mit der schwarzen Swastika im weißen Kreis, nicht nur auf dem Panier des Propheten. Genauso wie die Propaganda der Neu-Konservativen gegen die politischen Parteien, gegen das Weimarer »System« und die Westmächte, ihre Verwendung von zugkräftigen Schlagworten wie »Mythos«, »Rasse« und »Totalität« Wasser auf die Mühlen der nationalsozialistischen Bewegung waren, bestand die Gefahr, dass Georges Absichten und Wünsche hinsichtlich eines neuen Staates mit den Zielen Hitlers verwechselt wurden. Die Begriffe waren häufig die gleichen, doch ihre Bedeutung selten dieselbe.

Leicht war zu erkennen, dass die nationalsozialistische »Elite« nicht jene Georges war. Doch bekam die Frage, wer den Anfang der neuen Zeit machen würde, für jene, die an die Läuterung des Dämonischen glaubten, zwangsläufig nur sekundäre Bedeutung. Dass eine noch so rationale, aber auf einem falschen Axiom beruhende Rechenoperation sinnlos ist, übersahen ausgerechnet die Angehörigen einer Elite, deren Anführer sich als »Seher« bezeichnete. Von George konnte der junge Reichswehroffizier Stauffenberg keine Warnung vor Hitler erwarten. Was ihm eigen und durch George gefördert worden war: seine aristokratische Haltung, dies freilich ließ ihn den aufsteigenden Demagogen nicht ohne Skepsis beurteilen. Doch ein solcher Vorbehalt war noch keine ausreichende Basis für eine begründete Gegenposition. Das dichterische Selbstverständnis mit großen historischen Vorbildern als »Tätern«, der Elitegedanke und eine wohl im Stile Georges noch eher politikfremde politische Betrachtungsweise mochten ihn in einem Brief an George aus dem Juli 1931 zu dem Satz bewogen haben: »Das unvermeidliche wird doch kommen und daß es auf einige jahre und einige menschenleben und schicksale mehr oder minder nicht ankommt glaube ich inzwischen gelernt zu haben.« Dies war eine eher erstaunliche Skepsis für den »tatfrohen« Stauffenberg[44].

Stauffenberg liebte es, ein Jahrzehnt nach der Machtergreifung Hitlers seine Meinung durch ein Gedicht seines Lehrmeisters auszudrücken, um einige seiner Gesprächspartner für seine Pläne zu gewinnen[45]. Jenes, welches er am häufigsten zitierte, stand im »Siebenten Ring« und hieß »Der Widerchrist«. In ihm gaukelt der falsche Messias mit Versprechungen. Der Trug ist inkarniert in der dem Menschen feindlichen Technik, die gegen Naturgesetze zu verstoßen scheint. Den Antichrist, »Fürst des Geziefers«, heißt er auch – George predigt ihn und warnt zugleich vor ihm. »Toll wälzt sich das volk« auch um Hitler. Nicht nur »die toren«, sondern auch »die weisen«. Und wie steht es mit jenen, die »geschlagene sinne« anklagen[46]?

Stefan George erklärte einmal in einem Gespräch über Nietzsche: »Das Gekrisch nach dem Übermenschen fördert nur die Heraufkunft des Untermenschen. Ist es nicht besser, ganz bescheiden dafür zu sorgen, daß einmal der Mensch wieder dem höchsten Anspruch genügt[47]?« Als »Gekrisch« hätte George sein intensives Warnen vor dem Widerchrist wohl nicht bezeichnen lassen. Hat er mit ihm aber nicht gerade das heraufbeschwören helfen, was er nicht wollte? »En prêchant l'Antéchrist, on finit bien par le faire naître[48].«

Reichswehr

Stauffenberg fasste den Entschluss, Offizier in der Reichswehr zu werden, eher plötzlich und zur Überraschung von Familie und Freunden[1]. Seine musischen Interessen schienen eine andere Berufswahl vermuten zu lassen. Bis kurz vor seinem Abitur hatte er jahrelang von seiner Absicht gesprochen, den Beruf eines Architekten zu ergreifen. In seinem Abschlusszeugnis tauchte dann plötzlich das von ihm gewählte Berufsziel »Offizier« auf. Die Änderung in seiner Absicht, die ihn auch den Gedanken, Cellist zu werden[2], fallen ließ, war also nicht nach bestandenem Abitur, sondern kurz zuvor erfolgt[3].

Die Motive für Stauffenbergs plötzliche Sinnesänderung sind schwer zu erfassen. Zunächst schien er in physischer Hinsicht für die Anforderungen des Soldatenberufes nicht gerade geeignet. Während seiner Schulzeit hatte er mehrere Male auf Grund einer starken Anfälligkeit für Krankheiten dem Unterricht nicht folgen können und Privatunterricht in Lautlingen erhalten. Das ganze letzte Schuljahr hindurch, das er mit dem Abitur am 5. März 1926 abschloss, sah er sich gezwungen, dem normalen Unterricht fernzubleiben. So kam er zum Abitur als Externer – eine Tatsache, die ihre Spuren hinterließ in dem Abgangszeugnis. Seine Leistungen in den Fächern Französisch, Geschichte und Mathematik wurden als »gut«, in den übrigen Disziplinen mit Ausnahme des Latein, das mit »ausreichend« bewertet wurde, als »befriedigend« bezeichnet[4].

Das Prädikat »gut« für die drei Fächer Französisch, Geschichte und Mathematik ließ wohl darauf schließen, dass der Abiturient Stauffenberg keine rein philologische, aber auch keine rein mathematisch-naturwissenschaftliche Begabung besaß, sondern über ein breites Fähigkeitsspektrum verfügte. Dass er die Offizierslaufbahn einschlagen wollte, konnte man aus diesem Zeugnis aber nur an der ausdrücklichen Nennung des Berufszieles ersehen, das im Falle des wegen Krankheit als »außerordentlicher Teilnehmer« zugelassenen Stauffenberg verständlicherweise schwer zu begreifen war.

Es ist unmöglich, den eigentlichen Grund für Stauffenbergs Berufswahl zu nennen. Er äußerte sich nicht dazu und überraschte deshalb auch seine nächste Umgebung. Wahrscheinlich ist es sinnvoller, nicht ein einziges Motiv hinter seiner Entscheidung sehen zu wollen, sondern eine ihm selbst vielleicht gar nicht völlig bewusste, eher komplexe Motivation zu vermuten. Bei seinem Entschluss spielte in gewissem Maße wohl der Einfluss Stefan Georges eine allerdings schwer bestimmbare Rolle. Dieser *äußere* Einfluss sollte aber mit Vorsicht bewertet und nicht missverstanden werden. Stefan Georges Einwirkung konnte niemals eine an Stauffenberg in Befehlston oder in mehr oder minder deutliche Form gefasste Aufforderung gewesen sein, die Offizierslaufbahn in der Reichswehr einzuschlagen. George pflegte nicht auf das »bürgerliche Leben« seiner Umgebung einzuwirken. Er versuchte es vielmehr in eine möglichst sekundäre, für seine Absichten völlig irrelevante Rolle zu verdrängen. Gab er dennoch seltene Hinweise, die vielleicht gerade bei einer Berufswahl ihre Berechtigung hatten, so nahm er dem um Rat Bittenden damit in keiner Weise eine Entscheidung ab. Diese musste in jedem Falle jener selbst fällen, der sich vor sie gestellt sah[5]. Das Bild vom befehlenden »Meister« und dem gehorsamen »Jünger« ist ebenso deplaziert wie es dem Selbstverständnis des George-»Kreises« in der damaligen Zeit widersprochen hätte. Erst recht wäre durch dieses Bild das Verhältnis Stauffenbergs zu George verfälscht. »Kennzeichnend ist, dass es für Claus Stauffenberg im Kreis der Freunde keinen Übernamen gegeben hat, er hieß stets nur der ›Claus‹ ... An Claus von Stauffenberg hatte George nie etwas auszusetzen. So jung der Claus zu dem Dichter gekommen war, an ›Erziehung‹ erfolgte nichts, brauchte nichts zu erfolgen, auch kaum an Belehrung ...« Nach der Aussage Thormaelens bedurfte er »nur der Bestätigung, kaum der Sicherung und Bereicherung«[6].

Dennoch ist zu vermuten, dass das »erzieherische Vorbild« Georges – also nicht eine ausdrücklich ausgesprochene Anregung – Stauffenberg gereizt hat, seine Neigungen in einem Beruf zusammenzufassen, der »exakte Planungsarbeit, Menschenerziehung, Verantwortung und Dienst an der Allgemeinheit« bedeutete[7]. In späteren Jahren pflegte Stauffenberg zu erklären, er hätte den »größten Deutschen seiner Zeit zum Lehrmeister« gehabt. Seiner Frau erschien – ebenfalls in späterer Zeit – das Vorbild Georges bei der Berufswahl ihres Mannes eine Rolle gespielt zu haben[8].

Neben dem »Vorbild« George mag auch die Tatsache von Bedeutung gewesen sein, dass sich Stauffenberg als Nachkomme Gneisenaus zu dem Beruf seines von ihm verehrten Vorfahren hingezogen fühlte. Sein Wunsch, Offizier zu werden, war aber nicht nur in der »mütterlichen Tradition« begründet[9]. Eine »väterliche Tradition« hätte ihn ebenso gut Offizier werden lassen können. Es ist möglich, dass die »mütterliche Tradition« im Falle Stauffenbergs wegen des Ahnen Gneisenau überwog. Dass er von Gneisenau und dessen Wirken ziemlich genaue Kenntnisse besaß, sollte sich später erweisen. Wieweit aber zu diesem relativ frühen Zeitpunkt dieses »Vorbild« ihn zum Offizier werden ließ, ist nicht zu klären.

Stefan George und Gneisenau mögen wichtige Schlüsselworte für einen wesentlichen Bestandteil der inneren Motivation von Stauffenbergs Wahl dargestellt haben. Konnte der Abiturient aber nicht auch unwillkürlich durch die in der Schulzeit empfangenen Eindrücke und Schilderungen von Leben, Stellung und Bedeutung des Soldaten im Staat und der Umwelt beeinflusst worden sein? Die idealistische Überhöhung des Soldaten und seiner Welt – Produkt einer nationalistischen Hypertrophie in einem geschlagenen Land, das unter Anleitung eines Ernst Jünger den Stachel der Niederlage in ein Schwert für den Sieg in einem neuen Krieg verwandeln wollte – hinterließ vielleicht auch Spuren bei dem jungen Stauffenberg. Das »einem jungen Führer im ersten Weltkrieg« gewidmete Gedicht Georges[10] mochte Stauffenberg in manchen auf der Schule gewonnenen Vorstellungen bestärkt haben – vielleicht gerade, weil es nicht allzu sehr von der penetrantesten Art der Heil-aus-der-Niederlage-Ideologie erfüllt ist.

Es sind vielleicht noch manche Vermutungen möglich. Undenkbar ist aber, dass eine von ihnen allein die gesamte innere Motivation Stauffenbergs zu bestimmen in der Lage wäre. Die Tatsache mag erstaunlich sein, dass seine ausgesprochenen musischen Interessen Stauffenberg nicht vor dem Offiziersberuf zurückschrecken ließen. Im Jahr von Stauffenbergs Eintritt in die Reichswehr nahm der Schöpfer dieses Heeres, Generaloberst Hans von Seeckt, seinen Abschied. In einem später gehaltenen Vortrag mit dem Thema »Antikes Feldherrntum« betonte er die geistigen Grundlagen des Soldatenberufes: »Die Verbindung zwischen Soldatentum und humanistischer Bildung ist keine zufällige. Gerade der Soldat bedarf der Schulung des Geistes und des Blickes in die Weite, wenn er nicht im Handwerkmäßigen verflachen will. Er bedarf der Aufrichtung an klassischen Vorbildern ...[11]« Dieses vom abgetretenen Schöpfer der Reichswehr gezeichnete Bild war wohl eher Ideal und Postulat als Realität. Das Wort von der handwerkmäßigen Verflachung führt gerade zur Problematik dieses Heeres, an deren Ursache der Warner vor Verflachung den bedeutendsten Anteil hat.

Dass Stauffenberg in seinem künftigen Beruf nicht einen Gegensatz zu seinen geistigen und musischen Interessen sah, ist als sicher anzunehmen. Denn hätte er dies getan, wäre er wohl kaum zur Reichswehr gegangen. Wieweit sich seine Vorstellung mit der Praxis in Einklang bringen ließ, musste sich erst noch erweisen.

Stauffenberg trat, nachdem er am 5. März 1926 sein Abitur abgelegt hatte, in das Reiterregiment 17 ein und wurde als Fahnenjunker aufgenommen. Als kleiner Bestandteil des 100 000-Mann-Heeres gehörte er nun zu diesem »Staat im Staate« mit seiner ganzen Problematik.

Als während der Ruhrbesetzung und der Unruhen in Sachsen im Jahre 1923 sich Stauffenbergs Brüder zum Dienst in der Reichswehr als Zeitfreiwillige meldeten, wählten sie das Reiterregiment 18, welches nahe bei Tübingen, dem Studienort Alexander Stauffenbergs, in Stuttgart-Cannstatt und Ludwigsburg stationiert war. Mit nicht sehr großem Erfolg – Berthold erkrankte nach wenigen Wochen, Alexander fehlte nach dem Urteil seines Schwadronskommandeurs jede militärische Ader – dienten sie in der Schwadron des Rittmeisters Baron Geyr von Schweppenburg. Dieser wunderte sich drei Jahre später über die Regimentswahl des jüngsten Stauffenberg. In seinen Augen bestand ein gewisser Unterschied zwischen den beiden süddeutschen Reiterregimentern 17 und 18, die zur 3. Kavalleriedivision gehörten. Das württembergische Reiterregiment 18 besaß nach Ansicht Geyrs einen »süddeutsch-demokratischen« Zug im Vergleich zum bayerischen Reiterregiment 17, das seiner Ansicht nach einen viel »aristokratischeren Leutnantstypus« hervorbrachte und dessen Ton »konservativer« war als der seines württembergischen Gegenstückes[12].

Aus Stauffenbergs Regimentswahl den Schluss ziehen zu wollen, im Gegensatz zu seinen »demokratischeren« Brüdern habe er sich mit mehr oder minder großer Absicht ein feudaleres, konservatives Regiment ausgesucht, wäre nicht sinnvoll und würde vor allem sein Verhältnis zur Tradition verzerren. Für Stauffenberg war zunächst die Wahl der Waffengattung wohl eine Selbstverständlichkeit. Das Bamberger Reiterregiment 17 übernahm in der Reichswehr die Tradition aller bayerischen Reiterregimenter. Sein Onkel, Graf Berthold Schenk von Stauffenberg, hatte vor und im Ersten Weltkrieg im Bamberger 1. Ulanen-Regiment gedient. Weshalb sollte er nicht nur die Tradition im großen – Kavallerie – weiterführen, sondern auch im kleinen – bei einem Regiment, das die Tradition jener Regimenter pflegte, unter deren Fahnen seine fränkisch-bayerische Verwandtschaft gestanden hatte? Stauffenberg empfand sich nicht ausschließlich als Württemberger, sondern eher als »Schwabe«. Greifenstein – der Sitz der Familie in Franken – lag nicht weit weg von Bamberg und bekam häufig Besuch von den Offizieren des neuen Reichswehrregimentes. Der Weg von Württemberg nach Franken war nicht eine Reise in die Fremde zur Dienstleistung, sondern ein Weg in eine vertraute, durch die Familientradition bekannte Umgebung.

Er wählte aber vor allem das Reiterregiment 17, weil er wegen seiner nicht starken physischen Konstitution eine Zurückweisung zu fürchten hatte und in diesem Reiterregiment ein Bekannter seiner Familie war, der sich für seine Aufnahme nötigenfalls einzusetzen versprach; im Reiterregiment 18 diente aber kein solcher Bekannter. Diese »Beziehungshilfe« musste dann freilich nicht in Anspruch genommen werden[13].

So unproblematisch wahrscheinlich der Eintritt in die Reichswehr und das Bamberger Regiment Stauffenberg selbst erschien, so wenig ist er es aus heutiger Sicht. Das Stichwort »Kavallerie« bei Stauffenbergs Regimentswahl sollte nicht nur als Hinweis auf seine »feudale Umgebung« dienen, sondern auch die Aufmerksamkeit auf die Tatsache lenken, dass nach dem Grabenkrieg des Ersten Weltkrieges, in dem sich die Technik als dem Menschen überlegen erwiesen hatte und bereits stählerne Ungestüme mit dem Namen »tanks« eingesetzt worden waren, Rolle, Aufgabe und Möglichkeiten von Pferd und Reiter wie nie zuvor in Frage gestellt waren. Die Reichswehr besaß einen unverhältnismäßig hohen Anteil an Kavallerie. Sieben Infanteriedivisionen standen volle drei Kavalleriedivisionen zur Seite. Da der Reichswehr jegliche schwere Waffen, insbesondere Panzer, verboten waren, mussten der Kavallerie Aufgaben zugeteilt werden, für deren Erfüllung gepanzerte und motorisierte Einheiten besser geeignet gewesen wären. Die Pläne für eine allfällige Heeresvermehrung ließen es zudem ratsam erscheinen, möglichst viele Truppen in beweglicher Kriegführung – wenn auch höchst behelfsmäßig zu Pferde – auszubilden. So wurde das Übel der gestörten Kräfterelation zwischen Infanterie und Kavallerie hauptsächlich deshalb in Kauf genommen, um aus den »schnellen« Verbänden die Kader für zukünftige motorisierte und gepanzerte schnelle Einheiten zur Hand zu haben.

Die Aufgabe eines Kavalleristen wurde dadurch allerdings in keiner Weise irgendwie leichter bei einer immer sich schneller und stärker entwickelnden Tendenz zur Technisierung und Motorisierung. Stauffenberg hatte sich der Frage nach der Daseinsberechtigung der von ihm gewählten Waffengattung wie jeder andere zu stellen, weil er sich ihr täglich konfrontiert sah. Hätte er in der Kavallerie ein Relikt aus alten Schlachtgemälden und eine Dachorganisation traditionsbewusster militärischer Reitervereine gesehen, wäre er wohl kaum Kavallerieoffizier geworden. Eine Antwort hatte er zu suchen, und er fand sie auch im Laufe der Zeit. Sie lässt darauf schließen, dass er die Reiterwaffe nicht als obsolet empfand, sie aber in Gefahr sah, es mangels Verständnisses und Möglichkeiten zu werden[14]. Nichts ärgerte ihn so sehr wie die Haltung und das Denken vieler Kavalleristen, in deren Augen der Reiter eher für das Pferd, als das Pferd für den Reiter da war[15].

Von erheblich größerer Bedeutung als die eher technischen Fragen, die sich Stauffenberg bei seinem Eintritt in die Kavallerie stellten, waren die Probleme, denen er sich nun als Angehöriger der Reichswehr konfrontiert sah. Betrachtet man den Zeitpunkt seines Eintritts, so kann man feststellen, dass gerade in dieser Zeit eine bemerkenswerte Tendenz ihren Anfang nahm.

Die Reichswehr besaß in dem Zeitraum von 1920 bis 1932 im Durchschnitt einen Anteil von 21 Prozent adliger Offiziere, wobei der Adel nur einen Prozentsatz von 0,14 Prozent der Bevölkerung ausmachte. Eine starke Steigerung des Prozentsatzes adliger Offiziere ist in den Jahren zwischen 1923 und 1929 festzustellen. Im Jahre 1920 waren 50 Prozent der Generale, 31,5 Prozent der Stabsoffiziere, 22,2 der Hauptleute und Rittmeister und 17,6 der Subalternoffiziere adliger Herkunft. Im Jahre 1932 blieb sich der Adelsprozentsatz bei den Generalen gleich, jener der Stabsoffiziere und der Hauptleute/Rittmeister verringerte sich auf 20,1 respektive 17,4 Prozent; der Anteil adliger Subalternoffiziere am Offizierskorps erhöhte sich dagegen im Vergleich zu 1920 von 17,6 auf 21 Prozent. Noch klarer ist die Tendenz zu erkennen, wenn man den Zuwachs bei den Leutnants allein betrachtet. Im Jahre 1920 betrug der Prozentsatz adliger Leutnants 16,8 Prozent, im Jahre 1932 dagegen 27,9 Prozent! Die Zunahme des Anteils adliger Offiziere am Offizierskorps der Reichswehr setzte in den Jahren 1925/26 ein[16]. Dass »vom Mai 1927 an der adlige Offizierszuwachs kaum mehr unter die 20-Prozent-Grenze sank«, mag mit der Tatsache zusammenhängen, dass am 31. Januar 1927 die Interalliierte Militär-Kontrollkommission ihre Tätigkeit in Deutschland einstellte[17]. Die bessere Besoldung wird sicher auch eine von vielen Ursachen gewesen sein. Der Zeitpunkt der Zunahme war aber eindeutig in den Jahren 1925/26 – eine Tatsache, die den Hauptgrund leicht erkennen lässt: Mit der Wahl des mythenumwobenen ehemaligen kaiserlichen Generalfeldmarschalls Hindenburg zum Reichspräsidenten der ersten deutschen Republik war das aus der November-Revolution hervorgegangene Staatsgebilde für weite Teile des Bürgertums und der Rechtskreise akzeptabel geworden. Mit einer Art Statthalter und Palliativmonarch an der Spitze eines bisher höchst suspekten und stark befehdeten Staates fiel der Dienst an einer Republik nicht mehr so schwer. Der Rechtsrutsch und die daran geknüpften monarchistischen oder nationalistischen Illusionen und Pläne bewirkten eine andere Einstellung zu Weimar, das nun – als eine Art unvermeidliches Übergangsstadium – in den Genuss »wohlwollender« Tolerierung durch jene Kreise gelangte, die es eben noch bitter bekämpft und verschrien hatten.

Stauffenbergs Eintritt in die Reichswehr fügte sich also vortrefflich in das allgemeine Bild ein. Er war einer von vielen, die eine Tendenz bewirkten. Dennoch sollte man vorsichtig sein bei einem Deutungsversuch und von den möglichen Hintergründen der allgemeinen Entwicklung keine voreiligen Schlüsse auf seine persönlichen Motive ziehen. Die Tatsache muss aber im Auge behalten werden, dass zum Zeitpunkt des Eintritts

Stauffenbergs in die Armee der Republik – was die Reichswehr hätte sein sollen – ein bedeutender Wandel eintrat.

Im Verlaufe des Ersten Weltkrieges hatte das Missverhältnis zwischen militärischer und ziviler Gewalt in Deutschland seinen Höhepunkt in der eigentlichen Militärdiktatur der Obersten Heeresleitung unter Hindenburg und Ludendorff gefunden. Nach dem Zusammenbruch und der November-Revolution hatte sich der geschlagenen deutschen Armee eine einmalige Chance dargeboten. Als einziger noch einigermaßen intakter Machtfaktor in dem republikanischen Chaos wurde sie von den Sozialdemokraten, denen die Herrschaft über die auf den November 1918 folgende Entwicklung aus den Händen zu gleiten drohte, als Partner bei der Ordnung des Wirrwarrs und zur Konsolidierung des neuen Staates herangezogen. Die Ohnmacht der SPD angesichts der Revolution war die psychologische Ursache für den Ebert-Groener-Pakt, auf Grund dessen die Inkarnation des alten gestürzten Regimes entscheidenden Einfluss auf den Gang der Dinge in der Republik gewinnen konnte. Die Tatsache, dass dieser neue Staat als erstes Machtinstrument eine ihm sehr ablehnend gegenüberstehende, innerlich noch immer der Monarchie verpflichtete Armee zu Hilfe rief, ja zu Hilfe rufen musste, um überhaupt ein »Staat« zu werden, bedeutete einen Geburtsfehler, der wohl nicht der einzige, aber ein sehr entscheidender Grund für das Scheitern und den Untergang der ersten deutschen Republik fünfzehn Jahre nach jener Übereinkunft zwischen Groener, dem General der kaiserlichen Armee, und Ebert, dem sozialdemokratischen Volksbeauftragten, war.

Die entscheidende Figur des ersten bis 1926 währenden Abschnittes in der Entwicklung der Reichswehr war der Schöpfer der Reichswehr, Hans von Seeckt. Zu den Axiomen seines Werkes gehörte der Graben zwischen Armee und Republik, auf dessen Erweiterung er bedacht war, um ihn dereinst zum Grab der Republik werden zu lassen. In Seeckt war die künftige Politik der Reichswehr personifiziert. Unter seiner Leitung nahm die Sonderentwicklung der Reichswehr ihren Anfang. Die Armee wurde abgeschirmt gegen den demokratischen Staat. Die Schaffung einer militärischen Elitestruktur wurde durch die Bestimmungen des Vertrages von Versailles nicht gehemmt, sondern gefördert. »Das traditionelle Prinzip der Geschlossenheit und zugleich Exklusivität war damit nicht nur gerettet, sondern paradoxerweise noch ungemein gestärkt gegenüber der Wilhelminischen Armee, die doch im Zeichen der allgemeinen Wehrpflicht und zuletzt des Volkskrieges einem Erweichungsprozess ausgesetzt gewesen war, ähnlich wie ein Jahrhundert früher die preußische Monarchie im Zeichen der Befreiungskriege und der Reformzeit[18].« Die Armee fühlte sich als gleichberechtigter, wenn nicht sogar überlegener Partner der Republik.

Seeckts Haltung war gekennzeichnet von einem distanzierten Attentismus gegenüber dem neuen Staat. In seiner Ablehnung der Republik kreierte der erste Soldat dieses Staates eine Ideologie: die Lehre von der »unpolitischen« Reichswehr. Der Schock der Niederlage und der Sturz der alten Ordnung, der von der Armee im Verlust des Monarchen und »Obersten Kriegsherrn« besonders stark empfunden werden musste, führte zu einer Verabsolutierung des politischen Gehorsams. Die Armee bezog die Igelstellung der Fachaufgaben. Dass dem Wort »politisch« allerdings eine sehr eigenwillige Interpretation gegeben wurde, zeigte das Resultat dieser Haltung. Der neue Staat kam nicht wie früher der Monarch in den Genuss der Loyalität des Offizierskorps. Es bestand keine unbedingte Interessensolidarität zwischen Staat und Heer. Nicht das verfassungsmäßige Unterordnungsprinzip, sondern ein »Pakt- und Koexistenzverhältnis von militärischer und ziviler Gewalt« kennzeichnete die Verfassungswirklichkeit[19].

Eine Armee, die nicht unter der schwarzrotgoldenen Flagge ihres Staates, sondern jener schwarzweißroten der gestürzten alten Ordnung diente, der sie nachtrauerte, konnte nicht unpolitisch sein. Der einzelne Reichswehrangehörige konnte wohl dank der starken, über dieses Heer leicht auszuübenden Kontrolle »unpolitisch« gehalten werden. Die Reichswehr als Ganzes wurde aber – mit ihrer eigenen Definition des »Politischen« – ein Instrument im Staate, das hochpolitisch war. »Unpolitisch« war nicht nur die Bezeichnung für die Distanz zum Staate, sondern vor allem Ausdruck der Sympathie für jene rechtsgerichteten Kreise, »die im ›System von Weimar‹ nur ein bedauerliches Zwischenspiel, in der Restaurierung oder auch Neubegründung einer autoritären Staatsordnung den geschichtlichen Gehalt dieser Zwischenperiode erblickten«[20].

Die Haltung Seeckts zum Staate war auch die der Reichswehr. Der Offizier »fühlte sich nicht an die Demokratie gebunden, sondern an das Vaterland oder an den Staat als Idee, den er nicht mit der Demokratie zu identifizieren brauchte«[21]. Die Meinung, dass eine parlamentarische Demokratie weder im Frieden noch im Krieg eine effektive Kräftekonzentration gewährleiste, war in dieser Armee weitverbreitet und beruhte größtenteils auf dem Irrtum, in der Art eines althergebrachten, aus der monarchistischen Vorstellungswelt genährten Denkens den starken Staat mit einem straffen Befehlssystem zu verwechseln[22]. Der Staat, dem man diente, war nicht die Republik, sondern das »Reich«, »ein mythischer Begriff, der alles das umschloß, was man auch ›das ewige Deutschland‹ genannt hat...«[23].

Nach dem Sturz Seeckts und dem Ende seiner Ära im Jahre 1926 folgte eine zweite Phase in der Entwicklung der Reichswehr, die nun Stauffenberg als Angehöriger dieser Armee miterlebte. Das Seecktsche Abstinenzprinzip wurde modifiziert. Das distanzierte Paktverhältnis wurde in eine enge Beziehung zwischen Staat und Armee umgewandelt. Schleicher, der bestimmende Kopf in diesem Zeitraum, entsprach sicher nicht in allem dem Bild des traditionalistisch-erstarrten, vielgeschmähten »Bürogenerals« und Intriganten, das seine Gegner von ihm zeichneten. Die Tatsache, dass die neue Reichswehrführung dem demokratischen Staat auch innerlich loyaler und aufgeschlossener gegenüberstand, kam einer Durchbrechung der Seeckt-Doktrin gleich. Das Zu-spät so mancher, sicher in starkem Maße illusionistischer Versuche Schleichers, das Nebeneinander von Staat und Armee in ein wirkliches Kooperationsverhältnis umzuwandeln, hatte seine Ursache wahrscheinlich weniger bei der neuen Führung als vielmehr in der Fortwirkung der alten[24].

Schleicher[25] war bestimmt gegenüber der politischen Wirklichkeit in einem demokratischen Staat offener, unvoreingenommener und undoktrinärer als der größte Teil der Generalität oder des Offizierskorps der Reichswehr. Doch die Tatsache, dass er den aus der »Schmach« der Niederlage hervorgegangenen Staat in den Genuss seiner »Offenheit« kommen ließ, stempelte ihn in deren Augen zum »politischen General«. Schleicher war ein scharfer Gegner der Sozialdemokratie und insbesondere der sozialdemokratischen preußischen Regierung. Seine Antipathie gegen die Linke war viel ausgeprägter als seine Ablehnung der Nationalsozialisten. Doch dies konnte ihn nicht vor dem Ruf eines »politischen Generals« bewahren, der die Bedeutung eines Schimpfwortes hatte. »Politisch« wurde wieder in der reichswehreigenen Terminologie angewandt, um ihn als Abweichler von der alten Seeckt-Linie zu diffamieren. Die unmittelbare Beteiligung der Reichswehr an Staatsentscheidungen und ihre Heranziehung an den Staat, die sie zum wichtigsten und fast einzigen Rückhalt bedrohter Krisenkabinette werden ließ, war in der Tat »politisch« und bedeutete sicher eine Korrektur in Maßen nach links – von der alten Seeckt-Politik aus gesehen.

Zu Schleichers »Truppenfremdheit«, Unbeliebtheit und Scheitern trug ein dem finassierenden und auch skrupellosen Taktiker unterlaufener Fehler bei. Er unterschätzte das reichswehreigene Distanzbedürfnis zu Weimar und damit das alte Seeckt-Ideal, das auch bei jungen Offizieren – wenn auch durchaus nicht aus denselben Gründen wie beim Schöpfer der Reichswehr und den ehemaligen kaiserlichen Offizieren – Wurzeln geschlagen hatte. Alarmierten Schleichers obskure politische Manipulationen und Machinationen das Selbstbewusstsein der Berufspolitiker, so beschworen sie auch im Offizierskorps Gefühle herauf, die einen Graben aufrissen zwischen Führung und Gefolgschaft, in den die Reichswehrführung und mit ihr den Weimarer Staat zu stoßen den Nationalsozialisten schließlich ein leichtes Spiel war. Die Kapitulation vor dem Nationalsozialismus geschah wohl gegen den Widerstand Groeners und dann auch Schleichers, der noch lange erfüllt war »von der gängigen Illusion, man könne die positiven Elemente im Nationalsozialismus einfangen und ausnützen«[26].

Doch der Abgang Schleichers im Januar 1933 – der auf Grund der verhängnisvollen Entwicklung der Jahre zuvor auch das Ende der schon arg lädierten Demokratie bedeutete – war eine widerstandslose Kapitulation der Reichswehr. Die anfängliche Billigung dieser Kapitulation durch Seeckt, aber insbesondere durch den größten Teil des Offizierskorps, ließ noch einmal den wahren Zusammenhang zwischen Reichswehrideologie und »Politik« erkennen. Die »unpolitische« Masse bejubelte den Sturz des »politischen« Generals, dessen gleichwohl höchst zweideutige Haltung zum Staate sie ablehnte und dessen Vertrautheit mit den staatlichen Institutionen in ihren Augen bereits einem Verstoß gegen die »überparteiliche Tradition« gleichkam. Die »unpolitischen« Offiziere wandten sich dem Neuen zu, das nicht als »politisch« empfunden wurde, weil es so manche Ideale herauf beschwörte, die der politischen Vorstellungswelt des Offizierskorps zu entsprechen schienen.

Stauffenberg unterschied sich in seiner Stellungnahme zu Schleicher und dessen Politik nicht von der großen Mehrheit in der damaligen Reichswehr. Er empfand den »politischen General« mit seiner Aura von geheimnisumwitterter Konspiration als mediokren Intriganten ohne große Idee. Die »Wanderprediger«, die Schleicher als Reichskanzler in die Garnisonen zur Erklärung seiner Politik schickte, vermochten ihn wohl kaum in seiner Meinung umzustimmen[27].

Stauffenbergs Haltung – nicht nur seine Beurteilung Schleichers – wird wohl besser verständlich, wenn man seine Stellung als junger Angehöriger der Reichswehr zu begreifen versucht. Seeckt hatte nicht sich, aber das gesamte Offizierskorps zur »Überparteilichkeit« verdammt. Dies bedeutete zunächst einmal das bereits in der Verfassung niedergelegte Verbot jeder politischen Willenskundgebung und Betätigung von Seiten der Offiziere und Soldaten, die ohne aktives und passives Wahlrecht einen politisch entrechteten, wenn auch gemäß alten Vorstellungen noch immer »ersten« Stand bildeten. Dass diese »Überparteilichkeit« einen starken Rechtsdrall besaß, änderte für den einzelnen Offizier nichts an seiner Lage. Erst in jenem Augenblick, in dem unter Schleicher die »unpolitische« Haltung des Offizierskorps mit Rechtsneigungen nicht mehr in Übereinstimmung mit der »politischen«, weil etwas nach links korrigierten Haltung der Führung zu sein schien, begann sich ein Bruch aufzutun, der das Verhältnis zwischen Spitze und Masse veränderte.

Nach Seeckts Auffassung hätte Stauffenberg einem »Staat« dienen sollen, den es noch gar nicht gab, der erst zu restaurieren oder zu schaffen war. Zunächst musste er allerdings erst einmal in der Lage sein, seine realen Ausgaben und Pflichten als Offizier zu erfüllen. Dazu gehörte eine harte vierjährige Ausbildung. Wurde er schon offiziell von jeder politischen Willenskundgebung abgehalten, so stellte diese Ausbildung an ihn, der dazu nicht gerade prädestiniert war, Anforderungen, die ihn sein Hauptaugenmerk auf die Probleme seines Berufes richten ließen. Die Betrachtung der politischen Szene konnte hierbei zwangsläufig nur eine Nebenrolle spielen. Diese Tatsache soll aber in keiner Weise als apologetische Erklärung irgendeines politischen Makels dienen. Die Inanspruchnahme Stauffenbergs durch seinen Beruf möge nur etwas den Tatbestand erläutern, dass über seine damalige Haltung und seine Meinung sehr wenig zu erfahren ist, da er es wohl nicht als seine erste Pflicht empfand, die Umwelt von seinen politischen Ansichten ins Bild zu setzen. Diese Umwelt wäre davon vielleicht auch gar nicht so entzückt gewesen...

Nach seinem Eintritt in das Reiterregiment 17 hatte der Fahnenjunker Stauffenberg zunächst ein Jahr bei seinem Regiment zu dienen. Ein Jahr später – 1927 – wurde er zur weiteren Ausbildung auf die nach Hitlers Münchner Putsch von der bayerischen Kapitale nach Dresden verlegte Infanterie-Schule abkommandiert, auf der alle Offiziersanwärter im Verlauf ihrer Ausbildung ein Jahr zu verbringen hatten. Nach einem weiteren Jahr gingen dann die Artilleristen nach Jüterbog, die Kavalleristen nach Hannover; die Infanteristen blieben in Dresden. Nach Dresden folgte 1928 für Stauffenberg das Jahr Kavallerieschule in Hannover. Auf dieser Schule wurde Stauffenberg auf Grund seiner Dienstzeugnisse Ältester des Hörsaales. Einem seiner Lehrer, seinem späteren Divisionskommandeur Friedrich-Wilhelm von Loeper, erschien er als die »führende Persönlichkeit«. Nach Loepers Urteil war aber dieser geistig seine Alterskameraden überragende Offiziersanwärter auf Grund seiner physischen Konstitution nicht besonders geeignet für seinen Beruf[28]. Ein Brief Stauffenbergs vom 19. Juli 1928 an Max Kommerell zeigt die Lage des jungen Soldaten, der neben seinen militärischen Pflichten für einen angehenden Offizier recht seltsame Interessen besaß:

»Ich bin in gedanken viel bei Dir vielleicht mehr als Du denkst. Die ungleichartige tätigkeit ist kein hindernis vielleicht im gegenteil. Höre zunächst vom äußeren verlauf meines lebens das wichtigste von dem ich weiß dass Du stets daran anteil nahmst · und der vielleicht vom inneren freilich auch manches verraten mag.

Nachdem wir uns in S. sahen verlebte ich erst hier eine zeit die neben der rein dienstlichen tätigkeit manch für mich ersprießliche arbeit die von den Preußen schon vergessenen tage antiker feldzüge betreffend brachte. Die folgende zeit auf dem übungsplatz brachte die reaktion: ein 4wöchentliches nicht gerade sehr schweres aber entnervendes krankenlager dessen folgen (oder ursachen) noch immer spürbar sind. die nachfolgende tätigkeit hier war sehr verschieden stark in anspruch nehmend die Abschlussprüfung wird nun bald beendet sein. Der unangenehmere teil einer langen durch krankheit und deren folgen unfruchtbaren und in der herabgeminderten leistungsfähigkeit bedrückenden zeit (die dienstl. erfordernisse konnten ohnehin leicht befriedigt werden) ist die aus ihr hervorgegangene notwendigkeit einer zumindest 4wöchentlichen eingehenden kur die schon mitte des nächsten monats beginnen soll. Ein längerer urlaub in dem ich endlich den M[eister] wiederzusehen und den ich mit meinem erhabenen Phes [seinem Bruder Berthold] den ich nur noch so selten und kurz sehen kann zu verbringen hoffte ist nun natürlich wieder nicht bzw. nur zur unzeit und gekürzt möglich. Ich habe verlernt mich über notwendigkeiten eines hartnäckigen schicksals zu beklagen, das immer wieder eine hoffnung auf einige besonders schöne und entschädigende tage zunichte macht. Ich weiß mich schon fast mit dem bewußtsein allein von dem dasein einiger weniger erhabener menschen wenn sie auch ferne sind zu begnügen · ein wissen das Du durch Dein gedenken in so schöner und unerwarteter weise von neuem geweckt hast. Komme ich auch wenig zum lesen sind doch immer die verse und zeilen deren besonders Du und auch die gunst anderer Ss. [Staatsstützen] mich gewürdigt haben um mich. Was bei Euch das erfassen und das durchdringen eines durchaus bestehenden augenblicks daß [sic] erfassen eines bildes war wird mir nun immer mehr zur not · zur treibenden und pflichtenden not · was von Euch aus das zeugnis einer schönen gunst und oft einer kaum noch begründeten aber umso dankbarer entgegengenommenen liebe war wird mir zur qual einer zweifelhaften erfüllung, einer schleichenden und sehnlichen zeit ... Kennst Du das dasein dessen der sich seit jahren in keinem verse ganz geben der kaum mehr eine stunde irgend einer erfüllung eine nicht fordernde eine nur im dasein volle stunde haben durfte sondern nur treibende und solche voller fragen[29]?«

Die physische Labilität Stauffenbergs sollte sich bald ändern. Er versuchte mit großer Energie wettzumachen, was ihm fehlte. Sein zäher Wille erbrachte schließlich das gewünschte Resultat: Stauffenberg erreichte physische Höchstleistungen und konnte sogar Kameraden übertreffen, die ihm eigentlich auf Grund ihrer Konstitution überlegen waren. Die Aufgabe, ein guter Reiter und ein guter Soldat zu werden, war bei allem Talent, das Stauffenberg mitbrachte, sicher nicht ganz leicht und erforderte sehr viel Widerstandskraft. Mochten ihn auch die geistigen Anforderungen seiner Berufsausbildung nicht überanstrengen – die erhalten gebliebenen schriftlichen Arbeiten, die er in Dresden und Hannover verfasst hat, bezeugen seine leichte Erfüllung »dienstlicher Erfordernisse«[30] –, so hielten ihn die körperlichen Anforderungen eben noch einige Zeit stark in Atem. Nach Absolvierung des einjährigen Lehrgangs in Hannover ging Stauffenberg zu seinem Regiment nach Bamberg zurück. Nachdem er im Jahre 1929 die Offiziersprüfung abgelegt hatte[31], wurde er auf den 1. Januar 1930 zum Leutnant befördert. Normalerweise diente ein frisch ernannter Reiteroffizier zunächst drei Jahre bei der Feld- oder Ausbildungsschwadron. Stauffenberg wurde überraschenderweise bereits nach dreiviertel Jahren zur Führung des Minenwerferzuges in der ersten, sogenannten schweren Eskadron vorgeschlagen[32]. War er aus der Offiziersprüfung bereits als Jahrgangsbester der Kavallerie hervorgegangen – als Belohnung erhielt er dafür den damals üblichen Ehrensäbel –, so schien er sich nun in der Praxis weiter zu bewähren. Um die Aufgaben des Geschützzugführers des Regimentes übernehmen zu können, musste Stauffenberg vom November 1930 bis Februar 1931 an einem Lehrgang in Döberitz teilnehmen, zu dem von jedem der achtzehn Reiterregimenter der Reichswehr ein Subalternoffizier abkommandiert war, der zur Führung des Geschützzuges seines Regimentes ausersehen war[33]. Nach dem Ende dieses Lehrganges übernahm der dreiundzwanzigjährige Leutnant Graf Stauffenberg das Kommando über den Minenwerferzug der 1. Eskadron des 17. Reiterregimentes in Bamberg.

Eine dienstliche Beurteilung durch seinen Eskadronchef Hans Walzer, die im Oktober 1933 abgefasst worden ist, stellt Stauffenbergs dreijährige Arbeit zu einem differenzierten Bild zusammen, das wesentliche Aufschlüsse zu vermitteln vermag.

»Zuverlässiger und selbständiger Charakter mit unabhängiger Willens- und Urteilsbildung. Besitzt bei ausgezeichneten geistigen Anlagen überdurchschnittliches taktisches und technisches Können.

Vorbildlich in der Behandlung von Unteroffizieren und Mannschaften, besorgt um Ausbildung und Erziehung seines Minenwerferzuges.

Gesellschaftlich und kameradschaftlich von einwandfreiem Verhalten. Zeigt viel Interesse für soziale, geschichtliche und religiöse Zusammenhänge.

Sehr guter, verständiger Reiter mit viel Liebe und Verständnis für das Pferd.

Neben diesen ausgezeichneten Eigenschaften dürfen kleine Mängel und Schwächen nicht unerwähnt bleiben. Seines militärischen Könnens und seiner geistigen Überlegenheit bewußt, neigt er gelegentlich gegenüber

Kameraden zur Überheblichkeit, die sich leicht spöttisch äußert, aber nie verletzend wirkt.

Etwas salopp in Haltung und Anzug, dürfte sein Auftreten als junger Offizier etwas frischer und energischer sein. Er ist etwas anfällig gegenüber Halsentzündungen, wodurch seine körperliche Widerstandskraft manchmal beeinträchtigt wird. Mit Energie und zähem Willen kämpft er dagegen an.

Berechtigt bei fortschreitender Entwicklung zu den besten Hoffnungen.

gez. Walzer«[34]

Stauffenbergs »überdurchschnittliches taktisches und technisches Können« war das Resultat seiner »ausgezeichneten geistigen Anlagen« auf dem militärischen Sektor. Seine ausgesprochene Leidenschaft, sich nicht nur auf militärischem Gebiet möglichst vollständig zu orientieren, führte ihn zu eingehender Beschäftigung mit Kriegsgeschichte, allgemeiner Geschichte, Politik, Philosophie, Literatur, Kunst und Sprachen. Er spielte weiterhin Cello, besuchte Vorträge und Konzerte und hielt Kontakt zu einem weitgespannten und mannigfaltigen Bekanntenkreis, der ihm immer neue Anregungen brachte, die ihn aus dem engeren militärischen Bereich wegführten. Neben seinem Beruf, der ihm ja nicht sehr viel Zeit ließ, drohten diese starken »außerberuflichen« Interessen allerdings seine Kräfte zu zersplittern. Mit den Jahren sah Stauffenberg sich zu größerer Konzentration gezwungen; er hörte auf, Cello zu spielen, da er leichtfertiges Dilettieren – sein Spiel war notgedrungen dilettantisch – ablehnte[35].

Stauffenbergs Kenntnis so mancher nicht typisch militärischer, »sozialer, geschichtlicher und religiöser Zusammenhänge« ermöglichte ihm eine »unabhängige Willens- und Urteilsbildung«. Seine überdurchschnittlichen geistigen Fähigkeiten wurden allgemein anerkannt. »Es war unmöglich, ihn – selbst im größeren Kreise – zu übersehen. Auch ohne es zu wollen, war er bald der Mittelpunkt jedes Kreises; von ihm ging eine anziehende, überzeugende und vertrauenerweckende Wirkung aus[36].« Er liebte die Diskussionen um so eher, je heftiger sie waren. War er »gesellschaftlich und kameradschaftlich von einwandfreiem Verhalten«, so kam dies besonders in der Tatsache zum Ausdruck, dass er bereits als junger Leutnant in den Ehrenrat des Bamberger Regimentes gewählt wurde; dort hatte er zusammen mit den anderen Mitgliedern auf Bitte des Kommandeurs in Ehrenangelegenheiten Gutachten abzufassen, welche die Grundlage für den Entscheid des Kommandeurs zu bilden pflegten[37].

Erlangte also seine kameradschaftliche Beliebtheit offizielle Anerkennung, so besaß er doch eine Eigenschaft, die in der Rubrik »kleine Mängel und Schwächen« Erwähnung fand. Seine großen Fähigkeiten erweckten in Stauffenberg aus ganz natürlichen Gründen ein ausgeprägtes und starkes Selbstbewusstsein, das dann manchem aus seiner nicht ganz ebenbürtigen Umgebung als Geltungsbedürfnis erschien. Die »Überheblichkeit, die sich leicht spöttisch äußert, aber nie verletzend wirkt«, war dabei wohl weniger Ausdruck der zur Schau getragenen überdurchschnittlichen Intelligenz, die dem Offiziers- und Kameradenkreis etwas ungewöhnlich erschien, sondern das Resultat des Eindrucks, den Stauffenberg beim Vortragen seiner Ansichten empfinden musste: eine nicht immer ganz dem Seecktschen Bildungsideal entsprechende geistige Grundlage bei seinen gleichaltrigen und jüngeren Kameraden. Dass er dann Freude bekam, das Wort an sich zu reißen und etwas zu dozieren[38], ist gut verständlich.

Dass Stauffenberg nicht beständig und aus Prinzip, sondern nur zuweilen Überheblichkeit markierte, zeigt das Urteil des Eskadronchefs über seine eigentliche Aufgabe als Offizier: »Vorbildlich in der Behandlung von Unteroffizieren und Mannschaften, besorgt um Ausbildung und Erziehung seines Minenwerferzuges.« Dies war ein Urteil, das besser nicht hätte ausfallen können. Es war das Resultat einer intensiven Arbeit. Stauffenberg bemühte sich, seine Untergebenen nicht in der Art eines als Offizier verkleideten Feldwebels der friderizianischen Armee zu traktieren; seine Soldaten waren keine zum Dienst gepresste und deshalb der Fahnenflucht verdächtige und kampfunlustige Söldner, sondern langdienende Freiwillige, die die Armee auch nicht nach zwei »Schreckensjahren« verlassen konnten. Sie hatten – einmal Soldat – zwölf Jahre Dienst zu tun. Es war also genügend Zeit vorhanden, um aus den Rekruten gute Soldaten werden zu lassen. Hastige Ausbildung, die einhämmerte, was nicht von selbst in die Soldatenköpfe ging, war nicht nötig. Den zur Armee gekommenen Freiwilligen musste aber auch eine Atmosphäre geboten werden, in der sie ruhig und bereitwillig ihren jahrelangen Dienst versehen konnten. Ein einsichtiger Offizier musste deshalb unnötige disziplinarische Maßnahmen und ein sinnloses oder schikanöses Ausbildungsinstrumentarium als höchst zweifelhafte Methoden erkennen, die obendrein eher eine kontraproduktive Wirkung zu zeitigen in Gefahr waren.

Deshalb hatte er seine Soldaten – bei allen Forderungen, die er als Vorgesetzter an sie zu stellen hatte – zuerst und vor allem als Menschen zu behandeln. »Für sein inneres Verhältnis zu einem anderen Menschen – es war bei äußerlich gleich scheinender Liebenswürdigkeit sehr differenziert – war nur dessen innerer Wert, nicht die äußeren Umstände bestimmend. So konnte sein Verhältnis zu manchem Soldaten oder Unteroffizier vertraut und herzlich sein, während irgendeine ›Prominenz‹ trotz sichtlicher Bemühungen eine höfliche, aber nicht zu übersehende Distanz nie überwinden konnte[39].« In einem Brief an Kommerell bestätigte Stauffenberg mit eigenen Worten sein gutes Verhältnis zu seinen Untergebenen:

»Mit untergebenen, bauern und soldaten, ist ein schönes auskommen und eine gleichmäßige gegenseitigkeit der bitten und erfüllungen. Anders mit kameraden der ›gleichen bildungsstufe‹, deren stolz dummer hochmut und deren kameradschaft dürftiger egoismus ist. Von denen Du nichts fordern magst weil Du es nicht befehlen kannst und deren menschlicher takt vor allem darin besteht abstände möglichst zu verkleinern und ihnen unverständliches zu beladen[40].«

Stauffenberg ließ seine Soldaten mit dem Minenwerfer nicht nur nach der Tabelle schießen, sondern erklärte ihnen, wie man zu der in der Tabelle erscheinenden Zahl kommt. So versuchte er, die Mannschaft den Schuss selbst berechnen und ohne Tabelle schießen zu lassen – ein damals anscheinend nicht allzu übliches Vorgehen, das von den Soldaten mit dem anerkennenden Satz quittiert wurde: »Der Herr Leutnant hat die Mathematik im Bauche!« Während wahrscheinlich andere Offiziere ihre Mannschaft gar nicht für fähig hielten, ohne Tabelle zu schießen, unternahm Stauffenberg dieses Experiment mit Erfolg[41]. Seiner Frau erklärte er einmal den Unterschied, der seiner Ansicht nach zwischen ihm und einem von ihm hochgeschätzten, ausgezeichneten Offizier bestand, der ein gutes Verhältnis zu seinen Soldaten hatte. Dieser würde seine Untergebenen gerne leiden, spräche von ihnen aber niemals anders als von seinen »Männle«. Er aber würde seine Soldaten ebenso schätzen und eben deshalb würde er sie nicht als »Männle«, sondern als »Männer« bezeichnen[42].

Das vom Eskadronchef gerügte »Auftreten als junger Offizier«, der sich »etwas salopp in Haltung und Anzug« gab, war wohl väterliches Erbe und Zeichen für eine Unkonventionalität, die gerade die Soldaten in guter Weise zu spüren bekamen. Die Frage ist nun, wieweit dieses unkonventionelle Verhalten in Stauffenbergs Einstellung zu den politischen Vorgängen der damaligen Zeit, insbesondere zum aufsteigenden Nationalsozialismus, zum Tragen kam.

In der Haltung des Offizierskorps der Reichswehr zum Nationalsozialismus vor der Machtergreifung tat sich scheinbar zwischen der jungen und der älteren Generation Offiziere, die bereits in der kaiserlichen Armee der Vorkriegszeit gedient hatten, eine Kluft auf. Die ältere Generation war in der Welt des Kaiserreiches aufgewachsen. Ihre streng konservative Einstellung ließ sie, nachdem sie sich schweren Herzens zum Dienst in einer »sozialistischen Republik« entschlossen hatte, nicht auf revolutionäre Experimente in der Art der »proletarischen« Agitation der nationalsozialistischen Bewegung eingehen. Ihre Haltung charakterisierte der spätere Generalmajor Oster in einer im Gefängnis im Jahre 1944 entstandenen Niederschrift: »Wir sind seinerzeit aus mehr noch kindlicher Passion zum Soldatentum in der Monarchie Offizier geworden. Daß diese Staatsform einmal in die Brüche gehen könnte, war für uns nicht vorstellbar. Politik gab es für uns nicht. Wir trugen des Königs Rock, und das genügte uns. Im Kasino das ›Berliner Tageblatt‹ oder die ›Frankfurter Zeitung‹ zu lesen, war verpönt ... Wie ein Schlag mit dem Hammer auf den Kopf wirkte auf uns der Zusammenbruch 1918, die Versandung der Monarchie in der Wilhelminischen Zeit in einen brüchigen Parteistaat.« Mit Oster entschloss sich diese Generation, »unter einer neuen Fahne weiter zu dienen in der Hoffnung und mit dem Willen, unserem Volke über diese Durststrecke hinüber zu helfen«. Dass sie eben nur der schwarzweißroten Dienstflagge der Reichswehr, nicht aber der schwarzrotgoldenen Fahne der Republik diente, war bei einer solchen Einstellung nicht verwunderlich. Unpolitisch aus Veranlagung und Tradition, wurden diese Offiziere in den entscheidenden Jahren ihrer militärischen Entwicklung noch viel weitgehender zu »unpolitischen« Soldaten erzogen. Was sie sich erhofften und der Nationalsozialismus dann brachte – »Rückkehr zu einer starken nationalen Politik, die Wiederaufrüstung, die Einführung der allgemeinen Wehrpflicht« –, bedeutete für sie die »Rückkehr zu früheren Traditionen«[43]. Das hinderte sie aber nicht, vor dem Zeitpunkt dieser »Rückkehr« den »böhmischen Gefreiten« nicht ernst zu nehmen und nicht an den Erfolg seiner sie sehr häufig abstoßenden Parteipropaganda zu glauben.

Die Kluft zwischen jüngeren und älteren Offizieren war freilich in Wirklichkeit nicht so groß, wie sie damals erscheinen mochte. Die konservativ-nationalistische Substanz bildete bei beiden Altersgruppen die Grundlage des Denkens. Wie sie sich in der konkreten Beurteilung der Tagespolitik äußerte, war – genaugenommen – eher eine Stil- als eine Prinzipienfrage[44]. Der revolutionäre Schwung, die scharfe Ablehnung des »Systems von Weimar«, der übersteigerte Nationalismus der nationalsozialistischen Ideen mussten junge Menschen faszinieren, die in der gleichen Gedankenwelt aufgewachsen waren und einen Beruf ergriffen hatten, der per definitionem den Begriff der Nation hochzuhalten hatte. Vor allem junge Offiziere lehnten die »Bürogenerale« der Bendlerstraße und deren politischen Kurs, aber auch die konservativen, am monarchischen Vorbild orientierten Träume der älteren Generation ab. »Der junge Leutnant muß frei sich halten von Politisieren, Spintisieren, Grübeln, Besserwissen von Schusterei und Neid ...«[45], erklärte Groener vor jungen Offizieren, die dennoch nicht davon absahen und schließlich – nach der

Affäre Scheringer-Ludin-Wendt[46], die zu einer Vertrauenskrise zwischen Führung und jungen Offizieren führte – den Reichswehrminister zu der Formulierung in einem Erlass bewegten: »Es ist aber eine Überheblichkeit sondergleichen und ein tief bedauerlicher Mangel an Autoritätsgefühl, wenn junge Offiziere, die außer ihrer Jugend keine Legitimation besitzen, ihren höchsten Vorgesetzten ... Mangel an Nationalgefühl vorwerfen und sich anmaßen, allein wissen zu wollen, was national ist ... Es bedeutet daher eine vollständige Verkennung der tatsächlichen Verhältnisse und einen kaum zu überbietenden Grad von Selbstüberschätzung, wenn junge Offiziere den nach ihrer Ansicht vorhandenen Linkskurs in der Reichswehrleitung glauben bekämpfen zu müssen ...«[47]. Starke Sympathien für die nationalsozialistischen Ideen hegten vor allem jene jungen Offiziere, die aus den gleichen sozialen Schichten stammten, aus denen sich auch zahlreiche Nationalsozialisten rekrutierten[48]. Für Stauffenberg traf diese Ursache für eine mögliche Sympathie weniger zu. Doch auch die jungen Angehörigen »feudaler« Regimenter waren nicht gefeit vor diesen verlockenden Sirenentönen. Henning von Tresckow, Leutnant im Infanterieregiment 9, hielt im Jahre 1929 im Sinne des nationalsozialistischen »Ideologen« Gottfried Feder im Potsdamer Offizierskasino einen Vortrag über die »Brechung der Zinsknechtschaft«[49]. Ein Batteriekommandeur des Artillerieregimentes 3 schrieb im Frühjahr 1931 entsetzt an Schleicher über »die Schnelligkeit des Urteils ohne jede Sachkenntnis, gefällt über alle innen- und außenpolitischen Fragen«, die er bei den jungen Offizieren angetroffen habe. Er sprach von dem »Knistern in den Leutnantsjahrgängen«[50].

Es »knisterte« nicht deshalb, weil diese Offiziere etwa »um des Programmes willen zu den Nazis« hinneigten, »sondern weil sie hier eine aktive Kraft zu erkennen glauben, die sich einem Niedergang des Reiches entgegenstemmt, die das tut, was sie von der Reichswehr vielleicht erwarten, und weil sie aus mangelnder Unterrichtung, stellenweiser einseitiger Beaufschlagung bei uns kein Ziel sehen ...«[51]. Diese Unterrichtung gelang auch den zur politischen Aufklärung in die Garnisonen geschickten Offizieren Schleichers nicht in überzeugender Weise.

Der Fall der drei Leutnants des Artillerieregiments 5, Scheringer, Ludin und Wendt, ließ plötzlich erkennen, wie weit sich die Sympathien für einige Ziele des Nationalsozialismus unter den jungen Offizieren bereits verbreitet hatten. Groener hatte schon im November 1929 – also vor der Affäre – eine scharfe Verordnung gegen »die Zersetzung der Wehrmacht« durch die NSDAP erlassen. Doch der Vorgang in Ulm und die Reaktion des jungen Offizierskorps auf den Prozess im Herbst 1930 zeigten die Hoffnungslosigkeit des Unterfangens, die Sympathien für den Nationalsozialismus mit verbalen und juristischen Mitteln eindämmen zu wollen.

Der Vorgang in Ulm bewirkte eine Aktivierung des politischen Bewusstseins bei den jungen Offizieren. Hatten die politischen Sympathien zuvor bei der Überzahl nur geschlummert, so traten sie nun an einem konkreten Beispiel zutage. Die Stellungnahme zur Verhaftung der Ulmer Leutnants von der »Front« weg ist als ungefährer Gradmesser für die politische Haltung auch im Falle Stauffenberg wichtig.

Helmuth Stieff, damals Oberleutnant in dem bereits erwähnten Artillerieregiment 3, schrieb an seine Braut über den Prozess gegen Scheringer und Ludin: »Was sie aussagen, kann man leider meistens unterschreiben, und Du wirst viele Dinge lesen, über die auch ich mich oft empört habe. Das ist vielleicht das Gute an der ganzen Sache, daß den Leutchen da oben mal die Augen über die riesige Unzufriedenheit im Offizierskorps geöffnet werden. Die Folgerungen, die die beiden daraus abgeleitet haben, sind dabei natürlich beklagens- und verdammenswert. Aber anscheinend blieb kein anderer Weg offen, um mal die Bombe zum Platzen zu bringen[52].« Distanzierte er sich also von den Angeklagten, »die ... falsch gehandelt und gegen das Gebot der Unterordnung verstoßen« hatten, so empörte er sich nicht minder über »die Verhaftung aus einer Besichtigung vor der versammelten Truppe heraus« und erklärte: »Aber sind nicht ihre Nöte auch die unseren? All dasselbe habe ich Dir oft genug gesagt, und so denkt mindestens 90 % des Offizierskorps. Und die Berechtigung dieser Nöte ist doch weiß Gott anzuerkennen. Wenn man das nicht tut, stellt man uns seelenlosen Landsknechten gleich[53].« Stieff sah die Schuld an solchen »Auswüchsen«, wie es der Ulmer Vorfall war, allein bei den Parteien, »die dies System der Verärgerung stützen«. Gegen die Reichswehrführung erhob er den Vorwurf, »dass sie sich den Standpunkt der Novemberlinge, die einen Ehrenstandpunkt wie wir nicht kennen, zu eigen machte«[54]. Sie sei »parlamentarisch verseucht« und jongliere nur mit der »Zahl und dem ›Verstand‹«, nicht mit dem »Herz«. »Wenn man nicht hoffte, dass diese ganze Blase Schleicher pp., für die wir bloß Schachbrettfiguren in ihrem eigenen Fortkommen sein sollen, eines Tages von der doch nicht aufzuhaltenden nationalen Bewegung weggefegt werden, dann könnte man sich gleich einen Zylinder kaufen.«[55] Bei diesen Äußerungen Stieffs fällt auf, wie sehr ein Offizier, der die Schritte der drei Leutnants missbilligte und nicht als Nationalsozialist bezeichnet werden kann, beeinflusst war von antiparlamentarischen und rechtsradikalen Ideen.

Von Stauffenberg sind zwar keine schriftlichen Äußerungen in der Art Stieffs erhalten. Doch die Annahme ist berechtigt, dass er auch zu den angeblichen »neunzig Prozent« der Offiziere zählte, die nach dem Urteil Stieffs ähnlich dachten wie die verurteilten Ulmer Leutnants. Seine Gewohnheit war es jedoch nicht, Ausdrücke wie »Novemberlinge« zu verwenden. Denn für Witze und Beschimpfungen, deren einziges Ziel die Diffamierung des Weimarer Staates darstellte, hegte er nicht das geringste Verständnis. Er hatte dem Staat seinen Eid geschworen und war willens, ihn auch zu halten. Verhöhnungen der schwarzrotgoldenen Flagge wie »Schwarz-Rot-Senf« und Schlimmeres verbat er sich entschieden, wurden sie in seiner Nähe geäußert. Stauffenbergs schroffe Stellungnahme gegen unproduktive Schimpfereien bedeutete aber noch keineswegs ein Sympathiezeichen für den Staat, den er zu verteidigen schien. Er wandte sich vornehmlich gegen die Unproduktivität bloßer Kritik, ohne grundsätzlich die Berechtigung sinnvoller Kritik ablehnen zu wollen. Er war vorsichtiger und vermied vor allem vorschnelle apodiktische Urteile. Die politische Erziehung in der Reichswehr kam ihm dabei entgegen. Offene Stellungnahmen zu politischen Tagesfragen waren weder verlangt noch gern gesehen[56].

Stauffenberg beschränkte sich aber nicht – unter dankbarer Hinnahme offizieller Maximen – auf seine Berufsaufgaben und bezog auch nicht die Igelstellung eines Nur-Militärs. Seine Gespräche bewegten sich sogar recht oft auf dem Gebiet der Politik; sie waren stark von sozialen Fragestellungen bestimmt[57]. Dennoch war der Ausgangspunkt für Stauffenbergs politische Betrachtungsweise klar bestimmt durch seinen Beruf. In seinen Augen war die Reichswehr nicht nur ein rein militärisches Instrument, sondern vielmehr ein »konstruktiver Bestandteil des neuen Staates«. Der Wehrkörper gehörte »zu den wesentlichen Stützen der Nation, deren Sicherheit und Ansehen er zu garantieren« hatte[58]. Es ist wohl anzunehmen, dass auch an Stauffenberg die Reichswehrideologie nicht spurlos vorbeigegangen war. Wie weit sie ihn wirklich beeinflusste, ist heute kaum mehr festzustellen.

Dass eine auf den Anliegen der Armee basierende politische Argumentation mit dem Weimarer Staat nicht gerade zufrieden sein konnte, ist auch heute noch begreiflich. Der Versailler Vertrag, für dessen Unterzeichnung wohl die Republik die Verantwortung trug, an dessen Zustandekommen sie aber nicht als Hauptschuldige beteiligt war, da nicht sie die Katastrophenpolitik der Jahre zuvor geführt hatte, gestand dem besiegten Deutschland eine 100 000-Mann-Armee zu, »die nach außen hin überhaupt nicht einsatzfähig« war[59]. Auch einen Offizier, der fünfzehn Jahre nach der Unterzeichnung des Versailler Vertrages in diesem Heer Dienst tat, musste die Diskrepanz zwischen der diesem Heer gesetzten Aufgabe und seinen zu ihrer Ausführung nur in höchst bescheidenem Maße vorhandenen Mittel schmerzlich berühren. Eine Partei, sobald sie versprach, diese Diskrepanz durch großzügige Förderung der »Wehrhaftigkeit« zu beseitigen – mochte sie noch so skeptisch beurteilt werden –, konnte von allem Anfang an auf offene Ohren bei den Offizieren zählen. Bezeichnete diese Partei sich zudem als eine »nationale Bewegung«, die gegen das verhasste parlamentarische System zu Felde zog, das zu verstehen die meisten Offiziere der Mühe nicht für wert hielten oder gar nicht fähig waren, so konnte sie zusätzlich zu ihrer »Wehrfreudigkeit« auch noch die konservative und »nationale Gesinnung« des jungen Offizierskorps dank ihrem im Wort »Bewegung« manifestierten Parteienaffekt zu ihren Gunsten ausbeuten.

Stauffenberg musste gerade auf Grund seines »nationalen Berufes« Interesse für Bestrebungen haben, die ihm wertvoll erschienen für eine von ihm gewünschte Wehrpolitik. Dass er deshalb manche Versprechen der NSDAP positiv zur Kenntnis nahm, war typisch für die Denkweise seiner Generation, was sie allerdings nicht entschuldigt. Er empörte sich – wie Stieff – über die Behandlung der Leutnants Scheringer, Ludin und Wendt durch die Reichswehrführung, besonders über deren Verhaftung von der »Front« weg. Zur Haltung des Regimentskommandeurs Beck, der wegen der ohne sein Wissen vorgenommenen Verhaftungen seinen Abschied eingereicht, dann wieder zurückgezogen, sich aber im Prozess vor seine Untergebenen gestellt hatte[60], äußerte er seine volle Zustimmung, die sich aber nicht auf das Vorgehen der Leutnants bezog[61]. Politische Propaganda in einer Armee durch die Subalternoffiziere musste auch Stauffenberg unsinnig erscheinen.

Anders als Stieff gebrauchte Stauffenberg aber nicht dessen Worte für die Charakterisierung Weimars. Sein vorsichtiges Urteil ist vielleicht ein Symptom für seine Haltung: Er war kein Verteidiger der Republik, er war von manchem sicher enttäuscht, über manches verbittert. Als Offizier wünschte er sich eine bessere, schlagkräftige Armee. Der Nationalsozialismus schien diese zu versprechen und gleichzeitig Bewegung zu bringen in das »System«, das einfach zu beschimpfen er sich weigerte, gegen das vorzugehen ihm als »Soldaten der Nation« in keiner Weise erlaubt war. Seine Hoffnung, dass dieser Staat gewandelt werden könnte, hinderte ihn in keiner Weise daran, ihm mit ganzem Einsatz zu dienen.

Durchgangsstadium war die Weimarer Republik aber auch für den Leutnant Stauffenberg – im Unterschied zu den Vorstellungen seiner Generation vielleicht mit der kleinen, aber nicht unwichtigen Nuance, dass er sie nicht als die schlimmstmögliche, von den »Novemberlingen« erschaffene politische Hölle empfand, sondern in ihr immer noch eine, wenn auch ihm arg verzerrt erscheinende Staatsform seines Vaterlandes erkennen konnte. Die von seinem Eskadronchef gerühmten »ausgezeichneten geistigen Anlagen« und sein »Interesse für soziale, geschichtliche und religiöse Zusammenhänge« mochten ihm seine »unabhängige Willens- und Urteilsbildung« erhalten und ihn in seiner Einstellung zum Nationalsozialismus in *etwas* höherem Maße als seine Alterskameraden vor allzu großen Hoffnungen bewahrt haben.

Bayerische Restaurationspläne

Für Stauffenbergs Haltung gegenüber dem Nationalsozialismus vor und zur Zeit der Machtergreifung waren nicht nur der Einfluss Stefan Georges und seine Stellung als Reichswehroffizier von Bedeutung. Eine weitere wesentliche Komponente seines politischen Denkens und Urteils war seine Einstellung zur politischen Tätigkeit eines bestimmten Teiles seiner Verwandtschaft.

Sosehr sich Stauffenbergs Entschluss, Offizier der Reichswehr zu werden, durchaus in das Bild einer allgemeinen Tendenz fügte, war er dennoch für seine Umgebung etwas Ungewöhnliches[1]. Theodor Pfizer erinnert sich, dass der ziemlich plötzliche Entschluss Stauffenbergs zumindest dessen Bruder Alexander in hohem Masse erstaunte[2]. Das Erstaunen Alexander Stauffenbergs konnte durchaus Ausdruck der Verwunderung sein, dass ausgerechnet sein nicht mit großen physischen Reserven ausgestatteter Bruder die Offizierslaufbahn einschlagen wollte. Eine im weiteren Kreis der Familie damals angestellte Spekulation über den Grund von Stauffenbergs Berufswahl vermag vielleicht die Art der Verwunderung noch nach einer anderen Richtung hin zu präzisieren. Baron Hans Christoph Stauffenberg, ein Vetter Claus Stauffenbergs, erinnert sich an eines der alljährlich stattfindenden Familientreffen, bei dem Stauffenberg als Fähnrich in der Reichswehruniform erschien. Unter den Angehörigen der Verwandtschaft, von denen sich häufig manche nur an solchen familiären Anlässen trafen und sonst in eher lockerer Verbindung zueinander standen, wurde der Entschluss Stauffenbergs darauf zurückgeführt, dass beim dritten Sohn des Grafen Alfred Stauffenberg die Finanzierung eines Studiums eben nicht mehr möglich gewesen sei und sich der Eintritt ins Militär sozusagen zwangsläufig als Lösung aufgezwungen habe. Diese eher im Flüsterton vorgetragene »Erklärung« der Verwandten suchte den Grund für den Eintritt Stauffenbergs in die Reichswehr in äußeren Gegebenheiten. Der Gedanke, dass Stauffenberg nicht unter der Einwirkung eines äußeren Zwanges diesen Schritt aus eigener Initiative getan haben könnte, wurde nicht erwogen. Eine gewisse Begeisterung des jungen Offiziersanwärters für seinen Beruf blieb auch seinen Verwandten nicht verborgen. Doch sahen sie darin eher eine

Tugend, die aus dem Notwendigen das Beste machte, und nicht den eigentlichen Grund für die ihnen seltsam erscheinende Berufswahl des Vetters[3].

Das Erstaunen Alexander Stauffenbergs und die verwandtschaftlichen Erklärungsversuche lassen noch keinen endgültigen Schluss, wohl aber eine Vermutung zu: Offizier in der Reichswehr zu sein und damit der Republik zu dienen, auch wenn diese Armee in mancher Beziehung wie ein Relikt aus kaiserlich-monarchistischer Vergangenheit sich in dem neuen Staat zu behaupten wusste, schien in dieser Umwelt noch als ein zumindest nicht ganz selbstverständlicher, wenn nicht leicht suspekter Beruf für einen Adligen gegolten zu haben. Die Variationen dieser Haltung von Stauffenbergs süddeutscher Verwandtschaft mögen sehr zahlreich gewesen sein. Die Vermutung gewinnt in jenem Fall ein höheres Maß an Wahrscheinlichkeit, wo ein Teil von Stauffenbergs Verwandtschaft sich offen gegen die Republik erklärte.

Stauffenberg pflegte zu Besuchen bei seinen fränkischen oder bayerischen Verwandten demonstrativ in Uniform zu erscheinen[4]. Er, der sehr häufig Zivil trug, wollte damit offenbar andeuten, dass er die Zweifel, die der eine oder andere Verwandte in bezug auf seine Stellung als Offizier in einer Republik hegen mochte, nicht teilte.

Die Freiherren Enoch und Karl Ludwig von und zu Guttenberg gehörten mit Erwein von Aretin, Freiin von Stengel, Graf von Soden-Frauenhofen, Fürst Oettingen-Wallerstein, Carl Cossmann, Fritz Büchner und Fritz Schäffer zu den führenden bayerischen Legitimisten. Enoch Freiherr von und zu Guttenberg war ihr Führer. Er vertrat zusammen mit seinem Bruder am offenkundigsten jenen Standpunkt, den große Teile des bayerischen Adels und damit auch der Verwandtschaft Stauffenbergs in irgendeiner Weise teilten. Auch Teile des Bürgertums schlossen sich der Meinung an, dass die Republik von Übel, das Königtum die den Deutschen, zumindest aber den Bayern gemäße Staatsform sei. Freilich ging die überwiegende Mehrheit jener Leute, die die Republik als Fehlentwicklung betrachteten, nicht so weit wie die aktiven bayerischen Legitimisten, welche die weitverbreiteten Sympathien für das Haus Wittelsbach wieder in politische Münze umsetzen zu können hofften.

Der »Bayerische Heimat- und Königsbund« war das Sammelbecken aller Monarchisten. Nachdem die Ende November 1919 gegründete Bayerische Königspartei im Jahre 1921 gescheitert war, sollte der Heimat- und Königsbund die Idee des bayerischen Königtums weniger in Form einer Partei als vielmehr in der Art eines überparteilichen vaterländischen Vereins pflegen. Die politische Aktivität des Bundes beschränkte sich im allgemeinen auf Reden an besonders denkwürdigen Tagen, wie etwa am Todestag Ludwigs II. Doch betrieb der Heimat- und Königsbund als

Organisation keine eigentliche Agitation oder sogar Konspiration mit dem Ziele der Restauration der Wittelsbacher[5].

Einige Persönlichkeiten des Bayerischen Heimat- und Königsbundes hingegen versuchten, die Restauration aktiv in die Wege zu leiten. Sie beschränkten sich nicht wie die Mehrzahl der Monarchisten auf eine betuliche politische Resignation, sondern glaubten, einen Umsturz herbeiführen zu können und zu müssen. Ihre Haltung scheint mit dem Anwachsen des Nationalsozialismus immer extremer geworden zu sein. Im Jahre 1929 begann diese Gruppe mit der Herausgabe der Publikation »Monarchie Zeitschrift für Tradition« in Würzburg. Herausgeber war Karl-Ludwig Freiherr von und zu Guttenberg. In dem Zeitraum zwischen 1929 und 1933 betonte Guttenbergs Sprachrohr der Legitimisten in mehr oder weniger theoretischer Weise die Vorzüge und die wichtige Rolle des monarchischen Gedankens für Deutschland. Gegen Ende des Jahres 1932 bat Guttenberg Erwein von Aretin um einen Aufsatz, der sich gegen den Nationalsozialismus und die drohende faschistische Revolution wenden und einen Appell zur Restauration enthalten sollte. Im Januar und Februar 1933 erschienen zwei Teile dieses Aufsatzes; der dritte Teil, der für März vorgesehen war, blieb unveröffentlicht. Aretin entlehnte seine Kritik den Schriften Moeller van den Brucks. Doch das Resultat – unter Hinzufügung von Zitaten aus der Civitas Dei Augustins – war nicht etwa ein Programm in geistiger Nähe der »konservativen Revolution«. Es gab vielmehr einen recht lebendigen »Eindruck von Bayern im 19. Jahrhundert – eines Bayern in der Zeit vor den Kapitalisten, vor den Sozialisten und vor der Zentrumspartei«[6]. Zudem war – wie in vielen bayerischen monarchistischen Gedanken – in diesem Aufsatz ein starkes separatistisches Element enthalten. Aretin forderte die Restauration der Monarchie in Bayern *und* die völlige Unabhängigkeit dieses Staates von dem Deutschen Reich. Der etwas naive Glaube vieler Legitimisten, eine Restauration durch einen Staatsstreich herbeiführen und die Uhren zurückstellen zu können, setzte sich unter der Drohung des aufsteigenden Nationalsozialismus immer mehr in konkrete politische Pläne um. Gipfel- und zugleich Schlusspunkt dieser Entwicklung waren die Ereignisse im Februar des Jahres 1933 in München.

Wie sehr diese Bestrebungen Stauffenberg wahrscheinlich irreal und unzeitgemäß erscheinen mussten, zeigen die Vorgänge in München in dem ersten Regierungsmonat des eben zur Macht gekommenen Hitler.

Am 10. Februar 1933 wurde im Münchner Nationaltheater in Anwesenheit des bayerischen Kronprinzen Rupprecht, der in der Königsloge saß, die Operette »Der Vogelhändler« aufgeführt. Beim Fest zu Ehren eines Königs gegen Ende des zweiten Aktes begannen die Monarchisten das Parkett in die Bühne zu verwandeln, indem sie mit den Rufen »Hoch

Rupprecht« und weiß-blauen Flaggen das ganze Publikum zu einer enthusiastischen Kundgebung zugunsten des Wittelsbachers mitrissen. Dieser Vorfall wurde von den Legitimisten zum Testfall erhoben und als gutes Omen bewertet, auf das sie nun ihre weiteren Aktionen abstützen wollten. Am 20. Februar trat Freiherr von Stengel in Verhandlungen mit dem bayerischen Ministerpräsidenten Held. Kronprinz Rupprecht zog mit Prinz Albrecht und seinem Kabinettschef Graf von Soden-Frauenhofen von Leutstetten ins Leuchtenberg-Palais nach München um. Im Hotel »Vier Jahreszeiten« fasste der eigentliche Generalstab der Restauration unter Enoch Freiherr zu Guttenberg mit Billigung des Leuchtenberg-Palais den Beschluss, einen Abgesandten zu Hindenburg nach Berlin zu schicken, der den Reichspräsidenten zu einem Restaurations-Erlass für Bayern bewegen sollte.

Helds Rolle in dem ganzen Spiel blieb eher undurchsichtig. Er stellte sich den Monarchisten nicht bedingungslos zur Verfügung. In einem am 22. Februar 1933 der »New York Times« gewährten Interview erklärte er ausdrücklich, dass das Hauptziel seiner Bemühungen die Erhaltung der staatlichen bayerischen Rechte sei – nicht die Monarchie. Eine Loslösung Bayerns wäre notwendig, wenn sich im Reich eine Hohenzollern-Monarchie etablieren würde. Held spielte die Rolle des eigentlichen Hüters des Status quo, den er auch durch Missachtung von Anweisungen des Reichsinnenministers Frick nach der anderen Seite aufrechtzuerhalten suchte. Er schlug den Legitimisten eine begrenzte Restauration im Stile des Vorgehens Napoleons III. vor. Doch diese »fanden einen solchen Vorschlag unter der einem König eigenen Würde«. Am 26. Februar 1933 hatte Held eine Unterredung mit Hoegner, dem Führer der bayerischen Sozialdemokraten. Hoegner gab seine Unterstützung für einen Restaurationsversuch, der angesichts der unausweichlichen nationalsozialistischen Diktatur das kleinere Übel darstellte. Es schien sich ein Zusammengehen der Bayerischen Volkspartei mit der SPD abzuzeichnen. Ein Übereinkommen über die Zusammenarbeit von Bayernwacht und Reichsbanner – den Wehrverbänden der beiden Parteien – wurde getroffen. Trotzdem fand Held keine Lösung des Problems, die bayerische Verfassung mit der Monarchie zu versöhnen. So erteilte er der Gruppe im Hotel »Vier Jahreszeiten« den Rat, die Aktion zu verschieben. Ohne Helds Unterstützung waren aber deren Pläne nicht zu realisieren. Der Versuch, auf dem Weg des Staatsstreiches die Monarchie mit ihren alten Vertretern zu restaurieren, war gescheitert[7].

Für Stauffenbergs Haltung zu den Bemühungen der bayerischen Legitimisten, die in den Februartagen des Jahres 1933 ihren klarsten Ausdruck fanden, ist eine Äußerung charakteristisch, die er zum Problem der Monarchie zu tun pflegte[8]. Er berief sich auf einen angeblichen Ausspruch

König Wilhelms von Württemberg, der mit der Erklärung »Um meine Person soll kein Blut fließen« abgedankt habe. Stauffenberg sah in einem solchen Verhalten das Unvermögen der letzten Vertreter der alten Dynastien, ihre Aufgabe zu begreifen. Seiner Meinung nach war die Rolle des Monarchen nicht ein Beruf, der »einfach an den Nagel zu hängen« war. Der König hätte »um seine Person« Blut fließen lassen müssen, weil es nicht um seine Person, sondern um das Prinzip der Monarchie gegangen sei, dem der König notfalls auch mit seinem eigenen Blute hätte dienen müssen. Nach Stauffenbergs Auffassung hatten die alten Dynastien im November des Jahres 1918 versagt. Ihre Restauration schien Stauffenberg sinnlos, denn sie hätte nur den Versuch bedeutet, das Rad der Zeit zurückzudrehen. Stauffenbergs Kenntnis der Geschichte verleitete ihn nicht zu romantischen Plänen in dieser Frage. Sie ermöglichte ihm ein nüchternes Urteil. So lehnte er wenige Jahre später ein Angebot ab, beim Herzog von Württemberg in die Fußstapfen seines Vaters zu treten, da ihm als Offizier eine glänzende Karriere bevorstand und er sich in der Rolle eines »Oberhofschranzenmeisters« einer aus der Geschichte entlassenen Dynastie nicht vorzustellen vermochte[9]. Die Kenntnis der Geschichte ließ ihn aber gleichzeitig auch eine Differenzierung zwischen den Dynastien und der Monarchie als Staatsform machen. Denn die Monarchie als Prinzip schien ihm nach wie vor die geeignetste Staatsform zu sein. Gerade deshalb lehnte er ihre weitere Kompromittierung durch bloße Restaurationsversuche ab.

Der Verlauf der Ereignisse beim bayerischen Restaurationsversuch konnte Stauffenberg in seiner Meinung bestärken, wie sehr die Pläne seiner Umgebung Ausdruck eines irrealen Wunschdenkens waren. Die Annahme wäre aber verfehlt, dass Stauffenberg nun seinen Verwandten als bedingungsloser Verteidiger der Weimarer Republik entgegengetreten sei. Für ihn war die Republik zwar nicht Sache des Teufels. Sie entsprach aber auch nicht seinen Idealen. Verteidigte er sie, mag diese Verteidigung eher eine Gegenposition zu irrealen und unproduktiven Plänen gewesen sein. Als Offizier der Reichswehr konnte er sich begreiflicherweise auch nicht mit dem den Restaurationsplänen inhärenten oder parallel laufenden Separatismus abfinden. Einflüsse der Jugendbewegung, Stefan Georges und der Geist der Reichswehr schufen die Grundlage für ein nationales Empfinden, das nicht nur aus emotionellen, sondern auch auf Grund durchaus rationaler Überlegungen jedwelche Form eines regionalen oder dynastischen Separatismus als widersinnig ablehnen musste.

Stauffenberg versuchte in keiner Weise, seine älteren Verwandten in irgendeiner Form zu bekehren, sondern hielt sich zurück. Da er zudem nicht zu dem typisch bayerischen Adel und dem engsten Kreis gehörte, erkannten von diesem manche nicht seine sehr kritische Einstellung zu ihren Plänen. Anderen aber konnte er wieder als »Nazi« erscheinen, wenn er sich nicht für die Restauration, aber auch nicht für Weimar, sondern für etwas Verschwommenes oder leicht Unklares einsetzte, das dem von Hitlers Bewegung Erstrebten sehr zu ähneln, zuweilen mit ihm sogar identisch zu sein schien. Für den Zeitraum vor der Machtergreifung ist diese Einschätzung, die dennoch nicht zutraf, einigermaßen begreiflich. Stauffenberg wollte etwas »Neues«. Sowohl die Restauration als auch die Republik schienen ihm keine geeignete Lösung und nicht der Rahmen für dieses »Neue«, von dem manches Ähnlichkeit mit dem nationalen Programm der NSDAP hatte. Deshalb erschien er den Verwandten als Nationalsozialist. Als Angehöriger einer anderen Generation war das nach vieler Auffassung natürlich. Dieses Bild akzentuierte Stauffenberg mit einer Advocatus-diaboli-Haltung, die noch zu erörtern sein wird[10].

Für den Zeitraum nach der Machtergreifung wurde die Beurteilung der Haltung Stauffenbergs schon etwas problematischer. Das »Neue« konnte nicht mehr so leicht als das »Dritte«, Stauffenberg nicht einfach als Anhänger des »Dritten Reiches«, das nun konkrete Wirklichkeit war, bezeichnet werden. Gleichwohl ließ manches darauf schließen, dass er es war. Freilich täuschte auch hier der subjektive Eindruck. Ursache dafür war wohl Stauffenbergs gegenüber einigen Verwandten eingenommene Haltung, die man aber nur im Zusammenhang mit den monarchistischen Bestrebungen nach der Machtergreifung sehen kann.

Im Januar des Jahres 1934 feierte die »Monarchie« den 75. Geburtstag Kaiser Wilhelms II. Im Februar erfolgte darauf das Verbot der Zeitschrift. Doch bereits im Mai desselben Jahres erschienen als Ersatz »Weiße Blätter. Zeitschrift für Geschichte, Tradition und Staat«[11]. In ihnen versuchte Karl-Ludwig Freiherr von und zu Guttenberg auf dem Weg historischer Vergleiche Kritik zu üben, Warnungen auszusprechen und den Gedanken der Monarchie hochzuhalten.

In den »Weißen Blättern« trat aber im Gegensatz zu den Bemühungen der Legitimisten vor der nationalsozialistischen Machtergreifung allmählich ein neues Element hinzu. Es klang bereits in einem Aufsatz Reinhold Schneiders an, der einen Ausspruch Karls I. von England kurz vor seiner Hinrichtung zitierte: Böses würde sich gewöhnlich in Gutes wenden[12]. Klar zutage trat diese Hoffnung in Ulrich von Hassells Aufsatz »Der Organische Staatsgedanke des Freiherrn vom Stein«, der im Jahre 1939 erschien[13]. Nicht bloße Restauration, sondern ein »Volksstaat« war nun das Ziel. Die Hoffnung, den Nationalsozialismus, der das »ganze parlamentarisch-demokratische Chaos« beseitigt habe, manipulieren zu können, um zu dem Volksstaat, der auf korporativer Grundlage basieren sollte, zu gelangen, war klar erkennbar. In Ansätzen wurde versucht, sie in die Praxis umzusetzen – allerdings ohne Ergebnis[14].

Die an Hoffnungen auf »Läuterung des Dämonischen« im George-Kreis mahnenden Restaurationspläne, die sich an den Nationalsozialismus knüpften, waren mit den damals bestehenden politischen Realitäten schwer zu vereinbaren und eher naiv-irreal. Es wäre allerdings verfehlt, von illusionären Intentionen auf eine fortschreitende Kongruenz monarchistischer Tendenzen mit der Politik des »Dritten Reiches« schließen zu wollen. Die Absage Karl-Ludwig Freiherr von und zu Guttenbergs, die er im September 1937 dem Kreisleiter von Neustadt a. d. Saale erteilte, der ihn für den Beitritt zur Partei gewinnen wollte, zeigt deutlich die in gewundener Formulierung vorgebrachte Distanz zum Nationalsozialismus, dessen Behandlung von religiösen und kirchlichen Fragen Guttenberg die Begründung seiner Absage leicht, den Schritt aber gefährlich machte[15]. Zwei Jahre später änderte sich diese Haltung nicht. Enoch Freiherr von und zu Guttenberg schrieb zu Anfang des Krieges seiner Frau, dass seit Beginn der Geschichte der über Europa gebrachte Krieg das schlimmste und schrecklichste Verbrechen sei, dieses Verbrechen von Deutschland begangen werde und er zusammen mit seinen Söhnen auf der falschen Seite in diesem abscheulichen Kampf zu kämpfen habe[16].

In den Jahren vor dem Krieg war Karl-Ludwig Freiherr von und zu Guttenberg »unbedingt für die Errichtung von Monarchien, von 1941 ab etwa rückte dieser Gedanke gegenüber der Vordringlichkeit der Ablösung des Nationalsozialismus gegen ein anderes Regime in den Hintergrund«[17]. Guttenbergs Weg führte dann auch in den »Widerstand«.

Stauffenberg mag von dem Spiel der Legitimisten und ihrem taktischen Vorgehen, den Nationalsozialismus als Zwischenstation für die Restauration zu benutzen, gewusst haben. Das Fernziel der Restauration war ihm jedenfalls bekannt. Unbegreiflich müssen ihm die auf den Nationalsozialismus gesetzten Hoffnungen seiner legitimistischen bayerischen Bekannten nicht erschienen sein, glaubte doch auch er – nicht allein als »Georgianer« – an eine gewisse Läuterung. Als gewünschtes Resultat eines Läuterungsprozesses sah er freilich etwas anderes.

Unmittelbar nach dem 30. Juni 1934 begegnete Stauffenberg mit sichtbarer Reserve der Schwägerin des im Zusammenhang mit dem »Röhm-Putsch« verhafteten Enoch Freiherrn von und zu Guttenberg. Ihr schien der Grund dieser Reserve auch deutlich erkennbar: Stauffenberg habe damals wegen seiner allzu großen Sympathien für den Nationalsozialismus nicht ertragen können, dass jemand einer politischen Aktivität gegen diesen neuen Staat nachging[18].

Der Vorfall scheint charakteristisch für das Verhältnis Stauffenbergs zu den Bestrebungen seiner legitimistischen bayerischen Bekannten, zugleich aber auch für deren Beurteilung Stauffenbergs in der damaligen Zeit zu sein. Der Reichswehroffizier hatte auf Grund der Einflüsse Georges und seines »nationalen Berufes« sicher mehr Affinitäten zum Nationalsozialismus als seine legitimistische Umgebung. Einige Zeit nach dem 30. Juni 1934, also nicht viel später als die erwähnte Begegnung und »Mißfallensäußerung«, erwog er jedoch mit seinem Eskadronchef die »Möglichkeit einer gewaltsamen Beseitigung« des nationalsozialistischen Regimes[19].

Nur die Annahme, dass Stauffenbergs Missfallen vor allem Zeichen dafür war, dass er die seiner Ansicht nach in der von legitimistischer Seite geplanten Form sinnlose Restauration ablehnte, aber nicht Ausdruck vorbehaltloser Sympathie für den Nationalsozialismus bedeutete, vermag den vermeintlichen Widerspruch ausreichend zu erklären. Weil Stauffenberg aber die »Reaktion« mit ihrem Illusionismus ablehnte, geriet er in deren Augen nicht nur in die Nähe des Nationalsozialismus, sondern war für sie geradezu ein Verfechter der »nationalen Revolution« der NSDAP.

Das Jahr 1933

Die vier Jahreszeiten des ersten Jahres des »Dritten Reiches« brachten auch für Stauffenberg wichtige, seinen weiteren Lebensweg bestimmende Ereignisse. Aus seiner persönlichen Perspektive muss der 30. Januar 1933 nicht unbedingt das ihm nächstliegende oder markanteste Ereignis gewesen sein. Denn der Beginn der nationalsozialistischen Diktatur war dank der taktischen Methode der »legalen« Machtergreifung zunächst vielleicht auch für einen Subalternoffizier in einer relativ kleinen fränkischen Garnisonsstadt von einem wiewohl bedeutenden Regierungswechsel in Berlin kaum zu unterscheiden. Die ziemlich überraschende Beförderung zum Oberleutnant am 1. Mai 1933, seine Hochzeit am 26. September und der Tod Stefan Georges am 4. Dezember desselben Jahres waren wahrscheinlich wegen ihrer persönlichen Bezüge die Stauffenberg zumindest ebenso berührenden Daten dieses entscheidenden Jahres, in dem er nicht der einzige Deutsche war, der den Klang der Stunde, die seinem Lande schlug, nicht zu hören vermochte.

Wie Stauffenberg im Jahre 1933 Hitler und der nationalsozialistischen Bewegung gegenüberstand, kann auf Grund seines Denkens, das wechselseitig bedingt und zu gleichen Teilen bestimmt wurde von seiner Stellung als junger Reichswehroffizier, als »Staatsstütze« Stefan Georges und als junger Aristokrat, zunächst relativ leicht auf einen groben Nenner gebracht werden. Der Reichswehroffizier wünschte sich vor allem eine starke, von den »Fesseln von Versailles« befreite Wehrmacht. Auf ein »neues Reich« hoffte der junge Deutsche aus der Sphäre Stefan Georges. Von großen Erwartungen musste aber auch der junge Aristokrat erfüllt sein, der weder in einer eventuellen Restauration noch in der Weimarer Republik dieses »Reich« zu erblicken vermochte.

All diese erstrebten und erwünschten Ziele mussten bei Stauffenberg eine starke Affinität zu dem von der nationalsozialistischen Bewegung verheißenen Umbruch bewirken. In der Frage des Aufbaus einer starken Wehrmacht war diese Affinität wohl nicht nur äußerst groß; zwischen Stauffenbergs Wünschen und den Plänen Hitlers mochte es in dieser Zielsetzung keinen Unterschied geben. Dagegen ist eine Identität der Intentionen zwischen dem Programm Hitlers und Stauffenbergs Vorstellungen in bezug auf den neuen, erst noch zu errichtenden Staat so leicht kaum festzustellen. Was Hitler in seinen Reden zu äußern pflegte, musste den an die Formulierungen Stefan Georges gewohnten Stauffenberg in gewisser Weise wohl aufhorchen lassen. Ebenso wie diese waren aber auch Hitlers politische Programmsätze von allgemeinem, diffusem Pathos erfüllt. Dass der begeisterungsfähige Reichswehroffizier, dem eine starke Wehrmacht versprochen wurde, von mancher »guten« Absicht und manchen verheißungsvollen, aber eben meist in der Art Georges höchst utopisch bleibenden und eher mystischen Gedankengängen Hitlers nicht gepackt worden ist, scheint im gleichen Maße unwahrscheinlich wie die Vermutung, er habe das Programm der NSDAP völlig und vorbehaltlos akzeptiert.

Am 21. März 1933 erklärte Hitler in der Potsdamer Garnisonskirche im Rahmen einer nationalen Zeremonie, die den »Anschluss« der preußisch-deutschen Geschichte an das neue Regime bewerkstelligen und demonstrieren sollte, in pathetischer Form:

»Wir wollen wiederherstellen die Einheit des Geistes und des Willens der deutschen Nation!

Wir wollen wahren die ewigen Fundamente unseres Lebens: unser Volkstum und die ihm gegebenen Kräfte und Werte.

Wir wollen die Organisation und Führung unseres Staates wieder jenen Grundsätzen unterwerfen, die zu allen Zeiten die Vorbedingungen der Größe der Völker und Reiche waren.

Wir wollen das Vertrauen in die gesunden, weil natürlichen und richtigen Grundsätze der Lebensführung verbinden mit einer Stetigkeit der politischen Entwicklung im Inneren und Äußeren.

Wir wollen an die Stelle des ewigen Schwankens die Festigkeit einer Regierung setzen, die unserem Volke damit wieder eine unerschütterliche Autorität geben soll.

Wir wollen alle die Erfahrungen berücksichtigen, sowohl im Einzel- und im Gemeinschaftsleben wie aber auch in unserer Wirtschaft, die sich in Jahrtausenden als nützlich für die Wohlfahrt der Menschen erwiesen haben.

Wir wollen wiederherstellen das Primat der Politik, die berufen ist, den Lebenskampf der Nation zu organisieren und zu leiten.

Wir wollen aber auch alle wirklich lebendigen Kräfte des Volkes als die tragenden Faktoren der deutschen Zukunft erfassen, wollen uns redlich bemühen, diejenigen zusammenzufügen, die eines guten Willens sind, und diejenigen unschädlich zu machen, die dem deutschen Volk zu schaden versuchen.

Aufbauen wollen wir eine andere Gemeinschaft aus den deutschen Stämmen, aus den Ständen, den Berufen und den bisherigen Klassen. Sie soll zu jenem gerechten Ausgleich der Lebensinteressen befähigt sein, den des gesamten Volkes Zukunft erfordert. Aus Bauern, Bürgern und Arbeitern muß wieder werden ein deutsches Volk[1].«

Dieses mit Pathos überladene Programm bedeutete eine moderne, sehr viel weniger poetische Fassung des ersten Teils des Schillerschen Rütlischwurs:

Wir wollen sein ein einzig Volk von Brüdern,
In keiner Not uns trennen und Gefahr.

Frisiert war diese Fassung, da das »Wir« nicht das Ergebnis eines freiwilligen Entschlusses andeutete, sondern eher bereits einem vom »Führer« der nationalsozialistischen Revolution verwandten Pluralis majestatis gleichkam. Denn es war nicht die Rede vom Zusammenkommen von Brüdern oder freien Bürgern, sondern von »Erfassen« und »Zusammenfügen« – eine Tatsache, die sofort das Bild des »Untertanen« provoziert.

Dass dieser Appell Hitlers bei Stauffenberg nicht ohne Wirkung blieb, ist begreiflich. Elf Jahre später erörterte er ein eigenes »Programm«, das von einem Freund in einem »Eid« zusammengefasst wurde:

»Wir wollen eine neue Ordnung, die alle Deutsche zu Trägern des Staates macht und ihnen Recht und Gerechtigkeit verbürgt, verachten aber die Gleichheitslüge und beugen uns vor den naturgegebenen Rängen.

Wir wollen ein Volk, das in der Erde der Heimat verwurzelt, den natürlichen Mächten nahe bleibt, das im Wirken in den gegebenen Lebenskreisen sein Glück und sein Genüge findet und in freiem Stolze die niederen Triebe des Neides und der Mißgunst überwindet.

Wir wollen Führende, die, aus allen Schichten des Volkes erwachsend, verbunden den göttlichen Mächten, durch großen Sinn, Zucht und Opfer den anderen vorangehen[2].«

Während Hitler in Potsdam nur den ersten Teil des Schillerschen Spruches abwandelte, finden in diesem »Programm« die beiden anderen Teile:

Wir wollen frei sein, wie die Väter waren,
Eher den Tod, als in der Knechtschaft leben.

Wir wollen trauen auf den höchsten Gott
Und uns nicht fürchten vor der Macht der Menschen.

bezeichnenderweise in den Formulierungen »freier Stolz« und »verbunden den göttlichen Mächten« Erwähnung. Zwar hatte Hitler in seiner ersten Rundfunkansprache vom 1. Februar 1933 erklärt: »Sie [die nationale Regierung] wird das Christentum als Basis unserer gesamten Moral, die Familie als Keimzelle unseres Volks- und Staatskörpers in ihren festen Schutz nehmen[3].« In Potsdam vermied er aber solche noch immer nicht sehr präzise Äußerungen. Die Frage, ob zu den »ewigen Fundamenten unseres Lebens: unser Volkstum und die ihm gegebenen Kräfte und Werte« und ob zu den »Grundsätzen . . ., die zu allen Zeiten die Vorbedingungen der Größe der Völker und Reiche waren«, eine christliche Ethik gehören sollte, blieb unbeantwortet. Von Freiheit war in keiner Weise die Rede, dafür von einem »gerechten Ausgleich«. Diese Formel erinnert stark an die Verachtung der »Gleichheitslüge« bei Stauffenberg. Doch der »gerechte Ausgleich der Lebensinteressen« verbürgte nicht jene »Ordnung«, in der – wie bei Stauffenberg – »Recht und Gerechtigkeit« jedem Bürger gewährleistet sein sollte. In der Vorstellung Stauffenbergs sollten »*alle* Deutsche zu Trägern des Staates« werden. Bei Hitler dagegen blieb es der Willkür überlassen, welches die »wirklich lebendigen Kräfte des Volkes« waren, die als »tragende Faktoren« – nicht als »Träger« wie bei Stauffenberg – zu »erfassen« waren. Jene »zusammenzufügen, die eines guten Willens sind, und diejenigen unschädlich zu machen, die dem deutschen Volk zu schaden versuchen«, bedeutete im selben Maße eine den Zielen des neuen Regimes unterworfene Begrenzung des Begriffes, wie er bei Stauffenberg vorhanden ist. »Aus Bauern, Bürgern und Arbeitern« – nicht aus allen Deutschen – »muß« bei Hitler »wieder werden ein deutsches Volk«.

Bei aller Ähnlichkeit der beiden »Bekenntnisse«, die etwa in Formulierungen wie »natürliche Mächte« und »gesunde, weil natürliche und richtige Grundsätze« zu erkennen ist, vermag beider Pathos nicht zu verschleiern, welches der Programme seine Entstehung nur der Tarnung verdankt. Dass bei Hitler nicht von Freiheit und nicht von einer ethischen Bindung die Rede ist, war kein Zufall.

Der Vergleich der beiden »Programme« mag zeigen, dass Stauffenberg im Jahre 1933 vom »Wir-wollen-sein-ein-einzig-Volk«-Appell Hitlers stark beeindruckt gewesen sein dürfte. Doch dieser »Beweis« ist in mehrfacher Hinsicht nicht befriedigend. Der »Eid« stammt aus dem Jahre 1944 und ist nur indirekt über Rudolf Fahrner, seinen Freund aus der Umgebung Stefan Georges, überliefert. Der Inhalt dieses »Programmes« beleuchtet in eindrucksvoller Weise die Lehren, welche der Offizier der Wehrmacht aus der Tatsache des Fehlens von Freiheit und ethischer Bindung im Potsdamer Gelöbnis Hitlers gezogen hatte. Zugleich lässt er aber auch die Distanz oder Nähe des jungen Reichswehroffiziers zum Nationalsozialismus im Jahre 1933 erahnen . . .[4]

Eine präzise Zuordnung von Stauffenbergs politischem Denken zu den dem »Oberleitbild« der »konservativen Revolution« – das Mohler in der Wiedergeburtsphilosophie Nietzsches erblickt – untergeordneten »Unterleitbildern« und ihren politischen Protagonisten – den »völkischen«, »jungkonservativen«, »nationalrevolutionären-nationalbolschewistischen«, »bündischen« Gruppen und der Landvolkbewegung – lässt sich nicht vollziehen. Manche Berührungspunkte zu der einen oder andern Gruppe mögen gegeben gewesen sein. Zu der »bündischen« Gruppe zählt Mohler Stefan George[5]. Damit steht Stauffenberg im Schema dieser Gruppe wohl am nächsten. Doch das Schema – so klar es vielleicht zu trennen versucht – lässt allzu sehr die Tatsache vergessen, wie fließend die Grenzen zwischen den einzelnen Gruppen zumeist verliefen. Die Relevanz der historischen Aussage wird dadurch beeinträchtigt. Ob Stauffenberg Edgar J. Jungs »Herrschaft der Minderwertigen« gelesen hat, ist nicht bekannt. Auch diesem von Mohler der »jungkonservativen« Gruppe zugeordneten Denken könnte Stauffenberg in mancher Auffassung zugeneigt haben. Mit dem Schicksal des Ideengutes der »konservativen Revolution«, die sich als geradezu ideales Opfer dem Ideologienbrei der nationalsozialistischen Revolution anbot, war wohl auch ein großer Teil von Stauffenbergs Vorstellungen verknüpft.

Deshalb ist die Schilderung eines Vorfalles in Bamberg am Abend des 30. Januar 1933 in dem im Jahre 1951 erschienenen Buch »Schuld und Verhängnis« von Hermann Foertsch sehr begreiflich:

»Als am 30. Januar 1933 eine begeisterte Menschenmenge in den Strassen Bambergs den nationalsozialistischen Sieg feierte, setzte sich ein Leutnant in voller Uniform an die Spitze des Zuges. Das Offizierskorps, dem er angehörte, und seine Vorgesetzten fanden sein Verhalten unangebracht und tadelten ihn. Der Leutnant nahm diese Ablehnung gelassen hin und äußerte zu seinen Kameraden, daß die großen Soldaten aus der Zeit der Befreiungskriege wohl mehr Gefühl für solche echte Volkserhebung bewiesen hätten. Dieser Leutnant war der Graf Stauffenberg, der sich elf Jahre später zu dem Attentat auf Hitler durchgerungen hatte[6].«

Die Möglichkeit, dass sich Stauffenberg an dieser spontanen Demonstration zur Feier der Ernennung Hitlers zum Reichskanzler und der Bildung einer »nationalen Regierung« beteiligt hat, ist auf den ersten Blick durchaus plausibel. Denn besaß der junge Reichswehroffizier nicht genügend Affinitäten zu dem von Hitler verkündeten Programm der »nationalen Erhebung«?

Die Schilderung von Stauffenbergs Teilnahme an der Demonstration in Bamberg hat einen Nachteil: sie ist durch keinen Augenzeugen belegt. Hermann Foertsch erfuhr von Stauffenbergs Verhalten am 30. Januar 1933 erst in einem alliierten Kriegsgefangenenlager nach dem Zusammenbruch des »Dritten Reiches«. Sein Informant war Peter Sauerbruch, ein Sohn des Chirurgen, der im Januar 1933 als Fahnenjunker im Reiterregiment 17 Dienst leistete. Sauerbruch erzählte Foertsch, dessen apologetisch gestimmtes Buch erst Jahre später erscheinen sollte, von einem Kasino-Gespräch. Als Fahnenjunker gehörte er damals noch nicht eigentlich zum Offizierskorps. So nahm er gegenüber Foertsch auch nicht für sich in Anspruch, den ganzen Zusammenhang des Gesprächs erfasst zu haben, das an einem Tag um oder nach dem 30. Januar 1933 stattgefunden habe. In diesem Gespräch war von der Tatsache die Rede, dass Stauffenberg »zufällig in Uniform in eine begeisterte Menschenmenge geriet und dass er mit dieser mitmarschierte, weil ein Beiseitestehen des Offizierskorps für die begeisterten Bürger doch gänzlich unverständlich gewesen wäre. Es handelte sich also darum, ob ein Offizier in dieser Lage sich schnell beiseite drücken oder mitmachen sollte[7].« Aus diesem Bericht Sauerbruchs machte Foertsch die Schilderung eines Augenzeugen und erwähnte noch, Stauffenberg sei wegen seines Verhaltens getadelt worden[8]. Für die zum ersten Mal bei Foertsch auftauchende Schilderung der Teilnahme Stauffenbergs am Bamberger Demonstrationszug ist Sauerbruch der einzige, dazu nur indirekte Zeuge geblieben. Der zunächst so plausible und wegen Stauffenbergs Haltung in den dreißiger Jahren durchaus nicht der Logik entbehrende Bericht wird zusätzlich in seiner wissenschaftlichen Vertretbarkeit durch die Tatsache geschwächt, dass nach dem Erscheinen von Foertschs Buch Sauerbruch bei ihm gegen die »Augenzeugen«-Darstellung intervenierte und darauf vom Autor die Zusicherung bekam, dass die fragliche Stelle aus einer weiteren Auflage des Werkes entfernt würde. Foertsch, der in seiner Beschreibung der Geschichte der deutschen Armee nach der Machtergreifung Hitlers ohnehin den Schwerpunkt auf das »Verhängnis« und nicht auf die »Schuld« zu legen sich bemühte, war also bereit, auf die im Hinblick auf die spätere Entwicklung nicht einer gewissen Pikanterie entbehrende Erzählung von Stauffenbergs Verhalten am 30. Januar 1933 zu verzichten. Doch von Foertschs Buch erschienen keine weiteren Auflagen, da der Autor starb[9].

Der im Grunde so einleuchtende, wenn auch in seiner Beweiskraft etwas beeinträchtigte Bericht erfährt eine erneute Erschütterung durch die Tatsache, dass am 30. Januar 1933 nicht eine spontan sich zusammenfindende Menschenmenge mit einem Demonstrationszug ihrer Begeisterung für die Übernahme der Macht durch Hitler Ausdruck verlieh, sondern ein wohlorganisierter Partei-Fackelzug zur Feier des Ereignisses stattfand, der sich durch Bamberg bewegte, wobei an einer Stelle sogar »politische Gegner sich durch Pfeifen und Schreien bemerkbar machten«. Die Kundgebung, »die im großen und ganzen störungsfrei verlief«, endete nach einer Ansprache eines nationalsozialistischen Landtagsabgeordneten auf dem Maxplatz in einem »dreifachen Heil und dem Deutschlandlied«[10]. Hätte die Teilnahme eines in voller Uniform gekleideten Reichwehroffiziers an einer solchen Parteidemonstration, die einer den Unwillen deutlich artikulierenden Kundgebung politischer Gegner begegnete – also keinesfalls Ausdruck eines spontanen Jubels der Bevölkerung sein konnte –, keine der Umgebung auffallende »Störung« bedeutet? Zumindest müsste ein solcher, für einen zur politischen Abstinenz angehaltenen Reichswehroffizier etwas ungewöhnlicher Auftritt direkten Augenzeugen der Kundgebung doch aufgefallen sein.

Die Suche nach solchen zur Aussage bereiten Zeugen scheint geradezu das Bild einer Verschwörung des Schweigens zu provozieren. Denn weder Gräfin Nina Stauffenberg, die zur »Tatzeit« mit Stauffenberg verlobt war, noch Stauffenbergs Regimentskommandeur, Baron von Perfall, noch sein damaliger Eskadronchef Walzer, noch der damalige Chef der 5. Eskadron des Reiterregimentes 17, Hasso von Manteuffel, noch einer seiner Regimentskameraden, der spätere Oberst Bernd von Pezold, noch der damals als Rittmeister im Stabe des Regiments dienende spätere Generalleutnant Heinz Greiner sind in der Lage, von einem solchen Vorfall zu berichten. Der Hinweis auf eine mögliche und begreifliche »Befangenheit« dieser Zeugen mag einer gewissen Berechtigung nicht entbehren. Doch auch ehemalige Angehörige der Nationalsozialistischen Partei und ihrer Formationen in Bamberg konnten auf Befragen keine Anhaltspunkte liefern, die die Version Foertschs stützen würden. Ein Grund, die Aussage solcher Personen wegen Befangenheit in Zweifel zu ziehen, besteht aber wohl kaum[11].

An eine politische »Extra-Tour« des Reichswehroffiziers müsste sich zumindest noch der am 1. Oktober 1932 mit dem Kommando über das Reiterregiment 17 betraute Kommandeur Oberst Gustav Frhr. von Perfall erinnern, da er zur gleichen Zeit »eine harte, eindeutige Rüge« gegen einen Regimentsangehörigen wegen einer solchen unerlaubten politischen »Demonstration« auszusprechen hatte. Der Vorfall betraf den damaligen Chef der 5. Eskadron und späteren Panzergeneral Hasso von Manteuffel, der mit seiner Eskadron an einer vor dem Bamberger Rathaus zur Hissung der Hakenkreuzfahne versammelten Menge vorbeiritt und auf eine angebliche Mitteilung, diese Fahne sei zur Staatsflagge erhoben worden, seiner Truppe Achtungshaltung befahl. In einer nach dem Vorfall von ihm zusammengerufenen Offiziersversammlung soll nach dem Zeugnis des Eskadronchefs Stauffenbergs der Regimentskommandeur erklärt haben: »Das ist doch Revolution, das kann man doch nicht mitmachen.« In der Erinnerung Manteuffels ereignete sich der Vorfall am 31. Januar, nach dem Zeugnis Walzers aber erst einen Tag nach der Reichstagswahl vom 5. März 1933. Die Hakenkreuzfahne wurde erst im Jahre 1935 zur Staatsflagge erhoben. Allerdings pflegte sie auf Grund eines

Erlasses Hindenburgs zum »Volkstrauertag« bereits seit dem 12. März 1933 gemeinsam mit der schwarzweißroten Fahne gehisst zu werden[12].

Es ist denkbar, dass die von Sauerbruch vernommenen Äußerungen Stauffenbergs im Offizierskasino im Zusammenhang mit diesem Vorfall fielen und der Frage galten, wie sich ein Offizier bei spontanen politischen Kundgebungen der Bevölkerung zu verhalten habe. Stauffenberg mag sich auch über die einem relativ bedeutungslosen »Fehltritt« zugedachte harte Rüge des Regimentskommandeurs, deren Zeuge er als Angehöriger des Offizierskorps des Reiterregimentes 17 war, geärgert haben und deshalb auf die großen Soldaten der Befreiungskriege hingewiesen haben, die seiner Ansicht nach mehr Verständnis für das beanstandete Verhalten gehegt haben würden. Vielleicht erschien ihm die ganze Sache auch als eine Entrüstung über Äußerlichkeiten. Er teilte gewiss nicht die in seiner Verwandtschaft zuweilen gehegte Verachtung der »Spinne«, da ihm das nationalsozialistische Symbol durch Stefan George wohlvertraut war. Und war es nicht auch denkbar, dass er der Meinung war, die den Reichswehroffizieren verschriebene rigorose politische Abstinenz habe in mancher Beziehung nun ihren Sinn verloren? Der Hinweis auf die großen Soldaten der Befreiungskriege, zu denen sein Vorfahr Gneisenau zählt, scheint insofern bedeutsam, als er etwas von Stauffenbergs Beurteilung der nun veränderten politischen Situation ahnen lässt. Seinem »Vorbild« Gneisenau sollte Stauffenberg einige Jahre später in intensiver Beschäftigung wieder begegnen. Im jetzigen Zeitpunkt glaubte er eine Parallele zwischen dem von Napoleon geschlagenen und sich zum Widerstand erhebenden Preußen und dem durch Krieg, Revolution und unstabile Kabinette in den Grundfesten erschütterten und nun wieder zur »nationalen Wiedergeburt« sich anschickenden Deutschland anklingen lassen zu dürfen. Der ihm eigene Geist des Widerspruchs – von Stauffenberg als Advocatus diaboli wird noch die Rede sein – mochte den jungen Reichswehroffizier erst recht dazu reizen, die harte Rüge des älteren Kommandeurs kritisch zu kommentieren...

Das Bestehen eines Zusammenhanges zwischen dem Vorfall um Manteuffel und dem Kasino-Gespräch entbehrt nicht einer großen Wahrscheinlichkeit. Doch muss Vermutung bleiben, wofür keine Beweise vorhanden sind. Denn dieser Zusammenhang kann ebenso wenig bewiesen werden wie die Teilnahme Stauffenbergs an einem Demonstrationszug im Januar des Jahres 1933 und bleibt deshalb bloße Hypothese. Unmöglich bleibt es aber auch, die auf der Zeugenaussage Sauerbruchs basierende These, welche freilich vor dem Hintergrund des abschätzbaren politischen Standortes Stauffenbergs so unsinnig nicht erscheint, zum Ausgangspunkt und Beweis zugleich einer Betrachtung zu machen, die Stauffenberg im Jahre 1933 zum begeisterten Anhänger Hitlers und seiner Partei erklären und in recht marktschreierischer Pose im Fackellicht und Jubel durch das nächtliche Bamberg ziehen lassen möchte.

Es gilt von der schönen Legende von der Wandlung Stauffenbergs vom Saulus zum Paulus Abschied zu nehmen, ohne gleich ins andere Extrem zu verfallen und in seine Haltung im Jahre 1933 eine prinzipielle Gegnerschaft gegen das zur Macht gekommene nationalsozialistische Regime hineinzulesen. Denn so unhaltbar die These von seiner Teilnahme an dem Fackelzug ist, so unsinnig wäre nun auch das Bemühen, der Bedeutung seiner Nichtteilnahme größeres Gewicht zuzumessen.

Daran ändert auch eine Anekdote nichts, die von Stauffenbergs Reaktion auf die Nachricht der Ernennung Hitlers zum Reichskanzler zu berichten weiß. Stauffenberg soll am Mittag des 30. Januar auf die ihm auf den Übungsplatz seiner Eskadron überbrachte Mitteilung erklärt haben: »Jetzt hat's der Kerl doch geschafft!« Dabei soll er die von ihm in der Hand gehaltene Kaffeetasse mit solcher Wucht auf einen Minenwerfer gesetzt haben, dass sie in Stücke ging[13]. Diese Äußerung ist wohl nicht als Ausdruck einer prinzipiellen Mißbilligung der Machtergreifung Hitlers zu werten. Vielmehr scheint eine große Überraschung, die Stauffenbergs Eskadronchef Walzer aus der Retrospektive schildert, der Anlaß gewesen zu sein: »Von der Berufung Hitlers zum Reichskanzler waren wir überrascht, und von Begeisterung konnte gar keine Rede sein. Wir hofften aber, daß damit das parteipolitische Gezänk aufhören und eine feste, geradlinige Politik unter dem Einfluß des ehrwürdigen Generalfeldmarschalls und Reichspräsidenten Platz greifen würde[14].«

Der Streit um die Frage, ob Stauffenberg am Fackelzug teilgenommen habe oder nicht, ist aus zwei Gründen für einen wissenschaftlichen Standpunkt unfruchtbar. Einmal gibt es keinen ausreichenden Beweis für die Teilnahme. Zum andern aber versperrt die Diskussion um eine Frage sekundärer Bedeutung den Zugang zum eigentlichen Problem: die Haltung Stauffenbergs zum Nationalsozialismus.

Weil Stauffenberg als Reichswehroffizier jede politische Demonstration und Parteizugehörigkeit untersagt war, darf die Tatsache der Nichtteilnahme nicht überbewertet werden. Stauffenberg hätte überdies aus ganz persönlichen Motiven wohl an einem noch so »spontanen« Fackelzug nicht teilgenommen. Denn sehr bald nach der Machtergreifung zeichnete sich bei ihm eine Ablehnung der in Auftreten und Methoden zutage tretenden plebejischen Komponente der nationalsozialistischen Revolution deutlicher und in sehr prononcierter Weise ab. Er teilte diese auf einem bloß ästhetischen, nicht prinzipiellen Argument basierende Ablehnung mit vielen seiner Umgebung. Der Aristokrat – nicht allein der »Adlige«, denn solche gab es in der SA zur Genüge – fühlte sich angewidert von den vulgären Aspekten der »Bewegung«. Doch auch diese Tatsache bedeutete noch lange nicht eine Verurteilung der Ziele, sondern kam vorerst allein einer Ablehnung gewisser Methoden der Partei Hitlers gleich[15].

Welche Maßstäbe dienten denn nun Stauffenberg bei dem Versuch, die Hitlersche Partei und ihre Ziele zu beurteilen und seine eigene Haltung zu bestimmen? Ein Zeuge erklärt auf die Frage nach Stauffenbergs politischer Einstellung: »Man geht fehl, wenn man versucht, sie einordnend zu bezeichnen. Er hatte ... eine auffallende Fähigkeit, sich mit einer gegebenen Lage (dazu gehören auch Menschen mit ihren Anschauungen) zu verbinden, um in ihr zu handeln. Er wurde nicht von Meinungen, Absichten, ›Programmen‹ bestimmt, sondern von Kräften, die zur Auswirkung drängten, Kräften, die jedoch über das hinausreichten, was man als Bezirk heutiger politischer Thesen und Antithesen kennt. Man kann solche Naturen nicht einordnen nach rechts oder links oder unter Gegner und Anhänger schon vorhandener Erscheinungen, und gerade das macht sie ›zukunftsträchtig‹, macht es möglich, daß durch sie etwas Neues geschieht[16].« Diese Erklärung Rudolf Fahrners weist mancherlei Nachteil auf. Fahrner lernte erst im Jahre 1936 Stauffenberg kennen – sein Zeugnis besitzt bei Anlegung strenger Maßstäbe also nicht unbedingt Gültigkeit für das Jahr 1933. Ferner ist das, was Fahrner schreibt, unverkennbar von einem Georgeschen Menschenbild beherrscht, das in seiner Formulierung einem »Nicht-Georgianer« wenn auch nicht ganz unverständlich, so aber doch etwas rätselhaft bleibt. Auch wenn man sich der Antwort des Schülers Stauffenberg, er kenne keine Ideen, sondern allein Menschen, erinnert, vermag das vorliegende Zeugnis in seiner Eigenartigkeit vielleicht allzu leicht den falschen Eindruck einer raffinierten Apologie zu erwecken. Was sind »Kräfte, die jedoch über das hinausreichten, was man als Bezirk heutiger politischer Thesen und Antithesen kennt«? Können diese Kräfte nicht auch die Summe von »Meinungen, Absichten, ›Programmen‹ « sein? Gehörte etwa ein deutscher Nationalismus zu diesen »Kräften«?

Fahrner wird konkreter[17]: »Stauffenberg ... beobachtete und beurteilte als ein selbst zum Handeln Begabter und Getriebener Hitlers Emporkommen und Wirkung mit großem, sachlichem Interesse. Er sah in ihm den Typus eines modernen Massenbewegers mit einer erstaunlichen Potenz seines ›Trommelns‹, der zwar vielfach nur Gedanken, die ihm die Zeit bot, nach seinem Bedürfnis übernahm, der aber fähig war, sie zu vereinfachen und politisch wirkungskräftig zu machen und damit eine große Gefolgschaft auch gegen ihren eigenen Vorteil zu Hingabe und Opfer zu begeistern. Stauffenberg bewegte das Kraftfeld, das dieser Mann zu erzeugen vermochte, seine Vehemenz, die Unmöglichscheinendes in einer festgeschobenen Welt plötzlich als möglich erscheinen ließ: man konnte die Vorstellung gewinnen, daß es gelungen sei, die Kruste bürgerstaatlicher Gewohnheit, die vom 19. ins 20. Jahrhundert hinübergewachsen war, zu durchbrechen, und daß es – wenn auch gegen Hitler – zu neuen Gestaltungen kommen könne. War es doch nicht zu verkennen, daß von Hitler bei aller Niedrigkeit seiner Natur, die in ihm sichtbar war, auch ursprüngliche und echte Anliegen einer Erneuerung angesprochen und dadurch auch Menschen von idealem Denken und hohen Zielen indirekt von ihm angezogen wurden.«

Das Zeugnis Fahrners vermittelt vielleicht zu sehr den Eindruck, dass sich Stauffenbergs »sachliches Interesse« in einer bloßen l'art-pour-l'art-Betrachtung manifestierte. Begriffe wie die »Kruste bürgerstaatlicher Gewohnheit« und »ursprüngliche und echte Anliegen einer Erneuerung«, deren Inhalt keiner näheren Definition gewürdigt wird, relativieren zudem in gewissem Maße die zuvor noch so stark betonte »Ideologie-Freiheit« Stauffenbergs. Eine weitere Konkretisierung setzt die Akzente schärfer.

Nach einer Gesprächsaufzeichnung Fahrners waren bei der Betrachtung der Ursachen von Hitlers Emporkommen für Stauffenberg drei Punkte von besonderer Bedeutung.

Im innenpolitischen Bereich sah Stauffenberg den Grund für Hitlers Erfolg in der Tatsache begründet, dass »der gesamte Apparat der Staatsverwaltung und des Parteiwesens in Deutschland« der nationalsozialistischen Taktik, »mit demokratisch scheinenden Mitteln die Demokratie aufzuheben«, nicht zu begegnen in der Lage war. Ob er sich auch Gedanken machte über die Tatsache, dass ein beträchtlicher Teil dieses »Parteiwesens« gar nicht willens war, ernsthaften Widerstand zu leisten, dass also nicht so sehr die Funktionen der Demokratie, sondern deren vielfach wenig überzeugende und überzeugte spezifisch deutschen Träger versagten?

Der Erfolg Hitlers im institutionellen Bereich des Staates war mitbestimmt von der großen Wirkung seiner sozialen Versprechen und Maßnahmen. Nach Stauffenbergs Ansicht leistete Hitler in diesem Bereich mehr als andere »Massenlenker« und »bloße« Militärs in der Staatsführung, »die ›bei Machterfolgen immer die sozialen Lösungen nicht leisten können und darüber stürzen und die oft gar nicht bemerken, daß sie nur die Reste überkommener Sozialordnungen vernutzen und davon leben‹«. In Hitlers Sozialpolitik erblickte Stauffenberg »eine von innen wirksame Gegenposition gegen den Kommunismus«.

So nüchtern diese von Stauffenberg einige Jahre nach der Machtergreifung geäußerten Erkenntnisse gewesen sein mochten, so wenig originell waren sie auch. Als dritte, wesentliche Komponente für Hitlers Erfolg betrachtete er die Politik der Gegner Deutschlands, deren »Verfahren« Hitlers Emporkommen nicht nur »mit hervorgerufen«, sondern überhaupt »erst ermöglicht« habe. Sosehr Stauffenberg sich für die Hitlersche »Arbeitsbeschaffung« und seine »soziale Fürsorge für das werktätige Volk« begeisterte, so sehr freute er sich auch über die Tatsache, »daß das Volk sich gegen die Fesseln des Versailler Vertrages aufbäumte«[18]. Dieser Frieden, den Stauffenberg nur in Anführungsstrichen gelten ließ, hatte seiner Meinung nach Hitler die »stärksten Argumente gegeben und ihm für Jahre den Anschein verliehen, daß er für gerechte Belange aller Völker eintrete«. Wahrscheinlich vermochte Stauffenberg bei einer solchen Argumentation den Gedanken gar nicht zu erwägen, dass das »Diktat von Versailles« überhaupt noch Raum für Argumente nach Hitlers Art belassen und mit seiner »Härte«, welche sich zum Beispiel im Verzicht auf eine die völlige Niederlage des Reiches demonstrierende totale Besetzung manifestierte, die Dolchstoßlegende nicht verhindert hatte. Die Politik Stresemanns mit ihrem behutsamen Vorgehen blieb, wiederum an seiner Argumentation gemessen, bei ihm wohl ohne großen Widerhall, was von Stefan George her nachgerade leicht zu verstehen ist.

Dass Stauffenberg nicht nur bemerkenswert fand, wie Hitler Revisionen betrieb, »sondern auch Verzichte aussprach«, und darin eine neue Verständigungsmöglichkeit unter den europäischen Völkern jenseits der »verbrauchten konventionellen diplomatischen Methoden« erblickte, zeigt, in welchem Maße er dem Betrug erlegen war, den er selbst in Hitlers Fähigkeit sah, »Gedanken in primitive, aber auch echte einfache Werbeformeln umzusetzen«. Dass es Stauffenberg zuweilen nicht ausgeschlossen schien, »daß der Täuscher seine eigenen, oft wiederholten Argumente der Täuschung in überzeugtem Glauben als der nun selbst Getäuschte selbst übernahm«, blieb zumindest in der Vorkriegszeit eine Selbsttäuschung Stauffenbergs, die ihn auch die ganze Problematik der »Arbeitsbeschaffung« und ihre Verbindung mit der Aufrüstung in Richtung auf eine gewaltsame Expansion nicht erkennen ließ.

Der Versuch, eine Antwort auf die Frage zu finden, nach welchen Maßstäben Stauffenberg das Regime Hitlers in seinen Anfängen beurteilte, hat zu einer Betrachtung der Denkweise Stauffenbergs drei Jahre nach der Machtergreifung geführt. Dabei ist nochmals eine deutliche Affinität zum Hitlerschen Programm spürbar geworden. Fahrner fiel auf, »daß jede bloße abschätzende Bemerkung über Hitler – bei großem Interesse für seine ›sachliche‹ Beurteilung – von Claus Stauffenberg sehr zurückhaltend und skeptisch aufgenommen wurde als einer bloß emotionellen Herkunft und politischer Unsachlichkeit verdächtig«. Bei Fahrner verstärkten Stauffenbergs »Warnungen vor vorschnellen Hoffnungen, seine Kühle gegen jede Emphase« und die Beobachtung, dass Stauffenberg mit dem näher befreundeten Frank Mehnert über einige Dinge eingehender sprach als mit ihm, »den Eindruck von seiner politisch zuständigen Begabung«.

Das »sachliche Interesse« mag Stauffenbergs Haltung bei all ihren Affinitäten auch im Jahre 1933 bestimmt haben. Ein ausgeprägter pragmatischer Zug in seinem Denken mochte ihn auch zu diesem Zeitpunkt vor vorschnellen Hoffnungen bewahrt haben. Fahrners Beschreibung von Stauffenberg als einem selbst zum Handeln Begabten, der »von Beginn an hohe Erwartungen als künftiger, mutvoller Betreuer, ja Wiederhersteller sinnvoller Ordnung« erweckte, enthält vielleicht auch ein gewisses Selbstverständnis Stauffenbergs – in der an seine eigenen frühen Gedichte mahnenden Art Georges abgefasst, die leicht den Anschein einer in der Umgebung des Dichters nicht seltenen Selbstüberschätzung provoziert, wenn auch die Träume des Jahres 1923 nicht mehr unbedingt die Wirklichkeit seiner Wünsche im Jahre 1933 adäquat wiedergeben mussten.

So wertvoll Fahrners Zeugnis ist, so sehr fehlte bis heute eine verbürgte Aussage Stauffenbergs, die seine pragmatische Haltung zu Beginn der nationalsozialistischen Herrschaft zu beleuchten vermöchte. Der wichtigste Satz in Fahrners Schilderung lautet: »Man kann solche Naturen nicht einordnen nach rechts oder links oder unter Gegner und Anhänger schon vorhandener Erscheinungen ...« Stauffenberg Gegner und Anhänger des Nationalsozialismus – er kann im Jahre 1933 tatsächlich beides gewesen sein und sich damit zugleich dieser Kategorie entzogen haben. Am 19. Juli 1928 schrieb er seinem Freund Kommerell einen in seiner Formulierung wohlabgewogenen und überdachten Brief, in dem es heißt: »Man meint so leicht bei unsern laufbahnen lege [sic] eine härte in den umständen in den widerständen · nein die härte liegt im gleichmäßigen vorwärtsschreiten trotz des eignen zweifels · im unbedingten gehorsam sich selbst gegenüber · in der disziplin nur auf *eines* zu achten. Daher nur die fragen: Was wirst Du tun? was kann geschehen? welche aussichten bestehen? alle anderen betrachtungsweisen sind in rebus politicis müssig[19].«

»Was wirst Du tun? Was kann geschehen? Welche Aussichten bestehen?« Dies sind kühne Fragen für einen noch nicht einundzwangzigjährigen Offiziersanwärter bei einer politischen Betrachtung. Sie verweisen auf sein sicher von Stefan George geprägtes oder gefördertes Selbstverständnis. Doch gelten diese Fragen nicht besonders der Zukunft? Seiner Grenzen war sich Stauffenberg selbst zuerst bewusst. Die drei pragmatischen Fragen Stauffenbergs, neben denen er keine anderen politischen Betrachtungsweisen gelten lassen will, besitzen für den Versuch, seinen politischen Standort im Jahre 1933 zu beschreiben, zwei sehr ins Gewicht fallende Vorteile: Sie stellen ein authentisches Zeugnis dar und sind nicht Ausdruck einer Selbstinterpretation post festum. Vielmehr sind sie jene Maßstäbe, an denen Stauffenberg im Jahre 1933 seine Haltung zum Nationalsozialismus messen und bestimmen konnte.

Schon am 21. Juni 1933 sollte Stauffenberg an Stefan George die Sätze schreiben, die zeigen, dass er sich bereits des Revolutionscharakters der nationalsozialistischen Machtergreifung durchaus bewusst war: »Im übrigen hat die letzte – wie jede revolution – gelegenheit zu recht interessanten betrachtungen menschlicher werte gegeben. Bei aller verstellungskunst – bei revolutionen kann der bürger sich nicht mehr verstellen. Im übrigen: bei aller gleichschaltung und dem gesetz der totalität: für uns ist das alles nicht neu und schon jetzt ist zu sehen: keine partei sondern Herren machen umwälzungen und jeder der für seine Herrschaft einen sicheren sockel sich baut ist ob seiner klugheit zu loben[20].« Das war keine begeisterte Zustimmung zur »nationalen Wiedergeburt« unter der Swastika der braunen Scharen. Aber es war auch keine Absage an Hitler, der in der Tat »für seine Herrschaft einen sicheren Sockel sich« baute, wobei diese Formulierung ebenso Stauffenbergs bewusst nüchterne und recht reservierte Haltung wiedergibt, wie sie scheinbar einen unbewussten Zynismus enthält, wenn man bedenkt, dass im Juni 1933 die politischen Gegner des Nationalsozialismus längst als Freiwild gejagt wurden und schon Unzählige dieser Menschen dem »Sockelbau« zum Opfer gefallen waren. Kam es auch in diesem Fall »auf einige jahre und einige menschenleben und schicksale mehr oder minder nicht« an[21]?

Der tiefere Grund, weshalb der Frage, ob Stauffenberg im Jahre 1933 als Anhänger Hitlers zu bezeichnen war, nur mit einer unklar erscheinenden Antwort begegnet werden kann, liegt nicht in einem apologetischen Bestreben, sondern im pragmatischen Denken Stauffenbergs selbst. Dieser Pragmatismus musste ihn sehr in die Nähe des Programmes und der Politik Hitlers führen. Dies bedeutete aber noch keine Selbstidentifikation mit dem nationalsozialistischen Programm. Stauffenbergs Haltung in den folgenden Jahren des »Dritten Reiches« vermag dies deutlich zu dokumentieren: Nicht Schwanken zwischen Zustimmung und Ablehnung, sondern eine sich um Nüchternheit bemühende, abwägende und selektive Beurteilung des Regimes kennzeichnet seine Stellungnahmen. Der Glaube freilich, bei Hitler zwischen »guten« und »schlechten« politischen Vorhaben und Plänen unterscheiden zu können, sollte sich im Laufe der Zeit auch für den um die Objektivität seiner Kritik sich bemühenden Stauffenberg als furchtbare Täuschung erweisen. Das Ende des Hitlerschen »Betruges« fand Stauffenberg nicht mehr am Leben, weil er eine klare, die klarste Position überhaupt bezogen hatte. Das Ausmaß und Resultat dieses Betruges mag vielleicht in Versuchung führen, Stauffenbergs zu Beginn differenzierender Position aus der Retrospektive die

Berechtigung abzusprechen. Er jedenfalls korrigierte sich selbst, sobald er sich der Illusion bewusst wurde, die der Glaube bedeutete, aus der als Betrug erkannten Politik Hitlers könne Gutes entstehen.

Am 1. Mai 1933 wurde Stauffenberg zum Oberleutnant befördert. Diese Beförderung kam früher als erwartet und überraschte ihn. Der Hinweis auf dieses Avancement mag banal klingen. Von großer Tragweite war diese Beförderung zunächst nicht. Aber die Leistungen und die Beanspruchung, die von Stauffenberg in seinem Beruf gefordert wurden, sollten nicht übergangen werden. Denn sie waren es in erster Linie, die den in Bamberg stationierten Subalternoffizier beschäftigten. Das historische Interesse richtet sich bei einer Betrachtung Stauffenbergs im Jahre 1933 begreiflicherweise vor allem auf dessen Haltung zu den politischen Ereignissen. Zur Wahrung der Proportionen sollte man sich aber immer an die Hauptbeschäftigung Stauffenbergs erinnern, die ihn zuerst und vor allen anderen Angelegenheiten in Atem hielt, ohne freilich aus ihm einen Nur-Soldaten zu machen.

So bedeutsam für Stauffenberg sicher die seine militärische Begabung bestätigende frühzeitige Beförderung war, so wichtig war für ihn auch ein anderes sehr persönliches Ereignis dieses Jahres: Am 26. September heiratete er die Freiin Nina von Lerchenfeld, mit der er sich im Jahre 1931 verlobt hatte. Der dem alten bayerischen Adel entstammende Vater der Braut war im konsularischen Dienst in Schanghai, Warschau und Kowno tätig gewesen und lebte zusammen mit seiner Frau, einer geborenen Freiin von Stackelberg, in Bamberg. Baron Lerchenfeld entstammte dem evangelischen Zweig der Familie Lerchenfeld. Stauffenberg hielt sich also wie sein Vater nicht an enggefasste konfessionelle Vorschriften.

In diesem Zusammenhang ist es sinnvoll, die Frage der Religion bei Stauffenberg kurz zu beleuchten. Nach der Trauung in der katholischen Bamberger St.-Jakobs-Kirche fuhr Stauffenberg mit seiner Frau nach Italien. Die bereits restriktive Devisenpolitik ließ Stauffenberg nur die Wahl zwischen zwei vorausgeplanten Reisen, die – durch Subventionen verbilligt – sich in das vorgeschriebene Devisen-Budget einfügten: Entweder entschied man sich für eine eher »kirchliche« Italienreise, in deren Verlauf gewisse im voraus bestimmte Kathedralen und Dome zu besichtigen waren, oder man erklärte sich bereit, die damals noch immer geöffnete, zur Feier des 10. Jahrestages des Regimes Mussolinis hergerichtete Jubiläumsausstellung in Rom zu besichtigen. Stauffenberg entschied sich für die eher »weltliche« Tour und besah sich die römische Gedenkschau und Selbstbespiegelung des Faschismus. Die Kathedralen, deretwegen er sich nicht allzusehr in seiner Reiseroute hatte binden wollen, besichtigte er dann – einmal in Italien – freilich auch ...[22]

Zuviel in diese Anekdote hineinlesen zu wollen, wäre wohl nicht richtig. Vielleicht besitzt sie aber doch einen gewissen Symptomwert. Stauffenbergs Eltern waren verschiedener Konfession: der Vater katholisch, die Mutter evangelisch. Die Kinder dieser Ehe wurden gemäß der katholischen Tradition der Familie Stauffenberg erzogen. Berthold Stauffenberg bestätigte diesen Zusammenhang zwischen Religion und Tradition in einer Aussage nach dem 20. Juli 1944: »Meine Familie ist traditionsgemäß stark mit der katholischen Kirche verwurzelt. Es ist immer Wert darauf gelegt worden, daß die Kinder katholisch werden.« Dass ein Einfluss der Mutter Stauffenbergs auf die religiöse Haltung und Katholizität ihrer Söhne nicht ohne Wirkung geblieben ist, entbehrt nicht einer gewissen Wahrscheinlichkeit. Stauffenberg beschritt denselben Weg wie sein Vater. Sein Bruder erklärte: »Auch die Frau meines Bruders, die evangelisch war, ist katholisch getraut worden und hat sich verpflichtet, die Kinder katholisch erziehen zu lassen.« Stauffenberg legte also großen Wert auf die Weitergabe derselben Religion. Von der Warte eines religiösen Dingen indifferent Gegenüberstehenden war er ein gläubiger Katholik. Einem stranggläubigen Katholiken musste hingegen seine religiöse Haltung als etwas zu leicht – vielleicht sogar etwas zu skeptisch – erschienen sein. Sein Bruder hat die Einstellung Stauffenbergs recht genau definiert: »Wir sind zwar nicht das, was man im eigentlichen Sinn gläubige Katholiken nennt. Wir gingen nur selten zur Kirche und nicht zur Beichte. Mein Bruder und ich sind der Meinung, daß aus dem Christentum heraus kaum noch etwas Schöpferisches kommen könne.« Der letzte Satz dieser Aussage stellte den eigentlichen Schlüssel zur Lösung des Problems dar. Er weist recht deutlich auf den Einfluss Stefan Georges hin, der im Christentum nur noch eine historische Größe erblickte.

Es ist beinahe eine Selbstverständlichkeit, dass die nationalsozialistischen Beamten, denen gegenüber Berthold Stauffenberg im Verhör seine Aussage zu machen hatte, in der Religiosität Stauffenbergs das Element der Heuchelei suchten. So schrieben sie: »Wie hoch die Stauffenbergs den Wert der Kirche für das Verhalten der Untertanen ansetzten, zeigt sich darin, daß der Oberst von Stauffenberg, obgleich er selbst kaum in die Kirche ging, seinen Fahrer Schweizer aufforderte, öfter in die Kirche zu gehen.« Gleichsam um dieses typische Feudalverhalten weiter hervorzuheben, unterstrichen die Beamten auch die beiden ersten Sätze der Definition von Stauffenbergs Einstellung zur Religion und übersahen den Hinweis auf George, um wiederum denselben Effekt der Heuchelei hervorrufen zu können. Stauffenbergs Bruder Berthold konnte durchaus Patronatsherr der Kirche in Lautlingen sein und deshalb sich verpflichtet fühlen, »dann und wann zur Kirche zu gehen. Das Verhältnis zur Kirche resultierte aus einer alten Tradition«[23] – einer Tradition, die Stauffenberg nicht zerstörte, sondern die er aufrechterhielt und die ihn ebenso wenig hinderte, eigene Gedanken zur Frage der Religion zu entwickeln, wie sie ihn davor bewahrte, religiöse Intoleranz zu üben. Diese Tradition sollte man sich auch nicht als eine Äußerlichkeit vorstellen. Wenn Stauffenberg in späteren Jahren in voller Uniform mit seinen Kindern zur Kirche ging, war dies eine echte Demonstration, die nicht nur die Ablehnung des nationalsozialistischen Atheismus bezeugen wollte, sondern auch eine sich reziprok zur Verschärfung des Atheismus vertiefende religiöse Haltung dokumentierte – ein für die im »Widerstand« Tätigen typischer Vorgang. Seine Kinder erzog er in gar keiner Weise im nationalsozialistischen Sinne[24]. Die Pagenfrisuren und Samtröckchen, die nicht gerade zum Entzücken der Knaben getragen werden mussten, verrieten rein äußerlich schon eine beträchtliche Distanz zu den offiziellen Idealen und Vorstellungen der vom Nationalsozialismus erwünschten Jugend. Stauffenberg, bei dem ein Freund »da und dort auch ein unaufdringliches Zeichen seiner kirchlichen oder religiösen Einstellung, von der er kaum sprach, die er aber nie ableugnete, ein Gebetbuch, ein Kreuz«[25] bemerkte, soll im Juni des Jahres 1944 wieder zur Beichte und Kommunion gegangen sein. Seine Frau, die ihm als erstes Geschenk ein Kreuz aus der Familie Lerchenfeld als Halsgebinde gegeben hatte, bat er, im Falle seines Todes für die Erteilung der Sterbenssakramente besorgt zu sein[26].

Atheist ist Stauffenberg nie gewesen. Bei all seiner einem orthodoxen Standpunkt zuweilen etwas zu liberal anmutenden Glaubensinterpretation, zu der Stefan George nicht unwesentlich beigetragen haben mochte, war er von einer starken christlichen Bindung bestimmt, die ihn im Zusammenwirken mit der Familientradition wohl nie aufhören ließ, gläubiger Katholik zu sein, der zusammen mit seiner Frau seinen Kindern einen starken katholischen Glauben weitergab. Die Bedrohung dieser Bindung machte ihn wieder zum Katholiken »im eigentlichen Sinn«. Die Bedeutung dieser christlichen Bindung darf auch im Zeitraum, in dem sie noch nicht so unmittelbar und brutal attackiert war, nicht unterschätzt werden. Sie bildete wohl ein ebenso tiefes wie zunächst unscheinbares Element der Distanz in den Anfangsjahren des Nationalsozialismus, das im Laufe der Zeit aktiviert und bewusster wurde.

Das Verhalten Stefan Georges in seinem letzten Lebensjahr gegenüber dem eben zur Macht gekommenen Nationalsozialismus erlaubt zwar keine unmittelbaren Rückschlüsse auf Stauffenbergs Position gegenüber Hitler. Doch die spürbare, wahrscheinlich aus einer großen Enttäuschung über die politische Entwicklung resultierende Distanzierung des Dichters von den Vertretern des neuen Regimes, das George nicht ganz zu Unrecht zu seinen Ahnen zu zählen versuchte, bedeutete auch für den »Georgianer« Stauffenberg ein Zeichen, das er nicht übersehen konnte. Ob er dieselben Befürchtungen gehegt oder die Warnungen des »Meisters« befolgt hatte, ist eine andere Frage.

Stefan George, der den Winter seit dem Jahre 1931 jeweils in Locarno-Minusio im Tessin zu verbringen pflegte, kehrte am 10. März 1933 – fünf Tage nach der Reichstagswahl – nach Berlin zurück. Entgegen früherer Gewohnheit nahmen in seinen Unterhaltungen nun die »Tages- und Zeitereignisse ... einen breiten Raum ein. Der Dichter war ungewöhnlich besorgt wegen des weiteren Verlaufs. Einige der jüngeren Freunde hegten zu der Zeit noch weniger ernste Befürchtungen. Vielleicht glaubten sie, ein Feld vor sich zu sehen, wo sie selbst bestimmend wirken könnten[27].« Ihrer Mentalität entsprach wohl der von utopischen Hoffnungen erfüllte Satz Ernst Morwitz', des späteren Interpreten der George-Dichtung, aus dem März 1933: »Die erste Generation ist scheußlich, die zweite wird besser sein und die dritte wird vielleicht so, wie wir es wünschen[28].« Im selben Monat nach der Rückkehr Georges sollen diese Jüngeren bereits von Beschämung über die »Roheiten, die die entfesselte Hitlersche Gefolgschaft mit Duldung überall beging«, bedrückt gewesen sein und gefragt haben, »wo ein Wille sei, den Janhagel in seine Schranken zu weisen«. Die Tatsache aber, dass ausgerechnet über den Zeugen Thormaelen, der dies berichtet, Robert Boehringer spotten konnte, weil derselbe den Eintritt in die Partei empfahl, lässt daran zweifeln, ob diese »Jüngeren« wie Thormaelen »die Phrase ›wo gehobelt wird, fallen Späne‹ « wirklich »schon damals satt« hatten. Um so mehr, als Kurt Hildebrandt, der von dem Spott Boehringers berichtet, selbst der Partei beitrat und zu den vielen aus dem George-Kreis gehörte, die man als »Märzgefallene« oder Mitläufer bezeichnen kann. Ernst Bertrams flammendes Bekenntnis zu dem neuen Regime kam zwar nicht aus dem Umkreis Stefan Georges, von dem er sich gelöst hatte; der Mentalität der Mitläufer aus dem Kreis dürfte aber auch dieses Bekenntnis nicht allzu fern gestanden haben[29].

Die zum Teil unterschiedliche Haltung von »Meister« und »Jüngeren« ist wahrscheinlich auf die von George geübte Praxis zurückzuführen, mit eigenem Rat keine Entscheidung, die vom anderen selbst getroffen werden musste, zu antizipieren. So gab er Hildebrandt »in den ersten Monaten 1933, als Hitler sich noch zurückhielt, ... deutlich den Rat, nichts für die ›Partei‹, nichts gegen sie zu sagen«[30]. George selbst hat nichts für die Partei gesagt. Freilich auch öffentlich nichts gegen sie. So war es denn durchaus begreiflich, wenn bei der Universitätsfeier zur Gründung des »Dritten Reiches« ein »Sprechchor am Ehrenmal der gefallenen Studenten in Berlin mit verbissenem Pathos Georges Gedicht ›An die Toten‹ aus dem ›Neuen Reich‹« rezitierte[31]. Der Dichter, der zu dieser Zeit stöhnte: »Es wird ja schlimmer als in Rußland[32]«, wurde in die Ahnenreihe des Nationalsozialismus aufgenommen[33].

Zu seinem 65. Geburtstag am 12. Juli befürchtete George eine offizielle Ehrung. »Der Dichter war zwiespältiger Meinung über das zu Erwartende« und konnte deshalb, als der Tag ohne öffentliche Ehrung still vorübergegangen war, »erleichtert aufatmen«[34]. Der einstige Gundolf-Hörer Goebbels und der neue preußische Kultusminister Rust, der George verehrte, hatten die Gerüchte um eine geplante offizielle Ehrung, d. h. einen weitergehenden Versuch, George für ihre Zwecke zu ködern, durch keine Taten bestätigt. Georges Gesundheit war nicht mehr stark. Die »Bedrückung durch die Zeitläufte ... die Ereignisse und Enttäuschungen der letzten Jahre« werden das Ihre zu Georges verschlechtertem Befinden beigetragen haben. Noch waren die jungen Gefolgsleute um ihn – unter ihnen Berthold Stauffenberg, seltener aus dem Haag kommend, und, nur kurz jeweils, der Reichswehroffizier, dessen Kommen »für den Dichter immer eine Freude und ein Fest« war. Thormaelen berichtet, dass »im Gegensatz zum Dichter ... keiner von uns, seinen Freunden der mittleren und der jüngsten Generation, Niedergeschlagenheit« gezeigt habe.

Doch machten sich die jungen Leute, die von der Erwartung erfüllt waren, »daß die politischen Änderungen – gleich wie – zu Günstigerem führen würden«, und die glaubten, dass »der stumme, unterirdische Anstrom des expansiven Kommunismus ... gebannt« war, keine Gedanken über die Gründe für die Depression des »Meisters«? Sie lachten, »daß alles Deutsche nun schlechthin als germanisch angesehen werden sollte« und hegten die Illusion, »daß der schärfste antisemitische Spuk nach einiger Zeit vorüber sein« oder »mutige Männer« sich finden würden, »um Ordnung zu schaffen, wenn das vorpreschende Gesindel sich festgefahren hätte. Man war überzeugt, daß wenigstens einige der entscheidenden Männer der Bewegung selbst sich an ihre Zusagen und die eigenen Parolen halten würden, auch daß sie Einhalt tun würden, wenn die Bedenkenlosen und Berauschten weiter die Neigung zeigten, ihnen über den Kopf zu wachsen.« In diesen leichtfertigen Illusionen waren die Befürchtungen enthalten – freilich nur noch in rudimentärer Form –, die mit George zu teilen die Jüngeren nicht gezwungen wurden, die sie aber bei dem »Meister« auch nicht vollständig ignorieren konnten[35].

Nach dem 12. Juli reiste Stefan George nach Wasserburg am Bodensee zu einem Sommeraufenthalt, begleitet von dem Freunde der Brüder Stauffenberg, Frank Mehnert. Berthold Stauffenberg begab sich selbst in seinem Urlaub zu dem Dichter. Ende August fuhr George über den Bodensee ans Schweizer Ufer. Dem zu Besuch gekommenen Robert Boehringer erklärte der Dichter »scherzend, als das Schiff mitten auf dem Bodensee gewesen sei, habe er freier geatmet«[36]. Der George damals und bis zu dessen Lebensende am nächsten stehende Frank Mehnert lehnte alle Deutungen der Reise des Dichters als Emigration ab[37]. Der scherzende Hinweis auf die freiere Luft war vielleicht Zeichen eines noch ungern und nur sehr scheu ausgesprochenen Eingeständnisses vor sich selbst, dass die politische Entwicklung in Deutschland eine Wende genommen hatte, die den Rhein wieder zu mehr als einer bloßen staatlichen Grenzmarkierung werden ließ.

Im Herbst dieses Jahres setzte Stefan George eine neue Distanz zu dem nationalsozialistischen Staat, die sich freilich nicht gerade durch große Klarheit auszeichnete. Die Vorbehalte, die George es versagten, sich zum Poeta laureatus der Herren des neuen Reiches machen zu lassen, waren aber unübersehbar. Im preußischen Kultusministerium soll der Wunsch bestanden haben, George als Präsidenten der neugegründeten Dichterakademie zu gewinnen. Da aber seine Absage vorauszusehen war, sollte der Dichter durch die Einrichtung eines hohen Stipendiums für junge Künstler, dessen Verteilung George überlassen worden wäre, doch noch für die Zwecke des Regimes eingesetzt werden. George erteilte jedoch eine »herbe Abweisung« und soll seinen Absagebrief mit den Worten geschlossen haben: »Zwar bin ich der Ahnherr jeder nationalen Bewegung – wie aber der *Geist* in die Politik kommen soll – das kann ich Ihnen nicht sagen. Stefan George[38].«

Der Gesundheitszustand Georges verschlechterte sich seit Ende Oktober zusehends. Am 2. Dezember wurden die Freunde von des Dichters ernstem Zustand benachrichtigt. Am Abend des 3. Dezember trafen die Grafen Stauffenberg in Locarno ein. In der zweiten Stunde des folgenden Tages starb der Dichter.

Nach einer von Stauffenberg bestimmten Ordnung hielten die Freunde Totenwache. Da der Tod des Dichters sich rasch herumgesprochen hatte, fremde Teilnahme, insbesondere jene des deutschen Konsuls aber nicht erwünscht war, wurde die Beisetzung am 6. Dezember 1933 um acht Uhr früh vorgenommen – hinter verschlossenem Tor. Erst einige Tage später erschien der deutsche Gesandte in Bern, Ernst Frhr. v. Weizsäcker, in Begleitung Robert Boehringers, um am Grabe Stefan Georges den Kranz des »Dritten Reiches« niederzulegen. Der Kultusminister Rust soll empört gewesen sein über den Exklusivitätscharakter der Beisetzung und gedroht haben, »die Verantwortlichen, wenn er sie fände, zur Rechenschaft zu ziehen«[39]. Goebbels jedoch sandte ein Beileidstelegramm, das in bewusster Verfälschung des Briefes Georges, der sich als »der Ahnherr jeder nationalen Bewegung« bezeichnet hatte, den Dichter zum Befürworter der nationalsozialistischen Revolution machte: »Mit Stefan George ist nicht nur einer der größten Dichter unseres Volkes dahingegangen, sondern auch einer der geistigen Wegbereiter und Künder des neuen Deutschland. Er, der sich doch kürzlich in einem Brief ausdrücklich zur geistigen ›Ahnherrschaft der neuen nationalsozialistischen Bewegung‹ bekannte, wird bei uns immer lebendig bleiben[40].«

Der Dichter sollte allerdings für die Nationalsozialisten nicht »immer lebendig bleiben«. Bereits im Jahre 1938 wurde er als gefährlicher Häretiker, sein Denken als verbrauchter Humanismus bezeichnet[41]. Die Distanz, die der Künder des »neuen Reiches« an seinem Lebensende zu den Herren des neuen Deutschlands zu setzen begann, erwies sich zusammen mit den der nationalsozialistischen Ideologie nicht konformen Gedanken seines Werkes als dem Retouche-Versuch Goebbels' überlegen.

Als Getreuer Georges musste der beim Tode des Dichters sechsundzwanzigjährige Stauffenberg sich nicht als im offenen Gegensatz zu dem neuen Regime stehend empfunden haben[42]. Seine aktive Teilnahme an der Bestattung des Dichterfürsten setzt ihn aber – zusätzlich zu der oberflächlichen Distanz, die sich im Exklusivitätscharakter der Bestattungsfeier manifestierte – in eine Art symbolhafte Distanz oder Reserve zu dem »Dritten Reich« Hitlers. An Symbolen für eine gewisse Reservatio mentalis scheint dieses Jahr der Machtergreifung einiges aufzuweisen. Nicht nur der von Georges Denken beeinflusste Angehörige der jungen Generation musste sich allmählich eines latent vorhandenen Widerspruchs zwischen den Vorstellungen des Dichtervorbildes und jenen des neuen Reichskanzlers bewusst geworden sein. Der Aristokrat mit katholischer Familientradition wurde von einer ethisch-religiösen Bindung bestimmt, die einen ebenfalls erst latenten Widerspruch ankündigen konnte. Der Offizier der Reichswehr, bald der Wehrmacht, empfand freilich alles andere als einen Widerspruch, wenn er das von Hitler versprochene Aufrüstungsprogramm und die »Wehrhaftmachung des deutschen Volkes« betrachtete.

Der am Grabe Stefan Georges wachende Stauffenberg hätte wohl im Traum nicht den Sturm der Ereignisse in den folgenden Jahren des »Dritten Reiches« erwogen oder vorauserkannt: Er hatte bereits mehr als zwei Drittel seines Lebens hinter sich. Eines Tages sollte gerade jenes Prinzip »Religion« so attackiert werden, dass er »lang und breit« mit Freunden darüber sprechen sollte, »daß das Christentum wieder die tragende seelische Kraft der Zukunft sein solle«[43]. Im jetzigen Augenblick war aber gerade die Religiosität als sein theoretisch stärkstes Gegenargument nicht angegriffen und deshalb auch nur latent wirksam. George und sein Denken schienen bereits nicht mehr ohne einen gewissen Missklang mit den Zielen Hitlers zu vereinbaren zu sein. Beinahe wie ein Leitmotiv scheint sich durch Stauffenbergs letzte Lebensdekade das nationale und militärische Interesse vor seine latente Reservatio mentalis zu schieben, sie zurückzudrängen, bis dann auch dieses Interesse so herausgefordert wird, dass Religion, Militär und die von George geförderte und beeinflusste politische Idee wie drei Prinzipien sich gegen ein viertes, »böses« Prinzip – Hitler – verschwören.

Von der Reichswehr zur Wehrmacht 1934–1938

Zwischen Hitlers Austrittserklärung aus der Abrüstungskonferenz und dem Völkerbund vom 14. Oktober 1933 und einem der letzten Stöße gegen die kargen Restbestände der Friedensordnung von Versailles – der Errichtung der allgemeinen Wehrpflicht durch Gesetz am 16. März 1935 – lag für die deutsche Armee eine Zeit hektischer, wenn auch noch getarnter Auf- und Umrüstung. Die sieben Infanteriedivisionen der Reichswehr verwandelten sich durch Aufteilung und Einstellung Freiwilliger bis zum Herbst des Jahres 1934 in Divisionsrahmen für 21 Infanteriedivisionen; das 100 000-Mann-Heer zählte bereits 240 000 Mann[1]. Damit war nach eineinhalb Jahren nationalsozialistischer Herrschaft die Basis für eine Umstellung des Berufsheeres der Reichswehr auf eine Wehrmacht mit allgemeiner Wehrpflicht geschaffen. Bereits zwei Jahre nach jenem Weg vom Kaiserhof zur Reichskanzlei, der Hitler zur Macht geführt hatte, konnte es der nationalsozialistische Diktator ungestraft wagen, mit dem »Gesetz über den Aufbau der deutschen Wehrmacht« am 16. März 1935 den Übergang von der Reichswehr zur nationalsozialistischen Wehrmacht, deren Heer eine Friedensstärke von 12 Generalkommandos und 36 Divisionen haben sollte, und die Einführung der allgemeinen Wehrpflicht in offener Herausforderung der Westmächte zu proklamieren.

In Stauffenbergs weiterer militärischer Karriere schlug sich vorerst vor allem die Umrüstung der Reichswehr auf moderneres Kriegsmaterial nieder. Das Reiterregiment 17 wurde in seiner alten Zusammensetzung aufgelöst. Im Sommer des Jahres 1934 fand die Abschiedsparade des Regimentes in Bamberg statt. Stauffenberg, der auf Photographien dieser Parade vor seinem Minenwerferzug zu sehen ist – an seinem Uniformrock prangt bereits das von der Reichswehr übernommene nationalsozialistische Staatsemblem –, kam als Bereiteroffizier zur Kavallerieschule Hannover, wo er bereits ein Jahr während seiner Offiziersausbildung gewesen war. Vielleicht weil er kein ganz bequemer Untergebener war, wurde er von seinem Regimentskommandeur nicht zu dessen neuer Verwendung mitgenommen[2].

Stauffenbergs Aufgabe in Hannover war es, täglich vier Pferde zu reiten, von denen zwei von der Schule gestellt wurden und zwei von ihm selbst mitgebracht werden mussten. Um die Offiziere des Lehrganges nicht zu bloßen Turnierreitern werden zu lassen, gesellte sich dem praktischen und theoretischen Teil des Reitunterrichtes des Bereiterlehrganges auch ein solcher in den allgemeineren Militärfächern zu. Zeugnis dafür sind eine Arbeit Stauffenbergs über »Die Hilfen der Reiterei« und zwei erhaltene »Taktik«-Unterlagen aus den Jahren 1935/36[3].

In Hannover konnte sich Stauffenbergs Reiterbegabung zu einer eigentlichen kavalleristischen Virtuosität entwickeln. Der Kavallerieoffizier, der einmal nach Manöverende in drei Tagen von der Schwäbischen Alb nach Bamberg ritt, teilte seine Passion für Pferde mit seinem Schwiegervater, der – selbst ein begeisterter und gewandter Reiter – Stauffenberg in der Dressur weiterführte. Eine junge Stute, die Stauffenberg als Fohlen von der Koppel weg ausgesucht und mit seinem späteren Schwiegervater gekauft hatte, brachte er bis zur Levade. Auf diesem Pferd, das er als »eine reizende Persönlichkeit« bezeichnete und »Jagd« hieß, errang er manchen Erfolg. Im Jahre 1935 trug Stauffenberg den Sieg in der obligatorischen Military seines Lehrganges davon. Unter den geschlagenen Konkurrenten befanden sich auch einige der deutschen Olympia-Sieger des folgenden Jahres. Betrachtet man die ungeheure Konzentration Stauffenbergs zu Pferde auf einer Photographie aus dem Jahre 1934 in Bamberg, so werden Turnierurteile wie »Sehr gut veranlagter Reiter« oder »Eine sehr saubere und korrekte Vorführung« durchaus verständlich[4].

So bravourös Stauffenberg auf der »Jagd« bei Turnieren über die Hindernisse setzte, so rücksichtslos scheint er sich selbst gegenüber bei den physischen Anforderungen dieser »sportlichen«, aber harten Zeit in Hannover gewesen zu sein. Sein Gesichtsausdruck auf einem Turnier in Heiligenhaus bei Essen verrät dies ebenso wie die Tatsache, dass er einmal erst Tage nach einem Sturz nicht den Arzt, sondern den Veterinär wegen einer Beinverletzung aufsuchte, die ihm dann mitten in der Wehrkreisprüfung sehr hinderlich war. Aus dem krankheitsanfälligen Offiziersanwärter war nun aber ein zu großen Strapazen fähiger Reiter geworden, der noch nach seiner Verletzung im April 1943, durch die er die rechte Hand und zwei Finger der linken Hand verloren hatte, ein ihm in Krampnitz im Juli 1944 vorgeführtes Pferd zu einer Piaffe zu bewegen vermochte[5].

In Hannover hatte Stauffenberg die Wehrkreisprüfung zu absolvieren. Ihr hatten sich alle Offiziere, nicht nur jene, die zum Generalstab wollten, nach etwa zehn Jahren Dienst zu unterziehen. Das strenge Ausleseverfahren – nur ein kleiner Prozentsatz der Offiziere war für die Generalstabskarriere nötig – wurde ergänzt durch Qualifikationsberichte der Truppenkommandeure. Nach bestandener Prüfung wurden die Offiziere zu einem dreijährigen Lehrgang an die Kriegsakademie in Berlin kommandiert[6]. Um sich auf die Wehrkreisprüfung konzentrieren und sie mit dem bestmöglichen Resultat bestehen zu können, unterzog sich Stauffenberg der Militärdolmetscherprüfung in englischer Sprache, die ihn dann vom verlangten Examen in einer Fremdsprache befreite. Seinem erstrebten Ziel, Generalstabsoffizier zu werden, gelangte er mit dem erfolgreichen Bestehen der Wehrkreisprüfung des Jahres 1936 näher. Seine hervorragenden Leistungen im Dolmetscherexamen erbrachten ihm obendrein noch einen Preis, mit dem er eine Reise nach England finanzieren konnte[7].

Um die einseitige militärische Ausbildung zu erweitern, besuchte Stauffenberg während der zwei in Hannover verbrachten Jahre auch Vorlesungen an der Technischen Hochschule Hannover und beschäftigte sich insbesondere mit Geopolitik – eine Beschäftigung, die er während seiner Zeit an der Berliner Kriegsakademie weiterführen und intensivieren konnte[8]. Ebenfalls in Hannover scheint er sich bereits eingehend mit der Problematik der Waffengattung Kavallerie befasst zu haben, denn als er im Jahre 1937 eine Arbeit über die Heereskavallerie im Umfang von 73 Schreibmaschinenseiten abfasste, hatte er sich schon lange mit dem Plan einer solchen Arbeit getragen[9]. Wie sehr sich Stauffenberg um eine historische Fundierung seines Wissens und seiner Arbeit bemühte, zeigt neben seiner Erforschung der Reit- und Dressurmethoden aller Epochen[10] vor allem ein kurzer, von ihm abgefasster Kommentar zur ersten Etappe der Abschlussreise der Kavallerieschule im Juni des Jahres 1936. Auf seine Anregung fuhr der Bereiterlehrgang der Schule nicht wie alljährlich zum Rhein, sondern an den Bodensee. Dem Kommentar merkt man das große historisch-geographische Interesse und die geopolitische Beschäftigung seines Autors etwas an[11]. Im weiteren Verlauf der Reise – auf dem Hohentwiel – entwarf Stauffenberg im Kreise seiner Kameraden ein Bild des Hohenstaufer-Reiches, »als in dessen Mitte stehend sie sich hier betrachten sollten«. In seinem Vortrag zog er nicht so sehr historische Parallelen, sondern machte eher die Vergangenheit zur Gegenwart[12]. Eigener Neigung folgend, scheint auch er sich um die »Herstellung der lebendigen Beziehungen zwischen Gegenwart und Vergangenheit« bemüht zu haben[13]. Die Reise war ein voller Erfolg, den die Tatsache bestätigt, dass in den folgenden Jahren die Reisen der Kavallerieschule wieder zum Bodensee führten[14].

Bevor Stauffenberg zum 1. Oktober 1936 zur Kriegsakademie kommandiert wurde, reiste er nach England – und zwar gleich zweimal. Das eine Mal war er durch Vermittlung des Akademischen Austauschdienstes bei der deutschen Botschaft in London zu einem Jagdreiten eingeladen. In London traf er den deutschen Militärattaché Baron Geyr von Schweppenburg und aß mit ihm im Royal Automobile Club. Stauffenberg machte auf Geyr in seiner Haltung zu politischen Fragen einen recht kritischen Eindruck. Nach der Aussage Geyrs fanden solche Einladungen zu Jagdreiten in England für deutsche Offiziere öfters statt, und zwar auf Veranlassung eines mit der Londoner Betreuerin des Akademischen Austauschdienstes befreundeten hohen Offiziers der Admiralty, der zur Naval Intelligence gehörte und demonstrativ seine angebliche Deutschfreundlichkeit zur Schau stellte, um durch deutsche Offiziere in England en passant und ohne deren bewusste Mithilfe einiges von der politischen und militärischen Situation Deutschlands in Erfahrung bringen zu können[15]. Die andere, vierzehntägige Englandreise war der mit dem Dolmetscher-Examen gewonnene Preis. Sie führte Stauffenberg im September 1936 nach London und Sandhurst, wo er mit Offiziersschülern, die die deutsche Sprache erlernten, eine Diskussion führte[16].

Die Briefe, die Stauffenberg aus England schrieb, fasste er zusammen und ließ sie nach seiner Rückkehr als unmittelbares Zeugnis seiner Eindrücke von Hand zu Hand gehen[17]. Die Reisen nach England bedeuteten ihm eine willkommene Erweiterung seines Horizontes. Bedeutsam ist der allgemeine Eindruck, mit dem der Offizier der Wehrmacht aus dem England Baldwins zurückkehrte. Seiner Frau gegenüber verglich er die politisch-moralische Situation der britischen Inseln mit einer erlöschenden Glut. »Das Glimmen unter der Asche« würde bald ersticken, wenn nicht etwas Ungewöhnliches, eine ungeheure Anstrengung oder Herausforderung die Glut wieder zum Feuer zu erwecken vermöchte – eine Beobachtung, welche die immer nur schwer mobilisierbare zähe Entschlossenheit der Briten richtig einschätzte. Dass es sein eigenes Land sein würde, das nach Dünkirchen im Sommer 1940 Albion herausfordern und von neuem seine untergründige Energie und Widerstandskraft beweisen lassen würde, war Stauffenberg im Moment seiner »Prophetie« wohl nicht bewusst[18].

Auf den 1. Oktober 1936 wurde Stauffenberg zur Generalstabsausbildung an die Kriegsakademie in Berlin kommandiert. Mit seiner Frau und den am 3. Juli 1934 und am 9. Juli 1936 geborenen Söhnen Berthold und Heimeran bezog er Quartier in Berlin-Wannsee.

Der rasche Ausbau der Wehrmacht hatte bereits im Jahre 1933 eine Reduktion der dreijährigen Generalstabsausbildung auf zwei Jahre notwendig gemacht. Kamen vor dem Jahre 1914 jährlich etwa 160 angehende Generalstabsoffiziere zur Kriegsakademie und wurden in dieser Zeit und in der Reichswehr von 100 Anwärtern vielleicht nur 20, d. h. bloß ein Fünftel endgültig qualifiziert, so zwang nun der große Bedarf, etwa 65 bis 70 der am 1. Oktober 1936 eingerückten 100 Offiziere, d. h. zwei Drittel endgültig zu qualifizieren. Die Relation hatte sich also genau umgekehrt[19]. Vom Herbst des Jahres 1937 an konnte wieder zur dreijährigen Ausbildungszeit übergegangen werden. In diesem Jahr wurden auch bereits 140 Offiziere zur Akademie kommandiert[20].

Stauffenbergs Jahrgang kam also in den Genuss einer kürzeren Ausbildungszeit – bevor dann nach Beginn des Krieges die Generalstabsoffiziers-Ausbildung gänzlich improvisiert werden sollte. Bedeutungsvoller als die verkürzte Ausbildungszeit und die am Bedarf orientierten herabgesetzten Anforderungen war aber vielleicht der im Vergleich zum Unterrichtsstoff der Offizierslehrgänge vor dem Jahre 1932 reduzierte und zu einseitig von militärischen Gesichtspunkten bestimmte Lehrplan der Kriegsakademie. Es fehlte im neuen Lehrplan vor allem völlig eine Auseinandersetzung mit den Problemen der Marine und Seekriegführung – ein Tatbestand, der für Stauffenberg anscheinend nicht ohne Auswirkung geblieben ist, glaubte er doch im Sommer 1940 an das Gelingen einer möglichen Invasion Englands[21]. Der ganze Komplex Wirtschaft und Wehrtechnik erfuhr im Hinblick auf die Erfordernisse moderner Kriegführung im Lehrplan der Kriegsakademie ebenfalls zu wenig Beachtung. Obwohl die Fremdsprachen nun fakultativ geworden waren, legten die meisten kommandierten Offiziere eine Dolmetscherprüfung ab. Bei der Reduktion des Lehrstoffes wurde die Maxime befolgt, alles wegzulassen, was nicht einen unmittelbaren militärischen Bezug hatte. Das Ergebnis war ein etwas zu einseitig ausgerichtetes Ausbildungsprogramm für Heeres-Generalstabsoffiziere einer Kontinentalmacht[22].

Stauffenberg versuchte diesen Mangel auf eigene Weise etwas wettzumachen. Er gehörte zu dem 22 Offiziere umfassenden Hörsaal Ib seines Lehrganges, der aus insgesamt fünf Hörsälen bestand. Hörsaalkameraden Stauffenbergs waren Mertz von Quirnheim und Eberhard Finckh. Von ihnen sagt ein weiterer Angehöriger des Hörsaales: »Sie und einige andere bildeten – ohne eine Clique zu sein – die geistig führende Schicht des Hörsaales, die zur gegenseitigen Erziehung, zur wissenschaftlichen Anregung und zur Verträglichkeit viel beigetragen haben[23].« Finckh gab später eine Schilderung von Stauffenberg, der »Hörsaalprimus« gewesen sei: »Er übertraf mit seinen geistigen Fähigkeiten sämtliche Teilnehmer und riß dadurch sowie durch sein Temperament und seine Redegewandtheit den gesamten Kursus fort[24].« So hieß er im Scherz »der neue Schlieffen«[25].

Aus der Akademiezeit ist von Stauffenberg eine Niederschrift einer »Wehrwirtschaft«-Vorlesung erhalten, die er als Hörer des Hörsaales Ib 1936/37 schrieb und die sich mit »Wirtschaftsgeschichte seit etwa 1815« und den »wirtschaftlichen Grundlagen des Weltkrieges« befasste[26]. Unter den zahlreichen ausländischen Gasthörern der Kriegsakademie traf Stauffenberg mit dem späteren amerikanischen General Wedemeyer zusammen, der den angehenden deutschen Generalstabsoffizier mit den Wirtschaftstheorien Keynes' vertraut fand und sich mit ihm über ökonomische Probleme unterhielt. In seinen Gesprächen, die sich etwa mit der Stahlproduktion der Vereinigten Staaten, aber auch mit dem »New Deal« Roosevelts befassten, dessen drastischen Maßnahmen zur Gesundung der amerikanischen Wirtschaft Stauffenberg hohe Anerkennung zollte, zeigte sich Wedemeyers Gesprächspartner als in britischer und amerikanischer Geschichte sehr bewandert. Den tieferen Grund für den Ausbruch des Ersten Weltkrieges wollte Stauffenberg mit einer Argumentation erklären, auf die er in seiner Wirtschafts-»Ausbildung« gestoßen sein dürfte: Durch die wachsende industrielle Macht Deutschlands habe sich das wirtschaftliche Schwergewicht von Großbritannien nach Deutschland verlagert, das mit seiner Expansionswirtschaft auch die fernsten Absatzmärkte seines insularen Rivalen zu bedrohen in der Lage gewesen sei. Wenn die Ansicht, »that this was the deep rooted cause of World War I«[27], in Stauffenbergs Augen wirklich als einziges Argument den tieferen Grund für Großbritanniens Kriegseintritt zu erklären vermochte, so werden auch die Grenzen seiner Betrachtung sichtbar, die auf die »Geopolitik« Karl Haushofers, auf die nicht nur im Nationalsozialismus weitverbreitete kontinentale Selbstüberschätzung und auf das damit zusammenhängende Unvermögen zu einer adäquaten Beurteilung der Position einer globalen Seemacht verweisen. An dem adäquaten Ausdruck in der englischen Sprache dürfte es allerdings nicht gemangelt haben, denn auch Wedemeyer bezeugt, dass sein Gesprächspartner sehr gut Englisch sprach[28].

Zwei Jahre hatte Stauffenberg auf der Kriegsakademie zuzubringen. Am 1. Januar 1937 wurde er zum Rittmeister befördert. Über den normalen Unterricht hinaus, in dessen Rahmen Stauffenberg neben manchem anderen Referat im Februar des Jahres 1937 auch einen kriegsgeschichtlichen Vortrag über »Ansatz und Ergebnisse der Luft- und Erdaufklärung der 1. Armee und des HKK 2 [Heereskavalleriekorps] zur Feststellung des englischen Expeditionskorps bis zur Schlacht von Mons / 23. August 1914« zu halten hatte, beschäftigte er sich aus eigener Initiative mit zwei Arbeiten besonderer Art[29]. Die eine erbrachte »Gedanken zur Abwehr feindlicher Fallschirmeinheiten im Heimatgebiet«, die andere mündete in eine Studie zum Problem »Heereskavallerie«. Beide Arbeiten verfasste Stauffenberg im Jahre 1937[30].

Im Januar 1938 – also im Laufe des zweiten Lehrganges – lieferte Stauffenberg seine »Anlage der Herbstübungen der 17. ID 1938«, die Lösung einer großen, von der Akademie gestellten Aufgabe, ab. In der vom März 1938 datierenden Beurteilung der Arbeit, die zwei Übungslagen zu behandeln hatte, finden sich die Sätze des korrigierenden Generalstabsoffiziers: »Ich kann die Lage nicht als brauchbar bezeichnen. Der gedachte Verlauf enthält Fehler ... Auch die 2. Übungslage ist nicht brauchbar ... Die gesamte Anlage macht den Eindruck der Flüchtigkeit. Die Gliederung ist unzweckmäßig[31].« Dieses Urteil bestätigt als Ausnahme unter den unzähligen gut qualifizierten Arbeiten Stauffenbergs die Regel und vermag zugleich auch die fast unglaublichen Zeugnisse seiner hohen Begabung verständlich zu machen, weil es auch eine Schwäche erblicken lässt. Mochte auch eine gewisse Eigenwilligkeit Stauffenbergs bei der Lösung der gestellten Aufgabe dem Zensor nicht behagt haben, so scheint gerade der »Eindruck der Flüchtigkeit« vielleicht einen Anhaltspunkt für den Grund der ungenügenden Qualifikation liefern zu können. Denn Stauffenberg hatte sich gerade vor dieser Aufgabe sehr eingehend mit seiner »privaten Studie« über die Heereskavallerie beschäftigt und dabei wahrscheinlich der »Anlage der Herbstübungen« nicht die nötige Aufmerksamkeit zukommen lassen.

Vor der Abfassung der Heereskavallerie-Studie schrieb Stauffenberg seine Arbeit über die Abwehr feindlicher Fallschirmeinheiten im Heimatgebiet. Er hatte sich an einem Preisausschreiben der Deutschen Gesellschaft für Wehrpolitik und Wehrwissenschaften in Berlin beteiligt, die gemäß dem Lehrplan der Kriegsakademie bei der Ausbildung der angehenden Generalstabsoffiziere eine den Lehrstoff der Akademie ergänzende Rolle zu spielen hatte. In dem Preisausschreiben waren mehrere Themen genannt; Stauffenberg wählte jenes, das die Problematik der Fallschirmjäger-Abwehr behandeln sollte – in der Meinung, jedes der angegebenen Themen würde jeweils einen ersten und noch einige andere Preise erhalten. Statt dessen stellte sich später heraus, dass nur einem der angegebenen Themen der erste Preis zugedacht war. Einer Laune folgend, schrieb er seine Gedanken nieder, die er nach angeregten Fachgesprächen im Hörsaal sich zum Thema gemacht hatte, und erhielt den ersten Preis. Das Reichsluftfahrtministerium interessierte sich sofort für die Arbeit und publizierte sie in einer allerdings der Öffentlichkeit nicht zugänglichen Zeitschrift im Oktober 1937. Am 28. April 1938 hielt Stauffenberg in der »Lilienthalgesellschaft für Luftfahrtforschung« auf deren Aufforderung einen Vortrag über dasselbe Thema in einer im Vergleich zur ursprünglichen Fassung nur geringfügig abgeänderten Version. Das Reichsluftfahrtministerium gab nur diese Fassung zur eigentlichen Veröffentlichung frei. Um sie bewarb sich auch der Ludwig-Voggenreiter-Verlag, der sie in seiner Reihe der »Grauen Bücher« publizieren wollte. Da aber die Lilienthalgesellschaft bereits an Stauffenberg mit demselben Anliegen herangetreten war, erschien dann die Vortragsfassung seiner Arbeit im Juli-Heft von »Wissen und Wehr. Monatsschrift der Deutschen Gesellschaft für Wehrpolitik und Wehrwissenschaften«[32].

Die Arbeit Stauffenbergs galt noch während des Krieges als das »grundlegende Werk« – gerade im Hinblick auf die Art ihrer Entstehung eine Tatsache von nicht geringer Ironie[33]. General Student, seit 1938

Kommandeur der zur Entstehungszeit von Stauffenbergs Studie noch äußerst rudimentären Fallschirmtruppe, erblickte in der Arbeit »bemerkenswert kluge, gut durchdachte und weitsichtige, moderne Gedanken«, zumal Stauffenberg schon in der damaligen Zeit von Fallschirmkampftruppen spreche[34]. Stauffenberg unterschied in der Tat bei den Fallschirmeinheiten zwei Gruppen: Fallschirmtrupps, bestehend aus Agenten mit dem Ziel der sub- und diversiven Kriegführung, für die man in der heutigen militärischen Terminologie wohl am ehesten den Begriff »Commandos« heranziehen würde, und Fallschirmkampftruppen für den Kampf im größeren Verband, die heute allgemein als Fallschirmjäger bezeichnet werden. Er scheint auch bereits eine die Art des Einsatzes – Fallschirmsprung vom Motorflugzeug aus oder Landung mit dem Lastensegler – berücksichtigende Differenzierung vorzunehmen, wenn er von Fallschirmkampftruppen (Fallschirmjägern) und »Luftinfanterie« (Luftlandetruppen) spricht. Stauffenbergs nüchterne Betrachtung der aus der neuen Waffe resultierenden Gefahren und der Einsatz der Waffe im Zweiten Weltkrieg zeigen, dass er die Dinge weder dramatisiert noch bagatellisiert hat. »Ähnlich wie im Grenzgebiet können Fallschirmkampftruppen natürlich auch bei Landungsoperationen an der Küste verwendet werden« – Kreta und die Normandie lieferten die Bestätigung in der Praxis.

Stauffenberg sah sehr genau die Relation der von Fallschirmjägern und Bombengeschwadern drohenden Gefahren: »Und nun nochmals die Fallschirmgefahr: gewiß – sie besteht; es darf ihr nicht mit Leichtsinn begegnet werden. Aber sie macht doch nur einen Teil dessen aus, was der Heimat bevorsteht – und gewiß nicht den größten, den gefährlichsten. Die Luftwaffe mit ihren weitreichenden Bombenangriffen hat ohne Zweifel umwälzend auf die Erscheinungen des Krieges in der Heimat gewirkt. Die Fallschirmwaffe wird es nicht tun, sie wird nur die Wirkung der Luftwaffe ergänzen, vielleicht erweitern und verbreitern.«

Hatte Stauffenberg zu Beginn seines Vortrages erklärt, er würde »in ganz groben Zügen ein Bild über die Art der Durchführung« der Aufgaben von Fallschirmeinheiten entwerfen – »soweit sie das Heimatgebiet betreffen –, um daraus schließlich Umfang und Grundsätze der Abwehr in der Heimat abzuleiten«, so musste er zwangsläufig auch den Einsatz im »künftigen Operationsgebiet« erörtern, um aus den offensiven Möglichkeiten defensive Maßnahmen zu erarbeiten. Dass die Schrift Stauffenbergs nur unter Bedingungen und überarbeitet vom Reichsluftfahrtministerium freigegeben wurde, ist leicht zu begreifen. Denn die betont auf die Defensive ausgerichteten »Gedanken zur Abwehr feindlicher Fallschirmeinheiten im Heimatgebiet« ließen auch die offensiven Pläne und Erörterungen erkennen – nicht nur in Stauffenbergs Erwägung der wichtigen personellen Frage für Commando-Leute, sondern auch im folgenden Abschnitt:

»Der große Aktionsradius und die Geschwindigkeit der Fallschirmkampftruppen geben die Möglichkeit überraschenden Einsatzes gerade zu Kriegsbeginn. In einem Zeitpunkt, in welchem der Aufmarsch noch nicht beendet und die Abwehrbereitschaft noch gering ist, wird ihre Verwendung bei verhältnismäßig geringem Risiko besonders wirksam sein. Es ist der Zeitpunkt, in welchem durch rasches Zupacken im Grenzgebiet günstige Grundlagen für die folgenden Operationen geschaffen werden können. Mußten bisher zu solchen Aufgaben Kavallerie und gemischte, mobil gehaltene Verbände herangezogen werden, so können sie heute den Fallschirmkampftruppen und der Luftinfanterie zufallen.

Trifft dieser Einsatz auch nicht das Heimatgebiet im eigentlichen Sinne, sondern das künftige Operationsgebiet, so sei er doch gestreift. Denn im Falle eines Überfalles ohne Kriegserklärung liegen die Verhältnisse sehr ähnlich wie im eigentlichen Heimatgebiet.«

Überfall ohne Kriegserklärung und überraschender Einsatz von Fallschirmtruppen zu Kriegsbeginn zur Schaffung günstiger Grundlagen für die folgenden Operationen kennzeichneten den deutschen Angriff im Morgengrauen auf die neutralen Niederlande und das neutrale Belgien am 10. Mai 1940. Der Handstreich auf das belgische Fort Eben-Emael ist nur ein Beispiel unter den zahlreichen Aktionen der von Stauffenberg beschriebenen Fallschirmwaffe[35].

Der Hinweis Stauffenbergs auf die Tatsache, dass gewisse offensive Aufgaben, die früher von Kavallerie und mobilen Verbänden zu lösen waren, nun von der neuen Waffe ausgeführt werden könnten, stellt seine Studie über die Kavallerie in sichtbaren Zusammenhang mit der Arbeit über die Fallschirmeinheiten. Ermuntert durch seinen ersten Preis, machte er sich an die Ausführung des langgehegten Planes, Rolle, Bedeutung und Berechtigung der Heereskavallerie auch in der modernen Zeit und unter gewandelten Bedingungen darzustellen und zu definieren. Seine Arbeit im ersten Lehrgang zu Beginn des Jahres 1937 über einen Teilaspekt der deutschen Luft- und Erdaufklärung zu Beginn des Ersten Weltkrieges mochte ihn bereits zuvor noch näher an das Thema herangeführt haben[36].

Der Studie Stauffenbergs, die er im Gegensatz zu jener über die Fallschirmtruppe mit großer Akribie und stilistischer Sorgfalt erarbeitet hatte, war kein Erfolg beschieden. In der Kriegsakademie wurde sie als Versuch einer unzeitgemäßen Aufwertung der Reiterei kritisiert – freilich eine etwas merkwürdige Kritik, wenn man sich des Satzes in der früheren Fallschirmarbeit erinnert. Eine erste Fassung trug den Titel »Kavallerie als operative Waffe«. Eine zweite Fassung trägt bereits den endgültigen Titel

»Heeres-Kavallerie. Eine Studie«. Die dritte Fassung sandte Stauffenberg vor Ende März des Jahres 1938 dem Chef des Stabes der Inspektion der Kavallerie (In 3) im Allgemeinen Heeresamt (AHA), Oberst v. Witzleben, zur Prüfung zu, denn dieser wandte sich in einem Schreiben vom 24. März 1938 an die 7. (Kriegswissenschaftliche) Abteilung des Generalstabes des Heeres mit der Bitte, die Arbeit, »die nach Prüfung durch die In 3 zur Veröffentlichung für geeignet gehalten wird«, in der »Militärwissenschaftlichen Rundschau« zu publizieren. Die 7. Abteilung lehnte aber die Veröffentlichung ab. In einem Schreiben vom 1. November 1938 schrieb Witzleben nochmals an Stauffenberg: »Wir hoffen, in der eingeschlagenen Richtung endgültig doch Recht zu halten!« Doch die Hoffnung erfüllte sich nicht; die Studie blieb unveröffentlicht[37].

War Stauffenberg »an der Aufgabe, diese Truppe für den Bewegungs- und Panzerkrieg vom Pferde zu lösen«, gescheitert[38]? Diese Frage ist nicht so sehr wegen ihrer militärtechnischen Seite von Bedeutung. Die Antwort vermag vielleicht einen Anhaltspunkt in einer anderen Richtung zu geben, wenn untersucht wird, ob sich Stauffenberg auf der Basis eines historischen Rechtfertigungsversuches um die Rettung der traditionellen Reiterei bemühte. Empfand er die Wahl zwischen Tradition und Fortschritt als Dilemma, bedeuteten ihm die beiden Begriffe eine Alternative und entschied er sich auf Kosten des Fortschritts zugunsten der Tradition[39]?

Sein Erfolg mit der Fallschirmarbeit, die seine Intuition bei der Beurteilung einer noch völlig im Entstehen begriffenen Waffe gezeigt hatte, ließ Stauffenberg nicht als Traditionalist erscheinen, hatte er doch bereits erkannt, dass gewisse Aufgaben in der Moderne von neuen Waffen effektiver zu lösen waren als von »Kavallerie und gemischten, mobil gehaltenen Verbänden«. Stauffenberg nannte seine eigene Aufgabe und Absicht, wenn er von den »geborenen Kavalleristen« schrieb, »die berufen sind, die Kavallerie in Zeiten ihres Niederganges oder, wenn sie fast schon vergessen scheint, von neuem mit lebendigem Geist zu erfüllen, sie wieder zu ihrer wahren Bedeutung zu führen und zur Schlachtentscheidung aufzurufen«. Der Satz stammt aus dem Abschnitt »Der Kavallerieführer«, in dem Stauffenberg mit einer bei Stefan George geschulten Sprache eine bemerkenswerte Verbindung von militärischer Aussage und fast dichterischem Ausdruck gelungen ist[40].

Wie sehr Stauffenberg sein militärisches Metier nicht als mit seinen anderen geistigen Interessen unvereinbar empfand, beweist die Tatsache, dass er seine Studie dem Bildhauer und Freund Frank Mehnert zur Lektüre gab, der dann seine Korrekturen und Bemerkungen auf einem Blatt niederschrieb[41]. Doch mit großer Beherrschung der Sprache und Poesie war das Problem, wie sich die Kavallerie in der neuen Zeit und Welt zu behaupten hatte, noch lange nicht gelöst. Nach einer eingehenden historischen Untersuchung kommt Stauffenberg zu seiner Schlussfolgerung, die er im Abschnitt »Die neue Form der Kavallerie« unter den Titel »Heereskavallerie und die neueste Zeit« gesetzt hat und die wegen ihrer Bedeutung für Stauffenbergs Denken und für eine moderne Militärdoktrin eine genauere Erörterung verdient.

»Die oft gehörte Frage: Kavallerie oder Panzer? entspringt einem Irrtum. Die Forderung muß lauten: Heereskavallerie *und* Panzerverbände! Daß im neuzeitlichen Krieg auf große Panzerverbände nicht mehr verzichtet werden kann, ist offenbar: taktischer und operativer Durchbruch ist ohne Masseneinsatz von Panzern kaum mehr zu denken. Die operativen Aufgaben der Heereskavallerie jedoch werden hiervon nicht berührt. Heereskavallerie und Panzerverbände werden sich sehr häufig ergänzen, aber niemals gegenseitig ersetzen können. Unbeschadet dessen braucht die Kavallerie zur Lösung *ihrer* Aufgaben eigene Panzer als Unterstützungswaffen.

Jedes Mittel, das geeignet erscheint, die Kampfkraft der Kavallerie zu erhöhen und ihr zum Sieg zu verhelfen, ist auszunützen. So wird in vielen Fällen außer der ständigen Zuteilung von Aufklärungsflugzeugen das unmittelbare taktische Zusammenwirken der Kavallerie mit Kampffliegern zu fordern sein. Um der Kampfkraft willen kann sogar eine gewisse Minderung der reinen Schnelligkeit der Kavallerie in Kauf genommen werden. Denn ohne Kampfkraft ist Kavallerie nichts.

Schalten wir das Gefühlsmoment endgültig aus: Inwieweit das Pferd, inwieweit das Kraftfahrzeug zum Mittel kavalleristischer Beweglichkeit wird, hängt von Erwägungen ab, die hier nur gestreift wurden; diejenigen über die Verhältnisse an und jenseits unserer Grenzen und über die Treibstofffrage gehören zu den wichtigsten. Ob neuzeitliche Heereskavallerie beritten, zum Teil oder ganz mechanisiert sein wird, sind technische Fragen, die kaum allgemein entschieden werden können ... Die Lösung der Frage – welcher Weg im einzelnen auch immer beschritten werden wird – muß umfassend sein. Reine Aufklärungseinheiten und operative Panzerverbände werden gewiß zur Durchführung einzelner operativer Aufgaben der Kavallerie beitragen können. Heereskavallerie zu ersetzen, vermögen sie nicht. Denn nur *sie* kann im Verlauf einer großen Operation in zeitlicher Folge alle Aufgaben übernehmen, die ... eben der kavalleristischen Eigenart besonders entsprechen[42].«

Aus dieser Darlegung geht hervor, dass Stauffenberg an der Frage der Loslösung der Kavallerie vom Pferd nicht gescheitert ist. Seine Meinung, der Reiter sei nicht für das Pferd, sondern das Pferd für den Reiter da, führte er in dieser theoretischen Studie vielmehr konsequent weiter: Das Pferd ist nur ein Mittel für eine bestimmte Art des Einsatzes, die ein Spezifikum der Heereskavallerie ist. Gewährleistet es nicht mehr den Erfolg dieses Einsatzes, ist es ganz oder teilweise durch andere, modernere Mittel zu ersetzen. Stauffenberg plädiert nicht für Reiterei im modernen Krieg, sondern für Heereskavallerie, die er gar nicht an das Pferd gebunden sieht. Denn den Einsatz dieser Waffe bestimmt nicht das Pferd, sondern der kavalleristische Führer, der nicht ausschließlich Reiterei, sondern in zunehmendem Maße – wie bei Stauffenberg – motorisierte und mechanisierte Einheiten – inklusive taktische Luftwaffe – in den Kampf führen muss.

Die Behauptung, Stauffenberg habe einen unzeitgemäßen Rettungsversuch der Reiterei unternommen, gründet in einem terminologischen Missverständnis: Er verwendet das Wort »Kavallerie« nicht als Fremdwort für Reiterei. Vielmehr schließt er nach einer langen, das Wesen der Kavallerie oder des »kavalleristischen Geistes« erarbeitenden Untersuchung, die sich notgedrungen auf die Geschichte der Reiterei abstützt, weil die »kavalleristischen Tugenden« bisher nur bei der Reiterei manifest wurden, auf die eigentlichen Merkmale der Heereskavallerie. Wahrscheinlich erweckte gerade die historische Abhandlung den falschen Eindruck, Stauffenberg sei es um die Rettung des Pferdes gegangen. Dabei ist bei der Heereskavallerie von sekundärer Bedeutung, welches ihre Mittel der Beweglichkeit sind – Pferd oder Kraftfahrzeug. Stauffenberg betont ausdrücklich, dass diese Frage nicht allgemein entschieden werden kann, da die Antwort durch die Treibstofffrage ebenso wie durch das jeweilige Operationsgebiet bedingt ist. Die große Beweglichkeit sowjetrussischer Reiterverbände im Krieg an der Ostfront während der Schlammperiode und die partielle Umrüstung motorisierter deutscher Einheiten auf das Pferd bei extrem schlechter Treibstofflage nach dem Verlust der rumänischen Erdölfelder bei Ploesti und der Zerstörung der Anlagen zur Herstellung synthetischen Treibstoffes zu Ende des Krieges lieferten das praktische Beispiel[43].

Die Absicht von Stauffenbergs Studie war es zu zeigen, dass ein Heer über eine Waffengattung verfügen muss, die spezifische Kampfaufgaben zu erfüllen hat. In der Vergangenheit hieß diese Waffengattung Reiterei oder Kavallerie, weil sie vom Pferde aus operierte. Da das moderne Kriegsbild Anforderungen an diese Waffengattung stellte, denen eine Reiterei oder bloße »Pferde-Kavallerie« nicht mehr gewachsen war, löste sie Stauffenberg vom Pferde, wobei er die Frage nach den neuen Mitteln nicht eindeutig zu beantworten versuchte, weil er die Bedingtheit der Antwort durch die jeweiligen Umstände erkannte. Dabei sah er sehr klar, dass ohne motorisierte und gepanzerte Mittel die nötige Kampfkraft und Beweglichkeit der neuen Heereskavallerie nicht mehr zu erreichen war. Er hätte der »neuen« Waffe einen neuen Namen verleihen können. Doch damit hätte er gerade seine richtige Erkenntnis – die Analogie zwischen der Kampfform der Reiterei im nichtmotorisierten Zeitalter und jener der modifizierten Waffe »Heereskavallerie« – aufgegeben.

Man mag hinter der Ablehnung der Veröffentlichung der Studie durch die 7. Abteilung des Generalstabes des Heeres mancherlei vermuten. Zunächst scheint die Unterstützung durch die »Inspektion der Kavallerie« (In 3) oder – wie sie seit 1935 hieß – »Kavallerieabteilung« nicht ganz selbstverständlich. Da im selben Jahr die bisherige »Inspektion der Kraftfahrtruppen« (In 6) die neue Funktion der »Inspektion der Kraftfahrkampftruppe und Heeresmotorisierung« erhielt und im Jahre 1937 den noch deutlicheren Namen »Inspektion der Panzertruppen und für Heeresmotorisierung« bekam, kann man vermuten, dass eine militärische Rivalität der Grund war, der die »Kavallerieabteilung« auf die modernen Gedanken Stauffenbergs, die mit bisherigem »pferde-kavalleristischem« Denken aufräumten, so rasch eingehen ließ. In der 7. Abteilung des Generalstabes dürften die Sympathien entweder eher zur Seite der In 6 geneigt haben, oder die Abteilung wurde von ihr direkt beeinflusst. Schwer denkbar ist aber, dass dort Einwände gegen Stauffenbergs »Aktualisierung der Reiterei« bestanden, war es doch offensichtlich, dass ein solcher Versuch gar nicht unternommen wurde. Die Tatsache, dass nach einer Unterredung des Chefs des Stabes der In 6 mit Hitler vom 15. November 1938 die Funktionen der »Kavallerieabteilung« am 24. November 1938 der »Inspektion der Panzertruppen und für Heeresmotorisierung« übertragen wurden, die sich in »Abteilung Panzertruppen, Kavallerie und Heeresmotorisierung« umbenannte, und nun die In 3 bloße »Inspektion des Reit- und Fahrwesens« war[44], zeigt, dass der Kampf der In 3 im AHA um einen Anteil an dem neuen Kriegsmittel »Panzer« verloren war und die Panzerwaffe zentral aufgebaut und gesteuert wurde. Das Kriterium für die Entscheidung war also nicht der Einsatz der Waffe, sondern diese selbst. Der Entscheidung fiel auch Stauffenbergs Studie, die sich geradezu als Gutachten für eine am Einsatz der Waffe orientierte Lösung liest, zum Opfer.

Nicht von ungefähr wird aber der Verfasser der Studie »Heereskavallerie« nach Absolvierung der Kriegsakademie zu der im Aufbau befindlichen 1. leichten Division kommandiert worden sein. Denn diesem Divisionstypus waren die klassischen Aufgaben der Heereskavallerie zugedacht: Aufklärung über weiten Raum, Verschleierung, Flankenschutz und Deckung breiter Frontlücken[45]. Die deutsche militärische Terminologie hat die Bezeichnung »Kavallerie« für motorisierte und gepanzerte, in heereskavalleristischer Art kämpfende Verbände nicht übernommen und den »Panzeraufklärern« bloß die »goldgelbe« Reitertradition überlassen – im Gegensatz zur angelsächsischen Terminologie, die nicht nur heereskavalleristisch fechtende Panzerverbände, sondern auch mit Helikopter zum Einsatz gelangende Einheiten, wie etwa die amerikanische First Cavalry Division (Airmobile), weiterhin als Kavallerie – mit mehr als bloßer Reitertradition – bezeichnet und damit die Aussage und das Anliegen von Stauffenbergs Studie als richtig bestätigt und anerkennt: In einem bestimmten Gelände ist auch das zu Zeiten Stauffenbergs neue Mittel »Panzer« nicht brauchbar für den heereskavalleristischen Einsatz, sondern nur ein neues Kampfmittel, der Helikopter[46].

Bevor Stauffenberg zur Truppe kommandiert wurde, nahm er noch an der Abschlussreise seines Kriegsakademie-Lehrganges teil, die in dem Zeitraum vom 15.-24. Juni 1938 stattfand und in den Südwesten an den Rhein führte. Sie galt dem Studium der Flussübergänge am Rhein, insbesondere aber der Problematik einer Verteidigung Deutschlands westlich des Rheines im Falle einer französischen Offensive, die während der Verfolgung eines geschlagenen Gegners im Osten durch starke deutsche Verbände losbrechen würde – eine »Lage« also, die mit Ausnahme der drôle de guerre die Situation vom Herbst 1939 antizipierte. Stauffenberg erweiterte in seiner ihm eigenen Art sofort das militärische Programm, indem er den Besuch der Kaiserdome durchsetzte, bei dem er dann die Führung übernahm. Ähnlich wie zwei Jahre zuvor auf dem Hohentwiel hielt er auf dieser Reise einen Vortrag. Wie damals aktualisierte er in knappen Zügen die Vergangenheit, als er über die Bedeutung des Stromes zwischen dem Deutschen Reich und Frankreich sprach und die jahrhundertealte am Rhein zum Ausdruck kommende Rivalität schilderte, deren tieferer Grund immer der Kampf um die Hegemonie in Europa war. In seinem die Zuhörer faszinierenden und souverän gehaltenen Vortrag stellte er die Frage, was angesichts einer im Gefolge permanenter Selbstzerfleischung möglicherweise auftretenden substantiellen, vor allem aber moralischen, ethischen und religiösen Lähmung Westeuropas bei neuen Verwicklungen und dem aus diesen Konflikten resultierenden Eingreifen der Gewalt aus dem Osten geschehen werde. Die europäische Welt schien ihm nach dem Ersten Weltkrieg deshalb nicht in Ruinen gestürzt zu sein, weil die »letzte Schlacht« am Rhein – und damit die Zerstörung oder völlige Niederlage des Reiches – habe vermieden werden können[47].

Nach der Abschlussreise wurde Stauffenberg als zweiter Generalstabsoffizier (Ib) zum Divisionsstab der 1. leichten Division nach Wuppertal kommandiert. Bezeichnend für seine hervorragende militärische Qualifikation, aber auch für seine Persönlichkeit insgesamt, ist die Tatsache, dass er bereits von der Organisationsabteilung (2. Abteilung) des Generalstabes des Heeres angefordert worden war, die Zentralabteilung des Generalstabes, die die Personalien der Generalstabsoffiziere zu bearbeiten hatte, dem Gesuch der 2. Abteilung aber nicht entsprach, weil in dieser Abteilung schon genügend ausgeprägte Charaktere Dienst täten und Stauffenberg den equilibrierten Zustand dieser militärischen Dienststelle stören könnte[48].

Stauffenbergs Stellung als Ib der 1. leichten Division unter dem Kommando Generalleutnant Hoepners wich von dem »Normalen« ab, da er als Quartiermeister der Division, der dem ersten Generalstabsoffizier (Ia) des Divisionsstabes unterstellt und nach dessen Weisungen für die Versorgung der Division verantwortlich war, seinen eigenen Stab sich erst aufbauen musste. Denn die Division war erst im Aufbau und hatte als Brigade noch über keine eigene Nachschubstaffel verfügt[49].

Im Jahre 1939 wurde noch vor dem Polenfeldzug im Hinblick auf eine beabsichtigte spätere Umstellung der 1. leichten Division zur 6. Panzerdivision eine Umorganisation vorgenommen: Die Division erhielt zusätzlich den Stab der Schützenbrigade 6, die zuvor zur Panzerbrigade 6 gehörte, deren Panzerregiment 11 nun ebenfalls zur 1. leichten Division kam. Die Nachrichtenmittel der Division wurden durch die Zuteilung der Nachrichtenabteilung 82 verstärkt. Aus dem zur Division gehörenden Kav. Schützenregiment 4 wurde ein Bataillon herausgenommen und zum Kradschützenbataillon 6 umgebildet. Diese Umorganisation der Division, die in den Polenfeldzug sehr verstärkt – schon fast als Panzerdivision – zog, bedeutete auch für den eben von der Kriegsakademie zur Truppe kommandierten Rittmeister und Ib große Arbeit[50].

Mit Absolvierung der Kriegsakademie war Stauffenberg wohl seinem Ziel, Generalstabsoffizier zu werden, sehr nahe, doch musste er sich vorerst noch weiter bewähren, um in den Generalstab versetzt zu werden. Stauffenberg musste zeigen, »ob er in der Praxis halten würde, was er in der Lehrzeit versprochen hatte«. Er wurde nun im Unterschied zu den Truppenoffizieren, die alle zwei Jahre dienstlich beurteilt wurden, alljährlich seinen Leistungen entsprechend qualifiziert[51]. Dass die oberste Führung die Begabung des zur Truppe kommandierten Offiziers sich weiter direkt nutzbar machen wollte, zeigen zwei Schreiben der Abteilung Inland des Oberkommandos der Wehrmacht an Stauffenberg, aus denen hervorgeht, dass er zu den »besonders geeignet erscheinenden Offizieren« gehörte, die für gutachtliche Rezensionen militärischer Literatur herangezogen werden sollten[52].

Die erste praktische Erprobung seines kriegerischen Handwerkes brachte Stauffenberg der deutsche Einmarsch ins Sudetenland. Noch keinen Monat bei der Division, musste er bereits im August 1938 auf der Klaviatur seines militärischen Organisationsinstrumentes spielen, das er nach manchem Zeugnis mit Virtuosität handhabte[53]. Auf den 1. September 1938 war die Division »auf beschleunigte Marschbereitschaft« umzustellen. Die »Tätigkeitsübersicht der Quartiermeister-Abteilung« beschreibt in knappen militärischen Stereotypen Stauffenbergs immense

Arbeit bis zum Rückmarsch aus dem Sudetenland am 16. Oktober 1938[54]. Etwas ausführlicher schildert das Kriegstagebuch der Division den Einsatz vom 5. September bis zum 19. Oktober 1938[55].

Am 23. September 1938 wurden die Befehle zur Vorbereitung des Angriffes erteilt, nachdem die Division in dem Zeitraum vom 9.-12. September in den »Übungsraum I« nach Sachsen (Greiz-Plauen-Chemnitz) eingerückt war. Vom 28. September bis zum 3. Oktober wurde die Truppe in den »Übungsraum II« nach Bayern verlegt. Am 30. September war bei der Division Chamberlains und Daladiers Kapitulation vor Hitlers Forderungen in München bekannt geworden. Der Krieg fand noch nicht statt, und die Division konnte ohne Widerstand am 4. Oktober mit ihrem Einmarsch in die Tschechoslowakei beginnen. Dort musste sich Stauffenberg um vielfältige organisatorische Maßnahmen kümmern, die alle aus der Zerschlagung des ursprünglichen tschechoslowakischen Staates durch die deutsche Wehrmacht resultierten. Am 9. Oktober erreichte die Division die Stadt Mies, wo sich Stauffenberg am folgenden Tag im Rathaus mit dem Vertreter der Bezirkshauptmannschaft in Karlsbad, dem Bürgermeister der Stadt, Vertretern der Nationalsozialistischen Volkswohlfahrt und der Sudetendeutschen Partei Konrad Henleins in Verbindung setzte. Der irredentistischen Freischar Henleins, dem »Sudetendeutschen Freikorps«, hatte Stauffenbergs Division beim Einmarsch den selbständigen Einzug in die zukünftige Satrapie verwehrt[56].

Nach dem Rückmarsch aus dem Sudetenland bezog die Division wieder ihr Friedensquartier in Wuppertal.[57] Auf einer Heeres-Quartiermeisterreise im Frühjahr 1939, die nach Marienbad führte, inszenierte Stauffenberg mit zwei Kameraden vor den leitenden Offizieren ein Scherz-Kriegsspiel, das einiges von seinen als Ib gewonnenen Erfahrungen mit der Strategie und dem Denken der höheren Führung zu zeigen schien: Ohne jede Sorge um die Flanke trieben sie in ebenso sturer wie einwandfreier militärischer Versiertheit einen Panzerkeil bis an den Ural vor. In der Technik, sich am eigenen Haar aus dem Sumpf zu ziehen, übertraf Stauffenberg als zweiter Generalstabsoffizier des Unternehmens beinahe Münchhausen. Dem Keil, der etwa in der Ukraine kein Benzin mehr zur Verfügung hatte, führte er kurzerhand durch eine rasch von Baku aus gelegte Pipeline wieder den notwendigen Kraftstoff für die weiteren Operationen zu – unter dem beliebten Motto eines der leitenden Offiziere: »Das Auge des Herrn macht die Kühe fett«[58].

Diese Kritik Stauffenbergs an einem gewissen hybriden militärischen Denken lässt die Frage aufkommen, wie er den allgemein politischen Teil dieser Hybris beurteilte. Um die Frage zu beantworten, ist jedoch der Werdegang Stauffenbergs seit dem Jahre 1933 nicht nur unter dem strikt militärischen Gesichtspunkt zu betrachten.

»Drittes Reich« im Frieden 1934–1938

Stauffenbergs Haltung gegenüber dem Nationalsozialismus in den ersten Jahren nach der Machtergreifung war wie im Jahre 1933 weiterhin sehr stark von seiner Stellung als Offizier bestimmt. Ein erstes Anzeichen einer Divergenz zwischen der von Hitler geführten Politik der nationalsozialistischen Revolution und Stauffenbergs eigenen Vorstellungen von einem »neuen Deutschland« brachte der 30. Juni 1934. Dieses Datum, das von den Nationalsozialisten zur Vertuschung ihrer kriminellen Liquidierung der SA-Führung den Namen »Röhm-Putsch« erhielt, bedeutete für die gesamte Reichswehr eine entscheidende Wende.

Nach der Machtübernahme durch Hitler verfügte die paramilitärische Privatarmee der NSDAP über eine Stärke von 300 000 Mann, das Reichsheer über eine solche von 100 000 Mann. Es war das Ziel des Führers der SA, Ernst Röhm, seine im Saalkampf erprobten Truppen zu einer milizartigen Armee auszubauen, die die bisherigen Funktionen der Reichswehr übernehmen sollte. Diesem Gedanken lag die Konzeption einer revolutionär-maximalistischen Politik zugrunde, die das Wahrzeichen der konservativen Ordnung und Gesinnung – die Reichswehr und ihr Offizierskorps – auf bloße militärische Ausbildungsaufgaben beschränkt sehen und dem Nationalsozialismus ein revolutionäres militärisches Instrument zur Verfügung stellen wollte. Mit dem Aufbau eines solchen Machtapparates wären dann zwei Ziele zugleich erreicht gewesen: ein Massenheer für die gewaltsame außenpolitische Expansion und ein Instrument zur Durchsetzung, Weiterführung und Konsolidierung der nationalsozialistischen Revolution im Innern. Vorerst hatten im »Dritten Reich« solche Pläne wenig Chancen[1].

Bereits im April 1933 hatte die Reichswehr in Form kurzer Wochenendkurse mit der Ausbildung der SA begonnen, die im Laufe der Zeit eine erhebliche Verstärkung der nationalsozialistischen Parteiarmee bewirkte, standen in ihren Reihen doch schließlich ungefähr 13 000 militärisch ausgebildete Führer[2]. Wie einige andere Offiziere seines Bamberger Regimentes beteiligte sich auch Stauffenberg an dieser Ausbildung, indem er einige Male Nachtübungen von SA-Verbänden leitete[3]. Was die Reichswehrführung sich im großen, erhoffte sich Stauffenberg wohl im kleinen

Bereich von dieser Ausbildung: die Kontrolle über die SA und in unmittelbarem Zusammenhang damit die Heranbildung von Reserven angesichts der bereits beschlossenen, aber noch geheimen Aufrüstung.

Im Verlauf des sich verschärfenden Konfliktes zwischen SA und Reichswehr wurde Hitler immer mehr in die für ihn äußerst vorteilhafte Position des Schiedsrichters gesetzt. Die Armee unter Blomberg und Reichenau manifestierte ihre Loyalität gegenüber Hitler und seinem Regime, um seine Hilfe im Rivalitätskampf zu gewinnen. Hauptsächlich auf diesem Weg fand so die nationalsozialistische Ideologie endgültig Einlass in die ehemals »unpolitische« Reichswehr, die nun allmählich, da der Staat eine nationalistische Politik betrieb, sich auf die Bastion ihrer unpolitischen Fachaufgaben zurückziehen konnte. Der Kollaborationskurs der Reichswehr glaubte in Hitler das kleinere »Übel« zu wählen und in ihm einen Schutz gegen die revolutionären Horden und potentiellen Konkurrenten Röhms erblicken zu dürfen – ein Glaube, der Hitlers bester Verbündeter war. Denn mit der Opferung seiner SA machte er sich das militärische Instrument gefügig, konnte es nach seinem Willen umgestalten und als furchterregende, aber willfährige Waffe für jedes noch so wahnsinnige und verbrecherische Unternehmen seiner imperialistischen Expansionspolitik missbrauchen.

Um Hitlers Unterstützung im Kampf gegen Röhm zu gewinnen, der Anfang Februar offen erklärte, die Aufgabe der SA sei in Zukunft die Kriegführung und deshalb die militärische Mobilisation bereits in Friedenszeiten bei gleichzeitiger Degradierung der Reichswehr zur bloßen Ausbildungsanstalt für das deutsche Volk, entschloss sich die Reichswehrführung zu einem weitgehenden Entgegenkommen gegenüber dem neuen Regime. Am 25. Februar 1934 erfolgte die offizielle Ankündigung der Übernahme des nationalsozialistischen Hoheitszeichens, des sogenannten »Vogels« an der Uniform, und am 28. Februar die Ausdehnung des »Arier-Paragraphen« auf die Reichswehr[4].

Gegen Ende April und Anfang Mai verschärfte sich die Auseinandersetzung. Die Zuspitzung der Krise war auch im Umkreis Stauffenbergs zu spüren. In dem Wettlauf mit der SA um die geheimen Waffendepots der Reichswehr, die in Oberfranken zum Teil bei Gutsbesitzern unter Umgehung der Bestimmungen des Versailler Vertrages angelegt worden waren, stellte er Wagen zur Verfügung, um die Waffen vor einem drohenden Zugriff der SA, die auf sie reflektierte, abzutransportieren. Dies bedeutete kein eigenmächtiges Handeln, sondern lief durchaus konform mit den Interessen und der Haltung der Reichswehrführung[5].

Am 30. Juni 1934 entschied Hitler die Krise mit kriminellen Mitteln, indem er die SA-Führung kurzerhand exekutieren ließ. Der Konkurrent der Reichswehr war damit gefallen, und Blomberg spendete in einem

Tagesbefehl vom 1. Juli Hitler Lob – im Glauben wohl, als Sieger aus der Auseinandersetzung zu gehen. Im Wehrkreis VII hatte die Armee die SS bei der physischen Liquidation der SA unterstützt. Die in den Reichswehrkasernen Schutz suchenden SS-Truppen sollten sich im Laufe der Zeit für den einzigen »Waffenträger der Nation« als wahres Kuckucksei entpuppen. Genau zehn Jahre vor dem 20. Juli 1944 wurde die SS aus dem Verband der SA gelöst. Zehn Jahre später war sie dann eine viel gefährlichere Rivalin als einstmals die SA, weil mit der bedingungslosen Unterwerfung der Reichswehr unter Hitler, die in der völligen Tolerierung der Ermordung der Generale Schleicher und Bredow manifest wurde, die Machtstellung der Armee im nationalsozialistischen Staat ebenso gebrochen wurde wie jene der revolutionären Scharen Röhms. Der 30. Juni 1934 war ein Pyrrhos-Sieg der Reichswehr[6].

Stauffenberg unterschied sich in seiner Beurteilung der Ereignisse vom 30. Juni 1934 zunächst in gar keiner Weise von der allgemeinen politischen Kurzsichtigkeit. Als Offizier der Reichswehr empfand er die Beseitigung der Konkurrenz der SA als »das Platzen einer Eiterbeule, durch das endlich klare Verhältnisse geschaffen wurden«[7]. Zu diesem Urteil haben ihn wohl vor allem seine berufsmilitärischen Interessen verleitet. Wahrscheinlich spielte aber auch die revolutionäre Konzeption Röhms mit ihren allgemeineren politischen Zielen eine Rolle in seiner Zustimmung zur Liquidationsaktion vom 30. Juni. Die Ablehnung der in Röhms Umgebung stark vertretenen plebejischen und anderen Komponenten des Nationalsozialismus mag auch zu Stauffenbergs Urteil beigetragen haben. Der Aristokrat war durchaus bereit, dieses ästhetische Argument gegen den Nationalsozialismus ohne opportunistische Bedenken öffentlich zu vertreten. So verließ er im selben Jahr mit einem seiner Regimentskameraden in voller Uniform demonstrativ eine Parteiveranstaltung in Bamberg, zu der er vom Regiment abkommandiert war und in deren Verlauf der Nürnberger Gauleiter Streicher vor einem Auditorium mit einigen hundert Angehörigen des nationalsozialistischen »Bundes deutscher Mädchen« sich in einer wahren Orgie zotenhafter antisemitischer Verbalinjurien erging[8]. Eine solche demonstrative Kundgebung gegen einen Vertreter des nationalsozialistischen Regimes war wohl nicht allzu üblich. Doch abgesehen davon, dass sie einem sehr spezifischen, auch innerhalb der NSDAP nicht unumstrittenen Satrapen Hitlers galt, lief sie auch konform mit den Vorstellungen der Armee. Denn noch am 13. Oktober 1938 stellte das OKW ausdrücklich fest, dass in den von der Truppe zu abonnierenden Zeitungen Streichers »Der Stürmer« nicht eingeschlossen und seine Reden nicht als »Übungsliteratur« zu bezeichnen seien[9].

Das ästhetische Argument des Aristokraten reichte zunächst noch nicht aus, um den Berufsoffizier die ganze Fragwürdigkeit des Nationalsozialismus, der ihn in seinen militärischen Interessen gegen die SA zu schützen schien, erkennen und die kriminellen Methoden Hitlers betrachten zu lassen. Doch ähnlich wie bei Beck, dem Chef des Truppenamtes, scheinen auch bei Stauffenberg unmittelbar nach seiner Zustimmung zu Hitlers Aktion Bedenken aufgetaucht zu sein, die tiefer reichten als bloßer politischer Ästhetizismus oder fachmilitärisches Interesse. Es ist möglich, dass auch in diesem Fall die Ermordung der Generale den Denkprozess eher auszulösen vermocht hatte als eine prinzipielle, nüchterne Betrachtung der Methoden, die von Hitler zur Liquidation der verhassten SA-Führung angewandt worden waren. Auf jeden Fall unterhielt sich Stauffenberg in den Tagen nach dem 30. Juni mit seinem Eskadronchef. Erstaunlicherweise wurde von Stauffenberg, der gerade noch der Ausschaltung der SA in deutlicher Weise beigepflichtet hatte, die »Möglichkeit einer gewaltsamen Beseitigung« des nationalsozialistischen Regimes erörtert. Die Tatsache, dass die Stellung der Kirchen und insbesondere der Einfluss der katholischen Kirche besprochen wurde, lässt den tieferen Grund für Stauffenbergs plötzliche Bedenken erkennen. Er scheint sich nach genauerem Durchdenken von Hitlers krimineller Handlungsweise über die Interessen seines Berufes hinweg mit der moralisch-ethischen Problematik der Liquidation der SA auseinandergesetzt zu haben und der verbrecherischen Methoden des nationalsozialistischen Diktators bewusst geworden zu sein. In der Ansicht, dass nur ein Staatsstreich von oben, nicht eine vom Volk ausgehende Revolution angesichts der Machtmittel des totalitären Systems bei dem Versuch zu dessen gewaltsamer Beseitigung Aussicht auf Erfolg haben würde, war sich Stauffenberg mit seinem Eskadronchef einig[10].

Der 30. Juni 1934 scheint bei Stauffenberg, der sich weiterhin um eine möglichst nüchterne und differenzierende Beurteilung des neuen Regimes bemühte, zum ersten Mal Zweifel geweckt zu haben an der Politik des »Dritten Reiches«, da dessen »Bartholomäusnacht« ihn in seinem moralischen Gewissen treffen musste. Jenes noch kaum herausgeforderte ethisch-religiöse Prinzip vermochte wohl kurz nach dem 30. Juni bei ihm ein Aufflackern eines Widerstandsgeistes zu bewirken. Das noch sehr theoretisch-akademische Gespräch mit seinem Eskadronchef ist ein Beweis dafür. Doch mehr als ein Aufflackern war es nicht.

Als die Reichswehr am 2. August 1934 nach dem Tode Hindenburgs in Form eines auf Hitler persönlich geleisteten Eides den Preis dafür zahlen musste, dass sie sich vom nationalsozialistischen Diktator hatte retten lassen, und sich damit dem Liquidator der SA bedingungslos auslieferte, soll Stauffenberg ärgerlich auf den Boden gestampft und erklärt haben: »Auch das noch[11]!« Auch er hatte nun den Eid zu leisten: »Ich schwöre bei Gott diesen heiligen Eid, dass ich dem Führer des Deutschen Reiches und

Volkes Adolf Hitler, dem Obersten Befehlshaber der Wehrmacht, unbedingten Gehorsam leisten und als tapferer Soldat bereit sein will, jederzeit für diesen Eid mein Leben einzusetzen.« Stauffenbergs Kommentar zu der Eidesleistung kann in einem inneren Zusammenhang mit seiner Haltung zum 30. Juni gesehen werden. Doch war er sich bewusst, dass mit diesem Eid die Reichswehr nicht nur den Preis für ihre »Rettung« im Juni 1934 zu zahlen hatte, sondern auch in eine noch größere Abhängigkeit von Hitler geriet? Die Erkenntnis jedenfalls, dass Hitler mit verbrecherischen Mitteln sich seiner Rivalen entledigt hatte, blieb bei ihm ohne Konsequenzen. Noch immer bemühte er sich zu differenzieren. Anders als viele seiner Kameraden nahm er an einem von der SA veranstalteten Reitturnier im Jahre 1935 in Heiligenhaus bei Essen teil, weil er sich zu Recht sagte, dass politische Erwägungen bei einer solchen Veranstaltung der nun auf organisatorische und eher dekorative Aufgaben beschränkten SA sinnlos und die Absagen seiner Kameraden nicht einem wirklich fundierten Argument, sondern einer emotionalen Voreingenommenheit entsprangen[12]. Vielleicht zerstreute auch die Tatsache, dass die SA-Führung und ihre politische Konzeption nicht gerade verteidigungswürdige Objekte waren, im Sommer des Jahres 1934 relativ rasch Stauffenbergs moralisch-ethische Bedenken oder ließ sie zumindest für den Moment verstummen.

Die kurz nach dem 30. Juni 1934 bei Stauffenberg auftauchenden ersten Ansätze eines Prozesses des schärferen Überdenkens der Basis des neuen Regimes konnten von Hitler mit der Erfüllung eines weiteren militär-politischen Zieles, der Einführung der allgemeinen Wehrpflicht, wahrscheinlich ebenso rasch wie bei den anderen kritischer gewordenen Offizieren neutralisiert werden. Wie Hitlers Parteinahme für die Reichswehr am 30. Juni 1934 besaß auch diese Verletzung der Bestimmungen des Versailler Vertrages eine damals wahrscheinlich von der Reichswehrführung ebenso wie von Stauffenberg in ihrem ganzen Ausmaß unerkannte gefährliche Seite. Denn sosehr sie ein altes Postulat erfüllte, sosehr traf sie auch die Grundlage der bisherigen deutschen Armee, da sie dem traditionellen Elite- und Autonomiegedanken der Reichswehr ein Ende bereitete und eine der Auflösung der Homogenität des Offizierskorps parallellaufende weitere Infiltrierung durch die nationalsozialistische Ideologie ermöglichte.

Sooft Stauffenberg in seiner Berliner Kriegsakademie-Zeit mit Freunden wie dem Grafen Fritz-Dietlof von der Schulenburg zusammentraf, wurde leidenschaftlich vor allem über die ihn am meisten interessierende und berührende Wehrpolitik diskutiert[13]. Im Vergleich zur Wehrpolitik der Weimarer Republik waren für einen Offizier der Wehrmacht nun entscheidende Fortschritte gemacht und manches Postulat zur Realität geworden. Doch erkannte Stauffenberg auch die Zweischneidigkeit dieses

Schwertes, das sich der Nationalsozialismus schuf? Es scheint, dass er gerade von der vermeintlichen Förderung seiner militärischen Anliegen in seinem differenzierenden Urteil über Hitler bestärkt wurde.

In demselben Masse, wie Stauffenberg die Einführung der allgemeinen Wehrpflicht als Militär mit Befriedigung erfüllte, musste die Remilitarisierung des Rheinlandes durch Hitler am 7. März 1936 den nationalen Offizier in seinen politischen Anliegen wohl mit dem nationalsozialistischen Diktator übereinstimmen lassen. Der Geist des Buches »Das deutsche Land und die deutsche Geschichte« von Albert von Hofmann, das Stauffenberg mit Vorliebe für seine historischen Fragestellungen heranzog, vermag die »nationalen Ideen« des Wehrmachtsoffiziers vielleicht etwas näher zu beschreiben, wenn auch keine direkten Schlüsse von Hofmanns Formulierung auf Stauffenbergs politische Vorstellungswelt möglich sind. In dem Vorwort zum Werk des Marburger Honorarprofessors über die deutsche Geschichte werden die geistigen Grundlagen und der politische Standort dieser Publikation offenbar: »Was über das deutsche Volk hereingebrochen ist seit dem November 1918, hat mit einem Schlage unser Verhältnis zu unserer Vergangenheit völlig umgewertet. Wenn je, so ist nun auf einmal unsere Vergangenheit wieder emporgehoben worden in die Stelle unseres kostbarsten Besitzes, in die Stelle unserer gewaltigsten Lehrerin[14].« Ebenso wenig wie dieses Zitat vermag auch Stauffenbergs Beschäftigung mit Geopolitik und den Publikationen Karl Haushofers eindeutige Hinweise zu erbringen, wie weit er mit den nationalsozialistischen »Lebensraum«-Ideen übereinstimmte. Der Name Haushofer scheint aber – einmal abgesehen von den nicht mehr eruierbaren, wenn überhaupt jemals präzisierten Vorstellungen Stauffenbergs – recht deutlich den Umkreis der Gedanken anzuzeigen, in dem sich der junge Offizier bewegte und in dem er auch starke Affinitäten – besonders in »nationalen Belangen« wie allgemeine Wehrpflicht, Remilitarisierung des Rheinlandes und »Anschluss« Österreichs – zu Hitlers nationalsozialistischer Revisionspolitik bis zum Jahre 1938 empfinden musste.

In dem im Jahre 1928 erschienenen letzten Band seiner »Politischen Geschichte der Deutschen« schrieb Hofmann: »Ein Großdeutschland ist die Frucht, welche aus dem Untergang der Häuser Hohenzollern und Habsburg hervorzukeimen vermag. Alle jene Hindernisse, die im Jahre 1848 und später den Anschluss Österreichs unmöglich machten, bestehen jetzt nicht mehr. Es wird dieser Anschluss die erste Tat unserer wiedergewonnenen politischen Freiheit werden, eine Tat, die uns aber alsbald vor neue schwierige innere wie äußere Probleme stellt ... Das deutsche Volk, jetzt von dynastischer Interessenpolitik befreit, wird nun zeigen, ob es die partikularistischen und die konfessionellen Schranken zu durchbrechen vermag. Der moderne Imperialismus hat mit Kaiser und Kaisertum nichts mehr zu tun. Er ist kulturell und national zugleich. Die Propaganda nationaler Kultur! Verzichtet eine Nation auf Leben und Wachsen, so ist sie politisch tot. Politische Parteitheorien vermögen nichts über das Naturgesetz. Es gibt Dinge, die über allen Parteiformeln stehen. Noch ist Riesenarbeit zu leisten[15]!«

Hitler hatte mit dieser »Riesenarbeit« begonnen, und Stauffenberg erteilte ihm im großen und ganzen durchaus seine Zustimmung. Hofmann ist nur ein nicht einmal bedeutender Exponent eines großdeutschen Nationalismus, der – ohne bis ins letzte mit dem Ideologie-Konglomerat des Nationalsozialismus übereinzustimmen – der Hitlerschen Revisionspolitik Unterstützung lieh und der in dem nationalsozialistischen Diktator den Vertreter und Sachwalter der eigenen Ideen erblicken zu können glaubte. Stauffenberg, der als Offizier mit seinen Arbeiten über die Fallschirmtruppe und die neue Art von Heereskavallerie seine Fähigkeit zur Erkenntnis und Beherrschung der aus der neuen Zeit resultierenden militärischen Probleme bewiesen hatte, glaubte nun eben auch, dass es mit Hitler gelungen sei, »die Kruste bürgerstaatlicher Gewohnheit, die vom 19. ins 20. Jahrhundert hinübergewachsen war, zu durchbrechen, und daß es – wenn auch gegen Hitler – zu neuen Gestaltungen kommen könne«[16]. Dass er bereits im Jahre 1936 die Bedingung »gegen Hitler« für eine neue Gestaltung der politischen Ordnung Deutschlands stellte, ist unwahrscheinlich. Denn im selben Jahr 1936 zeigte sich Stauffenberg beeindruckt von einem Vortrag des nationalsozialistischen Parteirichters und Reichsleiters Buch, des Schwiegervaters von Bormann, und lehnte, nach einem Zeugnis eines Angehörigen seines Kriegsakademie-Hörsaales, den »neuen Geist« nicht ab[17]. Sollte er eine Kreatur des Regimes dem Schöpfer dieses Systems vorgezogen haben, der eben in einem Vabanquespiel das alte Postulat auch nichtnationalsozialistischer Kreise, den Einmarsch ins linke Rheinufergebiet, erfüllt hatte?

In seinen Reden auf den Abschlussreisen der Kavallerie-Schule im Juni 1936 und der Kriegsakademie im Juni 1938 war nicht nur der »Schatz der Vergangenheit« im Stile eines Hofmann enthalten. Eine eigentümliche Spannung zwischen politischem Idealismus oder sogar Romantismus und einem um Anpassung, Durchdringung und Bewältigung der modernen Verhältnisse bemühten Realismus scheint den in faszinierender Weise vortragenden Offizier beherrscht zu haben. Der Hinweis auf das Staufer-Reich musste wohl nicht unbedingt in einem großdeutschen Sinne gemeint gewesen sein, doch der mittelalterliche Traum enthielt wohl manchen Bezug zum Georgeschen »Reichs«-Gedanken. Die Erkenntnis der aus dem Osten drohenden Gefahr erschien ebenso realistisch wie der Glaube, Hitlers soziale Maßnahmen hätten »eine von innen wirksame

Gegenposition gegen den Kommunismus begründet«[18], einem politisch recht illusionären Idealismus entspringen musste.

Wenn Stauffenberg in seiner Fallschirmarbeit als Erfordernis einer neuzeitlichen Kriegführung »außer der einheitlichen Kriegsleitung straffste Organisation und Zentralisierung der gesamten Verwaltung« für notwendig erachtete und erklärte, dass »in autoritär regierten Staaten ... die Zusammenfassung aller Gewalten schließlich in einer Person besonders augenscheinlich« sei, so war das noch keine militärische Begründung der nationalsozialistischen Staatsideologie[19]. Etwas anders verhielt es sich allerdings mit seiner Beschreibung des Kavallerieführers. Die angeborenen Tugenden und die frühe Erziehung – dies sind die Stichworte für ein von Stefan George geprägtes, in Stauffenbergs aristokratischem Verantwortungsgefühl angelegtes elitäres Denken. Durch George steht dieses Denken dann in einer Verbindung zur Idee des nationalsozialistischen »Führerstaates«, dessen »Elite« Stauffenberg freilich, wie er es bereits 1934 in dem Vorfall um Streichers Rede deutlich dokumentiert hatte, noch nicht als solche anerkennen konnte. Gerade der Gedanke des »Führerprinzips« auf allen Stufen des staatlichen Lebens, aber auch Hitlers soziale Maßnahmen, die freilich in bloßem totalitären Destruktivismus eine alte, vielleicht überlebte und erstarrte Gesellschaftsordnung nur zerschlugen, mussten wohl dem »Georgianer« und Aristokraten im Vergleich zu der politischen und gesellschaftlichen Ordnung der Weimarer Republik als modern erscheinen. Begab er sich, ausgehend von der Vorstellung, mit dem nationalsozialistischen Staat sei eine Möglichkeit zu neuen staatlichen und gesellschaftlichen Formen gegeben, auf die Suche nach dem Zeitpunkt, dem Ort und der Art und Weise eines »Durchbruches«[20], so anerkannte er in seiner modernistischen Haltung gleichzeitig eine Prämisse, die ebenso idealistisch war, wie sie sich sehr bald als gefährlich falsch erweisen sollte. Denn in der Differenzierung zwischen »guten« und »schlechten« Aspekten in Hitlers Politik profitierte im Endeffekt das totalitäre Regime von der Zustimmung, während die Kritik völlig wirkungslos bleiben musste. So war der Glaube an eine Änderung innerhalb dieses Regimes in Richtung auf die eigenen politischen Vorstellungen und Erwartungen pure Illusion eines zwar nüchtern urteilenden, aber von romantischen Illusionen nicht freien idealistischen Menschen.

Nüchternheit und Idealismus, Begeisterung ohne falsches Pathos – Stauffenberg vereinte diese Eigenschaften in einer vielleicht paradox erscheinenden Kombination. »Gefühlsausdrücke sind ja in unserer Familie nicht besonders geschätzt«, schrieb er seinem Onkel, dem Grafen Berthold Schenk von Stauffenberg. Und seinem Sohn Berthold konnte er eine in ihrer Schlichtheit und Einfachheit meilenweit von pathetischer militärisch-vaterländischer Tugendbeschwörung entfernte, ergreifend menschliche Schilderung der Sudeten-Besetzung und seines Soldatenlebens schicken, die seinen Abstand zu hohlem nationalistischem Pathos nicht deutlicher dokumentieren könnten[21]. Seine Fallschirmarbeit schloss er mit dem nüchternen, beinahe skeptischen »Qui vivra, verra«: »Wer lebt, wird sehen. Die richtige Antwort wird erst der Krieg bringen. Ein Land in solcher Lage wie Deutschland darf sich nicht überraschen lassen.« Dies war eine Haltung, die dem Bearbeiter des Vortrages für einen Offizier der nationalsozialistischen Wehrmacht nicht geeignet erschien, denn er wollte den Schluss in der neuen Fassung sehen: »Die richtige Antwort kann erst ein Krieg bringen. Ein Land in solcher Lage wie Deutschland darf sich nicht überraschen lassen. Sollten es einmal Feinde unseres Vaterlandes wagen, deutschen Boden anzugreifen, sie werden uns zur Abwehr gerüstet finden!« Dieser Empfehlung ist Stauffenberg allerdings nicht gefolgt[22]. Vielleicht ließ seine Nüchternheit ihn doch zuweilen manche Vorstellungen und Ideen der nationalsozialistischen Ideologie, die wie die »sozialen Maßnahmen« von ihm durchaus positiv bewertet wurden, als nicht frei von Illusionen oder beabsichtigter Täuschung erkennen. So schrieb er in demselben Vortrag über den Einsatz feindlicher Agenten mit dem Ziel der Spionage, Sabotage und Propaganda, dass diese »vor allem ... der Truppe, allen militärischen Einrichtungen, den Rüstungsbetrieben und Arbeiterzentren fernzuhalten« seien. Das Wort »Arbeiterzentren« wurde ihm herausgestrichen und auch nicht in der Zeitschrift »Wissen und Wehr« publiziert. War dies vielleicht bereits ein Anzeichen dafür, dass Stauffenberg den wahren Wert von Hitlers Sozialismus und die Stellung und Stimmung der deutschen Arbeiterschaft zu realisieren begann[23]?

In seiner Kriegsakademie-Zeit machte Stauffenberg auf Wedemeyer den Eindruck eines von Loyalität gegenüber seinem Land erfüllten Offiziers, der aber strikt vermied, seine Gedanken in bezug auf Hitler erkennen zu lassen und damit bei dem amerikanischen Offizier das Gefühl erweckte, »daß er nicht mit der Politik der Nazi-Regierung übereinstimmte«. Doch war bei ihm auch keine deutliche Opposition festzustellen[24]. Diese Zurückhaltung Stauffenbergs mochte nicht nur Distanz zu einem Ausländer, sondern ebenso Ausdruck seiner differenzierenden Haltung gewesen sein. Deutlichere und dokumentarisch belegbare Ansätze einer schärferen Kritik sind bei ihm um die Jahreswende 1937/38 erkennbar. Für eine Weihnachtszeitung der Kriegsakademie verfasste Stauffenberg gemeinsam mit seinem wegen seines Spötter-Talentes bekannten Hörsaal-Freund Mertz von Quirnheim »Aphorismen zur Taktik«, von denen zwei besonders aufschlussreich sind.

Als moderne Adaptation des Bibelzitates »Glaube, Hoffnung, Liebe« (Kor. 13,13) findet sich da: »Glaube, Hoffnung, Sturheit – diese drei, aber die Sturheit ist die größte unter ihnen.« Der zweite, nicht vollendete Aphorismus zeigt noch deutlicher, worauf er gemünzt ist: »Der Umbruch durch die nationalsozialistische Revolution hat auch für die Taktik reife Früchte und tiefgreifende Umwälzungen gebracht. Liberalistische Entschlußlosigkeit ist durch den Angriff auf jeden Fall trotz aller Muckerei kleingläubiger Kritikaster ersetzt, der früher vorherrschenden materialistischen Taktikauffassung, die ihren lügenhaften Ausdruck im Wort hat ...[25]« Von einem begeisterten Anhänger des Nationalsozialismus kann eine solche Verhöhnung eines Geistes, wie er von Goebbels vertreten wurde, und eine Kritik an der allgemeinen Mentalität des Regimes nicht stammen. Militärisches ist in den Aphorismen nur Vehikel der Kritik, die viel weiter, in den eigentlich politischen Bereich des totalitären Staates reicht. Doch wie weit förderte die Tatsache, dass Stauffenberg von dem irrationalen und emotionalen Bann des Nationalsozialismus in hohem Maße frei war, ein mögliches oppositionelles Element in seiner differenzierenden, pragmatischen Haltung?

Um eine Überbewertung der in den Aphorismen enthaltenen Kritik zu vermeiden, scheint hier der Ort zu sein, auf eine schon mehrfach erwähnte Eigenart Stauffenbergs hinzuweisen[26], die beinahe als »Auswuchs« seines Pragmatismus auf der psychologischen und Persönlichkeitsebene zu bezeichnen ist. Stauffenberg selbst nannte sie in einem Gespräch mit Gisevius in der Nacht vom 12. auf den 13. Juli 1944 seine Advocatus-diaboli-Haltung[27]. Nicht nur in der Absicht, ein Gespräch rasch voranzutreiben, sondern auch mit dem Willen, jede dogmatische Fixierung zu vermeiden, bemühte er sich – vielleicht oft beinahe krampfhaft –, Standpunkte zu vertreten, die gar nicht seine eigenen waren. Im Gespräch mit Offizieren mochte ihn manchmal eine intellektuelle Lust überfallen, seine Gesprächspartner mit Ansichten zu düpieren, die sie von ihm nicht erwartet hatten. Diese Eigenart gehörte nicht erst im Jahre 1944 zu dem bereits genügend facettenreichen Wesen des »Georgianers«, Offiziers und Aristokraten. Mancher überzeugte Legitimist scheint sie zu spüren bekommen zu haben. So amüsierte er sich – dies als Beispiel für unzählige ähnliche Vorfälle – nach einem Besuch bei dem Gedanken, wie seine Gastgeber nun sich mit der von ihm vertretenen Meinung auseinandersetzen würden, die gerade das Gegenteil von seinen wirklichen Ansichten zum Ausdruck gebracht hatte[28]. Noch im Juli 1944 konnte er zusammen mit seinem Bruder Berthold an einen Freund, der mit ihm in der Ablehnung und der Beseitigung Hitlers völlig einig ging, die Frage richten, was er, der doch eine solch große Verehrung für Napoleon hege, eigentlich gegen Hitler vorzubringen habe. Die Frage wurde mit der Antwort pariert, der korsische petit caporal sei eben »hübscher« gewesen als der »böhmische Gefreite«[29]. Die rhetorische Eigenart Stauffenbergs mag unseriös und dem Ernst der Sache jeweils nicht angemessen erscheinen. Doch in Wirklichkeit bedeutete sie ein höchst gewissenhaftes permanentes In-Frage-Stellen und Überprüfen der eigenen Ansichten. Der äußere Anschein der Leichtfertigkeit trügt. Denn Stauffenberg scheint ihn wohl mit einer großen Freude erweckt zu haben, doch nur mit dem Ziel, Klarheit in der eigenen Position zu gewinnen. Und wie konnte er dies besser erreichen, als zeitweilig die Rolle des Advocatus diaboli zu übernehmen, d. h. die Gegenargumente zu prüfen?

Der Einfluss des für seine Sarkasmen und seinen Spott über Personen und Institutionen bekannten Mertz von Quirnheim[30] und Stauffenbergs oft pointierte Formulierungsfreude – ob im Sinne einer Parteinahme oder Kritik, bleibt in diesem Falle sekundär – lassen die Aphorismen wohl als Zeugnis einer Distanz zu gewissen Vertretern und Erscheinungen des nationalsozialistischen Regimes, nicht aber einer prinzipiellen Kritik an dem totalitären System erscheinen. So, wie die nüchterne Distanz sich nicht verleugnen lässt, dokumentiert sie zugleich auch die Differenzierungsversuche Stauffenbergs, die ihn in seiner Beurteilung des Nationalsozialismus auch von Angehörigen seiner engeren Familie, die das Regime Hitlers scharf und eindeutig ablehnten, deutlich abhoben[31].

In der Kriegsakademie fanden unter den angehenden Generalstabsoffizieren oft heftige politische Diskussionen statt, die sich mit der Fritsch-Krise, dem Einmarsch in Österreich und der Antikomintern- und Achsenpolitik Hitlers beschäftigten[32]. Vor dem Hintergrund der in Stauffenbergs Abschlussreisen-Reden enthaltenen nationalen Gedanken und des Geistes der Werke des von ihm geschätzten großdeutschen Populärhistorikers Albert von Hofmann ist seine Zustimmung zu einem weiteren Meilenstein der großdeutschen Revisionspolitik, dem »Anschluss« Österreichs, durchaus verständlich und konsequent. Auch ihm war bekannt, dass Hitler nicht der einzige Österreicher war, der die gewaltsame Annexion des deutschsprachigen Restbestandes der einstmals so mächtigen und stolzen habsburgischen Doppelmonarchie durch das nationalsozialistische Deutsche Reich begrüßte. Doch machte er sich auch Gedanken über die erpresserischen und kriminellen Methoden, die Hitler zur Erreichung seines Zieles verwandte?

In einem Gespräch nach dem »Anschluss« äußerte er gegenüber einem in der Abteilung »Landesverteidigung« des OKW tätigen Offizier seine Überzeugung, dass Hitler keinen Krieg vom Zaune reißen würde, da der nationalsozialistische Diktator und ehemalige Gefreite des Weltkrieges bis jetzt alle seine Ziele ohne kriegerische Konflikte erreicht habe. Willentlich könne dieser Mann, der konstant seine Kenntnis der Schrecken des Krieges betone, keinen Konflikt provozieren, in dem Deutschland allein gegen die ganze Welt zu stehen hätte. Auf dieser Argumentation, die wohl deutlich zeigt, in welchem Maße er im Grunde das Risiko der nationalsozialistischen Politik erkannte und gleichzeitig die Skrupellosigkeit und wahre Absicht Hitlers übersah, beharrte Stauffenberg, obwohl sein Gesprächspartner auf Grund der in seiner Dienststelle gewonnenen Kenntnisse von Hitlers Aggressionsabsichten gegen die Tschechoslowakei ihn vom Gegenteil zu überzeugen versuchte[33]. Stauffenberg erschien aus seiner Perspektive die Annexion Österreichs als Erfüllung eines alten großdeutschen Traumes im Zeichen des Prinzips der nationalen Selbstbestimmung, mit dem das österreichische Parlament bereits im Jahre 1919 vergeblich gegen die Versailler Friedensordnung den Anschluss an Deutschland gesucht hatte. Die Erfüllung eines alten Zieles ließ einen Vetter Stauffenbergs, der keine besonderen Sympathien für den Nationalsozialismus hegte, aus Begeisterung die Hakenkreuzfahne hissen – ein typisches Beispiel für die allgemeine Zustimmung zur scheinbar noch immer friedlichen, allein revisionistischen Politik Hitlers[34].

Stauffenberg konnte auf Grund seiner Stellung die imperialistischen, zum Kriege führenden Ziele Hitlers noch nicht kennen. Mit der Entlassung Blombergs als Reichskriegsminister wegen einer anstoßerregenden Ehe, der Verabschiedung Fritschs als Oberbefehlshaber des Heeres auf Grund einer Intrige und der Schaffung des Oberkommandos der Wehrmacht am 4. Februar 1938 – also etwas mehr als einen Monat vor dem Einmarsch in Österreich – konnte Hitler den Schlusspunkt unter die Kapitulation der Wehrmacht setzen und die bereits zutage tretenden Widerstände gegen seine expansionistischen »Lebensraum«-Pläne fast völlig zum Verstummen bringen. Abgesehen von den eher strukturellen Konsequenzen dieser Übernahme der Wehrmacht durch Hitler – Fritsch hatte schon im August 1937 in einem Memorandum darauf hingewiesen, dass die Errichtung eines OKW in Kriegszeiten zu einer ununterbrochenen Kette von Konflikten führen müsste[35] –, bedeutete das Ergebnis der sogenannten »Fritsch-Krise« nicht nur eine machtpolitische, sondern auch eine totale moralische Niederlage des Offizierskorps. Mit der zum selben Zeitpunkt vorgenommenen Ersetzung des Außenministers Neurath durch Ribbentrop vollendete der »böhmische Gefreite« den Aufbau seines Feldlagers von willfährigen Werkzeugen und Komplizen für seine geplanten Kriegszüge, wozu nun eine zum totalitären Machteinsatz geeignete »willenlose, durch Zersplitterung der Befehlsgewalt ganz abhängig gemachte Wehrmacht« als ideales Instrument zur Verfügung stand[36].

Dass Stauffenberg nicht willenloses Werkzeug sein wollte, bewies er mit seinem Verhalten während der Fritsch-Krise in der Kriegsakademie. Er erhob sich im Hörsaal und forderte offene Information über die Gründe der Entlassung Fritschs, die in der Presse des Regimes nie erfolgte. Seine

Frau hatte auf Grund der von ihm geführten Telefongespräche den Eindruck, dass er in indirekter Verbindung zu Beck stand, doch durfte sie – wie ihr schon früher beigebracht worden war – keine Fragen zu diesen Zusammenhängen stellen[37]. Stauffenberg mochte sich aus einem Gefühl für menschliche Anständigkeit zu seinem Schritt entschlossen haben. Doch wird auch wohl die Erkenntnis, dass mit Fritschs Abgang ein weiterer Damm gebrochen war, der die Autonomie der Wehrmacht noch einigermaßen zu schützen versucht hatte, eine gewisse Rolle gespielt haben. Welche Konsequenzen er aus der Krise zog, ist nicht zu ersehen. Vielleicht schob sich – ähnlich wie nach dem 30. Juni 1934 – ein neuer Erfolg der Politik Hitlers, der »Anschluss« Österreichs, vor Stauffenbergs Bedenken und ließ sie verstummen. Doch konnte Stauffenberg eine Sache, in der er sich engagiert hatte, völlig vergessen? Bedeutete ihm die Ernennung Fritschs zum Chef des Artillerieregimentes 12 dessen völlige Rehabilitation?

Es ist möglich, dass er durch Schulenburg, mit dem er wie mit den Grafen Peter Yorck von Wartenburg und Heinrich Lehndorff, seinem Onkel Graf Nikolaus Uxkull, Caesar von Hofacker und vielen anderen in Berlin zusammenkam, von dessen Gesprächen mit General v. Witzleben, damals Kommandierender General im Wehrkreis III, und Oberst v. Hase, damals Regimentskommandeur in Neuruppin, zumindest andeutungsweise erfuhr. Schulenburg, damals unter Graf Helldorf Vizepolizeipräsident in Berlin, soll von Hase die Zustimmung zu einem Marsch seines Regimentes ins Gestapo-Hauptquartier in die Prinz-Albrecht-Straße erhalten haben. Doch blieb es bei der Aufstellung eines Offizierspostens vor Fritschs Wohnung, um Maßnahmen aus »Staatsnotwehr« wie im Falle der Ermordung Schleichers und Bredows zuvorzukommen. Schulenburg besaß auch bereits in seiner Bekanntschaft mit Oster eine Verbindung zum Amte Canaris'[38]. Bei Stauffenberg setzte sich vielleicht auf die kritisch-ablehnende Schale seiner Differenzierungswaage ein weiteres Gewicht, das nur latent wirksam war und von dem auf die kritisch-zustimmende Schale gelegten erfolgreichen Coup Hitlers gegen Österreich wenn nicht aufgehoben, so doch neutralisiert wurde.

Als Stauffenberg nach der Kriegsakademie im Sommer 1938 nach Wuppertal zur 1. leichten Division kommandiert wurde, stand Beck mitten in seinem Memorandenkampf gegen Hitlers auf offenen Krieg zutreibende Politik gegenüber der Tschechoslowakei. Am 18. August erbat und am 21. August erhielt er seinen Abschied als Generalstabschef, nachdem er sich hatte verpflichten müssen, aus »außenpolitischen Gründen« bis auf weiteres nichts von ihm verlauten zu lassen. Beck, das Vorbild für eine ganze Generation von Generalstabsoffizieren und ein immer wieder als klassischer deutscher General beschworener Mann, erwies sich bereits zu diesem Zeitpunkt als Einzelgänger im höheren Offizierskorps, das nun bewies, wie sehr es schon militärischen Gehorsam mit Kadavergehorsam verwechselte und nicht mehr in der Lage war, der eindringlichen und beschwörend warnenden Argumentation des Generalstabschefs zu folgen[39].

Die auf eine Krise hintreibende außenpolitische Entwicklung scheint Stauffenberg aufmerksam verfolgt zu haben. Dabei blieb er notgedrungen eher Objekt; denn von den Vorgängen in Berlin, wo sich zum erstenmal eine Art Verschwörung um Becks Nachfolger Halder und Witzleben konstituierte, erfuhr er wohl nichts. Die 1. leichte Division unter Hoepner war zwar dazu ausersehen, im Falle eines Staatsstreiches gegen Hitler die in München stationierte »Leibstandarte« am Marsch nach Berlin zu hindern[40]. Doch da weder der erste Generalstabsoffizier der Division, Major i. G. Schöne, noch Oberst von Loeper, der damals das Kavallerieschützenregiment der Division führte, in die Konspirationspläne eingeweiht waren, erscheint es als etwas unwahrscheinlich, dass der Ib Stauffenberg von dem Projekt wusste – um so mehr, als er ja noch zuvor nicht von der Meinung abzubringen war, Hitler würde keinen Krieg riskieren[41]. Andere Kontakte, wie etwa über Schulenburg, fielen durch Stauffenbergs räumliche Distanz weg. Zudem war er im September, als die Krise ihrem Höhepunkt zueilte, bereits in der Bereitschaftsstellung im Thüringer Wald. In der räumlichen Isolierung diskutierte er während der Mittagspausen häufig mit den Offizieren der Division. Manch scharfe Kritik an der Partei wurde geübt, doch Stauffenberg stellte sich in solchen politischen Debatten keineswegs offen gegen Hitler oder gegen die Partei[42]. Mochte er die politischen Vorgänge aus seiner Perspektive und Lage nur bruchstückweise übersehen, so erblickte er wohl in Hitlers Erpressungspolitik, die in München vertraglich sanktioniert wurde, noch keinen Grund für moralische Bedenken. Allerdings stimmte ihn der Erfolg dieser Politik nach dem Einmarsch ins Sudetenland doch etwas nachdenklich. Denn er anerkannte wohl das taktische Geschick der Hitlerschen Politik, doch befürchtete er nun zum erstenmal das Aufkommen einer politischen Hybris. Allerdings scheint er sich nun doch deutlicher über den nationalsozialistischen Diktator ausgesprochen und ihn zuweilen einen »Tapezierer« genannt zu haben, wobei er noch bemerkte, dass er nicht Untertan eines Kleinbürgers sein könne. In dieser Kritik lag nun wohl etwas mehr als in jener der Aphorismen aus dem Jahre 1936. In dieser Zeit legte er auch eine tagebuchartige Sammlung eigener Gedanken an, die sich mit der Zuspitzung der Sudetenkrise befasst haben soll[43].

Mit dem Eingehen Hitlers auf Mussolinis Konferenzvorschlag und der Kapitulation Chamberlains und Daladiers vor Hitler in München war der Verschwörung in Berlin nach ihrer eigenen Überzeugung jede Berechtigung und Grundlage für eine Aktion gegen Hitler entzogen. Deshalb unternahm die Militäropposition nichts. Beck, der während der Krise in Wiesbaden Oberbefehlshaber der 1. Armee war, wurde am 31. Oktober 1938 unter Beförderung zum Generaloberst offiziell aus dem aktiven Dienst entlassen. Stauffenberg war zu dieser Zeit wieder zurück in seiner Friedensgarnison Wuppertal. Hier hatte er theoretisch wieder die Möglichkeit zu Kontakten nach Berlin, wenn auch nichts Näheres darüber zu erfahren ist. Doch da er zu Anfang des Jahres 1939 gegenüber einem Freund »zum erstenmal offen von Umsturzplänen und -möglichkeiten« sprach, Hoepner als einen Mann, mit dem man rechnen könne, erwähnte und auf Beck »sehr zurückhaltend, aber um so beeindruckender« wies als auf die zentrale Figur einer militärischen Opposition, scheint er nun über die Berliner Konspirationspläne informiert gewesen zu sein[44].

Kaum war Stauffenberg in Wuppertal, brach am 15. Jahrestag des gescheiterten Hitlerschen Münchner Putsches der »spontan« organisierte Pogrom gegen die Juden in Deutschland los. Stauffenberg wurde von den Synagogenbränden und der Plünderung und Devastierung jüdischer Geschäfte, die im Volksmund den euphemistischen Namen »Kristallnacht« bekamen, in seinem moralisch-religiösen Gewissen herausgefordert. Er verurteilte diesen kriminellen, organisierten Antisemitismus aufs schärfste und kritisierte von nun an »Personen der Gliederungen der NSDAP, die ihm dem Charakter und dem Benehmen nach ein Dorn im Auge waren«, stärker als zuvor. Stauffenbergs Hinweis auf den Schaden, der seinem Vaterland durch solche Pogrome entstehen würde, umreißt seine Position ebenso wie der noch immer unternommene Versuch, in der Kritik zu differenzieren[45].

Stauffenbergs moralisch-ethisches Gewissen scheint vom bisherigen nationalsozialistischen Antisemitismus sich nicht sonderlich provoziert gefühlt zu haben. In seinen Differenzierungsbemühungen unterschätzte er den diabolischen Vernichtungswahn Hitlers, weil er nicht in der Lage war, vom eigenen Anstand und der eigenen Moral auf die kriminelle Absurdität zu schließen und die wahren Pläne Hitlers und seiner Umgebung zu ahnen. Er mokierte sich wohl über das »Rassebewusstsein« und das »Ariertum« der Nationalsozialisten. Ein leichter gesellschaftlicher Antisemitismus, der um eine gewisse Distanz bestrebt war und nicht das geringste mit dem kriminellen und organisierten nationalsozialistischen Antisemitismus zu tun hatte, wird ihm nicht ganz fremd gewesen sein. Von seinem Englandbesuch erzählte er den Vorfall, dass ein britischer Offizier ihn begrüßt und gleich die Frage an ihn gerichtet habe: »Do you mind, I am a Jew?« Er amüsierte sich darüber und kommentierte die Frage als typische Eigenart eines Juden[46]. Die Frage war vielleicht bewusst provokativ, um den deutschen Offizier ideologisch »abzutasten«, den die

Tatsache, dass er mit einem britischen Offizier jüdischer Herkunft zusammengetroffen war, aber nicht im geringsten störte. Die Grenze zwischen seiner persönlichen Haltung, die auch von Stefan George beeinflusst gewesen sein dürfte, und jenem wirklichen Antisemitismus Hitlers wusste Stauffenberg jedenfalls genau zu ziehen im Moment, wo sein moralisches und religiöses »Prinzip« zutiefst attackiert war.

Am 20. November 1938, also ungefähr eine Woche nach der »Kristallnacht«, hielt Stauffenberg in dem Wuppertaler Industriellenklub »Concordia«, in dem er verkehrte, einen Vortrag mit dem Thema »Aus dem Arbeitsgebiet eines zweiten Generalstabsoffiziers anläßlich des Einmarsches der deutschen Truppen in das Sudetenland«. Das Referat behandelte militärische Probleme, und so konnte der Eindruck entstehen, dass kein Gegner des Nationalsozialismus sprach[47]. Dieser Eindruck blieb nun aber zum erstenmal Fassade, hinter der sich bei Stauffenberg einiges regte.

Im Frühjahr 1938 hatte er zwar bei Hitler noch keine kriegerischen Absichten vermutet, doch bereits erkannt, dass in einem Krieg Deutschland gegen die ganze Welt stehen müsste – mithin die Entfesselung eines Krieges ein Wahnsinn war. Nach dem erneut von Erfolg gekrönten Handstreich Hitlers gegen die Tschechoslowakei sah er die Gefahr, dass Hitler sich am eigenen Erfolg berauschen könnte. Im Januar 1939 ließ er seine Kenntnis von Umsturzplänen durchblicken. Wenn er schon von diesem Projekt wusste, musste er auch von seiner Begründung informiert gewesen sein. Dies schloss aber ein, dass er von Hitlers zynisch auf Krieg abgestellten, ja ihn herbeiwünschenden Politik zumindest nachträglich erfuhr und das weitere Ziel, die endgültige Zerschlagung des tschechoslowakischen Staates, die dann im März 1939 erfolgte, erkannte. Gleichzeitig warnte er im Januar 1939 vor einem allzu großen Vertrauen in die Resistenzkraft des höheren Offizierskorps gegenüber Hitlers Kriegsplänen und ließ seinen Pessimismus erkennen: »Von Leuten, die sich schon einoder zweimal die Wirbelsäule gebrochen hätten, könne man nicht erwarten, daß sie bei einer neuen Entscheidung gerade stünden.« Es war dies die Antwort auf die Frage seines Freundes Fahrner, ob die Wehrmacht sich ein wie die »Kristallnacht« im Namen Deutschlands unternommenes Vorgehen weiterhin bieten lassen würde. Im Frühjahr 1939 traf Stauffenberg Fahrner wieder und erklärte »wie obenhin, aber sehr ernst und nachdrücklich«: »Der Narr macht Krieg!« Er war eben von einer Panzerübung zurückgekommen, bei der er in einem Panzer kleinsten Typs zur Erprobung der Leistung und Möglichkeiten von Panzerleuten und Fahrzeug mitfuhr[48]. Die Erkenntnis, dass Hitler auf den Krieg zutrieb, musste er nicht erst im Frühjahr 1939 gewonnen haben. Hitler ließ zwar Anfang April die Aufmarsch- und Angriffsvorbereitungen gegen Polen, den »Fall

Weiß«, ausarbeiten. Doch Stauffenberg hatte sich schon immer wieder Gedanken gemacht über die Gefahr, die einem Volk drohe, das nach bereits entsetzlichen Verlusten im Ersten Weltkrieg erneut und in derselben Generation einen Krieg führe[49].

Das nationale und militärische Interesse Stauffenbergs schien nun so herausgefordert zu sein, dass die Ereignisse der »Kristallnacht« als potenzierender, tieferer Faktor auch sein moralisch-religiöses Gewissen provozierten und die latenten Widerstände, die zuvor von außenpolitischen und nationalen Erfolgen Hitlers neutralisiert worden waren, hervortreten ließen. Diesmal schob sich nicht wie beim 30. Juni 1934 oder der Fritsch-Krise das nationale Interesse vor das moralische Gewissen. Die Herausforderung der beiden Prinzipien bewirkte im Gegenteil bei Stauffenberg eine Mobilisierung dessen, was bereits als drittes Prinzip oder als seine »politische Idee« bezeichnet wurde. In diesem Moment mussten aber auch wohl alle früher verdrängten Bedenken wieder wirksam werden. Die Waagschale, auf der die Kritik versammelt war, senkte sich. Doch wie tief? Die Jahreswende 1938/39 fand nicht einen im Vergleich zum Jahre 1933 völlig veränderten Stauffenberg. Denn seine differenzierende Beurteilung des Nationalsozialismus gab er nicht auf. Die Kritik war aber nach fünf Jahren jetzt deutlich zu hören, die reservatio mentalis aktiviert. Welche Konsequenzen zog nun Stauffenberg aus seiner militärisch-nationalen und moralisch-religiösen Kritik für seine Haltung gegenüber Hitlers Regime?

Gneisenau – Vorbild einer »deutschen Erhebung«

Stauffenberg pflegte in seiner Wohnung in Wuppertal, wohin nun auch seine Frau mit ihren Söhnen Berthold, Heimeran und dem am 4. Mai 1938 geborenen Franz Ludwig umgezogen war, einen Kreis junger Offiziere zu empfangen und deren geistigen Horizont durch verschiedene Vorträge zu erweitern. Im Januar 1939 hielt in diesem privaten Rahmen der schon mehrfach erwähnte Rudolf Fahrner einen Vortrag über Gneisenau[1].

Stauffenberg lernte Rudolf Fahrner im Herbst 1936 in Berlin durch Frank Mehnert kennen. Fahrner, ein im Jahre 1903 geborener Österreicher, hatte im Jahre 1935 wegen wachsender Schwierigkeiten mit der politischen Führung die Universität Heidelberg verlassen, an der er als Professor für deutsche Sprache und Literatur lehrte. Er hatte dem »Stamm« von Friedrich Wolters angehört und auch selbst noch Zugang zu Stefan George gehabt. Zum Zeitpunkt seines ersten Zusammentreffens mit Stauffenberg hatte dieser »Georgianer« eben ein kritisches Buch über Ernst Moritz Arndt beendet und auf Anregung Mehnerts mit einer Arbeit über Gneisenau begonnen. Stauffenberg interessierte sich spontan und lebhaft für diese Arbeit. Nicht nur deshalb, weil Gneisenau sein Vorfahr war, sondern hauptsächlich aus einer Art historischer Faszination über die Tatsache, dass ein Offizier an politischen Reformversuchen und Entscheidungen einen wesentlichen Anteil zu nehmen versucht hatte. Seine Auffassung, dass eine Wehrmacht mehr sei als bloßes Instrument und willfähriges Werkzeug einer Regierung, schien sich hier historisch begründen zu lassen. Fahrner fand Stauffenberg über Gneisenau recht gut informiert und unterhielt sich mit ihm ausgiebig über die ganze Problematik[2].

Der Ururenkel Gneisenaus[3] betrachtete seinen großen Vorfahren als eine Art Vorbild, wenn er auch nicht ausdrücklich davon sprach. Dies war wohl ein Motiv für seine intensive Anteilnahme an Fahrners Arbeit. Doch hatte er noch »an einer Reihe von anderen Arbeiten geschichtlicher oder dichterischer Art, die aus seinem Freundeskreis hervorgingen…, mitwirkend Anteil genommen«[4]. So wie Mehnert sich mit seiner Heereskavallerie-Arbeit beschäftigte, arbeitete nun eben Stauffenberg an einem

Werk eines anderen Freundes mit, wie er und sein Bruder Berthold später auch die Dichtung ihres Bruders Alexander über den Tod Stefan Georges eingehend miteinander besprechen sollten. Vorbild für diese Zusammenarbeit konnte ihr gemeinsamer dichterischer Lehrmeister sein, der selbst immer starken Anteil an den Arbeiten aller seiner Freunde und Getreuen genommen hatte. Stauffenberg nahm an Fahrners Arbeit nicht so viel Anteil wie George etwa an der Shakespeare-Übertragung Gundolfs. Doch von einer schöpferischen Zusammenarbeit kann man auch in diesem Fall durchaus sprechen[5].

Gedrängt von Frank Mehnert, die Arbeit über Gneisenau zu schreiben, um mit einer historischen Parallele Stauffenberg dazu zu bringen, »etwas zu machen«, kam Fahrner zu seinem Freund. Fahrner und Mehnert betrachteten ihren Offiziersfreund als eigenständige politische Kraft, die im Deutschland Hitlers zum Handeln zu ermuntern war. Wieweit Stauffenberg dieses Bild von sich, das bei den Freunden aus Georges Umgebung gepflegt wurde, teilte, ist nicht eruierbar. Auf jeden Fall zeigte er sich bereit, die Arbeit unter dem Gesichtspunkt der historischen Parallele äußerst aufmerksam zu verfolgen und bat, als er nun im Winter 1938/39 über das Regime Hitlers zutiefst nachdenklich geworden war, Fahrner um das Referat vor seinen Offizierskameraden im Januar 1939 in Wuppertal[6].

Den Vortrag leitete Stauffenberg selbst mit Worten ein, »die verdeckt, aber unüberhörbar von den eigenen Tagen sprachen«, und am Ende des fast zweistündigen Referates, das sehr aufmerksame Zuhörer gefunden hatte, warf er in der ihm eigenen Art, ernste und wichtige Dinge lachend und gleichsam en passant zu äußern, den Satz hin: »ja, sehen Sie, das haben wir nun gelernt: so hat es Der gemacht[7].« Er wollte also sehr deutlich die Parallelen zu seiner eigenen Zeit gezogen sehen – ähnlich wie in seinen Ausführungen auf dem Hohentwiel und am Rhein. Doch was besagte diese Parallele, und wie verstand sie Stauffenberg?

Fahrners Vortrag[8] war nicht mit wissenschaftlichen Details beladen und auch nicht in einem schwer lesbaren Fachjargon gehalten, sondern bemühte sich um eine lebendige und packende Schilderung von Gneisenaus Leben und Werk. Gemessen am Stil und den Arbeitsmethoden der Historikerzunft war er – wiewohl durchaus fundiert – einer Biographie romancée ähnlich, wenn auch nicht der Alkoven, sondern das Georgesche Menschenbild den Inhalt prägte. Der politische Standort trat sehr verhüllt zutage: Im Hinblick auf das Thema, das sich ausgezeichnet für eine Parallele zum »Dritten Reich« Hitlers und seiner »Volksgemeinschaft« geeignet hätte und dann in Goebbels' Durchhaltefilm »Kolberg« tatsächlich zum Teil auch als Parallele verwandt werden sollte, lag eine bedeutende Distanz zu irgendwelcher nationalistischer Apotheose vor.

Dass keine Spur typisch nationalsozialistischer Ideen in dem Vortrag enthalten war, bedeutete ebenso sehr keinen Zufall, wie das Ganze eine bemerkenswerte Leistung an Tarnung der wahren Absichten war.

Stauffenberg verfasste »Bemerkungen zu Gneisenau«[9] in notizartiger, detaillierter Form, die – obwohl sie Fahrner nicht zu Gesicht kamen – seine rege Teilnahme belegen. In ihnen äußert er sich vor allem kritisch zu den im Vortrag verwandten Begriffen »Kriegsstaat – Kriegsreich – Friedensreich«, die – von Stefan George her – immer doppeldeutig sind, da »Reich« nicht nur den irdischen Staat, sondern auch ein geistiges Reich von Männern bedeuten kann. Bezeichnend für seine Eindrücke, die er auf seinen Englandbesuchen vom matten England Baldwins gewonnen hatte, das in der Appeasement-Politik Neville Chamberlains seine Fortsetzung fand, ist sein Einwand gegen den von Fahrner verwendeten Begriff eines »englischen Kriegsreiches«. Stauffenberg »ist der gedanke eines englischen kriegsreiches schwer fassbar – zumindest hat es für meine vorstellung von den Engländern etwas nahezu absurdes«. Dass ein festentschlossenes britisches Empire unter Churchill schließlich über das deutsche »Kriegsreich« den Sieg davontragen sollte, ahnte er kaum.

Stauffenbergs Notizen zu dem Vortrag Fahrners dokumentieren seine genaue Beobachtung der Arbeit seines Freundes und sein um geistige Präzision bemühtes Wesen; doch war ein mündlicher Kommentar von ihm wichtiger. Er schlug Fahrner vor, die Darstellung der sehr revolutionären und detaillierten Pläne Gneisenaus für einen Volksaufstand gegen Napoleon wegzulassen. »Er wies zur Begründung auf die mögliche Benützung solcher Gedanken und Praktiken durch etwaige künftige Gegner Deutschlands und durch alle Vertreter anarchischer Bestrebungen im In- und Ausland. Solche Kräfte dürfe man nur entfesseln, wenn (wie damals bei Gneisenau) genug sittliche Gegenhalte im Staats- und Menschengefüge vorhanden wären, was in der Gegenwart nicht mehr der Fall sei. (Er bewertete jeglichen Partisanenkrieg als Untergrabung der letzten ritterlich-menschlichen Kampfesregelung und sagte später, bei Churchills Partisanenorganisationen und Unterstützungen auf dem Balkan und insbesondere in Griechenland, den Rückschlag auf den Urheber voraus, wie er dann auch eintrat[10].)«

Sah Stauffenberg in bezug auf den moralischen Zustand des Deutschland seiner Zeit sehr pessimistisch, so stellt sich die Frage, welcher unmittelbare Anlass ihn eine Schilderung von Gneisenaus Insurrektionsplänen als inopportun bezeichnen ließ. Der mündliche Kommentar betont noch einmal unübersehbar die historische Parallele. Zugleich aber verweist er auf die von Stauffenberg bereits nach dem 30. Juni 1934 vertretene Meinung, dass Revolutionen und Erhebungen gegen die Staatsführung nicht einer verantwortungslosen und dummen Masse überlassen werden dürften, sondern im wirklich notwendigen Fall eines Umsturzes Aufgabe einer Anzahl verantwortungsbewusster Männer seien, die die Entwicklung unter ihrer Kontrolle zu halten in der Lage sein müssten. Die genaue Auseinandersetzung mit den Begriffen Kriegsstaat und Kriegsreich lässt deutlich erkennen, wie sehr sich Stauffenberg mit dem Gedanken eines »Kriegsreiches« von wenigen Männern befasste. Nicht von ungefähr akzeptiert er dort den Begriff, wo Fahrner ihn am klarsten in seiner wahren Bedeutung verwendet: »Die Männer rotten sich zusammen, Staatsbeamte, die sich in diesem Kriegsreich nicht zu Führern und Trägern des Aufstandes machen, werden nach dem Krieg kassiert.« Doch gerade das Wissen von den Praktiken für diesen Aufstand wollte er auf einen Kreis von wenigen Leuten beschränkt sehen. Ihre Schilderung zu unterdrücken, bat er Fahrner, da dieser den Vortrag in einer erweiterten und überarbeiteten Version im Jahre 1942 drucken ließ – allerdings in nicht hoher Auflage in dem eigens von ihm für »Georgianer« eingerichteten Delfin-Verlag[11]. Dies war der unmittelbare Anlass, wobei in den erwähnten allgemeinen Bedenken natürlich der Grund für die Bitte lag. Die Denkschrift Gneisenaus aus den Jahren 1808 und 1811 war allerdings keine zwei Jahre zuvor wieder publiziert worden[12]. Damit war aber noch nicht automatisch ein Hinweis auf ihre Aktualität gegeben, den Stauffenberg in der Parallele unbedingt vermeiden wollte.

So einleuchtend – wenn auch im Lichte der späteren Entwicklung kaum mehr vertretbar – die Parallele zwischen Napoleon und Hitler war, so schwierig gestaltet sich durch sie die Deutung der Beschäftigung Stauffenbergs mit Gneisenau. Denn zu Zeiten Gneisenaus war Preußen von einem außenpolitischen, nationalen Gegner bedroht, die Insurrektion also ein nationaler Unabhängigkeitskampf, jetzt aber war in der Parallele der nach formalen Legalitätsprinzipien legitime Herrscher und »preußische König«, Hitler, der Gegner. Stauffenberg verwandte auch später für seine Pläne und Konspiration nicht das Wort »Widerstand« oder »Widerstandsbewegung«, sondern immer den auf seine Beschäftigung mit Gneisenau, der preußischen Reformzeit und den Befreiungskriegen Bezug nehmenden Begriff der »deutschen Erhebung«. Er verwies damit auf sein Ziel, Hitler zu beseitigen und gleichzeitig eine staatliche Erneuerung in Angriff zu nehmen. So wie Gneisenau den nationalen Gegner Napoleon besiegen und zugleich ein durch Reformen stärkeres und sozial erneuertes Preußen anstrebte, wollte nun der Ururenkel eine Erneuerung auf außen- und innenpolitischem Gebiet[13].

Die Parallele war also nicht eng gefasst und erschöpfte sich nicht in einer Gleichsetzung von Hitler und Napoleon. Gerade deshalb ist zumindest bei der Beurteilung von Stauffenbergs Haltung gegenüber Hitler im Jahre 1938 Vorsicht geboten. Denn »nationale Erneuerung« auf dem außenpolitischen Sektor und deutsche Großmachtpolitik hatte auch Hitler geführt und vorerst eilte er damit von Erfolg zu Erfolg. Diesen Teil begann Stauffenberg erst jetzt skeptischer, aber nicht prinzipiell ablehnend zu beurteilen. Die »nationale Erneuerung« im Innern schien ihm allerdings nicht in den richtigen Händen zu sein, denn dazu beschäftigte er sich nun zu sehr mit den auf einen Staatsstreich reduzierten und in der Theorie gegen den eigenen, nicht fremden Usurpator »umfunktionierten« Insurrektionsplänen Gneisenaus. Die Bitte um vertrauliche Behandlung von Gneisenaus Volksaufstandsplänen, da auch künftige Gegner Deutschlands auf sie aufmerksam gemacht werden könnten, markierte auf alle Fälle deutlich den außenpolitischen Aspekt der »nationalen Erneuerung«.

In seiner Denkschrift vom August des Jahres 1811 behandelte der spätere preußische Generalfeldmarschall Graf Neithardt von Gneisenau bis ins Detail die Pläne eines Volksaufstandes. »Milizen und Aufstand in Massen«, »Organisation einer Insurrektion, wenn eine feindliche Invasion eintritt« und »Instruktion für die Parteien, wenn durch eine feindliche Invasion ein Land in Besitz genommen wird« überschrieb er die einzelnen Abschnitte[14], von denen der letzte »frappante Ähnlichkeiten mit einer modernen Dienstvorschrift für den Partisanenkampf«[15] aufweist. Stauffenbergs Bedenken waren somit durchaus gerechtfertigt. Wichtiger als diese ausgearbeiteten Anweisungen sind für die Betrachtung von Stauffenbergs Beschäftigung mit Gneisenau dessen allgemeine Bemerkungen zu einem »Plan zur Vorbereitung eines Volksaufstandes«. Der Plan zur Vorbereitung des Aufstandes in der Provinz durch »Geschäftsführer« ließ sich ohne weiteres und nur leicht modifiziert übernehmen[16].

Wie spiegeln sich aber die Pläne Gneisenaus in Fahrners Darstellung? Welche Lehren wollte Fahrner aus der Geschichte gezogen sehen, und wie sah das Paradigma aus, auf das Stauffenberg anspielte? Die Parallele wird deutlich erkennbar, wenn Fahrner auf die Grundzüge des »ebenso umstürzenden wie *zeitlosen* Staatsplanes« Gneisenaus hinweist[17]. Doch auch die Vorrede ist bei gewissenhafter Lektüre zwischen den Zeilen aufschlussreich: »Statt Durchdringung und Erneuerung durch die Kräfte der Genien, der Abfall von den großen Geistern der Gegenwart und Vergangenheit eine stumpfe Unrührbarkeit, die die Höheren in die Einsamkeit und Irrsal trieb, die Unterwerfung unter Abläufe und nicht mehr gelenkte, sondern eigenmächtig abrollende Entwicklungen, die immer weiter von den Gründen des Lebens fortschritten[18].« Die Kritik Stefan Georges an der technischen Zivilisation und damit auch am Reiche Hitlers kommt hier ebenso zum Ausdruck wie zum Schluss der ganzen »Biographie« die Absicht ihres Autors, mit einem nach den Grundsätzen eines Gundolf umgestalteten »Vorbild« eine Gruppe, ja sogar einen einzelnen zum politischen Handeln aufzurufen: »So starb der Besieger Napoleons, der Befreier Deutschlands ... In der Stille aber wirkten seine Schöpfungen und Taten, und sie wirken noch, vieles in sich bergend, weiter, zukunftsträchtig und vielleicht schicksalbestimmend[19].«

Die »nationale Erneuerung« gegen Napoleon und Gneisenaus Auseinandersetzung mit der Französischen Revolution werden zunächst allgemein behandelt: »Der König hatte sich entschlossen, sein Heer wiederaufzubauen und seine Verwaltung in bessere Ordnung zu bringen – Gneisenau wollte eine Neuschöpfung. Er wußte, daß man diesem Gegner auf alten Bahnen und mit alten Mitteln nicht begegnen könne. Kühnen, ungenutzten Kräften, wie sie sich in der Französischen Revolution erst nach einem Aufruhr, unter Greueln und Vernichtungen und erst nach einem Königsmord durchgesetzt hatten, sollten in Deutschland die Regenten die Bahn eröffnen[20].« Die Revolution wurde so teilweise legitimiert durch die Tatsache, dass sie Neuem den Weg geebnet und neue Konstellationen möglich gemacht hatte. Die Parallele zu Stauffenbergs Zeit und dem Nationalsozialismus muss auch weiterhin im Auge behalten werden.

Fahrner belegt seine Aussage mit einem Gneisenau-Zitat: »Ein Grund hat Frankreich besonders auf diese Stufe von Größe gehoben: Die Revolution hat alle Kräfte geweckt und jeder Kraft einen angemessenen Wirkungskreis gegeben. Dadurch kamen an die Spitze der Armeen Helden, an die ersten Stellen der Verwaltung Staatsmänner, und endlich an die Spitze eines großen Volkes der größte Mensch aus seiner Mitte. Welche unendliche Kräfte schlafen im Schoße einer Nation unentwickelt und unausgenutzt! In der Brust von tausend und tausend Menschen wohnt ein großer Genius, dessen aufstrebende Flügel seine tiefen Verhältnisse lähmen. Währenddem ein Reich in seiner Schwäche und Schmach vergeht, folgt vielleicht in seinem elendsten Dorfe ein Cäsar dem Pflug und ein Epameinondas nährt sich karg von dem Ertrag seiner Hände ... Die Revolution hat die ganze Nationalkraft des französischen Volkes in Tätigkeit gesetzt und dadurch die ehemaligen Verhältnisse der Staaten zueinander und das darauf beruhende Gleichgewicht aufgehoben. Wollten die übrigen Staaten dieses Gleichgewicht wiederherstellen, dann mussten sie sich dieselben Hilfsquellen eröffnen und sie benutzen. Sie mussten sich die Ergebnisse der Revolution zueignen und gewannen so den doppelten Vorteil, dass sie ihre ganze Nationalkraft einer fremden entgegensetzen konnten und den Gefahren einer Revolution entgingen, die gerade darum noch nicht für sie vorüber sind, weil sie durch eine freiwillige Veränderung einer gewaltsamen nicht vorbeugen wollen[21]!«

Reform und Revolution von oben, Revolutionierung zur Erhaltung der nationalen Souveränität – der Wille zur außenpolitischen Freiheit verlangt auch die innenpolitische Freiheit, d. h. die außenpolitische Unabhängigkeit bedingt die innere Freiheit. Die unendlichen, im »Schoße der Nation« schlummernden Kräfte, hatte sie nicht auch George in seinem Gedicht »Geheimes Deutschland« beschworen?

Nach dem Sturz Napoleons erwies sich Gneisenau als der reformerische Protagonist einer starken nationalen Außenpolitik: »Ungewandelt standen die Mächte des alten Europa, die von den Erneuerern mühsam in diesen Krieg für ein neues Leben und ein erneuertes Reich genötigt worden waren, den verhaßten Mahnern gegenüber ... Gneisenau erwägt die Möglichkeit einer sofortigen kriegerischen Auseinandersetzung zwischen den Verbündeten. Er scheint versucht zu haben, Württemberg und Baden für diesen Kampf auf die preußische Seite zu ziehen und unter den großen Mächten Rußland zu gewinnen. Er hat den Wunsch, Elsaß und Lothringen dem Reich zurückzugeben und Preußen zu stärken und so zu durchformen, dass es durch seine innere Kraft die besten Geister aus den andern deutschen Ländern an sich zöge und mehr noch als durch den Primat der Waffen durch den des Geistes und einer großzügigen Staatsordnung den deutschen Stämmen zum Mittelpunkt würde[22].« Der starke Staat mit einer »großzügigen Staatsordnung« und mit machtpolitischer und kultureller Hegemonie als Magnet für andere Staaten – der Gedanke ließ sich auch auf den europäischen Rahmen ausdehnen.

Die Frage der historischen Treue in Fahrners Gneisenau-Bild muss sekundär bleiben, da nicht nur im Bemühen um eine Parallele, sondern auch in der von Stefan George geprägten Auffassung von »Vorbildern«, wie sie Gundolf formuliert hatte, Sinn und Zweck dieser Darstellung zu suchen sind. Von Relevanz ist eben in diesem Fall nur Stauffenbergs Bild von Gneisenau.

Der außenpolitische Primat ist bereits sichtbar geworden. Er erfordert innenpolitische Reformen, d. h. die »nationale Erneuerung« im Innern: »Im Innern des Staates das Ganze verwandeln statt notdürftig am Einzelnen zu bessern, das Unrecht bekämpfen, weil es unfruchtbar ist, durch eine gerechte großzügige Ordnung des gemeinsamen Lebens Freude und Stolz in allen erwecken und höhere Geister zur Mittätigkeit anlocken, Hochherzige und Tüchtige überall an die Spitze stellen, den übrigen Grundsätze und Lebensformen geben, die sie lieben und an denen sie wachsen können – das ist sein Staatsplan. Darin sah er auch das Befreiende der französischen Umwälzung – nicht in ihren vernünftlerischen Verfassungswerken, durch die sie sich über alles Gewordene und Gewachsene hinauszuschwingen geglaubt, sondern darin, dass sie einigen kühnen und tätigen Männern die Möglichkeit zu handeln gegeben hatte. Den Altgesonnenen, die alle Erneuerungspläne in unendlichen Vorarbeiten für eine neue Verfassung zu ersticken suchten, antwortete er, er könne ihnen in Einer Nacht zehn Verfassungen ausarbeiten. Jede, auch die beste Verfassung, ist ihm nur ein Werkzeug, nur ein Mittel, das seinen Wert erst durch die empfängt, die sich seiner bedienen. Er baut bei seinem Wirken und Planen auf Menschen, nicht auf Einrichtungen. Die Zahl der bloß Verwaltenden trachtet er zu mindern, die Schöpferischen und wirklich Tätigen zu suchen und anzuziehen. Die nötigen Einrichtungen wollte er so getroffen wissen, daß sie die Tätigen nicht behinderten, daß ein höherer Geist in ihnen lebe, der die Wachen beflügle, die noch Befangenen erwecke. Der deutsche Staat, der so der Entfaltung des Lebens diene, werde durch innere Kraft, nicht durch äußere Übermacht die deutschen Stämme an sich ziehn und die Führung des Reichs gewinnen[23].«

In nüchterner Prosa bedeutet dies die Errichtung eines sozial aufgeschlossenen, elitären Staates, der mit seinen Reformen und seiner Gesellschaftsstruktur die Hegemonie zu erringen in der Lage sein sollte. War Stauffenberg nicht der Meinung, dass der Nationalsozialismus die »Kruste« der alten bürgerlichen Staats- und Gesellschaftsordnung durchbrochen hatte? Gab dieser nun – wie einstmals die Französische Revolution – »einigen kühnen und tätigen Männern die Möglichkeit zu handeln«, nachdem die Greuel und Morde bereits geschehen waren? Schon recht deutlich zeigt sich, wer unter diesen »Einigen« zu finden sein wird: »Er baut bei seinem Wirken und Planen auf Menschen, nicht auf Einrichtungen.« Wie eine Antizipation von Stauffenbergs späteren Einwänden gegen endlose konspirative Diskussionen wirkt der Satz: »Den Altgesonnenen, die alle Erneuerungspläne in unendlichen Vorarbeiten für eine neue Verfassung zu ersticken suchten, antwortete er, er könne ihnen in Einer Nacht zehn Verfassungen ausarbeiten.«

Nicht nur der elitäre Gedanke, auch der Kampf gegen die technisierte Zivilisation kommt wie bereits in der Vorrede in der Parallele ausführlich zur Darstellung und zeigt wieder das Weltbild des »Meisters« und die Zusammenhänge mit dem »konservativ-revolutionären« Ideengut: »Der leitende Gedanke der einzelnen Maßnahmen war ein zwiefacher: sie sollten den Entwicklungen, die sich in der Französischen Revolution Bahn gebrochen hatten, sofern sie eine Richtung aufs Notwendige genommen, durch freiwillige und sinnvolle Neuerungen zuvorkommen, und aus einer noch bestehenden Ordnung, ehe sie ganz abgestorben wäre, in eine neue hinüberleiten. Dort aber, wo jene Entwicklung aus einer Zersetzung des Volkskörpers kam, und auf die Auflösung der Lebensordnungen hintrieb, wollten sie ihr entgegengehen und die Voraussetzungen dieser Entwicklung unterdrücken. Die Wucherungen, die sie in Europa um sich greifen sahen, wollten sie eingrenzen, dem Ausbrechen aus dem Lebensgefüge, wo es schon begonnen hatte, Schranken setzen: gegen die mechanischen Arbeitsweisen, die sich von England auszubreiten begannen, wollten sie Dämme errichten, die Gründungen solcher Unternehmungen der Nutz- und Betriebssucht entziehen. Denn sie sahen die unumgänglichen Folgen voraus: die ungesunde Anhäufung Besitzloser, die Zerstörung des Volksgefüges und die schrankenlose Herrschaft des Geldes, das sich den einzelnen und den Staat unterwirft. Sie wollten dieser Entwicklung, die sie voraussahen, zuvorkommen, wie weise und weitschauende Staatslenker vor und seit Lykurg diesen immer bestehenden Wucherungstrieb gesehen und zu unterdrücken gesucht. Willkürlich neue Bedürfnisse zu erfinden, um die davon Befallenen auszubeuten, sollte nie und nirgends geduldet werden. Für alle Grundbedürfnisse des Menschen, für Wohnung, Kleidung, Nahrung sollte allein das Handwerk sorgen[24].« Der Stil dieses Abschnittes unterstreicht noch die Art dieses »weisen und weitschauenden« konservativen Agrarromantismus, zu dessen Durchsetzung es einer von ihm ehrlich beseelten und verantwortungsbewussten Elite bedarf:

»Bei all den begonnenen und geplanten Maßnahmen war den Erneuerern bewußt, daß Bestand und Glück einer Staatsgründung davon abhingen, ob es gelänge, einen staatstragenden Stand zu schaffen und so stark zu machen, daß er eine weise und feste Führung auszuüben fähig sei. Diesen neuen Stand wollten sie aus den noch gesunden Gliedern des bisher führenden Standes bilden, indem sie ihn durch einen Ehrengerichtshof unter Vorsitz des Königs von den abgesunkenen Mitgliedern befreiten und durch Wohlgeschaffene aus den anderen Ständen ergänzten und stärkten. Die Träger dieses Standes würden, soweit sie nicht Grund besäßen, mit Land belehnt werden, damit sie sich frei, ohne Entgelt und uneingeschränkt den schöpferischen Aufgaben und den Werken des Staates und Krieges widmen konnten[25].«

Stauffenberg forderte später, »daß die überkommenen Güter nicht einfach über Bord geworfen« werden dürften und »man die geschichtlichen Leistungen des Adels berücksichtigen solle«[26]. Auch er dachte daran, zwar nicht als Qualifikation für ein Staatsamt Grundbesitz zu fordern, aber doch beide miteinander zu verbinden und den Inhaber eines Amtes womöglich mit Besitz auszustatten, um ihn als »incorruptible« zu bewahren[27].

Die Wehrpolitik Gneisenaus wird in einem eigenen Abschnitt erwähnt, was im Hinblick auf den Inhalt und seinen indirekten Bezug auf Stauffenbergs eigenes »berufsmilitärisches Selbstverständnis« und sein wehrpolitisches Konzept zu begreifen ist: »In dieser Neuschöpfung des Ganzen sollte auch das Heer erneuert werden. Der König war bestrebt, die zerschlagene Armee wiederherzustellen, besser zu schulen, in der neuen Gefechtsweise auszubilden. Gneisenau sah, daß damit nicht viel gewonnen wäre, solange man im Grunde am Alten festhielte, solange das Heer eine Kaste von Kriegsknechten blieb, oft aus dem Auswurf der Bevölkerung aufgebracht, von den gebildeten Ständen gemieden, von einem Armeekommando, das einer Schreibstube gliche, geleitet, durch entehrende Strafen zusammengehalten. Ihm steht das Ursprüngliche vor Augen: die Blüte des Volkes als Heer, das Heer als Staat. Die Wohlgeschaffenen, geübt in der Schule der Waffen, das Volk zu jeder Stunde bereit, sich in ein Heer zu verwandeln. Als Führer dieses Heeres will er auf allen Stufen die Besten und Lebendigsten sehen, die in der Schule der Griechen, an den Bildern der Geschichte erzogen, mit freier Weite des Blicks, von hohem Geist erfüllt, der Ausdauer und Spannkraft verleiht. Befehlsstellen sollten nicht nach Dienstjahren vergeben werden: der König solle frei die Befähigten betrauen, in außerordentlichen Lagen auch den Jüngsten an die Spitze stellen können. Während die meisten noch in der Gedankenwelt der Kabinettskriege leben, will Gneisenau unbedingten Krieg, den das ganze Volk als den seinen sieht und führt, aus dem der Staat durch verjüngende Begegnung mit der Gefahr immer wieder neu belebt aufersteht[28].« Das Heer als Staat, d. h. mehr als bloßes Werkzeug, der gebildete Offizier, wie ihn auch Goethe beschrieb, und die Devise »Freie Bahn dem Tüchtigen« – Stauffenberg mussten diese Ideen nicht sehr fremd anmuten.

Dem »Staatsplan« zur Seite steht der Konspirationsplan – bei Gneisenau freilich ein Plan für einen Volksaufstand mit königlicher Legitimation. Die Vorbereitung geschieht durch Memoranden und das konspirative Gespräch: »Alle diese Pläne entwickelt Gneisenau in Rede und Umgang den erneuerungswilligen Männern in Heer und Staat, trägt sie in immer neuen Denkschriften dem König vor. Denn am glücklichsten schien es ihm, und hierin sah er wie Goethe, wenn es gelänge, einen Fürsten zu erwecken, damit die Neuschöpfung sich als gelenktes Wachstum vollziehen könne. Er fühlte, welche Kräfte einer altgegründeten Herrschaft innewohnen und welche Kräfte durch sie wachgerufen werden können[29].«

Einer Konspiration musste im allgemeinen die Mithilfe von zornigen, aber geistig nicht sehr komplizierten »Täter-Typen« willkommen sein: »Natürliche Verbündete der Erneuerer waren auch die Tat- und Rachewilligen, die, wenn auch nicht vom Geist der Erneuerung berührt, doch zum Kämpfen und Handeln drängten, wie der mutige Blücher ...[30]« Doch wie war der Geist und der Charakter des wahren Erneuerers beschaffen?

Fahrner beschreibt ihn mit Worten Arndts und solchen aus einem historischen Brief, die sich an Stauffenberg wandten: »Er wirkte aus der tieferen weitgespannten Leidenschaft des wahren Erneuerers, dem Scheinerfüllungen, wie sie eine französische Revolution bringen mag, nichts bedeuten, und der auf die volle unmittelbare Auswirkung seiner Person verzichten kann, um mit diesem scheinbaren Verzicht dem begonnenen Werk die Dauer zu sichern ... Gneisenaus Gestalt und Wirkung in jenen Jahren schildert Arndt. Er zeigt ihn als den Helden der Stunde, um den sich alle drängten, der um sich eine Schar von Jünglingen, Männern und hochgesinnten Frauen sammelte, und auf den viele in Hoffnung schauten als auf den künftigen Führer und Feldherrn. Alles Leben sei damals in Spannung und Gefahr wieder echt und ursprünglich geworden: die Männer herausgehoben über die kleinen Alltäglichkeiten, einem großen Ziele zugewandt, die Frauen Kampfgefährtinnen der Männer, mitgeregt vom hohen Geist, diese Regung weitertragend und steigernd ... Arndt zeichnet Gneisenaus Erscheinung: ›Dieser schöne Mensch war von leidenschaftlicher und feuriger Natur, kühne Triebe und Gedanken fluteten unaufhörlich in ihm hin und her ... bei gewaltigem Ungestüm und bei unendlicher Beweglichkeit die seltenste Herrschaft über die Triebe ... selbst im Unmut und Zorn, worin er sich über Niederträchtigkeiten und Schleichereien ergießen konnte, stand die Gebärde des Mannes unter höherer Gewalt und die Sprache behielt den Klang des Helden ... Man konnte in Freude und Verehrung vor seiner Erscheinung still stehn und sich zurufen: Sieh, hier ist einmal ein ganz wohlgeborener Mensch!‹ ... Welche Kräfte und Hoffnungen Gneisenaus Gestalt in den Regbaren erweckte, wie ihr Geist und ihre Sprache an ihm wuchsen, bekunden noch manche andere Äußerungen, unter ihnen vielleicht am schönsten ein Brief des jungen Grafen Groeben, der bei Bekanntwerden der Unterwerfung Preußens unter Napoleon im Jahre 1812 als Gardeleutnant einer der ersten Offiziere war, die ihre Entlassung forderten. Er ruft in dieser Stunde Gneisenau an: ›Es naht die Zeit drangvoller, aber auch großer und herrlicher Entwicklungen. Nur einer ist, der sie lösen kann, auf Ihnen ruht das Auge Deutschlands ... Fachen Sie ihn an den Funken, der in aller Herzen schlummert! Nicht meine Stimme ist's allein, die sich zu Ihnen erhebt, ich rede im Namen einer Welt. Winken Sie – wir folgen! Seien Sie der Heerführer einer deutschen Heiligen Schar! Nur den Großen, Außerordentlichen entspricht das Große – Ewiglebende. Dem Gottgeweihten ist nichts zu kühn. Was ein Mann vermag, lehrt die Geschichte – wollen Sie, und Sie stehen nicht allein.‹[31]«

Vor zehn Jahren hatte Stauffenberg die kühnen Maßstäbe seines Denkens genannt: »Was wirst Du tun? Was kann geschehen? Welche Aussichten bestehen?« Musste ihm nun diese Denkweise fremd erscheinen? Einmal abgesehen vom Pathos und der dichterischen Verkleidung, brachte wohl die indirekte Aufforderung Fahrners den bei Stefan George üblichen hohen Glauben an die Kraft des menschlichen Individuums zum Ausdruck. Aufforderung und Menschenbild mussten nicht Selbstüberschätzung bedeuten. Denn Stauffenberg wusste sehr wohl, auf welchem

Platz er stand, und ließ dies auch noch im selben Jahr 1939 deutlich erkennen, als er von anderer Seite zu einer Aktion gegen Hitler ermuntert wurde[32].

Dem Geist des Erneuerers ordnet sich die Verschwörertat unter. »Spähend verfolgten Gneisenau und die Gleichgesinnten in all diesen Jahren, während sie die Befreiung vorbereiteten, jede politische und kriegerische Bewegung in Europa, die eine Möglichkeit zum Eingreifen bieten konnte ... Für den Volkskrieg, der in ganz Preußen entbunden werden soll, arbeitet Gneisenau eine Verfassung aus, damit dieser Kampf, auf Befehl des Königs begonnen, von fester Hand gelenkt sich nicht in wirre Einzelhandlungen auflöse, und jeder streitbare Mann des Landes als Krieger oder Helfer seine Stelle fände. In Preußen könne man, so glaubt Gneisenau, diese Gewalten entfesseln, weil die unerschütterliche Anhänglichkeit an den Staat und das Königshaus verhindern werde, dass dieser Krieg in einer allgemeinen Verwilderung und Auflösung ende ... ›Dem Schicksal in die Räder greifen, den Begebenheiten das Gesetz geben, statt es von ihnen zu empfangen‹ ist sein Leitsatz[33].« Nach dem Abschluss des Bündnisses mit Frankreich durch Preußen im Jahre 1812 fühlen »Gneisenau und die Freunde ... die heilige Ehre verletzt, selbst den Keim eines künftigen Wachstums gefährdet. Die um sich greifende knechtische Gesinnung und ihre Geschichtsfälschungen scheuend, legen sie in einem geheimen Bekenntnis gemeinsam ihre Gesinnung nieder, damit künftige Zeiten erführen, auch wenn sie selbst zugrunde gehen sollten, dass damals Männer gelebt, die die ganze Schmach gesehen und empfunden hätten[34].«

Um den Zusammenhang zwischen diesem »Vorbild« und Stauffenbergs späterem Handeln darzustellen, genügt es, auf *sein* »geheimes Bekenntnis« – den »Eid« – hinzuweisen, der im Grunde alle Staats- und Gesellschaftsvorstellungen des Modellfalles »Gneisenau« zusammenfasst und nicht zufälligerweise durch Fahrner überliefert ist[35].

Wieweit sich Stauffenberg nun selbst als »eigenständige Kraft« verstand und sein Handeln danach richtete, ist nicht zu eruieren. Jedenfalls bedeutet die Arbeit mit der historischen Parallele noch lange keinen »Bruch« in seinem reichen Persönlichkeitsbild. Den Willen, mit aktualisierten Parallelen zu arbeiten, hatte er in seinen Reden auf dem Hohentwiel und am Rhein gezeigt. Und schon im Jahre 1923 hatte er ja bekannt, er »wühle gern in alter helden sagen«, fühle sich »verwandt so hehrem tun und ruhmgekröntem blute«, »könnte nicht die alten zeiten missen« und »liebe drum die großen ferner tage«, in deren Bann er sein Leben zu »schauen« und seinen Willen wachsen zu sehen vermöchte[36]. Die Fähigkeit, in der Geschichte Parallelen zu erkennen und zu nutzen, d. h. aus der Geschichte zu lernen, hatte er mit seiner Arbeit über die Heereskavallerie bewiesen. Die »Aktualisierung« Gneisenaus und die eingehende Beschäftigung mit dessen politischem Wollen war nun die dem Nachkommen, Offizier und »Georgianer« gemäße Ausdrucksform seiner »politischen Idee«, die er in jenem Moment stärker mobilisierte, in dem die Agglomeration von Kritik ihn zu schärferem und kritischerem Nachdenken über das Deutschland Hitlers veranlasste. Diese »Idee« blieb recht vage – ob sie im späteren Verlauf überhaupt vermehrt präzisiert werden sollte, wird noch zu untersuchen sein.

Zwei wichtige Folgerungen lassen sich aber aus der Beschäftigung Stauffenbergs mit Gneisenau ziehen, die nicht erst im Winter 1938/39 eingesetzt, wohl aber zu diesem Zeitpunkt einen Höhepunkt erreicht hatte und ihn noch weiter erfüllen sollte[37]. Die bloße Erwägung des Gedankens, einen konkreten, in der deutschen historischen Tradition wohl etwas in Vergessenheit geratenen Konspirations- und Insurrektionsplan zu modifizieren und unter Umständen gegen das eigene Regime zu richten, war für einen Untertanen des »Dritten Reiches« ein Zeichen einer – neutral ausgedrückt – bemerkenswerten Gesinnung, die aus der Perspektive des totalitären Systems bereits strafwürdig war. Doch die diesem Subjekt zur Verfügung stehenden Mittel zur Überwindung der Distanz zwischen Gedanke und Tat waren – im Hinblick auf das Überwachungs- und Sicherungsinstrumentarium des totalitären Machtapparates – eine absolute Quantité négligeable. Dem einen Hindernis gesellte sich das zweite, nicht minder wichtige hinzu, das wohl im Zusammenwirken mit dem ersten Stauffenberg den Schritt vom Gedanken zur Tat nicht unternehmen ließ. Dieses Hindernis lag in der auch im Vortrag deutlich zutage tretenden Interpretation der »Erhebung« selbst begründet, die nicht Umsturz oder Insurrektion allein bedeutete. Denn die Konzeption einer »Erhebung« besaß eine außenpolitische Komponente – d. h. die nationale Resurrektion oder Errichtung eines starken nationalen Staates mit vagen Hegemonie-Ansprüchen – und eine innenpolitische Komponente – d. h. die Insurrektion im Lande oder, den modernen Bedingungen angepasst, eine Konspiration mit dem Ziele eines Staatsstreiches gegen das eigene Regime.

Fast hat es den Anschein, als ob Stauffenberg in diesem Winter und Frühjahr 1939 eher von seiner Ohnmacht im totalitären Staat als von seiner Befürwortung der auch von Hitler betriebenen außenpolitischen »Erneuerung« an einer weiteren Konkretisierung und gedanklichen Verfolgung des noch ziemlich theoretischen, auf die gesamte »deutsche Erhebung« abgestimmten Projektes gehindert wurde. Denn hatte er nicht erkannt, dass »der Narr« Krieg machen würde? Befürchtete er nicht als Konsequenz einer Kette von beinahe unglaublichen nationalen Erfolgen, die durchaus auf das Konto der außenpolitischen »Erhebung« zu buchen waren, eine zum Krieg führende Hybris, die das ganze bereits geleistete Werk wieder völlig in Frage stellte und bedrohte? Hatte er nicht durch die »Kristallnacht« überdeutlich den wahren Charakter der falschen Elite demonstriert bekommen und sich Rechenschaft über den Schaden abgelegt, der seinem Volk aus deren Untaten erwachsen würde? Dass eine Aktion gegen Hitler – die noch lange nicht identisch mit seiner Ermordung zu sein brauchte –, ja nur ein energischeres Auftreten der in ihrer moralischen Korruptheit von ihm erkannten Generalität nicht zu erwarten war, hatte Stauffenberg bereits realisiert. Trotz der von ihm gesehenen Gefahr, die Hitlers nationalen Erfolgen von seiner eigenen, zum Kriege treibenden Politik drohte, konnte Stauffenberg wohl noch immer nicht als zutiefst entschlossener und aktiver Gegner des »Dritten Reiches« bezeichnet werden, auch wenn er nun von einer Verschwörung um Beck wusste und damit in einem Zusammenhang mit ihr stand.

Der Wunsch nach einer Aktion – in welcher Form auch immer er bei ihm bestanden haben mochte – wäre jedenfalls nicht zu erfüllen gewesen. Der Pragmatiker Stauffenberg verlor sich darob kaum in endlosen geistigen Kombinationen. Dem Schicksal hätte er beim besten Willen aus seiner Stellung heraus nicht in die Räder greifen können. Jedenfalls hatte er eine bereits beträchtliche, nicht nur latente Distanz zu Hitlers Regime gezeigt – eine Distanz, die sich bei der Erörterung der Problematik einer »nationalen Erneuerung« symbolhaft im freilich noch stark theoretischen Überdenken eines konspirativen Aspektes seiner »politischen Idee« manifestierte. Nach der Entfesselung des Krieges durch Hitler sollte aber eine veränderte Situation bestehen, in der der Offizier zunächst ausschließlich die Verteidigung seines Landes und die außenpolitische Komponente der »Erhebung« vor Augen hatte. Damit musste er seinen eigenen Gedanken nicht untreu werden, denn die Pläne für die innere »Erhebung« brauchte er nicht zu vergessen. Er ließ aber damit sehr deutlich die beiden Komponenten der Konzeption hervortreten, deren außenpolitischen nun seiner Meinung nach die Priorität zukam.

»Der Narr macht Krieg!« Die Generalität erfuhr dies spätestens durch Hitlers Ansprache auf dem Berghof in Berchtesgaden am 22. August 1939[38]. Sie hatte ebenso an Hitlers Kriegsabsichten gezweifelt, wie dieser – mit der Aussicht auf einen Pakt mit Stalin – von der Möglichkeit der Lokalisierung des Konfliktes mit Polen und dem Nichteingreifen Großbritanniens und Frankreichs überzeugt war. Niemand hatte neue Umsturzpläne ausgearbeitet. Die deutsche Wehrmacht zog auf zu ihrem ersten, in Windeseile gepflückten Pyrrhos-Sieg nach Polen.

Stauffenberg, der »seit Wochen so gut wie kein Privatleben mehr führte«, schrieb am 18. August 1939 seinem Onkel, dem Grafen Berthold Stauffenberg, zum Geburtstag, berichtete, dass er »morgen auf den Truppenübungsplatz abmarschiere« und der Weg nicht an Greifenstein vorbeiführe, und ließ durchblicken, dass er den Klang der Stunde vernommen hatte: Die Liebe und Verehrung für seinen Onkel gründeten sich nicht nur auf das hochgehaltene Verwandtschaftsgefühl, »sondern vor allem auch auf die Bewunderung für ein menschliches Vorbild, das Vorbild des wahren Edelmanns, Herrn und Soldaten. Dies Vorbild wird – gerade in ernsten Zeiten – nie aufhören, mir eine Genugtuung und ein Ansporn zu sein[39].« Spätestens mit dem Donnern der deutschen Geschütze im Morgengrauen des 1. September 1939 – dem Präludium für den von deutscher Hand ausgelösten Untergang der alten europäischen Staatenwelt – waren diese »ernsten Zeiten« angebrochen, in die Stauffenberg nicht nur das Vorbild seines Onkels, sondern auch jenes Gneisenaus begleitete.

Feldzüge in Polen und Frankreich 1939/40

Nach der Sudetenkrise hatte Stauffenbergs früherer Lehrer an der Kavallerie-Schule Hannover, Friedrich-Wilhelm von Loeper, Ende 1938 als Nachfolger Hoepners, der zum Kommandierenden General des XVI. Armeekorps ernannt wurde, das Kommando über die 1. leichte Division übernommen[1]. Am Zangenangriff der deutschen Armeen gegen Polen, der innerhalb von drei Wochen den verzweifelt um seine Existenz fechtenden östlichen Nachbarn Deutschlands erdrückte, nahm die Division Stauffenbergs im Rahmen der aus Schlesien und der zerstückelten und besetzten Tschechoslowakei vorstoßenden Heeresgruppe Süd unter Generaloberst v. Rundstedt teil. Der 10. Armee Reichenaus in Schlesien unterstellt, drang die 1. leichte Division[2] mit Teilen rasch nach Nordosten über Wielun (2. 9. 1939) vor, überquerte die Warthe (3. 9.), erkämpfte sich den Übergang über die Widawka (5./6. 9.) und stieß von Widawa weiter nach Osten bis Kwow vor (6. 9.). Von Widawa drehte sie Richtung Südosten nach Radomsko ab (6./7.9 .). Südlich Radomsko traf sie sich mit dem andern Teil der Division, der mit ihr die Grenze überschritten hatte, dann aber südostwärts über Krzepice nach Tschenstochau an die Warthe vorgestoßen war und von dort nordostwärts vorgehend nun – gleichsam ein großes Trapez schließend – mit ihr zusammentraf. Auf einem unheimlichen Sturmmarsch – ohne Rücksicht auf Flankenschutz – schoss die Division wie ein Pfeil über Radom (8./9. 9.) an die Weichsel vor, die sie als erste bei Kozienice (9. 9.) nach neun Tagen ununterbrochenen Fahrens und Fechtens erreichte[3].

Als die Kriegserklärung Großbritanniens und Frankreichs vom 3. September 1939 bekannt wurde, hielt sich der Divisionsstab an einer Straßenkreuzung in der Nähe von Wielun auf. Eine niedergeschlagene Stimmung bemächtigte sich der deutschen Offiziere, in die hinein Stauffenberg die Worte sprach: »Kinder, wenn wir den Krieg gewinnen wollen, dann ist das eine Frage des Aushaltenkönnens für uns, und dieser Krieg dauert dann mit Sicherheit seine zehn Jahre[4].« Am 13. September schrieb er aus Kozienice, wo der Divisionsstab vom 9. bis zum 14. September lag, in seinem ersten Brief aus dem polnischen Feldzug an seine Frau[5]:

»Hier gehen die Kämpfe allmählich zu Ende. Wir waren von Radom kommend die ersten an der Weichsel und müssen nun immer noch den Kampf mit den eingeschlossenen polnischen Divisionen zu End kämpfen, zum Teil leider verlustreicher als diese Sache erfordern würde.

Der unglaublich schnelle Vormarsch macht mir große Schwierigkeiten in der Versorgung der Truppe. Man lebt von der Hand in den Mund.

Das Gröbste dürften wir aber in Polen geschafft haben. Die polnische Armee muß gewaltig geschwächt sein. Ob sie die materiellen Lücken überhaupt wieder schließen kann, scheint mir recht fraglich.«

Hatte Stauffenberg in seinem Brief vom 18. August 1939 an seinen Onkel erwähnt, dass er seit Wochen kein Privatleben mehr führte[6], so war das ein Zeichen, wie sehr er von den Vorbereitungen des Feldzuges in Anspruch genommen wurde. Jetzt stellten sich als Resultat der allgemein mangelhaften Vorbereitung des gesamten Feldzuges sehr schlechte Nachschubverhältnisse ein[7]. Stauffenberg bewältigte aber in hervorragender Weise die Schwierigkeiten, von denen er selbst spricht, und so litt denn auch die Division nie Mangel[8]. Die aus dem ersten kriegerischen Einsatz von motorisierten Verbänden gewonnenen Erfahrungen stellte er später zusammen, um den bei Übungen und Kriegsspielen nicht vorgesehenen Defekten des militärischen Instrumentes zu Leibe zu rücken[9]. Den schnellen Vormarsch bezeichnet Stauffenberg selbst als »unglaublich«, doch spricht aus seinen Zeilen noch eine gewisse Vorsicht bei der Bewertung des bereits Erreichten. Jedenfalls lässt er noch keine Siegesfanfare ertönen, auch wenn er das Ausmaß des eigenen Erfolges durchaus realisiert.

Am folgenden Tag schreibt Stauffenberg vom selben Ort erneut einen Brief an seine Frau[10]:

»Wir sind immer noch hier und haben heute unsere Truppen zu einer kleinen Ruhepause zusammengezogen.

Die Nachschubschwierigkeiten sind nach wie vor eminente. So ganz allmählich hoffe ich aber in die Reihe zu kommen.

So allmählich muß man sich auf Herbst und Winter einstellen. Wenn Du Handschuhe stricken kannst, tue es. Dann versuch doch bitte einen Schlafsack zu ergattern. So allmählich wird sich ja unsere Industrie auch auf solche Sachen werfen. Das könnte man nämlich sehr gut brauchen.«
Neben dem erneuten Hinweis auf die Nachschubschwierigkeiten und dem ironischen, zwischen den Zeilen leicht hervortretenden Wink auf die mangelhafte Vorbereitung – »So allmählich ...« – ist in diesem Brief vor allem Stauffenbergs Beurteilung der britisch-französischen Kriegserklärung aufschlussreich:

»Der polnische Feldzug geht erstaunlich frisch vorwärts. Den englisch-französischen ›Krieg‹ halte ich zunächst für die Schaffung von Verhandlungsgrundlagen. Was soll das sonst? Jedenfalls, wie auch immer, kommt es zunächst darauf an, hier möglichst rasch fertig zu werden.«

Die drôle de guerre scheint er nun im Vergleich zu seinem Kommentar zu der alliierten Kriegserklärung einige Tage zuvor etwas anders beurteilt zu haben, wenn er in der Erfüllung des gegenüber Polen abgegebenen Garantieversprechens durch Großbritannien und Frankreich vor allem deren Bemühen um Errichtung einer Verhandlungsbasis erblicken zu können glaubte. Doch ist er noch immer vorsichtig. Er spürte trotz seiner recht optimistischen Lagebeurteilung die Bedrohung.

Am selben 14. September marschierte die Division zunächst über Radom nach Westen, um dann die Pilica zu überschreiten und parallel der Weichsel nach Norden auf Warschau vorzustoßen. Zwei Tage später hielt der Divisionsstab in Gluchow, etwa 30 Kilometer südlich von Warschau. Vom 15. auf den 16. September hatte er weiter südlich in Leczeszyse gelegen, vom 16. auf den 17. sollte er dann weiter nordwestwärts in Opypy stehen. In der kurzen zur Verfügung stehenden Zeit schrieb Stauffenberg seiner Frau aus Gluchow[11]:

»Aus der Ruhe ist natürlich nichts geworden. In aller Eile wurden wir herausgezogen, um nördlich der Pilica gegen einige eingeschlossene Divisionen angesetzt zu werden, die durchzubrechen versuchen.

Die vorletzte Nacht habe ich so um die Ohren geschlagen, heute aber ganz schön geschlafen. Eben bin ich in einem prächtigen Chateau mit herrlichen Empiremöbeln eingetroffen.

Heute morgen hat der polnische Herbstregen begonnen. Es sieht sehr nach Dauerregen aus. Dann werden wir nicht mehr allzu viel hier machen können.

Die Versorgung macht bei dem dauernden Hin und Her unglaubliche Schwierigkeiten.

Samowar fand ich noch keinen, wüßte auch nicht recht wie zu transportieren.«

Auch im nächsten Brief vom folgenden Tag aus dem 10 Kilometer westlich von Warschau gelegenen Ocarow, wo sich das Stabsquartier am 17. September aufhielt, fehlt ein Hinweis auf die Schwierigkeiten nicht[12]:

»Heute kam Dein Brief vom 8. 9. hier an. Wir sind inzwischen im Raum unmittelbar westl. Warschau, um die Vereinigung vom Feind, der bei Lowicz u. nördl. eingeschlossen ist, mit dem Warschauer Feind zu verhindern. Die Verhältnisse sind recht verzwickt. Man hat eigentlich ständig Feind auf allen Seiten, weil die Operationen so rasch vorgeschritten sind, daß mit den eingeschlossenen fdl. Divisionen nie richtig aufgeräumt werden konnte.

Die Verwahrlosung ist in der Nähe der Hauptstadt dieselbe wie vorher. In den letzten Stabsquartieren habe ich aber in ziemlich heruntergekommenen Châteaus herrliche Empiremöbel gesehen. Unwahrscheinlich schöne Sachen, bei denen mir die Augen übergehen. Gerade jetzt bin ich in einem Landhaus eines sehr kultivierten Künstlers mit sehr schöner Bibliothek und fabelhaften Empiresachen, Betten, Nachttische, Spiegel, Bücherschränke, klassisch im Stil und so, wie man sie sich denkt.

Heute sah ich an der großen Straße von Warschau nach Westen die Reste einer völlig zusammengeschossenen Kolonne. 100 oder mehr Pferde liegen am Straßenrand. Zur Zeit verscharrt die Zivilbevölkerung die Kadaver. Der Eindruck war unvergesslich.

Das Hervorstechende an diesem Land ist die Verwahrlosung. Nicht nur eine unendliche Armut und Verschlamptheit, sondern der Eindruck des Heruntergekommenen, das früher schon besser war. Zum Teil sind die Agrarverhältnisse und die Agrarreform, die den größeren Grundbesitz völlig verarmt hat, schuld.

Samowar oder ähnliches konnte ich noch nicht kaufen. Und stehlen kann man ja schließlich auch nicht. Aber in den Schlössern gibt es sehr schöne Sachen.«

Sosehr sich Stauffenberg über den Anblick von schönen Empiremöbeln erfreut, so wenig vergisst er die Schrecken des Krieges zu erwähnen. Die Verwahrlosung scheint ihn zutiefst erschreckt und erstaunt zu haben. In diesem Staunen, das sich in Stauffenbergs Briefen aus dem Polenfeldzug mehrfach niederschlägt, kommt manches zum Ausdruck, das an das herkömmliche preußisch-deutsche Superioritätsgefühl gegenüber dem Osten mit seinen völlig anderen Lebensmaßstäben erinnert. Doch dass diese Abscheu vor »polnischer Wirtschaft« nicht automatisch Menschenverachtung bedeuten musste, demonstrierte Stauffenberg, als er darauf bestand, dass ein Offizier, der aus Nachlässigkeit die Exekution zweier schwachsinniger Polinnen als »Spioninnen« verursacht hatte, vor ein Kriegsgericht gestellt wurde. Das Kriegsgericht verfügte die Degradierung des Offiziers, der ein Duzfreund Stauffenbergs war ...[13] Das war alles andere als das Verhalten eines nationalsozialistischen »Herrenmenschen« und beweist, dass Stauffenberg trotz zivilisatorischem Superioritätsgefühl rigoros gegen eine Verletzung der anerkannten, selbstverständlichsten und elementarsten Gebote der Menschlichkeit im Krieg vorzugehen gewillt war – ein durchaus nicht »systemkonformes« Verhalten.

Bedeutsam ist sein im selben Brief enthaltener Kommentar zum sowjetischen Vormarsch, der die Beute sichern sollte, die Stalin für seine Hilfestellung bei der deutschen Aggression gegen Polen von Hitler zugestanden bekommen hatte:

»Heute kam die Nachricht von der Kriegseröffnung Russlands. Ich muss jetzt schon lachen beim Gedanken an die Verbrüderung der deutschen und Roten Armee, wenn wir uns die Hände reichen.«

Diese Formulierung lässt durchblicken, wie unwirklich und beinahe makaber ihn, der im Juni 1938 am Rhein von der östlichen Gefahr gesprochen hatte, das Zweckbündnis der beiden Diktatoren und ideologischen Todfeinde wohl anmutete. Dem Denken dieser totalitären und momentanen Verbündeten entsprach Stauffenbergs nüchtern-konservative Teilinterpretation der polnischen Verwahrlosung – »Agrarreform, die den größeren Grundbesitz völlig verarmt hat« – in keiner Weise, sah er als Aristokrat doch in größerem Grundbesitz nicht etwas Verwerfliches, »Feudalistisches« oder gar »Ausbeuterisches«. Am 23. September schrieb Stauffenberg aus Rykaly wieder seiner Frau und zog eine Art Bilanz des Feldzuges, nachdem die Division zwischen dem 18. und 21. September westlich der Weichsel zwischen Warschau im Südosten und Modlin im Nordwesten harte Kämpfe gegen Ausbruchsversuche der eingeschlossenen polnischen Truppen zu Ende gefochten hatte[14]:

»Die letzte Woche war für meine Division noch höchst ereignisreich und leider recht verlustreich. Wie wir gerade an der Weichsel noch einige Tage Ruhe zur Wiederauffrischung erhalten sollten, wurden wir plötzlich herausgezogen, um an den Schauplatz der westlich Warschau in Gang gekommenen Schlacht gegen die dort abgeschnittene polnische Armee herangeführt zu werden. So rückten wir am 14. 9. über Radom in die Gegend nördl. der Pilica, kamen am 15. 9. in den Raum südwestlich Warschau, stießen dann dort am 16. von der großen Straße Warschau-Blonie unmittelbar am Westrand Warschaus zur Weichsel durch und hatten an den folgenden Tagen sehr schwere Kämpfe gegen erst zwei, dann drei Fronten zu bestehen. Wir standen so auf der Verbindung zwischen Modlin und Warschau, daß wir von den mit dem Mut der Verzweiflung kämpfenden, uns zahlenmäßig stark überlegenen Polen mehrfach in üble Bedrängnis kamen. Um nicht zum Teil oder ganz abgeschnitten zu werden, mußten wir dann die Straße Modlin-Warschau dem Feind überlassen. Das ganze war für die Führung eine rechte Nervenprobe. Trotz dieser verworrenen Verhältnisse haben wir noch Tausende von Gefangenen gemacht.

Vorgestern wurden wir dann herausgezogen und liegen jetzt zwischen Grojec und der Pilica in Ruheunterkünften, um uns wieder etwas aufzufrischen, was vor allem materiell auch höchst nötig ist. Ich denke, daß wir schon verhältnismäßig bald nach Deutschland zurückkommen, um dann dort wieder voll einsatzbereit gemacht zu werden. Ob, wann und wohin läßt sich natürlich noch nicht übersehen.

Hier ist ein Schloß, etwas abseits der großen Straßen, daher bisher auch unberührt. Die Besitzer sind noch da, alles ganz ordentlich. Ich habe sogar ein Bett mit Bettwäsche, ein langentbehrter Genuß...

Wir gehen in den nächsten Tagen mit den deutschen Truppen bis an die Weichsel zurück, um das Gebiet ostwärts San-Weichsel der russischen Okkupation zu überlassen.«

Dieser Brief mutet recht nüchtern an. Die vergangenen Kämpfe sind ebenso in ihrer Wirkung auf Stauffenberg zu spüren, wie seine Muße im Ruhequartier sich in der Länge des Briefes niederschlägt. Es ist begreiflich, dass sich Stauffenberg aus mancherlei Gründen in seinen Briefen aus dem Feld an seine Frau nicht in politische Erörterungen einließ. Der Hinweis auf die Konsequenzen der von der Sowjetunion und dem Deutschen Reich vollzogenen vierten Teilung Polens ist ebenso sachlich-zurückhaltend wie symptomatisch. Die sowjetrussische Okkupation des Gebietes ostwärts San und Weichsel konnte und wollte er nicht unerwähnt lassen.

Bis zum 11. Oktober lag der Divisionsstab in Rykaly. Dann kehrte die Division nach Deutschland zurück. Am 17. Oktober gedachte der Divisionspfarrer in Wuppertal der beinahe dreihundert nicht aus dem Feldzug heimgekehrten Angehörigen der 1. leichten Division[15]. Nach seiner Rückkehr aus dem Feldzug – ab Februar 1940 lag die Division dann im Westen zunächst im Raum von Bonn, später nördlich Limburg – erhielt Stauffenberg im Spätherbst in Wuppertal den Besuch seines Onkels, Graf Nikolaus Uxkull und seines Bekannten aus der Berliner Zeit, des Grafen Fritz-Dietlof von der Schulenburg. Die beiden informierten ihn über die »bedrohliche Entwicklung der Dinge im Reich«, nannten ihm dazu »neue Einzelheiten« und versuchten ihn zu bewegen, »einzugreifen oder so rasch wie möglich eine Stellung anzustreben, von der er eingreifen könne«. Sie sollen ihm erklärt haben, dass er Adjutant des Oberbefehlshabers des Heeres werden müsse. Stauffenberg lehnte ab, »da er noch nicht so weit sei«. Seiner Umgebung fiel aber auf, wie sehr er von dem Inhalt der Gespräche mit seinem Onkel und Schulenburg beschäftigt und betroffen war[16].

Schulenburg hatte etwa zur selben Zeit wie Stauffenberg – im Frühjahr 1939 – in sehr ähnlichen Worten seinen politischen Eindruck formuliert: »Narren und Verbrecher regieren uns[17]!« Anfang Mai 1939 war er nach St. Blasien gefahren, wo sein Vater – der einstmalige Chef des Stabes der Heeresgruppe Kronprinz – im Sterben lag. Dort traf er Beck, der von seinem alten Chef aus dem Ersten Weltkrieg Abschied nahm. Mit Beck führte Schulenburg eingehende Gespräche. Die Art ihres Umganges ließ auf eine bereits bestehende Bekanntschaft schließen[18].

Durch welche Kanäle Stauffenberg zumindest nachträglich von dem Vorhandensein einer militärischen Opposition im Herbst 1938 erfuhr, ist – wie bereits erwähnt – nicht mehr zu eruieren. Es könnte Schulenburg gewesen sein, da er bereits im Winter 1938 »seinen Nachrichtendienst« verstärkte, seine Freunde im Anschluss an Dienstreisen in deren Wohnorten aufsuchte und sie gelegentlich über Hauptmann Gehre von der Abwehr sogar mit Canaris persönlich zusammenführte[19].

Schulenburg und Uxkull gehörten jedenfalls zu diesem Zeitpunkt bereits einem Zirkel an, der sich um den Grafen Peter Yorck von Wartenburg versammelt hatte. Yorck – ein Vetter Stauffenbergs – kehrte im November 1938 von einer Reise im Sudetenland mit den Worten zurück: »Das treibt absolut in das imperialistische Denken. Dem muß baldigst entgegengetreten werden[20].« So versammelte er um sich einige Freunde und Bekannte, unter ihnen Schulenburg und Uxkull, Albrecht von Kessel, Legationsrat im Auswärtigen Amt, Otto Ehrensberger, Referent für Verwaltungsorganisation im Reichsinnenministerium, und den Industriellen Caesar von Hofacker, ebenfalls ein Vetter Stauffenbergs. Als der Kreis zum erstenmal zusammentrat, standen alle stark unter dem Eindruck der »Kristallnacht« – Stauffenberg hatte also nicht allein auf dieses Ereignis reagiert. An den weiteren Versammlungen, die zumeist im Hause Yorcks in Berlin-Lichterfelde stattfanden, nahm gelegentlich auch Berthold Schenk Graf von Stauffenberg teil, der nach seinem Jurastudium im Jahre 1931 von dem Greffier der Cour, dem Bruder Dag Hammarskjölds, an den Haager Internationalen Gerichtshof berufen worden war, dann aber 1934 wieder an das Berliner Institut für Völkerrecht zurückkehrte, um bei Ausbruch des Krieges auf Grund seines Spezialgebietes Seekriegsrecht als Berater in Fragen des Völkerrechtes zur Seekriegsleitung eingezogen zu werden[21].

Die Beratungen dieses Kreises dauerten – unterbrochen durch den Polenfeldzug, an dem Yorck als Leutnant der Reserve und Adjutant einer Panzerabteilung teilnahm – etwa bis zum Frühjahr 1940. Zum Inhalt hatten sie die Ausarbeitung einer Reichsverfassung. Die Teilnehmer waren sich des konspirativen Charakters ihrer Zusammenkünfte bewusst. Die kühnen Pläne wurden durch den Kriegsausbruch bedroht. Die Frage, ob revolutionäre Änderungen nun, da die Gegner Deutschlands keinen Unterschied zwischen Regierung und Volk machen würden, ausgeschlossen seien, beantworteten Yorck und seine Freunde aber mit der weiteren Erörterung ihrer Pläne für eine politische Neugestaltung des Reiches[22].

Als nun nach dem Polenfeldzug die ersten Nachrichten über Massenerschießungen und Judenermordungen bekannt wurden, nannte Yorck Hitler den »deutschen Dschingis-Khan«[23]. Die Kenntnis von den Anfängen der nationalsozialistischen Besatzungspolitik in Polen und die Schilderung der einrückenden Vernichtungswalze der SS und des SD mochten einen wesentlichen Teil des Gespräches von Schulenburg und Uxkull mit Stauffenberg gebildet haben. Schulenburg war seit August 1939 Stellvertretender Oberpräsident in Schlesien in unmittelbarer Nachbarschaft des besetzten Polen und damit der Stellvertreter des Gauleiters Josef Wagner, dessen Verurteilung der Morde der SS ebenso notorisch wie jene seines Stellvertreters war[24].

Der im Zusammenhang mit dem Reichswehrprozess im Jahre 1930 bereits erwähnte Stieff schrieb am 21. November 1939 seiner Frau von einer Reise in Polen und erklärte: »Man bewegt sich dort nicht als Sieger, sondern als Schuldbewußter.« Angesichts der »Dinge, die eine organisierte Mörder-, Räuber- und Plünderbande unter angeblich höchster Duldung dort verbricht«, brach aus Stieff der Satz hervor: »Ich schäme mich, ein Deutscher zu sein.« Und bereits findet sich die Konsequenz aus den Eindrücken dieses Mannes, der noch vor neun Jahren ganz anderes im Nationalsozialismus zu entdecken glaubte: »Die Minderheit, die durch Morden, Plündern und Sengen den deutschen Namen besudelt, wird das Unglück des ganzen deutschen Volkes werden, wenn wir ihr nicht bald das Handwerk legen[25].« Dass auch Hitler dieser »Minderheit« zuzurechnen war, schien Stieff noch nicht zu erkennen. Als Leiter der Gruppe III der Operationsabteilung des Generalstabes des Heeres konnte sich Stieff seine Eindrücke von dem für die nur noch kurz währende Militärverwaltung Polens zuständigen Oberbefehlshaber Ost, Generaloberst Blaskowitz, bestätigen lassen. Blaskowitz versuchte vergeblich gegen den Einsatz von Himmlers Horden einzuschreiten. Die Militärverwaltung wurde aufgelöst und das von Deutschland besetzte Gebiet Polens in ein »Generalgouvernement« mit formal ziviler, tatsächlich aber brutalster Verwaltung umgewandelt, die als verlängerter Arm des großdeutschen Diktators Wahn und Irrsinn zur Realität, den Mord zu einer nationalen Industrie werden ließ[26].

Stauffenberg war bereits Mitte Oktober wieder aus Polen zurückgekehrt. Jetzt scheint ihm die Kunde von den grausigen, auch in seinem Namen verübten Verbrechen, denen noch unzählige und viel grauenvollere in den nächsten Jahren folgen sollten, nachgeeilt zu sein. Doch Schulenburgs und Uxkulls Gespräch mit Stauffenberg enthielt noch mehr. Denn sie forderten von Stauffenberg ein Eingreifen und wiesen ihm als konkretes Ziel die Gewinnung einer dafür geeigneten Ausgangsposition. Er sollte versuchen, Adjutant des Oberbefehlshabers des Heeres zu werden. Das war insofern ein realistischer Vorschlag, als auf Grund seines Alters und Ranges Stauffenberg in nächster Zukunft in keine entscheidende militärische Stellung hätte aufsteigen können. Eigene Befehlsgewalt über Truppen hätte er als Adjutant niemals gehabt. Doch Schulenburg und Uxkull waren entweder mit der Aussicht allein zufrieden, dass Stauffenberg Einfluss auf den Oberbefehlshaber würde nehmen können, oder sie besaßen, was sehr wahrscheinlich ist, bereits Informationen – etwa durch Oster –, dass erneut sich eine militärische Opposition konstituiert hatte und es nur noch darauf ankam, den willensschwachen Oberbefehlshaber des Heeres zum Losschlagen zu gewinnen.

Von Brauchitsch, dem Oberbefehlshaber des Heeres, bewahrte Stauffenberg eine Rede auf, die er wohl nachdenklich gelesen hatte: Es war dies die Rede des Oberbefehlshabers beim Staatsakt vom 26. September 1939 für den Generalobersten Freiherr v. Fritsch, der vor Warschau in den Tod gegangen war[27]. Sollte er nun dem Nachfolger als Adjutant eine Aktion mit dem Ziele der Verhaftung Hitlers soufflieren, die zu unternehmen schon mehrmals versäumt worden war? Das Anliegen der Grafen Uxkull und Schulenburg lässt Querverbindungen zu dem wichtigen Oppositions- und Konspirationskreis um Beck, Goerdeler und Halder nur vermuten. Auf jeden Fall steht es aber in einem auffallenden zeitlichen Zusammenhang mit deren Plänen für eine Aktion gegen Hitler zwischen Polen- und Frankreichfeldzug.

Am 31. Oktober 1939 hatte Halder, der Chef des Generalstabes des Heeres, indirekt Oberst Oster vom Amte Canaris eine Art Stichwort für den Auftrag erteilt, die Pläne für eine Verhaftung Hitlers vom Vorjahr[28] zu überprüfen und im Hinblick auf allfällige neue Bedingungen zu überarbeiten. Am 10. Oktober hatte Hitler Brauchitsch und Halder seine Absicht kundgetan, möglichst rasch – unter Verletzung der Neutralität Belgiens und der Niederlande – Frankreich anzugreifen. Beck war noch im Laufe der ersten Oktoberhälfte von dieser Intention unterrichtet worden. Mit militärischen Bedenken in bezug auf den Erfolg einer solchen Offensive, aber auch mit moralischen Argumenten hatte er indirekt Fühlung mit seinem Nachfolger Halder aufgenommen und am 4. November diesem eine von ihm, Oster und einem weiteren Angehörigen der Abwehr, dem Reichsgerichtsrat Hans v. Dohnanyi, verfasste Denkschrift über die Notwendigkeit eines Staatsstreiches überreichen lassen. Unmittelbar darauf hatte sich Halders Stellvertreter und Oberquartiermeister I, General Karl-Heinrich v. Stülpnagel, mit Oster in Verbindung gesetzt und die Umsturzpläne – insbesondere durch Oberstleutnant i. G. Groscurth – überarbeiten lassen.

Am 5. November versuchte Brauchitsch Hitler von dessen Offensivplan abzubringen. Hitler jedoch ließ ihn nicht zu Ende sprechen und erging sich in einer wilden Beschimpfung des feigen Geistes der Generalität und ihres Defaitismus, gegen den »Geist von Zossen«. In der Befürchtung, die Konspiration sei verraten, ließ Halder einen Teil der Pläne vernichten. Brauchitsch versagte sich jeder aktiven Teilnahme an einer Aktion, ließ aber auch verlauten, dass er sich nicht gegen sie wenden würde. Die Resignation und Distanzierung Halders fand ihren Niederschlag in einem Gespräch mit Beck vom 16. Januar 1940, in dem Halder auf die fehlende zivile konspirative Basis eines militärischen Coup gegen Hitler hinwies. Die Generalität hatte sich am 23. November widerspruchslos die bereits gegenüber Brauchitsch geäußerten Tiraden des nationalsozialistischen Diktators gegen den »Geist von Zossen« angehört. Hitler hatte noch einmal unmissverständlich seinen Entscheid zum Angriff im Westen dargelegt. So schrieb denn Halder im Frühjahr 1940 an Goerdeler: »Das Heer wird seine Pflicht für das Vaterland auch gegen die Regierung Hitlers tun, wenn die Lage es verlangt.« Ein Gewaltstreich gegen die Regierung mitten im Kriege sei jedoch nur dann zu verantworten, wenn die äußerste Not dazu dränge. Zur Zeit sei dies nicht mehr der Fall, der Entscheidungskampf mit den Westmächten müsse jetzt zunächst ausgefochten werden[29].

Der Widerstand gegen Hitlers Offensivpläne im Westen brauchte nicht Gradmesser einer politischen Opposition zu sein, denn auch überzeugte Nationalsozialisten wandten sich gegen die Ausweitung des Krieges – aus purer Besorgnis über die Risiken dieses Schrittes[30]. Nach einer gewissen Zeit setzte sich jedoch auch bei der Generalität an die Stelle der Skepsis eine optimistischere Lagebeurteilung, die sie das Wagnis unternehmen ließ, jenen Gegner anzugreifen, den Deutschland in vier Jahren Krieg nicht niederzuringen vermocht hatte. Mit dem erfolgreichen Ausgang des Frankreichfeldzuges sollte Hitler den Chef der Konspiration – Beck – und mit ihm das OKH, denen gegenüber er bereits im Herbst 1938 politisch recht behalten hatte, auch in deren ureigenstem militärischen Bereich widerlegen – ein verhängnisvoller Beweis, gründete doch in diesem gegen die Skepsis des OKH errungenen, selbst und mit Manstein als dem anderen Planer des »Sichelschnittes« zusammen entwickelten Erfolg der spätere Anspruch auf »Feldherrngenie«, der diesen militärischen und politischen Illusionär wieder dorthin führte, woher er kam: ins Nichts[31].

An der raschen Resignation der Opposition vermochten weder die römischen Kontakte der Abwehr über Josef Müller zu der britischen Regierung, die für die Opposition erstaunlich positive Ergebnisse zeitigten, noch die verzweifelten Versuche Osters, die neutralen Staaten vor dem Überfall zu warnen, etwas zu ändern[32].

Da Halder nicht allein handeln wollte, »kam alles darauf an, den Oberbefehlshaber Brauchitsch für die Aktion zu gewinnen. Hierzu wurden alle Künste der Überredung aufgeboten[33].« Nach dem Zusammenstoß mit Hitler lehnte aber Brauchitsch endgültig ab. Stauffenberg scheint von Uxkull und Schulenburg zu einer Überredungsaktion des schwankenden Brauchitsch ausersehen worden zu sein. Wieweit die Beziehung Schulenburgs zu Oster dabei eine Rolle spielte, ist nicht mehr zu klären. Es ist denkbar, dass die Initiative von dort ausging. Doch konnte es sich dabei ebenso gut um eine von einigen Angehörigen des Kreises um Yorck erwogene Form der Einflussnahme auf die eher passive als aktive Opposition der Militärs gehandelt haben.

Stauffenberg jedenfalls konnten die Pläne dieses Kreises um seinen Vetter Yorck nicht unbekannt geblieben sein. Wenn Schulenburg und sein Onkel »Nux« Uxkull ihn zum erstenmal darauf aufmerksam gemacht haben sollten, so konnte er auch später von seinem Bruder Berthold, der ja ebenfalls gelegentlich an diesen Gesprächen teilnahm, weiterhin unterrichtet werden. Bei der unglaublich engen Freundschaft der beiden Brüder war dies ein ebenso intensiver wie verschwiegener Kontakt.

Stauffenbergs ablehnende Antwort war kein Nein. Dass er sich »noch nicht so weit« fühlte, war einmal im Hinblick auf seinen militärischen Rang leicht zu begreifen. Doch Schulenburg und Uxkull scheinen sich dieser Tatsache schon vor ihrem Schritt bewusst gewesen zu sein, denn sie hofften ja nicht, dass Stauffenberg nächstens das Kommando über eine Division oder ein Korps übernehmen würde. Auf Grund verwandtschaftlicher und freundschaftlicher Beziehungen wussten beide, dass Stauffenberg ansprechbar war; die Gefahr einer Denunziation konnte bei ihm von vornherein ausgeschlossen werden. Doch nun bekamen sie eine Antwort, die neben der vordergründig-realistischen Seite auch einen politischen Aspekt enthielt. Denn Stauffenberg lehnte die Pläne seines Onkels und Schulenburgs nicht ab, doch das »Noch nicht« konnte sich auch auf die außenpolitische Lage Deutschlands beziehen. Denn im Hinblick auf die Gneisenau-Parallele und Erhebungs-Konzeption war für Stauffenberg zwischen Polen- und Frankreichfeldzug die »Erhebung« oder »nationale Erneuerung« nach außen bedroht, auch wenn Großbritannien, Frankreich und das Deutsche Reich sich vorerst nur Gewehr bei Fuß gegenüberstanden.

Stauffenberg beantwortete nach der Entfesselung des Krieges die Frage nach dem Sinn einer weiteren Verfolgung von Konspirationsplänen, die auch Yorck sich gestellt hatte, im Gegensatz zu seinem Vetter negativ. Als Offizier war es ihm eine Selbstverständlichkeit, dass er nun sich völlig für sein Land einsetzte, denn auch wenn er den Krieg als jenen Hitlers empfunden hätte – was er nicht tat –, war durch ihn auch Deutschland in seiner ganzen Existenz bedroht. Oberflächlich betrachtet, schob sich erneut das militärische und nationale Interesse vor die moralisch-ethischen Bedenken und die eigene »politische Idee«. Doch im Hintergrund wirkte wohl gerade diese »politische Idee«, die »nationale Erneuerung«, zusammen mit seinem militärischen Interesse, und beide ließen ihn – trotz moralisch-ethischer Bedenken, die er bei der Kunde von den grausigen, in deutschem Namen begangenen Untaten in Polen empfinden musste – den Zeitpunkt für ein Eingreifen noch nicht als opportun betrachten. Wahrscheinlich glaubte auch er – wie Stieff und das gesamte Offizierskorps – noch nicht an die Verantwortlichkeit Hitlers für die von Himmler inszenierten Mordaktionen in Polen.

Einen Hinweis auf seine weitere gedankliche Beschäftigung mit Gneisenau liefert ein Notizbuch Stauffenbergs aus dem Zeitraum zwischen Herbst 1939 und Frühjahr 1940, in dem sich eine Unzahl militärischer Abkürzungen zu einem imposanten, aber kaum dechiffrierbaren Hieroglyphen-Konglomerat versammelt hat[34]. Mitten unter diesen Zeichen findet sich das Wort »Gneisenau«. Und auf derselben Seite schreibt Stauffenberg von dem »Augenblick, in dem unser Land sich zu neuer Reichsgründung anschickt«[35]. Dass er sich mit »Politik und Soldatentum«[36] beschäftigte, beweisen sowohl die militärischen Abbreviaturen, die Gedächtnisstützen angesichts einer ungeheuren Arbeitslast waren, als auch eine stichwortartige Betrachtung über die »Länder am Reichsrande«[37]: »Eine Geschichte schließlich außerhalb des Reichs. Länder, die vor allem dazutrugen das europäische Gleichgewicht aufrechterhalten zu helfen. Zum Reich seit Cäsar. Streit der Reiche. Code Napoleon. Belgien typisch für die neutralen Randländer.«

Wieweit wirkte in solchen Formulierungen der Geist etwa eines Werkes von Albert von Hofmann? In welchem Zusammenhang fielen diese Worte? Gaben sie auch die Meinung Stauffenbergs wieder? Dies sind Fragen, die nicht beantwortet werden können. Die Formulierung »neue Reichsgründung« scheint aber die Haltung Stauffenbergs in dieser Zeit, die vor dem Hintergrund seiner Beschäftigung mit Gneisenau zu erklären versucht wurde, treffend zu charakterisieren. In ihr kommt vor allem die außenpolitische Komponente der »nationalen Erneuerung« zum Ausdruck, wiewohl eine »Gründung« natürlich auch innenpolitische Voraussetzungen zur Bedingung haben musste, über die Stauffenberg bereits nachgedacht hatte. Im Verlauf der nächsten Monate sollte sich zeigen, wie sehr er die »Erhebung« nach außen vor Augen hatte.

Den wenigen nichtmilitärischen Bemerkungen Stauffenbergs steht in seinem Notizbuch eine Unmenge militärischer Kürzel gegenüber, die deutlich demonstriert, welche Probleme ihn zunächst und vor allem in Atem hielten. Nach dem Polenfeldzug wurde die 1. leichte Division im Oktober 1939 zur 6. Panzerdivision umgerüstet – das hieß vor allem, dass das der Division bisher bloß unterstellte Panzerregiment 11 nun wirklich in den Verband eingegliedert wurde[38]. Die motorisierten und gepanzerten Verbände waren »vom Standpunkt der Motorisierung aus gesehen, zu einer weiteren, größeren Operation im unmittelbaren Anschluss an den Feldzug in Polen einfach nicht mehr imstande«[39]. Da Hitler noch im selben Herbst zur Offensive im Westen antreten wollte, war immense Arbeit in kürzester Zeit zu leisten, um die im östlichen Feldzug erlittenen erheblichen Materialverluste auszugleichen. Angesichts der »Motorisierungsprobleme im Winter 1939/40«[40] bedeutete dies auch für den Ib der 6. Panzerdivision, die bald im Westerwald am Rhein dem XXXXI. Korps des

Generals d. Pz. Tr. Reinhardt unterstellt sein sollte, viel Arbeit. Um aus den in Polen aufgetretenen Mängeln zu lernen und die Kampfkraft der Division zu erhöhen, unternahm Stauffenberg eine Fragebogenaktion, an der alle Angehörigen der 6. Panzerdivision – vom Kommandeur bis zum letzten Schützen – beteiligt wurden. Das Resultat verwertete er in einem umfassenden Bericht[41]. Seine Arbeit scheint er wie während des Polenfeldzuges unter das Motto »je mehr, desto besser« gestellt zu haben, denn sobald seine eigentlichen Tagesaufgaben beendet waren, hatte er sich damals dem Kommandeur für andere Arbeiten zur Verfügung gestellt und dadurch das Ohr seines Generals gewonnen, der deshalb – wenn er gerade beschäftigt war – für jeden zumindest indirekt durch seinen Ib ansprechbar gewesen war[42].

Im Januar 1940 weilte Stauffenberg noch bei seiner Familie in Wuppertal. Er war nun endgültig in den Generalstab aufgenommen worden, nachdem er seine »Lehrzeit« mit Erfolg bestanden hatte. Dies hatte für ihn eine unwichtige Konsequenz: Er war nun nicht mehr Rittmeister, sondern Hauptmann i. G. Mit Bedauern nahm er Abschied von der mit viel chevaleresker Romantik erfüllten militärischen Rangbezeichnung[43] – ein Bedauern, das sich auch in einem Brief an einen jungen Freund aus dem von Frank Mehnert weiter zusammengehaltenen Kreis der Freunde des »Meisters« etwas niederschlägt[44]:

»Mit freude hörte ich daß der Titan nun beginnt auch Dein freund zu werden. Diese schöne und stets neu begeisternde gestalt begleitet mich seit vielen jahren und zwar als bescheidner reclamband gehört der Titan auch in die karge feldbücherei die ich mitführen kann.

Auch hörte ich vom Frank daß Dein interesse Schlieffen gelte. Die[s] ist mir eine genugtuung mehr ist doch über den ereignissen in den letzten jahren die stimme dieses unermüdlichen und unbestechlichen suchers nach dem sieg für ein umschloßnes Deutschland im kreis der zünftigen fast vergessen.

Durch Frank von Deinem wolergehn zu hören wäre mir immer eine freude. Mit allen schönen wünschen

Dein Rittmeister

(jetzt Hauptmann)«

Der Hinweis auf das »umschloßne Deutschland« und den bei den »zünftigen«, d. h. beim Offizierskorps und der militärischen Führung vergessenen Schlieffen lässt Stauffenbergs Urteil und Befürchtungen über eine militärische Hybris erahnen, die er ja bereits nach dem Einmarsch ins Sudetenland gehegt hatte.

Dass eine besondere Aura einen Offizier wie Stauffenberg umgeben musste, ist ebenso leicht zu begreifen, wie der Versuch schwierig und problematisch wäre, sie zu beschreiben. Seine Kameradschaftlichkeit, seine Hilfsbereitschaft, sein Verantwortungsbewusstsein, seine außerordentlichen Gaben und seine Bescheidenheit – alles wird in Zeugnissen erwähnt[45]. Als im Februar 1940 die Stelle des Ia der Division zu besetzen war, wurde allgemein erwartet, dass der Ib Stauffenberg zum ersten Generalstabsoffizier ernannt werden würde. Statt dessen wurde jedoch Major i. G. Helmut Staedke Ia der Division. Offenbar war für Stauffenberg bereits zu diesem Zeitpunkt die Versetzung in die Organisationsabteilung des Generalstabes des Heeres vorgesehen, die nach Absolvierung der Kriegsakademie im Sommer 1938 abgelehnt worden war und Ende Mai 1940 dann tatsächlich auch beschlossen werden sollte. Der neue Ia erlebte Stauffenberg gleich von der besten Seite, da dieser ihm die Widerstände zu überwinden half, die aus der Enttäuschung und dem Ärger der Offiziere und auch Mannschaften der Division über die Tatsache resultierten, dass nicht Stauffenberg in die Stelle des Ia avanciert war. Mochte er vielleicht anfangs selbst etwas enttäuscht gewesen sein, so stand er doch »in seiner Großzügigkeit und Kameradschaft über der Situation und bemühte sich vom ersten Augenblick an in selbstloser Weise«, dem neuernannten ersten Generalstabsoffizier »den Einstand in die neue Umgebung zu erleichtern«[46].

Nach Hitlers Angriff auf Dänemark und Norwegen am 9. April 1940 brach im Morgengrauen des 10. Mai 1940 das Inferno der deutschen Kriegsmaschine im Westen über die neutralen Niederlande, das neutrale Belgien, das neutrale Luxemburg und Frankreich los. Das Geniale des deutschen Offensivplanes bestand in der Wahl des Schwerpunktansatzes: Nicht wie im Schlieffenplan und auch noch im ersten Operationsprojekt für diesen Feldzug auf dem rechten Flügel der angreifenden Streitmacht – der Heeresgruppe B unter dem Befehl des Generalobersten v. Bock mit der 6. und 18. Armee – war der Hauptteil des Offensivpotentials massiert, sondern im Südteil am linken Flügel des angreifenden Teiles des deutschen Heeres – im Zentrum des gesamten deutschen Aufmarsches im Westen – bei der Heeresgruppe A unter dem Kommando des Generalobersten v. Rundstedt mit der 16., 12. und 4. Armee und der Panzergruppe Kleist. Durch die als für Panzer nicht befahrbar geltenden Ardennen sollten die deutschen Panzerdivisionen zur Maas vordringen, sie zwischen Namur im Norden und Sedan im Süden überschreiten und in einer weiten, leicht nach Nordwesten ausholenden Bewegung, die Churchill später als »Sichelschnitt« charakterisierte, ans Meer bei Abbeville vorstürmen. Der Plan ging von der richtigen Annahme aus, dass nach Verletzung der niederländischen und belgischen Neutralität die französische Armee und das britische Expeditionskorps den Überfallenen zu Hilfe eilen würden, um die deutsche Offensive möglichst früh aufzuhalten. Mit dem deutschen Vorstoß durch die Ardennen wurde somit die Einkesselung dieser alliierten Truppen möglich. In einer zweiten Phase konnte dann von Nordfrankreich der Vorstoß nach Süden und in den Rücken der französischen Maginotlinie unternommen werden, vor der unter dem Befehl des Generalobersten v. Leeb die Heeresgruppe C mit der 1. und 7. Armee Stellung bezogen hatte[47].

Stauffenbergs Division gehörte zur Schwertspitze der Offensive – der Panzergruppe unter dem Kommando des Generals der Kavallerie Ewald v. Kleist, dessen Chef des Stabes der damalige Oberst i. G. und spätere Generalstabschef des Heeres, Zeitzler, war[48]. Nach dem Beginn der Offensive am 10. Mai stieß die 6. Panzerdivision in unheimlich raschem Vormarsch aus der Eifel durch die Ardennen an die Maas vor, über die sie am 13. und 14. Mai bei Monthermé als eine der ersten deutschen Divisionen den Übergang erzwang. Stauffenberg hielt auf den schmalen, kurvenreichen Straßen seinen Fahrer immer wieder zur Eile an. Wenn auf dieser wilden Jagd in den Kurven die Hinterräder rutschten und der Wagen schleuderte, dann quittierte dies der Ib der 6. Panzerdivision nur mit seinem berühmten Lachen. »Sobald es aber nicht bloß um ihn selber ging, sondern um die Männer und Einheiten, die ihm ... anvertraut waren, ließ es Stauffenberg an Verantwortungsbewußtsein und sorgfältiger Überlegung nicht fehlen. Er disponierte ›auf Sicherheit‹, war stets besorgt um seine Mitarbeiter, und, in der Beurteilung der taktischen Lage, mitunter geradezu übervorsichtig. So habe ich ihn während des Feldzuges in Frankreich kennen gelernt, und ich könnte mir denken, daß manche Erfahrungen aus dem Polenfeldzug – damals, als die Division über Radom bis zur Weichsel vorgeprellt war – ihn zu einer Haltung veranlaßt haben, die im wohltuenden Gegensatz zu der später aufkommenden Parole ›Immer feste druff!‹ stand[49].«

Am Abend des 15. Mai stand die 6. Panzerdivision bereits 60 Kilometer westlich der Maas. Vor ihr lag der Weg zum Meer praktisch offen. Die niederländische Armee hatte bereits kapituliert, die belgische sollte ihr in etwas mehr als einer Woche folgen. Starke britische und französische Kräfte gingen auf ihrem Vormarsch in Richtung Nordosten nach Belgien in die deutsche Falle. Am 18. Mai war die Spitze der Division bei Cambrai. Von einem Ort an der Oise schrieb Stauffenberg am selben Tag in seinem ersten Brief an seine Frau aus diesem Feldzug[50]:

»Seither erleben wir in erschütternder Form den Anfang des Zusammenbruchs einer großen Nation, nicht nur militärisch, sondern vor allem psychisch.

Ob Du wohl unsere Spuren verfolgen konntest? Über Eifel, Ardennen, Maas, Oise und heute Somme? Es ist ein unerhörter Vormarsch, eine wirkliche Invasion, ein unaufhaltsames Weiterstoßen, dem gegenüber die Franzosen bisher nicht einmal den guten Willen zu kämpfen gezeigt haben. Sie ergeben sich zu Tausenden und fluten dann unbewacht ganz auf sich gestellt nach Osten. Wir müssten aufhören zu kämpfen, wollten wir die Gefangenen auch nur einigermaßen bewachen oder abtransportieren. Höchstens vom Stabsoffz. aufwärts werden sie gefahren.

Von Engländern noch keine Spur. Sie werden auch allmählich an Kanal-Brückenkopf-Verteidigung denken.

Uns geht es köstlich. Wie sollte es auch anders sein bei solchen Erfolgen. Sehr wenig Schlaf, der heute nacht etwas nachgeholt werden konnte. Viel sehr guten Rotwein, weißer Burgunder und Sekt.«

Am selben 18. Mai erstattete Stauffenberg an das Generalkommando des XXXXI. Armeekorps Meldung über die bereits gemachte Beute, in der sich das Ausmaß des Zusammenbruchs Frankreichs in militärischer Nüchternheit niederschlug[51]. Im Laufe der Operationen nahm die Division auch den später für kurze Zeit mit de Gaulle rivalisierenden General Giraud gefangen, dem dann aber wie im Ersten Weltkrieg die Flucht aus deutscher Gefangenschaft gelingen sollte[52]. Als die Division von ihrem Marsch gegen Abbeville nach Nordwesten in Richtung Calais abdrehte, stieß sie auf die von Stauffenberg vermissten Briten, die sich am 27. Mai in Cassel, wo in diesem Feldzug auch das Hauptquartier Lord Gorts – des Befehlshabers des britischen Expeditionskorps – gelegen hatte, zäh und verbissen gegen die Angriffe des Panzerregimentes 11 zu wehren wussten und auch andere deutsche Truppenteile durch Gegenangriffe in harte Bedrängnis brachten[53].

Am 22. Mai hatte Stauffenberg in seinem Bereich die Befehle für das Abdrehen der Division über Bailleul-St. Pol nach Nordwesten in Richtung Calais zu erteilen[54]. Das Zustandekommen solcher Befehle Stauffenbergs blieb einem Offizier eine »unvergessliche Erinnerung: – die Quartiermeisterbesprechungen während des Vormarsches, die er abhielt. Gewöhnlich war kein fester Zeitpunkt vereinbart, nach und nach trafen die Leiter der einzelnen Abteilungen, die Führer der Sonderkommandos, die Verbindungsoffiziere ein. Stauffenberg, groß, schlank, beweglich, ein Mann von ausgesprochenem persönlichen Charme, empfing uns mit echter, strahlender Liebenswürdigkeit, sorgte dafür, daß jeder ein Glas zu trinken bekam, eine Zigarre, eine Pfeife Tabak. Er informierte, fragte, forschte nach scheinbar nebensächlichen Dingen, gab die neuesten Anekdoten zum Besten, die aus dem Raum zwischen Aufklärungsabteilung und Feldbäckerei-Kolonne der Division zu berichten waren, sprang von einem Thema zum andern, unterbrach jedes Gespräch, um zunächst einmal den zuletzt ins Zimmer Getretenen anzuhören und auszuforschen. So verging Viertelstunde um Viertelstunde, und noch immer war keine unsrer Fragen entschieden – keinerlei Dispositionen für den nächsten Tag oder auch nur für die nächste Stunde waren getroffen, kein Befehl gegeben.

Bis dann ganz und gar unkommissig und durchaus zwanglos die Worte fielen: ›Ja also – ich denke, wir machen das jetzt so...‹ Und nun gab Stauffenberg, die Linke in der Hosentasche, die Rechte am Weinglas, gedankenvoll durchs Zimmer gehend, bald hier, bald da stehen bleibend, dann wieder zur Karte greifend, den Quartiermeisterbefehl in allen seinen Einzelheiten. Er sprach nicht ›schulgerecht‹, wie man es vom Generalstäbler erwartet, das Schema lag ihm nicht, genügte ihm nicht. Auch fiel ihm das Formulieren durchaus nicht leicht, und das, was er sagte, war weit entfernt von einem flüssigen, ›schreibfertigen‹ Befehlsdiktat – aber was er da an sorgfältig ausgewogenen Überlegungen und Dispositionen entwickelte, war im Sachlichen ›fertig‹ und vollkommen[55].« Diese Schilderung lässt beinahe die Zeiten vergangener Kriegführung erstehen, in denen geistige Größe und Leistung und leiblicher Komfort noch nicht als Anachronismen inmitten von »Stahlgewittern« erschienen, der Krieg noch ein beinahe galantes, chevalereskes und poetisches Abenteuer bedeutete, in dem ein Bussy-Rabutin – der legendäre Cousin der ebenso legendären Marquise de Sévigné – es sich leisten konnte, seine Befehle in Gedichtform abzufassen...

Am 23. Mai erteilte Stauffenberg einer Gruppe der Division einen neuen Vormarschbefehl und erwähnte, dass die Division nach Osten abgedreht sei und »bei St. Orner und südostw. Brückenkopf gebildet« habe, »um (voraussichtl. am 24.5.40) anzugreifen«[56]. Zu dem Angriff kam es allerdings nicht, denn am 24. Mai griff Hitler in die Operationsführung ein und befahl, die Panzerverbände anzuhalten. Das Prestigedenken Görings, der seine Luftwaffe den Kessel von Dünkirchen allein »aufräumen« lassen wollte, Befürchtungen um die Kampfkraft der Panzerwaffe, der in der zweiten Phase des Feldzuges in Frankreich noch schwierige Aufgaben bevorstanden, und operative Überlegungen des Oberbefehlshabers der Heeresgruppe A, Generaloberst v. Rundstedt, ließen so die nördliche Heeresgruppe B des Generalobersten v. Bock, die in dem Plan die Rolle des Ambosses hätte spielen sollen, die der HGr. A zugedachte Aufgabe des Hammers übernehmen[57]. Am 26. Mai musste Halder in sein Kriegstagebuch notieren: »Die Panzer und mot. Verbände stehen nach allerhöchstem Befehl wie angewurzelt auf den Höhen zwischen Béthune und St. Orner und dürfen nicht angreifen[58].« Erst am 26. Mai um 15.30 Uhr konnte das OKH den Befehl zum Wiederantreten erteilen. Unter den angewurzelten Truppen befand sich auch Stauffenbergs Division. Der Rollentausch von Hammer und Amboss auf deutscher Seite gab dem britischen Expeditionskorps genügend Zeit und Möglichkeit, sich mit seinem Unternehmen »Dynamo« – der Evakuation Dünkirchens – beiden zu entziehen und damit den Sieg Hitlers über Frankreich im Sinne Schlieffens als recht »ordinär« erscheinen zu lassen[59].

Am 27. Mai schrieb Stauffenberg zum zweiten Mal aus diesem Feldzug seiner Frau einen Brief, der sie am 2. Juni in Barmen erreichte[60]:

»Nachdem die Feldpost inzwischen ihre Tätigkeit mit Erfolg aufgenommen hat, muß ich wieder berichten. Nachdem man endlich paar mal wirklich ausgeschlafen hat, geht das auch leichter. Zunächst eine für mich sehr traurige Nachricht, über die Du Dich wahrscheinlich sehr freuen wirst. Ich bin in den Generalstab des Heeres, 2. Abt. versetzt. Eine kleine Genugtuung ist dabei, daß es gelungen ist, daß Colsman als Nachfolger durch die Zentralabteilung des Generalstabes ernannt wurde. Du wirst Dir vorstellen können, wie schwer es mir fällt, mitten aus meiner Division und mitten aus dem Krieg und den ruhmvollsten Operationen meiner Division herausgerissen zu werden, um in einer Behörde wie dem OKH unterzutauchen.

Der Vormarsch unserer Division gehört zu den unwahrscheinlichsten Erlebnissen, die man haben kann. Nach dem Durchbruch durch die Maasstellung eine unaufhaltsame Verfolgung bis dicht ans Meer (Abbeville), dann Abdrehen Richtung Calais, um sich heute wieder nach Osten zu wenden, wo die große Schlacht in Flandern durch allseitige Umfassung sich ihrem letzten Akt in dieser großen englischen Tragödie nähert.

Meine eigene Tätigkeit war von großem Glück begleitet, und die Division war trotz der unvorstellbaren Geschwindigkeiten immer aufs beste versorgt. Mehr als zweimal waren wir nie am gleichen Ort und auch das nur selten. Mein Stab, den ich in diesem Krieg völlig selbständig gemacht habe, funktioniert aufs beste.

Persönlich geht es uns ausgezeichnet; die Vorräte des Landes genießen wir in vollen Zügen und gleichen so etwas den mangelnden Schlaf aus. Kaffee, Eier zum Frühstück, herrliche Bordeaux, Burgunder und Heidsieck, so daß sich das Sprichwort ›Leben wie der Herrgott in Frankreich‹ durchaus bewahrheitet.

Vor drei Tagen trank ich mit Ribbentrop Kaffee, der uns besuchte und einen ganz passablen Eindruck machte. Großer Löwe ist er allerdings bestimmt nicht.

In unseren Kämpfen bereiten sich die weittragendsten, das Gesicht der alten Welt verändernden Entscheidungen vor. Ich denke, daß nach Vernichtung der flandrischen Armeen zunächst wieder die Politik sprechen wird. Für die Engländer gilt es dann eine große innere Entscheidung. Geben sie nicht nach, wird es noch harte Kämpfe geben, denn dann müssen wir zum Vernichtungskampf gegen England antreten.«

Der Siegesrauch der deutschen Truppen hat auch in diesem Brief seine Spuren hinterlassen. Bemerkenswert und zugleich bezeichnend ist die Tatsache, dass Stauffenberg von der »großen englischen Tragödie« spricht und bei einer Fortsetzung des Krieges die Notwendigkeit eines »Vernichtungskampfes gegen England« erwähnt. Dass das britische Expeditionskorps noch nicht »durch allseitige Umfassung« bereits dem Untergang geweiht war – von der See her war ja die Evakuation im Gange, die dank der britischen Seeüberlegenheit in unfassbarer Weise glückte – und »nach der Vernichtung der flandrischen Armeen« zuerst die an der Somme aufmarschierte, noch intakte Masse der wohl demoralisierten, aber noch nicht vom Erdboden gefegten französischen Armee zu besiegen war, scheint Stauffenberg nicht berücksichtigt zu haben. Die Entschlossenheit des britischen Volkes unter Führung seines neuen Premierministers Churchill, den Kampf mit allen Mitteln und unter allen Umständen fortzusetzen, unterschätzt Stauffenberg ebenso gewaltig, wie er begreiflicherweise den Sieg seines Landes wünscht.

Das Regime Hitlers erschien ihm in diesem Moment, in dem er bereits mit Verhandlungen rechnete, zumindest für die Einleitung der »weittragendsten, das Gesicht der alten Welt verändernden Entscheidungen«, die natürlich vor allem die außenpolitische Komponente der »nationalen Erhebung« betrafen, als durchaus geeignet und durch den unwahrscheinlichen Erfolg seiner Politik dazu legitimiert. So mochte ihm Hitlers Außenminister einen passablen, aber keinen besonders großen Eindruck machen. Jedenfalls war er weit davon entfernt, eine grundsätzliche oder tiefe Ablehnung gegenüber diesem Mann zu empfinden, der sich als ein pseudoaristokratisches gesellschaftliches Gütezeichen im Auftrag des nationalsozialistischen Diktators auf dem Parkett der Diplomatie bewegte. In welcher Weise dieser Mann, der nur einer unter den vielen im Feldlager Hitlers Versammelten war, seinen Beitrag zu den »weittragendsten, das Gesicht der alten Welt verändernden Entscheidungen« leistete und noch leisten sollte, wie schließlich das Gesicht der alten Welt verändert sein sollte – Stauffenberg konnte den in die Zukunft weisenden Teil dieser Fragen nicht als Prophet beantworten. Doch in jenen Tagen im Mai 1940 in dem nach unglaublich stürmischem Vormarsch eroberten Nordfrankreich scheint er für kurze Zeit manche Illusion an die Stelle der politischen Realität gesetzt zu haben. Da er als Generalstabsoffizier bei der Truppe inmitten einer turbulenten Operation nicht präzisen Observationen der politischen Szene nachgehen konnte, ist dies zum Teil verständlich.

»Unvergessliche Erinnerungen« sind dem bereits erwähnten Offizier auch »jene abendlichen Gespräche zu dritt oder viert in den Quartieren bei St. Omer, nach der ersten Phase des Frankreichfeldzuges, die uns von der Maas zur Somme und von da nordwärts nach Flandern geführt hatte. Immer wieder war bewundernswert, über welche Fülle von Einsichten, über welch gereiftes Urteil der damals 32jährige Stauffenberg verfügte – wie viel er, der freilich ungewöhnlich belesen war, ohne jedoch eine systematische Schulung im Geistig-Wissenschaftlichen erfahren zu haben, dank einer genialen Begabung (›intuitiv‹) wußte. Diskussionen von einem ähnlich hohen Niveau habe ich weder vorher noch nachher kaum je erlebt[61].« Am 31. Mai wurde Stauffenbergs Abschied von der Division gefeiert[62]. Dann fuhr der abberufene Quartiermeister der 6. Panzerdivision mitten aus der noch im Gang befindlichen siegreichen Operation aus dem Felde zurück zur »Behörde«, in die Organisationsabteilung des Generalstabes im OKH nach Bad Godesberg. Dort fand er seiner Ansicht nach und aus dem Blickwinkel seiner euphorisch-optimistischen Frontstimmung fast leibhaftige Defaitisten vor, die sich um Stahl und Mannschaftsstärken sorgten und den Siegeszug im Westen unbeachtet zu lassen schienen. Wie sehr Stauffenberg von militärisch-nationaler Begeisterung erfasst war, zeigt die Tatsache, dass sein Vorgänger in der neuen Stellung in der Organisationsabteilung, sein langjähriger Freund und Regimentskamerad Major Bernd von Pezold, innerhalb von drei Tagen statt der hierzu vorgesehenen zwei Wochen sein Amt an Stauffenberg übergab, da die Differenzen ihrer Lagebeurteilung einen Schatten auf ihre Freundschaft zu werfen drohten[63].

Das »Vorbild« Gneisenau und seiner »deutschen Erhebung« – Anfang Juni des Jahres 1940 schien die Erneuerung nach außen in unerahntem Masse plötzlich realisierbar. Noch schienen viele Möglichkeiten und Wege offen, die allerdings Hitler – freilich allzu vielen nicht klar ersichtlich – mit seinen totalen Hegemonie-Plänen längst verbaut hatte. Die Ernennung Stauffenbergs zum Gruppenleiter in der Organisationsabteilung des Generalstabes des Heeres bedeutete eine entscheidende Etappe in seinem weiteren Lebensweg. Denn sie öffnete ihm den Weg zu einer Position, die wohl nicht im Zentrum der Macht, aber an dessen Peripherie lag, von der aus sich manche politische Beobachtungen anstellen, Erkenntnisse gewinnen und Kontakte aufnehmen ließen. Wie lange bewahrte nun in dieser neuen Position der noch nicht 33jährige Hauptmann im Generalstab seinen politischen Optimismus? Musste er nun nicht, nachdem die freilich von Hitler provozierte, aber nach dem 3. September 1939 reale Bedrohung für sein Land im Westen zumindest auf dem Kontinent beinahe völlig eliminiert war, wieder vermehrt seine eigenen Auffassungen über die »Erhebung« nach außen berücksichtigen?

Generalstab des Heeres – Bis zur Schlacht von Moskau 1940/41

Am Vormittag des 28. Mai 1940 – einen Tag nach Stauffenbergs Bericht von seiner Versetzung in die Organisationsabteilung des Generalstabes – besprach sich Hitler mit dem Oberbefehlshaber des Heeres, Brauchitsch, über die künftige Friedensgliederung des Heeres. In der Illusion, den Krieg durch einen militärischen Sieg im Westen beenden zu können, setzte der nationalsozialistische Diktator bereits die Stärke des »Friedensheeres« auf 24 Panzer-, 12 motorisierte und 30–40 Infanteriedivisionen (einschließlich Gebirgs- und Luftlandedivisionen) fest[1]. Aus dieser geplanten Zusammensetzung des Heeres ließen sich leicht die mit der Panzerwaffe gemachten guten Erfahrungen ablesen, denn deren Beweglichkeit und Stoßkraft sollte nun besonders für offensive oder defensive Zielsetzungen im weiträumigen Gebiet des Ostens genutzt werden[2]. Die projektierte Zahl von Panzerdivisionen und motorisierten Infanteriedivisionen bedeutete eine Verdoppelung der schnellen Verbände auf Kosten der Infanteriedivisionen[3]. Die aus dieser Planung resultierende Arbeit war für Stauffenberg, der Anfang Juni 1940 nun in der Organisationsabteilung des Generalstabes in Bad Godesberg das Referat »Friedensheer« übernahm, das eigentliche Gebiet seiner neuen Tätigkeit.

Zu Beginn des Feldzuges im Westen hatte sich Hitler mit seinem engeren Stab, der »Feldstaffel« der Abteilung Landesverteidigung des Wehrmachtführungsamtes (ab August 1940: -stabes), im Hauptquartier »Felsennest« bei Münstereifel niedergelassen. Das Hauptquartier des OKH befand sich in Gießen und Godesberg und blieb dort, bis Hitler mit seinem Stab in der ersten Juniwoche in Belgien ein neues Hauptquartier an der belgisch-französischen Grenze westlich von Givet in dem gegenüber dem französischen Rocroi gelegenen Dorf Brûly-de-Pesche bezog[4]. Das H.Qu.OKH dislozierte am 3. Juni in die Nähe Hitlers in die Umgebung von Chimay, so dass Stauffenberg also nur ganz kurze Zeit in Godesberg weilte.

Am 5./9. Juni traten die deutschen Truppen zur nächsten Offensive – der Operation »Rot« – von der Somme nach Süden an. In konzentrisch geführten Schlägen wurde die französische Armee zunächst nach Süden und Südwesten, dann gegen ihre eigene Verteidigungslinie am Rhein nach Osten geworfen, wo am 14. Juni der bis zu diesem Zeitpunkt passiv gebliebene linke Flügel des deutschen Aufmarsches im Westen, die Heeresgruppe C unter Generaloberst Ritter v. Leeb, in frontalem Angriff gegen die Maginotlinie vorging und in kürzester Zeit den Durchbruch errang. Am selben Tag wurde Paris von deutschen Truppen besetzt. Vier Tage zuvor, am 10. Juni 1940, hatte Mussolini angesichts der französischen Niederlage den Westmächten den Krieg erklärt. Doch versuchte er mit seiner erst eine Woche später unternommenen und gescheiterten Alpenoffensive vergeblich, seinen Beuteanspruch in der Realität zu verankern – Schein und Illusion mussten die ungebändigte Realität ersetzen[5]. Am 15. Juni erteilte Hitler dem Generalstab die Weisung, mit der Vorbereitung des Umbaues des Heeres auf 120 Divisionen einschließlich 20 Panzer- und 10 motorisierte Divisionen zu beginnen[6].

Am 17. Juni 1940 berichtete Stauffenberg zum erstenmal seiner Frau über seine neue Tätigkeit – am selben Tag sollte auch das Waffenstillstandsersuchen der in Bordeaux durch Pétain neugebildeten französischen Regierung bekannt werden[7]:

»Gestern Abend!! erhielt ich erstmals Post von Dir durch den guten Berndt[8]. Es scheint in die OKH-Post ein völliges Durcheinander geraten zu sein. Wahrscheinlich ist viel verlorengegangen.

Du frägst nach meiner Tätigkeit: Ich habe das Referat Friedensheer. Dieses mitten im Krieg, aus den beweglichsten und durchschlagendsten Operationen, die je denkbar waren, herausgerissen, zu übernehmen, hatte etwas zumindest höchst Eigentümliches. Die Aufgabe kann naturgemäß jetzt sehr interessant werden, denn nach jedem Krieg fängt man gewissermaßen ganz neu wieder an. So wird man die ganze bisherige Organisation, Aufbau, Zusammensetzung, innere Gliederung usw. überprüfen müssen und gleichzeitig ganz neue Gedanken erwägen müssen. Auf diese Weise wird dies Arbeitsgebiet demnächst zentrale Bedeutung erlangen. Trotzdem ist das Brot, das man ißt, nicht leicht, denn in einer so großen und hohen Behörde, die in so vielen und gerade den wichtigsten Fragen mit gleichgestellten Behörden gekoppelt und wiederum von einem absoluten Führer mit höchst eigenen Gedanken abhängig ist, ist die Divergenz der sachlichen Meinungen nicht nur ungewöhnlich groß, sondern es sind auch dauernd die verschiedenartigsten Erwägungen politischer, personeller und taktischer Art zu berücksichtigen. So wird man sich damit abfinden müssen, daß in den großen Fragen alle Mühe und Arbeit durch einen unvorhergesehenen Führerentscheid umsonst war und daß in vielleicht den meisten andern der Kompromiß, oft der windige Kompromiß zur Herrschaft kommt.

Meine Erfahrungen aus dem Aufbau der Führung und Versorgung einer neuzeitlichen Panzerdivision kommen mir hier natürlich sehr zu

Nutzen. Das war auch einer der wesentlichen Gründe, mich auf diesen Stuhl zu setzen. Daß es gelingen wird, nun manches durchzusetzen, wofür ich von der Truppe aus lang und vergeblich gekämpft habe, ist offenbar.

Neben den grundsätzlichen Fragen des Friedensaufbaus ist natürlich dauernd Laufendes auf organisatorischem Gebiet zu erledigen und das nimmt, wie meist, zunächst die Hauptzeit in Anspruch.

Abt.-Chef ist Oberst Buhle, ein energischer, nicht übertrieben feiner Schwab. Sein Vertreter ist Helmut Reinhardt, der gleichzeitig mit mir hinversetzt wurde. Das Kriegsheer bearbeitet ein Hptm. Schmidt, auch schwäbischer Infanterist, so daß das Unternehmen reinrassig ist. Dann ist noch ein junger Gen.-St.-Offzr. bei Schmidt und 2 E-Offz. da[9].

Das OKH ist, auf etwa 9 km verteilt, in einigen geräumten Dörfern untergebracht, wir selbst ganz für uns und einsam in einem kleinen Gasthaus an einem See, in dem man sehr schön baden kann. Ich sehe viel den Ebo [Eberhard] Finckh, der wieder beim Generalquartiermeister gelandet ist. Der Gen.-Qu. hatte übrigens auch Absichten auf mich. Diesem Scheusal bin ich ja nun zum Glück entgangen. Tull Varnbüler und Bonin sind nun glücklich an der Front.«

Im Vergleich zu dem Brief Stauffenbergs vom 27. Mai trat hier – nach einem noch nicht einmonatigen Aufenthalt im Hauptquartier – eine etwas nüchternere Stimmung an die Stelle des Siegesrausches. Grundlage und Voraussetzung seiner Arbeit war freilich das baldige Ende des Krieges oder zumindest, wie Halder die Weisung Hitlers für das Friedensheer am 15. Juni interpretierte, »die Annahme, daß mit dem bevorstehenden endgültigen Zusammenbruch des Feindes die Aufgabe des Heeres erfüllt ist, und wir im Feindesland diesen Umbau als Grundlage für die künftige Friedensorganisation in Ruhe durchführen können. Der Kriegsmarine und der Luftwaffe wird dann die Aufgabe zufallen, den Krieg gegen England allein weiterzuführen[10].«

Erstaunlich ist, wie rasch und wie scharf sich Stauffenberg Rechenschaft über die durch Hitlers immer häufigere Eingriffe in die Führung der Operationen und in die weitere militärische Planung[11] bedingte Arbeitsatmosphäre und die geringen Möglichkeiten zur Durchsetzung eigener Ideen ablegte. Die harte Bezeichnung »windiger Kompromiß« für das zumeist aus »verschiedenartigsten Erwägungen politischer, personeller und taktischer Art« und einem »unvorhergesehenen Führerentscheid« resultierende karge oder falsche Ergebnis eigener Planung lässt den kritischen Beobachter erkennen, der nun zum erstenmal die Möglichkeit besaß, den militärischen Führungsapparat aus recht kurzer Distanz in den Blick zu nehmen. Die durch das täglich immer größer werdende Ausmaß des deutschen Sieges über Frankreich begründete Annahme, dass sein

»Arbeitsgebiet demnächst zentrale Bedeutung erlangen« werde, scheint Stauffenberg den Kommentar zu der Frontversetzung seiner Kameraden – des Rittmeisters Frhr. Varnbüler von und zu Hemmingen und des Hauptmanns von Bonin, die beide nach Absolvierung der Kriegsakademie ins OKH kommandiert worden waren[12] und jetzt wie Stauffenberg ihre Stellung, allerdings in umgekehrter Richtung, wechselten – etwas versüßt zu haben.

Im Laufe der Zeit sollte Stauffenberg mit seinem Hinweis auf die Tatsache, dass neben »den grundsätzlichen Fragen des Friedensaufbaus ... natürlich dauernd Laufendes auf organisatorischem Gebiet zu erledigen« sei und dies, »wie meist, zunächst die Hauptzeit in Anspruch« nehme, immer mehr Recht behalten. Der Hinweis auf die schwäbische Herkunft des Chefs der Organisationsabteilung, Oberst i. G. Buhle – der bis zum Februar 1942 dieser Abteilung vorstehen sollte, um dann Chef des Heeresstabes beim OKW zu werden –, auf jene des Majors i. G. Hellmuth Reinhardt – der wie Stauffenberg als Ia der 4. Panzerdivision aus den Operationen des Heeres heraus ins Hauptquartier versetzt worden war, um dann Chef des Stabes des AHA, das seit dem Frühjahr 1940 von General Olbricht geleitet wurde, und als solcher Vorgänger Stauffenbergs in dieser Dienststelle zu werden – und auf den »schwäbischen Infanteristen« Schmidt[13] war mehr als nur ein witziger Kommentar zur umfangreichen schwäbischen Delegation im Generalstab oder eine rein persönliche Bemerkung – wie die über den Generalquartiermeister[14]. Denn das süddeutsche Element des Generalstabes, an dessen Spitze ein ehemals königlich-bayerischer Generalstabsoffizier stand, scheint eine im Vergleich zum früheren preußischen Großen Generalstab freiere und ungezwungenere Atmosphäre geschaffen zu haben, in der »die Generalstabsoffiziere in Chefstellungen mit ihren Mitarbeitern jüngerer Dienstgrade in einem Verhältnis standen, in dem jeder Kommandoton fehlte, die geistigen und menschlichen Qualitäten im Vordergrund standen und die jungen Offiziere den Älteren persönlich näher standen und genauer bekannt waren«, als dies vor dem Ersten Weltkrieg in der kaiserlichen Armee der Fall war[15].

Im Hauptquartier des OKH bei Chimay arbeitete auch Stauffenbergs Hörsaalkamerad Major i. G. Finckh in der Dienststelle des Generalquartiermeisters, nachdem er im Westen Verbindungsoffizier des OKH zur 6. Armee Reichenaus gewesen war[16]. In der Spitzengliederung des Generalstabes des Heeres waren mit Kriegsbeginn zahlreiche Änderungen eingetreten. So unterstand die Organisationsabteilung nun nicht mehr dem aufgelösten Oberquartiermeister III, sondern direkt dem Chef des Generalstabes des Heeres und seinem Stellvertreter, dem O.Qu.I. Sie bearbeitete die Truppengliederung im Feldheer, Befehlsbefugnisse für neu entstehende Dienststellen im Feldheer, Fragen der Kriegsspitzengliederung und vertrat gegenüber dem Befehlshaber des Ersatzheeres, der nun eine dem preußischen Kriegsminister der kaiserlichen Armee ähnliche Funktion innehatte, die Forderung des Feldheeres auf personellen Ersatz und Ausrüstung und Wünsche in Bezug auf Waffenentwicklung und -fertigung[17].

Unmittelbar nach dem Eintreffen der Nachricht vom französischen Kapitulationsangebot reiste Hitler am 17. Juni nach München, wo er am folgenden Tag mit Mussolini konferierte[18]. Am 18. Juni erörterten Halder und Brauchitsch mit Fromm und Olbricht, dem Befehlshaber des Ersatzheeres und dem Chef des Allgemeinen Heeresamtes, »die Grundgedanken des Rückbaues von 165 auf 120 Divn. und die Verteilung im Reich«, nachdem der Chef des Generalstabes einen Tag zuvor mit Buhle, dem Chef der Organisationsabteilung, »das Programm der Umstellung auf 120 Divn. durchgesprochen« hatte[19], wofür Stauffenberg als Referent für das »Friedensheer« die Unterlagen und Überlegungen zu stellen hatte. Am 19. Juni wandte sich Stauffenberg in einem kurzen Brief, der zusammen mit jenem vom 17. Juni am 21. Juni in Wuppertal-Barmen eintraf, an seine Frau[20]: »Die Anwesenheit von Berndt benutze ich, um schnell einige Worte zu schreiben. Die Ereignisse überstürzen sich in einer Form, daß man innerlich kaum mitkommt. Es ist fraglich, ob wir noch mal umziehen, ich nehme es aber an. Die Vorarbeiten für die neuen Friedensorganisationen sind schon in vollem Lauf, werden aber natürlich noch hundertmal umgeworfen.

Von Dir seit Berndts Sendung noch nichts. Die Feldpost muß völlig in Unordnung sein.

Heute Nachmittag kommt der Führer von München zurück. Wir sind sehr auf die Entscheidungen gespannt. Das französische Débacle ist furchtbar. Sie sind völlig geschlagen, ihr Heer vernichtet, ein Schlag, von dem sich dieses Volk nicht so leicht wird wieder erholen können.«

Die vor dem Hintergrund des vierjährigen Stellungs- und Grabenkampfes des Ersten Weltkrieges kaum fassbaren Ergebnisse des Blitzfeldzuges im Westen trübten Stauffenbergs Blick und Urteil nicht: Er nimmt an, dass das Hauptquartier nochmals umziehen, d. h. der Krieg noch nicht so rasch zu Ende sein werde. Sein Kommentar zu der französischen Niederlage ist auch nicht gerade Ausdruck eines Sieger-Hochmutes. In welch »vollem Lauf« die »Vorarbeiten für die neuen Friedensorganisationen« bereits waren, zeigt die Tatsache, dass Halder an diesem 19. Juni sich erneut mit Brauchitsch über »die künftige Friedensorganisation und die Zwischenstadien« besprach und mit Buhle den »Vorschlag der künftigen Kräfteverteilung und Dislokation im Großen« und das »Zeitprogramm des Umbaues von 165 auf 120 Divn.« erörterte[21]. Am selben Tag war Hitler, wie Stauffenberg ankündigte, aus München ins Hauptquartier zurückgekehrt, um die Ausarbeitung der Waffenstillstandsbedingungen zu überwachen. Am 20. Juni besprach er sich mit dem Oberbefehlshaber der Kriegsmarine, Raeder, über eine Landung in England, ohne allerdings eine konkrete Weisung zu erteilen[22].

Am 21. Juni – Hitler war nach Compiègne abgefahren, um der französischen Waffenstillstandsdelegation seine Bedingungen an derselben Stelle zu präsentieren, an der nach deutscher Auffassung »einst gallische Niedertracht das unbesiegte deutsche Heer schmähte«[23] – schrieb Stauffenberg erneut einen Brief an seine Frau, der ihr am folgenden Tag überbracht wurde[24]:

»Heute in einer Woche jährt sich der Tag des Versailler Vertrags. Welche Veränderung in welcher Zeit! Neben Triumph und Freude ist da unvermeidbar die Überschau über die drei Jahrzehnte, die wir miterlebten, mit dem Wissen, wie wenig Endgültiges es gibt[25] und daß die schroffste Umwandlung, ja Umkehr wahrscheinlicher ist als ein Beharren auch nur für wenige Jahre. Wenn wir das unseren Kindern beibringen, daß nur der dauernde Kampf und das dauernde Streben nach Erneuerung vor dem Untergang rettet – dies um so mehr, je größer das schon Erreichte ist – und daß Beharren, Erhalten und Tod identisch sind, dann haben wir den größten Teil unserer nationalen Erziehungspflicht geleistet.

Ich bin noch im alten Quartier, bade täglich ein- bis zweimal in unserem See und bearbeite mit Hochdruck die Gestaltung des neuen Friedensheeres. Dabei glaube ich nicht, daß wir allzu bald nach Deutschland (Berlin) zurückkehren, es sei denn, daß England ohne weiteren Kampf nachgibt. Ein Pariser Vorort der weiteren Umgebung ist mir wahrscheinlich.«

Die Lehren, die Stauffenberg bei seinem Gedenken an die Unterzeichnung des Friedens von Versailles aus der französischen Niederlage und dem deutschen Sieg zieht, waren angesichts des Ausmaßes des Erfolges durchaus verständlich und sollten bald durch die Zukunft bestätigt werden – dann freilich wiederum am Beispiel des Deutschen Reiches, das nach dem ephemeren Sieg über Frankreich in unwahrscheinlicher Hybris seinem Abgrund entgegenging. »Nur der dauernde Kampf und das dauernde Streben nach Erneuerung« vermochten nach der Meinung Stauffenbergs vor dem Untergang zu retten, wobei die Größe des erreichten Erfolges auch das Ausmaß der Anstrengungen um Erneuerung bedingte – im Juni 1940 mussten in seinen Augen deshalb Entscheidungen von größter Tragweite bevorstehen, wollte die deutsche Politik nicht der Stagnation und damit der Niederlage verfallen.

»Daß Beharren, Erhalten und Tod identisch sind«, sollte Hitler in einem apokalyptischen Schaustück bald beweisen. Stauffenberg freilich setzte im Moment, in dem das »Dritte Reich« im Zenit seiner Macht stand, erneut die »Erneuerung« als Ziel, für die sich nun im Sinne des »Vorbildes« Gneisenau nach außen scheinbar unbeschränkte und maximale Möglichkeiten boten. Vorerst war aber Großbritannien zum Friedensschluss zu bringen. Da Stauffenberg zu diesem Zeitpunkt nicht mehr mit seiner baldigen Rückkehr nach Berlin rechnete, vielmehr einen Umzug in ein neues Hauptquartier in der Umgebung von Paris – zur Fortführung der Operationen gegen die britischen Inseln – für wahrscheinlich erachtete, scheint er nun erneut seine allzu optimistische Lagebeurteilung aus der Frontperspektive vom 27. Mai korrigiert und durch größere Skepsis ersetzt zu haben.

Am Abend des 22. Juni 1940 wurde der deutsch-französische Waffenstillstand unterzeichnet, der nach der Unterzeichnung des italienisch-französischen vom 24. Juni am 25. Juni 1940 in Kraft trat. In den Tagen zuvor hatte sich Halder erneut mit Buhle über die nötige Umgliederung für das »Friedensheer« ausgesprochen. Am Tage des Inkrafttretens des Waffenstillstandsvertrages trat ein »neuer Gesichtspunkt« zu diesen Erörterungen: »Schlagkraft im Osten[26].« Denn in der ersten Junihälfte war die Sowjetunion in die drei baltischen Staaten einmarschiert und am 27. Juni sollte sie Bessarabien und die Nordbukowina annektieren.

Nach der Unterzeichnung des Waffenstillstandes in Compiègne »zerstreute sich das Hauptquartier in alle Winde«. Der Gefreite des Weltkrieges bereiste nach seiner Promotion zum »größten Feldherrn aller Zeiten« mit zwei ehemaligen Kompaniekameraden die Schlachtfelder des Ersten Weltkrieges. Am 6. Juli zog er als Triumphator in Berlin ein.

Das Hauptquartier des OKH blieb während dieser ganzen Zeit in der Gegend von Chimay in Belgien. Am 2. Juli zog es nach Fontainebleau um, wo es bis zur erneuten Dislokation nach Zossen bei Berlin am 30. Oktober 1940 verbleiben sollte[27]. Stauffenbergs Voraussage bestätigte sich also sowohl im Hinblick auf den Ort als auch den Zeitpunkt der Rückkehr. Doch wie beurteilte er nun die politische Lage nach dem Zusammenbruch Frankreichs? Was war nach seiner Ansicht nach diesem Erfolg zu tun?

In einem Gespräch mit Halder und einigen Generalen und Generalstabsoffizieren – Stülpnagel, Fellgiebel und Wagner – Ende Juni 1940, kurz bevor die von Hitler geplante Siegesparade in Paris auf Betreiben des Generalstabes abgesagt werden sollte, entwarfen Stauffenberg und Mertz von Quirnheim »ein beängstigendes Bild eines Siegers ohne Gefühl und Augenmaß, der zum Verhängnis werde«[28]. Stauffenberg anerkannte zwar sachlich Hitlers Anteil an dem deutschen Sieg und hob ihn sogar gegenüber manchen Kritikern nachdrücklich hervor, doch stimmte er in keine Feldherrn-Apotheose ein[29]. Wie er in seinem Brief vom 21. Juni bereits indirekt angeführt hatte, verpflichtete das Ausmaß des Sieges nun, aus der neuen Lage nicht nur etwas, sondern möglichst Gutes zu machen. Aus der Retrospektive empfand er später die von Hitler gegenüber Frankreich betriebene Politik als eine Hauptursache des deutschen Niederganges. Im Juni 1940 musste man nach seiner Meinung »in einem großen Sinn handeln..., aus der alten Feindschaft endlich etwas Neues machen«. Im Übermut hatte er kurz zuvor in demselben Zusammenhang hinzugefügt: »Wenn man ihm freie Hand gäbe, er würde es machen...[30]«

In dem Gespräch mit Halder und den versammelten Offizieren, die sich nicht als Verschwörerclique zur Sabotage am deutschen Sieg getroffen hatten, sondern auf Grund ihrer Stellung und Kenntnis von Hitlers Plänen zu einer ähnlich kritischen Beurteilung der politischen Lage gelangt waren, äußerten Stauffenberg und Mertz von Quirnheim, dass es bald an der Zeit sei, Hitler entgegenzutreten. Stauffenberg scheint – wenn auch in noch recht theoretischer Weise – erklärt zu haben, dass eine Änderung der Politik und ein gegen Hitler gerichteter Staatsstreich konsequenterweise nur durch ein Attentat zu bewerkstelligen sei[31].

Wenn Halder den Eindruck gewann, dass Stauffenberg in der Theorie nach der Übergangsphase einer Militärdiktatur eine am britischen Vorbild orientierte »Demokratie mit straffer Führung« anstrebte, besagt diese Auskunft noch recht wenig[32]. Im Sommer 1940 war in dem erwähnten Gespräch zunächst die deutsche Politik gegenüber Frankreich das Objekt der Auseinandersetzung. Stauffenberg hatte seine allgemeinen Vorstellungen einer »Versöhnung« mit dem alten Gegner deutlich zu erkennen gegeben. Doch musste nicht eine noch so großzügige und versöhnliche Politik gegenüber dem geschlagenen europäischen Rivalen einfach an der Tatsache scheitern, dass weder das bisher unbesiegte und zum Äußersten entschlossene Großbritannien noch das zum größten Teil besetzte Frankreich sich jemals auf die Dauer mit einer noch so geschickt getarnten, durch einen Frieden sanktionierten deutschen Hegemonie in Europa würden abfinden können?

Die Erörterung der Gründe der französischen Niederlage, die Bewertung des Ergebnisses und Pläne für die künftige deutsche Politik gegenüber Frankreich – sie erfüllten im Juni und Juli 1940 auch einen Briefwechsel zwischen den Grafen Yorck und Moltke, der das eigentliche Präludium zu der späteren Arbeit des Kreisauer Kreises darstellt. Am 17. Juni bezeichnete Moltke den Sieg Deutschlands als »den Triumph des Bösen«[33]. Yorck entgegnete in seiner Antwort vom 7. Juli: »Nur in einer Beziehung vermag ich mich dieser Beurteilung anzuschließen, nämlich insoweit, als es sich bei diesen Ereignissen um die von einem Menschen gewollte Durchsetzung des Nihilismus handelt, nicht aber hinsichtlich dessen, was sich unabhängig oder gar gegen diesen Willen vollzieht – der das Böse will und vielleicht das Gute schafft. Dieser Optimismus ist eigentlich die Frucht der kurzen Reise durch die ›Feindländer‹. In neuartiger Atmosphäre gewinnt man leichter einen neuen Aspekt, und das Überraschungsmoment für mich bestand darin, weder hasserfüllte noch niedergezwungene Menschen anzutreffen, deren Streben Revision und Revanche ist. Sondern ich fand europäische Bereitschaft auf dem Boden der vollzogenen Tatsachen und die Anschauung, dass die bisherige Geistesverfassung der menschlichen Wirklichkeit nicht entsprochen habe und daß das Junge nicht durchgedrungen sei. Der Zusammenbruch der französischen Armee scheint mir demnach auch nicht auf militärische und technische Gründe letztlich zurückzuführen; seine Gründe finde ich vielmehr in der Geisteshaltung, in der das französische Volk vom Kriege betroffen wurde. Dies ist für mich insofern eine Mahnung, als mit der Ablehnung des Systems bereits lebendig gewordene Geisteskräfte negiert werden, denen nur mit Negation nicht entgegengewirkt werden kann, deren richtiger Ansatz dagegen die wirkliche Aufgabe ist. Selbst wenn – wie ich hoffe – wir zur Zeit den pathetischen Abschluß einer Epoche erleben, muß auf die Keime geachtet werden, die das neue Leben aus den Ruinen treiben sollen[34].«

In diesen Äußerungen wurde die Neigung manifest, den deutschen militärischen Erfolg über Frankreich und die dort entdeckte »europäische Bereitschaft auf dem Boden der vollzogenen Tatsachen« politisch im Sinne europäischer Bestrebungen zu nutzen – im Glauben, das Böse würde sich in Gutes wenden. Der Sieg des nationalsozialistischen Deutschland über Frankreich sollte auch die Grundlage für die Politik eines »anderen Deutschland« abgeben. Hatte Stauffenberg, der auch an die Hypothese positiv zu beurteilender politischer Entwicklungen in Hitlers Politik dachte, nicht auch auf den psychischen und moralischen Zusammenbruch Frankreichs hingewiesen[35]? Musste nun sein Denken nicht in ähnlichen Bahnen sich bewegen wie jenes seines Vetters Yorck?

In dem Modell einer »Erhebung« wurde von Gneisenaus Wunsch gesprochen, »Preußen zu stärken und so zu durchformen, daß es durch seine innere Kraft die besten Geister aus den andern deutschen Ländern an sich zöge und mehr noch als durch den Primat der Waffen durch den des Geistes und einer großzügigen Staatsordnung den deutschen Stämmen zum Mittelpunkt würde ... Der deutsche Staat, der so der Entfaltung des Lebens diene, werde durch innere Kraft, nicht durch äußere Übermacht die deutschen Stämme an sich ziehe und die Führung des Reichs gewinnen[36].« Diese Hegemonie sollte nicht mit den Waffen ausgeübt werden, doch war sie trotzdem letzten Endes auf der militärischen Überlegenheit der Vormacht in Deutschland begründet.

In der Zeit vor seinem Umsturzversuch erörterte Stauffenberg die Frage, »dass sich zum Beispiel die Gegensätze zwischen den europäischen Völkern in der Weise von Stammesgegensätzen austragen und fruchtbar machen ließen«[37]. Dies lässt die Vermutung legitim erscheinen, dass Stauffenberg ähnliche Vorstellungen bereits früher gehegt hatte – Einflüsse in dieser Richtung sind sowohl von Stefan George als auch von »bündischen« Ideen her denkbar – und im Sommer 1940 angesichts der deutschen Übermacht auf dem Kontinent wohl, wie auch Halder und die anderen Teilnehmer des erwähnten Gespräches, zu einer Politik der Versöhnung und Beschränkung gegenüber Frankreich bereit war, aber auch bei einem eventuellen, die Kooperation oder Kollaboration Frankreichs in der »Neuordnung« erleichternden Rückzug aus dem Westen nicht die Preisgabe der errungenen und faktisch vor allem militärischen deutschen Hegemonie in Europa wünschte. Die Tatsache, dass er in diesem Sommer erkannte, dass Hitler nicht der Mann war, der diese Politik einer Art beschränkter Hegemonie mit dem Deutschen Reich als kultureller, politischer und humaner europäischer Vormacht zu führen beabsichtigte, und dass er deshalb die Möglichkeit einer gewaltsamen Beseitigung des Diktators erwog, stellt seine optimistische und vom Sieg etwas berauschte Haltung und seine Äußerungen Ende Mai 1940 in den richtigen Rahmen und grenzt seine eigenen, vagen »Neuordnungs«-Pläne von der »Neuordnung Europas« der nationalsozialistischen Ideologie und ihres Programms deutlich ab[38].

Seine Meinung aber, Deutschland müsse »zum Vernichtungskampf gegen England antreten«, wenn die Briten nicht »eine große innere Entscheidung« treffen würden, und die Tatsache, dass er die Pläne einer Invasion der Insel für aussichtsreich ansah[39], zeigen deutlich, dass er nicht einem Rückzug aus dem Westen vor der Beendigung der Auseinandersetzung mit Großbritannien das Wort redete und die Invasionspläne nicht als im Widerspruch mit der Versöhnungspolitik auf dem Kontinent betrachtete. Was anderes konnte die »große innere Entscheidung« für die britische Politik bedeuten als die Sanktionierung der deutschen Erfolge seit dem 1. September 1939 und damit die Anerkennung der deutschen Hegemonie über Europa? Ob diese nun mit den terroristischen Methoden der Lebensraum-Ideologie des Nationalsozialismus oder im »europäischen Geist« einer deutschen Führungsmacht ausgeübt wurde, änderte im Effekt wenig an der Tatsache, dass das Grundprinzip der europäischen Staatenwelt – nicht nur die Maxime britischer Politik – so entscheidend gestört war, dass nicht nur die Beseitigung des im deutschen Namen handelnden, an der Spitze des Reiches stehenden Verbrechers, sondern auch die Wiederherstellung des Gleichgewichtes in Europa allein die Grundlage für eine europäische Zusammenarbeit schaffen konnten, in der dann erst sich »die Grundsätze ... in der Weise von Stammesgegensätzen austragen und fruchtbar machen ließen«.

Moltke trat der Absicht, die Ergebnisse des nationalsozialistischen Sieges über Frankreich für eine eigene, andere Politik zu nutzen, in seinem Brief vom 12. Juli 1940 an Yorck mit Entschiedenheit entgegen:

»Geistiger Wille und Wirklichkeit, Erkenntnis und Erscheinungsform werden sich nie decken, weil unser Wille nicht stark, unsere Erkenntnis nicht klar genug ist. Die weite Diskrepanz, die jedoch heute zwischen Wille und Erkenntnis auf der einen Seite, Wirklichkeit und Erscheinungsform auf der anderen besteht, ist unerträglich. M. E. würden wir die geistige Gemeinschaft mit den Besten der anderen Nationen zerstören, falls wir uns dazu hergeben würden, sie mit einem Zustand auszusöhnen, der gerade beseitigt werden muss, um sie wie uns aus der Spannung zwischen Erkenntnis und Erscheinungsform zu lösen.

Ich bin folgender Meinung: Es ist unsere Aufgabe, uns zu einer so klaren Erkenntnis durchzuringen, daß wir es uns und anderen ermöglichen, aus dieser Klarheit heraus die jetzigen Erscheinungsformen zu überwinden, nicht aber dürfen wir im Interesse der Erhaltung der jetzigen Erscheinungsform (und dazu gehört auch der Sieg und seine Früchte) unsere Erkenntnis und die Erkenntnis anderer vernebeln.

Ich hoffe, daß das klar ist. In der Beurteilung der Gründe der französischen Niederlage stimme ich mit Ihnen überein. Es ist eine Fassade zusammengebrochen, bevor der seit Jahren dahinter im Gange befindliche Neubau stark genug war. Der Abrißunternehmer vermag aber nicht, den Neubau durchzuführen; er hat den Neubau jedoch – allerdings unter großen menschlichen Leiden – durch Beseitigung der Fassade erleichtert[40].«

Der Wille zur europäischen Zusammenarbeit und die Erkenntnis ihrer Notwendigkeit zwangen zur Beseitigung der durch den nationalsozialistischen Sieg geschaffenen Wirklichkeit und Erscheinungsform, um nicht den Wunsch nach Zusammenarbeit illusorisch werden zu lassen. In der Beurteilung der Ursachen der französischen Katastrophe, nicht aber ihrer Bewertung und Nutzung stimmte Moltke mit Yorck überein. Der »Abrissunternehmer« erleichterte durch die Zerschlagung der alten Machtstrukturen einen europäischen Neuaufbau, den der »bloße Zerstörer« nicht leisten konnte, der aber auch nicht von der deutschen Hegemonie des Sommers 1940 ausgehen durfte. Moltkes Mahnung ist auch bei der Beurteilung von Stauffenbergs Gedanken angebracht und stellt eine adäquate Kritik der außenpolitischen Komponente der »Erhebungs«-Pläne dar.

Musste Stauffenberg im Sommer 1940 ähnlich wie im Winter 1938/39 und vor dem Polenfeldzug erkennen, dass die von Hitler erreichten, für Deutschland sehr günstigen außenpolitischen Ergebnisse durch Maßlosigkeit und realitätsferne Hybris in Gefahr waren, in ihrem ganzen Sinn in Frage gestellt und durch eine falsche Politik annulliert zu werden, so konnte er von seiner Stellung als Generalstabsoffizier in der Organisationsabteilung nun weitere tiefe Einblicke in die Mentalität der Führung gewinnen. Im Sommer 1940 erlebte Stauffenberg vor allem den Wirrwarr in der deutschen Führung – zunächst aber weniger in der Form von Kompetenz- und Befehlsrivalitäten in der durch das Hitlersche »Führerprinzip« geschaffenen, dem »divide et impera« des Diktators gemäßen institutionellen Maschinerie des »Dritten Reiches«. Vielmehr herrschte nach dem Sieg über Frankreich auf der deutschen Seite, die über keinen konkreten Kriegsplan verfügte, »eine durchgehende Ratlosigkeit über die Fortführung oder Beendigung des Krieges«[41].

Zunächst glaubte Hitler, durch einen verstärkten Luft- und Seekrieg Großbritannien zum Frieden zwingen zu können. Gleichzeitig ließ er alle Wehrmachtteile ab Juli 1940 Pläne für eine Landung auf der Insel, das Unternehmen »Seelöwe«, ausarbeiten. Mitte Juli nannte er die Erringung der Luftüberlegenheit im Operationsraum als Bedingung für die Landung[42]. Zur selben Zeit wurden auch Planungen befohlen, die die Eroberung von Gibraltar (Unternehmen »Felix«) und damit eine indirekte Strategie über das Mittelmeer zur Niederwerfung Großbritanniens zum Ziele hatten, aber erst später in Weisungen konkretisiert werden sollten[43]. Zur Vervollständigung des Planungschaos erteilte Hitler am 21. Juli Brauchitsch zum erstenmal die Weisung, Vorbereitungen für einen Feldzug gegen die Sowjetunion zu treffen. Am 31. Juli erklärte dann Hitler: »Je schneller wir Rußland zerschlagen, um so besser.« Zeitpunkt einer Offensive sollte nun nicht – wie bereits angeregt – der Herbst 1940, sondern das Frühjahr 1941 sein. Der Diktator scheute sich aber noch vor einem wirklichen Entschluss[44].

Stauffenberg hatte im Juni und Juli 1940 an der künftigen Gliederung des »Friedensheeres« zu arbeiten, während immer mehr die Pläne für eine Invasion der britischen Insel in den Vordergrund traten, aber auch die Sowjetunion und das Mittelmeer als Operationsziel eine Rolle zu spielen begannen[45]. Die umfangreiche Umorganisation, bei der auch Divisionen aufgelöst wurden[46], wurde durch Hitlers Absicht eines Russlandfeldzuges und des dafür notwendigen Kräftebedarfs von 180 Divisionen völlig umgeworfen – und damit auch die ganze Arbeit Stauffenbergs. Im August kamen – noch vor der gescheiterten Offensive Grazianis – Pläne für die Entsendung eines deutschen Panzerverbandes nach Libyen hinzu. Aus Prestigegründen bestand aber Mussolini auf der Fortführung seines unabhängigen »Parallelkrieges«. Erst im Dezember 1940 sollte das Comando Supremo um deutsche Hilfe nachsuchen[47].

Am 7. August besprach sich der Chef der Organisationsabteilung mit Halder und kam mit ihm über das »Zurückstellen von Friedensaufgaben« überein. Mit der Entscheidung Hitlers, alle weiteren organisatorischen Planungen des Heeres auf eine eventuelle Operation gegen die Sowjetunion im Frühjahr 1941 abzustellen, war noch nicht völlige Klarheit in das beinahe unbeschreibliche Planungschaos gebracht. Zwar wurde nun sofort der Umbau und die Verstärkung des Heeres durch 60 neue Divisionen eingeleitet[48]. Aber dies änderte zunächst noch wenig an der Tatsache, dass im August 1940 die deutsche Führung vier zum Teil völlig konträre Ziele anstrebte: Eine Verminderung des Feldheeres auf 120, eine Verdoppelung der schnellen Verbände auf 30 Divisionen war im Gange. Das Unternehmen »Seelöwe« befand sich im Stadium intensivster Vorbereitung. Mit der Planung eines Feldzuges im Osten war eine Verstärkung des Feldheeres auf 180 Divisionen vorgesehen. Dazu kamen Erwägungen, auf das Unternehmen »Seelöwe« zu verzichten und Großbritannien auf dem Umweg einer indirekten, gegen das Mittelmeer gerichteten Strategie zur Kapitulation zu bewegen.

Stauffenberg war Anfang August in Lautlingen, wo er sich mit seiner Frau und den drei Söhnen – denen sich am 15. November 1940 die Tochter Valerie zugesellen sollte – auf Spaziergängen beim Erdbeerpflücken und Pilzesuchen von den Strapazen des Frankreich-Feldzuges und intensiver Generalstabsarbeit kurz erholen konnte. Zuvor war er noch nach Paris gefahren, um sich nach Schicksal und Verbleib von französischen Bekannten zu erkundigen[49]. Die Gedanken, die er sich bei seiner Rückkehr ins OKH machte, sind nur zu erahnen. Musste er nun angesichts des militärischen Planungswirrwarrs nicht noch kritischer werden, nachdem er bereits in seiner politischen Lagebeurteilung in diesem Sommer zu einem recht pessimistischen Resultat gekommen war?

Seine Dienststelle sollte bald nicht mehr als das Referat »Friedensheer«, sondern als »Gruppe II« der Organisationsabteilung geführt werden, in der er die Kriegsspitzengliederung und die rückwärtigen Dienste zu bearbeiten, d. h. Organisation und Befugnisse der hohen Kommandobehörden des Feldheeres, des Ersatzheeres und der besetzten Gebiete zu entwerfen und vorzuschlagen hatte. Organisationsfragen des Ersatzheeres und – nach dem Überfall auf die Sowjetunion – der Freiwilligenverbände des Heeres, der nicht zum Feldheer gehörenden militärischen Einheiten wie Polizei und Zollgrenzschutz und der paramilitärischen Verbände wie SS und SA kamen zu dieser Aufgabe hinzu, die wegen der Zersplitterung der militärischen Kompetenzgliederung von hoher Bedeutung war und die durch die Tatsache, dass teilweise dieselben Organisationen auch beim OKW, bei der SS-Führung und im Reichsinnenministerium verantwortlich bearbeitet wurden, mit den Forderungen mancher Konkurrenzbehörden in einer Art permanenter Rivalität abzustimmen oder gegen sie durchzusetzen war[50].

Im August 1940 liefen die Vorbereitungen für eine Invasion der britischen Insel noch immer auf vollen Touren. Der deutschen Luftwaffe gelang es aber nicht, die Luftherrschaft zu erringen[51]. Stauffenberg unterschied sich in seiner optimistischen Beurteilung der Erfolgschancen einer deutschen Invasion nicht von den meisten Heeresoffizieren, die einen »unbezähmbaren Drang..., den Wurf zu wagen«, empfanden[52]. Die deutsche Seekriegsleitung, mit den Verlusten in Norwegen im Gedächtnis, beurteilte das Unternehmen skeptischer und vertrat die Auffassung, dass für eine Landung auf breiter Basis, wie sie das Heer forderte, ihre Kräfte nicht ausreichten. Das Risiko einer Landung hielt auch das OKW zu einer vorsichtigeren Lagebeurteilung an[53].

Vergleicht man die alliierten Invasionsvorbereitungen und ihre Realisation bei absoluter Luftherrschaft im Juni 1944 mit den dem deutschen Projekt zur Verfügung gestellten Mitteln, so besaß auch unter Berücksichtigung der verschiedenen jeweiligen Abwehrkräfte zu Lande das für den 21., 24. und schließlich 27. September 1940 vorgesehene triphibische Unternehmen gegen die britische Insel eine sehr geringe Erfolgschance[54]. Angesichts der britischen Seeherrschaft und des erfolglos von deutscher Seite unternommenen Versuches zur Erringung der Luftherrschaft war die Verschiebung der Landung am 17. September und schließlich die Aufgabe des Projektes bis zum Frühjahr 1941 am 12. Oktober 1940 eine »der Sachlage angemessene Entscheidung«[55]. Die kaum in see- und weltstrategischen Begriffen denkenden Heeresgeneralstabsoffiziere der deutschen Kontinentalmacht beschäftigten sich vielleicht bei der Beurteilung des Unternehmens auch zu wenig mit dem Gedanken, dass nach einer – ihrer Ansicht nach aussichtsreichen – Landung Großbritannien wohl überaus hart betroffen sein, aber noch immer über ein Empire verfügen würde und die Vereinigten Staaten um so eher zum Kriegseintritt und zur Wiederherstellung der aus den Fugen geratenen europäischen Ordnung bewegen könnte.

Mussolinis gescheiterte Offensive gegen Ägypten, sein erfolgloser Angriff gegen Griechenland, Hitlers Reihe von Treffen mit ihm, Pétain, Franco, Molotow, der Beitritt Ungarns und Rumäniens zu dem am 27. September 1940 zwischen Berlin, Rom und Tokio abgeschlossenen Dreimächtepakt – all dies führte allmählich zu einer Klärung im Planungschaos. Drei Feldzüge zeichneten sich um die Jahreswende 1940/41 ab: der Wüstenkrieg in Nordafrika, der Blitzfeldzug auf dem Balkan und der Krieg gegen die Sowjetunion, für den Hitler am 18. Dezember 1940 die Weisung »Barbarossa«[56] erteilte. Mentalität und Denken des deutschen Diktators, der bis jetzt mit mehr Glück als Verstand einen Zweifrontenkrieg vermieden hatte – im Herbst 1939 war er nur wegen der Passivität der Westmächte unterblieben – und der sich nun in neue Abenteuer zu stürzen beabsichtigte, erfahren ebenso wie seine maßlosen Projekte eine treffende Charakterisierung durch die Tatsache, dass er am 17. Februar 1941 – nur wenige Tage nach der Landung der ersten deutschen Truppen in Tripolis – vom Wehrmachtführungsstab eine »studienmäßige Bearbeitung eines Aufmarsches in Afghanistan gegen Indien im Anschluss an die Operation ›Barbarossa‹« verlangte[57].

Am 30. Oktober 1940 war der Generalstab aus Fontainebleau in das Hauptquartier nach Zossen bei Berlin umgezogen; Hitler hatte sich bereits seit dem 6. Juli entweder im Berghof bei Berchtesgaden oder in Berlin aufgehalten. Um Mitternacht des 8. Dezember 1940 unterhielt sich der Generalstabschef des Heeres mit zwei jüngeren Offizieren aus dem OKH über den deutschen Plan, den noch freien Südteil Frankreichs als Maßnahme gegen einen eventuellen Abfall der französischen Kolonien und insbesondere Nordafrikas zu besetzen. Der eine dieser Offiziere war Major i. G. Pistorius aus der Operationsabteilung, der andere Hauptmann i. G. Graf Stauffenberg[58]. Von Stauffenberg ist dieses Gespräch der erste Hinweis in den Notizen Halders auf einen direkten Vortrag.

Stauffenbergs persönliche Beziehung zu Halder sollte später von seinen Kameraden als ungewöhnlich empfunden werden. Von der Organisationsabteilung war er später neben dem Abteilungschef der einzige, »der von Zeit zu Zeit unmittelbar bei Halder vortrug und mit dem sich Halder persönlich unterhielt«[59]. Das mitternächtliche Gespräch ist in mehrfacher Beziehung aufschlussreich. Einmal zeigt es die Vertrauensstellung Stauffenbergs und lässt auf seine hohen Qualitäten schließen. Die mitternächtliche Stunde brauchte zwar nicht aus »konspirativen« Gründen gewählt worden zu sein. Halder hatte sich ohnehin nach dem Frankreichfeldzug von dem im Winter 1939/40 gehegten Umsturzplänen immer mehr zurückgezogen. Angesichts des notorischen Versagens des willensschwachen Brauchitsch gegenüber Hitler und dieser Sinneswandlung Halders verlor damit die Verschwörung aus jenen Tagen nicht ihre Mitte – Beck –, wohl aber den Apparat – das OKH – für eine eventuelle Aktion[60]. Doch musste sich Stauffenberg angesichts der Hitlerschen Eventualplanung für eine Besetzung Restfrankreichs, die sich zwei Tage später in der Weisung Nr. 19 »Unternehmen Attila« niederschlagen[61], aber erst Anfang November 1942 nach der alliierten Landung in Nordafrika ausgeführt werden sollte, nicht unwillkürlich an seine im Sommer gehegten Befürchtungen über die Maßlosigkeit des Siegers erinnert fühlen und nun in recht krasser Weise auf die gescheiterte Frankreichpolitik Hitlers verwiesen werden?

Arbeitsgewohnheiten und Qualitäten Stauffenbergs erlebte ein im Jahre 1942 ins Hauptquartier versetzter Reserveoffizier und Regimentskamerad, der fränkische Baron Dietz von Thüngen. Seine Schilderung besitzt wohl auch Gültigkeit für die Zeit vor dem Feldzug im Osten[62]: »Wie war dieser Mann? Ein wenig ahnte ich dies schon nach dem Ruf, der ihm vorausging. ›Einer unsrer Allerbesten, weit über dem Durchschnitt, das Beste ist sein Charakter‹, so hörte ich da und dort. Interessanterweise aber nicht von denen, die den Ruf besaßen, ›Könner‹ oder ›gut qualifiziert‹ oder ›große Aussichten‹ zu haben oder zu sein, sondern mehr von den Außenseitern, sei es ›Frontschweinen‹, sei es ›unangenehmen Untergebenen‹.« Zu den Ausnahmen gehörten freilich die wichtigsten Leute, wie der Nachfolger Halders, Zeitzler, und der Chef der Zentralabteilung, der die Personalien der Generalstabsoffiziere zu bearbeiten hatte. Der eine sah in Stauffenberg »schon damals einen späteren guten Korps- und Armee-Chef«. Der andere erklärte auf Grund der durchweg sehr guten Beurteilungen Stauffenbergs, dass dieser die Anlagen hatte, »einmal die höchsten militärischen Stellungen zu erreichen. Er war zweifellos ein Nachwuchs bester Prägung, wie wir ihn für die höchsten Kommandostellen brauchten[63].«

»Dieser Ruf wurde bestätigt«, berichtet Thüngen weiter, »wenn man ihn bei der Arbeit zu sehen Gelegenheit hatte. Das Tempo der Arbeit hatte es so mit sich gebracht, daß nach Mitternacht (ein bis zwei Uhr) manch einer das Bedürfnis nach einer ›geistigen Auffrischung‹ vermerkte. ›Kannst Du noch einen Schnaps vertragen?‹ rief es am Telefon. ›Wenn's sein muß auch zwei – in zehn Minuten‹, so begann die Einleitung der Erfrischung gewöhnlich. Ich habe die Tür von Claus nie geöffnet, ohne ihn am Fernsprecher anzutreffen. Vor ihm Stöße von Papier, die Rechte mit dem Bleistift bewaffnet, die Akten ordnend. Mit lebhafter Miene, je nach dem Gesprächspartner lachend (ohne das ging's eigentlich nie) oder schimpfend (das fehlte auch selten) oder befehlend oder dozierend, gleichzeitig aber schreibend, entweder nur die großen raumgreifenden Buchstaben der Unterschrift oder die kurzen, auffallend präzisen Aktenvermerke. Neben ihm meist der Schreiber, der in Wartepausen in fliegender Eile Aktenvermerke, Briefe, Notizen aufnimmt, ohne daß Claus vergessen hätte[64], das so peinlich eingehaltene Beiwerk eines hohen Stabs (Briefkopf, Betreff, Bezug) pedantisch genau zu diktieren. Claus gehörte zu den Menschen, die gleichzeitig mit aller Konzentration mehrere Arbeiten erledigten. In erstaunlichem Maß hatte er die Fähigkeit, Akten zu bearbeiten, d.h. zu lesen und Wesentliches vom Unwesentlichen mit einem Blick zu trennen. Bei seiner Arbeit ein ungeheurer Vorteil.

Ebenso erstaunlich und auffallend waren seine Konzentrationsfähigkeit, die Klarheit seiner Ausdrucksweise und die blitzartigen, den Nagel auf den Kopf treffenden Zwischenbemerkungen, die seinen Partner nicht selten in Verwirrung brachten. Bei meinen Besuchen hatte er meistens einen zwölf-, auch vierzehn- und sechzehnstündigen Arbeitstag mit Telefon, Vortrag, Diktat, Aktenstudium, Vortragsnotizen usw. hinter sich. Sein Arbeitstempo war rasend, seine Konzentration eisern, in diesen Nachtstunden so frisch wie am Morgen. Seine Nerven und seine Gesundheit, die er gewiß nicht schonte (er rauchte, was es gab, trank, soweit er Zeit hatte, er ritt beinahe jeden Morgen vor dem Dienst, er schlief wenig), waren beneidenswert.

Und noch eines gehörte zu dieser seiner Arbeit – das Verhältnis zu seinen Mitarbeitern. Sie sahen oft angespannt und ermüdet aus bis zum Äußersten ihrer Leistungsfähigkeit, das Arbeitstempo war auch bei ihnen rasend, die Anforderungen des Chefs ohne Rücksicht, aber man spürte es bei allen Gelegenheiten, allen Kleinigkeiten, in denen sich das Verhältnis von Menschen kundtut – sie liebten und verehrten ihren Chef und daher gaben sie auch das Letzte her, nahmen die (auch dann noch väterlichen oder kameradschaftlichen) Anschnauzer (innerlich) lächelnd hin und lernten, lernten von ihrem Chef jeden Tag, jede Minute, nicht weil er es befahl, sondern weil sie von jenem Geist der Pflichterfüllung und der Leistung gepackt waren.«

Am 6. April begann der Feldzug gegen Jugoslawien und Griechenland. Am 13. April fiel Belgrad, am 27. April Athen. Am 25. April hatte Hitler die Weisung Nr. 28 erteilt, d. h. die Anordnungen für die Eroberung der Insel Kreta, wohin sich britische Truppen zurückgezogen hatten. Am 20. Mai sollte dann dieses verlustreiche Fallschirmtruppenunternehmen »Merkur« seinen Anfang nehmen[65].

Das Hauptquartier Hitlers befand sich während des Balkanfeldzuges im Süden von Wiener-Neustadt. Auch Halder war mit einem kleinen Stab dorthin gefahren[66]. Stauffenberg blieb im Lager »Zeppelin« in Zossen. Erst nach der Besetzung Griechenlands fuhr er in diesem Frühjahr über Belgrad auf einer aus seiner Arbeit in der Organisationsabteilung sich ergebenden Reise nach Athen, wo er seinen Freund Rudolf Fahrner traf, der in Griechenland als Universitätslehrer tätig war: »Noch siegt er zu sehr« – das war die Antwort Stauffenbergs in diesem Frühjahr 1941 auf die Frage nach der Möglichkeit eines Umsturzes und einer Beseitigung Hitlers[67].

Noch vor dem Beginn des Balkanfeldzuges hatte der nationalsozialistische Diktator seine Absicht unmissverständlich decouvriert, den Krieg gegen die Sowjetunion unter Missachtung aller Völkerrechtsregeln als ideologisch-barbarischen Ausrottungs- und Vernichtungskrieg zu führen und dem Heer den »verbrecherischen Befehl« zu erteilen, die Kommissare der Roten Armee ohne Verfahren als Nichtkombattanten nach ihrer Gefangennahme zu erschießen. Das »ritterliche« Heer beugte sich dem Kriminellen und leistete keinen nennenswerten Widerstand[68].

Die Kenntnis dieses Befehles sollte auf einen relativ kleinen Kreis beschränkt werden. Überdies hatte Hitler im Januar 1940 unmittelbar nach der »Affäre Mechelen«, bei der durch die Notlandung zweier deutscher Offiziere geheime Dokumente den belgischen Behörden in die Hände fielen, den »grundsätzlichen Befehl Nr. 1« erlassen, dem zufolge keine Dienststelle der deutschen Wehrmacht von einer »geheimzuhaltenden Sache« mehr oder früher erfahren durfte, »als für die Durchführung ihrer Aufgabe unbedingt erforderlich« war und »als sie nicht aus dienstlichen Gründen unbedingt davon Kenntnis erhalten« musste. Nach Halders Meinung bestand der Zweck dieses Befehls darin, den höheren »militärischen Führern keine Möglichkeit zu selbständigem umfassendem Urteil« zu geben[69].

Mochte der Befehl während des Krieges auch in allen Schreibstuben angeschlagen sein, verstoßen wurde gegen ihn aus militärischer Notwendigkeit wohl oft. Stauffenberg machte darin keine Ausnahme. Als er im April dieses Jahres 1941 zum Major i. G. befördert wurde, bedeutete dies noch keine Rangerhöhung, die ihm nun auf einen Schlag auf Grund dienstlicher Befugnisse und Aufgaben mehr Einblick als zuvor verschafft hätte. Doch da höhere Offiziere – besonders nach Beginn des Feldzuges im Osten – »immer auch darauf bedacht« waren, »mit Stauffenberg zu sprechen, da er als brillanter Offizier mit einer vielversprechenden Zukunft in der Armee bekannt war«[70], mit seinem niemals voreiligen Urteil, mit seinem Charme und seinem Humor, der ihn in seinem Mut zur Offenheit manche Dinge sagen ließ, die ein anderer nie auszusprechen gewagt hätte, ein gesuchter Gesprächspartner war, erfuhr er vieles aus manchen Bereichen, die gar nicht in seiner Kompetenz lagen. »Da weint sich wieder ein General bei ihm aus«, bemerkten seine Kameraden, wenn er verspätet zum Essen kam[71].

Stauffenberg ließ das Wissen über manche Vorgänge, das ihm einen relativ guten Überblick erlaubte, nicht nur an sich herantragen. Vielmehr suchte er selbst Kontakte, orientierte sich bei der Operationsabteilung, den Abteilungen »Fremde Heere West« und »Fremde Heere Ost« (in der Bernd von Pezold bis Ende Juli 1942 arbeitete) und schuf oder erneuerte Verbindungen zu Abwehr, Nachrichtenwesen und Waffengeneralen. Die vielen Reisen, die er nach allen Richtungen zu den höheren Stäben an der Front und der besetzten Länder und zu leitenden militärischen Stellen in Berlin zu unternehmen hatte, boten manch günstige Gelegenheit. Hie und da hatte er auch fremde Offiziersmissionen zu führen und zu unterrichten. Der Auftrag, nicht zuviel vom deutschen Heer zu zeigen, musste ihn in keiner Weise daran hindern, selbst wissenswerte Informationen von den Gästen zu vernehmen[72].

In der Inhaltsangabe einer Niederschrift aus dem Jahre 1944, deren

Verfasser Stauffenberg mit großer Wahrscheinlichkeit war, findet sich die Bemerkung, dass der »Anfang vom Ende der gesamten militärischen Entwicklung ... der russische Feldzug, der mit dem Befehl zur Tötung aller Kommissare begonnen habe«, gewesen sei. »Ein wesentliches Moment für die schlechte Gesamtlage stelle die Behandlung der besetzten Länder dar[73].« Da der Generalquartiermeister Wagner, der im Herbst 1938 von den Umsturzprojekten informiert war und im Sommer 1940 an jenem Gespräch mit Halder, Stülpnagel, Fellgiebel, Stauffenberg und Mertz von Quirnheim teilgenommen hatte, an den aus dem »Sonderbehandlungs«-Auftrag an SS und SD resultierenden Verhandlungen mit Heydrich maßgeblich beteiligt war, in seinem Stab auch der mit Stauffenberg eng befreundete Eberhard Finckh saß und da trotz strenger Geheimhaltungspflicht der stumme, nicht zu einer Tat fähige Groll mancher hoher Offiziere bald den Inhalt des »verbrecherischen Befehls« verbreitete, ist anzunehmen, dass auch Stauffenberg rasch über den Tatbestand informiert war[74].

Stauffenberg musste einen solchen Befehl verurteilen. Dass er ihn noch im Jahre 1944 in einer knapp gefassten Niederschrift erwähnte, lässt das Ausmaß seiner Empörung erahnen. Manche Generale werden sich – ähnlich wie ihre memoirenschreibenden Kollegen – schon im Winter 1941/42 mit der Tatsache getröstet haben, dass der Befehl kaum ausgeführt und hernach fast vergessen worden war. Im Jahre 1944 konnten sie den ganzen Tatbestand mit einer solchen Argumentation bereits erfolgreich verdrängt haben[75]. Von den immer neuen, z. T. erst nach einer gewissen Zeit bekannt werdenden »Ausschreitungen der SS an der polnischen und russischen Front« war Stauffenberg im Jahre 1942 erschüttert[76].

In der bereits erwähnten Niederschrift aus dem Jahre 1944 wird die Tatsache hervorgehoben, dass die deutsche Führung nicht in der Lage gewesen sei, »den Zweifrontenkrieg zu vermeiden«[77]. Vor dem deutschen Überfall auf die Sowjetunion, den Stauffenberg als fatales Verlegenheitsunternehmen Hitlers betrachtete, der den Krieg im Osten nur vom Zaun gebrochen habe, »weil ihm gar nichts mehr einfiel«, war auf dem nordafrikanischen Kriegsschauplatz eine Situation entstanden, die förmlich nach operativer Ausnutzung durch die deutsche Seite verlangte. Rommel hatte den defensiven Ansatz der deutschen Kräfte zum Entsetzen Halders in wilder Angriffslust zur Offensive gewandelt. An der Spitze der »Panzergruppe Afrika« stand er auf ägyptischem Boden der angeschlagenen britischen 8. Armee gegenüber[78]. Stauffenberg hielt es im weiteren Verlauf ähnlich wie bei der geplanten Invasion der britischen Insel für einen entscheidenden strategischen Fehler Hitlers, »daß er ... die Mittel verweigerte, mit denen der Einbruch in Ägypten und die Eroberung des Suezkanals hätten gelingen können«[79]. Hauptsächlich auf Grund dieser Ansicht über die Möglichkeiten einer Peripherstrategie im Mittelmeer gegen Großbritannien, das es noch immer als Gegner zu bezwingen galt, musste er dann zu seinem Urteil über das Unternehmen »Barbarossa« gelangen.

Hitler hatte sich zum Feldzug im Osten entschlossen. Die Konzentration der deutschen Kräfte auf diese Aufgabe degradierte automatisch das nordafrikanische Kriegstheater zum Nebenkriegsschauplatz. Stauffenberg mochte eine Entscheidung in den dortigen Operationen erblicken – eine Alternative war jedenfalls für die deutsche Führung in diesem Zeitpunkt nicht mehr gegeben. Die Frage, wieweit Stauffenberg auch in diesem Fall die britische maritime Superiorität im Mittelmeer unterschätzte, die den Nachschub – das eigentliche Problem dieses Kriegsschauplatzes, wie der zu Rommel entsandte Paulus berichtete – zu einer immer schwierigeren und verlustreicheren Angelegenheit gestalten sollte, bleibt deshalb allzu hypothetisch[80].

Im Morgengrauen des 22. Juni 1941 verkündeten Blitz und Donner der deutschen Geschütze im Osten die Geburt eines neuen von deutscher Hand ausgelösten Krieges und den Wahnsinn des nationalsozialistischen Diktators. Anders als beim Angriff im Westen wartete Hitler den Beginn der Offensive noch etwa 36 Stunden ab, ehe er in das für ihn bei Rastenburg in Ostpreußen südwestlich des Mauersees im »Görlitzer Forst« errichtete Hauptquartier und Bunkerkonglomerat »Wolfschanze« zog[81].

Das Hauptquartier des OKH – und damit auch Stauffenbergs Arbeitsort für die nächsten eineinhalb Jahre – lag etwa eine Fahrstunde entfernt weiter nördlich bei Angerburg im Mauerwald. Bereits im Herbst 1940 hatte Halder den Standort rekognoszieren lassen. Das Hauptquartier war in einzelne Lagerbezirke für die verschiedenen Dienststellen unterteilt[82]. Vom weltabgeschiedenen Hauptquartier aus verfolgte Stauffenberg die Ereignisse an der Ostfront.

Die ursprüngliche Absicht des OKH, den Hauptstoß der deutschen Offensive nördlich der Pripjet-Sümpfe gegen Moskau vorzutragen und die beiden Flügel gerade so stark zu machen, dass sie ihrer Aufgabe gewachsen sein und die Mitte der Sorge um ihre Flanken entheben könnten, wurde durch Hitler in der Aufmarschanweisung abgeschwächt, da er den Flügeln – insbesondere dem südlichen – wehrwirtschaftliche Ziele setzte und erst nach deren Erreichen einen Vorstoß auf die russische Hauptstadt sehen wollte. Die Differenzen zwischen den beiden Operationsplänen wurden nicht vor Beginn des Feldzuges geklärt – eine Tatsache mit verhängnisvollen Konsequenzen. »Endziel« der Operation war die »Abschirmung gegen das asiatische Rußland aus der allgemeinen Linie Wolga-Archangelsk«.

Die erste Absicht bestand darin, die Front der westlich der Dnjepr-Düna-Linie erwarteten Masse des sowjetrussischen Heeres durch einen raschen und tiefen Vorstoß starker schneller Verbände nördlich und südlich der Pripjet-Sümpfe aufzureißen und unter Ausnutzung des erzielten Durchbruches die eingekesselten Teile des Gegners zu vernichten. Südlich der Pripjet-Sümpfe hatte die Heeresgruppe Süd unter Generalfeldmarschall v. Rundstedt ihren Schwerpunkt aus der Gegend Lublin auf Kiew zu richten, den in Galizien und der Westukraine stehenden Gegner von seinen Verbindungen über den Dnjepr abzuschneiden, die Dnjepr-Übergänge bei und unterhalb Kiew in die Hand zu nehmen und sich damit Bewegungsfreiheit für die folgenden Operationen jenseits des Stromes zu schaffen. Nördlich der Pripjet-Sümpfe war es die Aufgabe der Heeresgruppe Mitte unter Generalfeldmarschall v. Bock, aus dem Bereich um Warschau und Suwalki vorstoßend, den starken Gegner in Weißrussland zu zerschlagen, in raschem Durchbruch den Raum von Smolensk zu gewinnen und sich im Bereich des oberen Dnjepr und der oberen Düna Handlungsfreiheit für weitere Aufgaben, insbesondere Richtung Norden, zu sichern. Die Heeresgruppe Nord unter Generalfeldmarschall Ritter v. Leeb erhielt den Auftrag, den im Baltikum kämpfenden Gegner zu vernichten, die Ostseehäfen und Flottenbasen der sowjetischen Marine einschließlich Leningrad und Kronstadt zu besetzen und zur eventuellen späteren Unterstützung des Vorstoßes der Heeresgruppe Mitte auf Moskau bereit zu sein.

In unheimlich raschem Vorstoß der motorisierten Verbände, dem die Infanteriekräfte kaum zu folgen vermochten, erreichten die drei Heeresgruppen Mitte Juli annähernd das erste Operationsziel – die Dnjepr-Düna-Linie – oder hatten es teilweise bereits überschritten[83] – wie das im Verband von Guderians Panzergruppe 2 fechtende XXIV. motorisierte (später: Panzer-)Korps des Gen. d. Pz.Tr. Baron Geyr von Schweppenburg. Ihn und seine Truppe, zu der auch die von seinem früheren Kommandeur General Loeper befehligte 10. motorisierte Infanteriedivision gehörte, besuchte Stauffenberg nach dem Übergang über den Dnjepr vom 10./11. Juli. Ihr Gespräch war begreiflicherweise von militärischen Erörterungen erfüllt. Stauffenberg zeigte lebhaftes Interesse für die Belange der Truppe, stand den Problemen offen gegenüber und ließ allgemein eine Mentalität erkennen, die nicht – wie dies häufig anzutreffen war – die Realitäten der Front mit fernab im Hauptquartier entwickelten Idées fixes überging. Sehr wahrscheinlich auf derselben Reise besuchte Stauffenberg das damals in Borissow liegende Oberkommando der Heeresgruppe Mitte, wo er den Ia der Heeresgruppe, den Oberstleutnant i. G. Henning v. Tresckow kennenlernte. »Bei dieser Besprechung machte er den Eindruck eines befähigten Generalstabsoffiziers: Er ließ durchblicken, daß er kein

Nazi war, sondern in Hitler und dem Nationalsozialismus eine Gefahr erblickte[84].«

Am 17. Juli trug Stauffenberg dem Generalstabschef Halder über seine Reise vor: »Major Graf Stauffenberg berichtet sehr aufschlußreich über Besuch bei der Gruppe Guderian. Eigenart der Durchbruchskämpfe und Anforderung an die Wendigkeit der schnellen Verbände. Starke Beanspruchung der Truppe. Gefechtskraft nimmt allmählich ab, Überlegenheitsgefühl wächst. 3. PzDiv!« Einen halben Monat zuvor hatte der vorsichtige Halder angesichts des raschen deutschen Vorstoßes sein voreiliges Urteil abgegeben: »Im ganzen kann man also schon jetzt sagen, daß der Auftrag, die Masse des russischen Heeres vorwärts Düna und Dnjepr zu zerschlagen, erfüllt ist. Ich halte die Aussage eines gefangenen russischen kommandierenden Generals für richtig, daß wir vorwärts von Düna und Dnjepr nur noch mit Teilkräften zu rechnen haben, die allein stärkemäßig nicht in der Lage sind, die deutschen Operationen noch entscheidend zu hindern. Es ist also wohl nicht zuviel gesagt, wenn ich behaupte, daß der Feldzug gegen Rußland innerhalb [von] 14 Tagen gewonnen wurde. Natürlich ist er damit noch nicht beendet. Die Weite des Raumes und die Hartnäckigkeit des mit allen Mitteln geführten Widerstandes wird uns noch viele Wochen beanspruchen[85].«

Aus derselben optimistischen Lagebeurteilung heraus gab Hitler am 14. Juli ähnlich wie vor dem Abschluss des Frankreich-Feldzuges seine Absicht zu erkennen, »den Umfang des Heeres demnächst wesentlich zu verringern«[86]. Eine Woche nach dieser Weisung standen die deutschen Truppen bei der Heeresgruppe Mitte östlich Smolensk bei Jarzewo und Jelnja und waren somit schon beträchtlich weiter als halbwegs die Strecke zwischen dem Ansatzpunkt ihrer Offensive und Moskau. Im Norden standen sie nur wenig mehr als 100 Kilometer vor Leningrad. Bis Ende Juli gelang es ihnen an der ganzen Front, sich unter zähen, immer mehr sich versteifenden Kämpfen weiter nach Osten vorzuschieben. Die Heeresgruppe Süd vermochte im Kessel von Uman starke Kräfte des Gegners zu vernichten. Die Heeresgruppe Mitte hatte den Ring um Smolensk geschlossen. Trotzdem war die Bilanz nicht erfreulich, denn die tagelangen, nach zwei Seiten ausgefochtenen Kesselkämpfe gegen den zähen, flankenunempfindlichen russischen Widerstand hatten die Kampfkraft der schnellen Verbände beträchtlich vermindert. So ist Halders Korrektur vom 11. August zu seinem Lagekommentar vom 3. Juli verständlich: »In der gesamten Lage hebt sich immer deutlicher ab, daß der Koloß Rußland, der sich bewußt auf den Krieg vorbereitet hat, mit der ganzen Hemmungslosigkeit, die totalitären Staaten eigen ist, von uns unterschätzt worden ist[87].«

Gegen Ende August entschied sich die weitere Richtung der Operationen. Hitler setzte sich am 21. August mit seinem im wahrsten Sinne des Wortes exzentrischen Plan gegen die konzentrische, auf Moskau gerichtete Konzeption des Generalstabes durch. Bis Mitte August betrugen die Verluste des deutschen Ostheeres 380 000 Mann, d. h. bereits 12 Prozent. In fünfzig Feldzugstagen fielen zehntausend Offiziere, d. h. zweihundert an einem Tag. Sechzehntausend waren für den Rest des Jahres nötig, die Reserve betrug aber nur fünftausend[88]. Das Heer war in den Feldzug mit der Illusion gezogen, dieser sei im Spätherbst beendet[89]. Nun wurden der Heeresgruppe Mitte Kräfte für die Schlacht von Kiew entzogen – der entscheidende Angriff auf Moskau hatte vorerst zu unterbleiben. Nach einem unwahrscheinlich großen Erfolg bei der ukrainischen Hauptstadt war die Heeresgruppe Mitte am 30. September zum Vorstoß nach Moskau bereit. Am 2. Oktober begann mit der Operation »Taifun« die Schlacht um Moskau. Beiderseits der Autobahn Smolensk-Moskau wurden die Offensivstöße gegen Brjansk und Wjasma nach Osten vorgetragen. Am 7. Oktober schlossen die Panzerspitzen den Ring um Wjasma. Wieder einmal gingen 650 000 sowjetische Soldaten in Gefangenschaft. Ein anderer Kessel bildet sich bei Brjansk[90].

Vor diesen Erfolgen war Stauffenberg erneut bei Guderians Panzergruppe 2 zu Besuch gewesen. Am 20. September berichtete er Halder über die nicht gerade reichlich mit Panzern und Fahrzeugen versehene Gruppe, die hohe Verluste in den Operationen um Kiew erlitten hatte. Es war dies der dritte Bericht Stauffenbergs über eine Reise an die Ostfront, denn am 1. September hatte er »über seine Eindrücke bei den Panzertruppen der Heeresgruppe Nord« vorgetragen[91], die von Hoepner, dem einstigen Kommandeur der 1. leichten Division, kommandiert wurden und vor Leningrad nur langsam vorankamen.

Mitte Oktober setzte die »Schlammperiode« ein und behinderte in großem Maße das Vorgehen der deutschen Truppen. In der ersten Novemberwoche war die Kampfkraft einer Infanteriedivision im Durchschnitt um ein Drittel, bei den Panzerverbänden die infanteristische Kampfkraft sogar um die Hälfte, die Gefechtskraft der Panzerregimenter um etwa 65 bis 75 Prozent gesunken, so dass eine Panzerdivision nur noch mit etwa 35 Prozent ihrer normalen Stärke zu bemessen war. Stauffenberg erhielt mehrfach von dem ihm gut bekannten Oberstleutnant i. G. Bürker Berichte über die Kampfkraft der im Verband der Panzergruppe 4 fechtenden 10. Panzerdivision. Bürker, der diese Panzerdivision im Juli besucht hatte, war seit August ihr Ia. Seine Berichte an Stauffenberg begründete er mit der Tatsache, dass seine laufenden Meldungen über Zustand und Lage der Division an die vorgesetzten Stellen ohne Wirkung blieben[92].

Alles auf die letzte Karte setzend, nahmen die deutschen Verbände am 15./17. November den direkten Stoß gegen Moskau auf, der sie ganz nahe an die alte russische Hauptstadt führte, bis am 5./6. Dezember mit Wucht die sowjetische Winteroffensive über die ausgezehrte Invasionsarmee losbrach, sie im eisigen Winter zurückwarf und dezimierte. Der Niederlage vor Moskau, die das Ende der Ära der »Blitzfeldzüge« statuierte, gesellte sich jene in Nordafrika zu. Denn am 18. November 1941 war die britische 8. Armee zur Gegenoffensive angetreten und drängte Rommel bis zum 25. Dezember auf seine Ausgangsstellung an der Großen Syrte bei Agedabia zurück. Die Cyrenaika war von deutschen Truppen geräumt, die aber auf dem nordafrikanischen Kriegsschauplatz ebenso wie vor Moskau und Rostow der totalen Katastrophe zu entrinnen vermochten[93].

Am 7. Dezember 1941 erfolgte der brutale japanische Überfall auf Pearl Harbour. Am 8. Dezember befahl Hitler den Übergang zur Defensive an der Ostfront[94]. Mit sturen Haltebefehlen und Entlassung von noch taktisch denkenden Generalen sollte die Katastrophe vor Moskau eingedämmt werden[95]. Inmitten dieser östlichen Präokkupation erklärte Hitler beinahe en passant im Windschatten der leichtfertig überschätzten Erfolge Japans im Pazifik den Vereinigten Staaten von Amerika am 11. Dezember 1941 den Krieg. Der europäische Krieg weitete sich damit zum Weltkrieg aus, in dem Deutschland praktisch allein gegen die ganze Welt stand und – wie Stauffenberg im Frühjahr 1938 festgestellt hatte – notgedrungen unterliegen musste[96]. Am 27. November kam der Generalquartiermeister des deutschen Heeres, General Eduard Wagner, in einer Analyse der Lage zu dem Ergebnis: »Wir sind am Ende unserer personellen und materiellen Kraft[97].« Am 19. Dezember übernahm Hitler selbst den Oberbefehl über das Heer, nachdem Brauchitsch resigniert sich bereits am 5. Dezember zum Rücktritt entschlossen hatte, da er »kaum mehr Briefträger« war, und – mit seinem realistischen Pessimismus nicht mehr in die illusionistische Umgebung passend – verabschiedet worden war[98].

Die Niederlage vor Moskau und ihre Konsequenzen für die deutsche Kriegführung vermochte Stauffenberg im ostpreußischen Hauptquartier aus nächster Nähe zu verfolgen. »Eingeweihten war es kein Geheimnis geblieben«, dass Brauchitschs Einfluss auf Hitler »auf den Nullpunkt abgesunken war«. Manche ließen sich aber auch von der Begleitpropaganda verblüffen, die verkündete, »daß der ›Führer‹ im Augenblick einer Krise die Verantwortung selbst übernehme, um mit starker Hand durchzugreifen«[99]. Halder selbst glaubte, durch den Abgang des kranken und willensschwachen Brauchitsch nun mehr bei Hitler zu erreichen. »Er könne ganz frei mit dem Führer sprechen, stundenlang, sogar mit der Hand in der Hosentasche«, sagte er zu Rittmeister Hasso von Etzdorf, dem Verbindungsoffizier des Auswärtigen Amtes beim OKH[100]. Wie beurteilte nun aber Stauffenberg die Lage nach der Schlacht von Moskau?

Am 11. Januar 1942 schrieb er aus dem Hauptquartier seiner Schwiegermutter Baronin Lerchenfeld einen Geburtstagsbrief, der in gewisser Weise Bilanz zieht und in vielfacher Hinsicht höchst aufschlussreich ist[101]:

»So sehr vertrauenerweckend hat das Jahr ja nicht begonnen, so daß man Friedenshoffnungen und Wünsche für dieses Jahr noch kaum hegen [kann] ... Ich möchte freilich ... gern dies und jenes erklären, was aber nicht ganz leicht ist. Über die Gerüchte in der Heimat hinsichtlich des Abgangs von Brauchitsch und Kombinationen mit der Wollsammlung bin ich freilich orientiert. An alledem ist kein wahres Wort. Daß alles so wirken muss, ist aber ganz natürlich:

Wollsammlung: Die Winterbekleidung für die im Osten eingesetzten Truppen war zeitgerecht bereitgestellt. Daß sie nicht zur Truppe kam, ist eine reine Transport- und Nachschubfrage. Die jetzige Wollsammlung dient der Deckung von Verlusten und Verschleiß, der Ausstattung des für den Osten bestimmten Ersatzes, der Wiedergenesenden und einer Verbesserung der planmäßigen Ausstattung. Gewiß wäre es besser gewesen, früher zu sammeln, was das OKH auch schon Anfang September vorgeschlagen hat, damals aber, um ausreichende Reserven zu schaffen.

Lage an der Front: Sie ist zur Zeit zweifellos sehr schwierig. Es ist eine Lage, die durch die Anspannung der letzten Kräfte und Mittel überwunden werden muß. Ein Vorwurf kann aber einem einzelnen nicht gemacht werden. Der tiefere Grund liegt in der falschen Einschätzung der Sowjetunion und ihrer materiellen Kapazität. Sie sind von uns allen unterschätzt worden. Daß die Sowjetunion nach den Schlachten von Kiew, Brjansk, Wjasma militärisch vor dem Zusammenbruch stand, ist mir auch heute nicht zweifelhaft. Als wir den Erfolg ausnutzen wollten, setzte wieder das schlechte Wetter ein. Und sobald der Schlamm überwunden war, kamen die Sowjets gerade mit ihren neu aufgestellten Verbänden heran. Ein voller Sieg lag so nah, daß man eben alles auf eine Karte setzen mußte. Um so größer aber natürlich auch das Risiko. Daß es zur Zeit recht schwierig ist, gebe ich offen zu. Das liegt aber im wesentlichen an den Verkehr- und Nachschubschwierigkeiten, woran es der Russe ungleich besser hat.

Aber letzten Endes hat es noch keinen Krieg ohne Rückschläge und schwierige Situationen gegeben. Sie müssen in Gottes Namen überwunden werden. – *Brauchitsch:* Die Entscheidung über fast alle Fragen der Kriegführung und Führung der Operationen hatte sich de facto seit langem der Führer selbst vorbehalten. Das liegt in der Natur einer derartig überragenden und willensstarken Persönlichkeit. Die Zwischenschaltung eines Oberbefehlshabers zwischen dem Chef des Generalstabes und dem Führer mußte unter diesen Umständen erschwerend, hemmend, verzögernd wirken und oft zu Mißverständnissen und Reibungen führen. Bei kurzen und sehr planmäßig verlaufenden Feldzügen konnten diese Schwierigkeiten in Kauf genommen werden – unter schwierigen Verhältnissen kaum. In diesem Sinn war der Abgang Brauchitschs nur folgerichtig, der letzte Schritt einer längeren Entwicklung. Es kam hinzu, daß Brauchitsch in der letzten Zeit verschiedene, zum Teil recht wenig schöne Herzattacken hatte. Der Entschluß ist übrigens absolut von Brauchitsch ausgegangen.

Daß unsere Propaganda all das nicht geschickt gesteuert hat, ist offensichtlich. Allein irgendeine äußere Ehrung Brauchitschs wird auch vermißt. Diese kann aber bei nächster Gelegenheit noch durchaus kommen. – Rein sachlich ist für uns aber heute besser arbeiten als vordem. Bei der neuen Lösung wurde es in kurzem möglich, die ganzen Kräfte der Nation einzufangen und für den Entscheidungskampf des Heeres einzuspannen. Und das ist entscheidend!«

Dieser Brief Stauffenbergs ist ein Geburtstagsbrief besonderer Art. Denn es war nicht seine Gewohnheit, seiner Schwiegermutter ausführliche Erläuterungen zur politischen und militärischen Lage aus dem Hauptquartier zu geben. »Über die Gerüchte in der Heimat hinsichtlich des Abgangs von Brauchitsch und Kombinationen mit der Wollsammlung« wurde er nicht zuletzt von seiner Frau orientiert. Im totalitären Staat, in dem der Zweifel an den Siegesaussichten mit strafbarem Defätismus gleichgesetzt werden konnte und mangelnde Vorsicht bei Kommentaren zur Lage verhängnisvolle Konsequenzen zu zeitigen vermochte, war es die Absicht Stauffenbergs, etwas unvorsichtige, begreiflicherweise von Sorge erfüllte Äußerungen seiner Schwiegermutter, von denen ihm berichtet worden war, durch Zerstreuung ihrer Bedenken zu unterbinden[102].

Dass er seinen Schwiegereltern »freilich ... gern dies und jenes erklären« wollte, »was aber nicht ganz leicht ist«, lässt seine große Vorsicht erkennen, die ihn gerade zur Abfassung dieses Briefes bewogen hat und demonstriert, in welchem Maße er sich der politischen Lebensbedingungen im Reiche Hitlers bewusst war. Diese Vorsicht ließ er überall walten, wo er sein Gegenüber nicht genau kannte. So wunderte sich der Verbindungsmann des Auswärtigen Amtes beim OKH, Rittmeister Hasso von Etzdorf, über die Tatsache, dass Stauffenberg mit ihm nicht offen sprach. Auch er scheint aber die Mauer der Vorsicht, die beinahe eine Conditio sine qua non für das überleben im totalitären Herrschaftssystem geworden war, nicht durchbrochen zu haben. Denn Stauffenberg gab sich nicht wirklich zu erkennen[103]. Anders verhielt er sich gegenüber dem Reserveoberleutnant Speer, der – im Zivilberuf Professor der Forstwissenschaft – als Hilfskraft dem Stauffenberg vertrauten Eberhard Finckh zugeteilt worden war und wie Etzdorf nun mit ihm im Hauptquartier zusammentraf. Da Speer mit ihm schon aus der Schulzeit bekannt war, sollte sich Stauffenberg bald sehr offen ihm gegenüber äußern[104].

Die Absicht, die Stauffenberg bei der Abfassung seines Briefes die Feder führte, entwertet nun seine Aussage aber nicht völlig. Denn nicht alles brauchte einem Tarnungsbedürfnis oder einem vom ihm selbst nicht geteilten Optimismus zu entspringen. Der Satz über Hitler erweckt zunächst wohl das größte Interesse. Die Tatsache, dass »die Entscheidung über fast alle Fragen der Kriegführung und Führung der Operationen ... sich de facto seit langem der Führer selbst vorbehalten« habe, »liegt in der Natur einer derartig überragenden und willensstarken Persönlichkeit«. Diese Äußerung Stauffenbergs bestätigt seine Einstellung, die ihn nie zu bloßem Schimpfen über seinen »Obersten Kriegsherrn« verleitet hatte. Der Satz mag in der Atmosphäre des Hauptquartiers etwas anders geklungen haben, aber vielleicht auch in gewisser Weise auf die Empfängerin des Briefes abgestimmt worden sein, die sich um eine Unterscheidung zwischen Hitler und seinem nationalsozialistischen Regime bemühte. Stauffenbergs Ausdruck für Hitler wirkt auf jeden Fall noch eher nüchtern.

Es war aber seine wirkliche Überzeugung, dass die Übernahme des Oberbefehls über das Heer durch Hitler ein Positivum darstellte. Er teilte diese Überzeugung mit Halder und manchen anderen Offizieren im Hauptquartier, aus einem besonderen Grund allerdings. Denn vor allem Überlegungen über die unsinnige deutsche Kriegsspitzengliederung scheinen Stauffenberg zu einer positiven Beurteilung des Schachzuges Hitlers verleitet zu haben.

Noch vor diesem Ereignis hatte Stauffenberg vor den »Generalstabslehrgängen Berlin«, welche die bei Mobilmachung geschlossene Kriegsakademie notdürftig ersetzten und erst im März 1943 wieder den alten Namen »Kriegsakademie« erhalten sollten[105], im Frühjahr 1941 einen Vortrag gehalten, in dem er nach der Erinnerung eines Offiziers die ironische und scharfe Kritik anbrachte: »Unsere Kriegsspitzengliederung ist noch blöder, als die befähigsten Generalstabsoffiziere sie erfinden könnten, wenn sie den Auftrag bekämen, die unsinnigste Kriegsspitzengliederung zu erfinden.« Einen anderen Aspekt berührend, stellte er in demselben Vortrag die Frage nach dem Unterschied zwischen SS- und Heeresdivisionen und erteilte selbst die Antwort, dass nämlich »die SS-Divisionen die bessere Ausrüstung bekommen, aber keine Divisions-Geistlichen haben«.[106]

Vor dem Hintergrund dieser Äußerung und seiner dienstlichen Beschäftigung mit der Kriegsspitzengliederung ist die Annahme Stauffenbergs begreiflich, dass die Personalunion von Oberbefehlshaber der Wehrmacht und Oberbefehlshaber des Heeres unter den gegebenen Umständen sinnvoll sei. »Rein sachlich ist für uns aber heute besser arbeiten als vordem. Bei der neuen Lage wurde es in kurzem möglich, die ganzen Kräfte der Nation einzufangen und für den Entscheidungskampf des Heeres einzuspannen« – diese Formulierung klingt angesichts der tatsächlichen Lage des deutschen Heeres in der Winterkrise 1941/42 unbegreiflich optimistisch. Sie war aber nicht durch Tarnung bedingt, sondern seine wirkliche Überzeugung, denn zur selben Zeit äußerte er sich in gleicher Weise gegenüber einem Freund[107].

Auch zu ihm sprach er von den »wenig schönen Herzattacken« Brauchitschs. Dass Brauchitsch »mit seinen Nerven am Ende« war und selbst seinen Abschied wünschte, entsprach den Tatsachen[108]. Aufschlussreich ist aber die Begründung, die Stauffenberg seiner positiven Beurteilung des Abganges von Brauchitsch gab. Der Oberbefehlshaber des Heeres »habe nicht mehr die Kraft besessen, die Interessen des Heeres gegenüber den anderen Wehrmachtteilen, besonders gegenüber allen Parteiformationen, vor Hitler zu vertreten und durchzusetzen. Jetzt ergebe sich für den Chef des Generalstabes des Heeres endlich die Möglichkeit, Hitler unmittelbar Vortrag zu halten.« Der nationalsozialistische Diktator war nach Auffassung Stauffenbergs an dem Ergehen »seines Heeres« nun ganz anders interessiert als früher[109].

Dieser mündliche Kommentar vermag den Brief besser verständlich zu machen. Im Hinblick auf das Interesse des Heeres und einer sinnvollen Kriegsspitzengliederung begrüßte er den Abgang Brauchitschs und erlag der Illusion, Halder könne sozusagen im unmittelbaren Vortrag den Anspruch des Heeres gegen die Parteiformationen, allen voran gegen die SS, deren bessere militärische Ausstattung dem Leiter der Gruppe II der Organisationsabteilung wohlbekannt war, mit Erfolg durchsetzen. Demselben Halder hatte Hitler bei seiner Übernahme des Oberbefehls erklärt: »Das bißchen Operationsführung kann jeder machen. Die Aufgabe des Oberbefehlshabers des Heeres ist es, das Heer nationalsozialistisch zu erziehen[110].«

Halder erkannte in seiner Freude darüber, dass er nun Hitler Immediatvortrag halten konnte, wobei er sogar die Hand in der Hosentasche belassen durfte, ebenso wenig wie Stauffenberg, dass nicht in der Existenz der Dienststelle eines Oberbefehlshabers des Heeres, der freilich in ihrer Zwischenposition recht große Mängel innewohnten und die mit Brauchitsch überaus schwach besetzt war, sondern in der Person des »Obersten Befehlshabers der Wehrmacht« das eigentliche und vor allem unbeeinflussbare und unkontrollierbare Übel für die Kriegführung lag. Dass die Kompetenzkonfusion mit dem Schritt Hitlers noch nicht beseitigt war und einfach der Chef des Generalstabes die Rolle des strategischen »Prügelknaben« übernehmen musste, übersahen beide Offiziere.

Stauffenbergs Hinweis auf die Tatsache, dass alle – also auch Hitler – sich über die mögliche Dauer des Feldzuges im Osten getäuscht hätten, hob sich zwar von den damaligen offiziellen Verlautbarungen ab, in denen nun plötzlich die längere Dauer des Feldzuges als bereits im voraus einkalkuliert dargestellt wurde. Doch wie vereinbarte er seine Überzeugung, dass die Sowjetunion »nach den Schlachten von Kiew, Brjansk, Wjasma militärisch vor dem Zusammenbruch stand«, mit dem Hinweis auf die »neu aufgestellten Verbände« des Gegners? War es wirklich sein Glaube, dass die Schwierigkeiten im Osten nur an den Verkehrs- und Nachschubschwierigkeiten lagen? Als Gruppenleiter II der Organisationsabteilung dürfte er doch die Aufstellung vom 6. November 1941 über die gesunkene Kampfkraft der deutschen Divisionen ebenso wie die Berichte Bürkers an ihn gekannt haben[111]?

In der Frage der Winterbekleidung musste Stauffenberg zu einem schärferen Urteil kommen. Denn die Bekleidung war in der Tat rechtzeitig bereitgestellt und lag abrufbereit in den Nachschubsammelgebieten. Die 255 Eisenbahnzüge ließen sich bei der immer schwierigeren Transportlage bald nicht mehr einschieben. Eine spezielle, wattierte Winterbekleidung war von Hitler bereits während der Vorbereitung des Feldzuges abgelehnt worden. Deshalb hatte Halder schon im August den Vorschlag zu einem Volksaufruf zur Sammlung von Winterbekleidung und -ausrüstung gemacht. Brauchitschs Denkschrift, die er darüber abgefasst hatte, blieb bei Hitler liegen. Der durch die Erfolge des Feldzuges genährte Optimismus der Heeresführung fand sich mit Hitlers Entscheidung ab. Erst nachdem eine realistischere Lagebeurteilung in den Generalstab Einzug gehalten hatte, erkannte man dort – früher als Hitler, aber zu spät, um wirklich Abhilfe zu schaffen – die Notlage. Der normale Kälteschutz traf zu spät ein – eine Tatsache, die ungeheure physische und psychische Konsequenzen für die ausgezehrte Armee im russischen Winter hatte und auch nicht durch die von Hitlers Aufruf vom 20. Dezember eingeleitete Sammelaktion geändert wurde[112]. Aus Stauffenbergs Bericht spricht eine recht gute Kenntnis der Hintergründe, denn er weist darauf hin, dass die Winterbekleidung nur eine Transport- und Nachschubfrage gewesen sei und das OKH bereits im September eine Sammelaktion vorgeschlagen habe. Er sagt damit recht deutlich zwischen den Zeilen, dass Hitler dem Vorschlag des OKH eine Absage erteilt hatte.

Anscheinend galt das Scheitern der rechtzeitigen Wintervorsorge für die deutschen Truppen Stauffenberg noch nicht als genügend gewichtiges Argument gegen die »Feldherrn«-Qualitäten Hitlers. Denn dessen operative Fähigkeiten und Befehle bezweifelte er ja nicht grundsätzlich.

Er bestand im Gegenteil noch im April 1942 in einem Gespräch mit seinem früheren Divisionskommandeur Loeper, der im Winter vor Moskau im Verband der 2. Panzerarmee die 10. motorisierte Infanteriedivision geführt und noch im Dezember den Befehl erhalten hatte, nach dem 600 Kilometer von Moskau entfernten Gorki vorzustoßen und die ostwärts der Hauptstadt liegenden Eisenbahnknotenpunkte zu besetzen[113], auf dem der Situation angemessenen Sinn dieses Befehls, der nach Loepers Urteil Wahnsinn war. »Man müsse gelegentlich alles auf eine Karte setzen, um ein entscheidendes Ziel zu erreichen, und die Eroberung der feindlichen Hauptstadt sei ein solches Ziel[114].« Die Eroberung der Hauptstadt war in der Tat ein solches Ziel, aber wer hatte das OKH an dem raschen Vorstoß auf Moskau gehindert?

Stauffenbergs Äußerung gegenüber Loeper läßt vermuten, dass seine Argumentation jeweils nicht ganz frei von dem Element des Advocatus-diaboli-Widerspruchs war. Denn in derselben Weise, wie Hitler im Heer die Schuldigen für die Katastrophe vor Moskau suchte, waren manche Offiziere im OKH bereit, Hitler die ganze Verantwortung zu überlassen und diese Meinung auch recht drastisch zu vertreten. Stauffenberg, der seiner Schwiegermutter erklärte, dass »es noch keinen Krieg ohne Rückschläge und schwierige Situationen gegeben« habe, war im Winter 1941/42 jedenfalls ehrlich überzeugt, »daß die Lage an der Ostfront gemeistert werden könne«[115]. Sein Urteil über die Auswirkungen des Abganges von Brauchitsch sollte sich bald als gewaltige Täuschung herausstellen.

Unterschied sich nun Stauffenbergs politische Beurteilung Hitlers in dieser Zeit von dem militärischen Optimismus, oder waren hier an die Stelle der früheren, recht scharfen Kritik neue Gedanken getreten? Ähnlich wie im Winter 1939/40 wurde er um diese Zeit von einer »Verschwörung« angefragt. Nach dem Briefwechsel zwischen den Grafen Yorck und Moltke im Sommer 1940 hatte sich allmählich der spätere »Kreisauer Kreis« konstituiert und im Herbst 1941 bereits einige kleinere Tagungen in Groß-Behnitz bei Berlin abgehalten[116]. In diesem Herbst versuchte Moltke Kontakt mit Militärs aufzunehmen, die Hitler stürzen sollten. Moltke konnte am 29. September der Hoffnung Ausdruck geben, dass »es nun bald weitergehen kann«. Kurz darauf traf er sich mit Beck und Yorck. Am 21. Oktober schrieb er jedoch seiner Frau: »Das, was mir augenblicklich am nächsten geht, sind die mangelhaften Reaktionen der Militärs.« Erst in der zweiten Hälfte November nahm Moltke anscheinend seine Aktivität wieder auf. Doch seine Versuche scheiterten. Am 8. Februar 1942 schrieb er seiner Frau: »Eine merkwürdige Willenslähmung hat alle Menschen wieder befallen, und an die Stelle des mir vor Weihnachten immer wieder entgegengehaltenen ›es ist zu früh‹ ist jetzt getreten ›es ist zu spät‹. Es ist traurig zu sehen, wie recht Peter

[Yorck] und ich in unserer Diagnose hatten, dass der 18. Dezember 1941 der ›richtige Tag‹ war[117].«

Stauffenberg wurde um diese Zeit ebenfalls von Moltke auf indirektem Weg angesprochen. »Sie haben doch einen Vetter im Führerhauptquartier. Wäre mit dem nichts zu machen?« – fragte Moltke den um etliche Jahre jüngeren Baron Hans Christoph Stauffenberg, der die Antwort gab: »Ich habe meinen Vetter Claus lange nicht gesehen, ich werde mal hören, was er denkt.« In der Tat ging er zu Stauffenbergs Bruder Berthold, der in Berlin bei der Seekriegsleitung tätig war, und fragte ihn nun seinerseits: »Kannst Du nicht mal mit Claus reden! So kann das doch nicht weitergehen. Ob wir nun siegen, oder ob wir nicht siegen; ein deutscher ›Endsieg‹ bedeutet doch die Nazifizierung ganz Europas. Das bedeutet doch unter den deutschen Fahnen eine Ausbreitung eines pervertierten Begriffes des Deutschseins. Das Schlimmste, was geschehen kann, ist ja beinahe, wenn dieses entartete Deutschland siegt und ganz Europa nazistisch wird. Das ist dann wirklich ein ›Untergang des Abendlandes‹.« Die Antwort Stauffenbergs, mit der sein Bruder Berthold nach einigen Wochen zurückkam, zeigt deutlich seine Position – seine Beurteilung der Lage und die daraus zu ziehenden Konsequenzen: »Ich habe mit Claus gesprochen. Er sagt, zuerst müssen wir den Krieg gewinnen. Während des Krieges darf man so was nicht machen, vor allem nicht während eines Krieges gegen die Bolschewisten. Aber dann, wenn wir nach Hause kommen, werden wir mit der braunen Pest aufräumen[118].«

Moltke Klage über das moralische Versagen der Soldaten ist angesichts der zahlreichen ähnlichen Absagen begreiflich: »Sie sind eben keine Feldherren, sondern Techniker, Militärtechniker, und das ganze ist ein gigantisches Verbrechen[119].« Stauffenbergs Antwort ist verständlich. Mit dem Krieg gegen die Sowjetunion und insbesondere der Winterkrise 1941/42 war Deutschland einer ungleich stärkeren Bedrohung ausgeliefert als in der Zeit nach dem Sieg über Frankreich. Mochte Stauffenberg den Entschluss zum Krieg im Osten als eine fatale Fehlentscheidung betrachtet haben, rückgängig machen konnte er sie nicht. Seine Antwort lässt erneut erkennen, dass er an eine Überwindung der Niederlage vor Moskau glaubte. Doch wie stellte er sich einen Sieg vor? War es dann nicht erst recht zu spät, Hitler stürzen zu wollen? »Noch siegt er zu sehr«, hatte er in richtiger Einschätzung der Popularität des nationalsozialistischen Diktators vor dem sowjetrussischen Feldzug erklärt. Der Krieg im Osten ließ ihn – wie im Winter 1939/40 gegenüber den Grafen Schulenburg und Uxkull der bevorstehende Kampf mit den Westmächten – von einem Umsturz im Innern absehen.

Einen neuen Akzent setzte er insofern, als er betonte, dass ein Umsturz »vor allem nicht während eines Krieges gegen die Bolschewisten« unternommen werden dürfte. Die Gefahr aus dem Osten, die er im Juni 1938 am Rhein beschrieben hatte, war nun eine reale Bedrohung der »Erhebung« Deutschlands, für die so große Möglichkeiten nach dem Sieg über Frankreich bestanden hatten. Der außenpolitische Primat in Stauffenbergs politischem Denken wird erneut ebenso deutlich wie seine Ablehnung des Hitlerschen Regimes. Angesichts der sowjetischen Gefahr, die der nationalsozialistische Diktator freilich selbst herausgefordert hatte, sah Stauffenberg aber in deren Beseitigung die Voraussetzung für das Aufräumen mit der »braunen Pest«.

Moltkes Pläne für einen Umsturz sahen eine Verhaftung Hitlers, nicht ein Attentat vor[120]. Ein Umsturz, ausgeführt von Offizieren, die dem Staatsoberhaupt einen persönlichen Eid geleistet hatten, war nicht ein Unternehmen, zu dem man sich leichten Herzens entschließen konnte. Dass Stauffenberg bereits darüber nachgedacht hatte, enthob ihn nicht der Pflicht, immer wieder seine Argumente zu überprüfen und den beständig sich wandelnden, insbesondere außenpolitischen Gegebenheiten anzupassen. Hatte er sich im Sommer 1940 schon recht drastisch, aber noch eher theoretisch über Methoden und Technik eines Umsturzes geäußert, so wiederholte er nun seine Überlegungen in einem Gespräch mit dem Anfang des Jahres 1941 zum Stabe des Generalquartiermeisters versetzten Reserveoberleutnant Speer, dem im Winter 1941/42 beim Eintreten in Stauffenbergs Büro auffiel, »dass er hinter seinem Schreibtisch ein Hitlerbild aufgehängt hatte. Er bemerkte meine Verwunderung darüber und sagte zu mir: ›Ich habe dieses Bild ausgewählt und aufgehängt, damit alle, die zu mir kommen, darin den Ausdruck der Proportionslosigkeit und des Wahnsinns erkennen.‹ In dem sich daran anschließenden Gespräch unterhielten wir uns länger über die Frage, was geschehen müßte, um der nach unserer Auffassung völlig verfehlten deutschen Innen- und Außenpolitik eine grundsätzlich andere Wendung zu geben, und um der Maßlosigkeit der Hitlerschen Ideen zu steuern. Am Ende dieses Gespräches sagte Stauffenberg zu mir: ›Es gibt nur eine Lösung. Sie heißt töten.‹ Wir waren uns darin einig, daß die Schwierigkeiten ungeheuer groß waren und daß ein Schritt dieser Art nur von einer Persönlichkeit unternommen werden könnte, die sofort beim Ausscheiden Hitlers die *Macht* in der Hand hatte, Staat und Wehrmacht unter Ausschaltung aller Partei-Instanzen zu führen. Andernfalls mußte ein völliges Chaos entstehen[121].«

Diese Äußerung Stauffenbergs besagte nicht, dass er die Problematik von Moral und Technik eines Attentates auf Hitler bereits zu Ende gedacht hatte[122]. Im Zusammenhang mit seiner Antwort an Moltke besitzt auch dieses Gespräch wie jenes im Sommer 1940 einen noch stark theoretischen Charakter. Einzig erlaubter Weg eines Umsturzes ist der

Staatsstreich, ein Chaos soll vermieden werden. Diese Forderungen verweisen ebenso deutlich auf Stauffenbergs Beschäftigung mit Gneisenau wie auf das Problem von Hoch- und Landesverrat. Landesverrat wollte Stauffenberg nicht begehen. Eine unkontrollierbare Aufstandsbewegung drohte aber – ohne Absicht der Initianten – zur Niederlage zu führen, die Stauffenberg nicht wünschte. Von dieser Überlegung her musste er zu der sichersten Art eines Staatsstreiches kommen, die zudem den Vorteil hatte, einen »eidfreien« Zustand zu schaffen. Waren dies auch noch recht theoretische Erörterungen, so ist doch erneut erstaunlich, wie früh und rasch Stauffenberg – im Unterschied etwa zu Moltke oder Goerdeler – zur konsequentesten Lösung des Problems einer Beseitigung Hitlers von der Macht gelangte.

Doch wie vereinbarte sich dieses Gespräch mit der Absage an Moltke? Im Bewusstsein der realen militärischen Bedrohung und im Glauben an die Möglichkeit, die militärische Lage im Osten zugunsten Deutschlands zu wenden, scheint Stauffenberg – trotz seinem scharf negativen Urteil über Hitlers Politik – im Winter 1941/42 noch vor einer Aktion zurückgeschreckt zu sein. Die falsche Einschätzung der militärischen Situation und der Beeinflussbarkeit Hitlers in operativen Fragen hinderten ihn sozusagen an der Durchsetzung der richtigen politischen Einsicht. Hinzu tritt die Tatsache, dass er nun wohl an einer bedeutenderen militärischen Stelle saß als zuvor, aber noch immer keine für einen Staatsstreich günstige Schlüsselposition innehatte. Zu seinen bisherigen Erfahrungen mussten aber vor allem noch jene des Jahres 1942 kommen, in dem er auf eigene Weise erkennen sollte, dass der Wahnsinn des nationalsozialistischen Diktators nicht nur politische, sondern auch militärische Konsequenzen zeitigte, die er nach der Schlacht von Moskau noch nicht sah.

Krieg gegen die Sowjetunion – Bis zum Marsch auf Stalingrad 1942

Die durch die sowjetrussische Winteroffensive ausgelöste Krise der deutschen Ostfront trieb bis Mitte Februar 1942 ihrem Höhepunkt zu. Die deutschen Verluste betrugen in dem Zeitraum vom Beginn des Feldzuges bis zum 31. Dezember 1941 839 317 Mann, davon 27 090 Offiziere[1]. Diese Verluste konnten nicht mehr durch den herbeigeführten spärlichen Ersatz gedeckt werden. Am 20. Januar notierte das Kriegstagebuch von Stauffenbergs Organisationsabteilung einen Fehlbetrag von 93 000 Mann[2]. Nach Abschluss der Winterkämpfe betrugen Ende März die deutschen Verluste seit Beginn des Feldzuges bereits 1 107 830 Mann – einschließlich 33 223 Offiziere –, d. h. 35 Prozent des Bestandes vom 22. Juni 1941. Von 162 Infanteriedivisionen waren nur acht, drei nur nach einer Ruhepause zu Angriffsoperationen befähigt; 47 konnten nur für begrenzte Offensivunternehmen verwandt werden; 73 Divisionen waren voll, 29 nur begrenzt für Defensivaufgaben geeignet; zwei Divisionen waren überhaupt nicht einsatzfähig. Die 16 Panzerdivisionen verfügten insgesamt nur noch über 140 einsatzfähige Panzer, d. h. über weniger als die normale Stärke einer einzigen Panzerdivision. Am 30. April hatten sich die Gesamtverluste im Ostfeldzug auf 1 167 835 Mann erhöht[3].

Bereits Mitte Februar hatte Stauffenbergs Organisationsabteilung für den 1. Juni 1942 einen Fehlbestand von 340 000 Mann vorausberechnet[4]. Schon am 10. Januar 1942 – als sich die deutschen Truppen noch mitten in ihrer Abwehrkrise befanden – hatte Hitler angeordnet, dass »die Mittel der Rüstung ... zunächst bevorzugt den gesteigerten Bedürfnissen des Heeres dienstbar zu machen« seien. Bei der Waffen-SS sollten »Neuaufstellungen unter Beanspruchung zusätzlichen deutschen Gerätes entfallen«[5].

Seine Absicht, eine Offensive im Südabschnitt der Ostfront im Jahre 1942 zu unternehmen, hatte Hitler bereits im November 1941 zu erkennen gegeben[6]. In dem Befehl des OKH für die Kampfführung im Osten nach Abschluss des Winters vom 12. Februar 1942 wurde deshalb noch vor einer konkreten Weisung Hitlers bereits von einer späteren Angriffsoperation im Bereich der Heeresgruppe Süd gesprochen[7]. »Um für beabsichtigte Operationen über eine gewisse Anzahl voll angriffsfähiger

Divisionen und Heerestruppen zu verfügen«, waren angesichts der schlechten materiellen Lage des Heeres »einschneidende organisatorische Maßnahmen« erforderlich, die sich vor allem auf die Heeresgruppe Süd konzentrieren sollten[8].

Die Stellungnahme der Organisationsabteilung von Mitte Februar zu den angeordneten Maßnahmen betonte, dass »eine volle personelle Auffrischung bis Operationsbeginn nur dann« zu erreichen sei, »wenn über die ursprünglich vorgesehenen personellen Reserven hinaus weiteres ausgebildetes Personal aus der Heimat (Freigabe von uk-Gestellten) gewonnen werden« könnte. »Volle kraftfahrzeugmäßige Auffrischung« – d. h. materielle Ausstattung – »der Operationsverbände und Heerestruppen ist nicht möglich. Der voraussichtliche Bedarf an Kraftfahrzeugen kann nur etwa zu 50 Prozent aus Neuanfertigung gedeckt werden, wenn nicht auf eine entsprechende Zahl von Verbänden und Heerestruppen verzichtet wird[9].«

Diese Anregung, durch Zusammenlegung der angeschlagenen Verbände wieder voll einsatzbereite Divisionen zu bilden, lehnte Hitler im März 1942 aus »politischen und propagandistischen Gründen grundsätzlich ab«[10] – eine Antwort, die den militärischen Notwendigkeiten konträr gegenüberstand und geeignet war, den relativen Optimismus Stauffenbergs wieder zu dämpfen, der vielleicht durch Hitlers Anordnung vom 10. Januar 1942, wonach bei der Waffen-SS keine Neuaufstellungen vorzunehmen waren, noch genährt worden war. Fiel damit die eine von der Organisationsabteilung angeregte Möglichkeit einer Hebung der Kampfkraft einem sachfremden Entscheid Hitlers zum Opfer, so fand der andere Hinweis der Abteilung, d. h. die Forderung nach weiteren Einberufungen von uk-Gestellten ihre Begrenzung durch die Forderungen der Rüstungswirtschaft, die auch durch die im März befohlene Kürzung der Militärverwaltung und Kommandobehörden im Westen nicht überwunden werden konnte[11]. Die Lage wurde auch dadurch nicht erleichtert, dass Hitler selbst sich nicht an seinen Befehl vom 10. Januar 1942 hielt und am 13. Mai 1942 die Aufstellung eines ersten SS-Korps befahl[12]. Sie wurde eher noch kompliziert durch die der Organisationsabteilung aufgezwungene Behelfsmaßnahme, die Stärke der Divisionen von neun auf sechs Bataillone zu verringern und allmählich verschiedene Divisionstypen zu schaffen, so dass schließlich die Führung mit Divisionen rechnen musste, die gar nicht gleichwertig waren[13].

Da es Stauffenbergs Aufgabe war, die Organisation des Feldheeres zu bearbeiten, konnte ihm die prekäre Lage nicht unbekannt sein, die nun wirklich nötig machte, »die ganzen Kräfte der Nation einzufangen und für den Entscheidungskampf des Heeres einzuspannen«. Als Stauffenberg am 11. Januar 1942 schrieb, dies sei »möglich« geworden, hatte Hitler gerade einen Tag zuvor die Priorität des Heeres bei der Rüstungsmaterialzuteilung angeordnet. Doch kündeten sich nun mittlerweile beim »Obersten Befehlshaber der Wehrmacht« nicht in Form von »politischen und propagandistischen Gründen« Vorboten von Entscheidungen an, die jeden Optimismus illusionär erscheinen lassen mussten?

Der bereits erwähnte Baron Thüngen, der um diese Zeit vom Stabe einer Infanteriedivision im Osten als 47-jähriger Reserveoffizier und eben ernannter Major ins Hauptquartier versetzt worden war, beklagte sich bei Stauffenberg »über den ›Unsinn‹, alte Reserveoffiziere in einen solchen Kreis zum Dienst zu kommandieren, in den sie weder nach Vorbildung noch nach Alter hineingehörten. Er war anderer Ansicht: ›Die Aktiven brauchen wir draußen, wir haben auch zu wenig, außerdem brauchen wir Nachwuchs von Euch, schon, weil dieser totale Krieg auch die Erfahrung des außermilitärischen Lebens benötigt. Ich bin sogar der Meinung, daß auch Ihr in den Generalstab gehört, die Technik ist erlernbares Beiwerk, der Charakter und der Geist ist das Wesentliche. Aber die Ochsen kapieren das ja nicht!‹[14]«

Im Hauptquartier, in dem »nur eine überragende Persönlichkeit ... sich ... auch noch mit geistigen Problemen, die dem eigenen Beruf fernlagen, zu beschäftigen« vermochte[15], war Stauffenberg die Anwesenheit von nicht stur militärisch denkenden Reserveoffizieren erwünscht. »Der Charakter und der Geist ist das Wesentliche.« Aber welcher Geist? »›Wie kann es bei dieser Führung weitergehen und wie soll das enden?‹, das war der Tenor eines der ersten Gespräche«, berichtet Baron Thüngen, »die Claus und ich nach einigem Tasten und Schnuppern führten. Wir hatten viel gesprochen – und auch viel getrunken. Ich sagte damals, es muß einer den Kopf auf den Block legen als Fanal zur Sammlung aller Gleichgesinnten. Wir, wir Deutschen müßten diesen Verbrecher hinrichten. Ich sehe heute noch seine großen, klugen Augen, die mich ein wenig prüfend, vielleicht auch ein wenig staunend unter die Lupe nahmen. Gesagt hat er nicht viel, aber irgendwie kannten wir uns von dieser Stunde an, irgendwie war von da ein Band geknüpft[16].« Die eher stumme Antwort Stauffenbergs – war sie nicht ein Zeichen dafür, dass er Verständnis für das Urteil und die Forderung seines Bekannten hatte, seine Meinung aber noch nicht völlig teilte?

Am 28. März 1942 besprach Halder zum erstenmal mit Hitler die geplante deutsche Sommeroffensive im Südabschnitt der Ostfront, für die am 5. April 1942 die Weisung erlassen wurde. Gemäß dieser Weisung sollte die Heeresgruppe Süd unter Generalfeldmarschall v. Bock das ganze Unternehmen leiten, das in vier Phasen eingeteilt war. »Allgemeine Absicht« war es, »den Feind vorwärts des Don zu vernichten, um sodann die Ölgebiete im kaukasischen Raum und den Übergang über den Kaukasus selbst zu gewinnen«. Zuerst sollten die Operationen Richtung Stalingrad, dann über den Don nach Süden geführt werden. In der ersten Phase war es demnach im Norden des Südabschnittes Aufgabe der Armeegruppe v. Weichs, den Durchbruch aus dem Raume südlich Orel Richtung Woronesch am Don zu erzwingen. Der Angriff der 6. Armee von Charkow her gegen Osten an den Don, die Einkesselung und Vernichtung der gegnerischen Kräfte westlich des Don waren in der zweiten Phase vorgesehen. In der dritten Phase sollten – nach einer Neugliederung der deutschen Kräfte – die 4. Panzer-Armee und 6. Armee unter Führung der Heeresgruppe B und die 1. Panzer-Armee und 17. Armee unter Führung der neuen Heeresgruppe A gemeinsam in einer konzentrischen Bewegung gegen Stalingrad vordringen. Erst in der vierten Phase war der Marsch auf und über den Kaukasus vorgesehen[17].

So wie im Osten allmählich die Krise überwunden werden konnte, gelang es auch Rommel, auf dem nordafrikanischen Kriegsschauplatz die Lage zu stabilisieren und die Cyrenaika zurückzuerobern[18]. Doch was verbarg sich hinter dieser Fassade einer nicht ungünstigen militärischen Entwicklung?

Das Problem eines auch nur annähernd ausreichenden Ersatzes für die ungeheuren Verluste war durch neu geplante Operationen nicht gelöst. Einen Weg zur Deckung der Verluste hatte die kämpfende Truppe freilich schon nach den ersten großen Schlachten im Jahre 1941 gezeigt. So bot die 134. Infanteriedivision seit dem Juli 1941 allen sowjetischen Gefangenen die Einstellung in die deutsche Truppe an. Viele andere Divisionen folgten aus purer militärischer Notwendigkeit. Die eingestellten Gefangenen – »Hilfswillige« oder kurz »Hiwis« genannt – wurden zunächst als Dolmetscher, Pferdepfleger, Munitionskanoniere, Trossfahrer, Küchenhilfen, Sanitäter, Stiefelputzer, Handwerker und in allen weiteren denkbaren nichtkombattanten Funktionen eingesetzt. Sie besaßen keine offiziellen Rechte und Pflichten, wurden in keiner Etatliste geführt und auf einer Art »schwarzen Markts« der Truppe gehandelt, die immer mehr Ausfälle an der Front hatte.

Ab November 1941 wurden »reguläre« Truppenverbände aus Gefangenen gebildet. Doch die bloße Existenz dieser einzelnen Kompanien und Bataillone aus früheren Soldaten der Roten Armee war illegal, da keine Dienstvorschriften vorhanden waren. Sie wurden zunächst zur Bewachung von Gefangenenlagern und militärischen Einrichtungen hinter der Front eingesetzt. Bei der Heeresgruppe Mitte wurde von dem Baltendeutschen und ehemaligen zaristischen Offizier Hauptmann d. R. Wilfried Strik-Strikfeldt bereits im Oktober 1941 im Auftrag des Ia Tresckow und des Abwehroffiziers der Heeresgruppe, Baron Gersdorff, ein Plan zur Aufstellung einer russischen Befreiungsarmee von zunächst

200 000 Freiwilligen ausgearbeitet und mit Billigung des Oberbefehlshabers v. Bock an Brauchitsch weitergeleitet. Im November 1941 erteilte Keitel die Antwort Hitlers: »Politische Dinge gehen die Heeresgruppe grundsätzlich nichts an. Solche Gedanken sind außerdem für den Führer indiskutabel[19].«

Hitler hatte am 16. Juli 1941 erklärt, dass »ein Russe … niemals Waffen tragen werde«. Kaum ein Befehl ist im Laufe des Krieges so umgangen worden wie dieser – unter wesentlicher Mithilfe Stauffenbergs. Im Frühjahr 1942 sollte die Zahl der »Hilfswilligen« 200 000 Mann, Mitte des nächsten Jahres etwa 320 000 Mann betragen, von denen 70 bis 80 Prozent als Nichtkombattanten eingesetzt wurden, während in Kampfeinheiten bis 20 Prozent solcher ehemaliger Gefangener anzutreffen waren. In den rückwärtigen Diensten bestanden die Truppen bisweilen zur Hälfte aus diesen Freiwilligen[20]. Schon im Dezember 1941 konnte der Vertreter des Auswärtigen Amtes beim OKH feststellen, dass »russische Kriegsgefangene verschiedener Volksangehörigkeit mit bestem Erfolg als Hilfskräfte und in einigen Fällen als Kampftruppen eingesetzt worden« seien[21].

Stauffenberg wurde in das Chaos der deutschen Besatzungspolitik hineingerissen, als die Gruppe II der Organisationsabteilung mit der Bearbeitung aller die sowjetrussischen Freiwilligen betreffenden Fragen beauftragt wurde. Freilich geschah dies nicht ohne sein Zutun, da er diese Aufgabe dem OKH reservieren wollte – nicht so sehr in der Sucht nach »empire building«, sondern eher, um die Freiwilligen vor dem Schicksal zu bewahren, in den Kompetenzbereich der SS zu geraten. In dieser neuen Aufgabe sollte er zum »Motor« bei organisatorischen Entscheidungen werden, »die den Verfechtern einer ›realistischeren‹ Ostpolitik entschieden zugute kamen«[22].

Er gründete mit seiner Dienststelle und anderen in derselben Sache interessierten und engagierten militärischen Stellen eine Art »Verein gegen lebensgefährlichen Blödsinn«, d. h. gegen die offizielle deutsche Besatzungspolitik. Um die »Mauer von Idiotie und Blindheit« zu durchbrechen, beschloss er die »Beschaffung von exaktem und überzeugendem Nachrichtenmaterial, durch das eindeutig die Undurchführbarkeit eines auf Gewalt basierenden Vorgehens bewiesen werden sollte. Ferner mussten vollendete Tatsachen geschaffen werden, die nicht mehr rückgängig gemacht werden konnten, ohne das ganze Gefüge der Ostfront zu erschüttern[23].«

Die Arbeit Stauffenbergs im Jahre 1942 wurde vom beständigen Kampf um den Ersatz für die enormen Verluste des deutschen Ostheeres bestimmt. Die Auseinandersetzung um die Aufstellung und Ausrüstung von Einheiten aus sowjetischen Kriegsgefangenen war eine Komponente dieses Kampfes, die weit in das politische Gefüge des Hitlerschen Staates hineinragte und beinahe Modellcharakter für die Erkundung von Möglichkeiten und Grenzen der Durchsetzung individueller und dem Regime teilweise entgegengesetzter Intentionen im Rahmen eines totalitären Staates beanspruchen kann. Stauffenberg nahm das »instinktive Gefühl« auf, »daß die Sowjetunion nur mit Hilfe der dort lebenden Russen und der anderen vielen Völkerschaften zu schlagen war«[24].

Das größte Hindernis bei der Befolgung einer solchen Taktik stellte die deutsche Besatzungspolitik in der Sowjetunion dar, die eine »planvolle Orgie des gegenseitigen Halsabschneidens« war[25]. Hitler hatte Rosenberg – den Ideologen der NSDAP – zum »Reichsminister für die besetzten Ostgebiete« ernannt, doch auch Göring Sonderrechte zur wirtschaftlichen Ausbeutung übertragen. Himmler war für die »polizeiliche Sicherung der neubesetzten Ostgebiete« verantwortlich, so dass erneut dem »divide et impera« des nationalsozialistischen Diktators Rechnung getragen und die Elemente eines Chaos entfesselt wurden[26].

Bormann, Himmler, Goebbels, Ribbentrop, Göring und der eigentlich »zuständige« Rosenberg traten mit zum Teil verschiedenen Konzeptionen den Kampf um die Macht in den östlichen Satrapien an, die am 1. September 1941 als Reichskommissariate »Ostland« und »Ukraine« gebildet wurden. Den gemeinsamen Nenner dieser Konzeptionen stellte die Absicht dar, das Sowjetregime und den Bolschewismus zu stürzen, Russland zu schwächen und für Deutschland wirtschaftliche, aber auch territoriale Vorteile zu erringen. Hitlers, Bormanns und Himmlers Konzept – ideologisch untermauert durch die »Untermensch«-Idee – war sozusagen gegen den Kreml und gegen das Volk gerichtet und sah die totale Zerschlagung des sowjetischen Staates, die Ausbeutung, Kolonialisierung und Terrorisierung des von den »minderwertigen« Slawen bewohnten »Lebensraumes im Osten« vor. Der willfährigste und scheußlichste Exekutor dieses nihilistischen Programmes fand sich in der Figur des Gauleiters von Ostpreußen und Duzfreundes Bormanns, Erich Koch, der nun, auf Betreiben Görings zum »Reichskommissar« für die besetzte Ukraine ernannt, als »brauner Zar der Ukraine« zum »Sinnbild deutscher Brutalität und Stupidität im Osten« wurde. Nominell war dieser Satrap, der dafür sorgte, dass in der Ukraine bald der gewünschte Zustand der »autoritären Anarchie« herrschte, Rosenberg unterstellt. In der Praxis besaß er aber weitgehende Unabhängigkeit, konnte sich direkt an Hitler wenden und Rosenberg übergehen, der eine andere Politik im Osten befürwortete.

Rosenberg stand in der »antirussisch« ausgerichteten Politik zwar auf Hitlers Seite. Als baltischer Emigrant, dessen Ministerium Hitler als »politischen Unterweltsladen« aus Rosenbergs eigener Emigrantenzeit verhöhnte, war er von einem pathologischen Russenhass besessen. Im Unterschied zu Hitler aber, dessen »Untermensch«-Ideologie seine gesamte Politik mit einem pathologischen Slawen-, Juden- und Bolschewistenhass erfüllte, wollte Rosenberg aus dem sowjetischen Staat die nicht russischen Nationalitäten herausoperieren, als deutsche Satelliten und Cordon sanitaire gegen das russische Moskau gebrauchen und auf diese Weise die nationalsozialistische Herrschaft unter Ausnützung und Ausbau von bestehenden russophoben Emotionen und unter gewisser Teilnahme der ausgesuchten Helotenvölker im Osten sichern.

Waren im Juni 1941 die Konzeptionen Hitlers und Rosenbergs im Vordergrund, die nur in der Wahl der Methoden, nicht aber im gestellten Ziel und im Effekt differierten, so bestand für eine allerdings erst etwas später deutlich auftauchende Richtung wie jene von Graf Werner von der Schulenburg und General Köstring, dem früheren deutschen Botschafter und dem früheren deutschen Militärattaché in Moskau, doch eine gewisse Chance, sich die Differenzen und Nuancen nutzbar zu machen, um die Teilnahme der gesamten Sowjetbevölkerung an einem antibolschewistischen Befreiungskampf mit dem Ziel eines nationalen russischen Staates – freilich auch eines deutschen Sieges – zu erreichen. Aus reinen Nützlichkeitserwägungen konnte sich später auch Goebbels teilweise dieser Richtung anschließen, deren Anhänger keineswegs Gegner des Nationalsozialismus und auch nicht unbedingt von humanitären Motiven geleitete Idealisten zu sein brauchten[27].

Zwei unbedeutende Ereignisse bewogen Hitler im Herbst 1941 zum erstenmal, von seiner totalen Vernichtungskonzeption aus Gründen einer größeren taktischen Subtilität abzugehen. Mitte November und im Frühjahr 1942 wurde vom OKW die Aufstellung von Kosakenverbänden – für Hitler waren die Kosaken nichtslawische Nachkommen verschollener Ostgoten – und nichtslawischen »nationalen Legionen« gebilligt. Gesondert nach Nationalitäten – Turkestaner, kaukasisch-arische Mohammedaner, Georgier und Armenier – entstanden vier solche »Legionen«, die freilich dies nur dem Namen nach waren, denn ihr Einsatz an der Front erfolgte nur in einzelnen Kompanien und Bataillonen. Der Leiter der Abteilung I 5 (Kaukasus) im Ostministerium Rosenbergs, Gerhard von Mende, der als Völkerkundler über zahlreiche Verbindungen zu Emigrantenkreisen verfügte, bildete Ende 1941 – entsprechend der Nationalitätenkonzeption Rosenbergs – aus turkestanischen und kaukasischen Emigranten zahlreiche Nationalkomitees, die alle nicht viel mehr zu tun hatten, als die deutschen Gefangenenlager nach Kaukasiern, Turkestanern und sonstigen hilfswilligen Landsleuten zu durchsuchen, die allerdings zum größten Teil von ihren deutschen Bewachern bereits umgebracht worden waren und erst wieder nach der Sommeroffensive 1942 sich zahlreicher einstellen sollten. Eine wichtige Konzession Hitlers bestand in der Erlaubnis, nicht nur Kosaken, sondern auch Ukrainer und Weißrussen zu rekrutieren[28]. Denn dies bedeutete ja eine Durchbrechung des »nichtslawischen« Prinzips, das freilich durch die Kosaken nur in den Augen Hitlers noch nicht tangiert worden war.

Anfang Januar 1942 konnte somit die Organisationsabteilung den »Befehl zur Aufstellung von Hundertschaften aus entlassenen Kriegsgefangenen und dem Bolschewismus feindlich gesinnter Landeseinwohner« erteilen und Aufstellung und Fronteinsatz »von Legionen bis zur Regimentsstärke« erwägen[29]. Im Gegensatz zu den »Hilfswilligen« handelte es sich hier bei den turkestanischen, weißrussischen, ukrainischen und Kosaken-Einheiten um eine offizielle Maßnahme zur Aufstellung von sogenannten »landeseigenen Verbänden«, die zwar von deutschen Offizieren kommandiert werden, aber selbst über ein Unterführerkorps verfügen sollten. Unter Führung Tresckows wurde von der Heeresgruppe Mitte, die am schwersten unter der sowjetischen Winteroffensive litt, die Aufstellung solcher landeseigener Verbände oder »Ostbataillone« am aktivsten betrieben. Die eingestellten entlassenen Gefangenen wurden als »Ukrainer« oder »Kosaken« bezeichnet, auch wenn sie Großrussen waren, deren Heranziehung noch immer strikt verboten war[30].

Aus seiner ideologisch »fundierten« Überzeugung, dass Slawen nicht zum Kampf geeignet seien, und der Furcht, eine Teilnahme von nichtrussischen Nationalitäten am Kampf gegen die Sowjetunion könne die deutschen Pläne zur Zerschlagung und Ausbeutung dieses Staates in präjudizierender Weise behindern oder vereiteln, verbot Hitler im Februar 1942 den weiteren Ausbau der eben offiziell in Gang gesetzten Aufstellung von Ostbataillonen, nachdem er vom Anwachsen dieser Formationen erfahren hatte. Die Organisationsabteilung musste angesichts des Wunsches der Truppe nach »Aufstellung möglichst vieler Hundertschaften auf Grund der erfolgten Bewährung« und angesichts der katastrophalen personellen Ersatzlage vom »Grundsatz« Hitlers Kenntnis nehmen, »nur in dem unbedingt notwendigen Ausmaß diese Aufstellungen zu genehmigen, da er politische Auswirkungen sonst befürchtet, die einer späteren Entscheidung über die Frage der Behandlung der besetzten Ostgebiete vorgreifen würden«. So hatte Stauffenbergs Dienststelle am 10. Februar 1942 den wahrscheinlich von ihr in einer abgemilderten Fassung herausgegebenen Befehl Hitlers zu erteilen: »Der Führer hat entschieden, daß die Aufstellung zusätzlicher ukrainischer und baltischer Kampfverbände für Sicherungsaufgaben oder an der Front – als Feldeinheiten – zu unterlassen ist[31].«

Die Truppe kümmerte sich – wohl mit Zustimmung der Organisationsabteilung – wenig um diesen Befehl. Anfang März 1942 wurde bei der Heeresgruppe Mitte auf Initiative Tresckows und Gersdorffs unter den skeptischen Augen des Oberbefehlshabers Kluge mit der Aufstellung eines »Versuchsverbandes Mitte« unter russischem Kommando begonnen, der Ende des Jahres 7 000 Mann zählen sollte[32]. Die »zwielichte Illegalität« dieser Osttruppen blieb ungeachtet des Befehles Hitlers vom 10. Februar 1942 bestehen.

Stauffenberg glaubte an die Möglichkeit, »die Völker der Sowjetunion zum Befreiungskampf gegen ein verhaßtes System aufzurufen und sie zu echten Verbündeten Deutschlands zu machen«[33]. Dieses Deutschland führte freilich eine in den Methoden uneinheitliche, im Zweck aber klare Politik gegen die Sowjetunion mit einem jedem Einsichtigen leicht erkennbaren kontraproduktiven Effekt. Utilitaristische und idealistische Momente in Stauffenbergs Denken bleiben noch in der zweiten Phase seiner Bestrebungen um die Aufstellung von Freiwilligenverbänden zu untersuchen[34]. Im Bewusstsein, dass die Errichtung einer »russischen Befreiungsarmee« – aus welchen Motiven auch immer – am Widerstand Hitlers scheitern musste, war Stauffenberg bestrebt, wenigstens so viel wie möglich zu unternehmen, um den deutschen Kampf gegen die Sowjetunion zu unterstützen und den Sieg zu erringen. Dazu gehörte vor allem die möglichst zahlreiche Einstellung von Freiwilligen, die der deutschen Invasion nach Osten das Element des Bürgerkrieges zuzugesellen vermochten. Eine große Zahl solcher Freiwilliger war aber nur dann zu gewinnen, wenn es gelang, ihre Diskriminierung zu beseitigen, was sich in Behandlung, Ausstattung mit Marketenderwaren, Sold, Familienunterstützung, Uniform, Dienstgradabzeichen und Auszeichnungen manifestieren musste[35].

In der zweiten Märzwoche weilte Stauffenberg in Berlin, um mit dem Chef der Heeresrüstung und Befehlshaber des Ersatzheeres, Fromm, technische und organisatorische Besprechungen zu führen, über die er am 18. März 1942 dem Chef des Generalstabes Bericht erstattete[36]. Im April 1942 übernahm der erste Adjutant Halders, Oberstleutnant i. G. Mueller-Hillebrand, die Führung der Organisationsabteilung. Als Adjutant war er der Nachfolger des Majors i. G. Gehlen gewesen, der im Oktober 1940 als Gruppenleiter zur Organisationsabteilung versetzt worden war und nun am 1. April als Oberstleutnant Leiter der Abteilung »Fremde Heere Ost« wurde. Die Revirements im April 1942 sollten für Stauffenbergs weitere Arbeit in diesem Jahr nicht ohne Bedeutung bleiben[37].

Am 13. April 1942 beriet Stauffenberg mit Halder über »laufende Arbeiten des organisatorischen Gebietes«. Am Tage zuvor hatte Generaloberst Fromm über die »Munitionslage, Rüstungslage und Personallage« berichtet und wenig erfreuliche Perspektiven aufgezeigt: »Im Osten fehlen am 1. Mai 318 000 Mann. Mai-September 1942 stehen zur Deckung zur Verfügung 960 000 Mann, dann vom Oktober ab nichts mehr.« Der Jahrgang 1924 sollte am 1. August 1942 einberufen werden und dem Heer 260 000 Mann bringen. Nicht nur über die kaum mehr aufzubietenden Reserven, sondern auch über »Bestrebungen des OKW, eigene Formationen zu bilden«, unterhielt sich Stauffenberg mit Halder. Denn ohne Beteiligung des OKH hatte das OKW zum Beispiel im Hinblick auf die Offensive gegen Stalingrad und Kaukasus »Mineralölbrigaden« aufgestellt[38].

Nicht nur das OKW, sondern vor allem andere Wehrmachtteile wie die Luftwaffe, aber auch die außerhalb der Wehrmacht stehende SS erschwerten die bereits unzureichende Ersatzzuführung an das Heer. In einem Gespräch mit dem früheren Ordonnanzoffizier der 6. Panzerdivision im April 1942 im Hauptquartier des OKH erläuterte Stauffenberg den unsinnigen Konkurrenzkampf. Anordnungen der Organisationsabteilung zur Bereitstellung von Kraftfahrzeugen für die Divisionen des Heeres kämen SS und Luftwaffe zuvor. Die den jeweiligen Forderungen adäquate Kontingentierung und gerechte Verteilung von Munitions- und Panzernachschub und die Zuführung des Rekruten-Ersatzes würden »in dieser Atmosphäre kaum verhohlener Gegnerschaft«, in welcher der gesunde Menschenverstand nichts mehr gelte, durch die rivalisierenden Dienststellen erheblich behindert[39].

Ende April weilte Stauffenberg in Wuppertal, wo er seinen früheren Divisionskommandeur General Loeper traf, der das Kommando über die 10. motorisierte Infanteriedivision abgegeben hatte, um Anfang Mai jenes über eine andere Division zu übernehmen[40]. In dem Gespräch, in dessen Verlauf Stauffenberg Hitlers militärische Kriegführung noch verteidigte[41], kam auch die Reichstagsrede Hitlers vom 26. April 1942 zur Sprache. In vulgärster Polemik gegen die Gegner Deutschlands hatte der nationalsozialistische Diktator aus seiner Optik eine Zwischenbilanz seiner Kriegsabenteuer gezogen. Der Reichstag hatte als uniformierter Statist einer gemessen am Kontext der Rede beinahe beiläufig vorgebrachten Forderung Hitlers seine Zustimmung erteilt. Der »Führer« hatte nun das Recht, »überall dort, wo nicht bedingungslos im Dienste der großen Aufgabe, bei der es um Sein oder Nichtsein geht, gehorcht und gehandelt wird, sofort einzugreifen und dementsprechend handeln zu dürfen«. Er erklärte kurzerhand die noch bestehenden, schon fast vollständig ausgehöhlten Rechtsbegriffe zu einem bloß »formalen Recht« und kündete Maßnahmen zur Schaffung einer »kongenialen Einstellung« im Volk und in allen Dienststellen – also vor allem in der Justiz – an, so dass »keine selbstheiligen Erscheinungen mit wohlerworbenen Rechten«, sondern nur noch »gehorsame Diener« eine Existenzberechtigung haben sollten. Hitler, der sich nach der Liquidation der SA-Führung im Jahre 1934 als

»des deutschen Volkes Oberster Gerichtsherr« bei dieser Aktion bezeichnet hatte, ließ sich damit den nun mit einem pseudolegalen Cachet versehenen Zustand der kriminellen Terrorherrschaft bestätigen, in welcher der absolute Polizeistaat legitim, das Recht dem politischen Zweck gebeugt und das Genocid zur Heroentat erhoben wurden[42].

Die völlige Annullierung der überlieferten Rechtsnormen, die auch die einzelnen Reservate treffen musste, in denen sich vielleicht noch aufrechte Richter zu behaupten vermocht hatten, erkannte Stauffenberg in ihrer ganzen Tragweite. Er verurteilte schroff Hitlers definitive Usurpation der Justiz und war sich klar, dass damit »jede Rechtlichkeit aufgegeben worden sei«[43].

Im Mai und Juni 1942 liefen die Vorbereitungen für die deutsche Sommeroffensive am Südflügel der Ostfront weiter. Voraussetzung für die geplante Operation war die Bereinigung der Lage auf der Krim, die dann Generaloberst v. Manstein Anfang Juli mit der Eroberung Sewastopols ausführte[44]. Einer ähnlichen, für den 17. Mai geplanten »Säuberungsoperation« der Armeegruppe v. Kleist und der 6. Armee des früheren OQu 1, General d.PzTr. Paulus, gegen den sowjetischen Frontvorsprung ostwärts Charkow und südwestlich Isjum kam die sowjetische Führung am 12. Mai mit einer überraschenden Großoffensive gegen Charkow zuvor. Die Lage wurde für die deutsche Führung bedrohlich, doch gelang es ihr, die geplanten Operationen ungeachtet der sowjetischen Offensive einzuleiten und damit den gegnerischen Vorstoß in einen Kessel zu verwandeln, in dem ungefähr 240 000 Mann der Roten Armee am 28. Mai in Gefangenschaft gerieten[45].

Ende Mai – also unmittelbar nach dem Abschluss der Schlacht um Charkow – unternahm Stauffenberg eine »Reise zu den Truppen, die an den Kämpfen bei Isjum beteiligt waren«. Am 2. Juni berichtete er Halder über seine Eindrücke[46]. Am 1. Juni war Hitler von der »Wolfschanze« aus ins Hauptquartier der Heeresgruppe Süd nach Poltawa geflogen, wo er die Termine für weitere Voroperationen festlegte. Die Hauptoperation sollte spätestens am 20. Juni beginnen[47]. Wie aus einem aufschlussreichen Brief Stauffenbergs vom 12. Juni an Paulus hervorgeht, war dieser Besuch Hitlers die Ursache, dass er noch vor dem 1. Juni wieder in den Mauerwald zurückflog[48].

»Hochzuverehrender Herr General!

Die Heeresgruppe Süd teilte mit, daß ich nicht mehr mich dort melden sollte, da durch den Führerbesuch am im Frage kommenden Tage doch keine Zeit für mich sei. Aus diesem Grunde entschloß ich mich, doch sofort mit der OKW-Maschine zurückzufliegen, um auf diese Weise einen ganzen Tag zu gewinnen.

Diese Umstände machten es mir unmöglich, mich bei Herrn General abzumelden und Herrn General meinen gehorsamsten Dank für die gütige Aufnahme im Hauptquartier auszusprechen. Ich bitte, dies schriftlich nachholen und insbesondere meinen gehorsamsten Dank für die Gastfreundschaft, die ich als persönlicher Gast von Herrn General genießen durfte, aussprechen zu dürfen.

Die Tage in und um Charkow mit der Berührung mit all den besuchten Divisionen[49] war eine große Freude und hat wieder ›viel Auftrieb‹ gegeben. Freilich kam auch wieder in besonderem Maße zum Bewußtsein, was man fern der Truppe versäumt. Was kann schöner sein, als dies unmittelbar sorgen und sich auswirken dürfen! Demgegenüber bleibt alle Befriedigung, die in gewissem Sinn natürlich auch hier zu finden ist, ein klägliches Surrogat. Und dies um so mehr, als ein Eingeweihter – und als solchen rechne ich mich nach 2jähriger Tätigkeit hier – ja bei jeder Sache sofort die, keineswegs immer im Sachlichen begründeten, Grenzen jeder Action schon vor ihrem Beginn erkennen muß. Mir ist wohl bewußt, daß trotzdem gekämpft werden muß, und ich versuche, dies auch allen Mitspielern immer wieder klar zu machen. Dabei aber selbst den inneren Schwung nicht zu verlieren, fällt nicht immer leicht. Herr General werden am besten verstehen, wie erquickend ein Besuch aus solcher Luft dann dort ist, wo bedenkenlos der höchste Einsatz gewagt wird, wo ohne Murren das Leben hingegeben wird, während sich die Führer und Vorbilder um das Prestige zanken oder den Mut, eine das Leben von Tausenden betreffende Ansicht, ja Überzeugung zu vertreten, nicht aufzubringen vermögen.

Freilich macht es das Leben hier nicht leichter, die Dinge so zu sehen. Sieht man das aber nicht mehr, dann gehört man schleunigst aus diesem Haus gejagt!

Herr General stehen wieder vor einer Operation und mit heißem Herzen verfolgen wir jeden Schritt. Möge diese wie die kommenden unter einem guten Stern stehen.

In Verehrung und Dankbarkeit
bin ich Herrn General
stets gehorsamster

Stauffenberg.«

Die ganze in diesem Brief zutage tretende Stauffenbergsche Courtoisie, über die sich manch ein General wie später etwa Olbricht gerne amüsiert zeigte[50] und die gar nichts mit einer devoten Haltung zu tun hatte, vermag in dem Brief an Paulus nicht darüber hinwegzutäuschen, dass Stauffenberg mit seiner recht scharfen Kritik an der Führung, die jeder Aktion »keineswegs immer im Sachlichen begründete Grenzen« setzte und in der sich »Führer und Vorbilder um das Prestige zanken oder den Mut, eine das Leben von Tausenden betreffende Ansicht, ja Überzeugung zu vertreten, nicht aufzubringen vermögen«, nun zu einer im Vergleich zur optimistischen militärischen Lagebeurteilung um die Jahreswende 1941/42 kritischeren Betrachtungsweise gefunden hatte.

Musste er bereits feststellen, dass Hitlers Entscheidung gegen die Zusammenlegung von kampfschwachen Verbänden und gegen die weitere Aufstellung von Freiwilligenverbänden aus rekrutierten Gefangenen der Sowjetarmee von Faktoren bestimmt wurde, die jenseits der militärischen und politischen sachlichen Grenze lagen, so lieferte der nationalsozialistische Diktator in diesem Juni des Jahres 1942 einen erneuten eklatanten Beweis für diese Beobachtung. Denn Hitler erließ, nachdem seine Aufmerksamkeit auf das »bedrohliche«, ungeachtet seiner Weisung vom Februar sich vollziehende Anwachsen der Osttruppen gelenkt worden war, erneut ein Verbot der weiteren Aufstellung von solchen Verbänden und ihres Einsatzes an der Front. Stauffenbergs Reaktion zeigt, dass er sich in der Tat »wohl bewußt« war, dass »trotzdem gekämpft werden muß« – um die jeweils bestmögliche, freilich immer unzulängliche Lösung der durch die Haltung und Intentionen der eigenen Führung unendlich komplizierten Probleme.

Denn die Organisationsabteilung fand in Hitlers erneutem Verbot zwei Ansatzpunkte für eine den militärischen Interessen und Notwendigkeiten zugute kommende Obstruktion: In Hitlers Weisung wurde als Stichtag für das Inkrafttreten des Verbotes der 1. August 1942 genannt. Den Armeen wurde deshalb von der Organisationsabteilung der Wink erteilt, in der Zwischenzeit die Aufstellung weiterer neuer Einheiten zu forcieren. Die Anwerbung von »Hiwis« und einzelnen kollaborationswilligen Gefangenen für reguläre deutsche Einheiten wurde nicht ausdrücklich verboten, so dass das OKH und Stauffenberg die Truppe auf die Tatsache hinzuweisen vermochten, dass jede Division im Osten die Erlaubnis besaß, bis zu zehn oder fünfzehn Prozent ihrer Gesamtstärke Einheimische einzustellen[51].

Was Stauffenberg damit unternahm, bedeutete eine Art konspirative Obstruktion und ein »illegales« Unterlaufen. der »legalen« Befehle, die unsinnige Maßnahmen zum Schaden einer sinnvollen deutschen Kriegführung anordneten, die – wie Stauffenberg annehmen musste – einen Sieg noch immer als das wünschenswerte und angestrebte Ziel betrachtete. Der Weg, den der Generalstabsmajor beschritt, war gefährlich. Ob das Ausmaß des mit dieser Methode eventuell erreichten Erfolges das Risiko rechtfertigte, konnte sich erst in der nahen Zukunft erweisen. Für Stauffenberg war jedenfalls zu diesem Zeitpunkt eine Vorbedingung jeder Generalstabsarbeit die schonungslose und nüchterne Erkenntnis der höchst unerfreulichen und bedenklichen deutschen Führungspraxis, deren Medusenhaupt den begeisterungsfähigen und tatfreudigen Offizier die erstarrende Resignation zur gefürchteten Gefahr und die Flucht nach vorn an die Front zur großen Verlockung werden ließ, »wo bedenkenlos der höchste Einsatz gewagt wird, wo ohne Murren das Leben hingegeben wird«.

Stauffenbergs getarnte Obstruktion des Hitlerschen Verbotes vom Juni 1942 war von der Absicht bestimmt, irreversible Verhältnisse in Bezug auf die Freiwilligenverbände zu schaffen. Den Erfolg dieses Versuches bestätigte Hitler noch am 8. Juni 1943: »Es sind natürlich ohne Zweifel solche Verbände, die heute gar nicht ohne weiteres beseitigt werden könnten, weil man sie durch irgend etwas ersetzen müßte[52].« Hitlers Verbot war um so unsinniger, als die Vorausberechnungen der Fehlstellen des Heeres vom Februar für den 1. Juni 1942, die 340 000 Mann angenommen hatten, an diesem Datum noch um 25 000 Mann hinter den effektiv erlittenen Verlusten zurückblieben, Ersatz also nötiger denn je war[53].

Ein wenig optimistisches Bild der Situation Deutschlands zeichnete am 6. Juni ein Bericht des Wehrmachtführungsstabes über die »Wehrkraft der Wehrmacht im Frühjahr 1942«. Überall waren Mangelerscheinungen festzustellen[54]. Die Organisationsabteilung des Generalstabes kam zu ähnlichen Schlüssen. Einen Monat vor dem Beginn der Sommeroffensive bemerkte sie, »daß die Verbände der Heeresgruppe Süd mit Angriffsbeginn in der Masse als ausreichend beweglich bezeichnet werden können, falls nicht durch vorhergehende Operationen wesentliche neue Verluste und Verzögerungen der Auffrischung eintreten. Ebenso wird personell eine ausreichende bis volle Auffüllung zu erreichen sein. Entscheidend für die Führung der Operation ist jedoch, daß die materielle Durchhaltefähigkeit der Verbände nicht mehr auf den Stand des Sommer 41 gebracht werden kann[55].«

Vermochten die Perspektiven für die deutsche materielle Lage zur Führung der Sommeroffensive dem kritischen Beobachter und Eingeweihten, wie es Stauffenberg war, eigentlich keine Siegeszuversicht einzuflößen, so kam eine Warnung in Form einer recht nüchternen Betrachtung der Möglichkeiten des Gegners aus der Abteilung »Fremde Heere Ost« hinzu, die deutlich demonstrierte, dass die deutsche Führung mit ihrem projektierten Marsch nach Stalingrad an die Wolga und hernach gegen den Kaukasus sich auf des Messers Schneide begab. Denn die Abteilung kündete an, dass der Gegner anders als im Vorjahr sich auf die Taktik hinhaltender Kampfführung verlegen, sich mit der Masse seiner Kräfte hinter die Wolga absetzen und damit der Vernichtung entziehen werde. Seine Kampfkraft werde deshalb durch die deutsche Armee nicht so entscheidend geschwächt werden, um seinen Zusammenbruch zu bewirken.

Damit bleibe dem Gegner die Möglichkeit, das deutsche Heer in Winteroperationen 1942/43 »so zu schwächen, dass eine dritte große Sommeroffensive nicht mehr möglich ist«[56].

Die Aufstellung einer deutschen Angriffstruppe für die Sommeroffensive 1942 in einer einigermaßen ausreichenden, längst nicht mehr vollen Kampfstärke war nur deshalb gelungen, weil die anderen Abschnitte vernachlässigt und von Truppen entblößt worden waren. Ein Angriff auf der gesamten Front wie am 22. Juni 1941 lag bereits außerhalb der deutschen Möglichkeiten. Nun war noch vor Beginn der Offensive vorauszusehen, dass die mühevolle Kraftanstrengung nicht den nötigen Erfolg bringen würde. Wie sollte aber dieses Heer im nächsten Winter und im folgenden Jahr noch zum Kampf fähig sein? Die Antwort musste der bevorstehende Feldzug erteilen, in dem das Ziel jeder militärischen Operation – die Niederwerfung des Gegners – bereits unwahrscheinlich erschien.

Am 25. Juni 1942 – drei Tage vor dem Beginn der Sommeroffensive im Osten und während eines stürmischen Vormarsches Rommels, der aber Anfang Juli vor El Alamein fest fuhr[57] – fand beim Generalquartiermeister des Heeres, General d. Art. Eduard Wagner, eine Besprechung statt, die sich mit den Freiwilligenverbänden befasste. Zuvor hatten Stauffenberg und General Matzky, der Oberquartiermeister IV, am 10. Juni mit Halder die Frage »fremder ›Legionen‹« erörtert, mit deren Aufstellung – freilich in andersgearteter Zusammensetzung – sich auch die SS befasste[58]. Unter den Teilnehmern der Besprechung, die von Wagner geleitet wurde, befanden sich Stauffenberg von der Organisationsabteilung, Oberstleutnant i. G. Schmidt von Altenstadt – der Chef der Gruppe Qu 2 des Generalquartiermeisters, in deren Zuständigkeit die Kriegsverwaltung der besetzten und rückwärtigen Gebiete, Kriegsgefangene und Evakuierungsmaßnahmen lagen –, Otto Bräutigam und Gerhard von Mende, der stellvertretende Leiter der Politischen Abteilung und der Leiter der Abteilung 15 des Rosenbergschen Ministeriums. Eine Reihe interner Besprechungen zwischen Schmidt von Altenstadt, Stauffenberg und Bräutigam »zur Frage der Ostfreiwilligen und der Ostpolitik« hatte der Vorbereitung dieser Konferenz gedient.

»Nach einer kurzen Eröffnungsansprache durch General Wagner trug Dr. Bräutigam die politischen Aspekte zu einer Gleichstellung der Ostfreiwilligen mit deutschen Soldaten vor«, die von Mende »durch Hinweise zur nationalen Aufgliederung der Verbände ergänzt wurden. Zweiter Referent war Graf Stauffenberg, der in vorbildlicher Weise die politische Anregung – entsprechend den Vorbesprechungen – aufgriff und aus dem Stegreif einen Erlaß formulierte, der die Gleichstellung der Ostfreiwilligen festlegte. In sehr geschickter Weise drang er darauf, daß die Beteiligten bereits während der Besprechung eventuelle Bedenken anmeldeten oder, wenn solche nicht vorlagen, ihre Zustimmung zu seinem Vorschlag gäben. Er wollte dadurch verhindern, daß die Frage der Ostfreiwilligen durch eine breite Behandlung in verschiedenen Ressorts unnötig verzögert würde[59].«

Eine kritische Einstellung zu Hitlers Besatzungspolitik im Osten und die Förderung von Freiwilligenverbänden bedeuteten keineswegs eo ipso eine kritische Haltung zum Nationalsozialismus und dem »Dritten Reich« – im Falle Rosenbergs und der von seinem Ministerium verfochtenen Nationalitätenkonzeption ist die Differenz zwischen partieller und taktischer Methodenkritik und einer tiefer fundierten Obstruktion einer totalitären Ideologiepolitik besonders manifest. Die Bereitschaft von Mitgliedern des Rosenbergschen Ostministeriums zu einer »realistischeren« Politik war nicht zuletzt durch die Tatsache bestimmt, dass der »Reichsminister für die besetzten Ostgebiete« mit seinem Nationalitätenprogramm gegenüber dem ihm nominell unterstellten »Reichskommissar« der Ukraine, Erich Koch, eine völlige Niederlage zu erleiden im Begriffe war und den letzten Einfluss in seinem Kompetenzbereich zu verlieren Gefahr lief, wiewohl zumindest ein Konkurrent – Ribbentrops Auswärtiges Amt – nach einer ergebnislosen, farcenhaften Emigrantenkonferenz im Frühjahr 1942 aus dem Wettrennen bereits ausgeschieden war[60].

War schon dort eine »Konvenienzehe« zwischen gescheiterten Karrieristen und wirklich überzeugten Gegnern des terroristischen Negativismus und Nihilismus der Himmler, Koch und Bormann – wie etwa Graf Werner von der Schulenburg – geschlossen worden, so bedeutete nun das Zusammengehen der Militärs aus der Militärverwaltung, den Dienststellen des Generalquartiermeisters, der Wehrmachtpropaganda, der Abwehr und der Organisationsabteilung mit Rosenbergs Abgesandten auch nicht mehr als eine Zweckallianz mit konkreten Zielen. Sie hatte nicht die Anerkennung der »Unterscheidungs«-Politik Rosenbergs zum Inhalt. Dessen Apparat war freilich in jenem Moment Kompromissen und Modifikationen zugänglicher, da er um seine Existenz und seinen Einfluss bangen musste. Der geschwächte Verbündete war in diesem Fall der gesuchte Bündnispartner.

Stauffenberg war im selben Maße, in dem er sich über die Mordaktionen der SS erschüttert zeigte, »empört darüber, daß Hitler, wie er meinte, zu blöde war, um in der Frage der russischen Angebote zur Zusammenarbeit gegen die kommunistische Regierung ... das Richtige zu unternehmen«[61]. Mit dieser Einstellung war er nicht allein. Nur war damit noch in keiner Weise die Frage berührt, wieweit die anderen Protagonisten einer Änderung und Neuorientierung der deutschen Besatzungspolitik ihren Methoden und Plänen eine bloß opportunistische taktische Überlegung zugrunde legten und in welchem Maße sie vielleicht willens waren, dieses eine Element ihrer »realistischen« Politik mit einem echten, sich zum terroristischen Totalitarismus konträr verhaltenden humanitär-idealistischen Anliegen eine Verbindung eingehen zu lassen[62]. Strik-Strikfeldt beantwortete einmal die Frage nach den Motiven seiner »realistischen« Politik mit dem Hinweis auf die dreifache Verpflichtung, die aus einem ethischen Gewissen, der politischen Opportunität und dem Willen zur Hilfeleistung für das russische Volk bei dessen Versuch, sich vom Bolschewismus zu befreien, resultiere[63]. Ähnliche Motive bewegten auch andere Offiziere, wie etwa den Abwehrchef Canaris oder den Generalquartiermeister Wagner, der in der »politischen« Kriegführung, die sich die Gewinnung des Vertrauens der Kriegsgefangenen und zur Mitarbeit bereiten sowjetischen Staatsangehörigen zum Ziele setzen sollte, ein Mittel zum militärischen Zweck erblickte[64]. In Anbetracht der Tatsache aber, dass die führenden Militärs, »selbst ein so kompetenter militärischer Führer wie Halder kein Interesse für das politische Potential, das die Bevölkerung im eroberten Gebiet darbot«, zeigten, musste alles, was gegen die offizielle sture Vernichtungspolitik unternommen wurde, getarnt sein. Jene, die einen anderen Kurs verfochten, »trugen persönlich das Risiko«[65]. Nicht verwunderlich ist deshalb eine Bemerkung Stauffenbergs zu Halders Verhalten: »Halder ...? Halder denkt nur militärisch. Unsere Verbündeten sind nicht Halder oder Keitel, sondern leider die militärische Notlage und – Rückschläge, die der Vernunft dienlich sind[66].«

Ebenso wenig wie die Heterogenität der Opposition gegen Hitlers Politik im Osten übersehen werden darf, in der sich nicht nur sehr kluge und anständige, nichtnationalsozialistische Elemente, sondern auch bloße Opportunisten und Hypokriten zusammenfanden, ist das Paradoxon in dem Bestreben jener Wehrmachtgruppe zu vergessen, »die für eine ›Freundschaftspolitik‹ gegenüber den eroberten Ländern eintrat« und deren »Rückgrat« Stauffenberg war. Denn »neben den Offizieren, die auf Grund ihrer besonderen Erfahrung auf den Gebieten der Propaganda, der Abwehr oder der Militärverwaltung dazu übergingen, einen allgemeinen Wandel der Politik zu befürworten, gab es in der Wehrmacht noch eine andere beträchtliche Gruppe«, die gleichsam auf einem Umweg die Änderung in die Wege zu leiten entschlossen war. Ohne »an den politischen Aspekten des Ostfeldzuges wirklich Anteil zu nehmen«, unterstützte sie die Agitation zugunsten einer politisch-psychologischen Kriegführung. »Der Hauptgrund für ihr Interesse war der deutsche Menschenmangel; sie waren von der Notwendigkeit überzeugt, Angehörige der Ostvölker für paramilitärische Zwecke zu verwenden. Nachdem dann einmal solche Verbände militärischer Kollaborateure aufgestellt waren, mußte man auch dafür sorgen, daß deren Moral und Loyalität erhalten blieb[67].«

Aus diesem Grund wandte sich Stauffenberg gegen jede Diskriminierung der Freiwilligen und opponierte so recht drastisch gegen das Projekt, die Kriegsgefangenen durch eine Tätowierung auf das rechte Hinterteil zu markieren. Denn er erklärte einem General, »daß er ihn – werde diese Maßnahme angewandt – bei einem Treffen ›Unter den Linden‹ in Zukunft erst einmal bitten müßte, die Hosen hinunterzulassen«, um den Nachweis zu erhalten, »daß er kein russischer Kriegsgefangener sei«[68]. Auch sein Eintreten für die Möglichkeit der Verleihung des Eisernen Kreuzes an die Freiwilligen, die sich nicht mit der am 14. Juli 1942 eigens von Hitler gestifteten »Tapferkeits- und Verdienstauszeichnung für Angehörige der Ostvölker«[69] begnügen sollten, diente demselben Zweck einer mit militärischer Begründung und militärischen Mitteln bestrittenen »politischen« Kriegführung.

Die Behandlung der »Osttruppen« wurde somit Gradmesser für die deutsche Vertrauenswürdigkeit und zugleich Hebel für eine politische Aktion zur radikalen Umorientierung der deutschen Politik. So war »paradoxerweise ... die Schaffung von Armeeverbänden der vielleicht überzeugendste Schritt auf dem Weg zur politischen Kriegführung«[70]. Nachdem Hitler sein Einverständnis zu einem Erlass über die seit langer Zeit geforderten Vorschriften für die Freiwilligen über Uniform, Dienstgrad, Sold, Auszeichnungen und das Verhältnis zum deutschen Personal gegeben hatte und dieser auch in der Besprechung bei Wagner vom 25. Juni erörtert worden war, sollte im August der von Halder unterschriebene, von der Gruppe II der Organisationsabteilung ausgearbeitete Befehl Nr. 8000/42 über die »landeseigenen Hilfskräfte im Osten« erteilt werden[71].

Am 28. Juni 1942 um 2.15 Uhr begann die deutsche Sommeroffensive am Südabschnitt der Ostfront, für die trotz aller Anstrengung nur annähernd ausreichende Kräfte zur Verfügung standen. Die sowjetische Armee befolgte nun die Technik einer elastischen Verteidigung und entzog sich jeweils der Einkesselung durch rechtzeitigen Rückzug. Vor Ende des ersten Operationsabschnittes befahl Hitler, mit unzureichenden Kräften bereits den zweiten in Angriff zu nehmen. Treibstoffmangel machte sich bemerkbar. Am 10. Juli wurde die Heeresgruppe Süd geteilt. Die Heeresgruppe B übernahm die Führung im nördlichen Abschnitt. Die Heeresgruppe A sollte die Operation gegen Stalingrad führen. Die Idee eines Zangenangriffes auf die Stadt an der Wolga wurde aufgegeben. Kräfte der beiden Heeresgruppen trafen sich in einer großen Einkreisungsoperation nördlich des Donez bereits am 14. Juli noch fast 300 Kilometer westwärts von Stalingrad bei Millerowo. Dem Gegner gelang der Rückzug – ein entscheidender Schlag gegen die Sowjetunion war trotz dem weiten Vormarsch noch nicht gelungen. Am 15. Juli berichtete die Abteilung »Fremde Heere Ost«, dass beim Gegner »ein Ausweichen zunächst hinter

Don-Linie, bei weiterem Vorstoß hinter Wolga-Linie unter Festhalten des Nordkaukasusgebietes, des Brückenkopfes Stalingrad« wahrscheinlich sei. Diese Absicht versprach der deutschen Seite keine günstigen Perspektiven. Hitler griff unentwegt in die Führung ein[72].

Vom Mauerwald aus verfolgte Stauffenberg im Sommer den Fortgang der Offensive. »Wir saßen in der Sonne vor der Baracke in der geheiligten Mittagspause, dösend, rauchend, hier und da ein frotzelndes oder witzelndes Wort im vom Claus so geliebten ›rauhen, aber herzlichen‹ Ton«, berichtet Baron Thüngen. »Ein Auto fährt vor, ihm entsteigt ein ›Kommandierender‹ der Front – ›hallo Stauffenberg!‹ Ein federnder Sprung aus dem tiefen Schlafsessel – hellwach, höflich und doch kameradschaftlich steht Claus vor dem ungewöhnlich klug und gut aussehenden General ... Merkwürdig – in diesem Augenblick waren die beiden mit einem Schlage der Mittelpunkt des Kreises, und – wie mir später andere bestätigten – wir alle hatten das Gefühl, sie haben Außergewöhnliches miteinander zu reden. Die natürliche, sozusagen angeborene gesellschaftliche Gewandtheit, die natürliche unvergleichliche Grazie militärischen Taktes des Jüngeren dem Älteren gegenüber und doch die Freiheit und Ungehemmtheit des Verkehrs zwischen Gleichwertigen waren das Äußere von Claus' großer Persönlichkeit, die sich bei Vorgesetzten und Untergebenen Achtung, Anerkennung und Vertrauen ohne Zwang erwarb. Dieses Äußere war Ausfluß seines ganzen Charakters, für das, was bei andern zum Äußern gehört – Kleidung –, hatte er in dem gewaltigen Geschehen, das ihn ins Innerste bewegte, kein Verständnis[73].«

Am 16. Juli 1942 dislozierten Hitler und das Hauptquartier des OKH von Ostpreußen nach dem ukrainischen Winniza. Die Abteilungen des OKH und mit ihnen Stauffenberg nahmen Quartier in der Stadt und sollten dort bis zum 1. November bleiben, Hitler und die Feldstaffel des Wehrmachtführungsstabes kamen mit ihrem Sperrkreissystem »in einem kleinen, dreieckigen Wäldchen 15 km nordnordöstlich von Winniza« in Blockhäusern und transportablen Baracken unter. Das »Führerhauptquartier« in Podolien erhielt den Decknamen »Werwolf«[74].

Über dem neuen Standort Stauffenbergs lastete eine »brütende Hitze ... bei sommerlich wolkenlosem Himmel«, an dem nun freilich für Deutschland bedrohliche Sturmzeichen aufzogen[75]. Ende Mai war mit den britischen Attacken gegen Köln der gegen das deutsche Hinterland geführte Luftkrieg in ein Stadium getreten, in dem die gegnerische Superiorität bereits zu den schwersten Befürchtungen Anlass gab. Pläne zur Eroberung der Insel Malta, die den Nachschub für die vor El Alamein festgefahrene Armee Rommels bedrohte, mussten aufgegeben werden. In der Seekriegführung und ihren Geleitzugschlachten schienen die deutschen Unterseeboote einen Erfolg an den andern zu reihen, während der Kampf der Überwasserstreitkräfte durch eine Kette von deutschen Rückzügen und Rückschlägen gekennzeichnet war[76].

Im Sommer 1942 hatte Stauffenberg allen Grund, seinen Optimismus des vorigen Winters zu korrigieren. Unsinnige Entscheide des »größten Feldherrn aller Zeiten« wie das Verbot der Zusammenlegung angeschlagener Divisionen oder der weiteren Aufstellung der wegen der bedrohlichen Nachschub- und Ersatzlage nötigen russischen Freiwilligenverbände hatten die militärische und organisatorische Inkompetenz des nationalsozialistischen Diktators erwiesen, der als »Oberster Gerichtsherr« in seiner Reichstagsrede im April den kriminellen Charakter seines Regimes legalisierte. Das Andauern des Führungschaos und der aufgezwungene beständige Konkurrenzkampf des Heeres mit der von Hitler bevorzugten SS und der Luftwaffe versprachen ebenso wenig wie die terroristische Besatzungspolitik im Osten größere Aussichten auf einen deutschen Sieg.

Trotzdem scheint Stauffenberg noch immer an die Möglichkeit eines deutschen Sieges über die Sowjetunion geglaubt zu haben – jedenfalls unter der Voraussetzung, dass alle, auch jene Offiziere im Hauptquartier, die er im Brief an Paulus kritisiert hatte, sich unter letzter Anspannung der Kräfte dafür einsetzen würden. Deshalb fiel dem damaligen Ordonnanzoffizier des Generals Matzky, Baron Richard von Weizsäcker, der Unterschied zwischen Stauffenbergs »kraftvoller« Haltung und jener vieler Generalstabsoffiziere auf. Stauffenberg äußerte sich gegenüber dem ihm allerdings kaum bekannten Reserveoffizier Weizsäcker zu Beginn des deutschen Vormarsches im Südabschnitt der Ostfront noch in sehr optimistischer Weise über den Gang der Dinge und ließ nichts von dem generalstabsüblichen kritisierenden Skeptizismus spüren. Weizsäcker gewann angesichts dieses ihm selbst recht erstaunlich vorkommenden Optimismus den Eindruck, dass Stauffenberg wohl auch an der Berechtigung des deutschen Sieges nicht zweifelte, was durchaus sehr wahrscheinlich ist, da er ja schon nach der »Sondierung« Moltkes klargemacht hatte, dass er das nationalsozialistische Regime nicht mit Deutschland identifizierte und nach dem Kriege der »braunen Pest« gegenüberzutreten gewillt war[77].

Die geringe Effektivität einer Opposition aus dem Amte heraus im totalitären System musste er eben erst einmal kennen lernen. Ob er sich wohl jenes in sarkastischer Kritik gewisser strategischer Betrachtungsweisen inszenierten Planspieles im Frühjahr 1939 entsann, in dessen Verlauf er mit Kameraden einen Panzerkeil bis zum Ural vortreiben wollte, dem aber in der Ukraine der Treibstoff ausging und dem durch eine eiligst gelegte Pipeline von Baku her wieder Benzin zugeführt wurde[78]? Die waghalsige Strategie Hitlers hätte nun auch solcher Wundermittel bedurft. Sie unterschied sich kaum mehr von dem damaligen Objekt Stauffenbergscher Kritik.

Von der Kooperation zur Konspiration – Bis zur Katastrophe von Stalingrad 1942/43

Hitler gebärdete sich während einer Besprechung mit Halder am 23. Juli 1942 in einer Weise, welche die Zusammenarbeit in der deutschen Führung zerstören musste. Denn in seiner Weisung von diesem Tag für die Fortsetzung der Operation am Südflügel befahl er in der völlig irrigen Annahme, die Rote Armee sei bereits entscheidend geschlagen und es bestehe ein Zwang zur Eile, die definitive Zusammenziehung der dritten und vierten Phase der Sommeroffensive. Dies bedeutete einen die Kräfte des deutschen Feldheeres weit übersteigenden simultanen Vorstoß auf Stalingrad und den Kaukasus. Hitlers »Tobsuchtsanfall mit schwersten Vorwürfen gegen die Führung« unterstrich noch akustisch Halders Beobachtung: »Die immer schon vorhandene Unterschätzung der feindlichen Möglichkeiten nimmt allmählich groteske Formen an und wird gefährlich. Es wird immer unerträglicher. Von ernster Arbeit kann nicht mehr die Rede sein. Krankhaftes Reagieren auf Augenblickseindrücke und völliger Mangel in der Beurteilung des Führungsapparates und seiner Möglichkeiten geben dieser sog. ›Führung‹ das Gepräge« – einer Führung, deren Exzentrizität ihre getreueste Nachbildung in der exzentrischen Fortführung der Operation fand, die das Verhängnis provozieren musste[1].

Gemäß Hitlers Weisung sollte die Heeresgruppe A auf Batum am Schwarzen Meer vorgehen sowie das Ölgebiet bei Maikop-Grosny nehmen und die Linie Tiflis-Baku gewinnen. Unter der Leitung der Heeresgruppe B war es die Aufgabe der 6. Armee, Stalingrad zu erobern und darauf die Don-Linie zu verteidigen. Als ob ein Überfluss an Kräften für diese wahnwitzigen Pläne bestanden hätte, ließ Hitler Mansteins 11. Armee, die ihre Aufgabe auf der Krim gelöst hatte, nach Norden zur Einnahme Leningrads abtransportieren[2]. Der Vormarsch der Heeresgruppe A gegen den Kaukasus machte zwar Fortschritte, und es schien unwahrscheinlich, dass sich der Gegner noch vor dem Gebirge zur Schlacht stellen würde, doch herrschte auf deutscher Seite empfindlicher »Mangel an Fahrzeugen und Mangel an Betriebsstoff«. Auch die 6. Armee der Heeresgruppe B stand unentwegt im Banne der Betriebsstoffkrise, die die Beweglichkeit und Schlagkraft lähmte und am 1. August den Chef des Generalstabes zur Bemerkung veranlaßte: »Eigene Angriffe infolge Betriebsstoff- und Munitionsmangel nicht möglich[3].« Drei Tage zuvor – am 29. Juli 1942 – hatte Hitler eine »große Aufregung« inszeniert, »weil 6. Armee keine Brennstoffzufuhr« erhielt. »Unerträgliche Schimpferei über fremde Fehler, die nur Ausführung der von ihm selbst gegebenen Befehle sind« – notierte Halder lakonisch. Die Zornesausbrüche seines »Obersten Kriegsherrn«, den er noch vor einem halben Jahr zu beeinflussen und zu domestizieren gehofft hatte, sollte er noch über einen Monat als eine Art Ritual erleben dürfen[4].

Unter ständigen Eingriffen Hitlers in die Operationsführung näherte sich die Heeresgruppe A im August dem westlichen Kaukasus. In dem besetzten Erdölgebiet gelang es nicht, nennenswerte Mengen Öl zu erbeuten, geschweige denn eine Förderung in Gang zu bringen. Im Vergleich zu der Einmischung bei der Heeresgruppe A – deren Führung er am 9. September sogar selbst übernehmen sollte – hielt sich Hitler bei den Operationen der Heeresgruppe B gegen Stalingrad noch zurück. Am 7. August trat die 6. Armee nach einer taktischen Krise in diesem Abschnitt der Offensive zum Angriff gegen die sowjetische Front – noch etwas mehr als 60 Kilometer westlich Stalingrad – an und machte in einer bis zum 11. August dauernden Kesselschlacht 57 000 Gefangene. Der gegnerische Widerstand versprach nichts Gutes[5].

Mitte August konnte der von Stauffenbergs Gruppe II der Organisationsabteilung ausgearbeitete Befehl über die »landeseigenen Hilfskräfte im Osten« erteilt werden, der anfangs September durch eine Verfügung über »turkische Einheiten im rückwärtigen Gebiet« ergänzt wurde und eine Einteilung dieser Kräfte in vier Gruppen vorsah: Neben Turk- und Kosakeneinheiten, die zum Kampfeinsatz zugelassen waren, gab es die »landeseigenen Sicherungsverbände« für die rückwärtigen Gebiete und den Einsatz gegen Partisanen, den landeseigenen Ordnungsdienst als Exekutivorgan lokaler deutscher Militärstellen und die »Hilfswillige« genannten Einheimischen und entlassenen Kriegsgefangenen, deren Heranziehung als Freiwillige zu technischen Diensten bei der deutschen Truppe offiziell sanktioniert wurde[6].

Mit dieser Verfügung schien den »Realisten« der deutschen Besatzungspolitik ein erster Schritt zu einer »anderen« Politik getan. Stauffenberg »spielte einzelnen Offizieren Einsätze zu und veranlaßte Einheiten in geschicktester Weise, Schlüsselstellungen mit den ... besten Leuten zu besetzen«. Der kritische Punkt mochte in bezug auf die Freiwilligenverbände sogar überwunden sein, als Hitler am 18. August in seinen »Richtlinien für die verstärkte Bekämpfung des Bandenunwesens im Osten« die »landeseigenen Verbände« wenigstens erwähnte und erklärte: »Die in der Bandenbekämpfung besonders bewährten landeseigenen Verbände können, soweit unbedingt zuverlässige und einsatzfreudige Mannschaften auf freiwilliger Grundlage zur Verfügung stehen, weiter aufrechterhalten und ausgebaut werden. Ihre Heranziehung zum Kampf an der Front und die Verwendung von Emigranten oder Führern der ehemaligen Intelligenz bleiben verboten ... Deutsche Rang- und Hoheitsabzeichen sowie Schulterstücke der Wehrmacht sind verboten. Die Versorgung der Angehörigen ist zu regeln. Die Höhe der Abfindung und Versorgung soll dem bewiesenen Einsatz entsprechen. Bevorzugte Landzuteilung ist im Rahmen der gegebenen Anweisungen und Möglichkeiten großzügig zu handhaben.«

Waren diese Anordnungen schon zur Dämpfung eines allzu großen Optimismus geeignet und zeigten deutlich, dass der Kampf um die gerechte Behandlung der Freiwilligen weitergehen musste, so unterstrich dies zusätzlich jener Passus der Weisung, der verfügte, dass Himmler »die zentrale Stelle für die Sammlung und Auswertung aller Erfahrungen auf dem Gebiete der Bandenbekämpfung« sei, in seiner ausschließlichen Verantwortung »die Bandenbekämpfung in den Reichskommissariaten« – in denen ein Koch das eigentliche Bandenunwesen trieb – liege und das Heer nur für das äußerst schmale Operationsgebiet hinter der Front zuständig sei[7].

Im Juli 1942 wurde der in den Kämpfen an der Wolchow-Front gefangengenommene sowjetische General Andrej Andrejewitsch Wlassow nach Winniza übergeführt. Mit seinem Auftauchen hob eine neue, zweite Periode der russischen »Kollaboration« an. Zunächst wurde Wlassow vom Leiter der Kriegsgefangenenvernehmung der Abteilung Gehlen – einem Balten und Gegner der amtlichen Ostpolitik – vernommen. Dies geschah in einem Vernehmungslager, das Stauffenberg ohne Wissen der obersten Führung genehmigt hatte. Der Zwang zur Tarnung schuf allmählich eine gewisse Routine, und so erteilte Stauffenberg später ebenfalls auf eigene Verantwortung seine Zustimmung zu einer der propagandistischen Ausbildung russischer Offiziere und Soldaten dienenden Indoktrinierungsanstalt unter dem Kommando Strik-Strikfeldts in Dabendorf, die im Laufe der Zeit die wichtigste Operationsbasis Wlassows werden sollte, der in Winniza am 7. August von Gustav Hilger – Botschaftsrat z. B. V. im Auswärtigen Amt – verhört wurde[8].

Wlassow beurteilte anders als Hitler die Lage richtig, wenn er sich weigerte zuzugeben, »daß die Rote Armee geschlagen ist und die Sowjetregierung infolge des Verlustes der wichtigsten industriellen und landwirtschaftlichen Gebiete keinen langen Widerstand mehr leisten kann«. Er gab seiner Überzeugung Ausdruck, dass ein deutscher Sieg nur möglich sein werde, wenn die kriegsgefangenen Soldaten der Roten Armee auf deutscher Seite eingesetzt würden. Überdies müsse klargestellt werden, dass Deutschlands Kriegsziel nicht darin bestehe, ihr Land zu einer Kolonie zu degradieren und sie selbst in Arbeitssklaven zu verwandeln.

Hitler war von diesen strategisch-politischen Gedanken ebenso weit entfernt wie von der Erkenntnis, dass »günstige Erfahrungen mit dem von den Offizieren angestrebten Einsatz russischer Formationen im Kampf gegen die Bolschewisten bereits« vorlagen[9]. Denn der Fronteinsatz war ja weiterhin nur Turk- und Kosakeneinheiten erlaubt.

An den Aufbau dieser Einheiten ging nun Stauffenberg tatkräftig heran, während es um Wlassow zuerst einmal still wurde, da Hitler keinen Gebrauch von der ihm sich darbietenden günstigen Gelegenheit zu machen gewillt war und der russische General in Gefangenschaft belassen wurde. Doch die prekäre Lage an der Front und die Führungspraxis Hitlers überschatteten alle Maßnahmen für eine sinnvolle Kriegsstrategie.

Am 19. August konnte Paulus endlich den Befehl zum Angriff auf Stalingrad geben. Am Abend des 23. August erreichten die ersten deutschen Einheiten die Wolga am Nordrand der Stadt. Die von Südwesten sich vorkämpfende 4. Panzer-Armee sollte das Gebiet des riesigen Industrie-Komplexes an der Wolga erst am 4. September erreichen. Der Befehl zum Kampf gegen das Stadtgebiet konnte dann allerdings erst Mitte September erteilt werden[10].

Die Offensivoperationen der deutschen Armeen bewirkten eine ebenso konstante wie enorme Ausdehnung der Front. Sogar Hitler war am 16. August – allerdings nur momentan – »in Sorge, daß Stalin den russischen ›Standard-Angriff‹ von 1920 wiederholen könnte, nämlich einen Angriff über den Don etwa bei und oberhalb Serafimowitsch in der Stoßrichtung auf Rostow, wie ihn die Bolschewiken im Jahre 1920 gegen die weißrussische Armee des Generals Wrangel unternommen und mit größtem Erfolg durchgeführt haben«. Dass er aus den Zarizyn-Reminiszenzen und dieser Erkenntnis, die ihn noch zweimal beschäftigten, nicht in ausreichendem Maße die notwendigen Konsequenzen zog[11], beleuchtet seine »Feldherrnkunst« ebenso eindrücklich wie seine dilettierende Neigung, sich als oberster »Beweger von Divisionen« aufzuführen, den Einsatz von drei Tiger-Panzern zu überwachen und allmählich auch mit Bataillonen und Kompanien in Zinnsoldatenmanier zu manipulieren. Ein Befehl des Chefs des Generalstabes »über Unterrichtung des Führers über Einzelheiten« vom 31. Oktober 1942 sollte die Basis für dieses widersinnige Gebaren liefern, das in sträflicher Weise jedem klassischen strategischen Denken und jeder Ratio zuwiderlief[12].

Die Spannungen und Konflikte zwischen Hitler und seinem Chef des Generalstabes wurden um so schwerer, »als das ›Momentum‹ der Offensive ab Mitte August aus Mangel an Kräften und Bewegungsmitteln sichtlich zu erlahmen begann« und der Treibstoffmangel sich immer fühlbarer bemerkbar machte, der »Oberste Befehlshaber der Wehrmacht« jedoch, »statt sich in die gegebenen Grenzen zu fügen, nun erst recht nach allen Seiten zugleich drängte«. Dabei hatte die Abteilung »Fremde Heere Ost« am 15. August eine Zusammenstellung der sowjetischen Kräfte angefertigt, aus der hervorging, dass die Sowjetunion noch immer über ein gewaltiges Potential verfügte. Zu einer Explosion gab am 24. August Hitler die bedrängte Lage der im Abschnitt Rshew im Verband der Heeresgruppe Mitte kämpfenden 9. Armee Anlass. Der Forderung Halders nach einer kräftesparenden und notwendigen Zurücknahme der deutschen Front begegnete der strategische Illusionist und Dilettant mit einer Tirade von persönlichen Verunglimpfungen Halders, dessen Entgegnung wiederum zu einem Zusammenstoß am grünen Tisch führte[13].

Ähnliche Explosionen und Vorwürfe häuften sich. Am 30. August notierte Halder lakonisch: »Die Besprechungen beim Führer waren heute wieder getragen von schweren Vorwürfen gegen die militärische Führung der obersten Heeresstellen. Geistiger Hochmut, Unbelehrbarkeit und Unfähigkeit, das Wesentliche zu erkennen, werden vorgeworfen.« Noch am selben Tag besprach sich Halder über »organisatorische Fragen und Rüstungsfragen« mit Oberstleutnant Mueller-Hillebrand, dem Chef der Organisationsabteilung[14].

Mueller-Hillebrand gegenüber brach Stauffenberg in diesem Monat August auf einem Morgenritt über die weiten Felder in der Umgebung Winnizas, während dem ein Hitlerscher Wutausbruch mit all seinen Verbalinjurien gegen die Generalität zur Sprache kam, »in die ihm sonst gar nicht in dieser Form liegenden Worte aus: ›Findet sich denn da drüben im Führerhauptquartier kein Offizier, der das Schwein mit der Pistole umlegt?‹[15]«

Diese Frage bezeichnet genügend deutlich Stauffenbergs Urteil über den dilettierenden und kriminellen Strategen, der aus der unsinnig geführten Simultanoperation gegen Stalingrad und Kaukasus ein unermessliches Verbrechen werden ließ, dem er geradezu beiläufig noch ein solches an der sowjetischen Zivilbevölkerung Stalingrads beizufügen trachtete, wenn er am 2. September befahl, »daß beim Eindringen in die Stadt die gesamte männliche Bevölkerung beseitigt werden soll, da Stalingrad mit seiner eine Million zählenden, durchweg kommunistischen Einwohnerschaft besonders gefährlich sei«.

Stauffenberg mochte vielleicht zuvor noch wie viele seiner Kameraden zeitweise der Meinung gewesen sein, dass der Einfluss einer verhängnisvollen Kamarilla um Hitler zunächst einmal beseitigt werden müsse. Dabei konnte er hoffen, dass durch einzelne Korrekturen – wie die Schaffung eines eigenen verantwortlichen Oberbefehlshabers an der

Ostfront oder die Abdankung Hitlers als militärischer Führer – im Kriege eine effektive Führung mit sinnvoller militärischer Strategie und Taktik zu erreichen sei. Dem verbrecherischen Charakter des nationalsozialistischen Staates sollte dann – wie er vor einem halben Jahr dem Grafen Moltke hatte sagen lassen – erst nach dem Ende des Krieges entgegengetreten werden[16].

Nun war seine Position klar und eindeutig, auch wenn der Ausspruch auf dem Morgenritt noch lange nicht einen definitiven Entschluss zur eigenen Tat markierte. Freilich besagte er mehr als die lakonische Antwort »Töten« auf die Frage nach einer Änderung der Politik Hitlers im Winter 1941/42. Denn gerade im August 1942 hätte sich Stauffenberg relativ leicht der Illusion hingeben können, dass mit der partiellen Überwindung der zähen Aversion Hitlers gegen die Freiwilligenverbände der Versuch eines weiteren Unterlaufens der offiziellen Verbotsbefehle – d.h. einer Fortsetzung der dem deutschen Sieg dienenden konspirativen Kooperation – Aussicht auf Erfolg haben und damit dem deutschen Feldzug gegen die Sowjetunion sich günstigere Perspektiven eröffnen würden.

Sein Ausspruch zeigt, dass er dies nicht tat, sondern vielmehr dank der verhängnisvollen, angesichts der personellen Lage des Heeres und der deutschen Rüstungskapazität doppelt widersinnigen militärischen Führung des Krieges durch Hitler die letzte Hürde zu nehmen vermochte, die seine teilweise latent-passive, zum Teil aber auch bereits sehr resolute Gegnerschaft noch von einer aktiven Opposition getrennt hatte. Den Beweis, dass er zur militärischen Führung des Krieges unfähig sei, lieferte Hitler überdeutlich spätestens in diesen Sommerwochen des Jahres 1942. Damit kurierte er auch Halder und Stauffenberg, die noch ein halbes Jahr zuvor an seine militärische Beeinflussbarkeit geglaubt hatten, von dem letzten Rest ihrer optimistischen Illusionen.

Die militärische Argumentation, die noch im Winter zuvor Stauffenberg an der Durchsetzung der richtigen politischen Erkenntnis und ethischen Auffassung gegen das Regime Hitlers gehindert hatte und ihn als Bedingung für den Sturz des nationalsozialistischen Diktators den erfolgreichen Abschluss des Krieges im Osten aufstellen ließ, vermochte nun dem »Obersten Kriegsherrn« in keiner Weise mehr einen Kredit zu geben, sondern musste sich jetzt aus einem ureigenen Interesse gegen ihn wenden. Die äußere Bedrohung – wie im Winter 1939/40 oder im Winter 1941/42 – war nun für Stauffenberg kein Hindernis mehr, wenn er die richtige Konsequenz zu ziehen sich anschickte. Denn mit ihr hatte sich in der Gestalt Hitlers eine ebenso große Bedrohung im eigenen Lande in einer unfreiwillig-makabren Allianz verbunden. In dem Moment, in dem Stauffenberg dies auf seinem eigenen militärischen Gebiet definitiv klar erkennbar war, trat ein ungeheures, von dem militärisch-nationalen

Interesse bestimmtes Potential oppositioneller Energie zu der bereits akkumulierten scharfen politischen und ethischen Kritik, die er immer dann – wie etwa im Winter 1938/39 nach der »Kristallnacht« und dem Sudeteneinmarsch sowie im Sommer 1940 nach dem Sieg über Frankreich – deutlich formuliert hatte, wenn die äußere Bedrohung weniger gravierend war oder schien.

Die am »Vorbild« Gneisenau orientierte politische Idee einer »deutschen Erhebung« war nun in den Augen Stauffenbergs in vierfacher Weise bedroht: In ihrer außenpolitischen Komponente sowohl durch die Kriegsgegner Deutschlands als auch – dies als für Stauffenberg in ihrer Klarheit neue Erkenntnis – durch den inneren Gegner Hitler, in ihrer innenpolitischen Komponente wie bisher durch die Kriegsgegner und die nationalsozialistische Terrorherrschaft zugleich. Es ist unwahrscheinlich, dass diese Erkenntnis sich bei Stauffenberg auf einen Schlag äußerte. Der Ausspruch im August war wohl eher ein bedeutsames Anzeichen für einen längeren Denkprozess, dessen wichtigste Etappen bereits durchschritten, aber in reiflicher Überlegung ständig zu überprüfen waren. Doch noch vor der Verlegung des Hauptquartiers von Winniza nach Rastenburg am 1. November 1942 sollte er im Herbst »im kleinen Kreise von Offizieren, die mit ›Widerstand‹ gar nichts zu tun hatten«, auf die Anregung, dem »Führer« müsse doch endlich einmal die »Wahrheit« gesagt werden, in spontaner, aber angesichts des Publikums wohl durchaus reflektierter Weise erklären: »Es kommt nicht darauf an, ihm die Wahrheit zu sagen, sondern es kommt darauf an, ihn umzubringen, und ich bin dazu bereit[17].«

Konsequenz des vernichtenden Urteils über Hitlers militärische Führung musste jedenfalls die allmähliche Erkenntnis sein, dass der konspirativen Kooperation, die eine sinnvollere Gestaltung der deutschen Politik und Kriegführung im Osten anstrebte und deren Ansatzpunkt die Freiwilligenverbände waren, ein schwerer Fehler so lange unterlief, als sie nicht die Unmöglichkeit des Unterfangens erkannte, für den deutschen Sieg und gleichzeitig unter Hitlers verhängnisvollem Kommando zu arbeiten. Die im Interesse des Sieges geleistete Kooperation blieb sinnlos, wenn der »Oberste Befehlshaber der Wehrmacht« und seine Führung eine kaum zu überbietende Sabotage an diesem Sieg verübten und auch konstant die Möglichkeit besaßen, in möglichst effektiv und der Situation entsprechend dann auch konspirativ geführte Bereiche der deutschen Kriegsmaschine zu intervenieren und Landesverrat im wahrsten Sinne des Wortes zu treiben. Die Kooperation – auch wenn sie konspirativ geleistet wurde – blieb in eben dem Maße sinnlos, in dem sie aus falscher Rücksicht auf die militärische Lage durch Tolerierung des verbrecherischen Charakters des totalitären Staates sich ohne irgendwelchen Nutzen für das eigene Land mit dem Regime identifizierte. Der Zweck der Kooperation – der Sieg oder die Erhaltung des eigenen Landes – konnte nur erreicht werden, wenn die konspirative Kooperation – oder verschwörerische Arbeit für den eigenen Sieg ohne Hitlers Wissen und gegen seine Absichten – in eine aktive Konspiration zum Sturze Hitlers verwandelt wurde.

Im August deutete Stauffenberg bereits an, welche Möglichkeiten und Pflichten er in dem totalitären System des Nationalsozialismus mit einem Amt verbunden sah: »Widerstand« aus dem Amte in Form der direkten Methode eines Staatsstreiches. Diese Erkenntnis war ebenso plausibel wie selten. Die weiteren Geschehnisse dieses Jahres sollten Stauffenberg auf dem eingeschlagenen Weg Recht geben und ihm in immer drastischerer Weise vor Augen führen, wie unmöglich eine konspirative Kooperation war, die er zunächst weiter fortsetzte.

Am 8. August berichtete General Köstring dem Chef des Generalstabes über seine »Eindrücke aus den Turk. Lagern« und »Erfahrungen aus Kaukasus«[18]. Stauffenberg hatte Köstring zuvor durch Hans-Heinrich Herwarth von Bittenfeld kennen gelernt, der mit dem General von seiner diplomatischen Tätigkeit in Moskau bekannt war. Aus dem Wunsch heraus, »an die Spitze der Freiwilligenbewegung eine starke Persönlichkeit zu stellen, die sowohl bei den Deutschen als auch bei den Freiwilligen als Autorität anerkannt werden würde«, trachtete er »diesen Mann für die Aufgabe des Organisators der Freiwilligen zu gewinnen« – ein schwieriges Unterfangen, da Köstring »keinen Teil an dem haben wollte, was er selbst für ein Verbrechen hielt«. Dem Charme und der Überzeugungskraft des jungen Generalstabsoffiziers, dessen Genie der wesentlich ältere General erkannte, gelang es dennoch, Köstring »von der Notwendigkeit des Handelns« und der Mitarbeit zu überzeugen. »Welch wunderbare Persönlichkeit!« – der Kommentar Stauffenbergs zu Köstrings Erscheinung zeigte deutlich, dass er den gesuchten Mann gefunden hatte[19].

In der zweiten Hälfte des Monates August konnte das Kriegstagebuch der Organisationsabteilung vermerken: »Die Autorität des Generals Köstring erleichtert es wesentlich, an den verschiedenen Stellen (Chef H Rüst und BdE, OKW/WPr., Gen.Qu. usw.) das richtige Verständnis zu wecken und die praktische Mithilfe zu erlangen. Org.Abt. schlägt vor, den General Köstring als Beauftragten des OKH in den Bereich der Heeresgruppe A zu entsenden, wobei der Gedanke erwogen wird, daß er späterhin als militärischer Befehlshaber im Kaukasus oder in ähnlicher Stellung verwendet werden könnte. Chef OKW stimmt nach Billigung durch den Führer dem Einsatz als Sonderbeauftragter des OKH zu[20].« Eine nicht unerhebliche Rolle bei der Ernennung Köstrings zum »Beauftragten General für Kaukasusfragen beim Oberkommando der Heeresgruppe A« am 15. August 1942 spielte die Tatsache, dass Hitler im Kaukasus vorwiegend praktische, durch das Erdöl bestimmte, nicht ideologische Erwägungen anstellte und das ganze Gebiet als von »Ariern« bewohnt betrachtete. Stauffenbergs ursprüngliche Absicht, den General »von Anfang an mit der Gesamtorganisation der Freiwilligen zu betrauen«, scheiterte am Widerstand der Umgebung Hitlers und des Diktators selbst. Mit seinem Adjutanten – Oberleutnant d. R. v. Herwarth – musste sich Köstring auf die relativ beschränkte Aufgabe bei der Heeresgruppe A konzentrieren[21].

Hitlers eher pragmatisches denn ideologisches Interesse am Kaukasus verhinderte nicht, dass bereits Pläne zur Umwandlung dieses Gebietes in ein »Reichskommissariat« bestanden. Um nicht nochmals der Inthronisation eines Satrapen mit all ihren orientalischen Konsequenzen tatenlos zuschauen zu müssen, beabsichtigten Stauffenberg und Gleichgesinnte, Köstring zum Generalgouverneur eines militärisch besetzten, nicht an die brutale Zivilverwaltung abgetretenen Kaukasus zu ernennen. Während der militärischen Operationen hofften die »realistischen« Militärs im OKH jeden Übernahmeversuch des Ostministeriums abwehren zu können. Bei diesem Unternehmen gingen sie nicht isoliert vor, sondern benutzten ihre pragmatische Allianz mit »Oppositionellen« zur konspirativen Kooperation im Kaukasus[22].

Bräutigam – ehemals Generalkonsul in Batum – wurde zum Bevollmächtigten des Ostministeriums bei der Heeresgruppe A ernannt, war also in einer ähnlichen Funktion wie Köstring, aber im Auftrag Rosenbergs bei den auf den Kaukasus vorstoßenden deutschen Truppen. Hitler zeigte sich in der Frage der Behandlung des neueroberten Gebietes unentschieden. Rücksicht auf Interessen der nahen Türkei, Misstrauen gegen Diplomaten und Experten und die Tatsache, dass keine deutschen Siedlungs- und Kolonialisierungspläne für dieses Gebiet existierten, förderten die Chancen einer Übertragung der Verantwortung an das Heer. Der ex officio für die Militärverwaltung verantwortliche Generalquartiermeister Wagner machte sich die Haltung Hitlers zunutze. Auf sein Drängen hin erließ Hitler am 8. September eine Weisung zur Förderung einheimischer Marionettenregierungen. Die Verantwortung erhielt der Oberbefehlshaber der Heeresgruppe A unter dem Vorbehalt der Koordinierung mit Göring und Rosenberg.

Am 13. September konferierten Stauffenberg, Schmidt von Altenstadt und Bräutigam. Sie erarbeiteten ein detailliertes Programm für die Verwaltung dieser Gebiete, in dem ausnahmsweise die in den anderen Besatzungsgebieten unbekannten »Begriffe wie Freiheit, Unabhängigkeit und Zusammenarbeit zu verwenden« waren und in dem festgelegt wurde, dass auf Zwangsrekrutierung von Arbeitern verzichtet werde und die deutschen Truppen Anweisung erhielten, »die Kaukasusvölker als Freunde zu behandeln ..., den Bergvölkern bei ihrem Bestreben, das Kolchossystem zu beseitigen, keine Hindernisse in den Weg zu legen, die Wiedereröffnung von Kultstätten aller Bekenntnisse zu gestatten, das Privateigentum zu respektieren und für Requirierungen zu bezahlen, das Vertrauen des Volkes durch musterhaftes Betragen zu gewinnen, jede die Bevölkerung berührende strenge Maßnahme zu begründen und vor allem die Ehre der Frauen des Kaukasus zu achten«[23].

Den deutlichsten Erfolg zeitigten die von Stauffenberg und den anderen »Realisten« durchgesetzten politischen Maßnahmen im Gebiet der kleinen Bergvölker: »Im Kaukasus gab es keine Partisanen, die nordkaukasischen Völkerschaften kämpften begeistert auf deutscher Seite[24].« Zu dieser Begeisterung trug auch wesentlich bei, dass auf Grund des Erlasses der sogenannten »neuen Agrarordnung« vom Februar 1942, der den Befehl aus dem Jahre 1941 zur Beibehaltung des Kolchossystems abgelöst hatte, »im Frühjahr 1942 in den besetzten Gebieten außerhalb der Ukraine ... eine allgemeine und vollständige Auflösung der Kolchose und ein Übergang zur reinen Individualwirtschaft nach altem Stil« in Angriff genommen wurde. Dem Drängen Wagners auf definitive, nicht regional begrenzte Annullierung des Kolchosprinzips gab Hitler freilich nicht nach.

Protagonist der »neuen Agrarordnung«, die wie die Heranziehung von Freiwilligenverbänden dem Bemühen um eine »realistische« Politik mit ökonomischen Mitteln ihre Existenz verdankte, war Otto Schiller, Experte für sowjetische Agrarwirtschaft, der nun die Leitung der Agrarreform im Kaukasus erhielt. Trotz dieser Vorzugsbehandlung war der Kaukasus keineswegs ein Idyll. Die kurze Dauer der Besetzung mochte freilich diesen Anschein erweckt haben, der um so leichter zu verstehen ist, als ein Vergleich mit der in der Satrapie Kochs geübten Terrorherrschaft tatsächlich die ephemere Kaukasusokkupation in ein beinahe strahlendes Licht zu rücken vermag[25].

Die Terrorpolitik nahm kein Ende und relativierte so konstant den partiell günstigen Effekt einzelner Maßnahmen. Stauffenberg erkannte diesen Zusammenhang sehr genau und äußerte offen seine Ansicht, »daß der Krieg in Rußland, wenn überhaupt, nur dann zu gewinnen sei, wenn von der nationalsozialistischen Auffassung abgegangen werde, daß die Menschen im Osten minderwertige Lebewesen seien«. Eine solche scharfe Kritik sollte er etwas später in einem größeren Kreis erneut artikulieren[26]. Die Hoffnung auf eine generelle Änderung der deutschen Besatzungspolitik und der Kampf um eine sinnvolle, humane Behandlung der einheimischen Bevölkerung scheiterte jedoch immer wieder an der Tatsache, dass Hitler kraft seiner »Führergewalt« mit der Konsequenz des Irrationalen dem apokalyptischen Vernichtungsdogma seiner Ideologie Hekatomben opferte.

Opfer dieses Ungeistes wurden auch die sogenannten Luftwaffenfelddivisionen, mit deren Aufstellung Mitte September auf Befehl Görings begonnen wurde. Noch am 3. August war es zwischen Hitler und Halder zu »Auseinandersetzungen über das Freiwilligenproblem« gekommen. Hitler lehnte eine »Erhöhung der Freiwilligenzahlen für das Heer bei den Jahrgängen 1924 und 1925 ab mit der Begründung, daß die Freiwilligen von den wirklich nationalsozialistischen Kreisen der Bevölkerung stammten. Diese fänden aber im Heer infolge der konservativen Einstellung weiter Teile des Offizierskorps im Heere nicht das, was sie suchten, und gingen daher lieber zur Luftwaffe (Kirchenfragen, ›Ehrauffassungen‹ pp.)[27].« So erhielt das am meisten an den Folgen der mangelnden Reserven leidende Heer nur einen Anteil von 45 Prozent bei diesen naturgemäß zu hohen »Qualitäts«-Erwartungen Anlass gebenden deutschen Freiwilligen[28].

Die SS wurde auf Kosten des Heeres zusätzlich mit dem besten Material versehen. Am 21. Dezember dieses Jahres sollte die Organisationsabteilung feststellen müssen, dass die SS im Zeitraum vom 1. Juli bis 31. Oktober 1942 1688 geländegängige Personen- und 5075 Lastkraftwagen bezogen hatte, während das noch immer ungemein größere Heer 4521 Personen- und 10321 Lastkraftwagen erhielt. Die disproportionierte Bevorzugung der SS, die sich einen Anteil von fast 50 Prozent der Heereszuteilung verschaffte, wurde noch durch die Tatsache verdeutlicht, dass 711 der der SS zugeteilten Personen- und 1901 der Lastkraftwagen dem Heereskontingent entstammten. »Der unverhältnismäßig hohe Anteil des Heeres an den Gesamtausfällen« der deutschen Wehrmacht und der Waffen-SS wurde so mit der von Hitler dem Chef des Generalstabes gegebenen Begründung ignoriert[29]. Die SS stand nicht allein in dem unsinnigen Konkurrenzkampf mit dem Heer. Auch die Luftwaffe erhielt einen angesichts ihrer steigenden Materialverluste und ihrer schwindenden Bedeutung unverhältnismäßig hohen Anteil an Freiwilligen[30].

Die Absurdität dieser Rivalität musste um so grotesker wirken und Stauffenberg empören, als das Heer in den Monaten August und September besonders hohe Verluste erlitt und die Abgänge um 270000 Mann über den Zugängen lagen[31]. Die ungerechtfertigten Forderungen der Luftwaffe warfen nun ein bezeichnendes Licht auf die Schaffung von Luftwaffen-Felddivisionen, denn diese Verbände »verdankten ihre Entstehung gleicherweise dem Mannschaftsüberfluß der Luftwaffe wie dem zahlenmäßigen Absinken ihrer fliegenden Verbände«. Aus Freiwilligen und »Ausgekämmten« des nichtfliegenden Personals sollte übereilt und improvisiert »eine Kerntruppe« gebildet werden, wofür das Heer von seinem Kontingent Material abzutreten hatte. Somit war »mit der Schaffung der Luftwaffen-Felddivisionen ... für das Heer der Nachteil verbunden, daß bei ihm die hohe Zahl der Fehlstellen bestehen blieb und es überdies noch Material an die Luftwaffe abgeben mußte«. Anlass zur Aufstellung der Luftwaffen-Felddivisionen bot das Drängen des Stellvertretenden Chefs des Wehrmachtführungsstabes im Sommer 1942, dem notleidenden Heer 50 000 Mann aus den Überflussbeständen der Luftwaffe zuzuführen – die ursprünglich doppelt so hohe Zahl hatte Keitel heruntergesetzt. Göring intervenierte bei Hitler und forderte die Aufstellung von luftwaffeneigenen Erdkampfverbänden, da er »seinen nationalsozialistischen Jungens« die Einkleidung in die feldgraue und damit reaktionäre Uniform des Heeres nicht zumuten wollte. Keitel, Buhle und später auch Zeitzler – der Nachfolger Halders – sekundierten den Entschluss Hitlers, der Forderung Görings nachzukommen.

Die angesichts der Fehlstellen des Heeres unsinnige Entscheidung für eine am Boden kämpfende Luftwaffe war nicht nur nahezu unübertrefflich falsch. Der Einsatz dieser rasch aufgestellten Verbände war auch ein Verbrechen, denn Kampfgeist allein nützte nichts, wo Waffen und Kampferfahrung fehlten. Die Entscheidung Hitlers im November dieses Jahres, »daß die Luftwaffen-Felddivisionen zunächst nur in der Verteidigung eingesetzt werden sollen, bis sie zusammengeschweißt sind und Kampferfahrungen gesammelt haben«, und die Auflösung oder Eingliederung der überwiegenden Mehrzahl der Verbände in das Heer im Herbst des folgenden Jahres zeigten deutlich, dass eine sinnvolle Verwendung der überflüssigen Mannschaften der Luftwaffe bereits im September 1942 in ihrer Zuführung an das Heer bestanden hätte[32].

Oberstleutnant Mueller-Hillebrand, der Chef der Organisationsabteilung, versuchte vergeblich mit einer Denkschrift im September 1942 die falsche Entscheidung zu verhindern. Der Widerstand Görings fegte alle Einwände weg, die Stauffenbergs Organisationsabteilung zu Recht vorbrachte. Da »der für 11-12 Luftwaffen-Felddivisionen notwendige Kfz-Bedarf sich« nach den Berechnungen der Abteilung »auf 6 000 Kraftfahrzeuge« belief, bekam das Heer als Folge der falschen, verbrecherisch-leichtsinnigen Prestigeentscheidung des nationalsozialistischen Diktators »die Zurückstellung der Auffüllung von 4-5 Pz: Div.« zu spüren[33]. Die Reaktion Stauffenbergs auf diesen neuen Beweis der absoluten Inkompetenz der Hitlerschen Führung und ihres kriminellen Charakters ist leicht zu erraten.

Zur gleichen Zeit hatte Hitler überdies wegen des stockenden Vormarsches im Kaukasus eine Führungskrise inszeniert. Der Oberbefehlshaber der Heeresgruppe A, Generalfeldmarschall List, wurde seines Amtes enthoben. Um seine Neigung zum obersten Stoßtruppführer gleichsam zu institutionalisieren, übernahm Hitler am 9. September selbst den Befehl über die Heeresgruppe und waltete damit – als »Oberster Befehlshaber der

Wehrmacht« und Oberbefehlshaber des Heeres – in einer unheilsamen militärischen Trinität. Darüber hinaus wurde Halder die Demission nahegelegt. So verabschiedete sich dieser am 24. September von seinen Mitarbeitern. Sein Nachfolger wurde Generalmajor Kurt Zeitzler, bisher Chef des Generalstabes des Oberbefehlshabers West[34].

Der Abgang Halders konnte den Eingeweihten nicht überraschen. Die Form, in der er sich vollzog, und das vielleicht doch nicht in diesem Maße erwartete plötzliche Eintreten eines absehbaren Ereignisses ließen wohl mehr als Staunen zurück und decouvrierten auf neue Art die »Führungskunst« Hitlers. Doch auch Hitler konnte den langsamen Vormarsch der deutschen Truppen in Stalingrad nicht beschleunigen, nachdem er am 13. September erneut der Heeresgruppe B den Befehl zum Angriff erteilt hatte. Einen Tag zuvor hatten ihn Weichs und Paulus, die Oberbefehlshaber der Heeresgruppe B und der 6. Armee, auf die Bedrohung der Flanken der in Stalingrad verbissenen 6. Armee aufmerksam gemacht, doch im ganzen ein positives Bild der Lage gezeichnet.

Die unbefriedigende Realität überspielte der nationalsozialistische Diktator mit Propagandatiraden. Die verlustreiche Abnutzungsschlacht, die im Zeitraum vom 21. August bis 16. Oktober bei der 6. Armee allein 1068 Offiziere und 38943 Mann an Opfern fordern sollte, wurde als großer Sieg deklariert, als Hitler in Berlin am 30. September das Kriegs-Winterhilfswerk 1942/43 eröffnete und zu Stalingrad bemerkte: »Und Sie können der Überzeugung sein, daß uns kein Mensch von dieser Stelle mehr wegbringen wird!« Zehn Tage zuvor hatte Halder notiert: »Bei Stalingrad macht sich das allmähliche Ausbrennen der [deutschen] Angriffstruppe fühlbar.« Die Kompaniestärke sank bei der 6. Armee im Durchschnitt auf weniger als 60 Mann, die Panzerdivisionen verfügten jeweils nur noch über 60-80 einsatzfähige Panzer. Ende September – zur Zeit der propagandistischen Festlegung Hitlers – empfahl Zeitzler vergeblich die Einstellung der Angriffe auf Stalingrad. Paulus sekundierte ihn und forderte drei frische Infanteriedivisionen an, an deren Stelle er aber nur fünf Pionierbataillone für den mörderischen Häuserkampf erhielt[35].

Während so sich die Katastrophe immer deutlicher abzeichnete, übernahm Zeitzler – vorzugsweise vom Generalmajor zum General der Infanterie befördert – seine Dienststelle mit der Forderung an »jeden Generalstabsoffizier«: »Er muß an den Führer und seine Führung glauben. Er muß diesen Glauben auf seine Untergebenen und seine Umgebung ausstrahlen bei jeder Gelegenheit. Wer diesen Forderungen nicht entspricht, den kann ich nicht brauchen im Generalstab.« Dass diese Formulierungen ein großes und nachhaltiges Aufsehen bei den Generalstabsoffizieren erregten, war begreiflich[36]. Stauffenberg war nach Zeitzlers

Definition im Generalstab nicht mehr zu gebrauchen. »Glaube« hatte Hitler bereits bei Halders Abschied gefordert, als er seine »Entschlossenheit, auch im Heer seinen Willen restlos durchzusetzen«, bekundete und von der »Notwendigkeit der Erziehung des Gen.-Stabs im fanatischen Glauben an die Idee« sprach[37]. »Fanatischer Glaube« war in der Tat notwendig, wo ein unvoreingenommenes Urteil zu vernichtender Kritik der deutschen Führung gelangen musste.

Im Gefolge des Revirements an der Spitze des Generalstabes übernahm Generalmajor Schmundt – Hitlers gläubiger Adjutant – anfangs Oktober die Führung des Heerespersonalamtes. Damit war eine gezielte, nicht von Hitler beeinflusste Personalpolitik kaum mehr möglich[38]. Hatte Halder durch seine resignierende Haltung zu dem unheilschwangeren Gang der Dinge schon beigetragen, so ging nun Zeitzler – langjähriger Erster Generalstabsoffizier in der Abteilung Landesverteidigung des OKW und damit Untergebener Jodls – mit dem Eifer des Renegaten in den Kampf um die alleinige Führungsgewalt des Heeres im Osten, den er – »einer der eifrigsten Streiter für die einheitliche Führung der Wehrmacht« – schließlich auch gewann. Zum Schaden einer einheitlichen Kriegführung wurde unter definitiver, von Zeitzler vergeblich attackierter Institutionalisierung der »OKW-Kriegsschauplätze« eine einheitliche Operationsführung im Osten erreicht und damit der Einfluss des unbeirrbaren Hitleranhängers Jodl zurückgedrängt.

Ressorteifersucht, Karrierestreben, strategischer Illusionismus, politische Instinktlosigkeit, moralisches Versagen und menschliche Charakterschwäche dominierten das ukrainische Feldlager des nationalsozialistischen Tyrannen und beschleunigten den Zusammenbruch von Führung und Front, wo sich bereits deutlich der Umschlag abzeichnete[39].

Mitte Oktober löste Oberst i. G. Helmuth Stieff als neuer Chef der Organisationsabteilung Mueller-Hillebrand ab. Der Vorgänger Stieffs hatte bei Stauffenberg stets dieselbe Arbeitsintensität, Präzision und Energie beobachten können – auch als in diesem die Einsicht reifte, »daß dieser Krieg Deutschland in eine unermeßliche Katastrophe zu stürzen drohte«. Stieff hatte schon im Winter 1941/42 zu einer Meinung gefunden, die seine frühere, aus dem Polenfeldzug datierende Kritik noch verschärfte, immer mehr an Gewicht gewann und Konsequenzen forderte: »Wir alle haben so viele Schuld auf uns geladen – denn wir sind ja mitverantwortlich, daß ich in diesem einbrechenden Strafgericht nur eine gerechte Sühne für alle die Schandtaten sehe, die wir Deutschen in den letzten Jahren begangen bzw. geduldet haben. Im Grunde genommen befriedigt es mich zu sehen, daß es doch noch eine ausgleichende Gerechtigkeit auf der Welt gibt! Und wenn ich ihr selbst zum Opfer fallen sollte. Ich bin dieses Schreckens ohne Ende müde[40].«

Eine solche Einstellung half freilich nicht bei der Bewältigung der bedrohlichen militärischen Lage, solange nicht auch die Führung und Hitler selbst »dieses Schreckens ohne Ende müde« wurden. Am 6. Oktober notierte das Kriegstagebuch des Wehrmachtführungsstabes: »Von den beim Heere bestehenden *1 Million Fehlstellen* will das Heer durch Einsparung 600 000 auffüllen; der Rest von 400 000 Fehlstellen soll auf Anordnung des Führers durch Einsparung von Personal und Verminderung der Sollstärken bei der Flak und der Luftnachrichtentruppe aufgefüllt, der Jahrgang 1924 nur zu Neuaufstellungen verwendet werden.« Der Ersatz wurde freilich mehr auf dem Papier als in der Realität nachgeführt, denn die Einsparungen beim Heer konnten »überwiegend nur durch organisatorische Veränderungen, d. h. durch Herabsetzung der Sollstärken erreicht werden« – was alles andere als eine »Stärkung« bedeutete[41].

Im Monat Oktober – die Offensive gegen Stalingrad hatte sich längst festgelaufen – erlitt das Heer »130 000 Mann Abgänge, davon 68 000 Mann blutige Verluste, gegen 97 000 Mann Zuführungen«[42]. Die mangels besserer, nicht bewilligter Lösungen von der Organisationsabteilung gegebene Anordnung vom 8. Oktober 1942 »zur Hebung der Gefechtsstärke«, die eine zehnprozentige Kürzung auch der Kommandobehörden des Ostheeres und des OKH befahl[43], kam dem Versuch eines auf den hippokratischen Eid verpflichteten Mediziners gleich, den notleidenden Patienten – in diesem Fall das deutsche Heer – mit Prokrustesmethoden wieder auf die Beine zu stellen. Aus nicht an der Front eingesetzten Verbänden sollten Alarmeinheiten zur Ablösung von Fronttruppen oder als Reserven für schwere Kämpfe gebildet, die Improvisation definitiv einkalkuliert und sozusagen Bäckereikolonnen als letzter Haufe ins Feuer geschickt werden.

Die Führungskrise, der Übergang zur strategischen Defensive und die kontinuierlich sich verschlechternde Lage – sie alle bildeten den düsteren Hintergrund einer Konferenz in Winniza unter dem Vorsitz von Oberst i. G. Schmidt von Altenstadt, dem Qu 2 des Generalquartiermeisters Wagner. An der Besprechung nahmen vierzig Generalstabsoffiziere teil – unter ihnen Stauffenberg. Es wurden zwei Vorträge über die deutsche Agrarpolitik in den besetzten Gebieten der Sowjetunion und über die europäische Ernährungswirtschaft gehalten.

Nach dem einen Referat meldete sich Stauffenberg zum Wort. Otto Schiller, der Agrarexperte und Referent des einen Vortrages, war überrascht von der halbstündigen, »in glänzender Rhetorik« aus dem Stegreif vorgebrachten Stellungnahme des Majors aus der Organisationsabteilung zur deutschen Ostpolitik, in der Stauffenberg sinngemäß ausführte, dass »er, der sich für den Truppenersatz im Osten verantwortlich fühle ..., mit Schrecken« sehen müsse, »welchen verhängnisvollen Kurs die deutsche Ostpolitik steuere. Wir säten einen Haß, der sich einstmals an unseren Kindern rächen würde. Wenn man die Lage des Truppenersatzes betrachte, so sei es vollständig klar, daß der Krieg im Osten nur gewonnen werden könne, wenn es uns gelänge, die dortigen Menschen für uns zu gewinnen. Er sei daher besonders interessiert an« Schillers »Ausführungen, aus denen er entnehme, daß man wenigstens auf dem Gebiet der Agrarpolitik in dieser Richtung einiges tue. Im übrigen sei unsere Ostpolitik nur dazu angetan, uns die Menschenmassen im Osten zu Feinden zu machen. Es sei ein Skandal, daß zu einer Zeit, in der Millionen von Soldaten täglich ihr Leben in die Schanze schlügen, sich unter den führenden Männern niemand finde, der den Mut habe, sich den Helm aufzusetzen und dem Führer diese Dinge ganz offen zu sagen, auch auf die Gefahr hin, daß er das mit seinem Leben bezahlen müsse.«

Schiller war stark beeindruckt von der scharfen und leidenschaftlichen Anklagerede Stauffenbergs »in dieser Zeit, wo niemand ein offenes Wort im größeren Kreise wagte«. Der Offizier hatte mit solcher Überzeugungskraft gesprochen, »daß man gewiß war, Stauffenberg selbst würde den Mut aufbringen, den er von den führenden Männern forderte«. Schiller war auch »völlig überrascht, daß es in einem Kreise von Generalstabsoffizieren möglich war, so offen zu sprechen, und noch mehr überrascht, daß der Leiter dieser Veranstaltung diese kritischen Äußerungen Stauffenbergs nicht zurückwies, sondern erklärte, so wie er dächten sie alle«[44].

In seiner scharfen Anklagerede verwies Stauffenberg deutlich auf das utilitaristische Element seiner Argumentation, wenn er erklärte, »daß der Krieg nur gewonnen werden könne, wenn es uns gelänge, die dortigen Menschen für uns zu gewinnen«. Der am Beispiel der Kosaken erfolgreiche Utilitarismus musste auch die Agrarpolitik unter einem »realistischen« Blickpunkt beurteilen. Dass Stauffenberg an Schillers Ausführungen sich »besonders interessiert« zeigte, ist leicht begreiflich, denn die Beibehaltung des verhassten Kolchosesystems nach der deutschen Eroberung war auch seiner Ansicht nach ein großer Fehler. Wie im Kaukasus hätte im ganzen besetzten Gebiet der oktroyierte Kollektivismus annulliert werden müssen, »um die dortigen Menschen ... zu gewinnen« und nicht den Effekt zu erzielen, dass die Bevölkerung zu Recht der Meinung sein konnte, sie tausche durch die deutsche Invasion eine einheimische Sklaverei gegen eine fremde ein[45].

Aus Stauffenbergs Stegreifrede ist aber außer dem utilitaristischen Moment noch eine wirklich idealistisch-moralische Empörung über die nationalsozialistische Terror- und Vernichtungspolitik herauszulesen. Den von der deutschen Ostpolitik gesäten »Haß, der sich einstmals an unseren Kindern rächen würde«, sah Stauffenberg vielleicht schon näher vor sich als mancher andere. Er, der in seinem einfachen Barackenraum in Winniza vor den Fotografien seiner Frau und der Kinder den Besucher in »wenigen Worten ... die große Liebe zu den Seinen« spüren und durch »diese oder jene Erzählung« erahnen ließ, »welch großen Raum die Gedanken und die Fürsorge für die Seinen in seinem sonst nur dem Dienst gewidmeten Leben hatten«, empfand wohl immer unmittelbarer die lastende Verstrickung in eine sinnlose und zweckfremde, dazu noch zutiefst verbrecherische Politik. »Da und dort« erblickte Baron Thüngen bei ihm »auch ein unaufdringliches Zeichen seiner kirchlichen und religiösen Einstellung, von der er kaum sprach, die er aber nie verleugnete – ein Gebetbuch, ein Kreuz«. Unter dem äußerlichen Zeichen verbarg sich wohl ein immer stärker attackiertes moralisches und religiöses Gewissen, das durch kein Argument mehr sich beschwichtigen ließ.

Wie er Colsman, seinem Nachfolger als Ib der 6. Panzerdivision im Sommer 1940, kurz nach der Entlassung Halders »mit nüchterner Klarheit« erklärte, waren die Entschlüsse, »die in diesen Wochen gefaßt oder nicht gefaßt werden ..., entscheidend im ganzen Krieg«, die Aussichten jedoch schlecht, »da Hitler nicht mehr von sich selber los kann und die militärische Führung sich jedem seiner Gebote fügt«[46]. Bezeichnete er militärische Rückschläge als der Förderung der Vernunft dienlich, so musste ihn das Wissen zutiefst empören und aufrütteln, dass an der Front ungezählte Soldaten für ihr Land fielen, das ein Mann in den Abgrund führte, den er – wie Colsman betont – nicht verächtlich machte, über den er aber zu Köstring mit den Worten sprach: »Ich hasse den Führer, ich hasse das ganze Gesindel um ihn[47].«

Auch in seinem Umkreis fiel mancher an der Front, und er musste in einem Brief vom Dezember dieses Jahres an die Witwe Blombergs, des einstigen Divisionsadjutanten der 1. leichten und 6. Panzerdivision, bekennen: »In dieser nicht enden wollenden Reihe schmerzlichster Verluste lieber Kameraden, alter Waffengefährten hat mich dieser am unmittelbarsten berührt und getroffen: jener unerbittliche Einbruch in eine geschlossene, glücklich und eher in sich ruhende Welt, jenes grausame Auseinanderreißen dessen, was so schön war und drum so untrennbar schien. Gewiß sagen alle, es sei ein Schicksal unter Tausenden gleicher. Und doch mildert dies Wissen nichts. Jedes Mal stürzt von neuem eine Welt zusammen ... Als Soldat weiß ich, daß Er, der an der Spitze seiner Mannschaft im Element seines Soldatentums, im Kampf den Tod fand, am wenigsten zu beklagen ist, erfüllte er doch sein Leben in einem Höhepunkt des Lebens. Und als Mensch glaube ich, daß der Himmel denen gnädig ist, die in der Erfüllung ihrer Aufgabe alles opfern.« So wie diese Worte auch für Stauffenbergs Leben Geltung haben, so kommt in dem tröstenden Gedanken an die Familie auch seine eigene Bindung zum Ausdruck, wenn er in Übereinstimmung mit Blomberg – »wurden doch an Abenden zweier gemeinsamer Feldzüge öfter solche Gedanken angedeutet« – an dessen Frau schreibt: »So schmerzlich Ihm wie uns der Gedanke an eine Trennung, an das Zurücklassen seiner über alles geliebten Familie war, so meinte Er doch, daß Er sich leichter als andre mit solchem Schicksal abfinden könnte, denn er wisse seine Kinder in der besten nur denkbaren Hut, er wisse, daß seine Frau das Unvermeidliche werde zu tragen wissen und daß alles, was von ihm, völlig im Geiste seiner Familie fortdauern werde. Als Mann und Vater weiß ich zu sehr, welche Ruhe und welches Glück solch ein Bewußtsein, solche innere Sicherheit bringen kann[48].«

Ungefähr zur Zeit der Konferenz in Winniza prangerte Stauffenberg bei anderer Gelegenheit erneut den Skandal an, dass niemand in der Führung die eigene Verantwortung anerkenne und mit aller Konsequenz danach handle. Am Abend seines Besuches in Winniza weilte Colsman mit Stauffenberg in einem größeren Kreis junger Offiziere. »Man hatte Unmut und Überdruß an der Arbeit im Hauptquartier geäußert und sich an die Front gewünscht, um von alldem nichts mehr zu wissen« – ein Gedanke, den ja auch Stauffenberg in seinem Brief an Paulus vom Juni dieses Jahres zusammen mit derselben Kritik an der verantwortungsscheuen und verantwortungslosen Führung erwähnte. Doch nun antwortete er – wie in der Konferenz aus dem Stegreif – mit gewohnter Überzeugungskraft und Verve, leicht auf die Tischkante gelehnt, und »ließ eine solche Haltung nicht gelten. Was sie sich als zur Führung berufene Offiziere dächten! Was sei das für ein falscher Heroismus für sie, ›in treuer Pflichterfüllung‹ wie hunderttausend sich am Feind totschießen zu lassen – es sei nur feiges Ausweichen und nicht besser, als wenn sich Marschälle mit Gehorsamspflicht und ›Nur-Soldat-Sein‹ entschuldigten. Ganz anderes sei nötig. Wen Amt und Ehre in einen führenden Rang rücke, der komme an einen Punkt, wo Mann und Aufgabe zusammenfallen und keine anderen Rücksichten mehr gälten: er habe für den Sinn des Ganzen zu stehen. Wie wenige verhielten sich so oder empfänden auch nur die Notwendigkeit: Bürger, Pfründner, Teppichleger im Generalsrang. Man beziehe sein Einkommen, tue seine ›Pflicht‹, vertraue auf den Führer und freue sich auf den Urlaub – auf wen sollte das Vaterland denn noch bauen?« Und gleichsam im Crescendo der Argumentation rezitierte Stauffenberg Verse – Verse des Dichters Stefan George, das den »Sprüchen an die Toten« vorangestellte Gedicht von der Toten Zurückkunft[49]:

Wenn einst dies geschlecht sich gereinigt von schande
Vom nacken geschleudert die fessel des fröners ...[50]

Wie schon früher mochte auch der eine oder andere Zuhörer dieser Gedichtrezitation des Offiziers erstaunt gewesen sein über dessen »poetisches« Wesen. In diesem Fall war aber Stauffenbergs Wahl der dichterischen Ausdrucksmöglichkeit nicht nur ein ihm eigener Wesenszug, sondern auch eine keineswegs ungeeignete, vielmehr seinem eigenen Gedanken adäquate Methode, die – vielleicht eher unbeabsichtigt – noch den Vorzug einer gewissen Tarnung bot, die zu durchdringen jenem leichtfallen musste, der zu denken verstand und nachdenken wollte. Wollten einst die Verse des Dichters die Bedingungen für den Anbruch einer neuen Zeit, eines »neuen Reiches« zeigen, so wiesen sie den Weg im Jahre 1942 wohl deutlicher als nach dem Ersten Weltkrieg.

»Die göttliche Deutung unsagbaren Grauens« – sie konnte sich den nationalsozialistischen Untertanen doch wohl nur eröffnen, »wenn je dieses Volk sich aus feigem Erschlaffen« seiner Aufgabe erinnerte, »wenn einst dies Geschlecht sich gereinigt von Schande, vom Nacken geschleudert die Fessel des Fröners«, die Hitlers Regime dem deutschen Volk umgelegt hatte? Das Gedichtzitat und Stauffenbergs Gedanken zu der »nicht enden wollenden Reihe schmerzlicher Verluste lieber Kameraden, alter Waffengefährten« – sie stehen im Zusammenhang. »Der schreckliche Schrecken, der dritte der Stürme: Der Toten Zurückkunft« – verpflichteten das Schicksal und das ihrem Land dargebrachte Opfer der Tausenden von Gefallenen, bei deren Tod für Stauffenberg »jedes Mal ... von neuem eine Welt« zusammenstürzte, nicht zum Handeln, zum Abschütteln der Fesseln Hitlers und seines Systems?

Stauffenberg musste keinen Widerspruch zwischen diesen Ideen und seiner religiösen Gedankenwelt empfinden. Im Gegenteil, ob er nun, da sein ethisches und religiöses Gewissen immer mehr herausgefordert wurde, den Weg zu einer Synthese zwischen dem sakral-unchristlichen Denken Georges und seiner vom Nationalsozialismus attackierten katholischen Tradition steinig fand oder nicht – unvereinbar konnten seinem Geist in einer solch extremen Situation die beiden Elemente nicht erscheinen, da er sie in zunehmendem Maße in einer Vielfalt vereinte, die noch im Juni 1944 einen Besucher, der freilich den pragmatischen Zug in Stauffenbergs Denken nicht annähernd zu erfassen und die Rolle Georges in dem Leben des Offiziers nicht genügend genau abzuschätzen vermochte, unbegreiflich und unwahrscheinlich anmutete[51].

Es war nicht des Dichters Aufgabe gewesen, seinen jungen Freunden präzise, auf den konkreten Fall zugeschnittene Verhaltensmaßregeln zu überliefern. Seine Geisteserziehung freilich musste sich nun bewähren – zusammen mit anderen Kräften, die Stauffenberg das »Nur-Soldat-Sein«, den formalistischen Gehorsam, die oberflächliche »Pflichterfüllung« und den falschen und bequemen Heroismus der Feigen, Schwachen und

Verantwortungslosen verboten und die ihn im Unterschied zu der erdrückenden Überzahl jener, bei denen der militärische Rang sich indirekt proportional zu dem nicht zufällig als Zivilcourage bezeichneten Verantwortungsbewusstsein verhielt, für den »Sinn des Ganzen« sich gegen Hitler stellen ließen.

Er, der nach dem Soldatentod seines Freundes Frank Mehnert am Ilmensee im Frühjahr 1943 – auch einer in der »nicht enden wollenden Reihe schmerzlichster Verluste« – von seinem Bruder Berthold, dem Erben Stefan Georges, zum Miterben des Dichters bestimmt werden sollte[52], hatte im Herbst des Jahres 1942 die jedem vernünftig Denkenden auferlegte Pflicht ebenso gut erkannt wie die Tatsache, dass sich unter den führenden Männern niemand fand, der den Mut hatte, »sich den Helm aufzusetzen und dem Führer diese Dinge ganz offen zu sagen, auch auf die Gefahr hin, daß er das mit dem Leben bezahlen müsse«. Im August hatte er die Frage gestellt, ob sich denn niemand finde, der Hitler umbringe. Glaubte er nun plötzlich wieder an dessen Beeinflussbarkeit? Diese Frage ist relativ leicht zu beantworten, da Stauffenberg noch in Winniza und zur selben Zeit im kleinen Kreis von Offizieren – in dem er offensichtlich in höherem Maße frei sprechen konnte als während seiner Stegreifrede – spontan erklärte: »Es kommt nicht darauf an, ihm die Wahrheit zu sagen, sondern es kommt darauf an, ihn umzubringen, und ich bin dazu bereit[53].«

Seine Äußerung an der Konferenz musste ohnehin keine bloße »Schutzbehauptung«[54] gewesen sein. Zwischen den Zeilen mochte man erkennen, was Stauffenberg deutlich in kleinem Kreise sagte: Der Hinweis auf das Helmaufsetzen und die Erwähnung der eventuellen Gefahr, den Schritt mit dem Leben bezahlen zu müssen, ließen – besonders vor dem Hintergrund des George-Gedichtes – erahnen, dass mit der Absicht, »dem Führer diese Dinge ganz offen zu sagen«, mehr als die Vorstellung einer wortreichen Anklagerede und einer die Politik des nationalsozialistischen Diktators vernichtenden verbalen Argumentation verbunden und gemeint sein musste. Jedenfalls erkannten die Konferenzteilnehmer, dass »Stauffenberg selbst ... den Mut aufbringen« würde, »den er von den führenden Männern forderte«. Was aber geschah, wenn diese Männer »Pfründner, Teppichleger im Generalsrang« waren, die ihrem »Führer« vertrauten und sich auf den Urlaub freuten? Was blieb da anderes übrig, als selbst bereit zu sein, ihn umzubringen? So leicht diese Logik nachzuvollziehen ist, so ungeheuer schwierig und qualvoll musste der Weg zu dieser Entscheidung sein.

Im Vergleich zu seiner Frage im August bedeuteten Stauffenbergs Äußerungen im Oktober eine noch klarere Haltung: Er selbst war bereit! Doch hieß dies, dass er alles restlos durchdacht hatte und nur noch den günstigen Moment abwartete, der ihm – dem Generalstabsmajor, der keinen Zutritt zu Hitlers Hauptquartier hatte – so fern erscheinen musste? Wohl kaum, denn nichts wäre sinnloser und wahnwitziger gewesen als ein isoliertes Attentat gegen den Diktator dieses totalitären Systems, der das von seinen Kriegsgegnern bedrohte Deutschland als Autokrat beherrschte. Der Entschluss zur Beseitigung Hitlers während des Krieges verlangte vielmehr ein sorgfältig geplantes Unternehmen zur Ausschaltung von Hitlers Führung und ihre absolute und effektive Ersetzung, um nicht mit ihr, die zu einer unvergleichlichen innen- und außenpolitischen Bedrohung der »Erhebung« geworden war, die ganze Verteidigung und Kriegführung des Landes lahm zu legen, der außenpolitischen Bedrohung seitens der Kriegsgegner Tür und Tor zu öffnen oder einem sinistren Nachfolger aus den Reihen des Regimes den Weg zur Macht freizuschießen. Was lag also näher, als nach Gleichgesinnten zu fahnden und zu forschen, die Mauer des schützenden Schweigens oder der tarnenden Verstellung zu durchbrechen und zu recherchieren, welcher »führende Mann« vielleicht doch sich seiner wahren Verantwortung entsann und zu mutigem Handeln zu überreden war? Stauffenberg beschritt diesen Weg und noch während er recherchierte, erfolgten an der Front bei Stalingrad »Rückschläge« von katastrophalem Ausmaß, die seine Vernunft nicht erst zu wecken brauchten, sondern nur noch das Ergebnis seiner Überlegungen untermauerten.

So wie die Katastrophe von Stalingrad in Stauffenbergs Denken nicht erst die entscheidende Wende brachte, so bedeutete die Einkesselung der deutschen Truppen zwischen Wolga und Don nicht den ersten entscheidenden Umschlag in der deutschen Kriegführung, der vielmehr spätestens mit der Landung der Alliierten in Nordafrika und dem Vorstoß der britischen 8. Armee in der Schlacht von El Alamein bereits Anfang November eintreten sollte. Während Zeitzler und Jodl Anfang Oktober schwache Versuche unternahmen, Hitler zum Einstellen der Angriffe gegen die noch nicht okkupierten Teile Stalingrads zu bewegen, erklärte der »Feldherr« seinen Generalen, »das seien die typischen Halbheiten, die er vom Heer kenne«, und befahl – mit voller Kraft in den Abgrund marschierend –, dass Stalingrad »herausgebrochen« werden müsse, »damit der Kommunismus seines Heiligtums beraubt« werde[55]. Brückenschläge des Gegners über den Don wurden beobachtet, worüber sich Hitler kurz besorgt zeigte. Doch der Chef des Generalstabes glaubte die sich mehrenden Anzeichen einer Offensive des Gegners als »eine groß angelegte russische Propagandawelle über bevorstehende Operationen großen Umfanges«, die nicht »als tatsächliche Absicht zu bewerten« seien, bezeichnen zu können[56].

Dem Geist dieser Führung entsprach es, dass sie nach dem Beginn von Montgomerys Offensive am Abend des 23. Oktober, welche die Wende auf dem nordafrikanischen Kriegsschauplatz herbeiführen sollte, diese Bedrohung ganze zehn Tage nicht in ihrem vollen Ausmaß erkannte, bis Rommel am 2. November seinen eigenmächtigen Entschluss zum Rückzug meldete und Hitler am folgenden Tag in einer beispiellosen Wutinszenierung seine Ohnmacht abreagierte[57].

Gleichzeitig lieferte diese Führung einen weiteren eklatanten Beweis ihrer Inkompetenz. Am 31. Oktober und 1. November dislozierte das Hauptquartier in 48-stündiger Eisenbahnfahrt von Winniza in sein altes Lager im Mauerwald nach Ostpreußen. Auch Hitler wechselte vom »Werwolf« zur »Wolfschanze«[58]. Doch bereits am frühen Nachmittag des 7. November verließ er wieder Ostpreußen, um per Bahn in Begleitung von Keitel und Jodl über Berlin nach München zu reisen, wo er am Abend des folgenden Tages im Bürgerbräukeller die traditionelle Ansprache an die »alten Kämpfer« richten wollte. So ließ er in Ostpreußen die Feldstaffel des Wehrmachtführungsstabes, aber auch den Generalstabschef Zeitzler mit dem gesamten militärischen Führungsstab zurück – und dies an dem Tage, an dem die Vereinigung der britischen Gibraltarstreitkräfte »mit einem starken aus dem Atlantik gekommenen Geleitzug«, der »weiter Kurs Ost nimmt«, bekannt wurde, Hitler selbst »ein großes Landungsunternehmen von etwa 4-5 Divisionen bei Tripolis oder Bengasi« vermutete und den für die Besetzung Restfrankreichs vorgesehenen Verbänden Alarmbereitschaft befehlen musste. Am 8. November gegen 2.00 Uhr morgens erhielt Hitler die Kunde von der alliierten Landung bei Casablanca, Oran und Algier auf einem thüringischen Bahnhof. Er fand sich damit »plötzlich und am ungeeignetsten Ort vor eine strategische Initiative der westlichen Alliierten gestellt«. Die Bewegung der deutschen Truppen gegen Vichy-Frankreich wurde ausgelöst, die dann am 11. November den »Etat français« Pétains besetzten. Überdies wurde der Aufbau eines deutschen »Brückenkopfes« in Tunesien mit drei Divisionen angeordnet.

Die Situation der obersten deutschen Führung in diesen Tagen »war in Anbetracht der Kriegslage kaum anders als grotesk zu bezeichnen«: Hitler befand sich in München im »Führerbau«; am 14. November dislozierte er auf den Berghof bei Berchtesgaden – der Wehrmachtführungsstab war in der Nacht in Salzburg eingetroffen. Während Rommel einen ebenso raschen wie – an den Umständen gemessen – disziplinierten Rückzug von 1200 Kilometern ausführte, weilte Hitler auf dem Berghof. Keitel, Jodl und Buhle mussten in der sogenannten »Kleinen Reichskanzlei« in etwa zwanzig Fahrminuten Entfernung im Ort Berchtesgaden unterkommen. Die Feldstaffel des Wehrmachtführungsstabes lag wiederum in etwa doppelt so großer Entfernung von Berchtesgaden in ihrem Sonderzug im Bahnhof Salzburg. Erst am dritten Tag der sowjetischen Offensive bei

Stalingrad – am 21. November – sollte sie von Salzburg in die Jäger-Kaserne nach Strub bei Berchtesgaden dislozieren – wo sie sich auch bei späteren Aufenthalten Hitlers in Berchtesgaden wieder einquartieren sollte. In 1 000 Kilometer Entfernung befand sich Zeitzler in Ostpreußen und der gesamte Führungsapparat des Heeres. Wie vor dem 2. November Hitler in Winniza und Ostpreußen die Katastrophe auf dem nordafrikanischen Kriegsschauplatz aus einer sein strategisches Denkvermögen überfordernden östlichen Präokkupation nicht zur Kenntnis nahm, so konzentrierte sich nun sein Augenmerk unter Vernachlässigung der mehr als 2 000 Kilometer entfernten, bei Stalingrad heraufziehenden östlichen Gefahr auf das Mittelmeer, in dem die von ihm leichtfertig herausgeforderten Vereinigten Staaten von Amerika – noch kein volles Jahr im Krieg mit Deutschland – eine mächtige Operationsbasis gegen die offene Südflanke der »Achse« aufzubauen im Begriffe waren[59].

Die Besetzung Vichy-Frankreichs erinnerte Stauffenberg wohl an jenen Sommer 1940, in dem er der Aussöhnung mit Frankreich das Wort redete, aber auch erkannte, dass Hitler – ein »Sieger ohne Augenmaß« – sie mit seiner Politik zu sabotieren drohte. Im November des Jahres 1942 musste ihm nun das Eingreifen der Vereinigten Staaten auf dem nordafrikanischen Kriegsschauplatz als ein weiteres Alarmsignal erscheinen: »Infolge der zunehmenden Aktivität der Engländer und Amerikaner muß auch mit Groß-Unternehmungen (Landungen) gegen Europa gerechnet werden[60].« Die Zeit arbeitete gegen Deutschland – und es war wirklich nur noch eine Frage der Zeit, bis eine alliierte Invasion auf dem europäischen Festland eintreten konnte, welche die bedrohliche Lage der im Kampf mit der Sowjetunion erschöpften deutschen Wehrmacht noch desperater gestalten musste.

Die Gefahren »der sich anbahnenden russischen Winteroffensive«[61] – Stauffenberg waren sie bekannt, und die Abteilung »Fremde Heere Ost« lieferte den Beweis für die schlimmsten Befürchtungen[62]. Doch wie wenig Hitler den Ernst der Lage zu erfassen vermochte, hatte er schon am Abend des 8. November in seiner vom Rundfunk übertragenen Bierkellerrede bewiesen, in der er zum »gigantischen Umschlagplatz« Stalingrad erklärte: »Den wollte ich nehmen und – wissen Sie – wir sind bescheiden, wir haben ihn nämlich! Es sind nur ein paar ganz kleine Plätzchen noch da[63].«

Eine im Hinblick auf den heiklen Gegenstand begreiflicherweise verklausulierte Eintragung im Kriegstagebuch der Organisationsabteilung vom 18. November 1942 dokumentiert deutlich das Urteil Stauffenbergs – des Bearbeiters der Kriegsspitzengliederung – über den auf einem für vierzehn Tage geplanten Urlaub weilenden »Obersten Kriegsherrn« und dessen Führungspraxis: »Die Trennung von Führer-H.Qu. und

H.Qu./OKH (von Beginn der Afrika-Krise bis Ende November) läßt Reibungen und Schwierigkeiten in der Kriegsspitzengliederung erkennen. In einer Vortragsnotiz der Org.-Abt. werden die sich überschneidenden Führungsverhältnisse dargelegt. Org.-Abt. drängt auf Klarstellung und Lösung der sich aus dieser Lage ergebenden Probleme[64].«

Die Erlaubnis, ihn zu beseitigen, konnte freilich bei Hitler nicht eingeholt werden – wie sehr diese Illusion auch in den meisten Gedanken um eine sinnvolle Kriegsspitzengliederung und eine De-facto-Entlassung Hitlers als militärischer Oberkommandierender grassierte. Noch bevor die gängige Erörterung dieser Frage den Generalstabsoffizieren verboten wurde, hatte Stauffenberg als konsequenteste, aber auch einzige reale Lösung die effektivste Kriegsspitzengliederung gefunden – jene nach dem Sturz Hitlers[65]. Dass er in einer Vortragsnotiz eine solche Erkenntnis nicht anführen konnte, versteht sich von selbst. Aber musste nicht dennoch beständig das Beste aus der Notlage gemacht werden, und sei es zur Dokumentation der Irrealität aller Versuche einer legalen und partiellen Entmachtung des Diktators – bis die Möglichkeit bestand, von den kleinen Korrekturversuchen zur großen Korrektur zu schreiten?

Am 19. November 1942 um 5.00 Uhr morgens traten nach starker Artillerievorbereitung drei sowjetische Armeen aus ihren Brückenköpfen nordwestlich von Stalingrad gegen die 3. rumänische Armee zum Angriff an. Am 20. November folgte ein ebenso vernichtender Angriff südlich von Stalingrad gegen die 4. rumänische Armee. Wiewohl erwartet, bedeutete »der russische Ansturm nach Zeitpunkt und Kräfteaufgebot letzten Endes doch eine höchst peinliche Überraschung«[66]. Hitler reagierte zunächst mit einer Neugliederung der Befehlsverhältnisse. Er ließ am 20. November eine neue Heeresgruppe Don unter Manstein bilden, der allerdings erst eine Woche später das Kommando zu übernehmen in der Lage war. Zwei Tage später ernannte er Generaloberst v. Kleist zum Oberbefehlshaber der bisher von ihm selbst »geführten« Heeresgruppe A. Am Abend des 21. November befahl er der 6. Armee Halten um jeden Preis. Am Abend des 22. November – am Tage, an welchem die von Nordwesten und Südosten vorstoßenden sowjetischen Panzerkräfte die 6. Armee zwischen Wolga und Don eingeschlossen hatten – fuhr Hitler in die »Wolfschanze« zurück, wo er am folgenden Tag eintraf. Noch in der Nacht vom 22. auf den 23. November versprach er Paulus einen Entsatzversuch[67].

Doch mit welchen Truppen sollte ein solcher Entsatzversuch unternommen werden? Etwa mit den aus kampfungewohntem Büropersonal und rückwärtigen Diensten zusammengesetzten Alarmeinheiten? Zwei Hinweise im Kriegstagebuch der Organisationsabteilung in der letzten Novemberwoche vermögen deutlich zu zeigen, welche Art von Hilfe für die 6. Armee wohl am sinnvollsten gewesen wäre. »In einer Notiz für den

Chef des Gen.St.d.H.« berechnete die Abteilung »das Absinken der Kampfkraft des Ostheeres durch die Gegenüberstellung der zu erwartenden Abgänge und Zugänge. Danach muß in der Zeit von Sept. 42 bis März 43 mit einem Absinken der Kampfkraft um rd. 400 000 Mann gerechnet werden.« Die »Ist-Stärke« des gesamten Feldheeres – nicht nur Ostheeres – hatte am 1. November 4 207 000 Mann betragen – der vorausberechnete Verlust für das Ostheer allein musste also eine empfindliche Schwächung bedeuten, so dass begreiflich wird, dass die Organisationsabteilung »in erneuten Berechnungen ... die schwierige personelle Lage des Ostheeres« nachwies und erklärte, dass »aus den dem Heere nach bisherigen Planungen zur Verfügung stehenden Menschen ... keinerlei personelle Operationsreserven für den Sommer 43 gebildet werden« konnten. »Die zahlenmäßige Stärkung der Ostfront durch Zuführung von 18 Luftwaffen-Felddivisionen und sechs Verbänden aus dem Westen um rd. 320 000 Menschen wird durch die ungünstige Entwicklung der operativen Lage wieder aufgewogen[68].«

Diese Sätze – sauber eingetragen im Kriegstagebuch der Organisationsabteilung – bedeuteten eine vernichtende Kritik an der Hitlerschen Kriegführung, die in der Nacht vom 23. auf den 24. November einen entscheidenden und verhängnisvollen Entschluss gefasst hatte, der nicht allein Stauffenberg empörte, *ihn* aber auf Grund seiner reflektierten Kenntnis der militärischen und politischen Fähigkeiten und Praktiken des »Obersten Kriegsherrn« wohl nicht mehr allzu sehr überraschte.

Die Lagebeurteilungen des Chefs der Luftflotte 4 und des Kommandierenden Generals des VIII. Fliegerkorps, Generaloberst Frhr. v. Richthofen und Generalleutnant Fiebig, »die dem AOK 6 wie auch ihren Luftwaffenvorgesetzten gegenüber einhellig die Meinung vertraten, daß die Luftversorgung einer ganzen Armee im Winter unmöglich sei«, waren bei Hitler bereits eingetroffen, als Paulus aus diesen Berichten die Konsequenzen zu ziehen versuchte und in einem Funkspruch an den »Obersten Befehlshaber« in Übereinstimmung mit seinen Kommandierenden Generalen Handlungsfreiheit und Ausbruch forderte. Doch Hitler ließ sich nicht stören, auch wenn Zeitzler ihn mit seinem Plädoyer für einen Ausbruch der 6. Armee anscheinend kurze Zeit schwankend werden ließ. Denn er hatte am frühen Morgen des 24. November in einer Intervention Görings, der ebenso unüberlegt wie prestigebesessen gegen den Rat der Fliegergenerale die Garantie für die Luftversorgung der 6. Armee übernahm, das Mittel gefunden, sich dem Zwang zur Aufgabe der Stadt zu entziehen. So traf am 24. November ein »Führerentscheid« beim AOK 6 ein, der in genau beschriebener Linie »Einigeln« befahl. Anfang Dezember sollte ein Entsatzversuch mit Kräften der 4. Panzer-Armee Hoths eingeleitet werden. Bis dahin hatte die Luftflotte 4 die Versorgung sicherzustellen[69].

Stauffenberg erfuhr bald von diesen Vorgängen. Am 14. Januar 1943 sollte er sie dem früheren Ordonnanzoffizier der 6. Panzerdivision eingehend schildern und deutlich ausdrücken, »daß er ob solchen unverantwortlichen und verbrecherischen Handelns völlig niedergeschlagen war«. Auch gegenüber seiner Frau sprach er in Worten höchsten Zornes über die Entscheidung, die 6. Armee im Kessel zu belassen. Göring war wohl bei dieser Entscheidung nicht der Hauptschuldige, denn Hitler hatte auf einen solchen oder ähnlichen Vorschlag nur gewartet – ein anderer Vorwand für das Halten um jeden Preis hätte sich immer noch gefunden. Hitler trug die größte Verantwortung. Deshalb war freilich Göring noch lange nicht exkulpiert. Stauffenberg bezeichnete dessen Haltung denn auch eindeutig als Verrat[70].

Hitler sollte am 6. Februar 1943 eine Besprechung »mit der vorbehaltlosen Anerkennung seiner alleinigen Verantwortung für die Tragödie der 6. Armee« eröffnen – ein »Schuldbekenntnis« unter vier Augen mit der auf seinen Zuhörer Manstein abgestimmten taktischen Absicht einer gemimten »Redlichkeit«[71]. Ebenso wie Göring wurden aber auch die anderen Generale – so etwa Zeitzler – mitschuldig, wenn sie opponierender Weise kapitulierten. Dem nationalsozialistischen Diktator hätte zumindest der Chef des Generalstabes deutlicher die Lüge Görings decouvrieren können, denn am 25. November hatte Richthofen erneut auf die Unmöglichkeit hingewiesen, den als täglichen Nachschubbedarf der 6. Armee errechneten Mindestsatz von 500 Tonnen oder die von Göring befohlenen 300 Tonnen mit den statt 500 nur 298 zur Verfügung stehenden Flugzeugen einfliegen zu können. Am 26. November wies auch der 1. Generalstabsoffizier der Luftwaffe beim Chef des Wehrmachtführungsstabes auf die Unmöglichkeit einer Luftversorgung hin, denn seiner Auffassung nach konnte »man bei günstiger Wetterlage im Höchstfalle mit 100-150 t je Tag im Durchschnitt rechnen«. Im Durchschnitt wurden nach den verlässlichsten Quellen im Zeitraum zwischen 25. November 1942 und 11. Januar 1943 allerdings nur 102 Tonnen in den Kessel eingeflogen. Richthofen behielt Recht mit seiner realistischen Einschätzung der Möglichkeiten seiner Verbände: »Wie wir sie [die 6. Armee] aus der Luft versorgen sollen, ist mir völlig schleierhaft[72].«

Am 12. Dezember – am selben Tag trat Rommel einen weiteren, 380 Kilometer langen Rückzug an – konnte die 4. Panzer-Armee endlich einen Entsatzversuch in die Wege leiten, der aber durch den sowjetischen Angriff vom 16. Dezember gegen die italienische 8. Armee und deren raschen Zusammenbruch bald bedroht wurde. Damit zeichnete sich durch den sowjetischen Vormarsch und dessen operatives Ziel Rostow eine noch größere Katastrophe ab, denn der ganzen im Kaukasus stehenden Heeresgruppe A und der Heeresgruppe Don drohte der Rückzug abgeschnitten zu werden. Am 18. Dezember standen die Truppen Hoths nur noch ungefähr 60 Kilometer südwestlich Stalingrad – der Entschluss zur Rettung der 6. Armee drängte, solange die Lage relativ günstig war. Doch Hitler erschöpfte sich in seinen Besprechungen in belanglosen Einzelheiten. Über Manstein erfuhr Richthofen von Zeitzler, »daß der Reichsmarschall bei dem entscheidenden Vortrag geäußert habe, die Verpflegungslage dort sei gar nicht so schlimm«. Die Katastrophe war perfekt[73].

Noch am 18. Dezember hatte die 6. Armee erneut auf ihre miserable Ernährungslage hingewiesen. Auch Goebbels gab am 20. Dezember die Lage bei Stalingrad »zu einigen Besorgnissen Anlaß. Der Lufttransport klappt wegen der üblen Wetterlage nicht so, wie das wünschenswert wäre. Unsere Truppen haben nicht mehr ausreichend zu essen.« Am 12. Dezember war er sogar der Meinung gewesen, dass man »dem deutschen Volk ruhig auch einmal den Ernst der Lage klarmachen« sollte[74]. Genau auf diese Einstellung sollte Stauffenberg am 14. Januar 1943 hinweisen, wenn er sagte, dass Goebbels »der einzige Mann der Partei gewesen« sei, »der auf dem Standpunkt gestanden hätte, daß man Stalingrad und die Gesamtsituation betreffend dem deutschen Volke klaren Wein einschenken müsse«, und der dem Versuch seine Unterstützung geliehen habe, Hitler von der Notwendigkeit des Ausbruchsbefehles zu überzeugen[75].

Vor der Einkesselung und dann während des Untergangs der 6. Armee hatte Stauffenberg seiner normalen Arbeit nachzugehen. Im Vergleich zu dieser Katastrophe – eine größere bei der Heeresgruppe A konnte am 28. Dezember wegen eines verspäteten Rückzugsbefehles nur noch knapp verhindert werden[76] – und im Hinblick auf Hitlers Führungspraxis waren die Erfolge, die für die Freiwilligenverbände erreicht werden konnten, in hohem Maße effektlos[77]. In der ersten Hälfte November musste die Abteilung »einen erneuten Rückgriff auf Ersatzpersonal und vor allem Genesene zuungunsten des Ost-Heeres« monieren. Denn aus Alarmeinheiten des Ersatzheeres waren »Kriemhilde«-Verbände aufgerufen, d. h. innerhalb von vier Tagen nach Ausgabe des Stichwortes »Kriemhilde« drei Divisionen – 326., 334. und 338. Division – auf deutschen Truppenübungsplätzen gebildet worden. Die »Brunhilde«Verbände folgten wenig später. Beide waren für den Einsatz im Westen ausersehen – »die Auswirkungen des Aufrufes ... auf die Ersatzzuführung zum Ostheer« also konkret spürbar. Die Aufstellungen von Kampfeinheiten im Ersatzheer liefen unter den den Wagner-Opern entliehenen Namen – so »Rheingold« im Dezember 1941, d. h. die Heranziehung der für die Wirtschaft beurlaubten Ausgebildeten. Sie verwiesen nicht so sehr auf die bevorstehende

Götterdämmerung des »Dritten Reiches«, als vielmehr auf jenen Tarnnamen »Walküre«, von dem Stauffenberg noch nicht ahnen konnte, wozu er einmal dienen sollte, da er zunächst auch nur eine Deckbezeichnung für die Aufstellung im Ersatzheer war, im Laufe des Jahres 1942 zur Tarnung von Plänen zum Notstandeinsatz der aufzustellenden Verbände im Reichsgebiet (»Innere Unruhen«) verwandt werden und erst im Juli 1943 auf einer einem doppelten Zweck dienenden Befehlsfassung stehen sollte[78].

Über den Ungeist der deutschen Führung äußerte sich Stauffenberg erneut deutlich – diesmal gegenüber dem abgesetzten Chef des Generalstabes, den er einige Wochen nach dessen Entlassung in seinem Berliner Haus eines Abends besuchte. Jeder Widerstand gegen Hitlers militärische Anordnungen sei erstorben, ein offener Gedankenaustausch kaum mehr zu führen – offenen Auges müsse man in den Abgrund gehen, ohne die Hand rühren zu können. Diese Schilderung der unerträglichen Atmosphäre im OKH lässt erahnen, dass Stauffenberg den Kampf Zeitzlers um den Ausbruchsbefehl für Stalingrad gebührend, aber doch nicht allzu hoch bewertete. Mochte er ihn auch zur Kenntnis nehmen, so sah er jedenfalls keine großen Erfolgsaussichten mehr. Viel mehr war zu tun. Dem wegen des Besuches besorgten Halder, der überwacht wurde, erklärte Stauffenberg, er strebe ohnehin eine »Veränderung« an und sei in Berlin, um sich darüber mit seinem Bruder Berthold zu unterhalten[79]. Der stille, verschwiegene Kontakt der Brüder brauchte nicht irgendwie »reaktiviert« zu werden. Doch nun begannen Berthold und Claus Stauffenberg intensiv einen Weg zu beschreiten, der überdacht sein wollte. Dass sich Stauffenberg an seinen Bruder wandte, war ihm ebenso selbstverständlich, wie damit dessen Rolle als eine Art »Denkmaschine« deutlich wird, die dem aktiv-handelnden jüngeren Stauffenberg das eigene Denken bei weitem nicht ersetzte, es aber vielleicht mit den Gedanken eines anderen, luzid-kritischen Betrachters anzureichern und zu vertiefen vermochte[80].

Halder sah Stauffenberg bei diesem Besuch zum letzten Mal. Der Kontakt riss zwar nicht völlig ab, blieb aber nur noch in Form einer sehr losen indirekten Verbindung erhalten[81]. Die Annahme drängt sich beinahe auf, dass Stauffenberg dem ehemaligen Chef des Generalstabes nicht nur eine bloße freundschaftliche Höflichkeitsvisite abstatten wollte. Denn wozu diente der offene Hinweis auf seine Absicht, eine »Veränderung« in die Wege zu leiten? Die Informierung Halders versuchte doch wohl, ihn dafür zu gewinnen? Der Generaloberst hatte jedoch längst resigniert und verhielt sich weiterhin passiv. Die Vermutung, dass Stauffenberg mit seinem Besuch Halder zu einer Beteiligung an einer Aktion überreden wollte, wird zusätzlich durch die Tatsache genährt, dass der Generalstabsmajor um diese Zeit nun nach Gleichgesinnten zu fahnden begann, die zu handeln bereit waren.

Baron Thüngen berichtet von einer jener nachdienstlichen Unterhaltungen mit Stauffenberg im Hauptquartier um die Jahreswende 1942/43. »Der nächtliche Anruf« ließ ihn zu Stauffenberg gehen: »Merkwürdig – schon beim Eintreten lag irgend etwas Besonderes in der Luft. Der O.O. [Ordonnanzoffizier] überarbeiteter noch als sonst, aber solch auffallender Ernst in den Augen und so betontes Streben, seinem Chef behilflich zu sein. Gleiches glaubte ich beim Feldwebel festzustellen. Claus selbst wie immer ›auf dem Damm‹, nur auch bei ihm ein besinnlicher Ernst, den er sonst nicht zeigte. Die Mitarbeiter wurden ins Bett geschickt, der sonst nicht übliche Händedruck schien mir beim O.O. kräftiger als nötig. Unausgesetzt geht der Fernsprecher – was redet der Claus bloß!? Mir scheint, viele getarnte Andeutungen, alles sehr gute Bekannte: ›Aber Vorsicht Herrschaften, wenn ich bitten darf‹, ›Der ist unsicher, ›Bertha hat zugesagt‹, ›das Auto ist auf vier Uhr bestellt‹, ›es wird schon klappen‹ – so geht es in einer Tour. Inzwischen habe ich die Flasche aufgemacht, ich warte, aber die Neugierde steht mir offensichtlich in den Augen. ›Du glaubst wohl, ich konspiriere hier!‹ Ich schweige fragend. Schließlich geht's los: ›Es kann so nicht weitergehen, es wird höchste Zeit, es muß aber was Neues kommen, wir dürfen nicht ›restaurieren‹, man kann die Geschichte nicht zurückdrehen, ich war nicht umsonst Soldat im Volke. Aber ich darf Dir noch nichts weiter sagen, mein Eid bindet mich.‹ – Ich dränge nicht, aber ich sage, es ist gut, daß Ihr in der Führung handeln wollt, denn Ihr tragt mit die Verantwortung vor der Geschichte. Voll Stolz und Überzeugung nimmt Claus das Wort auf: ›Ja, wir sind auch die Führung des Heeres und auch des Volkes und wir werden diese Führung in die Hand nehmen.‹ Noch lange saßen wir zusammen, der Plan selbst darf nicht besprochen werden, aber um so eingehender sind es die Probleme, die wir diskutierten[82].«

Das waren Worte, die zeigten, dass Stauffenberg etwas vorbereitete. Einige Tage danach sah er Thüngen wieder. Was er berichtete, lässt darauf schließen, dass er an jenem Abend eine Reise an die Ostfront antrat oder vorbereitete, wo er von Männern wusste oder hoffte, dass sie zu einer Aktion bereit sein würden. Welcher konspiratorische Eid ihn band – die Frage ist nicht zu beantworten. Thüngen jedenfalls sagte er zu, ihn zu rufen, sobald er ihn brauchen könne. Und er nahm ihn »nochmals bei der Hand und sagt: ›Es könnte sein, dass ich nicht wiederkomme.‹« Und er sprach – ein Hinweis auf das von ihm eingegangene Risiko – von einem Brief an seine Frau, den Thüngen ihr geben sollte[83].

Doch bevor er eine entscheidende Reise an die Ostfront antrat – wahrscheinlich war es jene, deren Vorbereitung Baron Thüngen beschreibt –, war Stauffenberg im Monat Dezember, in dem das Ostheer Gesamtverluste in der Höhe von 147 590 Mann erlitt und die Abgänge um 88 000 Mann die Zugänge übertrafen, zweimal zu Konferenzen in Berlin. Die erste fand anfangs Dezember mit dem Kommando der Schutzpolizei statt und hatte »eine einheitliche Regelung für die baltischen Schutzmannschaften« als Arbeitsziel. Stauffenberg konnte beim Kommando der Schutzpolizei die Bereitschaft feststellen, »auf die Anregungen OKH einzugehen«. Doch betonte das Kommando, »daß die Entscheidung dem Reichsführer SS obliegt. Es wird angedeutet, daß dieser wahrscheinlich Ziele verfolge, die die von OKH angestrebte Regelung erschweren« – eine Formulierung, die wohl ebenso euphemistisch wie zutreffend war[84].

Der Kampf um die Freiwilligenverbände ging allgemein weiter. Einen bedeutenden Erfolg konnte die Organisationsabteilung Mitte Dezember buchen: »Mit Wirkung vom 15. Dezember wird die Dienststelle des Gen. d. Osttruppen eingerichtet und dem Gen. d. Inf. b. ObdH. angegliedert.« Damit war die Forderung der Abteilung nach einer »klaren Befehlsspitze« erfüllt. Zum »General der Osttruppen« ernannte Hitler den Generalleutnant Heinz Hellmich. In der zweiten Hälfte Dezember konnte General Köstring – der als »General der Freiwilligenverbände« in einem Jahr Nachfolger Hellmichs werden sollte – »über Erfahrungen im Kaukasus und über die Bewertung der Turk-Batl.e« berichten. Er hielt »nach wie vor die Aufstellungen für aussichtsreich« – vergaß aber nicht, auf die »schlechte Behandlung durch die Zivilverwaltung« und ihre verhängnisvollen Folgen aufmerksam zu machen[85]. Gerade der Frage der deutschen Besatzungspolitik in der Sowjetunion galt eine wichtige Konferenz, die am 18. Dezember 1942 im Ostministerium in Berlin stattfand und Stauffenbergs zweite Besprechung in der Hauptstadt in diesem Monat war. Das Kriegstagebuch der Organisationsabteilung konnte am 19. Dezember vermerken: »Major Graf Stauffenberg nimmt an einer Tagung beim Reichsminister für die besetzten Ostgebiete über die Frage der Behandlung der besetzten Ostgebiete teil. Absicht des Reichsministers war, die Befh. im Op.-Gebiet über ihre Erfahrungen und Wünsche zu Wort kommen zu lassen. Die vorgebrachten Auffassungen entsprechen in jeder Hinsicht den von OKH immer wieder zur Sprache gebrachten Gedanken. Bemerkenswert ist, daß nunmehr auch die Vertreter von Wirtschaft, Landwirtschaft usw. sich diesen Auffassungen anschließen[86].«

In der Tat stellte diese Besprechung, die von Georg Leibbrandt und Otto Bräutigam – dem Leiter der Politischen Abteilung des Ostministeriums und seinem Stellvertreter – und vom Generalquartiermeister Wagner arrangiert worden war, einen Höhepunkt der konspirativen Kooperation in der deutschen Besatzungspolitik dar. Rosenberg stand auf dem Tiefpunkt seiner Macht und musste um jeden Sukkurs froh sein. Über beiden

Partnern lastete die in Deutschland noch kaum öffentlich verbreitete Kunde von der »Schlacht um Stalingrad« – eine bereits damals euphemistische Bezeichnung für die unvorstellbare Katastrophe. Unter den Teilnehmern der Konferenz befanden sich neben Stauffenberg und Oberst Schmidt von Altenstadt Offiziere und Beamte aus den verschiedensten Abteilungen des Generalstabes. Auch die Befehlshaber im rückwärtigen Heeresgebiet Mitte und Süd, die Generale v. Schenkendorff und v. Rocques, waren zugegen, nachdem sie zum Teil schon lange Zeit zuvor in Denkschriften eine Änderung in der Besatzungspolitik gefordert und eine mit utilitaristischen Argumenten bestrittene Kampagne geführt hatten, der sich auch die Abteilung »Fremde Heere Ost« mit einem Memorandum vom 25. November 1942 offiziell nach einer bereits intensiven Teilnahme am Kampf um eine »realistische« Politik anschloss[87].

An der Konferenz zwischen Ostministerium und Wehrmacht herrschte derselbe Geist wie bei der Besprechung im Oktober in Winniza, in deren Verlauf Stauffenberg die deutsche Ausrottungspolitik angeprangert hatte, doch nun war die Tonart doch gemäßigter als damals. Die Notwendigkeit einer »Befreiungsbewegung« wurde als dringend erörtert. Die Misshandlung der Bevölkerung durch deutsche Beamte, die Zwangsrekrutierung von Arbeitskräften, der Lebensmittelmangel und die tiefe Enttäuschung der Bewohner der besetzten Gebiete – all diese Themen, die aus der mit zynischer Brutalität und Stupidität praktizierten deutschen Unterjochungspolitik resultierten, standen auf der Tagesordnung.

Oberst Schmidt von Altenstadt zog die rücksichtslose Bilanz dieser Politik: »Der augenblickliche Tiefstand in der Haltung der Bevölkerung ist weiterhin nicht tragbar. Ein Umbruch der deutschen Politik, insbesondere im russischen Raum, ist erforderlich ... Ohne grundsätzliche Änderung der deutschen Haltung würde die Angliederung von mehr als einer halben Million Russen, Ukrainer usw. an die Wehrmacht eine unübersehbare Gefahr bedeuten.« Die Freiwilligenverbände wurden hier mit utilitaristischen Argumenten eindeutig als Hebel für eine »politische« Kriegführung und eine Änderung der Politik Hitlers verwandt, da politische Versprechen und Maßnahmen zur Erhaltung der Moral und Loyalität der kollaborierenden entlassenen Gefangenen gefordert wurden, die das ganze Gebäude der bisherigen Ostpolitik zum Einsturz gebracht hätten. Die Methode der utilitaristischen Argumentation war ebenso wenig ein Zufall, wie die eine beständig repetierte Begründung für die ganze Aktion spätestens nach Stalingrad nicht zu widerlegen war: »Der Ernst der Lage und die notwendige Verstärkung der Truppe verlangt eindeutig die positive Mitarbeit der Bevölkerung[88].«

Die allgemeine Übereinstimmung unter den Militärs – auch der »Wirtschaftsstab Ost« schloss sich an – dachte Rosenberg zu nutzen, um wenigstens die letzten Reste seines Einflusses und Imperiums zu retten. Eine humanere Behandlung der besetzten Gebiete befürwortete er vor allem deshalb, weil sie seine »Dekompositions«-Politik weniger gestört hätte als der brutale Sadismus und Nihilismus eines Koch. Doch Hitler wies ihn schroff ab – mit der Begründung, der Ostminister habe sich nicht um »militärische Angelegenheiten« zu kümmern. Genau diese Begründung – allerdings mit umgekehrten Vorzeichen – hatte er vor einem Jahr den Militärs gegeben, die sich nicht um »politische Fragen« zu kümmern hätten[89].

Im Dezember 1942, in dem Kluge bei der Heeresgruppe Mitte die Aufteilung der auf Initiative Tresckows aufgestellten Verbände befahl und diese Truppe durch Desertionen und Zersplitterung unter deutschem Kommando ihr Ende nahm[90], hing Stauffenberg kaum noch Illusionen über die Möglichkeiten einer Änderung der Hitlerschen Politik nach. Die Rosenberg erteilte Antwort des nationalsozialistischen Diktators musste deutlich die ganze Fragwürdigkeit des beinahe alchimistischen Versuches zeigen, im nationalsozialistischen Herrschaftssystem auf unterer Stufe in konspirativer Tarnung den kriminellen, dem eigenen Land gefährlichen Irrsinn in einen sinnvollen und effektiven Beitrag zur deutschen Kriegführung zu verwandeln. Tresckow und Schmidt von Altenstadt führten nach der negativen Antwort Hitlers mit Memoranden den Kampf weiter. Ihre Gedankengänge blieben im formalen Sinn nicht ohne Folgen. In einem »Merkblatt für das Verhalten gegenüber ›Hilfswilligen‹«, das die Organisationsabteilung im Januar 1943 herausgab, finden sich »fast wörtlich Sätze und Redewendungen aus den vorhergehenden Denkschriften Gehlens, Tresckows, Stauffenbergs und Schenkendorffs«. Diese Tatsache war symptomatisch für das »geheime Einverständnis«, das unter den Gegnern der offiziellen Vernichtungspolitik bestand[91].

Aus einer Kontroverse um das Phantom der »Russkaja Oswoboditeljnaja Armija« Wlassows, die sich im Mai 1943 entspann, ging Koch definitiv als Sieger hervor, während Rosenberg völlig unterlag und nur noch nominell Ostminister blieb. Der nationalsozialistische Diktator zeigte sich weiterhin uneinsichtig. Der Feldzug der »Realisten« war im Mai 1943 zu Ende – das Stauffenberg schon um die Jahreswende erkennen konnte[92]. Himmler, der noch im Oktober 1943 Wlassow als »gefährlichen Bolschewisten« bezeichnet hatte, trat im Herbst 1944 das Erbe an und wünschte im November dieses Jahres dem kollaborierenden sowjetischen General »vollen Erfolg im Interesse unserer gemeinsamen Sache«. Die Freiwilligenverbände waren freilich – soweit sie zuverlässig waren – im Herbst 1943 nach Westeuropa verlegt worden – nach Auflösung der unzuverlässigen Verbände. Sie dienten als Landsknechte und waren alles andere als eine Befreiungsarmee. Ein »antitotalitärer« Einsatz dieser Verbände im Juli 1944 wurde nie erwogen[93].

So schwierig die Motive der einzelnen Protagonisten einer wirkungsvolleren und humaneren deutschen Besatzungspolitik im Osten zu definieren sind, so leicht ist zu erkennen, dass die Freiwilligenverbände »hauptsächlich als ein Brennpunkt für die aktive Kollaboration der Einheimischen mit den Deutschen und als ein Katalysator für die Bekehrung von Deutschen zum ›realistischen‹ Standpunkt gedient« haben[94]. Doch die Opposition gegen Doktrinäre und Extremisten wie Erich Koch war natürlicherweise in sich gespalten. Nationalsozialisten und Gegner Hitlers, Zivilisten und Militärs, Propagandisten und Ehrlichmeinende, Utilitaristen, Idealisten, Russophile, Ukrainophile – alle konnten Zweckallianzen schließen. In dem Chaos konkurrierender Gruppen in der Besatzungspolitik vermochte eine Opposition sich einen gewissen Spielraum zu schaffen. Um ihn wirklich auszunützen, bestand der Zwang zum Zweckbündnis und damit notgedrungen zur Heterogenität, die neben der Person Hitlers ein wichtiger Grund für die Ineffektivität dieser Opposition war.

Die Thesen der Protagonisten einer »realistischen« Ostpolitik waren ketzerisch angesichts des offiziellen Nihilismus. Um die Diskrepanz zwischen den verfochtenen Gedanken und der nationalsozialistischen »Untermensch«-Ideologie etwas zu tarnen, blieb als einziger Ausweg die utilitaristische Argumentation für möglicherweise sehr aufrichtig gemeinte Ziele. Diese Tatsache erschwert zusätzlich zu der heterogenen Zusammensetzung der keineswegs generell als »illoyal« zu bezeichnenden Opposition Analyse und Definition der einzelnen Stimmen aus dem »realistischen« Lager. Die Grenzen zwischen utilitaristischen und idealistisch-humanen Konzeptionen waren zudem höchst unscharf, den »Realisten« subjektiv wohl häufig selbst nicht klar, weil die befürwortete humanere Kriegführung und Besatzungspolitik logischerweise sehr nützliche Resultate erbringen musste.

Die Haltung der wenigen »realistischen« Militärs blieb eine Ausnahme. Der Katastrophe von Stalingrad gelang wahrscheinlich noch manche Bekehrung in bezug auf die Besatzungspolitik. Stauffenberg brauchte diese »Hilfe« ebenso wenig wie eine umfassende politische Konzeption. Er hatte bereits die Sinnlosigkeit einer konspirativen Kooperation erkannt und den Schritt zur Konspiration gegen Hitler getan. Die Ostpolitik des nationalsozialistischen Diktators war ein Katalysator in seinem Denkprozess, an dessen Ende er erkannte, dass alle angestrebten Veränderungen innerhalb des totalitären Systems trotz partieller Erfolge Schall und Rauch bleiben und zum Scheitern verurteilt sein mussten, solange nicht der »Ursprung der politischen Fehlschläge Deutschlands«, der im Wesen des Nationalsozialismus lag, beseitigt sein würde[95].

Am 1. Januar 1943 wurde Stauffenberg – eben erst 35 Jahre alt – zum Oberstleutnant befördert. Am 14. Januar traf er im Hauptquartier den früheren Ordonnanzoffizier der 6. Panzerdivision, Reerink. Stalingrad, wo am 8. Januar einer Kapitulationsaufforderung eine sowjetische Generaloffensive gefolgt war, bildete begreiflicherweise das Gesprächsthema. Denn die 6. Armee stand kurz vor dem Untergang. Stauffenberg nahm seinen Bekannten »abends zu einem Spaziergang durch den Mauerwald mit, da man sich im Freien besser unterhalten könne, wie er sagte, als in den Barackenbüros«. Er erzählte von den Vorgängen im Hauptquartier während der Einkesselung der Armee von Paulus, und sein Zuhörer merkte ihm an, wie niedergeschlagen er war[96]. Stauffenbergs Erkenntnis, »daß der Krieg militärisch nicht mehr zu gewinnen sei, sondern nur noch auf diplomatischem Wege beigelegt werden könne«[97], wurde durch die Katastrophe von Stalingrad in ihrer Richtigkeit bestätigt. Doch forderte sie nun nicht dringend Konsequenzen, da Hitler von dieser Erkenntnis weit entfernt und in jeder Beziehung für eine Beendigung des Krieges »auf diplomatischem Wege« unfähig war? Die Beobachtung Baron Thüngens, der Stauffenberg nächtlicher Weile in konspirativer Aktion begegnete, zeigt – so schwer sie auch zu deuten ist – wenigstens eines klar: Stauffenberg hatte nicht nur in Gedanken oder bloß verbal die Konsequenzen gezogen, sondern befand sich bereits im Stadium aktiven Handelns.

Sein erstes Anliegen musste die Erkundung sein, wieweit Offiziere die Bereitschaft zeigten, über das gar nicht unübliche vage konspirative Gespräch hinaus die Methoden einer Ausschaltung Hitlers konsequent und präzis zu definieren zu suchen und hernach aktiv einen Umsturz in die Wege zu leiten. Die Frage richtete sich an ein von alten, zum Teil stark verfälschten und pervertierten Traditionen gehemmtes Offizierskorps, das vor dem Hintergrund des »unpolitischen« Dogmas der Reichswehrzeit als willenloses Werkzeug dem nationalsozialistischen System diente und in seiner Homogenität zerstört worden war[98]. Denn »auf der einen Seite« bestand »ein kleiner Kreis, der aus ethischer Überzeugung Hitler ablehnte, ein wesentlich größerer, der aus militärischen Führungsgründen eine Änderung anstrebte . . ., außerdem alle die ewigen Soldaten, die Parzival-ähnlich in ihrem Beruf aufgingen und als reine Toren in den enggezogenen Grenzen ihrer Pflichtauffassung ihr Bestes gaben, die Nur-Soldaten, die ihre trüben Erkenntnisse bewußt oder unbewußt verdrängten. Auf der anderen Seite: die eiskalten Karrieremacher, die Beförderungsbesorgten . . ., die Fatalisten . . ., der sogenannte ›große Haufen‹, und schließlich, dünn gesät, die überzeugten und fanatischen Nationalsozialisten[99].«

Von all diesen Gruppen kamen für Stauffenbergs Recherchen nur zwei in Frage: jener kleinere, aus ethischer Überzeugung oppositionelle

Kreis und jene größere, aus militärischer Vernunft einer »Änderung« zuneigende Gruppe. Die beiden Motivationen schlossen sich in keiner Weise aus, doch war wohl der kleine Kreis eher »ansprechbar«. Das wichtigste Ziel war aber nun, vor allem jene einzelnen eruieren zu können, »die erkannten und folgerten« – wie es Stauffenberg tat: »Er ist ein Narr und ein Verbrecher[100].« Seine Suche nach solchen Gleichgesinnten schränkte er noch ein. Denn er verargte es keinem, »der auf den unteren Sprossen der Rangleiter stand, wenn er auf sein Blickfeld beschränkt blieb, treu zum Geforderten stand«. Das Problem, wer an seine Verantwortung erinnert werden müsste, beantwortete er, indem er nicht an die Kompanieführer, sondern an jene hohen Offiziere appellierte, die »Amt und Ehre in einen führenden Rang« gerückt hatte, »wo Mann und Aufgabe zusammenfallen und keine anderen Rücksichten mehr gälten«, als für den »Sinn des Ganzen« – gegen den Unsinn zu stehen[101]. So fuhr Stauffenberg in der Hoffnung, dass der »Rückschlag« von Stalingrad auch der Vernunft eines Feldmarschalls dienlich sei und dieser sich seiner Pflicht entsinne, am 18. Januar 1943 – vierzehn Tage vor der Kapitulation Stalingrads – ins Hauptquartier Mansteins, der mit seiner Heeresgruppe Don inmitten schwieriger Abwehrkämpfe stand[102].

Tresckow, der Ia der von Kluge kommandierten Heeresgruppe Mitte, hatte den Ordonnanzoffizier Mansteins – Oberleutnant d. R. Alexander Stahlberg – bereits im November 1942 gebeten, im Falle eines Besuches Stauffenbergs bei Manstein für ein ungestörtes Gespräch der beiden zu sorgen[103]. Seinen Neffen Stahlberg hatte Tresckow selbst Manstein in dessen Stab gebracht, in dem auch Stauffenbergs Freund Oberst i. G. Finckh als Leiter der Oberquartiermeister-Abteilung fungierte[104].

Die Anweisung Tresckows an seinen Neffen, Stauffenberg die Möglichkeit zu einem ungestörten Gespräch mit Manstein zu verschaffen, stellt diesen Besuch in einen größeren Zusammenhang. Tresckow war Stauffenberg im Juli 1941 in Borissow und später auch wieder auf dem nahe beim ostpreußischen Hauptquartier gelegenen Schloss des Grafen Heinrich Lehndorff begegnet. Er kannte seine kritische Einstellung – ein Wissen, das allein durch Stauffenbergs Äußerungen und Demarchen im Herbst 1942 gegen Hitlers despotischen Nihilismus im Osten untermauert wurde. Im Kampf gegen die offizielle Ostpolitik war ja Tresckow einer der wichtigsten Protagonisten. Die Atmosphäre, in der Stauffenberg eine Reise mit konspirativem Zweck antrat, der durch Tresckows Bemerkung zu Stahlberg hergestellte Bezug auf Stauffenberg, sein Hinweis gegenüber Baron Thüngen auf einen konspiratorischen Eid, die Tatsache, dass Tresckow zur selben Zeit zusammen mit General Olbricht und Oster an einem Staatsstreich arbeitete – all dies scheinen Indizien für eine mehr als zufällige Verbindung zu sein, die freilich nicht überinterpretiert und wahrscheinlich nur unter dem Gesichtspunkt einer von Tresckow ausgehenden Initiative betrachtet werden darf, die Stauffenberg nicht in das ganze Geheimnis einweihte.

Ende des Jahres 1942 »hatte Olbricht noch acht Wochen erbeten, um in Zusammenarbeit mit Oster den Plan zur Besetzung von Berlin, Köln, München und Wien vorzubereiten«. Am 13. März 1943 sollte dann die »Initialzündung« in Gang gesetzt werden – in Form einer Bombe in Hitlers Flugzeug, die allerdings nicht explodierte. Der Besuch Stauffenbergs bei Manstein fiel also gerade in die von Olbricht erbetene Frist. Tresckow, der für das Attentat verantwortlich war, während Olbricht – der Chef des AHA – und Oster von der »Abwehr« den Staatsstreich ausführen sollten, bearbeitete seinen Oberbefehlshaber Feldmarschall v. Kluge, um in ihm wenigstens einen Heeresgruppenführer gegen Hitler zu gewinnen. Ein Besuch Goerdelers im Spätherbst 1942 hatte bei dem Zauderer Kluge keinen bleibenden Eindruck hinterlassen. Goerdeler, immer mehr der »Motor« der zivilen Konspiration, traf sich am 8. Januar – also zehn Tage vor Stauffenbergs Besuch bei Manstein – auf Veranlassung von Fritz-Dietlof Graf v. d. Schulenburg im Hause des Grafen Peter Yorck mit Moltke und dessen inzwischen nach zwei großen Tagungen in Kreisau bereits etablierten »Kreis«, wobei Beck eine Art »Schiedsrichter« spielte. Die Differenzen zwischen »alt« und »jung« traten offen zutage. »Einig war man aber in der Notwendigkeit, möglichst schnell den Staatsstreich herbeizuführen, worauf Beck abschließend nur kurz darlegte, daß er erst sehen müsse, wie stark die tatsächlich vorhandenen Kräfte seien.« Zu diesen »Kräften« gehörte vor allem Tresckow, mit dem die junge Generation der Oberstleutnante und Obersten auftrat[105].

Tresckow kannte Manstein schon aus der Zeit vor dem Kriege, als er in der Operationsabteilung tätig war. Manstein holte ihn im Winter 1939/40 als Ia2 zur Heeresgruppe A Rundstedts nach Koblenz, deren Chef des Stabes er selbst war. Dort verschaffte Tresckow durch seine Freundschaft mit Hitlers Chefadjutanten Schmundt Manstein die Möglichkeit, Hitler seinen Offensivplan gegen Frankreich vorzutragen. Manstein erbat im Laufe seiner späteren Karriere zweimal Tresckow als Chef des Stabes, doch seine Bitte wurde abgelehnt, da er »einen so klugen Chef nicht nötig« habe. Hatte Tresckow schon im Mai 1940 seine Beziehung zu Schmundt erneut spielen lassen, als er in einem der üblichen, den Dienstweg umgehenden Telefonate mit Schmundt den Anstoß zur Annullierung des Hitlerschen Haltebefehles vor Dünkirchen gab, so wurde dieser Kontakt nach der Übernahme des Heerespersonalamtes durch Schmundt im Oktober 1942 ein wichtiges Instrument seiner Konspiration. Denn durch Schmundt, der ein überzeugter Nationalsozialist und beinahe der inkarnierte Beweis für das Wort war, dass ein solcher nicht auch klug sein konnte, gelang es Tresckow, »einige Vertrauensleute in wichtigen Stellen unterzubringen, ohne daß Schmundt ahnte, welchem Unternehmen er damit Vorschub leistete«. Im Stab der Heeresgruppe Mitte hatte er bereits einen beträchtlichen Kreis oppositioneller Offiziere um sich versammelt. Sein Neffe Stahlberg war der »Vertrauensmann der Verschwörung« bei Manstein[106].

Diesen »Stützpunkt« gedachte er auszubauen, denn er hielt Manstein »für einen begabten Kopf und glaubte, daß er der guten Sache auch einen guten Dienst leisten werde«. Im März 1943 sollte Mansteins Chef des Stabes, Generalmajor Friedrich Schulz, abgelöst werden. Tresckow wurde dem Feldmarschall angeboten, doch ihn konnte nun Manstein, der ihn zweimal als Chef des Stabes erbeten hatte, seinem »gleichaltrigen, in vielen gemeinsamen Kämpfen hochbewährten Ia, General Busse, nicht vorziehen ...« Nachfolger des Obersten Busse als Ia wurde Tresckows Vertrauensmann Oberst i.G. Schultze-Büttger, ein früherer Adjutant Becks. Beck selbst wandte sich um die Jahreswende 1942/43 in einem Brief an Manstein, seinen einstigen Schüler und Oberquartiermeister I. »Er habe ihn darauf hingewiesen« – erklärte Beck dem Ordonnanzoffizier Tresckows, Schlabrendorff –, »daß weitere militärische Operationen sinnlos seien. Jetzt müsse an die Erhaltung des Reiches gedacht werden. Nur mit einer intakten Truppe sei es möglich, die Grenzen zu schützen und im Innern Ordnung zu halten.« Manstein antwortete, dass ein Krieg nur verloren sei, wenn man ihn verloren gebe[107]. Tresckow hoffte im Januar 1943 noch auf Manstein. Beck jedoch erkannte bereits, dass »der Grund für die Ablehnung Mansteins ... nach seiner Kenntnis der Persönlichkeit mehr im Charakterlichen als im Rationellen« lag[108]. Dies hatte auch Schulenburg schon fast ein Jahr früher erfahren müssen[109].

Zu diesem ihm noch nicht persönlich bekannten Mann fuhr nun Stauffenberg – in der berechtigten Annahme, dass dem strategischen Kopf die Hitlersche Führungspraxis längst als gefährlich erscheinen musste. Offiziell ging er im Auftrag der Organisationsabteilung, um über die Frage des Ersatzes für die Armeen der Heeresgruppe Don zu sprechen, mit denen Manstein bald zu einem Gegenschlag ausholen wollte. Zunächst sprach Stauffenberg am 18. Januar mit Mansteins Ia – Oberst Busse – und legte offen seine Meinung über die Kriegslage dar, welche er – nach Busses Bericht[110] – »sehr pessimistisch beurteilte«. Im engeren Stab der Heeresgruppe war Kritik an Hitler weder selten noch gefährlich. Dennoch bat Stauffenberg den Feldmarschall um eine persönliche Unterredung, in der »er seinem Herzen Luft über die Fehler der militärischen obersten Führung, also Hitlers«, machte – wobei Manstein zustimmend erklärte, dass auch er »die militärischen Fehler Hitlers ... durchaus erkenne und eine Änderung der militärischen Führung dringend erwünscht sei«[111].

Diese »Änderung« sah Manstein in der Ernennung eines verantwortlichen Generalstabschefs der Wehrmacht oder zumindest eines Oberbefehlshabers im Osten – wozu seine Kandidatur auf der Hand lag. Am 6. Februar sollte er seinem »Führer« diesen Vorschlag unterbreiten – wobei Hitler im voraus davon unterrichtet war und seinen aufbegehrenden Feldmarschall mit der Übernahme der ganzen Verantwortung für die Stalingrad-Katastrophe besänftigte. Diese Unterredung sollte ergebnislos verlaufen – was Manstein leicht vorher wissen konnte und wohl, wie seine Reaktion auf Hitlers Verhalten zeigt, auch tat. Den Alibi-Charakter seines Schrittes hütete der Feldmarschall Hitlers freilich auch nach seiner brüsken Entlassung im Frühjahr 1944 wie den Gral. »In der Erkenntnis, daß es einem Diktator wie Hitler unmöglich sein würde, den Oberbefehl niederzulegen«, versuchte Manstein »ihm eine Lösung plausibel zu machen, die sein Prestige nicht antasten, aber doch für die Zukunft eine einwandfreie militärische Führung gewährleisten könnte«. Er, der selbst treffend formulierte, dass »ein Diktator ... sich nicht zwingen lassen« könne, weil »mit dem Moment, wo er einem solchen Zwang auch nur einmal nachgibt ..., seine Diktatur ja erledigt« sei, glaubte oder mimte den Glauben an die Kunst seiner Überredung, die den nationalsozialistischen Diktator der Forderung eines Militärs nach einer freiwilligen partiellen Abdankung nachkommen lassen sollte, und versprach Stauffenberg, einen solchen Schritt zu unternehmen. Hitler ließ Manstein im entscheidenden Augenblick kaum zu Worte kommen. Er war in keiner Weise gewillt, »diese Frage sachlich zu behandeln«, und kehrte vor allem »immer wieder zu der augenblicklichen operativen Lage zurück« – eine Gelegenheit für Manstein, das Thema zu wechseln und auch seinerseits »das Gespräch auf die operative Frage zu konzentrieren«, »da deren Erfordernisse« ihm »schließlich auf den Nägeln brannten«[112] ...

Stauffenberg kam zu Manstein, um ihn zu mehr als einer solchen bloß formalen »Pflicht«-Übung für eine sinnvolle Kriegführung zu überreden. Er führte ein langes Gespräch, stellte kühne Fragen und setzte dann zum Griff an: Er richtete an Manstein die Frage, ob die »höchste Führung« – er sagte nicht der »Führer« – aus der verlorenen Schlacht Stalingrad die Konsequenzen für die Zukunft zu ziehen bereit sei. Gleichzeitig bestritt er auch die Möglichkeit, dass ohne eine militärisch-sachliche Führung ähnliche Fehler vermieden würden. Für ihn sei Stalingrad nicht eine verlorene Schlacht, wenn die Konsequenzen gezogen würden. Seine Freunde im OKH und er seien sich des kommenden Desasters bewusst, wenn sich nichts ändere. Eine einzige Chance existiere, um dem Abgrund zu entgehen: aktiv in die Führungsspitze einzugreifen und eine militärisch-sachliche Führung sicherzustellen. Der Versuch Stauffenbergs, den Feldmarschall in seinen Gedankenkreis zu ziehen, misslang. Manstein kommentierte die Unterhaltung mit Stauffenberg als ein »sehr brillantes Gespräch. Aber er hat mir weismachen wollen, der Krieg sei verloren!«[113]

Nach Mansteins Zeugnis wurde über Hitlers »politisches System« nicht gesprochen. Auch »eine Tendenz Stauffenbergs, ein gemeinsames Vorgehen der Oberbefehlshaber gegen Hitler – also einen Staatsstreich – zu erreichen, war aus seinen Ausführungen nicht zu erkennen«. Die im Privatgespräch geäußerte Forderung Stauffenbergs, in die Führungsspitze zur Erreichung einer sachlichen Führung »einzugreifen«, war allerdings weniger die militärisch-utilitaristische Argumentation für das politische Ziel, sondern rhetorische Ausgangsbasis, um die verklausulierten Chiffre-Begriffe, die schon genügend deutlich waren, allmählich zu präzisieren. Diese Andeutungen nicht zu begreifen, war Manstein, der nicht das erste Mal »umworben« wurde, viel zu klug – die »Entschuldigung« für fanatische Nationalsozialisten nimmt er selbst nicht in Anspruch. Doch Manstein ließ es zu keiner Präzisierung des Anliegens von Stauffenberg kommen, der eigens für seine bereits gemachten Äußerungen doch in der »kritikgewohnten« Atmosphäre der Heeresgruppe keine Privatunterhaltung mit ihrem Oberbefehlshaber gefordert hätte. Er wollte mehr und erwartete mehr. Manstein jedoch verriet Stauffenberg statt dessen sein »Geheimnis« – in dessen Besitz ja auch Hitler noch vor der Besprechung am 6. Februar geriet –, dass er praktisch eine partielle und legale Entmachtung des Diktators bei diesem selbst anzuregen beabsichtige. Damit schnitt er Stauffenberg, der seinerseits nun zu intelligent war, um das nicht zu erkennen, das Wort ab mit einem durchschaubaren Manöver – was er noch dadurch verdeutlichte, dass er ihm, der »verzweifelt darüber war, was er alles im OKH mit ansehen mußte«, die Versetzung in eine Frontgeneralstabsstelle empfahl, damit Stauffenberg »aus dem unerfreulichen Milieu im Führerhauptquartier« herauskomme[114].

Für Manstein gab es noch Lorbeeren zu pflücken – was er auch auf brillante Weise tat, während er jeden Umsturzversuch als »Dolchstoß« ablehnte, gleichzeitig aber durchblicken ließ, dass er »für den Fall eines gelungenen Staatsstreiches voll zur Verfügung stehen würde«. Den Fall »Manstein« hat Stauffenberg wie Schulenburg, Beck und – etwas später – Tresckow und Gersdorff[115] erlebt und bereits im voraus im Oktober 1942 in Winniza mit jenen Worten von den »Teppichlegern im Generalsrang« charakterisiert. »Das ist nicht die Antwort eines Feldmarschalls« – kommentierte er erbittert das Gespräch mit Manstein seiner Frau gegenüber[116].

Einige Tage nach der Reise traf Baron Thüngen erneut mit Stauffenberg zusammen: »Er war zornig und voller Vorwürfe: ›Die Kerle haben ja die Hosen voll oder Stroh im Kopf, sie wollen nicht!‹[117]« Wen er außer

Manstein noch aufgesucht hatte, war unklar. Thüngen schien er auch einen Besuch bei der Heeresgruppe Mitte angedeutet zu haben. Jedenfalls hatten ihm »alle gesagt, sie sähen alles völlig ein, daß es so nicht weitergehen könne und daß etwas geschehen müsse. Aber keiner stellte sich zur Verfügung oder wollte die Führung übernehmen.« Als Äußerstes konnten sie sich bloß zum Entschluss aufraffen, »nach gelungenem Staatsstreich der neuen Staatsführung wieder Gehorsam zu geloben«[118]. Einige Tage nach dem Besuch an der Ostfront sah Baron Thüngen Stauffenberg ein zweites Mal: »Claus war nun völlig von der nicht mehr zu vermeidenden Katastrophe überzeugt und tief niedergeschlagen. Mehr denn je war er der Meinung, daß ›Er‹ verschwinden müsse[119].«

Intermezzo in Nordafrika 1943

Stauffenberg war schon vor der Katastrophe von Stalingrad zu der Ansicht gelangt, dass nur die gewaltsame Beseitigung Hitlers eine Änderung in der deutschen Kriegführung und Politik zu bewirken vermochte. Auf Grund seiner persönlichen Kenntnis der deutschen Führungsspitze und in der richtigen Annahme, dass das kriminelle Regime Hitlers nie freiwillig auf seine Macht verzichten konnte, hatte er als einzige Lösung den Umsturz mit Gewalt ebenso konsequent angestrebt wie die dazu notwendige Hilfe des Militärs und der verantwortlichen hohen Offiziere, deren Teilnahme und Führung der Aktion er als eine Conditio sine qua non betrachtete. Dass die Wahl gewaltsamer Methoden ihm nicht nur als Katholiken, sondern auch als Menschen schwer fallen und eine Last sein musste, ist begreiflich[1]. Um so entschlossener war er dann wohl, als er auch diese Barriere genommen hatte und das Reich Hitlers als ein einziges gigantisches Verbrechen durchschaute – wie Moltke bereits im Februar 1942[2].

Doch was sollte er, der auf den 1. Januar 1943 zum Oberstleutnant im Generalstab des Heeres befördert worden war, unternehmen, wenn die Voraussetzungen für einen Umsturz – die Teilnahme hoher Militärs in wichtigen Führungsstellen – nicht geschaffen werden konnten, weil sich zum Beispiel die von Hitler kreierten Feldmarschälle in einer Weise verhielten, die Stauffenberg drastisch von Manstein demonstriert bekam? Konnte ein Stabsoffizier eine Konspiration, eine Revolte, einen Staatsstreich in Gang setzen ohne die Mitwirkung einiger Heeresgruppen- und Armeeoberbefehlshaber? Der Entschluss zur isolierten Aktion musste doch den Verzicht auf jeden größeren Erfolg zusammen mit der Gefahr eines Zusammenbruchs des eigenen Landes implizieren.

Stauffenberg blieb nicht viel Zeit zum Nachdenken, denn er wurde als Ia zu einer Panzerdivision versetzt. Zeitzler, der Chef des Generalstabes, wollte ihn zur Vorbereitung einer weiteren Karriere als Generalstabsoffizier an der Front einsetzen[3]. Die Forderung, dass Truppen- und Generalstabsdienst sich abwechseln müssten, war freilich mehr theoretischer Natur. Besonders im Kriege mehrten sich die Ausnahmen, welche die Regel kaum mehr bestätigten[4]. Ein Zwang zur Frontversetzung bestand also ebenso wenig wie die Möglichkeit, sich ihr zu entziehen, wenn sie befohlen war. Stauffenberg folgte diesem Befehl nicht ungern, er begrüßte ihn sogar – auch wenn er ihn nicht selbst erbeten hatte. Dass seine Niedergeschlagenheit angesichts der unausweichlichen totalen Katastrophe Deutschlands unter Hitlers Führung ihn resignieren ließ, wenn er nicht die Möglichkeit zu einem Umsturz hatte, machte diese positive Reaktion auf die Frontversetzung deutlich. Einem Onkel berichtete er von der unerträglichen Atmosphäre im Hauptquartier und zeigte sich auch ihm gegenüber erfreut, den Schreibtisch in den Führungsnebeln gegen die eigentliche Aufgabe seines Handwerks zu tauschen[5]. Seinen Weggang aus dem Mauerwald kommentierte er mit den Worten: »Es wird Zeit, daß ich hier verschwinde[6].« Dies bedeutete wohl einen Hinweis auf seine konspirativen Versuche, die zwar wegen des mangelnden Echos nicht weit gediehen waren, aber doch ein Wagnis darstellten, das eine unliebsame Aufmerksamkeit von der falschen Seite zu provozieren drohte.

Der bei einer Versetzung normale Urlaub von drei Wochen vor Antritt des neuen Dienstes wurde Stauffenberg auf acht Tage reduziert[7]. Die Ursache für diese Maßnahme war mit seiner neuen Aufgabe verknüpft, die ihn zum ersten Generalstabsoffizier der 10. Panzerdivision in Nordafrika bestimmte. In Tunesien unterstand sie der 5. Panzer-Armee, die den Rückzug von Rommels Armee gegen die in Nordafrika gelandeten Alliierten abschirmen sollte. Ihrem Oberbefehlshaber, Generaloberst v. Arnim, gelang es, den alliierten Vormarsch gegen Tunis aufzuhalten, während Rommel Tripolis räumte und die alten französischen Grenzbefestigungen der Mareth-Linie 300 Kilometer westlich Tripolis bezog. Mit der 10. und 21. Panzerdivision führte Arnim am 30./31. Januar einen Schlag gegen den Faid-Paß und bei Pichon. Dabei fiel der Kommandeur der 10. Panzerdivision, Generalleutnant Wolfgang Fischer; Oberst Wilhelm Bürklin – Stauffenbergs Freund und Ia der Division – wurde schwer verwundet. Wegen dieser folgenschweren Ausfälle und der durch den Vorstoß bei Faid in Bewegung gesetzten amerikanischen Panzerreserven befahl Arnim den beiden Panzerdivisionen den Übergang zur Defensive[8].

Der Tod des Kommandeurs der 10. Panzerdivision und die Verwundung Bürklins waren der Anlass für den recht abrupten Weggang Stauffenbergs aus dem ostpreußischen Hauptquartier. Zum neuen Kommandeur der Division wurde Generalmajor Friedrich Frhr. v. Broich ernannt[9]. Vorgänger des verwundeten Bürklin war Oberst Bürker gewesen, der aus der Front herausgezogen wurde, da seine beiden Schwäger Blomberg gefallen waren. Mit ihm traf sich Stauffenberg am 2. oder 3. Februar in Berlin, um sich über die Verhältnisse auf dem nordafrikanischen Kriegsschauplatz zu orientieren. Das Gespräch fand während eines Essens bei »Kempinski« statt, an dem auch Gräfin Stauffenberg, Frau Bürker und eine Bekannte aus der Wuppertaler Zeit teilnahmen. Stauffenberg und Bürker konnten sich beide über ihre Beförderung freuen, doch die Erörterung der allgemeinen Lage Deutschlands gab keinen Anlass zur Freude. Vor allem Stauffenberg sprach laut und kritisch und reagierte nicht, als der Kellner streng dazu aufforderte, während der Übertragung des Wehrmachtberichtes – eben war Stalingrad gefallen – leiser zu sein. Doch Stauffenberg ließ sich nicht stören und fuhr im Gegenteil betont in seinem Gespräch mit Bürker weiter[10].

In Berlin besuchte Stauffenberg den im Lazarett liegenden Sauerbruch, seinen Bekannten aus dem Reiter-Regiment 17 und dem OKH, dessen Zweifel, »ob Halder dem Führer gegenüber auch stark genug sei, um mit seinen Forderungen durchzudringen«, er noch vor nicht allzu langer Zeit zu widerlegen wusste. Er übergab ihm einen Brief an Halder, der ihn am nächsten Tag bei Sauerbruch in Empfang nahm. »Stauffenberg war damals sehr bedrückt und sagte die Entwicklung der Lage auf dem afrikanischen Kriegsschauplatz so voraus, wie sie später eintrat[11].« In der Berliner Charité besuchte er zur selben Zeit einen anderen Freund und ehemaligen Angehörigen des Bamberger Reiter-Regimentes, den Major Roland von Hößlin, der als Führer einer Aufklärungsabteilung vor El Alamein verwundet und mit dem Ritterkreuz ausgezeichnet worden war. Er erklärte ihm, dass er »den Krieg militarisch für verloren« hielt, und bezeichnete seine Versetzung nach Tunis als »Flucht an die Front«[12].

Sein realistisches Urteil über die Lage Deutschlands und die Aussichtslosigkeit, sie ändern zu können, ließen ihn die befohlene Versetzung zur Front bejahen, »wo bedenkenlos der höchste Einsatz gewagt wird, wo ohne Murren das Leben hingegeben wird« – wie er dem nun zum Generalfeldmarschall beförderten und in sowjetische Kriegsgefangenschaft geratenen Paulus im Juni 1942 geschrieben hatte. Was blieb ihm anderes übrig, als dem Befehl zu folgen und in bitterer Konsequenz und Ehrlichkeit seinen Gang als »Flucht an die Front« zu bezeichnen?

Unmittelbar vor der Übernahme seiner neuen Stellung besuchte er ebenfalls anfangs Februar in Tunis seinen schwerverwundeten Freund und Vorgänger Bürklin. Dieser warnte ihn, »der doch nun ohne Fronterfahrung in das deckungslose afrikanische Gelände kam, ganz besonders vor den feindlichen Tieffliegern«[13]. Nach diesem Lazarettbesuch ging Stauffenberg zur Division. Zu seinem Kommandeur Baron v. Broich fand er rasch nicht nur dienstlichen, sondern auch persönlichen Kontakt. Oft saßen die beiden »nachts gegen zwölf Uhr noch im Befehlswagen zusammen, nachdem die Befehle heraus waren, und sprachen über Politik, Philosophie und Literatur«. Stauffenberg erzählte ihm von seinen gescheiterten Versuchen, Verbündete gegen Hitler zu finden, und legte ihm seine

Gedanken zu der Notwendigkeit »einer gewaltsamen Änderung der Machtverhältnisse« dar[14].

Die »harmonische Zusammenarbeit« zwischen Broich und Stauffenberg fiel auch dem Kommandeur des Panzerregimentes 7 der Division auf. Ihr entsprach die Beliebtheit Stauffenbergs bei der Truppe, mit der enge Fühlung aufzunehmen er trotz aller Stabsarbeit immer Zeit hatte. »Sehr oft besuchte er die Regimenter und Bataillone, um mit ihren Kommandeuren über dienstliche oder persönliche Dinge zu sprechen ... Die Unterhaltung mit ihm umfaßte nicht nur dienstliche Dinge, sondern erstreckte sich auch auf Geschichte, Geographie und Literatur und zwangsläufig auch auf Politik«, wobei Stauffenberg seine Ablehnung von Hitlers Herrschaft deutlich spüren ließ, ohne als »Fanatiker, Stürmer oder Dränger« große Beeinflussungsversuche zu unternehmen[15]. Dass er so nach kurzer Zeit in der Division sehr beliebt und geschätzt war »wegen seiner Tüchtigkeit, Zuverlässigkeit und Einsatzbereitschaft und nicht zuletzt wegen seiner herzlichen, offenen Art und seiner Hilfsbereitschaft«, ist wohl leicht verständlich[16].

Stauffenberg vermochte »taktische Zusammenhänge rasch zu erfassen und Dinge in den von ihm verfassten Befehlen in einem ausgezeichneten Stil lebendig zu formulieren«, ohne in ein schematisches Befehlsdeutsch zu verfallen[17]. Diese Gaben und sein ausgezeichnetes Verhältnis zur Truppe kamen ihm in den bevorstehenden schweren Kämpfen sehr zugute. Denn Rommel ging auf seinem Rückzug einer immer bedrohlicheren Umklammerung durch die britische 8. Armee im Osten und durch die aus Algerien vorrückende britische 1. Armee entgegen. So ergriffen die deutschen Truppen, den Vorteil der inneren Linie nutzend, im Westen die noch kriegsunerfahrenen, im Verband der 1. Armee kämpfenden Amerikaner an. Am 14. Februar brauste Stauffenbergs 10. Panzerdivision den Faid-Paß hinunter Richtung Algerien. Die 21. Panzerdivision und Teile des Afrikakorps beteiligten sich an der Offensive, die unter dem Namen »Schlacht von Kasserine« in die Kriegsgeschichte eingegangen ist.

Rommels Ziel war eine Umfassungsoperation über den bereits in Algerien gelegenen Ort Tebessa gegen Bône oder Constantine, mit der er die Nachschublinien des Gegners unterbrochen und ihm den Rückzug abgeschnitten hätte. Ihm winkte nach dem endlosen Rückmarsch aus Ägypten ein Triumph. Doch der schließlich erreichte Erfolg war bloß taktischer Art und wurde wieder annulliert durch den deutschen Rückzug, der notwendig geworden war, da Montgomery immer mehr seinen Druck auf die Mareth-Linie verstärkte. Überdies zögerte Rommel nach der Eroberung des Kasserine-Passes, in welcher Richtung er seinen Schlag fortführen sollte, von dem sich die Alliierten dann nach einer Woche erholt hatten.

Am neunten Tag des Angriffes fiel die Entscheidung im Abschnitt der 10. Panzerdivision vor Thala, das von britischen und amerikanischen Einheiten hartnäckig verteidigt wurde. Rommel hatte eben noch – zornig und unzufrieden – den Befehl über Broichs und Stauffenbergs Division übernommen und mit größter Rücksichtslosigkeit attackiert. Nun blies er das ganze Unternehmen ab. Langsam setzten sich die deutschen Truppen nach Osten ab[18].

Stauffenberg war während dieser Kämpfe »in allen Lagen ... ruhig und ausgeglichen und persönlich tapfer«. Er heilte unbeachtet einen Artilleriestreifschuss am Knie aus[19]. Die Befehle der Division kamen »zeitgerecht und waren immer von nüchterner Klarheit. Die Truppe hatte immer das Gefühl, gut geführt zu werden. Es gab auch bei Absetzbewegungen keine Unordnung, weil der Divisionskommandeur und sein Ia alle Friktionen mit ruhiger Gelassenheit überwanden und diese ruhige Stetigkeit auf die Truppe übertrugen[20].« Einmal wurde Stauffenberg – auf dem Rückzug bei den Nachhuten der Division weilend – in stockdunkler Nacht von britischen Truppen umstellt. Niemand wußte mehr, wo sich die eigenen Truppen und jene des Gegners genau gegenüberstanden. Höchst amüsiert erzählte er später, was er darauf unternommen hatte: Er schrie den britischen Truppen auf Englisch den Befehl zum Feuereinstellen zu, worauf diese gehorchten, in der Annahme, einem britischen Kommando Folge zu leisten. Der Einschließung entronnen, befahl Stauffenberg dem Gegner wieder Feuer, das prompt einsetzte[21].

Nächster Einsatzort der 10. Panzerdivision war die Mareth-Linie. Broich und Stauffenberg hatten mit ihrer Division nach dem Rückzug in der Schott-Stellung westlich von Gabès sich für einen Angriff gegen Montgomery bereitzustellen, der seinerseits unter Artillerieschutz zur Offensive aufmarschierte. Am 5. März waren die Vorbereitungen abgeschlossen[22]. Stauffenberg konnte mit Fug und Recht die ständig wechselnden Aufgaben der Panzerdivision seinem Kommandeur gegenüber mit den Worten kommentieren: »Hier auf dem afrikanischen Kriegsschauplatz kommt fast jeden Tag eine andere Art der Truppenführung zur Anwendung: Heute Angriff, morgen Verteidigung, dann Rückzug, wieder Angriff, hinhaltender Widerstand usw. Alles, was man auf der Kriegsakademie gelernt hat, kommt hier in 14 Tagen zur Anwendung.« So sehr die Aufträge wechselten, so sehr blieb er auch »jeder Situation bestens gewachsen«[23].

Doch der Frontalangriff Rommels vom 6. März gegen Medenine war ein völliger Misserfolg und musste nach großen Verlusten noch am selben Tag eingestellt werden. Nach dem Zeugnis des Kommandeurs des Panzerartillerie-Regimentes der 10. Panzerdivision waren das Divisionskommando und damit auch Stauffenberg noch vor der Offensive darum bemüht, ein solches Fiasko zu vermeiden, indem sie – allerdings vergeblich – eine Flanken- und Umfassungsoperation von Südwesten gegen den linken Flügel der 8. Armee forderten. Statt dessen stießen drei Panzerkeile frontal vor und gestalteten die Schlacht von Medenine zu einem eintägigen verlust- und folgenreichen Unternehmen, denn im Gegensatz zu den Alliierten mit ihrer unerschöpflichen Rüstungs- und Nachschubkapazität verfügten die deutschen Truppen kaum mehr über Nachschub und vermochten ihre Verluste nicht zu ersetzen. Am 9. März übergab Rommel den Befehl über die erst kurz zuvor gebildete Heeresgruppe Afrika an Arnim und verließ unter größter Geheimhaltung den nordafrikanischen Kriegsschauplatz[24].

Stauffenberg hatte ihn nicht mehr auf dem Höhepunkt seines Könnens erlebt. Rommels Zögern bei der Ausnutzung des taktischen Erfolges bei Kasserine, die Übernahme des Befehls über die 10. Panzerdivision auf der Straße nach Thala, sein rücksichtsloser, um Verluste nicht besorgter Einsatz der Division und das auf dem Fuße folgende Abblasen der ganzen Aktion mussten Stauffenberg zusammen mit dem gescheiterten und falschen Stoß gegen Medenine nicht gerade als die hervorragendsten Referenzen eines Feldherrn erscheinen, der um sich einen aus Landserromantik und Popularitätsbedürfnis gewirkten Mythos drapiert hatte, mit dessen propagandistisch-kinematographischer Verbreitung er die um ihn gescharten Kriegs- und Bildberichter beauftragte. Stauffenberg reagierte auf Rommel – den »Parteigeneral« par excellence – wie Halder, Paulus und manche Offiziere recht skeptisch. In dem »schneidigen Truppenführer« vermochte er kein Idol zu erblicken, und die Legenden konnten sein nüchternes Urteil nicht beeinflussen[25].

Anfang April zeichnete sich das Ende des tunesischen Feldzuges und die Agonie der angeschlagenen deutschen Streitmacht ab. Broich verabredete mit Stauffenberg dessen Abreise vor dem Ende des Kampfes, denn der Kommandeur der 10. Panzerdivision hielt eine Verwendung seines Ia in Deutschland für wichtiger als in Nordafrika, wo er notgedrungen bald in Kriegsgefangenschaft geraten musste[26]. Stauffenberg hatte in den kaum zwei Monaten, in denen er nun bereits an der Front weilte, ein beträchtliches Stück »Fronterfahrung« gewonnen und dabei Eindrücke, die er schon zuvor im Hauptquartier gesammelt hatte, aus einer anderen Perspektive ergänzen und vertiefen können. Die Auswirkungen von Hitlers Führungspraxis waren nun in seinem relativ beschränkten Gesichtskreis an der Front mit Händen zu fassen – oder in concreto, wie Stauffenberg mit einem ihm unvergesslichen Beispiel zeigte, als unnötig gefallene Soldaten zu begraben.

»Die Mängel, die wir zu sehen glaubten, lägen nicht an der Führung in Afrika, am Korps oder an der Armee, sondern viel höher« – erklärte er einem in der 10. Panzerdivision dienenden Reserveoffizier, dem Oberleutnant Albrecht von Hagen. Dem Generalstabschef Zeitzler sandte er einen unverblümten und »vernichtenden« Bericht. Und noch viele Male sollte er auf die Geschichte von einer Räumung eines Dorfes, die notwendig geworden war, hinweisen: »Die Meldung habe über Rom an das Führerhauptquartier gegeben werden müssen, der Befehl zur Räumung sei dann nach einigen Tagen auf demselben Wege bei der Truppe eingegangen. Inzwischen seien völlig unnötige und vermeidbare Verluste allein durch die Länge des Befehlsweges eingetreten.« In der ebenso selbstverständlichen wie von Hitler ignorierten Erkenntnis, daß die Lage an der Front »nur der Truppenführer selbst wirklich zutreffend beurteilen« könne, äußerte Stauffenberg, »es sei unglaublich, daß die Räumung eines albernen Kafferndorfes nicht von uns und nicht von der Führung in Afrika entschieden werden kann, sondern daß das über Rom und Führerhauptquartier gehen und auf demselben Weg zurückkommen muß«[27].

Dem Druck der Alliierten weichend und geführt von einem detailbesessenen Dilettanten, gingen die deutschen Truppen in Nordafrika unaufhaltsam ihrem Untergang entgegen. Im Verband des Deutschen Afrika-Korps wehrte sich die 10. Panzerdivision weiter im Raum ost- und südostwärts El Guettar gegen starke, unter dem Befehl General Pattons vorrückende amerikanische Kräfte. Die Bewegungen wurden angesichts der alliierten Luftüberlegenheit immer schwieriger. Am 6. April begann Montgomery mit einer ungeheuren Luftunterstützung den Angriff gegen die Akarit-Stellung, die er bald durchbrach[28].

Am selben Tag meldete sich während des britisch-amerikanischen Doppelangriffs ein Subalternoffizier bei Stauffenberg auf dem Divisionsgefechtsstand, der sich im Raum ostwärts El Guettar in einem westlich Sidi Mansour gelegenen Olivenwäldchen befand. Er stieß im Befehlswagen auf den Oberstleutnant, als dieser gerade damit beschäftigt war, Glassplitter und Schmutz – Folgen eines Luftangriffes – von den Karten zu schütteln. Den ununterbrochenen Bitten der Truppenkommandeure um Zurücknahme der Front oder Verstärkung angesichts des Vordringens der amerikanischen Truppen musste Stauffenberg am Fernsprecher in aller Ruhe begegnen. Helfen konnte er nicht, denn Reserven fehlten und die Stellungen mussten bis zum Abend gehalten werden, um der italienischen 1. Armee den Rückzug vor Montgomery nach Norden zu ermöglichen, den Pattons Truppen abzuschneiden drohten. Zwischen den unzähligen Telefonaten wandte er sich seinem Besucher zu. Vor dem Hintergrund des starken Gefechtslärms »richtete er ziemlich unvermittelt und mit einem Unterton, der nur eine ehrliche Antwort zuließ«, an seinen erst vor kurzem nach Afrika versetzten Besucher die Frage: »Was meinen Sie wohl, zu welchem Zweck Sie jetzt noch nach Tunis gekommen sind?« Die Antwort, das sei wohl zur Gefangennahme geschehen, kommentierte er lachend: »Ja, ja, dann haben wir Glück, für uns ist der Krieg zu Ende[29].«

Die Vereinigung der britischen 1. und 8. Armee war nun nur noch eine Frage von Stunden. Montgomery stieß rascher als erwartet durch die Akarit-Stellung vor und machte 7000 Gefangene. Am 7. April trat die 10. Panzerdivision vor Pattons Truppen den Rückzug nach Nordosten an – über deckungsloses Gelände dem Golf von Gabès entgegen. Amerikanische Luftwaffe und Royal Air Force dominierten den Luftraum. Spitfires stürzten sich auf jede Bewegung am Boden. Vor einem weiteren Rückzug verabschiedete sich Stauffenberg an diesem Tag im Gelände von Broich, da sie auf Grund einer Bestimmung wegen der Fliegerangriffe zwei verschiedene Wagen bestiegen. Der Ia fuhr diesmal vor – zum neuen Gefechtsstand nach hinten. »Nehmen Sie sich vor den Fliegern in acht! Ich komme in etwa einer Stunde nach, wenn das letzte Bataillon hier durch ist« – diese Worte Broichs begleiteten Stauffenberg auf seinen Weg. Nur mit Funkwagen und zwei Meldern fuhr dann der Kommandeur – wie verabredet – einige Zeit später selbst los. Ungefähr zwanzig Jäger stürzten sich plötzlich aus der Luft auf seinen Wagen. Mit knapper Not konnten sie sich noch in dem völlig deckungslosen Gelände verteilen, wo sie die Garben der Maschinengewehre verfehlten. Auf der Weiterfahrt stießen sie auf den Wagen des Ia. Er war völlig von Kugeln durchlöchert[30] ...

Am folgenden Tag erblickten Lancers der britischen Armee in ihren Ferngläsern plötzlich amerikanische Stahlhelme und den weißen Stern. Die beiden Armeen reichten sich nicht unweit der Stelle, wo Stauffenbergs Wagen stehen geblieben war, die Hand. Unaufhaltsam war nun ihr Vormarsch. Am 13. Mai wurde der Sieg gepflückt. Über 200 000 deutsche und italienische Soldaten – unter ihnen die Reste der 10. Panzerdivision mit ihrem Kommandeur – gingen in alliierte Kriegsgefangenschaft[31]. Auf dem Boden Karthagos erlitt Deutschland drei Monate nach Stalingrad erneut eine irreparable Niederlage.

Die Idee des Staatsstreiches

Stauffenberg war durch den Tieffliegerangriff am 7. April 1943 schwer verwundet worden. Gesicht, Hände und Knie waren zerschossen, das Augenlicht hatte er eingebüßt. Er wurde in ein deutsches Lazarett nach Karthago gebracht. Erst nach einigen Tagen stellte sich heraus, dass ihm das rechte Auge erhalten bleiben sollte. Das linke Auge, die rechte Hand bis über das Gelenk und die beiden letzten Finger der linken Hand hatte er aber verloren. Noch kaum zum Transport fähig, wurde er auf einem der letzten Lazarettschiffe, die Tunesien verließen, nach Deutschland in ein Münchner Krankenhaus übergeführt, wo er am 21. April eintraf und wochenlang in hohem Fieber lag. Noch immer schwebte er in Lebensgefahr. Als dann sicher war, dass seine Rettung gelingen würde, setzte der Heilungsprozess nur sehr langsam und zögernd ein. Immer wieder erlitt er heftige Anfälle von Wundfieber[1].

Doch mit der ihm eigenen Willenskraft begann er den Kampf gegen seine Invalidität. Er verweigerte Schmerzlinderungs- und Schlafmittel und kam dank seiner zähen Energie erstaunlich rasch wieder zu Kräften[2]. Er übte sich mit den ihm verbliebenen drei Fingern der linken Hand im Schreiben. Bald konnte er stolz seine wiedergewonnene körperliche Unabhängigkeit beweisen. Einmal band er sich ohne fremde Hilfe die Smokingschleife, nur um zu zeigen, dass er dazu fähig war. Lachend wehrte er ab, als später einmal ein Freund ihm behilflich sein wollte. Und einem andern, der ihn fragte, weshalb er sich keine Augen- und Armprothese anlegen lasse, antwortete er »lachend, er finde sich gut mit seinem Zustand zurecht und wisse kaum mehr, was er einmal mit seinen zehn Fingern angefangen habe«. Der Sekretärin Olbrichts, die immer den Eindruck hatte, »einen völlig gesunden Menschen vor sich zu haben«, legte er später eine truppenärztliche Bescheinigung vor, die ihn als kriegsverwendungsfähig bezeichnete. Ihr erklärte er auf die Frage nach einer Prothese: »Ach, ich habe dazu jetzt keine Zeit. Das mache ich einmal später.« Trotz diesen Äußerungen blieb Stauffenberg freilich behindert. Ihm zu helfen, anerboten sich viele – ebenso gerne, wie es nötig war. Bald sollte Graf Uxkull – sein Onkel »Nux« – zu Recht eine wichtige Aufgabe darin erblicken. Schmerz und Verstümmelung hatten den jungen Oberstleutnant nicht gebrochen – doch den Anblick, den er im Lazarett, gepflegt von seiner Mutter, bot, empfand freilich mancher als bewegend. Später mochte die Invalidität die Anziehungskraft und den Charme des Offiziers, der vor Leben sprühte, in einer eigenartigen Kontrastwirkung noch erhöhen[3].

An Stauffenbergs Krankenlager erschienen zahlreiche hohe Besucher, unter ihnen der Chef des Generalstabes, der dem Generalstabsoffizier das goldene Verwundetenabzeichen brachte. Die vielen Beweise der Anteilnahme boten ein eindrückliches Bild von Stauffenbergs allgemeiner Beliebtheit. Freilich bewog noch ein anderes Motiv manch hohen Offizier zu seinem Besuch. Denn viele traten an Stauffenberg heran, um ihn, den begabten Generalstabsoffizier, für ihren Stab zu gewinnen. Noch auf dem Krankenlager ließ Stauffenberg solche Anfragen unbeantwortet und erklärte, »es sei Sache seiner Vorgesetzten, sich über seine Verwendung den Kopf zu zerbrechen«[4].

So versuchte als einer der ersten Besucher auch General Geyr v. Schweppenburg, dem Stauffenberg am Dnjepr im Juli 1941 zum letzten Mal begegnet war, den Schwerverwundeten als Chef des Stabes für seine »Panzergruppe West« zu gewinnen, mit deren Aufbau er gerade beschäftigt war. General Geyr wandte sich deshalb an den zuständigen Offizier im Heerespersonalamt, das ja nun auch die Generalstabspersonalien bearbeitete. Doch seinem Wunsch wurde nicht entsprochen. Die Antwort soll einen Hinweis auf Stauffenbergs »nichtnationalsozialistische« Einstellung enthalten haben, die es als nicht ratsam habe erscheinen lassen, ihn einem dem Regime auch nicht gerade überaus freundlich gesinnten General als Chef des Stabes zuzuteilen[5]. Dieser Hinweis erscheint etwas zweifelhaft oder zumindest merkwürdig, denn zur selben Zeit, als Stauffenberg von potentiellen Protektoren umschwärmt wurde, fällte die Personalabteilung 3 die Entscheidung über seine künftige Verwendung und bestimmte ihn zum Chef des Stabes von Olbricht, dem Chef des Allgemeinen Heeresamtes in Berlin, der ja bereits aktiv mit Tresckow konspiriert hatte und ebenso wenig wie Stauffenberg die Aura eines überzeugten Nationalsozialisten um sich verbreitete[6].

Etwa Anfang Mai – d. h. ungefähr einen Monat nach seiner Verwundung – diktierte Stauffenberg seiner Frau einen Brief an Olbricht, in dem er der Hoffnung Ausdruck gab, in drei Monaten »zur Verfügung« zu stehen[7]. Im Krankenhaus besuchte ihn auch sein Onkel Graf Uxkull, der ihn – wie schon im Winter 1939/40 – zur Teilnahme an einer Aktion und Konspiration gegen Hitler zu gewinnen suchte. Stauffenberg erbat sich eine Bedenkzeit, während der er wohl vor allem seinen ihn häufig aufsuchenden Bruder Berthold zu Rate zog, und bei einem erneuten Besuch erklärte er Uxkull seine Bereitschaft mit den Worten: »Nachdem die

Generäle bisher nichts erreicht haben, müssen sich nun die Obersten einschalten[8].« Seiner Frau erklärte er noch im Krankenhaus wie beiläufig in der ihm eigenen Art, ernste Dinge lachend zu sagen: »Weißt du, ich habe das Gefühl, daß ich jetzt etwas tun muß, um das Reich zu retten; wir sind als Generalstäbler alle mitverantwortlich[9].« In diesen Tagen im Mai bekannte er Fahrner gegenüber, »die Stelle des Stabschefs bei General Olbricht im OKH sei ihm inzwischen angeboten worden, die Möglichkeiten zu entscheidendem Eingreifen erwarten lasse«[10]. Stauffenbergs Brief an Olbricht musste nicht bedeuten, dass er »an ein zwischen ihnen schon bestehendes Verhältnis« anknüpfte[11], denn Graf Uxkull konnte ihm ja vielleicht als erster Olbrichts Haltung und Aktivität angedeutet haben[12].

Stauffenberg schrieb vom Krankenlager nicht nur an Olbricht. Seinem Freund Bürklin begann er am 9. Juni zu schreiben – von Hand, in einer noch leicht ungelenken, aber erstaunlich klaren und dezidierten Schrift. Vier Sätze vermochte er niederzulegen, in denen er berichtete, dass es ihm »schon sehr viel besser« ginge, eine Mittelohreiterung »noch recht zu schaffen« machte, er aber »auch diese wenig erfreuliche Operation sowie eine Kniegelenkoperation gut überstanden« habe. Dann war er zu einem »längeren Stopp in diesem Brief« gezwungen, denn ein »dummer Fieberanfall« hatte ihn »etwas zurückgeworfen« – wie er recht euphemistisch seine nicht beneidenswerte Lage schilderte, die die Tatsache, dass er bereits offiziell für einen neuen Posten ausersehen war, beinahe unbegreiflich erscheinen lässt. »So wird man eben in unserer Lage immer mit Komplikationen und Rückschlägen rechnen müssen« – erklärte er mit einer ihm selbstverständlichen Tapferkeit seinem Freund, den ja in Nordafrika ein sehr ähnliches Schicksal ereilt hatte[13].

Im Juli 1943 weilte Stauffenberg bereits in Lautlingen, wo er sich – umgeben von seiner Frau, seiner Mutter, deren Schwester, seinen vier Kindern und den zwei Kindern seines Bruders Berthold – in der altvertrauten Umgebung des Schlosses erholte. Das Lachen auf seinem Gesicht war nicht verschwunden, die wenigen Fotografien aus dieser Zeit zeigen ihn im Gegenteil in gewohnter Heiterkeit, die die Verstümmelung ebenso wie die schwarze Klappe über dem linken Auge überspielte[14]. Freilich blieb die Verwundung nicht ganz ohne Wirkung auf ihn. Sein Wesen erschien nun manchen gesammelter und noch zielstrebiger als zuvor. Zu Recht konnte er der Überzeugung sein, dass es eine Gnade sei, eine solch schwere Verwundung überstanden zu haben[15]. Von der Bitterkeit oder einem fanatischen Sendungsbewusstsein eines Versehrten ließ er aber nichts verspüren. Ein »Monomane seiner politischen Idee«[16] war er nicht geworden. Die Wunden an den Beinen waren ohne Versteifung geheilt, doch häufige Eiterungen mahnten sporadisch an seine von ihm bagatellisierte, aber noch keineswegs völlig retablierte physische Konstitution. Anfang August sollte ihm ein sogenannter »Sauerbruch-Arm« angelegt werden, doch wegen eines plötzlich herauswachsenden Knochensplitters musste die Operation um vier Wochen verschoben werden[17].

Nach der Erinnerung Zeitzlers meldete sich Stauffenberg – noch kaum einigermaßen genesen – bei ihm zurück mit der Bitte um eine neue Verwendung an der Front. Doch Zeitzler »wollte ihm erst Gelegenheit geben, wieder ganz auf die Höhe zu kommen und stellte ihn dem Befehlshaber des Ersatzheeres als Generalstabsoffizier zur Verfügung«[18]. Im Hinblick auf seinen Brief an Olbricht, die Gespräche mit dem Grafen Uxkull, seine Äußerungen zu seiner Frau und Fahrner erstaunt dieser Schritt Stauffenbergs. Schreckte er nun vor dem entscheidenden Entschluss zurück? Er mochte noch nicht bis ins einzelne voraussehen, »daß die für ihn von Zeitzler in Berlin vorgesehene Stellung ihn in den Mittelpunkt einer gegen Hitler gerichteten Aktion stellen würde«[19]. Denn auch sein Onkel musste ihm nicht Olbrichts Tätigkeit genau charakterisiert haben. Die Vermutung, dass Stauffenberg in Unkenntnis der objektiven Chancen für eine Konspiration im AHA erneut an die Front gehen wollte, widerspricht nicht seinem Hinweis, dass mit der angebotenen Stelle bei Olbricht sich ihm eine günstige Gelegenheit zum Eingreifen darbiete. Denn diese Meinung konnte er angesichts der ihm bekannten Bedeutung eines Chefs des Stabes im AHA mit dem subjektiven Willen zur Konspiration hegen, ohne von deren objektiven Möglichkeiten genau informiert zu sein.

Stauffenbergs Bitte um Frontverwendung deutet darauf hin, dass er weiterhin die bittere Diskrepanz zwischen seinem Drängen auf einen Sturz Hitlers und den ihm dazu zur Verfügung stehenden Mitteln empfand und in Erinnerung an seine vergeblichen Überredungsversuche – der Besuch bei Manstein lag noch kein halbes Jahr zurück[20] – erneut resignierte. Diese Vermutung erscheint um so legitimer, als er in jenem Augenblick, in dem er von Olbricht selbst genauestens über die konspirativen Pläne und Aufgaben seiner neuen Dienststelle informiert wurde, sofort zusagte[21]. Nicht wegen der Aussicht, einen Staatsstreich gegen Hitler zu führen, sondern im Hinblick auf die Zukunft, von einer »Büro«-Dienststelle aus machtlos dem Untergang seines Landes zuschauen zu müssen – *ohne* Aussicht auf eine Aktion gegen Hitler –, scheint Stauffenberg den Wunsch nach einer neuen »Flucht an die Front« verspürt zu haben. Seine Haltung und seine Äußerungen in der zweiten Hälfte des Jahres 1942 verleihen dieser Vermutung ein sehr hohes Maß an Wahrscheinlichkeit.

Die mangelnde Informiertheit Stauffenbergs über die konspirativen Aussichten seiner neuen Stellung zeigt klar, dass er kaum näher über Tresckows und Olbrichts Umsturzplanungen im Winter 1942/43 unterrichtet war. Ein zeitlicher Zusammenhang bestand damals. Doch Stauffenbergs

Verhalten im Sommer 1943 bekräftigt die Vermutung, dass er damals wohl kaum im Auftrag einer Verschwörung mit Manstein sprach, sondern auf Initiative Tresckows in dessen Konspiration in gewisser Weise miteinbezogen wurde, ohne allerdings in vollem Maße informiert zu werden[22]. Gerade dieser damalige Bezug mochte in ähnlicher Weise im Sommer 1943 erneut eine Rolle gespielt haben.

Am 9. März 1943 erklärte Hitler in seinem ukrainischen Feldlager dem hergereisten Goebbels, dass er gerne bereit wäre, den Chef der Heeresrüstung und Befehlshaber des Ersatzheeres, Generaloberst Fritz Fromm, »aus seinem Amte zu entfernen, wenn er einen geeigneten Nachfolger hätte«. Hitler war gegen Fromm »außerordentlich stark eingenommen« und warf ihm vor, »daß er nicht improvisieren könne«. Die Improvisationsgabe war angesichts der versiegenden Reserven vor schwierige Aufgaben gestellt! Bei Zeitzler glaubte sie Hitler in genügendem Maße vorzufinden. Nur von ihm nahm er an, dass er »diesem Amt gewachsen wäre« – einem Amt, dem er eine sehr große Bedeutung zumaß, wenn er erklärte, er habe Zeitzler »jedoch noch als Generalstabschef des Heeres nötig«[23].

Olbrichts Allgemeines Heeresamt war – ursprünglich der Stab Fromms – die wichtigste Dienststelle im Bereich des Befehlshabers des Ersatzheeres. Der bisherige Chef des Stabes des AHA versah schon seit über zwei Jahren seinen Dienst. Weshalb sollte also Zeitzler nicht den wegen seiner organisatorischen Qualitäten im ganzen Generalstab allgemein bekannten Stauffenberg an diese Stelle setzen? Er erfuhr von Hitlers Unwillen über Fromm wohl direkt – oder aber auch indirekt über Schmundt, den Chefadjutanten und Leiter des Heerespersonalamtes, mit dem er eng befreundet war. Militärisch-dienstliche Überlegungen und Konstellationen waren also die Ursache für Stauffenbergs Ernennung zum Chef des Stabes bei Olbricht[24].

Doch waren sie es allein? Die »militärische« Linie von Hitler über Zeitzler, Schmundt und die Personalabteilung 3 des Heerespersonalamtes lässt noch eine andere Vermutung zu. Denn die Freundschaft Schmundts mit Tresckow, die der Ia der Heeresgruppe Mitte geschickt für die Konspiration zu nutzen verstand, bildete ein Bindeglied zu einer zweiten, »konspirativen« Linie, die von Tresckow und Olbricht über die »Kreisauer« und Schulenburg zu Uxkull führen konnte, der Stauffenberg im Krankenhaus in München für die Konspiration gewann. Tresckow kannte Stauffenbergs Haltung. Er konnte von Schmundt ebenso gut über geplante Umbesetzungen oder etwa den Ärger Hitlers über die Führung des Ersatzheeres informiert werden, wie er ihm selbst Offiziere zur Neubesetzung zu suggerieren vermochte – was im vorliegenden Fall des hochqualifizierten Stauffenberg nicht schwierig war. Zeitzler war in Personalsachen auf den Rat Schmundts angewiesen. Schmundts besonderes Verhältnis und seine exklusive Vertrauensstellung zu Hitler konnten wohl Zeitzler zu manchem bewegen. Eine solche etwas konspirationstheoretische Sammlung von Indizien ist in Anbetracht des Themas nicht ganz abwegig. Es bestand nicht nur ein Interesse Tresckows und Olbrichts, Stauffenberg an die Stelle im AHA zu setzen, sondern eine ganz konkrete Notlage.

Denn im April 1943 war es dem SD Kaltenbrunners und Schellenbergs gelungen, einen entscheidenden Schlag gegen die Konkurrenz der »Abwehr« zu führen. Wegen einer Devisenaffäre waren Dietrich Bonhoeffer, Josef Müller und Hans von Dohnanyi verhaftet worden. Oster selbst wurde verabschiedet und musste sich in die Isolierung zurückziehen, da er scharf überwacht wurde. Damit war das Zentrum der Verschwörung in Berlin ausgefallen. Um zu retten, was zu retten war, nahm Tresckow einen mehrmonatigen Krankheitsurlaub und eilte nach Berlin. Sein Attentatsversuch vom März 1943 war gescheitert, und nun war zudem das Konspirationszentrum angeschlagen. Beck war an Krebs erkrankt und musste sich mehreren Operationen durch Sauerbruch unterziehen. Tresckow kam bei einer Überprüfung der im März geplanten Aktion zu dem Schluss, »daß selbst im Falle des Gelingens des Attentates die Durchführung des Staatsstreiches nicht glatt verlaufen wäre. Das Haupthindernis bestand in einem mangelnden Zusammenspiel« zwischen Tresckows Kreis bei der Heeresgruppe Mitte und den Leitern des Staatsstreiches in Berlin. Deshalb sollte die generalstabsmäßige Vorbereitung des Staatsstreiches wesentlich verbessert werden[25].

Tresckow und Olbricht hatten an Stauffenbergs Ernennung zumindest dasselbe Interesse wie Zeitzler und Schmundt. Beide, die »konspirative« und die »militärische« Linie gelangten an den verwundeten Oberstleutnant. Im Effekt zogen beide in ihrem Sinne Nutzen aus seiner Ernennung. Von wem der erste Anstoß zur Ernennung kam, ist nicht mehr zu eruieren. Doch erscheint im Hinblick auf Tresckows Methoden und dem bereits bestehenden Zusammenhang zwischen ihm und Stauffenberg eine primär konspirative, dem Ausersehenen selbst noch nicht völlig bewusste personalpolitische Entscheidung nicht als unwahrscheinlich[26].

Etwa am 10. August, auf jeden Fall noch vor Mitte August – die Sauerbruch-Operation hatte anfangs des Monates verschoben werden müssen, reiste Stauffenberg nach Berlin. Es ist wahrscheinlich, dass er von Olbricht dazu aufgefordert worden war. Olbricht bat ihn um seine Teilnahme an der Konspiration. Stauffenberg sagte sofort zu. Als Datum für seinen Dienstantritt wurde der 1. Oktober vereinbart[27]. Mit Olbricht traf Stauffenberg auch Tresckow[28]. Er ließ sich noch von Sauerbruch untersuchen. Als dieser ihm aber eine längere Rekonvaleszenz und zwei Operationen in Aussicht stellte, lehnte er mit dem Hinweis auf eine dringende Aufgabe ab und fuhr nach Lautlingen[29].

Dort weilte er in der zweiten Augusthälfte zusammen mit seinem Bruder. Auf täglichen, oft mehrstündigen Spaziergängen unterhielten sie sich. Stauffenberg musste sich erst an seinen neuen Zustand – das die Distanzen und den normalen optischen Eindruck verzerrende Sehen – gewöhnen. In einem freilich ganz besonderen Sinn traf nun das Sprichwort auf ihn zu: »Dans le royaume des aveugles le borgne est roi.« In der letzten Woche des Aufenthaltes – anfangs September – stieß Rudolf Fahrner zu den Brüdern Stauffenberg. In weiteren Gesprächen wurden auch mit ihm politische, religiöse, wirtschaftliche und soziale Probleme einer »neuen Staatsordnung« erörtert[30]. Nach Fahrners Bericht und in seinem Stil wurden die Fragen beleuchtet,

»wie menschliche Existenz auch im Staat ohne Bindung an Göttliches nicht gedeihen könne, und daß man niemand, der diese Bindung noch in den christlichen Kirchen fände, stören oder beeinträchtigen dürfe,

wie man gewachsene Lebensformen und Lebenssitten nicht durch auf Vorteile berechnete Konstruktionen ersetzen könne, weil bestimmte Dinge des Wachstums bedürfen,

wie es möglich sei, unter Menschen eines Volkes ein freies Verhältnis zu den mit Notwendigkeit sich immer wieder ergebenden Unterschieden an Stellung, Besitz und Ansehen zu begründen«.

Eingehend wurde das Problem erörtert, »wie man geeignete Kräfte aus allen Schichten zu Regierenden gewinnen könne: Ob und wie es möglich sei, eine Volksvertretung in Deutschland vielleicht auf ganz andere Weise als durch politische Parteien bisheriger Art zu begründen, etwa aus den politischen Realitäten von Gemeinden, Berufsgruppen und Interessengemeinschaften, die dann im Parlament öffentlich für sich selbst einstünden und nicht durch Behandlung von Parteien mit Eigeninteressen oder durch Handel mit solchen Parteien ihre Ziele umwegig verfolgten[31].« Die Frageform dieses Berichtes hat ihren bestimmten, noch zu untersuchenden Sinn. Der Stil freilich ist nicht gerade eine Hilfe bei der Analyse. Allzu leicht wird besonders im Hinblick auf die noch folgenden Punkte das falsche Urteil provoziert, dass Fahrners Darlegung, »die bei aller Phrasenhaftigkeit doch unverbindliches Gerede von der Volksgemeinschaft mit einem hierarchischen Gesellschaftsbild geschickt verbindet…, durchaus einer nationalsozialistischen Propagandaschrift über die Deutsche Arbeitsfront entnommen sein« könnte[32].

In Lautlingen wurde weiter erörtert, »daß das Verhältnis von Unternehmern und Ausführenden in ihrer gemeinsamen Arbeit, in ihrer gemeinsamen Verantwortung gegenüber dem Ganzen und gegenüber der

Menschlichkeit des Menschen zu begründen sei«. Es wurde gesprochen »über das Verhältnis von Technik, Industrie und Wirtschaft zum Staat: daß sie bei aller ihrer Bedeutung eine dienende Rolle spielen müssen, nicht eine wissentlich und systematisch Bedürfnisse erweckende und damit Menschen beherrschende«. Der Wunsch wurde ausgedrückt, »daß die führend Tätigen bei ihrem Erwägen und Handeln der Teilnahme von nicht Amtsgebundenen, von unabhängigen Geistern bedürften, wie frühere einsichtige Regierende sie auf mancherlei Art um sich versammelt haben«[33].

Das Motiv, aus dem er handelte, hatte Stauffenberg im Jahre 1942 öfters formuliert. Die Verbrechen und die Sinnlosigkeit von Hitlers Kriegführung waren nicht weiter zu tolerieren. Dieses ethisch-religiöse Motiv war im »Dritten Reich« ein eminentes Politikum geworden, das Stauffenberg in einfache Worte zu kleiden verstand: »Ich könnte den Frauen und Kindern der Gefallenen nicht in die Augen sehen, wenn ich nicht alles täte, dieses sinnlose Menschenopfer zu verhindern[34].« Deshalb konnte es »so nicht weitergehen«, deshalb wurde es »höchste Zeit« zum Handeln – wie er bereits mehr als ein halbes Jahr zuvor Baron Thüngen erklärt hatte. Damals hatte er aber nicht nur das Ende von Hitlers Regime gefordert, sondern auch bereits in etwas vagen Worten postuliert: »Es muß aber was Neues kommen, wir dürfen nicht ›restaurieren‹, man kann die Geschichte nicht zurückdrehen, ich war nicht umsonst Soldat im Volke[35].«

Der Hinweis auf seinen Beruf ist entscheidend für sein Selbstverständnis und sein Handeln. Im August 1943 bot sich ihm die konkrete Möglichkeit eines Staatsstreiches gegen Hitler, die er sofort zu nutzen bereit war. Bevor er sich an die technische Vorbereitung und praktische Ausführung des Projektes machte, versuchte er zusammen mit seinem Bruder und dann noch kurz auch mit Fahrner den politischen Hintergrund seines Schrittes und die politische Zielsetzung für die Zeit nach Hitler zu überdenken und zu umreißen. Dass er nicht erst zu diesem Zeitpunkt für die allgemeine politische Problematik des totalitären Systems deutscher Provenienz Interesse zeigte, hatte er spätestens seit dem Herbst 1938 bewiesen. Er unterschied sich bewusst von »unpolitischen« Offizieren und »Nur-Soldaten«. An seinem »Vorbild« Gneisenau hatte ihn vor allem die Tatsache fasziniert, dass ein Offizier Einfluss auf die Gestaltung der Politik seines Landes und aktiven Anteil an ihrer Ausführung zu nehmen versucht hatte[36]. Diesem »Vorbild« konnte und wollte er nun in eigener Weise entsprechend den anderen Umständen nachleben: »Wir sind auch die Führung des Heeres und auch des Volkes und wir werden diese Führung in die Hand nehmen[37].«

Gerade sein Hinweis, dass es nicht für eine bloße »Restauration« zu streiten gelte, enthielt eine unmittelbare Verbindung zu der Fahrnerschen Beschreibung des illustren Vorfahren und seiner »Erneuerung«, die eine »Neuschöpfung« anstrebte und die – in der Erkenntnis, »daß man diesem Gegner auf alten Bahnen und mit alten Mitteln nicht begegnen könne« – ebenso »das Ganze verwandeln« wollte, »statt notdürftig am Einzelnen zu bessern«, wie sie fest entschlossen war, »das Unrecht zu bekämpfen«[38]. Neun Monate später – am 1. April 1944 – wies Stauffenberg in einem Gespräch mit Major von Hößlin darauf hin, dass »die Wehrmacht ... in unserem Staat die konservativste Einrichtung« darstelle, »die gleichzeitig im Volk verwurzelt sei«. Angesichts des militärischen Zusammenbruchs »könnten in Deutschland eines Tages chaotische Zustände einreißen wie 1918. Das Ersatzheer sei dann als einzige Macht in der Lage, die Ordnung aufrechtzuerhalten. Das Offizierskorps dürfe dann nicht wieder versagen und sich die Initiative aus der Hand nehmen lassen wie 1918, sondern müsse aus eigener sittlicher Verantwortung heraus handeln[39].« Dass er sich »mit dieser Konsequenz aus den Vorgängen der Novemberrevolution ... klar von der im Offizierskorps üblichen Auffassung« unterschied, da er der Überzeugung war, »daß die Armee politische Verantwortung trage«[40], hatte Stauffenberg bereits drastisch – nicht nur im Falle Mansteins – erlebt und mit großer Empörung konstatieren müssen. Abgesehen von ihrem konkreten politischen Gehalt, der noch zu untersuchen sein wird, bestätigen diese Äußerungen erneut, dass es auch seine Auffassung war, dass das Heer mehr als »eine Kaste von Kriegsknechten« zu sein hatte – wie Fahrner es dichterisch formulierte: »die Blüte des Volkes als Heer, das Heer als Staat«[41].

Die Warnung vor einer Restauration sollte Stauffenberg noch häufig wiederholen. Freilich wurde sie kaum richtig verstanden, da er sie nie genau definierte. Zur Beurteilung der »politischen Idee«, um die sich Stauffenberg gemäß seiner Berufskonzeption vor der technischen Planung des Staatsstreiches bemühte, ist auch aus diesem Grunde zunächst vom letzten Punkt in der etwas rudimentären Fahrnerschen Aufzeichnung von den behandelten politischen Problemen auszugehen, der die Überzeugung der Brüder Stauffenberg erwähnt, »wie vorsichtig man mit Fixierungen und Dogmatisierungen sein müsse, da es immer darum ginge, in gegebenen Verhältnissen und mit gegebenen Menschen Möglichkeiten der Entfaltung zu eröffnen und offenzuhalten«[42]. Der beständige Hinweis auf die von ideologischen Klischees ausgehende Gefahr droht freilich selbst ein Klischee zu werden. Doch so wie sich Stauffenbergs Pragmatismus in seiner ganzen Beurteilung des Nationalsozialismus bis zum Jahre 1938 deutlich – wenn auch durchaus nicht frei von illusionären Annahmen – niederschlug und sich in praktischer Erprobung in den Bemühungen um eine »realistische« Politik in den besetzten Gebieten der Sowjetunion mit all ihren notwendigen Zweckallianzen und utilitaristischen Argumentationen manifestierte, so legte nun der »politische« Offizier denselben Wert darauf, seine große Aufgabe pragmatisch anzufassen. Die Vorsicht bei »Fixierungen und Dogmatisierungen« – sie entsprang wohl seinem ganzen Charakter und zugleich seiner zeitgenössischen Erfahrung und bitter erlangten Erkenntnis, welche Apokalypse sich als Folge einer idealistisch verbrämten und getarnten Ideologie einstellen konnte. Diese Haltung enthielt wohl Elemente der Ideologieaversion der »skeptischen Generation«, doch in einer Weise, die einen starken Idealismus nicht ausschloss.

Stauffenberg spielte einem Freund gegenüber bald auf die Zeit nach Hitler mit den Worten an: »Wir beginnen dann eben eine große Fahrt, die wird teilweise rasendes Tempo annehmen und wieder mit anderen Perioden wechseln. Was dann alles wird, kann niemand wissen, und es kommt alles darauf an, daß dann die richtigen Persönlichkeiten von Können und Charakter an der richtigen Stelle stehen[43].« In der Tat konnte auch Stauffenberg nicht wissen, was in der »großen Fahrt« nach Hitler alles geschehen würde. Deshalb legte er den größten Nachdruck auf die Teilnahme der »richtigen Persönlichkeiten«. Die Suche nach »geeigneten Kräften« und die Formierung eines »brain trust« unabhängiger, nicht an ein Amt gebundener Geister zur Bewältigung der nach dem Umsturz sich ergebenden Probleme und zur Aktion »in gegebenen Verhältnissen« – sie verweisen erneut auf das Gneisenau-Modell der »deutschen Erhebung«, das es nicht zu kopieren galt, das aber durchaus einen – im richtigen Sinn verstanden – überzeitlichen Wert besaß[44]. Das Vertrauen in die Persönlichkeit und ihre Möglichkeiten, besonders aber in die Aktionsfähigkeit einer Elite war wohl wie in Fahrners »Gneisenau« stark von dem personalistischen Menschenbild Stefan Georges geprägt – doch musste es bei weitem nicht zwangsläufig diesem Denken allein entspringen.

Auch wenn Stauffenberg aber wie Gneisenau »bei seinem Wirken und Planen auf Menschen, nicht auf Einrichtungen« baute[45], wurde er nicht der Notwendigkeit enthoben, in gewisser, aber bewusst nicht exakter Weise einige die spätere Auswahl der leitenden Konspiratoren präjudizierende Vorüberlegungen anzustellen. Fahrners Bericht über die in Lautlingen erörterten Probleme umreißt davon einiges, und nach seiner Auffassung wollten Stauffenberg und sein Bruder Berthold einen »staatlichen Erneuerungsversuch«, »der in ganz andere Lebensschichten reichen sollte als die ›Revolutionen‹ von 1918 und 1933«[46]. Für dieses Ziel gebrauchte Stauffenberg nicht das Wort »Widerstand« – er fühlte sich auch nicht einer »Widerstandsbewegung« zugehörig –, sondern den Begriff einer »deutschen Erhebung«[47]. Diese Bezeichnung knüpfte an die historische »Parallele« Gneisenau an – freilich ebenso an die Ambivalenz der in ihr enthaltenen »politischen Idee«, deren außenpolitische Komponente – die Unabhängigkeit und Stärke Deutschlands auf dem europäischen Kontinent – Stauffenberg lange an dem nun vollzogenen Schritt zur Konspiration und Insurrektion gegen Hitler gehindert hatte. Der Begriff der »Erhebung« bezeichnet aber wohl nicht nur, weil er ihn selbst verwandte, seine Aktion genauer als das Wort »Widerstand«. Denn er enthält den klaren Bezug auf Gneisenau und suggeriert auch nicht die falsche Vorstellung einer deutschen Résistance oder Resistenza. »Erhebung« assoziiert in seinem Fall nicht nur den von oben gelenkten und legalen, von Stauffenberg freilich modifizierten Insurrektionsplan Gneisenaus mit seiner gesamten politischen Zielsetzung gegen den Landesfeind Napoleon, sondern unterscheidet sich auch von dem Begriff des allgemeinen Aufstandes oder der Levée en masse, die Stauffenberg nicht wollte und vor der er gewarnt hatte mit dem Hinweis auf die nicht mehr vorhandene Möglichkeit einer staatlich gelenkten allgemeinen Insurrektion[48].

Der Begriff »Erhebung« weist bei Gneisenau wie bei Stauffenberg einen technischen und politischen Inhalt auf. Über die technische Konzeption des Staatsstreiches wurde in Lautlingen nicht gesprochen. Doch welche politischen Konzeptionen oder Leitbilder lagen dieser »Erhebung« zugrunde, die eine »nationale Erneuerung« mit tiefgreifenderen Folgen als die »Revolution« von 1918 und die nationalsozialistische Machtergreifung im Jahre 1933 anstrebte? Für die Beurteilung dieser von oben gelenkten »Revolution« ist der Maßstab entscheidend, um das Ausmaß ihrer möglichen Wirkung abzuschätzen. Etwa ein halbes Jahr später erklärte Stauffenberg einem Offizier im AHA, dem Oberstleutnant i. G. Bernardis, »das neue Regime müsse mehr nach der bürgerlichen Mitte orientiert sein und das Christentum stärker in den Vordergrund stellen«[49]. Und Anfang April 1944 setzte er seinem Freund Hößlin auseinander, dass »ein Staat wie der nationalsozialistische, der eine Revolution verkörpere..., nicht mit anderen Staaten Frieden schließen« könne, »denn die Revolution werde von den anderen Völkern als ständige Bedrohung ihres eigenen inneren Zustandes betrachtet«[50].

Diese Äußerungen Stauffenbergs scheinen in einem direkten Widerspruch zu der Überlieferung Fahrners zu stehen. Abgesehen davon, dass Stauffenberg in den Monaten nach seinem Aufenthalt in Lautlingen noch in mancher Hinsicht seine politischen Ansichten weiterentwickelte und modifizierte – worauf noch einzugehen sein wird –, ist Fahrners Zeugnis natürlicherweise von ihm – nicht nur sprachlich – selbst geprägt, sein subjektiver »Revolution«-Begriff nicht mit dem ideologischen zu verwechseln. Von Stefan Georges Denken her ist das in Lautlingen umrissene »Programm« verständlich. Stauffenberg selbst pflegte oft in der folgenden Zeit aus dem »Siebenten Ring« das Gedicht »Der Widerchrist« zu zitieren, um ähnlich wie damals in Winniza sich nicht als »Jünger« des »Meisters« zu produzieren, sondern zögernde Zuhörer mit einer seinem Denken und zugleich konspirativer Vorsicht adäquaten Methode aufzurütteln. Über ein George-Gedicht kamen sich Stauffenberg und Tresckow nahe. Bernardis gegenüber rezitierte er den »Widerchrist«, ohne ihn zu kommentieren, aber um zu überzeugen. In einer sternklaren Nacht, nach einem schweren Bombardement auf dem Balkon seiner Wohnung in Wannsee stehend, sprach er auch seiner Schwägerin im Angesicht der hellen Brände die Verse[51]:

»Dort kommt er vom berge · dort steht er im hain!
Wir sahen es selber · er wandelt in wein
Das wasser und spricht mit den toten.«

O könntet ihr hören mein lachen bei nacht:
Nun schlug meine stunde · nun füllt sich das garn ·
Nun strömen die fische zum hamen.

Die weisen die toren – toll wälzt sich das volk ·
Entwurzelt die bäume · zerklittert das korn ·
Macht bahn für den zug des erstandnen.

Kein werk ist des himmels das ich euch nicht tu.
Ein haarbreit nur fehlt · und ihr merkt nicht den trug
Mit euren geschlagenen sinnen.

Ich schaff euch für alles was selten und schwer
Das Leichte · ein ding das wie gold ist aus lehm ·
Wie duft ist und saft ist und würze –

Und was sich der große profet nicht getraut:
Die kunst ohne roden und säen und baun
Zu saugen gespeicherte kräfte.

Der Fürst des Geziefers verbreitet sein reich ·
Kein schatz der ihm mangelt · kein glück das ihm weicht...
Zu grund mit dem rest der empörer!

Ihr jauchzet · entzückt von dem teuflischen schein ·
Verprasset was blieb von dem früheren seim
Und fühlt erst die not vor dem ende.

Dann hängt ihr die zunge am trocknenden trog ·
Irrt ratlos wie vieh durch den brennenden hof...
Und schrecklich erschallt die posaune[52].

Hernach trat er in die Wohnung und zeigte ihr den Text – im »Siebenten Ring«, den er aus seiner Bibliothek in Bamberg mitgenommen hatte und der mit ihm verschollen ist[53] ... Die Absicht dieses in seinem Geburtsjahr 1907 entstandenen Gedichtes bestand in einer recht deutlichen Zivilisationskritik, die sich besonders in den drei mittleren Strophen manifestiert, in denen der falsche Gott oder Prophet den falschen, verderblichen Segen seiner Macht anpreist[54]. Diese Zivilisationskritik hatte sich zusammen mit einem gewissen Agrarromantismus bereits im »Vorbild« Gneisenau niedergeschlagen[55]. Von George her konnte Hitler vor allem als die Inkarnation der Fehlentwicklung einer modernen industriellen Massendemokratie interpretiert werden. Auch die Lautlinger Leitgedanken enthalten ein erkleckliches Maß an Zivilisationskritik, wenn »gewachsene Lebensformen und Lebenssitten« den »auf Vorteile berechneten Konstruktionen« gegenübergestellt, »das Verhältnis von Technik, Industrie und Wirtschaft zum Staat« in seiner subsidiären Funktion betont und die willkürliche Kreation von Bedürfnissen gebrandmarkt wurden.

Stauffenberg wies aber offensichtlich mit dem Gedicht »Der Widerchrist« vor allem auf Hitler hin, der der George-»Prophetie« nun einen ganz besonderen Sinn verlieh. Doch zugleich zeigte er damit das »Haarbreit« zwischen der »Scheinerfüllung«, »wie sie eine französische Revolution«[56] oder eben auch eine nationalsozialistische Revolution hervorbringen mochte, und der erstrebten wahren sozialen Ordnung. Damit wies er auf den der »Welt des Fortschritts, der Demokratie, der Massenherrschaft«[57] immanenten Gefahrenherd hin. Freilich zeigt sein Hinweis auf das gefährliche revolutionäre Element des Nationalsozialismus, dass er auch einen revolutionären Bruch in der herkömmlichen Tradition zu erblicken vermochte und damit das totalitäre System deutscher Provenienz nicht im selben Maße wie ein überzeugter und »strammer« Georgianer von einer übertriebenen und verzerrenden zivilisationskritischen Warte betrachtete.

Nicht bei allen Themen, die Fahrner erwähnt, handelte es sich »nur um Fragen«[58]. Denn bereits der erste Punkt bedeutet ein Postulat, das Stauffenberg wie gegenüber Bernardis auch Hößlin vortrug, der davon berichtet, »Stauffenberg habe die Ansicht vertreten, daß auch die große Politik auf der Grundlage einer religiös verankerten Sittlichkeit geführt werden müsse«[59]. In Fahrners Formulierung ist die Frage der Religion in George-Manier dargestellt. Auch Berthold Stauffenberg sollte später das traditionelle Element der Religion stärker betonen. Ob dies im Sommer 1944 wirklich bei Claus Stauffenberg noch zutraf, ist zweifelhaft. »Ein Volk, das nicht beten kann, ist nicht wert zu leben« – diesen Ausspruch brauchte er auch dann nicht zu revidieren[60]. Doch bei aller Vorsicht, die bei der Verwertung aller in Verhören gemachten Aussagen notwendig ist, scheint auch ein anderes Zeugnis, wonach Stauffenberg »in seinen Gedankengängen sehr stark katholisch-konfessionell bestimmt« war, einen Hinweis zu geben, der freilich von einem »erklärten Protestanten« kam und den Verhörsbeamten zum Beweis einer »reaktionären« Gesinnung nicht unwillkommen sein mochte[61]. Die Tatsache, dass er in einem Gespräch mit Major von Leonrod im Dezember 1943 darauf hinweisen sollte, dass dieser »als gläubiger Katholik ... auf Grund der Ausführungen Stauffenbergs über die politische und militärische Lage schon gewissensmäßig verpflichtet« sei, entgegen dem Hitler geleisteten Eid zu handeln[62], und dass er zusammen mit den Grafen Yorck, Schwerin und Schulenberg etwa drei bis vier Wochen vor dem 20. Juli 1944 eingehend sich darüber unterhielt, »daß das Christentum wieder die tragende seelische Kraft der Zukunft sein sollte«[63], schließt nicht aus, dass Stauffenberg im Sommer 1943 noch nicht in genau derselben Weise dachte. Von einer Areligiosität konnte aber auch damals nicht gesprochen werden – die beschränkte Gültigkeit der Überlieferung Fahrners muss erneut betont werden.

Der zweite Passus in diesen Lautlinger Leitgedanken, der das »Wachstum« den »Konstruktionen« gegenüberstellt, enthält trotz seiner Unbestimmtheit einen deutlich konservativen Grundzug, der nicht identisch ist mit einer »reaktionären« Haltung. In den beiden folgenden Punkten, die in einer engen Beziehung zueinander stehen, sind kaum mehr bloße Fragen, sondern Postulate gestellt, deren präzise und detaillierte Ausarbeitung die Brüder Stauffenberg freilich in Lautlingen nicht unternahmen.

Bei der ganzen Betrachtung ist im Auge zu behalten, dass Stauffenberg seine Überlegungen nicht in derselben Breite und Tiefe ausarbeiten konnte wie der »Kreisauer Kreis«, der zwischen dem 12. und 14. Juni 1943 seine letzte große Tagung abgehalten und ein eindrucksvolles Programm für den Neuaufbau fertiggestellt hatte[64]. Stauffenberg in derselben Weise wie Moltke über die »Federalist Papers« gebeugt zu sehen[65] – das fällt nicht nur deshalb schwer, weil er es nicht tat. Seine Stärke war die Bereitschaft zum Handeln.

Die Frage nach der Möglichkeit, »unter Menschen eines Volkes ein freies Verhältnis zu den mit Notwendigkeit sich immer wieder ergebenden Unterschieden an Stellung, Besitz und Ansehen zu begründen«, ist keine echte Frage mehr, sondern impliziert bereits eine Entscheidung in dem ewigen Dilemma zwischen Freiheit und Gleichheit, das zugunsten der Freiheit entschieden wurde. Dies erstaunt vor dem Hintergrund des konservativen »Wachstums«-Gedankens nicht mehr. Die Entscheidung ist aber vor allem eine Konsequenz der Erfahrungen mit dem nationalsozialistischen totalitären System, in dem die absolute Gleichheit der absoluten Unfreiheit rufen musste. Der nächste Punkt zeigt deutlich die weitere Richtung der Wahl Stauffenbergs, die sich für die konservative Lösung der spätestens seit der Französischen Revolution bestehenden Spannung zwischen Liberté und Egalité entschied, wobei noch nichts über die außenpolitische Komponente und den nationalen Gehalt dieses Freiheitsbegriffes gesagt ist.

Es waren »geeignete Kräfte aus allen Schichten zu Regierenden« zu gewinnen – wiederum gibt es genügend Parallelen zum Gneisenau-Modell[66]. Es wurde sehr eingehend das Repräsentationsprinzip und die institutionellen Partizipationsformen der Staatsbürger erörtert. Der Hinweis auf »alle Schichten« verweist zwar auf eine gewisse soziale Aufgeschlossenheit, ebenso wie die vor allem im Hinblick auf den terroristischen nationalsozialistischen Staatsapparat verständliche, nicht in ihrem Gehalt, aber in der Formulierung etwas hohl klingende Betonung der humanen Gemeinschaft und gegenseitigen Verantwortung von Unternehmern und Arbeiterschaft im folgenden Punkt dieser Leitgedanken. Doch die Absicht, den Weg zu einer parlamentarischen Demokratie zu verlassen, lässt zusammen mit dem Hinweis auf eine erwogene Ausschaltung klassischer Parteien die Richtung erkennen, in die diese Gedanken führten. Sie wurden tatsächlich eingehender erörtert, als der rudimentäre Bericht Fahrners vermuten lässt, ohne allerdings in einem fertigen und verbindlichen Programm formuliert zu werden.

Den »Eigeninteressen« der Parteien und dem »Handel« mit Parteien – nicht zu Unrecht darf man darin einen deutschen Antiparteienaffekt erblicken – werden die »politischen Realitäten von Gemeinden, Berufsgruppen und Interessengemeinschaften« entgegengehalten, »die dann im Parlament öffentlich für sich selbst einstünden«. In einem solchen Parlament wären »die Verhältnisse« nicht notgedrungen »chaotisch«[67], denn die Frage erscheint legitim, wieweit die einem großen Wandlungsprozess unterworfenen klassischen Parteien nicht bereits heute der vielbelästerten »Herrschaft der Verbände« erlegen sind und als zum Teil sehr heterogen zusammengesetzte Formationen mit dem Ziel einer möglichst breiten und damit auch reduzierten traditionellen ideologischen Basis die »Berufsgruppen und Interessengemeinschaften« nicht mehr zu derselben indirekten Politik zwingen, wie es die »Weltanschauungs«-Parteien der Weimarer Republik im Gegensatz noch in vermehrtem Maße taten. Doch mit diesem Hinweis auf den zeitbedingten, vor dem Hintergrund der gescheiterten ersten deutschen Republik und ihrer »Fortsetzung« im nationalsozialistischen Deutschland entstandenen Korrektivideen ist der manifeste korporative oder ständestaatliche Bezug dieser Leitgedanken noch nicht ausreichend beleuchtet.

Fahrners Hinweis auf eine erörterte freiwillige Aufteilung des Großgrundbesitzes, die von den Besitzern ausgehen sollte, »um ein wirkungsreiches Beispiel« zu geben, und Ausgangspunkt für »neue soziale Wirtschaftsformen« sein konnte, gibt dem keineswegs zu Ende definierten sozialen Konzept dieser Leitgedanken einen recht paternalistischen Anstrich, der ein zukünftiges Sozialprogramm freilich in keiner Weise a priori zu diskreditieren brauchte. Beinahe unbegreiflich muss dann aber der Glaube erscheinen, dieser »staatliche Erneuerungsversuch« sei befähigt gewesen, eine tiefgreifendere Wirkung als die »Revolution« von 1918 oder 1933 zu zeitigen. Freilich ist diese Definition nicht mehr so unklar und missverständlich – besonders im Hinblick auf den klassischen Revolutionsbegriff – nach Stauffenbergs Hinweis auf die notwendige Beseitigung der »nationalsozialistischen Revolution« und nach der Skizzierung der politischen Leitgedanken. Eine Revolution im engeren, klassisch-ideologischen und methodischen Sinne war nicht Stauffenbergs Ziel – ebenso wenig aber auch eine bloße »Restauration«, wie er zu Recht betonte.

Der Hinweis auf die Agrarpolitik zeigt erneut den konservativen, aber nicht reaktionären Gehalt der Gedanken Stauffenbergs. Später suchte er öfters in Berlin in der Tiergartenstraße den blinden Wilhelm Ahlmann auf, der – im Jahre 1895 geboren – mit Jens Peter Jessen befreundet war. Stauffenberg lernte Jessen im November 1943 kennen und durch ihn kam er zu dem norddeutschen Grandseigneur Ahlmann. Mit diesem »verbanden ihn manche Gespräche über das Ethos des Offiziers und den Tyrannenmord«[68]. Zu Ahlmann kamen »Menschen der verschiedensten geistigen Berufe« – die Namen Carl Schmitt, Ernst Forsthoff oder Percy Ernst Schramm deuten den »konservativen« Geist an. »Die Frage nach der Zukunft des Bauerntums in der industriellen Gesellschaft« erörterte Ahlmann vielleicht auch mit Stauffenberg, so wie er es mit einem anderen Bekannten tat[69]. Vor allem aber mit dem Grafen Ulrich Wilhelm von Schwerin-Schwanenfeld, mit dem er im Oktober 1943 zusammentreffen sollte, führte Stauffenberg »immer wieder Gespräche über die künftige Boden- und Landreform«. Dabei wurden Pläne gutgeheißen, die für den mit einem großen Landbesitz bei Danzig in Westpreußen und in Mecklenburg ausgestatteten Schwerin »einen weitgehenden freiwilligen Verzicht zugunsten eines neuen Staatsgefüges bedeuteten«, den der Großgrundbesitzer zur Verwirklichung der »Revolution von oben« zu leisten gewillt war[70].

Die Frage bleibt sekundär, wie weit ähnliche Gedanken bereits in Lautlingen gediehen waren. Stauffenberg widersprach sich nicht, wenn er im Winter 1943/44 in einem Gespräch mit Hermann Maaß, dem sozialdemokratischen ehemaligen Geschäftsführer des Reichsausschusses der deutschen Jugendverbände, »eine gewisse gesellschaftliche Neuordnung für notwendig« hielt, aber wünschte, »daß die überkommenen Güter nicht einfach über Bord geworfen würden und daß man die geschichtlichen Leistungen des Adels berücksichtigen solle«[71]. Mit den »überkommenen Gütern« war, wie der konservative Grundzug der Lautlinger Gedanken deutlich zeigt, nicht der bloße Besitz gemeint. In einer zweiten Besprechung mit Maaß legte Stauffenberg im Februar 1944 »ein Exposé über seine gesellschaftspolitischen Auffassungen« vor, in dem er sich nach Ansicht Maaß' »so wenig konkret ausgedrückt« hatte, »daß seine wahre politische Absicht nicht zu erkennen gewesen sei«. Gleichwohl einigten sich Maaß und Leuschner, »daß Stauffenberg doch recht reaktionär sei«, und Maaß beurteilte das Exposé sogar als »einen Versuch, die Interessen des Adels auch bei einem Regime der Gewerkschaften wahrzunehmen«[72].

Mit diesem letzten Urteil hatte Maaß nicht so unrecht; Stauffenbergs Ansicht enthielt aber in keiner Weise »eine klare Tendenz zur Restauration einer sozial und politisch depossedierten Führungsschicht«[73]. Denn aus Maaß' Bericht, der Stauffenbergs Definition der Interessen des Adels nicht mitteilt, lässt sich nicht schließen, dass er dem Adel die alten verlorenen Positionen zurückerobern wollte und sich damit in einen Widerspruch zu seiner erklärten Forderung, jegliche Art von Restauration zu vermeiden, gestellt hätte. Ebenso bedeutet Stauffenbergs Verteidigung des Adels gegenüber Maaß nicht eine beabsichtigte Retablierung und Neukreation einer politischen Exklusivitätsrolle der alten »Führungsschicht«, denn die neuen »Führenden« sollten ja aus »allen Schichten« kommen und nicht mit dem Adel identisch sein, der – soweit er überhaupt noch als politisches Kollektivum anzusprechen war – freilich dann durchaus das gleiche Recht zur »Führung« hatte.

Maaß selbst bewegte sich in »politisch verschwommenen Gedankengängen«. Gegenüber Jakob Kaiser sprach er von einer »Partei der Auslese«, und gleichsam zur Erklärung dieser Gedankengänge übergab Leuschner Kaiser das im Jahre 1941 in Berlin erschienene Buch »Die einzige Partei als politische Institution des neuen Regimes« des Rumänen Michail Manoilescu, in dem das Kapitel »Die Notwendigkeit der Auslese« Maaß beeindruckt zu haben scheint. Von diesen Einflüssen her ist es verständlich, dass Maaß offensichtlich der Ansicht zuneigte, nicht das »Vielparteiensystem« zu restaurieren, »sondern allenfalls eine Partei als enge Auslese der bewußt politischen Elemente« zu bilden[74]. Und wenn »die von Maaß vorgetragenen Auffassungen der Gewerkschaften ... Stauffenberg stark« befremdeten, Stauffenberg im April 1944 zusammen mit Schwerin – seinem Gesprächspartner in der Frage der Aufteilung des Großgrundbesitzes – zu einer dritten Begegnung mit Maaß erschien, so vermag dessen spätere Aussage, die eine bloße Schutzbehauptung sein konnte, aber doch wohl mehr war, vielleicht einen Hinweis zu geben: Stauffenberg sei auf die Frage, »ob man an einen Militärputsch denke, sehr wenig aus sich herausgegangen«. Eine letzte Besprechung Maaß' mit »Schwerin habe das beiderseitige Gefühl recht verschiedenartiger Tendenzen bestätigt«. Maaß soll Schwerin gebeten haben, »seinen Einfluß auf Stauffenberg geltend zu machen, ›damit die Generale nichts Politisches unternehmen‹«. Maaß' Bitte im Mai/Juni 1944 an einen anderen Bekannten Stauffenbergs, den Legationsrat Eduard Brücklmeier, dieser solle seinen Einfluss auf Stauffenberg »gegen einen Gewaltakt« verwenden, enthielt wohl eher die auch gegenüber Schwerin ausgesprochene Forderung, die dann im Verhör zur Schutzbehauptung ausgebaut wurde. Doch dies musste nicht auf seine Aussage zutreffen, »Stauffenberg habe sich seitdem ›rar‹ gemacht«[75]. Denn dies war sehr wohl möglich, da all diese Zeugnisse eine prononcierte Meinungsverschiedenheit zwischen Stauffenberg und Maaß erkennen lassen, die freilich nicht nur aus dem Blickpunkt von Maaß betrachtet werden darf.

Von Leuschner, aber auch von Brücklmeier, der ihn mit Stauffenberg zum erstenmal zusammenbrachte, hatte Maaß erfahren, »daß Stauffenberg ein höherer Offizier mit Interesse für sozialpolitische Fragen sei«[76]. Stauffenberg war von Goerdeler auf den 45-jährigen Sozialdemokraten hingewiesen worden[77]. Ihm gegenüber vertrat er denselben Gedanken, dass es zu keiner Restauration kommen dürfe, wodurch auch seine zunächst einer Wiedererrichtung der Gewerkschaften abgeneigte Haltung bedingt wurde, die er im Laufe der Zeit dann allerdings modifizieren sollte – was noch zu erörtern sein wird und deutlich zeigt, dass im Sommer 1943 in den Lautlinger Leitgedanken kein starres Konzept verfasst wurde[78]. Bei Maaß, dessen sozialistisch-elitäre Gedanken von einem Einparteisystem wohl durchaus deutliche marxistische Assoziationen weckten oder auf jeden Fall mit dem offenen Konzept Stauffenbergs unvereinbare politische Exklusivitätsbestrebungen erkennen ließen, scheint er die Gefahr noch nicht überwundener, bloß neu formulierter Klassenkampfvorstellungen erblickt zu haben, deren Existenz eine »Erneuerung« in seinem Sinne unmöglich machen musste und denen er einen entschlossenen Widerstand zu leisten gewillt war – auch wenn dann seine Ablehnung eines radikalen Bruches mit der Vergangenheit ihn als »Reaktionär« erscheinen lassen würde. Die Reaktion von Maaß auf sein sozialpolitisches Exposé hat beinahe exemplarischen Wert. Denn die Ablehnung einer »rechten« und einer »linken« Restauration durch die von einem konservativ-sozialen Romantismus nicht freie »politische Idee« des »politischen« Offiziers stieß noch mancherorts, vor allem aber auf der Rechten, mit anderen Vorstellungen zusammen.

Stauffenberg betrachtete den Grundbesitz auch unter dem Aspekt der für Amtsträger von ihm geforderten materiellen Freiheit. Die Neuverteilung konnte also auch einer »progressiven« Intention entspringen, um »eine Führerschicht von unten her zu erneuern«, wobei »das, was aufsteigt, der Führereigenschaft angeglichen werden« musste und nicht in zu großer »Dosis« vollzogen werden sollte, wie Schulenberg einmal formulierte[79]. Das Problem Gneisenaus, »einen staatstragenden Stand zu schaffen und so stark zu machen, daß er eine weise und feste Führung auszuüben fähig sei«, sah Stauffenberg dynamisch. Die Frage des Grundbesitzes war dabei wichtig, aber nicht allein entscheidend. Es galt um jeden Preis und in jeder Beziehung eine Restauration der Verhältnisse vor dem Jahre 1933 zu verhindern. Stauffenberg meinte einmal, ein Reichsverweser wäre doch eigentlich »ganz schön«, doch lag ihm eine weitere Präzisierung des Gedankens fern[80] – ein Zeichen wohl für eine realistische Einschätzung der Frage der Monarchie oder einer »Ersatz«-Monarchie, die er nicht prinzipiell ablehnte, bei der aber nicht nur eine Personaldebatte nötig war. Im Sommer 1943 ging Stauffenberg von einem stark korporativ geprägten Leitbild aus, das eine noch recht paternalistisch geprägte soziale Aufgeschlossenheit implizierte. Dieses Leitbild oder diese Leitgedanken, die bis zum Juli 1944 noch einige Modifikationen und Ergänzungen erfuhren, waren kein festes Programm – nicht nur weil dies ihrem »Selbstverständnis« widersprach. Sie enthielten nicht nur nach Stauffenbergs subjektiver Ansicht, sondern auch in objektiver Hinsicht keine reaktionär-konservativen Postulate.

Drei Jahre zuvor hatte Stauffenberg aus der französischen Niederlage die Lehre gezogen, dass nur »das dauernde Streben nach Erneuerung vor dem Untergang rettet ... und daß Beharren, Erhalten und Tod identisch sind«[81]. Mit dieser Mahnung und Überzeugung trat er nun an die Lösung der sich ihm stellenden Probleme heran. Die in Lautlingen erörterten Gedanken sind eine Konsequenz der Furcht vor Weimar und der daraus resultierenden Ablehnung des parlamentarisch-demokratischen Systems. Aus der Spannung zwischen Freiheit und Gleichheit in einem modernen Staat begann Stauffenberg Gedanken zu entwickeln oder aufzunehmen, die trotz ihrer bewussten Ideologieaversion dem Raum der »Konservativen Revolution« nicht unverwandt sind. Aber ebensowenig wie der ständestaatliche Gehalt etwa einfach gleichgesetzt werden kann mit der »Gesellschaftslehre« Othmar Spanns[82], die vielleicht den Wolters-Anhänger und österreichischen Germanisten Fahrner am meisten beeinflusst hatte, ist eine konkrete »Einordnung« der Gedanken Stauffenbergs in das »konservativ-revolutionäre« Ideenkonglomerat möglich[83].

Auch Stauffenberg war kein Anhänger der Weimarer Republik gewesen – doch seine Beziehung zu Stefan George kann nicht einfach als eine starke Teilnahme an der »konservativ-revolutionären« Bewegung bezeichnet werden[84]. Antiparlamentarische und antipluralistische, elitäre und paternalistisch-soziale Elemente waren seinen Lautlinger Gedanken nicht fremd – doch es blieb noch eine offene Frage, wieweit sich sein der besonders in Deutschland starken »Sehnsucht nach Synthese« und einem konfliktfreien Gesellschaftsbild[85] verhaftetes politisches Denken im Zusammenwirken mit anderen Mitgliedern des »Widerstandes« modifizieren und entwickeln sollte. Denn zu diesen gehörte auch Julius Leber, der zu unterscheiden ist von den im »Widerstand« vertretenen Weimar-Gegnern der Rechten und der sich auch von der traditionellen sozialistischen Ideologie in bemerkenswertem Maße gelöst hatte[86]. Mit Leber sollte Stauffenberg in engen politischen Kontakt kommen[87]. Daran hinderte ihn sein in den Lautlinger Gedanken sichtbares, stark konservativ verankertes, aber parteipolitisch »heimatlos«-konservatives Denken nicht. Denn wesentlichstes Resultat der politischen Vorbereitung des Staatsstreiches im Sommer 1943 war die Offenheit, die er sich bewusst mit seiner Abneigung gegen Dogmatisierung und Fixierung und wohl eher unbewusst mit dem Versuch bewahrt hatte, den Antagonismus zwischen konservativer Tradition und notwendiger sozialer Reform – nicht Revolution – in einer ambivalenten, kontinuierlichen und dynamischen nationalen und sozialen Synthese aufzuheben.

»Auf innerpolitischem Gebiet hatten wir die Grundideen des Nationalsozialismus zum größten Teil durchaus bejaht«, erklärte Berthold Stauffenberg ein Jahr später in einer im Verhör gemachten Aussage, die unter richtiger Berücksichtigung der durch seine Lage bedingten Argumentation ohne Scheu zitiert werden kann. Sie beleuchtet noch einmal das den mannigfaltigen Idealen von nationaler und sozialer Synthese durch den Nationalsozialismus auferlegte Schicksal und die Enttäuschung jener, die noch so vorsichtige Affinitäten zum scheinbar wahren nationalen und sozialen Gedanken Hitlers empfunden hatten. Der Begriff »Nationalsozialismus« war nun ein Terminus technicus für ein totalitäres System geworden. Berthold Stauffenberg hielt der Perversion und Fratze die Wahrheit und das Ideal entgegen: »Der Gedanke des Führertums, der selbstverantwortlichen und sachverständigen Führung, verbunden mit dem einer gesunden Rangordnung und dem der Volksgemeinschaft, der Grundsatz ›Gemeinnutz geht vor Eigennutz‹ und der Kampf gegen die Korruption, die Betonung des Bäuerlichen und der Kampf gegen den Geist der Großstädte, der Rassegedanke und der Wille zu einer neuen deutschbestimmten Rechtsordnung erschienen uns gesund und zukunftsträchtig. Sie sind aber in der praktischen Durchführung durch das Regime fast alle in ihr Gegenteil verkehrt worden[88].«

Das bedeutete eine scharfe Absage an die Perversion der vom »Widerchrist« mißbrauchten, wahren erstrebenswerten Ideale, wobei der »Rassegedanke« noch einer Erläuterung bedarf. Denn auch dort wird der Unterschied deutlich, wenn Berthold Stauffenberg erklärte, er und sein Bruder »hätten die Rassegrundsätze des Nationalsozialismus an sich bejaht, hätten sie aber für überspitzt und übersteigert gehalten«, und wenn er als Beispiel für die »Inkonsequenz« der nationalsozialistischen Rassenpolitik »das Bündnis mit Japan, den Kampf gegen England und die Hereinnahme der ausländischen Arbeiter« anführte. Nicht zu Unrecht erkannten die Nationalsozialisten in einer solchen Argumentation die »theoretische Bejahung« ihrer Rassenpolitik, welche – wie sie vermuteten – »die Juden zumindest wirtschaftlich in ihre frühere Rechtsstellung in Deutschland wiedereingesetzt und ihnen eine freie Betätigung gestattet hätte« – ganz zu schweigen von der Beseitigung der nationalsozialistischen Verbrechens- und Todesindustrie. Die vor die wahren Absichten gestellte Schutztheorie konnten sie in ihrer wirklichen Bedeutung an der ebenso geschickt der Ideologie des Systems konform formulierten wie unübersehbar negativen Kritik Berthold Stauffenbergs ablesen: »Der Rassegedanke ist in diesem Krieg aufs schwerste verraten worden, indem gerade das rassisch beste deutsche Blut unwiederbringlich hingeopfert wird, während gleichzeitig Deutschland durch Millionen fremder Arbeiter bevölkert ist, die sicher nicht als rassisch hochwertig zu bezeichnen sind[89].«

Vor dem Hintergrund der politischen Gedanken Stauffenbergs bereits im Sommer 1943 ist die spätere Erkenntnis der Verhörsbeamten nicht ganz unbegreiflich, dass sich »zuweilen eine Auffassung« ergebe, »als müsse der wirkliche Nationalsozialismus durch die Verschwörer verteidigt« werden oder, wie es Graf Uxkull formulierte, »erst zur Einführung gelangen«, als eine Art »deutscher Sozialismus« – mit »Sauberkeit und Rechtlichkeit« als erster Leitlinie[90].

Berthold Stauffenberg rechnete nicht nur mit dem Nationalsozialismus ab, indem er ihm die wahren verratenen Ideale vorhielt, die alle ihren Niederschlag in den Lautlinger Leitgedanken gefunden hatten, sondern auch auf direkte Weise: »Statt berufener Führer kamen im allgemeinen kleine Leute an die Spitze, die eine unkontrollierte Macht ausübten. Gegen den Gedanken der Volksgemeinschaft wurde verstoßen, indem gegen die oberen Schichten und die ›Intellektuellen‹ gehetzt und überhaupt nach Möglichkeit das Ressentiment des Kleinbürgers geweckt wurde. Den Grundsatz ›Gemeinnutz geht vor Eigennutz‹ verrieten die Führenden zum großen Teil selbst, indem sie eigene Interessen voranstellten und eine in diesem Umfang noch nie gekannte Korruption einsetzte. Statt einer Stärkung des Landes kam es zu einer Landflucht, die gleichfalls das bisher gekannte Maß überschritt und das Land aufs schwerste gefährdet. Statt einer neuen Rechtsordnung kamen wir zur Rechtlosigkeit und sogar in weitem Umfang zum Verlust der Rechtsgefühle ... Ein Regime, das so gegen seine eigenen tragenden Ideen handelt, hat sein Lebensrecht verwirkt[91].«

Den wahren Charakter und Ursprung des Nationalsozialismus als einer vor allem von dem abgesunkenen, sozial labilen und bedrohten Mittelstand getragenen Protestbewegung definierte Berthold Stauffenberg ebenso präzis, wie die mutige Abrechnung mit dem Unrechtsstaat kaum schärfer zu vollziehen ist. Das Lebensrecht hatte Hitlers Herrschaftssystem in der Tat verwirkt – die Frage, ob die beschworenen Ideale wirklich die »eigenen tragenden Ideen« des Nationalsozialismus gewesen waren, blieb in diesem Falle sekundär, wenn auch die Annahme, sie seien es gewesen, deutlich frühere, nun bitter begrabene Illusionen in Erinnerung rief. Das positive Ziel umriss Schulenburg mit den Worten: »Als Grundlagen für die Ordnung wollten wir heiliges unverbrüchliches Recht schaffen, das dem einzelnen, wie jeder Institution, eine Freiheitssphäre gewährt, innerhalb derer nach dem Gewissen gehandelt und die Kräfte wahrhaft entfaltet werden können. Wir wollten eine Führerschicht, die das Vorbild in Haltung und Tat ist[92].«

Die im Verhör versuchte Gegenüberstellung von Idealvorstellung und nationalsozialistischer Realität nahm zum letzten Mal die eigentliche Quintessenz der Lautlinger Leitgedanken auf und erinnert – wie die prägnante Formulierung Schulenburgs – stark an den von Fahrner überlieferten »Eid«, der nichts anderes als eine erneut sehr eigenwillige Zusammenfassung der im Sommer 1943 erörterten Probleme ist. Die »neue Ordnung, die alle Deutsche zu Trägern des Staates macht und ihnen Recht und Gerechtigkeit verbürgt«, die ohne Beachtung der »Gleichheitslüge« heranzuziehenden, »den göttlichen Mächten« verbundenen Führenden »aus allen Schichten des Volkes«, das – »in der Erde der Heimat verwurzelt« – den »natürlichen Mächten« nahebleibend, »in den gegebenen Lebenskreisen« wirken sollte – dies alles wies deutlich auf die bereits in Fahrners »Gneisenau« niedergelegten, aber auch in Lautlingen erörterten Gedanken, wobei der Rahmen bewusst weit gefasst und der korporative Hintergrund nicht einschränkend ideologisch definiert wurde, ja im Gegensatz zum elitären Gedanken kaum hervortrat, um die Offenheit zu erhalten und in einem höchstmöglichen Masse Präjudizierungen zu vermeiden[93].

Den Erörterungen in Lautlingen und dem in entschiedener Form jeder Restauration abgeneigten reformerisch-»revolutionären« Erhebungskonzept Stauffenbergs fehlten vor allem in hohem Maße noch die nötige Kenntnis und Information über die außenpolitischen Gegebenheiten und ihren Einfluss auf einen Staatsstreich gegen Hitler. Unbestritten war die den Brüdern Stauffenberg selbstverständliche Erkenntnis, dass der Krieg nicht gewonnen werden konnte und deshalb die absolute Notwendigkeit bestand, »mit unseren Gegnern bald Frieden zu schließen«, was »mit dem bestehenden Regime nicht möglich war«[94]. Doch wesentlich unbestimmter als der innenpolitische Teil blieb angesichts der Masse von Imponderabilien die Auseinandersetzung mit der Frage, »inwiefern Einigungen unter den Völkern schon in den Völkern vorgegeben seien und vielleicht gerade spruchreifer als je, wenn sie von den jeweils Regierenden nicht hintertrieben, sondern gefördert würden«. Der Glaube, »daß sich zum Beispiel die Gegensätze zwischen den europäischen Völkern in der Weise von Stammesgegensätzen austragen und fruchtbar machen ließen«, verriet zusammen mit der Fragestellung erneut den konservativen Grundtenor mit seinem Horror vor formalistisch-artifiziellen Institutionen und der Liebe zu allem »Gewachsenen«[95].

Ebenso enthielt diese außenpolitische Betrachtung, der notgedrungen ein starker utopischer Charakter anhaften musste, einen Hinweis auf die »Parallele« der deutschen Einigungspläne im Gneisenau-Modell. Freilich waren die im Jahre 1940 nach Ansicht Stauffenbergs bestehenden Möglichkeiten für eine neue Gestaltung der europäischen Staatenwelt entschwunden[96]. Wie viel sich davon noch retten ließ, musste zuerst einmal eruiert werden. Bernardis gegenüber erwähnte er bald, dass »auch der Gedanke der Zusammengehörigkeit der europäischen Völker besonders in den Vordergrund gestellt werden« solle[97]. Zeigte dieser Ausspruch, der auf die Völker und nicht auf die Staaten hinwies, den »organologischen« und nicht »institutionellen« Charakter, so wurde dies erneut deutlich, als Stauffenberg ein halbes Jahr später gegenüber Hößlin erklärte, dass Hitler »sich nicht mehr von seinen europäischen Plänen auf ein Deutschland im Rahmen seiner Volkstumsgrenzen umstellen« könne[98]. Damit definierte er gleichzeitig den Abgrund, der die hegemonial-terroristischen und annexionistischen »europäischen Pläne« der nationalsozialistischen »Neuordnung« von seinen eigenen Gedanken trennte.

So wie die außenpolitischen Vorstellungen Stauffenbergs sich erst am konkreten Objekt und den gegebenen Möglichkeiten allmählich verdeutlichen sollten, so entsprach es auch seinem pragmatischen Geist, nicht mit einem über seinen allgemeinen Standort hinausgehenden präzisen Programm in die Konspiration einzutreten. Dieser Standort enthielt klar erkennbare Affinitäten zu manchen, unter der diffusen Bezeichnung »konservative Revolution« subsumierten Gedanken. Doch das Handeln nach einem konservativen und korporativen Leitbild brauchte nicht zwangsläufig in einem Feudalstaat oder dem organologisch ausgefeilten und mit seiner ganzen Ideologie Stauffenberg kaum bekannten oder von ihm gutgeheißenen Ständestaat spezifisch Spannscher Prägung und Irrealität zu enden. Die Bilanz des Nationalsozialismus, der liberal-demokratische Gesellschaftsvorstellungen ebenso pervertiert hatte wie große Teile der »konservativ-revolutionären« Ideen, musste Stauffenberg eine Mahnung bei seinem Umsturzplan sein, dessen Ausführung ihn von der einstmals oft mit großer Vehemenz und ebensolchem Nihilismus angekündigten »konservativen Revolution« abheben sollte. Das Vorbild waren gewiss nicht die rastlosen, realitätsfernen und phantasiereichen Ideologen, Zyniker und romantischen Idealisten mit ihrer ohnmächtig-freiwilligen Selbstaufgabe und Identifikation mit dem nationalsozialistischen Diktator.

Stauffenbergs Auffassung war es nun, dass er als Soldat nicht versagen dürfe und es Aufgabe der Armee sei, endlich die Initiative zu einem Umsturz zu ergreifen. Seine Begründung der besonderen Verantwortung der Armee[99] ist in höchstem Maße symptomatisch für seine Gedanken. Sie enthält ebenso die konservative Verankerung wie die Auffassung von der durchaus politisch verantwortlichen Armee und zugleich den sozialen Bezug auf das Volk, wobei der letzte Punkt noch am wenigsten klar umrissen war. Die vordringliche Aufgabe lag aber vor allem in der Beseitigung Hitlers und dem Staatsstreich – und dazu war die Armee auch als ein reines Machtinstrument nötig.

Für den 10. September war die bereits um vier Wochen verschobene Prothesenoperation vorgesehen. Stauffenberg reiste deshalb kurz vor diesem Datum von Lautlingen nach Bamberg zu seiner Frau und den Kindern, die nun im Hause seiner Schwiegereltern wohnten. Sein ernster Gesichtsausdruck fiel seiner Frau auf, die ihn deshalb beinahe scherzhaft fragte, ob er sich wieder an Verschwörerplänen beteilige. Erstaunt, fast erschreckt, fragte er sie sofort nach ihren Anhaltspunkten für diese Vermutung, gab aber bald zu, dass er sich an einer Konspiration beteilige. Olbricht habe ihn darum gebeten, und er habe ihm zugesagt. Viel mehr sagte er nicht, auch als sie nach Namen von Bekannten forschte und wissen wollte, ob diese sich ebenfalls an der Aktion beteiligten. Um seine Frau nicht zur Mitwisserin zu machen und sie nicht unnötig zu belasten, verabredete er mit ihr, die im Falle eines Misslingens unbedingt in der Lage sein sollte, für die Kinder zu sorgen, ihre absolute Uninformiertheit über die Konspiration. Dass ihr Mann später auch noch das Attentat auf sich nahm, erfuhr Gräfin Stauffenberg so erst am Vormittag des 21. Juli 1944 in Lautlingen[100].

Nur wenige Tage in Bamberg bleibend, sagte Stauffenberg plötzlich am 9. September 1943 – am Tage der alliierten Landung bei Salerno – zum Erstaunen seiner Angehörigen die geplante Operation ab, schob alle Einwände beiseite und fuhr nach Berlin, wo er sich in der Wohnung seines

Bruders Berthold in der Tristanstraße 8 in Wannsee einquartierte. Er hatte offiziell noch drei Wochen Krankheitsurlaub vor sich. Am 1. Oktober sollte er den Dienst bei Olbricht antreten. Nach den drei Wochen »politischer Vorbereitung« in Lautlingen folgten nun drei Wochen militärisch-technischer Konspirationsarbeit. Denn Tresckow war in Berlin. Die Obersten hatten nun den Staatsstreich in die Hände genommen – was von einer Typologie dieser Form der Herrschaftsgewinnung her oft als ein Zeichen für größere und wirksamere Arbeit betrachtet werden kann. Weshalb Stauffenberg sich so abrupt zur Abreise entschloss, ist nicht ganz klar. Jedenfalls trat er eine Reise an, die mehr als einen Ortswechsel bedeutete[101].

Die Technik des Staatsstreiches

Hitler stellte mit seiner Rundfunkrede vom 10. September 1943, die als seine Antwort auf die Kapitulation Italiens gelten sollte, die Arbeit Tresckows und Stauffenbergs unter ein bemerkenswertes Motto. Denn er erklärte, dass er angesichts der Lage in Italien »pflichtgemäß alle jene Maßnahmen angeordnet« habe, »die für diesen Fall getroffen werden konnten, um das Deutsche Reich vor einem Schicksal zu bewahren«, in »das Marschall Badoglio und diese Männer ... auch Deutschland stürzen wollten«[1]. Auch Goebbels erging sich in Warnungen vor deutschen Imitationen. Es hätten »sich in den Tagen des italienischen Verrats in Berlin einige Staatsfeinde in Büros und sogar in der Partei zu Wort gemeldet«, doch habe es »sich um ganz vereinzelte Fälle« gehandelt, »gegen die« er »aber mit rücksichtsloser Entschlossenheit vorgehe«. Er »werde jetzt jeden, der etwas gegen den Krieg oder gegen den Führer öffentlich verlauten läßt, entweder verprügeln, vom Gericht aburteilen oder in ein Konzentrationslager sperren lassen«[2].

Damit waren die Perspektiven, die sich den beiden konspirierenden Obersten eröffneten, schon deutlicher und recht realistisch umrissen. Freilich konnten sie mit bitterer Ironie auch einer in Hitlers Rede vorgebrachten Aufforderung Folge leisten: »Mag jeder einzelne Deutsche, ganz gleich wo er steht, sich dessen bewusst sein, daß von ihm selbst, von seinem Einsatz und seiner Opferbereitschaft die Erhaltung unseres Volkes, das Schicksal und die Zukunft vieler Generationen abhängen[3].« Die Lage Deutschlands erforderte nun in der Tat eine große Opferbereitschaft, für die Goebbels bereits die nationalsozialistischen Strafen bezeichnet hatte. Sogar er war nun der Meinung, dass »im Osten jetzt wiederum von einer ausgewachsenen Krise« gesprochen werden könne[4]. Denn seit Stauffenbergs Weggang aus dem Hauptquartier im Januar dieses Jahres 1943 hatte sich an der Ostfront manches geändert. Die deutsche Sommeroffensive gegen Kursk war kläglich gescheitert, womit endgültig die Initiative an den Gegner verlorengegangen war, der in einem unaufhaltsamen Vormarsch nach Westen begriffen war[5]. Der Krise im Osten, die den Rückzug auf die Dnjepr-Linie notwendig machte, entsprach die Krise in Italien. Der nationalsozialistische Diktator wurde wie seine ganze weitere Umgebung »von einer Beängstigung in die andere geworfen«[6].

Tresckow und Stauffenberg konnten für ihren Staatsstreich den Sturz von Mussolinis Regime nicht zum Vorbild nehmen. Der Unterschied zwischen dem totalitären nationalsozialistischen und dem autoritären faschistischen System war zu offensichtlich[7]. Technische Beispiele gab es kaum für den vorliegenden Fall[8]. Denn der Gegner repräsentierte nicht eine schwache Staatsgewalt, vielmehr verfügte er über einen beinahe beispiellosen Machtapparat und ein allgegenwärtiges Polizei- und Denunziationssystem. Mit dessen Hilfe und vor allem mit einem gewaltigen Propagandainstrument vermochte er noch immer sich des praktisch vollständigen Rückhaltes der Bevölkerung zu versichern, die in einer unbeschreiblichen Mentalitätsverfassung fanatisiert und zuweilen auch etwas resigniert ohne Widerspruch auf den Abgrund zu marschierte. Den Gedanken, von einer verkümmerten Legislative den Diktator absetzen zu lassen, lohnte es sich überhaupt nicht zu erwägen. Auch eine Art ad hoc gebildeter Gran Consiglio war eine Unmöglichkeit, denn der deutsche Diktator konnte auch auf die Gefolgschaft seiner zerstrittenen Umgebung rechnen. Mochten einzelne Figuren aus seinem sinistren »Feldlager« Nachfolge-Illusionen anhängen, so blieben diese tief in die das menschliche Vorstellungsvermögen übersteigenden Verbrechen des nationalsozialistischen Regimes verstrickten Gestalten für die Konspiration gegen Hitler nicht nur eine Quantité négligeable, sondern eine untolerierbare Kompromittierung. Nicht eine Palastrevolution, sondern ein Umsturz und eine radikale Beseitigung des Regimes war das Ziel.

Ein Staatsstreich gegen Hitler musste nicht nur in seiner Vorbereitungsphase, sondern auch während seiner Realisierung in höchstem Maße »legal« getarnt werden. Mutatis mutandis bot sich der Staatsstreichversuch des Generals Malet im Jahre 1812 während Napoleons Rückzug aus Russland als Vorbild an[9]. Der diesem gescheiterten Versuch eigene zentrale Gedanke des strikt »legalen« Staatsstreiches war gegen Hitlers Regime nicht nur anwendbar, sondern notwendig. Freilich ließ sich das Problem der Ausschaltung des »Obersten Kriegsherrn« nicht mehr so einfach lösen wie im Jahre 1812. Denn angesichts der modernen Kommunikationsmittel war eine bloß deklamatorische Methode von vornherein ausgeschlossen. Tresckow hatte bereits im März 1943 mit seinem Attentatsversuch die nötigen Konsequenzen aus dieser Sachlage gezogen. Doch nicht die Methoden zur Ausschaltung der Person Hitlers, sondern die Vorbereitung der Machtübernahme nach der Beseitigung Hitlers waren primär der Inhalt von Stauffenbergs gemeinsamer Arbeit mit Tresckow in diesen Septemberwochen. Die Grundlage dafür bildeten die bereits bestehenden Pläne Olbrichts[10].

Instrument des Staatsstreiches sollte das Ersatzheer sein, das – bei Mobilmachungsbeginn gebildet – dem Befehl des Chefs der Heeresrüstung und Befehlshaber des Ersatzheeres (Chef H Rüst u BdE) unterstand – eine Dienststelle, die nach dem Abgang Brauchitschs zu einem im wesentlichen vom OKW direkt abhängigen Organ geworden war. Dieses Heer war keine Streitmacht, sondern – abgesehen von Ausbildungs-, Landesschützen- und Standorteinheiten sowie Lehrkadern – eine Art Verwaltungseinheit für Rekruten, Offiziers- und Unteroffiziersschüler, Kranke und Genesene – somit eher eine Durchgangsstation zur Front, die spätestens seit November 1943 dieses »Heer« einem gewaltigen Auszehrungsprozess unterwarf. Überdies waren die vor allem in den besetzten Gebieten stationierten Ausbildungsabteilungen nicht für einen Staatsstreich in Deutschland verwendbar, für den nur die in den 17 Wehrkreisen, in Böhmen-Mähren und im Generalgouvernement Polen vorhandenen Ersatz- und Ausbildungstruppenteile Bedeutung hatten[11].

Die weitverstreute Truppenmasse, deren einzelne Bataillone nicht einfach als Kampfeinheiten bewertet, geschweige denn eingesetzt werden konnten, machte für den Fall eines notwendigen sofortigen Einsatzes auch nur eines Teils der vorhandenen Kräfte eine genaue organisatorische Eventualplanung nötig. Im März 1943 hatte Hitler gegenüber Goebbels »die Tapferkeit und Durchschlagskraft der SS-Divisionen« gelobt, mit denen Manstein gerade im Begriffe war, Charkow zurückzuerobern. Dem Befehlshaber dieser Verbände, Sepp Dietrich, ließ Hitler »sein uneingeschränktes Vertrauen« zukommen. Im Glauben, dass dieser Mann »sozusagen der Blücher der nationalsozialistischen Bewegung« sei, erwartete Hitler »von ihm noch einige Wunderdinge«, die er seinem Propagandaminister und Berliner Gauleiter präzisierte: »Sollte es in Berlin einmal unter den ausländischen Arbeitern zu Revolteversuchen kommen«, so wolle er »die Leibstandarte in die Reichshauptstadt schicken; sie würde dann ein Exempel statuieren, daß jedem Liebhaber solcher Exzesse die Lust verginge«[12]. Diese Äußerung zeigt, dass Hitler mit dem Gedanken eines Aufstandes der Millionen Fremdarbeiter, die nach Deutschland deportiert worden waren, durchaus vertraut war. Sein Hinweis auf die Rolle der SS-Division »Leibstandarte Adolf Hitler« bei einem solchen Aufstand ging freilich nicht konform mit den bereits für den Fall »Innerer Unruhen« bestehenden Plänen. Denn dafür waren die nach dem »Walküre«-Plan aufzustellenden Einheiten des Ersatzheeres zuständig.

Mit voller Billigung Hitlers hatte das Ersatzheer – insbesondere das AHA Olbrichts – schon am 26. Mai 1942 einen Eventualplan gegen Aufstände im Bereich des Ersatzheeres fertiggestellt. Primäres Ziel dieses Planes war die Mobilisierung und Zusammenstellung von kampfkräftigen Einheiten aus der unbeweglichen, amorphen Masse des Ersatzheeres für einen notwendigen Einsatz im sogenannten Heimatkriegsgebiet. Weitere Maßnahmen wurden bis im Juli 1943 getroffen. Sie alle enthalten keinen Hinweis darauf, dass sich dem »legalen« ein »illegaler«, auf einen Staatsstreich abzielender Zweck beigesellte. Im November 1942 wurden fünf unter dem Stichwort »Kriemhilde« einberufene Divisionen an die Front verlegt. Im Frühjahr 1943 hatte sich die Unzulänglichkeit von Olbrichts Staatsstreichvorbereitungen ergeben. Somit musste der ganze Plan zuerst einmal gründlich überarbeitet und ergänzt werden[13]. Frucht dieser Arbeit war die neue Fassung des »Walküre«-Befehles vom 31. Juli 1943, welche die vor der Aufstellung der »Walküre II«-Divisionen befohlenen Maßnahmen ersetzte und im wesentlichen bis zum 20. Juli 1944 Gültigkeit behielt[14].

Diese Fassung war für einen Staatsstreich nicht ungeeignet – die Möglichkeit einer beabsichtigten »missbräuchlichen« Verwendung war aber damit nicht automatisch gegeben. Der »Walküre«-Befehl als solcher bildete zusammen mit den nach seinen Anordnungen aufzustellenden und einzusetzenden Truppen das vorhandene Instrument des Staatsstreiches, er bezeichnete noch nicht ausschließlich »illegale« konspirative Vorarbeit. Erst auf der Basis dieser legalen Planung bauten Stauffenberg und Tresckow ihren Staatsstreichplan auf, indem sie dem legalen Befehl ein »illegales« Ziel setzten.

»Walküre« richtete sich an die Wehrkreiskommandeure, die in ihrer Funktion für Aufstellung und Ausbildung des Ersatzes dem Befehlshaber des Ersatzheeres, als »Befehlshaber im Wehrkreis« jedoch dem OKW unmittelbar unterstanden[15]. Die mit dem »Walküre«-Befehl verbundenen Maßnahmen sollten durch das vom Chef H Rüst u BdE an alle Wehrkreise übermittelte Stichwort »Walküre« ausgelöst werden. War nicht ein »Gesamtvorhaben«, sondern eine Beschränkung auf bestimmte Wehrkreise und damit ein »Teilvorhaben« angeordnet, sollte dies durch einen entsprechenden Zusatz deutlich gemacht werden[16]. Mit dem Stichwort sollten die Ersatz- und Ausbildungstruppenteile, Schulen und Lehrgänge mit Lehrtruppen zu Kampfgruppen zusammengefasst werden, die aus einem verstärkten Bataillon »unter Eingliederung aller verfügbaren Waffengattungen« zu bilden waren, wobei Panzer- und Panzergrenadiereinheiten als besondere Kampfgruppen aufgestellt werden sollten. Aus weiteren, nicht für die Kampfgruppen erfassten Truppenteilen sollten Alarmeinheiten gebildet werden. Auf das Stichwort »Walküre 1. Stufe« mussten die einzelnen, zur Bildung der jeweiligen Kampfgruppe vorgesehenen Einheiten innerhalb von sechs Stunden ihre Einsatzbereitschaft herstellen können. Auf das Stichwort »Walküre 2. Stufe« hatte die »schnellste Zusammenfassung« dieser einsatzbereiten »Einheiten der 1. Stufe zu einsatzfähigen Kampfgruppen« zu erfolgen – »unter Ausnutzung aller verfügbaren Mittel«. Dieser Befehl trat am 13. August 1943 um 00.00 Uhr in Kraft. »Da die personelle und materielle Ausstattung dauernden Schwankungen unterworfen« war, hatten erstmalig zum 20. August und hernach laufend zum Freitag jeder Woche Berichtigungen zum Personal- und Ausrüstungsstand durch Fernschreiben an das AHA gemeldet zu werden. »Der an der Durchführung der Vorarbeiten zu beteiligende Kreis« war »so eng wie möglich zu halten«. Es durften »keinesfalls ... Dienststellen und Einzelpersonen außerhalb der Wehrmacht von den Absichten bzw. Vorarbeiten Kenntnis erhalten«[17].

Dieser Befehl wurde bis zum Sommer 1944 noch modifiziert oder ergänzt. Von großer Bedeutung waren zwei Ergänzungen, die erst nach Stauffenbergs Dienstantritt bei Olbricht vorgenommen wurden. Die eine datierte vom 6. Oktober 1943 und sah vor, dass die »Einheiten des Feldheeres, die sich in Aufstellung, Auffrischung oder Umgliederung im Heimatkriegsgebiet« befanden, »ebenfalls entsprechend den Bestimmungen« des »Walküre«-Planes heranzuziehen waren[18]. Dies bedeutete eine wesentliche Verstärkung der im Fall von »Inneren Unruhen« oder dann auch für einen Staatsstreich einzusetzenden Verbände – eine Konsequenz auch eines weiteren, von Stauffenberg selbst unterzeichneten Befehls vom 11. Februar 1944. In ihm wurden die Wehrkreiskommandos angewiesen, aus den bisherigen »Walküre«-Kampfgruppen jeweils ein verstärktes Grenadierregiment zu bilden. Als Begründung für diese Maßnahme wurde angegeben, dass »die Notwendigkeit, Walküre-Kampfgruppen kurzfristig zu kampfkräftigen Verbänden für den Fronteinsatz zusammen zu stellen..., zur Beschleunigung dieser Vorbereitungen eine Neugliederung der Kampfgruppen in den W.K. erforderlich« mache. Angesichts der Lage an der Ostfront war dies wohl primär eine militärische Maßnahme zur Stützung der Front, die ebenfalls im Interesse des Staatsstreiches und der »Erhebung« lag. Diese Vermutung wird bestärkt durch die Bestimmung, dass ein »Zurückhalten des für Feldersatz vorgesehenen Personals ... nicht zu erfolgen« hatte. Freilich zog auch die Staatsstreichplanung aus der im Vergleich zur Kampfgruppenbildung weitergehenden Zusammenlegung der im Bereich des Ersatzheeres befindlichen Truppenteile großen Nutzen[19].

Diesem legalen »Walküre«-Plan, der vom Befehlshaber des Ersatzheeres ausgelöst werden konnte, spannten nun Tresckow und Stauffenberg geheime Befehle vor, mit deren Hilfe erst aus dem politisch völlig neutralen Projekt ein Staatsstreichplan wurde. Diese Befehle waren nicht in den bei allen Wehrkreiskommandos hinterlegten »Walküre«-Plänen enthalten, sie waren im Gegenteil erst zu erlassen, wenn die Bedingungen – d. h. Hitlers Beseitigung – dafür geschaffen worden waren. Tresckow war wohl sehr zu Recht der Ansicht, dass für die technische Vorbereitung des Staatsstreiches – worunter nur zum geringsten Teil »Walküre«, aber vor allem die geheimen Befehle fielen – »praktisch noch sehr wenig geschehen« sei[20]. Denn auch unter Berücksichtigung der dauernd wechselnden Voraussetzungen, die nicht zuletzt durch die immer stärker werdenden alliierten Bombardierungen verursacht wurden, wäre die nun intensiv einsetzende Arbeit der beiden konspirierenden Offiziere kaum verständlich ohne die Annahme ungenügender Vorbereitung.

Tresckow war vertraut mit der ganzen Problematik des geplanten Staatsstreiches, und so ist es leicht zu begreifen, dass Stauffenberg ihn »gelegentlich als seinen Lehrmeister« bezeichnete[21]. Die Arbeit wurde etwa Mitte September 1943 aufgenommen[22]. Beteiligt waren neben Tresckow und Stauffenberg, die zu den Zusammenkünften Stichwortzettel und zuweilen schon größere Ausarbeitungen mitbrachten, auch Erika von Tresckow – Tresckows Frau – und Margarethe von Oven – einst Sekretärin des früheren Chefs der Heeresleitung Hammerstein – und Gräfin Ehrengard v. d. Schulenburg – Sekretärin im Wehrkreiskommando III –, die alle als Sekretärinnen fungierten. Die konspirative Vorsicht, die nicht einer Spielerei, sondern absoluter Notwendigkeit folgte, ist in höchstem Maße beeindruckend. Denn Stauffenberg und Tresckow hielten Besprechungen in Wohnungen für viel zu riskant – geeignete Dienststellen standen ihnen zur freien Benützung noch nicht zu. So wurden jeweils verschiedene Stellen im Grunewald als Treffpunkte vereinbart. Aus Sicherheitsgründen benutzten sie für die Verabredungen weder die Mittel des Telefons noch der Post. Oft kamen die mühsam verabredeten Zusammenkünfte wegen häufiger Bombenangriffe und den daraus resultierenden Verkehrskalamitäten nicht zustande. Unter größtmöglicher Vorsicht wurde auf diese Weise der Staatsstreichplan im Grunewald besprochen und erarbeitet. Die Nervenbelastung verschonte auch die beiden kriegsgewohnten Offiziere nicht. Auf einem Gang durch die nahe bei der S-Bahn-Station Grunewald gelegene Trabener Straße fuhr einmal nach einer solchen Besprechung ein Mannschaftswagen der SS Stauffenberg, Tresckow und Margarethe von Oven entgegen und bremste unmittelbar neben ihnen. Fräulein von Oven hatte unter dem Arm sämtliche Unterlagen für den Umsturz. »Als die SS-Leute herabsprangen, hielt jeder die Verschwörung für entdeckt und sich selber im nächsten Augenblick für verhaftet. Aber die SS-Leute achteten nicht auf die drei Personen und verschwanden in einem Haus.« Den beiden Offizieren war der durchlittene Schrecken anzusehen, denn sie waren leichenblass geworden. Doch wie lauteten die ausgearbeiteten, später dann noch laufend geringfügig modifizierten, im wesentlichen bereits mit jenen des 20. Juli 1944 identischen Befehle, die Fräulein von Oven auf Anraten Tresckows mit Handschuhen in die Maschine zu schreiben hatte, um Fingerabdrücke auf dem Papier zu vermeiden[23]?

In dem ersten Staatsstreichbefehl wurde kommentarlos die Lage gemeldet: »Der Führer Adolf Hitler ist tot!« Dann folgte als Überleitung die Begründung der befohlenen Maßnahmen: »Eine gewissenlose Clique frontfremder Parteiführer hat es unter Ausnutzung dieser Lage versucht, der schwerringenden Front in den Rücken zu fallen und die Macht zu eigennützigen Zwecken an sich zu reißen.« Als zweiter Punkt wurde mitgeteilt, dass »in dieser Stunde höchster Gefahr ... die Reichsregierung zur Aufrechterhaltung von Recht und Ordnung den militärischen Ausnahmezustand verhängt« und dem Unterzeichner des Befehls »zugleich mit dem Oberbefehl über die Wehrmacht die Vollziehende Gewalt übertragen« habe. In demselben Befehl wurde deshalb die Übertragung der Vollziehenden Gewalt an den Befehlshaber des Ersatzheeres und an die Oberbefehlshaber der Heeresgruppen in den besetzten Ostgebieten, an die Wehrmachtsbefehlshaber »Ostland«, Dänemark und Norwegen, an den Oberbefehlshaber West in den besetzten Westgebieten, an den Oberbefehlshaber Südwest in Italien und an den Oberbefehlshaber Südost auf dem Balkan und in Griechenland angeordnet. Der BdE wurde zum Oberbefehlshaber im Heimatkriegsgebiet ernannt – mit dem Recht der Delegation der Vollziehenden Gewalt an die territorialen Befehlshaber der Wehrkreise. Den Inhabern der Vollziehenden Gewalt waren alle Dienststellen und Einheiten der Wehrmacht, der Waffen-SS, des Reichsarbeitsdienstes und der »Organisation Todt«, alle öffentlichen Behörden des Reichs, der Länder und der Gemeinden mit der gesamten Polizei, sämtliche Amtsträger und Gliederungen der NSDAP und der ihr angeschlossenen Verbände sowie alle Verkehrs- und Versorgungsbetriebe unterstellt. Die gesamte Waffen-SS wurde »mit sofortiger Wirkung in das Heer eingegliedert«. »Jeder Widerstand« war »rücksichtslos zu brechen«. Als eine Art Schlussappell folgten die Sätze: »Der deutsche Soldat steht vor einer geschichtlichen Aufgabe. Von seiner Tatkraft und Haltung wird es abhängen, ob Deutschland gerettet wird[24].«

Dieser erste Befehl arbeitete konsequent mit der Fiktion eines Putschversuches der Partei oder SS. Der Satz von der »gewissenlosen Clique frontfremder Parteiführer« war eine konspirationstechnische Notlüge, da wegen des allgemeinen Dranges nach »Legalität« ein Zwang zur »Legalität« bestand. Der erste Befehl blieb somit innerhalb eines formallegalen Rahmens. Dass der Unterzeichner, der in der Person des Feldmarschalls v. Witzleben gefunden wurde[25], ein verabschiedeter Offizier war und nach dem Tod des allmächtigen »Führers« der Begriff »Reichsregierung« recht vage erschien, musste noch lange keinen Verdacht erwecken.

Anders verhielt es sich aber mit dem zweiten Befehl, den der nun zum »Oberbefehlshaber im Heimatkriegsgebiet« ernannte Befehlshaber des Ersatzheeres den Wehrkreiskommandos erteilen sollte. Denn sein letzter

Passus gab der »geschichtlichen Aufgabe« des deutschen Soldaten einen ganz besonderen Sinn: »Bei Ausübung der Vollziehenden Gewalt dürfen keine Willkür- und Racheakte geduldet werden. Die Bevölkerung muss sich des Abstandes zu den willkürlichen Methoden der bisherigen Machthaber bewusst werden.« Damit war im Grunde der »legale« Rahmen durchbrochen. Zwar wurde die Fiktion, die »Reichsregierung« habe die Armee gegen einen Partei- und SS-Putsch in Marsch gesetzt, nicht vollkommen hinfällig. Die legalistische Absicherung wurde aber mit dem Hinweis auf die Willkürmethoden der »bisherigen Machthaber«, zu denen ja vorerst auch die noch nicht näher spezifizierte Reichsregierung zu zählen war, beeinträchtigt. Stauffenberg und Tresckow scheinen in diesem Befehl, der sich nicht an die Öffentlichkeit, sondern an die Wehrkreiskommandos richtete, die Rivalität und Gegnerschaft zwischen Heer und Waffen-SS als einen Ansporn für die Aktionen der Wehrkreisbefehlshaber einkalkuliert und die Weiterführung der Legalitätskonzeption bewusst vernachlässigt zu haben – und zwar aus relativ leicht erkennbaren Gründen.

Denn nach der Übertragung der Vollziehenden Gewalt auf die Wehrkreisbefehlshaber und nach dem Befehl zur Besetzung aller Nachrichtenanlagen wurden Sofortmaßnahmen angeordnet, die auch ohne den Hinweis auf die »bisherigen Machthaber« die Absicht eines Staatsstreiches deutlich werden lassen mussten, so dass die Fiktion in diesem Fall eher ein Hindernis darstellte, während die relativ offene, freilich nicht öffentliche und nur für die Wehrkreisbefehlshaber bestimmte Darlegung die entscheidende Aktion im Heimatkriegsgebiet eher zu unterstützen in der Lage war. Sämtliche Gauleiter, Reichsstatthalter, Minister, Oberpräsidenten, Polizeipräsidenten, Höheren SS- und Polizeiführer, Gestapoleiter und Leiter der SS-Dienststellen, Leiter der Propagandaämter und Kreisleiter waren ihres Amtes zu entheben und in besonders gesicherte Einzelhaft zu nehmen. Damit wurde u. a. klargestellt, dass die erwähnte »Reichsregierung« nicht mit jener des seit dem 30. Januar 1933 amtierenden Reichskanzlers identisch war. Ferner waren die Dienststellen der Gestapo und des SD zu besetzen, ebenso die Konzentrationslager, wobei die Lagerkommandanten verhaftet, die Wachmannschaften entwaffnet und kaserniert werden sollten. Den politischen Häftlingen war zu eröffnen, »daß sie sich bis zu ihrer Entlassung aller Kundgebungen und Einzelaktionen« zu enthalten hätten. Die Ordnungspolizei sollte zur Entlastung der Wehrmacht weitgehend eingesetzt werden. Bestanden Zweifel am Gehorsam von Führern der auf Grund des ersten Befehls dem Heer eingegliederten Waffen-SS oder erschienen sie ungeeignet, so waren sie in Schutzhaft zu nehmen und durch Offiziere des Heeres zu ersetzen. Verbände der Waffen-SS, deren uneingeschränkte Unterordnung zweifelhaft schien, waren »rücksichtslos zu entwaffnen. Dabei energisches Zugreifen mit überlegenen Kräften, damit stärkeres Blutvergießen vermieden wird[26].«

Der entscheidende Kampf gegen den nationalsozialistischen Herrschaftsapparat und seine Prätorianergarde – die SS – musste im Bereich des Ersatzheeres geführt werden. Dazu waren detaillierte Befehle nötig, die die Aufrechterhaltung der SS-Putschversion praktisch unmöglich machten – dazu gehörte vor allem die Verhaftung der Reichsminister. Bei den Heeresgruppen an den Fronten mochte die SS-Putschversion durchaus für einen gewissen Zeitraum ihren Sinn haben. Im Bereich des Ersatzheeres dagegen hofften Stauffenberg und Tresckow offensichtlich auf einen größeren Elan bei den Wehrkreisbefehlshabern, wenn nach dem Tod Hitlers das politische Ziel auch bereits angedeutet wurde. Wieweit dieses Offenlegen der Karten nach der eben konstruierten Putschversion und damit das Abweichen von der Konzeption des scheinlegalen, wenn auch formal auf dem Befehlsweg vollzogenen Umsturzes wirklich unumgänglich war – diese Frage muss abgesehen von der militärisch-technischen, aus dem Inhalt der Befehle resultierenden Zwangssituation im Zusammenhang mit der politischen Zielsetzung des Staatsstreiches gesehen werden, die sich eben auch zum erstenmal in einem militärischen Befehl manifestieren sollte. Denn der militärischen Aktion sollten auch sehr bald als Hintergrund Rundfunkerklärungen der neuen Regierung folgen[27]. Zudem wurde auf Grund dieses zweiten Befehles für die Bearbeitung der aus dem militärischen Ausnahmezustand sich ergebenden politischen Fragen in jedem Wehrkreis ein Politischer Beauftragter mit der vorläufigen Funktion eines Verwaltungschefs und politischen Beraters des Wehrkreisbefehlshabers bestellt. Ebenfalls in die Wehrkreise entsandte der »Heimatführungsstab« zur »wechselseitigen Unterrichtung über Lage und Absichten einen Verbindungsoffizier (VO OKH)«[28]. Die an Gneisenaus Geschäftsführer in den Provinzen erinnernden Verbindungsleute waren für die Ausführung und Überwachung der aus Berlin angeordneten Maßnahmen verantwortlich und geeignet, wegen der relativ deutlichen Zielsetzung der Berliner Befehle schwankende Wehrkreisbefehlshaber als »Infrastruktur« der Konspiration mit den notwendigen Methoden zu beeinflussen.

Absicht der Konspiration war es, mit unblutigen Methoden die Legitimität ihres Bruches mit der pervertierten absoluten und wertfreien, im Eid auf Hitler verankerten Loyalitätsverpflichtung zu dokumentieren und den klaren Beginn einer neuen und wirklichen Legalität zu setzen[29]. Dies schloss aber in keiner Weise eine genaue Eventualplanung für mögliche Zusammenstöße aus. Die Befehle für Berlin, den Schwerpunkt des Staatsstreiches, zeigen das sehr deutlich – besonders die »Anweisung für das Verhalten gegenüber der Waffen-SS«, in der die den SS-Führern zu eröffnende Erklärung sogar in direkter Rede festgehalten wurde:

»1. Zunächst sämtliche Zugangsstraßen zu den SS-Unterkünften abriegeln. Schwere Waffen in Stellung bringen.
2. Stoßtrupps für schlagartiges Eingreifen mit der Waffe bereitstellen.
3. Energischen Offizier mit Begleitoffizier zur Hauptwache entsenden, wo er den dienstältesten anwesenden SS-Führer (in der Nacht Offizier vom Dienst) zu verlangen hat. Möglichst Gebäude nicht betreten. Begleitende Melder bleiben beim Kasernentor und halten Augenverbindung mit umstellender Truppe.
4. Dem SS-Führer ist zu eröffnen:
   Der Führer ist tot. Eine kleine Clique gewissenloser frontfremder Parteiführer hat einen Staatsstreich versucht. Der militärische Ausnahmezustand ist verhängt, und die vollziehende Gewalt in die Hände der Wehrkreisbefehlshaber gelegt. Die Waffen-SS wird mit sofortiger Wirkung in das Heer überführt und untersteht den Wehrkreisbefehlshabern. Ihre Truppe hat bis zum Eingang weiterer Befehle in der Kaserne zu verbleiben und Ruhe zu bewahren. Sollte dieser Befehl nicht ausgeführt werden, wird die Truppe, die Ihre Unterkünfte umstellt hat und mit sämtlichen schweren Waffen schußbereit ist, mit allen Mitteln diesen Befehl durchsetzen. Ich muß Sie bitten, Ihre erforderlichen Befehle von hier aus in meiner Anwesenheit zu geben.
5. Bei Weigerung oder Widerstand ist der SS-Führer zu erschießen, die Wache zu entwaffnen und die Entwaffnung der gesamten Truppe zu erzwingen.
6. Sind die SS-Verbände bereits alarmiert oder rücken sie ab, so sind sie anzuhalten und unter entsprechender Eröffnung zur Rückkehr in die Kaserne zu veranlassen. Bei dem geringsten Zeichen zum Widerstand ist rücksichtslos von der Waffe Gebrauch zu machen.
7. Hat die SS den Befehl ausgeführt, bleibt die eigene Truppe so lange vor der Kaserne, bis Weisungen durch das Wehrkreis-Kdo III, mit dem Verbindung zu halten ist, ergehen, oder auf dem SS-Dienstwege die Eingliederung der SS in das Heer bestätigt wird[30].«

Dieser Befehl demonstriert die Entschlossenheit, in sinnvoller Weise notwendige und rücksichtslose Gewalt anzuwenden. Besonders drastisch kommt dies zum Ausdruck in der Anordnung, dass der SS-Führer nicht nur bei versuchtem Widerstand, sondern auch bei Gehorsamsverweigerung zu erschießen war. Stauffenberg und Tresckow war die andere Mentalität des »Schwarzen Korps« durchaus geläufig. Die getroffenen Maßnahmen gegen die SS waren nicht nur im Hinblick auf deren Prätorianergardefunktion, sondern besonders wegen der voraussehbaren, in Berlin zunächst bestehenden Unterlegenheit des Heeres durchaus adäquate Methoden, die mangelnde Stärke mit größter Entschlossenheit zu kompensieren suchten. Dieselbe Entschlossenheit findet sich auch in den weiteren Befehlen für die Besetzung Berlins und in den für das gesamte Reichsgebiet gültigen, besonders aber in der Reichshauptstadt wichtigen Standrechtverordnungen, die den militärischen Ausnahmezustand näher definieren.

In den Standrechtverordnungen Nr. 1-5 sowie im »Befehl über Maßnahmen gegen die Partei, ihre Gliederungen und angeschlossenen Verbände« wurden Demonstrationen und Arbeitsniederlegungen verboten; die Dienststellen der Partei und ihrer sämtlichen Annexorganisationen mussten schließen. Ihre Akten wurden beschlagnahmt und durften unter Androhung schwerer Strafen nicht beiseite geschafft oder gefälscht werden. Das gesamte Vermögen der NSDAP verfiel der provisorischen Konfiskation. Die Zuständigkeit der Standgerichte erstreckte sich auch »auf die Verbrechen und Vergehen des Mordes und der Freiheitsberaubung, der Erpressung, der Bestechung . . ., die unter Macht- und Amtsmißbrauch gegen Wehrlose begangen wurden und die eine rasche Sühne erfordern, weil sie in besonderem Maße die berechtigte Volksempörung hervorgerufen haben«. Diese und weitere Vergehen konnten mit Zuchthaus bis zu 15 Jahren, mit lebenslangem Zuchthaus oder mit dem Tode bestraft werden – auch wenn dadurch das bisherige gesetzliche Strafmaß überschritten wurde[31].

In diesen Befehlen kam deutlich die große Entschlossenheit, den Staatsstreich mit allen Mitteln durchzusetzen, und zugleich das Bemühen um sinnvolle, vertretbare Gewaltanwendung und möglichst große Rechtlichkeit zum Ausdruck. Sie enthielten mehr als bloß technische Anweisungen, denn sie implizierten bereits eine klar erkennbare Zielsetzung. Die gegen die Partei getroffenen Maßnahmen dokumentierten, dass Verbrechen und Korruption scharf verfolgt und gesühnt werden sollten. Mit der Aburteilung der im »Dritten Reich« begangenen Kapitalverbrechen, Freiheitsberaubungen, Erpressungen und Bestechungen beauftragte man die Standgerichte. Dies bedeutete eine entschlossene und rasche Abrechnung mit dem nationalsozialistischen Regime, dessen Vertreter nicht mit ihren eigenen rechtlosen Methoden, sondern unter Beachtung herkömmlicher Rechtsnormen der harten Strafe und raschen Aburteilung zugeführt werden sollten. Wie alle Befehle des Staatsstreiches lagen wohl auch diese Standrechtsverordnungen im September 1943 nach der gemeinsamen Vorarbeit Tresckows und Stauffenbergs noch nicht in ihrer endgültigen Form vor. Besonders der fünften Verordnung ist deutlich eine präzise juristische Redaktion anzusehen, die durch Berthold Stauffenberg vorgenommen wurde[32].

Wie die Anweisung für das Verhalten gegenüber der Waffen-SS waren auch die übrigen besonders wichtigen Befehle für den Wehrkreis III (Berlin) sehr detailliert abgefasst. Ein genauer Zeitplan legte den Einsatz der dem Wehrmachtkommandanten von Berlin unterstehenden Einheiten sowie der in Krampnitz und Groß-Glienicke stationierten Panzertruppen-Schule II, der Infanterieschule Döberitz und der beiden in Potsdam stationierten Fahnenjunker- und Unteroffiziers-Schulen fest. Dieser »Kalender« soll zwischen vorbereitenden Maßnahmen, Vorausmaßnahmen und X-Fall unterschieden haben. »Völlige Tarnung aller dieser Maßnahmen wurde als entscheidend bezeichnet. Rasche, aber klare und erschöpfende Befehlsübermittlung der in dem ... Kalender niedergelegten Maßnahmen sei Voraussetzung für ein schlagartiges Gelingen aller Absichten.« An einem Beispiel lassen sich die exakte Arbeit und genaue Überlegung abmessen. Neben einer genauen Zeitangabe war die auszuführende Maßnahme gestellt, etwa die Bereitstellung von besonders leistungsfähigen Personenwagen für die Verbindungsoffiziere, die teilweise von Berlin aus auf ihre Posten zu fahren hatten. Es wurde aber erwogen, ob »überhaupt eine Verständigung der Verbindungsoffiziere (zum OKH) innerhalb der Vorausmaßnahmen« erfolgen sollte. Man betrachtete jedenfalls als Minimum eine rechtzeitige Inmarschsetzung der in Berlin weilenden Verbindungsoffiziere als notwendig, damit »sie mit Sicherheit im X-Fall am Bestimmungsort« waren. In dem Kalender war weiterhin der Ausführende der Maßnahme – im Falle der in Berlin weilenden Verbindungsoffiziere der Ib des Wehrkreiskommandos III und derjenige, der die Verständigung mit den Verbindungsoffizieren vorzunehmen hatte – festgelegt. Ebenso wurde der Wortlaut des Auftrages vorgeschrieben – für den Fall der Berliner Verbindungsoffiziere: »Es sind 5 Pkw mit Fahrer für geheimzuhaltende Kurierfahrten bei der Fahrbereitschaft Bendlerstraße bereitzuhalten. Ausweise für Überlandfahrten, Tankscheine und Verpflegung für 2 Tage sind mitzubringen[33].«

Von ebensolcher minuziöser Ausarbeitung war der Zeitplan für den Wehrkreis III, der am Tag X-1 eine »Walküre«-Übung für die Panzertruppen-Schule Krampnitz/Groß-Glienicke, Infanterieschule Döberitz, Fahnenjunkerschule Potsdam und Unteroffiziers-Schule Potsdam vorsah. Am Tag X sollte die Ausgabe der grundlegenden Befehle an die Wehrkreise erfolgen. Im Wehrkreis III sollten der Befehl – nämlich »Walküre 2. Stufe« – durch Kurier dem Wehrkreiskommando überbracht und der Chef des Stabes des Wehrkreiskommandos offensichtlich zum Zwecke der rascheren Ausführung der Befehle von General Olbricht unterrichtet werden. Zur X-Zeit erhielten der Kommandant von Berlin und der Kommandeur der Panzertruppen-Schule fernmündlich Vorbefehle. Beiden wurde die Lage mit den Worten »Innere Unruhen, Ausnahmezustand, Vollziehende Gewalt beim Heer« dargelegt. Hernach sollten sie sich, wie auch der Kommandeur der Infanterieschule Döberitz, in der Bendlerstraße melden, um die Befehle für ihren genau geregelten Einsatz entgegenzunehmen[34].

Die in den Befehlen an sie enthaltenen Anweisungen für die Besetzung der Sender und der Nachrichtenanlagen im Regierungsviertel Berlins und seiner Umgebung und im gesamten Reichsgebiet dokumentieren deutlich, wie der für einen modernen Staatsstreich beinahe entscheidenden Bedeutung der Massenkommunikationsmittel in hohem Maße Rechnung getragen wurde. Doch gerade diese Frage stellte die technische Vorbereitung des Staatsstreiches vor kaum lösbare Probleme. »Bereits 1943 nach Stalingrad« hatte Olbricht den Obersten Haßel, Chef des Stabes der (Nachrichten-)Inspektion 7 beim BdE, eine Aufstellung der Fernsprechämter der Reichspost, der Fernsprechvermittlungen des Auswärtigen Amtes, des Propagandaministeriums, des Reichssicherheitshauptamtes, des Polizeipräsidiums und noch weiterer Dienststellen anfertigen lassen. Dies geschah unter dem Motto »Vorbereitungen für die Sicherung der nachrichtentechnischen Objekte in Groß-Berlin«[35]. Nach einer Aussage von Oberst Kurt Hahn, dem zweiten Mann General Fellgiebels, des Chefs der Wehrmachtnachrichtenverbindungen im OKW (mit General Thiele als Chef des Stabes) und des Chefs des Heeresnachrichtenwesens im OKH (mit Oberst Hahn als Chef des Stabes), fanden »die ersten Besprechungen über die nachrichtentechnische Lahmlegung des Führerhauptquartiers bereits im Frühjahr 1943« statt. General Erich Fellgiebel stellt die Frage, »wie weit eine völlige Ausschaltung von ›Wolfschanze‹ im Fall eines Umsturzes möglich sei und welche Maßnahmen dazu getroffen werden müßten. Die Besprechung kam zu dem Ergebnis, daß zu einer völligen Lahmlegung ein erheblicher Apparat aufgeboten werden müßte. Die Verstärkerämter müßten ausgeschaltet werden. Dazu sei ihre vorherige Besetzung nötig. Auch die Fernämter müßten besetzt werden. Dies könne nicht ohne Beteiligung der Reichspost erfolgen. Da derartig umfangreiche Vorkehrungen nicht verborgen bleiben könnten, einigte man sich darauf, zu handeln, wenn der Umsturz erfolgt. Man brauche also nicht viel Vorbereitungen zu treffen[36].«

In Wirklichkeit waren freilich umfangreiche Vorbereitungen zu treffen. Stauffenberg, der Fellgiebel schon während seiner Dienstzeit im Hauptquartier begegnet war, konnte sich dabei durchaus auf Vorüberlegungen stützen. Das optimale Ziel der nachrichtentechnischen Maßnahmen eines Staatsstreiches bestand in der Erringung einer so gearteten Handhabung der Kommunikationsmittel am Tage X, dass diese zur eigenen Verfügung standen und Mitteilungen von Figuren des Regimes aus dem »Führerhauptquartier« verhindert werden konnten. Die Isolierung sollte den Staatsstreich in Berlin während seiner Entfaltungsphase absichern und insbesondere die überlebenden Vasallen des nationalsozialistischen Diktators in völliger Unklarheit über die auf die Beseitigung Hitlers folgenden Maßnahmen lassen. Die Schwierigkeit dieses Unterfangens bestand darin, dass keine zentrale Nachrichtenstelle existierte. Eine Sprengung aller Nachrichtenmittel war nicht nur absolut unmöglich, da abgesehen von den übrigen dezentralisierten Objekten allein für den Nachrichtenbunker in der »Wolfschanze« eine sehr große Menge Sprengstoff nötig und eine Reparatur sehr rasch möglich gewesen wäre, sondern auch unerwünscht, hätte sie doch die Verbindung zu den Fronten abreißen lassen und damit einen raschen Zusammenbruch provoziert. Deshalb konnte nur eine Blockierung in Frage kommen. Je umfangreicher sie gelang, desto besser konnte diese Maßnahme zum Erfolg des Staatsstreiches beitragen. Eine vollständige Abschaltung der Ämter – für den Fall, dass das Attentat auf dem »Berghof« stattfand, wollte Fellgiebel jene von Salzburg, Berchtesgaden, Bad Reichenhall, Rosenheim und München abschalten lassen, für »Wolfschanze« jene von Rastenburg, Lötzen und Insterburg oder Angerburg – war kaum zu bewerkstelligen. Denn es gab ja auch Fernschreib-, Funksprech- und Funkschreibverbindungen. Beim Funkbetrieb konnte die Konspiration auf seine relative Schwerfälligkeit und Unzulänglichkeit hoffen oder höchstens ihr allenfalls bekannte Wellenlängen stören. »Was möglich war«, wollte Fellgiebel jedenfalls unternehmen. Mit der Zeit standen ihm in fünf Abteilungen seiner Dienststelle einigermaßen loyale Offiziere zur Verfügung[37].

Wie die Staatsstreichpläne im September 1943 noch nicht ihre im letzten Detail endgültige Fassung erhielten, so war wohl auch ein anderer Plan erst in der folgenden Zeit definitiv niedergelegt worden. Die beiden grundlegenden Befehle des Staatsstreiches nahmen auf ihn Bezug. Denn die Bezeichnung »Heimatführungsstab« war im »Erlaß über die vorläufige Kriegsspitzengliederung«[38] enthalten. An der Abfassung dieses Entwurfes war Stauffenberg, der ehemalige Bearbeiter der Kriegsspitzengliederung in der Organisationsabteilung, wohl in führender Weise beteiligt. Auch Tresckows Bemühen um Kluge und Manstein hatte mit dem Hinweis auf die unsinnige Kriegsspitzengliederung operiert. Stauffenberg und Tresckow besprachen wohl auch in Berlin eine sinnvolle Organisation der militärischen Führung nach Hitlers Beseitigung, wenn sie sie auch nicht definitiv festlegten. Der erhaltene Entwurf unterschied sich freilich von den früheren und von verschiedenster Seite vorgebrachten Postulaten, da ja Hitler nicht zur Abgabe des Oberbefehls überredet werden sollte[39].

Zur Ablösung des dem »divide et impera« des nationalsozialistischen Diktators Rechnung tragenden, für eine neue Regierung auch deshalb untauglichen Befehlschaos sollte »zur Zusammenfassung der Kräfte und Vereinfachung der Führung ... vorbehaltlich späterer gesetzlicher Regelung die Bildung des Großen Generalstabes, des Reichskriegsministeriums und des Offiziersamtes sowie die Aufstellung des Oberkommandos Ost« sofort nach dem Staatsstreich angeordnet werden[40]. Mit der Argumentation des Grafen Blumenthal für die Notwendigkeit eines Reichskriegsministers dürfte jene Stauffenbergs übereingestimmt haben – wahrscheinlich war der Bericht Blumenthals sogar eine getreue Wiedergabe der Gedanken Stauffenbergs: »Wir haben keinen Kriegsminister. Hierdurch werden für die gesamte Reichsverteidigung Schwierigkeiten ausgelöst, weil nicht alle nach dem Wehrgesetz dem Reichskriegsminister zustehenden Befugnisse auf den Chef OKW übergegangen sind und insbesondere z. B. die Entscheidung über die Einberufung der Wehrpflichtigen auf nichtmilitärische Stellen übergegangen ist. Die zivilen Bedarfsträger geben im Rahmen eines Auflageverfahrens an, wer aus ihrer Gefolgschaft zur Einberufung kommen soll. Häufig sperren sie sich überhaupt gegen die Erfüllung des Aufbringungssolles. Die Folge ist Menschenmangel bei der Wehrmacht, insbesondere bei der kämpfenden Truppe, somit Materialverlust bei Absetzbewegungen, infolgedessen neue Produktionsnotwendigkeiten in der Rüstungsindustrie, hiermit verbunden neue Menschenforderungen der Rüstung und damit indirekt Menschenentzug gegenüber der Truppe usw. – Dinge, die vielleicht vermeidbar wären, wenn die Befugnisse des Reichskriegsministers wiederhergestellt würden[41].« Der Circulus vitiosus der Hitlerschen Kriegführung war kaum treffender darzulegen.

Der nur für eine Übergangszeit gedachte Erlass legte den Wehrmachtführungsstab, den Generalstab der Luftwaffe, das Amt Ausland/Abwehr des bisherigen OKW und jene Teile des Generalstabes des Heeres, die nicht zum neuaufgestellten Oberkommando Ost traten, zum Großen Generalstab zusammen. Weitere Maßnahmen sollten die weitgehende Zusammenlegung von Heer und Luftwaffe verstärken – so vor allem im Reichskriegsministerium. Stellvertretender Reichskriegsminister war der Oberbefehlshaber im Heimatkriegsgebiet. Ihm sollten auch Teile des aufzulösenden Ministeriums Speer unterstellt werden. Großer Generalstab, Reichskriegsministerium und die unter dem Chef eines neuen Offiziersamtes zusammengelegten Personalämter des Heeres und der Luftwaffe bildeten das neue Oberkommando der Wehrmacht, für dessen Aufstellung der Grundsatz galt, »daß die Einheit des Kommandos wiederhergestellt, die Führung vereinfacht und Doppelbearbeitungen ausgeschaltet werden« sollten. Eine gewisse Selbständigkeit wurde der Kriegsmarine gelassen, so dass der ganze Plan einen starken Bezug zu traditioneller deutscher Militärorganisation erhielt, der freilich nicht restaurativem Denken entsprang, sondern einer illusionslosen Analyse der bestehenden Situation – so eben auch der nach vier Kriegsjahren zusammengeschmolzenen und fast bedeutungslosen Göringschen Luftwaffe[42].

Mit den Plänen für den Staatsstreich hatten Tresckow und der noch im »Erholungsurlaub« weilende designierte Chef des Stabes im AHA Olbrichts eine große Vorarbeit geleistet. Während im Grunewald ein für das »Tausendjährige Reich« tödlicher Plan Gestalt annahm, hatte sich anderswo eine für die Konspiration günstige Entwicklung ergeben. Nicht allein die bereits überdeutliche Götterdämmerung von Hitlers Reich zwang zur Eile bei der generalstabsmäßigen Ausarbeitung des Projektes, welches das Land vor dem Abgrund bewahren sollte, sondern ein kaum glaublicher Vorgang: Ein hoher Offizier, ja sogar ein Feldmarschall und Oberbefehlshaber einer Heeresgruppe im Osten schien seine Teilnahme am Umsturz ernsthaft in Erwägung zu ziehen und schon vor dem Tode Hitlers zum Eintritt in die Konspiration bereit zu sein.

Die Konspiration – Projekte und Aktionen bis Ende 1943

Anfang August erklärte Tresckow in einer Besprechung mit Beck, Olbricht und Goerdeler, dass im Osten »mit einem Zusammenbruch der Front in Bälde zu rechnen« und deshalb »nunmehr sofortiges Handeln« nötig sei[1]. Manstein, Kluge und Küchler – drei der vier Heeresgruppenbefehlshaber im Osten – seien dazu bereit[2]. Zur selben Zeit weilte auch Oberst Stieff, der einstige Vorgesetzte Stauffenbergs, in Berlin. Tresckow, der schon bei gelegentlichen Unterredungen im Hauptquartier des OKH und im Hauptquartier der Heeresgruppe Mitte »gewisse Andeutungen« gemacht hatte, erklärte nun Stieff, dass es angesichts des verlorenen Krieges »historische Pflicht der Generalstabsoffiziere« sei, Hitler durch ein Attentat zu beseitigen. »Er ... habe sich bei den Besprechungen, zu denen er als Ia der Heeresgruppe Mitte mit seinem Oberbefehlshaber befohlen war, davon überzeugt, daß ein Anschlag auf den Führer bei der Lageerörterung durchaus möglich« sei[3].

Stieff wurde für die Konspiration gewonnen. In einem Brief vom 6. August 1943 erwähnte er, dass er »sich keiner Verantwortung, die einem das Schicksal abfordert, entziehen« wolle[4]. Seine konspirative Aufgabe zu diesem Zeitpunkt ist nicht mit Sicherheit zu definieren. Tresckow erwähnte jedoch auch ihm gegenüber, »daß Generalfeldmarschall Kluge seinen Ansichten im ganzen zustimme« und es deshalb möglich sei, »Kluge an die Spitze der Wehrmacht zu schieben«. Auf Tresckows Bericht hin schrieb Olbricht einen Brief an Kluge, »in dem er ihn beschwor, die Führung des sich bildenden Komplotts zu übernehmen«. Diesen Brief übergab Stieff am 13. August Kluge. »In einer anschließenden zweistündigen Unterredung« stellte Stieff fest – wie er später allerdings im Verhör selbst berichtete –, »daß von Tresckows Angaben in bezug auf Generalfeldmarschall Kluge nicht zutrafen. Generalfeldmarschall Kluge sei lediglich bereit gewesen, sich für vom Führer gebilligte Umbildungen der militärischen Spitze einzusetzen, um akute Nöte an der Ostfront zu beheben. Generalfeldmarschall Kluge habe jedoch jede Handlungsweise, die den Führer vor einen Zwang stellen könnte, in entschiedenster Form abgelehnt.« Während einer weiteren Unterredung zwischen Stieff und Kluge, die vierzehn Tage später auf dem Flugplatz Rastenburg stattfand, soll Kluge berichtet haben, dass er über den Ia der Heeresgruppe Süd, Oberst Schultze-Büttger, mit Manstein Fühlung genommen habe und dieser derselben Auffassung sei. Über beide Gespräche berichtete Stieff nach Berlin an Olbricht[5].

Stauffenberg war Anfang August auch in Berlin gewesen, um dann nach Lautlingen zu fahren[6]. Dass er Stieff zu dieser Zeit traf, ist wahrscheinlich. Jedenfalls erfuhr er – seit dem 10. September wieder in der Hauptstadt – wohl sehr bald von dem Berliner Besuch Kluges, der trotz seiner offensichtlichen Unentschlossenheit im August sich dazu aufgerafft hatte, wieder mit Goerdeler Fühlung aufzunehmen, der ihn fast genau ein Jahr zuvor an der Front zu einer Aktion zu überreden versucht hatte[7]. Tresckow, Beck und Olbricht hatten noch geprüft, »ob es möglich sei, eine grundlegende Änderung des Systems ohne gewaltsame Beseitigung des Führers zu erreichen. Man kam zu dem Schluß, daß das Unternehmen dann ein zu großes Risiko tragen würde[8].« So waren die Gründe überlegt, die man gegen eine mögliche gewaltscheue Alternative Kluges ins Feld hätte führen können. Parallel zu der technischen Ausarbeitung des Staatsstreiches durch Tresckow und Stauffenberg liefen so im September die weiteren politischen Vorbereitungen, als Kluge – »von größter Sorge um den weiteren militärischen Verlauf des Krieges erfüllt« – Goerdeler in die Wohnung Olbrichts bitten ließ, wo sich nun Beck, Kluge und Goerdeler unterhielten. Kluge erklärte, dass der Krieg verloren sei, »wenn man nicht zu größeren Entschließungen käme«, und richtete an Goerdeler die Frage nach der außenpolitischen Situation[9].

Goerdeler entwickelte darauf mündlich Gedanken, die er schon früher öfters zum Ausdruck gebracht hatte. Im illusionären Glauben, Großbritannien zu einem Separatfrieden bewegen und dessen Unterstützung gegen die sowjetische Bedrohung in Anspruch nehmen zu können, nannte er als erreichbare Ziele eines Friedens, die seiner Auffassung nach mit der britischen Auffassung übereinstimmten, die deutsche Ostgrenze des Jahres 1914, eine selbständige Staatsunion Polen-Litauen mit starker Anlehnung an Deutschland, die Erhaltung Österreichs und des Sudetengebietes und auch von Eupen-Malmédy im Reichsverband, die Wiedergewinnung Südtirols bis Bozen-Meran, unmittelbare deutsch-französische Verhandlungen über »verschiedene Lösungen« in Bezug auf das Elsaß und Lothringen, Erhaltung der deutschen Souveränität, gemeinsamer Wiederaufbau Europas sowie Wirtschaftszusammenschluss der europäischen Staaten ohne Russland und die Ablehnung von Reparationen. Zur Innenpolitik erläuterte Goerdeler seine Auffassung von der »Stärkung der Selbstverwaltung zum Ausgleich der starken Führungsgewalt, deren das Volk immer bedürfe«. »Bessere Sicherung gewisser Persönlichkeitsrechte, absolut unabhängige Richter, sobald wie möglich freie Wirtschaft, eingeordnet in führende Grundsätze und Planungen des Staates, Klärung der Stellung der Kirchen, Vereinfachung des Erziehungswesens und Steigerung der Anforderungen und schließlich ein zusammenfassender Ausgleich ohne die Bildung von Parteien« – das war stichwortartig das dem Feldmarschall vom ehemaligen Leipziger Oberbürgermeister dargelegte Programm[10].

Kluge erklärte deutlich, »daß die Person des Führers, notfalls mit Gewalt, ausgeschaltet« werden müsse. Darauf folgte ein recht groteskes Gespräch, wenn man bedenkt, dass ein hoher Offizier, der sich eben zu einer Aktion gegen Hitler bereit erklärt hatte, den politischen Kopf der Konspiration zu der einzig realen Methode zur Ausschaltung Hitlers vergeblich zu überreden suchte. Denn auf eine Frage Goerdelers zur Methode des Umsturzes deutete Kluge an, »daß man auch vor der äußersten Gewalt nicht zurückschrecken dürfe«. Darauf erklärte Goerdeler, dass er »diesen Weg für falsch hielte, es sei notwendig, mit dem Führer ganz offen zu sprechen; dazu seien die Oberbefehlshaber und der Generalstabschef verpflichtet; aus einer solchen Aussprache, die mit Klarheit, Offenheit und Mut durchgeführt würde, würde sich alles weitere von selbst ergeben. Eine gute Sache setze sich jedem gegenüber durch.« Kluge war zu Recht nicht von dieser an fromme Sinnsprüche mahnenden Argumentation zu überzeugen und nicht von der Einsicht in die Notwendigkeit eines Attentates abzubringen. Schließlich erklärte Goerdeler, er »könne ihn nur politisch beraten«. Die Verantwortung für das Attentat überließ er den militärischen Führern, »die es durch mangelnde Offenheit gegenüber Hitler so weit hätten kommen lassen« und nun »selbst den rechten Weg finden« müssten, »um statt eines verlorenen Krieges einen guten Frieden zu erhalten«. Kluge stellte in Aussicht, »mit seinen Kameraden das Weitere« zu besprechen. Goerdeler, der eine gewaltsame Lösung ebenso ablehnte, wie er bereit war, den politischen Nutzen nach getaner Tat daraus zu ziehen, sollte »nur dafür sorgen, daß die Angelsachsen sich später richtig verhielten«[11].

Noch vor diesem Gespräch zwischen Kluge und Goerdeler, das nicht nur denkwürdig war, weil Goerdeler es zu Unrecht als die »eigentliche Geburtsstunde des Anschlages vom 20. Juli 1944« betrachtete[12], sondern weil in ihm die zivile Spitzenpersönlichkeit der Konspiration von völlig irrealen Illusionen in der Art einer rednerischen Domestikation oder Bezwingung Hitlers ausging, war General Fellgiebel etwa im August bei Olbricht erschienen, wobei auch Beck, Goerdeler und Schulenburg anwesend waren. Beck schilderte die militärische Lage und forderte eine völlige Zurücknahme der Fronten. Goerdeler gab einen Überblick über die wirtschaftliche Lage, in dem er auf die enorme Verschuldung Deutschlands hinwies. Wenige Wochen später – Anfang September – waren Fellgiebel und Stieff erneut in Berlin. In Gegenwart von Goerdeler erörterten sie mit Beck die militärische und außenpolitische Lage und fassten den Entschluss, »nunmehr alles für eine ›baldige Aktion‹ vorzubereiten«. Nur wenige Tage später – Stauffenberg war in der zweiten Septemberwoche in Berlin eingetroffen – sprachen sich Olbricht, Stieff, Fellgiebel und Stauffenberg darüber aus, »daß ein Zusammentreffen der Russen, Engländer und Amerikaner in Berlin und eine Verwüstung Deutschlands verhindert werden müßten, und zwar durch einen gewaltsamen Umsturz. Fellgiebel wurde angegangen, für diesen Fall das Funktionieren des Nachrichtennetzes der Wehrmacht zu garantieren[13].«

Diese Gespräche stellten den Staatsstreichplan, mit dem sich Stauffenberg zur selben Zeit intensiv beschäftigte, auf eine reale Grundlage, über die frühere Pläne Olbrichts und Tresckows für die Aktion im März 1943 noch bei weitem nicht in demselben Maße verfügt hatten. Zugleich mit diesen Gesprächen vollzog sich Stauffenbergs eigentlicher Eintritt in die Konspiration. Nach dem Bericht Ferdinand Sauerbruchs erschien Stauffenberg – wohl im September – im Haus des Chirurgen, um ihn zu fragen, ob dessen Haus als Treffpunkt für eine geheimzuhaltende Unterredung zwischen Beck, Olbricht und ihm – Stauffenberg – zur Verfügung stände – »wobei sich allerdings noch die Schwierigkeit ergeben würde, daß ... der Hausherr zum Gespräch nicht zugelassen werden könne«. Nachdem sich Sauerbruch bereit erklärt hatte, brachte er die drei in einem Zimmer seines Hauses zusammen, »gab ihnen was zu trinken, ließ sie allein, und sie verbrachten einige Stunden miteinander«. Beim Abschied soll Beck, den noch nicht zu kennen Stauffenberg zuvor Sauerbruch erklärt hatte, dem mit Vorsicht zu bewertenden Bericht des Chirurgen zufolge ganz nebenbei zu dem diskreten Gastgeber gesagt haben: »Stauffenberg ist bereit, die Aufgabe zu übernehmen[14].«

Etwa zur gleichen Zeit – also ebenfalls noch im September – brachte Tresckow Stauffenberg mit Goerdeler zusammen, der bald darauf dem Berliner Rechtsanwalt und mit ihm in der Konspiration zusammenarbeitenden Joseph Wirmer Nachricht von dem Auftauchen des jungen Oberstleutnants gab. Für die Staatsstreichplanung, erklärte er, »sei jetzt ein besonders befähigter Generalstabsoffizier eingesetzt worden ... Bei Stauffenberg handele es sich um einen schwerkriegsverletzten Generalstabsoffizier, der wegen seiner Verletzung für längere Zeit mit einem Frontkommando nicht mehr zu rechnen brauche[15].« Mit Goerdeler besprach Stauffenberg dringende technische Maßnahmen nach einem erfolgten Umsturz und stimmte seine Planungen auf die Vorstellungen Goerdelers ab[16].

Über den Verlauf der ersten Begegnung der beiden Männer ist nichts Besonderes zu erfahren. Goerdeler schrieb später im Gefängnis recht summarisch von »einem hochgesinnten, in Afrika schwer verwundeten Generalstabsoffizier, der sich später als Querkopf erwies, der auch Politik machen wollte«[17]. Sehr wohl denkbar ist, dass Stauffenberg bereits das erste Mal mit Goerdeler über die Notwendigkeit eines Attentates zu diskutieren und disputieren hatte – wie später so oft[18]. Doch vorerst hatte Stauffenberg noch kaum Zeit oder Möglichkeit, um seiner Berufskonzeption gemäß, die wesentlich zum gespannten Verhältnis zu Goerdeler beitragen sollte, als technischer Kopf der Konspiration sich auch um die politischen Erörterungen und Vorstellungen anderer Eingeweihter in eingehender Weise zu kümmern. In der Person Kluges bot sich dem Staatsstreichversuch ein Oberbefehlshaber einer Heeresgruppe an der Ostfront an – eine Gelegenheit, die auch im Hinblick auf die Wankelmütigkeit des Feldmarschalls, von der Tresckow zu berichten wusste, so rasch wie möglich genutzt werden musste. Tresckow zog zu der technischen Vorbereitung des Staatsstreiches im September seinen Vertrauten aus dem Stab der Heeresgruppe Mitte, Major Ulrich von Oertzen, hinzu[19]. Doch er selbst musste anfangs Oktober wieder an die Front zurück – und zwar nicht in seine Stellung als Ia Kluges, sondern als Führer des Infanterieregimentes 442, das im Verband der zur Heeresgruppe Süd Mansteins zählenden 8. Armee kämpfte. Diese Verwendung kam einer »Kaltstellung« gleich, die ahnen lässt, dass über Tresckows Einstellung Personen und Dienststellen informiert waren, die zu einer Unterstützung des Umsturzes oder auch nur einer deutlich gegen das Regime gerichteten Kampagne alles andere als bereit waren[20].

Handelte man rasch, so konnte vielleicht Kluge nicht genügend Zeit finden, um wieder seinen mühsam gefassten Entschluss zurückzubuchstabieren. Mit Witzleben – einem Veteranen der Staatsstreichpläne – hatte sich Beck schon im Februar 1943 geeinigt, »daß irgend etwas geschehen mußte«. Witzleben war im September bereit, als Oberbefehlshaber der Wehrmacht den ersten grundlegenden Aufruf des Staatsstreiches zu unterzeichnen[21]. Im Westen schienen der Militärbefehlshaber Belgien und Nordfrankreich, General Alexander Frhr. von Falkenhausen, besonders aber der Militärbefehlshaber Frankreich, General Karl-Heinrich von Stülpnagel, zur Unterstützung eines Umsturzversuches bereit zu sein. Stülpnagel hatte im Sommer 1943 Olbricht aufgesucht und als ständigen Vertrauensmann für Berlin den im Wirtschaftsstab der deutschen Militärverwaltung in Paris tätigen Luftwaffen-Oberstleutnant d. R. Caesar von Hofacker, einen Vetter Stauffenbergs, bezeichnet[22].

Doch vorerst war die dringlichste Frage, wie man die Voraussetzung für den Staatsstreich – das Attentat – realisieren konnte. Dazu brauchte es zum Beispiel Sprengstoff. Ihn übergab Tresckow Ende September oder in den ersten Tagen Oktober an Stauffenberg. Tresckow hatte bereits vor seinem Attentatsversuch im März 1943 Gelegenheit gehabt, sich mit den Eigenschaften verschiedener Sprengstoffe vertraut zu machen. Durch Baron Gersdorff, den Abwehroffizier der Heeresgruppe Mitte, erhielt er damals das gewünschte Material – englischen Sprengstoff und englische Zünder, denn deutscher Sprengstoff »war nur mittels einer Zündschnur zur Explosion zu bringen, wodurch ein leises Zischen entstand, das unter Umständen einem aufmerksamen Beobachter hätte auffallen können und die vorzeitige Entdeckung der Tat hätte ermöglichen können«. Deshalb entschied man sich für das englische Material, das mit Fallschirmen von Großbritannien aus seit 1940/41 in allen besetzten Gebieten als Sabotagematerial für die gegen die deutsche Wehrmacht kämpfenden Widerstandsgruppen der besetzten europäischen Länder abgeworfen wurde. Jedenfalls geriet ein großer Teil in die Hand der Deutschen – und deshalb an die zuständige Stelle, die »Abwehr«.

Der Sprengstoff – Hexogen genannt – war plastisch und ließ sich in jede beliebige Form kneten. Die chemischen Zünder, die geräuschlos funktionierten, waren leicht und unauffällig zu handhaben: »Durch einen einfachen Druck auf den Hals des Zünders wurde eine kleine Flasche zerbrochen. Der Flasche entströmte eine ätzende Flüssigkeit. Diese zerfraß einen Draht, der eine Feder und einen Schlagbolzen hielt. Nach der Zersetzung des Drahtes schnellte der Schlagbolzen nach vorn, entzündete das Zündhütchen, und dieses wiederum entzündete die Sprengladung.« Von entscheidender Bedeutung war die Brenndauer. Es standen verschiedene Zünder zur Verfügung, die nach zehn Minuten, nach einer halben Stunde, nach einer oder nach zwei Stunden wirkten. Damit schien die Möglichkeit einer präzisen Regulierung gegeben. Dennoch erprobte Tresckow die Sprengladung vor seinem Attentatsversuch im März 1943. Dabei stellte sich heraus, dass die angegebene Brenndauer jeweils nur für mittlere Zimmertemperatur (18° Celsius) galt, denn bei den Experimenten im russischen Winter hatten sich zunächst unerklärliche Verzögerungen eingestellt, die darauf zurückzuführen waren, dass der Draht der Zündervorrichtung bei tiefen Temperaturen langsamer als vorgesehen durch die ätzende Flüssigkeit zerfressen wurde. Die Temperatur musste also als wichtiger Faktor einkalkuliert werden – abgesehen davon, dass das Zündhütchen wirklich auch den Sprengstoff entzünden musste, der im März 1943 offenbar wegen zu großer Kälte versagt hatte. Ein halbes Jahr nach diesem gescheiterten Versuch übergab nun Tresckow »eine Originalpackung englisches Hexogen« mit dem erforderlichen Zubehör – den Zündern. Der Sprengstoff stammte wiederum von der »Abwehr«, und zwar vom Leiter der Abteilung II, Oberst i. G. Wessel Baron von Freytag-Loringhoven[23].

Mitten in diesen Vorbereitungen wurde die Konspiration von der Hiobsbotschaft überrascht, dass Feldmarschall Kluge am 12. Oktober bei einem Autounfall schwer verletzt worden war. Tatsächlich fiel er für fast neun Monate aus. Sein Nachfolger hieß Busch und war in keiner Weise den Realitäten und dem Pflichtbewusstsein im Sinne Stauffenbergs zugänglich[24]. Mit dem Ausscheiden Kluges und Tresckows fiel die eine Stütze des Staatsstreiches weg. Im Frühjahr und Sommer 1943 hatte sich Tresckow gezwungen gesehen, ein neues Konspirationszentrum in Berlin aufzubauen. Jetzt funktionierte der Kopf der Aktion – inkarniert in Stauffenberg –, aber die einzige Heeresgruppe, die bisher der Konspiration zu folgen bereit schien, war ausgefallen.

Dass die Vorbereitungen trotz diesem schweren Rückschlag unvermindert weitergingen, kennzeichnete sehr deutlich die Entschlossenheit dieser Konspiration, die nicht wie einige ihrer Vorläuferinnen wohl nur zu gern durch ein widriges Ereignis oder eine neue Entwicklung sich annullieren ließ. Nun schrieb man nicht September 1938 oder Winter/Frühjahr 1940. Nun konspirierten auch nicht Generale, sondern Obersten – und einer davon in ganz besonders entschlossener Weise: Stauffenberg, der den Veteranen Beck und Goerdeler nicht konspirative Anciennität, aber Entschlusskraft und realistische Konsequenz voraus hatte. Er drängte Goerdeler, eine Liste von Personen für die in der Staatsstreichplanung vorgesehenen Politischen Beauftragten fertigzustellen[25]. Er selbst ging daran, die Liste der Verbindungsoffiziere in den Wehrkreisen festzulegen[26] – allerdings scheinen seine Bemühungen im Oktober dafür noch nicht weit gediehen zu sein[27].

Anfang Oktober trat Stauffenberg offiziell seinen Dienst als Chef des Stabes im Allgemeinen Heeresamt an. Um ihn in seine neue Tätigkeit einzuarbeiten, blieb sein Vorgänger noch einen Monat im Amt[28]. Erst im Januar 1943 zum Oberstleutnant befördert, bekleidete Stauffenberg mit knapp 36 Jahren nun eine Stellung, für die im Etat der Kriegsspitzengliederung ein Oberst vorgesehen war, der »bei ganz besonderer Bewährung oder Leistung« zum Generalmajor befördert werden konnte[29].

Weder Stauffenberg noch Olbricht konnten offiziell von dem Gebäude des ehemaligen Reichswehr- und dann Reichskriegsministeriums in der Bendlerstraße 11-13 den Befehl »Walküre« selbständig auslösen. Dazu war allein der Befehlshaber des Ersatzheeres, der im Jahre 1888 in Pommern geborene Generaloberst Fritz Fromm, befugt. Ein grober Riese und schlauer Jäger, war er im Frühjahr 1943 bei Hitler in Ungnade gefallen. Schulenburg war zu jener Zeit kurz verhaftet worden, da von ihm bekannt wurde, er suchte in Potsdam »zuverlässige« Offiziere. Darauf erteilte Keitel Fromm eine scharfe Rüge, »weil er solchen Kerl wie Schulenburg empfangen habe«. Von diesem Zeitpunkt an war Fromm nicht nur in Ungnade bei Hitler, sondern auch in Feindschaft mit dem militärischen Bürochef Hitlers verbunden. Er blieb undurchsichtig, ließ aber in privaten

Gesprächen zuweilen durchblicken, dass er dem Regime nicht sehr freundlich gesinnt war. Er pflegte die Meinung, dass es »kaum einen Politiker bei denen« – womit er die westlichen Alliierten ins Auge fasste – gebe, der ihn nicht von seiner Tätigkeit an der Genfer Abrüstungskonferenz kenne. Was er mit dieser bemerkenswerten Selbstüberschätzung beabsichtigte, ist nur zu ahnen. Umsturzgedanken waren ihm wohl nicht fremd – wie sein Verhalten bis zum 20. Juli 1944 noch deutlich machen sollte. Zu der Selbstüberschätzung gesellte sich aber ein ebenso großer Mangel an Risikofreudigkeit – um nicht Feigheit zu sagen, deretwegen er dann, wenn auch unter anderem Vorzeichen, am 12. März 1945 auf Hitlers Befehl erschossen werden sollte. Nach einer Aussprache mit Olbricht, der ihn – ausgehend von einer Schilderung der katastrophalen militärischen Situation – zu mehr als nur etwas aus dem gewohnten Rahmen fallenden soldatischen Stammtischsprüchen bewegen wollte, konnte er mit der ganzen Konsequenz seines Charakters seinem Untergebenen die Antwort erteilen: »Das war sehr interessant. Also dann Heil Hitler[30]!«

Diesen Mann lernte Stauffenberg nun erst einmal etwas näher kennen. Von Olbricht konnte er einiges hören. Auf jeden Fall war Olbricht bereit, statt Fromm den Befehl »Walküre« unter Missachtung der befohlenen Regelung auf eigene Verantwortung auszugeben. Der Nachrichtenweg, über den Befehle des AHA oder Fromms liefen, war in jedem Fall derselbe. Zudem war ja das AHA als wichtigstes Amt der Frommschen Dienststelle das bearbeitende Organ für die »Walküre«-Planung. Falls Fromm nach dem Fait accompli der Beseitigung Hitlers nicht bereit war, sich für die eine Hälfte seines Januskopfes zu entscheiden, konnte man sich immer seines Namens bedienen und ihn selbst daran hindern, als Befehlshaber des Ersatzheeres in anderer Weise als für den Umsturz tätig zu werden. Seinem Charakter war freilich nicht mehr zu helfen – auch nicht durch vorzeitige Einweihung in die Staatsstreichplanung. Begreiflich ist deshalb, dass Stauffenberg einmal in ebenso drastischer wie zutreffender Weise sein Urteil über den schlauen Opportunisten abgab: »Lieber schlage ich mir zehnmal in die Schnauze, als daß ich auch nur einen Finger für Fromm rühre[31].«

Als neuer Chef des Stabes Olbrichts kam Stauffenberg ex officio mit einem großen Kreis von Menschen und Dienststellen zusammen. Anders als während seines Aufenthaltes im Hauptquartier des OKH, wo ihm seine weitläufigen Verbindungen ein fundiertes Urteil und darauf basierend eine die Hitlersche Kriegführung vernichtende militärische Argumentation zu bilden vermocht hatten, brauchte es nun im Herbst 1943 keine neuen äußeren Ereignisse, um ihn in seinem Vorhaben zu bestärken. Was an Katastrophen und Verbrechen hinzukam, war ein Beweis mehr für die längst bestehende Notwendigkeit der Beseitigung des nationalsozialistischen Diktators und seines Regimes. Die Hiobsbotschaften von der Front – sie waren für Stauffenberg nun vor allem aktueller Ausgangspunkt bei dem Versuch, den Apparat des Staatsstreiches durch neugewonnene Verschwörer auszubauen und zu vervollkommnen. »Es ist wohl einmalig in der Geschichte eines Volkes, daß sein Führer immer die Anordnungen erteilt, die sein Volk ständig dem Untergang näher bringen« – dieser sein Kommentar zu der Krim-Katastrophe, die Hitler durch die Verweigerung eines rechtzeitigen Rückzugsbefehles verschuldet hatte, bezeichnete Stauffenbergs gesamte Einstellung zu den militärischen Ereignissen[32].

Stauffenberg wohnte zusammen mit seinem Bruder in der Tristanstraße in Wannsee. Im Herbst und Winter 1943/44 gesellte sich zu den Brüdern Stauffenberg ihr Onkel Graf Uxkull. Er erklärte in diesem Oktober 1943 seiner Tochter, dass er seit Jahren »die Jungen« – womit er auch Stauffenbergs Vettern Hofacker und Yorck und seinen jüngeren Freund Schulenburg meinte – immer zu einem Umsturz zu bewegen versucht habe. Nun, wo er es selbst für zu spät erachte und der richtige Zeitpunkt versäumt worden sei, sei es so weit. Ohne eine tatsächliche Chance des ganzen Unternehmens erblicken zu können, stehe er voll und ganz zu der Sache – zu einer Verschwörung, die, wenn überhaupt, nur noch eine winzige Chance habe, seit Claus Stauffenberg dazugestoßen sei. Uxkull erwähnte die unglaubliche Arbeitslast seines Neffen, aber auch dessen Talent, nach dem gewohnten arbeitsreichen Tag nach Hause zu kommen und nach einem minutenlangen Schlaf »wieder ganz taufrisch zu sein und bereit, in höchster Konzentration Besprechungen zu führen«. Trotz der enormen Anspannung breche »oft der alte Claus mit seinem dröhnenden, ansteckenden Gelächter ... durch«[33].

Zur Tarnung der wichtigen Zusammenkünfte, vor allem aber zum Zwecke einer unverdächtigen Zusammenziehung der in den Staatsstreichplan eingeweihten Offiziere hätte Stauffenberg am liebsten, »wie er bei der Ankunft in Berlin äußerte, ein eigenes Haus etwa als ›Heim für ausgebombte Offiziere‹ gegründet«. Dieser Wunsch war nicht realisierbar. Dafür konnte er sich ungestört stundenlang intensiv mit seinem Bruder Berthold unterhalten. Auch hier befolgte er die Regeln konspirativer Vorsicht mit erstaunlicher Konsequenz. In kunstvollen Umschreibungen und unter Verwendung »homerischer Epitheta« wurden Probleme erörtert, so dass nicht einmal die eigenen Frauen dem ganzen einen Sinn zu entnehmen vermochten und somit auch nicht belastet wurden. Auch sein Fahrer war trotz der vielen heimlichen Zusammenkünfte im Schutze der Nacht weit davon entfernt, von den Plänen Stauffenbergs zu wissen. Unnötige Vorstellungen von Besuchern der Stauffenbergschen Wohnung wurden vermieden – Sehen und Kennenlernen blieben notfalls scharf getrennt[34].

Bis Ende November arbeitete Berthold Stauffenberg im Gebäude des Oberkommandos der Marine am Tirpitzufer, d. h. praktisch im selben Gebäude wie sein Bruder, nur dass dessen Amtsräume an der Bendlerstraße, seine eigenen aber um die Ecke am Landwehrkanal lagen. Ende November veranlassten aber die verstärkten alliierten Luftangriffe den Chef der Seekriegsleitung zur Dislokation des OKM in den Norden der Hauptstadt in vorbereitete Ausweichlager bei Bernau und Eberswalde. Diese Dezentralisation der bis zu diesem Zeitpunkt zusammengehaltenen Amtsstelle bedeutete insbesondere die Auflösung der einheitlichen Nachrichtenzentrale und hatte folgenschwere Rückwirkungen auf die Pläne Stauffenbergs[35]. Denn sein Bruder, der im Völkerrechtsreferat der Operationsabteilung der Seekriegsleitung zuletzt als Marineoberstabsrichter tätig war, hatte versucht, in der Kriegsmarine zumindest einen wichtigen Ansatzpunkt für die Konspiration zu errichten. Er trat im Oktober an den ihm bekannten, im »Politischen Referat« der Seekriegsleitung tätigen damaligen Korvettenkapitän Alfred Kranzfelder heran, der sofort bereit war, im Sinne des Umsturzes zu wirken.

Einem späteren, sehr aufschlussreichen Bericht Kranzfelders zufolge entspann sich ein kurzer Wortwechsel. Berthold Stauffenberg sagte: »Eigentlich müßte der Führer weg.« Nachdem er die Antwort Kranzfelders erhalten hatte, dass »für so etwas ... sich wohl niemand finden lassen« werde, erklärte er lakonisch: »Doch, solche Leute gibt es. Die Generäle machen nicht mehr mit.« In dem Gespräch zwischen Berthold Stauffenberg und Kranzfelder wurde »insbesondere ... kritisiert, daß der Führer Weisung gegeben habe, jede Handbreit Boden zu halten. Es verbrauche dies die letzte Kraft der Truppe. Es sei richtiger, sich frühzeitig abzusetzen und an geeigneter Stelle neuen Widerstand zu leisten. Die Generäle an der Ostfront seien leider zu feige, um sich beim Führer durchzusetzen.« Diese vernichtende Kritik konnte ebenso gut von Claus Stauffenberg stammen – die Fortsetzung von Kranzfelders Bericht demonstriert dies deutlich: »Wenn es so weitergehe, breche die Ostfront zusammen, bevor es gelinge, den östlichen und westlichen Feind politisch gegeneinander auszuspielen. Die Stauffenbergs sollen damals den Standpunkt vertreten haben, daß eine Hoffnung, mit einem der beiden Gegner in Verhandlung zu kommen, nur gegeben sei, solange die Fronten intakt bleiben. Der Zweifrontenkrieg werde auf die Dauer untragbar.« Im Herbst 1943 dachten die Brüder Stauffenberg, fährt der den Verhörsbeamten nach dem 20. Juli 1944 abgegebene Bericht Kranzfelders fort, »nicht an die Möglichkeit von Verhandlungen mit der Sowjetunion ... Die Gefahr des Bolschewismus sei derart, daß ein Paktieren mit der

Sowjetunion gleichbedeutend mit dem Untergang sei. Stauffenberg habe jedoch gemeint, daß sich Verhandlungen mit England erreichen ließen, da es sich eine Auslieferung Europas an die Sowjets nicht leisten könne. England werde allerdings nicht mit Deutschland verhandeln, solange Adolf Hitler die Führung hat. Stauffenberg habe damals die Ansicht gehabt, daß wir nur bündnisfähig seien, solange das Reich den Bolschewismus wirksam bekämpfen könne[36].« Diese außenpolitischen Gedanken Stauffenbergs zeichneten sich durch eine Konsequenz des Denkens aus, wenn sie auch nicht frei von großen Illusionen waren. Die Angst vor dem Bolschewismus und die Entschlossenheit, ihn abzuwehren – dies war kein neuer Zug in seinem Denken und wird noch im Kontext späterer Aussagen zur Außenpolitik zu untersuchen sein.

Mit Vorsicht unternahmen es nun Kranzfelder und Berthold Stauffenberg, den Kreis zu erweitern, und wandten sich deshalb an den »Feindlage«-Bearbeiter in der Nachrichtenabteilung der Seekriegsleitung, den Korvettenkapitän z. V. Sydney Jessen, der sich zur Verfügung stellte, jedoch darauf hinweisen musste, dass nicht er, sondern viel eher der ihm vertraute Kapitän z. S. Kupfer, Chef der Abteilung Nachrichtenübermittlungsdienst, technisch behilflich sein könne. Kupfer sagte nach einiger Überlegung schließlich zu. Damit wurden aber die Sondierungsversuche eingestellt, da Jessen die Gefahr einer Denunziation in der Kriegsmarine als zu groß einschätzte[37].

Die Ausdehnung des Staatsstreichplanes auf die Kriegsmarine im Oktober 1943 bedeutete für den Umsturz eine wenn auch nicht bedeutende Verstärkung. Nur wenig Zeit stand dazu zur Verfügung, weil der Termin des Staatsstreiches unmittelbar bevorstand. Nach Tresckows Weggang an die Front und nach dem Unfall Kluges fuhr Stauffenberg zwischen Mitte und Ende Oktober – in der Zeit »nach dem Verlust der Dnjepr-Linie bei Krementschug und Kiew« – zu Stieff ins ostpreußische Hauptquartier des OKH. Mit sich führte er den Sprengstoff, den ihm Tresckow in Berlin übergeben hatte. Er drang in Stieff, um ihn zur Ausführung des Attentates zu bewegen. Stieff lehnte nicht ab, und Stauffenberg übergab ihm das Paket mit Sprengstoff und Zeitzündern. Das Sprengmaterial verwahrte Stieff in seiner Privatunterkunft, das Zündmaterial in seinem Büro[38].

Allerdings scheint Stieff die Bedingung gestellt zu haben, das Attentat nicht allein ausführen zu müssen. Denn er sprach mit Oberst i. G. Joachim Meichssner, der zu Beginn des Krieges zunächst Leiter der Gruppe Ia im AHA gewesen und als solcher Olbricht bekannt war. Nun arbeitete er in der Dienststelle des Chefs des Heeresstabes beim OKW, um allerdings im November 1943 Leiter der Abteilung II (Organisation) im Wehrmachtführungsstab zu werden[39]. An Meichssner scheinen Olbricht oder Stauffenberg schon im September herangetreten zu sein[40]. Auch Meichssner scheint nicht rundweg abgelehnt zu haben – entgegen der späteren Aussage Stieffs, die als Schutzbehauptung zu verstehen ist. Wirmer erfuhr, »daß ein für die Durchführung ausersehener Offizier ... von seinem Vorhaben zurückgetreten ist, weil er die lange Wartezeit nervenmäßig nicht ausgehalten habe«. Dieser Offizier war – wie die Verhörsbeamten vermuteten – Meichssner, der in der Tat in das Geheimnis der Umsturzpläne eingeweiht war. Da Stauffenberg ihn, der »in der letzten Zeit nervlich stark abgefallen war, weil er infolge übermäßiger Arbeitsbelastung angefangen hatte, sich mit Alkohol und anderen Reizmitteln anzustacheln«, einige Zeit später nochmals vorsichtig nach seiner Bereitschaft zu einem Attentat fragte und auf Meichssners Ablehnung hin nur kurz feststellte, dass dieser nicht mehr dazu bereit sei, erscheint die Annahme legitim, dass Meichssner im Oktober 1943 zumindest als einer der potentiellen, wenn auch noch nicht definitiv entschlossenen Attentäter zu bezeichnen war[41].

Stieff und Meichssner hatten Zugang zu den Lagebesprechungen Hitlers – wenn auch nicht regelmäßig, so doch häufig. Mit der Übergabe der Bombe an Stieff trug nun der Chef der Organisationsabteilung des Generalstabes des Heeres die Verantwortung für die Ausführung des Attentates – gleichgültig, ob er selbst oder ein anderer die Bombe zu zünden hatte –, während sein früherer Untergebener Stauffenberg die technische Leitung des Staatsstreiches von Berlin aus zur Aufgabe hatte. Als Verbindungsmann im Hauptquartier bezeichnete Stauffenberg den ihm auf Grund familiärer Beziehungen bekannten und befreundeten Major i. G. Joachim Kuhn, der stellvertretender Gruppenleiter III in Stieffs Organisationsabteilung war[42].

Das Gespräch mit Stieff scheint Stauffenberg nicht ganz von dessen Bereitschaft zum Attentat überzeugt oder ihn zumindest in der Notwendigkeit belassen zu haben, einen zweiten Attentäter zu suchen. Jedenfalls traf er bald – noch im Oktober – im Ausweichquartier des Befehlshabers des Ersatzheeres, dem Lager Düppel in Berlin-Zehlendorf, mit dem jungen Hauptmann Axel Frhr. von dem Bussche zusammen. Dieser Infanterieoffizier kam durch Schulenburg, mit dem er eng befreundet war, zu Stauffenberg. Schulenburg hatte ja bereits etwa zwei Monate zuvor an einem Gespräch zwischen Beck, Goerdeler und Fellgiebel teilgenommen und war wohl mit dem ihm seit dem Jahre 1937 bekannten Stauffenberg spätestens im September 1943 wieder – und diesmal mit klaren Zielen – zusammengekommen. Bussche war wie Schulenburg aus dem Potsdamer Infanterieregiment 9 hervorgegangen und bis zu einem Schlüsselerlebnis im Herbst 1942 – der Beobachtung eines deutschen Massenmordes im Osten – durchaus ein Anhänger des Regimes gewesen. Dem Stauffenberg zum erstenmal begegnenden Bussche saß »am Schreibtisch ein Mann gegenüber, mit einer dunklen Kappe über dem zerstörten Auge. Er hat noch insgesamt zwei [richtig: drei] Finger. Das Gesicht ist nicht, wie oftmals unter solcher Binde verdunkelt, sondern trägt von innen einen hellen Glanz der sicheren Gelassenheit zur Schau.« Stauffenberg eröffnete dem 24-jährigen Bussche, »daß Ende November oder Anfang Dezember ein junger Frontoffizier gesucht wird, der Adolf Hitler bei der Erklärung einer neuen Truppenausrüstung für die Ostfront in gemeinsamer Planung mit Oberst Stieff ... tötet«. Das Gespräch befasste sich nicht so sehr mit der Frage der Notwendigkeit einer gewaltsamen Beseitigung Hitlers, sondern mit der ethischen Problematik eines Mordes. Stauffenberg erklärte die Berechtigung eines solchen Schrittes mit Worten, die ahnen ließen, wie sehr er sich mit der Materie auseinandergesetzt hatte: »Natürlich haben wir Katholiken eine andere Einstellung dazu, weil es in der katholischen Kirche eine Art stillschweigender Übereinkunft gibt, daß unter gewissen Umständen ein politischer Mord gerechtfertigt werden kann.« Die katholische Lehre vom Tyrannenmord sei in der Tat weniger streng als die evangelische, doch auch Luther habe die Anwendung letzter Gewalt in extremer Situation erlaubt[43].

Stauffenberg scheint aus dem missglückten Attentat im März 1943 die Lehre gezogen zu haben, dass die Sicherheit des Erfolges eines Attentates in dem höchstmöglichen Maße garantiert werden musste. Deshalb sah er – vielleicht nicht einmal so sehr im Hinblick auf das später offenkundige Zögern Stieffs – offensichtlich auch ein Gemeinschaftsattentat vor. Deshalb kam er wohl auch auf den Gedanken, das Attentat im Rahmen einer Vorführung neuer Uniformen auszuführen, die auf Grund der Kriegserfahrungen entworfen worden waren und Hitlers Billigung erforderten. Zusätzlich bestand bei diesem Verfahren die Hoffnung auf Teilnahme Himmlers und Görings an dieser Veranstaltung, die – der Übung entsprechend – von einem jungen Frontoffizier in Gegenwart des Chefs der Organisationsabteilung geleitet werden sollte[44]. Bei dieser Uniformvorführung sollte sich der junge Offizier mit Hitler in die Luft sprengen. Dem Bericht eines später nach dem Ausfall Bussches ebenfalls für diese Vorführung vorgesehenen Attentäters ist zu entnehmen, dass Stauffenberg offenbar »noch jemanden mit einer Sprengladung hinstellen« wollte, »damit es auch losginge«, wenn der eine Attentäter »in dem Moment versage und nicht abdrücken könne«. Die Sprengladung sollte um den Bauch gebunden werden. Doch war auch »an die Aktentasche mit dem schriftlichen Erfahrungsbericht über die an der Front erprobten neuen Uniformen ... gedacht worden«[45].

Stieff sollte ebenfalls Sprengstoff mit sich führen. Nachdem Bussche sofort zugesagt hatte, fuhr er mehrmals zwischen Berlin und dem Hauptquartier hin und her. Die technischen Vorbereitungen ergaben Klarheit, »daß man nur mit vollem Einsatz seiner selbst handeln darf und muß«. Das Streben Stauffenbergs nach zwei Attentätern lässt die Vermutung legitim erscheinen, dass zunächst unabhängig von der Uniformvorführung Meichssner und Stieff für das Attentat ausersehen waren. Nach einem anderen Bericht soll Stieff erwogen haben, »mit seinen beiden Gehilfen, Major Kuhn und Oberleutnant von Hagen, das Attentat auszuführen. Nach einigem Überlegen schien es aber Stieff unmöglich, den Sprengstoff mit in das Besprechungszimmer zu nehmen[46].«

Die beiden letzten Varianten standen in keinem Zusammenhang mit der Uniformvorführung. Der im November zu Stauffenberg als Ordonnanzoffizier gekommene, als Infanteriezugführer im Osten schwerverwundete Oberleutnant d. R. Werner von Haeften wurde ebenfalls – nach der Absage Stieffs – für das Attentat in Betracht gezogen, doch soll er »auf Grund christlicher Überzeugung es nicht verantworten zu können« geglaubt haben, »durch ein von ihm ausgeführtes Attentat vielleicht auch Menschen aus der Umgebung Hitlers zu töten«[47]. Wollte er also keinen Bombenanschlag ausführen, so war er nach einem andern Bericht zu einem Attentat mit der Schusswaffe bereit, das erwogen, wegen des allzu großen Unsicherheitsfaktors dann aber verworfen worden war[48]. Beide Berichte zeigen deutlich die beständige Suche nach einem Attentäter – wahrscheinlich nach dem zweiten Mann. Dabei lässt sich aus der heutigen Perspektive der genaue Zeitpunkt kaum mehr feststellen, zu dem die einzelnen Schritte unternommen wurden.

Jedenfalls war Stauffenberg nach der Rückkehr aus dem Hauptquartier Ende Oktober davon überzeugt, dass das Attentat realisiert werden konnte. Stieff war dafür verantwortlich. Es gibt für die Vermutung, dass Stieff noch vor der Uniformvorführung versuchen sollte, das Attentat auszuführen, einige Indizien, aber keine schlüssigen Beweise. Im Hinblick auf diese Hypothese könnte das Projekt einer Uniformvorführung eine Sicherung gewesen sein, die nach dem Ausbleiben eines für einen früheren Zeitpunkt vorgesehenen Attentates automatisch wirksam werden sollte. Da Stauffenberg gegenüber Axel von dem Bussche als Auslösedatum Ende November oder Anfang Dezember, dem in der letzten Oktoberwoche durch Berthold Stauffenberg telegrafisch nach Berlin gerufenen Rudolf Fahrner aber eine Frist von zehn bis vierzehn Tagen bis zum Beginn der Aktion nannte, scheint eine zeitliche Staffelung und Absicherung vorzuliegen – auch wenn nicht außer acht gelassen werden darf, dass Fahrner bei weitem nicht im selben Maß wie Bussche eingeweiht wurde und von der Terminplanung nur andeutungsweise erfuhr, so dass bei seinem Bericht ein Irrtum nicht ganz auszuschließen ist. Fahrner gegenüber eröffnete Stauffenberg frühmorgens nach dessen Ankunft in gewohnt lachendem Ton und mit großer Bestimmtheit, dass für das Attentat gesorgt sei, der Umsturz also über die Bühne gehen könne. Fahrner solle sich nun mit der Redaktion der nötigen Rundfunkaufrufe, die nach erfolgtem Staatsstreich zu senden waren, beschäftigen[49].

Die Entwürfe ging Berthold Stauffenberg mit Fahrner durch, dann wurden sie auch mit Stauffenberg besprochen, der sie zu Beratungen mit anderen Angehörigen der Konspiration mitnahm, um deren Einwände zu berücksichtigen. Nach Stauffenbergs Meinung war »zu unterscheiden zwischen dem, was sogleich gesagt werden müsse, und dem, was einer späteren Klärung vorbehalten« sein sollte. Es kam vor allem darauf an, in einfacher Formulierung sogleich einen neuen Geist spüren zu lassen[50]. Der erste der Aufrufe richtete sich an die gesamte Bevölkerung: »Es wurde ohne weitere Erklärung mitgeteilt, daß Adolf Hitler tot sei. Dann kamen einige Sätze der Abrechnung mit den übrigen Parteiführern und eine kurze Bezeichnung ihres bisherigen Verhaltens und ihrer Pläne für die Zukunft. Aus der Art ihres bisherigen Verhaltens und ihrer Zukunftspläne wurde die Pflicht und die Notwendigkeit des Eingreifens abgeleitet. Der unterzeichnete Chef der Übergangsregierung ... versicherte, daß er und die Männer, die sich ihm zur Verfügung gestellt hätten, nichts für sich wollten. So bald als möglich (oder mit einer anderen Formulierung nach Rückkehr der Soldaten in die Heimat) würde die Nation zu freier Entscheidung über die künftige Verfassung des Staates aufgerufen werden, für die es eine neue Form zu suchen gelte. Er gelobte für sich und seine Mitarbeiter, in allem unbedingt gesetzlich zu verfahren, nichts zu tun oder zu dulden, was gegen göttliches oder menschliches Recht verstieße. Er verlangte dafür unbedingten Gehorsam für die Zeit der Übergangsregierung. Es folgte die Ankündigung einer hinreichenden Sühne für die unter der Parteiherrschaft begangenen Verbrechen und Rechtsbrüche, niemand aber solle wegen politischer Gesinnung verfolgt werden. Dann kam die Ankündigung, daß die Übergangsregierung alles tun würde, um so schnell als möglich den äußeren Frieden zu erlangen. Daß er nach dem Geschehenen nicht ohne größte Opfer und Einbußen für Deutschland zu erwarten sei, wurde klar herausgestellt, dagegen aber die Wahrheit gesetzt, daß, wie der einzelne, so auch ein Volk alles, auch das Schlimmste, mit freiem Mute ertragen und mit unverbrüchlicher Hoffnung in die Zukunft schauen könne, wenn es wieder gereinigt, entsühnt und versöhnt mit den göttlichen Mächten sein Schicksal auf sich zu nehmen vermöge[51].«

Die erhaltenen Aufrufe stammen alle aus den Papieren, die in Goerdelers Berliner Quartier gefunden wurden. Ein als »Material für RK« (Reichskanzler) bezeichnetes Schriftstück war »nach Goerdelers Behauptung zwar von Graf von Stauffenberg verfaßt, aber von Goerdeler und von

Hassell handschriftlich durchredigiert.« Zwar mag ein Passus über Hitlers nordafrikanisches Kriegsabenteuer auch Stauffenbergs Denken durchaus nicht fremd gewesen sein; die ganze darin enthaltene Apotheose des Preußentums entstammt aber eindeutig Goerdelers Feder und ist anscheinend bereits im Frühjahr 1943 als Rohentwurf niedergelegt worden[52]. Ein »Aufruf an das Deutsche Volk« war wohl ebenfalls laut Aussage Goerdelers »angeblich von Graf von Stauffenberg« verfasst, »jedenfalls aber im Hotel Goerdelers gefunden« worden[53]. Von diesem Aufruf sind zwei Entwürfe erhalten[54]. Goerdeler hat sie »mehrfach korrigiert und geändert«. Er sagte später aus, »er habe die Entwürfe nicht benutzen, sondern durch neue, bessere ersetzen wollen. Aber er hat sie eigenhändig verbessert[55] ...« In seinem Schlusswort vor dem Volksgerichtshof erwähnte er nochmals, daß er mit den Aufrufen nichts zu tun gehabt habe, »obwohl er sie zum Teil durchkorrigiert habe. Er habe dadurch Stauffenberg nur zeigen wollen, was dabei herausgekommen sei und daß alles so unbrauchbar sei, daß er, Goerdeler, eigene Erklärungen herausgeben werde[56].« Berücksichtigt man, daß es wegen der gegenseitigen Korrekturen, Kürzungen und Neugestaltungen beinahe unmöglich sein dürfte, die jeweilige Autorschaft zu eruieren, da es kaum bloß einen einzigen Autor für ein solch wichtiges Schriftstück gab, so ist gerade im Falle Goerdelers als Motiv für seine spätere Ablehnung seiner geistigen Vaterschaft nicht ein Verschleierungsbedürfnis, sondern ehrliche Überzeugung als Erklärung heranzuziehen. Denn der in den Aufrufen und diversen Regierungserklärungen geschlossene Kompromiss ging »hart an die Grenzen dessen, was er mit seinen Überzeugungen ... eben noch vereinigen konnte«. Aus späterer Perspektive wollte er ihn dann nicht mehr als sein geistiges Eigentum anerkennen[57].

Fahrner entwarf einen weiteren Aufruf. Dieser »Aufruf an das Heer« – Fahrner meint damit die Wehrmacht – war dem ersten allgemeinen Aufruf ähnlich. »Die Abrechnung galt hier mehr den verbrecherischen und sinnlosen Kriegshandlungen, der Absage an Eroberungsgelüste und an Bedrohungen anderer Völker. Das Gelöbnis der neuen Regierung besagte, daß sie keines deutschen Mannes Leben mehr einsetzen würde, es sei denn, soweit es unbedingt zum unmittelbaren Schutze der Heimat, der Frauen und Kinder notwendig sei. Besonnene Führer würden die Heere so bald als möglich in die Heimat führen. Bis dahin sollten die Soldaten ausharren[58].« Fahrner entwarf diesen Aufruf im Oktober 1943. Im Herbst 1943 waren die Aufrufe Stauffenbergs recht umfangreich, da vieles nach einer Begründung zu verlangen schien. Ende Juni 1944 sollte dann die Abrechnung mit dem nationalsozialistischen Regime kürzer und schärfer gefasst werden. Im Sommer 1944 wurden die Entwürfe erneut von Stauffenberg mit den zuständigen Beteiligten besprochen und nach ihrer

Billigung von Fahrner der Sekretärin Berthold Stauffenbergs in der Seekriegsleitung im Lager »Koralle« in die Maschine diktiert. Die früheren Fassungen wurden vernichtet, »die neue Version in zwei Exemplaren angefertigt, von denen das eine Stauffenberg zu sich in die Bendlerstraße nahm, während das zweite als Ersatz bei seinem Bruder in Koralle« verblieb. Seine Fassung konnte Stauffenberg auch nach der endgültigen Niederschrift noch verändern[59].

Einem dritten Aufruf, der später aus begreiflichen Gründen weggelassen wurde, scheint Fahrners besondere Liebe gegolten zu haben. Er sollte sich an die Frauen wenden. Die Brüder Stauffenberg sollen – nach Fahrners Zeugnis – diesem Aufruf zugestimmt haben, der dann aber im Juni 1944 von ihnen fallengelassen wurde. »Für manche, die dabei mit zu beraten hatten«, war der Aufruf nach Fahrners Glaube durch »eine offenbar zu neue, ihnen nicht annehmbare Redeweise« gekennzeichnet[60]. Nun, die Redeweise – nicht unbedingt die Gedanken – war vielleicht eben manchen eher zu wenig neu, wenn man sich des Fahrnerschen Berichtes über die Lautlinger Leitgedanken entsinnt. Dass später einige Gedanken aus diesem »Frauen-Aufruf« in den allgemeinen Aufruf übernommen wurden, erschien wohl auch Stauffenberg sinnvoller. In dieser Frage war er bestimmt weniger von Gedanken und Einstellung Stefan Georges geprägt als andere Bannerhalter des Dichterfürsten ...

Nach Fahrners Darstellung war in den Aufrufen nach Ansicht Stauffenbergs von Hitler zu schweigen, »bis man sich unter Aufdeckung aller Fakten erklären konnte. Es mußte deutlich werden, daß es über eine Abrechnung mit ihm und über die Wiederherstellung von Rechtszuständen hinaus um ein neues deutsches Staatswesen ginge. Deshalb mußten konventionelle und Verblichenes vorschiebende Wendungen vermieden werden, so viele Rücksichten auch auf Beteiligte und auf die zu erreichende Wirkung im Inland und besonders im Ausland zu nehmen waren.« Die Hauptaufgabe war freilich zuerst die Auseinandersetzung mit der konkreten Wirklichkeit, und die fiel nicht in den Bereich des »Ghost-writer«, der Stauffenberg zum Abschied einen breiten Goldring überreichte, auf dem nur die erhaben gegossenen Buchstaben »Finis Initium« standen. Diese beiden Wörter bezogen sich ebenso auf die gestellte Aufgabe wie die ganze Geste auf Stefan George und dessen Gedicht im »Stern des Bundes«, in dem geschrieben steht: »Ich bin ein end und ein beginn[61].«

Stauffenberg war sich der Bedeutung einer möglichst schnellen Verbreitung dieser Aufrufe durch den Rundfunk nach Erringung der Macht im Lande bewusst. Deshalb war ja bereits in den militärischen Befehlen und in den Vereinbarungen mit Fellgiebel und Thiele besondere Sorgfalt auf die Vorbereitung der Besetzung der um und in Berlin gelegenen Sender verwandt worden. Stauffenberg hatte ein übriges getan, als er Anfang

Oktober den Leiter der Gruppe Wehrmachtpropaganda I (Propaganda-Führung und Propaganda-Truppen) und ständigen Vertreter des Chefs der Abteilung Wehrmachtpropaganda, Oberst d. G. Kratzer, traf. Stauffenberg kannte ihn bereits aus seiner Bamberger Zeit und hatte mit ihm noch vor Ausbruch des Krieges im Sommer 1938 nach dem Einmarsch in Österreich ein Gespräch über Hitlers Politik geführt[62]. Kratzer erhielt, nachdem er sich zur Teilnahme an der Konspiration bereit erklärt hatte, den genau definierten Auftrag, »eine Gruppe sprachgewandter Männer« aus seiner Amtsgruppe zusammenzustellen, deren Aufgabe es sein sollte, zusammen mit einer von General Thiele aufgestellten Gruppe von Funkern – in zwei Halbzüge aufgeteilt – nach dem gelungenen Attentat den Deutschlandsender bei Königswusterhausen und den Sender Nauen in Betrieb zu nehmen. Dem verantwortlichen Offizier werde ein versiegeltes Schreiben übergeben, das im Sender zu öffnen und wiederholt auszustrahlen sei[63].

In seinem Gespräch mit Kratzer äußerte Stauffenberg klar und deutlich, weshalb eine bloße Verhaftung Hitlers, die der Propagandaoberst gefordert hatte, seiner Meinung nach keine Lösung sei: »Sie führe nur zu einem Bürgerkrieg, denn die Jugend sei noch weitgehend hitlerisch verseucht, die HJ, die SS, der größte Teil der SA glaubten noch an die Sendung ihres Führers. Hitler müsse fallen.« Das war eine denkbar einfache und nüchterne Lagebeurteilung mit der logischen und realistischen Begründung der gewaltsamen Beseitigung des Diktators, die durch den Hinweis, dass auch Männer wie Stieff und Olbricht in derselben Weise tätig seien wie er selbst, zusätzliches Gewicht erhielt, das Kratzer zu überzeugen vermochte. Freilich verbargen sich hinter Stauffenbergs logischem und kühlen Entschluss noch weitere, tiefergehende Gedanken, die er jedem zu bekennen weit entfernt war[64].

Zu den Aufrufen gehörte vielleicht auch eine sechsseitige Ausarbeitung ohne Überschrift und Unterschrift, von der nur eine grobe Inhaltsangabe erhalten ist. Diese Ausarbeitung hatte Stauffenberg am 20. Juli 1944 in der Hand, und der knappe, von den Verhörsbeamten aufgestellte Inhaltsabriss verweist ebenso auf von ihm bezeugte Aussagen, wie er den Charakter einer von seiner Hand verfassten Art Proklamation vermuten lässt[65]:

»Bei Fortsetzung des gegenwärtigen Kurses sei eine Niederlage und Vernichtung der materiellen und blutsmäßigen Substanz unausbleiblich. Das drohende Verhängnis könne nur durch Beseitigung der jetzigen Führung abgewendet werden. Die vom Nationalsozialismus zunächst vertretenen Ideen seien großenteils richtig gewesen, nach der Machtergreifung jedoch ins Gegenteil verkehrt worden. Die neue Führerschicht stelle in der Voranstellung eigensüchtiger Interessen, im Aufkommen von Korruption und Bonzentum eine Herrschaft der Minderwertigen dar[66].« Bereits dieser erste Passus der Zusammenfassung lässt deutlich einen Bezug zu den Gedanken Stauffenbergs und seines Bruders Berthold erkennen[67]. Den »Verrat« an den »ursprünglichen« Idealen so klar hervorzuheben, war ein besonderes Anliegen Stauffenbergs. Als Angehöriger der jüngeren Generation empfand und argumentierte er – wie auch etwa Schulenburg – in diesem Fall anders als Goerdeler – der Unterschied war bedeutsam und wird noch zu erörtern sein. Festzuhalten ist, dass vor allem wegen dieses Passus die Autorschaft Stauffenberg oder zumindest seiner nächsten Umgebung – im Effekt wegen der engen Zusammenarbeit beinahe gleichbedeutend – zuzuschreiben ist. Die Anspielung auf Edgar J. Jungs Buch, in dem die Exponenten der Weimarer Republik als Minderwertige bezeichnet wurden, entbehrte nicht einer bitteren Ironie.

Die »Ausarbeitung« holte weiter aus: »Ein wesentliches Moment für die schlechte Gesamtlage stelle die Behandlung der besetzten Länder dar. Den Anfang vom Ende der gesamten militärischen Entwicklung bilde der russische Feldzug, der mit dem Befehl zur Tötung aller Kommissare begonnen habe und mit dem Verhungernlassen der Kriegsgefangenen und der Durchführung von Menschenjagden zwecks Gewinnung von Zivilarbeitern fortgesetzt worden sei[68].« Dieser Teil erinnert an Stauffenbergs Urteil über das Feldzugsabenteuer gegen die Sowjetunion und die darauf folgende terroristische deutsche Besatzungspolitik. Die Erfahrungen aus dem Kampf für die Aufstellung der Freiwilligenverbände und eine »realistische« Ostpolitik schlugen sich hier deutlich nieder. Im nächsten Passus ist die militärische Argumentation und Begründung der Notwendigkeit eines Umsturzes zusammen mit dem Gedanken der Erhaltung des militärischen Instrumentes formuliert – beides wesentliche Konstanten in Stauffenbergs Denken: »Die Führung sei nicht in der Lage gewesen, den Zweifrontenkrieg zu vermeiden. Das derzeitige Regime habe kein Recht, das ganze deutsche Volk mit in seinen Untergang hineinzuziehen. Nach einem Regimewechsel sei es das wichtigste Ziel, daß Deutschland noch einen im Spiel der Kräfte einsetzbaren Machtfaktor darstelle und daß insbesondere die Wehrmacht in der Hand ihrer Führer ein verwendbares Instrument bleibe.« Daran schloss sich ein wohl auch im Original eher allgemein gefasster Abschnitt über die außenpolitischen Perspektiven an, dessen Inhaltsangabe zusätzlich einen Ansatzpunkt für eine ungefähre Datierung des ganzen Dokumentes enthält: »In Ausnutzung der Gegensätze im feindlichen Lager bestünden verschiedene politische Möglichkeiten. Diese würden jedoch mit jeder weiteren militärischen Schwächung, insbesondere mit einem Wirksamwerden der Invasion, geringer. Daher sei rasches Handeln erforderlich[69].«

Der Hinweis auf das »Wirksamwerden der Invasion« lässt darauf schließen, dass diese »Ausarbeitung« noch aus der Zeit vor dem 6. Juni 1944 datiert[70]. Zweifellos besaß der Inhalt dieses Dokumentes Gültigkeit bereits für die Situation im Herbst 1943 – bedenkt man nur Stauffenbergs Äußerungen zu Kranzfelder. Der letzte Satz dieser unzulänglichen Zusammenfassung besagt nicht, dass die ursprüngliche »Ausarbeitung« ein »Memorandum«[71] für bloß konspirativ-internen Gebrauch war. Denn auch in einer Proklamation konnte »rasches Handeln« als Erfordernis angesichts der Lage Deutschlands erwähnt und als weitere Begründung für den Staatsstreich verwandt werden.

Mit der Abfassung der Aufrufe Ende Oktober und Anfang November war die bereits im September ausgearbeitete Staatsstreichplanung um ein wesentliches Stück weitergekommen. Tresckow hatte seine frühere Rolle als Leiter des Attentates infolge seiner Kommandierung zur Front abgeben müssen. Doch Stauffenberg hatte dafür Stieff als Ersatzmann gefunden und ihm den Sprengstoff Tresckows übergeben. Anfang November 1943 waren vom Blickpunkt Stauffenbergs die Dinge so weit gediehen und vorbereitet, dass es nur noch der Ausführung des Attentates durch Stieff oder einen zusätzlichen Offizier – wie Hauptmann von dem Bussche – bedurfte, um die Umsturzaktion auszulösen. Bis zu diesem Zeitpunkt war Stauffenberg im wesentlichen der von der Konspiration mit der Organisation und technischen Realisation des Staatsstreiches beauftragte höhere Stabsoffizier geblieben. Freilich hatte er bereits angedeutet, dass es für ihn ebensowenig die Entschuldigung einer »Nur-Militär«-Attitüde des Denkens gab wie eine Beschränkung des auf Grund eines politischen Verantwortungsbewusstseins in extremer Situation handelnden Offiziers auf bloß militärische Aufgaben im Rahmen des Staatsstreiches. Sein in den Lautlinger Leitgedanken und ihren politischen Erörterungen zutage tretendes politisches Denken unterschied sich vom Bild des »unpolitischen« Durchschnittsoffiziers Seecktscher Prägung und zugleich von dem politischen nationalsozialistischen Offizier – beide Offizierstypen folgten, wenn auch nicht immer aus denselben Motiven, ihrem »Führer« getreulich in den Abgrund. Wie Stieff oder Tresckow legte er Wert auf die besondere Verantwortung des Generalstabsoffiziers, nicht jedes subalternen Truppenführers[72].

Goerdeler bekam aber die darüber hinaus nach politischer Teilhabe strebende Teilnahme des technisch-militärischen Kopfes der Konspiration an der politischen Vorbereitung des Staatsstreiches bereits zu diesem Zeitpunkt zu spüren. In diesen Herbsttagen hatte er aber wohl noch kaum Veranlassung zu dem späteren Urteil über den »Querkopf«. Auf die Tatsache, dass ein Offizier »auch Politik machen wollte«, wenn er sich in führender Weise an einem Staatsstreich beteiligte, war der ehemalige

Leipziger Oberbürgermeister und Reichssparkommissar Hitlers freilich durch Männer wie Kluge oder Olbricht in keiner Weise vorbereitet. Goerdeler »schätzte ihn hoch und hatte doch manchen Zusammenstoss mit ihm«, dessen Ursachen er allerdings nicht erkannte oder vielleicht verschleierte, wenn er später aus der Rückschau schreiben sollte, Stauffenberg habe ihm »durch überheblichen Eigensinn das Leben sehr schwer gemacht«[73]. Doch der Konfliktstoff war im Herbst 1943 noch nicht so manifest, denn Stauffenberg war in diesen ersten Tagen des November erst seit knapp zwei Monaten aktiv in der Konspiration tätig – mit vorwiegend militärisch-technischen Fragen beschäftigt, die ihm angesichts des nahen Attentatstermins und der damit verbundenen Arbeitslast beim besten Willen keine intensive Teilhabe an der permanenten politischen Konspirationsdiskussion erlaubten. Zudem führte er ja anders als der von irgendwelchen Dienstpflichten freie Goerdeler eine Doppelexistenz, die ihn am Tage als Chef des Stabes im AHA vollauf in Atem hielt[74].

Gerade im November hatte sich Stauffenberg mit einem Problem der Konspiration zu beschäftigen, das zwar nicht unbedingt vor erfolgtem Attentat gelöst zu werden brauchte, dessen möglichst baldige Erledigung aber im Interesse des Umsturzes durchaus wünschenswert war. Denn die in den militärischen Grundsatzbefehlen erwähnten Politischen Beauftragten und die Verbindungsoffiziere in den siebzehn Wehrkreisen waren zu bezeichnen. »Seit Stauffenberg in Aktion getreten war, drängte man entschieden auf Klarheit über die zur Verfügung stehenden Persönlichkeiten. Dabei war vor allem Fritz von der Schulenburg die treibende Kraft[75].« Er stand schon seit einiger Zeit in enger Beziehung mit den »Kreisauern«. Doch mit dem Auftauchen Stauffenbergs löste er sich – ohne die freundschaftlichen Beziehungen aufzugeben – »von dem auch für sein Urteil zu sehr theoretisierenden Moltke-Kreis« und wandte sich den »handfesteren Politikern« zu[76]. An der Nominierung der Politischen Beauftragten wirkte er nicht unmittelbar mit. Dies war vor allem die Aufgabe Goerdelers und der mit ihm schon seit einiger Zeit in Kontakt stehenden Gewerkschaftsführer Jakob Kaiser und Wilhelm Leuschner, zum geringeren Teil auch jene der »Kreisauer«. Auf die Auswahl der Beauftragten »ist sehr viel Zeit und Sorgfalt verwandt worden«[77]. Nicht erst im Herbst, sondern das ganze Jahr 1943 – also vor Stauffenbergs Eintritt in die Konspiration – waren intensive Erörterungen über das Personalproblem im Gange gewesen. Im September hatte Beck Goerdeler zusätzlich den Auftrag erteilt, eine Regierungsliste zusammenzustellen »und überhaupt die erforderlichen Vorbereitungen zu treffen, denn der militärische Sektor werde nun bald zur Aktion schreiten«[78]. Auch über die Zusammensetzung einer neuen Regierung hatte sich Goerdeler – seinem ganzen Charakter und Habitus entsprechend – schon seit einiger Zeit Gedanken gemacht[79].

Goerdeler war mit vielen der nun zu Politischen Beauftragten oder Unterbeauftragten Bestimmten bereits öfters zusammengetroffen und hatte sich mit ihnen eingehend unterhalten. Mancher der Angesprochenen, die selten voll eingeweiht auf die Liste gesetzt wurden, kam zu einem recht kritischen Urteil über Goerdeler. So beurteilte der für Pommern als Unterbeauftragter im Wehrkreis II nominierte konservativ-reaktionäre Junker Ewald von Kleist-Schmenzin, ein Hitlergegner der ersten Stunde, mit großer Skepsis »Goerdelers geräuschvolle Taktiken« und die »Leichtfertigkeit, mit der er anderen mitteilte, was er hätte verschweigen müssen«. Sein resignierter Kommentar lautete: »Das ist auch nicht der richtige Mann[80].« Ein alter Bekannter Goerdelers, der für den Wehrkreis XI ausersehene frühere Hannoveraner Oberbürgermeister Arthur Menge, äußerte später, dass Goerdeler »trotz seiner unzweifelhaften Begabung ein Mann« gewesen sei, »der leicht Prophezeiungen und Behauptungen aufstellte, die sich bei Nachprüfung als unrichtig erweisen«[81]. Einem österreichischen Gesprächspartner gegenüber äußerte auch Leuschner Bedenken über Goerdeler, den er »für etwas zu unvorsichtig hielt und dann auch für zu konservativ, zu stark rechtsstehend und mit den alten deutschnationalen Kreisen verbunden. ›Wissen Sie‹, sagte Leuschner, ›wenn alles, was zunächst die Militärs besorgen müssen, gut geht und wenn der erste Schrecken überstanden ist, dann kommt es darauf an, wie wir die neue gesellschaftliche Ordnung bauen. Da werden wir dann nicht mehr mit dem Rezept von Anno dazumal und auch nicht mehr mit einer Wiederholung der Demokratie nach 1918 auskommen ... In dieser neuen gesellschaftlichen Ordnung werden auch die Gewerkschaften eine wichtige Rolle spielen, und auch die Parteien werden in einer ganz anderen Weise eingesetzt werden. Das versteht Goerdeler nicht ganz, und darüber hat es auch manchmal Differenzen mit ihm und seinen engeren Leuten gegeben.‹[82]«

Ursprünglich war geplant, die Politischen Beauftragten »kurz vor dem Anschlag in Berlin zusammenzurufen und über ihre Aufgaben in Kenntnis zu setzen«[83]. Dazu war im November zuallererst die Fertigstellung der Liste notwendig. Deshalb forderte Schulenburg, der in dieser Zeit der eigentliche Verbindungsmann Stauffenbergs zu der zivilen Konspiration war, nun ultimativ die Liste der Politischen Beauftragten. Goerdeler überbrachte diese Forderung dem Kreise Leuschners und Kaisers, »nachdem Schulenburg Kaiser und Wirmer schon mitgeteilt hatte, es würde gegen Hitler nur gehandelt, wenn die Liste übergeben sei. Jakob Kaiser ... entschloss sich nicht leicht, die Namen schriftlich festzulegen und die Liste aus der Hand zu geben. Ihn bedrückte die Größe der Gefahr für die Namensträger ... Es kam noch zu einer kurzen Aussprache mit Wirmer, der sich für Erfüllung der Forderung der Soldaten, die Aufzeichnung der

Namen zu erhalten, einsetzte, obwohl man sonst gegen eine schriftliche Festlegung von Namenslisten war, ein Grundsatz, der allerdings nicht von allen befolgt wurde« – besonders nicht von Goerdeler. Aus der Hand von Kaiser und in dessen Berliner Wohnung in der Wittelsbacherstraße übernahm Graf Schwerin von Schwanenfeld die Liste in Gegenwart von Joseph Wirmer[84]. Dies war »etwa Ende November 1943«[85] – also bereits nach dem für etwa Mitte oder letzte Woche November vorgesehenen Attentatstermin.

Goerdeler, der zuvor noch mit den Grafen Schulenburg und Schwerin verschiedene Änderungen besprochen hatte, legte die definitive Fassung sowohl Beck als auch Stauffenberg vor[86]. Stauffenberg hatte freilich ein technisch-konspiratives Interesse, die Liste kennenzulernen. Doch kündete dieser Gang Goerdelers zu dem »politischen Offizier« nicht bereits auch eine Einfluss- und Gewichtsverschiebung innerhalb der Konspiration an, die bisher von dem mit einigen Gewerkschaftsführern kooperierenden ehemaligen Leipziger Oberbürgermeister dominiert und von dem abgetretenen »Denker-General« alter preußischer Schule eher symbolisiert als geführt worden war? Der Plan, die nominierten Beauftragten vor dem Staatsstreich in Berlin zusammenzurufen, wurde bald fallengelassen, »da eine solche Versammlung zu stark aufgefallen wäre«[87].

Während die Liste der Politischen Beauftragten zusammengestellt wurde, beschäftigte sich Stauffenberg mit der Suche nach geeigneten Verbindungsoffizieren, durch die »auf alle Fälle sichergestellt werden« sollte, »daß überall in den Wehrkreisen ausschließlich nach den Weisungen des Allgemeinen Heeres-Amtes verfahren wurde«. Stauffenberg legte die Liste der Verbindungsoffiziere selbst fest[88]. Er hatte nach seinem Dienstantritt als Chef des Stabes im AHA sofort Verbindung zu dem in der »Abwehr« tätigen Hauptmann Ludwig Gehre aufgenommen, der gut mit Tresckow bekannt war und im März 1943 als Mann Osters in Kontakt mit dem Ia der Heeresgruppe Mitte gestanden hatte, der damals für das Attentat verantwortlich war. Mit Gehre besprach Stauffenberg offensichtlich eingehend Probleme des Umsturzes[89]. Zum Kreis Gehres in Berlin gehörten Major Hans-Jürgen Graf von Blumenthal und Oberst Siegfried Wagner. Blumenthal war nach einer schweren Verwundung im Jahre 1941 ins AHA gekommen und leitete zuletzt die Chefgruppe der Amtsgruppe Ersatzwesen und Allgemeine Truppenangelegenheiten, deren Leitung Oberst Wagner gleichzeitig mit der Funktion des Chefs der Truppenabteilung im Wehrersatzamt des OKW innehatte, das im Sommer 1943 vom OKH übernommen worden war, wobei in diesem Fall General Olbricht der unmittelbare Untergebene Keitels und damit für die gesamte »Personalbewirtschaftung« zuständig geworden war – mit dem österreichischen Oberstleutnant i. G. Robert Bernardis als Sachbearbeiter[90]. Gehre unterhielt sich mit Blumenthal über den Staatsstreichplan, den er eindrucksvoll zu begründen vermochte[91].

Stauffenberg trat selbst nach seinem Dienstantritt in diesem Herbst mit einem präzisen Anliegen an Blumenthal heran. In einer dienstlichen Besprechung erklärte er, dass »das Allgemeine Heeresamt beabsichtige, Verbindungsoffiziere einzurichten, um damit sicherzustellen, daß in besonderen Fällen, bei denen ein Herbeirufen von Befehlshabern und Chefs der Stäbe unzweckmäßig sei oder aber zum Beispiel infolge Sabotage durch aufrührerische ausländische Arbeiter die Verbindungen unterbrochen wären, die Wünsche und Auffassungen des allgemeinen Heeresamtes den Wehrkreiskommandos zugeleitet werden. Die Verbindungsoffiziere müßten sich bei den Wehrkreiskommandos auskennen.« Nach dem Bericht Blumenthals war diese Argumentation offensichtlich nur eine Variante von Stauffenbergs je nach Gesprächspartner mehr oder weniger deutlich vorgebrachtem Anliegen, das in einer anderen Version lautete: »Das AHA strebe durch die Einsetzung von Verbindungsoffizieren eine lebendige Verbindung mit den Wehrkreisen an, um unnötige und langwierige Schreibereien zu vermeiden und zu verhindern, daß die Befehlshaber bzw. Chefs des Stabes der einzelnen Wehrkreise zu häufig nach Berlin zitiert werden müßten. Diese Verbindungsoffiziere würden gleichzeitig in ›kritischen Situationen‹ von besonderem Wert sein.« Die dritte Version, wonach »die Verbindungsoffiziere, im Falle eines Ausnahmezustandes, dafür Sorge« zu tragen hatten, »daß die Befehle des allgemeinen Heeresamtes eingehalten werden«, ließ wohl klar Wesen und Zielsetzung dieses »Ausnahmezustandes« erkennen, wenn Stauffenberg sie nicht überhaupt eindeutig definiert haben sollte. Blumenthal wurde vom Chef des Stabes Olbrichts eröffnet, dass er als Verbindungsoffizier zum Wehrkreis II (Stettin) vorgesehen sei, da er »der einzige sei, der früher einmal im Wehrkreis II gestanden hat«[92]. Da Blumenthal später in sehr engen Kontakt zu Stauffenberg treten und weitestgehend in die Umsturzplanung eingeweiht sein sollte, ist anzunehmen, dass Stauffenberg ihm gegenüber sogleich die dritte, völlig offene Version anwandte, da er ja spätestens von Gehre über Blumenthal informiert war. Oberst Wagner, der seit längerer Zeit in engem Kontakt mit Blumenthal und Gehre stand und sich von deren Haltung nicht unterschied, wurde wohl zur selben Zeit wie Blumenthal – noch in diesem Herbst – von Stauffenberg zum Verbindungsoffizier im Wehrkreis XI (Hannover) nominiert und – soweit dies überhaupt noch nötig war – eingeweiht[93].

Vier weitere Verbindungsoffiziere standen ebenfalls schon seit längerer Zeit in Verbindung mit der Konspiration – an ihrer Spitze der für den Wehrkreis IV (Dresden) vorgesehene, aus dem aktiven Dienst ausgeschiedene und isolierte Generalmajor z. V. Hans Oster. Olbricht gebot ihm, nur mit denen zu sprechen, die er ihm als unterrichtet bezeichnete. Das Risiko, ihn näher an die Konspiration heranzuziehen, war zu groß. Stauffenberg sollte später die Warnung vor Kontakten mit Oster aus demselben Grund erneuern[94]. Zu diesen Offizieren gehörte weiter Oberleutnant d. R. Heinrich Graf von Lehndorff, der als Verbindungsoffizier im Wehrkreis I (Königsberg) fungieren sollte. Lehndorff – der Besitzer von Schloss Steinort – war von Tresckow im Jahre 1941 als Ordonnanzoffizier Bocks, des damaligen Oberbefehlshabers der Heeresgruppe Mitte, herangezogen worden. Im Herbst 1943 scheint Tresckow ihn, der durchaus schon zur Konspiration zu zählen war, näher eingeweiht zu haben. Lehndorff traf in Berlin auch Stauffenbergs Vetter Yorck, der ihm erklärte, dass Goerdeler und Männer wie der mit diesem in der Konspiration zusammenarbeitende, aber immer noch als preußischer Finanzminister amtierende Popitz »zu alt und reaktionär« seien, »als daß man von ihnen eine tragfähige Regierung erwarten könnte. Seiner Meinung nach müsse eine viel breitere Basis geschaffen werden unter Einbeziehung der Arbeiterschaft bis zum linken Flügel der Sozialdemokratie. Man solle die militärische Entwicklung ausreifen lassen und für den Zusammenbruch die Plattform eines neuen Systems vorbereiten.« Von Stauffenberg scheint er allerdings erst im Frühjahr 1944 als Verbindungsoffizier eingeweiht worden zu sein. Wahrscheinlich ist, dass aber auch Lehndorff bereits vor Dezember 1943 auf der Liste figurierte – und wie Oster zunächst nicht eigens informiert werden musste, da man sich seiner Haltung sicher war[95].

Ebenso wie Oster und Lehndorff standen auch Hauptmann d. R. Hermann Kaiser und Oberstleutnant z. V. Graf Uxkull schon seit langem mit der Konspiration in Verbindung. Stauffenbergs Onkel Uxkull wohnte im Winter 1943/44 in Wannsee und war dem Stellv. Generalkommando III (Berlin) zugeteilt[96]. Hermann Kaiser war als Reserveoffizier im Stabe Fromms tätig und spielte bereits seit dem Jahre 1942 den Verbindungsmann Goerdelers zu Olbricht und der Bendlerstraße. Da er im selben Gebäude wie Stauffenberg Dienst tat und schon über einige konspirative Anciennität verfügte, wurde auch er wohl noch in diesem Herbst dafür nominiert[97]. Oberstleutnant z. V. Ulrich Frhr. von Sell, der bei der Auslandsbrief-Prüfstelle der Abwehrstelle im Wehrkreis III Dienst tat, wurde ebenfalls als Verbindungsoffizier benannt[98]. Wie die Grafen Uxkull und Blumenthal, Oberst Siegfried Wagner und Hauptmann d. R. Kaiser weilte er in Berlin. Für diese fünf Offiziere hatte das Wehrkreiskommando III fünf starke Personenwagen mit Fahrer bereitzustellen, damit sie beim Staatsstreich rechtzeitig zu ihren Bestimmungsorten Prag, Stettin, Hannover, Wiesbaden und Kassel gelangen konnten[99].

Oberst Rudolf Graf Marogna-Redwitz, Leiter der Abwehrstelle im Wehrkreis XVII (Wien), mit Stauffenberg verwandt und wie er aus dem

Reiterregiment 17 hervorgegangen, war als Verbindungsoffizier in Wien vorgesehen. Wann er genau eingeweiht wurde, ist nicht klar zu erkennen. Ganz sicher geschah dies jedenfalls vor dem 1. Juli 1944, sehr wahrscheinlich aber bereits bald nach Stauffenbergs Dienstantritt im Herbst 1943. Stauffenbergs Übertragung eines »Sonderauftrages« an Marogna, der nach dem Februar 1944 von seiner Wiener Stelle abgelöst werden sollte, lässt auf jeden Fall eine Vertrautheit durchblicken, hinter der eine frühere und intensive Beteiligung Marognas an der konspirativen Arbeit seines Neffen zu vermuten legitim erscheint[100]. Weiter wurden Oberst Otto Armster für Salzburg, Oberstleutnant i. G. Hasso von Boehmer für Danzig und Major Conrad Kissling für Posen vorgesehen, wobei das Datum ihrer Nominierung sowie ihr »Einweihungsgrad« nicht genau bekannt sind[101].

Im November 1943 konnte Stauffenberg mit dem Einsatz von mindestens sechs Verbindungsoffizieren in sechs der insgesamt 18 Wehrkreise rechnen – inklusive Böhmen-Mähren und Generalgouvernement Polen, aber ausschließlich Berlins, wo offensichtlich Oertzen als Verbindungsoffizier operierte. Wie für das Generalgouvernement Polen sollten am 20. Juli für die Wehrkreise Stuttgart, Münster, Hamburg und Nürnberg keine Verbindungsoffiziere ernannt werden können. In Nürnberg suchte Stauffenberg bald einen geeigneten Offizier – doch fand er keinen[102]. Die Verbindungsoffiziere für München und Breslau sollte er erst Mitte Dezember instruieren[103]. Im November aber, in dem das Attentat bereits ausgeführt werden sollte, konnte Stauffenberg vorerst nur mit wenigen Verbindungsoffizieren rechnen.

Während sich Stauffenberg so um die technische Seite der Konspiration intensiv bemühte, begann er im November gleichzeitig seine Kenntnis des konspirativen Netzes und der darin tätigen Persönlichkeiten zu erweitern. Mit dem Grafen Schwerin von Schwanenfeld war er wohl bereits im Oktober zusammengetroffen – und zwar im Hause Yorcks. Aus der Begegnung entwickelte sich rasch eine intensive Zusammenarbeit. Die Tatsache, dass die beiden sich sogleich duzten und als alte Bekannte ausgaben, um keinen Argwohn zu erwecken, zeigt deutlich die Vorsicht von Stauffenbergs konspirativen Methoden[104]. Den bereits bestehenden Kontakt zu General Stülpnagel hatte Stauffenberg schon zuvor ausgebaut, als er am 25. Oktober 1943 anlässlich einer Familienhochzeit in Berlin seinen Vetter Oberstleutnant d. R. Caesar von Hofacker einweihte[105]. Ihm konnte er den ganzen Aufbau eines konspirativen Netzes in Paris überlassen. Allerdings scheint Hofacker sich über Stauffenbergs große Vorsicht beinahe beklagt zu haben. Denn er begehrte dagegen auf, dass sein Vetter den Grundsatz vertrat, »daß im Interesse des Gelingens des Plans nur jeder soviel davon wisse, wie zur Erfüllung seiner Aufgabe erforderlich sei«. Hofacker hingegen wollte »nicht nur Mitläufer, sondern aktiver Mittäter« sein[106]. Sein Beispiel zeigt nicht nur, dass »die Werbung neuer Mitwisser und Verschwörer ... meist auf Grund früherer Bekanntschaft oder Verwandtschaft erfolgte«[107], sondern das allgemein von Stauffenberg befolgte konspirative Vorgehen, das nicht irgendwelchen hierarchischen Prinzipien, sondern reinen Nützlichkeits- und Sicherheitserwägungen entsprang. Schulenburg beschrieb später dieses differenzierte System der Unterrichtung:

»In gewisse Dinge wurden nur ganz wenige eingeweiht, z. B. die Sprengstofffrage.

Ein größerer Kreis wurde in den Attentatsplan eingeweiht, aber auch dieser Kreis war noch sehr klein.

Wieder ein etwas weiterer Kreis wurde über die Tatsache unterrichtet, daß ein gewaltsames Unternehmen gestartet werden sollte, wobei die Frage offen blieb, inwieweit der Führer ausgeschaltet werden sollte.

Endlich der Kreis von Personen, mit denen nur über den Ernst der Lage, katastrophale Verschärfung und Notwendigkeit des militärischen Ausnahmezustandes gesprochen wurde. Nur der wurde unterrichtet, der mit einer Sache unmittelbar zu tun hatte, und nur insoweit, als es erforderlich war[108].«

Tresckow sah zu Recht in der Tatsache, »daß jeder der Beteiligten nur das erfahre, was zur Erfüllung seines Auftrages gerade erforderlich sei«, die »Stärke der Organisation« dieses Staatsstreiches[109]. Stauffenberg folgte ihm in dieser Meinung, nicht aus Freude an »Geheimnistuerei« oder einem puerilen Bestreben, sich nicht in seine »Karten« sehen lassen zu wollen[110], sondern um jeden »nicht mit mehr Wissen zu belasten«[111], als unbedingt für die jeweilige Beteiligung notwendig war, und um ein Scheitern des gesamten Planes durch eine vorzeitige Verhaftung und durch Folterung erpresste Aussagen eines einzelnen zu verhindern. Deshalb wurden die neu Anzuwerbenden, soweit Stauffenberg nicht auf Grund verwandtschaftlicher Beziehung oder früherer Bekanntschaft auf ihre Haltung schließen oder ihre Stellung zum Regime kennen konnte, von bereits Eingeweihten unauffällig überprüft, bevor er an sie herantrat. Dies war auch beim Ia des Stellv. Generalkommandos I. AK, Oberstleutnant Hans Otto Erdmann, der Fall.

Stauffenberg »ließ meist jüngere Offiziere, die ihm in der Regel von irgendeiner Seite als geeignet bezeichnet worden waren, unter einem dienstlichen Vorwand nach Berlin kommen. In den kurzen Besprechungen überfiel er die jungen Offiziere, die an sich schon voller Ehrfurcht und dienstbeflissener Bereitschaft nach Berlin zum Chef des Stabes geeilt waren, mit einer verzweifelten Schilderung der politischen und militärischen Lage.« Auch Erdmann fühlte sich geehrt und auch ihn konnte

Stauffenberg mit seinem Anliegen »überfallen« und voll einweihen, weil er ihn – wie er erklärte – bereits durch Major i. G. Kuhn, seinen Verbindungsmann zu Stieff im Hauptquartier des OKH, hatte überprüfen lassen. Sein »umfassendes Wissen über die Lage an den Fronten« machte es Stauffenberg leicht, in realistischer Weise »den Krieg als verloren und die Katastrophe als bevorstehend« darzustellen. Zu Recht vertrauten ihm die ausgewählten und herbeizitierten Offiziere, die – wie später von den Verhörsbeamten festgestellt wurde – »entweder innerlich dem Nationalsozialismus fremd oder wieder entfremdet waren«. Stauffenbergs »faszinierende Persönlichkeit«, seine Stellung, »die mitgeteilten Tatsachen und die Atmosphäre des Hauses« in der Bendlerstraße, die in hohem Maße von Stauffenberg geprägt wurde – all dies wirkte zusammen und wurde vom Stabschef Olbrichts in die Waagschale geworfen, um neue Helfer an für den Staatsstreich entscheidenden Stellen zu gewinnen. Dabei beschränkte sich Stauffenberg offensichtlich nicht nur auf die Gewinnung der herbeizitierten Offiziere, sondern gab ihnen sogleich den Auftrag zur weiteren Anwerbung in ihrem jeweiligen Tätigkeitskreis[112].

Stauffenberg kam mit der Zeit immer enger mit zivilen Kreisen der Konspiration zusammen. Entsprechend seiner ganzen Konzeption und seinem berufsmilitärischen Selbstverständnis richtete er zunächst und vor allem an Goerdeler die Forderung, »auch über die politischen Maßnahmen und die vorgesehenen Persönlichkeiten ins Bild gesetzt zu werden«[113]. Dass dies geschehen war, beweisen seine Teilnahme an der Abfassung der Aufrufe und seine Überprüfung der Liste der Politischen Beauftragten. Aber nun ging er auch selbst in die »Verschwörerzirkel«, um deren Protagonisten kennen zu lernen. So traf er noch im November im Hause des Nationalökonomen Jens Peter Jessen Ulrich von Hassell, den früheren deutschen Botschafter beim Quirinal, der – im Jahre 1938 verabschiedet – seit langem an der Seite Becks und Goerdelers in der Konspiration stand und als einer der konservativen Honoratioren des »Widerstandes« Kandidat für das Außenministerium einer neuen Regierung war. Auf ihn machte Stauffenberg »einen ausgezeichneten Eindruck«[114]. Auch mit dem preußischen Finanzminister Johannes Popitz, der mit Jessen aus früheren Jahren befreundet war, kam er in diesem Haus zusammen[115]. Stauffenberg sollte noch vor Ende des Jahres 1943 mit den wichtigsten Trägern der Konspiration zusammentreffen – nicht zuletzt dank der Initiative Schulenburgs, der ihn vor allem mit den Arbeiter- und Gewerkschaftsvertretern zusammenbrachte. Doch eine größere Rolle begannen diese Begegnungen erst Anfang des Jahres 1944 zu spielen, als der ganze Umsturzplan in eine Krise geriet[116].

Jessens militärischer Vorgesetzter – General der Artillerie Wagner – war Stauffenberg wohlbekannt. Mit Wagner besprach sich Stieff im

November oder Dezember 1943. Der Generalquartiermeister war »voll im Bilde gewesen«. Freilich distanzierte er sich bis zum Frühsommer 1944 von dem Attentatsplan – er soll die »Gefolgschaft der Front wie der Heimat« vermisst haben[117]. Für den etwas labilen Stieff bedeutete das Gespräch mit ihm wohl das Gegenteil einer Ermutigung. Während in Berlin Stauffenberg in permanenter Konspirationsarbeit die Basis des Staatsstreiches erweiterte, verstrich die Zeit, ohne dass der für das Attentat verantwortliche Chef der Organisationsabteilung des Generalstabes des Heeres gehandelt hätte. Am 20. November fuhr er sogar in Urlaub[118]. An eben diesem Tage wurde Tresckow Chef des Generalstabes der 2. Armee, die an der Ostfront stand – die Ungnade war also wieder annulliert worden[119]. Am selben Tage weilte Hitler in Breslau, wohin er am 19. November gefahren war, um vor Tausenden von Offiziersanwärtern eine Rede zu halten[120]. Am 24. November vertraute Goebbels, der Gauleiter von Berlin, seinem Tagebuch Sorgen besonderer Art an: Die Alliierten hatten mit der intensiven Bombardierung der deutschen Hauptstadt begonnen und bereits schwere Schäden angerichtet[121].

All diese Ereignisse sind wichtig für die Beurteilung der Gründe, weshalb Stieffs Attentat nicht stattfand. Bussche blieb etwa vom 23. oder 25. November an im Hauptquartier in Ostpreußen. Er hatte für sein Attentat eine deutsche Sprengladung verlangt, die im Augenblick zu betätigen war und deren Zünder in Sekunden hörbar verzischte. Noch vor Antritt seines Urlaubes beauftragte Stieff – »um das Zeug los zu sein« – Major i. G. Kuhn, die ihm von Stauffenberg überlassene Bombe diesem nach Berlin zurückzubringen. Kuhn hielt sich jedoch nicht an Stieffs Weisung, wobei allerdings denkbar ist, dass Stieff ihn gar nicht um Rückgabe des Sprengstoffes an Stauffenberg, sondern nur um dessen Sicherstellung während seiner Abwesenheit bat. So vergruben – allerdings nicht tief – Kuhn und Oberleutnant von Hagen am 28. November 1943 – also acht Tage nach Stieffs Urlaubsantritt – zwei in gewöhnliches Packpapier eingeschlagene, von einer als Feuchtigkeitsschutz dienenden Art Dachpappe umwickelte Pakete englischen Sprengstoffes innerhalb des Hauptquartiers des OKH im Walde unter einem hölzernen Wachtturm. Sie wurden dabei durch eine Streife der Geheimen Feldpolizei-Gruppe 631 beobachtet, die am 30. November auf ihre Weise den Sprengstoff »sicherstellte«. Die Namen der grabenden Offiziere konnten von der Feldgendarmerie allerdings nicht festgestellt werden[122].

Der Sprengstoff, der vergraben wurde, war offensichtlich jener, den Stauffenberg von Tresckow erhalten und im Oktober Stieff ins Hauptquartier überbracht hatte. Da Bussche deutschen Sprengstoff forderte, kam er in der Tat für seine Attentatsmethode nicht in Frage. Zunächst fiel dieser englische Sprengstoff nun wirklich aus. Denn die Feldgendarmerie gab ihn an die Heereswesen-Abteilung, Gruppe Abwehr beim General z. b. V. beim OKH mit einem Bericht ab, wo er vorerst auch gelagert wurde. Der Chef der Heereswesen-Abteilung, Oberst Radke, ordnete an, diesen Sprengstoff-Fund »als reine Abwehrangelegenheit zu behandeln«, und untersagte »Ermittlungen nach den bei der Vergrabung beobachteten Offizieren« – insbesondere verbot er die »Erwähnung des Vorfalls im Monatsbericht an den Heeres-Feldpolizei-Chef«. Mit der Untersuchung beauftragt wurde in der Heereswesen-Abteilung der Leiter der Gruppe Abwehr, der damalige Major Schrader, der mit den Gedankengängen der Konspiration schon durch Oster vertraut gemacht worden war und der nun der von Stauffenberg geführten Aktionsplanung seine Unterstützung lieh. Er ordnete am 19. Dezember 1943 an, dass bei einer eventuell nötigen Rückfrage der Abteilung II des Amtes »Ausland Abwehr« im OKW – deren Leiter, Oberst i. G. Baron Freytag-Loringhoven, ja den Sprengstoff beschafft hatte – bei Himmlers Reichssicherheitshauptamt vermieden werden sollte, »zum Ausdruck zu bringen, daß es sich um einen Fund im Bereich des Hauptquartiers OKH handelt«. Da durch Schrader die Konspiration sozusagen in eigener Person eine ihr unterlaufene gefährliche Panne untersuchte, wurde so »der Geheimen Staatspolizei vorenthalten, daß im Hauptquartier OKH das bekannte, typisch englische Sabotage- und Attentatsmaterial gefunden worden war«. Unvermeidlich war dann auch, dass »die Ermittlungen der Geheimen Feldpolizei ... im Sande« verliefen – zum Glück der Konspiration[123]. Der Sprengstoff allerdings sollte später wieder auftauchen, auch wenn im Dezember ein Teil – wohl das eine der beiden Pakete – an die Abteilung »Munition« des Generalquartiermeisters zur Untersuchung abgegeben wurde[124].

Noch vor dem vorläufigen Ende dieses Vorfalles war Bussches Attentatsversuch gescheitert. Stieff sagte später im Verhör aus, dass er die Uniformvorführung »in seiner ständigen Unsicherheit hinausgezögert« habe, »bis sie nach Erledigung verschiedener Truppenversuche schließlich am 7. Juli 1944 unter seiner Leitung in Kleßheim stattfand«. Schulenburg verwies ebenfalls nach seiner Verhaftung auf die Tatsache, »daß die Bekleidungsvorführung immer wieder aus irgendwelchen Gründen aufgeschoben oder abgesagt worden sei, so daß der Plan nicht mehr verwirklicht werden konnte, bevor der Führer nach Berchtesgaden ging. In Berchtesgaden sei nach Lage der Dinge das Attentat in diesem Rahmen unmöglich gewesen[125].« Auch ein für das Attentat im Februar 1944 in Aussicht genommener Offizier erfuhr, dass das Attentat im Dezember nicht stattgefunden habe, weil Hitler von Ostpreußen auf den Obersalzberg gefahren sei[126]. Die Abreise Hitlers auf den Berghof kann höchstens für das Frühjahr 1944 als Grund für das Ausbleiben eines Attentates herangezogen werden – wie es offenbar auch Schulenburg tat –, denn nach dem

20. November 1943 weilte der nationalsozialistische Diktator zur genauen Überwachung seines militärischen Ruins wieder in der »Wolfschanze« – auch den ganzen fraglichen Monat Dezember hindurch[127].

Nach dem Bericht Bussches kam ins Hauptquartier »aus Berlin der Anruf, daß bei den schweren alliierten Luftangriffen in den letzten Novembertagen das Vorführungsmaterial – vor allem das unersetzliche Lederzeug – vernichtet worden« sei. Dies war angesichts der schweren Bombardements, die den Berliner Gauleiter in Atem hielten, nicht unbegreiflich. Bussche schlug nun vor, »etwas beliebiges anderes« vorzuführen. Doch es fand keine Vorführung und kein Attentat statt[128]. Stieff scheint Ende November – als das Attentat stattfinden sollte – sich in Berlin aufgehalten zu haben. Lief schon die Tatsache seines Urlaubsantrittes nicht gerade konform mit seiner Aufgabe als verantwortlicher Leiter des Attentates, so erwecken nun die ihm Ende November telefonisch nach Berlin übermittelte Bitte von Major Kuhn, »für den Oberleutnant von Hagen eine Dienstreise zum AOK 4 zu genehmigen«, und der mit dieser Reise verbundene Zweck der Beschaffung von neuem Sprengmaterial den Eindruck[129], als ob nicht – oder zumindest nicht ausschließlich – äußere Umstände Stieff an der Erfüllung seiner konspirativen Aufgabe hinderten. Abgesehen davon, dass er schon zuvor mit dem ihm überbrachten englischen Sprengstoff das Attentat hätte ausführen können und wohl auch sollen, scheint er sich auch nicht groß bemüht zu haben, den in den Händen der Heereswesen-Abteilung und damit auch der Konspiration befindlichen Teil des englischen Sprengstoffes zurückzuverlangen. Es ist aber in hohem Maße unwahrscheinlich, dass er über den Verbleib dieses ungeschickt beiseite geschafften Materials nicht orientiert war. Nicht er, sondern Major Kuhn, der Vertrauensmann Stauffenbergs, kümmerte sich aber um neues Sprengmaterial – nach Aussage Hagens auf Weisung von Oberstleutnant i. G. Bernhard Klamroth, dem Nachfolger Stauffenbergs als Gruppenleiter II der Organisationsabteilung. Entsprachen Stieffs spätere Angaben, denen zufolge er sich vom Attentat distanzierte, vielleicht nicht doch der Wahrheit? Goerdeler, der den Staatsstreich schon für September angekündigt hatte, traf am 30. November 1943 zum letzten Mal Jakob Wallenberg – seinen schwedischen Sendboten und Vermittler nach Großbritannien. Wallenberg erfuhr von ihm, »daß mehrere Attentatsversuche inzwischen gescheitert waren, daß aber die Vorbereitungen zum Umsturz jetzt mit verdoppeltem Eifer betrieben würden«[130]. Stauffenberg erklärte sieben Monate später das Ausbleiben des Attentates »mit dem Nichthandeln derer, die im Oktober die Aktion im Hauptquartier übernommen hätten, und mit Fehlschlägen bei neuen Versuchen«[131].

Dem Telefongespräch Major Kuhns mit Stieff Ende November war ein Besuch des mit Kuhn seit 1936 bekannten Major Gerhard Knaak im

»Mauerwald« vorausgegangen. Kuhn weihte Knaak ein, der ein Pionierbataillon an der Ostfront kommandierte, und bat ihn um Sprengstoff. In den ersten Tagen des Dezember reiste dann Oberleutnant von Hagen nach Minsk. Der Id im Stab der Heeresgruppe Mitte, Tresckows Vertrauensmann Major v. Oertzen, hatte einen Vorwand für die Reise geliefert. Hagen bekam bei dieser Gelegenheit von Knaak drei Sprengbüchsen mit Brennzünder[132].

Zwei Tage nach dem Telefongespräch zwischen Stieff und Kuhn meldete sich Oberleutnant v. Hagen bei Stieff – diesmal offensichtlich wieder im ostpreußischen Hauptquartier – und überbrachte ihm in einer Aktentasche »Granatzünder, Zündschnüre, eine Schachtel Sprengkapseln und zwei Einheitssprengkörper, die er auf Geheiß von Major Kuhn beim Heerespionierbataillon beim AOK 4 geholt hatte«. Mit Kuhn traf Stieff einen Tag später zusammen. Stieff bewahrte die Zündmittel in einem Schreibtisch seiner Wohnung, die Sprengkörper bis zum März 1944 in einem Schreibtisch seines Büros, später nach seiner Übersiedlung nach Berchtesgaden in einer unverschlossenen Hutschachtel in seiner Wohnung auf und unterrichtete Klamroth davon[133]. Bei diesem Material handelte es sich um heeresüblichen deutschen Sprengstoff – also genau jenes Material, das Bussche für sein Attentat gefordert hatte, obgleich zum Zeitpunkt, in dem er für das Attentat vorgesehen war, Stieff noch über den ihm von Stauffenberg ausgehändigten englischen Sprengstoff verfügte. Dieser deutsche Sprengstoff wurde aber offensichtlich erst nach dem Scheitern der Uniformvorführung – offenbar als Ersatz für den »verlorengegangenen« englischen – beschafft[134].

Auch dieser Sprengstoff explodierte nicht an dem für ihn vorgesehenen Ort. Während Tag für Tag des Monates Dezember verstrich, geschah nichts. Da das Attentat nicht stattfand, hatte Stauffenberg – wie es ursprünglich in keiner Weise vorgesehen war – viel Zeit, um die technisch-militärische Basis des Staatsstreiches zu erweitern, aber auch weiter in die zivilen Kreise der Konspiration und ihre politischen Diskussionen einzudringen. Gegen Ende Dezember schien sich erneut eine Möglichkeit zum Attentat aufzutun. Stauffenberg berief zwei Offiziere nach Berlin.

Mitte Dezember unterhielt er sich so mit Major Ludwig Baron von Leonrod, der dem Bamberger Reiterregiment 17 angehörte und bei der Annahmestelle für Offiziersbewerber im Münchner Wehrkreis VII tätig war. »Im Anschluß an dienstliche Fragen« erklärte ihm Stauffenberg, »daß der Führer nicht mehr zu halten sei und daher beseitigt werden müsse. In der gegenwärtigen Lage sei eine Militärdiktatur die einzige Rettung. Der Zeitpunkt der Übernahme der vollziehenden Gewalt durch die Wehrmacht sei mit der Nachricht gegeben, daß der Führer tot ist. Für diesen Fall müßten zuverlässige Offiziere bereitstehen.« Leonrods anfänglichen Bedenken begegnete Stauffenberg mit dem Hinweis, »daß alle Gegenargumente sorgfältig erwogen« seien. So erklärte er auch auf die zweifelhafte Frage, »ob auch die Fronttruppen mitmachen würden ..., ohne jedes Zögern und mit einer Bestimmtheit, die jede weitere Gegenfrage oder Gegenrede ausschloss, auch die Führer der Heeresgruppen würden mitmachen, wenn die Aktion erst einmal im Laufen sei«. Zu dieser zu Recht geäußerten Bestimmtheit in der Frage der Gefolgschaft der Feldmarschälle nach Hitlers Beseitigung hatte wohl das Gespräch mit Manstein bei Stauffenberg in hohem Maße beigetragen und einen bleibenden realistischen, wenn auch ganz und gar nicht positiven Eindruck hinterlassen ... Auch religiöse Einwände ließ Stauffenberg nicht gelten. Auf den Hinweis Leonrods, dass er immerhin als Offizier durch seinen Eid gebunden sei, entgegnete er, »daß in einem derartigen Falle und in einer derartigen Notlage auch ein an und für sich als heilig anzusehender Eid nicht mehr gültig sei«. Als gläubiger Katholik sei Leonrod im Gegenteil dazu verpflichtet, gegen diesen Eid zu handeln. So gewann Stauffenberg Leonrod als Verbindungsoffizier für den Wehrkreis VII. Er eröffnete ihm, dass er sich bereit zu halten habe und unter Umständen »noch vor Weihnachten« gebraucht werde. Möglicherweise solle das Attentat schon »Ende der Woche« – d. h. noch vor dem 19. Dezember 1943 – stattfinden. Zugleich mit der Mitteilung, dass Otto Geßler in diesem Wehrkreis als Politischer Beauftragter vorgesehen sei, erkundigte sich Stauffenberg noch bei Leonrod nach den Verhältnissen im Münchner Wehrkreis, indem er fragte, welche Offiziere Leonrod im Wehrkreis VII für zuverlässig hielt[135].

In ähnlicher Weise operierte Stauffenberg gegenüber dem beim Wehrkreiskommando VIII (Breslau) tätigen Rittmeister d. R. z. V. Friedrich Scholz-Babisch, der am 20. Dezember 1943 durch ein Fernschreiben nach Berlin bestellt wurde. Ihn konfrontierte Stauffenberg ziemlich unvermittelt mit einer Schilderung der Lage Deutschlands: »Der Krieg gehe verloren, wenn die Kriegführung nicht erheblich verschärft werde. Es werde immer vom totalen Krieg gesprochen, aber wo sei in Wirklichkeit der totale Krieg? Unbedingt wichtig sei eine Vereinheitlichung der militärischen Führung. Die Generalität komme an den Führer nicht heran. Der Führer sei fortgesetzt von den Leuten der Partei umgeben. Es laufe alles darauf hinaus, die Partei auszuschalten. Das Führerkorps der Partei sei ohnehin korrupt.« Diese Ausführungen erfolgten nach dem Bericht von Scholz-Babisch »mit großer Schnelligkeit« und »Schlag auf Schlag«[136]. Während Stauffenberg dem ihm wohl besser bekannten Leonrod offen erklärte, dass ein Attentat auf Hitler geplant sei, ist es offensichtlich, dass er Scholz-Babisch, den er zu gewinnen vermochte, in der »niedrigsten Einweihungskategorie« beließ.

Kurz vor Weihnachten bat Stauffenberg Goerdeler um die Alarmierung der Politischen Beauftragten in den Wehrkreisen für die Tage vom 25. bis 27. Dezember 1943[137]. Goerdeler befolgte Stauffenbergs Aufforderung. Es war dies das erste Mal, dass Stauffenberg eine Art Vorwarnung gab. Diese Tatsache lässt vermuten, dass er berechtigten Grund zur Annahme hatte, dass das Attentat diesmal stattfinden werde. Es ist möglich, dass Stauffenberg nochmals mit Stieff sprach und ihm dabei erklärte, dass »jetzt ... endlich etwas geschehen« müsse[138]. Bei diesem Attentat scheint man kaum an eine Uniformvorführung gedacht, sondern vielmehr den früheren Gedanken Tresckows erwogen zu haben, den Sprengstoff in einer Aktentasche während einer normalen Lagebesprechung zur Explosion zu bringen[139]. Dafür eignete sich freilich der deutsche Pioniersprengstoff weniger gut als das englische Material – doch über einen anderen Sprengstoff als den deutschen scheint die Konspiration noch nicht wieder verfügt zu haben[140].

Sollte also vielleicht nicht doch eine Uniformvorführung stattfinden[141]? Leutnant Ewald Heinrich von Kleist erfuhr im Januar 1944, dass Stauffenberg sich bereits zuvor bereit erklärt hatte, »das Attentat auszuführen und sich selbst dabei zu opfern. Dies ist aber stets mit dem Hinweis abgelehnt worden, daß er ein zu wichtiger Mann in diesem Zusammenhang wäre und daß sein Leben als ›Geschäftsführer‹ der ganzen Unternehmung zu wichtig sei[142].« Bussche war ausgefallen, weil er wieder zu seinem Bataillon an die Front hatte gehen müssen; er sollte dann nochmals im Januar von Stauffenberg – allerdings vergeblich – gebeten werden, um dann wegen einer schweren Verwundung im selben Monat endgültig auszufallen[143]. Stauffenberg scheint deshalb nun Stieff mitgeteilt zu haben, dass er selbst das Attentat mit der Bombe in einer Aktentasche auszuführen gedenke[144] – mit dem deutschen Sprengstoff implizierte das offensichtlich ein Selbstopfer, falls er nicht doch anderes Material hatte.

Das Attentat fand wieder nicht statt. Stauffenberg soll – nach einer allerdings nicht bestätigten Version – zu einer für den 26. Dezember in der »Wolfschanze« anberaumten Besprechung über die Mannschaftsreserven an Stelle Olbrichts gefahren sein. Er sei bis in den Vorraum des »Lagezimmers« mitsamt Mappe gelangt. Den wartenden Offizieren soll dann aber im letzten Moment mitgeteilt worden sein, dass die Besprechung ausfalle[145]. Auf jeden Fall geschah nichts. Goerdeler aber – frei von technischen Sorgen – machte Stauffenberg Vorwürfe und »bezeichnete es als gefährlich, eine so große Anzahl von Personen vorher zu benachrichtigen, worauf dieser zusicherte, in Zukunft davon abzusehen«. Goerdeler scheint in dieser Besprechung erneut das Attentat abgelehnt und eine »andere Gewalthandlung« – etwa eine Festnahme Hitlers – vorgeschlagen zu haben. Stauffenberg wies diese Illusion jedoch zurück, gab Goerdeler sein Wort darauf, dass er sich auf ein Handeln des Militärs verlassen könne, und erklärte, »er würde eher selbst das Attentat ausführen, als sich auf eine andere Lösung einzulassen«[146]. Die etwas groteske und illusionäre Kritik Goerdelers war wohl auch Ausdruck oder Resultat von politischen Spannungen, die sich mit Stauffenbergs allmählichem Zutritt in die verschiedenen Sphären der Konspiration akzentuiert zu haben scheinen und die sich nun bald noch stärker zu äußern beginnen sollten.

Die Krisis

»Das Ziel bleibt dasselbe«, hatte Stauffenberg Ende des Jahres 1943 Halder durch dessen früheren Adjutanten Peter Sauerbruch, der nun im Allgemeinen Heeresamt tätig war, mitteilen lassen[1]. Doch wie sollte es jetzt erreicht werden, da die Versuche, das Attentat zu realisieren, gescheitert waren? Stauffenberg resignierte nicht. Er begab sich erneut auf die Suche nach Attentätern[2]. Während der intensiven Attentatsvorbereitungen bis zum Dezember 1943 war Stauffenberg allmählich mit den wichtigsten Figuren der verschiedenen zivilen Gruppen zusammengetroffen, die in der Konspiration kooperierten. Zu diesen gehörte auch der »Kreisauer Kreis« der Grafen Moltke und Yorck – wenn auch in ganz besonderer Weise. Denn wie Yorck dem Grafen Lehndorff erklärte, lehnten die Mitglieder dieser Gruppe nicht nur Goerdeler als ziviles Haupt der Konspiration ab, sondern auch einen gewaltsamen Sturz des Regimes, dessen Ende sie freilich sehnlichst herbeiwünschten. Auf das Ende und die Zeit nach Hitlers Abgang in den Orkus der Geschichte bereiteten sie sich vor. An dem Staatsstreich wollten zunächst die meisten sich nicht beteiligen[3]. Stauffenberg konnte hier also für seine primäre Aufgabe keine große Hilfe erwarten, doch da ja spätestens nach dem Staatsstreich eine politische Basis für eine Übergangslösung notwendig war, konnte und musste er sich in der ihm aufgezwungenen Mußezeit über die politischen Vorstellungen und Gedanken dieses im technischen Sinne eher am Rande der eigentlichen Konspiration stehenden »Kreises« informieren. Seinen Vetter Yorck kannte er bereits. Dessen Haus in der Hortensienstraße in Lichterfelde war im Herbst und Winter 1943/44 – der Spätzeit des »Kreisauer Kreises« – das Zentrum dieser Gruppe, die ihre Debatten in den wesentlichsten Fragen bereits zu einem Abschluss gebracht hatte und über ein Programm verfügte, mit dem Stauffenberg nun konfrontiert wurde.

Yorck hielt für den »Kreis« Verbindung zu den an der Staatsstreichplanung beteiligten Militärs. Dass Stauffenberg vor allem mit ihm zusammentraf, war deshalb natürlich. In Yorcks Haus wohnte aber nach den schweren Bombenangriffen auf Berlin im November 1943 auch Moltke – ebenso wie ein weiterer Angehöriger der Gruppe, Eugen Gerstenmaier.

Stauffenberg scheint Moltke einige Male hier getroffen zu haben. Zumindest an einer Diskussion – über eine Art »Arbeitsdienstpflicht« – beteiligte er sich[4]. In dieser Zeit erklärte Moltke dem Vetter Stauffenbergs, Baron Hans Christoph Stauffenberg, gleichsam beiläufig: »Na, mit Ihrem Vetter Claus ist inzwischen ja doch einiges zu machen.« Er verband diese Bemerkung mit dem Hinweis, dass dieser Offizier nun offensichtlich von seinen Illusionen kuriert sei, die er etwa im Winter 1941/42 noch gehegt haben mochte, als er Moltke eine Absage erteilt hatte[5].

Kreisaus »Grundsätze für die Neuordnung« wie auch die Ausarbeitung über die »Bestrafung von Rechtsschändern«, die vor allem von Paulus van Husen – einem weiteren Angehörigen des Kreises, den Stauffenberg ebenfalls kennen lernte – stammte, ließen den »politischen Offizier« wohl nicht unbeeindruckt. Stufenaufbau des künftigen Staates mit indirektem Wahlsystem, elitäre Strukturvorstellungen und scharfe Ablehnung einer Restauration des parlamentarischen Parteienstaates der Weimarer Republik – Stauffenberg waren dies keine fremden Gedanken. Die »neue Elite« sollte offen sein, d. h. nicht identisch mit einer alten Führungsschicht wie etwa dem Adel. Die soziale Aufgeschlossenheit, die sich auch in der sehr unterschiedlichen Zusammensetzung des Kreises manifestierte, mochte zuweilen in Äußerungen einzelner Mitglieder neben dem deutlichen Bemühen um Wiedergutmachung alter Unterlassung und Schuld auch einen eher leicht irreal-romantischen Zug enthalten, der freilich nicht beabsichtigt war[6]. Dieses Bemühen um eine möglichst breite Basis einer neuen Regierung und staatlichen Ordnung hatte Yorck auch Lehndorff erläutert[7]. Dem Denken Stauffenbergs war das »Synthese«-Bestreben der »Kreisauer« durchaus nicht fremd – und gleichwohl kann er nicht einfach als »zu seinem geistigen Bereich« gehörig bezeichnet werden[8].

Denn aus zwei Gründen spielte der Kreis als solcher für Stauffenbergs Aktivität keine sehr große Rolle, auch wenn später einzelne seiner Mitglieder – an ihrer Spitze Graf Yorck – dem Leiter des Staatsstreiches näherkommen und ihn dadurch auch vermehrt mit ihren Gedanken vertraut machen sollten. Die eine Ursache war die Verhaftung Moltkes Mitte Januar 1944, die das Ende des Kreises und seiner gemeinsamen Arbeit bedeutete. Moltkes Verhaftung stand unter anderem auch im Zusammenhang mit der Rivalität zwischen dem Sicherheitsdienst Kaltenbrunners und Schellenbergs und der »Abwehr« Canaris'. Schellenberg hegte die Ambition, den gesamten Nachrichtendienst des nationalsozialistischen Deutschlands in einem einzigen Spionageapparat unter seiner Leitung zu vereinen. Im Hinblick auf diese Tatsache war Moltkes Verhaftung nur die Ouvertüre zu dem großen Schlag, dem die militärische »Abwehr« – seit der Affäre im Frühjahr 1943 und der Verabschiedung Osters ohnehin in schwacher Position – wenige Wochen später erliegen sollte, als sie als Abteilung »Militär« unter Oberst i. G. Hansen in Schellenbergs Amt VI des Reichssicherheitshauptamtes eingegliedert wurde und ihre Eigenexistenz aufgab. Eine unmittelbare Gefährdung von Stauffenbergs Staatsstreichplan war durch Moltkes Verhaftung nicht gegeben. Überdies stand Hansen – der nun dem RSHA einverleibte Mann Canaris' – in Verbindung mit Stauffenberg und war in einer für den Staatsstreich recht nützlichen Stellung – auch für die Zeit vor dem Umsturz[9].

Dieser einen eher äußeren Ursache, die Stauffenberg mit dem »Kreisauer Kreis« nur wenig in Berührung kommen ließ, gesellte sich ein zweiter Grund dazu, der wesentlich wichtiger war. Stauffenberg mochte in manchem nicht übereinstimmen mit dem, was die freilich auch nicht immer einmütige Auffassung des Kreises war. Moltkes Haltung im Sommer 1940 war nicht die seine gewesen. »My own homeland of Silesia ... will go ... to the Czechs or the Poles« – diese so sicher und klar gegenüber George Kennan noch vor der Katastrophe von Stalingrad geäußerte Erkenntnis Moltkes von der deutschen Schuld und ihren Folgen teilte Stauffenberg wohl auch im Herbst 1943 noch nicht[10]. Auch andere Gesprächspartner Moltkes – wie etwa der durch Haeftens Bruder Legationsrat Hans-Bernd von Haeften mit Stauffenberg zusammengekommene, im Auswärtigen Amt tätige Adam von Trott zu Solz – stimmten mit Moltkes illusionsloser außenpolitischer Betrachtung nicht völlig überein und waren noch – bei aller Erkenntnis deutscher Schuld – von Hoffnungen auf Erhaltung einer europäischen Machtposition des Reiches erfüllt, deren Ausmaß in einem noch immer etwas nationalistisch anmutenden Missverhältnis zur Größe der militärischen, politischen und geistigen deutschen Katastrophe stand[11].

Nicht solche Meinungsunterschiede, sondern die grundsätzliche Überzeugung, dass Hitlers Ende abzuwarten und erst dann zu handeln sei, trennte Stauffenberg bei aller freundschaftlichen Verbundenheit von den wichtigsten Persönlichkeiten dieses Kreises. Über die Frage eines gewaltsamen Umsturzes war man sich zwar auch im Kreis nicht völlig einig, aber als Ergebnis der vorangegangenen gescheiterten Versuche, das Militär zu einer Aktion zu bewegen, dominierte im Herbst und Winter 1943/44 durchaus Moltkes persönliche Haltung, die das Attentat und den Staatsstreich ablehnte, um Hitler sich selbst ad absurdum führen zu lassen und das Aufkommen einer neuen »Dolchstoß«-Legende zu verhindern[12]. Unabhängig davon, dass einige »Kreisauer« der Notwendigkeit der gewaltsamen Beseitigung Hitlers mit weniger moralischen und religiösen Skrupeln begegneten als Moltke, bestand das Bild der »Kreisauer« als »reine Denker und Programmatiker« schon damals »bei anderen Gruppen« der Konspiration[13].

Auch Stauffenberg gewann diesen Eindruck, der sehr begreiflich war. Denn aus der Enttäuschung über das Versagen des Militärs resultierte bei Moltke der Wille, ein Programm für die Bewältigung der Aufgaben in der Zeit nach Hitler zu schaffen und sich auf diese Arbeit zu konzentrieren. Dies erforderte Zeit und Diskussion mit Gleichgesinnten. Zeit verschaffte das Regime, das an der Macht blieb, und das Militär, das Hitler nicht stürzte. Die Resignation über die Haltung des Militärs wandelte sich bei Moltke allmählich in eine bewusste Ablehnung des Umsturzes, den er gar nicht mehr erhoffen zu können glaubte. Auch jene »Kreisauer«, die einen gewaltsamen Umsturz nicht so rigoros ablehnten, wie es Moltke zumindest im Jahre 1943 bereits tat, konnten und wollten sich an der Ausarbeitung eines Programmes beteiligen. Für sie hatte dann das konspirative Gespräch einen etwas aktiveren Akzent, denn sie mussten es unter zwei Aspekten – als Präludium für den Umsturz und als Vorbereitung für die Zeit nach Hitler – betrachten, während Moltke den zweiten Aspekt betonte. Im Effekt und in der Praxis der Diskussion musste Stauffenberg beides nicht sehr weit voneinander entfernt erschienen sein. Wenn er »über die ›Verschwörerkränzchen‹, in denen man sich das Herz erleichtere über die bösen Zeiten«, sich gelegentlich mokierte[14], so traf dieses Urteil, dessen jeweils saloppe Ton in keiner Weise Zeichen persönlicher Geringschätzung bedeutete, auch den »Kreisauer Kreis«. Seine primäre Aufgabe war die Ausführung des Staatsstreiches. Da dieser nicht ausgelöst werden konnte, weil das Attentat bis anhin nicht hatte realisiert werden können, fand er Zeit, sich auch in die politischen Erörterungen der Konspiration einzuschalten. Seinem Ziel und seinem ganzen Habitus, dem freilich die Diskussionsfreude durchaus nicht fremd war, entsprach das tiefschürfende Entwerfen, Durchdenken und Diskutieren der »Kreisauer« nun offensichtlich nicht in der nötigen Weise. Denn wozu die ausgedehnten Diskussionen im luftleeren Raum – Handeln tat doch jetzt Not? In dieser Auffassung traf er sich völlig mit Schulenburg, der ihn Ende des Jahres 1943 mit dem sehr ähnlich denkenden Julius Leber zusammen führte[15].

Um Leber bemühte sich auch Moltke. »Er ist ein überzeugend guter Mann«, schrieb Moltke über Leber Anfang Januar 1944 seiner Frau, »der allerdings ... doch sehr einseitig im Rein-Praktischen ist und die geistigen Kräfte sehr viel geringer wertet als ich[16].« Gerade das »Rein-Praktische« musste Stauffenberg an diesem Mann faszinieren, der einmal erklärt hatte: »Die Welt ist kein Paradies, nicht die Ideale regieren sie[17].« Die volle Wahrheit dieses von ihm im Jahre 1929 niedergelegten Satzes hatte der aus kleinen elsässischen Arbeiterkreisen stammende ehemalige Frontoffizier des Ersten Weltkrieges, sozialdemokratische Reichstagsabgeordnete und Chefredakteur des »Lübecker Volksboten« nach seiner Verhaftung im Jahre 1933 in den Konzentrationslagern des nationalsozialistischen Staates am eigenen Leib erlebt. In seiner Haftzeit hatte er über die Rolle und Politik der deutschen Sozialdemokratie ein nüchternes und schonungsloses Urteil gefällt[18]. Als eher dem rechten Parteiflügel zugehöriger Wehrexperte der SPD hatte er in der Weimarer Republik versucht, seine Partei zu einer positiveren Haltung in der Wehrpolitik zu bewegen – ein Versuch, der scheiterte.

Der überaus pragmatische Leber, der gegen die »geradezu grotesken Vorstellungen von Massenherrschaft« in seiner eigenen Partei polemisierte, kritisierte an den »Revolutionären« des Jahres 1918, dass sie »von der zu errichtenden neuen deutschen Gemeinschaft« keinerlei Vorstellung gehabt und westliche Demokratiemodelle übernommen hätten, »ohne zu sehen, daß auch deren inneres Wesen der äußeren Form schon lange nicht mehr entsprach«. Für eine Art patriotischen Sozialismus ohne Klassenkampf hatte Leber heftig Brüning bekämpft – und erst nach der Machtergreifung den Fehler eingesehen, der ihn freilich nicht unter die Totengräber Weimars einreihte. Die Lehren, die der im Mai 1937 aus der Haft entlassene Leber aus dem Scheitern der ersten deutschen Demokratie zog, mussten Stauffenberg beeindrucken. Leber betrachtete Autorität und energische Massenführung als notwendiges Instrumentarium einer Demokratie, verwarf die Anonymität eines bürokratischen politischen Betriebes und forderte Raum für die »kämpferische Persönlichkeit« im politischen Leben. Dem Liberalismus und dem Marxismus war seiner Ansicht nach die Unterschätzung der irrationalen Bindungen des Menschen eigen. Zum Grundirrtum der sozialistischen Theorie, dem marxistischen Entwicklungsfatalismus, erklärte er: »In ihm mußte der Wert der Einzelpersönlichkeit schrumpfen, ihre Leistung wurde nur noch im Organisatorischen, nicht mehr im Schöpferischen gesucht.«

Diese Kritik, die den Wert und die Möglichkeiten des Individuums hervorhob und den Glauben verwarf, dass der Mensch eine berechenbare Größe sei – musste Stauffenberg ihr nicht völlig zustimmen? Vorgetragen wurde sie von einem ehemaligen Offizier und Sozialdemokraten, der nun als »Beruf« und zur Tarnung die Vertretung einer Kohlenfirma in Berlin-Schöneberg führte und auch noch in dieser Verkleidung mit Leichtigkeit menschlichen Kontakt zu einem Offizier wie Stauffenberg fand, den Lebers wehrfreundliche Haltung beeindrucken musste. Aber auch die Tatsache, dass ein Sozialdemokrat sich in dem Maße, wie es Leber tat, von dem ganzen ideologischen Ballast befreit hatte und die parlamentarische Demokratie zwar nicht verwarf, sie aber von Grund auf reformieren wollte und dabei Gedanken entwickelte, die eine ganz andere Herkunft als jene Stauffenbergs hatten, mit ihnen aber gar nicht so unvereinbar zu sein schienen, musste den 36jährigen Offizier faszinieren – ganz abgesehen von der packenden Persönlichkeit des Elsässers. »In Leber verehrte er den

Menschen, Mann und Patrioten.« Beide »brachten sich schon nach kurzem ehrliche Freundschaft entgegen«[19]. Stauffenberg kam nicht zu Leber, um sich sein kritisches Urteil über die »Kreisauer« bestätigen zu lassen. Dass wie Schulenburg auch Leber nicht viel von akademischen Diskussionen hielt und Moltke sich in der Beurteilung der Zurückhaltung Lebers durchaus nicht geirrt hatte, erfuhr Stauffenberg bald, und so konnte er sich denn auch zusammen mit Leber sehr drastisch und sarkastisch über die Problematik der »Kreisauer« Arbeit ausdrücken[20].

Leber erörterte wie mit vielen seiner Freunde auch mit Stauffenberg, »was der politische Ideeninhalt in ›den Tagen danach‹ sein sollte«. Doch wie Stauffenberg – und im Unterschied zu den »Kreisauern« oder Goerdeler – zögerte er, das »positive Ziel«, das er dem Nationalsozialismus gegenüberstellen wollte, genau zu definieren. Er gab offen zu, dass er es noch nicht formuliert habe und sprach deshalb »vom neuen Staat, ›für den wir einen neuen positiven Inhalt und eine überzeugende Formulierung finden müssen‹«[21]. Dies war nicht Ausdruck intellektueller Inkapazität, sondern entsprang einer bewussten Geisteshaltung, die jener Stauffenbergs sehr nahe kam. Primäres Ziel war die Beseitigung Hitlers und seines Regimes. Konnte man aber für die Zeit nach Hitler schon so eingehend planen, wie es die »Kreisauer« taten, wenn man in vielerlei Beziehung noch im ungewissen war über die sich dann stellenden Probleme? Durfte man die Hoffnung hegen, in konspirativer Tätigkeit einen möglichst breiten Konsensus zu schaffen, zum Beispiel wie die »Kreisauer« Sprecher der Arbeiterschaft einzubeziehen und dann diesen auf wenige Vertreter beschränkten »Pakt« in der Zeit nach Hitler automatisch auf den ganzen Staat und alle sozialen Gruppen übertragen zu können[22]?

Solche Gedanken enthielten eine Kritik an »Kreisau« und an Goerdeler zugleich, über den Stauffenberg bei den »Kreisauern« einiges an Kritik zu hören bekommen hatte. Goerdeler war für Moltke und seine Freunde, die der ehemalige Leipziger Oberbürgermeister als »Salonbolschewisten« apostrophierte, ein »Reaktionär«. Die Furcht vor der »Bolschewisierung« Deutschlands nach dem verlorenen Krieg infolge der Kriegsverelendung, der Proletarisierung der Massen durch den pseudosozialistischen Betrug des Nationalsozialismus und der voraussehbaren Machtposition der Sowjetunion in Mitteleuropa hatte Moltke bereits vor einem Jahr dazu veranlasst, dem präsumptiven Reichskanzler einer neuen Regierung das Wort »Kerenski-Lösung« ins Gesicht zu schleudern, um ihn damit als bloßen Vorläufer eines kommunistischen Regimes zu bezeichnen, der mit seinen rückständigen sozialen und ökonomischen Vorstellungen und den daraus resultierenden ungenügenden Reformen gegen die drohende Flut nicht ausreichend starke Dämme zu errichten in der Lage sein würde[23].

Nicht zuletzt aus der Furcht vor der östlichen Bedrohung musste Stauffenberg sich für die Haltung der Arbeiterschaft interessieren, auf deren oppositionelle und konspirative Möglichkeiten er noch vor Kriegsausbruch hingewiesen hatte[24]. Als er ebenfalls durch Schulenburg mit dem christlichen Gewerkschaftsführer Jakob Kaiser zusammentraf, äußerte er zur Betroffenheit Kaisers, demgegenüber er Hitler als »das Böse an sich« bezeichnet und die Notwendigkeit der gewaltsamen Methode zu dessen Beseitigung erläutert hatte, in einem Gespräch über Personalpläne, gegen die er keine konkreten Einwände vorbrachte: »Herr Kaiser, es darf aber nicht zu einer Restauration kommen.« Kaiser, der eng mit Goerdeler zusammenarbeitete, antwortete kurz: »Wem sagen Sie das?« Dabei verstand er durchaus, wem der Vorwurf galt – Goerdeler[25]. Stauffenberg begegnete noch weiteren Vertretern der Arbeiterschaft. Er war zu Anfang eher misstrauisch und widersprach »zunächst der Errichtung von Gewerkschaften«, ließ dann aber offensichtlich seine Bedenken – wohl unter dem Einfluss Schulenburgs und Lebers – fallen, »weil er glaubte, auf diesem Wege die Arbeiterschaft ›leichter gewinnen zu können‹ und dadurch einer kommunistischen Gefahr zu begegnen«[26]. Dieses Misstrauen war von der konservativen und antirestaurativen Verankerung seiner Lautlinger Leitgedanken her durchaus begreiflich – ebenso dann aber auch das soziale Verständnis, das freilich immer noch sehr stark von korporativen Vorstellungen geprägt sein mochte.

Nicht mit allen Vorstellungen der Vertreter der Arbeiterschaft konnte sich Stauffenberg gleich befreunden – seine Auseinandersetzung mit Hermann Maaß, dem Vertrauensmann Lebers bei den »Kreisauern«, dem er in dieser Zeit begegnete und der anders als Leber »strenger an der Konzeption des alten Parteiideals« und damit auch an der sozialistischen Ideologie festhielt, bewies dies deutlich[27]. Er stimmte auch Lebers Gedanken nicht vorbehaltlos zu. Doch hatte er bereits erkannt, dass weitgespannte soziale Reformen unter aktiver Beteiligung der Arbeiterschaft eine innenpolitische Conditio sine qua non einer neuen Ordnung bedeuteten. Mit Goerdeler, der mit Entschiedenheit die Zerschlagung des Großgrundbesitzes befürwortete, mochte er in der Agrarfrage ebenso unterschiedlicher Meinung sein wie in der Ansicht über die zukünftige Rolle der Arbeiterschaft etwa mit Wolf Heinrich Graf von Helldorf, dem vom Nationalsozialismus und der SA-»Romantik« kurierten Polizeipräsidenten in Berlin, den er in seiner Wohnung in Wannsee um die Jahreswende 1943/44 mit Goerdeler bekannt machte. Bei dieser Begegnung entwickelte sich ein längeres Gespräch über die der Arbeiterschaft gegenüber zu verfolgende Politik. Helldorf vertrat – seinem ganzen Geist gemäß – offenbar »recht einfache und robuste Vorstellungen«, die im Gedanken kulminierten, »die Arbeiterschaft mit der Faust in Schranken zu halten«[28]. Dieser

Gedanke mochte Stauffenberg selbst in jenem Moment, als er noch ein großes Misstrauen hegte, unrealistisch und gefährlich erschienen sein. Deshalb ging er ja zu den Arbeiterführern – auch zu Leuschner, dem früheren sozialdemokratischen hessischen Innenminister, der mit Goerdeler zusammenarbeitete, ihm aber freilich auch mit Reserve begegnete[29]. Mit Helldorf brauchte Stauffenberg die Frage nicht weiter zu erörtern, auch wenn er mit ihm noch öfters zusammentraf. Denn Helldorf, der nur für eine Übergangszeit Berliner Polizeipräsident bleiben sollte, weil er der Konspiration als zu belastet galt, spielte für Stauffenberg eher als Baustein der technischen und nicht politischen Seite des Staatsstreiches eine Rolle[30].

In einem Gespräch mit Leuschner, den er durch den ebenfalls in der Konspiration tätigen Legationsrat Eduard Brücklmeier kennen lernte, stellte Stauffenberg die Frage, »ob es nicht richtiger sei, wenn ein Vertreter der Arbeiterschaft die Führung übernehme«[31]. Leuschner lehnte dieses Angebot, das nicht unbedingt seiner Person galt, ab und befand sich darin in Übereinstimmung mit Leber und Kaiser, die »im Denken an die Dolchstoßlegende nach dem Ersten Weltkrieg die Arbeiterschaft in der ersten Stunde nach der gewaltsamen Beseitigung Hitlers verständlicherweise nicht zu sichtbar in die vorderste Reihe der Verantwortlichen gerückt sehen« wollten[32]. Hinzu kam bei Leber – weniger stark bei Leuschner – die auch mit aller gebotenen Deutlichkeit geäußerte Überzeugung, dass Goerdelers Programm »nicht konstruktiv genug« sei, um eine Rückkehr zu Weimarer Zuständen zu verhindern, die ja die Grundlage für die »nationalsozialistische Revolution« abgegeben hatten, und um eine neue, freilich nicht am Beispiel Léon Blums oder der Spanischen Republik und des Frente Popular orientierte Art Volksfront auf der Grundlage »aller überlebenden und lebensfähigen sozialen und demokratischen Kräfte« zu schaffen[33]. Dem Pragmatismus Lebers entsprach jener Stauffenbergs, der wohl zu seiner vollen Zufriedenheit Kenntnis nehmen konnte von der Meinung Lebers, »daß die Diktatur nicht über Nacht auf demokratische Verhältnisse umgestellt werden könne. Wie bei einer Entziehungskur schwebte ihm ein langsam fortschreitender Abbau der unumschränkten Exekutivgewalten des Naziregimes vor ...[34]« Dieser Hypothek-Gedanke für die mit einer demokratischen Ordnung unvertraute deutsche Gesellschaft war auch dem »Kreisauer« Denken nicht fremd[35]. Und auch dem konservativen Grundzug der Lautlinger Leitgedanken Stauffenbergs ist er – ebenso wie der Warnung vor einem allgemeinen Aufstand, der ja nach der plötzlichen Beseitigung des gesamten totalitären Herrschaftsapparates zumindest in der Form eines totalen Chaos denkbar war – zu entnehmen.

Gerade in den Lautlinger Leitgedanken waren aber die sozialpolitischen Vorstellungen sehr vage[36]. Dass Stauffenberg nun Kontakt zu Arbeiterführern suchte, erklärte sich auch aus dem Bestreben, diesen Mangel etwas zu beheben. Dabei ist wie bei seiner Beschäftigung mit dem Gneisenau-Modell deutlich zu erkennen, dass er bei seiner innenpolitischen Betrachtung von einem außenpolitischen Primat ausging. Er sollte dies auch später noch sehr klar äußern[37]. Einer seiner Verbindungsleute zu den Sozialdemokraten – Brücklmeier – schilderte ihn Leuschner gegenüber »als einen Mann, der Interesse für Arbeiterfragen habe, zwar die politischen Auffassungen Dr. Goerdelers im großen und ganzen teile, jedoch gegen dessen Person Bedenken habe und der Auffassung sei, daß lediglich mit Hilfe eines Gewaltstreiches gegen Führer und Staat etwas zu erreichen sei«[38]. Diese Kritik Stauffenbergs an Goerdeler auf Grund von dessen illusionärem Denken, das eine Beseitigung Hitlers ohne ein Attentat für wünschenswert und sogar möglich erachtete, war wohl einer der wesentlichen Gründe für das gespannte Verhältnis zwischen dem zivilen Kopf der Konspiration und dem Organisator des Staatsstreiches, das sich bereits deutlich nach den gescheiterten Attentatsversuchen manifestiert hatte[39]. Diesem Vorbehalt gesellte sich eine immer größer werdende Distanz hinzu, die primär nicht politisch, sondern eher technisch-konspirativ bedingt war. Denn auch Stauffenberg musste wie vielen anderen die konspirative Inkompetenz und Unvorsichtigkeit Goerdelers als eine tödliche Gefahr für die Umsturzpläne erscheinen. Dass dieses Unvermögen Goerdelers, konspiratorisch zu denken, dessen gewaltscheuen Illusionen entsprang, erkannte er dabei offensichtlich sehr klar[40].

Doch diese Distanz zu Goerdeler besagte nicht – wie Brücklmeier betonte –, dass Stauffenberg gleichzeitig alle Ideen Goerdelers verwarf. Dass der Offizier selbst »auch Politik machen wollte«, reizte Goerdeler in zunehmendem Maße. Der Konflikt war auch, aber nicht vorwiegend, ein menschliches Problem, denn der sechzigjährige autoritätsgewohnte und in politischen und ökonomischen Fragen sich in hervorragendem Maße als kompetent betrachtende Goerdeler musste durch Stauffenbergs kritisches Überprüfen und Durchdenken, die er als »überheblichen Eigensinn« apostrophierte, irritiert werden. Dennoch war der Konflikt mehr als ein bloßes Generationenproblem[41]. Stauffenberg war von seinem ganzen Denken her geneigt, eher in Personen als in großen politischen Vorstellungen und Gedankengebäuden zu denken, und hatte dies ja auch genügend oft betont. Auch im Hinblick auf diese Tatsache war der Konflikt mit der »Person« Goerdeler durchaus politisch – ebenso wie die Auseinandersetzung um die Frage des Attentates nicht nur eine technische, sondern eine höchst politische Problematik enthielt.

Nach Stauffenbergs Begegnung mit Leber wurde schon Anfang 1944 bekannt, dass er diesen Mann »für den besseren Reichskanzler« hielt[42]. Das hieß nun aber bei weitem nicht, dass er sich »ohne eigene Schulung und Erfahrung in politischen Fragen« deshalb in die politische Diskussion »eingemischt« hatte, um »mit hochfliegenden Ideen einer sittlich-politischen Erneuerung Deutschlands« sich auf die abschüssige Bahn einer »revolutionären Bewegung, die in ›rasender Fahrt‹ alles Alte überrennen sollte«, zu begeben[43], »einen unklaren politischen Kurs mit Anlehnung an Linkssozialisten und Kommunisten« zu steuern[44] und als Konsequenz einen Exponenten der »Linken« vorbehaltlos als Reichskanzler einer neuen Regierung zu portieren. Dass in Gesprächen zwischen Leber und Stauffenberg, die oft mit drastischen, dem Temperament der beiden Süddeutschen eigenen Formulierungen geführt wurden, der Ausdruck fiel, dass sie »keine Revolution der Greise« machen wollten[45], war keine »sehr unreife Verkennung« von Goerdelers »älteren Mitkämpfern wie des wahren Bedürfnisses der Zeit« und besagte auch in keiner Weise, dass Stauffenberg nicht wie Goerdeler »eine klare, gesicherte Ordnung an die Stelle der ewigen revolutionären Unruhe setzen« wollte[46]. Im Gegenteil – »Revolution der Greise« war eine recht treffende Bezeichnung für den hilflosen Versuch Goerdelers, die Notwendigkeit eines technisch möglichen Umsturzes einzusehen und dieser Notwendigkeit mit adäquaten Methoden zu begegnen. Dass diese Kennzeichnung Goerdelers Haltung durchaus etwas ins Lächerliche zog oder sie zumindest scharf kritisierte, hatte sich der konservativ-deutschnationale Mann, der sich offensichtlich mit der gedanklichen Bewältigung seiner konspirativen Tätigkeit schwer tat, selbst zuzuschreiben. Eine »Revolution der Greise« konnte aber überdies drohen, wenn Goerdeler und vor allem der altpreußisch-konservative Popitz, der auch auf Betreiben Stauffenbergs von Goerdeler Ende 1943 fallengelassen werden musste, weil er als amtierender preußischer Finanzminister und langjähriger Mitarbeiter Görings noch viel zu stark mit dem Regime liiert war[47], nach dem Umsturz eine derart autoritär-konservative Politik betreiben würden, dass die soziale Immobilität oder zumindest mangelnde Flexibilität zu einer Katastrophe und einer von »Greisen« verursachten, höchst unerwünschten Revolution führen müsste. Diesen Vorwurf hatte Moltke in das Wort »Kerenski-Lösung« gefasst.

»Um zum Umsturz zu kommen, würde ich mit dem Teufel paktieren. Was danach kommt, regelt sich von selbst, wenn von uns der Wille zur Verantwortung, zur Gestaltung als zwingende Lebensbedingung empfunden wird[48].« Diese Einstellung Lebers zeigt deutlich, dass er die nötigen Prioritäten erkannt hatte und seine Ablehnung Goerdelers auch von seinem »Programm« her mehr als nur ein bloßes »Missverständnis« war[49]. Stauffenberg musste aber froh sein, eine politische Potenz wie Leber zusammen mit dem unbedingten und unbeschränkten Willen zur Beseitigung Hitlers mit allen Mitteln und unter allen Umständen gefunden zu haben, ohne dass dabei dieser Mann der »Linken«, der über eine größere Entschlossenheit und Konsequenz als Goerdeler verfügte, eine Revolution veranstalten wollte. Stauffenberg war für Leber nicht der Teufel. Aber der zum Sturz Hitlers entschlossene Offizier der Wehrmacht sah die Anfangsjahre des nationalsozialistischen Regimes noch aus einer anderen Perspektive als Leber, der von der Schatten- und Todesseite des »tausendjährigen« Reiches zu berichten wusste, aber auch ein kompetentes Bild von Weimar entwerfen konnte – beides hätte der konservativ-bürgerliche Goerdeler nicht in derselben Weise vermocht. Die Leichtigkeit, mit der Stauffenberg Zugang zu ihm fand, demonstrierte die Aufgeschlossenheit und Bereitschaft des Offiziers, einer anderen, in diesem Fall der besseren, weil richtigen politischen Einsicht zu begegnen. Das hieß aber noch lange nicht, dass Leber in jeder Frage sein politischer Mentor wurde.

Dass Stauffenberg Leber als Reichskanzler Goerdeler vorgezogen hätte, lag nicht bloß in taktischen Erwägungen begründet[50]. Im Januar 1944 mochte manches von seiner politischen Kritik an Goerdeler noch eher auf Gehörtem und weniger auf Selbsterlebtem basieren. Denn allzu häufig sah er den ehemaligen Leipziger Oberbürgermeister nicht[51] – auch wenn er gerade in diesem Monat mit dem seit Dezember 1943 in einem fünfwöchigen Urlaub weilenden Hofacker zu ihm nach Leipzig fuhr. »Systemwechsel und Führerbeseitigung« waren in diesem Gespräch »selbstverständliche Voraussetzung« – und wurden wohl kaum erörtert, weil man mit Goerdeler über die Methoden nicht einig werden konnte.

»In der Hauptsache wurde über Elsaß-Lothringen gesprochen, wobei Hofacker den Standpunkt vertrat, daß eine dauerhafte Lösung mit Frankreich ohne Rückgabe Elsaß-Lothringens unmöglich sei, während Goerdeler eine Art Autonomie als erstrebenswert bezeichnete[52].« Dass Goerdeler für »eine Art Autonomie« eintrat, war das Resultat ihm zuvor zugegangener Informationen, die allerdings an der antideutschen Haltung der elsässischen und lothringischen Bevölkerung keinen Zweifel gelassen hatten[53]. Zusammen mit Hofacker hatte Stauffenberg bei dieser Begegnung mit Goerdeler Gelegenheit, dessen illusionäre Haltung nicht nur im technisch-konspirativen, sondern auch im politischen Bereich zu erleben.

Die von Brücklmeier gegenüber Leuschner erwähnte, »im großen und ganzen« bestehende politische Übereinstimmung zwischen Goerdeler und Stauffenberg bezog sich bis zu diesem Zeitpunkt vor allem auf die Außenpolitik. Vergleicht man Stauffenbergs Äußerungen mit jenem dem Generalfeldmarschall Kluge im September 1943 entworfenen Programm Goerdelers, so ergaben sich in der Grundhaltung – Abwehr gegen den Bolschewismus, Hoffnung auf einen Separatfrieden mit dem auch noch nach der Teheraner Konferenz in seiner wahren Stellung weit überschätzten Großbritannien – keine Widersprüche. Goerdelers außenpolitische

Illusionen deckten sich weitgehend mit jenen Stauffenberg[54]. Hofackers Widerspruch musste Stauffenberg nun aufhorchen lassen. Denn von Schulenburg, besonders aber von Leber konnte er schon zuvor eine Goerdelers Meinung konträre Ansicht vernehmen[55].

Leber hatte den konsequentesten Schluss aus der außenpolitischen Situation des Deutschen Reiches gezogen. Er hatte zunächst wie alle anderen die Hoffnung gehegt, »daß es möglich sein werde, durch den Staatsstreich zu einem ehrenhaften Frieden zu gelangen und das eigentliche deutsche Staatsgebiet erhalten zu können. Die Kriegsentwicklung ließ diese Hoffnung schwinden. Leber war jedenfalls 1943/44 davon überzeugt, daß sich eine völlige Kapitulation nicht mehr werde vermeiden lassen. Aber er glaubte, daß ... für Deutschland und für Europa noch viel gerettet werden könnte, wenn das Hitlerregime von innen her überwunden würde[56].« Gerade diesem illusionslosen Klarblick begegnete Stauffenberg nicht ohne Skepsis und Misstrauen. Er unterhielt sich mit seinem Bruder Berthold und den Grafen Schulenburg und Schwerin eingehend über die Frage, »welche Stellung sie einer Regierung gegenüber einnehmen sollten, die sich ein Diktat aufzwingen läßt«. Mit seinen Gesprächspartnern einig war er in der Meinung, »daß man keinen entehrenden Frieden haben dürfe«, und stimmte in dieser Frage Goerdeler zu, was begreiflich ist, da ja dieser statt dem schonungslosen Eingeständnis der katastrophalen Situation Deutschlands Friedensbedingungen als Realität darstellte, die jeder Deutsche – auch Leber – sich gerne gewünscht hätte, die er aber nicht mehr erhoffen konnte[57].

Im Gespräch mit Hofacker wurde nun aber Lebers realistische Einstellung von sozusagen »neutraler« Seite in ihrer Richtigkeit bestätigt. Goerdeler war – wie Leber bald zu Recht deutlich erklären sollte – »in der Außenpolitik Illusionist«[58]. Mochte Stauffenberg zu Leber gekommen sein, um zu hören, welche Bedingungen die Arbeiterschaft für ihre Mitarbeit in einer neuen staatlichen Ordnung stellte und welche sozialen Reformen daraus resultierten, und um dafür zu wirken, dass in der Innenpolitik die notwendige Basis für die Erhaltung einer im fünften Kriegsjahr optimal erreichbaren außenpolitischen Position Deutschlands errichtet würde, so musste er allmählich – der Prozess erstreckte sich auf die Zeit bis zum Frühsommer 1944 – zu einer ihm bitter erscheinenden Erkenntnis gelangen, gegen die er bis zuletzt ankämpfte. Die außenpolitischen Ziele, die Goerdeler für erreichbar hielt und um derentwillen Stauffenberg – nicht ausschließlich, aber vorwiegend – innenpolitische Reformen für notwendig erachtete, lagen schon lange jenseits der Realität im Reich politischer Vergangenheitsträume. Die Teheraner Konferenz der drei großen Kriegsgegner Deutschlands hatte im Dezember 1943 die Casablanca-Formel des »unconditional surrender« vom Januar 1943 verhärtet und für die Zeit nach dem errungenen totalen Sieg die Teilung Deutschlands in Besatzungszonen in Aussicht genommen – so schwer dies auch der Konspiration begreiflich war und so sehr sich dies später als taktischer Fehler erweisen sollte. »Practically all Germans deny the fact that they surrendered in the last war, but this time they are going to know it« – diese völlig gerechtfertigte Feststellung Roosevelts bildete zusammen mit dem den meisten deutschen Betrachtern so unverständlichen missionarischen amerikanischen Glauben, dass die Vereinigten Staaten einen Krieg führten, der den Krieg als Mittel der Politik endgültig ausschließen sollte, und der Tatsache, dass Deutschland diesen schrecklichsten aller Kriege entfesselt hatte und bisher in diesem Land auch in keiner Weise ein wirklicher Versuch zur Beseitigung des nationalsozialistischen Regimes unternommen worden war, die Grundlage der Politik zumindest der westlichen Alliierten, gegen die sich auch im eigenen Lager – nicht zuletzt von Seiten des Militärs – Kritik erheben sollte. Stalins Politik differierte oder versuchte zumindest in der Taktik den Anschein einer Differenz zu der Politik des unconditional surrender zu erwecken und operierte vor allem durch das »Nationalkomitee Freies Deutschland« und den »Bund Deutscher Offiziere« mit scheinbar »konstruktiven Vorschlägen«, die in Deutschland Illusionen über einen Separatfrieden mit dem östlichen Kriegsgegner schüren sollten[59].

Wenn der alliierte Oberkommandierende in Europa, General Dwight D. Eisenhower, die Kapitulationsbedingungen für Italien als »unnötig hart« empfand und vor der Invasion in der Normandie »einen deutschen Badoglio« wünschte, dem er nicht mit unconditional surrender hätte begegnen wollen, so blieb dieser militärische Dissens ohne jede Wirkung auf die alliierte Politik – wenn er auch in eigentümlicher Weise einer späteren Hoffnung Stauffenbergs entsprach[60]. Eine nüchterne Betrachtung, wie sie Leber anstellte, war die einzig reale Verhaltensweise – und gleichwohl in der Konspiration in dieser Zeit vor der Invasion sehr selten.

Den Glauben an die Möglichkeit eines Kompromissfriedens hegte Stauffenberg in derselben Weise wie Goerdeler. Er, der im Sommer 1940 zum »Vernichtungskampf gegen England« hatte antreten wollen, überschätzte nun wie Goerdeler Rolle und Bedeutung Großbritanniens in der gegnerischen Koalition. Die Hoffnung auf einen Separatfrieden mit den »Engländern« – wie Goerdeler dies unter souveräner Ignorierung der Vereinigten Staaten nannte – verfügte über keine reale Grundlage mehr, mochten noch so viele Meinungsverschiedenheiten zwischen Churchill und Roosevelt in der europäischen Politik auftauchen. Denn dafür, dass Großbritannien einfach nicht mehr die Macht – vom Willen ganz zu schweigen – besaß, mit einem »anderen Deutschland« selbständig ein der Politik der Kriegskoalition widersprechendes Arrangement zu treffen, hatten Hitler und Deutschland durch den Krieg gegen dieses Land gesorgt, das im Sommer 1940 für die Freiheit einer ganzen Welt allein im Kampf gegen das Deutsche Reich gestanden hatte und als Lohn dafür, dass es seine und Europas Freiheit zu verteidigen bereit war, seine globale Machtstellung einbüßte.

Welche außenpolitischen Möglichkeiten sich einer neuen Regierung eröffnen würden, musste Stauffenberg sich vor allem dann fragen, wenn er nicht mit der realistischen Betrachtung Lebers übereinstimmte. Deshalb wandte er sich an Trott, der wie Stauffenberg mit Leber in engstem Kontakt stand und nach der Verhaftung Moltkes nun eine Art »außenpolitischer Berater« Stauffenbergs wurde, ohne dass dieser nun Trotts außenpolitische Ansichten sogleich übernommen hätte. Denn gerade Trott war auf Grund einer reichen politischen Auslandserfahrung zu einer anderen Überzeugung gelangt, die ebenfalls wesentlich realistischer als jene Stauffenbergs war[61]. Mit ihm unterhielt sich Stauffenberg nun häufig über die Frage, »wie sich die Feindländer für den Fall der deutschen Niederlage verhalten würden und wie ein Kompromissfriede zu erzielen sei«. Denn er war bemüht, »sich möglichst umfassende Informationsquellen über die Vorgänge im Ausland und über die Einstellung beim Feind zu verschaffen«[62]. Eine Reise, die sein Bruder Berthold zusammen mit Kranzfelder in diesem Winter 1943/44 nach Schweden unternahm, scheint nicht viel zu seiner Information beigetragen zu haben[63]. Gespräche mit Hassell, der neben Werner Graf von der Schulenburg Kandidat für den Posten des Außenministers einer neuen Regierung war und den Stauffenberg erneut bei Jessen traf, konnten auch nicht viel beisteuern[64].

Stauffenberg suchte bei Trott nach einem »politischen Ausweg« aus der katastrophalen militärischen Situation Deutschlands. Das »Kernproblem«, worüber er und sein Bruder sich von Trott beraten ließen, war nach einer späteren Aussage Yorcks die Frage, »ob ein anderes Deutschland damit rechnen könne, im Westen oder Osten einen Sonderfrieden zu erhalten, um den Zweifrontenkrieg loszuwerden und mit gesammelter Kraft« dem übriggebliebenen Gegner gegenüberzutreten. Dieser Gedanke war Ausdruck der Hoffnung Stauffenbergs und fast der gesamten Konspiration, die gegnerische Kriegskoalition auseinander manövrieren zu können. Mit welchem Gegner er einen Separatfrieden abzuschließen hoffte, hatte er bereits deutlich gemacht, als er auf die tödliche Gefahr eines Bündnisses zwischen der Sowjetunion und Deutschland hinwies. Doch Trott, der im Zeitraum von 1942 bis Juli 1944 insgesamt sechzehn Auslandreisen für die Konspiration in die Schweiz, nach Schweden, den Niederlanden und in die Türkei unternahm, konnte und wollte – anders als Goerdeler – genau darauf hinweisen, »daß auf englischer und amerikanischer Seite ein ehrlicher Verständigungswille nicht vorhanden ist, sondern der Feind an dem in Casablanca und Teheran festgelegten Ziel der bedingungslosen Kapitulation festhält. Die Feindseite habe einer etwaigen demokratischen Regierung des Reiches noch nicht einmal auf dem unverbindlichen Feld der Propaganda irgendwelche Versprechungen gemacht[65].«

Den Verbindungsmann Roosevelts in der Schweiz, Allen Welsh Dulles, hatte Trott bereits vor Casablanca und dann später erneut auf die Gefahr der »Bolschewisierung« Deutschlands aufmerksam gemacht und dabei offensichtlich das Gespenst eines deutschen Separatfriedens mit der Sowjetunion – einer »Ostlösung« – an die Wand gemalt. Mit der Bemerkung, aus Moskau kämen im Gegensatz zu London und Washington beständig »konstruktive Vorschläge« für eine Beendigung des Krieges, verband er das Bild einer »Bruderschaft der Unterdrückten« zwischen Deutschen und Russen. Dies war eine nicht sehr geschickte Drohung. Gleichzeitig konnte er sich über die deutsche Mission zur Beherrschung oder »Zähmung« der Slawen äußern und demonstrierte damit, dass seinem Denken ein nationalistischer Zug nicht völlig fremd war, der ihn dann auch weit entfernt hielt von kommunistischen Sympathien. Denn wie die »Kreisauer« teilte er gerade die Furcht vor einem wachsenden kommunistischen Einfluss in Deutschland und wollte der Gefahr mit adäquaten Methoden begegnen. Er, der vor allem Beziehungen zum Westen und besonders stark zur angelsächsischen Welt hatte, spielte mit seinem Hinweis auf den Osten die Taktik, die auch Hassell nicht fremd war, bei ihm sogar durchaus Züge klassischer Bismarckscher »Realpolitik« gegenüber Russland enthielt. Doch zugleich suchte Trott beständig und ausschließlich nach einer Möglichkeit eines Arrangements mit dem Westen, wobei er die Mittelstellung Deutschlands »zwischen Ost und West« stark betonte – was Stauffenberg sehr begrüßen musste[66].

Als Trott zum erstenmal mit Stauffenberg zusammenkam, war er eben vom 27. Oktober bis 3. November in Schweden gewesen. Er hatte neben dem schwedischen Außenminister Christian Gunther auch Sir Walter Monckton, Unterstaatssekretär im britischen »Ministry of Information«, getroffen. Alle seine Unterredungen, in denen er seine Gesprächspartner davon zu überzeugen suchte, dass die Parole des unconditional surrender das schwerste Hindernis für eine rasche Beendigung des Krieges durch eine neue deutsche Regierung darstellte, verliefen ergebnislos. »Über das Ergebnis seiner Besprechungen in Schweden erstattete er Stauffenberg Bericht und teilte ihm mit, daß eine Verständigungsbereitschaft Englands nicht angenommen werden könne.« Und obgleich er dies dem zwei Jahre älteren Stauffenberg, mit dem ihn bald Freundschaft verband, immer wieder klarzumachen suchte, gab er selbst die Hoffnung auf eine flexiblere Haltung der Westmächte doch nicht völlig auf. Dazu veranlassten ihn Gespräche mit zwei Angehörigen der britischen Gesandtschaft in Stockholm, die einen Schimmer Hoffnung gelassen hatten. Und so erwähnte er – bevor er auf eine neue Reise ging – eben auch gegenüber Stauffenberg, »daß nur noch politische Verhandlungen helfen könnten und daß auf englisch-amerikanischer Seite eine Bereitschaft zur Verständigung mit Deutschland nicht ausgeschlossen sei«. Mit diesem vorsichtigen Optimismus, den auch in diesem Fall Leber mit seinem realistischen Pessimismus noch sehr zu korrigieren hatte, schürte Trott dann freilich den noch viel zu illusionären Optimismus Stauffenbergs[67].

Die Chancen einer politischen »Lösung« schwanden direkt proportional mit dem Ausmaß der militärischen Katastrophe. Der Umsturz musste erfolgen, solange die Ostfront – auch zum Zeichen der »Bündnisfähigkeit« – noch einigermaßen hielt und die Invasion nicht erfolgt war. Solange musste – für Stauffenbergs Optimismus – die Chance noch irgendwie vorhanden sein, die totale Katastrophe abzuwenden. Waren diese Bedingungen nicht mehr gegeben, kam der Rettungsversuch zu spät.

Der Umsturz musste aber auch möglichst bald erfolgen, weil eine Konspiration nicht endlos unentdeckt bleiben konnte – die Verhaftungen im Januar 1944 zeigten dies deutlich. Überdies – und das war zusammen mit der Überlegung, weitere Kriegsverluste und Zerstörungen und damit »substanzmäßige« Schwächung Deutschlands zu verhindern, ein zumindest ebenso wichtiges Argument – türmten sich während der Zeit, in der nichts geschah, die deutschen Kriegsverbrechen und mussten jeden realistischen Betrachter die Hoffnungen auf Verständigung mit den Westmächten noch skeptischer beurteilen lassen. Als Stauffenberg am Abend des 19. Januar 1944 zu Yorck ging und offensichtlich die gewaltsame Beseitigung Hitlers seinem gegen die Attentatsmethode eingestellten Vetter begründete, scheint er bereits in diesem, sicher aber in einem der folgenden Gespräche, die sich bis zum Juni hinziehen sollten und in deren Verlauf Yorck zusammen mit noch einigen anderen »Kreisauern« für aktive Vorbereitung und Unterstützung des auf dem Attentat basierenden Umsturzes gewonnen werden konnte, das ethisch-religiöse Argument gerade zur Begründung der Notwendigkeit eines möglichst baldigen, mit den wirksamsten Mitteln geführten Staatsstreiches verwandt und gegen die Attentatsskrupel ins Feld geführt zu haben. Im Frühjahr 1944 konnte er empört Yorck von einem Befehl Kaltenbrunners berichten, »der für 40 000 oder 42 000 ungarische Juden ›Sonderbehandlung‹ in Auschwitz anordne«. Durfte man da noch zögern und die Todesschergen des eigenen Landes das Leben Tausender und aber Tausender unschuldiger Menschen auslöschen und dem Wahn eines Mannes opfern lassen, nur weil man das Leben dieses Menschenverächters und Menschenvernichters nicht durch einen Mord beenden wollte[68]?

Stauffenberg zögerte nach dem Scheitern der vorangegangenen Attentatspläne nicht. Während er sich an der politischen Diskussion der Konspiration beteiligte und als Chef des Stabes im AHA versuchte, den Ersatz für die Front aufzustellen, und damit auch dem politischen Ziel der Konspiration diente, setzte er seine Suche nach einem Attentäter als Ersatz für den an der Front verwundeten Bussche fort. Zunächst dachte er an Haeften[69]. Dann nannte ihm Schulenburg den Namen eines anderen Angehörigen des Potsdamer Infanterieregimentes 9 – Leutnant Ewald Heinrich von Kleist-Schmenzin, Sohn des Politischen Unterbeauftragten für den Wehrkreis II und Alters- und Regimentskamerad Bussches. Schulenburg rief ihn am 28. Januar 1944 aus seinem Urlaub nach Berlin, erklärte ihm die Notwendigkeit der Konspiration und ging mit ihm zu Stauffenberg. Stauffenberg sprach lange mit dem jungen Kleist – zumeist in Abwesenheit Schulenburgs. »Er legte ihm die Lage klar vor Augen: Das Jahr werde in Kürze als Folge der jüngsten Zusammenkunft in Teheran Entwicklungen bringen, die jedes Eingreifen in Deutschland sinnlos und unmöglich machten.« Das war der Gedanke des Umsturzes vor der militärischen Niederlage im Osten und vor der Invasion im Westen. »Für sie, die sich als Führer dieses Heeres und dieses Volkes in solcher Not ansehen müßten, liege jetzt alles daran, zur Tat zu kommen. Alles sei vorbereitet, aber das Attentat wolle und wolle ... nicht gelingen. Jetzt biete sich in Kürze eine Möglichkeit, die man unbedingt ergreifen müsse. Er dränge Kleist nicht, er frage ihn nur, ob er es sich zutraue und ob er etwas in sich finde, was ihn zu diesem Weg verpflichte, der vielleicht seine Selbstaufopferung nötig mache.« Denn Stauffenberg erklärte ihm, dass das Attentat bei einer Uniformvorführung stattfinden sollte, wobei Kleist sich mit Hitler, Himmler und Göring in die Luft sprengen müsste. Kleist bat um 24 Stunden Bedenkzeit und fuhr zu seinem Vater nach Schmenzin, der ihm zur Tat riet. Kleist teilte darauf seine Bereitschaft Stauffenberg mit. Der Termin sollte noch vor Mitte des folgenden Monates – um den 11. Februar – liegen[70].

Wie schon im Dezember, als die Auslösung des Staatsstreiches unmittelbar bevorzustehen schien, versuchte Stauffenberg das Netz der Verbindungsoffiziere in den Wehrkreisen zu erweitern. So rief er noch im Januar den im Nürnberger Wehrkreis tätigen Hauptmann d. R. Dietrich Frhr. Truchseß von Wetzhausen nach Berlin. An ihn richtete er einige Fragen und stellte ihn dann vor die Entscheidung, ob er als Verbindungsoffizier im Wehrkreis XIII (Nürnberg) fungieren wolle. In offenbar sehr kurzer Zeit – »einer halben Stunde« – umriss er die Situation: »Die Schwierigkeiten würden im fünften Kriegsjahr immer größer. Das OKH lege Wert darauf, durch Verbindungsleute draußen auf dem laufenden gehalten zu werden. Es sei dadurch, d. h. durch die Schwierigkeiten möglich, daß es, mit oder ohne Willen des Führers, zu einer Machtprobe zwischen Wehrmacht und SS komme. Das Ergebnis werde zwangsläufig eine Militärdiktatur sein. Männer seien dafür da. Er führe eine solche Entwicklung zur Ausschaltung des Führers und des Reichsführers-SS. Dies werde insofern positiv sein, als mit dem Führer und dem Reichsführer-SS doch keine Möglichkeit zum Frieden bestehe.« Wetzhausen konnte sich nicht zum Mitmachen entschließen, sah sich aber auf Bitte Stauffenbergs nach einem geeigneten Offizier im Wehrkreis um. Ihn schien er in dem Obersten Graf Wolfskeel gefunden zu haben, doch auch dieser war nicht zur Übernahme einer konspirativen Funktion bereit, so dass die Stelle eines Verbindungsoffiziers im Wehrkreis XIII auch am 20. Juli nicht besetzt werden konnte[71].

Stauffenberg und Olbricht besprachen sich auch mit dem bereits eingeweihten Generalmajor Hans-Günther von Rost, Chef des Stabes des Wehrkreiskommandos III, den sie von dem bevorstehenden Attentat in Kenntnis setzten. Darauf ging Rost zum Berliner Stadtkommandanten, Generalleutnant v. Hase, und dessen Ia, Oberstleutnant i. G. Schöne – zur Erörterung der Detailfragen der Staatsstreichmaßnahmen in Berlin. Vorführung und Attentat, wozu der durch Hagen beschaffte deutsche Sprengstoff zur Verfügung stand, fanden am 11. Februar jedoch nicht statt – nach der einen Version, weil es »sich ergab, daß an den Kerl niemand mehr heranzubringen war«, nach der anderen Version, weil dem am 1. Februar zum Generalmajor beförderten Stieff in letzter Stunde das Ausbleiben Himmlers gemeldet worden war[72]. Doch Goerdeler kümmerte sich wie nach dem gescheiterten Dezember-Versuch nicht um die technischen Schwierigkeiten, die sich immer wieder einem Attentat entgegenstellten. Er erhob wegen der Verzögerung Vorstellungen bei Beck, der ihm ruhig und entschieden erklärte, »er könne nur sagen, daß man sich immer wieder den Kopf darüber zerbreche, aber man könne keinen bestimmten Zeitpunkt nennen. Er ... solle nicht dauernd drängen, der Termin, an dem er sich bereit zu halten habe, werde ihm in der nächsten Zeit rechtzeitig mitgeteilt werden[73].« Stauffenberg ärgerte sich offensichtlich über dieses Drängen Goerdelers, der ja das Attentat ablehnte, aber die Dinge anscheinend so hinzustellen versuchte, »als wenn von Stauffenberg erst große Versprechungen gemacht würden, dann aber nichts gehalten werde«. Zu Recht konnte Stauffenberg Goerdeler ausrichten lassen, daß ein permanentes Drängen nicht nötig sei, denn er habe ja sein Ehrenwort gegeben, den Umsturz herbeizuführen[74].

Das Attentat war nach dem Fehlschlag im Dezember nicht »monatelang vertagt« worden[75]. Doch das Scheitern des Februar-Attentatsversuches stürzte nun die Konspiration in eine Krise. Die Suche nach einer Möglichkeit, das Attentat zu realisieren, ging unentwegt weiter – die

Wartezeit zehrte aber an dem ohnehin lockeren Zusammenhalt der einzelnen Gruppen. Die Frage, »wer schließlich bei der Entscheidung über Zeitpunkt und Durchführung des Staatsstreiches den Ausschlag geben würde«, stellte sich gar nicht. Dies lag eindeutig in der Hand des Militärs – und damit Stauffenbergs[76]. Goerdeler hatte dem »politischen Offizier«, den er bei seiner ersten Zusammenkunft im Herbst 1943 vor dem Schicksal Schleichers gewarnt haben soll[77], zu dieser entscheidenden Rolle wesentlich selbst verholfen und scheint nun über das Ergebnis erstaunt und verärgert gewesen zu sein. Seine Ablehnung des Attentates, seine Unvorsichtigkeit und sein Unverständnis für das politische Interesse des Offiziers machten ihn nicht gerade zum Vertrauten Stauffenbergs[78].

Goerdelers konspirative »Berühmtheit« war zum Teil der Preis seiner unermüdlichen und mutigen Tätigkeit im Schatten des totalitären Staates, die er – nicht selten von großen Illusionen getrieben – unverzagt und gegen alle Hindernisse geführt hatte. Sein wesentliches Anliegen – das Militär zum Handeln zu bewegen – war mit dem Eintritt Stauffenbergs in die Konspiration erfüllt. Doch Goerdeler war damit nicht zufrieden. Denn Stauffenberg beanspruchte als technischer Leiter des Staatsstreiches auch Teilhabe an der politischen Entscheidung und entsprach Goerdelers Bild vom »unpolitischen Offizier« in keiner Weise. Dies machte Goerdeler nun deutlich, indem er sich gegen Stauffenbergs selbständige Verbindungsaufnahme mit den Arbeiterführern brieflich verwahrte, »weil er derartige Verhandlungen nicht für eine Sache des Militärs ansah«[79]. Konspirativer Briefverkehr war das letzte, was er hätte unternehmen sollen. Freilich war diese Unvorsichtigkeit eine Folge der vorhergegangenen, denn er konnte ja nicht mehr so häufig wie früher in Berlin erscheinen. »Von allen Seiten gewarnt«, musste er sich sehr zurückhalten[80]. Und zu dieser räumlichen Isolierung kam auch die Tatsache hinzu, dass »Stauffenberg sich in unmittelbare Verhandlungen mit Personen begab, für die er sich als allein zuständig betrachtete«[81]. Dazu gehörte vor allem Leber. Stauffenberg musste sich bei ihm aber keineswegs für »allein zuständig« betrachten. Doch Goerdeler konnte diesen Eindruck gewinnen und darüber verärgert sein, weil Leber zu ihm selbst ja die größte Distanz hielt und durch Stauffenberg direkt – nicht auf dem Umweg über den zivilen Kopf – mit der militärischen Staatsstreichplanung in Kontakt stand.

In zunehmendem Maße ließ Goerdeler spüren, »wie sehr er unter der distanzierten Haltung Stauffenbergs ihm gegenüber litt. Immer wieder klagte Goerdeler: ›Man sucht mich auszuschalten. Man unterrichtet mich nicht mehr.‹[82]« Abgesehen davon, dass er auch die Gewerkschaftsführer nicht in Attentats- und Terminpläne einweihte[83] – dies hätte ja völlig der eingeschlagenen Taktik widersprochen –, stand Stauffenberg gar nicht mehr vor der Wahl, ob er zu Goerdeler Distanz halten wollte oder nicht. Im Interesse der Konspiration durfte und musste er einen bloß sehr lockeren Kontakt mit ihm pflegen – was er dann auch aus demselben konspirativen Interesse bis zum Juli durchaus tun sollte. Diesem rein technischen Beweggrund gesellte sich – und hierin täuschte sich Goerdeler nicht – ein eher persönlich und zunehmend auch politisch geprägtes Motiv zu, das aber im gegebenen Falle – und mag es im Frühsommer 1944 noch so stark gewesen sein – eine sekundäre Rolle spielte. Goerdeler aber – infolge seiner »Berühmtheit« gefährdet und über den »politischen Offizier«, dem er die schwärzesten Absichten zutraute, verärgert – isolierte sich noch mehr, indem er aus Ablehnung des Attentates selbst für eine andere Form des Staatsstreiches besorgt war.

So versuchte er – obwohl ihm Stauffenberg wegen der Sinnlosigkeit des Unternehmens abgeraten hatte – zwischen März und Mitte Mai durch Verbindungsleute mit dem Generalstabschef Zeitzler in Kontakt zu kommen, der ihm eine Unterredung mit Hitler oder einen rhetorischen Zweikampf am Rundfunk mit dem Diktator ermöglichen sollte. Über Stieff richtete er sogar an Zeitzler einen Brief mit einem längeren politischen Exposé, das jedoch von der Konspiration nicht an den Generalstabschef weitergeleitet wurde. Goerdeler bewies mit diesem grotesken und gefährlichen Unternehmen seinen die Pläne Stauffenbergs völlig ignorierenden Illusionismus[84].

Denn Stauffenberg unternahm alles Erdenkliche, um zum Umsturz zu kommen. Zusammen mit Oberst i. G. Meichssner, dem Leiter der Berliner Standortstaffel des Wehrmachtführungsstabes, und dem als Rittmeister d. R. in einer Berliner Dienststelle des OKW tätigen »Kreisauer« Paulus van Husen fuhr er eines Tages – nach dem Februar-Versuch – im Zug ins Hauptquartier. Mit Meichssner hatte Stauffenberg – wie Husen schon damals bekannt war – bereits »Fäden angesponnen«. Nun zog er »zwei Flaschen Burgunder aus seinem Koffer und sagte: Jetzt werden wir uns mal mit Meichssner unterhalten, und holte diesen in unser Abteil. Dann begann er eine allgemeine Erörterung der militärischen und politischen Lage und in einem verdeckten Katz-und-Maus-Spiel stand die Frage klar im Raum: Wie kann man Hitler am besten beseitigen? Als die Flaschen geleert waren und Meichssner in sein Abteil zurückging, fragte Stauffenberg ihn, ob er ihn nicht demnächst bei Brücklmeier sehen würde, worauf Meichssner ausweichend antwortete.« Stauffenberg blieb nur noch die Feststellung: »Man sieht es klar, er will nicht mehr[85].« Ähnliche Erfahrungen konnte Stauffenberg wohl noch in manch anderem Fall sammeln. Dass er die Hoffnung nicht aufgab, beweist seine Entschlossenheit, die Goerdeler – über solch vergebliche Versuche nicht informiert – mit seinem Drängen in unnötiger Weise in Zweifel gezogen zu haben scheint. Welche Mühe, Ausdauer und Vorsicht es kostete, einen Attentäter zu suchen, stellte Goerdeler offensichtlich in keiner Weise in Rechnung, weil er von dem ganzen Attentat nichts wissen wollte. Jemanden zur Mitarbeit in der Konspiration oder für die Zeit nach dem Umsturz zu gewinnen, wie Goerdeler es zu tun gewohnt war, stellte ein schwieriges Unterfangen dar, das gleichwohl unverhältnismäßig leichter war als der Versuch, einen Offizier zur Übernahme der Attentäterrolle zu überreden.

Dass er mit einem Offizier »in der Beurteilung der allgemeinen Situation eines Sinnes« war, hieß für Stauffenberg noch lange nicht, ihn auf ein Attentat ansprechen zu können. Denn abgesehen von naheliegenden Gründen konnte ein solcher Offizier – wie dies Stauffenberg zumindest in einem Fall begegnete – der Überzeugung sein, dass die Totalbesetzung Deutschlands durch die Alliierten nicht mehr zu umgehen und zur Vermeidung einer neuen Dolchstoßlegende jeder Umsturzversuch zu unterlassen sei[86]. Mochte er in diesem Fall noch so sehr von der Loyalität seines Gegenübers überzeugt sein, so verzichtete er dennoch auf jede Andeutung irgendwelcher Umsturzgedanken, um das »Katz-und-Maus-Spiel« nur mit einer einigermaßen vorhandenen Aussicht auf Erfolg bei einem anderen Offizier zu beginnen. Wie sehr er einen ausgewählten Gesprächspartner »weniger in der Form der Überredung..., sondern vielmehr durch den Zwang zu konsequentem Denken« zu gewinnen suchte, demonstriert sein vergeblicher Versuch, seinen unter Bernardis im AHA tätigen Bekannten Sauerbruch zum Attentat zu bewegen. Sauerbruch soll nicht brüsk abgelehnt, ein Bombenattentat aber zurückgewiesen und nur ein Pistolenattentat in Erwägung gezogen haben. Doch gleichzeitig wies er darauf hin, dass er sich »einen absolut sicheren Pistolenschuss« nicht zutraue, lehnte also im Effekt ab. Und zudem zweifelte er noch, »ob es nicht doch noch eine unblutige Lösung gebe und ob die Beseitigung Hitlers nicht zu einem Schock an der Front führen könnte, der schwerste Folgen für die Stabilität der Ostfront haben würde« – war also aus mehr als nur technisch-psychologischen Gründen nicht bereit zum Attentat[87].

Stauffenberg setzte sich mit Sauerbruch genau auseinander – und in derselben Weise, wie er ihm begegnete, ging er wohl noch bei manch anderem Offizier vor[88]. Er vertrat seine feste Überzeugung, »daß eine Landung im Westen mit Sicherheit zu erwarten sei«. Mit der Feststellung, dass »der Krieg ... weitgehend von der Möglichkeit einer militärischen Entscheidung auf die Möglichkeit einer politischen Entscheidung übergegangen« sei, jedoch »in uns ... niemand mehr einen Verhandlungspartner sehen« werde, verband er die Bemerkung, dass es furchtbar sei, »mit offenen Augen uns einer Katastrophe entgegentreiben zu sehen«. Zu seiner schonungslosen Bilanz der Situation und des deutschen Befehlschaos kamen die bloß rhetorischen Fragen, ob eine gleichzeitige Offensive der Alliierten in West und Ost sowie eine weitere Steigerung der gegnerischen Luftüberlegenheit zu erwarten seien. Zu der Hoffnung auf die gegen Großbritannien bald zum Einsatz kommende »Wunderwaffe« V 1 erklärte er deutlich, »daß auch der Vergeltungsschlag innerhalb der Gesamtkriegslage allenfalls mit einer Attacke eines Kürassierregiments verglichen werden könne, das in aussichtsloser Lage versucht, noch einmal die bereits entschiedene Schlacht zu wenden«. Da der Krieg verloren sei, könne nur »ein grundlegender Bruch mit dem derzeitigen Regime« Verhandlungen möglich machen. Es sei die Pflicht des Offiziers, sich für das geringere Übel – den möglichen statt sicheren Untergang – zu entscheiden und daraus die Konsequenzen zu ziehen. An der katastrophalen Lage und unheilvollen Kriegführung sei Hitler schuld[89].

Auch Sauerbruchs Vorgesetztem Bernardis erklärte Stauffenberg zur Frage der für die katastrophale Situation Verantwortlichen: »Bernardis, es sind nicht nur die Mitarbeiter, es ist der Führer selbst.« Es sei Hitler, der »die Dinge nicht mehr meistern könne. Der Krieg sei in seiner jetzigen Form militärisch verloren. Er könne nur noch zu einem tragbaren Ende geführt werden, wenn auf außenpolitischem Gebiet einschneidende Veränderungen getroffen würden. Die derzeitige Regierung sei auf Grund ihrer bisherigen politischen Maßnahmen nicht mehr in der Lage, einen außenpolitischen Wechsel herbeizuführen. Verhandlungsmöglichkeiten auf außenpolitischen Gebieten würden sich nur dann ergeben, wenn das derzeitige Regime durch ein anderes abgelöst werde. Das neue Regime müsse mehr nach der bürgerlichen Mitte orientiert sein und das Christentum stärker in den Vordergrund stellen. Nach welcher Richtung außenpolitisch verhandelt werden sollte, müsse sich aus der Situation ergeben, und zwar derart, daß die zweifellos bei unseren Gegnern bestehenden Spannungen irgendwie ausgenutzt würden. Dabei solle auch der Gedanke der Zusammengehörigkeit der europäischen Völker besonders in den Vordergrund gestellt werden.« Stauffenberg vermochte Bernardis in diesem März 1944 zu gewinnen. Was er ihm erklärte, zeigt deutlich, welche außenpolitischen Illusionen er sich noch machte. Die »bürgerliche Mitte« und die »Zusammengehörigkeit der europäischen Völker« – dies war kein revolutionäres Programm. Beide Punkte lassen zusammen mit den bereits früher geäußerten Betrachtungen über die östliche Gefahr erkennen, in welcher Weise und nach welcher Richtung die jeder Kriegskoalition, aber naturgemäß jener des Zweiten Weltkrieges in besonders hohem und von Deutschland überschätztem Maße innewohnenden Spannungen ausgenutzt werden sollten[90].

Im Februar oder März 1944 wurde Stauffenbergs früherer Divisionskommandeur Hoepner, der in engem Kontakt mit Olbricht stand, näher in die Konspiration einbezogen – wahrscheinlich bereits als Nachfolger Fromms für den Fall, dass dieser nach dem Attentat sich nicht zum Mitmachen entschließen würde[91]. Die Pläne für den Staatsstreich lagen fertig vor[92], doch das Attentat schien mangels eines Attentäters unrealisierbar zu sein. Tresckow versuchte von seiner Dienststelle an der Ostfront aus wieder für das Attentat zu sorgen – ohne Erfolg[93].

Das lange Warten auf das Attentat und den Staatsstreich – es wurde zu einer immer größeren Nervenprobe für die Konspiration. Während Trott Mitte März erneut in Stockholm weilte und Gespräche mit einem Mitglied der britischen Gesandtschaft führte, die ihn nicht völlig hoffnungslos ließen, aber dennoch wiederum enttäuschten, da ein Anzeichen auf eine andere Politik als jene des unconditional surrender nicht zu entdecken war[94], musste Stauffenberg ein Warnsystem für die Konspiration in Gang setzen. Denn der ihm gut bekannte, in der »Abwehr« tätige Hauptmann Gehre sah sich am 5. März gezwungen, dem Schlag Schellenbergs gegen die »Abwehr« in den Untergrund auszuweichen und unterzutauchen. Von einer ganzen Reihe von Personen wurde er darauf untergebracht. Sein Freund Otto John konnte ihn zeitweise beim Kommandanten der Invalidensiedlung in Berlin-Frohnau, Oberst Wilhelm Staehle, verstecken, der für Oster in der »Abwehr« tätig gewesen war und vor allem mit Goerdeler innerhalb der Konspiration in Kontakt stand. Gehre durfte als wichtiger Mitwisser der Konspiration nicht in die Hände des SD geraten. Das Warnsystem Stauffenbergs war wohl vor allem durch den nun im Reichssicherheitshauptamt tätigen Oberst Hansen, aber auch über Helldorf durch den ebenfalls mit der Konspiration in Verbindung stehenden Chef des Reichskriminalamtes im RSHA, SS-Gruppenführer Arthur Nebe, in Gang gesetzt worden. In den ersten drei Monaten von Gehres Untertauchen gelang es den Verfolgern nicht, eine Spur zu entdecken. Die Gefahr, dass Gehres Fluchtweg entdeckt würde, wuchs allerdings täglich – und damit auch die Gefahr für die gesamte Konspiration[95].

Die Zeit, die wegen der scheinbaren Unmöglichkeit eines Attentates rasch verstrich und die Gefahr der Entdeckung immer bedrohlicher werden ließ, nutzte Stauffenberg, so gut es ging, indem er unablässig die Basis des Staatsstreiches erweiterte. Am 1. April 1944 suchte ihn bei einer Meldung in Berlin der ihm wohlbekannte Major von Hößlin auf. Wieder begann Stauffenberg mit einer nüchternen Situationsschilderung. Anhand von Zahlen stellte er Hößlin »die ungünstige personelle Nachschublage dar. Die Verluste seien erheblich größer als der Ersatz, der von der Heimat nachgeschoben werden könne. Die Stärke des Feldheeres vermindere sich monatlich um die Stärke eines Armeekorps, das nicht ersetzt werden könne.« Damit belegte Stauffenberg eindrücklich seine Ansicht, dass Deutschland »auf einen militärischen Zusammenbruch« hinsteuere.

In den sich über die folgenden Monate erstreckenden Gesprächen mit Hößlin erläuterte er, sooft dieser in Berlin war, »seine Pläne, die in der Feststellung gipfelten: ›Auch der Führer muß weg!‹« Am 1. April lieferte er dafür bereits die Begründung: Infolge des Zusammenbruchs »könnten eines Tages chaotische Zustände einreißen wie 1918. Das Ersatzheer sei dann als einzige Macht in der Lage, die Ordnung aufrechtzuerhalten.« Und dann sein typischer Appell an die wahre Pflicht und Verantwortung des Offiziers: »Das Offizierskorps dürfe dann nicht wieder versagen und sich die Initiative aus der Hand nehmen lassen wie 1918, sondern müsse aus eigener sittlicher Verantwortung heraus handeln[96].«

Dies hieß zunächst und vor allem, dass die Armee eine »Revolution von unten« verhindern sollte. Dies tat sie am besten, wenn sie nicht erst nach der Katastrophe versuchte, die Initiative in der Hand zu behalten, sondern wenn sie die totale Katastrophe überhaupt – durch rechtzeitige Beendigung des Krieges – zu verhindern suchte. Stauffenberg machte dies deutlich mit dem Hinweis auf die Möglichkeit, dass »eines Tages ... der Krieg auf deutsches Gebiet getragen werden« könne und auf die Tatsache, dass »die Kampfkraft des Heeres ... erschöpft, das Volk enttäuscht und um seine Hoffnungen betrogen« sein würde. Die Armee musste demnach als Machtinstrument erhalten bleiben, um die enttäuschten Hoffnungen nicht zu Eruptionen werden zu lassen. Als »konservativste Einrichtung, die gleichzeitig im Volk verwurzelt ist«, war sie nach Stauffenbergs Ansicht geradezu prädestiniert für die Aufgabe, die Ordnung aufrechtzuerhalten. Dies vermochte sie freilich nur so lange zu tun, als sie einigermaßen intakt war. Stauffenberg konnte Hößlin davon überzeugen, »daß die Wehrmacht einen letzten Versuch der Rettung wagen müsse«. Wie er deutlich sagte, musste dazu Hitler beseitigt werden, denn die Fortdauer des Krieges werde unweigerlich die Katastrophe, damit das Ende der Armee und die revolutionäre Situation von 1918 bringen – von der unverhältnismäßig größeren Gefahr der östlichen »Unterstützung« und Förderung dieser voraussehbaren Situation im Jahre 1944 ganz zu schweigen. Hitler aber »könne nicht mehr von seinen großen europäischen Plänen auf ein Deutschland im Rahmen seiner Volkstumsgrenzen umstellen. Ein Staat wie der nationalsozialistische, der eine Revolution verkörpere, könne nicht mit anderen Staaten Frieden schließen, denn die Revolution werde von den anderen Völkern als ständige Bedrohung ihres eigenen inneren Zustandes betrachtet[97].«

Unablässig führte Stauffenberg konspirative Gespräche – so auf dem Gut Neuhardenberg bei Küstrin, dessen Besitzer Carl Hans Graf von Hardenberg ein Vertrauter Tresckows war und wo Stauffenberg unter anderem am 2. und 15./16. April weilte. Mit Schulenburg konnte er sich auf dem Gut Trebbow, dem mecklenburgischen Besitz von dessen Schwager, ausführlich am 8./9. April – Ostern dieses Jahres – unterhalten. Begleitet wurde er von dem aus dem Infanterieregiment 9 hervorgegangenen Hauptmann Friedrich Karl Klausing, den er in den Staatsstreichplan eingeweiht hatte. Und um diese Zeit traf er auch mit Lehndorff in Berlin zusammen, den er über seine Aufgabe als Verbindungsoffizier im Wehrkreis I näher instruieren konnte. Mit seinem Vetter Hofacker, der in der Osterzeit sich erneut in Berlin aufhielt, hatte er sich wohl ebenfalls getroffen, um sich über den Stand der Dinge in Paris zu informieren[98].

Am 7. April – am Karfreitag – traf sich Stauffenberg mit Wirmer. Das Treffen hatte Goerdeler arrangiert, der auch seinerseits den bestehenden Konflikt, der nicht an den Grundlagen der Konspiration rüttelte, sie wohl aber einer großen Belastungsprobe unterzog, in Grenzen zu halten trachtete. Stauffenberg muss zumindest in der letzten Zeit – zweifellos auch als Ergebnis seiner Unterhaltungen mit Leber – sich über die Tatsache, dass »in den Entwürfen Goerdelers ständig von ›Wiederherstellung‹ die Rede war«, in ähnlicher Weise wie zu Jakob Kaiser auch gegenüber anderen Eingeweihten geäußert haben. Goerdeler empfand es offenbar als sinnvoller, dass »sich die beiden jüngeren Männer darüber aussprechen sollten«. Stauffenberg führte zu der ihm »vorschwebenden staatsrechtlichen Gestaltung des Reiches« aus, »daß es keinesfalls zu dem von Dr. Goerdeler geplanten Restaurationsversuch der Republik von 1919 kommen dürfe«. Wirmer konnte darauf hinweisen, »wieviel konstruktive neue Gedanken Goerdeler« hatte, und mit Stauffenberg sich einigen, »daß nach keiner Richtung hin alte Zustände wieder aufgewärmt werden sollten«. Stauffenberg scheint bereits in dieser Unterredung, in deren Verlauf Wirmer ihn wohl etwas genauer über Goerdelers innenpolitisches Programm aufklärte, als dieser selbst gegenüber dem Offizier es zu tun bereit war, für die Beteiligung Lebers an einer neuen Regierung plädiert zu haben. Jedenfalls sollte sich dieses Anliegen in weiteren Verhandlungen in der nächsten Zeit immer deutlicher herausbilden – auch wenn es zunächst gar nicht mit den Plänen des Goerdeler so reserviert begegnenden Leber übereinstimmte[99].

Vielleicht nicht zuletzt wegen Goerdelers hartnäckiger Ablehnung des Attentates ging Stauffenberg in diesem Frühjahr zum Bischof von Berlin, Conrad Graf Preysing, mit dem vor allem die »Kreisauer« Verbindung gehalten hatten. Doch sprach er zu ihm »mit keinem Wort von einem bevorstehenden Staatsstreich oder Attentat, geschweige daß er auch nur andeutend eine seelsorgerische Billigung einer solchen Tat zu erwirken« suchte. Allerdings kam das Gespräch zu einem Punkt, wo allgemein die Frage der Notwendigkeit eines Umsturzes und damit auch jene nach der Rechtfertigung eines Tyrannenmordes sich erhob. Der Bischof von Berlin, der erahnen konnte, was ihm nicht gesagt wurde, berichtete später

Stauffenbergs Mutter, er habe bei dieser Begegnung ihrem Sohn nicht den Segen der Kirche, aber seinen eigenen priesterlichen Segen erteilen können[100].

Während Stauffenberg fieberhaft für einen möglichst baldigen Umsturz arbeitete[101] und mit Feldmarschall v. Witzleben – dem vorgesehenen neuen Oberbefehlshaber der Wehrmacht – im Mai in Olbrichts Amtszimmer in der Bendlerstraße offenbar zum erstenmal zusammentraf[102], war Trott von seiner letzten Schweizer Reise, die er wohl vor allem für Leber unternommen hatte, zurückgekehrt und konnte Stauffenberg über ihren ergebnislosen Verlauf berichten[103]. In einer Unterredung Mitte Mai, die bei Wirmer stattfand und an der neben Goerdeler auch Jakob Kaiser, Leuschner und Schulenburg teilnahmen, unterzog Leber – nicht zuletzt auf Grund der erneut ergebnislos verlaufenen Sondierung Trotts – die außenpolitischen Hoffnungen Goerdelers einer scharfen, aber realistischen Kritik. »Goerdeler wollte die von ihm ... ausgearbeiteten Pläne für die neue Regierung verlesen und durchsprechen.« Doch Leber führte die Debatte auf die außenpolitische Problematik und erklärte, »daß sich eine Totalbesetzung Deutschlands nicht mehr abwenden läßt, ganz gleich, ob vorher noch ein Regierungswechsel erfolgt oder nicht. Goerdeler widersprach dieser Auffassung und forderte eine rasche Änderung des Regimes unter Aufrechterhaltung eines militärischen Widerstandes, der es nicht zur Totalbesetzung kommen läßt.« Über der Konspiration »lag wegen des ständigen Hinausschiebens der Aktion gegen Hitler sicherlich viel Unruhe ... Der Unmut richtete sich gegen die Soldaten, kam aber selbstverständlich auch Goerdeler gegenüber oft zum Ausdruck.« So stellte Leuschner die Frage, »ob es überhaupt noch Sinn und Zweck habe, sich auf eine Handlung der Militärs einzustellen. Er habe nach den vielen ergebnislos verstrichenen Terminen keinerlei Zutrauen mehr.« Das Misstrauen gegenüber dem Militär mochte in diesem Moment so weit geführt haben, dass Leuschner hinter der Verbindung zwischen Armee und Gewerkschaften die Absicht vermutete, dass diese sich »nur ein politisches Alibi für die Zeit des Zusammenbruchs schaffen« wolle, um »eines Tages ... die Nichteinhaltung des Versprechens, aktiv zu handeln, damit [zu] entschuldigen, daß die hindernden Umstände größer gewesen seien als ihre Macht«. Auch wenn man aber »im Hinblick auf die unmittelbar bevorstehende Invasion« Zweifel hegte, »ob der Anschlag nicht verspätet kommt und völlig nutzlos bleiben würde«, zog niemand – auch nicht Leuschner – seine Beteiligung an der neuen Regierung zurück. Im Gegenteil: »Man kam schließlich überein, daß zumindest der Zusammenhalt des Kreises und die Fühlungnahme mit den Militärs aufrechterhalten werden müßten, damit für den Fall des militärischen Zusammenbruchs vorsorglich die neue Regierung gebildet und ihre Politik festgelegt sei[104].«

Diese Gegensätze waren schon allein von der den Wartenden auferlegten Nervenprobe her verständlich. Stauffenberg hoffte nun offensichtlich, selbst Fäden ins Ausland spinnen zu können. Sein Bruder erklärte später, er sei »etwa im Mai 1944 ... zugegen« gewesen, »als über Beziehungen gesprochen wurde, die zu Eisenhower liefen oder aufgenommen werden sollten«[105]. Seinen Gedanken, von »Heerführer zu Heerführer« zu verhandeln, sollte Stauffenberg besonders in der nächsten Zeit gegenüber Trott vertreten[106]. Dass er zu diesem Zeitpunkt bereits über eigene Verbindungen zum Ausland verfügte, erscheint unwahrscheinlich[107].

Am 25. Mai wurde Stauffenberg eine Notiz von Goerdelers Verbindungsmann in der Bendlerstraße, Hauptmann Kaiser, übergeben, die elf Punkte anführte, »worüber mit der Feindseite verhandelt werden sollte«:

» 1. Sofortiges Einstellen des Luftkrieges,
2. Aufgabe der Invasionspläne,
3. Vermeiden weiterer Blutopfer,
4. dauernde Verteidigungsfähigkeit im Osten, Räumung aller besetzten Gebiete im Norden, Westen und Süden,
5. Vermeiden jeder Besetzung,
6. freie Regierung, selbständige selbstgewählte Verfassung,
7. vollkommene Mitwirkung bei der Durchführung der Waffenstillstandsbedingungen, bei der Vorbereitung der Gestaltung des Friedens,
8. Reichsgrenze von 1914 im Osten, Erhaltung Österreichs und der Sudeten beim Reich, Autonomie Elsaß-Lothringens, Gewinnung Tirols bis Bozen-Meran,
9. tatkräftiger Wiederaufbau mit Mitwirkung am Wiederaufbau Europas,
10. Selbstabrechnung mit Verbrechern im Volk,
11. Wiedergewinnung von Ehre, Selbstachtung und Achtung.«

Wie Hauptmann Kaiser später erklärte, war »das alles ... nur die Abschrift des Inhaltes eines Briefes, den er damals im Auftrage von Goerdeler an Graf von Stauffenberg überreicht habe«. Kaiser berichtete auch, dass in seinem Zimmer in der Bendlerstraße am 26. Mai – also am folgenden Tag – Goerdeler sich mit Stauffenberg getroffen und ihm selbst hernach erklärt habe, Stauffenberg brauche man nicht anzutreiben, da er den Umsturz ehrenwörtlich versprochen habe. Goerdeler hatte also offensichtlich geglaubt, mit diesem außenpolitischen Maximalprogramm, das souverän die Realität und auch all das, was Deutschland spätestens seit dem 1. September 1939 unternommen hatte, zu übergehen schien,

Stauffenberg antreiben zu müssen. Stauffenberg sollte im Verlauf des nächsten Monats der Gegenseite ein »Programm« zukommen lassen, das im Unterschied zu Goerdelers Verhandlungsplan weitaus realistischer und bescheidener war[108].

Die ersten drei Punkte des Goerdelerschen »Verhandlungsplanes« entsprachen durchaus den Vorstellungen Stauffenbergs. Er hatte dies in seiner militärischen Umsturzargumentation immer klar hervorgehoben. »Kurz vor der westalliierten Invasion« soll er nun in einem Gespräch mit Leber die Frage angeschnitten haben, »ob es nicht im deutschen Interesse liege, den Westalliierten den Weg durch die deutschen Minenfelder zu erleichtern, um dadurch den befürchteten Zusammenbruch der Ostfront abzuwenden. Beide kamen jedoch überein, daß diese Überlegung unrealistisch sei, und sie wurde dann auch nicht weiter verfolgt. Um so mehr waren sie gemeinsam der Meinung, daß erstens alles versucht werden müsse, den Sturz Hitlers noch vor der Invasion zu erreichen, und daß es zweitens darauf ankomme, den Zusammenbruch im Osten nach der Landung der Alliierten ... zu verhindern[109].« Dieser Bericht widerspricht im ersten Teil der ganzen Argumentation Stauffenbergs, während er Lebers Meinung wohl richtig wiedergibt. Zwar konnte Stauffenberg durchaus die Frage in theoretischer Weise erörtern, ob eine Öffnung der Front im Westen sinnvoll sei – nur musste er sie vor der Invasion noch verneinen, weil ja diese »zweite Front« noch gar nicht bestand und Deutschland – die Ostfront war noch intakt – sich ohne diese »zweite«, in Wirklichkeit dritte Front immer noch in einer militärisch günstigeren Situation befand. Etwas anderes war dann freilich die weiter vorausschauende Überlegung, was geschehen sollte, wenn die Ostfront noch vor einer alliierten Invasion zusammenbrechen würde. Der zweite Teil des Berichtes gibt Stauffenbergs wirkliche Meinung vor der Invasion wieder.

Nach einem anderen Bericht war Stauffenberg an einem Abend in der Woche vor der Invasion – es muss sich um die Tage zwischen dem 28. und 31. Mai gehandelt haben – zusammen mit Oberst Hansen und Otto John zu einer Aussprache bei Leber, die offenbar identisch mit dem erwähnten Gespräch war. Gestützt auf Agentenberichte aus der Türkei soll Stauffenberg erklärt haben, dass die sowjetische Führung die Invasion nicht mehr im Jahre 1944 erwarte. Wenn sie stattfinde, erklärte Stauffenberg weiter, habe die Operation bloß eine Erfolgschance von fünfzig zu fünfzig. Mit den westlichen Alliierten würden nach einem Scheitern der Invasion Friedensverhandlungen leichter möglich sein, da sie ja dann hohe Verluste erlitten[110]. Dies war weder »spielerisch« (im Sinne von nicht ernsthaft) gemeint, noch stand »dahinter eine eigene, von ihm angeknüpfte Verbindung zu militärischen Stellen der Westmächte«[111] – diese wollte er ja eben erst aufnehmen, indem er John mit einem Sondierungsauftrag nach

Madrid schickte. Stauffenberg hatte schon zuvor deutlich gemacht, dass er mit der Invasion und mit einer gleichzeitigen sowjetischen Offensive rechnete[112].

Wahrscheinlich ist, dass er angesichts des Ausbleibens der schon lange erwarteten Invasion Ende Mai sich nicht bewusst war, wie nahe die alliierte Landung bevorstand – er mochte in Wirklichkeit noch mit einigen Wochen rechnen. Über das Ausmaß der Abwehrchancen mag er sich ebenfalls – auch infolge einer landkriegsmäßigen Überschätzung der deutschen Abwehrvorbereitungen, die wesentlich größer waren als jene Großbritanniens im Sommer 1940 – getäuscht haben. Seine gegenüber vielen Offizieren seit Herbst 1943 gemachten Ausführungen hatten jedoch stets die Invasion als ein Faktum hingestellt, vor dessen Eintreten der Umsturz erfolgen müsse. Im Hinblick auf diese Tatsache und auf seine nüchterne Erkenntnis der katastrophalen deutschen Lage ist es völlig unwahrscheinlich, dass er selbst ernsthaft seine Pläne auf ein Scheitern der Invasion abgestellt habe – was dann allerdings nicht ausschloss, dass er aus Unkenntnis über die technischen Möglichkeiten der alliierten maritimen Superiorität gegen den »Atlantik-Wall« wesentlich höhere Verluste erwartete, als sie dann effektiv eintraten. Im Gegenteil scheint er auf Grund der Agenteninformationen im Gespräch mit Leber nun eben auch die Möglichkeit eines Ausbleibens der Invasion und der dennoch zu erwartenden sowjetischen Generaloffensive erörtert zu haben. Die sowjetische Sommeroffensive war für die folgenden Wochen vorauszusehen und konnte in wenigen Wochen zu einem Zusammenbruch an der Ostfront führen, da ja die im Westen aufgestellten Kräfte gegen die drohende Invasion am Atlantik belassen werden mussten und nicht zur Stützung der Ostfront herangezogen werden konnten. Was aber geschah, wenn in diesen entscheidenden Wochen die Invasion nicht erfolgte, die Rote Armee ungehindert nach Westen vorstieß und in Deutschland eindrang, bevor die Alliierten im Westen Fuß gefasst hatten? Dieses Durchdenken oder völlig ernsthafte »Durchspielen« verschiedener Möglichkeiten mit unterschiedlicher Wahrscheinlichkeit ließ die Tendenz zu einer militärischen »Westlösung« erkennen – eine Tendenz, der Stauffenberg aber noch nicht weiter nachgab.

Am 25. Mai – am selben Tag, an dem Hauptmann Kaiser die elf Punkte des »Verhandlungsplanes« Goerdelers niederschrieb – reisten Oberstleutnant i. G. Klamroth und Oberleutnant von Hagen im Kurierzug von Rastenburg nach Berlin zu dienstlichen Besprechungen. Jeder führte in seiner Aktentasche einen Sprengkörper heeresüblicher deutscher Fabrikation mit. Denn Stieff, der im engeren Hauptquartier in Berchtesgaden weilte, hatte Klamroth zuvor angerufen und ihn gebeten, die Zündmittel im Schreibtisch seiner Wohnung und die beiden ihm von Hagen im

Dezember 1943 übergebenen Sprengkörper, die er im März beim Umzug Hitlers nach Berchtesgaden ebenfalls in seiner Wohnung versteckt hatte, von Rastenburg nach Berlin wegzuschaffen und Stauffenberg zu übergeben. Hagen übergab den Sprengstoff Stauffenberg, der ihn in seinem Dienstzimmer in eine Schublade legte und auf die Frage Hagens nach dem Verwendungszweck lachend antwortete: »Ich habe einen Anschlag auf den Führer und seine nähere Umgebung vor. Dies ist nötig, weil sonst der Krieg bestimmt verloren geht[113].« Hieß dies nun, dass Stauffenberg angesichts der Hoffnungslosigkeit, nach den gescheiterten Attentatsversuchen einen neuen Attentäter zu finden, selbst diese Aufgabe übernehmen wollte? Fast hat es den Anschein, als ob dies zutrifft. Zumindest begann er offensichtlich den Gedanken ernsthaft aufzugreifen.

Fromm bemühte sich immer mehr, seinem Untergebenen Olbricht dessen hervorragenden Chef des Stabes »abzujagen«. Er bestand darauf, »das Spielzeug« selbst zu haben – wie Stauffenberg sich sarkastisch über das Bestreben des von ihm ganz und gar nicht geschätzten Befehlshabers des Ersatzheeres äußerte[114]. In den letzten Maitagen soll nun Stauffenberg eine Denkschrift für Fromm ausgearbeitet haben, bei deren Lektüre der »Oberste Kriegsherr« auf dem Berghof in die bewundernden Worte ausgebrochen sei: »Endlich ein Generalstabsoffizier mit Phantasie und Verstand[115]!« Ob auf Grund dieser Denkschrift oder wegen Fromms Bestreben, ihn als seinen eigenen Chef des Stabes zu bekommen (die Denkschrift konnte auch ein Mittel zu diesem Zweck sein) – Stauffenberg musste bereits Ende Mai eine Veränderung in seiner Tätigkeit kommen sehen. Denn weniger als zwei Wochen nach der Sprengstoffübergabe sollte er – der Stabschef Olbrichts – mit Fromm zu Hitler zum Vortrag zitiert werden, was ohne vorangegangene Erwägungen über eine neue Verwendung zwar nicht unmöglich war, sie freilich dennoch vermuten lässt[116]. Dass man Stauffenberg für diesen hohen Posten ausersah, der ihm ungehinderten Zugang zu Hitler verschaffte, lag in seinen überragenden fachlichen Qualitäten begründet. Sie sollen sogar Guderian in einem Gespräch mit Himmler, in dem es um Personalveränderungen im Generalstab und insbesondere um die im April und Mai erörterte Ablösung des Chefs der Operationsabteilung ging, zu dem Vorschlag veranlasst haben, Stauffenberg als das »beste Pferd« des Generalstabes zum Nachfolger Heusingers zu machen, wofür Himmler sofort seine Unterstützung zugesagt habe[117].

Den Sprengstoff, den ihm Klamroth und Hagen überbrachten, konnte Stauffenberg für ein Attentat ohne Selbstopfer des Attentäters nicht gebrauchen. Nach einem Bericht Klamroths soll er auf ihn auch gar »keinen großen Wert gelegt« haben[118]. Ob er bereits zu diesem Zeitpunkt wieder im Besitz eines britischen Sprengstoffes oder anderen Spezialsprengstoffes war, der mit einem chemisch-mechanischen Zeitzünder betätigt werden konnte, ist höchst zweifelhaft[119]. Als er in der Nacht vom 31. Mai auf den 1. Juni nach Bamberg zu seiner Familie auf einen kurzen Urlaub fuhr und um 6.00 Uhr in der Frühe dieses Donnerstages dort eintraf, führte er keinen Sprengstoff mit sich und versuchte wohl auch für kurze Zeit manches zu vergessen[120]. Hier bekam er freilich unerwartet Besuch – und zwar gleich von verschiedenen Seiten.

Am 2. Juni erschien bei ihm in Bamberg Friedrich Hielscher, ein Relikt aus »bündischen« Zeiten und politischer Phantast, der mit Stauffenberg noch nie zusammengetroffen war, aber in einem ganz lockeren Kontakt mit Graf Blumenthal stand und auch schon mit Haeften und Schulenburg gesprochen hatte – die Konspiration ließ ihn offensichtlich seinen jede realen Proportionen sprengenden Oppositions- und europäischen Neuordnungsplänen nachgehen, ohne ihn allzu ernst zu nehmen. Den Besucher störte es, dass Stauffenberg »von der christlichen Neuordnung des Abendlandes« sprach, während »die hellenischen Bilder ... von den Wänden seiner Arbeitsstube« herabschauten. Doch gleichwohl begann er zu berichten – vom »Bund der Bünde«, von »unserer« tiefen Sorge – Hielscher sah sich als Zentrum eines eigenen Konspirationskreises –, von den »Stämmen«, auf denen wieder aufgebaut werden müsse, und von »der Freiheit des kleinen Mannes«. Stauffenberg mag wohl beim Anhören dieser Pläne etwas gelächelt haben. Denn hatte er vor fünfzehn oder zehn Jahren, ja sogar im Sommer 1943 solchem Denken nicht noch näher gestanden? In welchem Maße solche Phantastereien den Pragmatiker, der seit dem Lautlinger Aufenthalt im August 1943 sehr viel »in politicis« gelernt hatte, nun irritieren und als unzeitgemäße Betrachtungen erscheinen mussten, zeigt seine Reaktion im Gespräch.

»Erwarten Sie von dem allen noch etwas? Welchen Zweck soll es haben, sich damit zu beschäftigen?« – fragte er nüchtern und vernichtend. »Kennen Sie unsere Lage?« Zu einem Bericht Hielschers über Kontakte nach Großbritannien, die über Stockholm liefen, sagte er knapp: »Schön wär's..., aber ich glaube nicht daran, obgleich man alles tun muß, um die Karte bedienen zu können, falls sie wider Erwarten von Stockholm ausgespielt werden sollte.« Dies hieß offenbar, dass Stauffenberg zwar Verhandlungen nicht von vornherein für aussichtslos betrachtete, sie aber auf andere Weise an einem anderen Ort herbeizuführen hoffte, was er Hielscher gar nicht erläuterte, da er sich ihm gegenüber sehr zurückhielt. Sein Besucher konnte nur fragen: »Das heißt erst einmal die Front halten?« Darauf gab Stauffenberg auch ihm eine kurze militärische Lageschilderung, ohne sich lange auf politische Erörterungen einzulassen: »Das heißt es. Hitler schickt die Einheiten planlos zwischen dem Osten und Westen hin und her. So sind sie nirgends dort, wo sie gebraucht werden. Ich habe sie griffbereit in meinem Kopfe, lauter unsinnig von ihm vertrödelte Reserven, deren Zahl Sie erschrecken würde.« – »Und erfreuen, Graf Stauffenberg, wenn Sie sie zusammenfassen können.« – »Wenn, Herr Hielscher! Sie sehen das große Bild. Ich sehe den heutigen Tag. Und morgen werden wir weiter sehen. Das ist alles, was wir vermögen.« Damit war Hielscher entlassen. Für ihn war diese Begegnung das »Ende« der Umsturzbemühungen[121]. Dem Phantasten Hielscher war der Realist Stauffenberg, der gleichsam zusammen mit seinem Besucher vieles seiner eigenen Jugendzeit in das Reich der irrealen Träume entließ, unverständlich in seinem Pragmatismus. Und so zog der von jedem wirklich politischen Instinkt freie Hielscher aus dieser Begegnung den der eigenen Selbstüberschätzung kongenialen und paradoxen Fehlschluss, dass Stauffenberg zum Umsturz nicht willens oder fähig sei – ohne im geringsten zu ahnen, welcher Wille sich hinter der sichtlich distanzierten Haltung des Offiziers verborgen hielt und welcher entscheidende Entschluss dort zu reifen begann.

Ähnlich erging es dem Jesuitenpater Alfred Delp, der einer der wichtigsten »Kreisauer« war, von München den Kontakt mit der Berliner Konspiration nach der Verhaftung Moltkes aber kaum hatte aufrechterhalten können und Stauffenberg noch nie begegnet war. In seiner Isolation erfuhr er kaum mehr von dem weiteren Schicksal der Umsturzpläne, war deshalb beunruhigt und entschloss sich plötzlich, Stauffenberg in Bamberg aufzusuchen. Zuvor hatte er sich noch über ihn bei völlig Unbeteiligten erkundigt. In Bamberg angekommen, ließ Delp sich am Nachmittag eines dieser ersten Junitage durch einen Boten bei Stauffenberg anmelden, kam spät abends und blieb bis etwa 23.00 Uhr. Dieser Besuch zeigt, wie sehr Stauffenberg ein Zentrum der Konspiration und ihre einzige Hoffnung geworden war. Doch gerade deshalb lehnte Stauffenberg – ohne jeden Ehrgeiz auf Beweise konspirativer Ehrerbietung und Gefolgschaftstreue – solche Besuche ab. Er war wütend über den höchst ungebetenen und unvorsichtigen Besuch und sollte sich bald nach seiner Rückkehr nach Berlin bei Freunden – wohl vor allem bei Yorck – über Delps Verhalten beschweren. Sehr mitteilsam war er auch in diesem Gespräch nicht. Delp fand Gefallen an der Persönlichkeit Stauffenbergs. Auch er ahnte aber nicht, mit welchem Gedanken Stauffenberg sich trug, und sollte erst am 21. Juli 1944 den Namen des Attentäters erfahren[122].

Offensichtlich schon vor seinem Besuch hatte Delp den früheren bayerischen Gesandten in Berlin, Franz Sperr, zu einem Besuch bei Stauffenberg aufgefordert. Sperr war das Haupt eines süddeutschen Konspirationskreises, der etwas konservativ-liberaler als der »Kreisauer Kreis« war, mit diesem aber durch Delp in enger Verbindung stand. So erschien der dritte Besucher in dieser kurzen Bamberger Urlaubszeit in Stauffenbergs

Wohnung – am 6. Juni 1944 um 15.00 Uhr. Im Morgengrauen dieses Dienstags waren unter dem Schutz einer gewaltigen Armada amerikanische, britische und kanadische Streitkräfte an der normannischen Küste westlich von Caen und im Südosten der Halbinsel Cotentin in fünf verschiedenen Abschnitten an Land gegangen[123]. Die Invasion hatte begonnen – Stauffenberg teilte dies Sperr sogleich mit und »entwickelte dann ein düsteres Bild der Gesamtlage. Insbesondere werde der Mannschaftsersatz 1945 zu einem Engpaß werden, dem gegenüber die Materialfrage kaum ins Gewicht falle. Man müsse weitere unnütze Opfer sparen. Notwendig sei eine innerpolitische Änderung, und zwar durch Ausschaltung des Führers, um die Möglichkeit herbeizuführen, Frieden zu machen.« Und dann unterhielt sich Stauffenberg offensichtlich noch kurz über einige Aspekte einer »gewissen gesellschaftlichen Neuordnung« – wie er dieses ganz und gar nicht revolutionäre »Programm« gegenüber Maaß einmal genannt hatte: »Das Ziel sei ein Bundesstaat mit weitgehender Selbständigkeit der Gliedstaaten, starker Selbsttätigkeit in der Verwaltung, mit sozialen Reformen, der Mitbeteiligung der Arbeiter an Lohn-, Arbeitszeit- und Urlaubsfestsetzung und ähnliches.« Sperr waren diese Gedanken von Moltke her durchaus bekannt. Sie lassen auch Schulenburgs Einflüsse erkennen. Wieweit Stauffenberg sich in diesem Gespräch überhaupt bemühte, außer der rein sachlich-militärischen Lageschilderung auf die politische Zielsetzung des Umsturzes näher einzugehen, und ob er nicht auch mit derselben Zurückhaltung wie bei den beiden anderen Besuchern eher Sperr über die politischen Pläne sprechen ließ – was Sperr später im Verhör zu seinem eigenen Schutz dann durchaus anders hätte darstellen können –, muss dahingestellt bleiben[124].

Nun jedenfalls musste eine einzige Frage Stauffenberg bedrängen: War es nach der Invasion nicht zu spät für einen Umsturz? Mit dieser Frage bestieg Stauffenberg in Bamberg am 7. Juni in der Dunkelheit um 2.00 Uhr früh den Schnellzug, der ihn nach Süden in Richtung Berchtesgaden fuhr, wo er an diesem Tag zusammen mit Fromm zum erstenmal Hitler Vortrag halten sollte[125].

Die Konstellation nach der Invasion

Bis zum Tage der Invasion hatte sich die militärische Lage Deutschlands ständig verschlechtert. Mit Mühe konnte die Ostfront annähernd intakt gehalten werden – und jeder Tag, jede Woche brachte gleichzeitig die Invasion näher. Mit der militärischen Verschlechterung sanken die Chancen einer »politischen Lösung« – und je tiefer sie sanken, desto stärker musste der Wille zum Handeln werden, der auch in einer ethisch-moralischen Verpflichtung fundiert war. Nun – am 7. Juni 1944 – hatte sich die militärische Lage rapid verschlechtert, und damit waren auch die außenpolitischen Chancen tief gesunken.

Am 7. Juni und den folgenden Tagen musste sich Stauffenberg mit der bis dahin gültigen, nun nach der Invasion bereits überschrittenen »deadline« für den Umsturz auseinandersetzen. In dem Moment, in dem nach der bisherigen Auffassung der Konspiration es keinen Sinn mehr hatte, einen Rettungsversuch zu unternehmen, begann er dennoch zu überlegen, ob es nun nicht doch eine Verpflichtung zu einer solchen Tat gab. Er stellte sich die Frage in Ruhe und prüfte die neue Lage. Unheimlicherweise stand er gerade an diesem Wendepunkt, an dem ein Umschlag im Verhältnis zwischen militärisch-politischer und ethisch-moralischer Motivation des Umsturzes seinen Anfang nehmen sollte, zum erstenmal dem nationalsozialistischen Diktator gegenüber.

Die Sonderbesprechung, zu der Fromm und Stauffenberg zitiert waren, dauerte von 15.52 bis 16.52 Uhr[1]. Der Kreis der Teilnehmer dieser Besprechung, die der nun entstandenen Lage und offensichtlich den Möglichkeiten vermehrten Ersatzes für die neue Front im Westen galt, war eher klein. Hitler war umgeben von Himmler, Göring und Speer – eine ideale Kombination für das Attentat. Für Stauffenberg war die Besprechung als Erlebnis und Rekognoszierung wichtig. Er konnte nun die nächste Umgebung Hitlers in Augenschein nehmen. Die ganze Atmosphäre empfand er als »faul und verrottet«. Als einzigen beurteilte er Speer als einen normalen Menschen. Von Hitler gewann er den Eindruck, als ob er hinter einem Schleier stehe – und ihn und seine Paladine bezeichnete er dann auch zutreffend als Psychopathen[2]. Vom Banne dieses Feldlagers, das so manchen tapferen, freilich auch oft zugleich einfältigen Offizier vor Hitler kriechen ließ – Stauffenberg verwandte dafür ein weitaus drastischeres und derbes Bild –, war er frei geblieben. Er soll selbst erzählt haben, dass dies auch Hitler vermutet oder bemerkt zu haben scheint[3]. Jedenfalls erklärte Stauffenberg kurze Zeit später, »daß man in unmittelbarer Nähe des Führers recht zwanglose Bewegungsmöglichkeiten habe«[4] – mithin entgegen den früheren Einwänden Stieffs ein Attentat durchaus realisierbar war.

Stauffenberg kehrte – um eine wichtige Erfahrung reicher – nach Berlin zurück. Am 8./9. Juni besprach er sich zusammen mit Olbricht mit dem Verbindungsoffizier im Wehrkreis VII, Major Frhr. von Leonrod, der offensichtlich in diesem Gespräch als Nachfolger von Olbrichts altem Adjutanten Oberstleutnant z. V. Fritz von der Lancken ausersehen wurde, zunächst aber einmal einen Adjutanten-Lehrgang in Krampnitz absolvieren musste. Dadurch war er bald nicht mehr als Verbindungsoffizier zu gebrauchen. Stauffenberg scheint nun aber vor allem auf die Mithilfe jüngerer, ihm persönlich bekannter Offiziere in Berlin Wert gelegt zu haben, wobei es wichtig war, dass Leonrod in oder nahe bei Berlin Dienst tat. Leonrod konnte vor seiner arrangierten Versetzung noch einen Ersatzmann für seine frühere Aufgabe im Wehrkreis VII gewinnen – den Hauptmann Max Ulrich Graf von Drechsel-Deuffenstetten, den er schon vom Bamberger Kavallerieregiment her kannte. Er operierte ihm gegenüber bei der Einweihung ähnlich wie Stauffenberg. Drechsel wurde schließlich »im einzelnen ins Bild gesetzt«, dass es sich »um eine Aktion gegen die Partei und um die Errichtung einer Militärdiktatur« handle, »daß er einen telegrafischen Befehl vom OKH erhalten würde, daß außerdem das Stichwort mit einem Rundfunkaufruf gegeben sei, der mit dem Satz beginne ›Der Führer ist tot‹, daß er sich zum stellvertretenden Generalkommando zu begeben habe usw.«. Am 17. Juni sagte Drechsel zu, am 1. Juli sollte Leonrod dies nach seiner Versetzung nach Berlin Stauffenberg mitteilen können, der damit einverstanden war und Leonrod auch davon in Kenntnis setzte, dass Graf Marogna-Redwitz Verbindungsoffizier im Wehrkreis XVII (Wien) sei[5].

Neu war in der Umsturzargumentation, die Leonrod gegenüber Drechsel gebrauchte, ein Element, das ein Resultat des vorangegangenen Gespräches mit Stauffenberg am 8./9. Juni gewesen sein dürfte. Denn Leonrod sprach von der Absicht, »für den Fall einer Katastrophe an der Front und des Kriegsverlustes vorsorglich eine Abwehrorganisation zu schaffen, die bei der Besetzung Deutschlands durch den Feind die Arbeit gegen Kommunisten und andere Elemente der Unruhe übernimmt«[6]. Aufrechterhaltung der Ordnung und Verhinderung eines Zusammengehens von kommunistischen Kräften im Inland mit dem sowjetischen Gegner – dies war nicht nur die Tarnung der Umsturzargumentation, sondern auch das Ziel des Staatsstreiches. Neu war aber, dass von einer »Besetzung Deutschlands durch den Feind« gesprochen wurde. Dies lag freilich in der neuen militärischen Konstellation begründet, der sich nun Deutschland konfrontiert sah.

In diesen Tagen nach der Invasion war Stauffenberg wieder bei Yorck und schilderte seinem Vetter »die militärische Lage, die er dahin skizzierte, daß seine Erwartungen an und für sich nach der schlechten Seite noch übertroffen worden wären«. In dem anschließenden Gespräch ging es offensichtlich um die Frage, ob der Umsturz angesichts dieser Lage noch sinnvoll sei. Yorck vertrat die Ansicht, »daß die Friedensaussichten nach einem Umsturz nicht etwa derart seien, daß keine bedingungslose Kapitulation verlangt würde«. Dieser Meinung scheint Stauffenberg nicht lebhaft widersprochen zu haben, was nicht hieß, dass er sie völlig teilte. Doch begann er nun auch die außenpolitischen Chancen nach einem Umsturz weitaus skeptischer zu beurteilen und mit der Möglichkeit einer Besetzung Deutschlands stärker als zuvor zu rechnen. Er bat seinen Vetter um Mithilfe beim Staatsstreich. Yorck – der »Kreisauer« – sagte zu. In diesem Gespräch scheint bereits angeklungen zu haben, dass Stauffenberg sich mit dem Gedanken trug, selbst Hitler zu beseitigen, »weil rasches Handeln erforderlich sei«[7].

Die Invasion war gelungen und hatte die Alliierten dank ihrer gewaltigen Superiorität auch nicht die von Stauffenberg offenbar erwarteten hohen Verluste gekostet. Die sowjetische Offensive musste nun jeden Tag losbrechen. Rasches Handeln war erforderlich. Aber wie im Gespräch mit Yorck überlegte Stauffenberg sehr genau, ob es noch berechtigt war. Eine bloße Verzweiflungstat – geboren aus Panik über die militärische Situation, die den früher aufgestellten Umsturzbedingungen nicht mehr entsprach – wollte er nicht. Wenige Tage nach dem 6. Juni rief Zeitzler alle Armeeführer der Ostfront ins Hauptquartier. Als Chef des Stabes der 2. Armee fuhr auch Tresckow in den Mauerwald. Stauffenberg hatte von diesem Treffen erfahren und den eben in Berlin weilenden Lehndorff mit der Mission betraut, »an Tresckow die Frage zu richten, ob es nun nach der Invasion noch einen Sinn habe, an unserem Plan festzuhalten, da ein praktischer Zweck nicht mehr ersichtlich sei«. In Steinort traf Tresckow mit Lehndorff zusammen, der ihm die Frage Stauffenbergs übermittelte und die Antwort erhielt: »Das Attentat muß erfolgen, coûte que coûte ...« Sollte es nicht gelingen, müsse dennoch der Staatsstreich versucht werden, denn nicht der »praktische Zweck«, sondern die Demonstration der Tatsache, dass es Deutsche gegeben habe, die »vor der Welt und vor der Geschichte den entscheidenden Wurf« gewagt hätten, sei nun allein Ausschlag gebend[8].

Die Antwort Tresckows war klar und bezeichnet deutlich den Wendepunkt in der Umsturzargumentation. Der Wille zum Handeln wurde absolut gesetzt, er war nicht mehr an militärische und politische Bedingungen geknüpft, sondern lag in der ethischen Verpflichtung und der Verantwortung für das eigene Land begründet. Dies besagte freilich noch lange nicht, dass in der Konspiration diese Überzeugung allgemein geteilt wurde. Lehndorff überbrachte Stauffenberg die Antwort Tresckows. Wie schon aus dem Gespräch mit Yorck zu ersehen ist, teilte Stauffenberg »aus den gleichen Gründen« die nun von Tresckow bestätigte Ansicht, »es müsse gehandelt werden, koste es, was es wolle«[9]. Mochte Tresckow am stärksten die ethische Verpflichtung zum Staatsstreich und Umsturz betont haben, so war bei Stauffenberg der absolute Wille zur Tat nicht völlig frei von Hoffnungen, die sich an diese Tat knüpften. Tresckow hatte durch Lehndorff noch bitten lassen, Stauffenberg »solle selber nach Frankreich zu General Speidel fahren, dem Chef des Stabes bei Generalfeldmarschall Rommel, um ihm vorzuschlagen, er müsse dafür sorgen, daß ein Loch in der Westfront aufgerissen werde, um einen Durchbruch der Alliierten zu ermöglichen. Andernfalls werde in Kürze der Russe durchbrechen und ganz Deutschland überschwemmen[10].« Eine solche militärische »Westlösung« hatte Stauffenberg schon vor der Invasion erörtert, ohne sie allerdings wirklich aufzugreifen. Der Vorschlag Tresckows zeigt, wie wenig er noch politische Hoffnungen hegte. Nicht Umsturz bei intakten Fronten, nicht eine Vereinbarung mit den westlichen Alliierten, die der deutschen Wehrmacht den »Kampf im Osten« fortzusetzen erlauben sollte, sondern die militärische Niederlage im Westen vor einer solchen im Osten war das politische Ziel. Der Umsturz und die Beseitigung Hitlers enthielt auch eine politische Zielsetzung, aber nur noch in dem Sinne, dass Deutsche sich selbst von dem nationalsozialistischen Regime befreit, weitere längst unsinnige Opfer verhindert und mit diesem Versuch einer Selbstreinigung das Gebirge von Schuld und Verbrechen abzutragen begonnen hätten, das nach dem Krieg jeden Verständigungsversuch zwischen dem besiegten Land und seinen Gegnern zum Scheitern verurteilen müsste.

Stauffenberg teilte diese moralischen Kategorien, setzte sie wie Tresckow auch absolut und hoffte dennoch offensichtlich in höherem Maße als sein Freund an der Ostfront noch auf viel größere politische Chancen nach dem Umsturz. Er griff Tresckows Vorschlag, nach Frankreich zu fahren, nicht auf. Gelang der Umsturz noch vor dem Zusammenbruch im Westen und im Osten, so hoffte Stauffenberg mit Abstrichen das Ausmaß nicht nur der menschlichen, sondern auch politischen Katastrophe Deutschlands vermindern zu können. Doch jetzt ging es in der neuen Konstellation anders als vor der Invasion nicht mehr um Monate oder Wochen, sondern um Tage. Kam es jetzt nicht bald zum Umsturz, musste der Vorschlag Tresckows aufgegriffen, damit aber auch weitgehend die Hoffnung auf Vermeidung der totalen Katastrophe aufgegeben werden. Dass Stauffenberg die Möglichkeit der Besetzung Deutschlands näher ins Auge fasste, war sehr begreiflich und zeigt, dass seine außenpolitische Betrachtungsweise realistischer wurde.

Nun, da Tag für Tag die Chancen einer einigermaßen möglichen Rettung schwanden und der absolute Wille zum Handeln vorhanden war, fand sich noch immer nicht jener Mann, der bereit war, das Attentat auszuführen. Ist es verwunderlich, dass Stauffenberg immer mehr daran dachte, auch diese Rolle zu übernehmen, obgleich man ihm sie bis dahin verboten hatte? Am 20. Juni trat er inoffiziell seinen neuen Dienst als Chef des Stabes des BdE an. Der 36-jährige Oberstleutnant wurde von seinem Vorgänger – einem 44-jährigen Generalmajor – noch einen halben Monat in seine Aufgaben eingeführt. Nachfolger Stauffenbergs als Chef des Stabes im AHA wurde sein Freund Oberst Albrecht Ritter Mertz von Quirnheim – der auch in konspirativer Hinsicht den früheren Chef des Stabes Olbrichts ersetzte[11].

Als Fromm Stauffenberg mitteilte, dass er ihn zu seinem Chef des Stabes ausersehen habe, soll Stauffenberg zunächst widersprochen haben »mit dem Hinweis, er ... glaube nicht mehr, daß der Krieg gewonnen werden könne. Die Schuld an dieser Niederlage aber treffe niemanden anders als Hitler. Fromm hatte das, ohne zu widersprechen, angehört, hatte gemeint, seine, Fromms, Ansicht sei nicht eben gerade sehr verschieden von derjenigen Stauffenbergs.« Stauffenberg versuchte – wie dies Olbricht bereits öfters getan hatte – erneut, Fromm zu einer gewissen Unterstützung des Staatsstreiches zu bewegen – in versteckter, aber dennoch genügend klarer Weise[12]. Doch Fromms Haltung blieb trotz solchen recht eindeutigen Avancen undurchsichtig. Freilich spielte er zumindest etwas mit dem Feuer, wenn er einmal Olbricht die Bemerkung zuwarf: »Vergeßt um Gottes willen den Keitel nicht, wenn ihr euren Putsch macht[13]!« Der Generaloberst als Chamäleon – dieses Problem konnte nun mit der Ernennung Stauffenbergs zum Chef des Stabes des BdE für den Staatsstreich einigermaßen gelöst werden. Denn als Chef des Stabes konnte Stauffenberg – abgesehen von der Möglichkeit, Hitler Vortrag zu halten – seinen Befehlshaber vertreten. Sollte sich dieser am entscheidenden Tag weigern mitzumachen, musste man nicht auch noch seinen Stabschef außer Gefecht setzen, sondern konnte, ohne den Schein der Legalität zu durchbrechen und ohne die nichteingeweihten Wehrkreiskommandeure kopfscheu zu machen, Stauffenberg operieren, argumentieren und befehlen lassen. Dies scheint auch Stauffenberg sehr bald mit seiner neuen Aufgabe, die ihn nun zum engsten Mitarbeiter des ihm in jeder Beziehung unsympathischen Fromm werden ließ, versöhnt zu haben[14].

Während der Ausbau des Staatsstreiches auch nach der Invasion seinen Fortgang nahm, drohte der Konspiration eine tödliche Gefahr. Denn am 12. Juni wurde Oberst Staehle verhaftet, bei dem Gehre zeitweise Unterschlupf gefunden hatte. Die Verhaftung war ein äußerst ernstes Warnsignal für die Konspiration. Denn Staehle wusste dank seiner Verbindung zu Goerdeler recht viel von den Umsturzplänen. Stauffenberg gab »seiner großen Sorge Ausdruck«. Wohl auf seine Bitte hin suchte der seit Jahren mit der Konspiration in Kontakt stehende Chef des Heeresjustizwesens, Generalrichter Karl Sack, Staehle im Wehrmachtgefängnis auf und befragte ihn ausführlich »über den Verlauf seiner Vernehmungen durch die Geheime Staatspolizei«. Dabei wollte er insbesondere wissen, »ob Staehle auch nach Goerdeler gefragt worden« sei. Die Antwort lautete positiv, und so musste Stauffenberg Goerdeler eine Warnung zukommen lassen. Offenbar ging er vor allem zu Beck, der dann Goerdeler davon in Kenntnis setzte, dass Stauffenberg ihm gegenüber »größere Verschwiegenheit« wünsche[15].

Kurz nach dieser bedrohlichen Verhaftung und einen Monat nach jener Zusammenkunft, in deren Verlauf es zu recht heftigen Auseinandersetzungen gekommen war[16], trafen sich am 16. Juni Goerdeler, Wirmer, Jakob Kaiser, Habermann und Leber zu einer größeren Aussprache. Leuschner nahm an dieser Sitzung nicht teil, wurde aber hernach über ihren Verlauf unterrichtet. Leber, der nun als Innenminister der Übergangsregierung vorgesehen war, formulierte nach der Invasion seine Kritik an Goerdeler noch schärfer. Goerdeler »sei in der Außenpolitik Illusionist, in seinen wirtschaftlichen Auffassungen überlebt und insgesamt an die Großindustrie gebunden«. Leber trat für den »Verzicht auf Ostpreußen, Elsaß-Lothringen, den Sudetengau usw.« ein – nicht weil er diesen Schritt sehnlichst wünschte, sondern aus der Erkenntnis, dass dies gar nicht zu umgehen war. Dennoch erhob sich heftiger Widerspruch gegen diesen Vorschlag. In der innenpolitischen Diskussion scheint Leber offenbar mit einer recht realistischen Eventualargumentation operiert zu haben, wobei er für den Fall, dass der Umsturz erst nach dem militärischen Zusammenbruch erfolgen würde, ein »radikales sozialistisches Programm« und eine »rein sozialistische Lösung« entworfen haben soll. Darauf entgegneten ihm Kaiser, Habermann und Wirmer, dass man mit diesem Versuch, »die alte SPD-Politik fortzusetzen«, nicht weiterkomme.

Leber legte Aufrufsentwürfe vor, in denen die Erklärung der unveräußerlichen Freiheitsrechte, Wiederherstellung von Recht, Gesetz und Ordnung enthalten war. »Es folgten wirtschaftliche Fragen, insbesondere betreffend die Sozialisierung der Grund- und Schlüsselindustrien. In Rassen-, Glaubens- und Klassenfragen enthielt der Aufruf eine Toleranzerklärung und verlangte unter anderem die Wiederherstellung der jüdischen Rechte.« Entsprechend den Vorstellungen Lebers wurde eine »Volksbewegung« konzipiert. »Eine Einigung von aus verschiedenen alten politischen Richtungen stammenden Menschen zum Zwecke der Unterstützung einer neuen Reichsregierung« sollte deshalb zustande kommen, um »nach dem militärischen Zusammenbruch die Grundlage für eine neue Volksbewegung« zu schaffen[17].

Leber lag nichts ferner, als die »alte SPD-Politik« fortzusetzen. Offensichtlich ging es in dieser Besprechung auch um die von Leber aufgeworfene Frage einer Fühlungnahme mit deutschen Kommunisten, die in Verbindung mit der Propaganda des »Nationalkomitees Freies Deutschland« operierten. »Um die Voraussetzungen für die Neugestaltung nach dem Staatsstreich so eingehend wie möglich zu klären, setzte sich Leber ... auch für einen abtastenden Kontakt mit der illegalen Leitung der KPD in Berlin ein. Er wollte wissen, was die Kommunisten vorhätten, und es kam ihm darauf an, der Übergangsregierung zusätzliche Schwierigkeiten zu ersparen.«

Diese Schwierigkeiten waren von einem nüchternen Betrachter schon recht deutlich zu erkennen. Sie wuchsen täglich mit dem Vormarsch der Roten Armee, der Propaganda des »Nationalkomitees Freies Deutschland«, der durch die Kriegsverelendung geschaffenen revolutionären Situation und den sich daran anknüpfenden Möglichkeiten der kommunistischen Untergrundagitation. Wenn Leber deshalb ein »radikales sozialistisches Programm der neuen Regierung« postulierte, geschah dies, »um dem Kommunismus den Wind aus den Segeln zu nehmen«. Seine Kritik insbesondere an Goerdelers Wirtschaftsprogramm, das allerdings nicht »an die Großindustrie gebunden« war, sondern durchaus neue Ansätze enthielt, die freilich recht stark von den Planungs- und Verstaatlichungsprojekten der »Kreisauer« und noch mehr Lebers differierten, ging wie bei Moltke und Trott von derselben, bei ihm auf Grund fundierter Kenntnis noch weitaus stärker betonten Sorge über den »Reaktionär« Goerdeler aus, der die drohende Gefahr einer möglichen Synthese von nationalistischen und stalinistisch-kommunistischen Elementen in einem zunächst vom »Nationalkomitee« symbolisierten, aber dem Kommunismus das Feld völlig überlassenden Nationalbolschewismus nicht zu erblicken vermochte.

Diese Gefahr erhielt nicht erst Gestalt dadurch, dass Stalin sie zu einer Komponente seiner Deutschlandpolitik – übrigens auch noch in der Zeit nach dem Jahre 1945 – erhob. Sie war schon der Spätphase der Weimarer Republik zu entnehmen, in der Nationalsozialisten und Kommunisten in einem beinahe synchronisierten Destruktivismus und in der totalitären Allianz des Nihilismus die Demokratie in Deutschland zum Einsturz gebracht hatten. Lebers Vorschlag und seine Taktik bedeuteten, soweit sie über die bloße Absicht einer Sondierung hinausgingen, das glatte Gegenteil einer »Ostlösung«. »Den Wind aus den Segeln nehmen«, hieß konkret, eine Spaltung der illegalen KPD zu versuchen und zumindest Teile zur Unterstützung der »Volksbewegung« nach dem Umsturz gegen die von der sowjetischen Politik durch das »Nationalkomitee« lancierte nationalbolschewistische »Alternative« zu gewinnen[18].

Um diese Möglichkeit einer Teilnahme einer zur Kooperation mit der neuen Regierung bereiten national-kommunistischen Faktion wenigstens theoretisch offen zuhalten, focht Leber in diesem Treffen nach der Invasion, das für ihn nicht nur im Zeichen der Niederlage, sondern auch der unmittelbar bevorstehenden zweiten, östlichen Invasion stand, für ein progressiveres, sozialistisches Programm. Dass Goerdeler dagegen opponierte, war zu erwarten. Er vermutete, dass hinter Lebers Vorschlag Stauffenberg stehe, und war deshalb nicht nur über Leber, sondern auch über den nicht anwesenden »politischen Offizier« verärgert, dem er dann noch viel später – unter souveräner Vermengung taktischer und programmatischer Motive – »einen unklaren politischen Kurs mit Anlehnung an Linkssozialisten und Kommunisten« vorwerfen sollte. Leber scheint sich in der Tat darauf berufen oder zumindest den Eindruck erweckt zu haben, dass Stauffenberg sein »Programm« und vielleicht sogar die Sondierungsversuche bei den deutschen Kommunisten billige[19].

Die an diesem Treffen vom 16. Juni zutage tretenden Konflikte waren nicht unüberbrückbar, ließen aber auf etwelche, angesichts der verschlechterten außenpolitischen Situation noch akzentuierte zentrifugalen Tendenzen in der Konspiration schließen. Nach diesem Treffen wurden einige Vermittlungsaktionen unternommen, in die sich sogar der an dieser Frage eher unbeteiligte Beck einschaltete. Die Besprechung hatte mit der Verlesung eines Entwurfes von Habermann geendet, der den Standpunkt Goerdelers vertrat und von Leber kritisiert wurde. Wirmer wurde deshalb beauftragt, den Entwurf umzuarbeiten. Es wurde eine dritte Besprechung vereinbart, die aber nicht mehr zustande kam, da Goerdeler sich – infolge der Verhaftung Staehles – immer mehr versteckt halten musste. Auf Veranlassung Goerdelers zog Wirmer aber wenigstens Stauffenberg hinzu, mit dem er über den Grafen Schwerin nur wenige Tage später einen Termin vereinbarte.

Zusammen mit Schwerin ging Stauffenberg zu Wirmer, der mit ihm »Entwürfe von Leber« – wahrscheinlich das am 16. Juni vorgetragene »radikale sozialistische Programm« – durchsprechen wollte und erklärte, Leber berufe sich auf die Billigung des Offiziers. Darauf musste Stauffenberg klarstellen, dass er keine Zustimmung erteilt hatte. Zur Klärung dieser etwas verworrenen Situation, die offensichtlich auch infolge der komplizierten und zunehmend erschwerten Kommunikationsmöglichkeiten der Konspiration entstanden war, verabredeten Stauffenberg und Wirmer für den auf dieses Treffen folgenden Sonntag eine gemeinsame Aussprache mit Leber, in der Wirmer »eine Reihe eigener Entwürfe zur Sprache« brachte. Statt der »neuen Gemeinschaft« Goerdelers legte Wirmer »den Entwurf einer ›deutschen Gemeinbewegung‹« vor, der – wie auch der Name recht sinnfällig dartut – offensichtlich einen Kompromiss zwischen Goerdelers Ideen und der »Volksbewegung« Lebers darstellte. Für diesen Entwurf, der wohl die von Stauffenberg erwünschte Öffnung in Maßen nach links brachte, scheint Wirmer die Zustimmung Stauffenbergs gewonnen zu haben. Mit Leber unterhielt sich Leuschner anfangs Juli[20].

Wieweit in diesen Gesprächen Stauffenbergs mit Wirmer die Frage der Sondierung bei den Kommunisten berührt wurde, ist nicht zu eruieren[21]. Dass Stauffenberg Leber nicht bedingungslos Gefolgschaft leistete, demonstrierte seine Haltung in diesen Gesprächen. Sicherlich ist richtig, dass »schon die Tatsache dieser rein politischen Konferenzen mit Stauffenberg zeigt, wie sehr sich je länger je mehr das Schwergewicht auf ihn, das aktive Zentrum des Militärkomplotts, verschoben hatte und wie stark inzwischen die politische Autorität General Becks verblaßt war«[22]. Doch lässt sich aus dieser Tatsache nicht schließen, dass er auch zum politischen Zentrum geworden war. Er war nicht zu der Besprechung am 16. Juni herangezogen, sondern erst hernach an der Ausarbeitung eines Kompromisses beteiligt worden. Die zivile Gruppe der Konspiration bewahrte weiterhin ihren heterogenen Charakter. Um ihren Zusammenhalt bemühte sich auch Stauffenberg, da Goerdeler allein ihn offensichtlich nicht mehr zu garantieren vermochte. Hätte er sich als politischen Gegenspieler Goerdelers verstanden, wäre er wohl kaum so rasch bereit gewesen, einen Kompromiss – eine pragmatische, politische Leistung – zu befürworten.

Goerdeler hatte nach der Invasion einen großen Teil seines Optimismus verloren. Er ließ durch einen Freund in Stockholm Wallenberg fragen, ob es überhaupt noch einen Sinn habe, von den Alliierten Bereitschaft zu Verhandlungen mit der Konspiration zu erwarten. Die Antwort, die er am 20. Juni erhielt, bevor er ins ostpreußische Seebad Rauschen fuhr, lautete negativ. »Mit Erbitterung sprach er jetzt vom Versagen der Generalität, mit Skepsis und Mißtrauen von der Politik Stauffenbergs.« Er bekannte, dass er kaum noch Hoffnung auf das Gelingen seiner Pläne hege. »Man müsse die Dinge eben treiben lassen« – war seine resignierte Antwort[23]. Hier zeigte sich erneut und in entscheidender Weise ein Unterschied zwischen der Haltung des ehemaligen Leipziger Oberbürgermeisters und jener Stauffenbergs oder Tresckows. Der »politische Offizier« hatte anders als Goerdeler den Willen zum Handeln absolut gesetzt und resignierte nicht angesichts der militärischen und außenpolitischen Situation. Goerdelers momentane Resignation war das Ergebnis eines Realitätsblitzes, der in sein Gebäude außenpolitischer Illusionen eingeschlagen hatte. Im Zeitraum, in dem er allerdings bloß vorübergehend die wirkliche Lage Deutschlands realistischer einschätzte, hegte nun Stauffenberg paradoxerweise die größeren Illusionen – mit dem wichtigen Unterschied, dass er sie nicht mehr zur Grundlage seines Handelns machte und dass er auch die ihn bitter anmutenden möglichen Entwicklungen, wie etwa die totale Besetzung Deutschlands, näher ins Auge fasste.

Etwa Mitte Juni traf sich Stauffenberg an einem Abend mit Trott. An der Zusammenkunft nahm auch Oberst Hansen teil. Trott sollte am 23. Juni erneut eine Reise nach Stockholm antreten[24]. Stauffenberg erklärte ihm: »Ich muß wissen, wie sich England und die USA benehmen, wenn Deutschland zur Aufnahme kurzfristiger Verhandlungen genötigt sein sollte.« Er hielt also offensichtlich an der Hoffnung fest, »daß man sich auf der Feindseite auf Verhandlungen und auf eine Verständigung einläßt«.

Diese Meinung begründete er nun nach der Invasion mit der etwas modifizierten früheren Argumentation: »Die anglo-amerikanische Sorge über das Vordringen der Sowjetunion sei groß. Die angelsächsischen Blutopfer in Frankreich hätten zweifellos innerpolitische Rückwirkungen in den betreffenden Ländern.« Dies war der gleiche Gedanke, den er noch vor der Invasion erörtert hatte, als er sozusagen die westalliierten Verluste in seine Betrachtung über die Verhandlungsmöglichkeiten einkalkulierte. Er bestand darauf, »daß der Westen wegen des raschen Vorrückens der Sowjetunion verhandeln würde, nur nicht mit der jetzigen Regierung«, und knüpfte daran eine zum Teil realistische, zum Teil aber illusionistische Betrachtung an: »Für die USA liege der eigentliche Kriegsschauplatz im Fernen Osten. Die Engländer müßten durch den bedrohlichen Machtzuwachs der Sowjetunion versöhnlich gestimmt sein. Man solle die offizielle hartnäckige Regierungspolitik nicht für bare Münze nehmen. Zumindest sei es undenkbar, daß nicht die Militärs auch der Gegenseite die Gefahr hier erkennen würden, die auch für ihr Volk besteht.«

Im Glauben an die Möglichkeit, dass Churchill nach einem Sieg der Alliierten unter Umständen seine Deutschlandpolitik radikal ändern und an die Stelle des Zweckbündnisses mit der Sowjetunion seinen Antikommunismus zugunsten Deutschlands auf die Waagschale werfen würde, hoffte Stauffenberg, auf einem Umweg zu einer politischen »Westlösung« nach dem Umsturz zu kommen. Er vertrat »mit verschiedenen Abwandlungen« das Projekt von »Verhandlungen von Heerführer zu Heerführer« und suchte Verbindung zum Supreme Headquarters Allied Expeditionary

Force (SHAEF) General Eisenhowers und direkt zum Generalstabschef der amerikanischen Armee, General George C. Marshall, »um seine Utopie der Einstellung der Feindseligkeiten im Westen von Heerführer zu Heerführer und der baldigen Beendigung des ganzen Krieges durchzusetzen«. Denn er war der Meinung, »daß kein alliierter Heerführer angesichts der katastrophalen strategischen Lage der angelsächsischen Streitkräfte gegenüber Russland nicht notwendig zum Einlenken gegenüber Deutschland bereit sein würde«[25].

So flog am 19. Juni Otto John im Auftrag Stauffenbergs nach Madrid. Durch seine Verbindung zum amerikanischen Militärattaché in der spanischen Hauptstadt sollte John ausfindig machen, »ob und welche Möglichkeiten bestünden, um mit Eisenhower im Falle eines erfolgreichen Staatsstreiches gegen Hitler über einen Waffenstillstand zu verhandeln. Die Verhandlungen selbst sollten von Oberst Hansen als Bevollmächtigtem von Generaloberst Beck geführt werden.« Stauffenbergs Absicht, »die Waffenstillstandsverhandlungen, wie er es formulierte, ›von Soldat zu Soldat‹ führen zu lassen und dabei alle Zivilisten und Politiker auszuschalten«[26], basierte offensichtlich auf einer dem militärischen Denken ohnehin nicht fremden Spekulation, die angesichts der militärischen Opposition auf Seiten der westlichen Alliierten gegen die Politik des unconditional surrender nicht ganz unberechtigt war.

Stauffenbergs Absicht in diesen Tagen Mitte Juni war es nicht, eine militärische »Westlösung« im Sinne Tresckows herbeizuführen, d. h. einfach die Front zum Einsturz zu bringen, um den westlichen Alliierten die Besetzung Deutschlands vor der Sowjetunion zu ermöglichen. Er wollte im Gegenteil immer noch einen Preis für die deutsche Westfront und eine politische »Westlösung«, d. h. einen Waffenstillstand im Westen eintauschen gegen die Möglichkeit und Verpflichtung, den Widerstand im Osten – dann auch im Interesse der Westmächte – fortzusetzen. Er brauchte sich in diesem Wunsch, der die Tradition des politischen Primates in den westlichen Demokratien allzu sehr ignorierte und noch immer von illusionären Hoffnungen auf Spaltung der »unheiligen Allianz« zeugte, nicht auf »irgendwelche Informationen, die ihm von anderer Seite zur Verfügung standen«, zu stützen. Es ist auch höchst unwahrscheinlich, »daß ihm von militärischer feindlicher Seite Eröffnungen oder gar Anerbietungen angetragen worden sind« oder dass er einem »Vertrauensmann Eisenhowers in die Hände gefallen« ist[27].

Zu Stauffenbergs Hoffnung auf eine Separatverständigung mit den westalliierten Militärs mochte allerdings falsche »konspirationseigene« Berichterstattung beigetragen haben. Gegenüber John erklärte sich der amerikanische Militärattaché in Madrid bereit, alle eintreffenden Mitteilungen der Konspiration an General Eisenhower weiterzuleiten. Doch wies er gleichzeitig ganz klar und deutlich darauf hin, dass der Krieg ohne bedingungslose Kapitulation des Deutschen Reiches gegenüber allen Alliierten nicht beendet werden könne und jede Hoffnung auf eine andere Form der Waffenstreckung völlig sinnlos sei. Diese Mitteilung sollte der Konspiration bald zukommen – und zwar in präziser, nicht irgendwie verstellter und falsche Hoffnungen erweckender Wiedergabe[28].

Trugen Johns Recherchen nicht zur Nährung der Illusionen bei, so verhielt es sich in dem Fall des für die »Abwehr« tätigen deutschen Vizekonsuls in Zürich, Hans Bernd Gisevius, offensichtlich anders. Gisevius hatte nach der Entlassung Osters Deutschland verlassen und stand im Zwielicht des Nachrichtendienstes in Kontakt mit Allen Dulles, dessen Hauptinformant über die Konspiration er wurde, ohne allerdings über sie sehr genau informiert zu sein, da er ja schon über ein Jahr nicht mehr in Deutschland war. Als eine nicht sehr wichtige Figur gehörte er zu den Veteranen des Staatsstreiches, die wie Oster nun inaktiv bleiben mussten. Zudem war er über die militärische Seite der Konspiration schlecht unterrichtet und erhielt eher spärliche Nachrichten vor allem von der zivilen Seite – und zwar aus dem Umkreis Goerdelers, was auch aus seinen späteren Berichten nach Kriegsende klar ersichtlich ist.

Den Berichten Gisevius' entnahm der in der »Abwehr« und für die Konspiration tätige Hauptmann d. R. Theodor Strünck, dass »alle Sondierungen in der Schweiz ... eindeutig dafür gesprochen« hätten, »daß Verhandlungen mit England möglich wären. Sowohl die Engländer wie die Amerikaner hätten Anfang Juni gern an der Invasion vorbeikommen wollen. Die Amerikaner seien ohnehin für eine baldige Beendigung des Krieges in Europa, um in Ostasien freie Hand zu bekommen.« Basierten die an das fernöstliche Engagement der Vereinigten Staaten geknüpften Hoffnungen Stauffenbergs auf solchen und ähnlichen Berichten? Gisevius selbst knüpfte damals – entgegen seinem späteren Bericht – offenbar zu große Hoffnungen an das »enge Vertrauensverhältnis« zwischen Roosevelt und Allen Dulles, der »im State Department alles durchsetze und nach dem Krieg von Roosevelt als Verbindungsmann für alle europäischen Fragen vorgesehen sei«. Wenn er wirklich der Konspiration die Mitteilung zukommen ließ, dass Eisenhower »schon entsprechende Instruktionen bekommen« habe, »im Falle einer ... Regierung Beck-Goerdeler nicht die bedingungslose Kapitulation zu verlangen«, so bedeutete dies eine groteske Verkennung der tatsächlichen Lage Deutschlands und eine sträfliche Vermengung von Wunschvorstellungen mit der Realität.

Weshalb Strünck den Inhalt von Gisevius' Bericht später im Verhör verfälscht haben sollte, ist nicht einzusehen. Dass der überlebende Gisevius nach dem »bitteren Ende« die Dinge in anderer Perspektive darstellte, ist auch dann anzunehmen, wenn man ein etwas eigenartiges politisches Doppelspiel vermuten wollte, das Gisevius der Konspiration die realistischen Berichte Dulles' über die amerikanische Politik in optimistischer Form und Verdrehung zuleiten ließ, um die außenpolitischen Illusionen, die ja bei Goerdeler wirklich eine Art Kraftquell für seine konspirative Tätigkeit darstellten, zu einer Triebfeder für möglichst rasches Handeln zu machen[29].

Bevor Trott seine letzte Reise nach Stockholm antrat, empfahl Leber »dem jungen, überaus fähigen Diplomaten mit allem Nachdruck, keineswegs eine auf die Spaltung der Alliierten gerichtete Politik zu betreiben. Die einzige Chance bestand seiner Ansicht nach im Sturz Hitlers, dem Ausrufen einer aus den Kreisen des Widerstandes gebildeten Regierung und deren offenem Waffenstillstandsangebot. Trotz der Unausweichlichkeit der Kapitulation hielt Leber es für unverantwortlich, die Bevölkerung weiter dem Elend des immer sinnloser gewordenen Krieges auszuliefern. Er hoffte trotz aller Enttäuschungen, daß eine aus deutscher Initiative nach dem Sturz Hitlers gebildete Regierung doch noch als echter, wenn auch dem Einfluß nach begrenzter Verhandlungspartner von den in Frage kommenden Auslandsfaktoren anerkannt werden würde[30].«

Von dieser schonungslosen Betrachtung unterschied sich auch Trott noch Mitte Juni 1944. Er legte in diesem Frühsommer seine Gedanken in einer Denkschrift mit dem Titel »Deutschland zwischen Ost und West« nieder, die er nach seinem eigenen Zeugnis mit dem »Blut seines Herzens« geschrieben hatte, die aber nicht erhalten geblieben ist und in der er nach der Inhaltsangabe in den Kaltenbrunner-Berichten zur sowjetischen Politik unter anderem ausführte: »Das bolschewistische Interesse an einer Gewinnung Deutschlands bedeute das weitere Vordringen der Sowjetunion bis zur atlantischen Küste. Die bolschewistische Politik werde in bezug auf das Reich durch gewisse Ähnlichkeiten im politischen und wirtschaftlichen Aufbau bei allerdings verschiedener sozialer Struktur begünstigt. Außerdem bildeten die sozialistische Arbeiterschaft, die radikalisierte deutsche Jugend sowie 12 Millionen ausländische Arbeiter im Reich einen günstigen Nährboden. Dem Bolschewismus gegenüber sei England der einzige Gegenspieler. Die englische Politik im Sinne eines zweiten Versailles sei falsch, sie verhindere eine balance of power. Deutschland bleibe aber in Europa immer noch die zweitstärkste Macht. Sie müsse von England gegen Rußland ausgespielt werden. Die einzige Möglichkeit sei daher ein ehrenvoller Frieden ohne Besetzung, ohne Gebietsabtretungen, Kriegskontributionen, ohne politische Einkreisung und wirtschaftliche Fesseln. Allenfalls könne an die Abtretung Ostpreußens als Kompensation an Polen gedacht werden sowie an eine Unabhängigkeitserklärung Österreichs[31].«

Noch immer nährten sich also auch Trotts Gedanken an einer »notwendigen« Verständigungsbereitschaft Großbritanniens. Dass die britische Politik allerdings nicht mehr den Fehler eines »zweiten Versailles« machen, diesmal vielmehr Deutschland vollständig besetzen und es die Niederlage deutlich spüren lassen wollte, wusste Trott, auch wenn er für diese Absicht wieder den Begriff »Versailles« gebrauchte – offensichtlich ohne zu bemerken, dass er die alliierte Politik nicht richtig bezeichnete, die ja jede Form eines Versailler Vertrages mit anschließender »Dolchstoß«-Legende zu verhindern gewillt war. Anders als Stauffenberg sah er durchaus klar »die englische Mentalität..., die Deutschland als unverbesserlich aggressiv betrachte«. Nur zog er daraus die falschen Schlüsse. Seiner Ansicht nach hatte »in Wirklichkeit ... erst der Friede von Versailles die Gedanken einer Aggression hervorgerufen«[32]. Wie gut Deutschland im Jahre 1919 noch davongekommen war – Trott, Stauffenberg, Goerdeler, sie alle sahen es auch jetzt noch nicht und lieferten damit sozusagen eine unfreiwillige Rechtfertigung für die Politik des unconditional surrender.

Stauffenberg unterhielt sich in diesem Juni noch mit Goerdeler – offenbar nach dessen Rückkehr aus Ostpreußen am 28. oder 29. Juni – und teilte ihm mit, dass die Konspiration »nunmehr eine direkte Gelegenheit gehabt habe, eine Mitteilung an Churchill gelangen zu lassen«. Goerdeler behauptete später, »daß Stauffenberg in diesem Zusammenhang Graf Bismarck genannt habe, über den diese unmittelbare Verbindung zu Churchill zur Verfügung gestanden habe. Stauffenberg habe gesagt: Er nehme an, daß seine Mitteilung in etwa 8 Tagen bei Herrn Churchill auf dem Schreibtisch liegen werde.« Goerdeler vermutete darauf, dass der Weg von dem Potsdamer Regierungspräsidenten Gottfried Graf Bismarck-Schönhausen über Jakob Wallenberg geführt habe. Mit Wallenberg, dem Verbindungsmann Goerdelers, war Bismarck seit dem Jahre 1924 – also zehn Jahre länger als Goerdeler – befreundet. Goerdeler vermutete wohl diesen Weg, weil Stauffenberg oft bei Bismarck weilte. Aber abgesehen davon, dass Bismarck später bestritt, »über Wallenberg irgendwie eine Verbindung mit Churchill gesucht oder hergestellt zu haben«, und er, ohne dass die nationalsozialistischen Untersuchungsbeamten diesen Verdacht hätten erhärten können, freigesprochen wurde, ist es eher unwahrscheinlich, dass Stauffenberg diesen Weg beschritt[33].

Goerdeler war zunächst allein über die Tatsache, dass Stauffenberg offenbar selbständige außenpolitische Kontakte aufnahm, in höchstem Maße verärgert. Zum gleichen Zeitpunkt hatte er ja Stauffenberg hinter dem Konflikt mit Leber vermutet. So war er nun »über diese Mitteilung peinlich überrascht«, da er, der seinen gewaltscheuen Plänen für eine »Zernierung« Hitlers nachging und zudem gar nicht mehr über ausreichende Auslandskontakte verfügte – ob er dies wirklich jemals tat, bezweifelte Moltke schon früher zu Recht –, »es für undiszipliniert« hielt, »daß eine Gruppe auf eigene Faust etwas unternimmt«. Er hatte »schon mehrere Spannungen erlebt, die daraus herrührten, daß Graf Stauffenberg für das Militär und für sich, in Wahrheit für die sogenannte junge oder Grafengruppe, das Recht äußerster Selbständigkeit beanspruchte«[34].

An dieser Äußerung Goerdelers ist weniger die Bestätigung der Spannungen, als vielmehr seine Bezeichnung »Grafengruppe« auffallend, weil damit das Bild einer einigermaßen homogenen Gruppe provoziert wird. Dieses Bild ist eine Realität, weil Goerdeler sich einer Stauffenberg»Gruppe« gegenübergestellt wähnte. Dass er alle, die sich von ihm mehr oder minder distanzierten, unter dem Aspekt einer innerkonspirativen Opposition betrachtete und die gewaltigen Unterschiede innerhalb dieser heterogenen Gruppierung übersah, die nicht bereits durch ihre Distanz zu Goerdeler einen gemeinsamen Nenner in allen politischen Fragen fand, war zwar begreiflich. Doch wenn Stauffenberg für das Militär und sich »äußerste Selbständigkeit« forderte – er tat es wohl vor allem in der Frage des Attentates und der technischen Vorbereitung des Staatsstreiches –, so war es eine höchst subjektive Einschätzung Goerdelers, dass der »politische Offizier« dies »in Wahrheit« für eine Art oppositionelle Konkurrenzgruppe unternahm. Hatten schon im »Kreisauer Kreis« zuweilen recht unterschiedliche Meinungen geherrscht, die das Bild einer homogenen Gruppe nicht immer zu bestätigen vermochten, so waren wohl die Grafen Claus und Berthold Stauffenberg, die Grafen Yorck, Schulenburg und Schwerin und Adam von Trott zu Solz weit davon entfernt, sich als eine homogene Gruppe zu betrachten. Goerdeler wandte sich erneut an Beck und machte ihn »auf die Gefahren und Unzuträglichkeiten« von Stauffenbergs Vorgehen aufmerksam. Beck beschwichtigte ihn offensichtlich und schloss sich der Meinung des Empörten nicht an. Denn er war »der Meinung, man solle diesen jungen Heißspornen nicht zuviel Zügel auflegen«[35].

Ende Juni erfuhr Hauptmann Kaiser von Goerdeler, »daß von höchster englischer Stelle aus Erkundigungen« über die Konspiration eingezogen worden seien. Stauffenberg habe »a) eine Liste von Männern übermittelt, die die zukünftigen Verhandlungspartner Englands sein sollten, b) den Wunsch, daß Österreich beim Reich bleibt, c) die Bitte, daß die Abrechnung mit den Kriegsverbrechern der künftigen deutschen Regierung überlassen bleiben sollte«[36].

Es ist anzunehmen, dass dieser Bericht Goerdelers an Kaiser sich auf die erwähnte Bemerkung Stauffenbergs gegenüber Goerdeler bezog – also im Grund denselben Vorgang meinte, in dessen Zusammenhang Stauffenberg Graf Bismarck genannt haben soll. Der »Drei-Punkte-Plan« – musste nicht auch sein Inhalt Goerdeler verärgern? Abgesehen davon, dass man nun wünschte oder bat und nicht mehr Bedingungen aufstellte, war er unverhältnismäßig bescheidener als jener Goerdelers vor einem Monat[37]. In ihm wurden nicht mehr große außenpolitische Pläne geschmiedet. Der zweite Punkt differierte etwas von Trotts Haltung. Im ganzen hatte sich aber sozusagen Lebers Vertrauen auf die normative Kraft des Faktischen durchgesetzt. Verhandlungen nach dem Umsturz standen an erster Stelle. In ihnen sollte man dann sehen können, was man nach dem Umsturz, der eine Vorbedingung jedes Verständigungsversuches war, noch zu erreichen in der Lage sein würde. Bis dahin mochte jeder noch die verschiedensten Hoffnungen hegen.

Ob Stauffenberg überhaupt an Churchill gelangen wollte – wie Goerdeler berichtete –, ist ebenso zweifelhaft wie die Frage, auf welchem Weg er dies allenfalls versuchte. Hauptmann Kaiser gab später »eine Reihe von Hinweisen, daß Stauffenberg über Mittelsmänner zwei Verbindungen zur englischen Seite hatte«[38]. Anfangs Juni hatte Stauffenberg erklärt, dass er nicht glaube, dass Verhandlungen über Stockholm initiiert werden könnten[39]. Sollte nun etwa Trott, dem gegenüber Stauffenberg immer wieder seine Absicht betonte, Verhandlungen von Heerführer zu Heerführer zu führen, während seiner letzten Schwedenreise den »Drei-Punkte-Plan« übermittelt haben? Abgesehen davon, dass über diese Reise praktisch nichts mehr in Erfahrung zu bringen ist[40], ist dies eher unwahrscheinlich. Eine weitere, auf Grund familiärer Beziehungen bestehende Möglichkeit einer Verbindungsaufnahme wurde gar nicht genutzt. Denn Baron Hans Christoph von Stauffenberg, der mit einer Nichte von Sir Alexander Cadogan, dem Ständigen Unterstaatssekretär im Foreign Office, verheiratet war, hatte schon lange Zeit zuvor Moltke seine Dienste bei der Herstellung von Auslandkontakten angetragen, die aber nicht in Anspruch genommen wurden – auch nicht später von seinem Vetter Claus Stauffenberg[41]. Gisevius, der nur Beziehungen zu dem Amerikaner Dulles hatte, wurde von Stauffenberg nicht für Auslandkontakte eingesetzt. John spielte eine gewisse Rolle im Plan, Verbindungen zum SHAEF aufzunehmen, kam aber nicht für eine Übermittlung in der Art, von der Goerdeler berichtete, in Frage. Dass der Versuch, Bitten und Wünsche für Verhandlungen nach dem Umsturz dem Gegner zukommen zu lassen, von Stauffenberg unternommen wurde, ist begreiflich. Doch nichts lässt erkennen, dass er wirklich gelungen ist[42]. Auch die Tatsache, dass ein Kontakt technisch hergestellt war – das Beispiel Johns in Madrid zeigte dies deutlich –, bedeutete nicht, dass man wirklich von einer Verbindung sprechen konnte. Denn wenn die eine Seite beständig den Wunsch nach Kontakten und Verhandlungen nach dem Umsturz zum Ausdruck brachte, die andere Seite sich aber darauf beschränkte, dies jeweils kommentarlos entgegenzunehmen, ohne auch nur einmal eine

Antwort zu erteilen, war diese »Verbindung« beinahe wertlos und – wenn überhaupt – erst nach einem Umsturz zu gebrauchen. Fahrner sollte Ende Juni erfahren, dass man Kontakte nach Großbritannien gesucht hatte, die jedoch ohne Erfolg geblieben seien. Die »geheimen Verhandlungen«, von denen er erfuhr, ohne weiter eingeweiht zu werden, konnten allerdings sehr gut identisch mit jenen Trotts sein. Trott selbst sollte sich später zu Stauffenbergs Verhandlungsprojekt »von Heerführer zu Heerführer« mit der Bemerkung äußern, »entweder habe Stauffenberg über eine solche Möglichkeit bestimmte Inspirationen der Gegenseite gehabt, oder er habe mit seiner Tat ›außenpolitisch ins Nichts gehandelt‹«[43].

Da die Spekulationen über das Zustandekommen von Stauffenbergs Auslandskontakten sich vor allem auf sehr unsichere und unpräzise Aussagen Trotts stützen, jene des über Stauffenbergs Aktionen weitaus weniger gut als Trott informierten Goerdeler aber nur einen einseitigen Kontaktaufnahmeversuch erkennen lassen, bezeichnet dieser Hinweis Trotts wohl mit einer an Sicherheit grenzenden Wahrscheinlichkeit die tatsächliche Sachlage: Stauffenberg handelte ohne irgendwelche vorangegangenen Vereinbarungen mit den westlichen Alliierten – ein Ergebnis, zu dem später sogar die nationalsozialistischen Verhörsbeamten kommen sollten, denen an dem Nachweis solchen »Landesverrates« sehr viel gelegen hätte. Dies ist auch deshalb leicht begreiflich, da ja spätestens seit dem 6. Juni 1944 der prinzipielle Wille zum Handeln nicht mehr abhängig war von der außenpolitischen Situation.

Wohl nicht ohne Zusammenhang mit Lebers Projekt einer taktischen Erweiterung der politischen Basis des Umsturzes nach links, das eben solch heftigen Widerstand in der Konspiration gefunden hatte, beschaffte sich Trott bei seinem Besuch in Stockholm »die bekannte, gemeinsam von Erich Weinert und von Seydlitz herausgegebene Broschüre über das Programm des Nationalkomitees ›Freies Deutschland‹«. Doch er kam zu dem Ergebnis, »daß das Nationalkomitee keinen für die weitere Entwicklung Deutschlands positiv zu verwertenden politischen Gehalt, sondern nur einen propagandistischen Nutzeffekt für die Gegenseite« hatte. Stauffenberg stimmte ihm bei und erklärte, »er halte nicht viel von den Proklamationen hinter Stacheldraht«[44]. Das hieß freilich nicht, dass Trott und Stauffenberg die nationalbolschewistische Komponente der Stalinschen Deutschlandpolitik bagatellisierten. Im Gegenteil – es galt den »propagandistischen Nutzeffekt« auszuschalten, indem man versuchte, ihm den Boden zu entziehen. Und dies erforderte eine Öffnung nach links. Von seinen Lautlinger Leitgedanken her wurde Stauffenberg daran nicht gehindert. Wenn er seiner Meinung Ausdruck gab, dass »das deutsche Volk ... nicht nur aus adligen Offizieren und Krautjunkern« bestehe und »daß in den KZ in der überwiegenden Anzahl anständige Menschen säßen«[45], waren dies für ihn ganz und gar nicht neue oder revolutionäre Erkenntnisse.

Mertz von Quirnheim, dessen Schwager Generalmajor Otto Korfes im »Bund Deutscher Offiziere« tätig war, mochte etwas hoffende Zweifel äußern, »ob die Sowjets nicht tatsächlich mit einer solchen deutschen Gruppe ernsthaft zusammenzuarbeiten bereit seien[46]«... Aber abgesehen davon, dass gerade in diesem Falle verwandtschaftliche Beziehungen nicht als Argument zu verwenden sind[47], bestand in der militärischen Konspiration einmütige Skepsis oder Ablehnung des Nationalkomitees, obgleich gerade der »Bund Deutscher Offiziere« bei weitem nicht identisch war mit einer kommunistischen Propagandatruppe. Freilich hatten er und das Nationalkomitee seit der Teheraner Konferenz die bisherige Programmatik, die den Sturz Hitlers und den Rückzug zur deutschen Grenze forderte, unter sowjetischem Druck und nach erfolglosem Widerstand der von einer politischen Naivität in die andere gefallenen deutschen Offiziere aufgeben müssen. Nicht mehr das Manifest vom Juli 1943, sondern die »25 Artikel zur Beendigung des Krieges« vom März 1944, die weder Weinert noch Seydlitz als Verfasser hatten, besaßen nun Gültigkeit. Wohl vor allem sie studierte Trott. Der Verfasser der entscheidenden Partien, der Kommunist Rudolf Herrnstadt, sollte unmittelbar nach dem 20. Juli, von dem das Nationalkomitee völlig überrascht wurde, das Scheitern des Staatsstreiches – eines Umsturzversuches von »Herrenclub, Reaktion usw.« – begrüßen und war darin nur ein Beispiel für die rein taktisch bedingte »nationale« Zusammenarbeit der deutschen Exilkommunisten mit konservativen Kräften der Armee, deren Repräsentanten in Deutschland am 20. Juli durch ihr Scheitern das Bündnis für die Kommunisten überflüssig werden ließen und unfreiwillig den Weg zu einer direkten kommunistischen Machtübernahme ohne »Volksfront« öffneten[48].

Eine Verbindung zwischen Konspiration und Nationalkomitee existierte nicht[49]. Von der Haltung Trotts oder Stauffenbergs her ist dies durchaus verständlich. »Beck war mit Seydlitz nicht einverstanden, denn es bestehe die Gefahr, daß er Deutschland zu sehr auf die russische Linie festlege.« Goerdeler, der ja an die Zusammenarbeit mit den Westmächten gegen die Sowjetunion glaubte und konsequenterweise in der Beurteilung der Gefahr aus dem Osten zu einem anderen Ergebnis gelangte, hatte bereits um die Jahreswende 1943/44 erklärt: »Seydlitz legt uns nicht fest, jedenfalls wird man es immer korrigieren können, und daß er offen gegen Hitler auftritt, ist nur zu begrüßen[50].« Abgesehen davon, dass dieser Kommentar natürlich noch dem alten Programm und noch nicht der Subversionspropaganda galt, beurteilte also ausgerechnet der »Reaktionär« Goerdeler das Nationalkomitee recht freundlich. Er sah eben nicht die Relation zwischen nationalbolschewistischer sowjetischer Deutschlandpolitik und der Innenpolitik eines neuen Deutschland. Den nationalsozialistischen Verhörsbeamten war nach dem 20. Juli sehr daran gelegen, den Nachweis eines Kontaktes zwischen Nationalkomitee und Konspiration zu erbringen, was ihnen aber nicht gelang[51].

Trotz dem Widerspruch, dem er in der Besprechung vom 16. Juni begegnet war, verfolgte Leber seinen Plan einer Kontaktaufnahme mit Vertretern der Kommunisten weiter. Leuschner riet – »vor allem aus Gründen der Sicherheit« – von solchen Kontakten ab, da er zu Recht befürchtete, dass der kommunistische Apparat von Gestapo-Spitzeln unterwandert sei. Am 21. Juni trafen sich zunächst in der Wohnung Husens, dann in jener Yorcks Leber, Reichwein, Husen, Yorck, Lukaschek und vielleicht noch Haubach und Trott, um noch einmal die Sondierung zu erörtern. Wie Leuschner warnte auch Husen vor ihr. Haubach – ein sozialdemokratischer »Kreisauer« – war absolut gegen eine Verbindungsaufnahme. Adolf Reichwein, der bereits einen gewissen Kontakt zu Mitgliedern des »illegalen« ZK hatte und – ohne Kommunist zu sein – »einen entschiedenen, fast erbitterten Sozialismus, eine sozialistische Solidarität« betonte, war der Meinung, »daß dazu auch die Reste eines deutschen Kommunismus gehörten und daß sie auch für die Pläne zu gewinnen seien«. Die Besprechung an diesem Abend galt zunächst kulturpolitischen Themen. Dann teilte Leber mit, »an ihn seien zwei bekannte Kommunisten herangetreten, die ihm gesagt hätten, sie wüßten, daß er an einer Umsturzbewegung teilnehme, sie wollten mitmachen und bäten um eine Besprechung«. Wie Husen zeigte sich nun auch Lukaschek skeptisch. Dem Einwand, dass aus dem Konzentrationslager entlassene Kommunisten doch wohl Spitzel seien, trat Leber erneut entgegen, indem er erklärte, »sie seien zuverlässig, er habe mit ihnen fünf Jahre auf derselben Pritsche im KZ gelegen«. Wieweit Leber und Reichwein ihre Freunde zu überzeugen vermochten, ist unklar. Stauffenberg scheint der Fühlungnahme zugestimmt zu haben, doch ist dies nicht eindeutig zu beweisen. Falls sich die Gespräche mit Wirmer, die auf den 16. Juni folgten, auch auf die Sondierung bei den Kommunisten bezogen haben, scheint er der Absicht Lebers zumindest mit großer Reserve begegnet zu sein[52].

Es spricht nicht alles dafür, »daß Stauffenberg die Kontaktaufnahme Reichweins und Lebers mit der Saefkow-Gruppe gutgeheißen hat«[53]. Wenn man davon ausgeht, dass der Versuch, »unabhängig denkende Kommunisten gegen die vom Nationalkomitee proklamierte politische Linie zu gewinnen«, nur unter der Voraussetzung möglich war, »daß ein außenpolitischer Konflikt mit Rußland vermieden würde«, so stand die Voraussetzung dieser Taktik noch in einem gewissen Widerspruch zu

Stauffenbergs Denken. Denn er hoffte – offensichtlich weit mehr als Trott und Leber – auf eine politische »Westlösung«. Was er im Westen »von Heerführer zu Heerführer« zu erreichen suchte, hätte ihn aber unvermeidlich in einen Konflikt mit der sowjetischen Politik gebracht und damit das Zusammengehen im Innern mit deutschen Kommunisten wohl illusorisch werden lassen. Dass er aus Furcht vor einer »Bolschewisierung« Deutschlands eine Öffnung nach links befürwortete, steht außer Zweifel. Ob er sich nun des drohenden Widerspruches zwischen außenpolitischer Zielsetzung und innenpolitischer Taktik bewusst war oder einfach glaubte, die Öffnung nach links ohne weitere Komplikationen unter Beibehaltung der bisherigen außenpolitischen Vorstellung auf die Kommunisten ausdehnen zu können, ist unklar.

Wieweit Seeckts Politik den ehemaligen Reichswehroffizier beeinflusste, wieweit er hoffte, die einstmals angeblich durch den Nationalsozialismus geschaffene, »von innen wirksame« und nun illusorisch gewordene Gegenposition gegen den Kommunismus auch durch Beteiligung unabhängiger, sozusagen antimoskowitischer Kommunisten wieder zu errichten, und wieweit er dabei aus einer bewussten Ideologie-Aversion heraus ideologische Faktoren und Realitäten in seiner Beurteilung zugunsten machtpolitischer Überlegungen und nationalpolitischer Wunschvorstellungen vernachlässigte – dies sind Fragen, die nicht beantwortet werden können. Sicher ist aber, dass er nicht als Initiator in Analogie zu den Gedanken Schleichers, durch ein Zusammengehen mit dem Strasser-Flügel die NSDAP zu spalten und zu domestizieren, nun die Fühlungnahme und Kooperation mit einer national-kommunistischen Faktion der KPD propagierte, sondern höchstens einem von Leber entwickelten Projekt – wahrscheinlich noch mit Reserve – zustimmte. Falls er dem Versuch Lebers wirklich seine Unterstützung lieh, wären jene Reaktionen nach dem 20. Juli aus dem Kreise der im sowjetischen Exil weilenden deutschen Kommunisten, die nach dem Scheitern des Staatsstreichversuches das Verschwinden des letzten Hindernisses auf dem Weg zur eigenen Machtübernahme feierten, noch weitaus verständlicher als angesichts der bereits von Stauffenberg praktizierten und unterstützten Öffnung nach links. Denn der Spaltungsversuch implizierte eine tödliche Gefahr für den deutschen Kommunismus, der im Jahre 1933 der Illusion erlegen war, den Nationalsozialismus nach wenigen Monaten beerben zu können, diese Wunschvorstellung teuer hatte bezahlen müssen und nach dem Kriege einen antifaschistischen Mythos zu kreieren gezwungen war, um das Trauma seiner kläglichen Niederlage vor dem totalitären Konkurrenten zu kaschieren.

Wie am 16. Juni nahm Stauffenberg auch an der Besprechung am Abend des 21. Juni nicht teil, was erneut demonstriert, dass er nicht die politisch dominierende Figur der Konspiration geworden war. Am

22. Juni – einem Donnerstag – trafen Leber und Reichwein in der Wohnung eines Ostberliner Arztes zum erstenmal mit Kommunisten zusammen – und zwar mit Anton Saefkow, Franz Jacob und einem dritten Kommunisten, obgleich mit dem Vermittler der Zusammenkunft, Ferdinand Thomas, nur ein Treffen mit zweien verabredet war. Nichts verdeutlicht den Hintergrund dieser im übrigen inhaltlich wenig ergiebigen Besprechung mehr als die Tatsache, dass an diesem Tag – dem dritten Jahrestag des deutschen Angriffes auf die Sowjetunion – im Mittelabschnitt der Ostfront die Rote Armee zu ihrer lange erwarteten Offensive antrat, die die Front der Heeresgruppe Mitte in Kürze – wie Tresckow vorausgesagt hatte – zum Einsturz bringen sollte. Entgegen der getroffenen Vereinbarung begrüßte einer der Kommunisten Leber mit Namen. Leber, der ob der gemäßigten Haltung der Kommunisten misstrauisch wurde, muss sich bald klargeworden sein, in welche Gefahr er sich begeben hatte. Obgleich die Hintergründe, die zu seiner baldigen Verhaftung führen sollten, nicht völlig geklärt sind, ist es offensichtlich, dass die Warnungen Leuschners zutrafen. Der kommunistische Apparat war durch die Gestapo unterwandert und der »dritte Mann»ein Spitzel. Es wurde eine weitere Besprechung vereinbart. An ihr wollte Leber freilich – im Gegensatz zu Reichwein – nicht mehr teilnehmen[54].

Dem Realisten und klarblickenden Politiker Leber war ein unverzeihlicher Fehler unterlaufen. Stauffenberg mag bald von dem Verlauf dieser Besprechung am 22. Juni gehört haben. Am folgenden Tag traf er nach langer Zeit wieder mit seinem Kriegsakademie-Kameraden Oberst i. G. Eberhard Finckh zusammen. Er ging – bei dem ihm befreundeten Finckh, der sich auch mit Olbricht und Mertz unterhielt, konnte er dies wohl tun – »ohne Umschweife auf sein Ziel los. Er erklärte wie üblich, daß die Lage im Osten unhaltbar sei und auch der Durchbruch im Westen nur noch eine Frage der Zeit.« Seine in schonungsloser Offenheit dargelegte Lagebeurteilung schloss er mit den Worten: »Wir haben ja keine richtigen Marschälle mehr. Alle haben die Hosen voll und widersprechen nicht dem Führer, wenn er etwas befiehlt. Sie bringen ihre Ansichten über den Ernst der Lage nicht genügend zur Geltung.« Finckh war früher Oberquartiermeister im Südabschnitt der Ostfront gewesen und sollte nun Oberquartiermeister West beim Oberbefehlshaber West, Generalfeldmarschall v. Rundstedt, werden. Offenbar nach der Zusammenkunft mit Stauffenberg fuhr er ins Hauptquartier des OKH nach Ostpreußen, wo er mit zwei seiner Bekannten im Stab des Generalquartiermeisters, dem nunmehrigen Hauptmann d. R. Speer und dem Prinzen von der Leyen, zusammentraf. Er erklärte ihnen, »daß Stauffenberg nun so weit sei, eine gewaltsame Lösung herbeizuführen«. Stauffenberg habe es sehr begrüßt, dass er – Finckh – »nach dem Westen versetzt sei, da er dort dringend einen zuverlässigen Freund brauche. Stauffenberg werde selbst entscheidend handeln« ... Finckh zeigte den beiden Offizieren den von Witzleben unterzeichneten ersten Befehl des Staatsstreiches und erklärte weiter, »daß die Absicht bestehe, sofort mit den Westmächten in Friedensverhandlungen einzutreten. Mit Rußland werde das wohl unmöglich sein, da die Russen dazu kaum bereit sein würden, während mit den Westmächten bereits Fühlung in dieser Richtung aufgenommen sei.« Offenbar bereits am 25. Juni meldete sich dann Finckh in La Roche Guyon, dem Quartier des Oberbefehlshabers der Heeresgruppe B, bei Rommel[55].

Was Stauffenberg über die Feldmarschälle sagte, mochte vielleicht nicht mehr ganz genau Rommels Haltung charakterisieren. Denn der aus Afrika vertriebene »Parteigeneral« begann allmählich angesichts der katastrophalen militärischen Lage nach der Invasion kritischer zu werden und Umsturzgedanken zu entwickeln. Er hatte sich bereits im Mai mit Stülpnagel getroffen. Allerdings lehnte er ein Attentat ab. Er war überhaupt nur sehr begrenzt zum Umsturz bereit und gehörte wie eben so viele Offiziere und Feldmarschälle zu den – von der Konspiration aus gesehen – hoffnungsvollen potentiellen Mitläufern, die nach erfolgtem Umsturz mitmachen und gerne wieder Befehle entgegennehmen würden. Gemeinsam mit Rundstedt traf er am 17. Juni und dann nochmals am 29. Juni mit Hitler zusammen. Rundstedt wurde als Ergebnis dieser Besprechungen, die gezeigt hatten, dass er nicht mehr an den »Endsieg« glaubte, am 3. Juli durch den wiedergenesenen Kluge als Oberbefehlshaber West abgelöst. Rommel blieb als Oberbefehlshaber der Heeresgruppe B. Was er für den Umsturz unternahm, war nicht mehr, als Hitler immer wieder darauf hinzuweisen, dass die Front mit den ihm zur Verfügung gestellten Mitteln nicht gehalten werden könne. Noch am 15. Juli soll er ein Fernschreiben an Hitler gerichtet haben, das die Lage an der Invasionsfront realistisch geschildert und mit der Formulierung geendet haben soll: »Ich muss Sie bitten, die politischen Folgerungen aus dieser Lage unverzüglich zu ziehen.« Das Fernschreiben ist nicht erhalten. Speidel berichtet, er selbst habe Rommel noch veranlasst, das Wort »politisch« zu eliminieren, um Hitler nicht »unnötig« zu provozieren. Weshalb dieser Schritt ein »Ultimatum« sein soll, bleibt rätselhaft. Vielmehr scheint Stauffenbergs Bemerkung über die hohe Generalität noch immer Rommels und auch Speidels Haltung treffend zu charakterisieren[56].

Stauffenberg ist Rommel nach dessen Wegflug aus Afrika anfangs März 1943 nie wieder begegnet[57]. Abgesehen davon, dass er den konspirativen Aufbau im besetzten Frankreich Hofacker überließ und nun in Finckh einen weiteren Vertrauensmann im Westen besaß, hätte er wohl gar keinen großen Wert darauf gelegt. Rommel war nur ein prominentes Symptom für die Tatsache, dass im Westen mancher Truppenkommandeur aus militärisch-opportunistischen und nicht tiefer begründeten Motiven den Krieg zu beenden wünschte. Dies musste der Konspiration begrüßenswert erscheinen. Das »Ultimatum« Rommels zeigt aber deutlich, welcher Abstand diese potentiellen oder erklärten Mitläufer von der eigentlichen Konspiration trennte. Dies und nicht die äußere Tatsache, dass Rommel am 17. Juli infolge eines alliierten Tieffliegerangriffes ausfallen sollte, macht es unmöglich, diesen Hitlerschen Feldmarschall par excellence zur eigentlichen Konspiration zu zählen, auch wenn ihn später das gleiche Schicksal mit deren Trägern sozusagen im Tod und dann in der Legende vereinen sollte.

Unmittelbar nach dem Zusammentreffen mit Finckh fuhr Stauffenberg in der Nacht vom 23. auf den 24. Juni auf einen ihm wegen der bevorstehenden Beförderung zustehenden kurzen Urlaub nach Bamberg, wo er am Morgen dieses Samstages um 6.00 Uhr eintraf[58]. An diesem Wochenende erhielt er das Telegramm, das ihn auf den 1. Juli zum Chef des Stabes des Chefs der Heeresrüstung und Befehlshabers des Ersatzheeres unter gleichzeitiger Beförderung zum Obersten im Generalstab ernannte[59]. Sein Bruder Berthold sollte am 21. Juli erklären, dass Stauffenberg den Entschluss, selbst das Attentat auszuführen, vor etwa vier Wochen gefasst habe, »als sich ihm durch seine Ernennung zum Chef des Stabes beim Generalobersten Fromm hierzu die Möglichkeit bot«[60]. Genaugenommen würde dies bedeuten, dass Stauffenberg bereits am 23. Juni zum Attentat entschlossen war, und es scheint wirklich so, dass er dies Finckh bereits mitteilte[61]. Auf jeden Fall trug er sich nun noch viel mehr mit diesem Gedanken als bei seinem vorangegangenen Bamberger Aufenthalt anfangs Juni, ohne seine Frau, die ja von seiner konspirativen Absicht wusste, auch nur im geringsten etwas spüren zu lassen.

Während Stauffenberg bei seiner Familie weilte, hatte sich bei der Heeresgruppe Mitte im Osten die Lage in der von Tresckow vorausgesagten Weise entwickelt. Der von nur vierzig Verbänden mit völlig ungenügenden Reserven – unter ihnen nur eine Panzerdivision – notdürftig besetzte, unmäßig überdehnte 1 100 Kilometer lange Frontbogen im Mittelabschnitt der Ostfront war innerhalb kürzester Zeit durch konzentrisch gegen Minsk geführte Schläge durchbrochen. Am 25. Juni hatte sich die Lage im Norden des Heeresgruppenabschnittes bei Witebsk und im Süden bei Bobruisk gefährlich verschlimmert. Am 26. Juni zeichnete sich bereits die Gefahr der doppelseitigen Umfassung und einer jene von Stalingrad noch übertreffenden Katastrophe ab. Durch die Lücken in der Front strömten unablässig operative Panzerverbände des Gegners westwärts Richtung weißrussische Hauptstadt[62]. Um Mitternacht dieses 26. Juni bestieg Stauffenberg in Bamberg wieder den Zug nach Berlin. Es sollte eine Reise ohne Rückkehr sein[63].

Mit der sowjetischen Offensive waren die Chancen eines Rettungsversuches noch weiter gesunken. Der Wunsch nach einer politischen »Westlösung« konnte sich noch verstärken. Doch musste gleichzeitig nicht auch die Erkenntnis vermehrt Raum gewinnen, dass ein Separatfrieden mit den westlichen Alliierten nun, da die Panzer der Roten Armee unter einer gewaltigen Feuerwalze täglich, ja stündlich in unheimlicher Geschwindigkeit gegen Deutschland vorrückten, eine illusionäre Hoffnung war, dass die Sowjetunion schon auf Grund der militärischen Entwicklung nicht einfach aus Mitteleuropa herausgehalten werden konnte? Die Entwicklung der Lage im Mittelabschnitt der Ostfront bestätigte immer mehr den Realismus Lebers. Und doch kam es nun – nach dem 6. und nach dem 22. Juni – darauf an, möglichst rasch zu handeln.

Gegen Ende Juni war bereits deutlich abzusehen, dass sich die sowjetische Offensive nicht mit dem Operationsziel Minsk begnügte, sondern gewillt war, weiter nach Westen gegen die Weichsel und Ostpreußen vorzustoßen. Die im Baltikum stehende Heeresgruppe Nord drohte von Süden und Südwesten her von ihren rückwärtigen Verbindungen abgeschnitten zu werden. In Deutschland waren freilich aller Augen auf die Kämpfe in der Normandie gerichtet, wo der alliierten 21. Heeresgruppe unter Montgomery die stete Erweiterung des Brückenkopfes gelang. Im Westen bestand noch eine intakte Front, während im Osten eine gewaltige Lücke klaffte, durch die unaufhaltsam und unheimlich rasch der Gegner vorstieß. Am 3. Juli erreichte die Schlacht in Weißrussland ihr Endstadium, denn an diesem Tag fiel Minsk. Die Rote Armee hatte in wenig mehr als einer Woche 28 deutsche Divisionen zerschlagen und der deutschen Armee Verluste in Höhe von 350 000 Mann zugefügt. Damit übertraf diese Katastrophe jene von Stalingrad um das Doppelte. Anders als damals konnte aber die Front nicht nach kurzer Zeit wieder geschlossen werden. Vielmehr stieß der Gegner weiter vor – und dies, nachdem Stauffenberg schon früher festgestellt hatte, »die Personallage sei so, daß ganz in Kürze Schluß sei«[64].

Angesichts dieser Lage war begreiflich, dass nun auch der Generalquartiermeister Wagner, der sich bisher gegen das Attentat ausgesprochen hatte, auf einen Umsturz mit allen Mitteln drängte. Er erklärte Stieff, dass es untragbar sei, »daß der Russe kämpfend in das Reichsgebiet eindringt. Es bedeute dies den absoluten Untergang.« Er bat Stieff, ihn mit Stauffenberg zusammenzuführen. An dem Treffen, das daraufhin noch im Juni stattfand, nahm auch Lindemann teil. Er und Wagner drängten auf die Ausführung des Attentates. Nun, da alles verloren schien und auch Goerdeler resigniert hatte, erklärte Stauffenberg seine Absicht, trotz allen Bedenken zu seiner eigentlichen Aufgabe als Leiter des Staatsstreiches in Berlin hinzu noch die Rolle des Attentäters im »Führerhauptquartier« zu übernehmen, da sich niemand fand, der dazu die Möglichkeit hatte und auch – anders als Stieff – dazu bereit war. Schulenburg erfuhr bald von diesem Entschluss – ebenso Haeftens Bruder und Yorck. Mit Yorck unterhielt sich Stauffenberg Ende Juni erneut. Er erklärte seinem Vetter, »daß in ihm der Entschluß gereift sei«, das Attentat selbst auszuführen, »da unsere verzweiflungsvolle Lage und die nach seiner Meinung unabwendbare Niederlage ein rasches Handeln erfordere«. Er fragte Yorck nochmals, ob er bereit sei, sich dem Staatsstreich anzuschließen, und wollte ihn offenbar dazu überreden, Staatssekretär des Reichskanzlers Goerdeler zu werden, was Yorck aber anscheinend vorerst noch ablehnte[65].

Am 1. Juli traf Lehndorff erneut mit Tresckow zusammen. Er überbrachte ihm die Botschaft Stauffenbergs, dass von jetzt ab täglich mit dem Attentat zu rechnen sei. »Er werde es selbst tun, weil niemand außer ihm zu Hitler Zutritt bekäme. Er brauche aber schon jetzt Oertzen, um die Durchführung der Pläne für Berlin zu gewährleisten, da seit dem Sommer 1943 vielfache Veränderungen zu verzeichnen seien. Weiter ließ Stauffenberg mitteilen, Tresckow solle zunächst auf seinem Posten bleiben, er werde durch ein Fernschreiben des Generalfeldmarschalls von Witzleben, nachdem dieser offiziell den Oberbefehl übernommen habe, geholt werden.« Oertzen kam »Ende Juni/Anfang Juli« nach Berlin und musste nun vor allem die Befehle dahingehend überprüfen, ob sie den durch die Bombardierungen bewirkten Verlagerungen noch Rechnung trugen[66]. Da nun aber Stauffenberg das Attentat selbst ausführen wollte, musste man auch für seine Rückkehr besorgt sein. Deshalb wurde in dem Befehl für die Panzerschule II vorgesehen, dass eine Panzerspähwagen-Kompanie den Flughafen Tempelhof besetzen sollte, um Stauffenberg bei seiner Rückkehr aus dem Hauptquartier vor unliebsamen Überraschungen zu bewahren[67].

Auch Fahrner, der in der letzten Juniwoche telegrafisch aus Athen herbeigerufen worden und am 28. Juni – einen Tag nach Stauffenbergs Rückkehr aus Bamberg – in Berlin eingetroffen war, erfuhr nun, »daß in allernächster Zeit gehandelt werden sollte« und Stauffenberg selbst das Attentat ausführen werde. Er sollte die Aufrufe der veränderten Lage anpassen. Für zwei Tage ging er deshalb ins Lager »Koralle« zu Berthold Stauffenberg und wohnte dort im Zimmer des gerade auf Urlaub weilenden Kranzfelder. Stauffenberg, der in gewohnter Heiterkeit die ernstesten Dinge erörterte, sprach auch mit Fahrner über seinen Entschluss und prüfte ihn immer wieder – oft mit drastischen Advocatus-diaboli-Argumenten[68].

»In dem stürmischen, ungeduldigen Tatendrang« Stauffenbergs musste nicht unbedingt »ein Stück dämonischen Machtwillens und Herrentums« stecken, »das dem ewigen Zauderer Beck ebenso fehlte wie dem allzu vernunftgläubigen Optimisten Goerdeler«[69]. Sein Tatendrang war zwar unverkennbar, doch nicht losgelöst von sorgfältiger Überlegung und deshalb weit entfernt von bloßem Aktionismus. Seine Reaktion auf die veränderte Situation nach der Invasion hatte dies deutlich gezeigt. In dem Moment, in dem sich niemand fand, die Voraussetzung für den Umsturz zu schaffen, und die Lage Deutschlands so verfahren war, »daß es überhaupt keinen sicheren Weg zur Rettung mehr gab«[70], trat der schwerverletzte Generalstabsoberst – der »Generalstabschef« des Staatsstreiches – vor und erklärte sich bereit, als »Stoßtruppführer« mit seinen drei Fingern der linken Hand das Attentat auszuführen. Ohne diese Entschlossenheit Stauffenbergs wäre die Konspiration gegen Hitler »in mehr oder weniger ratloser Passivität versackt«[71]. Das Attentat »war ein Sprung ins Dunkle«[72] – aber es war der *einzige* Weg zum Umsturz. Nicht illusionistische, gewaltscheue Umsturzprojekte und das eher groteske Pläneschmieden Goerdelers, sondern die Sprengladung, die Hitler zerreißen sollte, schuf einzig und allein die bitter notwendigen Tatsachen und brachte damit auch Klarheit.

Sprengstoff besaß Stauffenberg, aber dieser war ungeeignet für sein Attentat[73]. Denn da er nun in einer Doppelfunktion für den Staatsstreich wirken sollte, durfte er sich nicht selbst opfern, sondern musste versuchen, nach dem Attentat wieder aus dem »Führerhauptquartier« hinauszugelangen und nach Berlin zurückzukehren, wo seine Anwesenheit für den Staatsstreich unbedingt notwendig war. Deshalb suchte Stauffenberg – mit Erfolg – wieder britischen Sprengstoff zu erhalten. Oberst i. G. Baron Freytag-Loringhoven hatte Anfang Juli 1944 die Leitung der Heereswesen-Abteilung übernommen, deren Gruppe »Abwehr« noch immer Oberstleutnant Schrader vorstand. Ihn bat Freytag-Loringhoven nun Ende Juni »um Rückgabe des Attentatsmaterials«, das seit Dezember 1943 bei Schrader gelegen hatte, der es nun prompt aushändigte. Was mit jenem Teil geschah, der im Dezember der Munitions-Abteilung des Generalquartiermeisters zur Untersuchung überlassen worden war, ist unbekannt. Es ist möglich, dass Freytag-Loringhoven nur einen der beiden britischen »Hexogen«-Sprengkörper erhielt und noch auf einem anderen Weg einen zweiten Spezialsprengstoff desselben oder sehr ähnlichen Fabrikates beschaffte.

Wohin beide Sprengkörper gingen, ist klar. Bei einem konspirativen Treffen in der Wohnung Wagners am 3. Juli »kam zur Sprache, daß sich Stauffenberg neue ausländische Sprengstoffe und englische Zünder verschafft hatte«. Stauffenberg selbst erwähnte gegenüber Mertz und Bernardis, »er besitze zwei verschiedene Sprengstoffe zur Durchführung des Anschlags. Einer davon sei bereits vor längerer Zeit in seinem Besitz gewesen, habe dann jedoch vorübergehend verschwinden müssen. Jetzt habe er ihn aber über die ›Abwehr‹ wiederbekommen.« Ob er mit den »zwei verschiedenen Sprengstoffen« nur zwei unterschiedliche, für sein Attentat aber geeignete Sprengkörper, nicht aber das untaugliche deutsche Material im Gegensatz zu dem Spezialsprengstoff meinte, ist nicht ganz klar, wenn auch die Formulierung »zur Durchführung des Anschlages« darauf hindeutet, dass er nicht an den deutschen Pioniersprengstoff dachte, sondern wohl eher auf den einen der beiden Spezialsprengkörper hinwies, der offenbar als Ersatz für jenen der Munitions-Abteilung überlassenen hatte beschafft werden müssen. Jedenfalls hatte er nun wieder geeigneten Sprengstoff, den er in der Potsdamer Wohnung von Oberstleutnant von der Lancken, Olbrichts Adjutanten, deponierte[74].

Den Sprengstoff besaß also Stauffenberg offensichtlich bereits, als er am 1. Juli 1944 offiziell die Stelle als Chef des Stabes des BdE übernahm. An diesem Samstag meldete sich bei ihm auch der junge Artillerie-Oberleutnant Urban Thiersch, der auf Stauffenbergs Betreiben nach Berlin zu Oberst Hansen versetzt worden war. Der Oberleutnant fragte sich zu den Räumen des Stabschefs durch, die zur Bendlerstraße hinaus lagen. In dem weiten, länglichen Vorzimmer Stauffenbergs, in dem die Sekretärinnen saßen und Offiziere mit roten Streifen auf und ab gingen oder, auf schmalen Polsterbänken sitzend, Gespräche führten, meldete er sich an. Nach einigen Minuten trat Oberleutnant von Haeften durch die große Tür von Stauffenbergs Zimmer auf Thiersch zu und führte ihn zum Chef des Stabes. Stauffenberg – in weißer Litewka und Reithosen mit den roten Streifen – gab Thiersch »die linke Hand, strahlend lebhaft und mit einer Sicherheit, die einen glauben machte, seine schweren Verstümmelungen behinderten ihn nicht im mindesten«.

»Gehen wir in medias res, ich betreibe mit allen mir zur Verfügung stehenden Mitteln den Hochverrat«, erklärte er und sprach darauf »von der unentrinnbar hoffnungslosen militärischen Lage, daß ein Umsturz hieran nichts zu ändern vermöge, aber daß viel Blut gespart und ein letztes furchtbares Chaos vermieden werden könne. Die Schmach der gegenwärtigen Regierung müsse aber beseitigt werden. Ernst fügte er hinzu, es sei fraglich, ob es gelinge, doch schlimmer als ein Mißlingen sei, der Schande und dem lähmenden Zwang tatenlos zu verfallen. Nur Handeln vermöge innere wie äußere Freiheit zu gewinnen.« Nachdem noch kurz seine dienstliche Aufgabe besprochen worden war, wurde Thiersch gebeten, im Vorraum die Ankunft seines neuen Chefs – Oberst Hansen – abzuwarten, mit dem dann Stauffenberg nach einiger Zeit zu ihm kam, um rasch die Übernahme des neuen Dienstverhältnisses zu klären und die notwendigen Entscheidungen herbeizuführen.

Gegen Mittag versammelte sich eine größere Anzahl Offiziere im Vorzimmer. Generalmajor Kühne, der scheidende Chef des Stabes, wollte sich verabschieden, Stauffenberg seine neuen Mitarbeiter begrüßen. Die Glastüren wurden geschlossen und Thiersch konnte nur beobachten, »wie Stauffenberg nach der Ansprache seines Vorgängers vortrat. Es war zu spüren, wie sich die Aufmerksamkeit der Versammelten regte, er war ganz Mittelpunkt und sprach frei und sicher, manchmal sein Haupt leicht zurücklehnend. Bald öffneten sich die Türen wieder und alles strömte zu den eigenen Diensträumen zurück, die meisten heiter bewegt von seinen letzten, wohl scherzenden Worten[75].«

Nach seiner offiziellen Übernahme des neuen Dienstes am 1. Juli »war im Zimmer Stauffenbergs ein dauerndes Kommen und Gehen von fremden Offizieren, so daß Fromm verwundert« gefragt haben soll, »wer denn alles bei Stauffenberg aus- und eingehe«[76]. Auch anderen Insassen des Bendlerblockes fiel dies auf. Trott und Hans-Bernd von Haeften scheinen öfters im Zimmer des Chefs des Stabes aufgetaucht zu sein. Fahrner war mehrfach während seines Berliner Aufenthaltes dort[77]. Dies mag auf den ersten Blick nicht ganz der üblichen konspirativen Vorsicht Stauffenbergs entsprochen haben, doch in Wirklichkeit widersprach es ihr nicht. Denn auch noch im Sommer 1944 war eine Dienststelle wie jene des BdE dem wachsamen Auge des nationalsozialistischen Polizeiapparates völlig entzogen.

So konnte Stauffenberg durchaus ohne Gefahr eine seiner ersten »Amtshandlungen« vollziehen. Sie bestand darin, das in solchen Diensträumen obligate »Führerporträt« umzuhängen. Es hatte gegenüber seinem Schreibtisch, den der vom Vorzimmer Eintretende zur Linken am Fenster erblickte, an der Wand gehangen, so dass es Stauffenberg immer vor Augen gehabt hätte – wie er es ja noch im »Mauerwald« gewünscht hatte[78]. Jetzt nahm er es und befestigte es an der Wand hinter seinem Schreibtisch. Kam nun ein Offizier zu ihm und erbat Aufklärung über einen ihm merkwürdig oder unsinnig erscheinenden Befehl oder Sachverhalt, wies er mit einer rasch wiederholten Bewegung seines rechten Armstumpfes, die den Ärmel seines Uniformrockes in der Luft etwas bizarre Figuren beschreiben ließ, über seinen Rücken nach hinten an die Wand und sprach grimmig-ärgerlich nur die Worte: »Jener hat befohlen …[79]«

Am 3. Juli trafen mit dem Generalquartiermeister Wagner in dessen Wohnung im »Berchtesgadener Hof« in Berchtesgaden die Generale Stieff, Lindemann und Fellgiebel zusammen. An der Besprechung nahm auch der Adjutant Zeitzlers, Oberstleutnant i. G. Günther Smend, teil. Zeitzler hatte sich am 30. Juni beurlauben lassen – auch er, der als des »Führers« General im Herbst 1942 das Erbe Halders angetreten hatte, war nicht mehr willens und fähig, seinem früheren Idol in den selbstverschuldeten Abgrund zu folgen. Mit der Wahrnehmung der Geschäfte des Chefs des Generalstabes wurde der Chef der Operationsabteilung, Generalleutnant Heusinger, beauftragt, der nicht bereit gewesen war, der Konspiration seine Hilfe zukommen zu lassen. In der Berchtesgadener Besprechung erläuterte Wagner offenbar zunächst die Zusammensetzung der neuen Regierung. Er drängte »am stärksten auf ein baldiges gewaltsames Vorgehen«. Lindemann stand ihm darin nicht nach. Mit Fellgiebel wurde das Problem der nachrichtentechnischen Isolierung des »Führerhauptquartiers« nach dem Attentat erörtert. Fellgiebel erklärte erneut, »daß er das Nachrichtennetz der Wehrmacht gar nicht so in der Hand habe«, wie dies der Konspiration erwünscht gewesen wäre. An diese Besprechung sollten sich noch weitere Zusammenkünfte in Berlin in den folgenden Tagen anschließen, an denen Beck, Olbricht, Stauffenberg sowie Wagner und Lindemann teilnahmen und in deren Verlauf der durch die Übernahme der Attentäterrolle durch Stauffenberg modifizierte, wesentlich kompliziertere und riskantere Staatsstreich- und Attentatsplan weiter überdacht und festgelegt wurde[80].

Am späten Nachmittag des 4. Juli ging Stauffenberg durch die Gartenstraßen von Wannsee mit Fahrner, der am folgenden Tag abzureisen gedachte. Noch einmal überprüfte Stauffenberg eingehend die Frage, »ob bei den fortgeschrittenen Kriegsereignissen, die eine vollständige Besetzung Deutschlands in nicht allzu langer Zeit doch unausbleiblich machten, die Erhebung noch sinnvoll und man nicht besser nach der Besiegung Hitlers von außen her mit ungebrochenen Kräften zur Stelle sei. Dagegen stand einmal der Gedanke, wie viel an Substanz, besonders wie viel an Menschenleben und Menschenglück, und nicht nur auf deutscher Seite, auch durch ein Handeln im jetzigen Augenblick noch gerettet werden könnte, dann aber noch schwerwiegender das Wissen, daß es nicht nur um äußeren Erfolg, sondern um ein Gebot der inneren Reinigung und um ein Gebot der Ehre gehe.« Als Fahrner den Gedanken aufbrachte, nach dem Gelingen des Staatsstreiches den Krieg gegen die Westmächte einfach durch den Rückzug – ohne besondere Verhandlungen – zu beenden und alle Kräfte an die Ostfront zu werfen, wurde er gewahr, »wie sehr und wie eingehend solche Pläne schon erwogen waren«, ohne näher darüber informiert zu sein. Nicht nur die Frage der Berechtigung des Staatsstreiches zu diesem späten Zeitpunkt, auch jene der Übernahme des Attentates durch Stauffenberg erfüllte das Gespräch. Stauffenberg richtete die Frage auch an Fahrner, der ihn in seinem Vorhaben bestärkte. Am Abend kam auch Berthold Stauffenberg aus »Koralle« in die Wohnung nach Wannsee. Häufige Telefonanrufe beim Chef des Stabes des BdE spiegelten die Niederlage an der Ostfront wider. Erst um 23.00 Uhr setzten sich die drei zum Essen. Während in dieser Nacht vom 4. auf den 5. Juli Reichwein erneut mit den kommunistischen »Illegalen«

zusammentraf und verhaftet wurde, besprachen sie ausführlich Alexander Stauffenbergs Dichtwerk »Der Tod des Meisters«, das Fahrner mitgebracht hatte[81].

Als Stauffenberg am 5. Juli in sein Amt kam, erhielt er über Haubach und Trott, der am 3. Juli von seiner Schwedenreise ohne besonderes Ergebnis zurückgekehrt war, die Nachricht, dass Reichwein von dem Treffen mit den »Illegalen« nicht wiedergekommen und Leber am frühen Morgen dieses Tages verhaftet worden sei[82]. Der unaufhaltsame Vormarsch der Roten Armee, die immer prekärere Situation an den Fronten überhaupt, die Gefährdung Goerdelers spätestens seit der Verhaftung Staehles – all dies war schon zuvor Anlass genug gewesen, rasch zu handeln. Nun gesellte sich ein neuer hinzu. Stauffenberg mochte zwar sehr genau wissen, dass Leber unter der Folter – er hatte schon eine »Praxis« in den Methoden des nationalsozialistischen Terrorapparates hinter sich – keine Aussagen über die Konspiration machen würde. Aber was sollte geschehen, wenn ihn die Schergen so misshandelten, dass er zur Mitarbeit nach einem gelungenen Umsturz nicht mehr fähig sein würde? Sicher war die Verhaftung auch für Stauffenberg erneut ein Zeichen für möglichst rasches Handeln. Aber ihretwegen überstürzte er nun in den folgenden Tagen den Attentatsversuch keineswegs in unverantwortlicher oder gefährlicher Weise[83].

Er flog am folgenden Tag – am Donnerstag, den 6. Juli – ins Hauptquartier Hitlers nach Berchtesgaden, wo er über Neuaufstellungen Vortrag halten sollte. Er nahm an zwei »Sonderbesprechungen« teil – die eine dauerte von 17.05 bis 18.00 Uhr, die andere von 23.55 bis 0.50 Uhr[84]. In seiner Aktenmappe führte er den Sprengstoff mit und machte Stieff mit den Worten darauf aufmerksam: »Ich habe das ganze Zeug mit.« Noch immer galt als Voraussetzung für die Auslösung des Attentates die Bedingung, dass Himmler und Göring an der Besprechung teilnehmen würden. Stauffenbergs Bruder erläuterte dies: »Um aber von vornherein zu verhindern, daß jemand auftreten könnte, der die Macht bei sich konzentrieren würde, hätte mein Bruder das Attentat am liebsten bei einer Lagebesprechung ausgeführt, bei der auch der Reichsführer-SS und der Reichsmarschall zugegen wären. Generalfeldmarschall Keitel war ja normalerweise bei jeder Lagebesprechung anwesend.« Da am folgenden Tag die Uniformvorführung in Schloss Kleßheim stattfinden sollte, ist es möglich, wenn auch nicht sehr wahrscheinlich, dass Stauffenberg mit seinem Hinweis auf das »ganze Zeug« Stieff zum letzten Mal zur Übernahme des Attentates bewegen wollte. Bei der Uniformvorführung hätte es sich offensichtlich nicht um die frühere Attentatsform mit deutschem Sprengstoff und jungem Frontoffizier – der nun gar nicht vorhanden war – gehandelt, sondern um die Platzierung des Spezialsprengstoffes durch Stieff. Wahrscheinlich war es aber Stauffenbergs Absicht, sich zu erproben und – da er erst einmal auf dem Berghof gewesen war – die Gegebenheiten genau zu rekognoszieren. Nicht ausgeschlossen ist, dass er bereits an diesem Tag versuchen wollte, das Attentat auszuführen. Stieff erklärte später im Verhör – natürlich auch zu seinem eigenen Schutz –, er habe Stauffenberg abgeraten. »Lassen Sie die Finger gefälligst davon«, sollen seine Worte gewesen sein. Da aber kein Bericht über eine Art »Vorwarnung« für diesen Tag erhalten geblieben ist, scheint die Annahme einer Attentatsabsicht am 6. Juli kaum berechtigt zu sein[85].

Zwei Tage später – am 8. Juli – erteilte Olbricht in Gegenwart von Mertz dem Chef der Nachrichteninspektion in der Bendlerstraße den Auftrag, »die Bereitstellung von 20 Offizieren zur nachrichtentechnischen Betreuung zu schützender Objekte« vorzubereiten[86]. Über das Wochenende – 8./9. Juli – fuhr Stauffenberg anscheinend wieder nach Neuhardenberg und von dort mit den Töchtern des Grafen Hardenberg nach Altfriedland, dem Gut des Herrn von Oppen, das insbesondere Schulenburg »Gelegenheit zu gründlichem und unbelauschtem Gespräch mit Stauffenberg und den engsten Freunden« bot[87]. Die Feuerwalze der sowjetischen Offensive schob sich von Tag zu Tag näher an das Gebiet des Deutschen Reiches heran. Ostpreußen war bereits bedroht[88]. Oberleutnant Thiersch traf in diesen Tagen in der Bendlerstraße wieder mit Haeften zusammen. »Er schien beunruhigt und sprach davon, daß nun unbedingt gehandelt werden müsse, vielleicht morgen oder den folgenden Tag, Stauffenberg wolle es nun selber tun.« Thiersch solle Hansen davon unterrichten. Auch Stauffenberg kam »mit zwei Begleitern festen und ruhigen Schrittes den Gang entlang ... Es gab eine nur kurze Begrüßung, da dringende Aufgaben ihn beschäftigten. In diesem Augenblick schien eine schwere dunkle Last auf ihm zu liegen[89].«

Am 10. Juli wurde Stauffenberg für den folgenden Tag zum Vortrag in den Berghof bestellt. Am Nachmittag des 10. Juli rief deshalb Olbricht den bei Fürstenberg in Mecklenburg weilenden Hoepner an und bat ihn, am nächsten Tag nach Berlin zu kommen und seine Uniform mitzubringen. Schwerin benachrichtigte den in Kissingen zur Kur weilenden Witzleben. Haeften informierte Yorck, Stauffenberg sprach selbst mit Klausing. Er fragte ihn noch einmal, ob er sich klar darüber sei, was er mache. Die Aufgabe Klausings bestand darin, Stauffenberg zu begleiten und das Flugzeug sowie den Wagen bereitzuhalten, damit der Attentäter ungestört wegfahren und seine Rolle in Berlin übernehmen könnte. Durch Hauptmann Kaiser ließ Stauffenberg Goerdeler mitteilen, dass seine Präsenz in Berlin am nächsten Tag notwendig sei[90].

Am 11. Juli flog Stauffenberg in Begleitung Klausings nach dem Flughafen Freilassing bei Salzburg und fuhr von dort mit ihm im Wagen nach

Berchtesgaden. In der Aktentasche führte er den Sprengstoff mit. In Berlin, wo an diesem Tag sich auch Graf Lehndorff aufhielt, teilte Olbricht dem eintreffenden Hoepner mit, Stauffenberg sei »vollgeladen« auf den Obersalzberg geflogen. Noch vor der Lagebesprechung, die dann um 13.07 Uhr begann, wandte sich Stauffenberg an Stieff mit der Frage: »Herrgott, soll man nicht doch handeln?« Die Frage bezog sich offenkundig auf die Tatsache, dass Himmler zu der Lagebesprechung nicht erwartet wurde und somit die Voraussetzung für das Attentat nicht gegeben war. Stieff will Stauffenberg beschworen haben, das Attentat nicht auszuführen. Während auf dem Flugplatz das Flugzeug – eine Heinkel 111 – abrufbereit stand und Klausing verabredungsgemäß vor dem Berghof Hitlers mit dem Wagen wartete, damit Stauffenberg sofort abfahren könnte, telefonierte Stauffenberg offensichtlich noch vor der Lagebesprechung mit Olbricht. Denn dieser setzte Hoepner davon in Kenntnis, dass »ihm eben die Mitteilung zugegangen« sei, dass das Attentat wohl nicht stattfinde, »weil der Reichsführer-SS nicht eingetroffen sei«.

Die »Lage« dauerte bis 15.30 Uhr. Ihr Hauptthema war die katastrophale Situation an der Ostfront und die Gefährdung Ostpreußens. Als Stauffenberg nach der Besprechung zu dem wartenden Klausing trat, erklärte er ihm, dass er das Attentat nicht ausgeführt habe, weil Himmler nicht da gewesen sei. Darauf fuhren Stauffenberg und Klausing zum Mittagessen zur Jägerkaserne in Frankenstrub, wo Teile des Wehrmachtführungsstabes lagen. Dort trafen sie die Generale Fellgiebel und Stieff sowie Oberstleutnant Klamroth. Stauffenberg besprach mit Fellgiebel und Stieff die »Abschirmung der Verstärkerämter in München und Salzburg«. Von Fellgiebel forderte er erneut, dass dieser nach dem Attentat »das Nachrichtennetz so sicherstellen sollte, daß alle notwendigen Anordnungen und Benachrichtigungen der Verschwörer reibungslos durchkommen, alle anderen Benutzer aber abgeschaltet werden«. Nach dieser konspirativen Besprechung fuhren Stauffenberg und Klausing zum Flughafen und flogen nach Berlin zurück, wo sie am späten Abend eintrafen. Hauptmann Kaiser hatte – offensichtlich durch Olbricht informiert – bereits am Nachmittag Goerdeler davon benachrichtigt, dass die Aktion nicht in Gang gesetzt worden sei[91].

Dass am 11. Juli wegen der Abwesenheit Himmlers das Attentat nicht ausgeführt wurde, entsprang nicht einem »perfektionistischen Impuls«[92], sondern hatte seine Ursache in der seit langem festgesetzten Bedingung, die nun auch Stauffenberg nicht mehr für ganz sinnvoll erachtete, wie seine Worte zu Stieff beweisen. Gleichwohl löste er das Attentat nicht aus. Was er in seinem Telefonanruf mit der Bendlerstraße besprach, ist unbekannt. Wahrscheinlich wurde ihm nicht nur von Stieff, sondern auch von dort – wohl von Olbricht – bedeutet, in diesem Fall das Attentat zu unterlassen. Dafür, dass auch nach der Verhaftung Lebers nichts überstürzt wurde, ist dieser 11. Juli der beste Beweis. So irreal die Hoffnung sein mochte, Hitler, Himmler und Göring auf einen Schlag ausschalten zu können, so bezeichnend ist sie doch für das Sicherheitsbestreben der Konspiration, das nun allerdings der neuen Lage angepasst werden musste. Denn angesichts der militärischen Situation Deutschlands durfte das Risiko nicht mehr so kalkuliert werden, dass überhaupt nicht mehr gehandelt werden konnte.

Nach seiner Rückkehr aus dem Hauptquartier traf Stauffenberg noch am selben Abend mit seinem Vetter Caesar von Hofacker zusammen, der Paris am Morgen des 10. Juli verlassen hatte und am Morgen des 11. Juli in Berlin eingetroffen war. Stauffenberg teilte ihm »alle Einzelheiten des bereits für diesen Tag beabsichtigten Attentats« mit. Was Hofacker aus dem Westen berichtete, war ebenso alarmierend wie die Nachrichten aus dem Osten. Hofacker, der auch noch am selben Abend – wohl mit Stauffenberg zusammen – zu Beck ging, hatte noch am 9. Juli mit Rommel gesprochen, der der Meinung gewesen sei, dass die Front nur noch »maximal vierzehn Tage bis drei Wochen« zu halten sei. Kluge, zu dem Tresckow einem ihm befreundeten Offizier, Oberst Georg Freiherr von Boeselager, zwischen dem 7. und 12. Juli mit dem Auftrag gesandt hatte, den Feldmarschall »unter Darlegung der Lage im Osten ... zu beschwören, die Front im Westen zu öffnen und nicht gegen Engländer und Amerikaner, sondern gegen Hitler zu schlagen«, ließ zur selben Zeit ausrichten, »er brauche keine Lücken mehr aufzureißen. Es sei nur eine Frage kurzer Zeit, bis es den Engländern und Amerikanern gelingen werde, den Durchbruch zu erzielen. Ihn zu verhindern, sei unmöglich. Er selbst sei zwar Oberbefehlshaber West, sei sich aber seines Stabes in keiner Weise sicher und fühle sich so eingeengt, daß er von sich aus nichts mehr« im Sinne der Konspiration unternehmen könne. Beide Feldmarschälle – sicher aber Kluge – schienen nach gelungenem Attentat zur Unterstützung des Staatsstreiches bereit zu sein.

»Auf Grund seiner in Frankreich eingezogenen Erkundigungen gab Hofacker als Standpunkt wieder, daß weder ein Sieg-Friede noch ein Kompromiß-Friede möglich sei. Es gehe nur noch darum, die unvermeidliche Niederlage so erträglich wie möglich zu gestalten und den militärisch verlorenen Krieg politisch zu liquidieren. Im Westen sei infolge der Luftüberlegenheit des Gegners eine operative Führung nicht mehr möglich und der Durchbruch nach Paris in weniger als sechs Wochen nicht zu vermeiden. Das Ziel sei eine rechtzeitige Kapitulation, um Deutschland eine einigermaßen erträgliche Stellung in Mitteleuropa zu erhalten.« Beck zog aus diesem Bericht den richtigen Schluss. Denn er erklärte, »daß sofort nach der Machtübernahme hervorragende Unterhändler nach

London und Moskau entsandt werden sollten« – verwarf also offensichtlich die auch von ihm bisher erstrebte »Westlösung« und die irreale Hoffnung, im Westen den Krieg beenden, den Kampf im Osten dagegen fortsetzen und damit eine vollständige Kapitulation vermeiden zu können. Seine neue Haltung sollte ihn auch in einen gewissen Gegensatz zu Goerdeler bringen[93].

Zu der nüchternen Haltung Becks, der nun in diesen Julitagen in der Konspiration offenkundig wieder vermehrt eine Rolle zu spielen begann, mochte eine Meldung aus Madrid beigetragen haben, die Otto John durch den dortigen Bevollmächtigten der Deutschen Lufthansa, Gerhard Lindenberg, der an diesem 11. Juli in Berlin eintraf, Oberst Hansen zukommen ließ und von der wohl auch Stauffenberg sofort informiert wurde. Lindenberg übermittelte Johns völlig realistische Botschaft, wonach »an eine Verhandlungsmöglichkeit mit den Feindmächten, die eine bedingungslose Kapitulation des Reiches im Auge hätten, nicht zu denken« war[94]. Das hieß zunächst und vor allem, dass jede Hoffnung auf einen Separatfrieden fallengelassen werden musste. Hoffnungen auf eine erträglichere Form der Kapitulation, die wohl auch Beck noch hegte, wurden davon nicht tangiert. In völligem Gegensatz zu dem Bericht Johns standen die Mitteilungen, die der am 12. Juli aus der Schweiz nach Berlin gekommene Gisevius machte. Denn sie gaukelten der Konspiration merkwürdigerweise noch das Bild einer »Westlösung« ohne bedingungslose Kapitulation vor[95].

Schon die Tatsache der Reise Gisevius' nach Berlin war in höchstem Maße unvorsichtig. Er war durch seine Verbindung mit Oster und seine »Flucht« in die Schweiz seit März 1943 gefährdet und erst anfangs Juli 1944 durch Strünck über den bevorstehenden Staatsstreich in Kenntnis gesetzt worden. Sein erster Besuch am 12. Juli galt Helldorf, der ihm nun Stauffenberg schilderte, den Gisevius nicht kannte und von dem er offensichtlich auch noch nichts wusste. Helldorf beklagte sich über den mangelnden Kontakt zu Stauffenberg – was begreiflich war, wiewohl natürlich Gisevius nichts von den Hintergründen ahnte[96]. »Stauffenberg habe sich wie eine Sphinx gebärdet«, erklärte Helldorf nach dem Bericht Gisevius', »und nicht einmal offen zugegeben, die Bombe werfen zu wollen. Soviel Vorsicht sei beinahe verletzend, wenn man bedenke, welche Rolle man ihm als Polizeipräsidenten bei der Aktion zuweise.« Gisevius musste nach diesem Bericht nicht sehr positiv gegenüber Stauffenberg eingestellt sein[97].

Von Helldorf ging Gisevius – immer nach seinem eigenen späteren Bericht – zu Beck, der seinen Besucher kurz über die Lage orientierte. »Alles spreche dafür, der Schlag werde gelingen ... Nur dürften wir uns hinterher nicht zuviel versprechen. Der richtige Zeitpunkt sei endgültig verpaßt. Im Osten sehe es schlimm aus, die Heeresgruppe Mitte existiere nicht mehr. Wenn sie geistesgegenwärtig wären, könnten die Russen weit über die Weichsel vorstoßen.« Nach einem Hinweis auf den am Vortage durch Hofacker abgegebenen Bericht über die Lage im Westen bat Beck seinen Besucher, »so schnell wie möglich mit Stauffenberg Fühlung aufzunehmen. Dieser sei ihm in den letzten Monaten eine außerordentliche Hilfe gewesen. Praktisch habe er die ganze Last der Vorbereitung getragen.«

Dies war eine ganz andere Charakterisierung als jene, die eben Helldorf gegeben hatte. Beck betonte, dass Stauffenberg nach dem Ausscheiden Osters, mit dem Gisevius vor allem Kontakt gehabt hatte und der nun gefährdet und isoliert auf dem Lande bei Dresden saß, der »einzige Aktivist« im OKH sei, »der wirklich aufs Ganze gehe«[98]. Weshalb schickte Beck Gisevius zu Stauffenberg? Wohl vor allem, damit dieser dem Leiter des Staatsstreiches über seine ausländischen Informationen Aufschluss gebe. Widersprachen etwa Gisevius' Meldungen in ihrem Grundton der nüchternen Einsicht Becks, der sich auf Hofackers und Johns Bericht abstützen konnte? Falls Gisevius' Bericht über die Verhandlungsbereitschaft der Westmächte identisch mit jenen Mitteilungen an Strünck war, trifft diese Vermutung zu. Weshalb sollte er aber Beck etwas anderes mitteilen als Strünck?

Am Nachmittag desselben Tages traf Gisevius in der Wohnung Strüncks, mit dem er aus der Schweiz hergereist war, den ihm recht gut bekannten Goerdeler, der noch am Vortag nach dem gescheiterten Attentatsversuch Stauffenberg durch Hauptmann Kaiser hatte ausrichten lassen, dass es angesichts der Lage – insbesondere der Bedrohung seiner Heimat Ostpreußen – nur noch eines gebe, »nämlich nach vorne durchzubrechen, d. h. nunmehr gewaltsam vorzugehen«. Dies bedeutete eine Annäherung an Stauffenbergs Standpunkt, implizierte aber offenbar noch immer nicht die volle Anerkennung des Attentates, wie sich noch zeigen wird. An diesem 12. Juli scheint Goerdeler sogar selbst mit Stauffenberg zusammengetroffen zu sein und ihn »erneut zu schleunigem Handeln« beschworen zu haben[99]. Und dennoch glaubte er nicht, dass Stauffenberg handeln werde. »Die machen es nie«, sagte er »halb lächelnd und halb traurig« an diesem Morgen dem Leutnant Kunrat Freiherr von Hammerstein[100]. Genau dies war auch der Tenor seines Berichts, den er Gisevius gab. Mit einem müden Achselzucken erklärte er: »Angeblich soll es ja nun stattfinden, aber ...«

Goerdelers Eindrücke von Stauffenberg widersprachen jenen Becks, wirkten aber auf Gisevius offenbar noch nachhaltiger als die Kritik Helldorfs, da der Polizeipräsident weniger von dem »politischen Offizier« zu erzählen wusste. »Beck hält viel von ihm, und in der Tat ist er ein sehr mutiger und energischer Mann« – begann Goerdeler seinen Bericht über Stauffenberg, der für ihn eine Art Bilanz der zehn Monate konspirativer Zusammenarbeit mit Stauffenberg war, für Gisevius aber die erste authentische, freilich eben nur von Goerdelers Warte gegebene ausführliche Information über den Organisator des Staatsstreiches darstellte. Befragt nach seinem Verhältnis zu Stauffenberg, gab der ehemalige Leipziger Oberbürgermeister die Antwort, die er später in die Worte »überheblicher Eigensinn« kleiden sollte: »Wissen Sie, wenn er nicht noch jung und ich sehr viel älter wäre, dann hätte ich mir wohl eine solche Art, wie er mir über den Mund zu fahren pflegt, nicht gefallen lassen können; aber so ...[101]«

Goerdeler berichtete über seinen Ärger mit dem »politischen Offizier«, der sich nicht an die Arbeitsteilung habe halten wollen, sondern auch die »politische Federführung« beansprucht habe. Was der junge Oberst wolle – erklärte Goerdeler nach dem Zeugnis Gisevius' weiter –, sei »die Rettung Deutschlands durch politische Offiziere, die sich von der Korruption und Mißwirtschaft lossagen, für eine geordnete militärische Führung Sorge tragen und das Volk zu einem letzten Einsatz mitreißen. Auf eine kurze Formel gebracht, die Nation soll soldatisch bleiben und sozialistisch werden. Nur so kann sie der tödlichen Bedrohung von Ost und West entgehen und einen erträglichen Friedenszustand erkämpfen[102].« Ob alles dies von Goerdeler angeführt wurde, ist zweifelhaft. Den »letzten Einsatz« des Volkes freilich erstrebte Stauffenberg in dieser Zeit, da er den Krieg für hoffnungslos verloren betrachtete, seit langem nicht mehr.

Nicht ohne Bitterkeit erzählte Goerdeler, dass Stauffenberg »sogar Leuschner und Jakob Kaiser zur Stellungnahme gegen seine Kanzlerschaft bewegen wollte«. Goerdeler berichtete dem Hergereisten von Lebers Verhandlungen mit den Kommunisten, die im Einverständnis mit Stauffenberg geführt worden seien, »um sich vornehmlich auf die Kräfte der militanten Linken zu stützen«. Allerdings scheint er nicht genau gewusst zu haben, wann Leber und Reichwein verhaftet worden waren, oder Gisevius – wegen seiner Abwesenheit begreiflicherweise äußerst schlecht informiert – hörte nicht aufmerksam zu. Denn am 4./5. Juli, nicht am 10. Juli waren die beiden Sozialdemokraten verhaftet worden. Offenbar gewann Gisevius bereits in diesem Gespräch, das ihm ja nur eine höchst einseitige Information lieferte, den Eindruck, dass sein Freund Goerdeler »sichtbar aus voller Überzeugung zur Demokratie« stand und »die große Koalition aller Nicht-Totalitären, also der Widerstandskräfte von den Sozialdemokraten zu den Konservativen« erstrebte, während der ihm unbekannte Stauffenberg »die Militärdiktatur der ›wahren‹ National-Sozialisten« wollte, »wobei für ihn der Tonfall auf den ›Sozialisten‹« lag. Später meinte

Gisevius – und auch in dieser Interpretation von Stauffenbergs Haltung ist wie in allem der Einfluss des Goerdelerschen Urteils zu spüren –: »Nach dem Versagen der braunen Führerschicht und des Amateurstrategen Hitler sollen die Soldaten in die Bresche springen, die verratene Sache zu sühnen und zu retten. Weder will er auf das Totalitäre verzichten, noch auf das Militärische, noch auf den Sozialismus[103].«

Über die außenpolitische Lage scheinen sich Goerdeler und Gisevius nur kurz unterhalten zu haben. Goerdeler erklärte, dass er nicht mit einer sofortigen Kapitulation rechne, und brachte erneut seine Hoffnung zum Ausdruck, dass die Westmächte nicht auf der bedingungslosen Kapitulation bestehen, sondern vielmehr der Errichtung einer sowjetischen Hegemonie in Europa vorbeugen würden. Gisevius will »in dieser Hinsicht anderer Meinung« gewesen sein und erklärt haben, dass er es für entscheidend halte, durch wen und in welcher Form die unausweichliche Besetzung erfolge, d. h. er hoffte auf eine reduzierte militärische und politische »Westlösung«. Diese »andere Meinung« ist freilich nur durch Gisevius' Bericht aus dem Jahre 1946 »gesichert« – ein Problem, das für die Beurteilung der Unterredung mit Stauffenberg, die er in der Nacht vom 12. auf den 13. Juli in der Wohnung Strüncks führte, eine entscheidende Rolle spielt[104].

Stauffenberg konnte zusammen mit Oberst Hansen erst um Mitternacht zu dieser Besprechung kommen. Für ihn schloss sich an einen normalen Arbeitstag – er wollte anscheinend an diesem Abend im Anschluss an eine Konferenz mit den Wehrkreiskommandeuren noch Einwirkungsversuche unternehmen – ein konspiratives Gespräch mit einer nicht sonderlich wichtigen Figur an, die aber doch vielleicht einige Auskünfte über die Haltung der westlichen Alliierten zu geben in der Lage sein würde. Gisevius aber musste in höchstem Maße gespannt sein, diesen Mann kennen zu lernen, der Goerdeler solchen Ärger bereitet, die frühere Konstellation in der Konspiration – Beck und Goerdeler als Führungsspitze – zumindest ergänzt, ja vielleicht sogar verändert hatte und ein neues, wenn auch nicht das Zentrum der Konspiration bildete.

Gisevius hatte »von Zürich nur unklar verfolgen« können, was nach dem Attentatsversuch im Dezember geschehen war, und konnte so überhaupt keine richtige Ahnung haben von Stauffenbergs Denken. Goerdeler mochte ihm jetzt erklären, dass seit dem Dezember die Attentatsidee monatelang vertagt worden sei. Allerdings wusste sogar Goerdeler noch von dem Februar-Versuch. Völlig unwahrscheinlich ist aber, dass Beck gegenüber Gisevius die »Vertagung« bestätigte. Falsch ist auch die daran geknüpfte Behauptung, »auch der Stauffenberg-Kreis« sei gewillt gewesen, »Hitler eine letzte Chance, die Zurückschlagung der Invasion, zu gewähren«. Von den Bedingungen für den Umsturz und den Diskussionen über dieses Problem wusste Gisevius offensichtlich nichts. Stauffenbergs zentrale Rolle mochte für den über die Generalität im selben Maße wie Goerdeler verbitterten, doch im Unterschied zu Goerdeler beinahe manisch antimilitärischen oder antimilitaristischen Gisevius ein »schockartiges Erlebnis« sein[105].

Mit dem von Goerdeler entworfenen Bild Stauffenbergs vor seinen kurzsichtigen Augen begegnete nun Gisevius nach Mitternacht in der Kellerwohnung Strüncks dem »politischen Offizier«. Sofort spekulierte er über die Seelenverfassung seines Gegenübers und wusste sich leicht auszumalen, »was im Innern eines kraftstrotzenden, hochqualifizierten Offiziers vorgehen muß, der plötzlich derart verstümmelt wird«. Der »beklagenswerte Mann« konnte seiner Ansicht nach schwerlich hoffen, »in größerem Kreise, etwa vor Massen, ein Fluidum zu erzeugen«. Da Stauffenberg sich ohne große Begrüßungsformalitäten in einen Holzsessel warf, Kaffee verlangte und den Uniformrock öffnete, war für Gisevius sofort klar, dass der Offizier bewusst oder unbewusst versuchte, »die durch seine Verstümmelung erzeugten Minderwertigkeitskomplexe überzukompensieren«. Gisevius empfand, dass sich Stauffenberg ihm »von der derben Seite« zeigte, auch wenn seine Stimme »heiser-weich« klang. Gisevius kam kurzum zum Schluss, dass der junge Oberst weder als »Abbild eines Offiziers von ehedem …, noch als glaubwürdiger Vertreter einer den Nazis innerlich entfremdeten, heranwachsenden Generation« zu bezeichnen war[106].

Stauffenberg richtete an Gisevius das Wort: die Lage sei ernst, wie er wohl selbst wisse. »Wir stünden vor schwerwiegenden Entscheidungen, alles sei undurchsichtig, keiner könne wissen, was morgen sei. Als Stabschef beim Befehlshaber des Heimatheeres wolle er sich« bei Gisevius, der aus der Schweiz komme, über die Lage informieren und dessen Eindrücke hören[107]. Damit erklärte Stauffenberg deutlich, weshalb er zu diesem Treffen gekommen war. Offensichtlich war er gewillt, Gisevius gegenüber eine ähnliche Zurückhaltung wie gegenüber Hielscher zu bewahren. Dies traf den geltungsbewussten, an den Rand der Konspiration geschobenen Gisevius in seiner Eitelkeit. Denn eben hatte er noch festgestellt, dass Hansen sich »wohltuend von den meisten seiner Kameraden, die den Reiz des Befehlendürfens gegenüber Zivilisten mit Vorliebe auskosten«, unterschied, indem er Gisevius zuvorkommend begrüßte. Der aus der Schweiz Hergereiste hatte überdies »unsere putschistische Rangskala« vor Augen, »die erheblich von der der goldenen Sterne« abweichen sollte. Stauffenberg hatte nun offensichtlich diese Giseviussche »Rangskala« nicht präsent und dachte gar nicht daran, sich nach einer solchen gegenüber Gisevius zu verhalten, denn er benutzte den etwas eitlen »Antimilitaristen« bloß als Informanten, da dieser keinen Beitrag zur Technik des

Staatsstreiches zu liefern in der Lage war. Gisevius' spätere Reaktion ist bizarr. Einmal ist Stauffenberg »nicht nur Soldat«, ein andermal«ein Nursoldat, der wider Willen in die revolutionäre Problematik hineingezogen worden ist« und ihm – Gisevius – gegenüber »seine ersten politischen Tastversuche« machte, dann ist er »zweifellos ein Draufgänger, der weiß, was er will, fanatisch ..., der geschaffene Attentäter«[108].

Gisevius referierte nun mit einer längeren Darlegung über die außenpolitische Situation. Während er vortrug, lächelte Stauffenberg – wie Gisevius meint – »vielsagend vor sich hin«. Was trug nun Gisevius dem Leiter des Staatsstreiches vor? Nach seinem eigenen Zeugnis legte er »den radikalen Umschwung dar, der sich in den letzten Monaten vollzogen hat. Seit der Invasion gebe es für die Angelsachsen kein Zurück mehr. Es sei gut, jede Hoffnung auf ein Remis fallen zu lassen, auch auf hierauf abzielende Vorverhandlungen. Man könne über den Begriff der ›bedingungslosen Kapitulation‹ im einzelnen streiten, sicherlich bleibe diese oder jene Interpretierungsmöglichkeit offen, aber um die totale Besetzung mit allen darin enthaltenen Konsequenzen« käme man nicht mehr herum. »Was zur Diskussion stehe, sei einzig, ob der Schlußakt von draußen oder drinnen erzwungen würde und ob sich die Armee wenigstens jetzt zu einer Handlung aufraffe[109].« Nach dem Bericht von Strünck, Hansen und auch Goerdeler vertrat aber Gisevius nach seiner Rückkehr nach Berlin eine geradezu entgegengesetzte Meinung. Er hoffte auf die Möglichkeit einer Separatverständigung mit den Westmächten[110].

Zum Verständnis der nächtlichen Unterredung mit Stauffenberg ist noch wichtig zu wissen, dass Gisevius nicht nur heftig für den »isolierten« und sich zurückgesetzt fühlenden Goerdeler eintrat, der ihn als seinen Staatssekretär vorsah, während Stauffenberg Yorck dafür wünschte, sondern in der Innenpolitik zusammen mit Helldorf von einem wirklich reaktionären Standpunkt gegen die auch von Goerdeler getragene Kooperation mit den Gewerkschaften frondierte, was zumindest als Hintergrund für seine »Westorientierung« im Auge zu behalten ist[111]. Diese »Westlösung« trieb in diesen Tagen nach dem Eintreffen des Berichtes von Hofacker gerade bei Goerdeler wieder recht absurde Blüten. Vorbei war die kurze Zeitspanne einer etwas realistischeren außenpolitischen Betrachtungsweise. Denn Goerdeler schlug vor, »daß er und Beck sofort zu Kluge fahren, um sich über die eingetretene Lage Gewißheit zu verschaffen. Goerdeler will diesen Vorschlag zweimal – durch Stauffenberg und Gisevius – an Beck übermittelt haben. Beck habe jedoch abgelehnt und die Informationen dahingehend aufgefaßt, daß insbesondere Kluge die Folgerung eines eiligen Handelns gezogen wissen«, d. h. das Attentat abwarten wollte, um dann mitzumachen[112].

Die Reise nach dem Westen – sollte sie die bedingungslose Kapitulation einleiten? Gisevius will am 13. Juli gegenüber Beck Zweifel geäußert haben, ob es noch möglich sei, »auf der Gegenseite überhaupt die Anerkennung einer handlungsfähigen Reichsregierung durchzusetzen«. Doch Beck, der Gisevius noch am Tage zuvor vor allzu großen Hoffnungen gewarnt hatte, habe erklärt, »man müsse mit Goerdelers Optimismus und Schwung herauszuholen suchen, was herauszuholen sei«. Weshalb wollte denn Beck aber nicht den Flug zu Kluge? Nach Gisevius' Bericht war die »Westlösung« militärisch gedacht, d. h. die Front sollte – wie dies Tresckow bereits empfohlen hatte – geöffnet werden, um den westlichen Alliierten die Besetzung Deutschlands zu ermöglichen. Goerdeler soll sich am 13. Juli zunächst strikt gegen diesen Gedanken gewandt, am 15. Juli ihn jedoch plötzlich akzeptiert haben. Auf Becks Machtwort hin sei dann aber der Plan am 18. Juli fallengelassen worden – vor Stauffenbergs drittem Attentatsversuch[113].

Goerdeler freilich verstand etwas ganz anderes. Er wollte Kluge nicht bedingungslose Kapitulation empfehlen, »sondern eine Abmachung, die nun freilich ganz utopisch gedacht war. Ein Waffenstillstand sollte ausgehandelt werden, nach dem die britisch-amerikanischen Armeen in Frankreich stehen bleiben und das deutsche Westheer zur Abwehr der Russen quer durch Deutschland nach der Ostfront abrücken ließen.« Mit Goerdelers eigenen Worten sollte »Hitler ... dabei vor die Wahl gestellt werden, diese Rettung mitzumachen und zurückzutreten oder durch die Tat und die befreite Volksstimmung zum Rücktritt gezwungen zu werden«[114]. »Nach vorne durchbrechen« – dies musste also offensichtlich nicht die Zustimmung zum Attentat implizieren. Dass Beck diesen Plan verwarf, ist begreiflich. Goerdeler sollte sich später bei seinem Bericht über solche Illusionen immer wieder auf Gisevius' Mitteilungen berufen. Im Hinblick darauf, in Erinnerung an die Berichte Strüncks und Hansens, aber vor allem auch angesichts der Tatsache, dass Gisevius sich in diesen Tagen für Goerdelers »Westlösung« stark machte und davon berichten zu könnten glaubte, Eisenhower werde nicht die bedingungslose Kapitulation fordern, ist es sehr wahrscheinlich, dass Gisevius in seinem Bericht nach dem Krieg dieser »Westlösung« einen anderen Inhalt gab und damals denselben Illusionen wie Goerdeler nachhing – wohl nicht ganz ohne Zutun von Allen Dulles' Umgebung, der ein Umsturz eine höchst erwünschte Tatsache und deshalb jedes Mittel – also auch zweckgeprägte »Informationen« zur Ermutigung der Konspiration – recht sein konnte.

Am 12. Juli war Stauffenberg bereits im Besitz der Antwort Johns, die Pläne wie jene Goerdelers grotesk erscheinen ließ. »Ist es nicht überhaupt für den Westen zu spät?« – soll Stauffenberg Gisevius nun entgegengehalten haben. Nach Gisevius' Bericht knüpfte sich an diese Frage »eine endlose Auseinandersetzung«, in deren Verlauf Stauffenberg ihn »als hoffnungslosen ›Westler‹ hinzustellen bemüht« gewesen sei. »Hoffnungslos« sollte offensichtlich die Bedeutung von »hoffnungsloser Fall« haben. Dies ist freilich recht amüsant, weil die Annahme sehr legitim ist, dass Gisevius für Stauffenberg ein »hoffnungsloser Westler« deshalb war, weil er noch viel zu viele Hoffnungen in bezug auf eine »Westlösung« hegte. Deshalb fragte Stauffenberg weiter, ob Gisevius nicht wisse, »daß die Heeresgruppe Mitte aufgehört habe zu existieren. Bald werde der Russe über die Weichsel stoßen, schnell würden seine Vorhuten die Oder erreicht haben, binnen weniger Wochen stehe Stalin vor Berlin.« Daran soll er die Bemerkung geknüpft haben, dass die Entscheidung im Osten gefallen sei und man darum »auch alle Politik mit dem Osten« machen müsse. Stauffenberg drückte sich aber nicht mit Bestimmtheit aus, sondern setzte zu seinen Ausführungen jeweils hinzu, Gisevius »möchte ihn nicht mißverstehen, er sei innerlich noch gar nicht entschieden, ihm liege einzig daran, die Antithese klar herauszuarbeiten, und deshalb übernehme er« ihm »gegenüber die Rolle eines ›Advocatus diaboli‹«[115].

Stauffenberg konnte in diesen Tagen durchaus erklären, dass man versuchen müsse, »wenn es im Osten so weitergeht..., daß man mit den Russen in Verhandlungen komme«[116]. Dies war ein Zeichen, wie er nun immer mehr im Sinne Lebers realistisch die außenpolitische Situation Deutschlands beurteilte und an Projekte wie jene Goerdelers nicht mehr glaubte. Weshalb betonte er aber Gisevius gegenüber die Tatsache, dass auch die Sowjetunion eine entscheidende Rolle bei Verhandlungen spielte? Wohl doch deshalb, weil Gisevius sich offensichtlich über das Ausmaß der Katastrophe im Osten nicht genügend Rechenschaft ablegte und noch eine alles andere als realistische »Westlösung« erhoffen zu dürfen glaubte.

Von Stauffenbergs Art eines »decision making«, die ja bereits vor der Invasion in der konspirativen Diskussion deutlich wurde und eine Eigenschaft des Offiziers war[117], konnte Gisevius nichts wissen. Deshalb erklärte Stauffenberg sie ihm auch mit seinem Hinweis auf seine »Advocatus-diaboli«-Rolle. Hätte Gisevius gewusst, wie Stauffenberg zum Beispiel gegenüber Fahrner dieses »Spiel« trieb[118], so wäre er wohl noch weitaus entsetzter gewesen, als er es nun schon über »dieses geheimnisvolle Gebaren, diese Dialektik, dieses Drumherumreden, dieses den ›Advocatus-diaboli‹-Spielen« ihm selbst gegenüber war. So war er Stauffenberg ausgeliefert. »An diesem Abend« gewann er »durchaus den Eindruck, hier geht jemand aufs Ganze«. Nachträglich kamen ihm aber doch Bedenken über die Art, in der sich Stauffenberg »in der Kunst des Ja und Nein zugleich üben« gewollt habe[119].

Mit Goerdelers Bericht von Stauffenbergs Beziehung zu Leber, den

Gewerkschaften und der Sondierung bei den Kommunisten im Kopfe, schloss Gisevius aus den als »Antithese« bezeichneten Darlegungen Stauffenbergs auf eine bereits »vollzogene Schwenkung nach Osten«. Ein anderer Gesprächspartner hätte dies vielleicht nicht so rasch gemerkt, aber er – Gisevius – ließ sich nichts vormachen, sondern »verspürte« an dem »Eifer«, mit dem Stauffenberg seine Gedanken entwickelte, sogleich und präzise, »in welche Richtung diese weiterarbeiten«. Stauffenberg hatte in seinen Augen längstens für den Nationalbolschewismus optiert und wusste nur noch nicht, wie er dies Beck und Goerdeler beibringen sollte[120].

Dieser Eindruck Gisevius' demonstrierte, wie wenig er über die ganze konspirative Diskussion in der vorangegangenen Zeit informiert war und wie er nun allein von einem Goerdelerschen Stauffenberg-»Porträt« her die Wirklichkeit zu beurteilen vermochte. Er realisierte dies auch noch nicht, als er – angeblich auf seinen eigenen Vorschlag – selbst den »Advocatus diaboli« zu spielen sich bemühte. Denn nun behauptete Stauffenberg nicht etwa, dass mit der Sowjetunion eine Verständigung möglich sei. Im Gegenteil stellte er die Lage an der Ostfront so dar, »daß überhaupt alle Hoffnung verloren sei«. Gisevius zog aus dieser Tatsache überhaupt keinen Schluss. Für ihn war der Fall bereits klar. Stauffenberg erstrebte »den gemeinsamen Siegeszug der grau-roten Armeen gegen die Plutokratien«. Der Offizier, der vielleicht schon nach damaliger Ansicht Gisevius' früher Nationalsozialist gewesen sein soll, war ein durch die Niederlage »enttäuschter Prätorianer«, der in dem »Rhythmus seiner Zeit« weiterzumarschieren wünschte, dessen Ziel »die große Wachablösung, nicht ein radikaler Umsturz« war, der für die »Weiterführung der braun-grauen Legalität« kämpfte und nur »soviel Ballast abgeben« wollte, »als unbedingt nötig ist, um das – nunmehr grau anzustreichende – Schiff wieder flottzumachen«. Welche Verkennung des angeblich »in die Revolution hineingeborenen und von ihr gezüchteten Offiziers«[121]!

In diesen wenigen Stunden nächtlicher Unterhaltung musste das Zerrbild, das Gisevius bereits zu der Unterhaltung mitbrachte und offensichtlich fleißig kultivierte, allmählich das Gespräch beeinflusst und belastet haben. Stauffenberg konnte zu Recht nach einiger Zeit sich irritiert fühlen und sein Gegenüber, das die außenpolitische Lage offenkundig illusionär beurteilte, vexieren. Gisevius erhielt nie Kenntnis von den Erörterungen am 16. Juli in Stauffenbergs Wohnung, die alles andere als eine »Ostlösung« anstrebten[122]. Beim Abschied machte Stauffenberg deutlich, wie sehr er das Auftauchen Gisevius' in Berlin für gefährlich und wohl auch unnütz hielt. Denn er warnte ihn, dass die Gestapo hinter ihm her sei, was Gisevius selbst wusste. Er dürfe sich nirgends blicken lassen – auch nicht bei Oster. Diese Zurechtweisung musste sich ausgerechnet

Gisevius gefallen lassen, der als zukünftiger Staatssekretär erschienen war und später sich über die angeblichen Unvorsichtigkeiten der militärischen Konspiration – nicht aber über jene Goerdelers – mokieren sollte. Hinter der Warnung vor Oster vermutete Gisevius, der sich in den letzten Tagen vor dem Umsturz noch für eine geeignete Verwendung seines Förderers aus der »Abwehr« einsetzte, sofort eine politische Distanzierung Stauffenbergs von Oster, der seit längerer Zeit als dieser ihm fremde Oberst konspirierte, nun aber gefährdet war – was der aus der Schweiz Hergereiste bei seiner »Analyse« offensichtlich nicht im geringsten in Rechnung stellte[123].

Die Begegnung mit Gisevius war für Stauffenberg nur eines unter unzähligen, weitaus wichtigeren Gesprächen – und sie war auch für die Konspiration völlig belanglos. Dass sie später in der Historie eine solche Bedeutung erlangen und zur Grundlage solcher Missdeutung werden sollte, konnte er in keiner Weise ahnen. Zwei Tage darauf – am 14. Juli – erhielt Stauffenberg die Aufforderung, am nächsten Tag im »Führerhauptquartier« Hitler Vortrag zu halten. Hans-Bernd von Haeften erfuhr dies am selben Tag von seinem Bruder, der außer Yorck auch Hauptmann Kaiser informierte, der sofort Goerdeler davon in Kenntnis setzte. Am selben Nachmittag unterrichtete Stauffenberg auch Klausing, der wieder mitfliegen sollte, »weil Haeften nicht könnte. Generaloberst Fromm fliege mit, es sei möglich, zu diesem Termin die Sache zu starten.«

Am selben Tag besprach sich der Generalquartiermeister Wagner mit den beiden Stabschefs Fellgiebels, General Thiele und Oberst Hahn, in Zossen, »um die fernsprech- und nachrichtentechnischen Maßnahmen zu erörtern, die in Kraft treten sollten, wenn in den nächsten Tagen ›zwangsweise gehandelt‹ würde. Für dieses zwangsweise Handeln sei alles vorbereitet ... Noch am gleichen Abend wurde Hahn nach ›Anna‹ [Mauerwald] geschickt, um Fellgiebel vor allem einzuschärfen, daß das Attentat nur ausgeführt werden sollte, wenn der Reichsführer-SS dabei war.« Hatte Beck mit Stauffenberg noch am Abend des 11. Juli vereinbart, dass der nächste Versuch ohne Rücksicht auf Himmlers Abwesenheit gemacht werden müsste – eine Entscheidung, gegen die der übervorsichtige Wagner nun vielleicht opponierte? In Berlin instruierte Thiele den Obersten Haßel, dass das Attentat am nächsten Tag ausgeführt werden sollte. Olbricht alarmierte am Abend dieses Tages auch Hoepner[124].

Stauffenberg war am Abend dieses 14. Juli offenbar zusammen mit Yorck und Lukaschek bei Husen. Yorck war nun nach der Verhaftung Lebers doch bereit, Staatssekretär beim Reichskanzler zu werden. Er sollte sich zwei Tage später mit Husen einigen – »entgegen der ursprünglichen Absicht, keine Ämter zu übernehmen«. In der Unterredung scheint nochmals die Berechtigung des Attentates geprüft worden zu sein.

Stauffenberg verabschiedete sich mit den Worten: »Es bleibt also nichts übrig, als ihn umzubringen[125].«

Am frühen Morgen des 15. Juli flogen Fromm, der nicht wie am 11. Juli in Berlin geblieben war, Stauffenberg und Klausing nach dem ostpreußischen Rastenburg. Denn Hitler weilte im Unterschied zum 11. Juli seit dem 14. Juli wieder in der »Wolfschanze«[126], die nun kaum mehr als 100 Kilometer von der Front entfernt war. Die Geste des Diktators sollte den Bankrott des »Feldherrn« kaschieren. Um 9.35 Uhr landete die Maschine auf dem Flugplatz Rastenburg. Ein Begleitoffizier vom Stab des Kommandanten des »Führerhauptquartiers« holte die drei Offiziere ab. Mit einem Wagen fuhr er sie darauf zum Sperrkreis II, wo im Kasino des Lagerkommandanten das Frühstück eingenommen wurde. Noch vor dem Frühstück bat Stauffenberg, »einige wichtige Telefongespräche führen zu können«. Soweit sich der Begleitoffizier acht Tage später erinnern konnte, wurde Stauffenberg mit dem Amt »Anna« im Hauptquartier des OKH verbunden und führte Gespräche mit den Generalen Stieff und Fellgiebel.

An dem Frühstück nahmen außer den drei eingetroffenen Offizieren der Kommandant des Hauptquartiers, Oberstleutnant Streve, sein Ia, Hauptmann Pieper, sein Adjutant (IIa), Rittmeister von Möllendorf, und der Begleitoffizier, Oberleutnant Geisberg (IIb), teil, der allerdings »oft während des Frühstücks dienstlich abberufen wurde«. Während der Unterhaltung äußerte Fromm oder Stauffenberg, »daß sie auch General Buhle und General Stieff besuchen würden«. Im allgemeinen wurden »belanglose Dinge besprochen« – unter anderem die Frage der Auffüllung der Bewachungstruppe des Hauptquartiers, wobei Fromm dem Kommandanten seine weitere Unterstützung zusicherte, »auch unter dem neuen Chef des Stabes, Oberst Graf Stauffenberg«. Dessen Unterhaltung »war ohne jede persönliche Note, rein sachlich und dienstlich«. Im Rückblick auf seinen Aufenthalt in Berchtesgaden gab Stauffenberg »seinem Befremden Ausdruck über die Art der Unterbringung führender militärischer Persönlichkeiten im Hotel ›Berchtesgadener Hof‹, wobei er auf die Gefahr der Spionage hinwies«. Streve gewann den Eindruck, »daß das Verhältnis zwischen Generaloberst Fromm und seinem neuen Stabschef keineswegs so kameradschaftlich war wie unter dem Vorgänger, Generalmajor Kühne«. Nach etwa dreiviertel bis eine Stunde – d. h. gegen 11.00 Uhr – wurden Fromm und Stauffenberg zu Keitel gerufen. Sie verabschiedeten sich von Streve, der Geisberg noch die Weisung erteilte, das Flugzeug von Rastenburg nach Lötzen überzuführen, von wo dann der Rückflug nach Berlin angetreten werden sollte[127].

Im Wagen fuhr nun der Begleitoffizier Fromm, Stauffenberg und Klausing vom Sperrkreis II in den »alten Sperrkreis I«, der nördlich der

Bahnlinie, die das Hauptquartier trennte, etwa einen Kilometer ostwärts des südlich der Bahnlinie gelegenen Sperrkreises II lag. »Alt« war dieser Sperrkreis, weil er nicht mehr in der früheren Form existierte. Denn das Hauptquartier Hitlers wurde beständig umgebaut. Zu diesem Zeitpunkt befand es sich im letzten Bauabschnitt, der vom Februar bis zum 20. November 1944 dauerte und in dem die bestehenden Gebäude mit einer dicken Betonummantelung umgeben wurden. Stauffenberg hätte es nichts genützt, wenn er bereits vor dem 15. Juli 1944 im Hauptquartier gewesen wäre, denn alles war recht verändert seit dem Jahre 1941 und auch seit Februar 1944. Am 22. September 1943 war innerhalb des Sperrkreises I, in dem die wichtigsten Gebäude von Wehrmacht und Partei lagen, ein besonderer Sperrkreis A für Hitler geschaffen worden, in dem jedoch auch noch die Gebäude Keitels, Bormanns, Hitlers persönlicher Adjutantur, Hitlers Wehrmachts- und Heeresadjutantur und des Heerespersonalamtes sowie das »Lagehaus« lagen, das identisch mit dem Gebäude Keitels – einem aus dem ersten Bauabschnitt stammenden oberirdischen Bunker – war, in dem bis Juli 1942 die täglichen Lagebesprechungen abgehalten worden waren. Ab November 1942 hatte sich Hitler in einem Anbau seines »Führerbunkers« vortragen lassen. Am 15. Juli 1944 wurde aber keines der beiden Gebäude benutzt.

Stauffenberg ging zwar mit Fromm zum »OKW-Bunker« Keitels, der im Südosten des Sperrkreises A und damit auch des Sperrkreises I lag, aber um ihm vor der »Lage« vorzutragen. Auch an diesem Tage wurde gebaut. Für die Übergangszeit hatte man im südwestlichen Teil des Sperrkreises I unabhängig vom Sperrkreis A noch einen Sondersperrkreis – den »Führersperrkreis« – für Hitler eingerichtet. Umgeben von einem hohen Maschendrahtzaun standen in ihm der sogenannte Gästebunker aus dem ersten Bauabschnitt – also aus der Zeit vor dem 22. Juni 1941 – und die sogenannte Speerbaracke aus dem zweiten Bauabschnitt – d. h. aus den Jahren 1942/43. Der Gästebunker war außer dem Vermittlungsbunker der einzige, der im Juni 1944 bereits den Betonmantel von etwa sieben Meter Stärke hatte. Deshalb wohnte hier – und nicht in seinem »Führerbunker« – Hitler seit dem 14. Juli 1944. Die in der Nähe stehende Speerbaracke hatte außer einigen Dienstzimmern ein großes 12,5 Meter langes und fünf Meter breites Besprechungszimmer, das an ihrer nördlichen Stirnseite lag und in dem vom 15. bis 20. Juli 1944 sämtliche »Mittagslagen« stattfanden. Die »Abendlagen«, die zumeist um Mitternacht abgehalten wurden und zu denen nur ein ganz begrenzter Kreis Zutritt hatte, wurden im »Gästebunker« Hitlers vorgetragen.

Im »Lagezimmer« der Speerbaracke – oder »Lagebaracke« – stand ein großer, vier bis sechs Meter langer und 120 bis 150 cm breiter eichener Kartentisch, dessen Platte etwa 8 bis 10 cm stark war und von drei etwa ebenso starken und 80 bis 100 cm hohen, fast durch die ganze Breite des Tisches durchgehenden Tischböcken gestützt wurde, die in der Mitte einen trapezförmigen Durchbruch hatten, der unten an der Basis etwa 70 cm, oben etwa 45 cm breit und etwa 65 cm hoch gewesen sein dürfte. Der Raum hatte zwischen fünf und neun Fenster. Unter dem Bretterfußboden befand sich ein Hohlraum von etwa 20 bis 40 cm Höhe. Die Decke der Baracke hatte als Schutz gegen Brandbomben eine Betonverstärkung von 6 bis 10 cm Durchmesser. Die Wände, die das »Lagezimmer« von den anderen Räumen der Baracke abtrennte, bestanden aus zweiseitig auf Holzrahmen genagelten Brettern mit einem etwa 6 cm tiefen Hohlraum, während die Außenwand der Baracke eine Ummantelung aus Ziegelsteinen mit grauem Tarnanstrich besaß, die der Baracke das Aussehen eines befestigten Gebäudes verlieh – ein Eindruck, der täuschte[128].

Stauffenberg hatte an diesem Tag zu der Schwierigkeit hinzu, die sich durch Fromms Anwesenheit im Hauptquartier erhob, mit ihm völlig unbekannten Verhältnissen zu rechnen. Waren die Kontrollen in diesem Hauptquartier strenger als in Berchtesgaden? Es gab in diesem Wirrwarr viele Kontrollen – allein schon beim Passieren der Sperrkreise. Einem entschlossenen Attentäter, der einen dienstlich beglaubigten Zugang zum »innersten Kreis« hatte, stellte sich aber kein wesentliches Hindernis entgegen, die Bombe zu platzieren. Im »Lagezimmer« selbst oder vor dessen Tür hielt sich kein Leibwächter auf, wohl aber außerhalb des Gebäudes. Doch fanden keine Leibesvisitationen oder Kontrollen der Aktentaschen statt. Freilich war es wesentlich schwieriger, als an Hitler heranzukommen, nach der Explosion wieder aus dem vielverzahnten Sicherheitssystem der »Wolfschanze« wegfahren zu können, wenn man wie Stauffenberg eiligst abfliegen musste. Nicht umsonst hatte man bisher das Attentat von einer technisch autonom handelnden Gruppe ausführen lassen wollen[129].

Klausing hatte von Stauffenberg den Auftrag erhalten, vom »Lage«Beginn an mit fahrbereitem Wagen auf dem Parkplatz vor dem Bunker der Wehrmachtsadjutantur im Sperrkreis I zu warten. Stauffenberg unterrichtete zusammen mit Fromm nun Keitel – dem Brauch gemäß vor der Lagebesprechung – über das Thema seines Vortrages, der »der Aufstellung von 15 neuen Divisionen« galt, die später als »Volksgrenadierdivisionen« zum Einsatz kommen und in truppendienstlicher Hinsicht Himmler unterstellt werden sollten. Über diesen Versuch, die SS mit dem Heer nicht nur durch eine Privatarmee konkurrieren, sondern sie nun auch noch in den ureigenen Bereich des Heeres in massivster Form infiltrieren zu lassen, war Stauffenberg in höchstem Masse empört. Die »Lage« begann, wie üblich, etwa um 13.00 Uhr, genau um 13.10 Uhr. Stauffenberg ging zusammen mit Fromm und »noch einigen anderen Persönlichkeiten« zu

Fuß vom OKW-Bunker Keitels zum »Führersperrkreis«. Vor der »Lagebaracke« blieb Stauffenberg mit General Bodenschatz und Keitel noch stehen. Dann kam Hitler mit seinem Marineadjutanten Puttkamer und einem Sicherheitsbeamten heran. Er schüttelte dem ihm in Achtungsstellung gegenüberstehenden und ihn um Haupteslänge überragenden Stauffenberg die Hand[130].

In Berlin hatte mittlerweile Olbricht noch am Vormittag – etwa um 11.00 Uhr – »Walküre«-Alarm für die Berliner Schulen gegeben, um noch vor dem Attentat die aufgerufenen Verbände sich einsatzbereit machen zu lassen. Er unterrichtete Hoepner in der Bendlerstraße. Mertz erteilte zusammen mit Bernardis, Oertzen und dem hinzugekommenen Berliner Wehrmachtkommandanten, Generalleutnant Paul v. Hase, dem Major i. G. Egbert Hayessen die entsprechenden Befehle für seine Aufgabe, bei der Wehrmachtkommandantur Berlin für den Staatsstreich zu wirken. Die Leutnants von Kleist, von Oppen und Ludwig Freiherr von Hammerstein waren benachrichtigt – und warteten ebenso wie Yorck, der sich bei Schwerin im Amt des Generalquartiermeisters aufhielt[131].

Für diesen Tag war offensichtlich ein größerer Kreis alarmiert worden[132]. Die Tatsache, dass Olbricht für Berlin »Walküre 1. Stufe« ausgegeben hatte, bevor er wissen konnte, ob das Attentat überhaupt stattfinden würde, lässt die Vermutung als sehr legitim erscheinen, dass Stauffenberg nun in der Tat das Attentat nicht mehr von der Anwesenheit Himmlers oder Görings abhängig machen wollte. Und dennoch – das Attentat fand nicht statt. Nach dem Bericht des Stenographischen Dienstes, der Hitlers Lagebesprechungen niederschrieb, war Stauffenberg im ersten Teil der »Lage« von 13.10 bis 13.40 Uhr anwesend. Hernach – von 13.40 bis 14.20 Uhr – nahm er an einer Sonderbesprechung »betreffend Stellungsbau und Auffangorganisation« teil. An diese schloss sich von 14.20 bis 14.25 Uhr eine fünfminütige Sonderbesprechung nicht näher bezeichneten Inhaltes mit Generaloberst Fromm an[133].

Der Begleitoffizier Oberleutnant Geisberg beobachtete, wie Generaloberst Fromm nach der Lagebesprechung »in Begleitung einiger Herren wieder in Richtung Sperrkreis I« ging. Er konnte Fromm nicht folgen, »da Oberst Graf Stauffenberg noch Unterhaltungen vor dem Lagehaus hatte. Als diese schließlich beendet waren«, begab sich der Oberleutnant »in Sichtabstand von Oberst Graf Stauffenberg zum Parkplatz, wo das Fahrzeug wartete«. Dort wollte der Oberleutnant »schnellstens feststellen, wo sich der Generaloberst hinbegeben hatte«, und hörte, dass er sich schon mit Feldmarschall Keitel zu dessen Sonderzug »Braunschweig« – Moysee-Haltestelle – begeben hatte. »Am Fahrzeug wartete auch Hauptmann Klausing...« Offensichtlich war Geisberg vorausgeeilt, denn Stauffenberg kam nun hinzu. Auf den Hinweis Geisbergs auf Fromms Weggang antwortete Stauffenberg, der Oberleutnant solle sich »noch gedulden, denn er habe noch wichtige Gespräche mit General Stieff und General Fellgiebel«, die sich bereits auf dem Parkplatz befanden. Beiden Generalen hatte Hahn am Morgen dieses Tages die Forderung Wagners übermittelt, »daß das Attentat nur ausgeführt werden sollte, wenn der Reichsführer-SS dabei« sei. Mit ihnen besprach sich nun Stauffenberg[134].

Nach einem Bericht Klausings hatte sich Stauffenbergs Rückkehr aus der »Lage« bis 16.00 Uhr hingezogen. Da aber Stauffenberg nach 14.25 Uhr offensichtlich keine Besprechung mehr hatte und anschließend zum Mittagessen in Keitels Zug fuhr, ist diese Angabe inkorrekt[135]. Himmler nahm an diesem Tag wiederum nicht an Hitlers »Lage« teil. Stauffenberg hatte dies »nach einer ersten Besprechung« – wohl jener mit Keitel noch vor der »Lage« – »auf dem Wege zu einer geplanten weiteren Besprechung mit dem Reichsführer-SS erfahren«[136]. Nach Geisbergs Bericht führte Stauffenberg im Anschluss an die Besprechung mit Stieff und Fellgiebel ein Telefongespräch mit Berlin. Stieff, der wie Fellgiebel darauf ins Hauptquartier des OKH wegging, will Stauffenberg vom Attentat abgeraten haben. Fellgiebel teilte Hahn nach seiner Rückkehr in den »Mauerwald« kurz mit: »Es hat heute nicht geklappt[137].« In der Besprechung ging es also offensichtlich nicht mehr um die Frage, ob der Attentatsversuch gestartet werden sollte. Denn auch Stauffenberg erklärte gegenüber Klausing im Wagen, der sie zum Mittagessen in Keitels Zug brachte: »Es ist heute wieder nichts geworden[138].«

Hoepner, der in Berlin im Zimmer von Olbrichts Adjutanten von der Lancken saß, entnahm einem Telefongespräch zwischen Mertz und Olbricht, »daß Mertz soeben mit Stauffenberg telefoniert« und dabei erfahren habe, »daß die Besprechung im Führerhauptquartier, aus der Stauffenberg kurz herausgegangen war, vorzeitig abgebrochen wurde«. Yorck bestätigte später, dass auch er gehört habe, wie gesagt wurde, Stauffenberg »habe telefonieren müssen; als er wieder hereingekommen sei, sei die Sitzung schon beendet gewesen«[139]. Leutnant von Kleist teilte seinen wartenden Kameraden mit, Hitler »sei mitten aus der Besprechung unmotiviert herausgegangen«[140]. Der Telefonanruf Stauffenbergs nach Berlin hatte aber nicht während, sondern nach der Besprechung stattgefunden – Stauffenberg hatte also nicht mit Mertz debattiert, ob er das Attentat ausführen solle, sondern mitgeteilt, dass der Versuch nicht hatte unternommen werden können[141]. Die »Lage« am 11. Juli hatte von 13.07 bis 15.30 Uhr gedauert. Vom 15. Juli ist nur überliefert, dass Stauffenberg »im ersten Teil« der Lagebesprechung anwesend war. Die anschließende Sonderbesprechung war offensichtlich der zweite Teil. Und in ihm scheint des Rätsels Lösung zu liegen. Denn Stauffenberg sollte seinem Bruder Berthold – der nun im Unterschied zu Hoepner, Yorck oder Kleist ein direkter Zeuge des Berichtes seines Bruders war – erklären, »daß plötzlich eine Besprechung angesetzt worden sei, bei der er selbst habe vortragen müssen, so daß er keine Möglichkeit gehabt habe, das Attentat zu verüben«[142]. Die Abwesenheit Himmlers spielte also gar keine Rolle mehr. Wenn er aber selbst vortragen musste, konnte er die Sprengladung nicht zünden.

Unklar bleibt, zu welchem Zeitpunkt Stauffenberg den Zündungsmechanismus in Gang setzen wollte. Dass er ihn noch nicht betätigt hatte, als er die »Lagebaracke« betrat, ist hingegen klar. Offenbar beabsichtigte er nach einer gewissen Zeit hinauszugehen, um dann mit der geschärften Ladung ins »Lagezimmer« rasch zurückzukehren, die Tasche zu deponieren und wieder hinauszugehen. Dieses Manöver musste durch die Aufforderung zum Vortrag vereitelt werden. Die Sonderbesprechung dauerte bis 14.20 Uhr. An ihr nahm auch Keitel teil – ein weiteres Indiz, dass sie nichts anderes als der zweite Teil dieser Lagebesprechung war, deren allgemeinen Teil Hitler offenbar ganz knapp gewünscht hatte, um die angesichts der Lage an der Ostfront drängende Frage des Stellungsbaus und der Auffangorganisation eingehend mit den hergereisten beiden höchsten Offizieren des Ersatzheeres zu besprechen. Nach der Sonderbesprechung verließ auch Keitel das »Lagezimmer«, d. h. die »Mittagslage« war offensichtlich zu Ende und mit ihr auch die Möglichkeit für Stauffenberg, sich zur Schärfung der Sprengladung rasch zu entfernen und sie darauf neben Hitler zu platzieren. An diesem Tag unterlief Stauffenberg ein Fehler, den er vielleicht nicht hatte vermeiden können: Den Zündmechanismus musste er vor »Lage«-Beginn betätigen und versuchen, möglichst rasch wieder aus dem »Lagezimmer« hinauszugelangen, bevor er zum Vortrag aufgefordert werden konnte. Stauffenberg war vielleicht durch die Anwesenheit Fromms in seiner Bewegungsfreiheit gehindert. Fromm hätte an diesem Tag – wären die Dinge anders verlaufen – neben der explodierenden Sprengladung seines Chefs des Stabes gestanden, wodurch die Nachfolgefrage ohnehin aufgeworfen worden wäre.

Stauffenberg und Klausing trafen verspätet zum Essen in Keitels Zug ein und mussten deshalb in einem Nebenspeiseraum Platz nehmen, in dem sich auch ihr Begleitoffizier aufhielt. Während des Essens telefonierte Oberleutnant Geisberg mit dem Flugplatz Rastenburg, um das Flugzeug – eine Ju 52 – vom Flugplatz Rastenburg nach dem Flugplatz Lötzen umzudirigieren und für den Start um 17.00 Uhr bereitzuhalten. Stauffenberg hatte ihn mehrmals ermahnt, »dies nicht zu vergessen«. Stauffenberg und Klausing saßen etwa eine halbe Stunde im Zug, als Fromm in Begleitung von General Buhle den Hauptspeisewagen wieder verließ. Darauf eilten Stauffenberg, Klausing und Geisberg zum Wagen. Fromm erklärte dem Begleitoffizier, er wünsche zum »Mauerwald« gefahren zu werden, »denn er habe dort wichtige Besprechungen«. Da General Buhle auch mitfahren wollte, musste Geisberg zurückbleiben, denn der Wagen – ein Viersitzer vom Typ »Opel Admiral« – bot höchstens fünf Personen Platz[143].

Nach dem Scheitern des Attentatsversuches musste Olbricht in Berlin sich bemühen, den »Walküre«-Alarm als »Übung« darzustellen. Deshalb fuhr er nach dem Eintreffen von Stauffenbergs Mitteilung am Nachmittag zur Truppenbesichtigung bei den aufgerufenen Schulen und Lehrtruppen in Potsdam, Krampnitz und Döberitz. Das Ganze verlief noch einigermaßen glimpflich, obgleich man sich in der Konspiration durchaus über die Gefahr dieses »Voralarmes« Rechenschaft ablegte. Allerdings stellte Fromm nach seiner Rückkehr Olbricht zur Rede und rügte ihn, denn dieser habe die Gefahr heraufbeschworen, dass Guderian die Panzerausbildungsabteilung aus Krampnitz nach Ostpreußen wegnehmen würde[144].

Der 16. Juli brachte eine wichtige Besprechung in Stauffenbergs Wohnung. Wie immer an einem Sonntag telefonierte Stauffenberg zunächst mit seiner Frau. Er bat sie, ihre geplante Reise mit den Kindern nach Lautlingen nicht zu unternehmen – ohne Angabe eines Grundes. Sie entgegnete jedoch, dass sie bereits die Fahrkarten habe und deshalb am 18. Juli fahren werde[145]. Am Abend gegen 19.00 Uhr versammelten sich dann bei ihm und seinem Bruder Berthold die Grafen Schwerin, Yorck und Schulenburg, Trott, Caesar von Hofacker, Oberst Hansen und Mertz, der bei Stauffenberg wohnte. Hofacker, der am folgenden Tag nach Paris zurückkehren sollte, gab wie bereits am 11. Juli gegenüber Stauffenberg einen Bericht zur Lage an der Westfront. Er kam unter Bezugnahme auf Kluge und Rommel zu dem Urteil, »daß der Nachschub des Feindes in etwa 14 Tagen eine erschütternde Übermacht an Menschen und Material geschaffen haben werde, der die sich in der Abwehr verzehrende Invasionsfront bestenfalls noch 6 Wochen Widerstand leisten könne«. Stauffenberg erklärte zu den Ausführungen Hofackers, »daß dies seine eigenen Auffassungen bestätige«, und entwickelte darauf seine Ansicht über die Möglichkeit, »auf die Entscheidungen der deutschen Heerführer im Westen Einfluß zu nehmen. Aus ihrer Initiative sollten die Feindseligkeiten eingestellt, die deutschen Truppen auf den Westwall zurückgenommen und die Voraussetzung für ein gemeinsames Vorgehen der Westmächte und Deutschlands gegen die Sowjetunion mit der Absicht des baldigen Kriegsabschlusses geschaffen werden.«

Diesen Vorschlag einer militärischen und politischen »Westlösung« mit vielen daran geknüpften Hoffnungen machte Stauffenberg, der vor drei Tagen des Liebäugelns mit einer »Ostlösung« verdächtigt worden war. Dass Stauffenberg diesen »Plan«, der stark an Goerdelers in diesen

Tagen diskutiertes Projekt erinnert, nun selbst zur Diskussion stellte, hieß noch lange nicht, dass er ihn wirklich für möglich hielt – wieder ist auf die Art des »decision making« hinzuweisen. Allerdings zeigten Stauffenbergs Äußerungen doch die Tendenz seines Denkens. Nach seiner Darlegung erteilte er Trott das Wort, der nun vor diesem Kreis die Erfahrungen seiner letzten Schwedenreise mitteilen konnte und den Standpunkt vertrat, »daß man auf der Feindseite verhandlungsbereit sei, sobald dafür die Voraussetzung, ein völliger Wechsel des Regimes, geschaffen werde«[146].

»In der anschließenden Diskussion wurde die Meinung vertreten, daß die Verhandlungen von Militär zu Militär geführt werden sollten.« Dabei spielte offenkundig der »Gedanke einer ›Teilaktion‹ im Westen eine Rolle« – d. h. die »Einstellung der Kampfhandlungen zwischen dem deutschen und englischen Oberkommando ohne Beteiligung der Regierungen«. Doch nicht nur dieser Gedanke, sondern auch die weitaus realistischere Überlegung, dass die Verhandlungen »nicht nur mit den Feinden im Westen, sondern auch mit den Sowjets« geführt werden müssten, wurde erörtert – wobei Yorck offensichtlich sehr stark darauf hinwies[147].

Die Problematik des Umsturzes wurde in dieser Besprechung nochmals ganz gründlich beleuchtet. Hofacker hatte bei seinem Lagebericht hervorgehoben, dass im Westen von den deutschen Heerführern nicht selbständig gehandelt würde, solange das Attentat nicht stattgefunden habe und Hitler beseitigt sei[148]. Diese Bedingung ließ zusammen mit dem Hinweis Trotts auf die absolute Notwendigkeit eines radikalen Umsturzes als Verhandlungsbasis nicht nur die »Westlösung« und Goerdelers Projekte, sondern auch die andere, an diesem Treffen erörterte Variante – die sogenannte »Berliner Lösung« – unmöglich werden. Denn der Gedanke, »daß zumindest auf die Dauer von 24 Stunden durch die Benutzung des zentralen Nachrichtenapparates der Wehrmacht eine Reihe von Befehlen an die Heeresgruppen herausgegeben werden« könnten, »die eine Zurücknahme der Fronten ins Rollen bringen sollten und die durch das Führerhauptquartier nicht mehr rückgängig gemacht werden könnten«, setzte ja voraus, dass in diesen 24 Stunden die Frontkommandeure bereit sein würden, dem Rückzugsbefehl, der nicht von Hitler kam, Folge zu leisten, was sie aber offensichtlich nicht waren. Ob Hitler dann gezwungen sein würde, »nachträglich die unter Mißbrauch seiner Autorität gegebenen Befehle zu sanktionieren«, blieb höchst fraglich. Im Gegenteil war eher zu erwarten, dass er ganz anders reagieren würde.

Aber an diesem Abend bei Stauffenberg dürften Spekulationen über die mögliche Reaktion Hitlers auf einen solchen Rückzugsbefehl kaum das Hauptthema gebildet haben. Denn zur Einsicht, dass Hitler tot sein musste, damit die Feldmarschälle für den Umsturz zu gewinnen waren, kam ja die Tatsache hinzu, dass es kaum möglich war, den lebenden Hitler

24 Stunden von seiner Herrschaftsausübung zu suspendieren, da – wie Fellgiebel auch Stauffenberg gegenüber betont hatte – es keinen eigentlichen zentralen Nachrichtenapparat gab.

Das Ergebnis der Besprechung war klar. Beide erörterten Varianten hatten vornehmlich den Goerdelerschen Plan einer politischen »Westlösung« ohne Attentat zum Inhalt und mussten als unrealistisch verworfen werden. An eine militärische »Westlösung« – d. h. ein absichtliches Öffnen der Front – war nicht zu denken, solange Hitler lebte. Diese Lösung hatte Tresckow gefordert. Sie konnte nach dem Bericht Hofackers in wenigen Wochen von selbst eintreten, wenn die deutsche Westfront durchbrochen sein würde. Anders als Tresckow hoffte Stauffenberg noch immer auf eine politische »Westlösung«, wollte und musste also handeln, bevor der Durchbruch erfolgte. Anders als Goerdeler sah er aber nun offensichtlich klar das Utopische der Hoffnung, eine politische »Westlösung« – d. h. den Rückzug aus den besetzten Gebieten und die Aufrechterhaltung des Widerstandes im Osten ohne Besetzung Deutschlands – durch Verhandlungen herbeiführen zu können, während Hitler noch lebte. Zwei Tage später – am 18. Juli – äußerte er sich gegenüber Goerdeler sehr optimistisch über die Verhandlungsaussichten mit Großbritannien, lehnte aber Goerdelers Flug zu Kluge ab[149].

Damit war der Unterschied deutlich gemacht. Im Gegensatz zu Goerdeler verschob Stauffenberg seine Hoffnungen auf den Zeitpunkt nach dem Attentat. Bis dahin hatten alle Schritte außer jenem zu Hitlers »Lagezimmer« – mit Sprengladung – keinen Sinn. In seinem letzten Gespräch mit Trott, das er am 19. Juli führte, wies Stauffenberg mit besonderem Nachdruck darauf hin, dass Beck Grund habe, anderer Ansicht zu sein als Trott. Trott gewann aus diesem Gespräch den Eindruck, »daß Beck in jüngster Zeit eine positive Anknüpfungsmöglichkeit zum amerikanischen Gegner, wahrscheinlich zu dessen militärischem Oberkommando, sich geboten haben müßte«[150].

Dies hieß offensichtlich, dass Stauffenberg noch immer weit größere Hoffnungen in seine geplanten Verhandlungen von »Heerführer zu Heerführer« nach dem Staatsstreich setzte als Trott. Dennoch war er ihm näher als Goerdeler, weil er die Niederlage und auch das Ausmaß der Katastrophe im Osten genauer als dieser erkannte. Die besorgte Frage Goerdelers, »ob sich Ostpreußen wohl militärisch halten lasse«, verneinte Stauffenberg. Schon zuvor hatte er deutlich gemacht, dass er auch mit einer Totalbesetzung rechnete und ein Umsturz daran nicht viel zu ändern vermöchte[151]. Er verließ sich also offensichtlich nicht allein auf Wünsche und Hoffnungen, wenn er auch auf der Skala der Eventualitäten aus dem begreiflichen und verzweifelten Bestreben, nicht alles verloren geben zu müssen, noch eine etwas illusionistische Rangordnung der erreichbaren

Ziele und Konstellationen nach dem Umsturz hatte. Direkt proportional zum Durchbruch der sowjetischen Armee im Osten entwickelte sich sozusagen der Durchbruch zur Realität, die darin bestand, dass die Sowjetunion nicht mehr aus Mitteleuropa fernzuhalten war. Dieser Einsicht stand die Hoffnung auf eine irgendwie geartete »Westlösung« nicht entgegen, doch wirkte sie freilich immer noch als eine Art Verzögerungseffekt in dem außenpolitischen Betrachtungsprozess, der am 20. Juli 1944 längst nicht abgeschlossen war und noch nicht zu dem ganz nüchternen Urteil Lebers geführt hatte.

Die Besprechung am 16. Juli hatte zum letzten Mal völlig klargemacht, dass ohne eine »zentrale Lösung« – nämlich das Attentat – keine anderen Wege wie etwa eine »Westlösung« im Stile Goerdelers realisierbar waren. Stauffenberg scheint noch an diesem Tag mit Beck vereinbart zu haben, dass das Attentat unter allen Umständen bei der nächsten sich bietenden Gelegenheit ausgeführt werden sollte[152].

Am 17. Juli wurde Rommel von alliierten Tieffliegern schwer verwundet und war damit nach dem Umsturz von der Konspiration nicht mehr heranzuziehen. Kluge übernahm auch den Befehl über die Heeresgruppe B. An diesem Tag, an dem sich Trott zum letzten Mal mit Berthold Stauffenberg traf, inspizierte Oertzen auf Befehl Olbrichts die Ersatzbrigade »Großdeutschland« in Cottbus. Die Besichtigung »diente vor allem der Klärung der Frage, wie lange die aufgerufene Kampfgruppe benötige, um bei inneren Unruhen in Berlin sein zu können«[153].

Am selben 17. Juli erfuhr Gisevius in der Wohnung Strüncks von Nebe, dass auf Grund der Aussagen von Oberst Staehle Haftbefehl gegen Goerdeler – nicht aber gegen weitere Mitglieder der Konspiration – erlassen worden sei. Darauf fuhr Gisevius zu Beck und Hauptmann Kaiser[154]. Am 18. Juli kehrte Goerdeler aus Leipzig, wohin er am 16. Juli zu seiner Familie gefahren war, nach Berlin zurück und wurde von Hauptmann Kaiser gebeten, sofort zu Stauffenberg zu gehen, der ihn von der bevorstehenden Verhaftung informierte und ihn bat, »sich schleunigst unsichtbar zu machen und nicht durch längeres Herumfahren und Herumtelefonieren in Berlin die ganze Verschwörung zu gefährden«.

Diese Bitte war nicht nur begreiflich, sondern notwendig. Denn Goerdelers Gefährdung zwang zu höchster Vorsicht. So teilte ihm Stauffenberg – im Unterschied zum 11. und 15. Juli – auch nicht den bevorstehenden neuen Attentatstermin mit. In der Stunde, in der er Goerdeler traf, kannte er ihn allerdings vielleicht selbst noch nicht. Er verabredete mit Goerdeler die Hinterlassung der Adresse von dessen Versteck und erwartete offensichtlich, dass Goerdeler sogleich Berlin verlasse, was dieser aber erst am 19. Juli tat, da es ihm auch angesichts seiner ungeheuren Gefährdung schwer fiel, nun – wie ein Pestkranker isoliert –

seine Flucht vor den nationalsozialistischen Häschern anzutreten und wenigstens einmal mit einer der Situation adäquaten Vorsicht zu handeln. Stauffenberg wollte ihn nicht aus politischen, sondern aus rein technisch-konspirativen Gründen fernhalten. Auch wenn Goerdeler dahinter anscheinend mehr vermutete, bedeutete dies in keiner Weise, dass Stauffenberg den nun Verfolgten und Gehetzten nach dem Umsturz nicht zur Übernahme der Regierung gerufen hätte[155].

Am Nachmittag des 18. Juli kam Kranzfelder zu Stauffenberg in die Bendlerstraße. Kranzfelder hatte schon zuvor mit Berthold Stauffenberg seine Rolle als Beobachter im Lager »Koralle« vereinbart. Er suchte nun Stauffenberg auf, um ihm eine Warnung zu überbringen. Korvettenkapitän Jessen, der in Potsdam bei der Schwester des dortigen, Stauffenberg bekannten Regierungspräsidenten Bismarck wohnte, hatte am 16. Juli von einem zu Besuch weilenden jungen ungarischen Adligen erfahren, dass in Berlin das Gerücht umgehe, »daß noch in dieser Woche das Führerhauptquartier in die Luft gesprengt werden sollte«. Jessen war erschrocken, hatte aber nicht weiter zu fragen gewagt. Dann hätte er allerdings erfahren, dass der junge Ungar gewaltig übertrieben hatte. Die Nachricht stammte nämlich von einer Tochter des Hauses, die die Information von Werner von Haeften hatte – eine unverzeihliche Indiskretion, die ebenso Zeichen für den unbedingten Willen zum Handeln wie für eine gewisse Nervosität in der Konspiration war. Doch die Nachricht war kein allgemeines Gerücht, sie war noch nicht hinausgegangen. Ohne Kenntnis dieses Hintergrundes hatte Jessen am 17. Juli abends Berthold Stauffenberg und Kranzfelder von dieser Gefahr unterrichtet, worauf Kranzfelder am 18. Juli zu Stauffenberg ging. Auf die Frage, »ob er unter den jetzigen militärischen Umständen den Anschlag noch für richtig« halte, antwortete Stauffenberg: »Da gibt es keine andere Wahl mehr. Der Rubikon ist überschritten.« Um 17.00 Uhr kam Kranzfelder ins Lager »Koralle« mit der Nachricht zurück, dass Stauffenberg erklärt habe, der nächste Versuch werde sein letzter sein. Berthold Stauffenberg fuhr daraufhin nach Berlin[156].

Diese Warnung war ebenso wie die Gefährdung Goerdelers ein Grund mehr, das Attentat möglichst rasch auszuführen. Allein entscheidend war sie nicht[157]. Denn außer der Verhaftung Lebers, dessen Frau Stauffenberg durch Schulenburg nun die Nachricht zukommen ließ, dass die Konspiration sich ihrer Pflicht bewusst sei[158], trieb die Lage an der West- und an der Ostfront zum Handeln, was Stauffenberg auch gegenüber Kranzfelder mit dem Rubikon-Satz deutlich machte[159]. Kranzfelder erfuhr vielleicht noch in der Bendlerstraße, dass ein Anruf aus dem Hauptquartier gekommen sei, der Stauffenberg auf den 20. Juli zum Vortrag bestellte. Bernardis saß im Laufe des Spätnachmittages mit Mertz in Olbrichts Zimmer. Da rief

Stauffenberg an, teilte den eben eingetroffenen Befehl mit, am 20. Juli Hitler über die beschleunigte Aufstellung der Volksgrenadierdivisionen vorzutragen, und bat, die dafür notwendigen Unterlagen im Allgemeinen Heeresamt zusammenstellen zu lassen – eine Aufgabe, die Bernardis übernahm. Um 17.00 Uhr teilte Mertz dem in der Bendlerstraße auftauchenden Schulenburg den bevorstehenden Attentatstermin mit. Schulenburg fuhr darauf am selben Abend zu seiner Frau nach Trebbow, feierte ihren Geburtstag, den 20. Juli, zwei Tage früher, um am Morgen des 19. Juli wieder nach Berlin zurückzukehren. Schwerin informierte Yorck ebenfalls noch am 18. Juli[160].

Nach 17.00 Uhr – wahrscheinlich noch am frühen Abend dieses 18. Juli – fuhr Stauffenberg zum Generalquartiermeister Wagner nach Zossen und führte mit ihm eine Besprechung, zu der Oberstleutnant i. G. Klamroth kurz hinzukam, wobei er erfuhr, »daß Stauffenberg am 20. Juli das Attentat versuchen wollte«[161]. Stauffenberg besprach wohl mit Wagner die Frage seines Rückfluges nach erfolgtem Attentat. Wagner stellte ihm dafür eine Maschine zur Verfügung[162]. Noch am Abend dieses Tages rief Stauffenberg in Bamberg an, nachdem seine Frau und seine Kinder bereits nach Lautlingen gefahren waren, und erkundigte sich bei seiner Schwiegermutter über die Abreise. Seine Frau konnte er in Lautlingen nicht erreichen, da kurz zuvor in Ebingen einige Bomben niedergegangen waren und seitdem der private Telefonverkehr gesperrt war, so dass Gräfin Stauffenberg nur schriftlich ihrem Mann ihre Ankunft melden konnte[163].

Am 19. Juli wurden die Alarmierungen fortgesetzt. Um 12.00 Uhr kündigte Olbricht dem Obersten Haßel »die vorbereitenden Maßnahmen für den folgenden Tag an«. Gegen 15.30 Uhr informierte Schwerin Feldmarschall v. Witzleben. Haeften war offensichtlich für die Vorwarnung der Verbindungsoffiziere besorgt. Um 16.00 Uhr wurde General von Hase durch Major i. G. Hayessen unterrichtet. Klausing hatte sich für diesen Tag krank gemeldet. Er sollte am nächsten Tag in Berlin bleiben, während dieses Mal Haeften zur Begleitung Stauffenbergs ins Hauptquartier bestimmt war. Um 18.00 Uhr instruierten Wagner und Lindemann Generalmajor Stieff in Zossen über den Attentatstermin[164]. Am selben Abend traf der zurückgerufene Otto John aus Madrid in Berlin ein und wurde von Haeften gebeten, sich anderntags bereitzuhalten. Die Kunde, die John aus Madrid am nächsten Tag Stauffenberg überbringen wollte, sollte sich in keiner Weise von jener unterscheiden, die er bereits acht Tage zuvor der Konspiration übermittelt hatte[165]. Doch dies war nun völlig belanglos geworden angesichts der Aufgabe, die der folgende Tag bringen würde.

Vorabend

Am Morgen des 19. Juli war Stauffenberg wie stets in der Bendlerstraße. Um 10.00 Uhr erschien bei ihm der Kommandeur des Panzergrenadier-Ersatz- und -Ausbildungsregimentes der Panzergrenadier-Ersatzbrigade »Großdeutschland«. In Vertretung des Brigadekommandeurs gab er Stauffenberg einen Bericht über die Aktionen der in Cottbus stationierten, für den Staatsstreich wichtigen Brigade am 15. Juli. Stauffenberg, der beständig durch Anrufe gestört wurde, zeigte sich am Ende der Besprechung sehr befriedigt über die günstigen Mitteilungen[1]. Gegen 14.00 Uhr kam ein Offizier von einer Dienststelle im Osten zu ihm. Er »hatte den Auftrag, beim OKH in der Bendlerstraße mit dem zuständigen Sachbearbeiter einige Fragen zu klären, welche die Zuständigkeit der Gauleiter und der Wehrkreisbefehlshaber in Oberquartiermeisterangelegenheiten betrafen für den Fall, daß die Sowjetstreitkräfte in die an der Ostgrenze des Reiches gelegenen Wehrkreise eindringen würden«. Nachdem sich der Offizier zu Stauffenberg durchgefragt hatte, während alles die Treppe eiligst wegen des eben gegebenen Fliegeralarms zu den Luftschutzräumen hinuntergerannt war, begrüßte ihn Stauffenberg. »Bleiben Sie doch bis zur Besprechung um 15 Uhr«, schlug er vor, »dann können wir Ihre Angelegenheit gleich miterledigen.«

Zur festgesetzten Stunde trafen sich etwa dreißig Offiziere bei Stauffenberg, der sich setzte, eine ihm »angebotene Zigarette mit einem Lächeln und Feuer mit einem Kopfnicken« entgegennahm und »ruhig und gemessen über die einzelnen Punkte der Tagesordnung zu sprechen« begann. »Dazwischen rief er in launigem Ton einigen jungen Offizieren, die nicht recht still sein konnten, etwas zu, und es fiel« dem hergereisten Offizier »im Laufe der Besprechung auf, wie er öfters mit einem ›Ihr Kerle dahinten‹ seine engeren Kameraden vom Generalstab apostrophierte. Sonst führte er die Verhandlungen ruhig und sachlich, so daß die ziemlich lange Tagesordnung ... im Laufe von zwei Stunden erledigt war.« Der Besucher verabschiedete sich und dankte Stauffenberg für die prompte Klärung seiner Angelegenheit, worauf Stauffenberg leichthin die Worte sprach, die er mit einer Bewegung seines linken Armes begleitete: »Es hat aber noch Zeit damit.« Auf die Frage, wie lange dies noch der Fall sein werde, entgegnete er: »Vielleicht kommt es ganz anders, als wir alle denken.« Und mit einem vielsagenden Lächeln gab er die Hand zum Abschied[2].

Der dienstliche Auftrag des zu Stauffenberg gekommenen Offiziers war ein Resultat der von Hitler am 13. Juli und von Keitel an diesem 19. Juli herausgegebenen Erlasse und Befehle für die Vorbereitung des Kampfes innerhalb des Gebietes des Deutschen Reiches, die die hoffnungslose militärische Lage Deutschlands sozusagen aktenkundig machten[3]. Im Osten bestand ein zusammenhangloses Gebilde, das den Namen Front gar nicht mehr verdiente. Nach dem Fall von Bialystok, am 18. Juli, stand die Rote Armee an der Grenze Ostpreußens. Im Norden drohte sie die gesamte Heeresgruppe Nord von ihren rückwärtigen Verbindungen abzuschneiden. In Galizien klaffte bis zu den Karpaten wie zwischen Dünaburg und Kowno eine gewaltige Lücke. Auf dem Balkan, in Italien und in der Normandie war das Schicksal der deutschen Wehrmacht besiegelt. Zwar hielten dort die Fronten noch einigermaßen, aber in einer Woche sollte dann den Alliierten der Durchbruch in die Weite des französischen Raumes gelingen. Das Deutsche Reich, dessen Menschenreserven und Rüstungspotential der gegnerischen globalen Koalition hoffnungslos unterlegen war, hatte – auch wenn auf seinem Territorium noch keiner seiner Gegner stand – diesen von ihm entfesselten Krieg zu Lande, zu Wasser und in der Luft längst verloren – in Wirklichkeit schon im September 1939, als Stauffenberg noch gemeint hatte, dieser Krieg könne »seine zehn Jahre« dauern und ihn zu gewinnen, sei »eine Frage des Aushaltenkönnens«[4]. Nun nach vier Jahren und zehn Monaten – am 19. Juli 1944 – hoffte Stauffenberg nur noch auf eine möglichst rasche und erträgliche Liquidierung des Abenteuers. Dies machte er noch einmal deutlich, als er an diesem Tag sich mit Trott traf[5].

Stauffenberg ließ noch an diesem Tag nach Bamberg anrufen, um den Tod eines Verwandten, des Barons Hugo Aufseß, mitzuteilen[6]. Kurz nach acht Uhr abends brach er nach Hause auf. Beim Durchfahren von Dahlem ließ er an einer Kirche halten, stieg aus seinem Wagen und trat in die Kirche ein, in der eben eine Abendandacht gehalten wurde. Dann kehrte er zurück und fuhr zu seiner Wohnung in Wannsee[7]. Dort traf auch sein Bruder Berthold ein, der mit ihm allein den Abend verbrachte und ihn am nächsten Morgen zum Flugplatz Rangsdorf begleiten sollte. Ihm zeigte Stauffenberg die Mappe, »in der er den Sprengkörper aufbewahrte« und die sein Fahrer auftragsgemäß am Nachmittag in der Potsdamer Wohnung von Oberstleutnant von der Lancken abgeholt und in jene Stauffenbergs gebracht hatte, ohne Näheres über den Inhalt zu wissen, als dass sich darin ein oder zwei verschnürte Pakete befanden. Die Sprengladung sehen konnte Berthold Stauffenberg nicht, »weil sich darüber ein

Hemd befand. Nach den auf diese Weise nicht sichtbaren Ausmaßen« schloss er aber »auf einen kastenförmigen Körper, etwa 20 cm lang, 10 cm breit und etwa 6-7 cm hoch«. Stauffenberg erklärte seinem Bruder, »daß man den chemischen Zünder durch einen Druck auslösen müsse«[8].

Was mochte Stauffenberg an diesem Abend gedacht, was mit seinem Bruder – seinem engsten Freund – besprochen haben? In den »Teppich des Lebens« hatte einst Stefan George das Gedicht »Der Täter« gesetzt, das in unheimlicher Weise nun den Abend des 19. Juli in der Tristanstraße 8 beschrieb:

»Ich lasse mich hin vorm vergessenen fenster: nun tu
Die flügel wie immer mir auf und hülle hienieden
Du stets mir ersehnte du segnende dämmrung mich zu
Heut will ich noch ganz mich ergeben dem lindernden frieden.

Denn morgen beim schrägen der strahlen ist es geschehn
Was unentrinnbar in hemmenden stunden mich peinigt
Dann werden verfolger als schatten hinter mir stehn
Und suchen wird mich die wahllose menge die steinigt.

Wer niemals am bruder den fleck für den dolchstoß bemaß
Wie leicht ist sein leben und wie dünn das gedachte
Dem der von des schierlings betäubenden körnem nicht aß!
O wüßtet ihr wie ich euch alle ein wenig verachte!

Denn auch ihr freunde redet morgen: so schwand
Ein ganzes leben voll hoffnung und ehre hienieden ...
Wie wiegt mich heute so mild das entschlummernde land
Wie fühl ich sanft um mich des abends frieden!«[9]

Vor mehr als elf Jahren hatte der nun zur Tat Bereite an Stefan George geschrieben, wie ihm »der sinn des eigenen lebens« noch unergründlich sei – »wol bis eine stunde in der härte ihres schlages und in der größe ihrer erscheinung das zeichen gebe«[10]. Diese Stunde hatte für Stauffenberg spätestens vor etwa vier Wochen geschlagen, als er zu seiner im Sommer 1943 übernommenen Aufgabe als Organisator des Staatsstreiches hinzu die Rolle des Attentäters übernahm. Was er in seinem Brief an Kommerell vom 19. Juli 1928 in einem anderen Zusammenhang geschrieben hatte, bekam nun auch einen ganz besonderen, die Qualität seines Denkens bezeichnenden Sinn: »Es gibt heut kein ›ob es geht?‹ mehr · auch keine frage wohinaus · sondern nur noch ein *müssen* · wer das hat mag sich mit den beiden andern fragen auf seine art abfinden[11].«

Wie das George-Gedicht charakterisierten nun auch diese Sätze sehr genau Stauffenbergs Haltung. Der Frau eines Regimentskameraden aus dem Bamberger Reiterregiment 17 erklärte Stauffenberg wenige Tage vor dem 20. Juli: »Es ist Zeit, daß jetzt etwas getan wird. Derjenige allerdings, der etwas zu tun wagt, muß sich bewußt sein, daß er wohl als Verräter in die deutsche Geschichte eingehen wird. Unterläßt er jedoch die Tat, dann wäre er ein Verräter vor seinem eigenen Gewissen[12].« Und schon etwas früher hatte er gesagt: »Wie es auch ausgeht, ob es gelingt oder ob's schief geht, wir sind auf jeden Fall in der ersten Drecklinie[13].« Einem in die Konspiration Eingeweihten sprach Stauffenberg die Worte: »Wenn ich schon die Hauptverantwortung trage, will ich auch die schmutzige Arbeit niemand anderem zumuten[14].« Diese Äußerungen zeigen genügend deutlich Stauffenbergs Haltung zur Frage des Attentates, das in der Konspiration nicht nur von ihm, sondern allgemein als »schmutzige Arbeit« bezeichnet wurde[15]. Am 1. Juli hatte er einem jungen Offizier, den er in seine Pläne einweihte, erklärt, »es sei fraglich, ob es gelinge, doch schlimmer als ein Mißlingen sei, der Schande und dem lähmenden Zwang tatenlos zu verfallen«[16]. Deshalb war der Eindruck eines aus dem »Kreisauer Kreis« stammenden Eingeweihten begreiflich, dass Stauffenberg, Beck oder Olbricht von dem sicheren Gelingen des Staatsstreiches nicht überzeugt, aber dennoch zum Handeln entschlossen waren[17].

Die Frage »ob es geht?« stellte sich also Stauffenberg in der Tat nicht, auch wenn er nicht frei von Zweifeln war, denen er aber keinen Einfluss auf seinen Entschluss einräumte. Wie begründete er aber den politischen Mord, den er anders als Goerdeler als legitimes Mittel des Umsturzes nicht verwarf? Wie von seinem pragmatischen Denken her völlig begreiflich ist, kam er zur Frage der Moral der Gewaltanwendung und des Attentates von der Notwendigkeit her, den Umsturz mit den technisch möglichen Methoden in die Wege zu leiten. Schon seit langem hatte er sich in theoretischer Weise mit den Methoden eines Umsturzes auseinandergesetzt. Nach dem 30. Juni 1934, vor allem aber nach der »Kristallnacht« des November 1938 in seiner Beschäftigung mit dem Gneisenau-Modell einer »deutschen Erhebung« hatte er den Staatsstreich einer verantwortungsbewussten Elite als einzig erlaubte Form des Umsturzes bezeichnet und den offenen Aufstand oder eine revolutionäre Levée en masse gegen das Regime Hitlers verworfen.

Diese Haltung entsprach einem stark elitären Zug seines Denkens, hatte aber nicht in ihm seine Ursache, sondern lag in dem Glauben begründet, dass im Deutschland seiner Zeit ein offener Aufstand zum totalen Chaos und zum Untergang seines Landes in der Anarchie führen müsste. Dieser Glaube war wiederum mit seinem Wunsch verknüpft, seinem Land eine möglichst starke Stellung in Europa zu verschaffen oder zu erhalten – ein Wunsch, der ihn vor allem der außenpolitischen Komponente der Politik des nationalsozialistischen Diktators bis zum Jahre 1938 seine Unterstützung hatte leihen lassen, da diese Politik die außenpolitische Komponente seiner eigenen Vorstellungen einer »deutschen Erhebung« scheinbar erfüllte. Während ihm, der gar nicht ein begeisterter Anhänger Hitlers gewesen war, im Jahre 1933 »die stunde in der härte ihres schlages« noch nicht »das zeichen« gegeben hatte und er in den folgenden Jahren in einer gewissen Distanz von einer vorwiegend ästhetisch geprägten und keineswegs grundsätzlich verwerfenden Position aus Kritik an Erscheinungen und Figuren des nationalsozialistischen Regimes übte, hatte er allmählich begonnen, sich des Unterschieds zwischen den eigenen »konservativ-revolutionär« anmutenden politischen Ideen und der Politik Hitlers bewusst zu werden. Hitler enttäuschte die Hoffnungen auf die Transformation des Bösen in Gutes und ähnliche recht apolitische Metamorphose-Illusionen. Allerdings verriet er Ideale, wie sie auch Stauffenberg hegte, deshalb nur scheinbar, weil sie gar nie seine eigenen gewesen waren.

War die moralisch-ethisch begründete Gegenposition Stauffenbergs nach der Fritsch-Krise und nach der »Kristallnacht« zum erstenmal stärker hervorgetreten, so hatte dies vor allem mit der erstmals von ihm erkannten Gefahr der zum Kriege treibenden Politik Hitlers zusammengehangen. Diese Gefahr für sein Land hatte Stauffenberg die Begründung für das theoretische Durchdenken eines Staatsstreiches geliefert. Nicht ausschließlich von der prinzipiellen Ablehnung der Moral des Regimes, sondern vor allem vom militärisch-nationalen Interesse her war Stauffenberg zu seinen ersten Umsturzgedanken gekommen. Dieses Interesse war von einem Denken bestimmt gewesen, das wie jenes seiner ganzen Generation, die in der »Schmach von Versailles« aufgewachsen war, von dem Primat der Außenpolitik dominiert wurde. Dieses Denken hatte auch Stauffenbergs Haltung in der veränderten Situation nach der Entfesselung des Krieges beherrscht. Denn je größer im Kriege die Gefahr für sein Land war, desto gefährlicher schien ihm ein Umsturz. So war es im Herbst und Winter 1939/40 und im Winter 1941 gewesen. Dazwischen hatte der scheinbar optimale außenpolitische Möglichkeiten darbietende Sommer 1940 nach dem Sieg über Frankreich gelegen, in dem Stauffenberg wohl stark hegemonial gefärbte europäische »Neuordnungs«-Gedanken entwickelt, aber bezeichnenderweise auch zum erstenmal in etwas konkreterer, aber immer noch theoretischer Weise sich auch zu der Methode des Staatsstreiches geäußert hatte. Von seinem Umsturzgedanken her, der zu jenem Zeitpunkt angesichts der scheinbar weniger gefährdeten Lage Deutschlands wieder berechtigt war, war er zu dem allfällig gangbaren Weg in dem totalitären System deutscher Provenienz – dem Attentat –

gekommen. Nach dem Überfall Hitlers auf die Sowjetunion hatte er diese theoretische Erkenntnis nicht aufgegeben, doch angesichts der erneuten Gefährdung seines Landes dem Umsturz die alte Bedingung entgegengesetzt, dass ein Staatsstreich während des Krieges nicht unternommen werden dürfe. Allerdings hatte er im Winter 1941/42 ihn für die Zeit nach dem Kriege in Aussicht gestellt, wie er auch mit dem Wort »Töten« nochmals die Methode zur Beseitigung Hitlers genannt hatte.

Bis zum Jahre 1942 hatte Stauffenberg aber einen deutschen Sieg für möglich und wünschenswert gehalten. Erst als ihm in jenem Jahr die Hoffnungslosigkeit einer konspirativen Kooperation in der Frage der aus sowjetischen Gefangenen rekrutierten Freiwilligenverbände und die Unmöglichkeit eines deutschen Sieges klargeworden waren, hatte er in der zweiten Hälfte jenes Jahres allmählich die Notwendigkeit eingesehen, Hitler so rasch wie möglich zu stürzen, da der nationalsozialistische Diktator eine zumindest ebenso große Gefahr für Deutschland geworden war, wie sie in den Kriegsgegnern sich darstellte. Dabei hatte Stauffenberg in der Erörterung der Umsturzmethode wohl die Tatsache sehr geholfen, dass er schon zuvor – wenn auch noch in recht theoretischer Weise – sich damit beschäftigt hatte. Stalingrad hatte die Bestätigung der in der täglichen Betrachtung der Hitlerschen Kriegführung allmählich gewonnenen Erkenntnis gebracht, seine darauffolgende Versetzung nach Nordafrika aber auch die gewaltige Diskrepanz zwischen Bereitschaft und Möglichkeit zum Umsturz demonstriert, die Stauffenberg jedes Handeln unmöglich gemacht und ihn hatte resignieren lassen. Die Chance zum Umsturz nach seiner Verwundung in Tunesien, wo er den Widersinn der Hitlerschen Führungspraxis aus der Perspektive der Front erlebt hatte, hatte er im Sommer 1943 freilich sofort genutzt und damit seine Bereitschaft zum Handeln gezeigt. Aus der schon zuvor erkannten unbedingten Notwendigkeit des Umsturzes resultierte nun die sich in konkreter Planung niederschlagende gewaltsame Methode des Attentates. Tresckow, der den Entschluss zum Attentat bereits hinter sich hatte und von dem Stauffenberg in die Konspiration eingeführt wurde, mochte auch in der Frage des Attentates als eine Art »Lehrmeister« Stauffenberg beeinflusst haben. Stauffenberg sah auf jeden Fall die Notwendigkeit des Attentates als Voraussetzung des Staatsstreiches ein und hielt zäh an ihr fest – gegen alle Bedenken.

Sein pragmatisches, aus der gefährlichen Einöde ideologischer Rigorismen und Dogmen deutsch-idealistischer Prägung herausragendes Denken hatte ihm dabei erneut geholfen. Denn Ausgangspunkt jeder Betrachtung war und blieb für ihn immer die Notwendigkeit des Umsturzes, der sein Land vor der totalen Katastrophe bewahren sollte. Er entging damit der Gefahr der Verabsolutierung der religiösen Problematik, die sich in der Frage des Tyrannenmordes und auch in jener des Hitler geleisteten Eides stellte. Mit beiden Fragen hatte er sich auseinandergesetzt. So kannte er den Unterschied zwischen der naturrechtlich begründeten katholischen Auffassung über den Tyrannenmord und der protestantischen Obrigkeitslehre[18]. Zum Eide erklärte er deutlich, »daß in einem derartigen Falle und in einer derartigen Notlage auch ein an und für sich als heilig anzusehender Eid nicht mehr gültig sei«. Ein gläubiger Katholik war seiner Auffassung nach geradezu verpflichtet, gegen diesen hinfällig gewordenen Eid zu handeln[19]. Stauffenberg bagatellisierte die religiöse Problematik in keiner Weise, wenn er gerade das religiöse Argument gegen das Attentat mit dem Hinweis auf die dogmatischen Meinungen nicht nur verwarf, sondern aus ihm das Recht und zugleich die Verpflichtung ableitete, gegen den Massenmord des nationalsozialistischen Regimes einzuschreiten und die sinnlos gewordene Menschenopferung an den Fronten einzustellen[20]. Der eine Mord wog nicht nur unvergleichlich leichter als die Unzahl der begangenen Morde und zukünftigen Opfer, er war vor allem eine gerechte Notjustiz in extremen Umständen, weil er den wirklich Schuldigen traf, für den keine Strafe grausam und gerecht genug sein konnte.

Leichten Herzens hatte sich gewiss auch Stauffenberg nicht zum politischen Mord entschlossen. Aber er wusste, dass er keine andere Wahl hatte. Denn er prüfte die aus der Notwendigkeit des Umsturzes sich ergebende Unvermeidbarkeit des Attentates immer wieder – zuletzt mit seinen Freunden am 16. Juli 1944[21]. Das Resultat blieb immer dasselbe. Der Staatsstreichplan konnte nur realisiert werden, wenn Hitler tot war, weil er die Ausschaltung Hitlers zur Voraussetzung hatte, die nur durch ein Attentat zu erreichen war. Denn eine Verhaftung Hitlers war technisch unmöglich. Zudem hätte sie den im Hinblick auf die nationalsozialistischen Untertanen und deutschen Feldmarschälle und Generäle entscheidenden Nachteil gehabt, dass der »Eidträger« noch lebte, und dass damit alle jene, die die Relation zwischen Verbrechen und Verpflichtung zum Umsturz nicht einsahen oder nicht einsehen wollten, zur Unterstützung nicht bereit sein würden. Die Einsamkeit der Konspiration und ihre mangelnde Unterstützung vor dem Staatsstreich – Resultat konspirativer Vorsicht *und* allgemein verbreiteter Angst, politischer Instinktlosigkeit, Feigheit, skeptischer Bedenken und Charakterlosigkeit, besonders im hohen Offizierskorps – zwangen zur elitären Handlungsweise und zur Anwendung der adäquaten radikalen Methode, die auch Stauffenberg nicht begeistert begrüßte, wenn er sie »schmutzige Arbeit« nannte.

Das Attentat war in der gegebenen Situation die einzig reale Konsequenz aus dem Entschluss zum Umsturz. Stauffenberg hatte bis zum Juni 1944 Attentäter gesucht und auch einige wenige gefunden. Doch das

Attentat hatte nicht realisiert werden können. Diese ganze Zeit hindurch war die Auslösung des Staatsstreiches und damit auch das Attentat an die außenpolitische Bedingung geknüpft gewesen, dass vor der alliierten Invasion und vor dem Zusammenbruch der Ostfront gehandelt werden musste. Damit war die Priorität des militärisch-nationalen Interesses vor abstrakten ethisch-moralischen Bindungen in der Umsturzmotivation erneut deutlich zutage getreten. Erst der sorgfältig überlegte und geprüfte Entschluss Stauffenbergs nach dem 6. Juni 1944, nun doch auch angesichts der veränderten, der aufgestellten Bedingung widersprechenden Konstellation zu handeln, hatte den Wendepunkt im Verhältnis der politischen Zielsetzung zu den moralischen Beweggründen des Umsturzversuches gebracht[22].

Unmittelbare Folge dieses Entschlusses, der die Distanz von Stauffenbergs Haltung zu bloßem Aktionismus bewiesen hatte, war die Tatsache, dass der Wille zum Handeln absolut gesetzt worden war, und, da sich niemand dafür fand, Stauffenberg selbst das Attentat übernommen hatte. Dabei hegte er noch immer die Hoffnung, nicht nur den Krieg durch ein möglichst rasches Handeln beenden, sondern auch das Ausmaß der politischen Katastrophe seines Landes vermindern zu können. Doch die Frage »wo hinaus?« stellte er nun nicht mehr. Dass er das »Müssen« so klar erkannt hatte und daran mit dem letzten Einsatz seiner Person festhielt, entsprach seinem Denken und seiner Haltung, die auf die normative Kraft des Faktischen vertraute und an die Macht und Möglichkeit individuellen oder elitären Handelns glaubte. Stefan George hatte diese Haltung beim jungen Stauffenberg nicht erst geweckt, sondern unterstützt. Von des Dichters Denken her hatte der Tyrannenmord nichts Verwerfliches – im Gegenteil. So mochte Stauffenberg auch von dieser Komponente seines Denkens her die Frage des politischen Mordes mit weniger moralischen Skrupeln betrachten. Aber es wäre eine verzerrende Vereinfachung zu sagen: »Von Stefan George hat Claus Stauffenberg gelernt, Attentäter gegen Hitler zu werden[23].« Denn das Verantwortungsgefühl und die Verpflichtung gegenüber seinem Land, die ihn zum »politischen Offizier« werden und den Weg zum Attentat mit letzter Konsequenz beschreiten ließen, gründeten nicht nur im abstrakten Ethos der »Tat«, sondern auch in einer aktivierten, weil attackierten religiösen Bindung, die ihren Ursprung nicht im sakral-unchristlichen, antikisierenden Denken des »Meisters« hatte, dessen »Jünger« Stauffenberg nie gewesen war.

Zur Frage »wo hinaus?« hatte sich Stauffenberg bei seinem Eintritt in die Konspiration mit seinen Lautlinger Leitgedanken ohnehin nur sehr allgemein geäußert. Seinem pragmatischen Denken lag die Fixierung eines Programmes für ungewisse Zeiten nicht. In dieser Haltung war er von Leber bestärkt worden. Es war im Grunde bereits ein »Programm«, im Unterschied zu den »Kreisauern« oder Goerdeler kein Programm zu haben und alle Kräfte auf den Staatsstreich zu konzentrieren[24]. Die Leitgedanken des Sommers 1943 hatten noch »konservativ-revolutionär« anmutende Ideale zum Inhalt gehabt. Von ihnen her kam er zu der Kritik an Goerdelers Vorstellungen, die sich nicht so sehr in dessen unentwegt abgefassten Denkschriften und Entwürfen, die oft schon Kompromisse darstellten, sondern in dessen gesprächsweise geäußerten Gedanken manifestierten.

Nicht die außenpolitische Orientierung – Stauffenberg hatte zu keinem Zeitpunkt eine »Ostlösung« angestrebt –, sondern Goerdelers Haltung zum Umsturz und dessen Methoden und sein in der Konspiration zutage tretender politischer Habitus und Illusionismus waren Anlass der berechtigten Kritik. Goerdelers Qualifikation für die Aufgabe des ersten Reichskanzlers nach Hitler wurde nicht nur von Stauffenberg, sondern allgemein in der Konspiration in Zweifel gezogen – mit richtigen und falschen Argumenten, von wirklichen Reaktionären wie Kleist-Schmenzin und Popitz auf der Rechten, von den »Kreisauern«, Schulenburg, auch von dem wohlwollenden Leuschner bis hin zu Leber.

Innenpolitische und außenpolitische Vorstellungen des aus der Kommunalpolitik aufgestiegenen konservativ-deutschnationalen Fachmannes Goerdeler mit seinem ungebrochenen preußischen Beamtenethos waren Zielscheibe der Kritik. An außenpolitischen Illusionen hatte Stauffenberg Goerdeler zunächst in nichts nachgestanden. In der Innenpolitik hatte der »politische Offizier« allerdings bei Goerdeler bald die Gefahr einer bloßen Restauration gewittert. Von seinem außenpolitischen Primatdenken her hatte dann Stauffenberg immer mehr eine Öffnung nach links befürwortet, um einem drohenden Nationalbolschewismus die Grundlage zu entziehen. Wirklich akut war diese Frage erst nach der Invasion angesichts der bevorstehenden, dann am 22. Juni einsetzenden sowjetischen Offensive geworden. Für Goerdeler, der diese Gefahr nicht sah, war dies der Beweis für die Berechtigung seines dem »politischen Offizier« von Anfang an entgegengebrachten Misstrauens, das immer stärker geworden war.

Die Öffnung nach links mochte Stauffenberg von einem leicht sozialromantischen Zug her, der seinen konservativen Gedanken etwas anhaftete, nicht sehr schwergefallen sein. In der Innenpolitik stand Stauffenberg im Sommer 1944 sicher in manchem weiter links als Goerdeler; der paternalistische Anstrich seiner sozialen Vorstellungen im Sommer 1943 mochte in der Begegnung mit den Gewerkschaftern und vor allem Leber einer realistischeren Auffassung gewichen sein. »Christlicher ›Sozialist‹«[25] war er aber ebenso wenig wie Revolutionär, Nur-Soldat, Nationalbolschewist oder adliger Reaktionär. Den konservativen Grundzug hatte Fahrner im Sommer 1944 in einem »Eid« zusammengefasst.

In diesem nicht direkt überlieferten Zeugnis[26] war der politische Geist, aus dem heraus Stauffenberg handelte, in Umrissen gezeichnet. Die Verachtung der »Gleichheitslüge« war die Folge der konservativen Entscheidung im Dilemma zwischen Freiheit und Gleichheit. Dass er »Führende ... aus allen Schichten des Volkes« wollte, hatte Stauffenberg besonders seit dem Herbst 1943 in seiner Beziehung zu Leber gezeigt. Mit ihm konnte er sehr wohl befreundet sein und doch gleichzeitig erklären, dass man sich »vor den naturgegebenen Rängen« beugen müsse. Die Lösung dieses angeblichen Widerspruches[27] lag nicht darin, dass Stauffenberg unter »naturgegebenen Rängen« bloß »natürliche Unterschiede zwischen den Menschen in Begabung, psychischer Veranlagung usw., nicht aber gesellschaftliche Unterschiede« verstand[28], sondern war in seiner Konzeption einer offenen Elite »aus allen Schichten des Volkes« und damit in einer sozialen Offenheit begründet, deren konservative, nichtreaktionäre Verankerung man sich bei dem »politischen Offizier« nicht stark genug vorstellen kann.

Auf den Gedanken, die in diesem »Eid« zum Ausdruck kamen, »ließ sich kein neuer Staat aufbauen«[29] – aber Stauffenberg beabsichtigte auch gar nicht, ein Programm für einen modernen Staat niederzulegen[30]. Die innenpolitische Kontroverse mit Goerdeler war nicht unüberbrückbar gewesen und hatte nicht an den Grundlagen der Konspiration gerüttelt. Der antipluralistische Grundzug der meisten Vorstellungen im »deutschen Widerstand« war auch bei Stauffenberg zu finden. Doch elitäre Vorstellungen waren nicht notgedrungen unvereinbar mit einem demokratischen Staat und einer demokratischen Gesellschaft. Mit seinem korporativen Leitbild im Sommer 1943 hatte Stauffenberg den Staat nicht in klassisch-parlamentarischen Formen wiedererstehen sehen wollen. Die Begegnung mit Leber, die gewandelte Einstellung zu den Gewerkschaften und das von der außenpolitischen Lagebeurteilung herrührende Streben nach einer Öffnung nach links hatten deutlich gezeigt, dass Stauffenbergs politisches Denken nicht statisch, nicht an ein bereits festgelegtes politisches Programm gebunden, sondern in einem sehr dynamischen Prozess befindlich war, der ihn von der in der Attentatsfrage sich manifestierenden pragmatischen Haltung aus nun auch die allgemeine politische Problematik wesentlich realistischer beurteilen ließ und ihn wohl auch nach dem Umsturz politische Entscheidungen hätte begrüßen oder unterstützen lassen, die nicht unbedingt mit korporativen Ideen vereinbar, aber notwendig und unvermeidlich gewesen wären.

Die innenpolitische Kontroverse Stauffenbergs mit Goerdeler war zum größten Teil eine Funktion der unterschiedlichen außenpolitischen

Lagebeurteilung. Gerade das Schwinden der anfänglichen Übereinstimmung war Zeichen für den Realismus Stauffenbergs. Diese außenpolitische Differenz war noch wenige Tage zuvor sehr deutlich zutage getreten. Nicht die Zielvorstellungen, sondern vor allem die Ansichten über das noch Erreichbare waren verschieden. Goerdeler hatte den Willen zum Handeln nicht in derselben Weise wie Stauffenberg absolut gesetzt. Und so hatte sich in der Frage, ob Goerdeler und Beck zu Kluge fahren und eine politische »Westlösung« ohne Attentat auf Hitler versuchen sollten, erneut und in klarster Form der fundamentale Unterschied in der Ansicht über die Methoden des Umsturzes manifestiert, der im Grunde der Kern der Kontroverse zwischen dem sechzigjährigen ehemaligen Leipziger Oberbürgermeister und dem noch nicht siebenunddreißigjährigen Chef des Stabes des Befehlshabers des Ersatzheeres war.

Carl Friedrich Goerdeler hatte sich zu keinem Zeitpunkt zur Billigung des Attentates bereit gefunden, da er dessen Unvermeidbarkeit nicht zu sehen fähig oder gewillt war. Noch im Gefängnis sollte er den Ausgang des 20. Juli als »Gottesurteil« empfinden und angesichts der mit einem Schlag zusammengebrochenen Konspiration – »das Werk unendlich mühsamer und gefahrvoller Unternehmungen vieler Jahre« – die Schuld an diesem Ausgang »dem kopflosen Draufgängertum« Stauffenbergs zuschreiben. »Der sittlichen Reinheit seines Wollens« entsprach es sicher, »daß er seine Hände nicht mit einer Mordtat beflecken wollte«[31]. Aber was suchte er mit dieser, nur einer oberflächlichen Betrachtung als solche erscheinenden »sittlichen Reinheit« in dieser Konspiration, wenn er Hitler stürzen wollte? Dass er nicht wie Stauffenberg und jene, die das Attentat bejahten, sich in das Unvermeidbare zu schicken wusste, ist freilich symptomatisch für sein ganzes Wirken und seine politische Haltung, die eigentlich die Tatsache erstaunlich erscheinen lassen, dass es zwischen Stauffenberg und ihm nicht zum Bruch kam – zum Bruch, den Stauffenberg offensichtlich nicht wünschte, weil er alle Kräfte und somit auch Goerdeler gegen Hitler und sein Regime ansetzen wollte.

Außer Zweifel steht, dass Goerdeler den Umsturz wollte. In Hitler sah auch er den Verderber seines Volkes. Doch seine gewaltscheuen Projekte zeigten, dass er in Hitler noch immer einen deutschen Staatsmann sah, den es abzusetzen galt, weil er eine schlechte Politik gemacht hatte, die Deutschland an den Rand des Abgrundes gebracht hatte. Er war bereit – das Projekt einer Fahrt zu Kluge hatte es zum letzten Mal deutlich gemacht –, seine »Umsturzhoffnungen preiszugeben, sobald Hitler sichtbar einlenken würde«. Er war in der Tat »weder radikal noch fanatisch« – im Unterschied zu Stauffenberg, der nicht fanatisch, aber radikal war, weil er keine andere Wahl hatte und wusste, dass Hitler niemals zum »Einlenken« bereit sein würde und, wenn er es auch wäre, dies überhaupt nichts nützen würde, da das nationalsozialistische Regime niemals Verhandlungspartner der Kriegsgegner sein könnte. Zum Arrangement mit Hitler war so Goerdeler unter Umständen bereit und sollte dies im Gefängnis nach dem »Gottesurteil« und seinem Todesurteil mit seinen in illusionärer Absicht verfassten Denkschriften für das Regime auf eine unheimlich konsequente Art beweisen. Stauffenberg war es nicht, weil er wusste, dass die einzig in der Form des Attentates realisierbare Beseitigung Hitlers überhaupt die erste Legitimation der Konspiration sein würde, um im Namen Deutschlands sprechen zu dürfen[32].

Stauffenberg war sich des Bruches in der deutschen Tradition durch die »nationalsozialistische Revolution« bewusst, Goerdeler weitaus nicht im selben Maße. Stauffenberg empfand den Verrat der Ideale einer ganzen Generation durch den Nationalsozialismus. Goerdeler – weit davon entfernt, in der ersten Zeit nach dem Jahre 1933 ein Gegner Hitlers gewesen zu sein – beurteilte den Nationalsozialismus von einer traditionellen und deutschnationalen Position aus als verwaltungspolitischer »Experte«, der die finanzielle Verschuldung Deutschlands sah. Für ihn war das nationalsozialistische Regime nichts anderes als eine Regierung, die versagt, gewaltig versagt und deshalb abzutreten hatte. Diese im Grunde weitgehend apolitische Verengung der Betrachtungsweise und völlige Verkennung des Revolutionscharakters hatte ihn, der kein Revolutionär war, denn auch in der Konspiration wirken lassen, als ob es gelte, auf freilich etwas ungewöhnliche Art und Weise die Bildung einer neuen Regierung zu betreiben. Instinktiv mochte er dieser Idee, deren Resultat nicht allein die Denkschriftenflut und die endlosen Diskussionen um die Postenbesetzung, sondern vor allem so manche grotesken Unvorsichtigkeiten gewesen waren, gefolgt sein, um seine Aktivität gegen die von ihm immer noch im Grunde als Obrigkeit empfundene Regierung des Reichskanzlers Adolf Hitler und dessen Ablösung durch einen neuen Reichskanzler Carl Friedrich Goerdeler vor sich selbst zu legitimieren. In diesem Rahmen eines ungebrochenen deutschnationalen Beamtendenkens preußischer Schule hatte dann die Methode des Attentates nicht nur keine Berechtigung, weil sie an der Grundlage der »Legitimität« des eigenen Strebens rüttelte, sondern war verwerflich, da ja scheinbar andere, konventionellere Möglichkeiten zur Verfügung standen. In dieser Hinsicht stellte die Attentatsfrage ein höchst politisches, nicht allein moralisch-ethisches Problem dar. Goerdeler war folgerichtig zu konspiratorischem Denken nicht fähig.

Goerdelers Ablehnung des politischen Mordes war kein Vorwand, um den Umsturz nicht zu unterstützen – wie vor allem für die überwältigende Mehrheit des Offizierskorps, bei welchem hinter der mit zum Teil höchst dürftigen Argumenten bestrittenen Diskussion über die »Eidfrage« und die Moral eines Staatsstreiches nicht nur ein pervertierter Gehorsamsbegriff, sondern auch allzu oft ein ganz einfach definierbares moralisches und charakterliches Versagen sich versteckten[33]. Denn Goerdeler war bereit, auf der Grundlage der vollzogenen Tatsachen, also auch nach einem Attentat, die Leitung der neuen Regierung zu übernehmen, und machte damit die wirkliche Schizophrenie, die ganze Fragwürdigkeit seines sorgfältig errichteten Moralgebäudes deutlich. Er lehnte Stauffenberg nicht ab, weil dieser das Attentat selbst auszuführen gewillt war, denn die Kontroverse hatte ja nicht erst vor vier Wochen begonnen, als Stauffenberg den Entschluss zur Übernahme der Attentäterrolle gefasst hatte. Nicht der politische »Mörder«, sondern der »politische Offizier«, der aus der Situation die nötigen Folgerungen gezogen sehen wollte, hatte sich nach der Meinung Goerdelers aus der Politik herauszuhalten.

War die an die Romantik pietistischer Sinnsprüche erinnernde, nicht bewusste, aber faktische Scheinmoral des von seinen politischen Naivitäten und Illusionen besessenen Goerdeler nur ein Resultat seines ungebrochenen Ordnungs- und Sauberkeitsdenkens, seines stark an die klassisch-deutsche Verwechslung von Politik und Verwaltung mahnenden Strebens nach einem Regierungswechsel, der das verfuhrwerkte Staatsregiment schon wieder in die richtige Bahn führen würde, so war nun eben auch die Ablehnung des »politischen Offiziers« eine völlig begreifliche Komponente eines erstarrten bürgerlich-konservativen Traditionalismus, der insoweit in bewunderungswürdiger Weise bei Goerdeler wieder sich zu wahrer Tradition erneuert hatte, als er der gewaltsamen und verbrecherischen Perversion der eigenen nationalen Ideale deren wahren Gehalt entgegenzusetzen beschlossen hatte. Wenn aber Goerdeler bereits nicht mehr wie Stauffenberg die Notwendigkeit sah, den – um ein drastisches, aber zutreffendes Bild zu verwenden – rasenden Amokläufer niederzustrecken, weil man ihn nicht arretieren konnte, so war seine Haltung zur Rolle des Militärs von einer ähnlichen Inkonsequenz gekennzeichnet. In der richtigen Erkenntnis, dass einzig die Armee dem Regime gegenübertreten konnte, und in der gleichen Ablehnung eines allgemeinen Aufstandes wie Stauffenberg hatte er mit großer Energie und zäher Entschlossenheit die Generalität zum Handeln zu bewegen versucht. Damit verlangte oder setzte er aber eine politisch verantwortliche und verantwortungsbewusste Armee voraus. Doch gleichzeitig verweigerte er der Armee oder ihren zum Umsturz bereiten Offizieren, ohne deren Staatsstreich er selbst niemals zum Zuge kommen konnte, die Teilhabe an der politischen Entscheidung in der Konspiration.

Seine Haltung war bestimmt von der Forderung des Primates der Politik über das Militär – eine durchaus sinnvolle und berechtigte Forderung, die nur nicht am Platze war, wenn man politische Offiziere für eine Konspiration gewonnen hatte und diese die tatsächliche Macht und die Entscheidung über den Staatsstreich in Händen hatten. Goerdelers Denken zeigte erneut, wie sehr er bereits als Schattenkanzler operierte und wie wenig er den Geist und die Gegebenheiten einer Konspiration zu erfassen in der Lage war. Witzleben, Hoepner, Olbricht, Stülpnagel, Stieff, Fellgiebel, Wagner, Oster, Tresckow und einige weitere wenige Generale des Heeres waren nicht repräsentativ für die Haltung der aktiven Generalität der deutschen Armee – ebenso wenig wie Stauffenberg, Mertz von Quirnheim, Werner von Haeften, Finckh, Hofacker und die weiteren Träger der militärischen Konspiration für jene der Stabs- oder Subalternoffiziere des aktiven oder des Reserveoffizierskorps. Die kleine Schar der eingeweihten Offiziere, mit denen man rechnen konnte, erreichte nicht einmal die Zahl einer kriegsstarken Kompanie, während die Generalität allein des Heeres bereits aus mehr als zweitausend Generälen bestand. Kein aktiver Feldmarschall gehörte zur Konspiration – auf Kluge konnte man nur vage hoffen. Kein Offizier der Luftwaffe hatte sich gefunden, in diesem Wehrmachtteil für den Umsturz zu wirken. In der Marine waren nur Kranzfelder und Berthold Stauffenberg – auch sie ohne Anhang.

Von den eingeweihten Offizieren und Reserveoffizieren des Generalstabes des Heeres und anderer Dienststellen des Heeres waren keineswegs alle in wichtiger Position – und auch von einigen unter ihnen und den wenigen Generälen sollte sich am nächsten Tag zeigen, dass sie noch nicht den wirklich festen Willen zum Staatsstreich besaßen und deshalb nicht alle als seine Träger bezeichnet werden konnten. Noch mancher Offizier hätte sich vielleicht zur Teilnahme an der Vorbereitung des Staatsstreiches bereit gefunden, wäre er in Kontakt mit seinen Initiatoren gekommen. Von der höchsten Generalität galt dies nicht. Sie hatte kläglich versagt und ihren wahren Führungsanspruch verloren. Deshalb stellte nun eine kleine Elite der Armee – zumeist aus den Rängen der Stabsoffiziere – die wirkliche Führung des Heeres dar, wie Stauffenberg mehrmals deutlich hervorgehoben hatte.

In dieser Elite gab es wieder den entscheidenden Unterschied zwischen dem politisch verantwortungsbewussten, aber in der Konspiration sich apolitisch verhaltenden, den Primat der Zivilisten anerkennenden Offizierstypus und jenem der politisch verantwortungsbewussten und mit voller Absicht politisch handelnden und an der politischen Diskussion sich beteiligenden Offiziere. Zum ersten Typus gehörten zum Beispiel Witzleben, Hoepner und auch Olbricht. Prägnanteste Inkarnation des sehr raren zweiten Typus war Stauffenberg selbst. Er war dies nicht in der Absicht, demnächst seinen Beruf zu wechseln. Vielmehr entsprach seine Haltung seiner Konzeption einer politisch verantwortlichen Armee.

Die Armee war nach Ansicht Stauffenbergs in letzter Instanz nicht einer Regierung oder einem »Führer« gegenüber verantwortlich, sondern dem ganzen Volk – als integraler Bestandteil des Staates und der gesamten Gesellschaft, deren sämtliche Vertreter in ihren Reihen standen. Träger der Verantwortung der Armee war die Generalität. Da diese in einer offenkundigen politischen Notlage versagt hatte, war sie ohne wirklichen Führungsanspruch und hatte damit das bisherige, nicht für das Verantwortungsbewusstsein, aber für die Verantwortungsfunktion gültige Kriterium der militärischen Hierarchie selbst außer Kraft gesetzt. In einer von Stauffenberg nicht allgemein definierten Notlage, die im gegebenen Falle extrem, aber offensichtlich auch in seinen Augen nicht an die Existenz von Konzentrations- und Vernichtungslagern oder eines Hitler gebunden war, hatte diese Elite das Recht, politisch zu handeln und einen Staatsstreich zu machen. Nicht jeder Front- oder Subalternoffizier, aber nach Stauffenbergs Ansicht zumindest jeder Generalstabsoffizier – von der Generalität ganz zu schweigen – hatte sogar die Pflicht, dieses Recht wahrzunehmen. Der Unterschied zur Reichswehrdoktrin Seeckts war fundamental. Der »unpolitische« Offizier konnte sich in dieser Konzeption nicht auf das Schema von Befehl und Gehorsam berufen und jedes politische Nachdenken als nicht zu seinem Beruf gehörig unterlassen. Nicht allein die Spitze der Armee hatte das Recht, politisierend in die Geschicke des Landes einzugreifen, wie es Seeckt getan hatte. Nicht ein bloßes Partialinteresse einer politischen Gruppe durfte gegen die zivile Gewalt durchgesetzt werden. Denn entscheidend für das Handeln der Armee war das Interesse des ganzen Landes und des gesamten Volkes, das im gegebenen Falle leicht zu definieren war.

In der Definition des nationalen Interesses lag aber der gefährliche Punkt dieser Konzeption, denn von dort her war ja der Schritt zu lateinamerikanischen Junta-Zuständen leicht vollziehbar. Dieses nationale Interesse konnte auch in dem totalitären Staat von einer oppositionellen Gruppe in der Armee so formuliert und durchgesetzt werden, dass es nicht mit dem wahren Interesse des Landes übereinstimmte. Dass Stauffenberg und die anderen Offiziere in der Situation, in der die Definition des wahren nationalen Interesses so klar war, dies nicht taten, zeigte die Zusammenarbeit mit den zivilen Kreisen verschiedenster Provenienz und unterschiedlicher politischer Richtungen. Darin lag die Legitimation und die Voraussetzung von Stauffenbergs »demokratischem Militarismus« – wenn man dieses simplifizierende Schlagwort gebrauchen will, das allerdings im Falle der Konzeption Stauffenbergs nur scheinbar eine Contradictio in adjecto war.

Einem politisch unterentwickelten Land kam das Deutschland Hitlers in mancher Beziehung gleich – nicht nur wegen der Absenz jeglicher Freiheit und der Herrschaft des Terrors, sondern vor allem wegen des Fehlens eines Courage civique auch in der extremsten Situation, wegen des lähmenden apolitischen Obrigkeitsglaubens und opportunistischen Fatalismus. Im Ersten Weltkrieg hatte die Oberste Heeresleitung praktisch die Macht übernommen und war selbst in den Abgrund marschiert. Jetzt musste eine verantwortungsbewusste Elite der Armee die Macht zu übernehmen versuchen, um der katastrophalen Entwicklung zu steuern[34].

Die Durchbrechung jeder »legalen« Ordnung und Prinzipien forderte von einem »politischen Offizier« wie Stauffenberg Kontrolle und Überprüfung der Entscheidungen und Politik jener Gruppen, die er in den Sattel zu heben gedachte. Erst durch die Teilhabe an der politischen Entscheidung legitimierte er seine politische Handlungsweise. Goerdeler aber forderte sozusagen ein verantwortungsbewusstes Werkzeug – und damit eine Unmöglichkeit. Allerdings bestätigten ihn in seiner Haltung Generale wie Hoepner, Stieff oder Olbricht, die sich ja seiner zivilen »Obrigkeit« unterordneten. Diese Reaktion entsprach genau der traditionellen Vorstellung Goerdelers von der Haltung des Offiziers und war ein Produkt klassisch-deutscher Erziehung des Berufsmilitärs zur Einseitigkeit, deren Resultat höchste Effizienz und unübertreffbares politisches Unvermögen war. Angesichts dieses Unvermögens mochte auch Stauffenberg den Entschluss so manches konspirierenden Offiziers zur politischen Abstinenz nach der großen Entscheidung gegen Hitler als adäquate Verhaltensweise begrüßt haben. Denn generationenlange Fehlentwicklungen und Fehlhaltungen waren nicht auf einen Schlag zu beseitigen – auch nicht im Offiziersbild der zivilen Gegenseite wie etwa bei Goerdeler.

Der »politische Offizier« Stauffenberg war für Goerdeler ein gewaltiges Ärgernis, weil er in einer ihm auf Grund seines Berufes von einem verabsolutierten zivilen Primatdenken verbotenen Sphäre agierte, keine zivile politische Qualifikation vorzuweisen hatte, kein »Fachmann« war wie Goerdeler und dem selbstbewussten, oft sich allzu sehr überschätzenden, autoritätsgewohnten und autoritären ehemaligen Leipziger Oberbürgermeister, der sich bereits als oberster Vertreter der politisch verantwortlichen zivilen Gewalt sah, zu Recht mit ebensolchem Selbstbewusstsein begegnete. Als technischer Leiter des Staatsstreiches war Stauffenberg, nicht Goerdeler die entscheidende Figur des Staatsstreiches. Nachdem er noch die Attentäterrolle übernommen hatte, war er im technischen Sinne die absolut dominierende Figur der Konspiration und in politischer Hinsicht in keiner Weise zu übergehen.

Diesen Mann wollte Goerdeler vergeblich zum gehorsamen Werkzeug und Befehlsempfänger degradieren. Er witterte in ihm und seinen Freunden eine gefährliche konspirationsinterne Opposition oder Konkurrenz und übersah völlig, dass Stauffenberg noch lange nicht das politische Zentrum der Konspiration geworden war und auch keine eigentlich homogene Gruppe um sich geschart hatte. Wohl war der »politische Offizier« im Laufe der Zeit, in der das Attentat nicht gelungen war, allmählich mit den wichtigsten Figuren der verschiedenen Gruppen zusammengetroffen und hatte dabei seine Bedenken gegen den präsumptiven Reichskanzler angemeldet. Doch den infolge seiner konspirativen Unvorsichtigkeit isolierten Goerdeler wollte er nicht verdrängen und hatte deshalb bei aller berechtigten Kritik und Reserve bis zum 18. Juli Kontakt mit ihm gehalten.

Nun am Abend des 19. Juli stand Stauffenberg nach seinen beiden gescheiterten Attentatsversuchen vom 11. und 15. Juli vor dem dritten, der nach seinem festen Willen der letzte sein sollte. Doch absolute Gewissheit konnte er nicht haben, ob es ihm diesmal gelingen würde, die Sprengladung rechtzeitig zu schärfen. Vielleicht quälte ihn dieser Gedanke. Vielleicht durchging er nochmals die Staatsstreichvorbereitungen. Sie waren sorgfältig vorgenommen, soweit dies überhaupt möglich gewesen war. Denn der sichere Anhang war ja so minimal, dass nur auf die Dienststelle des Befehlshabers des Ersatzheeres in Berlin und jene des Militärbefehlshabers von Frankreich in Paris einigermaßen Verlass war, während auf kein einziges höheres Frontkommando gezählt werden konnte. Deshalb waren das Attentat und der scheinlegale Staatsstreich[35] auch ohne einen bereits sicheren Anhang einer Truppe unvermeidbar und notwendig. Eine Lawine von Zustimmung zur »neuen Führung«, die durch Befehle mit ordnungsgemäßem Briefkopf und Unterschrift ihre Legalität würde unter Beweis zu stellen wissen, war freilich nach geglücktem Attentat und Staatsstreich zu erwarten. Diesen Erfolg war Stauffenberg mit der nötigen Härte und Rücksichtslosigkeit, aber ohne unnötiges großes Massaker bereit zu erkämpfen – wie sein Befehl für das Verhalten gegenüber der SS deutlich demonstrierte[36]. Aber waren es auch die anderen militärischen Träger des Staatsstreiches, dessen Schicksal am nächsten Tag in ihren und Stauffenbergs Händen, nicht in jenen der konspirierenden Zivilisten lag?

Dass die alte Ritterzeit längst vorbei war, war sich der Organisator des Staatsstreiches durchaus klargeworden, wenn er die Notwendigkeit unritterlicher Methoden für eine ritterliche Tat einsah. Jede Zeit hatte ihre »letzten Ritter« gehabt. Musste man »ein Kind vergangener Zeiten« sein[37], wenn man beinahe völlig allein unter Einsatz des Lebens einem Regime gegenüberzutreten gewillt war, das sinistrer als das als dunkel verschriene Mittelalter war? War nicht die richtig verstandene Vergangenheit zum Maßstab der Gegenwart, ja zum lehrreichen Beispiel für die Zukunft geworden – wie dies Stauffenberg in seinen historischen Betrachtungen schon oft angedeutet hatte? Die eine oder andere geheime Triebfeder seines Handelns mochte besonders vor dem Hintergrund seiner Zeit an einen »letzten Ritter« erinnern. Doch mit seiner pragmatischen Haltung und entschlossenen Unerbittlichkeit in dem einen Ziel stand er mit beiden Beinen nicht nur in seiner Zeit, sondern auch in der Zukunft.

Genau vier Jahre zuvor – im Sommer 1940 – hatten ein paar hundert Männer aus dem ganzen britischen Empire als Piloten der Royal Air Force in Übereinstimmung mit den Traditionen von militärischem Befehl und Gehorsam eine Welt vor ihrem äußeren Gegner – dem Deutschland Hitlers – gerettet. Mit dem Recht der Wahrheit hatte Winston Churchill ihnen den Tribut mit den Worten zollen können: »Never in the field of human conflict was so much owed by so many to so few[38].«

Am 19. Juli 1944 stand in Deutschland eine kleine Schar bereit, ihr Land im Verstoß gegen einen pervertierten Gehorsamsbegriff, aber in Übereinstimmung mit der echten, erneuerten Tradition vor dem Untergang durch einen inneren Gegner – den Nationalsozialismus Hitlers – zu retten. Würde sie erfolgreich sein oder scheitern? Stauffenberg konnte dies ebenso wenig wissen, wie es vier Jahre zuvor die britischen Piloten in ihrem Kampf gewusst hatten. Doch der Versuch musste – coûte que coûte – gewagt werden, denn sonst konnte bald Jacob Burckhardts Urteil über Timurs Reich unaustilgbar auch das eigene, noch von Hitler repräsentierte Land treffen: »Es ist gut, daß man sich beim Bilde eines solchen Zerstörers, wie er seinen und seines Volkes Egoismus im Triumph durch die rauchenden Ruinen der Welt spazieren führt, davon Rechenschaft gebe, mit welcher Wucht das Böse sich zuzeiten vordrängen darf. In solchen Ländern wird man auf ewig nie mehr an Recht und an menschliche Güte glauben[39].«

Ahnen konnte Stauffenberg, dass seine Tat unabhängig von ihrem Erfolg den totalen moralischen Bannfluch von seinem Land abwenden würde. Diese Ahnung und Hoffnung war der Befehl, dem er Folge leistete. In dem Moment, in dem er am nächsten Tag den Gegner seines Landes mit einer Explosion den Willen eines schwachen, aber lebendigen »anderen Deutschland« verkünden würde, galten auch für ihn und seine happy few für immer die Worte des großen Briten: »This was their finest hour[40].«

Das Attentat

Nach 6.00 Uhr in der Frühe des 20. Juli 1944 verlässt Stauffenberg mit seinem Bruder die Wohnung in Wannsee, besteigt den bereitstehenden Wagen und gibt seinem Fahrer die Anweisung, sie zum südlich von Berlin gelegenen Flugplatz Rangsdorf zu fahren, wo eine Kuriermaschine bereitsteht. Stieff ist von Zossen gekommen und hat wie Haeften auf die Brüder Stauffenberg gewartet. Berthold Stauffenberg verabschiedet sich von seinem Bruder, der daraufhin zusammen mit Stieff und Haeften zum Flugzeug eilt. Zwischen 7.00 und 8.00 Uhr startet die Maschine zum Flug nach Rastenburg, das ungefähr 560 Kilometer von Berlin entfernt liegt. Stauffenberg führt eine Aktentasche mit sich, die sein zurückgebliebener Fahrer neben seinen Platz ins Flugzeug gestellt hat. Eine zweite Aktentasche trägt sein Ordonnanzoffizier. In der einen befindet sich der Sprengstoff, den Stauffenberg gestern seinem Bruder gezeigt hat, in der anderen liegen die Besprechungs- und Vortragsunterlagen[1].

Gegen 10.15 Uhr setzt das Flugzeug zur Landung auf dem Flugfeld bei Rastenburg an. Stauffenberg lässt sich von einem Wagen, der für ihn von Hauptmann Pieper – dem Ia des an diesem Vormittag abwesenden Kommandanten des »Führerhauptquartiers« Oberstleutnant Streve – abgestellt worden ist, zu dem etwa sechs Kilometer entfernten Nordeingang des Sperrkreises II der »Wolfschanze« fahren. Während Stieff zum Hauptquartier des OKH weiterfährt und Haeften zunächst mit diesem zusammenbleibt, geht Stauffenberg zum Kasino II. Für den Rückflug nach Mittag ist bereits gesorgt. General Wagner hat durch »Vermittlung des I/Fliegergeschwaders 2 Berlin vom Flugplatz Lötzen« ein Flugzeug für Stauffenberg abstellen lassen. Es ist verabredet, dass Haeften sich mit Stauffenberg vor der Mittagslagebesprechung in der »Wolfschanze« trifft, denn er führt nun die Mappe mit dem Sprengstoff mit sich, während Stauffenberg in seiner Aktentasche die Unterlagen zu seinen Besprechungen trägt[2].

Zunächst bleibt Stauffenberg im Sperrkreis II, um vor dem Kasino unter einer Eiche mit dem Adjutanten des Kommandanten des »Führerhauptquartiers«, Rittmeister von Möllendorf, und einigen anderen Offizieren zu frühstücken, die wie der Chef des Stabes des Wehrkreiskommandos I, Generalleutnant von Thadden, zu Stauffenbergs Vortrag befohlen worden sind. Gegen 11.00 Uhr wird Stauffenberg, nachdem er eben noch mit Keitels Adjutant (Heer), Major Ernst John von Freyend, telefoniert hat, zusammen mit General von Thadden zum Chef des Heeresstabes, General Buhle, gerufen, der in der Baracke von Jodls Wehrmachtführungsstab im Südteil des Sperrkreises I residiert. Stauffenberg, dem ein Ordonnanzoffizier des Kommandanten die Tasche trägt, wird von Oberstleutnant i. G. Lechler, Generalstabsoffizier bei Buhle, erwartet und bespricht sich dann mit Buhle etwa eine halbe Stunde. Danach – etwa um 11.30 Uhr – gehen Buhle, Thadden, Stauffenberg und Lechler zu einer Besprechung mit Keitel, der sich in dem Jodls Gebäude nördlich gegenüberliegenden »OKW-Bunker« aufhält. Noch vor dieser Besprechung scheint Haeften wieder zu Stauffenberg gestoßen zu sein[3].

Haeften hält sich nun ebenfalls im OKW-Gebäude auf, in dessen Flur er Keitels Adjutanten John von Freyend begegnet. Dann geht er in eine Art Wartezimmer. Spätestens in der Besprechung mit Keitel erfährt Stauffenberg, dass die heutige »Lage« nicht wie üblich um 13.00 Uhr, sondern bereits um 12.30 Uhr stattfindet, da für 14.30 Uhr Mussolinis Besuch angekündigt ist. Etwa um 12.15 Uhr oder wenig später sieht John Generalleutnant Heusinger eintreffen, der beim Lagevortrag den krankgemeldeten Generalstabschef Zeitzler vertritt, und meldet seine Ankunft sofort Keitel. Dieser springt auf und macht sich auf den Weg, hält aber dann doch inne, um auf die Nachkommenden zu warten. Buhle eilt noch rasch zu seiner nahen Baracke, während Stauffenberg beim Verlassen des Besprechungszimmers gegenüber Keitels Adjutanten den Wunsch äußert, sich etwas frisch zu machen und das Hemd zu wechseln. John weist ihn darauf zum Waschraum, der gegenüber dem Warteraum liegt, in dem sich Haeften aufhält[4].

Nach kurzer Zeit kommt Stauffenberg wieder aus dem Waschraum heraus und geht mit Haeften zum Umziehen in das Schlafzimmer Johns, das dieser ihm gezeigt hat. Haeftens Hilfe beim Umkleiden ist nötig; seine Begleiterrolle deshalb durchaus natürlich. Während Stauffenberg mit Haeften im Zimmer weilt, kommt ein Anruf von General Fellgiebel, der darum bittet, dass Stauffenberg mit ihm noch telefonieren möge. So schickt der wartende John einen Oberfeldwebel auf den Weg zu Stauffenberg mit dem Auftrag, die Bitte Fellgiebels zusammen mit dem Hinweis zu übermitteln, dass es höchste Zeit sei, zur »Lage« zu gehen.

Im Zimmer räumen Stauffenberg und Haeften den Inhalt der beiden Aktentaschen um. Stauffenberg entnimmt der Mappe, die Haeften seit der Landung in Rastenburg getragen hat, eine Sprengladung, die etwa ein Kilogramm wiegt und ohne jede Ummantelung ist, also nicht durch Splitter, sondern durch Druck wirken soll. An dem Sprengstoffklumpen sind zwei britische chemisch-mechanische Zeitzündstifte mit aufgesetzter britischer Sprengkapsel angebracht. Mit Hilfe einer eigens für die drei Finger seiner linken Hand zurechtgebogenen Flachzange drückt Stauffenberg diese beiden Zünder ein. Dass er zwei Zünder und wohl wie bei der anderen Bombe auch noch zwei Initialzündkörper (Tetrylübertragungsladungen) von 20 Gramm montiert hat, zeigt deutlich seine Vorsorge für alle Eventualitäten. Den Sprengstoff, dessen beide Zündstifte er in Gang gesetzt hat, legt er in eine der beiden Aktentaschen, in die er auch die Flachzange wirft. In der anderen Tasche liegt ein in Packpapier eingehüllter Sprengstoffklumpen von 975 Gramm Gewicht, der mit zwei Tetrylübertragungsladungen von je 20 Gramm Gewicht ebenfalls für zwei Zünder hergerichtet ist. Dieser Sprengstoff – eine deutsche, »Hexonit« genannte Imitation des britischen Hexogen – »ist einem englischen Sprengstoff nachgebildet und ist bei einfacherer Struktur noch größer in der Wirkung«. Seine beiden chemisch-mechanischen Zeitzündstifte, die eine Wirkungszeit von 30 Minuten haben, sind nicht betätigt. Die Laufzeit der nun betätigten Zünder des anderen Sprengstoffes hat Stauffenberg offensichtlich kürzer angesetzt und sich deshalb für ein etwa nach zehn Minuten wirkendes Zeitzündermodell entschieden. Allerdings herrscht an diesem Tag warmes Sommerwetter, das die Laufzeit ganz leicht hinuntersetzen könnte[5].

Der Oberfeldwebel, den John zu den beiden Offizieren ins Schlafzimmer geschickt hat, stößt beim Eintreten mit der Tür an Stauffenbergs Rücken. Er erblickt viele Papiere, die verstreut auf dem Bett liegen. Stauffenberg verlässt das Zimmer mit der einen Aktentasche, deren Inhalt zur Eile mahnt, während Haeften, der nun die Mappe mit dem nicht gebrauchten Sprengstoff hat, die Papiere wegräumt. Alle diese Vorgänge seit dem Ende von Stauffenbergs Besprechung mit Keitel und Buhle haben sich in sehr kurzer Zeit abgespielt. Es ist etwa 12.30 Uhr deutscher Sommerzeit oder wenige Minuten später, als Stauffenberg und John aus dem OKW-Gebäude treten. Zur gleichen Zeit verlässt auch Buhle seine Baracke und schließt sich den beiden Offizieren an. Lechler, der bei der »Lage« häufig seinen Vorgesetzten Buhle vertritt, der aber heute wegen der Bedeutung des Traktandums selbst daran teilnimmt, hat sich anerboten, Stauffenbergs Tasche zu tragen. Ihm und auch John erteilt Stauffenberg jedoch eine Absage. Er will die Tasche selbst mit seinen drei Fingern der linken Hand tragen – was als Eigenart eines Invaliden interpretiert werden kann.

Der Weg nach Nordwesten zur Lagebaracke, auf dem sich Stauffenberg lebhaft mit Buhle unterhält, beträgt mehr als 300 Meter. Er führt am Gebäude der Adjutantur der Wehrmacht vorbei, in dem sich auch das Dienstzimmer des Wehrmachtnachrichtenoffiziers des Hauptquartiers,

Oberstleutnant Sander, befindet. Fellgiebel weilt hier seit 12.00 Uhr und hat von hier aus auch den »OKW-Bunker« angerufen. Stauffenberg und die ihn begleitenden Offiziere gehen weiter, während Lechler zum Kasino abbiegt, überqueren die Lagerstraße, passieren den hohen Maschendrahtzaun des »Führersperrkreises« und kommen – südlich am sogenannten »alten Gästebunker«, dem Quartier Hitlers, vorbeigehend – zu der etwa 100 Meter westlich der Lagerstraße gelegenen »Lagebaracke«. Sie begegnen Albert Bormann, Martin Bormanns Bruder, der eben Hitler zur Lagebaracke geleitet hat, vor der Stauffenberg seine Aktentasche nun doch dem Adjutanten Keitels mit den Worten übergibt: »Könnten Sie mich bitte möglichst nahe beim Führer plazieren, damit ich für meinen Vortrag nachher alles mitbekomme[6]?«

Dann treten Buhle, Stauffenberg und zuletzt John in die Baracke ein und gehen durch den Flur nach rechts zur Tür des Besprechungszimmers. Die »Lage« hat bereits begonnen. Heusinger referiert über die Situation an der Ostfront. Keitel meldet Hitler den Obersten Graf von Stauffenberg zum Vortrag. Hitler begrüßt »ihn mit dem üblichen, prüfenden Blick wortlos«. John stellt die Aktentasche Stauffenbergs unmittelbar rechts neben Heusinger, der als Vortragender rechts von Hitler steht. Hitler selbst steht etwa in der Mitte der der Tür zugewandten Längsseite des großen Tisches, um den herum außer ihm Keitel, Jodl, Heusinger, Schmundt, Warlimont, Buhle und noch 14 Offiziere und Beamte versammelt sind. Weder Himmler noch Göring befinden sich im Raum. Stauffenberg ist bemüht, sich möglichst nahe zu Hitler zu stellen, kommt aber nur an die rechte Ecke des Tisches heran. Dort vermag er die Aktentasche, die er so hinstellen muss, dass sie niemandem im Weg ist, und die offenbar von John nicht genügend weit oder überhaupt gar nicht unter den Tisch geschoben worden ist, nach einigem Drängeln rechts von Heusingers Gehilfe Oberst Heinz Brandt unter den Tisch zu platzieren – an die Außenseite des rechten äußeren Tischsockels[7].

Der Sprengstoff ist in Hitlers Nähe. Nun muss Stauffenberg möglichst rasch hinausgehen, um nicht in die Lagebesprechung und die gerade im Gange befindliche Erörterung der Situation an der Ostfront, zu der er vom Standpunkt des Ersatzheeres einiges zu sagen hätte, miteinbezogen zu werden. Er murmelt oder flüstert etwas, zieht sich langsam zur Türe zurück und gibt Major John von Freyend ein Zeichen, worauf dieser zu ihm auf den Flur hinaustritt. In dem gewohnten Durcheinander der »Lage« braucht dies nicht aufzufallen. Stauffenberg bittet nun John um ein Telefongespräch mit Fellgiebel, der ihm zuvor habe ausrichten lassen, er möge ihn anrufen. John beauftragt deshalb den Telefonisten, Wachtmeister Adam, das Gespräch herzustellen. Stauffenberg nimmt den Hörer zur Hand, John geht wieder ins Lagezimmer zurück. Sobald er verschwunden ist, legt Stauffenberg – ohne gesprochen zu haben – auf und verlässt die Lagebaracke. Vor ihr stößt er auf Hitlers Heeresadjutanten Oberstleutnant Borgmann, der gerade zur »Lage« geht. Raschen Schrittes durchquert er dann den »Führersperrkreis« und nimmt denselben Weg, den er eben noch mit der Aktentasche gegangen ist. Nur biegt er jetzt noch vor dem »OKW-Bunker« zum Gebäude der Adjutantur der Wehrmacht ab. Fellgiebel, der sich dort aufhält, hat Stauffenberg vor der »Lage« nicht mehr erreicht und deshalb Sander den Wachtmeister Adam in der Lagebaracke anrufen und diesem ausrichten lassen, er möge Stauffenberg nach Beendigung der »Lage« zu Sander bitten. Dies hat ihm Adam auch ausgerichtet[8].

Stauffenberg betritt das Zimmer des Wehrmachtnachrichtenoffiziers, in dem sich Fellgiebel, Sander und Haeften aufhalten, und meldet sich General Fellgiebel als zur Besprechung bereit. Sander telefoniert gerade mit der Kommandantur, um einen Wagen für Stauffenberg anzufordern. Denn kurz zuvor – nach Stauffenbergs Weggang zur »Lage« – ist Haeften zur Wehrmachtadjutantur gekommen, hat sich unter Umgehung Sanders an Fellgiebel gewandt und in erregtem Tone die sofortige Beschaffung eines Wagens gefordert, der sehr benötigt wird, nun aber scheinbar noch nicht eingetroffen ist. Die Erregung Haeftens ist Fellgiebel, nicht aber dem uneingeweihten Sander begreiflich, denn ohne Wagen ist nicht sichergestellt, dass Stauffenberg sofort nach der Explosion aus dem Hauptquartier entkommen kann. Die Kommandantur fordert Sander auf, der eben den Wagen bestellt hat, »Stauffenberg daran zu erinnern, daß er vom Kommandanten, Oberstleutnant Streve, zum Mittagessen, an dem auch General von Thadden teilnehme, erwartet würde«. Der Wagen wird zugesagt.

Fellgiebel und Stauffenberg treten noch vor Ende dieses Gespräches Sanders mit der Kommandantur durch den Ausgang der Wehrmachtadjutantur hinaus auf den Vorplatz. Sie bleiben stehen und sprechen – möglichst unverfänglich – über Ostbefestigungen. Nach wenigen Augenblicken kommt auch Sander hinzu, entledigt sich des Auftrages der Kommandantur und meldet, dass sogleich ein Wagen kommen werde. Stauffenberg entgegnet, dass er zuerst noch einmal zur »Lage« zurückkehren müsse und im übrigen selbst über einen Wagen verfüge. Haeften hat zuvor nicht bemerkt, dass bereits ein Fahrer mit einem 8-Zylinder-»Horch« wartet, den Stauffenberg erblickt hat, als er zu Fellgiebel gekommen ist[9].

Seit Stauffenbergs Weggang aus dem »OKW-Bunker«, in dem er den Zündmechanismus in Gang gesetzt hat, sind etwa zehn Minuten verstrichen. Im Lagezimmer vermisst man ihn bereits. Hitler hat während Heusingers Vortrag nach einem der von ihm so geliebten Details gefragt, worauf Buhle bemerkt hat, dass dazu ja Stauffenberg Auskunft erteilen könne. Doch dieser ist nicht mehr im Raum – und Buhle geht nun wütend in einer Ecke des Lagezimmers auf und ab, weil er hinausgegangen ist, den verschwundenen Obersten aber nicht finden konnte. Noch immer wird über die »Ostlage« gesprochen. Der Generalstabschef der Luftwaffe, General Korten, und der Luftwaffenoffizier Jodls sind inzwischen zur »Lage« hinzugekommen. Hitler – zu seiner Linken, etwa einen halben Schritt zurück, Keitel – beugt sich über den schweren Eichentisch, um die Karte genau zu betrachten[10].

Stauffenberg spricht erst seit wenigen Augenblicken mit Fellgiebel – da zerreißt die Explosion die Luft. Er zuckt ob der gewaltigen Detonation deutlich und heftig zusammen. Fellgiebel fragt bestürzt – die Ahnungslosigkeit muss weiter überzeugend dargestellt werden –, was los sei. Sander erklärt, es komme häufig vor, »daß jemand schieße oder eine Mine hochgehe«. Sogleich nach der Detonation sagt Stauffenberg, »daß er nicht mehr zur ›Lage‹, sondern zu Oberstleutnant Streve zum Essen fahren werde«. Er setzt sich in den Wagen neben den Fahrer, während Haeften in den Fond steigt. Der Fahrer, Leutnant Kretz, macht Stauffenberg darauf aufmerksam, dass er Mütze und Koppel vergessen habe. Doch Stauffenberg bedeutet ihm unwillig, er solle losfahren. Von der Explosion, die wenige Minuten nach 12.40 Uhr erfolgt sein muss, bis zu Stauffenbergs Abfahrt ist weniger als eine halbe Minute vergangen[11].

Der Wagen fährt sogleich Richtung Torwache des Sperrkreises I. Stauffenberg und Haeften sehen von der am »Führersperrkreis« vorbeiführenden Lagerstraße aus die Lagebaracke, in der vor mindestens 30 Sekunden, höchstens aber ein bis zwei Minuten die Explosion stattgefunden hat. Aus dem fahrenden Wagen bekommen sie einen allgemeinen Eindruck: Eine dunkle Qualmwolke steht über der Baracke, Kartenfetzen wirbeln durch die Luft. Stauffenberg hört Stimmen, die nach einem Arzt rufen. Er sieht Sanitäter zu der Baracke eilen. Von der Wirkung des Sprengstoffes gewinnt er den Eindruck, »als ob eine 15-cm-Granate hineingeschlagen hätte: Da kann kaum noch jemand am Leben sein.« Die Bombe hat die ihr zugedachte Aufgabe offenbar erfüllt. Nun gilt es, so rasch als möglich aus der »Wolfschanze« hinauszugelangen, bevor eine Sperre verhängt wird[12].

Am Wachtor des Sperrkreises I, wo der wachhabende Leutnant die Explosion gehört, das Resultat zum Teil auch gesehen und deshalb von sich aus eine Sperre angeordnet hat, wird Stauffenbergs Wagen angehalten. Da er aber einen gültigen Ausweis besitzt und überdies dem Wachhabenden vom Ansehen bekannt ist, darf er mit Haeften passieren – der allgemeine Alarm wird erst in etwa anderthalb Minuten ausgelöst werden[13].

Von der Wache I fahren Stauffenberg und Haeften über die Bahnlinie und dann entlang dem Sperrkreis II zur Außenwache Süd. Hier werden sie erneut angehalten. Stauffenbergs Situation ist nun kritisch. Denn inzwischen ist Alarm gegeben und eine Sperre angeordnet worden. Stauffenberg steigt aus und begibt sich zum Wachhabenden, dem Feldwebel Kolbe vom »Führer-Begleit-Bataillon«. Er erklärt ihm, dass er sofort zum Flugplatz müsse. Doch Kolbe lässt sich von Stauffenbergs Auftreten nicht beeindrucken – im Gegenteil. Er verweist auf die verhängte Sperre, die ihm streng verbietet, irgend jemanden passieren zu lassen. Aus welchem Grund sie verhängt ist, weiß der Feldwebel allerdings nicht. Soll dieses letzte Hindernis zwischen Hitlers Lagebaracke und dem Flugplatz Rastenburg die »Wolfschanze« Stauffenberg zur Falle werden lassen? Er muss nach Berlin, wo der Attentäter als Leiter des Staatsstreiches zu fungieren hat. Kurz entschlossen befiehlt er dem Feldwebel, die Kommandantur anzurufen. Kolbe befolgt den Befehl und wählt die Nummer.

Was geschieht, wenn Oberstleutnant Streve an den Apparat kommt, mit dem Stauffenberg zum Mittagessen verabredet ist und der mit seiner Reputation als äußerst strenger Kommandant kaum irgend jemanden und wohl noch weniger einen Offizier, der mit ihm verabredet ist, trotz einem Alarm passieren lassen würde? Kolbe erhält eine Verbindung zur Kommandantur. Es meldet sich der Adjutant des Kommandanten, Rittmeister von Möllendorf, der mit Stauffenberg gefrühstückt hat. Streve ist bereits auf dem Weg zur Lagebaracke oder dort schon eingetroffen. Auch Möllendorf kennt den Grund des Alarms nicht. Auch er weiß wie der Feldwebel Kolbe, dass in der letzten Zeit Alarm ziemlich häufig ausgelöst worden ist. Wie Kolbe ist er darüber informiert, dass Stauffenberg ordnungsgemäße Papiere besitzt, denn er ist ja heute offiziell zu einem Vortrag ins Hauptquartier befohlen worden. Und zusätzlich weiß er, dass Stauffenberg schwerkriegsverletzt und als ausgezeichneter Offizier bekannt ist.

Stauffenberg spricht selbst mit Möllendorf. Er erklärt ihm, »dass er vom Kommandanten die Erlaubnis zum Verlassen des Sicherungsbereichs habe und unbedingt um 13.15 Uhr fliegen müsse«. Auf Grund der Angaben Stauffenbergs, die vielleicht den Eindruck erweckt haben, als habe er den Kommandanten auf dessen Gang zur Lagebaracke getroffen und mit ihm gesprochen, erklärt sich Möllendorf mit der Abfahrt einverstanden. Stauffenberg übergibt den Telefonhörer dem Feldwebel Kolbe, der von Möllendorf die fernmündliche Bestätigung des Befehls erhält. Stauffenberg darf passieren. Kolbe ruft noch den Fahrer und weist ihn an »aufzupassen«, ohne allerdings näher zu erläutern, was er darunter versteht. Stauffenberg wirft sich in den Wagen, der sogleich losfährt – auf der schmalen und kurvenreichen Straße, die durch den Görlitzer Forst zuerst nach Südwesten und dann nach Nordwesten zum Rastenburger Flugfeld führt. Der Fahrer wird zur Eile angetrieben[14].

Auf der Fahrt zum Flugplatz wirft Haeften, der hinten sitzt, seinen in Packpapier gehüllten Sprengstoffklumpen, dessen Zündmechanismus nicht betätigt worden ist, aus dem Wagen, was der Fahrer im Rückspiegel bemerkt, ohne allerdings zu ahnen, um welchen Gegenstand es sich handelt. Diese Bombe ist wahrscheinlich als Alternativlösung ins Hauptquartier mitgenommen worden und schon im Zeitpunkt überflüssig gewesen, in dem Stauffenberg im Schlafzimmer Johns die Zündung der nun explodierten Sprengladung in Gang gesetzt hat. Wohl kurz nach 13.00 Uhr erreicht der Wagen den Flugplatz Rastenburg. Stauffenberg und Haeften steigen an der letzten Sperre vor einer der Flugplatzbaracken aus und eilen zu Fuß die letzten hundert Meter zu dem auf Befehl Wagners abgestellten Flugzeug, während der Fahrer den Wagen sogleich wendet und zum Hauptquartier zurückfährt. Um 13.15 Uhr startet die Maschine und nimmt Kurs nach Westen – nach Berlin[15].

Eine lange Flugzeit liegt nun vor Stauffenberg, in der er zur Untätigkeit verdammt und von der Außenwelt isoliert ist. Mit der zweimotorigen Propellermaschine vom Typ Heinkel 111 hat er eine Distanz zu überwinden, die der Strecke Berlin-Amsterdam oder Berlin-Konstanz entspricht. Was denkt der Attentäter in dieser ihm auferlegten Mußezeit, worüber spricht er mit seinem Ordonnanzoffizier? Als einziger der Konspiration hat er das fast unüberwindbare und bisher auch noch nie überwundene Hindernis des Attentates genommen. Welchen Gefahren hat er sich ausgesetzt, welchen ist er entronnen! Nun, nachdem die von ihm längst erstrebte Explosion die Luft zerrissen hat, ist er für seine zweite Aufgabe – den Staatsstreich in Berlin – bereit. Was geschieht dort oder ist bereits geschehen? Und was hat nun Fellgiebel im Hauptquartier unternommen? Ist es ihm gelungen, die Nachricht vom erfolgten Attentat nach Berlin durchzugeben und darauf Hitlers Befehlszentrale von der Außenwelt fernmeldetechnisch abzuschneiden? Solche und ähnliche Fragen mögen Stauffenberg begleiten, während das Flugzeug ihn und Haeften an diesem Sommernachmittag immer weiter weg von der Stelle trägt, »wo eben noch Menschen und Dinge in einem Mittelpunkt des Weltgeschehens gestanden« haben, von wo nun das Stöhnen der Verwundeten sich erhebt – von wo sich aber vor allem ein eher kleiner Mann mit dunklem Haar und einer völlig in Streifen zerfetzten Hose, gestützt auf Keitel, zu dem etwa vierzig Meter entfernten, noch im »Führersperrkreis« liegenden »alten Gästebunker« wegbegeben hat. Dem Davongekommenen hat die Bombe gegolten. Das Attentat ist gescheitert[16].

Wie ist das möglich gewesen? Die Druckwelle der Bombe hat zwar große Verheerungen im Lagezimmer angerichtet und vier Schwerverletzte – die Generale Schmundt und Korten, Oberst Heinz Brandt und der Stenograph Berger – gefordert, die den Folgen ihrer Verletzungen erliegen. Doch Hitler ist von der schweren Eichentischplatte und den unmittelbar rechts von ihm beim Explosionsherd stehenden Personen, die alle schwer oder tödlich verletzt worden sind, geschützt worden und hat wie alle zu seiner Linken Platzierten nur leichte Verletzungen – Prellung des rechten Ellbogens, Verbrennungen und Hautabschürfungen – erlitten. Allen im Raum Anwesenden – mit Ausnahme Keitels – sind die Trommelfelle geplatzt, alle bis auf Keitel und Hitler haben eine leichte Hirnerschütterung. Ist die Sprengladung falsch platziert gewesen? Kam es darauf überhaupt an[17]?

Ein eindeutiger Schluss ist auch heute nicht möglich. Hätte sich Stauffenberg für einen Sprengkörper mit Stahlmantel entschieden, wäre seine Aktentasche wohl viel zu schwer und voluminös geworden. Der Sprengstoff, den er gezündet hat, ist vielleicht ähnlich wie das nichtgezündete Material etwa 32 cm lang, 8 cm breit und etwa 5 cm hoch gewesen. Musste er aber nicht durch darüber liegende Vortragsunterlagen geschützt werden, falls aus irgendeinem Grund die Tasche noch vor der Explosion geöffnet worden wäre? Die Splitter eines Geschossmantels hätten von der Tischplatte absorbiert werden können. In einem geschlossenen Raum – im Bunkerraum von Hitlers Wohnbunker zum Beispiel, in dem der nationalsozialistische Diktator im engsten Kreise in der Nacht seine »Abendlage« inszenierte – hätte der Druck dieser einen Ladung ausgereicht, um sämtliche Anwesenden auf der Stelle zu töten. Doch Stauffenberg hat spätestens seit dem 15. Juli 1944 gewusst, dass die ihm allein zugängliche »Mittagslage« in der Lagebaracke stattfindet. Die Ladung ist für die dort herrschenden Bedingungen trotz großer Brisanz zu schwach gewesen. Die Verhältnisse im Lageraum haben ein rasches Entweichen der Druckwelle gestattet, wobei die Tatsache keine Rolle spielte, dass die vielen Fenster offen standen, denn auch geschlossen hätten sie kein wesentliches Hindernis dargestellt[18].

Mehr als zwanzig Jahre nach diesem 20. Juli verfügt man über Sprengstoffe, die in kleineren Mengen als die Bombe Stauffenbergs viel größere Zerstörungen anzurichten in der Lage sind. Mit ihnen hätte Stauffenberg eine zehnfache Erfolgssicherheit einkalkulieren können, ohne seine Tasche anschwellen zu lassen und ohne um eine möglichst nahe Platzierung der Bombe bemüht zu sein. Hätte er zu seiner Zeit auch die zweite, von ihm nicht verwendete Bombe mitgezündet, die die Druckwirkung nicht nur verdoppelt, sondern potenziert, die Tasche wohl aber über Gebühr belastet hätte, so wäre niemand in der Lagebaracke mit dem Leben davongekommen. Doch der Umfang des Sprengstoffes und wahrscheinlich noch mehr notgedrungen ungenügende sachkundige Beratung wirken unheilvoll. Die in der Lagebaracke anzutreffenden Verhältnisse sind überdies erst seit dem 15. Juli 1944 bekannt gewesen, als die Bombe, die zur Explosion gebracht werden sollte, schon längst bestimmt war. An diesem Tag hat der Sprengstoff seinen Zweck nicht erfüllt – das erste technische Versagen kann nun sein Vielfaches zeugen, denn dem Staatsstreich ist die Voraussetzung entzogen. Ein Zurück gibt es freilich nicht mehr – doch werden das auch alle Träger der Konspiration einsehen? Sind die Würfel vielleicht trotz allem noch nicht gefallen?

Während Stauffenberg im Glauben, der Diktator sei tot, nach Berlin fliegt, zieht sich Hitler um und lässt sich von seinem Leibarzt behandeln. Fellgiebel und Sander sind nach Stauffenbergs Abfahrt vor dem Gebäude der Wehrmachtadjutantur gestanden, bis Hitlers Luftwaffenadjutant Oberst Nicolaus von Below, der selbst verletzt ist, aus dem etwa 150 Meter von der Lagebaracke entfernten Vermittlungsbunker Sander telefonisch zu sich zitieren lässt. Blutüberströmt berichtet Below vom Attentat und gibt den Befehl zur Nachrichtensperre. Sander lässt deshalb alle Stöpsel aus den Klappenschränken in der Vermittlung reißen, befiehlt den Telefonisten, zwei Meter Abstand von ihren Pulten zu halten, und spricht mit Himmler und Göring, die er ins Hauptquartier bittet. Dönitz wird ebenfalls angerufen – auch Mussolinis Sonderzug[19].

Fellgiebels Aufgabe ist die Benachrichtigung der Konspiration und die Verhängung der Nachrichtensperre. So hat er noch vor der Explosion Oberst Hahn in »Mauerwald« eine verschlüsselte mündliche Vorwarnung gegeben, der seinerseits offenbar auf frühere Anweisung noch zuvor eingeweihte Offiziere in »Zeppelin« (Zossen) informiert hat. Nach der Explosion hat Fellgiebel – unbeobachtet von Sander – erneut mit Hahn gesprochen, ihn vom erfolgten Attentat in Kenntnis gesetzt und ihm die Nachrichtensperre befohlen. Darauf tritt er auf die kleine Straße vor dem Vermittlungsbunker, von wo er in den »Führersperrkreis« blicken kann. Hitler geht nun dort spazieren und erhält gerade von dem herbeizitierten Sander den Bescheid, dass eine Rundfunkansprache des »Führers« an sein Volk erst um 18.00 Uhr gesendet werden könne. Letzte Gewissheit, dass Hitler das Attentat überlebt hat, erhält Fellgiebel, als Sander zurückkehrt und mit ihm wieder in den Vermittlungsbunker tritt[20].

Was soll Fellgiebel nun tun? Hahn erteilt bereits Fellgiebels Ordonnanzoffizier im Hauptquartier des OKH den Befehl, das Amt »Anna« in »Mauerwald« und das Amt »Emma« in Lötzen abschalten zu lassen. Fellgiebel übernimmt – allerdings ohne vollen Erfolg – anscheinend selbst die Sperrung der Verstärkerämter Insterburg und Rastenburg. Diese Maßnahmen stehen zwar nicht direkt im Widerspruch zu der angeordneten Sperre des Hauptquartiers, sind aber zumindest eine sehr extensive Befehlsinterpretation. Im Vermittlungsbunker lässt sich Fellgiebel über die bereits verhängte Unterbrechung der Fernsprechverbindungen berichten und heißt sie gut – zu Recht. Denn die Nachrichtensperre dient nun auch der Konspiration. Nun muss aber Berlin informiert werden[21].

Was Fellgiebel jetzt unternimmt, ist zwar im Interesse des Staatsstreiches, enthält aber zugleich einen verhängnisvollen Keim. Er lässt Sander nach Berlin General Fritz Thiele anrufen. Da dieser nicht erreichbar ist, beauftragt Sander eine Sekretärin in Berlin, möglichst rasch Thiele davon in Kenntnis zu setzen, dass ein Attentat auf Hitler verübt, dieser aber am Leben geblieben sei und noch am selben Abend im Rundfunk sprechen werde. Fellgiebel nimmt Sander noch den Hörer aus der Hand und betont der Sekretärin gegenüber die Wichtigkeit dieser Meldung. Trotz der verhängten Sperre können natürlich sehr hohe Offiziere telefonieren, und so gelingt es Fellgiebel im zweiten Anlauf – unbemerkt von Sander –, mit Thiele zu sprechen – in dem Leiter des Nachrichtenbetriebes (LdN) unverständlichen Kodewörtern. So erfährt Thiele vom gescheiterten Attentat, wird aber ermuntert, dennoch die vorgesehenen Maßnahmen anlaufen zu lassen – wie mit einem Analogieschluss auf Grund eines unmittelbar darauf geführten Gespräches zwischen Fellgiebel und Hahn vermutet werden kann. Denn Fellgiebel berichtet Hahn: »Es ist etwas Furchtbares geschehen: Der Führer lebt.« Und dann der Befehl: »Alles blockieren!« Hahn ruft darauf – etwa zwischen 13.10 und 13.30 Uhr – Thiele in Berlin an und gibt ihm persönlich die Kunde vom Scheitern des Attentates, so dass dieser gleich zweimal zu hören bekommt, dass die Voraussetzung des Staatsstreiches eigentlich entfallen ist. Weshalb dies[22]?

Fellgiebel selbst gibt den Staatsstreich offensichtlich noch nicht ganz verloren. Aber weshalb meldet er Thiele und Hahn, dass das Attentat missglückt ist? Ist es wirklich nur das Bestreben, die Konspiration über die tatsächliche Lage zu informieren? Wenn die Nachricht vom missglückten Attentat die Auslösung des Staatsstreiches wirklich nicht verhindern soll, welchen Sinn hat sie dann? Muss er damit rechnen, dass Hahn und Thiele die eingeleiteten Maßnahmen ohnehin rückgängig machen, sobald sie von Hitlers Überleben erfahren hätten? Warum sollte er dann überhaupt das Scheitern melden? Es gibt doch eine Nachrichtensperre, die nicht jedermann durchbrechen kann. Solange sie in Kraft ist, könnte doch der Staatsstreich durchaus einmal anlaufen in der Annahme, dass Hitler tot sei. Hernach könnte doch Fellgiebel immer noch warnen, dass Hitler am Leben sei. Will er nun zumindest die Verantwortung für die Entscheidung über das Auslösen des Staatsstreiches von sich wälzen? Denn dass er die Nachrichtensperre ausdehnt, heißt noch nicht, dass er den Entscheid über den Staatsstreich trotz gescheitertem Attentat gefällt hat. Er könnte später immer noch darauf hinweisen, dass der erste Befehl zur Blockierung nicht von ihm gekommen sei und er gemeint habe, auftragsgemäß und im Sinne des Regimes zu verhindern, dass eine Meldung über das Attentat hinausdringe.

Die Nachrichtensperre ist weitgehend in Kraft, die Nachricht vom Attentat spätestens um 13.30 Uhr nach Berlin übermittelt. Das ist der positive Aspekt. Der negative Aspekt mag seinen Ursprung in Fellgiebels Bemühen haben, die Konspiration nur über die tatsächliche Lage zu informieren – ohne sie vom Handeln abzubringen. Aber dies bedeutet, wie der spätere Verlauf beweist, einen schweren psychologischen Fehler. Jedenfalls erwägt Fellgiebel nicht, dass die Nachricht vom Scheitern des Attentates diese oder jene Stütze der Konspiration ins Wanken zu bringen vermöchte. Hahn wird nicht unschlüssig, aber wie steht es mit Thiele?

Fellgiebel hat getan, was in seinen Kräften steht. Von Sander werden Beamte des »Reichssicherheitsdienstes« zur Überwachung der Vermittlung eingewiesen. Dann trifft Himmler ein. Sander meldet ihm die Fernmeldesperre und bittet gleichzeitig mit dem Hinweis auf die beginnende Unruhe der von der Blockierung weitaus am stärksten betroffenen Frontkommandostellen um ihre Annullierung. Gegen 15.00 Uhr erfolgt so die Aufhebung der Sperr-Maßnahmen. Überwachte Dienstgespräche dürfen wieder geführt werden – nicht aber Privatgespräche. Fellgiebel kann dies nicht verhindern und verlässt offenbar recht resigniert und einsilbig die »Wolfschanze«, um ins Hauptquartier des OKH zu gehen. Der Versuch, die vom Regime stammenden nachrichtentechnischen Anweisungen in solche der Konspiration umzufunktionieren, der für kurze Zeit gelang, ist gescheitert. Damit sind die nachrichtentechnischen Voraussetzungen des Staatsstreiches weggefallen, bevor Stauffenberg in Berlin landet. Das Verhängnis des gescheiterten Attentates hat schon ein neues gezeugt[23].

Im Hauptquartier Hitlers versammelt sich allmählich eine sinistre Runde – Bormann, Himmler, Ribbentrop und Göring –, die das Überleben des Mannes feiert, der für Millionen Menschen das Sinnbild des Todes bedeutet. Nach der ersten Verwirrung wird die Frage, wer das Attentat verübt habe, gestellt. Zunächst auf falscher Spur, gelingt es den Nachforschenden auf Grund der Wahrnehmungen des Wachtmeisters Adam einen Verdacht zu erhärten: Oberst Graf Stauffenberg hat kurz vor der Explosion die »Lage« ohne Aktentasche verlassen. Nach der Explosion ist er aus dem Hauptquartier zum Flugfeld Rastenburg gefahren. Ein Anruf dorthin ergibt, dass der Oberst kurz nach 13.00 Uhr mit einer Maschine aufgestiegen ist und als Ziel Rangsdorf angegeben hat. Rangsdorf bei Berlin – ist das nicht ein Täuschungsmanöver? Muss er als Attentäter nicht versuchen, über die bloß 100 Kilometer entfernte Ostfront auf die andere Seite zu gelangen? In diesem Fall muss die Maschine abgeschossen werden, landet er aber wirklich in Berlin, soll man ihn sogleich verhaften. Himmler gibt offenbar die entsprechenden Befehle sehr bald und beordert noch vor zwei Uhr eine Untersuchungskommission des Reichssicherheitshauptamtes aus Berlin herbei. Während Hitler sich zum verspäteten Empfang Mussolinis anschickt, nähert sich Stauffenbergs Flugzeug Berlin. Ist die Nachricht vom Attentat zur Bendlerstraße durchgekommen? Laufen die Aktionen des Staatsstreiches planmäßig? Welche Pannen haben sich bereits ergeben? Dies sind wohl die Fragen, die sich Stauffenberg immer drängender stellt und auf die er nun in wenigen Minuten eine Antwort erhalten kann. Nach einer Flugzeit von mindestens zwei Stunden setzt die Maschine zur Landung an[24].

Der Staatsstreich

In der Bendlerstraße ist vor der Ankunft Stauffenbergs in Berlin nichts für den Staatsstreich unternommen worden. Denn Thiele hat – vom Scheitern des Attentates in Kenntnis gesetzt – offensichtlich den Kopf verloren und ist nach seiner späteren Aussage gegen 14.00 Uhr aus der Bendlerstraße weggefahren und spazieren gegangen, ohne Olbricht und Hoepner, der in dessen Amtszimmer wartet, von der durch Fellgiebel und Hahn übermittelten Nachricht zu informieren. Erst um 15.15 Uhr hat er Olbricht und Hoepner aufgesucht, um ihnen mitzuteilen, dass ein Kommuniqué aus dem Hauptquartier erwartet werde. Darauf hat Olbricht erwidert: »Fragen Sie an, was dieses Kommuniqué enthält!« Und zudem hat er noch die Überlegung angestellt: »Was bedeutet das? Wenn etwas passiert wäre, konnte von da kein Kommuniqué mehr kommen. Es wird also nichts passiert sein. Aber was bedeutet das?« Auf Vorschlag Thieles hat er den Radioapparat eingestellt, um das Kommuniqué abzuwarten.

Schulenburg, der im Vorzimmer Olbrichts eingetroffen ist, sieht, wie »die Ankündigung des Kommuniqués aus dem Führerhauptquartier ... die älteren Mitglieder der Verschwörung stark irritiert«, während Mertz für sofortiges Handeln plädiert. Der psychologische Fehler Fellgiebels, das Attentat und zugleich sein Scheitern zu melden, hat bei Thiele, der am Abend dieses Tages so geschickt seine Beteiligung vertuschen wird, dass er noch für einige Tage Fellgiebels Nachfolger werden und selbst seinen Teil zur Aufklärung der Vorgänge in der Bendlerstraße beitragen wird, bereits verheerende Folgen gezeitigt. Olbricht soll nach 14.00 Uhr durch Wagner aus Zossen ebenfalls vom Scheitern unterrichtet worden sein, was allerdings noch nicht schlüssig bewiesen werden kann. Ein entschlossener General hätte aber wohl auch auf die dürftigen Hinweise Thieles hin gehandelt und die Staatsstreichmaßnahmen anlaufen lassen. Jedenfalls sind bereits mehr als zwei Stunden ungenutzt verstrichen seit der Explosion in der »Wolfschanze«, als Stauffenbergs Maschine auf einer Berliner Piste aufsetzt und ausrollt[1].

Stauffenberg und Haeften – endlich ihrer aufgezwungenen Muße ledig – springen aus dem Flugzeug und eilen zum Kommandogebäude[2]. In der Bendlerstraße ist Olbricht aus seinem Zimmer hinausgegangen, in dem er Hoepner zurücklässt. Vom Flugplatz wählt Haeften die Nummer des AHA und spricht mit Mertz oder Olbricht. Er meldet die Ankunft Stauffenbergs und den Tod Hitlers, muss sich aber sogleich klargeworden sein, dass der »Walküre«-Alarm noch nicht gegeben ist. Die Erregung und den Zorn Stauffenbergs kann man sich wohl nicht plastisch genug vorstellen. Die Befehle müssen sofort erteilt werden. Der großen Panne gesellt sich eine kleinere hinzu: Der Wagen Stauffenbergs ist noch nicht da. So fordert und erhält er schließlich einen von der Luftwaffe, mit dem er und Haeften – offenbar mit einiger Verspätung – zur Bendlerstraße fahren.

In der Bendlerstraße tritt Olbricht zusammen mit Mertz wieder in sein Amtszimmer zu Hoepner. Olbricht sagt: »Der Führer ist tot.« Zugleich kommt Thiele herein und erklärt nun: »Ich habe mit dem Hauptquartier gesprochen und habe nichts Bestimmtes feststellen können, nur so viel, daß dort eine Explosion in dem Besprechungssaal erfolgte, wobei eine größere Anzahl von Offizieren schwer verwundet oder sogar tot ist.« Offensichtlich sagt Thiele aber nicht genau, ob auch Hitler zu den Opfern gehört. Er scheint diese Ungewissheit sogar zu betonen – um wohl von der Ausgabe der Befehle abzuraten. Doch Olbricht und Mertz schenken seiner Erklärung kein Gehör. Olbricht verlässt mit Mertz sein Zimmer und geht durch das Vorzimmer in dessen gegenüberliegendes Büro. Dann kommt er wieder zu Hoepner zurück und sagt: »Ich muß jetzt zu Fromm herüber und dem das vorlegen.« Fromm soll nun den »Walküre«-Befehl unterschreiben und sich damit für den Staatsstreich erklären. Hoepner erfährt in diesem Augenblick, dass Haeften die Mitteilung vom Tode Hitlers nach der Landung in Berlin vom Flugplatz aus gegeben hat, und sagt deshalb zu Olbricht: »Warten Sie erst einmal ab, bis Stauffenberg da ist, damit man klar sieht.« Darauf erwidert Olbricht: »Nein, das kann zu lange dauern, es kann eine halbe Stunde bis dreiviertel Stunde dauern, bis er hier ist.« Und so geht Olbricht durch den Gang des AHA über die fünf Treppenstufen nach oben zu Fromms Dienstzimmer[3].

Fromm lässt sich gerade Vortrag halten. Olbricht bittet ihn um eine Unterbrechung und teilt ihm mit, dass Hitler einem Attentat zum Opfer gefallen sei. Auf die Frage Fromms, von wem er das erfahren habe, erwidert er, die Nachricht stamme von General Fellgiebel und deshalb schlage er vor, »Walküre«-Alarm zu geben. Fromm zögert und will offenkundig erst mitmachen, wenn Hitlers Tod ihm bestätigt wird. So lässt er sich durch ein Blitzgespräch mit Keitel verbinden, der ihm erklärt: »Es hat zwar ein Attentat stattgefunden, es ist aber zum Glück fehlgeschlagen. Der Führer lebt und ist nur unwesentlich verletzt. Wo ist übrigens Ihr Chef des Stabes, der Oberst Graf Stauffenberg?« Fromm kann wahrheitsgetreu erwidern: »Stauffenberg ist noch nicht bei mir eingetroffen.« Das

Gespräch ist zu Ende; da es keine Bestätigung von Hitlers Tod gebracht hat, entscheidet Fromm, vorerst das Stichwort »Walküre« nicht auszugeben. Nach geraumer Zeit kehrt Olbricht zu Hoepner zurück mit den Worten: »Der Fromm will nicht unterschreiben[4].«

Olbricht sieht sich im AHA einer klaren Lage gegenübergestellt. Mertz hat den zögernden Olbricht regelrecht überfahren und mit der Ausgabe der Befehle begonnen. Oberstleutnant Bernardis und die Majore Oertzen und Harnack haben sich daran beteiligt. Um 16.00 Uhr wird so das Stichwort »Walküre 2. Stufe« telefonisch an die um Berlin liegenden Schulen sowie hernach an den Wehrkreis III und sukzessive an andere Wehrkreise ausgegeben. Olbricht ruft nun selbst den Berliner Stadtkommandanten General Hase an, während Major Hayessen bereits auf dem Weg zur Kommandantur ist. Auch Oberst Haßel erhält die ersten Befehle von Olbricht – unter anderem soll er eine telefonische Verbindung zu General Wagner und Feldmarschall Kluge herstellen. Olbricht sanktioniert damit unwiderruflich die Anordnungen des energischen Mertz, der nun in seinem Element ist, weil er endlich handeln und den leitenden Offizieren des AHA in einer sofort zusammengerufenen Besprechung den Tod Hitlers, die Übernahme der Vollziehenden Gewalt durch die Wehrmacht unter dem neuen Oberbefehlshaber Witzleben sowie die Betrauung Becks mit der Gesamtführung des Reiches mitteilen kann. Er erteilt überdies Klausing den Befehl, für die Bewachung des Bendlerblocks zu sorgen. Klausing ruft auch etwa um 16.15 Uhr die im Hotel »Esplanade« wartenden jungen Offiziere Fritzsche, Kleist, Oppen und Ludwig Frhr. v. Hammerstein telefonisch herbei; sie sollen eine Art hauseigene Reserve für unvorhersehbare Zwischenfälle bilden. Der Polizeipräsident Helldorf wird zur selben Zeit alarmiert. Im Vorzimmer Olbrichts versammeln sich General Thüngen, Schulenburg, Yorck, Berthold Stauffenberg und Leonrod[5].

Die Berliner Schulen und Einheiten sind alarmiert. Hase zitiert zu sich Unter den Linden 1 die Kommandeure Generalmajor Bruns (Heereswaffenmeisterschule I, Berlin-Treptow), Oberst Schwierz (Heeresfeuerwerkerschule I, Berlin-Lichterfelde) und Major Otto Ernst Remer (Wachbataillon, Berlin-Moabit). Der Befehlshaber im Wehrkreis III, General von Kortzfleisch, wird vom Hohenzollerndamm, wo inzwischen Oertzen als Verbindungsoffizier eingetroffen ist, zur Bendlerstraße gerufen. Dort muss sich zeigen, ob er die seinen Truppen erteilten Befehle akzeptiert oder durch den bereitstehenden Thüngen ersetzt werden soll. Nun wird auch der erste Staatsstreichbefehl mit dem ersten Satz »Der Führer Adolf Hitler ist tot« im Auftrag von Mertz durch Klausing dem diensthabenden Leiter des Nachrichtenbetriebes im »Nachrichtenbunker« der Bendlerstraße, Leutnant Röhrig, übergeben. Es ist 16.30 Uhr und der Befehl ist eben von einer Sekretärin ausgeschrieben worden – allerdings ohne Angaben über Dringlichkeit und Geheimhaltung, so dass Klausing erst auf Befragen Röhrigs die höchste Dringlichkeits- und Geheimhaltungsstufe befiehlt[6].

Der korrekte Olbricht versucht es ein zweites Mal mit Fromm. Wieder geht er durch den Flur des AHA und meldet dem Generaloberst, dass Hitler wirklich tot sei – offensichtlich erwähnt er nun auch den Bericht Haeftens. Fromm entgegnet: »Das ist doch unmöglich, Keitel hat mir das Gegenteil versichert.« Olbricht antwortet: »Angesichts dieser Lage haben wir das Stichwort für Innere Unruhen an die stellvertretenden Generalkommandos gegeben.« Fromm springt wütend auf: »Das ist glatter Ungehorsam! Was heißt ›Wir‹? Wer hat den Befehl gegeben?« Olbricht gibt mit den Worten Auskunft: »Mein Chef des Stabes, Oberst Mertz von Quirnheim.« Worauf Fromm fordert: »Holen Sie mir sofort den Oberst Mertz hierher!« Mertz wird herbeigerufen und gibt auf Befragen zu, dass er ohne Fromms Einwilligung den »Walküre«-Befehl ausgegeben hat. Fromm antwortet knapp: »Mertz, Sie befinden sich in Schutzhaft!« Darauf verlässt Olbricht wieder das Zimmer Fromms[7].

Dass ein konspirierender General verpflichtet ist, den Befehl eines Untergebenen zu decken, steht zwar in keinem Dienstreglement. Aber die Antwort Olbrichts zeigt vielleicht doch, wie sehr die Ausgabe der Staatsstreichbefehle nach der Ankunft Stauffenbergs auf einem Berliner Flughafen das Werk Mertz' ist. Auf dem Weg zurück zu seinem Amtszimmer muss Olbricht an der Treppe des großen Eingangs vom Hof des Bendlerblocks vorbei. Im Hof ist eben der Wagen des Attentäters vorgefahren. Stauffenberg und Haeften eilen die Stufen hinauf und treffen mit Olbricht im ersten Stockwerk zusammen. Es ist zwischen 16.30 und 16.45 Uhr. Stauffenberg folgt Olbricht in dessen Zimmer. In Anwesenheit Hoepners fragt Olbricht nun: »Was ist los? Erzählen Sie einmal!« Stauffenberg, der nun von den Zweifeln Olbrichts und ihrem Grund erfährt, gibt einen kurzen Bericht: »Ich habe alles das von außen gesehen. Ich habe außerhalb der Baracke zusammen mit General Fellgiebel gestanden. Da ist eine Explosion in der Baracke erfolgt, und da habe ich nur noch gesehen, wie eine große Anzahl Sanitäter herüber gelaufen sind, Wagen hingebracht worden sind. Diese Detonation war so, als ob eine 15-cm-Granate hineingeschlagen hätte: Da kann kaum noch jemand am Leben sein.« Seinem Bruder erklärt er rasch, dass er die Zünder betätigt, die Mappe mit dem Sprengstoff liegengelassen, sich daraufhin entfernt und noch vor dem Verlassen der »Wolfschanze« eine ziemlich heftige Detonation gehört habe. Nach diesem Bericht erklärt Olbricht: »Der Fromm ist verrückt. Er will mir den Mertz verhaften.« Und er wendet sich zu dem eben eingetroffenen Attentäter: »Stauffenberg, kommen Sie mit! Wir müssen gleich wieder hinüber[8].«

Fromm hat sich kurz zuvor zu der zum Zimmer seines Adjutanten führenden Tür seines Dienstzimmers begeben, sie geöffnet und einen Offizier angewiesen, Stauffenberg zu holen. Der Offizier meldet Olbricht und Stauffenberg, dass Generaloberst Fromm sie zu sprechen wünsche, worauf die beiden sich sofort auf den Weg begeben – in einigem Abstand gefolgt von dem Offizier, der sie hergeholt hat und mit ihnen nun ins Zimmer Fromms tritt[9]. Olbricht und Stauffenberg setzen sich mit Fromm an den in der Mitte des Zimmers stehenden runden Tisch. Mertz sitzt ebenfalls in dem Zimmer. Stauffenberg bestätigt Fromm, dass Hitler tot sei, und bekräftigt dies mit dem Hinweis, er habe es selbst miterlebt. Darauf fragt Fromm: »Waren Sie dabei?« Stauffenberg antwortet, er habe die Explosion vernommen, nach dem Arzt rufen gehört und selbst gesehen, wie Hitler weggetragen worden sei. Hitler sei also tot. Fromm erkundigt sich nach dem Zeitpunkt der Explosion. Stauffenberg erklärt, dass sie während der Mittagslage erfolgt sei. Darauf erklärt Fromm, dass dann »doch irgend jemand aus der Umgebung des Führers dabei beteiligt gewesen sein« müsse. Stauffenberg richtet sich etwas auf und spricht mit einer schrecklichen Stimme kühl die Worte: »Ich habe es getan.« Und wieder erklärt er, dass es eine Explosion gegeben habe, als ob eine 15-cm-Granate eingeschlagen sei. »Niemand in jenem Raum kann mehr leben.« Fromm hält Stauffenberg entgegen, dass Keitel ihm eben das Gegenteil versichert habe – im übrigen lebt Keitel ja noch. Stauffenberg insistiert, dass Hitler tot sei. Fromm besteht auf seiner Meinung, dass das Attentat gescheitert sei, und sagt Stauffenberg: »Dann wissen Sie ja, was Sie zu tun haben.« Stauffenberg antwortet: »Das werde ich nicht tun.« Fromm ruft: »Stauffenberg, haben Sie eine Pistole?« Stauffenberg verneint, worauf Fromm Mertz zuruft: »Holen Sie eine Pistole!« Mertz erklärt ruhig: »Ich bin in Schutzhaft.« Stauffenberg ruft: »Wenn hier einer in Schutzhaft genommen wird, dann sind Sie es, Herr Generaloberst!« Fromm springt vom Tisch auf, ebenso der Offizier, der Olbricht und Stauffenberg hergebracht hat. Fromm macht einige Schritte zur Tür der Adjutantur und ruft seinem Adjutanten: »Bartram, eine Pistole!« Im selben Augenblick stürzt Stauffenberg zur anderen Tür, die ins Kartenzimmer führt und gerade von außen aufgerissen wird. An der Spitze einiger Offiziere – unter ihnen auch Kleist – kommt Haeften mit gezogener Pistole herein und drängt Fromm nach rückwärts ins Innere seines Zimmers[10].

Olbricht verlässt das Zimmer Fromms und eilt nach hinten zu seinem Amtsraum. Dort ist eben Beck mit dem Grafen Schwerin eingetroffen und hat Hoepner begrüßt. Olbricht erklärt Hoepner: »Also, die Sache ist jetzt da drüben in Ordnung. Sie müßten das jetzt für Fromm übernehmen.« Hoepner verlangt eine schriftliche Ernennungsurkunde. Olbricht muss diesem ordnungsliebenden General deshalb ein solches Papier ausstellen, um dann sagen zu können: »Kommen Sie bitte mit. Sie müssen die Geschäfte von Fromm übernehmen.« Die beiden Generale gehen wieder nach vorne. Fromm verlässt eben sein Zimmer, um in seiner danebenliegenden Adjutantur unter Bewachung gestellt zu werden, als Hoepner hinzukommt und mit einer bedauernden Bemerkung über diese Situation zu Fromm sagt: »Ich muß Ihr Amt übernehmen.« Fromm entgegnet: »Ja, Hoepner, es tut mir leid, aber ich kann nicht anders. Meiner Ansicht nach ist der Führer nicht tot, und Sie irren[11].«

Es ist etwa 17.00 Uhr. Spätestens seit einer Viertelstunde wird der erste grundlegende Staatsstreichbefehl an die Wehrkreise durchgegeben. Allerdings dauert die Herausgabe sehr lange. Der ganze Nachrichtenapparat läuft relativ schwerfällig – bedingt nicht zuletzt durch die Länge der Fernschreiben. Denn jedes Schreiben muss einzeln abgesetzt werden. Ein weniger geheimes Schriftstück könnte auf einer Konferenzschaltung zugleich an alle zwanzig Empfänger geliefert werden; der ganze Absetzvorgang würde so zwanzig bis dreißig Minuten dauern. Doch die Geheimschreiber sind höchst empfindliche Geräte, bei denen jeder unerwünschte elektrische Impuls zu Verstümmelungen des Textes führen kann. Damit, dass alle Leitungen »ruhig« sind, ist nicht zu rechnen – und so ist das umständliche und zeitraubende Verfahren bei Verwendung des »G-Schreibers« unvermeidlich. Ein einziger Absetzvorgang dauert so etwa fünfzehn Minuten, d. h. alle zusammen mehr als drei Stunden.

Das ist so lange nicht weiter schlimm, als Hitler tot ist und vom »Führerhauptquartier« keine Gegenbefehle herausgegeben werden. Aber jetzt wird ja Hitlers Tod bereits angezweifelt, die Isolierung des Hauptquartiers spielt keine Rolle mehr. In der »Wolfschanze« realisiert man spätestens seit Fromms Anruf, aber vielleicht auch auf Grund eines Gespräches Stieffs mit Keitel, dass das Attentat der Auftakt zu einem Staatsstreich ist. Die Fernschreiben der Bendlerstraße gelangen zudem – was der Konspiration unbekannt ist – durch eine Schaltung auch in die »Wolfschanze«. Himmler, der den Befehl zur Verhaftung Stauffenbergs erteilt, ist um 16.00 Uhr von Hitler zum Befehlshaber des Ersatzheeres ernannt worden. Keitel richtet bereits Funksprüche – darunter an den Wehrkreis IX (Kassel) um 16.15 Uhr – an die Stellvertretenden Kommandierenden Generäle, teilt ihnen die Ernennung Himmlers mit und verbietet die Befolgung von Befehlen Fromms, Witzlebens oder Hoepners. Das bedeutet, dass etwa gleichzeitig mit der Auslösung des Staatsstreiches in Berlin die Gegenmaßnahmen des Regimes aus Ostpreußen anlaufen[12].

Inzwischen ist in der Bendlerstraße auch Helldorf, begleitet von Gisevius, eingetroffen und durch Olbricht in dienstlichem Ton vom erfolgten Attentat und der Verhängung des Belagerungszustandes unterrichtet worden. Beck weist noch auf die ungeklärte Lage hin und stellt mit

Entschiedenheit fest, dass nun unter allen Umständen gehandelt werden müsse, wie wenn Hitler tot sei. Danach geht Helldorf zurück zum Polizeipräsidium, während Gisevius bleibt. Im Lauf der nächsten Stunde treffen weitere Angehörige der Konspiration ein: Gerstenmaier, von Yorck avisiert, etwa um 18.00 Uhr Otto John, von Haeften herbeizitiert, und ungefähr zur selben Zeit Major Georgi, von Olbricht gerufen. Gegen 17.00 Uhr oder kurz danach erscheint in der Bendlerstraße auch der SS-Oberführer Dr. Humbert Pifrader mit Adjutant. Er verlangt im Auftrag Himmlers den Obersten Graf Stauffenberg zu sprechen, wird aber offenbar kurze Zeit von einigen Offizieren mit Helldorf verwechselt – doch da ist er schon verhaftet und wird von Oberst Jaeger und den Leutnants Kleist und Hammerstein entwaffnet und festgesetzt. Ähnlich wird es in etwa einer Stunde einem Obersturmführer der Waffen-SS ergehen, der sich allerdings offenbar nur zufällig vor dem Bendlerblock aufgehalten hat. Wichtiger ist die Festsetzung des inzwischen ebenfalls eingetroffenen Generals von Kortzfleisch. Er will nicht am Staatsstreich teilnehmen und wird – nachdem er auszubrechen versucht hat – in die Adjutantur Olbrichts verbracht und von Leutnant Hammerstein bewacht. Olbrichts Adjutant v. d. Lancken teilt Thüngen mit, dass er nun das Kommando über den Wehrkreis III zu übernehmen habe[13].

Diese Verhaftungen sind ein durchaus adäquates Mittel. Denn etwa die beiden SS-Leute zu erschießen, hätte gar keinen Sinn. Die Methode der Verhaftung bedeutet in diesem Fall in keiner Weise ein leichtfertiges und riskantes Zurückschrecken vor der Anwendung des letzten Mittels – auch nicht im Falle Fromms, der von Major Leonrod neben seinem Dienstzimmer festgehalten wird. Solange durch die Überwachung der Gefangenen deren Kaltstellung gewährleistet wird, ist die Erschießung solch subalterner Figuren des Regimes nicht mit Notwehr zu begründen und deshalb ein Verbrechen[14].

Die gefangenen Offiziere in der Bendlerstraße sind sichtbares Symptom für die ungeklärte Lage und die wahre Haltung der deutschen Armee. Doch wie steht es bei den aufgerufenen Truppen?

Hase hat in der Kommandantur den herbeizitierten Offizieren ihre Befehle erteilt. Kompanien des Wachbataillons unter Major Remer sind nach ihrer Alarmierung verladen und Richtung Regierungsviertel gefahren worden. Um 18.30 Uhr ist das Regierungsviertel zerniert. Die Heeresfeuerwerkerschule I in Berlin-Lichterfelde hat zehn Stoßtrupps zu je dreißig Mann Richtung Kommandantur in Marsch gesetzt. Der eine Führer der Einheiten, die das Propagandaministerium umstellen, besetzen und Goebbels verhaften sollen, meldet sich dort gegen 18.00 Uhr. Die Heereswaffenmeisterschule I in Berlin-Treptow, die das Stadtschloss besetzen soll, ist ebenfalls alarmiert. Für die bereitstehenden Kompanien ist ein

Transport mit Lastwagen vorgesehen, doch diese kommen nicht. Eine Kompanie versucht, mit öffentlichen Verkehrsmitteln – vor allem der Straßenbahn – in die Stadt zu gelangen. Um 19.00 Uhr wird den drei noch wartenden Kompanien der Fußmarsch befohlen.

Auch beim Wehrkreiskommando III und den ihm unterstellten Einheiten ist die Aktion in Gang gekommen. Der Chef des Stabes, Generalmajor Herfurth, hat zwar bis 18.00 Uhr die Herausgabe der Befehle verzögert. Aber das ist deshalb nicht weiter schlimm, weil ja durch Bernardis und Harnack die entsprechenden Befehle von dem eigentlich gar nicht zuständigen AHA ausgegeben worden sind, was einige Konfusion bei den Einheiten verursacht. Die Ersatzbrigade »Großdeutschland« in Cottbus hat sich in Marsch gesetzt. Gegen 18.45 Uhr meldet eine ihr unterstellte Einheit aus Herzberg die auftragsgemäße Besetzung des Deutschlandsenders. Gegen 20.00 Uhr wird die Meldung übermittelt, dass eine Kampfgruppe der Brigade die Bewachung der Sendeanlagen in Königswusterhausen von einem Truppenteil der Panzertruppenschule II übernommen habe. Der Kommandeur dieser Schule in Krampnitz, Oberst Glaesemer, hat zunächst den Abmarsch verzögert, bis ihm die Inspektion der Panzertruppen die »Echtheit« der Befehle bestätigt. Mit dem Großteil der Kräfte und den unterstellten »Walküre«-Infanterieeinheiten aus Potsdam setzt die Schule sich dann schließlich in Richtung Siegessäule in den Raum Tiergarten-Bendlerstraße in Marsch, während zugleich ein Teil gegen Königswusterhausen und Zeesen vorgeht. Bei der Infanterieschule Döberitz, deren Kommandeur abwesend ist, herrscht nach der Alarmierung Uneinigkeit unter den Offizieren, so dass die Schule – obgleich seit 18.00 Uhr marschbereit – bis 21.00 Uhr untätig bleibt.

Einzig der an diesem Tag in Döberitz weilende Taktiklehrer Major Jacob fährt nach 17.00 Uhr mit einer gut bewaffneten Einheit auf Lastwagen nach Berlin hinein, besetzt mit ihr auftragsgemäß das Funkhaus an der Masurenallee und unterstellt sich die dortigen SS-Wachen. Vom Personal des Senders wird er freilich getäuscht: Er kann nicht überprüfen, ob der Sendebetrieb befehlsgemäß eingestellt worden ist, da er den Nachrichtenoffizier des OKH, der ihm in Aussicht gestellt worden ist, nicht angetroffen hat. So hält Major Jacob auf einen Staatsstreichbefehl hin das Funkhaus, doch die Konspiration in der Bendlerstraße weiß nichts davon, denn die Sendungen laufen ungestört weiter und sie selbst wird durch keinen Anruf informiert. Weil Thiele sich geweigert hat, weiter am Staatsstreich mitzuwirken und Nachrichtenoffiziere für die Übernahme der Nachrichtenanlagen zu Hase zu schicken, hat Oberst Haßel statt zehn gleich zwanzig Offiziere zur Kommandantur abgeordnet. Dort wird man ihnen aber keinen weiteren Befehl erteilen, da bald eine heillose Konfusion und Nervosität die Szene zu beherrschen beginnt[15].

Denn inzwischen ist am Rundfunk, dessen Inbesitznahme durch die Konspiration für den erfolgreichen Ablauf des Staatsstreiches so wichtig wäre, das seit Stunden angesagte Kommuniqué verbreitet worden: »Auf den Führer wurde heute ein Sprengstoffanschlag verübt. Aus seiner Umgebung wurden hierbei schwer verletzt: Generalleutnant Schmundt, Oberst Brandt, Mitarbeiter Berger. Leichtere Verletzungen trugen davon: Generaloberst Jodl, die Generale Korten, Buhle, Bodenschatz, Heusinger, Scherff, die Admirale Voß, von Puttkamer, Kapitän zur See Aßmann und Oberstleutnant Borgmann. Der Führer selbst hat außer leichten Verbrennungen und Prellungen keine Verletzungen erlitten. Er hat unverzüglich darauf seine Arbeit wiederaufgenommen und – wie vorgesehen – den Duce zu einer längeren Aussprache empfangen. Kurze Zeit nach dem Anschlag traf der Reichsmarschall beim Führer ein.« Zum erstenmal spätestens um 17.42 Uhr, dann erneut um 18.28, 18.38, 18.42 und 19.01 Uhr und noch viele weitere Male ist diese Nachricht verbreitet und wiederholt worden, die sich nun fatal auf den Staatsstreich auszuwirken beginnt[16].

In der Bendlerstraße unterhalten sich Beck und Hoepner über die Sondermeldung des Rundfunks. Bei einer zuvor von Stauffenberg einberufenen Konferenz der Gruppenleiter hat Hoepner diesen seine Ernennung zum Oberbefehlshaber im Heimatkriegsgebiet bekannt gegeben – sie wird bald auch per Fernschreiben mit Unterschrift Witzlebens an die Wehrkreise gehen – und zur Mitarbeit aufgerufen. Mittlerweile haben ihn schon Zweifel befallen. Während Beck wie zuvor in seinen Worten, die er an die Gruppenleiter gerichtet hat, große Entschiedenheit an den Tag legt und nun an einer »Schicksalswende« wirklich die »letzte Kraft« einzusetzen bereit ist, obgleich auch er sichtlich nicht mehr an den Tod Hitlers glaubt, erklärt Hoepner: »Nun ja, wenn aber der Führer selbst über das Radio sprechen sollte, dann ist doch der Beweis erbracht, daß die ganze Sache hier, die ganze Geschichte Unsinn ist. Also damit entfällt jeglicher weiterer Sinn für die Arbeit hier.« Sinngemäß antwortet Beck etwa: »Ja, darum muß ich eben vorher sprechen.« Eine Rundfunkansprache Hitlers müsse unter allen Umständen verhindert werden. In unbegreiflicher Naivität fragt Hoepner: »Dann käme es also auf eine Kraftprobe an?« Beck antwortet trocken: »Das allerdings. Das ist ja auch unsere Aufgabe für das deutsche Volk in der heutigen Lage[17].«

Hoepners Verhalten ist erschreckend, wenn man bedenkt, dass dieser Mann eine entscheidende Funktion im Staatsstreichapparat übertragen bekommen hat. Er besorgt freilich noch nicht aktiv das Geschäft des Regimes, wie es die Generale Thiele oder Stieff tun oder bald tun werden, indem sie sich distanzieren und zum Teil Befehle erlassen, mit denen sie eine Ausbreitung des Staatsstreiches zu verhindern suchen und zeigen, dass sie, deutsche Generale, nicht zu »putschen« verstehen. Einige Zeit nach der Rundfunkmeldung ruft General Hase Olbricht an und erklärt, dass der Staatsstreich abgebrochen werden müsse. Olbricht vermag ihn aber noch eine Weile bei der Stange zu halten mit den Worten: »Diese Radiosendung entspricht nicht der Wahrheit. Sie ist von der Gegenseite ausgegeben worden, um die innere Verwirrung zu erhöhen.« Freilich scheint auch er bereits etwas unsicher zu sein. Denn dem Stellvertreter des Chefs der Wehrmachtpropaganda, der mit einer Gruppe von Funkern und Angehörigen der Wehrmachtpropaganda-Abteilung die Sender Königswusterhausen und Nauen übernehmen soll und sich in der Bendlerstraße einsatzbereit gemeldet hat, erklärt er – in Unkenntnis der Tatsache, dass zumindest einer der Sender bereits besetzt ist –, dass es noch zu früh sei und keiner, »der nicht eingeweiht sei, nun in die Sache hineingezogen werden« soll. Im Unterschied zu der Beschränkung auf Verhaftungen, die bei subalternen Figuren durchaus eine adäquate Maßnahme darstellen, bedeuten solche Skrupel, mögen sie noch so ehrenwert sein, einen Luxus, den man sich bei einem Staatsstreich einfach nicht leisten kann[18].

Hoepner richtet in Gesprächen mit den Wehrkreisen gewaltigen Schaden an. Während in dreizehn Wehrkreisen gar keine wirkliche Reaktion auf die Staatsstreichbefehle erfolgt – zumeist, weil das Scheitern des Attentates oder Nachrichten aus dem Hauptquartier noch vor Eintreffen der Weisungen aus der Bendlerstraße oder vor einer eigentlichen Entschlussfassung bekannt werden –, verspielt der an die Stelle Fromms gesetzte Generaloberst zum Teil auch Chancen dort, wo sie bestehen. Dem Stellvertretenden Kommandierenden General im Wehrkreis II (Stettin), der allerdings von Keitel bereits »aufgeklärt« worden ist, erteilt er die Weisung, den Befehl Keitels zu befolgen. Mit dem Befehlshaber im Wehrkreis V (Stuttgart) führt er ein völlig inhaltloses Gespräch, ohne ihn zu einer Aktion zu ermuntern. Dem momentan abwesenden Stellvertretenden Kommandierenden General im Wehrkreis XII (Wiesbaden) lässt er ausrichten, er wolle ihn »nicht in Konflikte bringen«, deshalb solle dieser selbst entscheiden oder noch einmal anfragen.

In Dresden werden Alarmbefehle gegeben, zu weiteren Maßnahmen kommt es aber nicht. In Prag (Wehrkreis Böhmen-Mähren) versucht der Befehlshaber, General Schaal, angesichts der besonderen Situation in einem besetzten Gebiet vorsichtig zu lavieren, nachdem er seine Einheiten alarmiert hat. Um 19.13 Uhr spricht er mit Stauffenberg, der ihm entschieden erklärt: »Der Führer ist tot, ich bin selbst dabei gewesen. Bisheriges und wohl noch weitere Kommuniqués des Rundfunks sind falsch. Eine neue Regierung ist in Bildung. Befohlene Maßnahmen gegen den SD sind beschleunigt durchzuführen.« Eine Art »Stillhalteabkommen« mit Hitlers Satrapen auf dem Hradschin anstrebend, ruft Schaal noch zweimal in der Bendlerstraße an und wird beide Male mit Hoepner verbunden, der sich mit der eigenmächtigen lauen Befehlsinterpretation in Prag zufrieden erklärt und das zweite Mal schwach von »wenig Neuem« spricht, so dass Schaal misstrauisch wird und sogleich nach einem ersten, merkwürdig späten Anruf aus der »Wolfschanze« die gegebenen Befehle annulliert.

In Wien (Wehrkreis XVII) rollt zunächst alles recht planmäßig. Auch hier bestätigt Stauffenberg energisch die erteilten Befehle und verlangt beschleunigte Ausführung. Die Regimegrößen werden festgehalten, Truppen marschieren. Doch auch hier werden die Ausführenden ob der widersprüchlichen Nachrichten stutzig. Zum Überfluss erklärt auch ihnen Hoepner, wenn sie sich nicht entscheiden könnten, sollten sie eben die eintreffenden Befehle Keitels befolgen. Was nützen da beschwörende Anrufe Stauffenbergs: »Ihr werdet doch nicht auch schlappmachen wollen[19]?«

Während bei den meisten Eingeweihten der Wille, trotz Hitlers Überleben zu handeln, immer rascher zu schwinden beginnt, agiert Stauffenberg mit bewundernswerter Entschlossenheit und Energie. Kurz nach 18.00 Uhr erklärt er dem Obersten Haßel, der sich nun auch in Sicherheit bringen wird: »Der Kerl ist ja nicht tot, aber der Laden läuft ja; man kann noch nichts sagen.« Der Deutschlandsender müsse endlich besetzt werden. Seinem Bruder sagt Stauffenberg kurz, dass »das einzige, was die Engländer geliefert hätten ..., nicht funktioniert« habe. Und zugleich schickt er nach 19.00 Uhr kurz und bündig die Mitteilung an die Wehrkreiskommandos:

»Das durch Rundfunk bekannt gegebene Kommuniqué trifft nicht zu.

Der Führer ist tot.

Die angeordneten Maßnahmen sind mit höchster Beschleunigung durchzuführen.

Der Befehlsh. des Ersatzheeres und
Oberbefehlshaber im Heimatkriegsgebiet
Stab/Nr. 5000/44 geh.[20].«

Als Leiter des Staatsstreiches und als Chef des Stabes des Ersatzheeres ist es nun Stauffenbergs Aufgabe, die Ausführung der Befehle im Gebiet des gesamten Deutschen Reiches und der besetzten Länder voranzutreiben. John beobachtet, wie er agiert: »Hier Stauffenberg – jawohl – ja, alles Befehl des B.d.E. – jawohl – es bleibt dabei – alle Befehle sofort auszuführen – Sie müssen sofort alle Rundfunk- und Nachrichtenstellen besetzen – jeder Widerstand wird gebrochen – wahrscheinlich bekommen Sie Gegenbefehle aus dem Führerhauptquartier – die sind nicht autorisiert – nein – die Wehrmacht hat die Vollziehende Gewalt übernommen

– niemand außer dem B.d.E. ist autorisiert, Befehle zu erteilen – haben Sie verstanden? – Jawohl – das Reich ist in Gefahr – wie immer in Stunden der höchsten Not hat jetzt der Soldat die Vollziehende Gewalt – ja, Witzleben ist zum Oberbefehlshaber ernannt – es ist nur eine formelle Ernennung – besetzen Sie alle Nachrichtenstellen – klar? – Heil[21]!«

Inmitten des Durcheinanders herumstehender Offiziere und einer völlig unklaren Situation führt Stauffenberg unzählige Telefongespräche. Die Art, wie er sie führt, beweist, dass er als einer der wenigen, wenn nicht als einziger das Gebot der Stunde erkannt hat. Entschlossen ruft er in einem Telefongespräch einem zögernden Offizier zu: »Es ist die Stunde, da der Offizier und der Offizier allein sich durchsetzen muß[22]!« Es ist vor allem die Stunde Stauffenbergs! Er eilt von einem Telefonapparat zum andern – von seinem Zimmer in jenes Hoepners, von dort in den Spiegelsaal, dann nach hinten zu Olbricht ins AHA. Von den Wehrkreisen wird Generaloberst Fromm oder Oberst Graf Stauffenberg verlangt. Der eine ist nicht zu erreichen – der andere hat Arbeit für mehr als zwei. Gisevius, der zwischendurch zu Helldorf gefahren, aber wieder zurückgekehrt ist und sich nun zu den untätig Wartenden gesellt hat, bewundert – wie auch Beck – die Entschlossenheit, Energie, Geschicklichkeit und faszinierende Bravour Stauffenbergs im telefonischen Umgang mit militärischen Fragern und Zweiflern. »Keitel lügt ... Glauben Sie doch nicht Keitel ... Hitler ist tot ... Jawohl, er ist bestimmt tot ... Das kann ich Ihnen nicht sagen ... Fromm ist abwesend ... Jawohl, hier läuft die Aktion in vollem Umfange ...« In souveräner Eleganz spielt Stauffenberg auf der Klaviatur der verschiedenen Telefonapparate. Bald spricht er in hartem Befehlston, bald freundschaftlich zuredend, bald beschwörend: »Nicht wahr, ich kann mich doch auf Sie verlassen ... Sie müssen durchhalten ... Sorgen Sie dafür, daß Ihr Chef stark bleibt ... Hayessen, ich verlasse mich auf Sie ... Stieff ist ausgebrochen ... Bitte, enttäuschen Sie mich nicht auch noch ... Wir müssen durchhalten!! ... Wir müssen durchhalten! ...[23]«

Das Dementi Stauffenbergs wird rascher als die anderen Befehle und zum Teil noch vor ihnen abgesetzt. Dass nun neben den Standrechtverordnungen und weiteren Befehlen auch die Ernennungen der Politischen Beauftragten und Verbindungsoffiziere herausgehen, zeigt überdeutlich Stauffenbergs Entschlossenheit, den Umsturz coûte que coûte zum Erfolg zu führen, auch wenn er dabei der Grenze zum Bürgerkrieg, den er immer zu vermeiden hoffte, unmerklich immer näher kommt. Er hat zu Recht keine Bedenken, weitere Personen »in die Sache hineinzuziehen«, weil er weiß, dass es darauf ankommt, möglichst rasch alle Maßnahmen des Staatsstreiches anlaufen zu lassen, und weil er weit davon entfernt ist, das Unternehmen bereits verloren zu geben.

So insistiert er auch in einem Gespräch mit dem Ia des Wehrkreiskommandos VI (Münster) auf rasche Ausführung der Befehle, die dieses allerdings wie das Wehrkreiskommando VIII (Breslau), bei dem Stauffenberg ebenfalls drängend anruft, noch gar nicht erhalten hat. Mag er sich auch ärgern, dass offenbar »auf die Nachrichtler ... kein Verlaß« ist und ihretwegen vor allem bei den Wehrkreisen beim Dechiffrieren kostbare Zeit verloren geht, so handelt er unverdrossen auch dann weiter, wenn ihm – wie im Wehrkreis I (Königsberg) – offen erklärt wird, dass seine Befehle, die dort nach jenen Keitels eingetroffen sind, nicht befolgt würden. In Kassel (Wehrkreis IX) telefoniert er mit dem Chef des Stabes, seinem Jahrgangskameraden Oberst i. G. v. Plate, und meldet den Tod Hitlers, so dass in diesem Wehrkreis trotz der Rundfunkmeldung Truppen in Marsch gesetzt werden, bis dann auch dort annulliert wird. Auch gegenüber dem Chef des Stabes des Wehrkreiskommandos X (Hamburg) bestätigt er die Nachricht vom Tod Hitlers und fordert rasche Ausführung der Befehle. Dem IIa des Wehrkreiskommandos XIII (Nürnberg), wo die Befehle zwar erteilt, aber dann schließlich doch nichts unternommen werden wird, erklärt er, dass es sich bei der eben von Keitel durchgegebenen Nachricht vom Überleben Hitlers um eine »Mystifikation« handle: »Der Führer ist tot. Die Befehle des Befehlshabers des Ersatzheeres sind auszuführen.« Auch den Befehlshaber im Wehrkreis XI (Hannover) mahnt er dringend zur Ausführung der Befehle, während dieser ihm Fragen zur politischen Lage und den Absichten der neuen Führung stellen will und schließlich nichts unternimmt[24].

In der Bendlerstraße wächst die Unruhe unter den Offizieren, die nicht eingeweiht sind, von Olbricht nun aber auch nicht näher informiert werden. Stauffenberg hat nicht auch noch dazu Zeit[25]. Noch ahnt er nicht, was in Berlin bereits gegen den Staatsstreich vorgefallen ist: Major Remer, gedrängt von einem Nationalsozialistischen Führungsoffizier, der Verdacht geschöpft hat und einen »Militärputsch« wittert, ist zwischen 18.35 und 19.00 Uhr zur Aufklärung zu Goebbels gegangen, der ihm Hitlers Überleben beweisen kann, indem er eine Telefonverbindung zum Hauptquartier herstellen lässt. Etwa um 19.00 Uhr spricht Remer mit seinem »Obersten Kriegsherrn«, der ihn sich direkt unterstellt und ihm die Verantwortung für die Sicherheit Berlins und die Niederschlagung des Staatsstreiches überträgt. Darauf hebt der Major die Zernierung des Regierungsviertels auf und konzentriert seine Einheit im Garten von Goebbels' Wohnung in der Hermann-Göring-Straße 20. Andere Truppenteile unterstellt er sich sukzessive – so die Stoßtrupps der Heeresfeuerwerkerschule, die Goebbels verhaften wollen, später auch zwei Stoßtrupps des Wehrmachtstreifendienstes, mit denen der energische Oberst Jaeger doch noch die Verhaftung des Propagandaministers durchzusetzen suchte[26].

Inzwischen ist auch der Kommandeur der Panzertruppenschule II, Oberst Glaesemer, in der Bendlerstraße eingetroffen. Während seine Panzer Stellung im Tiergarten beziehen, weigert er sich nach einem Gespräch mit Olbricht, die ihm erteilten Befehle weiter auszuführen, und wird deshalb in einem oberen Stockwerk in Ehrenhaft gehalten, aus der bald zu entrinnen ihm jedoch ein leichtes sein wird. Dann wird auch die Krampnitzer Schule wieder eindeutig auf der Seite des Regimes stehen – Zeichen für die rückläufige Bewegung in Berlin, die mit Remers »Umschwenken« eingesetzt hat, aber nicht ausgelöst worden ist. Denn das Überleben Hitlers und die Tatsache, dass aus dem ostpreußischen Hauptquartier durch dessen Umgebung beinahe in alle Himmelsrichtungen Gegenbefehle ausgegeben werden, bringt auch Eingeweihte, die zu Trägern des Staatsstreiches ausersehen worden sind, ins Wanken.

Nicht nur die Berliner Schulen sind anfangs marschiert, sondern auch in Paris ist dank Hofackers und Stülpnagels Entschlossenheit der Staatsstreich rasch angelaufen und wird am späten Abend so erfolgreich ausgeführt, dass der gesamte SD hinter Schloss und Riegel sitzt. Aber auch dort wirkt die Nachricht von Hitlers Überleben fatal. Der abgefallene Mitverschworene Stieff bestätigt sie dem Oberbefehlshaber im Westen, Generalfeldmarschall von Kluge. »Ja, wenn das Schwein tot wäre«, ist dessen verneinende Antwort auf die Frage, ob er nun mitmache. Seine Absage, die dem zunächst gelungenen Staatsstreich in Paris den Todesstoß versetzt, wird ihn ebenso wenig davonkommen lassen, wie nun etwa Thüngens Weigerung nach 21.00 Uhr, weiter Befehle im Sinne der Bendlerstraße auszugeben, oder Hases frühe Kapitulationsfahrt zu Goebbels diese Generale vor der tödlichen Rachelust des Regimes zu bewahren vermöchten. Nach 21.00 Uhr kann der zur Stadtkommandantur entsandte Leutnant von Kleist nur melden, dass im Unterschied zur Lage vor drei Stunden, als alles planmäßig zu verlaufen schien, ein wildes Durcheinander herrsche. In der Nachrichtenzentrale der Bendlerstraße werden um diese Zeit den ausgegangenen Staatsstreichbefehlen bereits Annullierungsfernschreiben nachgejagt, nachdem auch hier nach 20.00 Uhr Keitels Befehl eingetroffen ist:

»Der Führer hat mit sofortiger Wirkung den Reichsführer-SS Himmler zum Befehlshaber des Ersatzheeres ernannt und ihm alle entsprechenden Vollmachten gegenüber den Angehörigen des Ersatzheeres übertragen.

Es sind Befehle nur vom Reichsführer-SS und von mir entgegenzunehmen. Etwaige Befehle von Fromm, von Witzleben oder Hoepner sind ungültig. *Der Chef des OKW/Keitel Generalfeldmarschall*[27] «

Noch zuvor, etwa um 19.30 Uhr, erscheint endlich in der Bendlerstraße ein Mann, dessen Name heute erst in Fernschreibunterschriften aufgetaucht ist: Generalfeldmarschall von Witzleben, der neue Oberbefehlshaber der Wehrmacht. Er kommt aus Zossen, wo er durch den ebenfalls bereits passiv abwartenden Wagner über das durch Rundfunkkommuniqué gemeldete Scheitern des Attentates ins Bild gesetzt worden ist. Zuerst spricht Beck mit Witzleben, der sich hierauf an Stauffenberg wendet, dem er anscheinend die heftigsten Vorwürfe macht. Zwar wird Witzleben erklärt, dass die Nachricht von Hitlers Überleben falsch sei. Doch der Marschall bleibt ungläubig: »Das kann nicht stimmen.« Der überzeugte Gegner Hitlers zieht eine schonungslose Bilanz: Hitler lebt, der Rundfunk ist noch nicht besetzt, da er weiter im Sinne des Regimes sendet (an der Masurenallee spricht Major Jacob etwa um diese Zeit mit Goebbels und ist »neutralisiert«). Sein Fazit ist offen und klar. Er distanziert sich und ist nicht bereit, den Oberbefehl über die Wehrmacht zu übernehmen. Nach etwa drei Viertelstunden braust er zurück nach Zossen, wo er Wagner unterrichtet, der darauf sagt: »Wir fahren nach Hause.« Beide tun es – beide überzeugte Gegner Hitlers, beide nicht bereit, das scheinbar Unmögliche zusammen mit Stauffenberg zu wagen, beide wie Kluge, Hase oder Thüngen von der sträflich naiven Hoffnung erfüllt, doch noch einen Weg zurück, einen Weg des Überlebens zu finden. Keiner der beiden versucht allerdings, nachdem er sogleich die Flinte ins Korn geworfen hat, auf die andere Seite zu wechseln wie Stieff oder Thiele. Aber die Passivität eines Witzleben oder Wagner nützt allein dem Überlebenden im ostpreußischen Hauptquartier[28].

Stauffenberg arbeitet indessen weiter fieberhaft für das Gelingen des Staatsstreiches. Während der Rundfunk in regelmäßigen Abständen und unter Wagnerklängen verkündet, dass der »Führer« bald sprechen werde, ruft Stauffenberg um 19.55 Uhr die an der Ostfront in Bedrängnis geratene Heeresgruppe Nord an und teilt deren Chef des Stabes mit, »daß das Kommuniqué, nach dem der Führer bei dem Attentat lebend davongekommen sei, nach seinen Informationen nicht den Tatsachen entspricht. Generaloberst Beck hat nunmehr die Bildung einer neuen Regierung übernommen. Generaloberst Hoepner ist Befehlshaber im Heimatkriegsgebiet und Inhaber der Vollziehenden Gewalt geworden. Generaloberst Fromm ist weg.« Dann bereitet Stauffenberg den Chef des Stabes auf den entscheidenden Punkt des Gespräches vor, das fast symbolhaft die Übernahme der Macht durch die Konspiration und ihren Willen dokumentiert, zugleich mit der Auseinandersetzung im Innern den Kampf an den Fronten zu führen: »Nach Ansicht der neuen Führung kommt es für die Heeresgruppe Nord darauf an, in dem schon im OKH besprochenen Sinne zu verfahren, d. h. die Heeresgruppe unverzüglich zurückzuführen, um die Ostprovinz des Reiches zu retten. Generaloberst Beck wird dazu noch sprechen.« Beck befiehlt der Heeresgruppe den

Rückzug, um sie vor einer unermesslichen Katastrophe zu bewahren. Doch die Aktennotiz, die er von seinem Befehl anfertigen lässt, ist die einzige Folge – Anordnungen aus der Bendlerstraße werden nicht mehr befolgt[29].

Das Verhängnis nimmt unaufhaltsam seinen Lauf. Zwischen 19.00 und 20.00 Uhr sind die Amtschefs – darunter Generalleutnant Karl-Wilhelm Specht und General der Pioniere Walter Kuntze mit seinem Chef des Stabes, Major i. G. Rittmann – zu Olbricht gekommen und haben Auskunft verlangt, die sie aber nur in ihnen ungenügend erscheinender Form erhalten, weshalb sie ungehindert wieder abziehen, ohne sich dem Staatsstreich anzuschließen. Fromm hat sie noch heimlich – wie auch den General Kortzfleisch vor dessen Verhaftung – sprechen können. Denn sein Adjutant vermag durch eine zweite Tür der Adjutantur, wo der Befehlshaber interniert ist, ungehindert ein- und auszugehen und Uneingeweihte über den »Putsch« aufzuklären. Nachdem er allerdings nur schwache Versuche unternommen hat, irgendwie Truppen gegen die Konspiration zu mobilisieren, bittet Fromm, in seine auf dem gleichen Stockwerk liegende Privatwohnung sich zurückziehen und zur Ruhe legen zu dürfen: »Ich verspreche Ihnen, daß ich nichts unternehme, daß ich nichts telefoniere, was ich Ihnen nicht vorher sage.« Hoepner stimmt etwa um 21.00 Uhr bereitwillig zu. Glaubt er wirklich an das Ehrenwort Fromms oder will er nicht viel eher sich auf die neue Lage einrichten, damit der am Nachmittag überwältigte Generaloberst ihm für alle Fälle wohlgesinnt ist? Zwar zieht vor der Wohnungstür ein bewaffneter Posten – offenbar wieder Leonrod – auf. Dennoch ist höchst zweifelhaft, dass Hoepner im Einverständnis mit Stauffenberg handelt, der eben noch durch Haeften angeordnet hat, einen geeigneten Raum herzurichten, »um die unsicheren Kantonisten für die Nacht festzusetzen«[30].

Gisevius hat sich von Leutnant v. Oppen längst aus der Bendlerstraße weg zu Helldorf fahren lassen, bei dem sich Nebe aufhält. Beide geben den Staatsstreich für verloren und sind nur noch bemüht, ihre Beteiligung zu vertuschen[31]. In der Bendlerstraße erklärt Mertz Schulenburg, »daß die Sache verspielt sei«. Dennoch versucht Stauffenberg weiter auf die Wehrkreise einzuwirken[32]. Mittlerweile ergreift die nicht eingeweihten Offiziere immer größere Nervosität. Olbricht ruft sie deshalb endlich zu sich – so die Oberstleutnants i. G. Franz Herber, der am Nachmittag durchaus die Befehle Mertz' befolgt hat, Karl Pridun, Bolko von der Heyde und die Majore Harnack und Fließbach. Neben seinem Schreibtisch stehend, erklärt er – ein Zeuge findet, dass er eher erzählt –, dass er Nachrichten über den Tod Hitlers habe und auch Nachrichten, die das Gegenteil besagen. Achselzuckend und mit ausgebreiteten Armen sagt er, dass er nicht wisse, was man glauben solle. Schließlich lässt er – ganz unmilitärisch –

eine Anregung erwägen. Er sagt den Offizieren, »es müsse dafür Sorge getragen werden, daß das Haus bewacht werde, die Offiziere müßten selbst dazu einspringen, es wären zuwenig Wachmannschaften da. Er teilt selbst ein« und entlässt die Offiziere, die sich nacheinander ablösen und die Reihenfolge untereinander besprechen sollen. Herber, Heyde, Pridun und weitere Generalstabsoffiziere bleiben zurück. Herber, ein aus der Polizei hervorgegangener Offizier, der schon früher im Stab des Generalquartiermeisters aufgefallen war, weil er zu jenen gehörte, »die bei kritischen Gesprächen fluchtartig eine Tischrunde verließen, um sich einer Stellungnahme zu entziehen«, fordert nähere Auskunft, worauf Olbricht unsicher und vage erklärt: »Meine Herren, wir haben schon lange Zeit die Entwicklung der Lage mit großer Sorge betrachtet. Es hat sich zweifellos eine Katastrophe angebahnt. Es mußten Maßnahmen ergriffen werden, um dieser Sache vorzugreifen. Diese Maßnahmen sind jetzt zur Auslösung gekommen. Ich bitte Sie, mich zu unterstützen[33].«

Damit sind die Offiziere entlassen, die sich aber – unbefriedigt von Olbrichts Auskunft – im Zimmer Heydes versammeln. Sie beraten und beschließen loszuschlagen, dem verlorenen Staatsstreich den Fangstoß zu versetzen. Eile tut not, denn es geht um den eigenen Kopf. Im oberen Stockwerk liegen Waffen bereit[34]. Eben ist noch Oberst Wolfgang Müller, der von einer Dienstreise zurückgekehrte Chef der (Infanterie-) Abteilung 2 im AHA in Döberitz, bei Mertz gewesen und hat um eine schriftliche Vollmacht General Olbrichts gebeten, mit der er den Befehl über die Infanterieschule Döberitz übernehmen und diese zum Schutz der Bendlerstraße in Marsch setzen will. Mertz, gefasst, aber niedergeschlagen, diktiert die Befehle, mit denen der Oberst aber eine Stunde später bei der Infanterieschule nichts mehr wird ausrichten können[35].

Denn nun stürmt die meuternde Offiziersgruppe, bewaffnet mit Pistolen, Maschinenpistolen und Handgranaten, zu Olbrichts Räumen vor. Alle im Gang stehenden Offiziere werden in Olbrichts Zimmer gedrängt. Herber geht auf Olbricht zu: »Herr General, sind Sie für oder sind Sie gegen den Führer?« Olbricht gibt keine Antwort. Darauf wird er gefragt, wo Fromm sei. Olbricht verspricht Herber, ihn zu Fromm zu führen. In diesem Augenblick kommt Stauffenberg hinzu. Herber und seine Leute halten ihn fest. Doch wenige Augenblicke später gelingt es Stauffenberg zu entweichen. Er wirft die Türe hinter sich zu, rennt durch das Vorzimmer auf die Tür von Mertz' Zimmer, die er wieder hinter sich zuschlägt. Er gewinnt damit einen winzigen Vorsprung vor seinen drei oder vier Verfolgern. Vom Zimmer Mertz' eilt er auf den Gang. Da fallen Schüsse. Hauptmann Klausing feuert auf Oberstleutnant Herber. Stauffenberg wird offenbar am linken Oberarm oder der Schulter verwundet, nachdem er selbst mit seinem rechten Armstummel seine belgische Armeepistole an die Hüfte gepresst, durchgeladen und mit den drei Fingern der linken Hand auf Pridun abgefeuert hat. Er eilt weiter in sein Zimmer zu Haeften und ruft ihm zu: »Gehen Sie heraus und machen Sie Ordnung.« Ermüdet und aufs höchste irritiert, legt er seine schwarze Augenkappe ab und versucht vergeblich, mit den Verschworenen in Paris zu sprechen. Unter wildem Gerufe entwaffnet die meuternde Gruppe die zum Staatsstreich haltenden Offiziere und dringt schon in Hoepners Zimmer ein. Olbricht wird von Herber, Heyde und Fließbach zusammen mit Mertz ins Zimmer von Hoepner nach vorn gebracht, während die anderen wie Schulenburg, Berthold Stauffenberg , Yorck, Schwerin und Gerstenmaier im Zimmer Mertz' festgesetzt werden[36].

Herber verlangt von Hoepner Auskunft: »Herr Generaloberst, wir möchten wissen, was hier gespielt wird ... Kann ich Generaloberst Fromm sprechen?« – »Jawohl.« – »Wo ist er?« – »Gehen Sie in seine Wohnung. Da können Sie ihn sprechen.« Nach kurzer Zeit taucht Fromm auf, gefolgt von einem großen Haufen bewaffneter Offiziere. Er steht in der Tür zum Kartenzimmer und schaut in die Mitte des Raumes auf den Tisch, an dem Olbricht steht. Stauffenberg hat sich, finsteren Blickes Fromm musternd, vor den Tisch gestellt. Beck sitzt an dem in der vorderen linken Hälfte des Zimmers plazierten Tisch. Hoepner, Haeften und Mertz stehen. Fromm sagt: »So, meine Herren, jetzt mache ich es mit Ihnen so, wie Sie es heute Mittag mit mir gemacht haben[37].«

Die Zeit drängt – auch für Fromm. Er hat seine »Loyalität« noch nicht genügend bewiesen und muss zugleich gefährliche Belastungszeugen beseitigen, die über sein Verhalten vor oder am 20. Juli aussagen könnten. In die Bendlerstraße ist inzwischen eine Kampfgruppe des Wachbataillons unter Führung eines Oberleutnants eingerückt und hat alle Ausgänge besetzt. Fromm befiehlt, die Pistole in der Hand: »Legen Sie die Waffe ab!« Beck erklärt: »Ich habe hier hinten eine Pistole liegen, die möchte ich für meine Privatzwecke behalten.« Fromm fordert ihn mit harter Stimme auf: »Bitte sehr, tun Sie das, aber dann sofort!« Beck nimmt die Pistole. Fromm warnt ihn, die Mündung nicht auf ihn zu halten. Beck will noch einige Worte sprechen: »Ich denke in diesem Augenblick an die Zeit von früher!« Fromm unterbricht ihn barsch – die Zeit drängt, es rückt schon gegen Mitternacht: »Die wollen wir jetzt nicht erörtern. Jedenfalls bitte ich zu handeln!« Nach wenigen weiteren Worten setzt Beck an, drückt ab, bringt sich aber nur eine Streifwunde am Kopf bei und fragt taumelnd: »Ist denn das richtig losgegangen?« Fromm heißt zwei Generalstabsoffiziere, Beck die Waffe wegzunehmen, wogegen sich dieser wehrt. Stauffenberg stützt ihn, dann versucht es Beck ein zweites Mal, wiederum vergeblich. Erst später wird ein Angehöriger des Wachbataillons ihm den Gnadenschuss geben. Zu seinen Gefangenen gewandt, erklärt Fromm: »Und Sie, meine Herren, bitte, wenn Sie noch irgend etwas zu sagen oder aufzuschreiben haben, steht Ihnen unterdessen noch ein Augenblick zur Verfügung.« Olbricht und Hoepner setzen sich und schreiben. Stauffenberg, Mertz und Haeften schweigen. Fromm verlässt das Zimmer[38].

Nach geraumer Zeit kommt Fromm zurück: »So, meine Herren, sind Sie fertig? Bitte beeilen Sie sich, damit es für die anderen nicht zu schwer wird.« Hoepner legt sein Papier auf den Tisch, Olbricht lässt sich einen Umschlag geben und verschließt seinen Brief. Darauf sagt Fromm: »Also, im Namen des Führers hat ein Standgericht, von mir berufen..., stattgefunden. Das Standgericht hat vier Herren zum Tode verurteilt, nämlich folgende Herren: den Oberst im Generalstab Mertz, General der Infanterie Olbricht, diesen Oberst, dessen Name ich nicht mehr kenne..., und diesen Oberleutnant.« Stauffenberg, der bisher geschwiegen hat, erklärt fest in wenigen, entschiedenen Worten, dass alle als Soldaten und seine Untergebenen gehandelt hätten und er die alleinige Verantwortung trage. Der Generaloberst antwortet nicht, sondern sagt zu dem neben ihm stehenden Leutnant des Wachbataillons: »Sie nehmen ein paar Leute und werden sofort unten im Hof dieses Urteil vollstrecken. Ich zeige Ihnen noch einmal die Herren, damit ich genau weiß, daß Sie sie richtig erkennen.« Olbricht, Mertz, Haeften und Stauffenberg verlassen das Zimmer und werden abgeführt. Mit Hoepner spricht Fromm kurz im Nebenzimmer. Offenbar hat er ihn zunächst auch erschießen wollen, ihm dann aber die Wahl zwischen Selbstmord oder Verhaftung gelassen, für die sich Hoepner entscheidet, worauf er bald ins Untersuchungsgefängnis gebracht werden wird[39].

Was denkt wohl Stauffenberg, als er die Treppenstufen zum Hof hinabsteigt? Kurz zuvor hat er zu einer Sekretärin gesagt: »Sie haben mich ja alle im Stich gelassen!« Konnte man ein solches Verhalten der meisten Mitverschworenen voraussehen? Mit wem anders hätte man den Staatsstreich führen wollen[40]?

Im dunkeln Hof stehen zehn Unteroffiziere und ein Leutnant bereit – das Exekutionskommando. Die vier Verurteilten werden von der Treppe nach links gebracht und vor eine Sandaufschüttung gestellt. Grelles Scheinwerferlicht der im Hof stehenden Fahrzeuge zerschneidet die Dunkelheit. Das Kommando ertönt. Stauffenberg ruft: »Heiliges Deutschland!« Schüsse krachen[41].

Um 0.10 Uhr lässt Fromm die Nachricht von der Erschießung durch Fernschreiben verbreiten. Dann tritt er auf den Hof hinaus und geht achtlos an den vier Leichnamen vorbei. Er bringt ein dreifaches Heil auf jenen Mann aus, der das Unheiligste und Schrecklichste verkörpert, was Deutschland hervorgebracht und der Welt zugefügt hat, und dessen Stimme bald durch den Äther zugleich mit dem Namen eines Obersten Graf von Stauffenberg die Kunde trägt, dass die Welt noch immer nicht von ihm erlöst ist. Der Generaloberst steigt in den Wagen und fährt davon – zu Goebbels, wo er festgesetzt wird. Becks Leichnam wird – eine Blutspur hinterlassend – die Treppe hinuntergeschleift und zusammen mit jenen der vier Exekutierten auf einen Lastwagen geladen. Bald werden die ersten schwarzen Uniformen die schwarze Nacht im Hof der Bendlerstraße verfinstern. Der Lastwagen fährt durch das Tor hinaus zu einem nahen Friedhof. Noch vor Morgengrauen werden die fünf Leichname verscharrt. Doch bald folgen die Häscher und graben sie wieder aus – auch jenen Stauffenbergs. An seinem Hals finden sie das Kreuz, die erste Gabe seiner Frau. Der Leichnam wird vom Feuer verzehrt – die Asche verstreut. So ruht Stauffenberg nirgends. Denn

> Als sieger dring ich einst in euer hirn
> Ich der verscharrte . . .[41]

Anmerkungen

Im Zerrspiegel der Nachwelt

1 Max Domarus, Hitler. Reden und Proklamationen 1932-1945. Bd. II: Untergang (1939-1945), Würzburg 1963, S. 2128.

2 Karl Heinrich Peter (Hrsg.), Spiegelbild einer Verschwörung. Die Kaltenbrunner-Berichte an Bormann und Hitler über das Attentat vom 20. Juli 1944. Geheime Dokumente aus dem ehemaligen Reichssicherheitshauptamt (künftig: KB), Stuttgart 1961, S. 305. Im SS-Bericht über den 20. Juli. Aus den Papieren des SS-Obersturmbannführers Dr. Georg Kiesel, in: Nordwestdeutsche Hefte, 2, 1947, Nr. 2, S. 17 findet sich ein ähnliches »positives« Bild Stauffenbergs, doch ist die Edition des Kiesel-Berichtes völlig unzulänglich, so dass man nicht sicher sein kann, was in diesem Bericht echt und was spätere Zutat ist.

3 Als kleine Auswahl: Otto Ernst Remer, 20. Juli 1944, Hamburg 1951. Hans W. Hagen, Zwischen Eid und Befehl. Tatzeugenbericht von den Ereignissen am 20. Juli 1944, München 1958. Früher erschienen: Fritz Rieger (Hrsg.), Zwischen Eid und Befehl. Revolte um Hitler. Dokumente zur Zeitgeschichte, Wien o. J. Hans Ulrich Rudel, Dolchstoß oder Legende?, Rottach-Egern o. J. Zuletzt: J. F. Taylor, Der 20. Juli 1944. Anatomie einer Verschwörung, Bremen 1968. Der Verfassername scheint ein Pseudonym zu sein, das wohl die Verwechslung mit A. J. P. Taylor (The Origins of the Second World War) suggerieren möchte.

4 Fabian v. Schlabrendorff, Offiziere gegen Hitler, Zürich 1946, S. 86 ff.

5 Karl Michel, Ost und West. Der Ruf Stauffenbergs, Zürich 1947.

6 Hans Rothfels, The German Opposition to Hitler, Hinsdale 1948. Deutsche Erstausgabe: Die deutsche Opposition gegen Hitler. Eine Würdigung, Krefeld 1949. Zitiert wird nach der »ungekürzten, stark revidierten« Taschenbuch-Ausgabe, Frankfurt/Hamburg 1958, S. 79 f. u. S. 135 f. Jetzt auch eine »neue, erweiterte Ausgabe« (1969), die aber im Hinblick auf das Stauffenberg-Bild nicht geändert ist.

7 Rudolf Pechel, Deutscher Widerstand, Erlenbach-Zürich 1947.

8 Johann Dietrich von Hassell, Verräter? Patrioten! Der 20. Juli 1944, Köln 1946.

9 Günther Weisenborn, Der lautlose Aufstand. Bericht über die Widerstandsbewegung des deutschen Volkes 1933-1945, Hamburg 1953.

10 Günter Plum, Der Widerstand gegen den Nationalsozialismus als Gegenstand der zeitgeschichtlichen Forschung in Deutschland. Eine kritische

Analyse der Widerstandsliteratur, in: Forschungsinstitut der Friedrich-Ebert-Stiftung (Hrsg.), Stand und Problematik der Erforschung des Widerstandes gegen den Nationalsozialismus (hektographiertes Schreibmaschinen-Manuskript), Bad Godesberg 1965, S. 30.

Eine Ausnahme von der allgemeinen Tendenz bildeten etwa die Bände von Annedore Leber / Willy Brandt / Karl Dietrich Bracher, Das Gewissen steht auf. 64 Lebensbilder aus dem deutschen Widerstand 1933-1945, Berlin/Frankfurt 1954, und dies., Das Gewissen entscheidet. Bereiche des deutschen Widerstandes von 1933-1945 in Lebensbildern, Berlin/Frankfurt 1957.

11 Gerhard Ritter, Carl Goerdeler und die deutsche Widerstandsbewegung, Stuttgart 1955. Zitiert wird nach der Taschenbuch-Ausgabe der dritten Auflage (Stuttgart 1956), München 1964, S. 10 u. S. 12.

12 Ritter, a. a. O., S. 17.

13 Ritter, a. a. O., S. 10.

14 Ritter, a. a. O., S. 467.

15 Vgl. Reinhard Kühnl, Das Dritte Reich in der Presse der Bundesrepublik. Kritik eines Geschichtsbildes, Frankfurt a. M. 1966, S. 127 ff. Zeitschriften- und Zeitungssammlung im Archiv (G 8f 1) des Institute for Contemporary History (The Wiener Library) London.

16 Hans Bernd Gisevius, Bis zum bittern Ende, 2 Bde., Zürich 1946.

17 Allen Welsh Dulles, Germany's Underground, New York 1947, S. 170.

18 Sebastian Haffner, Beinahe. Die Geschichte des 20. Juli 1944, in: Neue Auslese, 2, 1947, Heft 8, S. 1 ff.

19 Hermann Foertsch, Schuld und Verhängnis. Die Fritsch-Krise im Frühjahr 1938 als Wendepunkt in der Geschichte der nationalsozialistischen Zeit, Stuttgart 1951, S. 22.

20 Eberhard Zeller, Geist der Freiheit. Der Zwanzigste Juli, München 1952.

21 Eberhard Zeller, Geist der Freiheit. Der Zwanzigste Juli, vierte, vollständig neu bearb. Aufl., München 1963.

22 Zu Fahrner siehe unten S. 143.

23 Karl Josef Partsch, Stauffenberg. Das Bild des Täters, in: Europa-Archiv, 5, 1950, S. 3196 ff.

24 So auch die teilweise grotesken und in keiner Weise belegbaren Angaben bei Walter Görlitz, Der Deutsche Generalstab. Geschichte und Gestalt 1657-1945, Frankfurt a. M. 1950, S. 620 f.

25 Zeller, a. a. O., 1. Aufl., S. 158, S. 296 u. S. 340 (Anm. 9). Siehe oben Anm. 18 und unten S. 288.

26 Hans Bernd Gisevius, Bis zum bittern Ende, Zürich 1954, S. 538 ff.

27 Zeller, a. a. O., 4. Aufl., S. 261.

28 Sir John W. Wheeler-Bennett, The Nemesis of Power. The German Army in Politics 1918-45, London 1953. Deutsche Ausgabe: Die Nemesis der Macht. Die deutsche Armee in der Politik 1918-1945, Düsseldorf 1954, S. 620 ff., S. 622 ff., S. 639 ff., S. 648 ff. u. S. 713.

29 Margret Boveri, Der Verrat im 20. Jahrhundert II. Für und gegen die Nation. Das unsichtbare Geschehen, Hamburg 1956, S. 84 ff. Dieter Ehlers, Technik

und Moral einer Verschwörung. 20. Juli 1944, Frankfurt a.M./Bonn 1964, S. 150. Hans Bernd Gisevius, Wo ist Nebe? Erinnerungen an Hitlers Reichskriminaldirektor, Zürich 1966, S. 15 ff. Eine Art dramatisierte Fassung von Gisevius' erstem Bericht und von ihm »betreut« das Theaterstück von Wolfgang Graetz, Die Verschwörer, München 1965.

30 Bodo Scheurig, Claus Graf Schenk von Stauffenberg (Köpfe des XX. Jahrhunderts, Bd. 33), Berlin 1964.

31 Zeller, a. a. O., S. 518 f. (Anm. 19).

32 Joachim Kramarz, Oberst Claus Schenk Graf von Stauffenberg, in: Der Tagesspiegel (Berlin), 20. 7. 1963.

33 Scheurig, a. a. O., S. 9, S. 55 ff. u. S. 94. In dem von ihm herausgegebenen Dokumentenband Deutscher Widerstand 1938-1944. Fortschritt oder Reaktion? München 1969, S. 301 lässt sich Scheurig zu dem Satz herbei: »Man mag heute darüber streiten, ob er als Leutnant Hitlers Machtantritt in einem Bamberger Fackelzug mitgefeiert hat.« Bodo Scheurig, Um West und Ost. Zeitgeschichtliche Betrachtungen, Hamburg 1969, S. 85 deklariert ebenfalls nicht mehr die Legende als Wahrheit; allerdings reduziert er a. a. O., S. 237 wieder seine Einsicht, wenn er behauptet, Kramarz' Ausführungen widerlegten nicht die »Tatsache«, sondern »modifizierten« sie bloß.

34 Scheurig, a. a. O., S. 90.

35 Hans Rothfels in der Einführung zu einem 20.-Juli-Jubiläumsheft, in: VJfZG, 12, 1964, S. 222 (Anm. 4).

36 Walter Bussmann. Die innere Entwicklung des deutschen Widerstandes gegen Hitler, Berlin 1964, S. 5.

37 Wolfgang Venohr, Verlegenheit um Stauffenberg? Die erste Biographie über den Widerstandskämpfer, in: Die Zeit, 20. 3. 1964; ders., Hinter Stacheldraht, in: Die Zeit, 3. 9. 1965.

38 Maurice Baumont, La grande conjuration contre Hitler, Paris 1963. (Hier eine häufig völlig unkritische Verwendung fragwürdiger Stellen aus den KB, die merkwürdig konstrastiert mit dem sonst so positiven Urteil Baumonts); Paul Berben, L'attentat contre Hitler (20 juillet), Paris 1962 (eine sehr getreue Paraphrasierung Zellers mit dem Schwerpunkt auf dem technischen Ablauf des Attentates und Staatsstreiches); Terence Prittie, Germans against Hitler, London 1964 (eine etwas bescheidener wirkende Darstellung der »gesamten Widerstandsbewegung« und damit Übernahme des deutschen Additionsverfahrens); Constantine Fitz Gibbon, The Shirt of Nessus, London 1956, ist insofern eine lobenswerte Ausnahme, als der Autor sich selbst um das Bild Stauffenbergs etwas bemüht und die Version vom »früheren Nationalsozialisten« nicht übernommen hat. John J. McCloy II, Die Verschwörung gegen Hitler. Ein Geschenk an die deutsche Zukunft, Stuttgart 1963 (eine knappe, die deutschen Veröffentlichungen bloß referierende Arbeit).

39 Günter Plum, Widerstand und Antifaschismus in der marxistisch-leninistischen Geschichtsauffassung, in: VJfZG, 9, 1961, S. 59 ff.

40 Zur Vorgeschichte der Verschwörung vom 20. Juli 1944. Von einem Autorenkollektiv des Instituts für Deutsche Militärgeschichte unter der Leitung von Oberst W. Stern, Berlin (Ost) 1960, S. 88.

41 Daniil Melnikow, 20. Juli 1944. Legende und Wirklichkeit, Berlin (Ost) 1964. Zitiert wird der Einfachheit halber nach der 2., überarbeiteten Ausgabe (russisch: Moskau 1965), die 1968 als Lizenzausgabe mit einer Einleitung von Scheurig in der Bundesrepublik Deutschland erschienen ist. Kurt Finker, Stauffenberg und der 20. Juli 1944, Berlin (Ost) o. J. (1967).

42 Joachim Kramarz, Claus Graf Stauffenberg. 15. November 1907 – 20. Juli 1944. Das Leben eines Offiziers, Frankfurt a. M. 1965.

43 Melnikow, a. a. O., S. 103 ff.

44 Siehe unten Anm. XVIII / 51 u. 150.

45 Finker, a. a. O., S. 189 ff.

46 George K. Romoser, The Politics of Uncertainty: The German Resistance Movement, in: Social Research, XXXI, 1964, S. 73 ff. Walter Schmitthenner/Hans Buchheim (Hrsg.), Der deutsche Widerstand gegen Hitler. Vier historisch-kritische Studien von Hermann Graml, Hans Mommsen, Hans-Joachim Reichhardt und Ernst Wolf, Köln/Berlin 1966.

47 In Schmitthenner/Buchheim, a. a. O., S. 73 ff.

48 Mommsen, a. a. O., S. 116 u. S. 159 f.

49 Peter Hoffmann, Widerstand. Staatsstreich. Attentat. Der Kampf der Opposition gegen Hitler, München 1969, S. 371 ff.
Das Kapitel über »Formen des Widerstandes« (a. a. O., S. 34 ff.) ist enttäuschend für ein Werk vom Anspruch Hoffmanns. Der in dieser Kapitelüberschrift aufgeworfenen Problematik und der bisherigen Diskussion werden gerecht und sind als weitaus besserer »Ersatz« (trotz sehr gestraffter Form) für manche Lücken im politischen Teil Hoffmanns zu empfehlen die Ausführungen von Karl Dietrich Bracher, Die deutsche Diktatur. Entstehung, Struktur, Folgen des Nationalsozialismus, Köln/Berlin 1969, S. 401 ff. – Das Unterkapitel »Weltkrieg« bei Hoffmann, Widerstand…, S. 219 ff. ist sowohl darstellungstechnisch wie inhaltlich symptomatisch für die fragwürdige Erörterung der Vorgeschichte in diesem Werk. Zur Detailkritik vgl. unten die Anmerkungen vor allem in den Kapiteln XVI-XIX.

50 So vor allem bei Christopher Sykes, Troubled Loyalty. A biography of Adam von Trott zu Solz, London 1968, S. 406 f. (Deutsche Ausgabe: Adam von Trott. Eine deutsche Tragödie, Düsseldorf/Köln 1969.) Schon zuvor ist in der Darstellung von Heinrich Fraenkel/Roger Manvell, Der 20. Juli, Berlin/Frankfurt a. M./Wien 1964 (Engl. Originalausgabe: Roger Manvell/Heinrich Fraenkel, The July Plot. The Attempt in 1944 on Hitler's Life and the Men behind it, London 1964), S. 205 f. ebenfalls in verzerrender Einfachheit Stauffenbergs Haltung zum Nationalsozialismus dargestellt.

51 Peter Hoffmann, Claus Graf Stauffenberg und Stefan George: Der Weg zur Tat, in: Jahrbuch der deutschen Schillergesellschaft, 12, Stuttgart 1968, S. 534 f.

Kindheit und Jugend

1 Friedrich Schenk Frhr. v. Stauffenberg und Franz Schenk Graf v. Stauffenberg, Die Schenken von Stauffenberg, München 1876, S. 2 f. Auf seinem Gang zur Hinrichtung soll Conradin, der letzte Staufer, in Neapel im Jahre 1268 von zwei Getreuen seiner Umgebung begleitet worden sein. Einer war der Legende nach ein Stauffenberg. Nach dem Tode ihres Herrn hätten die beiden Getreuen, einem alten Brauch folgend, den Stauferschild zerschlagen, und die eine Hälfte mit zwei Löwen sei in den Besitz des Stauffenberg gekommen, der sie fortan mit dem vom herzoglichen Hut geschmückten Helm als sein Wappen führte, während der andere ebensolches mit dem einen, ihm verbliebenen Staufer-Löwen getan habe. Siehe dazu unten Anm. 3.

2 Hugo v. Stophenberg, 21. 8. 1262 urkundlich erstmals erwähnt. Original im bayerischen Hauptstaatsarchiv München. Die Stammreihe beginnt urkundlich mit Hans Schenk v. Stoffenberg 1382. Original im Familienarchiv Eberstall. Siehe dazu: Genealogisches Handbuch des in Bayern immatrikulierten Adels, Bd. 1 (1950) und Bd. VII (1961). Im Genealogischen Handbuch des Adels (GHdA), Freiherrliche Häuser A, Bd. V (1963) beginnt auf Grund neuer Erhebungen (siehe Anm. 3) die Stammreihe bei Werner Schenk v. Zell, urkundlich 1260/1326. Urkundlich zuerst erwähnt ist Wernherus Pincerna (Schenk) im Jahre 1251.

3 Gerd Wunder, Die Schenken von Stauffenberg. Wesentlich plausibler als die oben erwähnte Legende, die sich um den Tod Conradins gebildet hat, ist die Annahme, dass die Löwen von den Schenken von Stauffenberg als Ministerialen der Grafen von Kyburg übernommen wurden, deren Wappen zwei Löwen besaß. Der »herzogliche« Hut ist schlicht ein Turnierhut.

4 Einer der Ahnen Stauffenbergs, ein Reichsritter, soll in einem Streit seinen benachbarten »Rivalen« beschimpft und ihm erklärt haben, der Graf von Zollern sei nicht wert, ihm die Säue zu hüten. Zeller, a. a. O., S. 226.

5 Marquard Sebastian Schenk von Stauffenberg, gestorben 1693.

6 Nach dem Untergang des alten deutschen Reiches waren die Schenken von Stauffenberg am 5. Dezember 1812 bei der Freiherrnklasse im Königreich Bayern immatrikuliert worden.

7 Nach einer mündlichen Überlieferung in der Familie Stauffenberg, die zumindest zeigt, dass der bayerische Grafentitel nicht als »erstrebenswert« angesehen wurde, wenn auch diese »parlamentarische« Anekdote schwer in den tatsächlichen Ablauf der damaligen politischen Ereignisse passt. Kramarz, a. a. O., S. 15 f. erwähnt die Anekdote und schreibt, die königliche Gnade sei zum 70. Geburtstag des Barons Stauffenberg fällig gewesen. Dies kann nicht zutreffen, denn Freiherr Franz Ludwig Schenk von Stauffenberg (1801-1881) stand zur Zeit der Erhebung in den Grafenstand im 73. Lebensjahr. Der Gotha, Gräfliche Häuser, des Jahres 1875 gibt die Begründung für den Anlass, das 25-jährige Jubiläum als Erster Präsident der Kammer der Reichsräte.

8 Das Gräfliche Taschenbuch des Jahres 1898 verzeichnet den Grafen Stauffen-

berg zum erstenmal als Stallmeister, jenes des Jahres 1906 zum erstenmal als Hofmarschall und jenes von 1909 zum erstenmal als Oberhofmarschall, ebenso der Gothaische Hofkalender der Jahre 1898-1909.

9 Moriz von Faber du Faur, Macht und Ohnmacht. Erinnerungen eines alten Offiziers, Stuttgart 1953, S. 55.

10 Theodor Pfizer, Die Brüder Stauffenberg, in: Robert Boehringer. Eine Freundesgabe (S. 487-509), Tübingen 1957, S. 488. Die Darstellung der Jugendzeit Stauffenbergs stützt sich in wesentlichen Teilen auf diesen Bericht Pfizers, der mit Berthold und Alexander Stauffenberg in dieselbe Schulklasse ging. Zitate, soweit nicht anders bezeichnet, entstammen im folgenden diesem Bericht, der ergänzt wurde durch mündliche Aussagen Pfizers.
Vgl. auch Groeners Bemerkung über die süddeutschen sozialdemokratischen Hofgänger und über den König; in: Wilhelm Groener, Lebenserinnerungen, hrsg. v. Friedrich Frhr. Hiller von Gaertringen, Göttingen 1957, S. 52f. Zur Unterstützung des Königs durch die Sozialdemokraten: Ernst Marquardt, Geschichte Württembergs, Stuttgart 1961, S. 358.

11 Faber du Faur, a. a. O., S. 51.

12 Baron Hans Christoph von Stauffenberg – mündlicher Bericht.

13 Groener, a. a. O., S. 57.

14 Baron Wilhelm von Linden – mündlicher Bericht.
Am 6. November 1944 sandte der SS-Obersturmbannführer Beyer aus der Münchner Parteikanzlei an das Hauptarchiv der NSDAP auf Weisung Bormanns einen Bericht – »Betrifft: Verrätergeschlecht Stauffenberg« – »zum dortigen Verbleib«. In diesem »Bericht« behauptet die Fürstin Wied – Tochter des letzten württembergischen Königs –, »daß Stauffenberg wegen grober Untreue von ihrem Vater entlassen wurde« – was nicht stimmt. Es wird weiter von »dunklen Machenschaften« und insbesondere von einer Bevorzugung der katholischen Linie durch den Grafen Alfred Stauffenberg gesprochen. Kramarz, a. a. O., S. 16f. hat das Schreiben dem Sohn Herzog Albrechts, Herzog Philipp von Württemberg, vorgelegt, der annimmt, dass der Verfasser des »Berichtes« in »echt nationalsozialistischer Manier die Aussagen zusammenfrisiert hat, um Material zum Schaden der Familie Stauffenberg zu bekommen«, und bestätigt, »daß die Fürstin Wied den Grafen Alfred von Stauffenberg nicht mochte und ihm gegenüber nicht sachlich und unparteiisch war«. Da neben der Fürstin auch noch eine Hofdame der Königin Charlotte in dem Bericht erwähnt wird, »die 34 Jahre lang im Dienste der Königin stand« und die insbesondere den Vorwurf der konfessionellen Bevorzugung erhebt, kann man – abgesehen von den Destillationen des nationalsozialistischen Beamten, die aus dem Ganzen eine Unwahrheit entstehen ließen – einen wahren Kern einer gewissen Rancune verspüren, die vielleicht auf das Temperament des Grafen Stauffenberg zurückzuführen ist.

15 Herzog Philipp von Württemberg bei Kramarz, a. a. O., S. 16.

16 Zeller, a. a. O., S. 517 (Anm. 2).
Vgl. auch Boris von Uxkull, Armeen und Amouren. Ein Tagebuch aus napoleonischer Zeit, Reinbek 1965, S. 235: Am 28. März 1819 besucht der Verfas-

ser dieses Journal in Schwaben zwei »von den quasi Anverwandten ... recht artige Leute, beide aber ohne besonderen Geist ...«

17 Faber du Faur, a. a. O., S. 55 f gibt ein nicht immer historisch korrektes Bild von der Stellung der Familie Uxkull und der Mutter Stauffenbergs, auch wenn es damaligen »Interpretationen« am Hof entsprechen mag.

18 Zeller, a. a. O., S. 517 (Anm. 2 a). Das Bild stammt aus dem Jahr 1915. Pfizer, a. a. O., S. 487. Rilke schrieb in den Jahren 1918/19 aus München vier Briefe an Gräfin Stauffenberg. Baumont, a. a. O., S. 122.

19 Pfizer, a. a. O., S. 491.

20 »Diese echte Gemeinschaft hat in schweren Zeiten ihre Probe bestanden: nach dem 20. Juli wallfahrteten viele Lautlinger zum Gefängnis in Balingen, wo ihre Herrin in Haft war, um Blumen und Lebensmittel, kleine Zeichen der Treue, zu bringen, und nach der Besetzung des Landes durch französische Kolonialtruppen boten das Schloß und seine ummauerten Höfe den verängstigten Frauen und Kindern Zuflucht und Geborgenheit.« Pfizer, a. a. O., S. 498.

21 Pfizer, a. a. O., S. 490 f.

22 Herzog Philipp von Württemberg bei Kramarz, a. a. O., S. 16. Die Verhandlungen wurden 1928 zum Abschluss gebracht.

23 Gräfin Nina Stauffenberg – mündlicher Bericht, siehe unten S. 85.

24 Faber du Faur, a. a. O., S. 52.

25 Faber du Faur, a. a. O., S. 41.

26 Baron Linden – mündlicher Bericht

27 Zeller, a. a. O., S. 231.

28 Finker, a. a. O., S. 10, irrt, wenn er behauptet, »gefühlsbetonte Gemeinschaftserlebnisse« seien »an die Stelle militaristischen Gebarens und der Soldatenspielerei der Vorkriegszeit« getreten und »bürgerlich-demokratisches Gedankengut« habe Raum gewonnen. Im übrigen widerspricht er sich selbst, wenn er a. a. O., S. 11 von der Jugend sagt: »Sie ... geriet dabei immer stärker in den Sog militaristisch-nationalistischer Strömungen. Die Brüder Stauffenberg machten hier keine Ausnahme.«

29 Walter Z. Laqueur, Die deutsche Jugendbewegung. Eine historische Studie, Köln 1962, S. 258.
Vgl. auch: Hermann Mau, Die deutsche Jugendbewegung. Rückblick und Ausblick, in: Zeitschrift für Religions- und Geistesgeschichte, 1, 1948, S. 135 ff.

30 Karl Dietrich Bracher, Die Auflösung der Weimarer Republik. Eine Studie zum Problem des Machtverfalls in der Demokratie, Villingen 1964 (4. Aufl.), S. 129.

31 Felix Raabe, Die bündische Jugend, Stuttgart 1961, S. 108.

32 Harry Pross, Jugend. Eros. Politik. Die Geschichte der deutschen Jugendverbände, Bern/München/Wien 1964, S. 206.

33 Bernhard Schneider, Daten zur Geschichte der Jugendbewegung, Bad Godesberg 1965.

34 Pross, a. a. O., S. 206.

35 Martin Voelkel, Hie Ritter und Reich, in: Grundschriften der Deutschen Jugendbewegung, hrsg. v. Werner Kindt, Düsseldorf/Köln 1963, S. 368 ff.
36 Laqueur, a. a. O., S. 149.
37 Der Weiße Ritter, 4. Jhg., S. 324, zitiert bei Raabe, a. a. O., S. 122.
38 Raabe, a. a. O., S. 122.
39 Siehe unten S. 51 f.
40 Siehe Anm. 35.
41 Laqueur, a. a. O., S. 152.
42 Siehe unten S. 41 ff. und Gräfin Stauffenberg – mündlicher Bericht.
43 Laqueur, a. a. O., S. 154.
44 Pfizer, a. a. O., S. 498.
45 Zeller, a. a. O., S. 518 (Anm. 2b). Zur Frage der Religion siehe unten S. 104 f.
46 Laqueur, a. a. O., S. 24.
47 Gräfin Nina Stauffenberg bei Kramarz, a. a. O., S. 22.
48 Pfizer – mündlicher Bericht.
49 Pfizer, a. a. O., S. 499.

Stefan George

1 1 Kramarz, a. a. O., S. 24. Hoffmann, Claus Graf Stauffenberg und Stefan George ..., S. 525 f. erklärt, Stauffenberg sei erst im Herbst 1924 zu George gekommen, während er in Widerstand ... S. 374 Kramarz folgt. Vgl. auch Hoffmann, a. a. O., S. 525 f. Pfizer, a. a. O., S. 500. Ludwig Thormaelen, Erinnerungen an Stefan George, Hamburg 1962, S. 219 (Das Kapitel »Die Grafen Stauffenberg« Thormaelens auch in: Freundesgabe für Robert Boehringer, Tübingen 1957, S. 685 ff).
2 Pfizer, a. a. O., S. 492.
3 Thormaelen, a. a. O., S. 217.
4 Robert Minder, Dichter in der Gesellschaft. Erfahrungen mit deutscher und französischer Literatur, Frankfurt a. M. 1966, S. 27. Auch Hoffmanns Aufsatz im Schiller-Jahrbuch ist noch zu sehr von der Interpretation der Beziehung Stauffenbergs zu George durch dessen Epigonen geprägt, die den Dichter auf eine etwas zu einfache Weise von dem »Verdacht« einer zu starken zeitgenössischen Nachbarschaft zum Nationalsozialismus durch den Hinweis auf Stauffenberg befreien wollen und zu sehr auf die Ausnahme verweisen, statt auf jene Unzahl von Sympathisanten aus der Geisteswelt Georges in den Anfangsjahren von Hitlers Herrschaft.
5 Franz Schonauer, Stefan George in Selbstzeugnissen und Bilddokumenten, Reinbek 1960, S. 15.
Der Siebente Ring, »Franken«, in: Stefan George, Werke. Ausgabe in zwei Bänden, hrsg. v. Robert Boehringer, München/Düsseldorf 1958, S. 235 f. Ernst Robert Curtius, Stefan George im Gespräch, in: Curtius, Kritische Essays zur europäischen Literatur, Bern 1950, S. 155 f.

6 Schonauer, a. a. O., S. 43.
Das Jahr der Seele, in: George, a. a. O., S. 137.
Zur allgemeinen Interpretation vgl. auch Eckhard Heftrich, Stefan George, Frankfurt a. M. 1968.
7 George, a. a. O., S. 429.
8 Robert Boehringer, Mein Bild von Stefan George, München 1951, S. 109 hat diese Anekdote aufgebracht. In der zweiten, ergänzten Auflage seines Werkes (»Zum Jubiläumsjahr 1968«), Düsseldorf/München 1967, S. 106 u. S. 249 f. annulliert er seine Behauptung mit überzeugenden Beweisen.
9 George am 16. April 1911 zu Ernst Robert Curtius, a. a. O., S. 153.
Edgar Salin, Um Stefan George. Erinnerung und Zeugnis, Bad Godesberg 1948, S. 249.
10 Elisabeth Gundolf, Stefan George, Amsterdam 1965, S. 69.
11 Friedrich Gundolf, Gefolgschaft und Jüngertum, in: Blätter für die Kunst, VIII, 1909, zitiert nach: Georg Peter Landmann (Hrsg.), Der George-Kreis. Eine Auswahl aus seinen Schriften, Köln/Berlin 1965, S. 78.
Kurt Hildebrandt, Erinnerungen an Stefan George und seinen Kreis, Bonn 1965, S. 147.
12 Blätter für die Kunst, V, 1901: »Merksprüche«, zitiert nach Landmann, a. a. O., S. 64.
13 Blätter für die Kunst, V, 1901, zitiert nach Landmann, a. a. O., S. 64. George, a. a. O., S. 360 f. u. S. 411.
Friedrich Gundolf, Tat und Wort im Krieg, zitiert nach Landmann, a. a. O., S. 240 ff.
Thormaelen, a. a. O., S. 142 u. S. 146 f.
Hildebrandt, a. a. O., S. 165.
14 »Der Krieg«, in: George, a. a. O., S. 415. Vgl. auch: Thormaelen, a. a. O., S. 174.
15 Hildebrandt, a. a. O., S. 20.
16 Hildebrandt, a. a. O., S. 64.
Boehringer, a. a. O., 2. Aufl., S. 13.
17 Vgl. dazu und zu Georges Haltung gegenüber Frauen und Ehe: Thormaelen, a. a. O., S. 158. Hildebrandt, a. a. O., S. 70, S. 99, S. 142 u. S. 162.
18 Hildebrandt, a. a. O., S. 92f, u. S. 152.
Vgl.: Max Kommerell. Briefe und Aufzeichnungen 1919-1944, hrsg. v. Inge Jens, Olten/Freiburg 1967. Thormaelen, a. a. O., S. 243.
19 Thormaelen, a. a. O., S. 183.
20 Thormaelen, a. a. O., S. 216 ff.
21 Thormaelen, a. a. O., S. 223.
Boehringer, a. a. O., Tafel 138. In der 2. Aufl.: Tafel 151. Dort nun auch verschiedene Bilder von Claus und Berthold Stauffenberg (Tafeln 149-154).
22 Thormaelen, a. a. O., S. 222. Siehe auch unten S. 61. Unveröffentlichter, »Banz, Sonntag« datierter Brief Stauffenbergs an Kommerell. Vgl. zu Kommerell und Stauffenberg: Kommerell, a. a. O., S. 175 ff. A. a. O., S. 177 f. ein Brief Stauffenbergs an Kommerell, datiert »Anfang März« (1930).

Thormaelen, a. a. O., S. 245 behauptet fälschlicherweise, Stauffenberg habe sich in Gegenwart Kommerells »mit Äußerungen sehr, schließlich völlig« zurückgehalten, »um sich nicht unnötig von ihm in dialektische Fechtgänge verwickeln zu lassen«. Die vier noch vorhandenen Briefe Stauffenbergs an Kommerell bezeugen das Gegenteil.

23 Thormaelen, a. a. O., S. 221, S. 239 u. S. 247. Boehringer, a. a. O., 1. Aufl., S. 192. Gräfin Stauffenberg – mündlicher Bericht.

24 Thormaelen, a. a. O., S. 232.

25 Thormaelen, a. a. O., S. 248.
Thormaelen nennt als Zeitpunkt »gegen Ostern 1930«. Stauffenberg war vom November 1930 bis Februar 1931 in Döberitz (siehe unten S. 72). Thormaelen, a. a. O., S. 225 nennt als Datum des Eintritts Stauffenbergs in die Reichswehr den Februar 1925. Er scheint in seiner Erinnerung solche Daten nicht mehr völlig präsent zu haben.

26 Klemens von Klemperer, Konservative Bewegungen zwischen Kaiserreich und Nationalsozialismus, München 1962, S. 50 ff.

27 Claude David, Stefan George. Son œuvre poétique, Lyon/Paris 1952, S. 369. Es wird nach der französischen Ausgabe zitiert. Zum »Jubiläumsjahr« ist eine deutsche Übersetzung erschienen: Claude David, Stefan George. Sein dichterisches Werk, München 1967.

28 Klemperer, a. a. O., S. 245.

29 Hildebrandt, a. a. O., S. 157.

30 Armin Mohler, Die Konservative Revolution in Deutschland 1918-1932. Grundriß ihrer Weltanschauungen, Stuttgart 1950, S. 73 f.

31 Mohler, a. a. O., S. 17.

32 Friedrich Wolters, Richtlinien, in: Landmann, a. a. O., S. 150 ff.
Friedrich Gundolf, Vorbilder, in: Landmann, a. a. O., S. 173 f.

33 Claus Victor Bock, Wortkonkordanz zur Dichtung Georges, Amsterdam 1964.

34 George, a. a. O., S. 455.

35 George, a. a. O., S. 383 u. S. 416 ff.

36 George, a. a. O., S. 428.

37 Aus einem unveröffentlichten, »Lautlingen, Mittwoch« datierten Brief Stauffenbergs an Stefan George (Photokopie im Besitz von Gräfin Stauffenberg, Original bei Robert Boehringer. Vgl. auch Hoffmann, a. a. O., S. 535 f.). Der Brief stammt auf jeden Fall aus der Zeit vor 1933. Der Hinweis Stauffenbergs, dass er ein Gesuch an Koblenz gerichtet habe und die Schule »erledigt« sei, lässt darauf schließen, dass er aus dem Jahre 1926 stammt. Ein nicht relevanter, aber unveröffentlichter, »Bamberg, Montag« datierter Brief Stauffenbergs an den Dichter findet sich ebenfalls im Nachlass Georges (Photokopie im Besitz von Gräfin Stauffenberg). Er muss im Frühsommer 1929 oder 1930 abgefasst sein. Stauffenberg fragt, wann und wo er George sehen könne (»Im Taunus, Schweiz, Italien?«), erwähnt einen Aufenthalt »auf dem Übungsplatz in der Lüneburger Heide, leider unter ständigem Regen«, und schreibt: »Von mir ist weiter nichts zu berichten als daß es mir dienstlich wie gesund-

heitlich gut geht und daß ich mich seit Frühjahr mehr mit körperlichen als geistigen dingen betätige.«

38 Hildebrandt, a. a. O., S. 182.

39 Thormaelen, a. a. O., S. 264 f.

40 Hildebrandt, a. a. O., S. 105 f., S. 162 ff. u. S. 182.
Friedrich Wolters und Walter Elze, Stimmen des Rheins. Ein Lesebuch für die Deutschen, Breslau 1923.
Schonauer, a. a. O., S. 148.
David, a. a. O., S. 361.

41 Thormaelen, a. a. O., S. 264.
Hildebrandt, a. a. O., S. 224.

42 Gedicht Stauffenbergs im Nachlass Stefan Georges mit der Schlusswidmung »An Phes von Claus im November 1923« (Photokopie im Besitz von Gräfin Stauffenberg). Abgedruckt bei Hoffmann, a. a. O., S. 522 ff.

43 Thormaelen, a. a. O., S. 282.
Hildebrandt, a. a. O., S. 227 ff.
Unergiebig und eher bloß apologisierend ist die Problematik »Neues oder Drittes Reich« dargestellt bei Heftrich, a. a. O., S. 129 ff.

44 Aus einem unveröffentlichten, »Bad Kolberg, 11. 7. 31« datierten Geburtstagsbrief Stauffenbergs an Stefan George (Photokopie im Besitz von Gräfin Stauffenberg). Hoffmann, a. a. O., S. 535 zitiert nur diesen Satz, dem eine weiter nicht relevante Schilderung Stauffenbergs über seinen wegen eines Magenleidens nötigen Kuraufenthalts und die Sätze vorangehen: »Hier kommen ständig wilde gerüchte über Berlin an. Bisher war es ja immer unsinn. Trotzdem kann man sich des gefühls schwer erwehren · daß es dies jahr im herbst oder winter doch noch ernst werden würde. Aber in solcher weise heute vorauszudenken ist ebenso undankbar als zwecklos.« Der von Hoffmann suggerierte Bezug des von ihm zitierten Satzes auf eine mögliche nationalsozialistische Machtergreifung läßt sich allein durch diesen Brief nicht herstellen.

45 Kramarz, a. a. O., S. 25 u. S. 169.

46 Siehe unten S. 290 f.

47 Salin, a. a. O., S. 284.

48 David, a. a. O., S. 369.

Reichswehr

1 Kramarz, a. a. O., S. 32.
Pfizer – mündlicher Bericht.
Gräfin Stauffenberg – mündlicher Bericht. In ihrem Besitz auch ein Schulaufsatz Stauffenbergs »Was ich werden will«, in dem er seinen auch im »Abendland II« (siehe oben S. 56) spürbaren Wunsch, Architekt zu werden, beschreibt und vor allem mit dem Willen begründet zu »schaffen«.

2 Zeller, a. a. O., S. 226.

3 Pfizer, a. a. O., S. 490 nennt den Entschluss Stauffenbergs eine Berufsentscheidung nach der Reifeprüfung.
4 Kramarz, a. a. O., S. 32.
5 Thormaelen, a. a. O., S. 95 u. S. 181. Hildebrandt, a. a. O., S. 20.
6 Siehe dazu oben S. 49.
Thormaelen, a. a. O., S. 221 f.
7 Kramarz, a. a. O., S. 33.
8 Gräfin Stauffenberg – mündlicher Bericht.
9 Annedore Leber/Freya Gräfin von Moltke, Für und Wider. Entscheidungen in Deutschland 1918-1945, Berlin 1961, S. 236.
10 George, a. a. O., S. 419.
11 Hans v. Seeckt, Antikes Feldherrntum, Berlin 1929, S. 5.
12 Baron Leo Geyr von Schweppenburg – mündlicher Bericht.
13 Gräfin Stauffenberg – mündlicher Bericht.
14 Zur Kavalleriearbeit Stauffenbergs siehe unten S. 118 ff.
15 Gräfin Stauffenberg – mündlicher Bericht.
16 Wolfgang Sauer, Reichswehr, in: Bracher, a. a. O., S. 258.
17 Karl Demeter, Das deutsche Offizierkorps in Gesellschaft und Staat 1650 bis 1945, 2., neubearb. Aufl., Frankfurt 1962, S. 55.
18 Karl Dietrich Bracher, Die deutsche Armee zwischen Republik und Diktatur, in: Deutschland zwischen Demokratie und Diktatur. Beiträge zur neueren Politik und Geschichte, Bern/München/Wien 1964, S. 92.
Auf die allgemeine Reichswehr- und Seecks-Diskussion kann hier nicht eingegangen werden. Hans Meier-Welcker, Seeckt, Frankfurt a. M. 1967 ist eine fleißige, aber viel zu apologetische Biographie (vgl. meine Rezension: Reichswehr und Weimarer Republik, in: Neue Zürcher Zeitung, 18. Februar 1968, Nr. 107/Fernausgabe Nr. 47) und nur wenig mehr brauchbar als Friedrich von Rabenau, Seeckt. Aus seinem Leben, Leipzig 1940.
19 Bracher, a. a. O., S. 96.
20 Bracher, a. a. O., S. 95.
21 Gerhard Papke, Offizierkorps und Anciennität, in: Untersuchungen zur Geschichte des Offizierkorps. Anciennität und Beförderung nach Leistung, hrsg. v. Militärgeschichtlichem Forschungsamt, Stuttgart 1962, S. 201.
22 Sauer, a. a. O., S. 277.
23 Erich v. Manstein, Aus einem Soldatenleben 1887-1939, Bonn 1958, S. 55.
24 Bracher, a. a. O., S. 99.
25 Zu Schleicher: Kurt Caro/Walter Oehme, Schleichers Aufstieg, Berlin 1933; Rudolf Fischer, Schleicher. Mythos und Wirklichkeit, Berlin 1932; H. R. Berndorff, General zwischen Ost und West, Hamburg 1951; Thilo Vogelsang, Reichswehr, Staat und NSDAP, Stuttgart 1962; ders., Kurt von Schleicher. Ein General als Politiker, Göttingen/Frankfurt/Zürich 1965.
26 Bracher, a. a. O., S. 99.
27 Eine mündliche Aussage Rudolf Fahrners, der Stauffenberg damals noch nicht kannte, auf Grund seiner späteren Gespräche mit ihm aber Kenntnis von Stauffenbergs negativer Beurteilung Schleichers bekam.

28 Das Urteil Loepers bei Kramarz, a. a. O., S. 33 f.

29 Aus einem unveröffentlichten, »Donnerstag, 19. Juli« (1928) datierten Brief Stauffenbergs an Kommerell (wie der oben Anm. II/22 und unten Anm. 40 erwähnte Brief von Frau Erika Kommerell als Photokopie zur Verfügung gestellt).

30 Vgl. die mit »Pionierlehre« beschriebene Mappe im Besitz von Gräfin Nina Stauffenberg
- die aus Dresden enthält Arbeiten vom 9. 12., 13. 12. 1927, 12. 1., 20. 1., 15. 2. und 19. 4. 1928,
- die aus Hannover enthält Arbeiten vom 26. 11., 29. 12. 1928, 8. 1., 11. 2. u. 20. 3. 1929.

Vgl. dazu noch: Taktik-Unterlagen von der Infanterieschule (ebenfalls im Besitz von Gräfin Stauffenberg).

31 Vgl. die Mappe »Waffenschule Lehrgang«, in der Stauffenbergs Vorbereitungen zur Offiziersprüfung (Juli 1929) enthalten sind (im Besitz von Gräfin Stauffenberg).

32 Gräfin Stauffenberg – mündlicher Bericht.

33 Kramarz, a. a. O., S. 34.

Vgl. Mappe »Waffenschule Lehrgang«. Die Angabe bei Hoffmann, Widerstand ..., S. 774 (Anm. 11) – basierend auf Bericht von Frhr. Max Theodor von Süßkind-Schwendi, Ord.-Offz. Stab RR 17 –, Stauffenberg sei 1933 nicht Führer des Minenwerferzuges gewesen, ist falsch. (Vgl. u. a. Photographie im Besitz von Gräfin Stauffenberg, signiert: »Graf Stauffenberg, Führer des M. W. Z. 1930-34«). Im übrigen scheint Hoffmann die Schwere (1.) von der 5. Eskadron nicht auseinanderhalten zu können und meint offensichtlich, der Geschützzug sei der 5. zugeteilt gewesen.

34 Kramarz, a. a. O., S. 38 f.

35 Kramarz, a. a. O., S. 36.

36 Bernd von Pezold – Regimentskamerad Stauffenbergs – bei Kramarz, a. a. O., S. 37.

37 Kramarz, a. a. O., S. 37.

38 Heinz Greiner bei Kramarz, a. a. O., S. 36.

39 Pezold bei Kramarz, a. a. O., S. 38.

40 Aus einem unveröffentlichten, »Sonntag« datierten Brief Stauffenbergs an Kommerell.

41 Die Unterlagen für Stauffenbergs Schießunterricht sind zum Teil noch erhalten. Siehe die beiden Mappen »RR 17« und »MWZ« mit Unterlagen zur Ausbildung 1929-1934 (im Besitz von Gräfin Stauffenberg).

42 Gräfin Stauffenberg – mündlicher Bericht. Vgl. auch Finker a. a. O., S. 43 f.

43 KB, S. 302

Hermann Graml, Der Fall Oster, in: VJfZG, 14, 1966, S. 28 ff.

44 Vgl. dazu die Analyse von Klaus-Jürgen Müller, Das Heer und Hitler. Armee und nationalsozialistisches Regime, 1933-1940, Stuttgart 1969, S. 37 ff. und das unten in Anm. 46 erwähnte Werk Buchers.

45 Notizen Groeners zu einer Rede vor der stark mit nationalsozialistischen Ideen sympathisierenden Infanterieschule Dresden am 17. 12. 1929, in: Francis

L. Carsten, Reichswehr und Politik 1918-1933, Köln/Berlin 1965 (2. Aufl.), S. 325.

46 Siehe unten S. 78 f.
Jetzt auch: Peter Bucher, Der Reichswehrprozess. Der Hochverrat der Ulmer Reichswehroffiziere 1929/30, Boppard 1967.

47 Erlass Groeners, Berlin 6. 10. 1930, in: Dorothea Groener-Geyer, General Groener. Soldat und Staatsmann, Frankfurt a. M., S. 270.

48 Carsten, a. a. O., S. 341.

49 Hermann Teske, Analyse eines Reichswehrregimentes, in: WWR, 12, 1962, S. 260.

50 Hptm. Lindemann an Schleicher, Sprottau 7. 4. 1931, in: Carsten, a. a. O., S. 345 f.

51 Kapitänleutnant Heye an Schleicher, Berlin 17. 1. 1930, in: Carsten, a. a. O., S. 344.
Vogelsang, Reichswehr, Staat . . ., S. 62 f.

52 Oblt. H. Stieff an seine Braut, Jüterbog 25. 9. 1930, in: Carsten, a. a. O., S. 352.

53 Stieff, Jüterbog 7. 10. 1930, in: Vogelsang, a. a. O., S. 419.

54 Stieff, Jüterbog 11. 10. 1930, in: Carsten, a. a. O., S. 353.

55 Siehe Anm. 53.

56 Gräfin Stauffenberg – mündlicher Bericht.
Vgl. auch den Bericht Manfred von Brauchitschs, der mit Stauffenberg in Dresden war und dessen hohe, für einen Offizier ungewöhnliche Begabung bestätigt, bei Finker, a. a. O., S. 24.

57 Heinz Greiner bei Kramarz, a. a. O., S. 40.

58 Pezold bei Kramarz, a. a. O., S. 40.

59 Sauer, a. a. O., S. 230 f.

60 Gert Buchheit, Ludwig Beck, Ein preußischer General, München 1964, S. 22.

61 Gräfin Stauffenberg – mündlicher Bericht.

Bayerische Bestaurationspläne

1 Siehe oben S. 65.

2 Pfizer – mündlicher Bericht.

3 Baron Hans Christoph Stauffenberg – mündlicher Bericht.

4 Kramarz, a. a. O., S. 41.

5 James Donohoe, Hitler's Conservative Opponents in Bavaria 1930-1945. A Study of Catholic, monarchist and separatist anti-Nazi activities, Leiden 1961, S. 105 f.

6 Donohoe, a. a. O., S. 107.

7 Donohoe, a. a. O., S. 111 f.
Elisabeth von Guttenberg, Holding the Stirrup, New York 1952, S. 112 ff.

8 Gräfin Stauffenberg – mündlicher Bericht.

9 Gräfin Stauffenberg – mündlicher Bericht.

10 Siehe unten S. 135 f.

11 Zu »Weiße Blätter« (WB) vgl. Donohoe, a. a. O., S. 113 ff.
12 WB, 1936, S. 228.
13 WB, 1939, S. 249 ff.
14 Vgl. dazu die Geschichte des Harnier-Kreises: Donohoe, a. a. O., S. 130 ff. u. S. 281-308.
15 Donohoe, a. a. O., S. 258 f.
16 Elisabeth von Guttenberg, a. a. O., S. 147.
17 Baronin Therese von und zu Guttenberg, in: Donohoe, a. a. O., S. 259.
18 Baronin Therese von und zu Guttenberg – mündlicher Bericht.
19 Siehe unten S. 129.

Das Jahr 1933

1 Max Domarus, Hitler. Reden und Proklamationen 1932-1945, Bd. I.: Triumph (1932-1938), Würzburg 1962, S. 227.
2 Zeller, a. a. O., S. 489 f.
3 Domarus I, S. 192
4 Siehe unten S. 452.
5 Mohler, a. a. O., S. 105 u. S. 165 ff.
6 Foertsch, a. a. O., S. 22.
7 Sauerbruch bei Kramarz, a. a. O., S. 42.
8 Zeller, a. a. O., S. 519.
Kramarz, a. a. O., S. 42.
9 Kramarz, a. a. O., S. 42.
Zeller, a. a. O., S. 519.
Vgl. auch im Institut für Zeitgeschichte, München, den Briefwechsel Sauerbruchs mit Dr. Hoch vom IfZG (ZS 289).
10 Bamberger Tageblatt, Nr. 25, 31. 1. 1933. Siehe auch Kramarz, a. a. O., S. 43.
11 Kramarz, a. a. O., S. 43 f.
12 Manteuffel und Walzer bei Kramarz, a. a. O., S. 45. Domarus, a. a. O., S. 220 f.
13 Gräfin Stauffenberg – mündlicher Bericht. Siehe auch die Version eines Unteroffiziers des Regimentes, in: IfZG, ZS 289.
14 Walzer bei Kramarz, a. a. O., S. 47.
15 Siehe unten S. 128.
16 Rudolf Fahrner bei Zeller, a. a. O., S. 238 f.
17 Zitiert wird nach einer Aufzeichnung Fahrners aus dem Jahre 1950 und einer Niederschrift aus den Jahren 1962/63, die er Zeller, a. a. O., S. 239 ff. zur Verfügung gestellt hat. »Doppelzitate« sind demnach Fahrners Formulierung.
18 Heinz Greiner bei Kramarz, a. a. O., S. 46.
19 Aus dem unveröffentlichten Brief Stauffenbergs an Kommerell, 19. Juli 1928.

20 Aus einem unveröffentlichten, »Bamberg, 21. 6. 33« datierten Brief Stauffenbergs an Stefan George (Photokopie im Besitz der Gräfin Stauffenberg). Vgl. auch Hoffmann, a. a. O., S. 535.

21 Siehe oben S. 59.
Da Hoffmann, a. a. O., S. 535 nur den in Anm. 20 erwähnten Abschnitt aus dem Brief vom 21. 6. 1933 zitiert, entsteht der falsche Eindruck des Zynismus. Stauffenberg, der im selben Brief erwähnt, dass er »den namen des Meisters mehrfach im zusammenhang mit der Berl.[iner] akademie« gelesen habe (siehe dazu unten S. 107) und »von hier [Bamberg]... wenig als eine über das normale hinausgehende arbeit zu berichten« sei, stellt dies unmittelbar nach dem zitierten Passus klar: »Es soll kein zynismus sein aber von denen beachtet werden . die sei es pro oder contra sich schon wieder allzu sehr in die definition geistiger grundlagen etc. verlieren.« Ein solcher beinahe absoluter Pragmatismus passt schlecht zu Hoffmanns Suggestionen einer »georgianischen« Opposition und bleibt deshalb bei Hoffmann auch unerwähnt...

22 Gräfin Stauffenberg – mündlicher Bericht.

23 KB, S. 435.

24 Lutz Graf Schwerin von Krosigk, Es geschah in Deutschland. Menschenbilder unseres Jahrhunderts, Tübingen/Stuttgart 1951, S. 347 behauptet in seinem völlig unzulänglichen »Porträt« Stauffenbergs, dieser habe seine Kinder nationalsozialistisch erzogen.

25 Schriftlicher Bericht von Dietz Freiherr von Thüngen, 25. 1. 1946, siehe unten S. 193 u. 246.

26 Gräfin Stauffenberg bei Kramarz, a. a. O., S. 24.

27 Thormaelen, a. a. O., S. 276.

28 Hildebrandt, a. a. O., S. 237.

29 Thormaelen, a. a. O., S. 276.
Hildebrandt, a. a. O., S. 230 f.
David, a. a. O., S. 367.
Vgl. auch: Woldemar Graf Uxkull-Gyllenband, Das Revolutionäre Ethos bei Stefan George, Tübingen 1933.

30 Hildebrandt, a. a. O., S. 227.

31 Hildebrandt, a. a. O., S. 231.

32 Hildebrandt, a. a. O., S. 232.

33 David, a. a. O., S. 363 ff.
Hans Naumann, Stefan George und das Neue Reich, in: Zeitschrift für Deutschkunde, 1934, S. 273 ff.

34 Thormaelen, a. a. O., S. 283.

35 Thormaelen, a. a. O., S. 282 f.

36 Boehringer, a. a. O., S. 200.

37 Hildebrandt, a. a. O., S. 233.

38 Hildebrandt, a. a. O., S. 234.

39 Thormaelen, a. a. O., S. 288 ff.
Hildebrandt, a. a. O., S. 235.

40 Margarete Klein, Stefan George als heldischer Dichter unserer Zeit, Heidelberg 1938, S. 100.
41 David, a. a. O., S. 366.
42 Der oben S. 22 zitierte Passus aus dem George-Aufsatz von Hoffmann entspricht dessen Tendenz (siehe oben Anm. II/4), trifft aber nur für die eher ästhetische Ablehnung und Verachtung der Aktivitäten von Teilen der Gefolgschaft Hitlers durch Stauffenberg zu. Siehe unten S. 128.
43 KB, S. 167.

Von der Reichswehr zur Wehrmacht 1934–1938

1 Burkhart Mueller-Hillebrand, Das Heer 1933-1945. Entwicklung des organisatorischen Aufbaus, Bd. I: Das Heer bis zum Kriegsbeginn, Darmstadt 1954, S. 26.
Robert J. O'Neill, The German Army and the Nazi Party, 1933-1939, London 1966, S. 84 ff.
2 Die Angabe bei Kramarz, a. a. O., S. 34, und bei Finker, a. a. O., S. 41, Stauffenberg sei 1933 nach Hannover gegangen, trifft nicht zu. Sie widerspricht zudem der Schilderung von Stauffenbergs Tätigkeit vor dem 30. Juni 1934 in Bamberg (Kramarz, a. a. O., S. 49). Scheurig, a. a. O., S. 10 f. nennt das richtige Jahr – 1934 –, doch wurde Stauffenberg bereits am 1. Mai 1933 Oberleutnant und nicht erst mit der Kommandierung nach Hannover. Vgl. dazu auch »Taktik-Unterlagen 1933/34« Stauffenbergs aus der Bamberger Zeit (im Besitz von Gräfin Stauffenberg). Zur Umrüstung der Kavallerie vgl. Georg Tessin, Formationsgeschichte der Wehrmacht 1933-1939. Stäbe und Truppenteile des Heeres und der Luftwaffe, Boppard am Rhein 1959, S. 38 ff.
3 Gräfin Stauffenberg – mündlicher Bericht.
Kramarz, a. a. O., S. 34 f.
Zu den Unterlagen (im Besitz der Gräfin Stauffenberg):
- 1 Mappe Taktik 1935/36 Kav. Schule.
- »Die Hilfen der Reiterei«, Hannover 8. 12. 34 (drei handschriftlich beschriebene Seiten; es handelt sich um die Lösung einer gestellten Aufgabe, nicht um eine Arbeit aus eigener Initiative).
- sonstige Taktikunterlagen aus dem Jahre 1935.
4 Zeller, a. a. O., S. 227 u. S. 230.
Gräfin Stauffenberg – mündlicher Bericht und ihre unveröffentlichten Familienerinnerungen (»Das Halsband der Anna Iwanowna«). Turnierurteile: Handschriftlich beschriebene Zettel unter den im Besitz von Gräfin Stauffenberg befindlichen Unterlagen. Photographie ebenfalls in ihrem Besitz.
5 Zwei Photographien vom Turnier in Heiligenhaus bei Essen im Besitz von Gräfin Stauffenberg.
Gräfin Stauffenberg – mündlicher Bericht. Kramarz, a. a. O., S. 35.
6 Zu Wehrkreisprüfung: Waldemar Erfurth, Die Geschichte des deutschen

Generalstabes von 1918 bis 1945, Göttingen/Berlin/Frankfurt a. M. 1957, S. 124 ff. u. S. 171.
Hansgeorg Model, Der deutsche Generalstabsoffizier. Seine Auswahl und Ausbildung in Reichswehr, Wehrmacht und Bundeswehr, Frankfurt a. M. 1968, S. 25 ff. u. S. 70 ff.
O'Neill, a. a. O., S. 90 f.
Hermann Teske, Die silbernen Spiegel, Heidelberg 1952, S. 36 f.

7 Siehe die Unterlagen (im Besitz von Gräfin Stauffenberg):
– Vorbereitungen für die Wehrkreisprüfung aus dem Jahre 1934;
– Wehrkreisprüfung 1936.

8 Gräfin Stauffenberg – mündlicher Bericht.
Bei den Unterlagen Stauffenbergs befindet sich auch eine Publikation des Herausgebers der »Zeitschrift für Geopolitik«, Karl Haushofer. Siehe unten S. 131.

9 Gräfin Stauffenberg – mündlicher Bericht.
Zur Heereskavallerie-Arbeit siehe unten S. 118 ff.

10 Wilhelm Bürklin bei Kramarz, a. a. O., S. 37.

11 Graf Stauffenberg, Oberleutnant: Bemerkungen zur taktischen Übungsreise 1936. I Hannover – Bad Kissingen. Hannover, Juni 1936 (Maschinenschriftl. Ms., 3 Seiten, im Besitz von Gräfin Stauffenberg). Bei diesem Schriftstück und sonstigen historischen Fragestellungen stützte sich Stauffenberg gern auf das Buch von Albert von Hofmann, Das deutsche Land und die deutsche Geschichte, Stuttgart/Berlin 1920 – mündlicher Bericht von Gräfin Stauffenberg, in deren Besitz das Werk noch ist. Siehe auch unten S. 131 f.

12 Zeller, a. a. O., S. 227. Die Reise zum Hohentwiel war allerdings keine Kriegsakademie-Reise.
Gräfin Stauffenberg – mündlicher Bericht.

13 Albert von Hofmann, Politische Geschichte der Deutschen, Bd. I, Stuttgart/Berlin/Leipzig 1923, S. 9.

14 Gräfin Stauffenberg – mündlicher Bericht. Photographie in ihrem Besitz.

15 Baron Leo Geyr von Schweppenburg – mündlicher Bericht. Siehe auch:
Leo Frhr. Geyr von Schweppenburg, Erinnerungen eines Militärattachés. London 1933-1937, Stuttgart 1949, S. 12.

16 Kramarz, a. a. O., S. 51.
Brief Stauffenbergs an seinen Englischlehrer in Hannover, Prof. Pfau, London 4. September 1936 (im Besitz von dessen Tochter).

17 Gräfin Stauffenberg – mündlicher Bericht.
Die bei Zeller, a. a. O., S. 227, und Scheurig, a. a. O., S. 11, erwähnten »Aufzeichnungen« waren Briefe.

18 Gräfin Stauffenberg – mündlicher Bericht.

19 Kramarz, a. a. O., S. 35 behauptet – gestützt auf Erfurth –, dass sich nur ein Drittel der Hörer der Kriegsakademie endgültig für den Generalstab habe qualifizieren können. Bei Erfurth, a. a. O., S. 172 steht das Gegenteil: nur ein Drittel scheidet aus.

20 Erfurth, a. a. O., S. 171 f.
Model, a. a. O., S. 75 u. S. 99.

21 Siehe unten S. 187.

22 Erfurth, a. a. O., S. 126, S. 171 u. S. 189 f.
Model, a. a. O., S. 75 ff.

23 Teske, a. a. O., S. 41.

24 24 KB, S. 305 (Aussage Eberhard Finckhs).

25 Zeller, a. a. O., S. 228.

26 Graf Stauffenberg Ib, Wehrwirtschaft (Schreibmaschinen-Ms., 17 Seiten und 3 Seiten Literaturangaben, im Besitz von Gräfin Stauffenberg. Es handelt sich nicht um die Darlegung einer eigenen Haltung und Meinung, sondern um eine bloße Niederschrift des Inhalts der Vorlesung).

27 Albert C. Wedemeyer bei Kramarz, a. a. O., S. 54.

28 Wedemeyer bei Kramarz, a. a. O., S. 55.

29 Der Vortrag ist nicht mehr erhalten, doch geht aus einem bei den Unterlagen befindlichen Plan für 11 Vorträge das Thema des 6. Referates hervor, das Stauffenberg bis zum 1. 2. 1937 abzuliefern hatte. Siehe dazu Unterlagen der Kriegsakademie: – Kriegsgeschichte 1936/37.
Weitere Unterlagen aus der Kriegsakademie-Zeit (alle im Besitz von Gräfin Stauffenberg):
- Taktik, I. Lehrgang Ib 10. 10. 36 – 1937 (Lösungen der gestellten Aufgaben).
- Mappe Taktik, Berlin 1937/38.
- Hörsaal Ib, Kriegsakademie. Regimentsbesichtigung des I. R. 10 Tr.-Üb.-Pl. Ohrdruf, Thüringer Wald, Berlin, März 1937.
- Lagen für Wehrmachtsmanöver 1937.
- Pionierdienst, Berlin 1937.
- Taktik, II. Lehrgang, Graf Stauffenberg IIb, Berlin 1937/38 (Lösungen der gestellten Aufgaben).

Falsch ist die Angabe bei Scheurig, a. a. O., S. 15, Stauffenberg sei »1938, nach absolvierter Kriegsakademie«, Rittmeister geworden.

30 Siehe Anm. 32.

31 Graf Stauffenberg IIb, Anlage der Herbstübungen der 17. I. D. 1938, Berlin 1938. Dazu Urteil März 1938 von Obstlt. i. G. Metz, im Besitz von Gräfin Stauffenberg.

32 Gräfin Stauffenberg – mündlicher Bericht.
Graf Stauffenberg, Gedanken zur Abwehr feindlicher Fallschirmeinheiten im Heimatgebiet (Schreibmaschinen-Ms., 36 Seiten, im Besitz von Gräfin Stauffenberg). Vgl. auch: Wissen und Wehr. Monatsschrift der Deutschen Gesellschaft für Wehrpolitik und Wehrwissenschaften, 1938, Heft 7, S. 459-476. Vgl. dazu unten S. 133.
Schreiben Stauffenbergs, Berlin-Wannsee, 1. 5. 1938, an den Ludwig-Voggenreiter-Verlag auf dessen Anfrage vom 12. 4. 1938 (1 Schreibmaschinen-Seite als Kopie im Besitz von Gräfin Stauffenberg). Zeller, a. a. O., S. 227 und, auf ihm basierend, Scheurig, a. a. O., S. 11, aber auch Finker, a. a. O., S. 45

geben der Arbeit den falschen Titel: »Abwehr von feindlichen Fallschirmtruppen im Heimatgebiet«.

33 Zeller, a. a. O., S. 227.

34 Schreiben Students vom 29. 10. 1964 bei Kramarz, a. a. O., S. 52.

35 Zum Aufbau der Fallschirmwaffe: Tessin, a. a. O., S. 96; Karl-Heinz Völker, Die Deutsche Luftwaffe 1933-39. Aufbau, Führung und Rüstung der Luftwaffe sowie die Entwicklung der deutschen Luftkriegstheorie, Stuttgart 1967, S. 104 u. S. 175. Zum Einsatz im Westfeldzug 1940 vgl. Hans-Adolf Jacobsen, Fall Gelb. Der Kampf um den deutschen Operationsplan zur Westoffensive 1940, Wiesbaden 1957, S. 154 ff. Vgl. auch: Hans-Adolf Jacobsen, Dünkirchen 1940, in: H.-A. Jacobsen und Jürgen Rohwer (Hrsg.), Entscheidungsschlachten des zweiten Weltkrieges, Frankfurt a. M. 1960, S. 26 ff. Zum Einsatz in Kreta: Karl Gundelach, Der Kampf um Kreta 1941, in: Entscheidungsschlachten ..., S. 95 ff.; Hans-Otto Mühleisen, Kreta 1941. Das Unternehmen »Merkur« 20. Mai bis 1. Juni 1941, Freiburg i. Br. 1968.

36 In einem handschriftlichen, dreiseitigen Konzept Stauffenbergs unter der Überschrift »Kavalleriebuch«, das zwischen »Aufgaben«, »Elementen« und »Studien« unterscheidet, steht in der letzten Gruppe die Frage unter »4.) Verfolgung: der Engländer 1914? oder Masurenschlacht?« Das Konzept, das nicht datiert ist, dürfte eines der zuerst entstandenen Papiere zur späteren Arbeit sein (im Besitz von Gräfin Stauffenberg).

37 Gräfin Stauffenberg – mündlicher Bericht.
Claus Graf Stauffenberg, Kavallerie als operative Waffe. Berlin Dez. 1937 (mit Korrekturen). Dazu Schreiben des Kommandeurs in Döberitz vom 29. 12. 37 (im Besitz von Gräfin Stauffenberg).
Letzte Fassung: Claus Graf Stauffenberg, Heeres-Kavallerie. Eine Studie. (Schreibmaschinen-Ms., 73 Seiten, wie die zweite Fassung auch im Besitz von Gräfin Stauffenberg). Vgl. zur Entstehungsgeschichte die drei Schreiben
- AHA, Az. 37 In 3 Ia, Nr. 700, 3. 38, Berlin, den 24. 3. 38, an Genstb. d. Heeres 7. Abt. (dort eingegangen: 25. März 1938, BNr.: 441/38).
- Inspektion der Kavallerie. Der Chef des Stabes (Witzleben), Berlin, den 27. Mai 1938 an Rittmeister Graf Stauffenberg.
- Inspektion der Kavallerie im Oberkommando des Heeres. Der Chef des Stabes. Berlin W 35, den 1. November 1938 an Rittmeister Graf Stauffenberg.

38 Scheurig, a. a. O., S. 12.
So auch Finker, a. a. O., S. 45.

39 Zum »Traditionsproblem« vgl. auch Gräfin Stauffenberg bei Kramarz, a. a. O., S. 39 f.

40 Claus Graf Stauffenberg, Heeres-Kavallerie. Eine Studie. S. 16 ff. Kramarz, a. a. O., S. 53 zitiert nach der zweiten Fassung.

41 Stauffenberg, a. a. O., S. 13.
Korrekturblatt Frank Mehnerts – im Besitz von Gräfin Stauffenberg. Vgl. auch die Mappe Stauffenbergs (auf deren Einbanddeckel ein von seiner Hand geschriebenes, aber weiter nicht relevantes Gedicht): Graf Stauffenberg, Arbeiten über Issos (im Besitz von Gräfin Stauffenberg), die enthält:

- Graf Schenk von Stauffenberg. Leutnant im 17. Reiter-Regiment, Bamberg, 15. 10. 30, Die Schlacht bei Issos (Schreibmaschinen-Ms., 12 nummerierte und drei unnummerierte Seiten).
- 22 handbeschriebene Seiten: Issos 2. Fassung.

42 Stauffenberg, a. a. O., S. 71 ff. Kramarz, a. a. O., S. 52 f. zitiert wiederum nach der zweiten Fassung.

43 Kramarz, a. a. O., S. 52 f. zitiert nach der zweiten Fassung. Das terminologische Missverständnis besteht auch bei Kramarz, a. a. O., S. 53. Die sowjetrussischen »Kavallerie-Einheiten« sollten zunächst als (nichtmotorisierte) Reiterverbände charakterisiert werden. Als solche gehören sie dann wieder zur Kavallerie. Bezeichnet man sie aber ungenau als »Kavallerie«-Verbände, entsteht erneut der Eindruck, Stauffenberg habe für das Pferd plädiert.

44 O'Neill, a. a. O., S. 228 f. u. S. 239 f.
Jacobsen, Fall Gelb, S. 181 f.
Adolf von Schell, Grundlagen der Motorisierung und ihre Entwicklung im Zweiten Weltkrieg, in: WWR, 13, 1963, S. 213.

45 Mueller-Hillebrand I, S. 61.
Der Chef des Generalstabes des Heeres, Beck, gedachte die leichten Divisionen als Heereskavallerie einzusetzen. Buchheit, a. a. O., S. 71.

46 Herbert Wanner, Die erste luftmobile Kampfdivision im Einsatz, in: Allgemeine Schweizerische Militärzeitschrift, 131, 1965, S. 739 ff. Vgl. jetzt auch zur Korrektur und Kritik der modernen deutschen Panzeraufklärungs-Doktrin: Hans Koch, Panzeraufklärung, in: WWR, 18, 1968, S. 566 ff.

47 Teske, a. a. O., S. 41.
Zeller, a. A. O., S. 227.
Kramarz, a. a. O., S. 57.

48 Pezold bei Kramarz, a. a. O., S. 58.
Am 1. Juli wurden jeweils die Kriegsakademie-Schüler bis zu den Herbstmanövern zu fremden Waffengattungen kommandiert. Angesichts der gespannten Lage wurden im Sommer 1938 die Absolventen der Kriegsakademie bereits am 1. August zu ihren Mobilmachungsverwendungen abberufen. Teske, a. a. O., S. 48 f. u. S. 55.

49 Mueller-Hillebrand I, S. 61 u. S. 90. Kramarz, a. a. O., S. 58.

50 Mueller-Hillebrand I, S. 72, S. 137 u. S. 164 f.
Burkhart Mueller-Hillebrand, Das Heer 1933-1945. Entwicklung des organisatorischen Aufbaus, Bd. II: Die Blitzfeldzüge 1939-1941, Frankfurt 1956, S. 14; Georg Tessin, Verbände und Truppen der deutschen Wehrmacht und Waffen-SS im Zweiten Weltkrieg 1939-1945, Bd. II, Frankfurt o. J., S. 31; Wolf Keilig, Das deutsche Heer 1939-1945. Gliederung, Einsatz, Stellenbesetzung, Bad Nauheim 1956, 105, I, S. 1 ff. Das PanzerRgt. 11 wurde der Division lediglich unterstellt und ihr erst im Oktober 1939 endgültig eingegliedert. Horst Scheibert, Bildband der 6. Panzer-Division 1939-1945, Bad Nauheim 1958, S. 23.

51 Erfurth, a. a. O., S. 174.
Teske, a. a. O., S. 50 u. S. 55. Die »Gesellenzeit« bei der Truppe dauerte nochmals eineinhalb bis zwei Jahre. Model, a. a. O., S. 94 f.
52 Schreiben OKW Abteilung Inland, 27. 6. 38 und 26. 7. 38 (mit Richtlinien des OKW für das gewünschte Vorgehen der Lektoren vom 19. 7. 38). Graf Stauffenberg, Besprechung des Buches »Reiterführer, Reitertum und Reiterleben« von Dr. Otto Blech. Wuppertal, 4. August 1938 (Schreibmaschinen-Ms., 2 Seiten), im Besitz von Gräfin Stauffenberg.
53 Vgl. Zeugnisse Pezolds und des 1. Ordonnanzoffiziers der 1.le.Div., Werner Reerink, bei Kramarz, a. a. O., S. 58 u. S. 60.
54 Tätigkeitsübersicht der Quartiermeisterabteilung (2 Schreibmaschinenseiten, im Besitz von Gräfin Stauffenberg).
55 Kriegstagebuch der 1. leichten Division (26 Seiten), mit der Paraphe »GfSt« versehenes Handexemplar Stauffenbergs, im Besitz von Werner Reerink, Auszüge bei Kramarz, a. a. O., S. 61 ff.
56 KTB 1.le.Div., S. 21 (siehe Kramarz, a. a. O., S. 61).
Martin Broszat, Das Sudetendeutsche Freikorps, in: VJfZG, 9, 1961, S. 30 ff.
57 Vgl. dazu die Unterlagen: Wuppertal, im Januar 1939, Geländebesprechung vom 22.-24. 3. 1939 (mit Unterschrift Stauffenbergs, im Besitz von Gräfin Stauffenberg).
58 Gräfin Stauffenberg – mündlicher Bericht.
Heeres-Quartiermeisterreise 1939 (4 Schreibmaschinenseiten) und der bei Zeller, a. a. O., S. 232 erwähnte Quartiermeister-Scherz (3 Schreibmaschinenseiten). Beide Unterlagen im Besitz von Gräfin Stauffenberg. Die Reise fand im Mai 1939 statt. Vgl. den Brief des späteren Generalquartiermeisters Wagner an seine Frau aus Marienbad vom 18. Mai 1939, in: Elisabeth Wagner (Hrsg.), Der Generalquartiermeister. Briefe und Tagebuchaufzeichnungen des Generalquartiermeisters des Heeres, General der Artillerie Eduard Wagner, München/Wien 1963, S. 87 f.

»Drittes Reich« im Frieden 1934–1938

1 Heinrich Bennecke, Hitler und die SA, München 1962, S. 213.
Wolfgang Sauer, Die Mobilmachung der Gewalt, in: K. D. Bracher/W. Sauer/G. Schulz, Die nationalsozialistische Machtergreifung, Köln/Opladen 1962, S. 889.
2 Sauer, a. a. O., S. 726, S. 797, S. 886 u. S. 892.
Heinrich Bennecke, Die Reichswehr und der Röhm-Putsch, Beiheft 2 der »Politischen Studien«, München 1964, S. 27.
3 Kramarz, a. a. O., S. 48.
4 O'Neill, a. a. O., S. 38 f. Grundlegend jetzt: K. J. Müller, a. a. O., S. 38 ff. Nach dem Bericht des zum RR 17 gehörenden Lt. Baron Süßkind-Schwendi soll die Übernahme des »Vogels« von den Offizieren des Regimentes mit Jubel begrüßt worden sein, während Stauffenberg »sehr ernst« die Frage aufgewor-

fen habe, »ob dieser Maßnahme nicht schlimme Dinge folgen könnten«. Hoffmann, Widerstand ... S. 373, der dies anführt, datiert falsch mit »1933«. (Vgl. K. J. Müller, a. a. O., S. 68.)

5 Gräfin Stauffenberg bei Kramarz, a. a. O., S. 49.

6 Bracher, Die deutsche Armee zwischen Republik und Diktatur, S. 103.

7 Gräfin Stauffenberg bei Kramarz, a. a. O., S. 48.

8 Pezold bei Kramarz, a. a. O., S. 46.

9 O'Neill, a. a. O., S. 73.

10 Gertrud Neubaur-Beck bei O'Neill, a. a. O., S. 50. Buchheit, a. a. O., S. 34 ff. Hans Walzer bei Kramarz, a. a. O., S. 49 f.

11 Brief Oblt. a. D. Hans Haberberger, Bamberg, 15. 4. 1964, an Gräfin Nina Stauffenberg. Der Zeuge erklärt, dass Stauffenberg den erwähnten Ausspruch getan habe, als Hitler Oberbefehlshaber der Wehrmacht geworden sei. Doch datiert er dieses Ereignis falsch, wenn er vom »Sommer 1933 oder Frühjahr« spricht, denn erst mit dem Tode Hindenburgs wurde Hitler »Oberster Befehlshaber der Wehrmacht«.

12 Gräfin Stauffenberg – mündlicher Bericht.

13 Gräfin Charlotte v. d. Schulenburg – mündlicher Bericht.
Albert Krebs, Fritz-Dietlof Graf von der Schulenburg. Zwischen Staatsraison und Hochverrat, Hamburg 1964, S. 157 f.

14 Albert von Hofmann, Das deutsche Land und die deutsche Geschichte, 2. Aufl., Stuttgart/Berlin/Leipzig 1923, S. 10.

15 Albert von Hofmann, Politische Geschichte der Deutschen, Bd. 5., Stuttgart/Berlin/Leipzig 1928, S. 662 f.

16 Fahrner bei Zeller, a. a. O., S. 240.

17 Teske, a. a. O., S. 31.

18 Fahrner bei Zeller, a. a. O., S. 241.

19 Stauffenberg, Gedanken ... S. 7.

20 Fahrner bei Zeller, a. a. O., S. 240.

21 Unveröffentlichter Brief Stauffenbergs, Wuppertal, 18. 8. 1939, an seinen Onkel Graf Berthold Schenk von Stauffenberg. Unveröffentlichter, von Stauffenberg selbst in die Maschine geschriebener Brief, datiert »Wuppertal Sonntag« vom Herbst 1938 an seinen Sohn Berthold. (Beide Briefe im Besitz von Gräfin Stauffenberg.)

22 Stauffenberg, Gedanken ... S. 36 (im Referat); ders., Gedanken ... in: Wissen und Wehr, 1938, S. 476.

23 Stauffenberg, a. a. O., S. 28. Da Stauffenberg in diesem Zusammenhang auch die Truppe erwähnt, ist vor einer Überinterpretation zu warnen. (Siehe auch Anm. 48.) Eine solche liefert Finker, a. a. O., S. 46 f., wenn er über Stauffenbergs Fallschirmarbeit schreibt: »Im Gegensatz zu der imperialistischen deutschen Militärdoktrin, die u. a. auf der Annahme von der kriegsentscheidenden Bedeutung einzelner Waffenarten beruhte, betonte Stauffenberg die Abhängigkeit jedes einzelnen Kriegsmittels von der Gesamtheit aller materiellen und geistigen Faktoren des Militärwesens.« Stauffenberg hatte freilich nur von einem »allgemein militärischen Problem der Kriegführung« gespro-

chen, das er in einer Analyse der neuen Waffe »Fallschirmeinheiten« erblickte. Eine »Warnung vor einem künftigen Krieg« ist in diesem Referat ebenso wenig enthalten wie rein defensive Erörterungen, wie Finker meint, der a. a. O., S. 352 (Anm. 30) gegen Kramarz polemisiert, da dieser in seinem rudimentären Auszug (a. a. O., S. 223 ff.) »sehr aktuelle Passagen« der Denkschrift unterschlagen habe. Finker selbst unterschlägt die eher »offensiven« Passagen, dafür stellt er eine recht groteske Textinterpretation an. Stauffenberg schrieb: »Am meisten läßt sich noch aus den russischen Manövern und aus Äußerungen sowjetischer Fachleute sowie aus den Manövern des vergangenen Jahres in anderen Staaten entnehmen. Trotzdem bleibt das Bild unzureichend, zumal alle Nachrichten aus der Roten Armee und über diese mit Vorsicht zu behandeln sind.« Ferner wies er auf die »Bedeutung, die z. B. Sowjetrußland der Propaganda als Kriegsmittel beimißt«, und gebrauchte die Formulierung »von solchen Verbänden sprechen die Russen bereits- .« Dies ist Anlass für Finker, a. a. O., S. 48: »Schließlich ist an dem Aufsatz bemerkenswert, daß der Verfasser sachlich feststellt, sich in seinen Ausführungen fast nur auf bekannt gewordene Darlegungen und Mitteilungen aus der Sowjetunion stützen zu können. Er erwähnt an drei Stellen die Sowjetunion bzw. die Rote Armee, wobei die Sachlichkeit seiner Ausführungen im Gegensatz zu den damals obligatorischen antisowjetischen Ausfällen steht.« Gemessen an solchen Methoden müsste Finker der ihm unbekannten Tatsache ungeheures Gewicht beimessen, dass auf dem Vorsatzblatt des Vortrages, der der Lilienthalgesellschaft am 19. April 1938 zur Prüfung zuging, von Stauffenbergs Hand geschrieben steht: »Heil Hitler! Graf Stauffenberg. Rittm.«

24 Wedemeyer bei Kramarz, a. a. O., S. 54 f.
Albert C. Wedemeyer, Der verwaltete Krieg, Gütersloh 1958, S. 72: »Er war nicht immer zurückhaltend in der Äußerung seiner Verachtung für die Nazis und Hitler, aber er war so beliebt und wurde so verehrt, daß ihn niemand verriet.« Diese Aussage scheint anderen Aussagen Wedemeyers zu widersprechen. Allerdings erwähnt er, dass er selbst sich mit politischen Fragen zur deutschen Politik gegenüber den Offizieren der Kriegsakademie zurückgehalten habe – seine Schilderung von Stauffenbergs »unvorsichtigen« Äußerungen basiert also kaum auf Selbstvernommenem, sondern eher auf einem allgemeinen Eindruck, den er bei Kramarz wesentlich präziser schildert.

25 Gräfin Stauffenberg – mündlicher Bericht.
»Aphorismen zur Taktik« überschriebenes, von Stauffenbergs Hand verfasstes Notizblatt, im Besitz von Gräfin Stauffenberg.

26 Siehe oben S. 85 u. S. 96.

27 Siehe unten S. 428.

28 Gräfin Stauffenberg – mündlicher Bericht.

29 Rudolf Fahrner – mündlicher Bericht.

30 Teske, a. a. O., S. 42.

31 Gräfin Stauffenberg – mündlicher Bericht.

32 Teske, a. a. O., S. 50 f.

33 Oberst a. D. R. Kratzer bei Kramarz, a. a. O., S. 70. Kratzer war damals als Major d. G. Leiter der Untergruppe Ia Propaganda der Abt. »Landesverteidigung« im OKW. Keilig, a. a. O., 42, II, S. 1 f.

34 Baron Hans Christoph Stauffenberg – unveröffentlichtes Manuskript einer Rede vom 2. August 1963, S. 117.

35 Denkschrift Fritschs vom August 1937 bei O'Neill, a. a. O., S. 111.

36 Bracher, a. a. O., S. 104.
Zur Fritsch-Krise: Foertsch, Schuld und Verhängnis, S. 75 ff.; O'Neill a. a. O., S. 139 ff.; Buchheit a. a. O., S. 106 ff.

37 Gräfin Stauffenberg – mündlicher Bericht.

38 Krebs, a. a. O., S. 157 u. S. 163 f.

39 Buchheit, a. a. O., S. 133 ff. u. S. 154.
O'Neill, a. a. O., S. 151 ff.

40 Zeller, a. a. O., S. 46 ff.
Ritter, a. a. O., S. 188 ff.
Buchheit, a. a. O., S. 177.
Helmut Krausnick, Vorgeschichte und Beginn des militärischen Widerstandes gegen Hitler, in: Die Vollmacht des Gewissens, I, hrsg. von Europ. Publikation, München 1956, S. 332 ff.
O'Neill, a. a. O., S. 163 ff.

41 Kramarz, a. a. O., S. 71.
Scheurig, a. a. O., S. 17 erwähnt, dass Stauffenberg von den Absichten Becks und Hoepners erfahren habe, doch scheint dies eben erst nach dem Scheitern der »Aktion« der Fall gewesen zu sein.

42 Werner Reerink bei Kramarz, a. a. O., S. 71.

43 Gräfin Stauffenberg bei Kramarz, a. a. O., 70. Die Bemerkung über den »Tapezierer« und den Kleinbürger soll Stauffenberg gegenüber seinem Wuppertaler Buchhändler Kurt Nettesheim getan haben. Hofmann, a. a. O., S. 375 berichtet sie, wobei er aber nicht deutlich erwähnt, dass dieses Zeugnis erst ab Sommer/Herbst 1938 gültig sein kann, und deshalb mit der Wendung »er pflegte« einen falschen Eindruck erweckt. Die Gedankensammlung wurde nach dem 20. 7. 1944 vernichtet.

44 Buchheit, a. a. O., S. 183.
O'Neill, a. a. O., S. 166.
Fahrner bei Zeller, a. a. O., S. 242. Siehe unten S. 142.

45 Werner Reerink und General Loeper bei Kramarz, a. a. O., S. 72.

46 Gräfin Stauffenberg – mündlicher Bericht.

47 Kramarz, a. a. O., S. 69.

48 Fahrner bei Zeller, a. a. O., S. 242. Zu Fahrners Gespräch vgl. den Bericht bei Partsch, a. a. O., S. 3199 – und darauf basierend bei Scheurig, a. a. O., S. 18, und Finker, a. a. O., S. 65 – über dessen Gespräch mit Stauffenberg »wenige Wochen vor Ausbruch des Krieges«: Auf die Frage nach einer möglichen Bildung von »Widerstands«-Zellen im Heer antwortete Stauffenberg, »das sei wohl in der Arbeiterschaft möglich, wo in einem alten Stamm eine fest begründete Ablehnung des Regimes bestehe«. Bei dem Offizierskorps sei zur

Zeit »ein derartiger Versuch nicht nur gefährlich, sondern vor allem aussichtslos«. Vgl. aber Stauffenbergs Ablehnung einer Revolution oder eines allgemeinen Volksaufstandes (siehe unten S. 145), die diesen Hinweis auf die oppositionelle Rolle der Arbeiterschaft in seiner Bedeutung nicht schmälert, wohl aber deutlich zeigt, dass Stauffenberg die Arbeiter eher als Kontrastbeispiel zum Offizierskorps zitierte und sie nicht zum »Widerstand« aufforderte.

49 Fahrner bei Zeller, a. a. O., S. 242.

Gneisenau – Vorbild einer »deutschen Erhebung«

1 Gräfin Stauffenberg – mündlicher Bericht. Zeller, a. a. O., S. 232.

2 Prof. Rudolf Fahrner – mündlicher Bericht. Zeller, a. a. O., S. 262 u. S. 269. Kramarz, a. a. O., S. 56.

3 Gneisenaus Tochter Emilie war verheiratet mit dem Grafen Karl Hohenthal, dessen Tochter Valerie den Grafen Alfred Uxkull heiratete. Aus dieser Ehe war die dritte Tochter die Mutter Stauffenbergs.

4 Zeller, a. a. O., S. 230 f.

5 Fahrner – mündlicher Bericht.

6 Fahrner – mündlicher Bericht.

7 Zeller, a. a. O., S. 232.

8 (Rudolf Fahrner), Gneisenau (36 Schreibmaschinenseiten, Durchschlag bei den Unterlagen Stauffenbergs, im Besitz von Gräfin Stauffenberg).

9 Unveröffentlichte »Bemerkungen zu Gneisenau«. Zwei handschriftlich beschriebene Seiten, im Besitz der Gräfin Stauffenberg.

10 Fahrner bei Zeller, a. a. O., S. 245 f.

11 Rudolf Fahrner, Gneisenau, München 1942. Benutzt wurde das Exemplar Stauffenbergs, im Besitz von Gräfin Stauffenberg, bei dem die Autorangabe fehlt.

12 Gneisenau, Denkschrift zum Volksaufstand von 1808 und 1811, hrsg. v. Harald von Koenigswald, Berlin 1936.

13 Fahrner bei Zeller, a. a. O., S. 267 f.

14 G. H. Pertz, Das Leben des Feldmarschalls Grafen Neithardt von Gneisenau, Bd. 2 (1810-1813), Berlin 1865, S. 117 ff., S. 130 ff. u. S. 134 ff.

15 Ernst A. Legahn, Preußische Partisanen, in: WWR, 18, 1968, S. 172.

16 Pertz, a. a. O., S. 112 ff.

17 Fahrner, a. a. O., S. 27. Im folgenden wird aus der endgültigen Buchfassung der Gneisenau-Arbeit zitiert.

18 Fahrner, a. a. O., S. 1.

19 Fahrner, a. a. O., S. 99

20 Fahrner, a. a. O., S. 15.

21 Fahrner, a. a. O., S. 15 f.

22 Fahrner, a. a. O., S. 75 u. S. 92.

23 Fahrner, a. a. O., S. 16 ff.

24 Fahrner, a. a. O., S. 25 f.
25 Fahrner, a. a. O., S. 26 f.
26 Siehe unten S. 295.
27 Fahrner – mündlicher Bericht.
28 Fahrner, a. a. O., S. 18 f.
29 Fahrner, a. a. O., S. 19.
30 Fahrner, a. a. O., 28.
31 Fahrner, a. a. O., S. 20, S. 29 f. u. S. 32.
32 Siehe unten S. 163 ff.
33 Fahrner, a. a. O., S. 35, S. 44 f. u. S. 47.
34 Fahrner, a. a. O., S. 56 f.
35 Siehe oben S. 91.
36 Siehe oben S. 57.
37 Siehe unten S. 169.
38 Zum gesamten Komplex dieser Ansprache vgl. die Untersuchung von Winfried Baumgart, Zur Ansprache Hitlers vor den Führern der Wehrmacht am 22. August 1939, in: VJfZG, 16. 1968, S. 120 ff.
39 Aus dem unveröffentlichten Brief Stauffenbergs an seinen Onkel Graf Berthold Schenk von Stauffenberg, Wuppertal, 18. 8. 1939. Stauffenberg soll vor dem Ausrücken seinem Wuppertaler Buchhändler erklärt haben, »trotz der Furchtbarkeit eines Krieges sei das Ausrücken doch auch eine Erlösung, der Krieg sei ja schließlich sein Handwerk von Jahrhunderten her«. (Hoffmann, Widerstand ..., S. 375.) Dieser Ausspruch steht nicht im Widerspruch zum Brief an seinen Onkel, wird aber durch ihn doch leicht korrigiert in seinem optimistischen Fatalismus. Der Brief erscheint ernster als der Ausspruch.

Feldzüge in Polen und Frankreich 1939/40

1 Kramarz, a. a. O., S. 64.
2 Kramarz, a. a. O., S. 68, Scheurig, a. a. O., S. 19, Finker, a. a. O., S. 51 und Hoffmann, a. a. O., S. 372 schreiben bereits von der 6. Panzerdivision. Die Division – die bereits verstärkt war – wurde aber erst nach dem Polenfeldzug, am 18. 10. 1939, in 6. Pz: Div. umbenannt. Die Aufklärungs-Abteilung 6 wurde AA 57, das Kavallerieschützen-Rgt. 4 Schützen-Rgt. 4. Mueller-Hillebrand II, S. 19 u. S. 120. Scheibert, a. a. O., S. 6. Georg Tessin, Formationsgeschichte ... Bd. III, Frankfurt a. M. o. J., S. 18.
3 Siehe dazu die hektographierte Karte »Die 1. Leichte Division unter Gen.Major v. Loeper im polnischen Feldzug« in den Unterlagen Stauffenbergs, im Besitz von Gräfin Stauffenberg.
Zum Polenfeldzug allgemein: Nikolaus von Vormann, Der Feldzug in Polen 1939. Die Operationen des Heeres, Weißenburg 1958. Hans Roos, Der Feldzug in Polen vom September 1939, in: WWR, 9, 1959, S. 491 ff.
4 Werner Reerink bei Kramarz, a. a. O., S. 68.
5 Dieser und die vier anderen, unveröffentlichten Briefe aus dem Polenfeldzug

sind in einer maschinenschriftlichen Abschrift von Gräfin Stauffenberg aus dem Jahre 1939 erhalten.

6 Siehe oben S. 157.

7 Teske, a. a. O., S. 62 ff.

8 General v. Loeper bei Kramarz, a. a. O., S. 65.

9 Siehe unten S. 170.

10 Kozienice, 14. 9. 39.

11 Gluchow, 5 km nördl. Grojec, 16. 9. 39.

12 Ocarow, 10 km westl. Warschau, 17. 9. 39.

13 Werner Reerink bei Kramarz, a. a. O., S. 67.

14 Rykaly, 23. 9. 39. Zu den Ausbruchsversuchen vgl. die Photographien bei Scheibert, a. a. O., S. 22. Polnische Kavallerie attackierte auch Panzer der Division – das Resultat hat Stauffenberg selbst beschrieben.

15 Predigt des Divisionspfarrers, Wuppertal, 17. 10. 39, bei den Unterlagen Stauffenbergs, im Besitz von Gräfin Stauffenberg.

16 Zeller, a. a. O., S. 242 f. und, diesen korrigierend, Gräfin Stauffenberg, die sich allerdings nur an Uxkulls Besuch in Wuppertal erinnert.

17 Krebs, a. a. O., S. 175.

18 Krebs, a. a. O., S. 176.

19 Krebs, a. a. O., S. 172.
Nach Zeller, a. a. O., S. 165, sollen Schulenburg und Uxkull Stauffenberg bereits im Winter 1938/39 am Rhein aufgesucht haben. Stauffenberg stand im Winter 1939/40 in Wuppertal; das Datum ist ein Irrtum, den Zeller nur an der einen Stelle seines Buches korrigiert hat.

20 Ger van Roon, Neuordnung im Widerstand. Der Kreisauer Kreis innerhalb der deutschen Widerstandsbewegung, München 1967, S. 83.

21 Roon, a. a. O., S. 218 f.
Zeller, a. a. O., S. 249 f.
Strebel, In Memoriam Berthold Schenk Graf von Stauffenberg (1905 bis 1944), in: Zeitschrift für ausländisches öffentliches Recht und Völkerrecht, XIII, 1948, S. 14 ff.

22 Roon, a. a. O., S. 84 f. u. S. 214.
Zu der »Yorckschen Vorgeschichte« des Kreisauer Kreises vgl. auch Ritter, a. a. O., S. 316 f.

23 Roon, a. a. O., S. 83.

24 Roon, a. a. O., S. 80.

25 Ausgewählte Briefe von Generalmajor Stieff, in: VJfZG, 2. 1954, S. 300.

26 Martin Broszat, Nationalsozialistische Polenpolitik 1939-1945, Stuttgart 1961, S. 26 ff.
Helmut Krausnick, Hitler und die Morde in Polen. Ein Beitrag zum Konflikt zwischen Heer und SS um die Verwaltung der besetzten Gebiete, in: VJfZG, 11, 1963, S. 203 ff.
K. J. Müller, a. a. O., S. 427 ff., und ders., Zu Vorgeschichte und Inhalt der Rede Himmlers vor der höheren Generalität am 13. März 1940 in Koblenz, in: VJfZG, 18, 1970, S. 95 ff.

27 Der Text der Rede liegt in den Unterlagen Stauffenbergs in einem Vortrag vom 6. Januar 1940 des zur 6. Pz.-Div. gehörenden Freundes Stauffenbergs, Rittmeister Colsman.
28 Zur Methode der Verhaftung: Ehlers, a. a. O., S. 115 ff.
29 Ritter, a. a. O., S. 276.
Zum Gesamt der Opposition dieser Zeit: Ritter, a. a. O., S. 245 ff.; Kurt Sendtner, Die deutsche Militäropposition im ersten Kriegsjahr, in: Die Vollmacht des Gewissens, I, S. 383 ff.; Buchheit, a. a. O., S. 217 ff.; Erich Kosthorst, Die deutsche Opposition gegen Hitler zwischen Polen- und Frankreichfeldzug, 3. Aufl., Bonn 1957. Jetzt vor allem: Harold C. Deutsch, The Conspiracy against Hitler in the Twilight War, Minneapolis 1968, S. 175 ff.
30 Hermann Graml, Die deutsche Militäropposition vom Sommer 1940 bis zum Frühjahr 1943, in: Die Vollmacht des Gewissens, II, Frankfurt a. M. Berlin 1965, S. 414.
31 Jacobsen, Dünkirchen ... S. 55.
32 Sendtner, a. a. O., S. 436 ff.
Ritter, a. a. O., S. 273 ff.
Deutsch, a. a. O., S. 102 ff.
33 Ritter, a. a. O., S. 260.
34 »Befehlskladde«, in schwarzes Wachstuch eingebunden, 77 Seiten sind beschrieben, die Seiten 78-81 unbeschrieben, S. 82 umgekehrt beschrieben, S. 83 leer, S. 84 umgekehrt beschrieben. Die Seiten 85-90 sind herausgerissen. Der Einbanddeckel ist umgekehrt beschrieben mit: Graf Stauffenberg. Zahlreiche Seiten sind nach dem 20. Juli 1944 von einem Verhörsbeamten mit blauem Farbstift kreuzweise durchgestrichen worden. Kladde im Besitz von Gräfin Stauffenberg.
35 A. a. O., S. 57. Der Satz ist nicht vollständig zu entziffern: »Gneisenau verlangt die [ein Wort unleserlich] u. [zwei Worte unleserlich].« Daran schließt sich eine Notiz über eine Aussage Colsmans an, der im Mai 1940 Stauffenbergs Nachfolger als Ib werden sollte: »Colsman spricht von dem Zwang die innere Form zu finden u. [ein Wort unleserlich] zu befestigen [?] in einem Augenblick, in dem unser Land sich zu neuer Reichsgründung anschickt.« Colsman hielt am 6. 1. 1940 einen Vortrag über »Erhaltung der Manneszucht im Krieg« (siehe unten Anm. 42) – die Notizen könnten sich auf ein Gespräch aus dieser Zeit beziehen.
36 A. a. O., S. 72: »Politik. Unterricht. Politik und Soldatentum.«
37 A. a. O., S. 56 – d. h. eine Seite vor der Gneisenau-Bemerkung.
38 Siehe Anm. 2.
39 Jacobsen, Fall Gelb, S. 192.
40 Motorisierungsprobleme im Winter 1939/40, in: Jacobsen, a. a. O., S. 1S0 ff.; Schell, a. a. O., S. 217 ff.
41 Reerink bei Kramarz, a. a. O., S. 65.
42 General Loeper bei Kramarz, a. a. O., S. 66.
Loeper wurde im Oktober 1939 von Gen.-Maj. Kempf im Kommando über die Division abgelöst. Scheibert, a. a. O., S. 23. Zu technischen Problemen

kamen in diesem Winter Schwierigkeiten mit der Disziplin der Truppe. Vgl. das Referat des mit Stauffenberg befreundeten Rittmeisters Colsman, Erhaltung der Manneszucht im Krieg (Zersetzung). Notizen zu Vortrag vor den Offizieren der rückwärtigen Dienste am 6. Januar 1940. Im Kapitel IV steht der Satz: »Über die Pflichten des Einheitsführers im Krieg hat Hauptmann Graf Stauffenberg gesprochen.« (Referat Colsmans in den Unterlagen Stauffenbergs, im Besitz von Gräfin Stauffenberg.)

43 Gräfin Stauffenberg – mündlicher Bericht.

44 Aus einem unveröffentlichten Brief Stauffenbergs, Div.-Stabs: Quartier [im Westerwald] 5. 2. 40, an »Ti«. Photokopie im Besitz von Gräfin Stauffenberg. Der Brief ist in bemerkenswert gelungener Georgescher Kalligraphie geschrieben. Vgl. auch den oben S. 78 erwähnten, mit »Sonntag« datierten Brief Stauffenbergs an Kommerell: »Die betätigung meiner freizeit der letzten wochen nämlich das wiederlesen des Titan ließ mich häufig Deiner denken besonders an den stellen die Du in jenen märchenhaften wochen für mich herausschriebst. Ich lese wieder unendlich viel neues in ihm und zum hauptunterschiede vom ersten male haben die betrachtenden und mehr zustände als entwicklungen zeichnenden stellen besondern und mehr reiz als damals.«

45 Ruth von Blomberg – die Frau des damaligen Divisionsadjutanten Hauptmann v. Blomberg – und Reerink bei Kramarz, a. a. O., S. 66.

46 Helmut Staedke bei Kramarz, a. a. O., S. 66. Bei Generaloberst Halder, Kriegstagebuch, Bd. I: Vom Polenfeldzug bis zum Ende der Westoffensive, Stuttgart 1962, S. 217, steht am 2. März 1940: »Pezold Ersatz 4-6 Wochen. GZ.« Stauffenberg wurde Pezolds Nachfolger im OKH. Siehe unten S. 177.

47 Jacobsen, Dünkirchen . . ., S. 23 ff.

48 Jacobsen, Fall Gelb, S. 255.

49 Erwin Topf, Stauffenberg. Schreibmaschinen-Ms., 4 Seiten, S. 1 (Institut für Zeitgeschichte/Archiv/Sammlung Zeller ED 88). Ein Teil des Aufsatzes von Topf wurde abgedruckt: Klaus [sic] Graf Stauffenberg, in: Die Zeit, 18. 7. 1946. Der zitierte Passus fehlt. Die unten in Anm. 55 und Anm. 61 belegten Zitate beziehen sich auf die vollständige, unveröffentlichte Originalfassung im Manuskript.

50 Brief Stauffenbergs an seine Frau, 18. 5. 40. Dazu: Brief Gräfin Stauffenbergs an ihre Eltern, Barmen 22. 5. 40. Wie jene aus dem Polenfeldzug sind auch Stauffenbergs unveröffentlichte Briefe aus dem Frankreichfeldzug nur in der maschinenschriftlichen Transkription von Gräfin Stauffenberg aus jener Zeit erhalten.

51 6. PzDiv/Ib/Qu.Abt. Wacquierny, 18. 5. 40, 17.45 Uhr an Gen.Kdo. XXXXI. A. K., Betr. Beutemeldung, gez. Graf Stauffenberg. Diese Meldung befindet sich zusammen mit einer anderen und vier Befehlen vom 22. und 23. 5. 1940 in handschriftlicher Fassung mit eigenhändiger Unterschrift Stauffenbergs im Besitz von Gräfin Stauffenberg.

52 Scheibert, a. a. O., S. 30.

53 Scheibert, a. a. O., S. 35.

54 – 6. PzDiv/Ib/Boucquemaison [sic], 22. 5. 40, 13.50 Uhr, gez. Graf Stauffenberg (allgemeiner Befehl für die Bewegungen der Division).
– 6. PzDiv/IbBoucquemaise, 22. 5. 40, 14.00 Uhr, an Ofz. Trossführer der Div., gez. Graf Stauffenberg (mit einer Marginalie von seiner Hand: »Vor Abmarsch erkunden, ob Straße frei! GfSt«).
– 6. PzDiv/Ib/Boucquemaise, 22. 5. 40, 14.15 Uhr, an San.Komp. 2 und zugeteilte Teile, gez. Graf Stauffenberg.
– 6. PzDiv/Ib/Boucquemaise, 22. 5. 40, 14.30 Uhr, an 6. PzDiv (la), gez. Graf Stauffenberg. (Meldung Stauffenbergs über die von ihm erteilten Befehle.)

55 Topf, a. a. O., S. 1 f.

56 6. Panzer-Division/Abtlg. Ib/Fauquembergues, 23. 5. 40, 16.20 Uhr, an Gruppe Kleiner, gez. Graf Stauffenberg.

57 Jacobsen, Dünkirchen ... S. 36 ff.

58 Halder I, S. 320.

59 Jacobsen, a. a. O., S. 47 ff.

60 »im Artois«, 27. 5. 40.
Gräfin Stauffenberg, Barmen 2. 6. 40, an ihre Eltern.

61 Topf, a. a. O., S. 2.

62 Brief Gräfin Stauffenbergs, Barmen 2. 6. 40, an ihre Eltern.

63 Pezold bei Kramarz, a. a. O., S. 79.

Generalstab des Heeres – Bis zur Schlacht von Moskau 1940/41

1 Halder I, S. 324.

2 Mueller-Hillebrand II, S. 62.

3 Mueller-Hillebrand II, S. 62 gibt als Planziel 20 Pz.-Div., 10 Inf.- Div. (mot.) und 30-40 Inf.- Div. an. Vgl. dazu aber unten Anm. 6.

4 Walter Warlimont, Im Hauptquartier der deutschen Wehrmacht 1939 bis 1945. Grundlagen, Formen, Gestalten, 2. Aufl., Frankfurt a. M./Bonn 1964, S. 102.
Kriegstagebuch des Oberkommandos der Wehrmacht (Wehrmachtführungsstab) 1940-1945, hrsg. von Percy Ernst Schramm, Bd. I, Frankfurt a. M. 1965, S. 173 E.
KTB OKW/WFSt, Bd. IV, 2, Frankfurt a. Main 1961, S. 1744 u. S. 1869 gibt als Aufenthaltsdauer im »Felsennest« den Zeitraum vom 10. Mai bis 5. oder 6. Juni 1940 an.
Andreas Hillgruber, Hitlers Strategie. Politik und Kriegführung 1940 bis 1941, Frankfurt a. Main 1965, S. 673 nennt in seinem Itinerar Hitlers als Datum der Verlegung des FHQu den 6. Juni. Vgl. aber auch Warlimont, a. a. O., S. 116, der den 3. Juni angibt. Ebenso Halder I, S. 330, dessen Angabe freilich nur für das HQu des OKH gilt.

5 Jacobsen, a. a. O., S. 54 f.
Halder I, S. 334, S. 343 u. S. 355.

6 Halder I, S. 357.
7 Brief Stauffenbergs vom 17. 6. 40 an seine Frau (in deren maschinenschriftlicher Transkription).
8 Ein Hauptmann der Reserve. Das im nächsten Satz und auch im Brief vom 19. Juni (siehe unten S. 182) erwähnte Durcheinander in der Feldpost war darauf zurückzuführen, dass »die ganzen Feldpostzüge ... von einem irrsinnig gewordenen Oberfinanzpräsidenten in Düsseldorf zolltechnisch beschlagnahmt worden« waren. Der Chef des Stabes des Generalquartiermeisters musste am 18. Juni »wie ein Satan« dazwischenfahren, um »die Idioten vom Zoll« zur Räson zu bringen. Vgl. die Briefe Wagners an seine Frau vom 18. und 19. Juni 1940, in: Wagner, a. a. O., S. 185 f.
9 Ergänzungsoffiziere der Reserve II. Vgl. Mueller-Hillebrand I, S. 32 ff.
10 Halder I, S. 357.
11 KTB OKW/WFSt I, S. 174E ff.
12 Das Deutsche Heer 1939. Gliederung, Standorte, Stellenbesetzung und Verzeichnis sämtlicher Offiziere am 3. 1. 1939, hrsg. v. H. H. Podzun, Bad Nauheim 1953, S. 67; Model, a. a. O., S. 192.
13 Keilig, a. a. O., 211, S. 50 u. S. 266.
Das Deutsche Heer 1939, a. a. O., S. 59 u. S. 67.
Nicht Oberst Kühne war Stabschef Olbrichts, wie bei Halder, Kriegstagebuch, Bd. III: Der Rußlandfeldzug bis zum Marsch auf Stalingrad, Stuttgart 1964, S. 413 u. S. 540 erwähnt wird, sondern Reinhardt (Halder, Kriegstagebuch, Bd. II: Von der geplanten Landung in England bis zum Beginn des Ostfeldzuges, Stuttgart 1963, S. 305.) Zwar wollte Olbricht im Dezember 1940 Kühne und nicht Reinhardt, der zu Fromm – dem Chef H. Rüst. u. BdE – gehen sollte, als seinen Chef des Stabes im AHA (Halder II, S. 240). Chef des Stabes des BdE wurde aber Oberst Koehler (Halder II, S. 307) – d. h. der bisherige Chef d. St. AHA. Am 1. 4. 43 wurde Koehler von Kühne abgelöst, der seit Dezember 1940 Verb.-Offizier d. Heeres z. BdE und auch Leiter der Abt. Demobilmachung im AHA war und im Mai 1942 zum Chef Gen.-St. XIII. AK. ernannt worden war. In seiner Funktion als Chef d. St. BdE wurde Kühne – am 1. 9. 1943 zum Generalmajor befördert – im Frühsommer 1944 von Stauffenberg abgelöst, der im Herbst 1943 Nachfolger Reinhardts als Chef d. St. AHA geworden war. In dieser Funktion wurde Stauffenberg von Mertz von Quirnheim abgelöst. Vgl. Keilig, a. a. O., 56, II, S. 5 f. und 211, S. 171, S. 186, S. 241 u. S. 266.
14 Generalquartiermeister des Heeres war der damalige Gen.-Maj. Eugen Müller, der am 1. 10. 1940 von Gen.-Maj. Eduard Wagner, dem bisherigen Chef d. St. Gen.-Qu., abgelöst wurde. Keilig, a. a. O., 211, S. 226 und S. 353, Halder II, S. 120 (1. 10. 40).
15 Generaloberst a. D. Franz Halder bei Kramarz, a. a. O., S. 76 f.
16 Halder I, S. 285.
17 Mueller-Hillebrand I, S. 117 ff., S. 172 u. S. 176.
Keilig, a. a. O., 54, I, S. 1 ff.
Die Generalstäbe in Deutschland 1871-1945. Aufgaben in der Armee und Stellung im Staate, Stuttgart 1962, S. 78 ff.

Walter Görlitz, Paulus und Stalingrad. Lebensweg des Generalfeldmarschalls Friedrich Paulus (Lizenzausgabe von »Paulus: Ich stehe hier auf Befehl«, Frankfurt a. M. 1961), Frankfurt a. M./Bonn 1964, S. 41.

18 Warlimont, a. a. O., S. 117.
Domarus II, S. 1526 ff.
Andreas Hillgruber (Hrsg.), Staatsmänner und Diplomaten bei Hitler. Vertrauliche Aufzeichnungen über Unterredungen mit Vertretern des Auslandes 1939-1941, Frankfurt a. Main 1967, S. 138 ff.

19 Halder I, S. 360 ff.

20 Unveröffentlichter Brief Stauffenbergs »Gegend Chimay, 19. 6. 40« an seine Frau.
Brief Gräfin Stauffenbergs »Barmen 22. 6. 40« an ihre Eltern.

21 Halder I, S. 363.

22 Karl Klee, Das Unternehmen »Seelöwe«. Die geplante deutsche Landung in England 1940, Göttingen/Berlin/Frankfurt 1958, S. 58.

23 Domarus II, S. 1530.

24 Unveröffentlichter Brief Stauffenbergs »H.Q. OKH, 21. 6. 40« an seine Frau. Bei Kramarz, a. a. O., S. 88 ist nur der erste Absatz wiedergegeben. Brief Gräfin Stauffenbergs »Barmen, 22. 6. 40« an ihre Eltern.

25 In der Transkription des Briefes fehlen häufig die Kommata. Kramarz a. a. O., S. 88 setzt sie nicht ganz sinnvoll: »Neben Triumph und Freude ist da unvermeidbar die Ueberschau über die drei Jahrzehnte, die wir miterlebten mit dem Wissen, . . .«

26 Halder I, S. 368 f. u. S. 371 f.

27 Halder II, S. 5. u. S. 155.

28 Aussage Halders in seiner ersten Verhandlung vor der Münchner Spruchkammer am 20. September 1948, bei Zeller, a. a. O., S. 243 u. S. 519 und Graml, Die deutsche Militäropposition . . ., in: Vollmacht des Gewissens II, S. 421. Tresckow scheint an diesem Gespräch nicht teilgenommen zu haben. Stauffenberg sah Tresckow offenbar im Sommer 1941 zum erstenmal (siehe unten S. 199), Fraenkel/Manvell, a. a. O., S. 53 übernehmen die Angabe Gramls von der Teilnahme Tresckows am Gespräch im Sommer 1940. Die Parade wurde erst am 20. Juli 1940 annulliert (Halder II, S. 28 [20. 7. 40]).

29 Zeller, a. a. O., S. 243. So erklärte er seiner Frau: »Der Mann hat Gespür für Militärisches. Er hat gewußt, entgegen den Generalen, daß die Maginotlinie zu durchbrechen ist . . . Er hat bei der Einkesselung von Dünkirchen einen Fehler gemacht – er wird ihn nicht wiederholen.« Seinem Wuppertaler Buchhändler soll er etwas später erklärt haben: »Der Vater dieses Mannes war kein Kleinbürger. Der Vater dieses Mannes ist der Krieg.« Dies ist zwar ganz gewiss nicht ohne Bewunderung gesprochen, aber in der etwas poetischen Ausdrucksweise gar nicht so eindeutig. (Vgl. Gräfin Stauffenberg, Kurt Nettesheim bei Hoffmann, Widerstand . . ., S. 375, der allerdings den Zusammenhang – wie auch bei anderen Zeugnissen – nicht sieht).

30 Zeller, a. a. O., S. 243 u. S. 234.

31 Zeller, a. a. O., S. 243.
Graml, a. a. O., S. 421.
Kramarz, a. a. O., S. 88 f. schreibt, dass ein Attentat abgelehnt wurde. Halder war, wie er selbst erklärte, mit einem Umsturz einverstanden, doch musste er in der Diskussion beschwichtigen. Fast zwanzig Jahre nach seiner Aussage im Spruchkammerverfahren scheint er – in Formulierungen wie »soweit ich mich erinnere« tönt es an – seine eigene damalige Auffassung mit jener seiner Gesprächspartner etwas zu verwechseln, wobei sich ein gewisser Widerspruch zu seiner früheren Aussage ergibt. Etwa zur selben Zeit soll Stauffenberg Herrn August von Joest (Eichholz) erklärt haben, dass es nun gelte, in die SS einzutreten, um sozusagen den nationalsozialistischen Staat von innen her zu übernehmen. Dieser Bericht ist durch Kunrat Frhr. von Hammerstein überliefert, dem Joest erst im Jahre 1945 davon erzählte – und deshalb nur sehr beschränkt verwertbar. Sofern er zutrifft und nicht eine spätere Verwechslung oder Zweckdarstellung ist, wäre er ein weiterer Beweis für die theoretische Komponente von Stauffenbergs Umsturzgedanken. (Baron Hammerstein – mündlicher Bericht.)
32 Halder bei Kramarz, a. a. O., S. 89.
33 Brief Moltkes an Yorck, 17. 6. 40, in: Roon, a. a. O., S. 479 ff.
34 Brief Yorcks an Moltke, 7. 7. 40, in: Roon, a. a. O., S. 481 ff.
35 Siehe oben S. 99 u. S. 172.
36 Fahrner, Gneisenau, S. 92 u. S. 18. Siehe oben S. 150.
37 Fahrner bei Zeller, a. a. O., S. 254. Siehe unten S. 301.
38 Paul Kluke, Nationalsozialistische Europaideologie, in: VJfZG, 3, 1955, S. 240 ff.
Lothar Gruchmann, Nationalsozialistische Großraumordnung. Die Konstruktion einer »deutschen Monroe-Doktrin«, Stuttgart 1962. KTB OKW/WFSt I, S. 63E ff.
39 Siehe oben S. 175.
Fahrner – mündlicher Bericht. Zeller, a. a. O., S. 243.
40 Brief Moltkes an Yorck, 12. 7. 40, in: Roon, a. a. O., S. 483 f. In der Wiedergabe des Briefes beginnt die Formulierung »nicht aber dürfen wir ...« ohne vorheriges Satzzeichen nach »überwinden« in Kleinschreibung als neuer Absatz.
41 Friedrich-Karl von Plehwe, Die geplante Landung in England. Unternehmen »Seelöwe« 1940, in: WWR, 17. 1967, S. 386. Vgl. auch: Rudolf Bogatsch, Politische und militärische Probleme nach dem Frankreichfeldzug, in: Vollmacht des Gewissens II, S. 11 ff. Hillgruber, Hitlers Strategie, S. 144 ff.
42 KTB OKW/WFSt I, S. 67E f.
Der Führer und Oberste Befehlshaber der Wehrmacht/OKW/WFA/L Nr. 33160/40 g. Kdos. Chefsache, F.H.Q., den 16. 7. 1940, Weisung Nr. 16 über die Vorbereitungen einer Landungsoperation gegen England; Der Führer und Oberste Befehlshaber der Wehrmacht/OKW/WFA/L Nr. 33210/40 g. Kdos. Chefs., Führerhauptquartier, 1. 8. 1940, Weisung Nr. 17 für die Führung des Luft- und Seekrieges gegen England, in: Walther Hubatsch (Hrsg.), Hitlers Weisungen für die Kriegführung 1939-1945. Dokumente des Ober-

kommandos der Wehrmacht, München 1965 (dtv-Ausgabe der Originalausgabe, Frankfurt 1962), S. 71 ff. u. S. 75 f. Klee, a. a. O., S. 63 ff., S. 75 ff. u. S. 82 ff.

43 OKW/WFSt/Abt. L(IH) Nr. 33373/40 g. K.Chefs., F.H. Qu., den 27. 11. 40; Der Oberste Befehlshaber der Wehrmacht/OKW/WFSt/Abt. L Nr. 33395/40 g. K.Chefs., Weisung Nr. 19: Unternehmen »Felix«, in: Hubatsch, a. a. O., S. 82 ff. u. 86 ff.
KTB OKW/WFSt I, S. 69E f.

44 Halder I, S. 374 (30. 6. 40).
Halder II, S. 6, S. 21, S. 32 ff, S. 37, S. 39 ff, S. 46 u. S. 49 f. (3., 13., 22., 26.-31. 7. 40).
Alfred Philippi/Ferdinand Heim, Der Feldzug gegen Sowjetrußland 1941 bis 1945. Ein operativer Überblick, Stuttgart 1962, S. 22 f. u. S. 26 ff.
Alfred Philippi, Das Pripjetproblem. Eine Studie über die operative Bedeutung des Pripjetgebietes für den Feldzug des Jahres 1941, Beiheft 2 der WWR, Frankfurt a. M. 1956, S. 8 ff.
Heinrich Uhlig, Das Einwirken Hitlers auf Planung und Führung des Ostfeldzuges, in: Vollmacht des Gewissens II, S. 147 ff. KTB OKW/WFSt I, S. 88E.
Vgl. auch die Unterredung Hitlers mit dem italienischen Botschafter Alfieri vom 1. 7. 1940, in: Hillgruber, Staatsmänner ..., S. 148.

45 Aus den Notizen Halders lassen sich Parallelität und allmähliche Priorität gut erkennen: »Friedensheer«: Halder I, S. 360 ff., S. 368 ff. u. S. 374 (17.-19., 22.-25. u. 28. 6. 40); Halder II. S. 7, S. 13, S. 15 ff., S. 22 f., S. 27 f., S. 35, S. 50 ff., S. 57 f. (3., 7., 9., 11.-14., 16., 19./20., 25. u. 31. 7., 1. u. 6./7. 8. 40); »Seelöwe«: Halder II, S. 3-60 (1.-8., 10.-17., 19.-26. 7., 28. 7.-3. 8., 5.-10. 8. 40); »Mittelmeer«: Halder II, S. 20 f., S. 29, S. 45 f., S. 50 u. S. 60 (13., 21., 30./31. 7. u. 9. 8. 40); »Sowjetunion«: siehe Anm. 44.

46 Mueller-Hillebrand II, S. 62 ff.
Siehe »Friedensheer« in Anm. 45.

47 Siehe »Sowjetunion« in Anm. 44. Halder II, S. 72, S. 78 u. S. 100 (21. u. 26. 8., 14. 9. 40)
Alfred Gause, der Feldzug in Nordafrika im Jahre 1941, in: WWR, 12, 1962, S. 594.
Warlimont, a. a. O., S. 135.
Enno v. Rintelen, Mussolinis Parallelkrieg im Jahre 1940, in: WWR, 12, 162, S. 24.
Mueller-Hillebrand II, S. 65.
Zu Hitlers Umrüstungsplänen vor dem Hintergrund seiner Kriegsziele vgl. Hillgruber, Hitlers Strategie, S. 255 ff. KTB OKW/WFSt I, S. 11 (Eintrag vom 7. 8. 40).

48 Halder II, S. 58 u. S. 79 (7. u. 27. 8. 40).
KTB OKW/WFSt I, S. 38 (17. 8. 40).
Chef WiRüAmt [General Thomas], 20. 8. 1940, Aktennotiz über die Entwicklung der Rüstungslage im Sommer 1940, in: KTB OKW/WFSt 1, S. 968 f.
Mueller-Hillebrand II, S. 65 ff. u. S. 76.

49 Unveröffentlichter Brief Stauffenbergs »Lautlingen, 2. 8. 40« an die Frau seines Bruders Berthold, Gräfin Maria Schenk von Stauffenberg (im Besitz von Gräfin Nina Stauffenberg). Valerie von L'Estocq geb. Schenk Gräfin von Stauffenberg ist bereits im Jahre 1966 verstorben. Konstanze – die zweite Tochter Stauffenbergs – wurde am 27. Januar 1945 als posthumes Kind in Frankfurt a. d. Oder geboren, wo Gräfin Stauffenberg inhaftiert war.

50 Mueller-Hillebrand und de Maizière bei Kramarz, a. a. O., S. 78 f.

51 Karl Klee, Die Luftschlacht um England 1940, in: Entscheidungsschlachten ... S. 78 ff.

52 Plehwe, a. a. O., S. 391. Vgl. auch das optimistische Urteil bei Halder II, S. 57 (6. 8. 40).

53 Klee, a. a. O., S. 98 ff.
Warlimont, a. a. O., S. 121.

54 L. F. Ellis, Victory in the West, Vol. 1: The Battle of Normandy, London 1962, S. 63 ff. u. S. 501 ff.
Albert Norman, Die Invasion in der Normandie 1944, in Entscheidungsschlachten ..., S. 406 ff.
Zur Kritik der eher »positiven« Beurteilung Klees, a. a. O., S. 238 ff. vgl. Plehwe, a. a. O., S. 402 f.

55 Halder II, S. 98 f. (14. 9. 40).
Klee, a. a. O., S. 197 ff.
Hillgruber, a. a. O., S. 169.

56 Mueller-Hillebrand II, S. 79.
Rintelen, a. a. O., S. 23 ff. u. S. 33 ff.
Elizabeth Wiskemann, The Rome-Berlin Axis. A History of the Relations between Hitler and Mussolini, London/New York/Toronto 1949, S. 219 ff.
Hillgruber, Staatsmänner ... S. 267 ff., S. 272 ff., S. 281 ff., S. 295 ff., S. 304 ff., S. 344 ff., S.352 ff., S. 435 ff. u. S. 443 ff.
Andreas Hillgruber, Hitler, König Carol und Marsdrall Antonescu. Die deutsch-rumänischen Beziehungen 1938-1944, Wiesbaden 1954, S. 89 ff. OKW/WFSt/Abt. L Nr. 33395/40 g. K.Chefs., F.H.Qu., den 11. 12. 40, in: Hubatsch, Hitlers Weisungen ... S. 90 f. Der Führer und Oberste Befehlshaber der Wehrmacht/OKW/WFSt/Abt. L (I) Nr. 33408/40 g. K.Chefs., F. H. Qu., den 18. 12. 40, Weisung Nr. 21: Fall Barbarossa, in: Hubatsch, a. a. O., S. 96 ff. Der Oberste Befehlshaber der Wehrmacht/OKW/WFSt/Abt. L Nr. 33406/40 g. K.Chefs, F.H.Qu., den 13. 12. 1940, Weisung Nr. 20: Unternehmen Marita, in: Hubatsch, a. a. O., S. 94 ff. Halder II, S. 72, S. 100 ff., S. 110, S. 115, S. 119, S. 125, S. 128 ff., S. 141 ff., S. 147 ff., S. 156, S. 159 ff., S. 163, S. 167 f., S. 173, S. 179, S. 210, S. 239, S. 244 ff., S. 250, S. 253 u. S. 271 (21. 8., 14., 16., 23., 26. u. 30. 9., 4., 7./8., 10.-14., 16./17., 20./21., 23.-28. u. 31. 10., 2.-6., 8. u. 14. 11., 5. u. 22. 12. 40, 16./17., 21., 25. 1. u. 3. 2. 41).

57 KTB OKW/WFSt I, S. 328 (Eintrag vom 17. 2. 41).

58 Halder II, S. 155 u. S. 219 (30. 10. u. 8. 12. 40). KTB OKW/WFSt IV, S. 1752.

59 de Maizière bei Kramarz, a. a. O., S. 83 f. Aussage Peter Sauerbruchs, in: KB, S. 395.

60 Graml, Die deutsche Militäropposition... in: Vollmacht des Gewissens II, S. 422 f.

61 Der Oberste Befehlshaber der Wehrmacht/OKW/WFSt/Abt. L Nr. 33400/40 g. K.Chefs., F.H.Qu., den 10. 12. 40, Weisung Nr. 19: Unternehmen Attila, in: Hubatsch, a. a. O., S. 91 ff. Zur Frankreichpolitik Hitlers allgemein: Eberhard Jäckel, Frankreich in Hitlers Europa, Stuttgart 1966.

62 Dietz Frhr. von Thüngen, Niederschrift über Claus Stauffenberg, 25. Januar 1946 (Sammlung Zeller/IfZG), S. 2 f.

63 Generaloberst a. D. Kurt Zeitzler und Generalmajor a. D. Helmut Kleikamp bei Kramarz, a. a. O., S. 83.

64 Im Original steht: »nicht ohne daß...« Dies ergibt jedoch wegen der Fortsetzung einen falschen Sinn. Vgl. die Korrektur bei Zeller, a. a. O., S. 236.

65 Hillgruber, a. a. O., S. 488 ff.
Halder II, S. 318 f. u. S. 330 f. (17. u. 27. 3. 41).
Mueller-Hillebrand II, S. 83 ff.
Edgar Röhricht, Der Balkanfeldzug 1941, in: WWR, 12, 1962, S. 214 ff. Der Führer und Oberste Befehlshaber der Wehrmacht/OKW/WFSt/Abt. L Nr. 44379/41 g. K.Chefs., F.H.Qu., den 27. 3. 41, Weisung Nr. 25; Der Führer und Oberste Befehlshaber der Wehrmacht/Nr. 44581/41 g. Kdos.Chefs. WFSt/Abt. L (I Op), F.H.Qu., den 25. 4. 1941, Weisung Nr. 28 (Unternehmen Merkur), in: Hubatsch, a. a. O., S. 124 ff. u. S. 134 ff.

66 KTB OKW/WFSt I, S. 173E und KTB OKW/WFSt IV, 2, S. 1752. Warlimont, a. a. O., S. 146.
Halder II, S. 356 u. S. 377 (8./9. u. 23. 4. 41).

67 Fahrner – mündlicher Bericht und bei Zeller, a. a. O., S. 235 u. S. 243.

68 Halder II, S. 320, S. 335 f. u. S. 399 (17. u. 30. 3., 6. 5. 41).
KTB OKW/WFSt I, S. 89E, S. 225E u. S. 340 ff. (3. 3. 41). OKW/WFSt/Abt. L (IV/Qu) 44125/41 g. K.Chefs., F.H.Qu., den 13. März 1941, Richtlinien auf Sondergebieten zur Weisung Nr. 21 (Fall Barbarossa), in: Hubatsch, a. a. O., S. 101 ff.
Heinrich Uhlig, Der verbrecherische Befehl, in: Vollmacht des Gewissens II, S. 287 ff.
Graml, Die deutsche Militäropposition... in: Vollmacht des Gewissens II, S. 429 ff.
Warlimont, a. a. O., S. 166 ff.
Philippi/Heim, a. a. O., S. 50 f.
Hillgruber, Hitlers Strategie, S. 516 ff.

69 Halder I, S. 165 f. (20. 1. 40).
Jacobsen, Fall Gelb, S. 93 ff., S. 100 u. S. 290 f (Anm. 6).

70 Major Heinz Hoppe, der Stauffenberg bereits in Hannover begegnet war (Topf, a. a. O., S. 1), bei John J. McCloy II, a. a. O., S. 66 f. Zum Urteil über Stauffenbergs Qualität vgl. auch: Ferdinand Prinz von der Leyen, Rückblick zum Mauerwald. Vier Kriegsjahre im OKH, München 1965, S. 34.

71 de Maizière – mündlicher Bericht und »Ansprache des Kommandeurs der FüAkBw, Generalmajor de Maizière, anläßlich der Umbenennung der Pikartenstraße in Graf-Stauffenberg-Straße am 31. 1. 1964« (hektographiertes, dreiseitiges Manuskript), S. 2 f.
Vgl. auch de Maizière bei Kramarz, a. a. O., S. 82 f.

72 Zeller, a. a. O., S. 234 u. S. 236. Am 2. Oktober 1941 – am Tag des Angriffs auf Moskau (»Taifun«) – nahm Stauffenberg an einem Essen für den bulgarischen Operationschef Oberst Popoff teil, bei dem neben Halder der Chef der Org.Abt. Buhle, Chef der Abt. »Fr.H.Ost« Kinzel, Chef der Op.Abt. Heusinger, der deutsche Vertreter beim bulgarischen Generalstab Oberst Knesch und Mertz von Quirnheim (Org.Abt.) anwesend waren. Halder III, S. 263, S. 400, S. 410 u. S. 444 (2. 10. 41., 13. 2., 7. 3. u. 30. 7. 42).

73 KB, S. 34.
Zeller, a. a. O., S. 264 und Kramarz, a. a. O., S. 181. Siehe unten S. 337.

74 Warlimont, a. a. O., S. 173 ff.
Halder II, S. 311 f., S. 328, S. 371 u. S. 419 (13./14. u. 25. 3., 17. 4., 19. 5. 41).
Buchheit, a. a. O., S. 251.

75 Warlimont, a. a. O., S. 186 f.

76 Hoppe bei McCloy II, a. a. O., S. 67.

77 KB, S. 34.

78 Halder II, S. 377 f. (23. 4. 41).
Gause, a. a. O., S. 597 ff.
Görlitz, Paulus . . ., S. 44 ff.

79 Fahrner – mündlicher Bericht und Zeller, a. a. O., S. 243 f.

80 Walter Warlimont, Die Entscheidung im Mittelmeer 1942, in: Entscheidungsschlachten . . . S. 234 ff.

81 Warlimont, a. a. O., S. 120.
KTB OKW/WFSt I, S. 173E u. S. 409 (23./24. 6. 41) und KTB OKW/WI-St IV, 2, S. 1752. Vgl. auch Hillgruber, a. a. O., S. 691. Zur Charakterisierung des F.HQu., vgl. Jodls Aussage in: Der Prozeß gegen die Hauptkriegsverbrecher vor dem Internationalen Militärgerichtshof (IMT), Bd. XV, Nürnberg 1948, S. 325 und Warlimont, a. a. O., S. 192.

82 Warlimont, a. a. O., S. 188.
Halder II, S. 121 u. S. 153 (2. u. 28. 10. 40). Eine gute Schilderung des H.Qu.OKH gibt Leyen, a. a. O., S. 13 ff.

83 Philippi/Heim, a. a. O., S. 42 ff. u. S. 54 ff. Philippi, Das Pripjetproblem, S. 10 ff. u. S. 69 ff. Halder II, S. 464.
Rudolf Hofmann, Die Schlacht von Moskau 1941, in: Entscheidungsschlachten . . ., S. 139 ff.

84 Baron Geyr von Schweppenburg – mündlicher Bericht.
Heinz Guderian, Erinnerungen eines Soldaten, Heidelberg 1951, S. 154 ff.
Keilig, a. a. O., 211, S. 202.
Schematische Kriegsgliederung vom 27. 6. 1941 abends. GenStdH.Op. Abt. III/Prüf-Nr. 16272. in: KTB OKW/WFSt I, S. 1136. Tessin, a. a. O., Bd. III, S. 167.

Fabian von Schlabrendorff, Offiziere gegen Hitler, Frankfurt a. M./Hamburg 1959, S. 103. Nur stilistische Abweichungen finden sich bei diesem Passus im Vergleich zu der im Jahre 1946 in Zürich erschienenen Erstausgabe, nach der künftig zitiert wird. Vgl. nun aber auch die amerikanische Ausgabe von Schlabrendorffs Bericht: The Secret War against Hitler, New York/Toronto/ London 1965, in der vor allem zur Zeit vor 1939 neues Material – wie etwa das Urteil im Prozess gegen Fritsch im März 1938 – enthalten ist.

85 Halder II, S. 94, S. 278, S. 420 u. S. 434, Halder III, S. 20, S. 38, S. 50, S. 85, S. 88 u. S. 100 (27. 6., 3., 7., 16./17. u. 21. 7. 41). Tessin, a. a. O., Bd. III, S. 171.

86 Der Führer und Oberste Befehlshaber der Wehrmacht/OKW/WFSt/Abt. L (II) Org. Nr. 441219/41 g. Kdos.Chefs., F.H., den 14. 7. 1941 in: Hubatsch, a. a. O., S. 159 ff.
Vgl. auch: Aktenvermerk über die Chefbesprechungen bei Gen.Feldm. Keitel vom 14.-16. August 1941, WiRüAmt/Stab g. Kdos., Berlin, den 17. August 1941; ebenso: Niederschrift Besprechung Chef OKW mit den Wehrmachtteilen am 16. 8. 41 über »Die Auswirkung der Richtlinien des Führers vom 14. 7. 41 sowie die Durchführbarkeit der sich daraus ergebenden neuen Schwerpunkt-Programme«, OKW WiRüAmt/Rü (IIa) Nr. 2747/41 g. Kdos., Berlin, den 18. August 1941; Chef Abt. Landesverteidigung, FHQu, den 20. August 1941, Geheime Kommandosache, in: KTB OKW/WFSt I, S. 1045 ff. u. S. 1059 ff. Warlimont, a. a. O., S. 195 f.
Hillgruber, Hitlers Strategie, S. 269 ff.

87 Halder III, S. 170 (11. 8. 41).
Philippi/Heim, a. a. O., S. 65.

88 Der Führer und Oberste Befehlshaber der Wehrmacht/OKW/WFSt/Abt. L (I Op) Nr. 441230/41 gK.Chefs., F.H.Qu., den 19. 7. 41, Weisung Nr. 33: Fortführung des Krieges im Osten; Der Führer und Oberste Befehlshaber der Wehrmacht/OKW/WFSt/Abt. L (I Op) Nr. 441290/41 g. K.Chefs., F.H.Qu., 30. 7. 1941, Weisung Nr. 34, in: Hubatsch, a. a. O., S. 163 ff u. S. 168 ff.
Philippi/Heim, a. a. O., S. 67 ff.
Warlimont, a. a. O., S. 196 ff.

89 Halder II, S. 422 u. S. 457 (20. 5. u. 16. 6. 41).

90 Der Führer und Oberste Befehlshaber der Wehrmacht/OKW/WFSt/Abt. L (I Op) Nr. 441492/41 g. Kdos.Chefs., F.H.Qu., den 6. 9. 1941, in: Hubatsch, a. a. O., S. 174 ff.
Hofmann, a. a. O., S. 143 ff.
Philippi/Heim, a. a. O., S. 75 ff. u. S. 84 ff.

91 Halder III, S. 210 u. S. 242 (1. u. 20. 9. 41).

92 Organisationsabteilung (I) Nr. 731/41 g. Kdos.HQu, den 6. November 1941, in KTB OKW/WFSt I, S. 1074 f. Vgl. Auszüge aus Briefen Bürkers an Paulus vom 4. August und 17. November 1941, in: Görlitz, Paulus…, S. 142 u. S. 146.
Tessin, a. a. O., Bd. III, S. 171.
Philippi/Heim, a. a. O., S. 90 ff.

93 Hofmann, a. a. O., S. 161 ff.
Philippi/Heim, a. a. O., S. 94 ff.
Gause, a. a. O., S. 608 ff.
Warlimont, Die Entscheidung im Mittelmeer 1942, S. 236 f.

94 Der Führer und Oberste Befehlshaber der Wehrmacht/OKW/WFSt/Abt. L (I Op) Nr. 442090/41 g. K.Chefs., F.H.Qu., den 8. 12. 1941, Weisung Nr. 39, in: Hubatsch, a. a. O., S. 199 ff.
OKH/GenStdH/Op.Abt. (la) Nr. 1693/41 g. Kdos.Chefs., HQu OKH, den 8. Dezember 1941, Weisung für die Aufgaben des Ostheeres im Winter 1941/42, in: KTB OKW/WFSt I, S. 1076 ff.

95 Vgl. die Fernschreiben, in: KTB OKW/WFSt I, S. 1083 ff.: Chef OKW/ WFSt/ L Nr. 442174/41 g. Kdos.Ch., Berlin, 15. 12. 1941; OKH/GenStdH/ Op.Abt. (III) Nr. 1736/41 g. Kdos.Chefs., 18. 12. 1941; OKW/WFSt/Abt. L (I Op.) Nr. 442217/41 g. K.Chefs., 21. 12. 41; OKW/WFSt/Op. (H) Nr. 442277/41 g. K.Ch., 26. 12. 41.
Vgl. auch den Auszug aus dem Befehl Hitlers vom 8. Januar 1942, in: KTB OKW/WFSt, Bd. II, 2, Frankfurt a. M. 1963, S. 1264 f.: Der Führer und Oberste Befehlshaber der Wehrmacht/OKW/WFSt/Op (I) Nr. 420013/ 42 g. Kdos.Chefs., F.H.Qu., den 8. Januar 1942.

96 Domarus II, S. 1793 ff.
KTB OKW/WFSt I, S. 103E ff.
Siehe oben S. 137.

97 Halder III, S. 311 (27. 11. 41).

98 Halder III, S. 328, S. 332, S. 348 u. S. 354 f. (5., 7., 15. u. 19. 12. 41).

99 Leyen, a. a. O., S. 40 f.

100 Ulrich von Hassell, Vom andern Deutschland. Aus den nachgelassenen Tagebüchern 1938-1944, Zürich 1946, S. 256.

101 »HQu OKH, 11. 1. 42.« Der unveröffentlichte Brief Stauffenbergs ist nur als zweiseitige, nach Erhalt von der Hand Baronin Lerchenfelds geschriebene Kopie erhalten (im Besitz der Gräfin Stauffenberg).

102 Gräfin Stauffenberg – mündlicher Bericht.

103 Hasso v. Etzdorf – mündlicher Bericht.

104 Prof. Julius Speer, unveröffentlichter Bericht vom 18. Oktober 1945 (drei Schreibmaschinenseiten, Sammlung Zeller/IfZG), S. 1.
Siehe unten S. 209.
Leyen, a. a. O., S. 34.

105 Keilig, a. a. O., 52, IX, S. 1 f.; Model, a. a. O., S. 111 ff.

106 Werner Reerink bei Kramarz, a. a. O., S. 91 u. S. 95.
Nach Keilig, a. a. O., 52. IX, S. 5 f. gab es im Jahre 1941 nur den Lehrgang 4, der vom 6. Januar bis 15. März 1941 dauerte. Lehrgang 3 hatte am 5. Januar geendet. Lehrgang 5 begann erst wieder am 1. März 1942. Vom 10. Mai bis 19. Februar 1942 war auch die Stellung des Kommandeurs der Generalstabslehrgänge Berlin nicht besetzt. Der Vortrag Stauffenbergs muss also im ersten Teil des Jahres 1941 stattgefunden haben.
Ebenfalls im Jahre 1941 soll Stauffenberg angeordnet haben, dass »die

Berichterstattung über die Zusammenstöße zwischen Heer und SS nicht zu vernachlässigen« sei. Bussmann, a. a. O., S. 26.

107 Wilhelm Bürklin bei Kramarz, a. a. O., S. 92.

108 Halder III, S. 285, S. 322 u. S. 327 (10. 11., 1. u. 5. 12. 41).

109 Gegenüber Peter Sauerbruch – dem zweiten Adjutanten Halders – wusste er »Zweifel, ob Halder dem Führer gegenüber auch stark genug sei, um mit seinen Forderungen durchzudringen, zu widerlegen«. Wenn Stauffenberg die Spannungen zwischen OKH und OKW diesem Offizier »als etwas Natürliches und vielleicht sogar Förderndes« bezeichnete, bleibt zunächst allerdings offen, aus welchem Grund er dies tat. Die Annahme, dass er gegen das dem Diktator hörige OKW Keitels und Jodls die Interessen des Generalstabes gewahrt sehen wollte und die Gegnerschaft als »natürlich« betrachtete, ist wohl im Hinblick auf seine Äußerungen zur Kriegsspitzengliederung die plausibelste Lösung dieses scheinbaren Widerspruchs. KB, S. 395.

110 Peter Bor, Gespräche mit Halder, Wiesbaden 1950, S. 214.

111 Siehe oben S. 201.
Halder III, S. 355 (19. 12. 41).

112 Halder III, S. 58, S. 111, S. 130, S. 143, S. 149, S. 231, S. 276 u. S. 286 (9., 25. u. 29. 7., 2./3. 8., 15. 9., 9. 10. u. 10. 11. 41).
Philippi/Heim, a. a. O., S. 89 u. S. 91. Wagner, a. a. O., S. 206 ff. u. S. 266 ff.
Hillgruber, a. a. O., S. 541
Leyen, a. a. O., S. 37 f.
Domarus II, S. 1815 f.

113 Halder III, S. 300 (20. 11. 41).

114 General v. Loeper bei Kramarz, a. a. O., S. 94.

115 Wilhelm Bürklin bei Kramarz, a. a. O., S. 92.

116 Roon, a. a. O., S. 219 ff. u. S. 248.

117 Briefe Moltkes an seine Frau vom 29. 9. 41, 21. 10. 41 und 8. 2. 42, sowie Bericht von Frau von Dohnanyi, bei: Roon, a. a. O., S. 280 f.
Keilig, a. a. O., S. 262 f.

118 Baron Hans Christoph Stauffenberg, a. a. O., S. 125 f. und mündlicher Bericht. Roon, a. a. O., S. 286 datiert den Vorfall »1941 oder 1942«. Nach allen vorliegenden Nachrichten ist aber Herbst/Winter 1941 anzunehmen. Zu Moltkes Verbindung und Zusammenarbeit mit Berthold Stauffenberg vgl. Ger van Roon, Graf Moltke als Völkerrechtler im OKW, in: VJfZG, 18, 1970, S. 19 f., S. 40 f., S. 43, S. 48 u. S. 60.

119 Brief Moltkes an seine Frau vom 6. 1. 1942 bei Roon, a. a. O., S. 280 (Anm. 16).

120 Baron Stauffenberg, a. a. O., S. 124.

121 Bericht Speer, a. a. O., S. 1. (Siehe Anm. 104.) Hoffmann, Widerstand... S. 376 datiert diesen Bericht falsch, wenn er zunächst »Ende 1942« und dann »damals« schreibt. A. a. O., S. 440 setzt er ihn dann richtig auf »Anfang 1942« an.

122 Vgl. dazu Ehlers, a. a. O., S. 118 ff.

1 OKH/GenStdH/GenQu/Abt. I/Qu 2/111 Nr. 1/58/42 g. Kdos. vom 5. Januar 1942, in: KTB OKW/WFSt I, S. 1120 f.
2 Kriegstagebuch der Organisationsabteilung (KTB Org.Abt.) 16. 1. – 20. 1. 42 bei Kramarz, a. a. O., S. 97.
3 Philippi/Heim, a. a. O., S. 109.
KTB OKW/WFSt II, 1, S. 46. Vgl. auch Halder III, S. 400, S. 405, S. 413, S. 418, S. 424, S. 433 u. S. 436 (15. u. 24. 2., 5., 14. u. 25. 3., 6. u. 24. 4. u. 5. 5. 42).
4 KTB Org. Abt. 16. 2.–21. 2. 42 bei Kramarz, a. a. O., S. 97.
5 Der Führer und Oberste Befehlshaber der Wehrmacht Nr. 1/42 g. K. OKW/WFSt/Org: Wi.Rü.Amt, F.H.Qu., 10. Januar 1942, in: KTB OKW/WFSt II, 1, S. 169 ff.
Zu den Winterkämpfen vgl. Philippi/Heim, a. a. O., S. 107 ff. und KTB OKW/WFSt II, 1, S. 38 ff.
6 Halder III, S. 283 u. S. 295 (7. u. 19. 11. 41).
7 OKW/GenStdH/Op.Abt. (Ia) Nr. 420053/42 g. Kdos.Chefs., H.Qu. OKH, den 12. Feb. 1942, in: KTB OKW/WFSt I, S. 1093 ff.
8 Anlage 3 zu OKH/GenStdH/Op.Abt. (Ia) Nr. 420053/42 g. K.Chefs. v. 12. 2. 42, in: KTB OKW/WFSt I, S. 1096 ff.
9 KTB Org.Abt. 16. 2.-21. 2. 42 bei Kramarz, a. a. O., S. 99 f.
10 KTB der Kriegsgeschichtl. Abt. des. OKW 8. April 1942, in: KTB OKW/WFSt II, 1. S. 317.
KTB Org.Abt. 19. 3.–25. 3. 42 bei Kramarz, a. a. O., S. 98.
11 KTB Org.Abt. 1. 2.-5. 2., 1. 3.-7. 3. u. 19. 3.-25. 3. 42 bei Kramarz, a. a. O., S. 98.
12 KTB OKW/WFSt II, 1, S. 170.
Keilig, a. a. O., 141, S. 14.
Tessin, a. a. O., Bd. II, S. 97.
KTB der Kriegsgeschichtl. Abt. des OKW 13. Mai 1942, in: KTB OKW/ WFSt II, 1, S. 353.
13 KTB Org.Abt. 1. 4.-14. 4., 1. 8.-10. 8. u. 1. 9.-10. 9. 42 bei Kramarz, a. a. O., S. 98.
14 Bericht Thüngen, a. a. O., S. 1.
15 Leyen, a. a. O., S. 23.
16 Bericht Thüngen, a. a. O., S. 2.
17 Halder III, S. 420 f. (28. 3. 42).
KTB OKW/WFSt II, 1, S. 47.
Der Führer und Oberste Befehlshaber der Wehrmacht/OKW/WFSt Nr. 55616/42 g. K.Chefs., F.H.Qu., den 5. 4. 1942, Weisung Nr. 41, in: Hubatsch, a. a. O., S. 213 ff.
Warlimont, a. a. O., S. 234 f.
Philippi/Heim, a. a. O., S. 125 ff.
Walter Görlitz, Die Schlacht um Stalingrad 1942-1943, in: Entscheidungsschlachten . . ., S. 279.

18 Alfred Gause, Der Feldzug in Nordafrika im Jahre 1942, in: WWR, 12, 162, S. 652 ff.
KTB OKW/WFSt II, 1, S. 95 ff.

19 Alexander Dallin, Deutsche Herrschaft in Rußland 1941-1945. Eine Studie über Besatzungspolitik, Düsseldorf 1958, S. 529 u. S. 549 ff. Sven Steenberg, Wlassow. Verräter oder Patriot? Köln 1968, S. 42 f. Jetzt auch: Wilfried Strik-Strikfeldt, Gegen Stalin und Hitler. General Wlassow und die russische Freiheitsbewegung, Mainz 1970. Helmut Heiber (Hrsg.), Hitlers Lagebesprechungen. Die Protokollfragmente seiner militärischen Konferenzen 1942-1945, Stuttgart 1962, S. 252 (Anm. 2).
Vgl. auch das Geleitwort von Hans-Heinrich Herwarth v. Bittenfeld, in: General Ernst Köstring. Der militärische Mittler zwischen dem Deutschen Reich und der Sowjetunion 1921-1941, bearbeitet von Hermann Teske, Frankfurt 1966, S. 9.

20 Dallin, a. a. O., S. 548 ff.
Heiber, a. a. O., S. 252.

21 Dallin, a. a. O., S. 552.

22 Wilfried Strik-Strikfeldt bei Kramarz, a. a. O., S. 102.
Dallin, a. a. O., S. 251 u. S. 557. Stauffenberg war nicht – wie hier vermerkt – Leiter der Org.Abt., sondern nur der Gruppe II der Org.Abt.

23 Steenberg, a. a. O., S. 39 f.

24 Herwarth, in: Köstring, a. a. O., S. 9.

25 Dallin, a. a. O., S. 687.

26 Erlass des Führers über die Wirtschaft in den neubesetzten Ostgebieten vom 29. Juni 1941; Erlass des Führers über die Verwaltung der neubesetzten Ostgebiete vom 17. Juni 1941; Erlass des Führers über die polizeiliche Sicherung der neubesetzten Ostgebiete vom 17. Juli 1941, in: KTB OKW/ WFSt I, S. 1019 u. S. 1027 ff.

27 Dallin, a. a. O., S. 56 ff., S. 95 ff. u. S. 134 ff. Heiber, a. a. O., S. 257.
George Fischer, Der Fall Wlassow. Sonderdruck aus »Der Monat«, Heft 33, 34 u. 35, Berlin 1951, S. 5 ff.
Steenberg, a. a. O., S. 38 f.

28 Rundschreiben OKH/GenStdH/Org.Abt. (II) vom 16. November 1941 bei Dallin, a. a. O., S. 552.
Dallin, a. a. O., S. 246 ff. u. S. 553 ff.
Heiber, a. a. O., S. 73 u. S. 262.

29 KTB Org.Abt. 1. 1.-5. 1. 42 bei Kramarz, a. a. O., S. 102.

30 Dallin, a. a. O., S. 551.
Steenberg, a. a. O., S. 41.

31 Siehe »Besprechung des Führers mit Feldmarschall Keitel und General Zeitzler am 8. Juni 1943 auf dem Berghof«, in: Heiber, a. a. O., S. 255 f., S. 260, S. 262 u. S. 266.
KTB Org.Abt. 6. 2.-10. 2. 42 bei Kramarz, a. a. O., S. 103. OKH/GenStdH/Org.Abt. (II) Nr. 736/42 g. Kdos., 10. Februar 1942, bei: Dallin, a. a. O., S. 555.

32 Steenberg, a. a. O., S. 60 ff.
Dallin, a. a. O., S. 529 u. S. 551.
33 Herwarth, in: Köstring, a. a. O., S. 9.
34 Siehe unten S. 246 f. u. S. 263 f.
35 Herwarth, in: Köstring, a. a. O., S. 9 und bei Kramarz, a. a. O., S. 104 f.
36 Halder III, S. 416 (18. 3. 42).
KTB Org.Abt. 8. 3.-13. 3. 42 bei Kramarz, a. a. O., S. 80.
37 Keilig, a. a. O., 211, S. 96, S. 162 u. S. 228.
Halder II, S. 127 (7. 10. 40). Halder III, S. 119, S. 290, S. 308, S. 400, S. 410, S. 422 f. u. S. 494 (25. 7., 16. u. 24. 11. 41, 13. 2., 7. u. 31. 3., 1. 4. u. 30. 7. 42).
Tessin, a. a. O., Bd. III, S. 298 f.
38 Halder III, S. 426 f. (12./13. 4. 42).
39 Werner Reerink bei Kramarz, a. a. O., S. 95.
40 Keilig, a. a. O., 211, S. 202.
41 Siehe oben S. 206 f.
42 Domarus II, S. 1874 ff.
43 General Loeper bei Kramarz, a. a. O., S. 94.
44 KTB OKW/WFSt II, 1., S. 49.
Philippi/Heim, a. a. O., S. 122 u. S. 128 ff.
Erich v. Manstein, Verlorene Siege, Bonn 1955, S. 254 ff.
45 Zu den Kämpfen um Charkow vgl. KTB des Generalfeldmarschalls v. Bock, in: Görlitz, Paulus und Stalingrad, S. 175 ff. Görlitz, Die Schlacht um Stalingrad, S. 280 und ders., Paulus . . ., S. 66 ff. Halder III, S. 439 ff. (12.-28. 5. 42).
Philippi/Heim, a. a. O., S. 122 f.
KTB OKW/WFSt II, 1, S. 50.
46 Halder III, S. 451 (2. 6. 42).
KTB Org.Abt. 1. 6.-5. 6. 42 bei Kramarz, a. a. O., S. 80.
47 KTB der Kriegsgeschichtl. Abt. des OKW 1. Juni 1942, in: KTB OKW/ WFSt II, 1, S. 395 f.
48 Handschriftlicher Brief Stauffenbergs an Paulus, »H.Q.OKH. 12. 6. 42«, in: Kramarz, a. a. O., S. 226 und – ohne die beiden ersten Abschnitte – bei Görlitz, Paulus . . ., S. 168 (Original im Besitz von Ernst Alexander Paulus).
49 Bei Görlitz, a. a. O., S. 168 irrtümlicherweise: »mit all den besonderen Risiken . . .«
50 Friedrich Georgi – mündlicher Bericht.
51 Dallin, a. a. O., S. 555 f.
52 »Besprechung des Führers mit Feldmarschall Keitel und General Zeitzler am 8. Juni 1943 auf dem Berghof«, in: Heiber, a. a. O., S. 260.
53 KTB Org.Abt. 16. 6.-22. 6. 42 bei Kramarz, a. a. O., S. 97.
54 OKW/WFStab »Wehrkraft der Wehrmacht im Frühjahr 1942«, 6. 6. 1942, gez. Warlimont, in: Hans-Adolf Jacobsen, 1939/1945. Der Zweite Weltkrieg in Chronik und Dokumenten, 5. Auflage, Darmstadt 1961, S. 309 ff. Vgl. auch Warlimont, a. a. O., S. 251.
55 KTB Org.Abt. 26. 5.-31. 5., 21. 6.-30. 6. 42 bei Kramarz, a. a. O., S. 100 Zur Versorgung der geplanten Operation: OKH/GenStdH/Gen. Qu./Abt. H/

Vers./Qu I Nr. 1/01744/42 g. Kdos.Chefs., 22. April 1942, Anordnungen für die Versorgung der Angriffsoperation »Blau« zur Weisung für den Ostfeldzug 1942, in: Keilig, a. a. O., 205, S. 3 ff.

56 Abt. Fremde Heere Ost (Ia) Nr. 3289/42 g. Kdos.Chefs., Gedanken über die vermutliche Kampfkraft der sowjetischen Armee bei Winterbeginn 1942, 28. 6. 1942, in: KTB OKW/WFSt 11, 1, S. 52 f.

57 Gause, a. a. O., S. 661 ff.
KTB OKW/WFSt II, 1, S. 104 ff.
Warlimont, Die Entscheidung im Mittelmeer, S. 241 ff.

58 Halder III, S. 453 (10. 6. 42).
Keilig, a. a. O., 211, S. 213.

59 Gerhard von Mende bei Kramarz, a. a. O., S. 104 f. Keilig, a. a. O., 55, S. 3 und 211, S. 300. Wagner, a. a. O., S. 217.
Dallin, a. a. O., S. 163.

60 Dallin, a. a. O., S. 145 f. u. S. 151.

61 Heinz Hoppe bei McCloy II, S. 67.

62 Die Darstellung von Karl Michel, Ost und West. Der Ruf Stauffenbergs, Zürich 1947 ist wissenschaftlich völlig unbrauchbar, romanhaft und nicht mehr als die Prosa-Form eines ebenfalls von ihm verfassten Stauffenberg-Dramas. Vgl. auch Dallin, a. a. O., S. 521 und oben S. 11.

63 Strik-Strikfeldt bei Steenberg, a. a. O., S. 56.

64 Dallin, a. a. O., S. 519 f.

65 Dallin, a. a. O., S. 519.
Steenberg, a. a. O., S. 58.

66 Heinz Danko Herre bei Jürgen Thorwald, Wen sie verderben wollen, Stuttgart 1952, S. 69.

67 Dallin, a. a. O., S. 522 f., S. 251 u. S. 547.

68 Herwarth bei Kramarz, a. a. O., S. 106.

69 Domarus II, S. 1897.
Dallin,a. a. O., S. 556.
Herwarth bei Kramarz, a. a. O., S. 106.

70 Dallin, a. a. O., S. 547

71 Siehe unten S. 232.

72 KTB OKW/WFSt II, 1, S. 54 ff. u. S. 176. Philippi/Heim, a. a. O., S. 133 ff. Görlitz, a. a. O., S. 281 f.
Görlitz, Paulus . . ., S. 69 u. S. 182 ff. (KTB Feldmarschalls v. Bock). Halder III, S. 466-482 (28. 6.-15. 7. 42).
Fremde Heere Ost, Kurze Beurteilung der Feindlage vom 15. 7. 42, H.Qu., den 15. 7. 1942, im Entwurf gez. Gehlen, F.d.R. gez. Herre, Major i. G., in: KTB OKW/WFSt II, 2, S. 1283.

73 Thüngen, a. a. O., S. 3 f.

74 Halder III, S. 483 (16. 7. 42).
Vorbemerkung Helmuth Greiners zu seinen Aufzeichnungen, in: KTB OKW/WFSt II, 1, S. 570.
Warlimont, a. a. O., S. 258.

75 Warlimont, a. a. O., S. 258.
76 Jürgen Rohwer, Der U-Bootkrieg und sein Zusammenbruch 1943, in: Entscheidungsschlachten ... S. 344 ff.
KTB Kriegsgeschichtl. Abt. des OKW 31. Mai und 3. Juni 1942, in: KTB OKW/WFSt II, 1, S. 394 u. S. 400.
KTB OKW/WFSt II, 1, S. 143 ff.
Warlimont, Die Entscheidung im Mittelmeer, S. 238 ff.
Vizeadmiral Weichold, The War at Sea in the Mediterranean [als hektographiertes Schreibmaschinenmanuskript von der Brit. Admiralität herausgegebener Bericht des »Deutschen Admirals beim italienischen Admiralstab«], London 1947, S. 61 ff.
77 Baron Richard von Weizsäcker – mündlicher Bericht.
78 Siehe oben S. 125.

Von der Kooperation zur Konspiration – Bis zur Katastrophe von Stalingrad 1942/43

1 Der Führer/OKW/WFSt Op.Nr. 551288/42 g. K.Chefs., F.H.Qu., d. 23. 7. 42, Weisung Nr. 45 für die Fortführung der Operation »Braunschweig«, in: Hubatsch, a. a. O., S. 227 ff.
Halder III, S. 489 (23. 7. 42).
2 KTB OKW/WFSt II, 1, S. 60 f.
Philippi/Heim, a. a. O., S. 143 ff.
Görlitz, a. a. O., S. 283 ff.
3 Halder III, S. 491 u. S. 495 (26. 7. u. 1. 8. 42).
Philippi/Heim, a. a. O., S. 145.
4 Halder III, S. 493 (29. 7. 42).
5 Philippi/Heim, a. a. O., S. 147 ff. u. 155 ff. KTB OKW/WFSt II, 1, S. 62 ff.
6 OKH/GenStdH/ Org.Abt. (II) Nr. 8000/42 Landeseigene Hilfskräfte im Osten, August 1942, OKH/GenStdH/Org.Abt. (II) Nr. 9000/42, 4. September 1942, bei Dallin a. a. O., S. 556. KTB Org.Abt. 11. 8.-20. 8. 42 bei Kramarz, a. a. O., S. 106.
7 Dallin, a. a. O., S. 556 f.
Der Führer/OKW/WFSt/Op.Nr. 002821/42 g.K., F.H.Qu., den 18. 8. 42, Weisung Nr. 46: Richtlinien für die verstärkte Bekämpfung des Bandenunwesens im Osten, in: Hubatsch, a. a. O., S. 232 ff. KTB OKW/WFSt II, 1, S. 79.
8 Steenberg, a. a. O., S. 34, S. 90 ff. u. S. 104 ff. Dallin, a. a. O., S. 568 u. S. 583. Strik-Strikfeldt, a. a. O., S. 97 ff. und bei Kramarz, a. a. O., S. 109 f. Fischer, a. a. O., S. 14.
9 Aufzeichnung, Betrifft: Vernehmungen von kriegsgefangenen sowjetischen Offizieren, Feldmark, den 8. August 1942, gez. Hilger, in: KTB OKW/WFSt II, 2, S. 1287 ff.
10 Philippi-Heim, a. a. O., S. 158 ff.
KTB OKW/WFSt II, 1, S. 65.
Görlitz, a. a. O., S. 288 ff.

11 Aufzeichnungen Greiners zum 16. August, 16. September, 25. und 26. Oktober 1942, in: KTB OKW/WFSt II, 1, S. 597 u. S. 731 und II, 2, S. 858 u. S. 864.
Halder III, S. 523 (16. 9. 42).

12 Aufzeichnungen Greiners zum 29. und 30. August, 5. November und 2. Dezember 1942, in: KTB OKW/WFSt II, 1, S. 654 u. S. 659 und II, 2, S. 907 u. S. 1067.
Protokoll – Nr. 179/42 – Fragment 29, Abendlage vom 1. Dezember 1942, in: Heiber, a. a. O., S. 55 ff
OKH/Gen.St.d. H./Op.Abt. (IIa) Nr. 20753/42 g. Kdos. vom 31. Oktober 1942 (KTB OKW/WFSt II, 2, S. 882).

13 Halder III, S. 510 (24. 8. 42).
Adolf Heusinger, Befehl im Widerstreit. Schicksalsstunden der deutschen Armee 1923-1945, Tübingen/Stuttgart 1950, S. 200 f. Manstein, a. a. O., S. 292.
Aufzeichnungen Greiners zum 15., 24. und 27. August 1942, in: KTB OKW/WFSt II, 1, S. 592, S. 633 u. S. 646. Warlimont, a. a. O., S. 262 f.

14 Halder III, S. 513 (30. 8. 42).

15 Mueller-Hillebrand bei Kramarz, a. a. O., S. 113.

16 Aufzeichnungen Greiners zum 2. September 1942, in: KTB OKW/WFSt II, 1, S. 669.
Ulrich de Maizière, Hans von Herwarth und Gerhard von Mende bei Kramarz, a. a. O., S. 112.

17 Bussmann, a. a. O., S. 29 (erweiterte Fassung von: Walter Bußmann, Betrachtungen zum militärischen Widerstand, in: Aus Politik und Zeitgeschichte, Beilage zur Wochenzeitung »Das Parlament« 15. Juli 1964, S. 13). Siehe auch unten S. 250.

18 Halder III, S. 501 (8. 8. 42).

19 Herwarth, in: Köstring, a. a. O., S. 12.
Hans von Herwarth, Dem Andenken des Generals der Kavallerie Ernst Köstring, in: Zeitschrift für Geopolitik, Weltwirtschaft, Weltpolitik und Auslandswissen, 25, 1954, S. 767.
Köstring bei Zeller a. a. O., S. 518 (Anm. 5).

20 KTB Org.Abt. 21. 8.-31. 8. 42 bei Kramarz, a. a. O., S. 108.

21 Teske, in: Köstring, a. a. O., S. 323.
Herwarth, Dem Andenken ... S. 767. Dallin, a. a. O., S. 239 u. S.251.

22 Dallin, a. a. O., S. 242, S. 248 u. S. 251.

23 Dallin, a. a. O., S. 251 ff.

24 Dallin, a. a. O., S. 258 ff.
Herwarth, a. a. O., S. 767.

25 Dallin, a. a. O., S. 251 u. S. 258 f.
Schriftlicher Bericht von Otto Schiller vom 1. 12. 1950, S. 1 f. (im Bes. d. Verf.). Zur Wirtschaftspolitik allgemein: Dallin a. a. O., S. 317 ff.

26 Bericht Schiller, S. 2.
Dallin, a. a. O., S. 441 ff. u. S. 453.

Wilfried Strik-Strikfeldt und Gerhard von Mende bei Kramarz, a. a. O., S. 109.
Siehe unten S. 245.
27 Halder III, S. 496 (3. 8. 42).
KTB Org.Abt. 1. 8.-10. 8. 42 bei Kramarz, a. a. O., S. 96.
28 KTB Org.Abt. 21. 7.-31. 7. 42 bei Kramarz, a. a. O., S. 96.
29 KTB Org.Abt. 4. 11. u. 21. 12. 42, in: KTB OKW/WFSt II, 2, S. 905 u. S. 1171 f.
30 KTB Org.Abt. 21. 7.-31. 7. 42 bei Kramarz, a. a. O., S. 96.
KTB Org.Abt. 29. 11. 42, in: KTB OKW/WFSt II, 2, S. 1052 f.
31 KTB Org.Abt. 11. 9.-20. 9., 11. 10.-20. 10. 42 bei Kramarz, a. a. O., S. 97.
32 Keilig, a. a. O., 130, S. 1 ff.
Der Reichsminister der Luftfahrt und Oberbefehlshaber der Luftwaffe/ Luftwaffenpersonalamt Nr. 64700/42, Hauptquartier des Ob.d.L., 17. 9. 1942, in: Egon Denzel, Die Luftwaffen-Felddivisionen 1942-1945 sowie die Sonderverbände der Luftwaffe im Kriege 1939/45, Neckargemünd 1963, S. 8 und Keilig, a. a. O., 130, S. 1 f. Der Führer/OKW/WFSt/Nr. 551591/42 g. K.Chefs., F.H.Qu., 13. Sept. 1942, Betr.: Ablösung abgekämpfter Divisionen aus dem Osten, in: KTB OKW/WFSt II, 2, S. 1298 f.
Vgl. auch Aufzeichnungen Greiners zum 9. September, 5., 7., 17. und 26. Oktober und 2. November 1942, sowie die dazugehörigen Kommentare Warlimonts, in: KTB OKW/WFSt II, 1, S. 704 u. S. 706 und II, 2, S. 793, S. 796 f., S. 836 f., S. 865 u. S. 889 f.
Manstein, a. a. O., S. 298 f.
Warlimont, a. a. O., S. 276 f.
Kriegstagebuch des Oberkommandos der Wehrmacht (Wehrmachtführungsstab) Bd. III, Frankfurt a. Main 1963. 2. Halbband, S. 1047 u. S. 1125 (Eintrag vom 2. und 20. September 1943). Philippi/Heim, a. a. O., S. 170 f.
Denzel, a. a. O., S. 21.
33 KTB Org.Abt. 21. 9.-30. 9., 11. 10.-20. 10. u. 25. 10. 42 bei Kramarz, a. a. O., S. 97.
34 Aufzeichnungen Greiners zum 7., 8. und 9. September 1942 und dazugehörige Kommentare Warlimonts, in: KTB OKW/WFSt II, 1, S. 690 ff., S. 695 ff. u. S. 701 ff.
Halder III, S. 518 f., S. 522 ff. u. S. 528 (8., 9., 12., 14., 17., 19. u. 24. 9. 42).
Warlimont, a. a. O., S. 267 ff.
Heiber, a. a. O., S. 11 f.
Philippi/Heim, a. a. O., S. 153.
35 OKH/Gen.St.d. H./Op.Abt. (I SB) Nr. 420710/42 g. Kdos.Chefs. 13. 9. 42, gez. Adolf Hitler, in: KTB OKW/WFSt II, 2, S. 1298. Domarus II, S. 1913 ff.
Halder III, S. 524 (20. 9. 42). Philippi/Heim, a. a. O., S. 160 ff. Görlitz, a. a. O., S. 290 ff.
36 Keilig, a. a. O., 211, S. 374.
Heusinger, a. a. O., S. 212.
Zeitzlers Rede vom 3. November 1942 vor dem 7. Generalstabslehrgang ist nun bei Model, a. a. O., S. 127 ff. veröffentlicht. Dort: »Ich verlange einen

Generalstabsoffizier, der unbegrenzten Glauben an den Führer hat und den Glauben an seinen Führer, an den Sieg und an seine Arbeit auf seine Umwelt ausstrahlt ... Also keine(n) Generalstabsoffizier, der immer nur Bedenken hat.«

37 Halder III, S. 528 (24. 9. 42).

38 Keilig, a. a. O., 211, S. 301.
KTB OKW/WFSt II, 2, S. 1344. Generalmajor Schmundt vereinigte in diesem Herbst alle Personalsachen in seinem Amt. Oberst Ziehlberg – ab Oktober 1942 Oberst Kleikamp – war Chef der Zentralabteilung des Generalstabes des Heeres, die die Personalien der Generalstabsoffiziere bearbeitete und am 15. November 1942 als PA/P3 ins Heerespersonalamt Schmundts übernommen wurde.
Model, a. a. O., S. 130; Keilig, a. a. O., 55, S. 2 u. S. 5 (hier inkorrekte Angabe) und 211, S. 128 u. S. 165.

39 Philippi/Heim, a. a. O., S. 172.
Warlimont, a. a. O., S. 270 ff.

40 Keilig, a. a. O., 211, S. 228 u. S. 328.
Zeller, a. a. O., S. 278 f. (Brief Stieffs 10. Januar 1942). Mueller-Hillebrand bei Kramarz, a. a. O., S. 80.

41 Aufzeichnung Greiners zum 6. Oktober 1942 und Kommentar Warlimonts, in: KTB OKW/WFSt II, 2, S. 801 f.

42 KTB Org.Abt. 15. 11. 42, in: KTB OKW/WFSt II, 2, S. 966.

43 Kramarz, a. a. O., S. 98 f.

44 Otto Schiller bei Zeller, a. a. O., S. 246 f. Leiter der Konferenz war Schmidt von Altenstadt, nicht »von Altenstett« – wie er bei Zeller irrtümlicherweise genannt wird. Dallin, a. a. O., S. 370.

45 Herwarth bei Kramarz, a. a. O., S. 111.

46 Thüngen, a. a. O., S. 4.
Colsman bei Zeller, a. a. O., S. 247.

47 Köstring und Colsman bei Zeller, a. a. O., S. 520 (Anm. 29).

48 Brief Stauffenbergs an Ruth von Blomberg, »Hauptquartier OKH, 25. 12. 42«, Original im Besitz von Gräfin Stauffenberg.

49 Colsman bei Zeller, a. a. O., S. 247 f.

50 George, a. a. O., S. 455.
Siehe oben S. 53 f.

51 Friedrich Hielscher, Fünfzig Jahre unter Deutschen, Hamburg 1954, S. 398.

52 Zeller, a. a. O., S. 231.
Eigentlicher »Erbe« war Boehringer, doch abgesehen davon, dass er, da er in der Schweiz weilte, Vertreter in Deutschland haben musste, hatte nicht er, sondern Berthold Stauffenberg die Verfügungsgewalt über das »offizielle Zeichen« von Veröffentlichungen aus dem George-Kreis, die Swastika der »Blätter«, vom Dichter übertragen erhalten.
Boehringer, a. a. O. (2. Aufl.), S. 179.
Hildebrandt, a. a. O., S. 265.

53 Bußmann, a. a. O., S. 29.

54 Finker, a. a. O., S. 73.
55 Eintragungen vom 2., 3. und 10. Oktober 1942 im Persönl. Tagebuch des Gen.Lt. a. D. Engel, »Adjutant des Heeres beim Führer«, in: KTB OKW/ WFSt II, 1, S. 67.
56 Aufzeichnungen Greiners zum 25., 26. und 27. Oktober 1942, in: KTB OKW/ WFSt II, 2, S. 858, S. 864 u. S. 867 f.
57 Aufzeichnungen Greiners zum 25. Oktober, 2. und 3. November 1942 und Kommentare Warlimonts, in: KTB OKW/WFSt II, 2, S. 859 ff., S. 865 f., S. 889, S. 891 u. 894 ff.
Gause, a. a. O., S. 675 ff.
Marschall Montgomery, Memoiren, München o. J. (brit. Ausgabe 1958), S. 130 ff.
Warlimont, a. a. O., S. 279 ff. und ders., Entscheidung im Mittelmeer, S. 253 ff.
58 Aufzeichnungen Greiners zum 31. Oktober und 1. November 1942, in: KTB OKW/WFSt 11, 2, S. 882.
Warlimont, a. a. O., S. 277 f.
59 Aufzeichnungen Greiners zum 7., 8., 9., 11., 12. und 21. November 1942 und Kommentare Warlimonts, in: KTB OKW/WFSt II, 2,S. 916 ff., S. 921 f., S. 926 f., S. 936 ff., S. 943 ff. u. S. 998 ff. Der Führer/OKW/WFSt/ Op.Nr. 55896/42 g. K.Chefs., F.H.Qu., den 29. 5. 42, Weisung Nr. 42: Richtlinien für die Operation gegen Restfrankreich bzw. die Iberische Halbinsel (bisher »Attila« bzw. »Isabella«), in: Hubatsch, a. a. O., S. 219 ff. Warlimont, Die Entscheidung ... S. 263 ff. Warlimont, a. a. O., S. 282 ff.
60 KTB Org.Abt. 17. 11. 42, in: KTB OKW/WFSt II, 2, S. 981.
61 KTB Org.Abt. 7. 11. 42, in: KTB OKW/WFSt II, 2, S. 920.
62 Fremde Heere Ost (I), Kurze Beurteilung der Feindlage vom 12. 11. 1942, H.Qu., den 12. 11. 1942, im Entwurf gez. Gehlen, F.d.R. gez. Wessel, Hauptmann i. G., in: KTB OKW/WFSt II 2, S. 1306 f. Philippi/Heim, a. a. O., S. 177 ff.
63 Bei Domarus II, S. 1937 f. ist die Wiedergabe der Rede ungenügend. Vgl. die Tonbandaufnahme der Rede im Schallplattenwerk von Horst Siebecke (Hrsg.), Deutschland im Zweiten Weltkrieg, Originalaufnahmen aus den Jahren 1939 bis 1945 (Ariola-Verlag), Gütersloh 1959.
64 KTB Org.Abt. 18. 11. 42, in: KTB OKW/WFSt II, 2, S. 986.
65 SS-Bericht über den 20. Juli. Aus den Papieren des SS-Obersturmbannführers Dr. Georg Kiesel, in: Nordwestdeutsche Hefte, 2, 1947, Nr. 2, S. 14 ff. KB, S. 293 f.
66 Philippi/Heim, a. a. O., 180 f.
Görlitz, a. a. O., S. 295 ff.
Aufzeichnungen Greiners zum 19. November 1942 und Kommentar Warlimonts in: KTB OKW/WFSt II, 2, S. 988 f.
67 Aufzeichnungen Greiners zum 20., 21. und 22. November 1942 und Kommentar Warlimonts, in: KTB OKW/WFSt II, 2, S. 993 f., S. 998 ff. u. S. 1006 Görlitz, a. a. O., S. 296 ff. Philippi/Heim, a. a. O., S. 181 f.

Funkspruch H.Gr.B an AOK 6, 22. 11. 1942, 0.30 Uhr; Führer-Funkspruch Nr. 1368 an AOK 6, OKH/Gen.St.d. H./Op.Abt. Nr. 420951/42 g. Kdos. Chefs. 22. 11. 1942, 22.00 Uhr, in: KTB OKW/WFSt II, 1, S. 83 f. KTB Engel 19., 20. und 21. November 1942, in: KTB OKW/WFSt II, 1, S. 83.

68 KTB Org.Abt. 10., 15., 25. u. 28. 11. 42; Aufzeichnungen Greiners zum 28. November 1942 und Kommentare Warlimonts, in: KTB OKW/WFSt II, 2, S. 935, S. 966, S. 997, S. 1017, S. 1025, S. 1039 ff. u. S. 1045.

69 Philippi/Heim, a. a. O., S. 182 f. Görlitz, a. a. O., S. 298 ff.
Funkspruch AOK 6 – 75107/3 an OKH, 23. 11. 42 21.30 Uhr, Durchgabe an OKH 23.45 Uhr, gez. Paulus, in: Philippi/Heim, a. a. O., S. 197 und Görlitz, Paulus ... S. 220. Generalfeldmarschall Friedrich Paulus, Grundsätzliche Feststellung zur Operation der 6. Armee bei Stalingrad, in: Görlitz Paulus ... S. 210. KTB der Luftflotte 4 und Persönl. Tagebuch von Gen.Oberst Wolfram Frhr. v. Richthofen vom 21., 22. u. 23. November 1942, in: Görlitz, Paulus ..., S. 224 ff. KTB OKW/WFSt II, 1, S. 84 f.

70 Siehe unten S. 264.
Gräfin Stauffenberg – mündlicher Bericht.

71 Manstein, a. a. O., S. 437. Vgl. unten S. 268.

72 Aufzeichnungen Greiners zum 25. und 27. November 1942 und Kommentar Warlimonts, in: KTB OKW/WFSt II, 2, S. 1018 ff. u. S. 1031 ff. OKH/Gen.St.d. H./Op.Abt. (Ia u. b) Nr. 48/42 Geh.Kdos., OKH 26. 11. 42 23.55 Uhr, in: Philippi/Heim, a. a. O., S. 198. KTB Engel 25. u. 26. 11. 42, in: KTB OKW/WFSt II, 1, S. 86. Görlitz, a. a. O., S. 274 ff. u. S. 303 f.
Leyen, a. a. O., S. 86.
KTB Richthofen 25. November 1942, in: Görlitz, Paulus ... S. 226 f.

73 Gause, a. a. O., S. 679.
Philippi/Heim, a. a. O., S. 187 ff.
Görlitz, a. a. O., S. 305 ff.
Manstein, a. a. O., S. 360 ff.
Fragment Nr. 8, Mittagslage vom 12. Dezember 1942 in der Wolfschanze, in: Heiber, a. a. O., S. 71 ff.
Aufzeichnungen Greiners zum 20. und 21. Dezember 1942 und Kommentar Warlimonts, in: KTB OKW/WFSt II, 2, S. 1164 ff. u. S. 1168 f. KTB Richthofen 19. Dezember 1942, in: Görlitz, Paulus ... S. 260. KTB Engel 22. Dezember 1942, in: KTB OKW/WFSt II, 1, S. 88.

74 Louis P. Lochner (Hrsg.), Goebbels. Tagebücher aus den Jahren 1942-43, Zürich 1948, S. 220 u. S. 233.

75 Werner Reerink bei Kramarz, a. a. O., S. 119 f. Dieser Bericht zieht die entscheidenden Besprechungen vom 23./24. November, 20. und 21. Dezember 1942 zusammen, was sich wohl damit leicht erklären lässt, dass Stauffenberg Reerink am 14. Januar 1943 bereits aus der Retrospektive einen Bericht über die Ereignisse gab. Vgl. unten S. 264.

76 OKH/Gen.d.Std. H./Op.Abt. (I S/B) Nr. 42103/42 g. Kdos.Chefs. 27. 12. 42 – 03.00 Uhr, gez. Adolf Hitler; OKH/Gen.St.d. H./Op Abt. Nr. 421042/42 geh. Kdos.Chefs., H.Qu., den 28. 12. 42, Operationsbefehl Nr. 2, gez. Adolf Hitler;

OKH/Gen.St.d. H./Op.Abt. (I S/B) Nr. 421052/42 g. Kdos. 31. 12. 42, in: KTB OKW/WFSt II, 2, S. 1316 ff.

77 KTB Org.Abt. 5., 7., 8., 10., 13., 14., 16., 18., 19., 21., 22., 24. u. 30. 11. 42, in: KTB OKW/WFSt II, 2, S. 910, S. 920, S. 925, S. 935, S. 952 f., S. 961, S. 973, S. 986, S. 992, S. 1004, S. 1009, S. 1017 u. S. 1059.

78 KTB Org.Abt. 1., 9., 11., 20. u. 26. 11. u. 4. 12. 42, in: KTB OKW/WFSt II, 2, S. 887, S. 931, S. 942, S. 997, S. 1030 u. S. 1080.
KTB OKW/WFSt 2., 3., 7. und 22. Januar und 17. März 1943, in KTB OKW/WFSt III, 1, S. 14 f., S. 25, S. 60 u. S. 222. Halder III, S. 348 u. S. 352 (15. u. 17. 12. 41). Keilig, a. a. O., 101, IV, S. 1.
Peter Hoffmann, Zum Ablauf des Staatsstreichversuches des 20. Juli 1944 in den Wehrkreisen, in: WWR, 14, 1964, S. 378.

79 Halder bei Kramarz, a. a. O., S. 118 f.
Finker, a. a. O., S. 76 gibt als Datum des Besuches den »Oktober« an. Doch fand er wohl im Dezember statt, denn in diesem Monat war Stauffenberg zweimal zu Konferenzen in Berlin. Siehe unten S. 260 ff.

80 Gräfin Marion Yorck von Wartenburg – mündlicher Bericht.

81 Siehe unten S. 273 u. S. 355.

82 Bericht Thüngen, a. a. O., S. 4 f. Die Szene ist nicht genau datiert, doch ergibt sich aus dem Zusammenhang dieses Berichtes, dass sie sich um die Jahreswende 1942/43 abspielte.

83 Thüngen, a. a. O., S. 5. Siehe unten S. 265.

84 KTB Org.Abt. 4. 12. 42, in: KTB OKW/WFSt II, 2, S. 1080. KTB OKW/WFSt II, 1, S. 95.
Gen.St.d. H./Org.Abt. (I) Nr. 10388/43 geh., H.Qu., den 14. Dez. 43, Betr.: Berechnungsunterlagen für Schaubild »Zugänge und Abgänge des Ostheeres vom November 42 bis Oktober 43« (Stand 5. 12. 43), in: KTB OKW/WFSt III, 2, S. 1481 f.

85 KTB Org.Abt. 4., 14., 16., 23 u. 31. 12. 42, in: KTB OKW/WFSt II, 2, S. 1080, S. 1137, S. 1146, S. 1180 u. S. 1215.
OKH/Gen.St.d. H./Org.Abt. (II) Nr. 11400/42, 15. Dez. 1942, bei: Dallin, a. a. O., S. 557.
Keilig, a. a. O., 211, S. 128 u. S. 173.
OKH/GenStdH/Org.Abt. (II) Nr. 23628/43 geh., H.Qu., den 28. Dezember 1943, Betr.: Aufstellung der Dienststelle General der Freiwilligen-Verbände beim Chef des Generalstabes des Heeres, in: KTB OKW/WFSt III, 2, S. 1483.
Herwarth und Teske, in: Köstring, a. a. O., S. 11 u. S. 323. Stauffenberg war nicht – wie hier vermerkt (a. a. O., S. 323) – Chef der Org.Abt.

86 KTB Org.Abt. 19. 12. 42, in: KTB OKW/WFSt II, 2, S. 1163. Strik-Strikfeldt, a. a. O., S. 111 irrt, wenn er schreibt, Stauffenberg sei »auf dem Wege zu seinem neuen Kommando in Afrika nach Berlin gekommen«.

87 Dallin, a. a. O., S. 163.
Steenberg, a. a. O., S. 69.
Keilig, a. a. O., 211, S. 277 u. S. 292 und 163, S. 1.
Die Denkschriften Schenkendorffs und Roques' vom 18. 3. resp. 14. 9. 1942

bei Dallin, a. a. O., S. 532 u. S. 558 f. Die Denkschrift der Abt. »Fremde Heere Ost«: »Dringende Fragen des Bandenkrieges und der ›Hilfswilligen‹ Erfassung, 25. 11. 42«, bei Dallin, a. a. O., S. 559 f.

88 Dallin, a. a. O., S. 163, S. 371, S. 560 f. u. S. 674. Steenberg, a. a. O., S. 70.

89 Dallin, a. a. O., S. 164, S. 371 u. S. 563. Steenberg, a. a. O., S. 57 u. S. 71 ff. Siehe oben S. 215.

90 Steenberg, a. a. O., S. 66 ff.

91 Denkschriften Altenstadts und Tresckows:»OKH/GenStdH/Gen.Qu./Abt. Kr.Verw.: Aufzeichnung über die Ostfrage, 3. Januar 1943«, und »H.Gr. Mitte/Ia: Erfahrungen in der Verwaltung des Landes und politische Zielsetzung, 25. Dezember 1942«, bei Dallin, a. a. O., S. 371, S. 453, S. 562 f. u. S. 574.
OKH/GenStdH/Org.Abt.: Merkblatt für das Verhalten gegenüber »Hilfswilligen«, Januar 1943, bei: Dallin, a. a. O., S. 563.

92 Dallin, a. a. O., S. 170 ff., S. 564, S. 587 f u. S. 684.
Steenberg, a. a. O., S. 98 ff. Stauffenberg war im April 1943 längst nicht mehr – wie hier angegeben – in der Org.Abt. Zur Zusammenkunft Rosenberg-Koch bei Hitler vgl. dessen Ausführungen während seiner Besprechung mit Keitel und Zeitzler am 8. Juni 1943, in: Heiber, a. a. O., S. 256 ff.

93 Dallin, a. a. O., S. 596 ff., S. 602 ff. u. S. 628 ff. Fischer, a. a. O., S. 19 ff.

94 Dallin, a. a. O., S. 565.

95 Dallin, a. a. O., S. 178, S. 512 ff., S. 557 f., S. 684, S. 691 u. S. 695.
Herwarth bei Kramarz, a. a. O., S. 118.

96 Werner Reerink bei Kramarz, a. a. O., S. 119 f. Siehe oben S. 265 u. S. 267.
Görlitz, a. a. O., S. 309 ff.
Philippi/Heim, a. a. O., S. 192 f.

97 Helmut Kleikamp bei Kramarz, a. a. O., S. 120. Siehe Bericht Hößlins unten S. 273.

98 Ehlers, a. a. O., S. 90 ff. Eine anschauliche Schilderung der damaligen Offiziersmentalität gibt Leyen, a. a. O., S. 97 ff.

99 Leyen, a. a. O., S. 100.

100 Bericht Thüngens, a. a. O., S. 2.

101 Zeller, a. a. O., S. 245.
Leyen, a. a. O., S. 102 f.
Siehe oben S. 258.

102 Alexander Stahlberg, Oberleutnant d. R. und Ordonnanzoffizier Mansteins – Aussage in der Fernsehsendung von Wolfgang Venohr »Vorbild für ganz Deutschland?« des I. Programms des Westdeutschen Rundfunks, 21. 11. 1967.
Keilig, a. a. O., 211, S. 196.
Manstein, a. a. O., S. 425.
Friedrich Wilhelm Hauck, Der Gegenangriff der Heeresgruppe Süd im Frühjahr 1943, in: WWR, 12, 1962, S. 452 ff.

103 Aussage Stahlbergs.

104 Manstein, a. a. O., S. 326 u. S. 339.

Halder III, S. 449 (26. 5. 42).
Zeller, a. a. O., S. 283.

105 Graml, Die deutsche Militäropposition ... S. 460 ff.
Schlabrendorff, a. a. O., S. 61 f. u. S. 67 ff.
Zeller, a. a. O., S. 193 ff. u. S. 208 ff.
Gisevius, a. a. O., S. 509 ff.
Roon, a. a. O., S. 252 ff. u. S. 270 f.
Ulrich v. Hassell, Vom anderen Deutschland, S. 295 und Brief Gerstenmaiers ebda., S. 379 f. Ein Untergebener Olbrichts, Oberst Haßel, will im November 1942 bei seiner »Einweihung« in großen Zügen von Olbricht den Rat erhalten haben, einmal mit Oertzen oder Stauffenberg zu sprechen. Hoffmann, Widerstand ... S. 785 (Anm. 117) weist mit Recht darauf hin, dass eine Verwechslung mit November 1943 vorliegen könnte. Allerdings ist die Koinzidenz mit der von Hoffmann nicht erwähnten Mitteilung Tresckows an Stahlberg (siehe oben S. 265), die ja auch im November 1942 erfolgte, höchst auffällig. Natürlich kann Olbricht das Gespräch mit Stauffenberg auch anfangs 1943 empfohlen haben, als dieser gerade in Berlin weilte (dies führt Hoffmann ebenfalls als mögliche Hypothese an). Vielleicht ist hier aber ein weiteres Indiz, das freilich nicht überbewertet werden darf.
Ritter, a. a. O., S. 362 ff.

106 Manstein, a. a. O., S. 62, S. 109 u. S. 118.
Jacobsen, Dünkirchen 1940, in: Entscheidungsschlachten ... S. 47. Schlabrendorff, a. a. O., S. 72.
Gersdorff, in: Pechel, a. a. O., S. 158 u. S. 161.
KTB OKW/WFSt I, S. 188E ff., II, 2, S. 795 und IV, 2, S. 1745 f.

107 Schlabrendorff, a. a. O., S. 113 ff. und Taschenbuchausgabe 1959, S. 126 f.
Keilig, a. a. O., 211, S. 52 u. S. 310.
Gersdorff, in: Pechel, a. a. O., S. 161.
Manstein, a. a. O., S. 62 u. S. 534 f.
Buchheit, a. a. O., S. 275.
Ritter, a. a. O., S. 362 ff.

108 Schlabrendorff, a. a. O., (Taschenbuchausgabe), S. 127.

109 Krebs, a. a. O., S. 231 f.
Axel von dem Bussche, Eid und Schuld, in: Göttinger Universitätszeitung, 2, Nr. 2, 7. 3. 1947, S. 2.
Hielscher, a. a. O., S. 344 ff.

110 General a. D. Theodor Busse bei Kramarz, a. a. O., S. 117. Busse war zum Zeitpunkt des Besuches Stauffenbergs nicht Chef der Heeresgruppe Süd – wie Kramarz, a. a. O., S. 116 irrtümlicherweise behauptet –, sondern vorerst noch Ia der Heeresgruppe Don, die erst am 14. Februar 1943 in Heeresgruppe Süd umbenannt wurde. Siehe oben Anm. 107 und Keilig, a. a. O., 70, S. 3 f. Zu Busses Charakterisierung genügt der Hinweis auf Tresckows Anordnung, dass Gersdorff bei seinem etwas später erfolgten Besuch in Anwesenheit Busses nur von militärischen Dingen sprechen solle (vgl. Hoffmann, Widerstand ..., S. 342).

111 Manstein bei Kramarz, a. a. O., S. 115 f. Vgl. auch Scheurig, a. a. O., S. 29 f.
112 Manstein, a. a. O., S. 437 f. und in: IMT XX, S. 679.
Goebbels Tagebücher, S. 241.
113 Aussage Stahlbergs (s. Anm. 102).
114 Manstein bei Kramarz, a. a. O., S. 116.
115 Manstein, a. a. O., S. 318.
Gersdorff bei Zeller, a. a. O., S. 519 f. (Anm. 25) und sein Bericht nun in der Sammlung Zeller/IfZG. Vgl. auch Gersdorffs Bericht von einem Gespräch mit Manstein, in: Ehlers, a. a. O., S. 92.
116 Gräfin Stauffenberg – mündlicher Bericht.
117 Baron Thüngen, a. a. O., S. 5.
118 Baron Friedrich v. Broich bei Kramarz, a. a. O., S. 114. Zeller, a. a. O., S. 245.
Die Argumentation bei Kramarz, a. a. O., S. 115, mit der er der Behauptung (z. B. Zellers) entgegentritt, »Stauffenberg habe mit den meisten Oberkommandierenden der Ostfront über oppositionelle Aktionen gesprochen«, ist nicht sehr sinnvoll, denn List war bereits im September 1942 entlassen worden. Kluge (H.Gr. Mitte), Kleist (H.Gr. A), Weichs (H.Gr. B) – als die zu dieser Zeit kommandierenden Oberbefehlshaber der Heeresgruppen – leben nicht mehr. Dass Küchler (H.Gr. Nord) und List Stauffenberg nicht kennen lernten, ist noch kein ausreichender Gegenbeweis.
119 Baron Thüngen, a. a. O., S. 5.

Intermezzo in Nordafrika 1943

1 Baron v. Broich bei Kramarz, a. a. O., S. 126 f.
2 Siehe oben S. 208.
3 Zeitzler bei Kramarz, a. a. O., S. 121.
4 Erfurth, a. a. O., S. 174.
5 Gräfin Stauffenberg und Baron Hans Christoph Stauffenberg – mündlicher Bericht.
6 Zeller, a. a. O., S. 248.
7 Gräfin Stauffenberg – mündlicher Bericht.
8 Keilig, a. a. O., 211, S. 85.
Martin Blumenson, Rommel's Last Victory. The Battle of Kasserine Pass, London 1968, S. 97 ff. u. S. 110 f.
Gause, a. a. O., S. 678 f.
ders., Der Feldzug in Nordafrika in Jahre 1943, in: WWR, 12, 1962, S. 720 f.
Tessin, a. a. O., Bd. III, S. 170 f.
Hanns Gert von Esebeck. Afrikanische Schicksalsjahre. Geschichte des Deutschen Afrika-Korps unter Rommel, Wiesbaden 1949, S. 268 verwechselt Stauffenberg mit Bürklin, der gleichzeitig mit General Fischer schwer verwundet wurde.
Erwin Rommel, Krieg ohne Haß, hrsg. von Lucie-Maria Rommel und Fritz Bayerlein, Heidenheim/Brenz 1950, S. 347.

9 Keilig, a. a. O., 211, S. 46 u. S. 210.
KTB OKW/WFSt II, 2, S. 1201 (Anm. 2).
KTB OKW/WFSt 1., 19. Januar und 15. Februar 1943, in: KTB OKW/ WFSt III, 1, S. 10, S. 52 u. S. 132.

10 Gräfin Stauffenberg – mündlicher Bericht.
Beate Bremme bei Kramarz, a. a. O., S. 121.
Das Essen fand wohl am 3. Februar statt, denn an diesem Tag wurde der Fall Stalingrads gemeldet. Domarus II, S. 1984 f. Bürker erstattete in der zweiten Januarhälfte dem Wehrmachtsführungsstab einen mündlichen Bericht über die Lage in Tunesien. KTB OKW/WFSt III, 1, S. 77.

11 Aussage Sauerbruchs, in: KB, S. 395 und bei Kramarz, a. a. O., S. 90. Siehe auch oben Anm. X/109.

12 Aussage Hößlins, in: KB, S. 373. Der Besuch konnte nicht – wie hier angegeben – im März 1943 stattgefunden haben. Zeller, a. a. O., S. 285 f.

13 Bürklin bei Kramarz, a. a. O., S. 121.

14 Baron v. Broich bei Kramarz, a. a. O., S. 122 u. S. 126 f. Siehe auch oben S. 270.

15 Hans Reimann bei Kramarz, a. a. O., S. 122 u. S. 124.

16 Baron v. Broich bei Kramarz, a. a. O., S. 123.

17 Heinz Schmid, ehemaliger Kdr. des Art.Rgt. 90, bei Kramarz, a. a. O., S. 122.

18 Blumenson, a. a. O., S. 130 ff.
Esebeck, a. a. O., S. 232 ff.
Rommel, a. a. O., S. 347 ff. Rommels Angaben sind natürlicherweise oft sehr ungenau und in bezug auf seine Gegner vielfach auch unzutreffend.

19 Baron v. Broich bei Kramarz, a. a. O., S. 122. Zeller, a. a. O., S. 237.

20 Hans Reimann bei Kramarz, a. a. O., S. 122.

21 Gräfin Stauffenberg – mündlicher Bericht.

22 KTB OKW/WFSt 1., 2., 3., 4. und 6. März 1943, in: KTB OKW/WFSt III, 1, S. 178, S. 181 f. u. S. 192.

23 Baron v. Broich bei Kramarz, a. a. O., S. 122.

24 KTB OKW/WFSt 6., 7., 8. u. 10. März 1943, in: KTB OKW/WFSt III, 1, S. 192 f., S. 195 u. S. 201.
Esebeck, a. a. O., S. 243.
Gause, a. a. O., S. 726.
Heinz Schmid bei Kramarz, a. a. O., S. 123. Montgomery, a. a. O., S. 183 f.
Blumenson, a. a. O., S. 300.
Rommel, a. a. O., S. 365 ff.

25 Gräfin Stauffenberg – mündlicher Bericht. Görlitz, Paulus ... S. 46.
Siehe oben S. 172 f. u. S. 196.

26 Baron v. Broich bei Kramarz, a. a. O., S. 127.

27 KB, S. 293 f.
Aussage Hagens vor dem Volksgerichtshof am 7.8.1944, in: IMT XXXIII, S. 328 und in: Eugen Budde/Peter Lütsches, Der 20. Juli, Düsseldorf 1952, S. 46.
Zeller, a. a. O., S. 248 u. S. 279.

28 Lagebericht OKH vom 1.-6. April 1943, in: KTB OKW/WFSt III, 1, S. 264, S. 269, S. 273, S. 279, S. 284 u. S. 290. Montgomery, a. a. O., S. 189.
Gause, a. a. O., S. 726.
Esebeck, a. a. O., S. 259 f.
29 Friedrich Zipfel bei Kramarz, a. a. O., S. 124 ff.
30 Lagebericht OKH vom 7./8. April 1943, in: KTB OKW/WFSt III, 1, S. 294 u. S. 300.
Baron v. Broich bei Kramarz, a. a. O., S. 127 f.
31 Montgomery, a. a. O., S. 192.
Blumenson, a. a. O., S. 311.
Gause, a. a. O., S. 727 f.
Alexander Clifford, Three against Rommel. The Campaigns of Wavell, Auchinleck and Alexander, London 1943, S. 382 f.

Die Idee des Staatsstreiches

1 Zeller, a. a. O., S. 237 u. S. 253. Kramarz, a. a. O., S. 127 u. S. 129. Fraenkel/Manvell, a. a. O., S. 54.
2 Gräfin Stauffenberg – mündlicher Bericht und bei Fraenkel/Manvell, a. a. O., S. 206 (Anm. 2).
KB, S. 305.
3 Gräfin Stauffenberg – siehe Anm. 2.
Paulus van Husen, Baron Georg v. Fritsch und Wilhelm Bürklin bei Kramarz, a. a. O., S. 129 f. u. S. 139.
Zeller, a. a. O., S. 253.
Gräfin Marion Yorck und Frau Olbricht – mündlicher Bericht.
Anni Lerche, Sekretärin Olbrichts, bei Zeller, a. a. O., S. 521 (Anm. 36).
4 Gräfin Stauffenberg – mündlicher Bericht.
Zeitzler bei Kramarz, a. a. O., S. 130. Zeitzler erklärt, dass er »ebenso wie den Grafen Stauffenberg ... als Chef des Generalstabes des Heeres auch jeden anderen schwer verwundeten Generalstabsoffizier besucht« hätte, »wenn sich die Gelegenheit dazu geboten hätte«. (ebda., Anm. 6).
Zeller, a. a. O., S. 238. Auch der Generalquartiermeister Wagner kam zu Besuch und wollte Stauffenberg für seine Dienststelle gewinnen. Zeller, a. a. O., S. 276.
5 Baron Geyr – mündlicher Bericht. Zu Geyr vgl. Hassells Kommentar vom 27. 12. 43 (Hassell, a. a. O., S. 341): »General G. glaubt an eine Landung im Westen. Er hofft auf ein Panzer-AOK. und ist davon ganz erfüllt, folglich sehr selbstkonzentriert und politisch ›Vogel Strauß‹. Letzteres auch insofern, als er starke Annäherung an die SS sucht, weil er großenteils SS in seiner Armee haben würde und folglich den schwarzen Einfluß für sich mobilisieren will! Er scheint ein guter Soldat zu sein, aber sonst ist er ein recht kleines Kaliber.« Diese Meinung teilte übrigens auch Stauffenberg. Keilig, a. a. O., 211, S. 100. Siehe oben S. 199.

6 Helmut Kleikamp bei Kramarz, a. a. O., S. 130. Siehe oben S. 266.

7 Kramarz, a. a. O., S. 130 datiert »etwa Anfang Mai«. Zeller, a. a. O., S. 238 »in den letzten Apriltagen«. Fraenkel/Manvell, a. a. O., S. 54 »Ende April« – die Zeitdifferenzen sind also praktisch bedeutungslos, der Vorgang dürfte dennoch eher später als früher liegen.

8 Wilhelm Bürklin, dem dies die Tochter Graf Uxkulls, Olga von Saucken, berichtete, bei Kramarz, a. a. O., S. 131. Siehe oben S. 169. Zeller, a. a. O., S. 253.

9 Gräfin Stauffenberg bei Zeller, a. a. O., S. 238 und bei Kramarz, a. a. O., S. 132.

10 Fahrner – mündlicher Bericht und bei Zeller, a. a. O., S. 238, wo er freilich nicht als Quelle genannt wird.

11 Zeller, a. a. O., S. 238.

12 Kramarz, a. a. O., S. 131.

13 Brief Stauffenbergs »München, 9. 6. 43« an Wilhelm Bürklin (in dessen Besitz), verkleinert reproduziert bei Kramarz, a. a. O., auf Tafel 11/12.

14 Gräfin Stauffenberg – mündlicher Bericht.
Stauffenberg wurde nicht erst im August aus dem Lazarett entlassen (Scheurig, a. a. O., S. 34 und Zeller, a. a. O., S. 253 behaupten dies).

15 Peter Sauerbruch bei Kramarz, a. a. O., S. 132.

16 Topf, a. a. O., S. 2 f. behauptet dies, doch stützt er sich nur auf einen indirekten Bericht von Friedrich Hielscher, der Stauffenberg nicht im Herbst 1943 – wie Topf behauptet –, sondern erst im Juni 1944 aufsuchte. Siehe unten S. 397 f.

17 Gräfin Stauffenberg – mündlicher Bericht und bei Kramarz, a. a. O., S. 131.

18 Zeitzler bei Kramarz, a. a. O., S. 131. Seine Aussage wird bestätigt vom damaligen Chef PA/P3, Kleikamp.

19 Kramarz, a. a. O., S. 131, der den Hinweis Stauffenbergs gegenüber Fahrner freilich in seiner chronologisch etwas ungenauen Argumentation nicht erwähnt.

20 Siehe oben S. 267 ff.

21 Siehe unten S. 285.

22 Siehe oben S. 266.

23 Goebbels, a. a. O., S. 254 u. S. 258.

24 Siehe oben Anm. X/13.

25 Schlabrendorff, a. a. O., S. 83 ff.
Ritter, a. a. O., S. 367 f.
Gisevius, a. a. O., S. 518 ff.
Fraenkel/Manvell, a. a. O., S. 52.
Buchheit, a. a. O., S. 279.
Gert Buchheit, Der deutsche Geheimdienst. Geschichte der militärischen Abwehr, München 1966, S. 419 f.

26 Fraenkel/Manvell, a. a. O., S. 52 nehmen ohne viel Überlegung die Ernennung Stauffenbergs auf konspiratives Betreiben als sicher an, wenn sie über Tresckow schreiben: »Er fand Olbricht noch sicher in seiner Position, und zusammen begannen sie sich nach einem Mann umzusehen, der geeignet war, Oster zu ersetzen. Ihre Wahl fiel auf Graf Claus von Stauffenberg.«

27 Siehe oben S. 285 und mündlicher Bericht von Gräfin Stauffenberg unten S. 313.
Zeller, a. a. O., S. 253.
28 Schlabrendorff, a. a. O., S. 86. »Wes Geistes Kind Stauffenberg war« – dies wusste Tresckow schon zuvor. Der Ordonnanzoffizier Tresckows, Schlabrendorff, ist nicht immer so gut informiert über Tresckows Tätigkeit, wie das vielleicht etwas unbeabsichtigt die »Wir«-Form seines Berichtes suggeriert. Ritter, a. a. O., S. 522 (Am. 43) moniert zu Recht das Chaos in der Chronologie Schlabrendorffs für den Zeitraum Sommer bis Winter 1943/44, das zeigt, dass Schlabrendorff nicht mehr im Zentrum einer Aktion wie im März 1943 stand und nicht mehr direkten Anteil an den Planungen in Berlin hatte. Tresckow war vom 15. Oktober bis 12. November überdies als Kommandeur des 442. Infanterieregimentes an der Front, um dann am 20. November Chef des Stabes der 2. Armee zu werden. (Keilig, a. a. O., 211, S. 342.)
29 Ferdinand Sauerbruch, Das war mein Leben. Bad Wörishofen 1951, S. 550 ff. Sauerbruchs Angaben sind zum Teil sehr ungenau. Stauffenberg fuhr – wie zuvor auf dem Hinweg nach Berlin – über Bamberg.
30 Zeller, a. a. O., S. 253 und Fahrner – mündlicher Bericht.
31 Fahrner bei Zeller, a. a. O., S. 253 f.
32 Kühnl, a. a. O., S. 155. Kühnl kritisiert den Artikel »Auf Befehl des Gewissens« der »Landeszeitung« (für die Lüneburger Heide) vom 20. 7. 1964, offensichtlich ohne zu bemerken, dass dieser wortwörtlich die Formulierung Fahrners bringt.
33 Fahrner bei Zeller, a. a. O., S. 254.
34 Peter Sauerbruch bei Kramarz, a. a. O., S. 132. Siehe auch oben S. 247.
35 Siehe oben S. 259.
36 Siehe oben S. 143.
37 Siehe oben S. 264.
38 Siehe oben S. 148 f.
39 KB, S. 373 (Aussage Hößlins).
40 Mommsen, a. a. O., S. 156 f.
41 Siehe oben S. 158.
42 Fahrner bei Zeller, a. a. O., S. 254.
43 Erwin Colsman bei Zeller, a. a. O., 1. Aufl., S. 158. In der vierten Auflage ist die Stelle eliminiert. Den Grund dafür siehe oben S. 16 f.
44 Siehe oben S. 148 f.
45 Siehe oben S. 150.
46 Zeller, a. a. O., 1. Aufl., S. 158. In der vierten Auflage eliminiert. Zur Kritik der Fahrner/Zeller-Überlieferung siehe oben S. 16 f. und unten S. 290 u. S. 294 f. Für die weiteren Erörterungen ein mündlicher Bericht Fahrners.
47 Zeller, a. a. O., S. 267.
Siehe oben S. 146.
48 Siehe oben S. 145.
Zur besonderen deutschen »Widerstandsproblematik« vgl. Karl Dietrich Bracher, Anfänge der deutschen Widerstandsbewegung, in: ders., Deutsch-

land zwischen Demokratie und Diktatur, S. 263; vor allem jetzt aber ders. Die deutsche Diktatur. Entstehung, Struktur, Folgen des Nationalsozialismus, Köln/Berlin 1969, S. 401 ff. Gerhard Schulz, Über Entscheidungen und Formen des politischen Widerstandes in Deutschland, in: Festgabe für Ernst Fraenkel, Berlin 1963, S. 73 ff.; ebenso die treffenden Überlegungen von Eberhard Bethge, Adam von Trott und der deutsche Widerstand, in: VJfZG, 11, 1963, S. 217 ff., der zu Recht betont, dass es sich beim »deutschen Widerstand« um eine Konspiration handle.

49 KB, S. 19 (Aussage Bernardis').

50 KB, S. 373 (Aussage Hößlins).
Kramarz, a. a. O., S. 165 zitiert ungenau und ohne die Problematik zu erkennen, wenn er statt dem Hinweis Stauffenbergs auf die nationalsozialistische Revolution diesen Ausdruck mit der Formulierung von dem dem Nationalsozialismus »innewohnenden Geist« völlig unnötigerweise umschreibt.

51 Gräfin Margarethe von Hardenberg und Peter Sauerbruch bei Kramarz, a. a. O., S. 25 und S. 169.
Gräfin Maria Stauffenberg bei Zeller, a. a. O., S. 521 (Anm. 4 a).

52 »Der Widerchrist«: George, a. a. O., S. 258.

53 Gräfin Nina Stauffenberg – mündlicher Bericht.

54 Siehe oben S. 59.

55 Siehe oben S. 150.

56 Siehe oben S. 152.

57 Ansprache von Dr. Eberhard Zeller an die Studenten der Berliner Hochschulen in der Freien Universität Berlin am 14. Juli 1964, in: Berlin 20. Juli 1964. Ansprachen, Manifeste und Predigten, München 1964, S. 76.

58 Wie Kramarz, a. a. O., S. 134 irrtümlicherweise suggeriert.

59 KB, S. 435 (Aussage Hößlins).

60 KB, S. 435 (Aussage Berthold Stauffenbergs).
Graf Alexander Stauffenberg bei Kramarz, a. a. O., S. 159 f.
Zeller, Berliner Rede, S. 71; auch Partsch, a. a. O., S. 3199 f. betont als »Georgianer« Stauffenbergs Distanz zum Christentum. Siehe aber oben S. 105.

61 KB, S. 435 (Aussage Oberst Meichssners).

62 KB, S. 435 (Aussage Leonrods).

63 KB. S. 167.

64 Roon, a. a. O., S. 254 ff. u. S. 542 ff.

65 George Kennan, Memoirs 1925-1950, Boston/Toronto 1967, S. 121.

66 Siehe oben S. 148 ff.

67 Kramarz, a. a. O., S. 134.

68 Zeller, a. a. O., S. 187 ff. u. S. 298.
Tymbos für Wilhelm Ahlmann. Ein Gedenkbuch, hrsg. von seinen Freunden, Berlin 1951, S. XII.

69 Gunther Ipsen, Die Zukunft des Bauerntums, in: Tymbos ..., S.111 ff.; Mommsen, a. a. O., S. 98 irrt, wenn er dieses Zitat bei Zeller, a. a. O., S. 189 als einem Bericht Fahrners entspringend bezeichnet – wiewohl dies einiger-

maßen begreiflich ist, da ja Zeller häufig ohne Beleg Äußerungen Fahrners verwertet.

70 Zeller, a. a. O., S. 294.

71 KB, S. 205.
Mommsen, a. a. O., S. 265 (Anm. 48) weist zu Recht darauf hin, dass Fahrners 1962/63 abgefasster Bericht nur begrenzt als authentische Quelle zu betrachten sei. Doch gerade in der Frage des Großgrundbesitzes sind keine »charakteristischen Abweichungen zu den wenigen in den KB vorliegenden Quellen vorhanden«. Der Hinweis Fahrners, es zeigten sich Ansätze zu freiwilliger Aufteilung des Großgrundbesitzes, mag wohl nicht ganz genau die Stauffenberg im Sommer 1943 bekannten Tatsachen von dem in den nächsten Monaten Erfahrenen trennen, doch sind deshalb nicht notwendigerweise »Einflüsse der Literatur« anzunehmen.

72 KB, S. 205 f. u. S. 465.

73 Wie Mommsen, a. a. O., S. 116 zu sehen glaubt.

74 Elfriede Nebgen, Jakob Kaiser. Der Widerstandskämpfer, Stuttgart/Berlin/Köln/Mainz 1967, S. 103 u. S. 235. KB, S. 205.

75 KB, S. 206 u, S. 465.

76 KB, S. 211 u. S. 465.

77 KB, S. 205.

78 Siehe unten S. 361.

79 Fahrner – mündlicher Bericht. Siehe auch oben S. 157. Krebs, a. a. O., S. 197.

80 Fahrner – mündlicher Bericht. In den KB, S. 352 wird von Goerdelers Plänen einer Wiedereinsetzung des preußischen Kronprinzen gesprochen, der nach einem Übergangsstadium von einem seiner Söhne abgelöst werden sollte. Beck habe »mit Offizieren Fühlung genommen und Goerdeler mit Stauffenberg. Dabei habe sich herausgestellt, daß für den Plan wenig Sympathien bestanden.« Diese Version ist unwahrscheinlich, denn Hohenzollern-Restaurationspläne waren bereits im Winter 1942/43 nach der Absage des Kronprinzen und darauf auch Louis Ferdinands begraben worden. Nebgen, a. a. O., S. 151 f. u S. 154 f.; Ritter, a. a. O., S. 309 ff.; Louis Ferdinand Prinz von Preußen, Die Geschichte meines Lebens, Göttingen/ Hannover 1968, S. 300 f.

81 Siehe oben S. 183.

82 Othmar Spann, Gesellschaftslehre, 3., neubearb. Aufl., Leipzig 1930.

83 Romoser, a. a. O., S. 73 ff. weist von einer Warte, die den gesamten »Widerstand« als statisch-monolithischen Block betrachtet und deshalb bereits von einer irrigen Basis ausgeht, nicht zu Unrecht auf die großen Affinitäten vieler »Widerstands-Ideen« zu jenen der »konservativen Revolution« hin, doch ist seine These, der »Widerstand« habe nur das geistige Erbe der »konservativen Revolution« angetreten, zu pauschal. Zur Kritik vgl. oben S. 20 und: Hermann Graml, Die außenpolitischen Vorstellungen des deutschen Widerstandes, in: Schmitthenner/Buchheim, a. a. O., S. 16 ff.; Mommsen, a. a. O., S. 74 ff.; Roon, a. a. O., S. 17 f.

84 »The leading anti-Nazi conspirators were bound to the Conservative Revolution by personal as well as intellectual ties. Many had been extremely active

in the earlier movement, for example, Ulrich von Hassell, Jens Jessen, Heinrich [sic] Popitz, Fritz von Schulenburg [sic], Claus von Stauffenberg, and even Goerdeler and Ludwig Beck.« Romoser, a. a. O., S. 85 f.

85 Ralf Dahrendorf, Gesellschaft und Demokratie in Deutschland, München 1965, S. 233 u. S. 472.

86 Romoser, a. a. O., S. 88: »Socialists such as Julius Leber ... must be distinguished from opponents of the Weimar Republic.« Falsch ist dann die Behauptung: »Nevertheless, these Socialists played a very minor role in the conspiracy...«

87 Siehe unten S. 358 ff.

88 In KB, S. 447 f. (Aussage Berthold Stauffenbergs) wird die Aussage Berthold Stauffenbergs bruchstückweise zitiert, die in der Anlage 1, Absatz 2 und 3 in KB, S. 326, enthalten ist. (Dort dann ohne Nennung des Autors.)

89 KB, S. 450 (Aussage Berthold Stauffenbergs).

90 KB, S. 448 f. (Aussage Graf Uxkulls).

91 KB, S. 336 (Aussage Berthold Stauffenbergs), auch Bruchstücke KB, S. 453 u. S. 456, doch wird dort ungenau zitiert: statt der »oberen« die »obersten Schichten«. Sinnvoll scheint dagegen die Version auf S. 453, wo »das Ressentiment des Kleinbürgers geweckt wurde« – und nicht »gewahrt wurde«, wie KB, S. 326 steht.

92 KB, S. 327 (Aussage des Grafen Fritz-Dietlof von der Schulenburg – dies geht aus den Bruchstücken KB, S. 452 u. S. 454 f., hervor). KB, S. 327, erwähnt das »Recht ... das dem einzelnen Wunsch jeder Institution eine Freiheitssphäre gewährt«. Sinnvoller ist die Korrektur KB, S. 452: »dem einzelnen, wie jeder Institution, eine Freiheitssphäre gewährt«. Sonst sind auch hier die Zitate des Berichtes in den KB sehr genau.

93 Siehe oben S. 91 u. S. 150.
Mommsen, a. a. O., S. 273 (Anm. 152) erklärt, dass die Tatsache, dass Zeller, a. a. O., S. 489 von einer »nicht bekannt gewordenen, aber verbürgten Überlieferung« ohne ausdrückliche Nennung Fahrners spreche, Misstrauen wecke. Wie so viele Male fehlt bei Zeller tatsächlich die Quellenangabe. Der »Eid« ist ebenso einseitig authentisch wie die Lautlinger Gedanken bzw. ihre Übermittlung durch Fahrner, der die Linie »Gneisenau«-Lautlinger Leitgedanken-»Eid« bestimmt. Zur Frage, wie weit sie – im Juli 1944 noch zutrifft, vgl. unten S. 452 f.

94 KB, S. 19 (Aussage Berthold Stauffenbergs).

95 Fahrner bei Zeller, a. a. O., S. 254.

96 Siehe oben S. 149 ff. u. S. 186 ff.

97 KB, S. 19 (Aussage Bernardis').

98 KB, S. 373 (Aussage Hößlins).

99 Siehe oben S. 489.
Mommsen, a. a. O., S. 156 zitiert in einem wesentlichen Punkt falsch, wenn er schreibt: »Gegenüber Hößlin begründet er die Umsturzplanung damit, daß das Offizierskorps sich bei einem militärischen Zusammenbruch nicht wieder versagen und sich nicht die Initiative aus der Hand nehmen lassen dürfe.« Denn es steht nicht »sich versagen«, sondern »versagen«.

100 Gräfin Stauffenberg – mündlicher Bericht. Zeller, a. a. O., S. 255.

101 Zeller, a. a. O., S. 255 vermutet als Grund für die abrupte Abreise die Rückkehr Tresckows nach Berlin. Hoffmann, Widerstand ... S. 771 (Anm. 181) weist darauf hin, dass nach Schlabrendorff, a. a. O. (Taschenbuchausgabe), S. 100 Tresckow vor dem Antritt seiner Rgt.Kdr.Stelle im Oktober 1943 volle zehn Wochen (d. h. seit Anfang August) in Neubabelsberg weilte. Dies ist aber falsch, denn bei Schlabrendorff ist kein Hinweis für die Berechnung der zehn Wochen vor dem Oktober gegeben. Der Urlaub ist dort eher vom März 1943 an datiert. Kramarz, a. a. O., S. 135 formt Zellers Vermutung bedenkenlos zur Tatsache um.

Die Technik des Staatsstreiches

1 Domarus II, S. 2037.

2 Goebbels, a. a. O., S. 410 f.

3 Domarus II, S. 2039.

4 Goebbels, a. a. O., S. 388.

5 Ernst Klink, Das Gesetz des Handelns. Die Operation »Zitadelle« 1943, Stuttgart 1966.
Philippi/Heim, a. a. O., S. 208 ff.

6 Goebbels, a. a. O., S. 389.

7 F. W. Deakin, The Brutal Friendship. Mussolini, Hitler and the Fall of Italian Fascism, London 1962, S. 457 ff.

8 Vgl. dazu Curzio Malaparte, Technique du coup d'État, Edition revue et corrigée, Paris 1948.

9 F. D. Pasquier. Napoleons Glück und Ende. Erinnerungen eines Staatsmannes 1806-1815, Bd. I, Stuttgart o. J., S. 154 ff. u. S. 165; Bernardine Melchior-Bonnet, La conspiration du général Malet, Paris o. J.; Général (Armand-Augustin-Louis) de Caulaincourt, En traineau avec L'Empereur. Introduction et notes de Jean Hanoteau, Genève 1943. S. 30 ff.

10 Siehe oben S. 266 und KB, S. 88 (Aussage Schulenburgs).

11 Mueller-Hillebrand I, S. 120 ff. u. S. 178.
OKH/GenStdH/ 2. Abt. (III B) Nr. 659139 g.K.Prüf-Nr. 3, Zahlenangaben zum Mob-Heer 1939/40, in: Keilig, a. a. O., 204, I, S. 1 ff.; FS Chef H Rüst u BdE/Tr.Abt. IIa Nr. 145/44 g.Kdos. vom 10. 2. 44, gez. Graf Stauffenberg, An Chef OKW, Bezug: Der Führer/OKW/WFSt/Org. Nr. 007436/43 g.Kdos., v. 27. 11. 43 (als 1. Abschrift WFSt/Op (H) Nord g.Kdos., F.H.Qu., den 12. 2. 1944, in: Keilig, a. a. O., 170, 1943, S. 1 ff. Der Führer/OKW/WFSt/Org. Nr. 007436/43 gK, FHQu., den 27. Nov. 43 (als Abschrift VO/W Stb/WFSt, F.H.Qu., den 1. 12. 1943, in: Keilig, a. a. O., 204, 1943, S. 4 ff.)
Chef H Rüst u BdE/Tr.Abt. IIa Nr. 855/44 g.Kdos. vom 14. 9. 44, in: Keilig, a. a. O., 170, 1944, S. 1 ff.
Keilig, a. a. O., 171, 1944, S. 1 ff.

12 Goebbels, a. a. O., S. 262.

13 Chef H Rüst u BdE/AHA/Ia (I) Nr. 17020/42 g.Kdos, vom 26. 5. 42.
Chef H Rüst u BdE/Ia (I) Nr. 4810/42 g.Kdos. vom 13. 10. 42.
Chef H Rüst u BdE/AHA/Ia (I) Nr. 4940/42 g.Kdos. vom 28. 10. 42 und Bestimmungen Wehrmachtsbevollmächtigter beim Reichsprotektor und Befehlshaber im W.Kdo. Böhmen und Mähren Ia/Id Nr. 100/43 g.Kdos. vom 10. 7. 43.
Chef H Rüst u BdE/AHA/Ia (I) Nr. 36723/42 geh. vom 17. 11. 42. (Die Existenz dieser vier Befehle geht aus der Fassung v. 31. 7. 43 hervor, siehe Anm. 14.)
Keilig, a. a. O., 170, 1943, S. 12 f.

14 Chef H Rüst u BdE/AHA/Ia (I) Nr. 3830/43 g.Kdos., Berlin, den 31. Juli 1943, Betr.: »Walküre«, gez. Fromm, 220 Ausfertigungen, 218. Ausf.; Anlage zu OKH/Chef H Rüst u BdE/AHA/Ia (I) Nr. 3830/43 g.Kdos. vom 31. 7. 43, Durchführungsbestimmungen, in: KB S. 160 ff. Gemäß dem Verteiler der 83. Ausfertigung, die zusammen mit fünf weiteren Exemplaren an die Abt. Ib/Org. des Stellv. Gen.Kdo. XVII (Wien) ging, handelt es sich bei der 218. Ausfertigung um ein Exemplar aus dem Vorratsbestand des AHA. Die Abschrift dieses Exemplars in den KB und alle darauf basierenden Abdrucke (jetzt auch bei Keilig, a. a. O., 170, 1943, S. 13 ff.) sind fehlerhaft und unzulänglich – freilich nur in Details, so dass sie für die Erläuterung des Inhalts durchaus brauchbar sind. Vgl. dazu Hoffmann, a. a. O., S. 279 (Anm. 7) u. Hoffmann, Widerstand . . ., S. 357.

15 Mueller-Hillebrand I, S. 53.
Hoffmann, a. a. O., S. 378.
Zur Zusammensetzung eines Wehrkreiskommandos vgl. die Darstellung am Beispiel des WK VI, in: Keilig, a. a. O., 173, S. 1 ff. Zur personellen Besetzung der WK I-XIII, XVII, XVIII, XX, XXI, Wehrkreisbefehlshaber im Generalgouvernement Polen, Wehrmachtbevollmächtigter beim Reichsprotektor (ab 1944: »beim Staatsminister«) und Wehrkreisbefehlshaber in Böhmen und Mähren, vgl. Keilig, a. a. O., 172, S. 1 ff.

16 Walküre-Befehl v. 31. 7. 43 (siehe oben Anm. 14): KB, S. 162.

17 Siehe oben Anm. 14.

18 Walküre v. 31. 7. 43 (siehe oben Anm. 14): KB, S. 160 f.
Hoffmann, a. a. O., S. 379 und Hoffmann, Widerstand . . . S. 359 f.

19 Chef H. Rüst u BdE/AHA/Stab I (1) Nr. 1119/44 g.Kdos. vom 11. 2. 44, Bezug: Chef H Rüst u BdE/AHA/Ia (I) Nr. 3830/43 g.K. v. 31. 7. 43, Betr.: Walküre, I.A. gez. Graf Stauffenberg, in: KB, S. 165 f. Hoffmann, Widerstand . . . S. 360 liest diesen Befehl falsch, wenn er meint, zu dem verstärkten Gren.Regt. gehörten 1-2 Panzerjägerkompanien mit Sturm- und Fla-Geschützen und eine weitere Pz.Jg.Kp. mit Selbstfahrlafetten. Im Befehl fehlt nach »1-2 Pz.Jg.Kp. (Inf.Pz.Jg.Kp . . . Pz.Jg(SF.)Kp.« zuletzt eine Klammer, d. h.: Die 1-2 Pz.Jg.Kp. konnten von der in der Klammer erwähnten Beschaffenheit sein.

20 Erika von Tresckow bei Ritter, a. a. O., S. 523 (Anm. 43).

21 KB, S. 368.

22 Gräfin Hardenberg geb. v. Oven bei Kramarz, a. a. O., S. 147. Frau von Tresckow bestätigte Ritter, a. a. O., S. 523 (Anm. 48), »daß die wesentliche Arbeit

schon im August und September durch Tresckow geleistet wurde«. Gestützt auf die von Zeller, a. a. O., 1. Auflg., S. 185 vorgebrachte, auf Fahrner zurückgehende Überlieferung, wonach die Vorbereitungen in den »ersten zehn Tagen des Oktober« abgeschlossen und das Attentat auf den 12. oder 14. Oktober festgesetzt gewesen sei, behauptet Ritter, dass Stauffenberg »nur wenige Tage« mit den generalstabstechnischen Vorbereitungen beschäftigt gewesen sein konnte. Das Zeugnis von Gräfin Hardenberg ist wesentlich präziser, zudem hatte Zeller schon in seiner 1. Aufl., a. a. O., S. 149 erwähnt, dass Stauffenberg bereits in der zweiten Septemberwoche nach Berlin gereist war – also auch nach dem Zeugnis Frau von Tresckows an der Arbeit durchaus beteiligt gewesen sein konnte und sein musste. Zeller korrigiert seine auf Fahrners Aussage basierende Datumsangabe für den geplanten ersten Attentatstermin (siehe unten S. 334).

23 Gräfin Hardenberg bei Kramarz, a. a. O., S. 147 f.
Kunrat Freiherr von Hammerstein, Spähtrupp, Stuttgart 1963, S. 267. Hoffmann, Widerstand ... S. 369 f.

24 Fernschreiben – FRR HOKW 02150/20. 7. 44/16.45 Der Oberbefehlshaber der Wehrmacht von Witzleben, Generalfeldmarschall, AHA/Stab III/44 g.Kdos. gez. Graf Stauffenberg und FRR – HOKW 02165/20. 7. 44/20.25 Der Oberbefehlshaber der Wehrmacht gez. v. Witzleben Generalfeldmarschall, in: KB, S. 24 f., S. 65 f. u. S. 68 f.

25 Siehe unten S. 324. Hoffmann, Widerstand ... S. 368 trennt allzu sehr anhand völlig unzureichender Quellen zwischen einer eindeutigen SS-Putsch-Version für den Herbst 1943 und der Parteiputsch-Version im Sommer 1944. Schlabrendorff, a. a. O., (Taschenbuchausg.), S. 108 stützt Hoffmanns Behauptung durchaus nicht. Denn dort ist mit der SS-Putsch-Version auch jene vom 20. Juli gemeint. Unmittelbar darauf folgt auch der bekannte Befehl.

26 Fernschreiben KR – HOKW 02155/20. 7. 44/18.00 Uhr Der Oberbefehlshaber im Heimatkriegsgebiet gez. Fromm Generaloberst, Graf Stauffenberg Nr. 32160/44 geh., in: KB, S. 25 f. u. S. 66 f. Ein am 20. Juli 1944 nicht hinausgegangenes Fernschreiben ohne Unterschrift (KR – FS – Fernspr.Nummer des Auslieferers: 1934) enthielt einen »Befehl über die Durchführung von Verhaftungen« und ordnete an, dass von der »Vollmacht ... eher zu viel als zu wenig Gebrauch zu machen« sei. Ausnahmen bei den pauschal angeordneten Verhaftungen behielt sich der Unterzeichner vor. Da in diesem Befehl auch von »Rechtsbeugern und Lumpen« gesprochen wird – Ausdrücke, die in keinem der anderen Befehle auftauchen –, kann es sich bei diesem Befehl um einen Entwurf handeln. Jacobsen/Zimmermann, a. a. O., S. 150.

27 Siehe unten S. 334 ff.

28 Siehe Anm. 26.

29 Ehlers, a. a. O., S. 105 f., S. 135 ff. u. S. 179.

30 KB, S. 41.

31 FS – FRR – HOKW 451902/20. 7./20.23 An W.Kdo. I-XIII, XVII, XVIII, XX, XXI, W.Kdo.Gen.Gouv.Böhmen-Mähren, Standrechtverordnung Nr. 1;

FS – FRR – HOKW 451897/20. 7./20.20. An W.Kdo. I-XIII, XVII, XVIII, XX, XXI W.Kdo.Gen.Gouv.Böhmen-Mähren, Standrechtverordnung Nr. 2;
FS – FRR – HOKW 451907/20. 7./21.02 An W.Kdo. I-XIII, XVII, XVIII, XX, XXI, W.Kdo.Gen.Gouv. Böhmen-Mähren, Standrechtverordnung Nr. 3;
FS – FRR – HOKW 453173/20. 7./21.02 An W.Kdo. I-XIII, XVII, XVIII, XX, XXI, W.Kdo.Gen.Gouv.Böhmen-Mähren, Standrechtverordnung Nr. 4;
FS – KR An W.Kdo. I-XIII, XVII, XVIII,XX, XXI, W.Kdo.Gen.Gouv. Böhmen-Mähren, Standrechtverordnung Nr. 5, in: KB. S. 70 ff. FS – KR – An W.Kdo. I-XIII, XVII, XVIII, XX, XXI, W.Kdo.Gen. Gouv.Böhmen-Mähren, Befehl über Maßnahmen gegen die Partei, ihre Gliederungen und angeschlossenen Verbände, in: KB, S. 74 f.

32 Fahrner berichtet bei Kramarz, a. a. O., S. 150 f. zunächst von seiner Teilnahme an der Abfassung der Rundfunkaufrufe. Den Inhalt dieser Aufrufe schrieb er nach seiner Aussage bereits im August 1945 aus dem Gedächtnis nieder (Zeller, a. a. O., S. 328 f., siehe unten S. 334 ff.). Bei Kramarz erwähnt er aber nur die Ausarbeitung der Befehle, an deren Abfassung sich nach seinem Bericht auch Berthold Stauffenberg beteiligte. Allerdings sollte anscheinend »nach den bei Olbricht sichergestellten Aufzeichnungen« der erste Befehl Witzlebens (»Der Führer Adolf Hitler ist tot« – siehe oben Anm. 24) auch im Rundfunk verlesen werden. KB, S. 20. Vgl. auch die Aussage Graf Uxkulls in: KB, S. 452.

33 Der Zeitplan (KB, S. 35 u. S. 37) war handschriftlich, nach Vermutungen der Untersuchungsbeamten von Stauffenbergs Ordonnanzoffizier Oberleutnant d. R. Werner von Haeften, niedergelegt. Die genaue Ausarbeitung ist also erst später vorgenommen worden. (Haeften wurde im November 1943 Stauffenbergs Ordonnanzoffizier.)

34 FS – KR – HOKW 02160/20. 7. 1944/18.15 An Stellv.Gen.Kdo I-XIII (III durch Kurier) XVII, XVIII, XX, XXI. A.K. W.Kdo.Gen.Gouv.Böhmen-Mähren, OKH/Chef H Rüst u BdE/AHA/Stab 1 Nr. 4996/44 g.Kdos. v. 20. 7. 44, in: KB, S. 68. Zeitplan WK III, in: KB, S. 37.
Befehl Nr. 1, Walküre-Übung der Schulen; Befehl Nr. 2; Befehl Nr. 3; Befehl Nr. 4; Befehl Nr. 5, in: KB, S. 38 ff. Anl. Ia zu Wehrkr.Kdo. III/Ia (VG) Nr. 1, in: KB, S. 28 ff. KB, S. 459 (Aussage Oberst Müllers, des Kdrs. d.Inf: Schule). Die Befehle an die Infanterie-Schule Döberitz sind nicht erhalten. Der Befehl Nr. 5 an die Panzertruppen-Schule Krampnitz ist kaum ein »Befehl früherer Fassung« (Zeller, a. a. O., S. 313), denn unter Ziffer 5 wird die Abholung Fromms und Stauffenbergs vom Flughafen Tempelhof befohlen. Er muss also aus dem Zeitraum 1.-15. Juli 1944 stammen. Denn Befehl Nr. 4 nennt als Kdr. der Pz.Tr: Schule Oberst Gorn, der am 15. 7. 44 durch Oberst Glaesemer abgelöst wurde. Zeller, a. a. O., S. 536 (Anm. 58).

35 KB, S. 376 (Aussage Oberst Haßels). Seit 30. 11. 43 war Haßel Chef der Amtsgruppe Nachrichtenwesen beim OKH/Chef H Rüst u BdE. Ihm unterstanden Abt. Nachrichtentruppen (In 7), Abt. Nachrichtenverbindungswesen, Abt. Nachrichtengerät u. Abt. Nachrichtenhelferinnen. (Keilig, a. a. O., 55, S. 7). Innerhalb der Abt. Nachrichtenverbindungswesen (Chef: Oberst Köllner)

unterstand Haßel auch die Nachrichtenzentrale der Bendlerstraße. Haßel war im Ausweichquartier Düppel in Zehlendorf, Köllner hatte sein Büro im rückwärtigen Flügel der Bendlerstraße, an den sich die Vermittlung mit ihrem Betonmantel anschloss (deshalb: Nachrichtenbunker, aber nicht im Keller, wie oft behauptet!). Nach Haßels Bericht bei Hoffmann, Widerstand ... S. 409 f. will dieser sich bereits am 22. 11. 1942 mit Olbricht unterhalten haben.

36 KB, S. 329 (Aussage Oberst Hahns).

37 Ausführlich zum ganzen Nachrichtenkomplex: Hoffmann, Widerstand ..., S. 396 ff. Ergänzt und korrigiert in wesentlichen Punkten: Peter Hoffmann, Zu dem Attentat im Führerhauptquartier »Wolfschanze« am 20. Juli 1944, in: VJfZG, 12, 1964, S. 279 f. KB, S. 99, S. 146 u. S. 329 f. Der Einweihungsgrad oder die Tatsache der »Einweihung« der bei Hoffmann zum erstenmal genannten Offiziere darf nicht überschätzt werden.

38 Der Reichsverweser u. Oberste Befehlshaber der Wehrmacht, Erlass über die vorläufige Kriegsspitzengliederung (Entwurf), in: KB, S. 31 ff. In Ziffer D (KB, S. 32) des Entwurfes werden als Heeresgruppen-Kommandos im Osten die »Heeresgruppen A, Süd, Mitte und Nord sowie die Wehrmachtbefehlshaber Ukraine und Ostland« genannt, was darauf schließen lässt, dass der Entwurf noch vor dem 30. 3. 1944 niedergelegt wurde, denn an diesem Tag wurden Manstein und Kleist von Model und Schörner abgelöst, die Heeresgruppen Süd und A in Nord- und Südukraine umbenannt. Keilig, a. a. O., 70, S. 4; Manstein, a. a. O., S. 616.

39 KB, S. 406 (Aussagen Canaris' und Pfuhlsteins).
Auch Oberleutnant v. Hagen bearbeitete nach seiner Tätigkeit in Nordafrika in der Org.Abt. des Gen.St.d. H. die Kriegsspitzengliederung (KB, S. 293).

40 KB, S. 31.

41 KB, S. 334 (Aussage Graf Blumenthals).
Blumenthal war als Verbindungsoffizier im Wehrkreis II vorgesehen.
Siehe unten S. 353 f. Vgl. auch KB, S. 20.

42 KB, S. 31 ff. u. S. 292.
Die Schilderung von Albert Speer, Erinnerungen, Frankfurt a. M / Berlin 1969, S. 401 ist in wesentlichen Punkten inkorrekt. Dass er von der Konspiration nach einem Umsturz zur Mitarbeit aufgefordert werden sollte, ist keineswegs bewiesen.

Die Konspiration – Projekte und Aktionen bis Ende 1943

1 Anklageschrift des Oberreichsanwaltes beim Volksgerichtshof vom 3. September 1944 gegen Goerdeler, Leuschner, Wirmer, von Hassell und Lejeune-Jung, in: Veit Osas, Walküre. Die Wahrheit über den 20. Juli 1944 mit Dokumenten, Hamburg 1953, S. 70.

2 Ritter, a. a. O., S. 379.

3 KB, S. 87 f. (Aussage Stieffs).

4 KB, S. 87 (Aussage Stieffs).
Rothfels, Briefe von Generalmajor ... Stieff, S. 305.
5 KB, S. 87 (Aussage Stieffs). Der bei Hoffmann, Widerstand ... S. 353 u. S. 767 (Anm. 150) auf Grund von Kaisers Tagebuch erwähnte, aber nicht dechiffrierte Bote »Orgieff« ist natürlich Stieff (aus Org.Abt., deren Chef Stieff war). Hoffmann berichtet a. a. O., S. 354 von der Entsendung Stieffs – offensichtlich ohne zu merken, dass er denselben Vorgang eine Seite zuvor bereits erwähnt.
6 Siehe oben S. 285.
7 Siehe oben S. 266.
8 KB, S. 89 (Aussage Schulenburgs).
9 Auszug aus der Vernehmung Goerdelers, in: KB, S. 408 u. S. 410.
10 Ritter, a. a. O., S. 349 ff., S. 369 ff., S. 551 ff. u. S. 557 ff.
Wilhelm Ritter von Schramm (Hrsg.), Beck und Goerdeler. Gemeinschaftsdokumente für den Frieden 1941-1944, München 1964, S. 255 ff.
KB, S. 410 ff. (Aussage Goerdelers).
11 KB, S. 412 (Aussage Goerdelers).
12 Ritter, a. a. O., S. 381.
13 KB, S. 98 (Aussage Fellgiebels).
Osas, a. a. O., S. 70 (Anklageschrift Goerdeler).
14 Sauerbruch, a. a. O., S. 551 f.
Dass Stauffenberg von Becks Haltung und Plänen schon früher wusste – wie Fahrner betont (siehe oben S. 140) –, schließt nicht aus, dass dies tatsächlich die erste persönliche Begegnung war.
15 KB, S. 349. Kramarz, a. a. O., S. 135 schreibt irrtümlicherweise, dass Tresckow schon im August Stauffenberg Goerdeler vorgestellt habe. Zwar gab Wirmer in seiner späteren Vernehmung (KB, S. 178) an, Goerdeler habe ihm im August von Stauffenberg gesprochen. Da aber Goerdeler gleichzeitig erwähnte, dass Tresckow »nun wieder ein Frontkommando übernommen« habe, muss man diesen Hinweis frühestens auf Oktober 1943 datieren. Denn erst am 15. Oktober (nach Hoffmann, Widerstand ... S. 343, der sich auf eine Handliste stützt, am 10. 10. 1943) übernahm Tresckow die Führung des Inf.Rgts. 442 (siehe unten S. 324). In der Anklageschrift Wirmers (Osas, a. a. O., S. 76) wird festgestellt, dass Wirmer »im Herbst 1943« durch Goerdeler von Stauffenberg erfahren habe. Im November 1944 schrieb Goerdeler selbst, dass er »im Herbst« – was nicht August bedeutet – Stauffenberg zum erstenmal getroffen habe. (Ritter, a. a. O., S. 523, Anm. 46) Vgl. auch Zeller, a. a. O., S. 292.
16 Osas, a. a. O., S. 71 (Anklageschrift Goerdeler).
17 Ritter, a. a. O., S. 523 (Anm. 46).
18 Siehe unten S. 353, S. 374 u. S. 453 ff.
19 Schlabrendorff, a. a. O., S. 88.
20 Keilig, a. a. O., 211, S. 342.
KB, S. 401 (Aussage Schlabrendorffs). Analogieschlüsse zu Stauffenbergs Versetzung nach Nordafrika zu Anfang des Jahres 1943 lassen sich nicht beweisen, sind aber nicht völlig von der Hand zu weisen.

21 KB, S. 42 u. S. 226 (Aussage Witzlebens). Olbricht kann Witzleben nicht im Oktober/November 1943 – wie hier vermerkt – besucht und zugleich erklärt haben, »daß er erst Umschau nach einem geeigneten Generalstabsoffizier als Gehilfen halten müsse«. Hier handelt es sich um einen Erinnerungsfehler Witzlebens.
Zeller, a. a. O., S. 305.
22 KB, S. 135.
23 KB, S. 128 u. S. 194; Zeller, a. a. O., S. 210 u. S. 303; Gersdorff bei Pechel, a. a. O., S. 159 ff.; Schlabrendorff, a. a. O., S. 73 ff., S. 81 u. S. 117. Zum Attentatsversuch vom 13. 3. 43 und den technischen Sprengstoffdetails vgl. Hoffmann, Widerstand ..., S. 322 ff. u. S. 333 f. Die Angaben bei Ernst-August Roloff, Der verspätete Staatsstreich. Klarheiten und Unklarheiten über den Widerstand gegen Hitler, in: Politische Studien, 15, 1964, S. 448 sind fehlerhaft und resultieren aus völlig falscher Quellenlektüre.
24 Schlabrendorff, a. a. O., S. 124 f. Ritter, a. a. O., S. 382.
25 KB, S. 357.
Ritter, a. a. O., S. 389 f.
Siehe unten S. 339 ff.
26 KB, S. 145.
27 Siehe unten S. 342 ff.
28 Zeller, a. a. O., S. 256. Nach einer Handliste der Generalstabsoffiziere 1943 (Hoffmann, Widerstand ..., S. 372 u. S. 772, Anm. 1) war Stauffenberg bereits zum 15. 9. zu Olbricht abkommandiert worden. Delia Ziegler, Bericht über den 20. 7. 1944 (Schreibmaschinen-Ms., Sammlung Zeller/IfZG), S. 1 formuliert ungenau, dass »Stauffenberg ... im Dezember 1943 mit der Wahrnehmung der Geschäfte des Chefs des Stabes des Allgemeinen Heeresamtes im OKH beauftragt« worden sei.
29 Stellenplan der Generalstabsoffiziere in der Kriegsspitzengliederung, Anlage 2 zu OKH/HPA 1. Staffel (P3) Nr. 270/42 geh. v. 11. 12. 42, in: Keilig, a. a. O., 203, 1942, S. 7.
30 Zeller, a. a. O., S. 271 f.
Keilig, a. a. O., 211, S. 92.
Hassell, a. a. O., S. 310.
KB, S. 44 (Aussage Olbrichts).
Oberst a. D. Franz Kleber – mündlicher Bericht. Kleber meint, Fromm habe sich am Umsturz durchaus beteiligen wollen, dann am 20. 7. 44 aber abgelehnt, da er nach dem Scheitern des Attentats die »einzig vernünftige, nüchtern-militärische Konsequenz« (Kleber) im Gegensatz etwa zu Stauffenberg zog. Apologien der Haltung Fromms sind zuweilen die treffenderen Anklagen ...
Kramarz, a. a. O., S. 184; vgl. auch oben S. 283.
31 Delia Ziegler, Bericht über die Widerstandsbewegung im Heer vom 1. 5. 1946, S. 4 f. (Sammlung Zeller/IfZG, Schreibmaschinen-Ms.).
32 Ziegler, Bericht über den 20. 7. 1944, S. 2.
Philippi/Heim, a. a. O., S. 242 ff.

33 Olga von Saucken geb. Gräfin Uxkull bei Kramarz, a. a. O., S. 138 f.

34 Zeller, a. a. O., S. 260 f.

35 Walter Baum, Marine, Nationalsozialismus und Widerstand, in: VJfZG, 11, 1963, S. 28.

36 KB, S. 11536 f. (Aussage Kranzfelders).

37 Baum, a. a. O., S. 26 ff.

38 KB, S. 89 u. S. 128. Die Brückenköpfe südostwärts Krementschug und nördlich Kiew errichtete die Rote Armee im September 1943 als Ergebnis ihrer Sommeroffensive. Am 15. Oktober trat die 2. Ukrainische Front aus dem Brückenkopf bei Krementschug gegen Kriwoj Rog an. Die 1. Ukrainische Front durchbrach am 3. November nördlich Kiew die Front der deutschen 4. Panzer-Armee und eroberte am 5. November die ukrainische Hauptstadt. Philippi/Heim, a. a. O., S. 217 u. S. 221 f.

IMT, XXXIII, S. 309 f. und Budde/Lütsches, a. a. O., S. 39 (Vernehmung Stieffs). Im Verhör gab später Stieff zu, dass er dem von Freisler als »Mordbuben« apostrophierten Stauffenberg keine Absage erteilt und den Sprengstoff entgegengenommen habe, jedoch entgegen der Bitte Stauffenbergs selbst das Attentat nicht ausführen wollte. Dies scheint im wesentlichen eine Schutzbehauptung zu sein.

39 KB, S. 89 (Aussage Stieffs).

Keilig, a. a. O., 56, II, S. 5.

KTB OKW/WFSt, III, 2, S. 779 u. S. 1307, IV, S. 796 u. S. 1793. Model, a. a. O., S. 190.

40 KB, S. 89 (Aussage Schulenburgs).

41 KB, S. 89 (Aussage Stieffs) u. S. 178 (Aussage Wirmers).

Paulus van Husen bei Kramarz, a. a. O., S. 163 (siehe unten S. 374).

42 KB, S. 89 u. S. 129.

43 Bussche, a. a. O., S. 3 f. und in: Der stille Befehl. Der Widerstand in Deutschland gegen Hitlers Tyrannei. Schallplatte der harmonia mundi, Münster/W. o. J., S. II.

Hammerstein, a. a. O., S. 267.

Zu Bussche ausführlich: Hoffmann, Widerstand ... S. 380 ff.

Krebs, a. a. O., S. 259.

Fraenkel/Manvell, a. a. O., S. 72 f. u. S. 208.

44 Zeller, a. a. O., S. 333. Die Uniformvorführung war kein »früherer Vorschlag Tresckows«. Stieff selbst sagte später aus (IMT XXXIII, S. 313), dass Stauffenberg diesen Plan gehabt habe, nicht er. In der Tat kam wohl die Anregung von Stauffenberg, da die Uniformvorführung vom AHA ausging. Dass Stieff den Plan mit Wagner im November oder Dezember 1943 besprach, ist wahrscheinlich. Doch Wagner scheint sich bis zum Juni 1944 von einem Attentat distanziert zu haben. IMT XXXIII, S. 315; Schlabrendorff, a. a. O., S. 121; Wagner, a. a. O., S. 231; KB, S. 90. Der »frühere Vorschlag Tresckows« bestand in dem Plan, »eine geballte Ladung in die Führerlagebesprechung einzuschmuggeln, und zwar in einer Aktentasche«. IMT XXXIII, S. 314 (Vernehmung Stieffs).

45 Ewald Heinrich von Kleist, in: Hammerstein, a. a. O., S. 235. Siehe auch unten S. 372.

46 Bussche, a. a. O., S. 4.
Zeller, a. a. O., S. 334.
Schlabrendorff, a. a. O., S. 121. Die chaotische Darstellung Schlabrendorffs erlaubt nicht – wie Kramarz, a. a. O., S. 155 tut –, diese Version kommentarlos als ersten Stieffschen Attentatsversuch hinzustellen, da insbesondere Bussches Versuch noch vor diesem erwähnt wird und zwar noch ohne Zusammenhang mit einer Uniformvorführung. Schlabrendorffs Bericht ist in der Attentatsfrage ausschließlich vom »Hörensagen« geprägt. Hoffmann, Widerstand ... S. 379 f. erwähnt nicht, dass auch Stieff Sprengstoff tragen sollte, und übersieht die Möglichkeit einer Zwei-Mann-Attentatsplanung.

47 Zeller, a. a. O., S. 284.
Schlabrendorff, a. a. O., S. 121.

48 KB, S. 90.
Dieser Plan datierte nach Roon, a. a. O., S. 158 von Ende Januar 1944. Haeften soll bereits zu seinem Bruder Hans-Bernd – dem Legationsrat – gegangen sein und die Pistole geholt haben, als dieser ihn an sein christliches Gewissen mahnte und von einer Gewalttat abriet. Siehe auch unten S. 371.

49 Fahrner – mündlicher Bericht und Zeller, a. a. O., S. 327 – auf dem Bericht Fahrners basierend. Zeller, a. a. O., 1. Aufl., S. 182 schrieb, dass Stauffenberg »Anfang Oktober« mit seinem Bruder und »einem herbeigerufenen Freund« (Fahrner) sich um die Abfassung der Aufrufe bemüht habe. Ebenfalls in der 1. Auflage, a. a. O., S. 185 steht dann, dass der 12. oder 14. Oktober »die Auslösung« bringen sollte. 10 bis 14 Tage war die genannte Frist. In der 4. Auflage, a. a. O., S. 330: »Von den ersten Novembertagen an war mit der Auslösung zu rechnen.« Dazu noch Zeller, a. a. O., S. 525 (Anm. 1), der erklärt, dass seine »frühere Angabe, die generalstabstechnischen Vorbereitungen Stauffenbergs seien am 10. Oktober abgeschlossen gewesen«, sich als irrig herausgestellt habe. »Nach einer Angabe von R. Fahrner rechnete Stauffenberg Ende Oktober mit einer Auslösung um den 10. November.« Die Verwirrung in der Datierung geht in beiden Fällen auf Fahrner zurück, der in einem mündlichen Bericht seinen Besuch bei Stauffenberg nicht auf Ende Oktober datierte, sondern auf Mitte Oktober – was erneut nicht stimmen kann, denn wenn Stauffenberg mit Zuversicht davon sprach, dass das Problem »Attentat« personell gelöst sei, so kann das nur Ende Oktober gewesen sein, nachdem er bei Stieff gewesen war, dessen Angabe in diesem Fall vertrauenswürdiger ist als jene Fahrners. Zellers Selbstkorrektur ist deshalb sinnvoll und richtig.

50 Zeller, a. a. O., S. 327 f.
In der 1. Auflage, a. a. O., S. 180 f. hieß es noch: »... im Gesagten sich aber so auszudrücken, daß nichts Unrichtiges behauptet und jeder Versuch vermieden wurde, über die eigene Gesinnung zu täuschen. Nach seinem [Stauffenbergs] ausdrücklichen Willen sollte darum Hitler in den Aufrufen und Befehlen nicht als der Führer bezeichnet werden.« Der erste Grundsatzbefehl wur-

de mit den Worten »Der Führer Adolf Hitler ist tot« und der Partei-Putsch-Version eingeleitet und sollte am Rundfunk verlesen werden (KB, S. 20). Deshalb dann wohl die Korrektur Zellers in der 4. Auflage ... Zu den Aufrufen, nicht den Befehlen hieß es ebenfalls noch in der 1. Aufl., a. a. O., S. 182: »Es mußte gelingen, was man als lebendigen Antrieb und als blutsmäßige Einheit in sich fühlte, zum Bild der vielfältig gespaltenen Deutschen zu erheben, für die man handelte. Aber hier zeigte es sich, wie schwer es war, nach jahrelangem Mißbrauch aller auf Volk und Vaterland bezüglichen Rede eine echte schlichte Sprache zu finden« – eine Bemerkung, die auch für die später weggelassene Formulierung Zellers gilt. Siehe oben S. 16.

51 Fahrner bei Zeller, a. a. O., S. 328 f. – auf Grund von Aufzeichnungen, die er sich im August 1945 in Gefangenschaft gemacht hat. Fahrners Bericht bei Kramarz, a. a. O., S. 150 f. ist die Nacherzählung des ersten Grundsatzbefehls (siehe oben S. 310). Missverständlich ist dort der Satz: »Maßgebend dabei schienen uns die Grundsätze, auch bei durchgreifendem Handeln gegen Verbrecher und ihre Helfer keine rechtlose Handlung zu dulden, sachlich Sinnvolles und Bewährtes nicht durch Bausch-und-Bogen-Verdammung zerstören zu lassen.« Dies bezieht sich – wie aus den Befehlen und Standgerichtverordnungen ersichtlich – auf die Weiterführung der Deutschen Arbeitsfront und der NSV, allerdings unter ganz anderen Voraussetzungen. Dabei handelte es sich um Sofortmaßnahmen. Von weiteren konkreten politischen Zielsetzungen kann auch der »Ghost-Writer« Fahrner, dem Stauffenberg den Namen des Chefs der Übergangsregierung nicht nannte (Zeller, a. a. O., S. 328), nichts gewusst haben, da darüber vor dem Umsturz gar keine Entscheidungen getroffen waren.

52 KB, S. 265 ff. u. S. 535 (Urteil gegen Goerdeler). Ritter, a. a. O., S. 525 (Anm. 64).

53 KB, S. 535 f. (Urteil gegen Goerdeler). Einen völlig falschen Eindruck erweckt Ritter, a. a. O., S. 525 (Anm. 66) mit seiner Formulierung: »Das Urteil nennt Stauffenberg als Verfasser eines solchen Aufrufes.«

54 KB, S. 139 ff.

55 KB, S. 138 u. S. 536 (Urteil gegen Goerdeler).

56 Bericht Thieracks an Bormann 8. 9. 44 über 2. Verhandlungstag der Hauptverhandlung gegen Goerdeler, in: Osas, a. a. O., S. 99.

57 Ritter, a. a. O., S. 391 f. u. S. 525 (Anm. 62 u. 63).
Vgl. auch die Rundfunkansprache, ebenfalls bei Goerdeler gefunden, in: KB, S. 147 ff. (vgl. dazu KB, S. 145). Fast identisch damit ist die Fassung bei Pechel, a. a. O., S. 314 ff. Nach Wirmers Aussage (KB, S. 536, Urteil gegen Goerdeler) ist die Regierungserklärung von Goerdeler verfasst, »während dieser das nicht mehr wissen will«. Auf jeden Fall ist auch sie »von Goerdeler und von Hassell verbessert«.

58 Fahrner bei Zeller, a. a. O., S. 329. Vgl. auch Becks Aufruf, in: KB, S. 196 u. S. 199 ff.
Dieser Aufruf soll ebenfalls handschriftliche Korrekturen Goerdelers enthalten haben, reicht aber nur bis KB, S. 202. Der nach »Deutsche Soldaten« fol-

gende Text ist eine gekürzte Fassung desselben Aufrufes. Ritter, a. a. O., S. 525 (Anm. 66).

59 Fahrner bei Zeller, a. a. O., S. 362 f. und bei Baum, a. a. O., S. 30. Siehe auch unten S. 412.
Fahrner ist freilich der einzige Zeuge für den Inhalt der verlorengegangenen Aufrufe Stauffenbergs, die Zeller, a. a. O., S. 328 gestützt auf Fahrners Bericht als verloren erklärt, ohne auf die erhaltenen Aufrufe näher einzugehen. Die »Zweitschrift« im Lager »Koralle« wurde von einer Sekretärin vernichtet. Zeller, a. a. O., S. 264 u. S. 521 (Anm. 7). In der Urteilsbegründung des Volksgerichtshofes ist kein »Aufruf an die Soldaten« und nicht die Autorschaft Stauffenbergs verzeichnet – wie Ritter, a. a. O., S. 525 (Anm. 66) irrtümlicherweise behauptet. Auch die Autorschaft Becks für den »Aufruf an die Wehrmacht« ist nicht erwähnt, geschweige denn jene Stauffenbergs.

60 Fahrner bei Zeller, a. a. O., S. 329 u. S. 363.
Zeller, a. a. O., 1. Aufl., S. 204 schreibt noch: »Die längere Anrede an die Frauen wurde durch einen kurzen Aufruf ersetzt.«

61 Fahrner bei Zeller, a. a. O., S. 329.
Zeller, a. a. O., S. 365 u. S. 527 (Anm. 29).
Stauffenberg trug den Ring, der nach dem kompetenten Urteil Gräfin Stauffenbergs nicht sehr geschmackvoll war, im Sommer 1944 am verbliebenen Mittelfinger.
George, a. a. O., S. 359.
Im selben Gedicht steht auch: »Ich bin das opfer bin der stoß«, so dass der ganze Vorgang vielleicht der mystischen George-Exegese und ihrer retrospektiven Interpretation von des Dichters »Prophetien« ein willkommener Anhaltspunkt ist ... Zeller ließ sein Buch in der 1. Aufl., a. a. O., S. 296 mit dem Satz enden: »Die Zahl derer ist im Wachsen, die an eine Unbesiegbarkeit der Deutschen nur so glauben, wenn sich die Größe der Hingabe immer wieder erneut, von der die Erhebung des Zwanzigsten Juli Kunde gegeben hat: ›Ende und Beginn‹.«

62 Siehe oben S. 137. Kratzer bei Kramarz, a. a. O., S. 151 – dort nur als R. K.; vgl. aber Keilig, a. a. O., 42, II, S. 12 u. S. 18.

63 Kratzer bei Kramarz, a. a. O., S. 152.
Es war nicht Aufgabe dieser Spezialisten, die Sender zu besetzen, wie Kramarz schreibt. Dafür waren die Schulen in Krampnitz und Döberitz zuständig. Vielmehr sollten Thiele und Kratzer das technische Personal zur Inbetriebnahme zur Verfügung stellen.

64 Kratzer bei Kramarz, a. a. O., S. 151.

65 In den KB, S. 33 f. wird erwähnt, dass Stauffenberg dieses Dokument »bei dem Fluchtversuch im Dienstgebäude verlor« – allerdings wird nicht gesagt, er habe es »aus seiner Tasche verloren« (wie Zeller, a. a. O., S. 264 behauptet). Unter Fluchtversuch muss offenbar sein Gang zu Olbrichts Diensträumen und sein anschließendes Zurückweichen in seine eigenen Räume vor den bewaffneten Offizieren verstanden werden. Dabei hatte wahrscheinlich Stauffenberg das Dokument in der linken Hand, deren drei Finger er aber

dann zum raschen Öffnen der Türen gebrauchte, worauf er die Ausarbeitung verlor. Einen anderen »Fluchtversuch« hat Stauffenberg nicht unternommen. Siehe unten S. 491.

66 KB, S. 34.

67 Siehe oben S. 298 f.
Kramarz, a. a. O., S. 181 unterschlägt diesen Passus und gibt die folgenden nur unvollständig wieder.

68 KB, S. 34.

69 KB, S. 34.

70 Kramarz, a. a. O., S. 181 nimmt ohne weiteres ein Entstehungsdatum »noch vor der Invasion am 6. Juni« an. Zeller, a. a. O., S. 265: »Herbst 1943, aber auch noch im Mai 1944«. Im Hinblick auf den in Anm. 65 vermuteten Vorgang könnte allerdings mit der Formulierung »Wirksamwerden der Invasion« auch das Ausgreifen der gelandeten alliierten Streitmacht in den französischen Raum und die darauf folgende Notwendigkeit einer großen Westfront gemeint sein. Nach damaliger Propagandathese war über das Schicksal der Invasion noch nicht entschieden, d. h. solange die relativ kurze deutsche Normandiefront noch intakt war, war die Invasion noch nicht »voll wirksam«. So wäre eine Verwendung des scheinbar überholten Schriftstücks am 20. Juli denkbar.

71 Kramarz, a. a. O., S. 181 verwendet diesen Begriff ohne weitere Überlegung.

72 Siehe oben S. 281 u. S. 320.

73 Aus einer Niederschrift Goerdelers vom November 1944 bei Ritter, a. a. O., S. 523 (Anm. 46). Siehe auch oben S. 324.

74 Hptm. a. D. Helmuth Cords bei Zeller, a. a. O., S. 285.
Vgl. auch Cords' Brief vom 23. 8. 1957 an Zeller (Sammlung Zeller/IfZG).

75 Nebgen, a. a. O., S. 177.

76 Nebgen, a. a. O., S. 177 (nach Mitteilungen von Jakob Kaiser und Wilhelm Leuschner). Vgl. auch Aussage Gerstenmaiers, in: KB, S. 300: Schulenburg erklärte, »man könne nicht mit literarischen und theoretischen Debatten Politik machen«. Auch Moltke stellte in einem Brief an seine Frau vom 5. 12. 1943 fest: »Fritzi scheint wieder ein Mal einen Weg zurück zu machen ... Ich bin gespannt, ob wir ihn wieder stärker an uns binden.« Roon, a. a. O., S. 277.

77 Nebgen, a. a. O., S. 177.

78 Osas, a. a. O., S. 70 u. S. 83; KB, S. 532 (Anklage und Urteil gegen Goerdeler). Der Auftrag zur »Regierungsbildung« erfolgte nach dem Besuch Fellgiebels und Stieffs Anfang September 1943 (siehe oben S. 323). Ritter, a. a. O., S. 386 u. S. 523 (Anm. 51) irrt, wenn er den Vorgang mit »November« datiert und gleichzeitig auf den Besuch der beiden Offiziere hinweist.

79 Ritter, a. a. O., S. 386.

80 Bodo Scheurig, Ewald von Kleist-Schmenzin. Ein Konservativer gegen Hitler, Oldenburg 1968, S. 186 und S. 235 f. (Anm. 62 u. 63).

81 KB, S. 27, S. 52, S. 79, S. 260. S. 357 f. u. S. 468.

82 Lois Weinberger, Tatsachen, Begegnungen und Gespräche. Ein Buch um Österreich, Wien 1948, S. 139.

83 KB, S. 57 (Aussage Berthold Stauffenbergs). Zur Nomination aller Politischen Beauftragten vgl. KB, S. 26 ff., S. 36, S. 46, S. 50 ff., S. 76 ff., S. 136 f., S. 178, S. 190, S. 256 ff., S. 290 f., S. 358 f., S. 380 f., S. 387 f., S. 390, S. 393 f., S. 436, S. 463, S. 465 f., S. 467 f., S. 469, S. 497, S. 500, S. 518, S. 522 f., S. 538, S. 545 f., S. 558; Nebgen, a. a. O., S. 50 ff., S. 137 f., S. 140 ff., S. 157, S. 159 f., S. 162 ff., S. 165 ff., S. 169 f., S. 177 ff., S. 180: Roon, a. a. O., S. 114, S. 227, S. 265 f., S. 343; Krebs, a. a. O., S. 286; Albrecht Fischer, Erlebnisse vom 20. Juli 1944 bis 8. April 1945, in: Otto Kopp (Hrsg.), Widerstand und Erneuerung. Neue Berichte und Dokumente vom inneren Kampf gegen das Hitler-Regime, Stuttgart 1966, S. 121 u. S. 127 ff.; Ludwig Jedlicka, Der 20. Juli in Österreich, Wien/München 1965, S. 26 ff., S. 34 u. S. 79 f.; Kunrat Frhr. v. Hammerstein, Flucht. Aufzeichnungen nach dem 20. Juli, Olten/Freiburg i. B. 1966, S. 47.

84 Nebgen, a. a. O., S. 180 f.
Die ultimative Forderung wurde kaum »Ende des Jahres 1943« ausgesprochen, wie hier vermutet wird. Bereits Mitte Dezember erwähnte Stauffenberg gegenüber Baron Leonrod, dass Geßler Politischer Beauftragter im Wehrkreis VII sei: Siehe KB, S. 259 und unten S. 352.

85 Osas, a. a. O., S. 71 (Anklageschrift gegen Goerdeler).

86 KB, S. 145.

87 KB, S. 57 (Aussage Berthold Stauffenbergs).

88 KB, S. 145.

89 KB, S. 189, S. 225, S. 248 u. S. 335.
Schlabrendorff, a. a. O., S. 77 ff.

90 KB, S. 333 u. S. 335.
Keilig, a. a. O., 40, 1944, S. 33 u. 55, S. 7. Zeller, a. a. O., S. 275 ff. u. S. 521 (Anm. 1). Jedlicka, a. a. O., S. 39 f.

91 KB, S. 335 f.

92 KB, S. 333 (Aussage Graf Blumenthals). KB, S. 26, S. 50 u. S. 77.

93 KB, S. 27, S. 52, S. 79, S. 260, S. 335 f. u. S. 378.

94 KB, S. 27, S. 77, S. 248, S. 258, S. 273 u. S. 287. Siehe auch oben S. 284 u. unten S. 429.

95 KB, S. 26, S. 50, S. 76 u. S. 256 f.
Schlabrendorff, a. a. O., S. 43. Vgl. auch unten S. 379.

96 KB, S. 28, S. 53 u. S. 82.

97 KB, S. 27, S. 52, S. 80, S. 100, S. 119, S. 260, S. 342, S. 458, S. 484 u. S. 489.

98 KB, S. 27 u. S. 51. Sell wird hier als Adjutant von Generalfeldmarschall Mackensen geführt. Vgl. aber die Listen des Heerespersonalamtes über die verhafteten Offiziere (Mikrofilm/IfZG), auf die sich die in diesem Kapitel erwähnten Personaldaten vor allem stützen.

99 KB, S. 35. Vgl. auch oben S. 315.
Am 20. Juli 1944 hielten sich Graf Uxkull in Lautlingen und Hauptmann Kaiser in Wiesbaden auf. Am 20. Juli waren drei oder höchstens vier Verbindungsoffiziere in Berlin – Oberst Marogna-Redwitz ist etwa nach Februar

1944 zu den Berliner Offizieren zu rechnen (siehe Anm. 100). Da aber weder Graf Lehndorff, noch Oster oder die weiteren, unten erwähnten VO im Herbst 1943 oder Sommer 1944 in Berlin Dienst taten, ist anzunehmen, dass die Bereitstellung der Personenwagen noch vor dem Dezember 1943 angeordnet wurde. Da fünf Wagen angefordert werden sollten, ist wohl Oberstleutnant von Sell ebenfalls noch vor Weihnachten vorgesehen und im notwendigen Rahmen eingeweiht worden. Denn da später – im Sommer 1944 – in Berlin nur mehr vier Wagen nötig gewesen wären für die VO, ist die Bereitstellung von fünf Wagen nur durch die »Einweihung« Sells zu erklären.

100 KB, S. 27, S. 36, S. 52, S. 80 u. S. 259 f. Das Deutsche Heer, S. 433.
Jedlicka, a. a. O., S. 33 ff. u. S. 50.
Am 20. Juli war Marogna-Redwitz Sonderbeauftragter im AHA/Stab II beim Chef H Rüst u BdE. Nach der Entlassung Canaris' im Februar 1944 und der Eingliederung der »Abwehr« in das Sicherheitshauptamt der SS erteilte Stauffenberg dem abgelösten Marogna den »Sonderauftrag«, »Einheiten zu inspizieren, die, improvisiert aus Urlaubern und sonstigen fluktuierenden Elementen zusammengesetzt, die zusammenbrechende Front stützen sollten«. Vgl. auch unten S. 356 f.

101 KB, S. 27 f., S. 37, S. 46, S. 53 u. S. 81.
Jedlicka, a. a. O., S. 112 u. S. 115.

102 Siehe unten S. 371.

103 Siehe unten S. 351 f.

104 Zeller, a. a. O., S. 293.
Gräfin Marion Yorck bei Kramarz, a. a. O., S. 137.
In seiner späteren Aussage (KB, S. 130) erweckte Schwerin den Eindruck, als ob er erst durch Stauffenberg im Herbst 1943 zur Konspiration gekommen sei. Das war eine Schutzbehauptung – in Wahrheit war er schon im Jahre 1938 von den Umsturzplänen informiert.

105 Gräfin Stauffenberg bei Kramarz, a. a. O., S. 154. Zeller, a. a. O., S. 296.

106 KB, S. 522 (Aussage Hofackers).

107 KB, S. 523.

108 KB, S. 521 (Aussage Schulenburgs).

109 KB, S. 522.

110 KB, S. 177, S. 205 u. S. 212 f.

111 KB, S. 287 u. S. 523.

112 KB, S. 305 ff., S. 314 u. S. 523.
Keilig, a. a. O., 211, S. 337.

113 KB, S. 523 (Aussage Goerdelers).

114 Hassell, a. a. O., S. 347.

115 Käthe Jessen bei Kramarz, a. a. O., S. 141.
Zeller, a. a. O., S. 88 ff.

116 Siehe unten S. 366 ff.

117 Zeller, a. a. O., S. 276.
Siehe oben Anm. 44.

Budde/Lütsches, a. a. O., S. 41 und IMT XXXIII, S. 315.
KB, S. 90 und Hasso v. Etzdorf bei Wagner, a. a. O., S. 231.
Schlabrendorff, a. a. O., S, 121 schreibt, dass in diesem Gespräch Stieff sich mit Wagner auf das Uniformvorführungs-Attentat geeinigt habe. Das ist ein Irrtum – Schlabrendorff hörte von diesem Vorgang erst indirekt und später.

118 KB, S. 128.

119 Keilig, a. a. O., 211, S. 342.

120 Domarus II, S. 2060 ff.
KTB OKW/WFSt III, 2, S. 1263 u. S. 1294 (Eintrag vom 7. und 20. November 1943) Hoffmann, Widerstand ... S. 656.

121 Goebbels, a. a. O., S. 486 ff.

122 KB, S. 54 f, S. 89, S. 128 f. u. S. 195.
Budde/Lütsches, a. a. O., S. 47 f. u. S. 94 (Vernehmung Hagens). Schlabrendorff behauptet, dass »durch eine unbekannte Ursache ... sich der Sprengstoff« selbst entzündet habe und in die Luft geflogen sei. In den KB steht davon nichts. Kuhn bot Bussche den britischen Sprengstoff an, doch dieser lehnte ab, da er damit nicht vertraut war (Hoffmann, Widerstand ..., S. 383 f.). Hoffmann, a. a. O., S. 384 ff. merkt nicht, wie unsinnig es ist, wenn er erwähnt, dass Bussche sich ab 23. oder 25. November bereitgehalten habe, und vorher ausführlich auf die Sprengstoffbeschaffung (deutsches Material) anfangs Dezember verweist (siehe unten S. 350 f.). Was Bussche nach Erhalt des deutschen Materials in Berlin trieb und versuchte, wird – so instruktiv es ist – unverständlich, denn er hatte doch das Material vor dem 23./25. November noch gar nicht.

123 KB, S. 129, S. 369 u. S. 431.

124 KB, S. 194, siehe unten S. 413. Auf Grund eines Berichtes von Bussche (basierend auf Kuhn) erwähnt Hoffmann, Widerstand ..., S. 394 f., die beiden Sprengstoffpakete seien zu Oberst Hansen, damals Leiter 12. Abt.GenStdH., gelangt, der eines sogleich an Kuhn zurückgegeben, das andere aber dem SD übergeben habe. Hoffmann zieht aber nicht alle Stellen in den KB heran.

125 KB, S. 90 (Aussagen Stieffs und Schulenburgs).

126 Ewald Heinrich von Kleist, Schriftliche Antworten auf einen Fragebogen Graf Alexander Stauffenbergs zum 20. Juli 1944 vom 14. Februar 1946 (IfZG/Sammlung Zeller), S. 2.

127 Vgl. Protokoll Nr. 743/43 – Fragment 34, Mittagslage vom 22. Dezember 1943 in der Wolfschanze und Fragment Nr. 12, Besprechung des Führers mit Feldmarschall v. Küchler am 30. Dezember 1943 in der Wolfschanze, in: Heiber, a. a. O., S. 456 ff. u. 516 ff.

128 Bussche, a. a. O., S. 4.
Bei Schlabrendorff, a. a. O., S. 122 ist irrtümlicherweise Zossen als Vorführungsort erwähnt. Die Datierung ist von Bussche – um so grotesker, was Hoffmann berichtet (siehe Anm. 122). Hoffmann, a. a. O., S. 384 erwähnt nichts von den letzten Novembertagen und suggeriert offensichtlich ein

Datum im Dezember. Die »Vorwarnung« (siehe unten S. 352) setzt er ungefähr einen Monat zu früh an, wenn er sie vor dem 23./25. November erwähnt. So ist sein Bericht über den Bussche-Attentatsversuch wegen der ungelösten zeitlichen Einordnung beträchtlich entwertet. Zeller, a. a. O., S. 335.

129 Budde/Lütsches, a. a. O., S. 40 (Vernehmung Stieffs). KB, S. 89 u. S. 129.

130 Budde/Lütsches, a. a. O., S. 49 (Vernehmung Hagens). Ritter, a. a. O., S. 352 f.

131 Fahrner bei Zeller, a. a. O., S. 362.
Fraenkel/Manvell, a. a. O., S. 209: »Nina Gräfin von Stauffenberg erwähnte beiläufig, daß eigentlich Stieff die Bombe auslösen sollte, der aber dann den Mut verloren habe.« Dies ist nur ein Beispiel für eine verbreitete und in den meisten Fällen nicht unfundierte mündliche Überlieferung.

132 KB, S. 318 f.
Die Angabe bei Roloff, a. a. O., S. 448, Oertzen habe den Sprengstoff beschafft, ist inkorrekt und basiert offenbar auf den noch unvollständigen Recherchen der Gestapo vom 26. Juli 1944 (KB, S. 55). In der graphischen Darstellung der Odyssee der diversen Sprengstoffe in den KB, S. 194 sind zwei Angaben zu diesem Vorgang ebenfalls falsch. Oertzen gehörte nicht zum Stab des AOK 4. Hagen bekam den Reise-Auftrag – nach Stieffs Aussage – nicht »Mitte Dezember«, sondern offensichtlich in den ersten Dezembertagen. Hagen selbst sprach in seiner Vernehmung nur von »Dezember 1943« (Budde/Lütsches, a. a. O., S. 48).

133 Budde/Lütsches, a. a. O., S. 40 (Vernehmung Stieffs).
Nach seiner eigenen Aussage ging Hagen zuerst zu Kuhn, der ihn offenbar an Stieff weiterleitete, dem er dann den Sprengstoff übergab. In seiner Vernehmung (Budde/Lütsches, a. a. O., S. 49) wies Hagen darauf hin, dass er aus eigenem Entschluss zu Stieff gegangen sei, was aber eine Schutzbehauptung zugunsten Stieffs sein könnte.

134 Budde/Lütsches, a. a. O., S. 40 (Vernehmung Stieffs). KB, S. 55, S. 129 u. S. 319.

135 KB, S. 27, S. 51, S. 54, S. 258 f., S. 262 f., S. 306 u. S. 435.
Leonrod suchte in der Woche vom 12. bis 19. Dezember 1943 seinen Beichtvater Kaplan Wehrle auf, um sich mit ihm über die Frage des Tyrannenmordes auszusprechen. KB, S. 321. Die Angabe bei Kramarz, a. a. O., S. 156, Stauffenberg habe Leonrod »Mitte November« nach Berlin gerufen, ist falsch. Hoffmann, Widerstand . . . S. 778 (Anm. 60) erwähnt den Vorgang nur in einer Anmerkung, weil er mit dem »Dezemberattentat« nichts anzufangen weiß.

136 KB, S. 27, S. 51 u. S. 312.

137 Osas, a. a. O., S. 71 u. S. 84; KB, S. 533 (Anklage und Urteil gegen Goerdeler).

138 KB, S. 33 (Aussage Stieffs). Es handelt sich dabei freilich um die zweite Vernehmung Stieffs (22. Juli 1944), in der noch vieles ungeklärt war. Stieff datiert in ihr nur »in der Winterkrise vor Weihnachten 1943«.

139 Dies geht aus der Vernehmung Stieffs hervor (Budde/Lütsches, a. a. O.,

S. 41). Stieff hatte beim Verhör ausgesagt: »Daraufhin [nach Verhinderung der Uniformvorführung] hatte Stauffenberg die Überlegung, eine geballte Ladung in die Führerlage einzuschmuggeln, und zwar in einer Aktentasche.« Freisler präzisierte unter Zustimmung Stieffs, dass diese Attentatsmethode »parallel mit einem Attentat aus Anlass der Bekleidungsvorführung« lag, »war eine Episode mitten darin«. Da nochmals im Januar 1944 für den Februar ein Attentat während einer Uniformvorführung geplant war (siehe unten S. 371 ff.), muss mit dem Lagebesprechungsattentat Weihnachten 1943 gemeint sein – abgesehen davon, dass sich der ganze entsprechende Abschnitt der Vernehmung Stieffs noch mit dem Jahr 1943 beschäftigt.

140 Zeller, a. a. O., S. 335 nimmt an, dass der später gefundene zweite Sprengstoff (siehe unten S. 467), bei dem es sich um einen dem englischen Material nachgebildeten Spezialsprengstoff (Hexonit) mit einfacherer Struktur und noch größerer Wirkung gehandelt habe (KB, S. 55), schon im Besitz der Konspiration war, wenn er noch vor dem mysteriösen Weihnachtsattentatsversuch erwähnt, dass »Freytag-Loringhoven ... erneut um Material angegangen werden« musste, und dann das Hexonit-Material beschreibt. Über dieses Material verfügte nur die Abwehr – der Zeitpunkt der Auslieferung dieses Sprengstoffes ist aber nirgends genau verzeichnet und dürfte wesentlich später liegen. Nach Hoffmann (siehe oben Anm. 124) konnte Stauffenberg wieder ein Paket britischen Sprengstoffes erhalten – doch ist dies zweifelhaft. Rudolf-Christoph Frhr. v. Gersdorff will ebenfalls einen britischen Sprengstoff besessen haben, ihn aber erst im Januar 1944 für eine Besprechung mit Stauffenberg bei seinem Bruder abgeholt haben. (Hoffmann, Widerstand ... S. 781, Anm. 84.)

141 Dies suggeriert Zeller, a. a. O., S. 336, gestützt auf die Aussage Stieffs in den KB, S. 90: »Eine solche Vorführung sollte vom Allgemeinen Heeresamt aus kurz vor Weihnachten 1943 erfolgen.« Vgl. aber die anderen Aussagen Stieffs (oben Anm. 138/39).

142 Kleist, a. a. O., S. 3.

143 Bussche, a. a. O., S. 4. Bussche erhielt im Januar nochmals eine Aufforderung, nach Berlin zu kommen. Doch verbot ihm der Divisionskommandeur die Abreise. (Vgl. mündlicher Bericht von Richard Frhr. v. Weizsäcker, damals Rgt.Adjutant I. R. 9.)

144 Dies geht aus der Vernehmung Stieffs hervor, für die dieselben Bemerkungen wie in Anm. 139 gelten (Budde/Lütsches, a. a. O., S. 41): Freisler: »Hat Ihnen Stauffenberg auch gesagt, daß er es so beabsichtige?« Stieff: »In dieser Form mit der Aktentasche? (Freisler: Ja!) Jawohl!«

145 Wheeler-Bennett, a. a. O., S. 612.
Fraenkel/Manvell, a. a. O., S. 73, übernehmen unbesehen diese Version. Zeller, a. a. O., S. 336 schränkt sie etwas ein mit dem Nebensatz: »... wie eine Überlieferung sagt ...« Kramarz, a. a. O., S. 157 bemängelt in einer Fußnote, dass Wheeler-Bennett »leider versäumt ..., seine Quelle anzugeben«. Diese »Quelle« ist möglicherweise Dulles, a. a. O., S. 69: »On December 26, 1943, Stauffenberg, who had been maneuvered into a position in the

Replacement Army that gave him access to Hitler's conferences, carried a bomb in his briefcase to Hitler's headquarters. But the conference was canceled without explanation at the last moment.« Diese Formulierung – ohne schmückendes Beiwerk – lässt den Verdacht begründet erscheinen, dass eine Verwechslung mit einem der Attentatsversuche Stauffenbergs vorliegt, als dieser schon Chef des Stabes von Fromm war (Juni/ Juli 1944). Dulles mag sich aber auch auf einen Bericht Kessels aus den Jahren 1944/45 stützen, dem Trott im Mai 1944 erzählte, im Dezember 43 und Februar 44 sei je ein Attentatsversuch am Ausbleiben Hitlers gescheitert – wobei allerdings Stauffenberg nicht erwähnt wird. (Vgl. Hans Rothfels, Trott und die Außenpolitik des Widerstandes, in: VJfZG, 12, 1964, S. 322.)

146 Osas, a. a. O., S. 71 f. u. S. 84 (Anklage und Urteile gegen Goerdeler).

Die Krisis

1 Sauerbruch bei Kramarz, a. a. O., S. 90

2 KB, S. 305 u. S. 417.

3 Siehe oben S. 343 f.

4 Gräfin Marion Yorck von Wartenburg – mündlicher Bericht. Dr. Eugen Gerstenmaier – mündlicher Bericht. Roon, a. a. O., S. 286.
Prof. Günter Schmölders bei Kramarz, a. a. O., S. 140 und Roon, a. a. O., S.286.

5 Baron Hans Christoph Stauffenberg, a. a. O., S. 126 und mündlicher Bericht.
Siehe oben S. 208.
Roon, a. a. O., S. 286.

6 Roon, a. a. O., S. 553 ff.
Mommsen, a. a. O., S. 99, S. 104 ff. u. S. 110 ff.
Zu »Kreisau« vgl. allgemein Roon und als kritisches Korrektiv die Studie Mommsens.
Baron Hans Christoph Stauffenberg, a. a. O., S. 123 und mündlicher Bericht.

7 Siehe oben S. 343 f.

8 Kramarz, a. a. O., S. 139 tut dies und betont Stauffenbergs Beziehung zu »Kreisau« – auch nach der Ansicht von Roon, a. a. O., S. 286 – viel zu stark. Kramarz erwähnt bloß, dass Stauffenberg »aus Gründen der Geheimhaltung nur selten« bei den »Kreisauern« erschienen sei. Finker, a. a. O., S. 183, geht ebenfalls viel zu weit, wenn er Stauffenberg »in allen wesentlichen Fragen« den »Kreisauern« zuordnet. Über Lebers Rolle im »Kreis« ist er völlig desinformiert. Siehe dazu unten S. 369. Hoffmanns Behauptung (Widerstand . . . S. 428 u. S. 790, Anm. 214), Roon gehe mit seiner Kritik an Kramarz ins Leere, weil dieser die Verbindung Stauffenbergs gar nicht bewerte, ist unsinnig – ebenso sein Hinweis auf die »Zurückweisung« der Zeugen Olga v. Saucken, Gräfin Marion Yorck und Paulus van Husen. Die Namen Lehndorff, Leonrod, Uxkull, Dohna, Lukaschek und Dahrendorf genügen bei

weitem nicht, um die »enge Zusammenarbeit« zu belegen (wie Hoffmann, Widerstand ... S. 790, Anm. 213 meint).

9 Walter Schellenberg, Memoiren, Köln 1959, S. 333. Buchheit, Der deutsche Geheimdienst, S. 426 u. S. 430 f. Roon, a. a. O., S. 74 f. u. S. 287.
Fraenkel/Manvell, a. a. O., S. 75.

10 Siehe oben S. 186 ff.
Kennan, a. a. O., S. 121.

11 Berthold Stauffenberg traf Trott bereits 1938/39 (KB, S. 56). Doch scheint die Verbindung in der Tat über Stauffenbergs Ordonnanzoffizier Haeften und dessen Bruder angeknüpft worden zu sein (KB, S. 110; Waltraud von Götz bei Kramarz, a. a. O., S. 138) und nicht über Leber, wie Zeller, a. a. O., S. 151 behauptet. Zu Trott vgl. jetzt die Biographie von Christopher Sykes, der a. a. O., S. 406 die Angabe Kramarz' übernimmt, dass Stauffenberg und Trott durch Haeften zusammengekommen sind. Vgl. unten S. 369.

12 Eugen Gerstenmaier, der Kreisauer Kreis. Zu dem Buch Gerrit van Roons »Neuordnung im Widerstand«, in: VJfZG, 15, 1967, S. 230 ff. wendet sich heftig gegen Roon, der bei der Zerstörung der Legende von den »bloß« denkenden »Kreisauern« auf halbem Wege stehen geblieben sei. Das früher in der Literatur vorherrschende Bild ist in der Tat nicht ganz richtig. Aber Gerstenmaier betont nun zu sehr die »aktive« Komponente, die zweifellos vorhanden war, aber als Folge der Enttäuschungen über das Militär bei Moltke an Gewicht verlor. Gerstenmaier ist bemüht, die Verbindung zu Stauffenberg noch vor der Verhaftung Moltkes zu betonen. Obgleich Gerstenmaiers Schilderung von der nachträglichen Billigung des Attentats durch Moltke im Gefängnis wenig relevant und zweifelhaft ist, ist sein Hinweis dennoch wertvoll, denn er zeigt, dass einige »Kreisauer«, wenn auch nicht der von Moltke zusammengehaltene »Kreis« als eine Art Institution, nicht nur Programmatiker waren und dies später auch bewiesen. Gerstenmaiers »aktivistische« Interpretation ist freilich auch sehr persönlich geprägt. Sie wird nun weitgehend übernommen von Hoffmann, Widerstand ... S. 439 f. u. S. 794 f. Hoffmann irrt sich gewaltig, wenn er schreibt: »Moltke war anfangs gegen das Attentat und auch gegen den Umsturz. Spätestens seit der Katastrophe von Stalingrad ... verhielt sich Moltke nicht mehr so scharf ablehnend gegenüber dem Gedanken des Attentats und des Umsturzes.« Gleich darauf bringt er dann doch ein Zeugnis, das besagt, dass Moltke Ende 1943 »aber auch« gegen Attentat und Umsturz gewesen sei ... Was Moltke vor 1942 dachte – darüber kann der in diesem Fall als einziger Zeuge herangezogene Gerstenmaier nichts Authentisches sagen.

13 Gerstenmaier, a. a. O. S. 255. Er betont wiederum, dass dies eine »Mißdeutung« gewesen sei und die Annahme falsch sei, »daß dieses Selbstverständnis im Kreisauer Kreis jemals dominiert habe«. Im Falle Stauffenbergs ist dessen Eindruck relevant, der freilich der »Mißdeutung« sehr nahe kam und eben auch Ansatzpunkte gefunden haben muss!

14 Zeller, a. a. O., 1. Aufl., S. 156.
Zeller, a. a. O., 4. Aufl., S, 259 fehlt dieser Hinweis – das Harmoniebild hatte Gegensätze bereits applaniert.

15 Roon, a. a. O., S. 208.
Nicht Goerdeler machte Stauffenberg mit Leber bekannt – wie in KB, S. 210 behauptet wird –, sondern Schulenburg. KB, S. 189; Zeller, a. a. O., S. 297; Annedore Leber bei Kramarz, a. a. O., S. 136; Julius Leber, Ein Mann geht seinen Weg, Berlin 1952, S. 283; Krebs, a. a. O., S. 259.

16 Roon, a. a. O., S. 131 und Brief Moltkes an seine Frau vom 2. 1. 1944 bei Roon, a. a. O., S. 234, wo Datumsfehler korrigiert zu werden brauchen. Denn die dort erwähnten Briefe vom 2., 9. und 13. Januar stammen alle aus dem Jahre 1944 – nicht 1943.

17 Julius Leber, Zur Klärung des Wehrproblems, in: Die Gesellschaft, 6, 1929, S. 128.

18 Leber, a. a. O., S. 187 ff.

19 Leber, a. a. O., S. 84 f., S. 104 f., S. 203, S. 213 ff., S. 216, S. 222, S. 232 f. u. S. 265 ff.
Mommsen, a. a. O., S. 87, S. 95, S. 134 f. u. S. 147.
Gräfin Stauffenberg bei Finker, a. a. O., S. 193 und mündlicher Bericht. Annedore Leber, Dr. Leber und Stauffenberg, in: Telegraf, 16. 6. 1946.

20 Ritter, a. a. O., S. 319.
Roon, a. a. O., S. 55 erklärt, dass er Leber unter die »Kreisauer« deshalb aufgenommen habe (a. a. O., S. 204 ff.), weil eine kurze unveröffentlichte Einleitung der Gräfinnen Moltke und Yorck zu den Kreisauer Dokumenten (Schreibmaschinen-Ms., S. 3) auch Leber dazu zählte. Dort steht aber sehr deutlich, dass Leber nicht zum engeren Freundeskreis gehörte. Gerstenmaier, a. a. O., S. 228 bringt zu Recht Bedenken gegen die Aufnahme Lebers unter die »Kreisauer« durch Roon vor.

21 Leber, a. a. O., S. 280 f.

22 Leber, a. a. O., S. 284.

23 Roon, a. a. O., S. 269 ff.
Hassell, a. a. O., S. 295 u. S. 380.
Vgl. auch KB, S. 264, S. 300 u. S. 388 und oben S. 266.

24 Siehe oben Anm. VII/48.

25 Nebgen, a. a. O., S. 173 f.

26 KB, S. 500 (Aussage Brücklmeiers).

27 Siehe oben S. 305 ff. Maaß wurde in dieser Zeit selbst für den »Kreisauer Kreis« schwierig (Roon, a. a. O., S. 233); Leber, a. a. O., S. 282.

28 KB, S. 360.

29 Joachim G. Leithäuser, Wilhelm Leuschner. Ein Leben für die Republik. Köln 1962; siehe oben S. 341 f.

30 KB, S. 99 f. (Aussagen der Grafen Schulenburg und Bismarck). Stauffenberg ging einige Male in Helldorfs Wohnung und traf ihn auch beim Potsdamer Regierungspräsidenten Bismarck. Tresckow war als neuer Polizeipräsident ausersehen.

31 Osas, a. a. O., S. 75 (Anklage gegen Leuschner). Hier steht, dass Leuschner Stauffenberg im Frühjahr 1944 kennengelernt habe – was aber ein Irrtum sein muss, denn Maaß lernte Stauffenberg im Winter 1943/44 kennen und hörte zuvor von ihm durch Leuschner (KB, S. 465).

32 Nebgen, a. a. O., S. 167.
Leber, a. a. O., S. 290 f.
Nebgen, a. a. O., S. 168 bezweifelt, ob Stauffenberg Leuschner die Kanzlerschaft angeboten habe. Jedenfalls erwähnte Leuschner gegenüber Jakob Kaiser nie etwas davon – wahrscheinlich, weil dies gar nicht ihm persönlich, sondern eher Leber galt (siehe unten S. 375). Es mag sein, dass Stauffenberg den Vorschlag Yorcks, Leuschner als Reichskanzler vorzusehen (KB, S. 234), auf vorsichtige Weise zu unterstützen suchte.
33 Leber, a. a. O., S. 283 f.
34 Leber, a. a. O., S. 284.
35 Roon, a. a. O., S. 380.
36 Siehe oben S. 302.
37 Siehe oben S. 289 f. und unten S. 377 u. S. 378.
38 Osas, a. a. O., S. 75 (Anklageschrift Leuschner).
Es steht hier nicht nur »gegen die Person Goerdelers« (wie Kramarz, a. a. O., S. 172 behauptet), sondern »gegen dessen Personen«.
39 Siehe oben S. 353.
40 Siehe unten S. 454 f.
41 Siehe oben S. 324 und Goerdeler bei Ritter, a. a. O., S. 523 (Anm. 46). Kramarz, a.a.O., S. 174 betont die menschliche Differenz und bagatellisiert die politische. Hoffmann, Widerstand ... S. 432 f. bringt eine etwas naiv-oberflächliche »Analyse«: »Der Einsatz des eigenen Lebens gab Stauffenberg nicht das Recht, die politische Entscheidungsgewalt zu beanspruchen, Goerdeler und Beck setzten ihr Leben ebenso ein. Auch die Fähigkeit zum Mord an Hitler war keine genügende Legitimation für die politische Führungsrolle.« Solche Sätze zeigen, dass Hoffmann noch immer von einem zeitlich statischen Bild ausgeht und falsche Fragen stellt. Hat Stauffenberg »Entscheidungsgewalt« oder »politische Führungsrolle« für sich gefordert? Siehe dazu unten S. 467 ff.
42 Nebgen, a. a. O., S. 167.
43 Ritter, a. a. O., S. 383 gibt sehr getreulich – als historische Wahrheit – das Urteil Goerdelers wieder.
44 Goerdeler bei Ritter, a. a. O., S. 523 (Anm. 46).
45 Zeller, a. a. O., S. 297.
46 Ritter, a. a. O., S. 383 behauptet all dies.
47 Ritter, a. a. O., S. 387.
48 Leber, a. a. O., S. 280.
49 Ritter, a. a. O., S. 320 glaubt diese Bezeichnung verwenden zu dürfen.
50 Kramarz, a. a. O., S. 172 vermutet dies.
51 Gisevius, a. a. O., S. 559 behauptet, Goerdeler habe ihm am 12. Juli 1944 erklärt, dass er Stauffenberg »im ganzen zwei- oder dreimal gesehen« habe. Das ist offensichtlich nicht ganz korrekt, denn was Goerdeler selbst später aussagte, lässt auf mehr Begegnungen schließen. Nur muss auch für Goerdelers Urteil über Stauffenberg in Rechnung gestellt werden, dass auch er den Offizier nicht sehr oft sah.

52 KB, S. 136.
Gotthard Frhr. von Falkenhausen bei Wilhelm von Schramm, Aufstand der Generale. Der 20. Juli in Paris (Lizenz- und Taschenbuchausgabe), München 1964, S. 19.
In diesem Gespräch machte Goerdeler vielleicht Stauffenberg die Vorwürfe wegen der »Vorwarnung« der Politischen Beauftragten für den 25.-27. Dezember 1943 (siehe oben S. 353).
53 Nebgen, a. a. O., S. 159.
54 Siehe oben S. 321, S. 330 u. S. 339.
55 Paul Binder, Meine Zusammenarbeit mit Fritz Graf Schulenburg, in: Kopp, a. a. O., S. 228 ff.
56 Leber, a. a. O., S. 285.
57 KB, S. 189. Hier steht auch noch die Formulierung, dass die Gruppe Stauffenberg »augenblicklich eine Zeitlang damit« gerechnet habe, »daß Goerdeler sehr bald von der Gewerkschaftsgruppe Leuschner, Leber usw. überspielt werden würde, ohne Gewähr dafür, daß ein solches Regime sich nicht harten Friedensbedingungen unterwürfe«. Ritter, a. a. O., S. 524 (Anm. 57) bringt diesen Passus nicht, der wohl zeigt, wie sehr Stauffenberg noch Reserven gegenüber Leber in außenpolitischen Fragen hatte.
58 Siehe unten S. 393.
59 Anne Armstrong, Bedingungslose Kapitulation. Die teuerste Fehlentscheidung der Neuzeit, Wien/München 1965 und Alfred Vagts, Unconditional Surrender – vor und nach 1943, in: VJfZG, 7, 1959, S. 280 ff. Bodo Scheurig, Freies Deutschland. Das Nationalkomitee und der Bund Deutscher Offiziere in der Sowjetunion 1943-1945, 2., überarbeitete und ergänzte Auflage, München 1961. Bodo Scheurig (Hrsg.), Verrat hinter Stacheldraht? Das Nationalkomitee »Freies Deutschland« und der Bund Deutscher Offiziere in der Sowjetunion 1943-45, München 1965. Siehe auch unten S. 417 f.
60 Vagts, a. a. O., S. 300.
Siehe unten S. 397 f.
61 Siehe oben S. 357.
Leber, a. a. O., S. 283.
Roon, a. a. O., S. 150.
62 KB, S. 56 u. S. 73.
63 Prof. Bauch und Fregkpt. a. D. Jessen bei Baum, a. a. O., S. 30.
Nach einer Information von Frau Graf, der ehemaligen Verlobten Kranzfelders, »handelte es sich um den Versuch, über die Wallenbergs Verbindung zu Churchill herzustellen«. Vielleicht gelang es Berthold Stauffenberg durch Elgar Baron Uxkull direkt mit Markus Wallenberg in Kontakt zu kommen, der jeweils nach London fuhr, während sein Bruder Jakob nach Deutschland Verbindung hielt (KB, S. 505). Siehe auch unten S. 401 ff.
64 Hassell, a. a. O., S. 347 (Eintrag vom 7. 2. 1944).
65 KB, S. 110 f. (Aussagen Yorcks und Trotts). Trotts Aussagen sind z. T. sehr schwer von den Schutzbehauptungen zu trennen und widersprechen sich auch zuweilen.

Zu Trott allgemein: Sykes, a.a.O., S. 390 ff.; Roon, a.a.O., S. 141 ff. u. S. 295 ff.; Rothfels, a.a.O., S. 141; Boveri, Der Verrat im 20. Jahrhundert II, S. 71 ff.; Hans Rothfels, Zwei außenpolitische Memoranden der deutschen Opposition (Frühjahr 1943), in: VJfZG, 5, 1957, S. 388 ff.; ders., Adam von Trott und das State Department, in: VJfZG, 7, 1959, S. 318 ff.; ders., Trott und die Außenpolitik des Widerstandes, in: VJfZG,12, S. 300 ff.; Eberhard Bethge, Adam von Trott und der deutsche Widerstand, in: VJfZG, 11, 1963, S. 213 ff.

66 Sykes, a. a. O., S. 389 ff. Siehe auch unten S. 400 f.
Ritter, a. a. O., S. 399 ff.; Rothfels, a. a. O., S. 162 ff. überschätzt wie auch bei Stauffenberg die idealistisch-romantische Komponente bei Trott gewaltig (siehe oben S. 11); Graml, a. a. O., S. 68 f., Roon, a. a. O., S. 311 u. S. 316; Elizabeth Wiskemann, The Europe I saw, London 1968, S. 168 f.

67 KB, S. 56, S. 111 u. S. 505.
Sykes, a. a. O., S. 401 ff.
Roon, a. a. O., S. 316.

68 Brief Moltkes an seine Frau vom 11. 1. 1945, in: Hellmuth Gollwitzer/ Käthe Kuhn/Reinhold Schneider (Hrsg.), Du hast mich heimgesucht bei Nacht. Abschiedsbriefe und Aufzeichnungen des Widerstandes 1933-1945, München o. J., S. 213.
Zeller, a. a. O., S. 506 (Anm. 9).
Budde/Lütsches, a. a. O., S. 84 (Vernehmung Yorcks, der freilich äußerst zurückhielt mit Aussagen – und deshalb seinen Kontakt mit Stauffenberg auch sehr herunterspielte).
Roon, a. a. O., S. 87.

69 Siehe oben S. 332.

70 Ewald Heinrich von Kleist in einem Brief an Alexander Graf Stauffenberg v. 14. 2. 1946, in: Sammlung Zeller (IfZG), S. 1 u. S. 3; bei Scheurig, Ewald von Kleist-Schmenzin, S. 187 u. S. 236 und in: Hammerstein, a. a. O., S. 235.
Zeller, a. a. O., S. 336 f. datiert »eines Samstagnachmittags« und für den Aufenthalt auf Schmenzin »Sonntag«. Kleist datierte 1946 »28. Januar 1944«, der auf einen Freitag fiel. Dieses Datum erwähnt auch Zeller. Dennoch muss das Gespräch am Freitag stattgefunden haben. Kleist war nicht (wie Krebs, a. a. O., S. 289 meint) für das Attentat »im Spätherbst 1943« vorgesehen.

71 KB, S. 312 f.
Hoffmann, Widerstand ... S. 413 behauptet fälschlicherweise, Baron Truchseß sei als Verbindungsoffizier geführt worden.

72 Hoffmann, Widerstand ..., S. 387 f.
Zeller, a. a. O., S. 277.
Keilig, a. a. O., 211, S. 278 u. S. 328.
Beide Versionen stammen von Kleist. Die erste entstammt einem von ihm am 14. Mai 1944 gegebenen Bericht (Hammerstein, a. a. O., S. 235), die zweite dem Brief vom 14. 2. 1946 (siehe Anm. 70) und ist von Zeller, a. a. O., S. 337 übernommen. Nach Kleist (Brief 14. 2. 1946) sollte der andere Attentäter Stieff sein – was unvereinbar mit der ersten Version ist. Denn dann wäre ja der »zweite Mann« bereits an den »Kerl« herangebracht gewesen.

Im Zusammenhang mit diesem Versuch, der wirklich stattfinden sollte – das Gespräch Stauffenbergs mit Wetzhausen ist ein genügend deutliches Indiz –, dessen Scheitern aber offensichtlich nicht richtig erklärt wird – ob unabsichtlich oder absichtlich, um etwa die Rolle Stieffs zu beschönigen, bleibe dahingestellt –, steht ein unglaubwürdiger, weil in technischer Hinsicht unzutreffender Bericht bei Pechel, a. a. O., S. 164.

73 Osas, a. a. O., S. 72 (Anklage gegen Goerdeler).

74 KB, S. 177 f.

75 Gisevius, a. a. O., S. 574, der groteskerweise auch noch behauptet, Stauffenberg sei gewillt gewesen, »Hitler eine letzte Chance, die Zurückschlagung der Invasion, zu gewähren« – was ja gerade der ganzen Argumentation Stauffenbergs völlig zuwiderläuft.

76 Ritter, a. a. O., S. 410 behauptet, die Frage habe sich gestellt, ob dies Goerdeler oder Stauffenberg sein würde. Er demonstriert dabei in bemerkenswerter Weise sein Unverständnis oder Desinteresse für die technisch-politische Problematik des Staatsstreichapparates.

77 Gisevius, a. a. O., S. 560.

78 Zur Unvorsichtigkeit Goerdelers vgl. u. a. Wiskemann, a. a. O., S. 168. Ernst Lemmer, Manches war doch anders. Erinnerungen eines deutschen Demokraten, Frankfurt a. M. 1968, S. 216. Probst Heinrich Grüber, Erinnerungen aus sieben Jahrzehnten, Köln/Berlin 1968, S. 210 f.

Major z. D. Hans Hausamann, der Einblick in seine unveröffentlichten Berichte über den 20. Juli gewährt hat.

79 KB, S. 118.

80 Hassell, a. a. O., S. 351 (Eintrag vom 8. 3. 44). Ritter, a. a. O., S. 410.

Kramarz, a. a. O., S. 173 glaubt die briefliche Äußerung Goerdelers in Zweifel ziehen zu müssen. Dagegen spricht Goerdelers isolierte Lage und auch etwa der Brief an Zeitzler (siehe unten S. 374). Sogar der sonst so pietätvolle Hoffmann, Widerstand ... S. 432 sieht keinen Grund, an Goerdelers Brief zu zweifeln.

81 KB, S. 178.

82 Nebgen, a. a. O., S. 174 u. S. 183.

83 KB, S. 212 f.

Siehe auch oben S. 346.

84 Ritter, a. a. O., S. 408 (nach der Aufzeichnung Goerdelers in der Haft November 1944).

KB, S. 56, S. 112, S. 178 u. S. 378. Hammerstein, a. a. O., S. 232 u. S. 243 f.

85 Siehe oben S. 330.

Paulus van Husen bei Kramarz, a. a. O., S. 163.

Da in diesem Bericht als Reiseziel Berchtesgaden angegeben ist, handelt es sich um einen Überredungsversuch nach dem Februar-»Attentat«, denn Hitler weilte erst ab März auf dem Berghof.

86 Georg Frhr. v. Fritsch bei Kramarz, a. a. O., S. 167.

87 Peter Sauerbruch bei Kramarz, a. a. O., S. 164 u. S. 166.

88 KB, S. 395 f. bezeichnen den Bericht Sauerbruchs (KB, S. 402-04) als »frei-

mütige Aussagen«. Sauerbruch wohnte in der Nähe Stauffenbergs, hatte sich Ende Januar 1944 während eines Bombenangriffs beim Löschen eine Verletzung zugezogen und wurde durch Stauffenberg in der Gruppe I des AHA beschäftigt. Was er den Verhörsbeamten als seine eigene Meinung berichtete, muss nicht immer genau der seinen entsprochen haben. Jedenfalls sind die Äußerungen Stauffenbergs auch durch andere Zeugnisse als die seinen erkennbar – das Gespräch also durchaus ein »Modell«.

89 KB, S. 402 f. (Aussage Sauerbruchs).

90 KB, S. 19 u. S. 396 (Aussage Sauerbruchs). Budde/Lütsches, a. a. O., S. 90.

91 KB, S. 43 f. und Budde/Lütsches, a. a. O., S. 66 f. (Aussage Hoepners).

92 KB, S. 90 (Aussage Schulenburgs).

93 Hoffmann, Widerstand ..., S. 389 ff.
Zeller, a. a. O., S. 337 f.
Schlabrendorff, a. a. O., S. 122 f. KB, S. 401.
Bei Schlabrendorff, Taschenbuchausgabe, a. a. O., S. 133 findet sich ein Datierungsirrtum.

94 Sykes, a. a. O., S. 413 ff.

95 KB, S. 189, S. 225, S. 287, S. 363 u. S. 431 f.
Zu Staehle vgl. auch: Ger van Roon, Oberst Wilhelm Staehle. Ein Beitrag zu den Auslandkontakten des deutschen Widerstandes, in: VJfZG, 14, 1966, S. 209 ff.
Kramarz, a. a. O., S. 162 übersieht völlig die Bedeutung des »Falles Gehre«, wenn er schreibt, im März sei »durchgesickert«, dass Gehre von der Gestapo überwacht werde, und nicht realisiert, dass Gehre untertauchen musste. Gehre fiel erst einige Zeit nach dem 20. Juli seinen Häschern in die Hände und wurde am 9. April 1945 zusammen mit Canaris, Oster, Dohnanyi, Bonhoeffer, Strünck und Sack hingerichtet.

96 KB, S. 373.

97 KB, S. 373 f.

98 KB, S. 136, S. 257 u. S. 417.
Budde/Lütsches, a. a. O., S. 88 (Aussage Klausings).
Krebs, a. a. O., S. 201, S. 205 u. S. 290.
Gräfin Charlotte v. d. Schulenburg – mündlicher Bericht.
Nach Ursula von Kardorff, Berliner Aufzeichnungen. Aus den Jahren 1942 bis 1945 (Taschenbuchausg. der Orig.-Ausg., München 1962), München 1964, S. 59. Nach Kardorff, a. a. O., S. 108 war Stauffenberg zusammen mit Haeften und Schulenburg auch am 12./13. Februar 1944 in Neuhardenberg. Diese »Tagebuch«-Aufzeichnungen sind freilich nur sehr beschränkt brauchbar, wie allein zwei Fälle (von unzähligen ähnlichen) zeigen: Unter dem 30. Juni 1943 (a. a. O., S. 49) spricht Werner von Haeften »mit Enthusiasmus« von seinem »Chef« Stauffenberg, der damals allerdings noch in München im Krankenhaus lag und bei dem Haeften erst im November Ordonnanzoffizier werden sollte ... Oder: Unter dem 24. Juli 1944 wird notiert, dass das jüngste Kind Stauffenbergs »gerade erst geboren worden« sei. Die Geburtsdaten der beiden letzten Kinder Stauffenbergs: 15. 11. 1940 und 27. 1. 1945 ...

In Neuhardenberg traf Stauffenberg auch mit dem ihm seit 1942 bekannten Obersten Fritz Jaeger, Kommandeur der Panzertruppen in den Wehrkreisen II und XXI, zusammen, der eingeweiht war und am 20. Juli beteiligt sein sollte. (KB, S. 48, S. 189, S. 225 u. S. 418.)

99 KB, S. 212.
Osas, a. a. O., S. 76 (Anklage gegen Wirmer). Nebgen, a. a. O., S. 171.

100 KB, S. 390 und S. 437 f.
Roon, a. a. O., S. 235 ff.
Alexander Graf Stauffenberg bei Kramarz, a. a. O., S. 160 (nach einem Brief Kardinal Preysings an Gräfin Caroline Stauffenberg). Bericht des persönlichen Sekretärs des Kardinals bei Zeller, a. a. O., S. 542 (Anm. 15).

101 Osas, a. a. O., S. 72 (Anklageschrift Goerdelers auf Grund der Tagebucheintragungen Hauptmann Kaisers von März bis Mitte Juli 1944, die verlorengegangen sind).

102 Budde/Lütsches, a. a. O., S. 58 (Aussage Witzlebens). KB, S. 43.

103 Sykes, a. a. O., S. 419 f.
Dulles, a. a. O., S. 137 f.
Wiskemann, a. a. O., S. 188.

104 KB, S. 118, S. 179 u. S. 211.
Osas, a. a. O., S. 75 (Anklage gegen Leuschner).
Nebgen, a. a. O., S. 171 u. S. 184. Sogar die KB widersprechen sich in der Frage der Distanzierung Leuschners, die Jakob Kaiser gegenüber Ritter, a. a. O., S. 409 bestritt.

105 KB, S. 507 (Aussage Berthold Stauffenbergs).

106 Siehe unten S. 398.

107 Kramarz, a. a. O., S. 180 nimmt ohne Beleg – und wahrscheinlich auch fälschlicherweise – an, dass »Mitte Mai« Stauffenberg geglaubt habe, einen Kontakt zu Eisenhower gefunden zu haben. Zeller, a. a. O., S. 341 ist zu Recht vorsichtiger und erwähnt, dass Stauffenberg »von Mai oder Juni an eine direkte Verbindung« zu Eisenhower zu gewinnen versucht habe.

108 KB, S. 126 f.
Hoffmann, Widerstand ... S. 432 u. S. 750 f. (Anm. 141).
Bei Hoffmann findet sich eine auf dem Volksgerichtshof-Urteil gegen Kaiser basierende, leicht abweichende Fassung des Verhandlungsplanes, in dem vor allem die Wiedergewinnung Südtirols fehlt. (Kramarz, a. a. O., S. 180 unterschlägt sie, obgleich er aus den KB zitiert.) In der bisherigen Literatur ist dieser Verhandlungsplan Goerdelers durchweg Stauffenberg zugeschrieben worden, obwohl die in den sprachlich unzulänglich abgefassten KB verwandte Formulierung »für Stauffenberg« nicht einfach »auf Weisung Stauffenbergs« heißen musste – wie Kramarz, a. a. O., S. 180 annimmt –, sondern ebenso gut »zuhanden Stauffenbergs« meinen konnte. Da Goerdeler in der Unterredung vom 26. Mai auf seine Klage über Stauffenbergs selbständige Verbindungsaufnahme mit den Gewerkschaftern zurückkam und von ihm anscheinend die Anerkennung seiner eigenen Zuständigkeit in den Verhandlungen mit den Gewerkschaftern erhielt,

ist denkbar, dass der oben S. 373 erwähnte Brief identisch mit dem hier angeführten ist.
Siehe unten S. 402.

109 Leber, a. a. O., S. 286.

110 Bericht Otto Johns bei Wheeler-Bennett, a. a. O., S. 646 f. Das Gespräch kann nicht »Anfang Juni« stattgefunden haben. (Dies auch zur Korrektur von Hoffmann, Widerstand ... S. 294 u. S. 751, Anm. 43, der die verschiedenen Darstellungen Johns heranzieht, ohne gewisse berechtigte Zweifel anzumelden.) Auch Johns Angabe, an diesem Abend bei Leber sei Stauffenbergs Ernennung zum Chef des Stabes des BdE und seine Beförderung zum Oberst gefeiert worden, lässt einige Zweifel an diesem Bericht aufkommen. Denn Stauffenberg erhielt seine Beförderung erst gegen Ende des Monates und wurde erst ab 1. Juli Chef des Stabes bei Fromm. Siehe unten S. 384 u. S. 410.

111 Dies vermutet Ritter, a. a. O., S. 415 u. S. 529 (Anm. 103).

112 Siehe oben S. 375.

113 Budde/Lütsches, a. a. O., S. 40 u. S. 49 ff. (Aussagen Stieffs und Hagens). In den KB, S. 194 ist die Angabe, Klamroth und Hagen hätten den Sprengstoff im »März 1944« nach Berlin gebracht, offensichtlich falsch. Stauffenberg erhielt im Mai nur zwei Sprengbüchsen – nämlich jene, die Stieff im Dezember 1943 entgegengenommen hatte; die dritte hatte Hagen im Dezember für sich behalten. (Siehe oben S. 350 f.). Die dritte wurde am 6. 8. 1944 vom RSHA im Lager »Zeppelin« (Zossen) zusammen mit zwei Pionierzündern sichergestellt, die Hagen im Juli beim Umzug des Hauptquartiers von Ostpreußen nach Zossen mitgenommen hatte. (KB, S. 194.)

114 Zeller, a. a. O., S. 272.
Siehe oben S. 337.

115 Zeller, a. a. O., S. 346. Hoffmann, Widerstand ... S. 450 nach der unveröffentlichten Niederschrift von Fromms Adjutanten Heinz-Ludwig Bartram aus dem Jahre 1954.
Die Behauptung, dass Fromm zwei Jahre (bei Kramarz, a. a. O., S. 185, der sich nur auf Zeller stützt, sind es bereits zweieinhalb Jahre) Hitler nicht vorgetragen habe, ist sehr unwahrscheinlich, obwohl sie anscheinend auch Bartram vertritt. Oberstleutnant Streve, der Kommandant des FHQu, meldete sich am 31. August 1942 bei Halder ab, um seinen neuen Dienst aufzunehmen. (Halder III, S. 514.) In Streves Niederschrift vom 23. 7. 44 über Stauffenbergs Besuch im FHQu vom 15. 7. 44 (siehe unten S. 434) bemerkt der Kommandant, dass der Eindruck bestanden habe, »daß das Verhältnis zwischen Generaloberst Fromm und seinem neuen Stabschef keineswegs so kameradschaftlich war wie unter dem Vorgänger, Generalmajor Kühne«, der seit dem 1. 4. 43 Chef des Stabes bei Fromm gewesen war (Keilig, a. a. O., 211, S. 186). Fromm war wegen der »Ungnade«, in die er gefallen war, wohl nicht oft im Hauptquartier, aber ihm nicht ganze zwei Jahre ferngeblieben, sonst wäre das Urteil Streves nicht verständlich.

116 Siehe unten S. 388.

117 Schwerin-Krosigk, a. a. O., S. 346. Vgl. auch Speer, a. a. O., S. 388 (positive Urteile Schmundts – und Hitlers – über Stauffenberg).

118 KB, S. 55. Nur für Hoffmann, Widerstand ... S. 395 ist es »offen ..., ob es sich hierbei nur um den von Knaak beschafften oder auch um den vergrabenen und wiederbeschafften Sprengstoff handelte«, weil er die vorliegenden Quellen nicht vollständig heranzieht.

119 KB, S. 55 nehmen dies an. Siehe aber unten S. 413.

120 Die Daten für die beiden Bamberger Besuche Stauffenbergs im Juni 1944 entstammen dem Kalender Baronin Lerchenfelds aus dem Jahre 1944, in dem auch Stauffenbergs (zumeist am Sonntag) geführte Telephongespräche mit seiner Familie vermerkt sind. (Im Besitz von Gräfin Stauffenberg.)

121 Hielscher, a. a. O., S. 398 f.
Vgl. auch: Friedrich Hielscher, Das Reich, Berlin 1931. Bezeichnend für die »Absicherung« dieses Besuches gegen die beiden anderen (ebenso unerwünschten) von Delp und Sperr ist die Tatsache, dass Hielscher den Jesuitenpater Delp nie kennen gelernt hat. (Hielscher, a. a. O., S. 400.)

122 KB, S. 390.
Roon, a. a. O., S. 178 f.
Franz von Tattenbach S. J., Das entscheidende Gespräch, in: Stimmen der Zeit, 155, 1954/55, S. 322 f.
Kramarz, a. a. O., S. 182.
Gräfin Stauffenberg – mündlicher Bericht.

123 Norman, a. a. O., S. 423 ff.

124 KB, S. 331 u. S. 390 (Aussage Sperrs). Roon, a. a. O., S. 262 ff.
Siehe oben S. 295.

125 Kalender Baronin Lerchenfelds (siehe Anm. 120).

Die Konstellation nach der Invasion

1 Zusammenstellung der Besprechungen im Zeitraum 1.-20. Juli 1944, an denen Stauffenberg teilnahm: FHQu, am 22. Juli 1944, Stenografischer Dienst Dr. Pe./Dt. gez. Dr. Peschel (IfZG – MA/146/3). Dr. Kurt Peschel war Leiter des Stenograf. Dienstes im FHQu (Heiber, a. a. O., S. 15 f.).

2 Gräfin Stauffenberg – mündlicher Bericht.
Zeller, a. a. O., S. 350 u. S. 451 f.
Vgl. auch Gräfin Stauffenberg und Annedore Leber bei Kramarz, a. a. O., S. 185.

3 Zeller, a. a. O. S. 350: Dem ruhig beobachtenden Stauffenberg soll Hitler »wie gestört über die Länge des Tisches einen forschenden Blick« zugeworfen, sich dann aber »nach kurzem Sichern dem Vortragenden wieder zugekehrt« haben.

4 KB, S. 91.

5 KB, S. 259, S. 296 u. S. 310.
Die Ersetzung Leonrods durch Drechsel wurde merkwürdigerweise nicht in

die Befehle übertragen, denn am 20. Juli stand Leonrod noch immer als Verbindungsoffizier im Wehrkreis VII auf der Liste.

6 KB, S. 310.

7 Budde/Lütsches, a. a. O., S. 84 f. Aus dieser Aussage Yorcks lässt sich nicht einfach schließen – wie Hoffmann, a. a. O., S. 295 oberflächlicherweise tut –, Stauffenberg sei »inzwischen auch der Auffassung« gewesen, »dass selbst nach einem gelungenen Umsturz die bedingungslose Kapitulation nicht mehr vermieden werden könne«.

8 Schlabrendorff, a. a. O., S. 129 und Taschenbuchausgabe, a. a. O., S. 138 gibt selbst geringfügige voneinander abweichende Versionen. Er kann begreiflicherweise nicht den genauen Wortlaut rekonstruieren, der deshalb auch nicht so wichtig ist.

9 Schlabrendorff, a. a. O., S. 136 und Taschenbuchausgabe, a. a. O., S. 144.

10 Schlabrendorff, a. a. O., S. 138 f. (Taschenbuchausabe).

11 Zeller, a. a. O., S. 350 f. Hoffmann, Widerstand ... S. 443.
Siehe oben Anm. X/13.

12 Schlabrendorff, a. a. O., S. 136 f.
KB, S. 340 (Aussage Fromms).

13 Wheeler-Bennett, a. a. O., S. 606. Hoffmann, Widerstand ... S. 796 f. (Anm. 284) übersieht, dass sich Kramarz, a. a. O., S. 185 für diesen Ausspruch nicht auf den Bericht des Obersten J. R. bezieht, sondern auf Wheeler-Bennett, der seinerseits sein Wissen natürlich von dem von Kramarz übersehenen Gisevius, a. a. O., S. 582 bezieht (bei Gisevius ist der Ausspruch auf den 13. Juli datiert).

14 Siehe oben S. 327. Stauffenberg soll am 20./21. April 1944 dem bei ihm zusammen mit Schwerin und Brücklmeier erschienenen Botho von Wussow sehr optimistisch über Fromm die Worte gesprochen haben: »Du brauchst keine Sorge wegen Fromm zu haben. Brauchst ihm ja nicht zu sagen, daß wir das Militär abschaffen wollen, aber sonst kannst Du ganz offen mit ihm reden.« In seinem Prozess vor dem Volksgerichtshof am 7. März 1945 gab Fromm zu, dass er am 3. Juli 1944 gegenüber Helldorf erklärt habe, es wäre am besten, wenn sich Hitler das Leben nähme. Vgl. Hoffmann, Widerstand ... S. 446, der allgemein wohl zu Recht annimmt, dass die Konspiration mit Fromms Mitmachen nach Schaffung der nötigen Voraussetzungen gerechnet habe.

15 Roon, a. a. O., (Staehle-Aufsatz), S. 215. KB, S. 217, S. 363 u. S. 524.

16 Siehe oben S. 380 f.

17 KB, S. 118, S. 179, S. 206, S. 212 u. S. 501.
Osas, a. a. O., S. 75 ff., S. 89 f. u. S. 96 (Anklage und Urteil gegen Goerdeler, Leuschner und Wirmer).

18 Leber, a. a. O., S. 273.
Gerhard Nitzsche, Die Saefkow-Jacob-Bästlein-Gruppe. Dokumente und Materialien des illegalen antifaschistischen Kampfes (1942 bis 1945), Berlin (Ost) 1957, S. 92 u. S. 133.
Osas, a. a. O., S. 72 (Anklage gegen Goerdeler).
Mommsen, a. a. O., S. 158.

19 KB, S. 118, S. 179, S. 212, S. 234 f. u. S. 501.
Osas, a. a. O., S. 67, S. 72 u. S. 76 f. (Anklage gegen Goerdeler, Leuschner und Wirmer.)
20 KB, S. 118, S. 179 u. S. 212.
Osas, a. a. O., S. 72, S. 76 f., S. 84 u. S. 90 (Anklage und Urteil gegen Goerdeler und Wirmer sowie Fernschreiben Thieracks, Berlin, 8. 9. 1944 an Bormann). Die große Zusammenkunft vom 16. Juni fiel auf einen Freitag. Theoretisch möglich ist, dass Stauffenberg am 17. Juni Wirmer traf und dann am 18. Juni die Aussprache mit Leber stattfand. Das Wochenende 24./25. Juni fällt dafür aus, da Stauffenberg in Bamberg weilte. Möglich wäre nur noch der 2. Juli – da Leber erst am 4./5. Juli verhaftet wurde.
21 Siehe dazu unten S. 405 f.
22 Ritter, a. a. O., S. 410.
23 Ritter, a. a. O., S. 415 u. S. 529.
24 KB, S. 56.
Nach Rothfels, Trott und die Außenpolitik des Widerstandes, S. 309 begann die Reise am 19. Juni. Siehe jetzt aber Sykes, a. a. O., S. 425.
25 KB, S. 111, S. 174 f., S. 198 u. S. 507.
Zeller, a. a. O., S. 342 f.
Fahrner – mündlicher Bericht und bei Kramarz, a. a. O., S. 179.
Zeller, a. a. O., S. 341 und Ritter, a. a. O., S. 529 bezeichnen fälschlicherweise Marshall als Stabschef Eisenhowers. In den KB, S. 174 u. S. 507 ist er korrekt als Generalstabschef der amerikanischen Armee bezeichnet, so dass Kramarz, a. a. O., S. 180 mit seiner »Korrektur« wieder die Dinge verfälscht. Denn in den KB ist Marshall nicht als Stabschef Eisenhowers angegeben, so dass es völlig unsinnig ist zu behaupten, Stauffenberg habe zu Eisenhower oder dessen Stabschef Bedell-Smith Verbindung gesucht. Dies wäre ohnehin in einem gegangen.
26 Bericht Otto Johns, in: Fraenkel/Manvell, a. a. O., S. 227.
27 KB, S. 507 (Aussage Trotts).
Vagts, a. a. O., S. 287.
Siehe oben S. 368.
28 Otto John bei Wheeler-Bennett, a. a. O., S. 647 und in: Fraenkel/Manvell, a. a. O., S. 228.
Siehe unten S. 421.
29 KB, S. 248 u. S. 364 (Aussagen Strüncks).
Diese Aussagen stehen – wie Ritter, a. a. O., S. 530 zutreffend bemerkt – in »krassem Widerspruch« zu Gisevius' Darstellung nach dem Kriege. (Vgl. auch Dulles, a. a. O., S. 139.) Nicht nur Strünck müsste Gisevius, der später die Gestapo-Berichte tel quel als Quellen verwendete, »mißverstanden« haben, sondern auch Goerdeler, der sich auch noch in seinen Niederschriften im Gefängnis immer wieder auf Gisevius als Zeugen für die angeblich weitgehende Verhandlungsbereitschaft der Westmächte berief. Gisevius selbst hat es bis jetzt vorgezogen, diesen Widerspruch zu ignorieren.
30 Leber, a. a. O., S. 286.

31 KB, S. 34 f., S. 174 u. S. 493.
Die Verhörsbeamten fanden ein Exemplar beim Grafen Schwerin. Zweimal (KB, S. 34 u. S. 174) nennen sie den Titel »Europa zwischen Ost und West«, einmal »Deutschland ...« Kramarz, a. a. O., S. 178 bemerkt offensichtlich das Problem nicht, auch wenn er Recht hat mit seiner Annahme, es handle sich um eine Denkschrift Trotts. Sich nur auf Kramarz zu stützen, wie dies Sykes, a. a. O., S. 424 tut, ist deshalb nicht ganz ausreichend. Rothfels, a. a. O., S. 206 nimmt – aus unerfindlichen Gründen, aber durchschaubarer Absicht – die Existenz zweier verschiedener Denkschriften an und übersieht, dass auch in der Inhaltsangabe der KB von der Stellung Deutschlands – und nicht Europas – die Rede ist. Ritter, a. a. O., S. 402 f. nimmt die Identität der »beiden« Denkschriften an. Kramarz, a. a. O., S. 178 interpretiert die »Kompensation an Polen« völlig falsch. Denn für seine Behauptung, sie sei »als Ausgleich für andere, an Deutschland fallende Gebiete« gedacht gewesen, gibt es keinen einzigen Anhaltspunkt. »Kompensation« konnte Polen für die deutsche Polenpolitik seit dem 1. September 1939 verlangen.

32 KB, S. 34 f.

33 KB, S. 247 f. u. S. 505.
Goerdeler kehrte am 26. 6. über Berlin nach Leipzig zurück und weilte am 29. 6. in Berlin (Hammerstein, a. a. O., S. 252 f.).

34 KB, S. 248.

35 KB, S. 248.

36 KB, S. 127.

37 Siehe oben S. 381.

38 KB, S. 126.

39 Siehe oben S. 385.

40 Sykes, a. a. O., S. 425 f.

41 Baron Stauffenberg – mündlicher Bericht.

42 Zeller, a. a. O., S. 341 schließt aus den von Trott geäußerten Vermutungen, dass Stauffenberg einem »Sonderagenten« Eisenhowers in die Hände gefallen sein müsse, auf die Tatsache, dass die direkte Verbindung »im Juli gefunden war (über Madrid?)«.

43 Fahrner bei Zeller, a. a. O., S. 363 und mündlicher Bericht.
KB, S. 111, S. 198, S. 502 u. S. 510.

44 KB, S. 174 u. S. 507.

45 Major Meinicke-Kleint bei Finker, a. a. O., S. 195.

46 KB, S. 507.

47 Finker, a. a. O., S. 210 strapaziert sie.

48 Scheurig, a. a. O. (Verrat hinter Stacheldraht?), S. 26 ff., S. 77 ff., S. 227 u. S. 230.
Scheurig, Freies Deutschland, S. 137 ff.

49 KB, S. 507. Vgl. auch Mitteilungen Gersdorffs, Schlabrendorffs, Steltzers und Husens, in: Scheurig, Verrat ..., S. 233 ff.

50 Hammerstein, a. a. O., S. 228.

51 Finker, a. a. O., S. 208 ff. u. S. 370 ff. kritisiert Kramarz, der sich auf die KB

stützt, und lehnt »Nazi-Quellen« ab. Er weist zu Recht darauf hin, dass in den KB, S. 174 (8. August 1944) steht, Stauffenberg habe »angeblich gegen derartige ‚Proklamationen hinter Stacheldraht' Stellung genommen«, unterschlägt aber KB, S. 507 (29. November 1944), wo nicht mehr »angeblich« steht, sondern die Ablehnung der Tatsache, dass keine Verbindung bestand, sogar von den Verhörsbeamten festgestellt wird. Zu Recht stellt Finker auch fest, dass eine Beziehung zum NKFD »Landesverrat« bedeutet hätte, also im Interesse der Angeklagten abgeleugnet werden musste. Seine Quelle ist dann aber der »Völkische Beobachter« und ein Dokument der Reichspropagandaleitung, die ihrerseits Interesse an dem Landesverratsvorwurf haben, den die KB am 29. 11. 1944 in bezug auf das NKFD zurücknehmen. Auch Bormann hat in einem Fernschreiben am 20. Juli um 21.20 Uhr (siehe Jacobsen/Zimmermann, a. a. O., S. 199) auf einen möglichen Kontakt zum Nationalkomitee hingewiesen. Abgesehen davon, dass es unmöglich ist, illegale KPD in Deutschland und NKFD gleichzusetzen – wie dies Finker gemäß offizieller Doktrin tut –, stützt sich Finker wieder auf »Nazi-Dokumente«, und zwar solche, die propagandistischen Charakter hatten und nicht das Ergebnis einer geheimen Untersuchung waren, die dann – zum Leidwesen der Nationalsozialisten – negativ verlief. Finker, a. a. O., S. 217 gesteht selbst, dass der Kontakt nicht zustande kam. Was er vorbringt, um zu beweisen, dass er angestrebt wurde, sind recht plump mit den Fakten manipulierende Fingerübungen. Passt ein Zeugnis wie jenes Husens (siehe Anm. 49) nicht ins Bild, erklärt er (a. a. O., S. 370), dass dessen »Unsinnigkeit« natürlich »so offenkundig« sei, »daß sie keines Kommentars bedarf«. Nur noch ein Beispiel, das über Finkers Arbeitsmethoden Aufschluss gibt: A. a. O., S. 197 schreibt er: »Nach Meinung Kunrat Freiherr von Hammersteins war für Stauffenberg, Olbricht und andere die Zugehörigkeit von Menschen zur KPD kein Hindernis für eine Zusammenarbeit.« A. a. O., S. 372 erwähnt er dann, dass Steltzer und Hammerstein in einer Fernsehsendung erklärten, »daß sie von Verbindungen Stauffenbergs zum NKFD nichts wüßten«, dass aber »beide Herren« Stauffenberg nie gesprochen hätten, was zutrifft. Deshalb ist für Finker ihre Meinung in diesem Falle irrelevant. Was Melnikow, a. a. O., S. 150 f. zu Trotts Sondierung in Sachen NKFD anführt, basiert zwar auf den KB, aber in der Art eines absichtlich falsch zusammengestellten Puzzles (siehe unten Anm. 150, wo ein typisches Beispiel für die Methoden Melnikows zu finden ist). Diese »Geschichts«-Darstellung trifft sich mit der rechtsextremen »Historie«: Taylor, a. a. O., S. 65: »Stauffenberg stand … auch mit Kurieren des Nationalkomitees in laufender Verbindung.« Selbstverständlich ist für dies – wie in der ganzen Darstellung – kein einziger Beleg angeführt.

52 Leber, a. a. O., S. 287.

Osas, a. a. O., S. 67 u. S. 72 (Anklage gegen Goerdeler). Roon, a. a. O., S. 120, S. 198, S. 208 u. S. 288 f. Nebgen, a. a. O., S. 175 f.

KB, S. 492.

Siehe oben S. 396. Hoffmann, Widerstand …, S. 429 u. S. 791 (Anm. 218) unterlässt bei aller Anhäufung von Literatur eine genaue Analyse der entsprechenden Stellen in den Anklageschriften und behauptet, Stauffenberg, Yorck und Schulenburg hätten der Fühlungnahme zugestimmt.

53 Mommsen, a. a. O., S. 158 behauptet dies etwas summarisch.

54 Leber, a. a. O., S. 287.
Roon, a. a. O., S. 208 u. 289.
Zeller, a. a. O., S. 356 datiert die Begegnung irrtümlicherweise auf den 23. Juni.
Hermann Gackenholz, Zum Zusammenbruch der Heeresgruppe Mitte im Sommer 1944, in: VJfZG, 3, 1955, S. 317 ff.
ders., Der Zusammenbruch der Heeresgruppe Mitte 1944, in: Entscheidungsschlachten ... S. 457 ff.

55 KB, S. 46, S. 306 u. S. 313.
Zeller, a. a. O., S. 283 u. S. 355.
Der Bericht von Speer, a. a. O., S. 2 datiert die Begegnung irrtümlicherweise »Ende Mai«. Hoffmann, Widerstand..., S. 417 f. irrt, wenn er schreibt, Finckh habe sich als Oberquartiermeister der Heeresgruppe B bei Rommel gemeldet.
Leyen, a. a. O., S. 147.

56 Der Bericht von Schramm, Aufstand der Generale, S. 28 ff. ist in manchem zu sehr ein Abenteuerroman und nur sehr beschränkt und mit größter Vorsicht zu verwenden, weil der Autor, der nach dem 20. Juli den täglichen Wehrmachtsbericht verfasste, in vielem sehr eifrig eine heroische Legende zu schreiben bemüht ist. Auch das Bild, das Hans Speidel, Invasion 1944 – ein Beitrag zu Rommels und des Reiches Schicksal, Tübingen 1949 insbesondere von Rommels Haltung entwirft, ist allzu stilisiert. Speidel war nur eine Randfigur, mit der die Konspiration – vertreten durch Hofacker – rechnete, die sie aber nicht weiter informierte. Schramm war an den Vorgängen gänzlich unbeteiligt. Es wird wohl schwierig sein, die tatsächlichen Konspirateure im Westen von jenen durch die »Historie« ernannten zu unterscheiden. Abstriche am bisherigen Bild tun aber not. Leider versäumt Hoffmann, Widerstand ... S. 414 ff. völlig diese genaue Untersuchung und bringt im wesentlichen bloß eine unkritische Nacherzählung Schramms und Speidels. Er hat da die Erwartungen enttäuscht, die durch seinen Hinweis in »Zum Ablauf...«, S. 382 (Anm. 22) auf die wissenschaftlich ungenügende Aussage Schrammes genährt wurden.

57 In der durch ihre »nationale« Tendenz bekannten deutsch-argentinischen Zeitschrift »Der Weg« (Buenos Aires) erschien im Februar 1951 von einem »W. P., Klagenfurt« ein Aufsatz über »Rommel und Stauffenberg« (a. a. O., S. 135 ff.), der »Rommels und seines Soldatenrocks Ehre« wiederherstellen und seine Ablehnung jedes Umsturzversuches »beweisen« will. In dramatischer Weise wird ein Besuch Stauffenbergs im April 1944 bei Rommel geschildert. Speidel wurde am 15. April 1944 Chef des Stabes bei Rommel und weiß nichts von einem solchen Besuch (mündlicher Bericht). Dass Rommel mit seinem Stab »in einem kleinen flandrischen Schloß« weilte, ist unwahrscheinlich. La Roche Guyon liegt in der Normandie, Rommel wurde

bereits am 1. 1. 1944 OB der HGr. B und war nicht mehr Inspekteur der Küstenbefestigungen (Keilig, a. a. O., 211, S. 276). Der Besuch wäre nur über ein Wochenende möglich gewesen – doch ausgerechnet in diesem Monat sind Stauffenbergs Aufenthalte bekannt. Dass Stauffenberg am Schluss der Besprechung Rommel zugesagt haben soll, dafür zu wirken, dass die Umsturzpläne aufgegeben würden, ist für die Darstellung des Autors bezeichnend. W. P. will »des Marschalls jüngster Begleitoffizier« gewesen sein. Merkwürdigerweise findet sich aber in den Listen des Stabes von Rommel niemand mit solchen Initialen (Auskunft des Militärgeschichtlichen Forschungsamtes, Freiburg).

58 Kalender Baronin Lerchenfelds. Stauffenberg kann also nicht am 24. Juni – wie Hoffmann, Widerstand ... S. 443 meint – den von Kaiser überlieferten Satz (Tagebucheintrag zitiert im Urteil gegen Kaiser) als Zusammenfassung seines Vortrages gesprochen haben: »... die Personalersatzlage sei so, daß ganz in Kürze Schluß sei.«

59 Gräfin Stauffenberg – mündlicher Bericht.

60 KB, S. 19 (Aussage Berthold Stauffenbergs vom 21. 7. 44).

61 Siehe oben S. 409.

62 Gackenholz, a. a. O., (VJfZG), S. 322 u. S. 325 f.

63 Kalender Baronin Lerchenfelds.

64 Gackenholz, a. a. O., S. 327 ff. Siehe oben Anm. 58.

65 KB, S. 90 f., S. 110 u. S. 195.
Budde/Lütsches, a. a. O., S. 42 u. S. 85 f. (Aussagen Stieffs und Yorcks).

66 Schlabrendorff, a. a. O., (Taschenbuchausgabe), S. 114. KB, S. 395.

67 Siehe oben S. 315 f.

68 Fahrner bei Zeller, a. a. O., S. 362 ff., Baum, a. a. O., S. 30 (Anm. 111) und mündlicher Bericht.
Siehe oben S. 136 u. S. 350.

69 Ritter, a. a. O., S. 384 vermutet dies.

70 Ritter, a. a. O., S. 428.

71 Ritter, a. a. O., S. 384.

72 Ritter, a. a. O., S. 428: »Auch das Attentat war ein Sprung ins Dunkle – mehr nicht.«

73 Siehe oben S. 383 f.

74 KB, S. 91, S. 129, S. 170 u. S. 194.
Siehe oben S. 349 und unten S. 463 u. S. 468. Hoffmann, Widerstand ..., S. 395 berichtet diesen Vorgang unmittelbar nach der auf Bussches Aussage basierenden Behauptung, Hansen habe das eine der beiden vergrabenen Sprengstoffpakete sogleich Kuhn zurückgegeben, das andere dem SD (siehe Anm. XVI/124). Hoffmann interessiert sich überhaupt nicht für dieses Material und nennt es schlicht »den Sprengstoff und die Zünder«. Die Angabe Schraders, Freytag-Loringhoven habe ihm erklärt, dass der Sprengstoff im Mauersee versenkt worden sei, ist natürlich eine Schutzbehauptung. Nach Gersdorff (bei Kramarz, a. a. O., S. 161) soll Freytag-Loringhoven bereits im Januar 1944 die Beschaffung neuen Sprengmaterials zugesagt haben. Gers-

dorff will aber damals selbst bereits wieder Sprengstoff zur Verfügung gestellt haben (siehe Anm. XVI/140). Weshalb sollte denn Freytag-Loringhoven noch Sprengstoff besorgen?

75 Bericht Oberleutnant Urban Thiersch aus dem Jahre 1949, bei Zeller, a. a. O., S. 395 ff. und in Sammlung Zeller/IfZG, S. 1 ff.

76 KB, S. 305.

77 Fahrner bei Baum, a. a. O., S. 30 (Anm. 111).
Bericht von Delia Ziegler (Sammlung Zeller/IfZG), S. 2.

78 Siehe oben S. 209.

79 Kleber – mündlicher Bericht.

80 KB, S. 91, S. 99 u. S. 125.
Budde/Lütsches, a. a. O., S. 42 f.

81 Fahrner bei Zeller, a. a. O., S. 364 ff.
Roon, a. a. O., S. 289.
Leber, a. a. O., S. 287.
Die Angabe bei Ritter, a. a. O., S. 411, Reichwein und Leber seien »am 4. bzw. 5. Juni« verhaftet worden, ist falsch.

82 Zeller, a. a. O., S. 366.
Leber, a. a. O., S. 287.
Siehe unten S. 437.

83 Auch Annedore Leber konnte die Behauptung, dass Stauffenberg das Attentat überstürzte, um Leber zu befreien, nicht voll bestätigen. Siehe Baum, a. a. O., S. 31 (Anm. 113).

84 Bericht des Stenograf.Dienstes (siehe oben Anm. 1).
Zeller, a. a. O., S. 367 irrt, wenn er behauptet, Stauffenberg habe »keinen Auftrag, der ihn an diesem Tag in die Nähe Hitlers führte«, gehabt.

85 KB, S. 21, S. 90, S. 119 u. S. 130.
Budde-Lütsches, a. a. O., S. 43 (Aussage Stieffs).
Die graphische Darstellung in den KB, S. 194 erwähnt, dass Klausing auch bereits am 6. 7. mitgeflogen sei, was allerdings dessen Aussage zu widersprechen scheint, wonach er erst am 11. 7. Stauffenberg begleitete (siehe unten S. 419). Ob Stauffenberg »das Zeug« wieder mitgenommen habe, wird in der graphischen Darstellung positiv beantwortet – was Hoffmann, Widerstand ... S. 445 übersieht.
Nach einem unbelegten und nicht bestätigten Bericht von Zeller, a. a. O., Seite 451 soll Himmler auf dem Weg zum Flugplatz Stauffenbergs Mappe getragen und unzart auf den Boden gestellt haben. Von einem Erscheinen Stauffenbergs am 8./9. 7. in Berchtesgaden (KB, S. 119) ist in der Aufstellung (Siehe Anm. 1) nicht die Rede. Die KB, S. 194 haben später selbst diese Vermutung ausgeschieden. Speer, a. a. O., S. 388 f. schreibt von Besprechungen am 6. und 8. Juli und von einer »auffallend dicken Aktentasche« Stauffenbergs, ohne genau zu sagen, ob dieser auch am 8. Juli im »Berghof« war. Speers Bericht lässt auch an anderen Stellen Einflüsse der Literatur (besonders der KB) erkennen. Zellers Bericht (a. a. O., S. 368), man habe in Berlin am 7. Juli auf den Alarm aus Berchtesgaden »trotz Stauffenbergs zweifelndem Bericht«

gewartet, ist pure Spekulation anhand der KB, S. 90. In der ersten Auflage (a. a. O., S. 210) stand noch nichts davon.

86 KB, S. 376 f., vgl. unten Anm. 124.

87 KB, S. 417.
Krebs, a. a. O., S. 260 u. S. 293.
In den KB, S. 417 werden die Fahrten nach Neuhardenberg und Altfriedland nur »Anfang Juli« datiert. Ludwig Frhr. von Hammerstein war mit den Leutnants Kleist und Oppen am Sonntag, 9. Juli, in Neuhardenberg.

88 Philippi-Heim, a. a. O., S. 250 f.

89 Thiersch-Bericht, S. 3 f.
Thiersch glaubt, die Begegnung habe am 8. Juli stattgefunden, ist aber nicht sicher, so dass sie nicht einfach – wie Zeller, a. a. O., S. 318 dies tut – auf diesen Tag festgesetzt werden kann. Haeftens Hinweis auf »morgen oder den folgenden Tag« spricht eher für den 10. Juli.

90 KB, S. 44 u. S. 112.
Budde/Lütsches, a. a. O., S. 55, S. 59, S. 69, S. 86 u. S. 88 (Aussagen Witzlebens, Hoepners, Yorcks und Klausings). Osas, a. a. O., S. 73 (Anklage gegen Goerdeler). Nach Aussagen Schulenburgs (KB, S. 91) wurde für den Versuch am 11. 7. »nur ein ganz kleiner Kreis vorgewarnt«, »weil sich Stauffenberg zu diesem Anlauf Hals über Kopf entschieden habe«. Dies widerspricht allerdings zum Beispiel der Alarmierung der Leutnants Kleist und Hammerstein durch Schulenburg (Hammerstein, a. a. O., S. 256) und dürfte eine Schutzbehauptung sein.

91 Bericht des Stenograf. Dienstes (siehe oben Anm. 1) Fuehrer Conferences on Naval Affairs 1944, S. 42 f. KB, S. 44, S. 49, S. 99, S. 110, S. 130, S. 146 u. S. 258.
Budde/Lütsches, a. a. O., S. 43, S. 69 ff., S. 86 u. S. 88 f. (Aussagen Stieffs, Hoepners, Yorcks, Klausings).
Osas, a. a. O., S. 73 (Anklage gegen Goerdeler).
Witzleben erklärte vor dem Volksgerichtshof (Budde/Lütsches, a. a. O., S. 59), er sei erst am 12. Juli nach Berlin gefahren. Da Schwerin ihn aber abholte, ist dies eher unwahrscheinlich und offenbar eine Schutzbehauptung. Hoepners Bericht vor dem Volksgerichtshof (Budde/Lütsches, a. a. O., S. 71), es sei wegen eines Luftangriffs auf München kein Telephonanruf aus Berchtesgaden gekommen, widerspricht scheinbar seiner Angabe in KB, S. 44 (dort als Schutzbehauptung statt des Hinweises auf das Attentat die Formulierung: »daß die vorgesehene Besprechung im Führerhauptquartier wohl nicht stattfinde ...«) Auf den ersten Blick wären auch die Absagen des »Alarmes« nicht ohne weiteres verständlich: Hauptmann Kaiser informierte noch am Nachmittag Goerdeler, Schulenburg am späten Nachmittag die von ihm alarmierten, im Hotel Esplanade wartenden Leutnants Kleist und Hammerstein vom Ausbleiben des Attentats (Hammerstein, a. a. O., S. 256 ff.). Friedrich Georgi bestätigt einen Anruf Stauffenbergs an diesem Tag. Allerdings können mündliche indirekte Berichte bei solchen Details nicht allzu ausschlaggebend sein. Die Telephonverbindung war tatsächlich

unterbrochen (Hammerstein, a. a. O., S. 259 f.), aber erst nach dem Anruf Stauffenbergs. Offensichtlich war unklar, ob Himmler nicht doch noch kommen und das Attentat ausgelöst werden konnte, sodass Olbricht noch wartete. Oder erklärte Stauffenberg, er werde dennoch handeln?
Stauffenberg scheint an dem Mittagessen mit dem damaligen Kriegstagebuchführer des WFSt, Major d. R. Percy Ernst Schramm, zusammengetroffen zu sein, der sich erinnert, dass die Unterhaltung »intensiv« gewesen sei, aber ihren Inhalt vergessen hat. (Kramarz, a. a. O., S. 191 und KTB OKW/WFSt IV, 2, S. 1754).

92 Sykes, a. a. O., S. 429.

93 KB, S. 136 u. S. 409.
Elmar Michel in: Kopp, a. a. O., S. 215 ff. Schramm, a. a. O., S. 47. Schlabrendorff, a. a. O., (Taschenbuchausg.), S. 140 und a. a. O., S. 132. Hoffmann, Widerstand ... S.418.
KB, S. 136 datiert den Hofacker-Bericht »Anfang Juni«, obwohl er auf die bereits bestehende Front im Westen Bezug nimmt und Hofackers Ankunft am 10. Juli (richtig: 11. Juli) erwähnt wird. Die KB, S. 409 erwähnen nur Kluge, ebenso der mündliche Bericht Becks an Gisevius (a. a. O., S. 557), nicht aber Rommel. Nach Schramm, a. a. O., S. 47 traf Hofacker vor seiner Abreise nicht mehr mit Kluge zusammen. Siehe unten S. 437.

94 KB, S. 441 (Aussage Klaus Bonhoeffers).

95 Siehe oben S. 398 f.

96 Siehe oben S. 362.

97 Gisevius, a. a. O., S. 554.

98 Gisevius, a. a. O., S. 557. Ein Irrtum Gisevius' ist, dass er »der einzige Aktivist im OKW« schreibt. Beck wusste sehr wohl zwischen OKW und OKH zu unterscheiden, nicht aber Gisevius.

99 Osas, a. a. O., S. 68 und S. 73 (Anklage gegen Goerdeler). KB, S. 112.

100 Hammerstein, a. a. O., S. 262.

101 Gisevius, a. a. O., S. 558 f.

102 Gisevius, a. a. O., S. 559.

103 Gisevius, a. a. O., S. 559 f.

104 Gisevius, a. a. O., S. 559 ff.

105 Nach Peter Hoffmann, Der 20. Juli im Wehrkreis II (Stettin). Ein Beispiel für den Ablauf des Staatsstreichversuches im Reich, in: Aus Politik und Zeitgeschichte, 14. 7. 1965, S. 27 fand die Tagung der Wehrkreisbefehlshaber in Krampnitz allerdings am 10. Juli statt. An diesem Abend (vor dem 11. Juli) bereiteten Olbricht und Stauffenberg auch den Stellv.Kdr.-Gen. im Wehrkreis II auf einen baldigen Ausnahmezustand vor, ohne dass dieser den Sinn dieses Hinweises durchschaute. Vgl. jetzt auch Hoffmann, Widerstand ..., S. 411 f. u. S. 785 (Anm. 122), der dafür weitere Zeugnisse bringt: Generalmajor a. D. Anton Glasl, damals als Oberst i. G. Chef des Stabes W.Kdo. XVIII; Generalmajor a. D. Max Ulich, damals als Oberst i. G. Chef des Stabes W.Kdo. VII. Ritter, a. a. O., S. 528 (Anm. 97).
Gisevius, a. a. O., S. 537 u. S. 574.

Gisevius, a. a. O., S. 565 behauptet, er habe sich »wohlweislich« gehütet, gegenüber Stauffenberg darauf anzuspielen, »wie sehr auch er zu Anfang des Jahres geneigt war, die Lage an der Ostfront für stabil und die Invasion für ein gewagtes oder mindestens sehr zeitraubendes Unternehmen zu erklären«. Von dieser angeblichen Spekulation Stauffenbergs erfuhr Gisevius freilich erst nach dem Krieg durch den Bericht Otto Johns (siehe oben S. 382), was er a. a. O., S. 536 sehr deutlich macht.

106 Gisevius, a. a. O., S. 562 f.
Nach dem Bericht von Gisevius trug Stauffenberg die schwarze Kappe über dem zerschossenen Auge, das an diesem Tag eiterte und das er deshalb mit einem Wattebausch abtupfte. Stauffenberg hatte nicht immer eine Kappe getragen. Denn auf das Drängen seiner Frau hin, die den ihn irritierenden Effekt der Kappe voraussah, hatte er sich doch ein Glasauge machen lassen, das er allerdings bald verlor. Das darauf angefertigte zweite Glasauge war nicht mehr so gut gelungen und saß nicht so gut wie das erste. Im Sommer 1944 trug Stauffenberg deshalb zumeist kein künstliches Auge, sondern bis zum 20. Juli die schwarze Kappe (Gräfin Stauffenberg – mündlicher Bericht).

107 Gisevius, a. a. O., S. 563.

108 Gisevius, a. a. O., S. 542 u. S. 563 f. Was Gisevius, a. a. O., S. 565 f., S. 575 u. S. 586 an Fehlerhaftem über die technische Seite des Staatsstreichplanes berichtet – er will auch darüber mit Stauffenberg gesprochen haben –, bestätigt noch mehr seine Informantenrolle.

109 Gisevius, a. a. O., S. 564.

110 KB, S. 248 u. S. 364.

111 KB, S. 360, S. 362 u. S. 364.
Siehe oben S. 362.

112 KB, S. 409.

113 Gisevius, a. a. O., S. 575, S. 591 u. S. 597. Siehe oben S. 435.

114 Ritter, a. a. O., S. 427.

115 Gisevius, a. a. O., S. 564 f.

116 KB, S. 226.

117 Siehe oben S. 382 f.

118 Siehe oben S. 136.

119 Gisevius, a. a. O., S. 565 f.

120 Gisevius, a. a. O., S. 565.

121 Gisevius, a. a. O., S. 566, S. 569 u. S. 573.

122 Siehe unten S. 437.

123 Gisevius, a. a. O., S. 567.

124 KB, S. 44, S. 112, S. 130, S. 195, S. 329 f. u. S. 377.
Osas, a. a. O., S. 73 (Anklage gegen Goerdeler).
Zeller, a. a. O., S. 370. Hoffmann, Widerstand ... S. 408, S. 507 u. S. 785 (Anm. 119) – mit Korrekturen zu KB-Details.
Budde/Lütsches, a. a. O., S. 73, S. 86 u. S. 89 (Aussagen Hoepners, Yorcks, Klausings. Hoepners Angabe, der Anruf sei am 12. 7. gekommen, ist natürlich ein Irrtum.)

125 Roon, a. a. O., S. 120 u. S. 198 f.
Husen bei Kramarz, a. a. O. S. 195.
Ein Irrtum Husens bei Roon, a. a. O., S. 199: Stauffenberg ging nicht zum Zug, um ins »Führerhauptquartier« zu gelangen – wie früher mit Husen (siehe oben S. 374) –, sondern flog am andern Tag. Ausführlich;, und umständlich zum Flug – mit demselben Ergebnis – jetzt auch Hoffmann, Widerstand ... S. 801 f. (Anm. 327.)

126 Zur Frage der Verlegung des Hauptquartiers vgl. Peter Hoffmann, Zu dem Attentat im Führerhauptquartier »Wolfschanze« am 20. Juli 1944, in: VJfZG, 12, 1964, S. 257 f.

127 Oblt. Geisberg, Stab Kdt.FHQu., O.U., 23. 7. 1944 Meldung, S. 1; Obstlt. Streve, 23. 7. 44. Betr.: Besuch Oberst Graf Stauffenberg im FHQu. am 15. 7. 44 (beide unveröffentlichten Berichte IfZG – MA/146/3). Streve erwähnt das »Kasino Kdt FHQu«, Geisberg das »Kasino Kurhaus« im Sperrkreis II. Nach Hoffmann, Zu dem Attentat ... S. 267, der diesen Bericht nicht herangezogen hat und es jetzt erst in Widerstand ..., S. 453 ff. tut, lag das »Kasino im Kurhaus« im Sperrkreis II.

128 Geisberg, a. a. O., S. 1.
Hoffmann, a. a. O., S. 255 ff.

129 Hoffmann, a. a. O., S. 261 ff. Ausführlich jetzt der Exkurs über »Persönliche Sicherheit Hitlers 1943/44« in Hoffmann, Widerstand ..., S. 655 ff.

130 KB, S. 49 f., S. 94 u. S. 130 und Photographie von Heinrich Hoffmann aus dem Besitz von General Büchs, in Hoffmann, Widerstand ..., nach S. 880.
Geisberg, a. a. O., S. 1 f.
Stenograf.Dienst (siehe oben Anm. 1). Zum Weg Stauffenbergs vgl. unten S. 463 f.

131 KB, S. 35, S. 44 f., S. 47 f., S. 100, S. 226 u. S. 377. Budde/Lütsches, a. a. O., S. 73, S. 86, S. 90 f. u. S. 108 f. (Aussagen Hoepners, Yorcks, Bernardis' und Hases.) Hammerstein, a. a. O., S. 263.

132 KB, S. 91.

133 Stenograf.Dienst (siehe oben Anm. 1).

134 Geisberg, a. a. O., S. 2.
KB, S. 330. Siehe oben S. 430.

135 KB, S. 130 (Aussage Klausings). Das oben S. 435 von Geisberg erwähnte »schließlich« muss nicht »beträchtliche Zeit« bedeuten, wie Hoffmann, Widerstand ..., S. 455 meint, der dann die Zeitangabe »gegen 16.00 Uhr« bringt und dabei übersieht, dass dann der spätere Verlauf (siehe unten S. 436) nicht mehr stimmt. Denn wenn Stauffenberg und Klausing ab 16.00 Uhr eine halbe Stunde beim Essen saßen, Fromm etwa um 16.30 Uhr zu »wichtigen Besprechungen« in den »Mauerwald« fuhr und das Flugzeug auf 17.00 Uhr bestellt wurde, entsteht eine recht unerklärliche Situation. Um das zu vertuschen, bringt Hoffmann, Widerstand ... S. 456 einfach keine Zeitangaben mehr.

136 KB, S. 49 (Aussage Klausings). Traut man der graphischen Darstellung in KB, S. 194, so hat diese Besprechung mit Himmler in dessen Feldkommando-

stelle »Hochwald« offenbar stattgefunden. Himmler hatte auf jeden Fall an diesem Tag eine separate Besprechung mit Hitler (vgl. Hoffmann, Widerstand ... S. 454).

137 Geisberg, a. a. O., S. 2.
Budde/Lütsches, a. a. O., S. 43 (Aussage Stieffs). KB, S. 330.
Nach Gisevius, a. a. O., S. 596 f. soll Stieff während Stauffenbergs Telephonat die Aktentasche aus dem Vortragsraum getragen haben. Stieff wartete aber beim Parkplatz, und Stauffenberg telephonierte erst nach dem Ende der »Lage«. Siehe unten Anm. 141. Gisevius ist auch in dieser Frage völlig unzuverlässig. Übrigens datiert er den Versuch einmal mit »Sonntagabend«, dann mit »Sonnabend«. Der 15. Juli war ein Samstag. Hoffmann, Widerstand ... S. 803 (Anm. 337) ist äußerst inkonsequent, wenn er auf die Unzuverlässigkeit von Gisevius' Version hinweist, sie dann aber a. a. O., S. 455 doch weitgehend übernimmt.

138 KB, S. 131 (Aussage Klausings).

139 KB, S. 45 (Aussage Hoepners).
Budde/Lütsches, a. a. O., S. 86. Es sind dies nicht die Worte Yorcks, sondern Freislers. Doch Yorck sagt dazu: »Jawohl!« Hoffmann, Widerstand ... S. 804 (Anm. 338) übersieht das.

140 Hammerstein, a. a. O., S. 263.

141 Gisevius, a. a. O., S. 588 f. will noch am selben Abend durch Helldorf erfahren haben, Stauffenberg habe mit Haeften telephoniert, der »mit klarer Stimme seine Weisungen« erteilt habe. Haeften habe nach dem Ende des Gespräches erklärt, dass Stauffenberg »getarnt rückgefragt« habe, ob er trotz der Abwesenheit Görings und Himmlers handeln solle, was Haeften zum Ärger Hoepners und Olbrichts von sich aus bejaht habe. Eine Viertelstunde nach diesem Anruf sei ein neuer gekommen, in dem Stauffenberg erklärt habe, dass bei seiner Rückkehr die Lagebesprechung eben zu Ende gegangen sei. Ritter, a. a. O., S. 425 – und mit ihm die meisten Darstellungen – übernehmen diesen Bericht. Die Kritik von Kramarz, a. a. O., S. 197 am Gisevius-Bericht trifft insofern nicht zu, als es keinen Beleg für die Behauptung Zellers (a. a. O., S. 370) gibt, dass Beck Stauffenberg nach dem 11. Juli Handeln um jeden Preis für den nächsten Termin empfohlen habe. Dafür gibt es nur plausible Vermutungen. Hoffmann, Widerstand ..., S. 453 ff. u. S. 804 (Anm. 339) nimmt 1. wohl zu Recht an, dass Stauffenberg den Sprengstoff noch gar nicht in seiner Tasche hatte; 2. dass Stauffenberg zweimal telephoniert habe – das erste Mal, um mitzuteilen, dass es ihm nicht gelungen sei, die Sprengladung hineinzubringen, das zweite Mal, um zu sagen, die Besprechung sei schon zu Ende. Er hat als einzigen wirklichen, aber nur indirekten Zeugen Hoepner für diese zwei Anrufe (siehe Anm. 139). Allerdings kann der dort angegebene Inhalt der Gespräche nicht ganz stimmen. Wenn Hoffmann die Erklärung Berthold Stauffenbergs (siehe Anm. 142) als Teilerklärung nimmt, übersieht er in seiner ganzen Darstellung, dass Stauffenberg in der Sonderbesprechung vortragen musste. Stauffenberg wollte offenbar nach dem Vortrag den Sprengstoff

platzieren – weshalb sollte er zuvor noch telephonieren? Hernach war es dann zu spät für das Attentat, und dann musste er telephonieren (das einzige Mal).

142 KB, S. 21 (Aussage Berthold Stauffenbergs).

143 Geisberg, a. a. O., S. 2 f. Offensichtlich wurde der Wagen seit der Ankunft in Rastenburg nicht von Geisberg, sondern von einem Fahrer gesteuert.

144 KB, S. 45, S. 91 u. S. 158.
Budde/Lütsches, a. a. O., S. 74 f. (Aussage Hoepners).
Stauffenberg konnte an diesem Tag nicht zusammen mit Olbricht die aufgerufenen Schulen inspizieren, wie dies von Karl Schober, Eine Chance blieb ungenutzt, in: Darauf kam die Gestapo nicht. Beiträge zum Widerstand im Rundfunk, hrsg. v. Sender Freies Berlin, Berlin 1966, S. 52 behauptet wird. Dieses »Zeugnis« kann noch viel weniger stimmen, wenn der von Hoffmann, Widerstand ... S. 456 und S. 801 (Anm. 327) angeführte (und vielleicht doch etwas zu wenig angezweifelte) Bericht General Reineckes zutreffen sollte, wonach Stauffenberg und Klausing in der Nacht vom 15./16. Juli mit dem Kurierzug nach Berlin zurückfuhren. Olbricht fuhr gegen 15.00 Uhr los und wurde aber offenbar von Major i. G. Harnack sowie von Oertzen begleitet. (Hoffmann, Widerstand ... S. 456 f.) Der Bericht eines ehemaligen Obergefreiten der Infanterieschule Döberitz bei Finker, a. a. O., S. 247 f., wonach Stauffenberg »Anfang Juni« noch vor der Invasion bei der Schule zur Inspektion erschienen sei, ist ebenfalls unwahrscheinlich. Denn zu dieser Zeit war Stauffenberg in Bamberg (siehe oben S. 385 ff.). Woher sollte der Obergefreite Stauffenberg kennen? Solche Berichte verdanken ihre Existenz offensichtlich allein einem späteren »Ausschmückungsbedürfnis«.

145 Gräfin Stauffenberg – mündlicher Bericht. Kalender Baronin Lerchenfelds.

146 KB, S. 56 f., S. 91 f., S. 101 f., S. 136 u. S. 175.

147 147 KB, S. 101, S. 111 u. S. 493.
Budde/Lütsches, a. a. O., S. 88 (Aussage Yorcks).

148 Volksgerichtshof-Prozesse zum 20. Juli 1944. Transkripte von Tonbandfunden. Hrsg. v. Lautarchiv des Deutschen Rundfunks, Frankfurt a. M. 1961 (hektographiertes Schreibmaschinen-Ms., 250 Exple.), S. 52 (Aussage Trotts).

149 KB, S. 175 f.
Ritter, a. a. O., S. 428 u. S. 529 (Anm. 104).
Stauffenberg soll Goerdeler nach dessen Bericht erklärt haben, er verfüge über eine »unmittelbare Verbindung zu Churchill«, der im Besitz der Forderung sei, »daß im Fall der Aktion alles deutsche Gebiet im Reich verbleiben oder mit ihm vereint werden müsse«. Stauffenberg hatte im Juni nur die Erhaltung Osterreichs beim Reich erbeten (siehe oben S. 403). Da das vorliegende Zeugnis nur durch Goerdeler überliefert wird, ist es fraglich, ob Stauffenberg wirklich diese Bemerkung, die genau den Hoffnungen Goerdelers entsprach, gemacht hat. Das Ganze klingt sehr nach einer Beschwichtigung für Goerdeler, der auch eine besorgte Frage über die Lage seiner Heimat Ostpreußen stellte.

150 Die Aussage Trotts in KB, S. 507 lautet wörtlich: »Ich hatte aus meinem letzten Gespräch mit Stauffenberg den bestimmten Eindruck, daß Beck in jüngster Zeit eine positive Anknüpfungsmöglichkeit zum amerikanischen Gegner, wahrscheinlich zu dessen militärischem Oberkommando, sich geboten haben müßte. Stauffenberg wies nämlich mit besonderem Nachdruck darauf hin, daß ,der alte Herr' Grund hätte, anderer Ansicht zu sein als ich.«

Für die Methoden Melnikows ist die Art der Heranziehung dieser Stelle bezeichnend. Melnikow, a. a. O., S. 155: »Trott zitiert die Worte Stauffenbergs, ,daß der alte Herr' (gemeint ist Goerdeler – d. Verf.) ,Grund hätte, anderer Ansicht zu sein als ich'. Es ist somit völlig klar, daß Stauffenberg seine Ansichten denen Goerdelers entgegensetzte.« Dass »der alte Herr« Beck war, Trott dies berichtete und demzufolge mit »ich« sich selbst meinte, wird vollkommen verfälscht.

151 Siehe oben S. 414.

152 KB, S. 176.

Nach Gisevius, a. a. O., S. 593 erschien Stauffenberg am 16. 7. »abends« bei Beck. Beck konnte Gisevius aber unmöglich am 17. Juli berichten, dass Stauffenberg ihm am 16. Juli »das Ehrenwort gegeben« habe, »kommenden Donnerstag die Bombe, so oder so, zur Auslösung zu bringen« (Gisevius, a. a. O., S. 597), weil Stauffenberg erst am Nachmittag des 18. Juli die Aufforderung zum Vortrag am 20. Juli erhielt. Siehe unten S. 441. Kramarz, a. a. O., S. 198 stützt sich auf Wheeler-Bennett, a. a. O., S. 655, der keinen Beleg anführt und deshalb nur Gisevius als Quelle hat – wie übrigens auch Zeller, a. a. O., S. 372.

153 Schramm, a. a. O., S. 51.

Keilig, a. a. O., 211, S. 168.

KB, S. 57 u. S. 158.

154 KB, S. 248 u. S. 287.

Gisevius, a. a. O., S. 595 ff. Der hier erwähnte »Oberst St.« ist Staehle, dessen Porträt bei Gisevius allerdings absichtlich auf »Schwätzer« abgestimmt ist, um Goerdelers Unvorsichtigkeit zu vertuschen. Staehle war nicht ein »völlig Unbeteiligter«, wie Ritter, a. a. O., S. 430 meint, wenn er die Version von Gisevius unbesehen übernimmt. Weshalb Staehle verhaftet worden ist, weiß Gisevius offensichtlich nicht (siehe oben S. 393). Peter Hoffmann, Widerstand ... S. 807 (Anm. 362) stellt wenigstens die Frage, ob »Oberst St.« Staehle sei. Laut KB, S. 287 wurde die Verhaftung Goerdelers bereits »Anfang Juli« beabsichtigt.

155 KB, S. 217.

Osas, a. a. O., S. 73 (Anklage gegen Goerdeler). Ritter, a. a. O., S. 427 f.

Die Angabe bei Nebgen, a. a. O., S. 193, Goerdeler habe Stauffenberg am 18. Juli nicht gesehen, widerspricht Goerdelers eigener Aussage. Hammerstein, a. a. O., S. 270 und Ritter, a. a. O., S. 431.

156 KB, u. S. 116 f.

Jessen bei Baum, a. a. O., S. 31 f.

157 Baum, a. a. O., S. 31 meint dies und spekuliert, dass Stauffenberg ohne diese Warnung, die eine »scheinbar ausweglose« Lage geschaffen habe, am 20. Juli nicht die Sprengladung gezündet hätte, denn an diesem Tag, an dem die »Sitzung wegen der großen Sommerhitze statt im Bunker in der leichten Baracke stattfand«, hätte Stauffenberg wohl doch bemerkt, »daß die Wirkung der Sprengladung erheblich gemindert war, wenn die ›Dämmung‹ durch die festen Wände entfiel«, und das Attentat unterlassen. Diese Spekulation ist falsch, da die »Mittagslage« ja nicht in einem Bunker stattfand (siehe oben S. 432 und unten Anm. XX/18). Im übrigen vgl. unten Anm. 159.

158 Leber, a. a. O., S. 292.
Kardorff, a. a. O., S. 145 – allerdings offensichtlich mit einem Datumsirrtum. Sie überbrachte die Botschaft Frau Leber. Aus ihrem Bericht geht hervor, dass dies an einem Sonntag war. Sonntag war aber der 16. und nicht 17. Juli. Frau Leber berichtet, dass sie die Botschaft am 18. erhalten habe.

159 Baum, a. a. O., S. 32 verschweigt diesen Zusammenhang völlig, wie er auch das Treffen am 16. Juli und seine Bedeutung unberücksichtigt lässt und nur in einer Fußnote als »,entscheidende Besprechung« erwähnt und herabmindert. Kramarz, a. a. O., S. 199 setzt den Rubikon-Satz nicht in den Zusammenhang mit der militärischen Lage, so dass der Eindruck entsteht, er folge der unhaltbaren These Baums von der ausschlaggebenden Bedeutung der Warnung Kranzfelders. Auch Hoffmann, Widerstand ..., S. 462 setzt den Satz nicht in den richtigen Zusammenhang, verwirft aber wenigstens Baums These.

160 KB, S. 21, S. 92 u. S. 110.
Budde/Lütsches, a. a. O., S. 87 u. S. 90 (Aussagen Yorcks und Bernardis').
Krebs, a. a. O., S. 297 und mündlicher Bericht von Gräfin Charlotte von der Schulenburg.
Hoffmann, Widerstand ..., S. 461 u. S. 807 (Anm. 374) übersieht die Reise Schulenburgs, die doch zusammen mit den anderen Zeugnissen deutlich belegt, dass der Termin bereits am 18. Juli fest war. Im übrigen datiert Hoffmann, Widerstand ... S. 466 die unten in Anm. 161 belegte Zusammenkunft Stauffenbergs mit Wagner auf den 19. Juli – ohne auch die entsprechende Stelle in den KB heranzuziehen, weshalb er denn auch nur ungenau erwähnt, Stauffenberg habe sich mit Wagner »in Verbindung gesetzt«.

161 KB, S. 146.
Nach dem Bericht von Speer, a. a. O., S. 2 war Stauffenberg vor dem 20. Juli sogar zweimal zu Wagner nach Zossen gefahren, hatte es aber sehr eilig, »so daß man ihn nicht sprechen konnte«. Nach dem Bericht des Stenograf. Dienstes (siehe oben Anm. 1) ist Stauffenberg vor Beginn der Mittagslagebesprechung (der dort verwendete Begriff »Morgenlage« ist identisch mit der üblicherweise als »Mittagslage« bezeichneten Besprechung) »am 18. 7. 44 im Lagezimmer gesehen worden«. Zuweilen wurde dies auch in der Literatur behauptet – mit dem Zusatz, Stauffenberg habe die Bedingungen in der »Wolfschanze« erkunden wollen, was er allerdings nicht zu tun

brauchte, da er ja bereits am 15. 7. dort gewesen war. Auf der Meldung Oberstleutnant Streves über Stauffenbergs Besuch am 15. 7. (siehe oben Anm. 127) steht ein handschriftlicher Vermerk, der von Kriminalrat Peter Högl, dem mit Hitlers persönlichem Schutz beauftragten Vertreter des Leiters des RSD, Rattenhuber, stammt und besagt, dass Stauffenbergs Besuch am 18. 7. »angeblich nicht bekannt« sei. Da er keinen Ausweis besessen habe – gemeint ist für diesen Tag –, »müßte er unbedingt in ein Dienstbuch eingetragen sein« – was er offensichtlich nicht war, denn in den ganzen KB wird auch nicht einmal eine ähnliche Vermutung geäußert. Offenbar muss eine Verwechslung vorliegen.

162 KB, S. 146.

163 Gräfin Stauffenberg – mündlicher Bericht und ihr unveröffentlichter schriftlicher Bericht über ihre Erlebnisse nach dem 20. Juli, S. 1. Kalender Baronin Lerchenfelds.

164 KB, S. 45, S. 92, S. 258 u. S. 377.
Budde/Lütsches, a. a. O., S. 43, S. 89 f. u. S. 109 (Aussagen Stieffs, Klausings, Bernardis und Hases).
Oberst a. D. Heinrich Kodré, in: Jedlicka, a. a. O., S. 119.
Haeften übergab Klausing einen Faksimilestempel von Stauffenbergs Unterschrift und bat ihn, Ausweise bei Schwerin abzuholen.

165 KB, S. 432 u. S. 441 f. Siehe oben S. 421.
Bericht Johns, in: Fraenkel/Manvell, a. a. O., S. 227. KB, S. 441 f. datieren die Ankunft Johns auf den 18. 7.
Zeller, a. a. O., S. 375 stützt sich nur auf diese falsche Angabe und suggeriert überdies, dass John Stauffenberg noch vor dem 20. Juli gesehen habe, was nicht stimmt.

Vorabend

1 Bericht Oberst a. D. Hans-Werner Stirius bei Hoffmann, Widerstand ..., S. 461 u. S. 463 f.

2 G. A., Letzte Begegnung mit Graf Stauffenberg, in: Stuttgarter Zeitung, 20. Juli 1950.

3 OKW/WFSt/Qu. (Verw. 1)/Qu. 2 Nr. 007997/44 g.Kdos., F.H.Qu., den 24. 7. 44, Betr. Vorbereitungen für die Verteidigung des Reiches, in: Hubatsch, a. a. O., S. 295 ff. Als Anlage sind darin enthalten: »Erlaß des Führers über die Befehlsgewalt in einem Operationsgebiet innerhalb des Reiches vom 13. Juli 1944« und »Erlaß des Führers über die Zusammenarbeit von Partei und Wehrmacht in einem Operationsgebiet innerhalb des Reiches vom 13. Juli 1944«.
Der Chef des Oberkommandos der Wehrmacht/WFSt/Qu. 2/Verw. 1/ Nr. 007715/44 g.Kdos., F.H.Qu., den 19. 7. 1944, Befehl des Chefs OKW betr. Vorbereitungen für die Verteidigung des Reiches, in: Hubatsch, a. a. O., S. 301 ff.

4 Philippi/Heim, a. a. O., S. 250 ff.
KTB OKW/WFSt IV, 1, S. 10 ff., S. 15 ff., S. 21 ff., S. 326 ff. u. S. 530 ff. Norman, a. a. O., S. 426 ff.
Ellis, a. a. O., S. 338 ff. u. S. 377 ff.
Siehe oben S. 158.

5 Siehe oben S. 453.
Wolf Ulrich von Hassell schreibt in seinem Nachwort zu den Tagebüchern seines Vaters (Hassell, a. a. O., S. 368), Stauffenberg sei »am Vorabend des 20. Juli 1944 ... mit den Hauptakteuren« bei Jessen gewesen, »um die Pläne nochmals durchzusprechen«. Nach Mitteilung von Frau Käthe Jessen bei Kramarz, a. a. O., S. 200 war dies nicht der Fall. Trott erzählte noch am 21. Juli einer Bekannten von seinem Gespräch mit Stauffenberg am 19. Juli. Am Abend war Stauffenberg in Wannsee.

6 Kalender Baronin Lerchenfelds.
Gräfin Stauffenberg, a. a. O., S. 2.

7 Zeller, a. a. O., S. 377, der seinen noch aus den vierziger Jahren stammenden Bericht auf den Fahrer Stauffenbergs, Karl Schweizer, stützt. Hoffmann, Widerstand ... S. 808 (Anm. 389) hat den Fahrer 1965 noch einmal gefragt. Nun glaubt dieser sich zu erinnern, »daß es eine Kirche in Steglitz war, zu der er Stauffenberg eigens hinfahren mußte«. Dem früheren Zeugnis wird hier aber der Vorzug gegeben. Ziemlich ausgeschlossen ist, dass Stauffenberg in Niemöllers Annenkirche (Dahlemer Dorfkirche) trat (wie Sykes, a. a. O., S. 432 ohne Beleg behauptet).

8 KB, S. 21 (Aussage Berthold Stauffenbergs vom 21. 7. 44). Hoffmann, Widerstand ... S. 464 f. nach einem Bericht Schweizers.

9 George, a. a. O., S. 196.

10 Siehe oben S. 54.

11 Aus dem Brief Stauffenbergs an Kommerell, 19. Juli 1928.

12 Bernd von Pezold bei Kramarz, a. a. O., S. 201. Hoffmann, Widerstand ... S. 442 irrt, wenn er schreibt, Stauffenberg habe dies zu seiner Frau gesagt.

13 Baron Hans Christoph Stauffenberg, a. a. O., S. 130.

14 Leyen, a. a. O., S. 99. Dieses Gespräch fand nach der unsicheren Erinnerung Leyens (mündlicher Bericht) im Herbst 1943 in Berlin statt, was aber kaum möglich ist, da Stauffenberg damals noch nicht als Attentäter in Betracht gezogen worden ist.

15 Peter Sauerbruch bei Kramarz, a. a. O., S. 164.

16 Siehe oben S. 414. Nach dem Bericht von Delia Ziegler, a. a. O., S. 3, erklärte Stauffenberg Mitte Juni auch: »Es geht jetzt nicht mehr um den Führer, nicht um das Vaterland, nicht um meine Frau und meine vier Kinder, sondern es geht jetzt um das ganze deutsche Volk.« Es ist falsch, wenn Hoffmann, Widerstand ... S. 441 mit diesem Satz seine Interpretation begründet: »Es war nicht einmal mehr eine nationale Frage, nicht in erster Linie der Versuch, Ehre und Bestand des Reiches zu retten, sondern es ging einfach um lebende Menschen.« Es ging um die Existenz des deutschen Volkes – das war durchaus eine nationale Frage. Es ging hingegen nicht um einen leeren

Vaterlandsbegriff oder die Rettung privilegierter oder ausgewählter Personen. Siehe unten S. 450.

17 Eugen Gerstenmaier, Zur Geschichte des Umsturzversuchs vom 20. Juli 1944, in: Neue Zürcher Zeitung, Nr. 979, 23. Juni 1945.

18 Siehe oben S. 332.

19 Siehe oben S. 352.

20 Siehe oben S. 371.

21 Siehe oben S. 437 ff.

Ehlers, a. a. O., S. 119 schreibt – gestützt auf Zeugnisse Jakob Kaisers und Friedrich Georgis –, Stauffenberg habe »fast bis zuletzt nicht an die Notwendigkeit glauben wollen, daß er Hitler umbringen müsse, sondern gehofft, es würde doch noch gelingen, ihn zu verhaften und vor ein deutsches Gericht zu stellen«. Diese Darstellung des sonst die Kontroverse zwischen Goerdeler und Stauffenberg recht klar herausarbeitenden Ehlers auf Grund zweier Zeugen, die Stauffenberg nicht gut gekannt haben, widerspricht allen, auch in den von Ehlers nicht herangezogenen KB überlieferten (und gewichtigeren) Zeugnissen und verzerrt völlig die Tatsache, dass Stauffenberg die Notwendigkeit des Attentats sehr früh erkannt hatte, sie aber bis zuletzt immer überprüfte, weil Goerdeler immer mit anderen Projekten kam und weil auch er selbst nicht ohne Skrupel war, nicht aber deshalb, weil er Illusionen nach jagte.

22 Ernst Wolf, Zum Verhältnis der politischen und moralischen Motive in der deutschen Widerstandsbewegung, in: Schmitthenner/Buchheim, a. a. O. S. 252 f. übersieht diesen Umschlag völlig. Auch Ehlers, a. a. O., S. 15 f. ignoriert in seiner »Essenz« der »Motive und Ziele der Verschwörer« diese Entwicklung und betont nicht, zu welchem Zeitpunkt erst »ethische Beweggründe« wirklich »entscheidend« wurden. Gerade bei diesem Punkt stellt sich bei Ehlers die Frage, wieweit er überhaupt mit der systematischen Methode nicht allzu leicht in Gefahr gerät, die unterschiedlichen Haltungen in der Konspiration im Hinblick auf einen angestrebten gemeinsamen Nenner doch etwas zu bagatellisieren. Seine Studie trug früher den Titel »Die Methoden der Beck/Goerdeler-Verschwörung« (in: Aus Politik und Zeitgeschichte, 19. u. 26. Januar 1955). Von daher ist manche Verzeichnung begreiflich. Siehe unten Anm. 36.

23 Hoffmann, Claus Graf Stauffenberg und Stefan George ... S. 538 f. behauptet dies mit der schwachen Einschränkung: »Man könnte abkürzend sagen«. Dass nach dem 20. Juli die in ein Heim der NSV gesteckten Kinder Stauffenbergs den Nachnamen »Meister« erhielten (Gräfin Stauffenberg – mündlicher Bericht), ist ebenso wenig ein Beweis für die These Hoffmanns wie die Charakterisierung Stauffenbergs durch Axel von dem Bussche, a. a. O., S. 4: »Claus Stauffenberg ist nur unter drei Voraussetzungen zu verstehen: Seiner Herkunft aus einer Familie der schwäbischen Ritterschaft, seiner katholischen Erziehung und der eigenen geistigen Welt um Stefan George, der er eng verbunden ist.«

24 Finker, a. a. O., S. 200 ff. stellt aus indirekt überlieferten Äußerungen Werner v. Haeftens und Oberstleutnant Klamroths ein »politisches Programm«

Stauffenbergs zusammen, das nicht nur deshalb völlig wertlos ist, weil es nur eine indirekte mündliche Überlieferung aus dem Umkreis Stauffenbergs – und nicht von ihm selbst – darstellt, sondern weil es auch einen außenpolitischen Realismus zeichnet, der nicht den Vorstellungen Stauffenbergs entspricht, und zudem mit dem präzisen Hinweis auf die »Oderlinie« als künftige Ostgrenze Deutschlands und auf die ebenfalls dem Denken Stauffenbergs widersprechende Bildung von fünf Parteien bloße Projizierung der späteren Situation in die Historie zurück ist, damit der »Anspruch« der DDR auf den Antifaschisten Stauffenberg dem zu Recht skeptischen kommunistischen Leser begründet werden kann.

25 Wolfgang Venohr, Verlegenheit um Stauffenberg?, in: Die Zeit, Nr. 12, 20. 3. 1964, S. 17 behauptet dies.

26 Zeller, a. a. O., S. 489 f. Fahrner ist – wie so oft bei Zeller – nicht als Quelle angegeben. Deshalb der Irrtum bei Francis L. Carsten. Nationalrevolutionäre Offiziere gegen Hitler, in: Aus Politik und Zeitgeschichte, 15. 7. 1964, S. 49 (Anm. 29): »Das Zitat ist eines der ganz wenigen, das direkt von Stauffenberg stammt.« Alexander Schenk Graf von Stauffenberg, Denkmal. Hrsg. von Rudolf Fahrner, Düsseldorf/München 1964, S. 21 ff. hat in seinem Gedicht »Vorabend« den Fahrnerschen Text in ein Gespräch zwischen »Berthold – Claus« dichterisch modifiziert verarbeitet.

27 Finker, a. a. O., S. 198 konstruiert ihn.

28 Finker, a. a. O., S. 198. Bezeichnenderweise setzt er sich mit der »Gleichheitslüge«, die so sehr dem elitären Denken Stauffenbergs entspricht, nicht auseinander. Karl Jaspers, Wohin treibt die Bundesrepublik? Tatsachen, Gefahren, Chancen, München 1966, S. 128 zitiert nur den ersten Teil des ersten Satzes des Eides und wird deshalb der lästigen Auseinandersetzung mit der »Gleichheitslüge« enthoben, ohne auf den Namen Stauffenbergs für seine teilweise absurde Kritik verzichten zu müssen, aus der dann Finker, a. a. O., S. 335 wieder zitieren kann – ohne Erwähnung der »Gleichheitslüge«.

29 Carsten, a. a. O., S. 50.
Als Schulenburg anfangs Juni Bussche im Lazarett in Insterburg besuchte, sprach er ihm von einem Eid der Eingeweihten auch für die Zeit nach einer Besetzung Deutschlands. Schulenburgs spätere Aussage (siehe oben S. 300) erinnert in der Tat an diesen von Fahrner überlieferten Eid. Axel v. d. Bussche bei Zeller, a. a. O., S. 523 (Anm. 31) – hier allerdings ein Irrtum: Schulenburg war anfangs Juli in Trebbow. Vgl. auch Krebs, a. a. O., S. 292.

30 Der Hinweis von Ehlers, a. a. O., S. 237 auf die Tatsache, dass »die konstruktiven politischen Zukunftsziele, die originalen Vorstellungen und konkreten Erneuerungspläne Graf Stauffenbergs« wohl »das einzige, wesentliche Forschungsproblem, das noch offen ist«, seien, sollte damit erklärt sein. Ehlers hat zu Recht bereits die fast rhetorische Frage gestellt, »ob diese Schlüsselfigur des Aufstandes am 20. Juli überhaupt ein fixierbares, fertiges Konzept mit sich herumtrug«. Auch der Hinweis von Mommsen, a. a. O., S. 157 u. S. 273 (Anm. 160), dass Stauffenberg »eine eigene, wenn auch unklare politische Linie anstrebte und daher mit seinen Auffassungen stark zurückhielt«,

wird damit in den erklärenden Zusammenhang gestellt. Dass Stauffenbergs Gedanken »vage« waren und er selbst »nicht politisch erfahren« – wie Hoffmann, Widerstand ... S. 432 schreibt –, ist ungenau und bloße Goerdelersche Kritik, die Hoffmann auch via Gisevius unbesehen übernimmt, wenn er a. a. O., S. 792 (Anm. 228) nach langem und gar nicht wirklich analysiertem Giseviuszitat schreibt: »Die herabsetzende Form macht Gisevius unglaubwürdig, aber sachlich ist die Kritik an Stauffenbergs vagen politischen Vorstellungen berechtigt.«

31 Ritter, a. a. O., S. 436 ff.

32 Ehlers, a. a. O., S. 109 identifiziert Goerdelers Haltung mit jener Stauffenbergs – man ist versucht zu sagen: um das traditionelle Bild der nichtradikalen und nichtfanatischen Haltung der Konspiration mit fragwürdigen Mitteln zu erhalten. Die etwas zu starke Ausrichtung seiner Arbeit auf Goerdeler als Zentrum der Konspiration rächt sich auf jeden Fall.

33 Das Erstaunen besonders ausländischer Autoren, zuletzt von Christopher Sykes, a. a. O., S. 454 über die Bedeutung des Eides in Deutschland ist zuweilen allzu sehr in Gefahr, die apologetische Argumentation für bare Münze dort zu nehmen, wo sie nur vielleicht menschlich begreifliche Fehlhaltungen unter eklektischer Zuhilfenahme antiker, germanischer oder christlicher Vorstellungen mythisierend in ihrer Dürftigkeit zu cachieren sucht.

34 Zu dieser bei weitem nicht immer zutreffenden »Analogie«: John J. Johnson, The Role of the Military in Underdeveloped Countries, Princeton 1962; insbesondere die Aufsätze von Edward Shils, The Military in the Political Development of the New States, a. a. O., S. 7 ff. und von Lucian W. Pye, Armies in the Process of Political Modernization, a. a. O., S. 69 ff. Allgemein vgl. auch S. E. Finer, The Man on Horseback. The Role of the Military in Politics, London 1962 (vor allem S. 35 ff.).

35 Nimmt man die Definition des Putsches von Gilbert Ziebura, in: Staat und Politik, hrsg. v. Ernst Fraenkel und Karl Dietrich Bracher. Fischer Lexikon Bd. 11, Neuausgabe, Frankfurt a. M. 1964, S. 324, der zufolge ein Putsch sich dadurch auszeichnet, »daß er von subalternen (meist Offiziers-)Gruppen ausgeht und deshalb eher dem revolutionären Aufstand ähnelt, obwohl er sich der gleichen Technik und Taktik bedient wie der Staatsstreich«, so ist der Charakter des 20. Juli nicht völlig eindeutig zu bestimmen. Denn die Definition »subalterner Gruppen« ist zuweilen schwierig. Eine überzeugende Unterscheidung zwischen Staatsstreich und Putsch ist bisher nicht geliefert worden und auch kaum sinnvoll. Ehlers, a. a. O., S. 174 ff. verwendet ohne jede Überlegung abwechslungsweise die Begriffe »Militärputsch« und »Staatsstreich«. Malaparte, a. a. O., S. 98 f. geht auf die Problematik nicht ein, trägt aber indirekt zu einer Lösung bei, wenn er den als klassischen Putsch zitierten »Kapp-Putsch« als Staatsstreich bezeichnet. Edward Luttwak, Le Coup d'État. Théorie et pratique, Paris 1969, S. 33 f. demonstriert unfreiwillig, zu welch absurden Definitionsversuchen die kaum mögliche und sinnvolle Unterscheidung führen kann. Im heutigen gewöhnlichen Sprachgebrauch – wie etwa nach dem 20. Juli durch die Nationalsozialisten –

ist der ursprünglich »plötzlicher, rasch vorübergehender Volksaufstand« bedeutende Begriff »Putsch« vor allem die pejorative Bezeichnung im Unterschied zum politisch neutralen, technischen Begriff »Staatsstreich«, der selbst als Aktion freilich nicht – wie etwa Luttwak behauptet – politisch neutral sein kann.

36 Das Zurückschrecken der Konspiration vor notwendiger und vertretbarer Gewalt wird von Ehlers ebenfalls allzu sehr generalisiert und vom Ablauf des 20. Juli her dargestellt, der ja noch gar nicht in die eigentliche Konfrontationsphase getreten war und wo z. B. Hoepners oder Stieffs Haltung in keiner Weise mit jener Stauffenbergs gleichgesetzt werden kann. Da Ehlers die KB nicht heranzieht, ignoriert er den Befehl für das Verhalten gegenüber der SS (siehe oben S. 313).

37 Moriz von Faber du Faur charakterisiert bei Wolfgang Venohr, Das Bild des Attentäters. Zum 60. Geburtstag des Obersten Stauffenberg, in: Die Zeit, Nr. 46, 17. 11. 1967, S. 10 Stauffenberg in dieser Weise: »Denn die Ritterzeit war vorbei. Und darüber ist er sich – glaube ich – nie ganz klargeworden.«

38 Winston Churchill, The Second World War, Vol. II: Their Finest Hour, London 1949, S. 300.

39 Jacob Burckhardt, Weltgeschichtliche Betrachtungen (Gesammelte Werke Bd. IV), Basel 1956, S. 191.

40 Churchill, a. a. O., S. 199.

Das Attentat

1 KB, S. 21.
Hoffmann, Widerstand ... S. 466.
Hoffmanns Darstellung ist die bisher genaueste und überholt seine früheren Arbeiten (Zu dem Attentat im Führerhauptquartier »Wolfschanze« am 20. Juli 1944, in: VJfZG, 12, 1964, S. 254 ff. und: Zum Ablauf des Staatsstreichversuches des 20. Juli 1944 in den Wehrkreisen, in: WWR, 14, 1964, S. 377 ff.), die beide noch wesentliche Fehler enthalten. Die Kuriermaschine – offenbar die normale »Ju 52« – war offensichtlich nicht identisch mit jener, die Wagner für den Rückflug zur Verfügung gestellt hatte. Nach einem Bericht des Fahrers Karl Schweizer (Hoffmann, Widerstand ... S. 809, Anm. 3) verzögerte sich ihr Abflug bis gegen 8.00 Uhr. Nach seinem Bericht ist Haeften bereits auf dem Flugplatz gewesen und nicht – wie bei Zeller, a. a. O., S. 378 – »in der Stadt« zugestiegen. Im Hinblick auf den weiteren Weg des Sprengstoffes ist wahrscheinlich, dass Sprengstoff und Unterlagen getrennt in den beiden Taschen lagen.

2 Reichssicherheitshauptamt/IV/Sonderkommission 20. 7. 44, Berlin, den 26. Juli 1944, Bericht zum Attentat auf den Führer am 20. Juli 1944, in: KB, S. 84 u. S. 112 f. Dieser Bericht soll allerdings nicht direkt von der Sonderkommission stammen, sondern nur deren Ergebnisse verwerten (Hoffmann, Widerstand ... S. 810, Anm. 4). Auch Hoffmann, Widerstand ... S. 811

(Anm. 8) nimmt an, dass nicht Stauffenberg, sondern Haeften nun die Mappe mit dem Sprengstoff trug.

3 Hoffmann, Widerstand ..., S. 467 u. S. 812 (Anm. 12).
In KB, S. 85 heißt es, Stauffenberg habe mit dem Kommandanten gefrühstückt, was jedoch inkorrekt ist.

4 Hoffmann, Widerstand ... S. 469. Die Zeitangabe ergibt sich aus dem Ablauf bis zur Explosion der Bombe. (Hoffmann schreibt jetzt allerdings »kurz nach 12 Uhr«).

5 KB, S. 84 f.
Zum Sprengstoff vgl. unten Anhang.
Vgl. auch die Photographien bei Hoffmann, Widerstand ... neben S. 881. Da die Explosion nach allen vorliegenden Zeugnissen zwischen 12.40 und 12.50 Uhr erfolgte und Stauffenberg die Zündung etwa um 12.30 Uhr oder kurz danach in Gang gesetzt hatte, ist in der Tat sehr wahrscheinlich, dass er dazu nicht den Zünder mit 30-minütiger Laufzeit genommen hat. Die Temperatur (nach Hoffmann, Widerstand ..., S. 813, Anm. 18 lag sie zwischen 20 und 25 Grad Celsius) macht dann allerdings die Explosionszeit 12.50 Uhr ganz unmöglich. Der 10-Minuten-Zünder war bei der sommerlichen Temperatur risikoreich, aber Stauffenberg bannte mit ihm weitgehend die Gefahr, dass er noch vor der Explosion hätte gefunden und zum Vortrag aufgefordert werden können. Bei allen britischen chemisch-mechanischen Zündern sind für die Berechnung der Laufzeit neben der Temperatur auch auf die Massenproduktion zurückzuführende Fabrikationsunregelmäßigkeiten (Umfang des Drahtes und Säurekonzentration) zu berücksichtigen.

6 KB, S. 85.
Hoffmann, Widerstand ... S. 468 f. Im Unterschied zu seinem Aufsatz (a. a. O., S. 269 f.) verzichtet hier Hoffmann jetzt auf Angaben über den Weg, für den die Distanzen nach seiner unten in Anm. 13 erwähnten Karte errechnet sind.

7 KB, S. 85.
Warlimont, a. a. O., S. 472.
Hoffmann, Widerstand ... S. 469 f.
Die Verspätung Stauffenbergs widersprach den Gepflogenheiten bei Hitlers Lagebesprechungen – »dem allgemeinen Kommen und Gehen« (Warlimont) – durchaus nicht; auch Jodl kam zu spät, aber noch vor Stauffenberg (Hoffmann, Widerstand ... S. 469). Zeller, a. a. O., S. 381 und im Unterschied zu seiner früheren Version nun auch Hoffmann, Widerstand ... S. 469 erwähnen, dass Hitler Stauffenberg mit Handschlag begrüßt habe. (Bei Hoffmann, a. a. O., S. 270, Anm. 73 b berichteten noch drei Augenzeugen, dass sie davon nichts bemerkt hätten, während zwei den Handschlag gesehen haben wollen.) – Auch in der Frage der Placierung des Attentäters und seiner Aktentasche wirft Hoffmann, Widerstand ..., S. 469 seine frühere Version um – wohl vor allem auf Grund der späteren Mitteilungen Heusingers, die zu einer sinnvolleren Version beigetragen haben. Denn dass Stauffenberg links von Brandt stand, der Heusinger dauernd mit Karten und Unterlagen assistieren musste,

ist höchst unwahrscheinlich. Etwas unklar ist jetzt allerdings bei Hoffmann, weshalb Stauffenberg die von John zwischen Heusinger und Brandt abgestellte Tasche wegnahm und rechts von Brandt placierte. John hatte sie wohl eher hinten zwischen Heusinger und Brandt gestellt, während sie Stauffenberg vor seinem Weggang unter dem Tisch platzieren musste.

8 KB, S. 85.
Hoffmann, Widerstand ... S. 470 f.
Ob Stauffenberg wirklich mit Koppel und Mütze zur Lagebaracke gegangen war, wie Hoffmann annimmt, ist zweifelhaft. Hoffmann scheint nicht zu bemerken, dass auf den beiden von ihm veröffentlichten Photographien (nach S. 880) keiner der Offiziere (auch nicht Stauffenberg am 15. Juli) Koppel trägt und nur Heusinger mit Mütze versehen ist.

9 KB, S. 85 f.
Hoffmann, Widerstand ..., S. 471 u. S. 815 ff. (Anm. 31).
Bei Hoffmann, a. a. O., S. 275 war noch durchgehend von einer Wiederbeschaffung des Wagens die Rede. Auch hier wird die frühere, konträre Version – wie so häufig – von Hoffmann nicht expressis verbis richtiggestellt.

10 KB, S. 85.
Hoffmann, a. a. O., S. 272 f. und Widerstand ... a. a. O., S. 473.

11 KB, S. 86.
Hoffmann, a. a. O., S. 273 u. S. 376 und Widerstand ..., S. 471 f. Bericht von Oberstleutnant Sander, in: Leber/Moltke, a. a. O., S. 205. Die Angaben über die Explosionszeit differieren: 12.40, 12.42, 12.45 und 12.50 Uhr werden genannt. Wahrscheinlich ist eine Zeit, die näher bei 12.40 Uhr liegt – also zwischen 12.42 und 12.45 Uhr. Den präzisen Zeitpunkt rekonstruieren zu wollen, wäre ein sinnloses Unterfangen. Die Angabe von Hoffmann, Widerstand ... S. 473, es sei ziemlich genau 12.50 Uhr gewesen, ist unbegreiflich. Denn auch er nimmt an (Widerstand ..., S. 469), dass Stauffenberg den 10-Minuten-Zeitzünder verwendet, die Lagebesprechung um 12.30 Uhr begonnen hat und Stauffenberg mit fünf bis 10 Minuten Verspätung eingetroffen ist. Zugleich verweist er auf die warme Temperatur (die die Laufzeit heruntersetzen kann). So kann die Bombe trotz allen zeitgenössischen Angaben nicht um 12.50 Uhr explodiert sein – es sei denn, Stauffenberg habe den dann etwas herabgesetzten 30-Minuten-Zeitzünder genommen, was Hoffmann nicht einmal als (unbeweisbare) Möglichkeit erwähnt.

12 Hoffmann, a. a. O., S. 276.
In Hoffmann, Widerstand ... S. 472 sind Angaben für die Fahrt sehr viel sparsamer verwendet als im VJfZG-Aufsatz (vgl. auch unten Anm. 13). Budde/Lütsches, a. a. O., S. 76 (Aussage Hoepners).
Nach dem Arzt hat Stauffenberg laut einer Tonbandaussage eines nicht genau identifizierten Zeugen in einem Volksgerichtshof-Prozess rufen hören (Volksgerichtshof-Prozesse, Transkripte, S. 80). Hier auch die – wohl ungenau wiedergegebene – Bemerkung zu Fromm, er, Stauffenberg, habe in einem »Nebenzimmer« gestanden, als die Explosion erfolgte. Warlimont, a. a. O., S. 471.

Dass Stauffenberg bereits Sanitäter herumeilen sah, ist zweifelhaft. Nach Warlimont war zunächst »von den scheinbar Unverletzten noch manche Hand anzulegen, ehe die Krankenwagen herankamen«. Deshalb liegt wahrscheinlich bei der (notgedrungen ungenauen) Wahrnehmung Stauffenbergs eine Verwechslung vor, während seine Behauptung gegenüber Fromm, er habe gesehen, wie Hitler weggetragen worden sei, wohl eher eine taktisch bedingte Übertreibung war (und kaum eine Verwechslung mit dem wie Hitler in eine schwarze Hose gekleideten Stenographen Berger, der – schwer verletzt auf dem Vorplatz der Lagebaracke liegend – wohl gar nicht zu erkennen war).

13 KB, S. 86.
Aus dem Hoffmann-VJfZG-Aufsatz, S. 276 ist deutlich zu schließen, dass Stauffenbergs Wagen auf der Lagerstraße nach Nordwesten fuhr und dann nach Süden – entlang dem »Führersperrkreis« – zur Wache I. In Hoffmann, Widerstand ... S. 472 ist dies nicht mehr klar; dort ist nur noch von »Vorbeifahren« und »Richtung zur Wache I« die Rede. Denn seiner Karte (Widerstand, S. 893) ist zu entnehmen, dass Stauffenberg ebenso gut zuerst nach Osten und dann nach Westen hätte fahren können – auf dem kürzeren Weg. Hoffmann lässt sogar die Frage offen, an welcher der beiden Straßen sich die Wache I befand. (Der Pfeil auf der Karte S. 891 ist ein deutliches Zeichen dafür.)

14 KB, S. 86.
Hoffmann, Widerstand ... S. 472.
Der Aufsatz von Peter Dietz, Mut und Angst. Zum Attentat in der »Wolfschanze« am 20. Juli 1944, in: Allgemeine Schweizerische Militärzeitschrift, 130, 1964, S. 442 ff. ist auch nach Aussage seines Autors bereits völlig überholt. Das Resultat von Dietz' Versuch, den Weg Stauffenbergs zu rekonstruieren, liegt jetzt vor in Hoffmann, Widerstand ... S. 890 ff. Die polnischen Angaben über das Hauptquartier (Jerzy Jantar, Wilczy Szaniec, Dawna Kwatera Hitlera, Olsztyn 1963) sind – wie die bisherigen deutschen Aussagen – dürftig und kaum zu gebrauchen, wie ein Augenschein des Verf. im Hauptquartier ergeben hat.

15 KB, S. 84, S. 86 u. S. 112.
Hoffmann, Widerstand ..., S. 473.
Zur Frage der zweiten Bombe vgl. unten Anhang.

16 Warlimont, a. a. O., S. 471.
Hoffmann, a. a. O., S. 274.

17 KB, S. 83 f.
Hoffmann, a. a. O., S. 273 ff. und Widerstand ..., S. 475 ff.

18 Hoffmann, Widerstand ..., S. 478. Eine Schätzung der Sprengstoffausmaße auch in KB, S. 21 (Aussage Berthold Stauffenbergs vom 21. 7. 44, vgl. oben S. 445).
Der weitestverbreitete sachliche Irrtum zum gesamten Ablauf des 20. Juli ist die Legende, die »Mittagslage« vom 20. Juli habe ausnahmsweise wegen der Hitze oder wegen der Bauarbeiten nicht in dem dafür vorgesehenen Bunker, sondern in »einer Baracke« stattgefunden.

19 Hoffmann, Widerstand ... S. 480 ff.
Baum, a. a. O., S. 33.
Fuehrer Conferences on Naval Affairs, S. 48.

20 Hoffmann, Widerstand ... S. 479 ff.
Nach KB, S. 330 fand das zweite Gespräch Fellgiebel-Hahn (das erste nach dem Attentat und in den KB nur als erstes registriert) um 13.00 Uhr statt.
Sander bei Leber/Moltke, a. a. O., S. 206.

21 Hoffmann, Widerstand ... S. 482 u. S. 485.

22 Sander bei Leber/Moltke, a. a. O., S. 206.
KB, S. 330.
Hoffmann, Widerstand ... S. 482 f. u. 485. Hoffmann stützt sich jetzt fast ausschließlich auf Zeugen aus der Umgebung Fellgiebels. Sicher gibt er zu Recht Thiele den Hauptteil der Schuld, aber untersucht dann Fellgiebels Handeln nur von der positiven Seite. Früher hieß es bei Hoffmann, a. a. O., S. 281, dass Fellgiebel den Staatsstreich verlorengegeben habe – auf Grund eines Zeugnisses von Sander. Dies war, bevor sich Hoffmann mit den Offizieren aus Fellgiebels Stab – wie dessen Ordonnanzoffizier Helmut Arntz – unterhalten hatte.
Nach Zeller, a. a. O., S. 433 »erinnern« sich die von Olbrichts Schwiegersohn Georgi befragten beiden Sekretärinnen Thieles an keinen solchen Anruf in der Bendlerstraße. Der Verdacht, dass es sich um einen naiven Vertuschungsversuch handelt, ist zu offensichtlich. Arntz als Zeuge mag im Hinblick auf Fellgiebel immer etwas »positiver« darstellen, nicht aber Sander. Doch auf Grund seiner eigenen Wahrnehmungen wusste Thiele vom Scheitern. Zu seinen Sekretärinnen vgl. Hoffmann, Widerstand ... S. 820 f. (Anm. 70).

23 KB, S. 330.
Sander bei Leber/Moltke, a. a. O., S. 206.
Hoffmann, a. a. O., S. 282 und Widerstand ..., S. 484.

24 Hoffmann, a. a. O., S. 284 und Widerstand ... S. 483 f. u. S. 605. KB, S. 85.
Gisevius, a. a. O., S. 606.
Zu Zeit und Ort der Landung siehe unten S. 474.
Friedrich Georgi (damals Major beim General der Flak in Bernau) will einen Befehl aus dem FHQu erhalten haben, der den Abschuss einer aus Ostpreußen kommenden He 111 mit angegebener Nummer befahl. Da er einen Zusammenhang mit Stauffenberg vermutete, habe er ihn nicht weitergegeben. (Friedrich Georgi – mündlicher Bericht und bei Kramarz, a. a. O., S. 207, wo diese Geschichte zum erstenmal Erwähnung fand; jetzt auch bei Hoffmann, Widerstand ..., S. 824, Anm. 93.)

Der Staatsstreich

1 Budde/Lütsches, a. a. O., S. 74 f. u. S. 87 (Aussagen Hoepners und Yorcks).
Hoffmann, Widerstand ... S. 486 ff. u. S. 823 (Anm. 88).
Nach Georgi in Leber/Moltke, a. a. O., S. 114 f. ist Stauffenberg »gegen 16.00

Uhr« gelandet, doch habe Olbricht noch zuvor um 15.50 Uhr die Aktion ausgelöst, als Thiele um 15.45 Uhr mit dem Hauptquartier gesprochen habe. Georgi – der erst um 18.00 Uhr in der Bendlerstraße eintraf – beruft sich auf eine »Erkundung«, die aber offensichtlich nichts anderes als eine Interpretation der Aussage Hoepners vor dem Volksgerichtshof (siehe unten Anm. 3) ist. Kramarz, a. a. O., S. 208 übernimmt diese Version ziemlich unbesehen. Die Darstellung von Gisevius, a. a. O., S. 613 f., wonach Thiele gegen 13.00 Uhr Olbricht das Scheitern des Attentates gemeldet und Olbricht darauf entschieden habe, den Staatsstreich zu unterlassen, ist weder ein Bericht eines Augenzeugen noch irgendwie belegbar. Leider ist Gisevius für den Ablauf des 20. Juli sehr wenig zuverlässig.

In keiner Darstellung – auch nicht in jener Hoffmanns – ist bisher die klare Aussage des direkten Augenzeugen Schulenburg (KB, S. 97) erwähnt: »Tatsächlich ist die Mitteilung erst durch einen Anruf von Haeften nach 15 Uhr erfolgt, als die Maschine in Rangsdorf gelandet war.« In KB, S. 22 ist Stauffenbergs Ankunft mit »gegen 15.45 Uhr« erwähnt. Nach den Flugzeitberechnungen bei Hoffmann, Widerstand ... S. 490 u. S. 824 (Anm. 93) kann Stauffenberg frühestens kurz vor 15.00 Uhr gelandet sein. Wahrscheinlich ist eine Zeit nach 15.00 Uhr und vor 15.45 Uhr.

2 Auf welchem Flugplatz dies geschieht, ist nicht völlig geklärt, obgleich es wahrscheinlich der Flughafen Rangsdorf war. Hoffmann, Widerstand ... S. 491 nimmt an, dass es der Flughafen Tempelhof oder Berlin-Gatow gewesen sei. Seine Überlegungen (Widerstand ... S. 825, Anm. 94) sind jedoch nichtstichhaltig. Die Quellen Yorck, Schulenburg, Hoepner und KB, die alle Rangsdorf nennen, sind nicht als »ostpreußisch« abzutun (wie bei Hoffmann). Zugleich sind Gerstenmaier, Wilhelm von Schramm und Semmler alles andere als authentische Zeugen. Dies ist einzig der Fahrer Stauffenbergs, der berichtet, er habe in Rangsdorf vergeblich auf Stauffenberg gewartet. Ihm wurde am Morgen der Befehl erteilt, in Spandau eine neue Uniform zu holen und sich am Nachmittag wieder in Rangsdorf einzufinden (Widerstand, S. 466). Die von Hoffmann auf »vor 15.00 Uhr« angesetzte Landezeit Stauffenbergs und seine auch bei Hoffmann »gesicherte« Ankunft in der Bendlerstraße um 16.30 Uhr sind auch bei Fehlen eines Wagens kaum zu erklären, wenn man Tempelhof oder Gatow als Landeort annimmt. Dass in dem Staatsstreichbefehl an die Panzertruppenschule Krampnitz die Abholung des BdE und seines Chefs des Stabes vom Flughafen Tempelhof vorgesehen war, ist noch kein Beweis dafür, dass dies ebenso am 20. Juli geplant war, und erklärt auch nicht, weshalb Stauffenberg seinen Fahrer ausdrücklich nach Rangsdorf beordert hat. Zur Tarnung hätte er Rangsdorf als Ziel beim Abflug in Rastenburg, nicht aber gegenüber Schweizer nennen können. Denn wenn Delia Ziegler sich vage erinnert, Haeften habe in der Bendlerstraße angerufen, man möge sofort Schweizer zur Abholung schicken, so spricht das weniger für einen anderen Flugplatz (als Rangsdorf) als vielmehr für die Tatsache, dass man fest auf Schweizer zählte und ihn sicher nicht auf einem falschen Flugplatz warten ließ. Schweizer könnte – was Hoffmann gar nicht erwägt – sich verspätet

haben, da er mit einer »normalen«, d. h. späteren Rückkehr Stauffenbergs rechnete – es mag ihm dies noch heute nicht bewusst sein.

3 Budde/Lütsches, a. a. O., S. 75 f. (Aussage Hoepners).
Nach dieser Aussage ging Olbricht zu Fromm bereits nach der Ankunft Stauffenbergs in Berlin. Die Tatsache, dass Freisler im Prozess Hoepners erst nach der Szene mit Thiele den Satz spricht: »In diesem Augenblick kam auch noch ein Anruf, eine Mitteilung«, erlaubt noch nicht den Schluss (vor allem Georgis), dass Olbricht und Mertz auf Grund des Berichtes Thieles noch vor der Ankunft Stauffenbergs die Befehle herausholten. Hoepner kann durchaus von dem Anruf Haeftens erst zwei oder drei Minuten später erfahren haben, denn wenn Haeften Mertz anrief, saß Hoepner nicht im selben Zimmer. Hoffmann, Widerstand..., S. 491 übernimmt die Version, die Befehlsausgabe sei noch vor dem Anruf Haeftens eingeleitet worden, obgleich er kurz zuvor (a. a. O., S. 824, Anm. 93) erklärt, dass Georgis »Mitteilung, Olbricht habe unabhängig und vor Stauffenbergs Mitteilung von dem erfolgreichen Attentat die Auslösung von ›Walküre‹ befohlen, ... gewichtigen anderen Quellen« widerspräche. Die veröffentlichten Pläne der Räumlichkeiten in der Bendlerstraße sind – auch in Hoffmann, Widerstand..., S. 898 – durchweg fehlerhaft. Dem Folgenden liegt ein maßstabgetreuer genauer Grundriß der Räumlichkeiten des BdE und des AHA zugrunde (von Oberstlt. a. D. Kleber freundlicherweise zur Verfügung gestellt).

4 Budde/Lütsches, a. a. O., S. 76 (Aussage Hoepners).
Das Gespräch zwischen Olbricht und Fromm stellt keine wortgetreue Wiedergabe dar, sondern basiert auf einem Bericht, den Fromm selbst im Gefängnis Schlabrendorff, a. a. O., S. 145 f. gegeben hat. Dass bei diesem ersten Gespräch Olbricht von Mertz begleitet war – wie Hoffmann, Widerstand ... S. 492 behauptet –, ist auch im Hinblick auf die Forderung Fromms in der zweiten Unterredung (siehe unten S. 477) völlig unwahrscheinlich.

5 KB, S. 22, S. 48, S. 57, S. 97, S. 147 u. S. 377.
Budde/Lütsches, a. a. O., S. 91 u. S. 110.
Zu offensichtlich irrtümlichen Berichten, wonach der Alarm früher – bereits nach 14.00 Uhr – gegeben worden sei, vgl. Hoffmann, Widerstand..., S. 326 ff. (Anm. 99).
Hoffmann, Widerstand ... S. 492 erwähnt die Ausgabe der ersten Befehle vor dem Gang Olbrichts zu Fromm – was bloße Hypothese ist und insbesondere der Darstellung des Augenzeugen Schulenburg widerspricht. Hammerstein, a. a. O., S. 279 (a. a. O., S. 271 steht nicht 16.15 Uhr für den Anruf Klausings im »Esplanade«, sondern 16.30 Uhr, was von Hoffmann, Widerstand ... S. 501 übernommen wird, aber im Hinblick auf den weiteren Ablauf nicht sehr wahrscheinlich ist). Volksgerichtshof-Prozesse (Transkripte), S. 75 f. (Aussage Thüngens).

6 Budde/Lütsches, a. a. O., S. 110 (Aussage Hases). KB, S. 196.
Hoffmann, Widerstand ... S. 515 f.
»Tatbericht« Hagens vom 16. 11. 1944, in: KB, S. 12.
Bericht Remers vom 22. 7. 1944, in: Jacobsen/Zimmermann, a. a. O., 3. Auflg., Bonn 1960, S. 138 ff.

Beide Berichte – besonders aber jener Remers – versuchen nachträglich Remers Haltung eindeutiger darzustellen, sind deshalb voller bezeichnender »Verkürzungen« und nur mit größtem Vorbehalt zu verwerten.
Der Chef WNV im OKW, den 22. Juli 1944, Meldung der Ag N/HNV gez. Thiele, in: KB, S. 63.
Hoffmann, Widerstand..., S. 494 u. S. 830 f. (Anm. 109) weist nun auf den Schutzbehauptungscharakter dieser Meldung hin, der allein schon aus den in ihr gegebenen Zeitangaben zu entnehmen, von Hoffmann in seinen früheren Darstellungen aber gleichwohl nicht erkannt worden ist. Röhrigs jetzige Angaben müssen allerdings auch nicht durchweg der Wahrheit entsprechen. In den KB heißt es, der erste Satz des ersten Befehles sei durchgestrichen gewesen. Hoffmann, Widerstand..., S. 830 (Anm. 109) schließt nicht aus, dass jemand in der Bendlerstraße vor der Ankunft Stauffenbergs den Satz aus Unsicherheit streichen ließ und er erst später wieder eingefügt wurde. Zu bemängeln ist, dass Hoffmann nirgends auf die Abschrift in KB, S. 65 eingeht, wo statt des ersten Satzes die Worte »Innere Unruhen« stehen.

7 Budde/Lütsches, a. a. O., S. 76 (Aussage Hoepners). Schlabrendorff a. a. O., S. 147 f.
Volksgerichtshof-Prozesse (Transkripte), Fragment III, S. 79 f.
Nach der Aussage Hoepners hatte Olbricht drei Unterredungen mit Fromm, nicht nur zwei. Dieser von Schlabrendorff zitierte Teil muss sinngemäß der Inhalt der zweiten sein. Zeller, a. a. O., S. 385 f. – und mit ihm alle Autoren – übersieht dies. Einzig Kramarz, a. a. O., S. 209 folgt der direkteren Aussage, nämlich jener Hoepners, während Hoffmann, Widerstand ... S. 498 ziemlich unvermittelt und ohne jeden weiteren Hinweis bloß von Olbrichts »zweiter Unterredung mit Fromm« schreibt.

8 Budde/Lütsches, a. a. O., S. 76 (Aussage Hoepners).
KB, S. 21 f. (Aussage Berthold Stauffenbergs, 21. 7. 1944).

9 Volksgerichtshof-Prozesse (Transkripte), Fragment I u. IV zu den Vorgängen in der Bendlerstraße, S. 79 f. u. S. 82 f. Bericht von Delia Ziegler, S. 2.

10 Volksgerichtshof-Prozesse (Transkripte), Fragmente IV, V, X u. XI S. 80 ff. u. S. 85 f. Diese Aussagen sind wesentlich genauer als jene bei Schlabrendorff, a. a. O., S. 148, die – abgesehen von Überlieferungsirrtümern – ja durch Fromm geprägt sind. Hoffmann, Widerstand ... S. 499 zieht merkwürdigerweise den Bericht aus den Transkripten nicht heran. Im übrigen übersieht er a. a. O., S. 833 (Anm. 123), dass Gisevius den Bericht Schlabrendorffs gar nicht »bestätigen« kann, sondern einfach die (früher erschienene) Version Schlabrendorffs wörtlich übernimmt. Kleist (bei Hammerstein, a. a. O., S. 282) will das Ende von Fromms Telephongespräch mit Keitel gehört haben; aber nicht nur aus Schlabrendorff, sondern auch aus Fragment III (a. a. O., S. 79) geht hervor, dass das Telephongespräch schon vor der Verhaftung von Mertz zu Ende war. Dass Fromm nochmals mit Keitel telephoniert habe, ist bloße Vermutung von Hoffmann, Widerstand ... S. 833 (Anm. 123), der a. a. O., S. 499 die Verhaftung von Mertz am falschen Ort erwähnt, wie er überhaupt zweite und dritte Unterredung mit Fromm nicht trennt, ob-

gleich er a. a. O., S. 498 zusammenhanglos von einem zweiten Gespräch schreibt.

11 Budde/Lütsches, a. a. O., S. 76 f. (Aussage Hoepners).
Hammerstein, a. a. O., S. 282 nennt als Aufenthaltsraum für Fromm die kleine Anrichte. Nach Hoffmann, Widerstand ... S. 499 hatte Stauffenberg Fromm noch fünf Minuten Bedenkzeit gegeben. Zeller, a. a. O., S. 384 ff. folgt der Darstellung von Gisevius, a. a. O., S. 609 ff., der das Eintreffen Becks und Helldorfs vor die Verhaftung Fromms setzt. Im Gegensatz zu Hoepner überblickt der später hinzugekommene Gisevius aber nicht den genauen zeitlichen Ablauf und ordnet deshalb anhand von Schlabrendorffs Schilderung sein Hinzukommen auf die »Bühne« der Bendlerstraße falsch ein. Hoffmann, Widerstand ..., S. 501 unterlässt es, in diesem Zusammenhang auf die Unzuverlässigkeit seines Zeugen Gisevius hinzuweisen.

12 Meldung Ag N/HNV, in: KB, S. 63. Die hier angeführte Absetzzeit 17.35-21.03 Uhr ist zumindest für den Beginn des Absetzens falsch. Auf einer erhaltenen Abschrift steht deutlich 16.45 Uhr als Vermerk. Hoffmann, Widerstand ... S. 519 ff., S. 576 u. S. 839 f. korrigiert die bisher allgemein verbreitete Ansicht, im Hauptquartier habe man relativ lange nichts vom Staatsstreich geahnt.

13 KB, S. 22, S. 45, S. 48 f. u. S. 459.
Gisevius, a. a. O., S. 610 f. u. S. 623. Budde/Lütsches, a. a. O., S. 79 (Aussage Hoepners). Volksgerichtshof-Prozesse (Transkripte), S. 76 (Aussage Thüngens).
Otto John, in: Fraenkel/Manvell, a. a. O., S. 227 f. John behauptet, dass bei seiner Ankunft der SS-Führer Pifrader verhaftet worden sei. Zeitlich würde aber viel eher die Verhaftung des SS-Obersturmführers Buchner zutreffen (Hoffmann erwähnt diesen Vorfall nirgends). Gerstenmaier, a. a. O. (siehe oben Anm. XIX/17) und mündlicher Bericht. Friedrich Georgi – mündlicher Bericht. Hammerstein, a. a. O., S. 280.
Zu Pifrader (Hoffmann, Widerstand ... S. 502, S. 605 u. S. 862 bringt den Doppelnamen »Achamer-Pifrader«, obgleich dieser als Unterschrift »Dr. Pifrader« verwendete) vgl. Kurt Schuschnigg, Im Kampf gegen Hitler. Die Überwindung der Anschlussidee, Wien/München/Zürich 1966, S. 303 u. S. 384. In Hammerstein, a. a. O., S. 279 wird Pifrader, der sehr wohl nach Helldorf eintreffen und dennoch mit diesem verwechselt werden konnte, irrtümlicherweise als SS-Standartenführer bezeichnet.

14 KB, S. 259.
Gisevius, a. a. O., S. 624 will von Stauffenberg gefordert haben, Pifrader »über den Haufen« zu schießen, da dieser ja später »auspacken« könne. Auch Gerstenmaier erklärt, er habe das Vorgehen der Konspiration als zu behutsam empfunden (vgl. auch Hoffmann, Widerstand ..., S. 503).

15 Hoffmann, Widerstand ... S. 505 ff.
Karl Schober, Eine Chance blieb ungenutzt, in: Sender Freies Berlin (Hrsg.), Darauf kam die Gestapo nicht. Beiträge zum Widerstand im Rundfunk, Berlin 1966, S. 55 ff.

16 Domarus II, S. 2127.
Baum, a. a. O., S. 34.
Hoffmann, Widerstand ..., S. 519 f. auf Grund von Angaben des Monitoring Service der BBC.
17 Budde/Lütsches, a. a. O., S. 78 ff. (Aussage Hoepners). KB, S. 69 u. S. 191.
Hoffmann, Widerstand ... S. 589.
18 KB, S. 330 u. S. 337 f.
Budde/Lütsches, a. a. O., S. 112 (Aussage Hases).
Kratzer bei Kramarz, a. a. O., S. 212 f.
Nach Gisevius, a. a. O., S. 627 hat Olbricht nach dem Anruf Fellgiebels am Abend (»Was denn bei ihnen los sei, ob sie denn alle verrückt seien? Der Führer sitze mit dem Duce im Teehaus. Im übrigen komme bald eine Rundfunknachricht«) Gisevius gefragt: »Nicht wahr – abstreiten können wir es doch nicht mehr?«
19 Allgemein zu den Ereignissen in den Wehrkreisen: Hoffmann, Widerstand ..., S. 521 ff.
KB, S. 36, S. 41 f., S. 104 ff. u. S. 106 ff. Budde/Lütsches, a. a. O., S. 81 (Aussage Hoepners). Jedlicka, a. a. O., S. 54 ff., S. 111 ff., S. 117 ff. u. S. 137 ff.
20 Hoffmann, Widerstand ..., S. 587
KB, S. 55 (Aussage Berthold Stauffenbergs v. 24. 7. 1944). FS-FRR-HOKW 75851, 20. 7. 1944 19.47, An W.Kdo. XI, XII, XIII, XVII, XVIII, in: KB, S. 70.
21 Bericht Johns, in: Fraenkel/Manvell, a. a. O., S. 228.
22 KB, S. 297 f.
23 Budde/Lütsches, a. a. O., S. 81 (Aussage Hoepners). Gisevius, a. a. O., S. 628 f.
24 Meldung Ag N/HNV, in: KB, S. 64.
KB, S. 76 ff.
Hoffmann, Widerstand ... S. 523, S. 529 f., S. 532, S. 534 ff. u. S. 539 ff.
25 Bericht Delia Ziegler, S. 2.
Friedrich Georgi, Augenzeugenbericht über die Ereignisse im OKH Bendlerstraße am 20. Juli 1944, Berlin 26. 9. 1947 (Sammlung Zeller/IfZG), S. 1.
Stauffenberg hat um 18.00 Uhr die Gruppenleiter selbst informiert (Hoffmann, Widerstand ... S. 589).
26 Hoffmann, Widerstand ... S. 518 f. u. S. 573 ff.
Remer, in: Jacobsen/Zimmermann, a. a. O., S. 141 f. und sein Rundfunkinterview im »Großdeutschen Rundfunk« nach dem 20. Juli, in: Horst Siebecke (Hrsg.), Deutschland im Zweiten Weltkrieg, S. IV. Hagen, in: KB, S. 15.
27 Hoffmann, Widerstand ..., S. 515, S. 560 ff. u. S. 578 ff. FS-FRR-WNOF 1336 20. 7. 1944 20.20 Uhr, in: KB S. 75. Meldung Ag N/HNV, in: KB, S. 64.
28 Budde/Lütsches, a. a. O., S. 59 ff. (Aussage Witzlebens). Gisevius, a. a. O., S. 630 ff.
Bericht Speer, a. a. O., S. 3
Leyen, a. a. O., S. 150.

29 KTB H.Gr.Nord 20.7.1944, in: Jacobsen/Zimmermann, a.a.O., 5. Aufl., Bonn 1964, S. 150 f.
Gisevius, a.a.O., S. 633 erwähnt das Gespräch noch vor der Ankunft Witzlebens um 19.30 Uhr. Diese dürfte dann vielleicht erst kurz nach 20.00 Uhr anzusetzen sein.

30 Hoffmann, Widerstand ... S. 595 ff. Budde/Lütsches, a.a.O., S. 82 (Aussage Hoepners). Keilig, a.a.O., 211, S. 187 u. S. 321.
Nach der Aussage Hoepners (Budde/Lütsches, a.a.O., S. 78 f. u. KB, S. 191) hat er selbst zu den Amtschefs gesprochen. Die ungenaue und durch Hoffmann überholte Darstellung von Zeller, a.a.O., S. 446 nennt als den dritten Amtschef einen General Strecker. Es gab zwei Generale dieses Namens (Keilig, a.a.O., 211 S. 331) – doch keiner war Amtschef. Chef des Heeresverwaltungsamtes war Gen.d.Art. Osterkamp (Keilig, a.a.O., 211, S. 242). Er könnte der dritte gewesen sein.
Bericht John, in: Fraenkel/Manvell, a.a.O., S. 228.
Kramarz, a.a.O., S. 209 setzt die »Freilassung« Fromms viel zu früh an. Oberst Langhaeuser bei Kramarz, a.a.O., S. 214 will Fromm bereits um 18.20 Uhr auf dem Korridor gesehen haben, doch was dieser »Zeuge« zum »Verrat« Röhrigs vorbringt (Kramarz, a.a.O., S. 212 f.), entwertet jede seiner Aussagen.
Nach Gisevius, a.a.O., S. 619 f. u. S. 633 war – auf Veranlassung Hoepners und Olbrichts – zweimal die Rede von einer Entlassung Fromms in seine Wohnung, die aber von Beck und Stauffenberg abgelehnt wurde – zum zweitenmal noch vor 20.00 Uhr.

31 Gisevius, a.a.O., S. 636 ff.
Hammerstein, a.a.O., S. 285.

32 KB, S. 22, S. 97, S. 112 u. S. 336.

33 Budde/Lütsches, a.a.O., S. 91 (Aussage Bernardis'). KB, S. 22 f.
Adolf Bernt, Der 20. Juli in der Bendlerstraße. Bericht eines Augenzeugen, in: Die Gegenwart, 11, 1956, S. 598. Bericht Delia Ziegler, S. 2.
Leyen, a.a.O., S. 153.
Hoffmann, Widerstand ..., S. 588 u. S. 599.

34 Hoffmann, Widerstand ... S. 599 f. u. S. 858 (Anm. 425) versucht, die »Zwangslage« der nichteingeweihten Offiziere zu erläutern, ohne diese für ihr Verhalten geradezu freizusprechen.

35 KB, S. 459.
Wolfgang Müller, Gegen eine neue Dolchstoßlüge. Ein Erlebnisbericht zum 20. Juli 1944, Hannover 1947, S. 46. Hoffmann, Widerstand ..., S. 583 f.

36 Budde/Lütsches, a.a.O., S. 81 f. u. S. 91 (Aussagen Hoepners und Bernardis').
Bernt, a.a.O., S. 598 f.
Hammerstein, a.a.O., S. 281 f.
Georgi, a.a.O., S. 2 differiert sehr von seinem fast zwanzig Jahre später gegebenen mündlichen Bericht.
Hoffmann, Widerstand ... S. 600 f. zieht den Bericht Georgis nicht heran

und ist deshalb nicht ganz vollständig. Dass Stauffenberg selbst schoss, bezeugt sein Fahrer, dass er verwundet wurde, Mertz' und Fromms Sekretärinnen. Die Berichte über diese und auch die folgende Szene sind im übrigen notgedrungen widersprüchlich und fragmentarisch.

37 Budde/Lütsches, a. a. O., S. 82 (Aussage Hoepners). Bernt, a. a. O., S. 599. Hoffmann, Widerstand ... S. 601.

38 Budde/Lütsches, a. a. O., S. 82 u. S. 117 (Aussage Hoepners). Hoffmann, Widerstand ... S. 580 f. u. S. 602. Bernt, a. a. O., S. 599 f.
Nach Zeller, a. a. O., S. 397 soll Haeften versucht haben, auf den Befehl Fromms hin, die Waffen abzulegen, auf diesen zu feuern, jedoch daran durch Stauffenberg gehindert worden sein. Nach einem Bericht von Stauffenbergs Fahrer (Hoffmann, Widerstand ... S. 603) hat Haeften eine Stunde zuvor diesem Weisungen für eine Flucht erteilt.

39 Budde/Lütsches, a. a. O., S. 82 f. u. S. 118 (Aussage Hoepners). Bernt, a. a. O., S. 600.
Hoffmann, Widerstand ... S. 603 erwähnt den Bericht Hoepners nur zum Teil.

40 Hoffmann, Widerstand ..., S. 601.
Haeften soll sich auf der Treppe noch einmal loszureißen versucht haben. (Hoffmann, Widerstand ... S. 603.)

41 Nach Hoffmann, Widerstand ..., S. 603 (auch Kramarz, a. a. O., S. 220) sind die Verurteilten einzeln exekutiert worden, wobei die Reihenfolge nicht gesichert ist. Haeften soll sich vor Stauffenberg geworfen haben, so dass dieser erst unter der nächsten Salve zusammenbrach und Mertz als letzter fiel, Olbricht als erster. Der Ruf Stauffenbergs ist nicht genau gesichert. Nach Delia Ziegler, S. 3 rief Haeften: »Es lebe Deutschland« und Stauffenberg: »Heiliges Deutschland«. Zeller, a. a. O., S. 399 gibt »Es lebe unser heiliges Deutschland«. Hoffmann, Widerstand ..., S. 603 auf Grund von Stauffenbergs Fahrer: »Es lebe das heilige Deutschland«. Ein eher unzuverlässiger »Bericht« eines Stabsgefreiten bei Melnikow, a. a. O., S. 240 bringt dieselbe Version wie bei Delia Ziegler. Weitere Versionen: »Es lebe das geheiligte Deutschland«, »Es lebe ein freies Deutschland«, »Es lebe Deutschland«. Getrost als Spekulation ausschalten kann man die (von Edgar Salin aufgebrachte) Version »Es lebe unser heimliches Deutschland«, die an Georges »Geheimes Deutschland« erinnern soll, aber auch dann von Stauffenberg wohl in diesem letzten Moment nicht gerufen worden wäre, wenn er früher die Konspiration manchmal als »heimliches Deutschland« bezeichnet haben sollte.

42 Siehe oben S. 44.
Meldung Ag N/HNV, in: KB, S. 65.
FS-FRR-HOKW 451937, 21. 7., 00.21 gez. Fromm, Generaloberst, in: KB, S. 76. Auf welchem Friedhof die Exekutierten vorübergehend beigesetzt worden sind, ist nicht ganz klar. Zeller, a. a. O., S. 401 f. nennt seine Quelle nicht, die jedoch Gisevius, a. a. O., S. 650 f. – allerdings ohne Nennung des Friedhofes – sein muss, der sich in Wo ist Nebe?, S. 59 f. auf Helldorf als Quelle

beruft. Der Matthäi-Friedhof (Schöneberg) liegt bei der S-Bahnstation Großgörschenstraße und nicht bei der ganz nahe der Bendlerstraße gelegenen Matthäi-Kirche (Tiergarten). Hoffmann, Widerstand ... S. 607 schreibt unkorrekt vom »Friedhof der Matthäikirche in Schöneberg« (Zeller, a. a. O., S. 400 vom »alten Friedhof der Matthäikirche in Schöneberg an der Großgörschenstraße«).

Anhang

Zur Frage des Sprengstoffs

In seinem Aufsatz »Zu dem Attentat…« behauptet Hoffmann, a. a. O., S. 269, dass es sich bei der »Bombe« um heeresüblichen deutschen Sprengstoff gehandelt habe. Er stützt sich dabei einzig und allein auf die im übrigen nicht fehlerfreie (siehe oben Anm. XVI/132 und Anm. XVII/113) schematische Darstellung des Sprengstoffweges in KB, S. 194, wo der zum Attentat verwendete Sprengstoff als »kombiniertes deutsch-englisches Sprengmaterial« bezeichnet wird. Dass die Zünder britischer Provenienz waren, ist unbestritten. Doch Hoffmann übersieht völlig wesentlich relevantere Aussagen:

1. Stauffenberg selbst hat gegenüber seinem Bruder am Nachmittag oder Abend des 20. Juli auf die englische Herkunft seiner Bombe hingewiesen (KB, S. 55 – Aussage Berthold Stauffenbergs vom 24. 7. 44 und S. 484). Wenn er aber auf das »Nichtfunktionieren« anspielte, so bezog sich dies kaum auf die britischen Zünder, die ja gezündet hatten, sondern auf die Sprengladung der »Bombe« selbst.
2. Der gefundene, nicht gezündete Sprengstoff (siehe S. 468) war Hexonit, über das nur die »Abwehr« verfügte, das also nicht »heeresüblich« war. Hexogen, der britische Sprengstoff, wurde nicht »auch Hexonit genannt« – wie Hoffmann meint. Die kriminalpolizeiliche Untersuchung kam auch nicht zum Schluss, dass britisches Hexogen gefunden wurde, sondern sie erkannte in dem Material Hexonit. Das eine ist der britische Originalsprengstoff, das andere die deutsche Nachbildung (KB, S. 55).
3. Es ist möglich, dass Stauffenberg mit dem, »was die Engländer geliefert hätten«, diese deutsche Imitation des britischen Sprengstoffes meinte.
4. Nicht auszuschließen ist freilich, dass von dem ihm von Freytag-Loringhoven Ende Juni übergebenen Sprengstoff (KB, S. 129 und oben S. 413 f.) der eine Sprengkörper originales britisches Hexogen war, das Tresckow ihm noch im Herbst 1943 übergeben hatte (siehe oben S. 325), während der andere Sprengkörper eine deutsche Imitation war, die den nicht mehr im Besitz der Heereswesen-Abteilung befindlichen, sondern an die Munitions-Abteilung des Generalquartiermeisters abgegebenen original-britischen Sprengkörper ersetzte (siehe oben S. 349).
5. Stauffenberg selbst sagte in einem von Bernardis mitgehörten Gespräch mit Mertz von Quirnheim, »er besitze zwei verschiedene Sprengstoffe zur Durchführung des Anschlags. Einer davon sei bereits vor längerer Zeit in seinem Besitz gewesen, habe dann jedoch vorübergehend verschwinden müssen. Jetzt habe er ihn aber über die ›Abwehr‹ wiederbekommen.« (KB,

S. 129 und oben S. 413 f.) Es ist möglich, dass in diesem Fall der »andere Sprengstoff« das deutsche Material war, das im Dezember 1943 angeschafft worden war (siehe oben S. 351). Auf dieses ihm im Mai 1944 überbrachte Material legte er aber »keinen großen Wert«. (Aussage Klamroths in KB, S. 55 und oben S. 384.) Da er dies tat, kann er den deutschen Sprengstoff aber in seiner Äußerung zu Mertz unter Umständen gar nicht gemeint haben, sondern nur die beiden für ihn zum Attentat wirklich geeigneten Sprengkörper. »Der eine« wäre dann eines der beiden Hexogen-Pakete vom Dezember 1943, denn im Herbst hatte Stauffenberg britisches Hexogen, nicht deutsches Hexonit erhalten, »der andere« die neu hinzugekommene deutsche Nachbildung (gemäß Ziffer 4).

6. Trotz der auf einer rein spekulativen Analogie basierenden Vermutung der kriminalpolizeilichen Untersuchung, dass es – weil das gefundene Material Hexonit war – sich bei der gezündeten »Bombe« um Hexonit gehandelt habe, kann also die Möglichkeit nicht ausgeschlossen werden, dass die gezündete »Bombe« original-britisches Hexogen war. Auf jeden Fall war sie weder heeresüblich noch war es deutscher Pioniersprengstoff (wie Hoffmann suggeriert) oder eine »reine Pulverladung« (wie Zeller, a. a. O., S. 430 unpräziserweise behauptet), die Stauffenberg zur Explosion brachte.

Vergleicht man diese Zusammenstellung mit dem, was Hoffmann, Widerstand ... S. 392 ff. vorbringt, lässt sich erkennen, 1. dass er sich – stillschweigend – korrigiert hat und nicht mehr behauptet, das Material sei heeresüblich gewesen, 2. dass er nahezu alle hier gesammelten Indizien nicht erwähnt, um eine etwas abenteuerliche These ohne Widerspruch vertreten zu können: Danach trachteten die Beamten des Kriminaltechnischen Institutes des Reichskriminalpolizeiamtes im RSHA, die an der späteren Untersuchung mitwirkten, nicht nur nach der objektiven Wahrheit, sondern wollten die an der Sprengstoffbeschaffung Beteiligten schützen – eine Behauptung, die Hoffmann allerdings nur durch das »Zeugnis« eines Anonymus, den er auch für das Folgende anruft, »belegen« kann. Der Sprengstoff soll im Frühjahr 1944 von der WASAG/Werk Reinsdorf als einmalige Sonderanfertigung (Bezeichnung: »Plastit W«) in einer Menge von 91 Kilogramm anscheinend im Auftrag von Arthur Nebe hergestellt worden sein.

Als Lieferant wird in den KB eindeutig die Abwehr genannt. Die KB sprechen auch nicht vage von kombiniertem deutsch-englischem Sprengmaterial (englisch waren eindeutig die Zünder), wie Hoffmann behauptet.

Zur Frage der zweiten »Bombe«

Ein Indiz für die Vermutung, dass die nicht verwendete Sprengladung als Alternativlösung betrachtet und nicht in Reserve gehalten worden ist, ist die Tatsache, dass Stauffenberg die Flachzange in die Mappe mit dem gezündeten Sprengstoff gelegt hat und selbst eine zweite Zündung kaum mehr in Gang zu setzen vermocht hätte. Denn unter den Resten in der Lagebaracke wurde die

Flachzange gefunden. War diese Geste aber überlegt? Hatte Haeften eine zweite Zange?

Die zweite »Bombe« war mit zwei Zündstiften für 30 Minuten Verzögerung versehen. (Es ist nur ein Zündstift gefunden worden, dafür zwei Initialzündkörper von 20 g, so dass die kriminalpolizeiliche Untersuchung zu Recht annahm, dass auch diese Ladung für zwei Zündstifte vorbereitet war.) Ist die zweite Ladung vielleicht nicht doch in Reserve gehalten worden? Stauffenbergs Bemerkung zu Sander, die auch bloßer Vorwand ohne tiefe Überlegung sein konnte, er müsse noch einmal zur »Lage«, kann, muss aber nicht auf die Absicht hindeuten, die Zündung der zweiten »Bombe« im Fall eines Ausbleibens der Explosion der ersten in Gang zu setzen und die Ladung in die Lagebaracke zu tragen. In diesem Fall hätte die Frist von 30 Minuten für die Lagebesprechung nur knapp ausgereicht – Mussolinis Besuch war auf 14.30 Uhr angesagt. In diesem Fall hätte aber wohl Stauffenberg *vor* der Explosion noch vortragen müssen. Hoffte er in diesem Fall, mit seinem Vortrag fertig zu werden und noch vor der Explosion den Raum verlassen zu können? Die 30-Minuten-Frist hätte dazu mehr Veranlassung gegeben als die 10-Minuten-Frist.

Bei der ganzen Frage ist auch nicht zu übersehen, dass Stauffenberg am Morgen des 20. Juli noch nicht wissen konnte, wann er Zeit finden würde, die Zündung der »Bombe« in Gang zu setzen. Wäre dies etwa um 12.15 Uhr der Fall gewesen und hätte er anschließend zum Beispiel noch eine unumgängliche Besprechung bis 12.30 Uhr gehabt, so hätte er die für 30-Minuten-Zünder eingerichtete »Bombe« nehmen müssen. Unter Umständen hat er mit einer früheren Möglichkeit zur Schärfung gerechnet und erst im letzten Augenblick sich für den knappen 10-Minuten-Zünder entscheiden müssen, weil die Explosion zu Anfang der »Lage« nötig war. Die letzte Erwägung würde wieder für die Alternativlösung sprechen. Auf jeden Fall war aber kaum geplant, beide Bomben gleichzeitig zu zünden.

Dies behauptet nun Hoffmann, Widerstand..., S. 468 u. S. 477 f. – ohne Beweise allerdings, sondern auch nur auf Grund »logischer« Deduktion. Er nimmt an, dass Stauffenberg im Schlafzimmer Johns beim Schärfen durch den hereintretenden Feldwebel so gestört worden sei, dass er die ursprüngliche Absicht, auch die zweite Ladung zu verwenden – was volumenmäßig nach Hoffmanns Ansicht im Hinblick auf die Aktentasche möglich gewesen wäre –, plötzlich aufgegeben habe. In höchster Bedrängnis, aber dennoch größter Entschlossenheit, das Attentat auszuführen, hätte Stauffenberg so fast gezwungenermaßen einen falschen Schritt getan. Aber Hoffmann übersieht die Bedeutung der hier angegebenen möglichen Überlegungen – vor allem die Tatsache, dass die eine Ladung für 10-Minuten-, die andere für 30-Minuten-Zünder hergerichtet war.

Die These Hoffmanns hätte auch unter der Annahme keinen Sinn, dass beide Ladungen für 30-Minuten-Zünder hergerichtet gewesen wären (siehe dazu oben Anm. XX/11.). Denn wenn Stauffenberg wirklich beide Ladungen verwenden wollte, hätte er die zweite Ladung ruhig und rasch in die Mappe legen können, ohne sie zu schärfen – sie wäre mitexplodiert. Hoffmann übersieht dies anscheinend völlig und hat dann eben offenbar unrecht, wenn er behauptet, volumenmäßig wären beide Ladungen in die Tasche gegangen. Stauffenberg muss da – vielleicht im Hinblick auf das verräterische Gewicht beider Ladungen – anderer Ansicht und im übrigen fest überzeugt gewesen sein, dass die eine Ladung genüge. (Dass das Volumen der gefundenen Ladung mit jenem der explodierten identisch gewesen sei, setzt Hoffmann implicite wegen seiner durchaus anzweifelbaren Annahme über das Sprengstoffmaterial – siehe oben »Zur Frage des Sprengstoffs« – voraus.)

Register

Pressestimmen zur Originalausgabe

»...die erste vollkommene Darstellung des Attentäters, seines Lebens, Handelns und Strebens, die – höchstmögliche Anerkennung für eine Biographie – wohl auch die letzte sein wird, denn nach diesem Buch bleibt über Stauffenberg nicht mehr viel zu sagen.«

DIE ZEIT

»...ein bedeutender Beitrag zur politischen Geschichte der deutschen Opposition gegen Hitler, ...der eine neue Phase der Forschung über diesen Teil der jüngsten deutschen Vergangenheit in vollem Maße einleitet.«

Andreas Hillgruber – FAZ

Eine deutsch-jüdische Familiengeschichte

Die Familiengeschichte der Jellineks spiegelt die Geschichte des deutschen Judentums wider: Vom mährischen Ghetto über das Wien der Jahrhundertwende bis zur „Heidelberger Gelehrtenkultur" vor und nach der Nazi-Zeit.
Sei es als Journalist in der Revolution von 1848, als Oberrabbiner in Wien, als Frauenrechtlerin oder als Juraprofessor im Heidelberg Max Webers.
Die Generationen der Familie Jellinek prägten vom Beginn der bürgerlichen Emanzipation des Judentums das europäische Geistes- und Kulturleben mit.
Erst der Nationalsozialismus setzte mit Verfolgung, Deportation und Mord der deutsch-jüdischen „Weggemeinschaft" ein gewaltsames Ende – nur der letzte Spross der Familie, der Verwaltungsrechtler Walter Jellinek, konnte nach 1945 am Neuanfang der Heidelberger Universität und dem Wiederaufbau der Bundesrepublik mitarbeiten.

Klaus Kempter
Die Jellineks 1820-1955
Eine familienbiographische Studie zum deutschjüdischen Bildungsbürgertum

Schriften des Bundesarchivs Bd. 52
VIII/631 S. mit 11 Abb., gebunden mit Schutzumschlag
ISBN 3-7700-1606-8

Deutsche Herrschaft in Weißrußland

Die Weißrussische Republik zwischen 1941 und 1944: Eine multi-ethnische Gesellschaft in einem bürgerkriegsähnlichen Zustand, in der unterschiedliche soziale Gruppen von der deutschen Besatzungsmacht gegeneinander ausgespielt wurden. Konflikte und Gegensätze zwischen Weißrussen, Polen, Litauern und Ukrainern, die Mechanismen der Kollaboration und vor allem die offene Ermordung der weißrussischen Juden führten zu einer allgemeinen Barbarisierung des Lebens. Vom deutschen Herrschafts- und Vernichtungsapparat über die weißrussische Selbstverwaltung bis zur Ebene der Dörfer und der einheimischen Polizeiposten dokumentiert und beschreibt die Studie Realität und Alltag unter der deutschen Besatzung – aus der Sicht der Täter und Opfer.

Bernhard Chiari
Alltag hinter der Front
Besatzung, Kollaboration und Widerstand in Weißrußland 1941-1944

Schriften des Bundesarchivs Bd. 53
XIII/3480 S. mit 37 Abb., gebunden mit Schutzumschlag
ISBN 3-7700-1607-6

Ein Standardwerk über die Geschichte der Gestapo

GESTAPO – diese drei Silben ließen 12 Jahre hindurch Deutschland und dann ganz Europa zittern. Neben der SS war die Geheime Staatspolizei das wichtigste Instrument des nationalsozialistischen Terrorsystems. Auf Initiative Görings im April 1933 entstanden, hatte sie offiziell die Aufgabe, alle staatsgefährdenden Bestrebungen im gesamten Staatsgebiet zu verfolgen und zu bekämpfen. Eng mit der Sicherheitspolizei und dem Sicherheitsdienst der SS verflochten, entstand ein umfassendes Netz zur Überwachung, Ausschaltung und bald auch Ermordung politischer und weltanschaulicher Gegner. Juden, Freimaurer, Homosexuelle und, im Krieg, „östliche Untermenschen" gehörten zu denen, die bespitzelt, denunziert, erpresst und schließlich ab September 1942 ohne Einschaltung der Gerichte durch ein abgestuftes System von Verfolgung, „Schutzhaft" und Einweisung in Konzentrationslager Opfer der verbrecherischen Organisation wurden. Die Namen Himmler, Heydrich und Adolf Eichmann stehen für die kalte, gnadenlose Rücksichtslosigkeit der Gestapo. Sie hatte, 1944, über 30.000 Angehörige. Die genaue Zahl ihrer Opfer ist unbekannt; ihr Anteil am Martyrium von Millionen wiegt gewaltig.

Jacques Delarue
Geschichte der Gestapo

380 Seiten, broschiert
ISBN 3-7610-7228-7

Ein Musikerleben im Vernichtungslager

Orchesteralltag in Auschwitz: Das war Freude über neue Instrumente – und das Wissen darum, dass sie das Erbe von denen waren, die eine Nacht vorher ins Gas gingen. Szymon Laks schildert keine Szenerie des Grauens und erzählt doch eine Geschichte, die den Leser verstört zurücklässt.
Schmissig ertönt „Berliner Luft“, ein Geiger spielt im Freien Etüden, am Abend erklingt durch die geschlossenen Fenster Jazz, auf dem Akkordeon gespielt. Ein Musikerleben in den 40er Jahren. Ein Musikerleben im Konzentrationslager Auschwitz-Birkenau. Szymon Laks überlebte den Holocaust und hat seine Geschichte aufgeschrieben.
Eine Geschichte, die sich wegen ihrer oft so banalen Szenen sperrt, mit den Verbrechen des Holocaust in Verbindung gebracht zu werden, und doch den jahrelangen Alltag mitten im Grauen erzählt.

Szymon Laks
Musik in Auschwitz
(Originalausgabe: Gry oswiecimsjie)
Aus dem Polnischen von Teda Wellmer.
Mit einem Nachwort von Andreas Knapp.

160 Seiten, broschiert
ISBN 3-7700-1092-2

Mahnung und Aufruf an alle Demokraten

Jüdischer Alltag in Deutschland 1933-1945.
Es gab ihn, trotz der Bedrohung, der Unterdrückung, der Gewalt und sogar im Angesicht des Todes. Trotz des menschenverachtenden Terrors unter legalem Mantel, trotz Rassenwahn und Schmähungen und Schweigen rundum. Viele suchten sich das Leben in Familien und Gemeinden, auch unter dem schlimmsten Druck und größter Drangsal als lebenswert zu erhalten. Trotz der Nürnberger Gesetze von 1935 und der „Reichskristallnacht" von 1938, trotz gelbem Stern und angesichts der „Endlösung der Judenfrage". Und es gab Nachbarn, Freunde, die ihnen dabei halfen. Wie lebten die deutschen jüdischen Mitbürger in Berlin oder Hamburg, auf dem flachen Land oder in den kleinen Städten des Deutschen Reiches, bis sie in die Emigration oder in die Vernichtungslager getrieben wurden? Was widerfuhr den jüdischen Nachbarn, wie fristeten sie ihren Lebensunterhalt? Wie suchten sie das aufrechtzuerhalten, was sie als Bürger einer Kulturnation in den letzten Jahrhunderten und Jahrzehnten auf deutschem Boden mit geschaffen hatten? Dieses Buch schildert mit einer Fülle von Dokumenten, Fotos und Lebenszeugnissen den jüdischen Alltag im Deutschland der Jahre 1933 bis 1945.

Günther B. Ginzel
Jüdischer Alltag in Deutschland 1933-1945

252 S. mit 277 Abb., gebunden
ISBN 3-7700-1002-7

Jüdisches Leben in Deutschland 1945 bis heute

Jüdische Gemeinden in der Bundesrepublik: nach der Befreiung als Notgemeinschaften der Überlebenden gegründet, Provisorien ohne Aussicht auf Zukunft. Und heute? Neue Synagogen werden eingeweiht, Kindergärten und Schulen errichtet. Das Dritte Reich somit eine überwundene Episode? Die NS-Zeit, die Schoah, die Traumata von Auschwitz, ohne Einfluss auf das heutige Leben? Juden in Deutschland, ein Zeugnis der demokratischen Entwicklung. Liberalität und Toleranz der Nachkriegsgesellschaft? Dieses Buch vermittelt keine bequemen Antworten. Denn auch die jüngeren Generationen jüdischer Menschen in Deutschland, die „Stellvertreterkinder", leben „zwischen den Extremen" (G.B. Ginzel). Hier die Entscheidung, in Deutschland zu leben. Dort das Wissen: dies ist auch das „Land der Mörder". Sie gründen Familien, planen ihre Zukunft in Deutschland auf Dauer – und erfahren oft drastisch, wie lebendig die „Schatten der Vergangenheit" sind. Und über allem die Frage, kann, darf auf den Trümmern der vernichteten Welt des deutschen Judentums, inmitten auch der Schweiger und Ariseure von einst, überhaupt neues jüdisches Leben aufgebaut werden?

Günther B. Ginzel (Hrsg.)
Der Anfang nach dem Ende
Jüdisches Leben in Deutschland 1945 bis heute

374 S. mit zahlreichen Abb., gebunden mit Schutzumschlag
ISBN 3-7700-1069-8

Eine Persönlichkeit des politischen und wissenschaftlichen Lebens

Der Historiker Gerhard Ritter gehört zu den bekanntesten Repräsentanten der politischen Geschichtsschreibung im Deutschland des 20. Jahrhunderts. Kaum ein Historiker hat ein derart weit gefächertes Oeuvre vorgelegt, das Themen vom späten Mittelalter bis in die Zeitgeschichte behandelt. Darüber hinaus ist er zu den Persönlichkeiten des politischen und wissenschaftlichen Lebens zu rechnen, vor allem dank seiner Mitwirkung am Widerstand des Freiburger Kreises im Nationalsozialismus und seiner politischen Beraterfunktion für die evangelische Kirche nach dem Zweiten Weltkrieg.
In den Jahren nach 1945 wuchs Ritter in die Rolle eines führenden nationalen und internationalen Wissenschaftsorganisators hinein. Die Studie beleuchtet am Beispiel Ritters die wechselseitige Abhängigkeit der inhaltlichen und methodischen Positionen eines deutschen Historikers mit dessen politischen und gesellschaftlichen Erfahrungen. Sie beruht auf der Rekonstruktion von „Historikergesprächen“, die sich wiederum in die Biografie des Protagonisten eingebettet finden. Unter Rückgriff auf ein breites archivalisches und gedrucktes Material wird das Phänomen einer „kommunizierenden Gesinnungsgemeinschaft“ der deutschen Historiker im 20. Jahrhundert näher ergründet. Die Studie wurde mit dem Preis der Freunde und Förderer der Heinrich-Heine-Universität Düsseldorf für die beste Habilitationsschrift an der Philosophischen Fakultät (1997-2000) ausgezeichnet.

Christoph Cornelißen
Gerhard Ritter
Geschichtswissenschaft und Politik im 20. Jahrhundert

Schriften des Bundesarchivs Bd. 58
X/757 S. mit 11 Abb., gebunden mit Schutzumschlag
ISBN 3-7700-1612-2